SONIA MARMEN

Schwert und Laute

Buch

Im Herzen der schottischen Highlands und inmitten der Clankriege Ende des 17. Jahrhunderts fristet die junge Irin Caitlin Dunn ein trostloses Dasein auf der Burg Dunning. Auf Wunsch ihres Vaters wurde sie dorthin gebracht, um für den Burgherrn zu arbeiten – doch der behandelt sie wie sein Eigentum: Täglich ist sie seinen Erniedrigungen und seinem Jähzorn ausgesetzt. Eines Tages hält Caitlin die Qualen nicht mehr aus: Als Lord Dunning sich ihr unsittlich nähert, ersticht sie ihn mit einem Dolch. Auf der Flucht begegnet sie dem stolzen Highlander Liam Macdonald, der wegen Waffenschmuggels gefangen genommen wurde. Gemeinsam gelingt es ihnen, die Wachen zu überlisten und in Liams Heimatdorf zu fliehen. Dort lernt Caitlin die Gastfreundschaft und den Mut der Highlander kennen, aber auch blutige Schlachten, Rivalität zwischen den Clans, Intrigen und Eifersucht. Und es entsteht eine leidenschaftliche Liebe zwischen Caitlin und Liam, die jedoch von düsteren Wolken überschattet wird. Denn nicht nur Liams Bruder Collin fühlt sich zu Caitlin hingezogen; auch begehrt die umwerfend schöne und verschlagene Meghan Liam seit langem …

Autorin

Sonia Marmen wurde in Oakville, Kanada, geboren. Mit vier Jahren zog sie mit ihrer Familie nach Neuschottland, wo sie das erste Mal mit den Nachfahren von schottischen Highlandern und deren farbenprächigen Tartans in Kontakt kam. Seitdem ist sie fasziniert von allem Keltischen. Sie lebt mit ihrem Mann und ihren zwei Kindern in der Provinz Québec. »Schwert und Laute« ist ihr Debüt.

Weitere Romane sind bei Blanvalet bereits in Vorbereitung.

Sonia Marmen

Schwert und Laute

Highland-Saga

Ins Deutsche übertragen
von Barbara Röhl

blanvalet

Die kanadische Originalausgabe erschien 2004 unter dem Titel
»Cœur de Gaël: La Vallée des Larmes«
bei Les éditions JCL inc., Chicoutimi, Québec, Kanada.

FSC
Mix
Produktgruppe aus vorbildlich bewirtschafteten Wäldern und anderen kontrollierten Herkünften
Zert.-Nr. SGS-COC-1940
www.fsc.org
© 1996 Forest Stewardship Council

Verlagsgruppe Random House FSC-DEU-0100
Das für dieses Buch verwendete FSC-zertifizierte Papier
München Super liefert Mochenwangen.

1. Auflage
Deutsche Erstveröffentlichung Februar 2007 bei Blanvalet,
einem Unternehmen der
Verlagsgruppe Random House GmbH, München.

Dieses Werk wurde vermittelt durch die Agentur Editio
Dialog, Dr. Michael Wenzel, Lille, Frankreich.
Umschlaggestaltung: HildenDesign, München
Umschlagillustration: HildenDesign, München
Redaktion: Beate Bücheleres-Rieppel
ES · Herstellung: Heidrun Nawrot
Satz: Uhl + Massopust, Aalen
Druck und Einband: GGP Media GmbH, Pößneck
Printed in Germany
ISBN 978-3-442-36569-2

www.blanvalet-verlag.de

Meinem lieben Mann, mit dem ich dieses Glück unbedingt teilen möchte.

Um glücklich zu sein, ist es wichtiger, das zu lieben, was man hat, als zu bekommen, was man will.

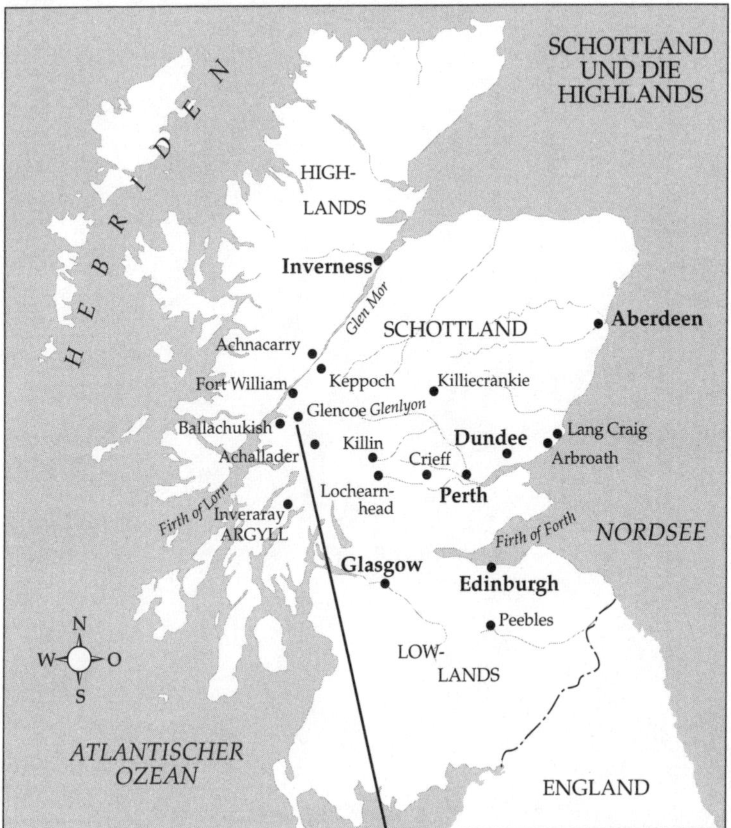
SCHOTTLAND
UND DIE
HIGHLANDS
HEBRIDEN
HIGH-
LANDS
Inverness
Glen Mor
SCHOTTLAND
Aberdeen
Achnacarry
Keppoch
Fort William
Killiecrankie
Glencoe
Glenlyon
Ballachukish
Lang Craig
Dundee
Killin
Achallader
Arbroath
Crieff
Lochearn-
head
Perth
Firth of Lorn
Inveraray
ARGYLL
Firth of Forth
NORDSEE
Glasgow
Edinburgh
Peebles
N
W
O
S
LOW-
LANDS
ATLANTISCHER
OZEAN
ENGLAND

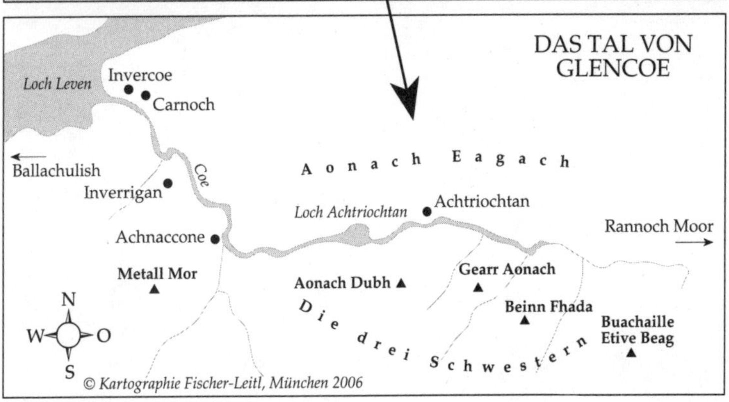
DAS TAL VON
GLENCOE
Loch Leven
Invercoe
Carnoch
Ballachulish
Coe
Aonach Eagach
Inverrigan
Achtriochtan
Loch Achtriochtan
Rannoch Moor
Achnaccone
Metall Mor
Aonach Dubh
Gearr Aonach
Beinn Fhada
Buachaille
Etive Beag
Die drei Schwestern
N
W
O
S
© Kartographie Fischer-Leitl, München 2006

TEIL EINS

Der Winter ist die einzige Jahreszeit, zu der wir sicher sein können, dass die Highlander nicht entweichen und Frauen, Kinder und Vieh in die Berge bringen können … Das ist die richtige Zeit, um sie in dunkler Nacht niederzumachen.

John Dalrymple
Graf von Stair
Staatssekretär von Schottland

Während des siebzehnten Jahrhunderts wurde Schottland von großen Umwälzungen erschüttert, die das Ende des Clansystems einläuteten. Einhundertfünfzig Jahre später sollte es endgültig erlöschen.

Als zu Beginn des Jahrhunderts Königin Elisabeth I. starb, ohne einen Erben zu hinterlassen, musste England sich nach Schottland wenden, um seine Thronfolge zu sichern. So wurde James IV. von Schottland als James I. König von England. Einige Jahre später stürzten Oliver Cromwell und seine »Rundköpfe« die Monarchie, richteten den König hin und bildeten die Regierung. Doch ihre Herrschaft sollte von kurzer Dauer sein. Charles II., ein Sohn James' I. und Erbe der Stuarts, stellte die Monarchie wieder her und bestieg den Thron. Nach seinem Tod folgte ihm sein Bruder James, der Herzog von York, nach. Damit regierte zum ersten Mal seit einhunderteinundzwanzig Jahren ein katholischer Monarch über England. Seine protestantischen Untertanen, die im Königreich die Mehrheit stellten, verdächtigten ihn, ihnen seine Religion aufzwingen zu wollen und enge Beziehungen zum Hof Ludwigs XIV. in Frankreich zu unterhalten, Englands Erzfeind.

Seine Herrschaft währte nur kurz. Der Protestant Wilhelm von Oranien aus dem holländischen Haus Nassau und seine Ehefrau Mary, die Tochter des Königs, landeten, angestiftet von den Rundköpfen, mit der Armee in England, um die Krone an sich zu reißen. James musste sich damit abfinden, zugunsten seiner Tochter abzudanken, und ging ins französische Exil. Doch er ließ treue Untertanen zurück, vor allem in den Highlands.

England brauchte Männer für seinen Krieg gegen Frankreich. Nur zu gern hätte man die Highlander, die tapfere und loyale Krieger waren, in die königlichen Regimenter integriert, doch sie waren untereinander uneins, da sie sich hauptsächlich in Kleinkriegen zwischen ihren Clans aufrieben. Sie mussten befriedet und dazu bewogen werden, nicht länger dem gestürzten König zu dienen, sondern William II., wie Wilhelm von Oranien sich jetzt in Schottland nannte, die Treue zu geloben. Diese Highlander bezeichnete man als Jakobiten, nach der lateinischen Version von König James' Namen, Jacobus.

John Grey Campbell, Graf von Breadalbane, wurde dazu ausersehen, mit den Anführern der Clans zu verhandeln. Campbell und Sir John Dalrymple, ein Lowland-Schotte, Graf von Stair und Staatssekretär in Schottland, der einen grenzenlosen Hass gegenüber diesen aufsässigen Highlandern hegte – er bezeichnete sie als Barbaren und ungebildete Wilde – schmiedeten eine Intrige, welche die rebellischen Clans unter Williams Banner vereinen sollte. Der Plan bestand darin, an einem Clan, der seit mehreren Jahrhunderten mit den Campbells verfeindet war, ein Exempel zu statuieren … an den Macdonalds von Glencoe, die als die schlimmsten Räuber der Highlands verrufen waren.

1

Vorabend des 13. Februar 1692

Im Kamin knisterte das Feuer und tauchte den Raum in sanftes, goldfarbenes Licht. Dem Kind, das sich auf den Schoß seiner Mutter kuschelte, sank immer wieder das Köpfchen herunter, doch der Kleine wollte unbedingt wach bleiben, bis sein Vater kam.

»Mutter, wo bleibt *athair* nur? Vater soll mir vor dem Schlafengehen noch die Geschichte von Fingal MacCumhail und seinen Fiann-Kriegern erzählen«, quengelte das Kind schläfrig.

»Dein Vater ist zu Großvater Duncan gegangen, Coll. Und außerdem hat er dir die Geschichte gewiss schon hundertmal erzählt. Jetzt gehörst du ins Bett.«

Die junge Frau erhob sich, trug den kleinen Jungen zu seinem Bettchen und deckte ihn liebevoll zu.

»Wenn du möchtest, singe ich dir ein Wiegenlied«, flüsterte sie und strich ihm zärtlich übers Haar.

Aus Augen, die so blau wie das Wasser eines schottischen Loch waren, sah der Kleine zu ihr auf und strahlte sie an, wobei seine kleinen weißen Milchzähnchen hervorblitzten.

»Oh ja, bitte, *màthair*«, antwortete er.

Er schloss die Augen und glitt zur sanften Stimme seiner Mutter, die ihm ein altes gälisches Wiegenlied vorsummte, wie von selbst ins Land der Träume. Anna küsste ihren Sohn liebevoll auf die Stirn.

»*Oidhche mhath leat, a mhic mo chridhe*, gute Nacht, mein Herzenssöhnchen«, hauchte sie und strich mit einem Finger über die pausbäckige Wange des Kleinen.

Langsam richtete sie sich auf und kehrte zu ihrem Platz an der Feuerstelle zurück, um ihre Flickarbeit an einem Hemd ihres

Mannes zu beenden. Sie stieß einen tiefen Seufzer aus. Ihr war bange, weil Liam immer noch nicht zurückgekehrt war. Draußen hatte der Wind aufgefrischt, und im Kamin tobte und jaulte es. Sie sorgte sich nicht ernstlich um ihn, aber seit die Soldaten vom Argyle-Regiment im Tal einquartiert waren, spürte sie ein eigenartiges Unbehagen und blieb nicht gern allzu lang allein.

Das Regiment war vor etwa dreizehn Tagen aufgetaucht und hatte Obdach für seine Soldaten erbeten. »Fort William ist überbelegt«, hatte Captain Robert Campbell gegenüber John Macdonald erklärt, dem ältesten Sohn des Clanchefs. Der Anführer selbst, Alasdair MacIain Abrach Macdonald, hatte die Männer überaus gastfreundlich empfangen, wie es sich unter Highlandern gehörte. Fast alle Talbewohner beherbergten jetzt einen oder mehrere Soldaten unter ihrem Dach und teilten Brot, Fleisch und Whisky mit ihnen.

Die Einwohner waren über dieses Eindringen in ihr normales Leben nicht besonders erfreut gewesen und hatten sich bei ihrem Anführer beklagt. Doch MacIain hatte sie beruhigt und daran erinnert, dass die Regeln der Gastfreundschaft in den Highlands unverletzlich waren und Gast und Gastgeber gleichermaßen banden. Schließlich seien zwei Drittel der Soldaten Highlander, die dies gewiss zu respektieren wüssten.

Und so trommelte seit zwei Wochen jeden Tag beim Morgengrauen ein Grenadier zum Morgenappell, dass es nur so durch das ganze Tal hallte. Sein Trommelwirbel wurde von immer neuen abgelöst, die wie eine Woge durch das Tal brachen, von Invercoe bis nach Achtriochtan.

Das Wetter war für einen Februar besonders mild gewesen, und so konnten die Soldaten jeden Vormittag ihre Militärübungen durchführen. Die Kinder hatte diese Parade von Uniformen mit ihren scharlachroten Rockschößen fasziniert. Die Soldaten drehten sich in einem Wirbel aus Rot und Gelb um ihre Achse, knallten die Absätze auf den gefrorenen Boden und schwangen ihre Waffen im Takt zu den gebrüllten Befehlen der Offiziere.

Nachmittags traten die rivalisierenden Clans zum noblen Wettstreit an, maßen sich in Ringkämpfen und warfen um die

Wette Baumstämme und Steinbrocken. Sie hatten *Shinty** gespielt, ein besonders in den Highlands geschätztes Spiel, bei dem es wild zuging, und Wettbewerbe im Bogenschießen abgehalten, bei denen aber höchstens der Stolz des einen oder anderen verletzt wurde und nach Rache verlangte. Schließlich war jeder Tag unter fröhlichen Tänzen ausgeklungen, und die Musik der Dudelsäcke und Geigen hatte die kühle spätnachmittägliche Luft erfüllt.

Am Abend hatten sie an den Torffeuern der Hütten ihre Wunden – jedenfalls die körperlichen Blessuren – geleckt und sich den Whisky geteilt. Die düsteren Tartan-Farben der Campbells vermischten sich dort freundschaftlich mit den helleren Nuancen der Macdonalds. Gelächter, scherzhafte Herausforderungen und das Klappern der Würfel hatten die verqualmten Häuser erfüllt. Auf die alten Legenden aus den Tälern folgten schlüpfrige Balladen. Nur die Lowlander aus dem Tiefland blieben bei dieser erzwungenen Verbrüderung außen vor, wenngleich man ihnen mit Respekt begegnete.

Trotz jahrhundertelangen Blutvergießens, welches zwischen den Campbells und den Macdonalds tiefe Gräben aufgerissen hatte, schien im Augenblick eine kurze Waffenruhe zwischen ihnen eingetreten zu sein.

Die Tür wurde mit einem lauten Ruck geöffnet. Ein Mann von stattlicher Statur stürzte herein, begleitet von einem Schwall eiskalter Luft. Das schlechte Wetter verfluchend, schloss er eilig die Tür hinter sich.

»Schon lange hatten wir keine Kälte mehr, die dermaßen bis in die Knochen dringt«, brummte er und rieb sich die Hände, um sie zu wärmen. »Ich fürchte, ein Sturm zieht auf.«

Der Mann lächelte seine Frau an und ging dann zu ihr, nachdem er seine Stiefel aus gekochtem und geöltem Leder ausgezogen hatte. Ein Schmunzeln umspielte seine Mundwinkel.

»Ich bin zurückgekommen, um nicht am Ende noch mein Hemd zu verlieren. Mein Vater hat beim Kartenspiel jede ein-

* Dieses dem Feldhockey ähnliche Spiel wird mit langen, gebogenen Stöcken gespielt.

zelne Partie gewonnen. Der alte Halunke war drauf und dran, seinen beiden Söhnen ihre gesamte Habe abzunehmen. Ich bin mir sicher, dass er schummelt.«

»Liam, wann wirst du endlich den Tatsachen ins Gesicht sehen?«, entgegnete Anna kichernd. »Colin und du, ihr seid miserable Kartenspieler, und euer Vater macht sich das einfach nur zunutze.«

Die junge Frau erhob sich und schlang die Arme um den Hals ihres Mannes.

»Und ein schlechter Lügner bist du noch dazu«, flüsterte sie ihm ins Ohr. »Bist du ganz sicher, dass du zurückgekommen bist, weil du Angst hattest, beim Kartenspiel dein Hemd zu verlieren?«

»Vielleicht auch nicht«, antwortete er leise und strich ihr mit seinen eiskalten Fingern über die Wange, so dass sie erschauerte. »Schläft Coll schon?«

»Mhhh«, gab die junge Frau zurück, »und der junge MacIvor ist ausgegangen. Er wollte den alten Archibald zu einer Revanche am Schachbrett herausfordern. Du führst nicht zufällig etwas im Schilde?«

»Kann schon sein, dass ich den unwiderstehlichen Drang fühle, mich meiner Rechte an meiner süßen Gattin zu versichern. Wir sind schon viel zu lange nicht mehr allein gewesen… Ihr würde ich mein letztes Hemd gern überlassen.«

Er hob seine Frau hoch und trug sie auf seinen Armen zu ihrem Lager, das von einem Wandschirm verdeckt wurde. Dann löste er den breiten Ledergürtel, der sein Plaid hielt. Das Kleidungsstück glitt raschelnd zu Boden. Anschließend zog er sein Hemd aus, das er in eine Ecke des Zimmers schleuderte.

Mit besitzergreifendem Blick nahm Anna die körperlichen Vorzüge ihres Mannes in Augenschein. Seine Muskeln traten bei jeder Bewegung unter der Haut hervor, und sein Körper wirkte wie aus Granit gemeißelt.

Liam kam zu seiner Frau aufs Bett. Vor Ungeduld nestelten seine Finger ungeschickt an den Schnüren ihres Mieders. Dann folgten der Rock und die Unterröcke. Als sie endlich ihres Unterkleids entledigt war, gab sie sich den Händen des hünenhaften

Highlanders hin, die es verstanden, bei ihr ebenso sanft und zärtlich zu sein, wie sie hart und gnadenlos mit dem Feind umspringen konnten.

»Anna, *grian 'nam speur, tha thu mar teine dohm*, Sonne meines Himmels, du bist mein Feuer«, stöhnte Liam und nahm sie mit einem Stoß seiner Lenden in Besitz.

»*Tha gaol agam ort*, ich liebe dich…«, flüsterte die Frau und krallte die Fingernägel in seine eisenharten Schultern.

Sie schlang die Beine um Liams Hüften und biss sich auf die Lippen, um ein lustvolles Seufzen zu unterdrücken.

Einige Minuten später sank Liam schwer atmend und schweißbedeckt neben Anna nieder. Schweigend blieben sie so liegen und warteten darauf, dass ihre Körper sich wieder beruhigten und zu ihrem normalen Rhythmus zurückkehrten.

Zärtlich strich Liam seiner Frau über die Rundung ihrer Brüste. Seine Hand fuhr leicht über ihr Gesicht. Er betrachtete sie im Schein der Flammen, die das Zimmer schwach erhellten. Anna schmiegte sich an ihn und zog die Decke über ihre nackten Körper. Liam vergrub die Nase in ihrem goldblonden Haar und sog ihren Duft genießerisch ein. Er liebte ihren süßlichen Geruch, der nach der Liebe immer etwas herber wirkte.

Doch heute wurde sein Glück durch einen Schatten getrübt. Er war besorgt. Etwas stimmte nicht. Captain Campbell hatte ihnen mitgeteilt, er werde am nächsten Tag mit seinen Truppen abrücken. Das Regiment sollte sich zum Glengarry-Tal begeben, um gegen diejenigen Macdonalds anzutreten, die ihren Treueid gegenüber König William II. anscheinend immer noch nicht geleistet hatten. Doch nachdem Captain Drummond ihm heute Abend eine eilige Nachricht aus Fort William überbracht hatte, war Campbell außerordentlich nervös geworden. Liam hatte den Captain aufmerksam beobachtet, während er die Nachricht gelesen hatte. Campbells Miene war regungslos geblieben, aber auf seiner Stirn hatten sich Schweißperlen gebildet. Sorgsam hatte er das Papier zusammengefaltet und es dann mit zittriger Hand in die Tasche seiner scharlachroten Weste gesteckt. Die Szene hatte sich am frühen Abend bei Macdonald von Inverrigan abgespielt, kurz bevor Liam zu seinem Vater gegangen war, um dort seinen Abend zu beschließen. Campbell war ein Fuchs von der übelsten Sorte; man konnte ihm kein Vertrauen schenken. Instinktiv stellte sich bei Liam Argwohn ein …

Er hatte Campbells Blick bemerkt, den dieser unauffällig den beiden Söhnen von MacIain, John und Alasdair, zugeworfen hatte, nachdem er den Befehl gelesen hatte. Im Nachhinein fand er jetzt, dass er besser mit seinen Cousins über seine Besorgnis gesprochen hätte, aber andererseits hatte er Anna das Versprechen gegeben, nicht zu lange fortzubleiben. Alasdairs Frau war Campbells Nichte, deswegen würde der Captain ihr schon kein Leid antun. Aber das war nur Vermutung, keine Gewissheit. Bei dem Gedanken wurde Liam flau im Magen.

Anna regte sich leise, und Liam zog sie enger an sich.

»Der junge MacIvor wird bald zurückkehren«, meinte Anna. »Beim Abendessen kam er mir ein bisschen wunderlich vor. Er hat mit dem Hund gesprochen.«

»Mit dem Hund?«

»Er hat ihm geraten, heute Nacht in den Hügeln zu schlafen«, erklärte sie mit bedrückter Miene. »Er sagte: ›Wenn ich du wäre, Hund, würde ich mir heute Nacht einen Schlafplatz auf der Heide suchen.‹ Man hätte fast meinen können, er wolle mir etwas mitteilen; aber ich habe nicht gewagt, ihn zu bitten, er möge sich deutlicher ausdrücken. Außerdem haben die Leute von Laroch angeblich am Ufer des Loch Leven einen *An Duine Mor* gesehen, du weißt schon, diesen Riesen, der Unglück bringt. Das ist ein schlechtes Omen.«

Liam schaute nachdenklich drein.

»Als ich heute Abend von meinem Vater zurückkehrte, habe ich gehört, wie Hugh Mackenzie auf seinem Dudelsack die Melodie anstimmte, die bei den Campbells gewöhnlich gespielt wird, wenn Gefahr im Verzug ist. Ich konnte mir das nicht erklären, aber du hast Recht, wir sollten wohl die Augen offen halten …«

Jemand klopfte an die Eingangstür und kam dann leise in die Hütte. Liam stand auf, wickelte sein Plaid um sich und trat vor den Wandschirm.

»Guten Abend, MacIvor«, sagte er und lehnte sich mit vor der

Brust verschränkten Armen an die Wand. »Hast du es geschafft, unseren guten alten Archibald zu schlagen?«

»Nein, Sir«, stotterte der junge Soldat. »Er hat mich dreimal hintereinander schachmatt gesetzt.«

»Vielleicht hast du ja morgen mehr Erfolg«, fuhr Liam fort und beobachtete den anderen dabei genau.

Der junge Mann ließ sich auf sein provisorisches Lager sinken, das er in einer Ecke des Hauptraums, in der Nähe des Kamins, aufgeschlagen hatte.

»Das bezweifle ich.«

David MacIvor konnte nicht mehr als achtzehn Jahre zählen. Er war ziemlich kräftig, aber seine noch weichen Züge und der spärliche Flaum, der sein Kinn zierte, verrieten sein jugendliches Alter. Als er bei ihnen Quartier nahm, hatte er gleich Freundschaft mit dem kleinen Coll geschlossen und verhielt sich ihm gegenüber wie ein großer Bruder. Er hatte ihm sogar ein prächtiges Holzpferd geschnitzt, das der Kleine über alles liebte.

Heute Abend jedoch wirkte MacIvor verstört, und sein Blick war düster.

»In dieser Nacht wird der Wind uns nicht schlafen lassen«, sagte er und sah Liam fest an.

»Hmmm … der Wind. Wenn dir kalt ist, kannst du noch einen Brocken Torf ins Feuer legen. Gute Nacht, MacIvor.«

»Danke, Sir, und gute Nacht.«

Liam kehrte hinter den Wandschirm zurück, blieb dort einen Moment lang schweigend stehen und wandte das Gesicht den Stellwänden aus Weidengeflecht zu. Er fuhr mit einer Hand durch seinen dichten, rotblonden Lockenschopf und trat dann an das Bettchen, in dem sein Sohn schlief.

»Ist er auch warm angezogen?«, fragte er im Flüsterton und streichelte die goldenen Löckchen des Kindes.

»Ja, er trägt sein dickstes Wollhemd und zwei Paar Strümpfe.«

»Gut. Du solltest dir ebenfalls etwas überziehen, Anna. Heute Nacht wird es kalt. Die Wolken hängen sehr tief, und der Sturm wird wohl noch eine Weile anhalten.«

Wie um seine Worte zu bestätigen, begann der Wind zu heulen. Anna streifte ihr Winterhemd und ihre Strümpfe wieder über und schlüpfte dann in die herrlich warmen Laken. Liam folgte ihr, nachdem auch er sein Hemd wieder angezogen hatte.

Eng umschlungen lagen sie da. Keiner von ihnen sprach, jeder war in seine eigenen beunruhigenden Gedanken versunken. Lange Minuten vergingen, bis der Schlaf die beiden endlich überwältigte.

Ein Geräusch aus dem Nebenzimmer weckte Liam, es klang, als schleife ein Gegenstand über den Boden. *MacIvor veranstaltet heute Morgen aber einen ziemlichen Radau,* dachte er, *und außerdem ist er sehr früh auf den Beinen.* Draußen pfiff der Wind immer noch, und es herrschte noch tiefe Dunkelheit. Er erhob sich vorsichtig, um Anna, die weiter schlief, nicht zu wecken, und spähte um die dünne Trennwand herum.

Der junge MacIvor, der seine Uniform trug, ging auf und ab und zog dabei einen Stuhl über den Boden. Im Schein des heruntergebrannten Feuers konnte Liam das Gesicht des Soldaten erkennen. Er räusperte sich laut, damit der junge Mann ihn hörte. MacIvor erstarrte und drehte sich um. Eine unendliche Trauer lag auf seinen Zügen. Kurz trafen sich die Blicke der beiden. Der Soldat öffnete den Mund zum Sprechen und schloss ihn wieder. Er schlug die Augen nieder und schüttelte langsam den Kopf. Dann ergriff er seine Muskete, drehte sich auf dem Absatz um und ging in die Dunkelheit hinaus.

Liam spürte, wie sich ein ungutes Gefühl in seiner Magengrube ausbreitete. Der junge Mann hatte ihn in voller Absicht geweckt. Da war etwas im Gange. Er trat ans Fenster. Was er sah, zog ihm die Brust noch weiter zusammen. Soldaten rückten in langen Kolonnen voran. Im Licht der Kiefernfackeln, die sie trugen, blitzten die Beschläge und Bajonette ihrer Musketen. Ganz offensichtlich bereiteten sie sich auf einen Einsatz vor, und bei diesem Sturm konnte es sich gewiss nicht um eine einfache Übung handeln.

Er kehrte ins Schlafzimmer zurück und hüllte sich in sein Plaid, das er mit einer edelsteinbesetzten Silberbrosche befestigte. In ihrer Mitte war ein Heidezweig eingraviert, das Wahrzeichen der Macdonalds. Er zog die Stiefel an und weckte dann behutsam seine Frau.

»Was machst du da?«, fragte sie mit heiserer Stimme. »Es ist noch dunkel.«

»MacIvor ist fort. Da geht etwas vor, Anna. Zieh dich ganz dick an, und vergiss die Schuhe nicht. Kleide auch den Kleinen an. Ich muss meinen Vater warnen. MacIvor hat mich mit Absicht aufgeweckt, und in seinem Blick stand etwas… Brecht auf, sobald ihr fertig seid. Lass dir nicht zu lange Zeit. Hast du alles verstanden?«

»Aber warum? Und wohin sollen wir gehen?«, rief Anna verwirrt.

»Die Soldaten scheinen sich zum Angriff zu rüsten, Anna«, erklärte er mit tonloser Stimme. »Du musst mit Coll in die Hügel flüchten. Steigt an der Ostflanke des Meall Mor auf und sucht euch eine Zuflucht. In ungefähr einer Stunde wird es hell. Du kannst nicht hier bleiben, Liebste. Nimm deinen Dolch mit. Die Dunkelheit ist jetzt unser einziger Verbündeter.«

»Oh, Liam! Das schaffe ich niemals… Nicht ohne dich«, schluchzte die junge Frau furchtsam.

Liam nahm sie in die Arme und hielt sie lange umschlungen. Zärtlich umschloss er dann ihr Kinn mit der Hand, so dass sie zu ihm aufsehen musste.

»Anna, *mo ghrian*, du bist stärker, als du glaubst. Vertrau mir. Ich werde keine Zeit haben, noch einmal zurückzukommen und dich zu holen, deswegen musst du mit Coll vorangehen. Ich stoße dann mit Vater, Colin und meinen Schwestern zu euch.«

»Ich habe Angst…«, flüsterte sie und klammerte sich an ihren Gatten.

»Anna, ich muss fort, die Zeit drängt… Möglich, dass es um unser Leben geht«, versetzte er mit fester Stimme. »Zieh dich an und vergiss nicht, was ich dir gesagt habe.«

»Die Ostseite des Meall Mor«, schluchzte Anna. »Ich werde es nicht vergessen. *Beannachd Dhé ort*, Liam. Gott schütze dich.«

»*Beannachd Dhé ort*, Anna, ich liebe dich«, murmelte Liam und wischte eine Träne fort, die über die Wange seiner Frau rann.

Er richtete sich auf, hüllte sich in seinen mit Schaffell gefütterten Umhang und steckte das lange Messer in den Gürtel, die einzige Waffe, die er zu seiner Verteidigung besaß. Die Dorfbewohner hatten all ihre Waffen versteckt, damit die Soldaten sie nicht konfiszierten. Nach dem Aufstand von 1689 und ihrem widerwillig geleisteten Treueid gegenüber dem protestantischen König war es ihnen untersagt, andere als Jagdwaffen zu tragen. Er küsste seinen Sohn, der zu quengeln begonnen hatte, sah sich ein letztes Mal um und ging hinaus.

Die Kälte war schneidend, und der Wind peitschte ihm ins Gesicht. Kaum vermochte er den Umriss des Hauses, in dem er aufgewachsen war, zu erkennen, obwohl es weniger als eine halbe Meile von seiner Hütte entfernt lag. Ein Stück weiter östlich marschierten die Kolonnen der Soldaten in Richtung Invercoe und Carnoch, wo der Chief lebte. Seine düsteren Vorahnungen schienen mit jedem Moment deutlichere Gestalt anzunehmen.

»Sie werden angreifen«, stieß er entsetzt hervor.

Er verdoppelte seine Anstrengungen und rannte durch den Schnee, der rasch höher wurde. Er musste rechtzeitig dort sein. Seine Lungen brannten, und im Schneegestöber sah er nur verschwommen. Schüsse erschollen, gefolgt von Schreien. Liam verhielt den Schritt, hin- und hergerissen zwischen dem Wunsch, zurückzukehren und Anna und Coll zu helfen, und dem Bedürfnis, seine Familie zu warnen. Doch es war zu spät, er musste weiter. Anna musste längst unterwegs in die Berge sein, zumindest hoffte er das aus tiefstem Herzen.

Im Haus schlummerte noch alles. Liam stürmte nach drinnen und rüttelte Colin, der in der Nähe des Kamins auf dem Boden nächtigte, aus dem Schlaf. Er durfte keine Zeit verlieren, die Fackeln der Soldaten hatten sich der Kate schon bis auf wenige Schritte genähert.

»Colin, Vater, rasch!«, brüllte Liam. »Wir müssen fort, die Campbells greifen uns an.«

Sein Bruder fuhr verwirrt in die Höhe, immer noch schlaftrunken. Doch ein weiterer Schuss sorgte rasch dafür, dass er vollständig erwachte. Er stürzte zu den Betten, in denen ihr Vater und ihre beiden Schwestern schliefen, um sie zu wecken. Ginny, die guter Hoffnung war, konnte sich nicht ganz so schnell aufrappeln.

»Colin, lauf mit Sàra voraus!«, rief Liam. »Vater und ich kommen mit Ginny nach.«

Colin hatte kaum Zeit, zusammen mit Sàra aus dem Fenster zu klettern, als schon die Tür mit einem ohrenbetäubenden Krachen aufgestoßen wurde. Sergeant Barber stürzte zusammen mit zwei Soldaten herein. Duncan Macdonald erstarrte angesichts eines Musketenlaufs, der sich auf seine Stirn richtete. Ginny begann zu schreien. Liam bedeutete seiner Schwester, zu ihm zu kommen. Sie tat zwei Schritte in seine Richtung und krümmte sich dann plötzlich, als ein scharfer Schmerz durch ihren Leib fuhr. Einer der Soldaten nutzte die Gelegenheit, um sie grob an den Haaren zu packen und zum Tisch zu zerren, auf den er sie mit Gewalt stieß. Er begann zu lachen, wobei er ein verfaultes Gebiss enthüllte, und schob dann Ginnys Röcke hoch. Die junge Frau wehrte sich nach Kräften, doch der Rohling ohrfeigte sie brutal. Das Geräusch ließ Liam zusammenfahren.

»Sieh einer an«, höhnte der Mann. »Eine richtige kleine Teufelin. Und auch noch geschwängert von einem dieser Highlander-Hurensöhne! Jetzt werde ich dir zeigen, wie man mit Flittchen wie dir verfährt, meine Schöne.«

Ginny, deren Gesicht vor Schmerz verzerrt war, bedachte den Rüpel mit wütenden Blicken und drehte sich entsetzt zu Liam und ihrem Vater um, doch die wurden von dem Sergeanten und dem zweiten Soldaten mit Musketen in Schach gehalten und standen benommen und wie gelähmt da.

»Eure Frau?«, fragte der Sergeant, an Liam gerichtet, mit einem boshaften Grinsen.

»Sie ist meine Tochter, Bastard!«, brüllte Duncan. »Lasst sie los!«

Er wollte zu ihr laufen, doch Barber richtete die Waffe auf Ginny.

»Einen Schritt weiter, und ich puste ihr das Gehirn weg.«

Duncan erstarrte. Seine Züge waren wutverzerrt. Sein Atem ging keuchend, und er konnte den Blick nicht von seiner Tochter losreißen, die vergeblich um sich schlug.

»Eure Tochter, sagt Ihr?«, murmelte der Sergeant lauernd. »Und, habt Ihr es mit meiner Schwester ebenso getrieben, Macdonald?«, setzte Barber sarkastisch hinzu.

»Eurer Schwester?«

»Tut nicht so unschuldig, Macdonald! Ihr erinnert Euch sehr gut an meine Schwester, Hele…«

»Fahrt zur Hölle, Barber!«, unterbrach Duncan ihn brüsk. »Ich habe Eurer Schwester keine Gewalt angetan, sie… Herrgott im Himmel!«

In Duncan Macdonalds umnebelten Gedanken stiegen jetzt die Erinnerungen auf. Er warf seinem Sohn einen beschämten Blick zu, doch das war nicht der richtige Moment für Erklärungen und erst recht nicht für Gewissensbisse. Er hatte sein *mea culpa* abgelegt, fast achtzehn Jahre war das jetzt her. Liam würde es später erfahren, falls er noch die Möglichkeit hatte, ihm alles zu erklären…

»… ich habe ihr keine Gewalt angetan.«

»Verfluchter Lügner! Sie ist zwei Jahre später vor Scham gestorben. Und Ihr, Ihr habt Euch ein wenig zu einfach aus der Affäre gezogen, wenn Ihr meine Meinung hören wollt. Auf diesen Moment habe ich mit Ungeduld gewartet, und ich glaube, das war der Mühe wert. Kommt, Tillery, zeigt uns, wie man diese Vögelchen zum Singen bringt.«

Der Soldat, der Ginny gepackt hielt, machte sich erneut ans Werk. Liam sah ihn wie vom Donner gerührt an. Wovon redeten die Männer nur? Sein Vater sollte eine Frau geschändet haben? Andere Männer taten so etwas vielleicht, aber doch nicht sein Vater! Der Sergeant bemerkte Liams verblüffte Miene und hielt es für angebracht, noch einige Erläuterungen an seine Adresse hinzuzufügen.

»Versteht Ihr, ich habe eine Rechnung mit Eurem Vater zu begleichen. Ich möchte, dass er für das, was er getan hat, bezahlt… bevor er stirbt.«

»Aber…«

Liam hatte sich zu seinem Vater umgewandt, doch der schaute ihn nicht an, sondern hielt den Blick auf seine Tochter geheftet, ihn sich ihres Angreifers nicht erwehren konnte.

»Vater…«

»Ginny bekommen sie nicht, sie hat nichts damit zu tun!«

Duncan Macdonald stieß den Kriegsschrei seines Clans aus

und stürzte sich auf die Soldaten, und dann ging alles blitzschnell. Ein Schuss krachte, und Duncan stürzte, in den Kopf getroffen, zu Boden.

Liam rührte sich nicht, doch seine Gedanken überschlugen sich mit rasender Geschwindigkeit. Sein Blick glitt von Sergeant Barber zu dem reglosen Körper seines Vaters, dann zu dem Soldaten, der seine Muskete nachlud, und schließlich zu der abstoßenden Vergewaltigungsszene. Tillery bemühte sich inzwischen, mit der einen Hand seine Hose aufzuknöpfen, während er mit der anderen Ginny, die zappelte und schrie, auf dem Tisch niederhielt. Langsam begann er zu verstehen, was sein Verstand da seit einigen Minuten nur passiv wahrnahm, und dann heulte sein zerrissenes Herz in ihm auf. Während er sich in finsteren Mutmaßungen ergangen hatte, war sein Vater kaltblütig ermordet worden. Seine Schwester wurde vor seinen Augen geschändet. Und er hatte bisher nichts getan, um ihnen zu helfen …

Ein wenig verspätet wollte er zu seiner Schwester laufen, doch der Sergeant vertrat ihm den Weg.

»Ich gewähre Euch ein paar Minuten Aufschub, ehe ich Euch ebenfalls ein Loch in den Schädel schieße. Seht Euch gut an, wie man mit den Highland-Frauen richtig umspringt, mein Kleiner«, prahlte der Mann. »Dann werdet eben Ihr an der Stelle Eures Vaters leiden. Zugegeben, Tillery ist nicht sehr ansehnlich, aber er weiß, wie man mit Frauen umspringt.«

»Lasst sie los, Bastard! Tötet mich, wenn Ihr wollt, aber gebt sie frei!«, zischte Liam mit zusammengebissenen Zähnen.

»Oh, welche Seelengröße!«, höhnte der Sergeant. »Macht Euch keine Sorgen, Macdonald, ich werde sie nicht anrühren. Diese niederen Arbeiten überlasse ich Tillery.«

Er sah zu seinem Soldaten und grinste obszön, bevor er weitersprach.

»Ich finde, dass er seine Aufgabe sehr gut erledigt, meint Ihr nicht auch?«, setzte er hinzu und brach dann in ein ordinäres Gelächter aus.

Der zweite Soldat tat es ihm nach; er ergötzte sich an dem Schauspiel und wartete offenbar darauf, als Nächster an die Reihe zu kommen.

Liam spürte, wie sein Zorn aufstieg und Besitz von ihm ergriff. Unauffällig ließ er den Umhang von seinen Schultern gleiten. Der Sergeant, der von dem grotesken Schauspiel fasziniert war, wirkte kurzzeitig abgelenkt. *Ein schwerer Fehler, mein Guter!*, dachte Liam. Seine Finger schlossen sich um das Heft seines Dolchs. Mit einer schnellen, präzisen Bewegung warf er den Umhang über Barbers Pistole. Ein Schuss löste sich und schlug hinter ihm in das Holz ein. Sergeant Barber wich nach hinten aus, stolperte über einen Stuhl und schlug, behindert von dem schweren Umhang, der Länge nach zu Boden. Liam stürzte sich auf ihn und zielte auf seine Kehle, doch der Sergeant wich der heruntersausenden Klinge aus. Nicht schnell genug. Der Stahl bohrte sich in sein Gesicht und fuhr in den weichen Augapfel. Barber jaulte wie eine verdammte Seele und wand sich auf dem Holzboden wie ein Aal.

Liam fluchte. Das war knapp danebengegangen. Er hatte keine Zeit, seine Tat zu Ende zu bringen; die Schreie seiner Schwester forderten seine Aufmerksamkeit. Der zweite Soldat zielte, drückte ab und verfehlte ihn. Liam, der sich zu Boden geworfen und in Richtung Tisch abgerollt hatte, ließ die Klinge in Barbers Augenhöhle stecken und richtete sich auf, um Ginny zu helfen. Zu spät erkannte ihr Schänder, was vor sich ging. Liam packte ihn am Hals und versetzte ihm einen heftigen Faustschlag ins Gesicht. Tillery geriet ins Taumeln, behindert von seiner Hose, die ihm um die Knie schlotterte, knallte mit dem Kopf voran gegen die Wand und sackte zusammen.

»Komm, Ginny!«, schrie Liam und zerrte seine Schwester hinter sich her in das Schneetreiben hinaus.

Sie vernahmen Flüche, die der Wind verwehte, und eine Kugel pfiff über ihre Köpfe hinweg. Sie rannten, bis ihnen die Luft ausging, immer den Gleann Leac hinauf, und begannen dann den Anstieg auf die Flanke des Meall Mor. Doch nach einer Weile sank Ginny zitternd zusammen und erbrach sich in den Schnee.

»Ich kann nicht weiter, Liam«, schluchzte sie und klammerte sich an den Arm ihres Bruders, der genauso heftig zitterte wie sie. »Ich habe Schmerzen, das Kind … Es tut zu weh … Ach, Vater! Sie haben ihn getötet, Liam! Sie haben unseren Vater umgebracht!«

Langsam kam Liam das ganze Ausmaß ihrer grauenhaften Lage

zu Bewusstsein. Er sah sich um: Das Dorf Achnacone brannte. Dicke schwarze Rauchsäulen, die im grauen Licht der ersten Morgendämmerung deutlich zu erkennen waren, nahmen ihnen den Atem und brannten in ihren Lungen. Das ganze Tal, sein ganzes Leben, ging in Feuer und Blut unter.

»Sie brennen alles nieder«, stieß er hervor. »Sie wollen uns ausrotten wie gemeine Ratten.«

Sein Blick kehrte zu seiner Schwester zurück, die sich, geschüttelt von heftigen Krämpfen, zu seinen Füßen krümmte. Er vermochte das hässliche Bild des Soldaten, der ihr Gewalt angetan hatte, nicht zu verbannen. Liam ging mit sich selbst ins Gericht, weil er nichts getan hatte, um das zu verhindern. Und dann sein Vater, niedergestreckt wie ein Hund... Dumpfe Wut stieg in ihm auf und verlieh ihm die Kraft zum Weitergehen. Er zwang Ginny aufzustehen, obwohl sie protestierte. Er legte einen Arm um ihre Taille, um sie aufrecht zu halten.

Während sie sich mühsam einen Weg durch den tiefen Schnee bahnten, wandten seine Gedanken sich Anna und Coll zu. Sein Zorn verzehnfachte sich bei der Vorstellung, dass Anna möglicherweise das Gleiche widerfahren war wie seiner Schwester. Wo die beiden wohl in diesem Moment sein mochten? Hatten sie in den Bergen eine sichere Zuflucht gefunden?

Nach einstündiger Wanderung suchte Liam einen provisorischen Schutz unter einem Felsüberhang, damit Ginny sich etwas ausruhen konnte, ehe sie den Anstieg wieder aufnahmen. Unter ihnen erstreckte sich ein unheimliches Panorama. Das ganze Tal, von Invercoe bis Achtriochtan, lag unter einer dicken schwarzen Rauchdecke. Die donnernden Musketenschüsse und die Schreie, die zu ihnen drangen, jagten ihnen Schauer über den Rücken. Ginny weinte an Liams Schulter, doch seine Züge wirkten wie versteinert, während er erloschenen Blickes auf seine verlorene Heimat starrte.

»Sag Adam, dass es mir leid tut, Liam«, flüsterte sie und verzog vor Schmerz das Gesicht.

»Was meinst du? Du kannst nichts dazu, Ginny, es war nicht deine Schuld. Ich habe ...«

»Pssst!«, unterbrach sie ihn und legte einen eiskalten Finger auf die Lippen ihres Bruders. »Du hättest auch nichts tun können. Das Kind … Ich glaube, ich werde es verlieren, Liam …«

Sie hielt sich den gerundeten Bauch und beugte sich stöhnend vor. Bohrende Schmerzen malträtierten ihren Unterleib, und dann spürte sie, wie ein heißer Schwall aus ihrem Körper herausbrach und zwischen ihren Schenkeln hinunterlief. Ihr Stöhnen wurde zu einem Schmerzensschrei, und der Schnee zu ihren Füßen färbte sich rot. Entsetzt sah Liam zu, wie die Blutlache unter den Röcken seiner Schwester immer größer wurde. Sie war totenbleich geworden und umklammerte seinen Arm so fest, dass ihre Fingernägel sich in seine Haut bohrten.

»Ginny, nein!«, schrie Liam erschrocken.

Er legte sie auf den Boden und verfluchte sich, weil er seinen Umhang nicht mehr hatte, mit dem er sie hätte zudecken können. Ginny zitterte, sie versuchte, ihm etwas zu sagen, brachte es aber nicht über die vor Kälte blau angelaufenen Lippen. Liam löste sein Plaid und legte es über sie.

»Bleib bei mir, Gin, bleib bei mir!«, rief er und rieb panisch die starren Hände seiner Schwester.

Mit dem Ärmel wischte er sich die Augen. Er hätte später nicht sagen können, wie lange er dort ausharrte und versuchte, Ginnys reglosen Körper zu wärmen. Verstört blickte er auf seine Schwester hinunter und schlug ihren Rock hoch, um damit ihr Gesicht zu bedecken.

»*Tha mir duilich, mo phiuthar*«, flüsterte er. Es tut mir so leid, Schwester.

Ginny … Sein Vater … Warum? Persönliche Rache? Barber hatte behauptet, eine Rechnung mit seinem Vater offen zu haben … Nein, das musste er missverstanden haben. Wegen einer lange zurückliegenden Vergewaltigung hätten die Soldaten das Tal nicht mit Feuer und Schwert verheert! Sein Blick richtete sich ins Leere; und er sah wieder das Gesicht seines Vaters vor sich, siegesbewusst und vor Vergnügen rot angelaufen, nachdem er ihn zum dritten Mal hintereinander beim Kartenspiel geschlagen hatte, und Ginny, die ihn liebevoll neckte und ihm noch ein *dram* Whisky einschenkte. Das war erst ein paar Stunden her, und jetzt dieses Gemetzel … Wie viele Highlander wohl tot waren? Das Tal zählte etwas mehr als dreihundert Seelen, doch wie viele würden in dieser Kälte überleben? Er sagte sich, dass er träumen musste, dass er nur einen furchtbaren Albtraum erlebte.

Liam erinnerte sich an MacIvors düstere Miene. Der junge Mann hatte es gewusst... Und er hatte ihn auf seine Weise warnen wollen. Er musste gehorchen, aber konnte man einen Mann zwingen, den Befehl zu einem solchen Massaker an unschuldigen Menschen zu befolgen, und wenn er vom König selbst gekommen wäre? Übertrug die Stellung des Monarchen ihm denn göttliche Macht, das Recht, über Leben und Tod von Frauen und Kindern zu befinden? Doch seine Fragen blieben ohne Antwort.

Er hatte keine Zeit, sich seinem Schmerz hinzugeben, er musste weitergehen und sich auf die Suche nach dem Rest seiner Familie machen, die irgendwo in den Bergen sein musste. Sie würden später zurückkehren und Ginnys sterbliche Hülle bergen. Für sie konnte er nichts mehr tun, ebenso wenig wie für seinen Vater.

Der Sturm heulte immer noch und schien in seinen Zorn und Hass einzustimmen. Er peitschte die Bäume, pfiff zwischen den Ästen hindurch und trug seinen wütenden Schrei bis in das vom Blut Unschuldiger gerötete Tal.

Liam umging die vom gefrorenen Schnee glatten Steilhänge. Die schneidende Kälte drang ihm in die Knochen. Mechanisch setzte er einen Fuß vor den anderen, ohne wirklich zu sehen, wohin er trat. Seine Gedanken begannen sich zu verwirren. Ständig sah er vor seinem inneren Auge die grauenhaften Szenen, die sich in seinem Elternhaus abgespielt hatten, und dann schien das entsetzte Gesicht seiner Schwester plötzlich Annas Züge zu tragen. Seine unsteten Gefühle sprangen zwischen Zorn, Schuldbewusstsein und tiefem Schmerz hin und her.

Er befand sich auf einem Felsvorsprung. Der wirbelnde Schnee umschlang ihn wie ein Leichentuch. Über sich vernahm er plötzlich näher kommende Männerstimmen, unter denen er die des Laird*, Macdonald von Achnacone, und die von Angus Macdo-

* Laird ist die schottische Bezeichnung für einen Lord (Anmerkung der Übersetzerin)

nald erkannte. Eilig kletterte Liam den Felssturz hinauf und hievte sich vor den Füßen der verblüfften Männer auf den nächsthöheren Vorsprung.

»Liam, mein Freund! Du lebst!«, rief einer der Männer aus und half ihm beim Aufstehen.

Schweigend umarmten sich die beiden, dann ergriff der Ältere das Wort.

»Dein Vater ...«, murmelte der Laird.

»Er ist tot, und Ginny auch ...«

Liam versagte die Stimme, und er wandte sich ab, um die Tränen zu verbergen, die ihm in die Augen stiegen.

»Colin und Sàra konnten rechtzeitig fliehen«, fuhr er dann fort. »Wo Anna und Coll sind, weiß ich nicht.«

»Die beiden leben, Liam«, versicherte ihm Angus. »Sie sind auf der anderen Seite des Berges, zusammen mit den anderen, die fliehen konnten.«

»Geht es ihnen gut?«, fragte Liam besorgt.

»Komm mit uns, sie warten in einer Höhle, weiter unten im Süden. Wir müssen die Frauen und Kinder vor Anbruch der Nacht nach Appin führen, sonst überstehen sie diese Kälte nicht.«

Liams Unruhe wuchs. Sie lebten, aber wie lange noch? Anna war von so zarter Gesundheit.

Kinder wimmerten, andere schliefen in den Armen ihrer erschöpften und lethargischen Mütter. Ehefrauen weinten in fremden Armen, die ihnen nur wenig Trost schenken konnten, um ihre bestialisch abgeschlachteten Männer. Es war ein düsteres, ergreifendes Bild.

Anna saß auf dem Boden und strich zärtlich über das Haar des kleinen Coll, den sie fest in ihren Umhang gewickelt hatte. Sie hatte die Augen geschlossen und sah den Mann nicht, der sich ihr näherte. Liam kauerte vor ihr nieder und streichelte ihre eiskalte Wange.

»*Mo ghrian* ...«

Mühsam schlug Anna die Augen auf. Liam lächelte ihr traurig zu.

»Liam! Oh, Liam! Du bist ...«

Sie umarmten einander so fest, wie sie es mit der verbliebenen Kraft vermochten.

»Ich habe dir doch gesagt, dass du es schaffen würdest«, flüsterte Liam.

»Ja, und du hast mich gefunden«, setzte sie mit schwacher Stimme hinzu. »Ich hatte Angst um dich, Liam. Ich habe gesehen, wie die Soldaten zum Haus deines Vaters gingen, und ich dachte schon, ihr hättet keine Zeit mehr gehabt zu fliehen.«

Liam ließ sich neben ihr nieder, nahm sie in die Arme und küsste dann ihre Stirn.

»Ich war tatsächlich noch im Haus … Mit Vater und Ginny.«

Anna erstarrte, sagte aber nichts. Sie ahnte sofort, dass Blut geflossen war.

»Colin und Sàra konnten rechtzeitig flüchten. Aber … Vater ist tot, Anna. Sie haben ihn … abgeschlachtet wie ein Tier … Herrgott! Und ich habe nichts unternommen! Ich habe es nur geschafft, Ginny herauszuholen, aber sie …«

Seine Schuldgefühle und ein Schluchzen, das in seiner schmerzenden Kehle aufstieg, erstickten ihn fast. Anna legte die kalten Finger auf Liams Hand und sah ihn an.

»Wo ist Ginny?«, stammelte sie.

»Sie hat das Kind verloren … Da war Blut, so entsetzlich viel Blut. Ach, Anna … Ginny ist tot.«

Die Nachricht traf die junge Frau wie ein Schlag ins Gesicht. Ihr brach das Herz, doch ihre Augen blieben trocken. Sie hatte keine Tränen mehr.

»Sie war mir wie eine Schwester«, sagte sie apathisch.

Ihre Gliedmaßen fühlten sich taub an, und langsam überwältigte sie der Schlummer.

»Wie geht es Coll?«, fragte Liam und nahm die kostbare Last von den Knien seiner Frau.

»Er schläft … Ihm war so kalt, da habe ich ihn in meinen Umhang gewickelt, und dann ist er eingenickt. Ich glaube, jetzt geht es ihm besser …«

Liam strich mit der Hand über das Gesicht seines Sohnes. Es war kalt, und seine Haut war grau. Der Vater ließ die zitternde Hand am Hals des Kindes hinuntergleiten und seufzte erleichtert, als er den Puls spürte. Er war schwach, aber das Herz schlug.

»Sie haben den kleinen Robby getötet… Ich habe alles gesehen… Mit dem Bajonett. Er war noch keine drei Jahre alt, Liam… Das hat mir die Kraft gegeben, mit Coll zu fliehen… Sie hätten ihn auch umgebracht.«

Ihre Stimme klang immer stockender, und ihr Kopf sackte schwer herab. Liam schlang die Arme um ihre schmalen Schultern, und sie schmiegte sich mit geschlossenen Augen an seine Brust.

In der Höhle war es dunkel. Das Stöhnen der Überlebenden mischte sich mit den Musketenschüssen, die immer noch aus dem Tal hallten. Der Sturm tobte weiter, wenn auch nicht mehr so heftig wie zuvor. Der beißende Rauchgestank stieg bis hierher auf und brannte in den schon vom Weinen geröteten Augen der Flüchtlinge.

Mehrere Männer waren auf die Suche nach Überlebenden ausgezogen, um sie hier zu sammeln und dann nach Appin hinunterzuführen. Auf dem Gebiet ihrer Nachbarn, der Stewarts, hofften sie, eine Zuflucht für die Frauen und Kinder zu finden.

Liam fragte sich, wie sie dorthin gelangen sollten. Sie waren bereits zu Tode erschöpft und unterkühlt. Anna war ebenfalls eingeschlafen. Sie war wachsbleich, und ihre Lippen nahmen langsam einen besorgniserregenden Blauton an. Er zog sie und Coll fester an sich, aber im Grunde seines Herzens wusste er schon jetzt, dass sie verloren waren.

»Mein Gott, lass mich mit ihnen gehen«, wisperte er. »Ich könnte es nicht ertragen, ohne sie zu leben.«

Die Erkenntnis traf ihn wie ein Schlag. Sein Clan, sein Tal waren verloren. Sein Vater, seine Schwester tot. Wie viele andere würden ihnen noch folgen? Seine Frau und sein Sohn… Von lautlosem Schluchzen geschüttelt, schloss er die Augen und vergrub das Gesicht in Annas goldenem Haar. Und dort überließ er sich endlich dem Schmerz, der ihm den Atem raubte.

TEIL ZWEI

Man kämpft nicht gegen die Macht des Schicksals.

Aischylos

2

Dunning Manor, 28. Mai 1695

»Dann treten König Malcolm und sein Vasall MacDuff auf, und Malcolm sagt: ›Lass uns 'nen stillen Schatten suchen und durch Tränen unser Herz erleichtern.‹ Und MacDuff antwortet ihm: ›Lieber lass uns, das Todesschwert ergreifend, wacker aufstehn für unser hingestürztes Recht. An jedem Morgen heulen neue Witwen, und neue Waisen wimmern; neuer Jammer schlägt an des Himmels Wölbung, dass er tönt, als fühlt' er Schottlands Schmerz und hallte gellend den Klagelaut zurück.‹«*

Ich sah zu Lady Catherine Dunning. Sie schien schon halb zu schlafen, daher schlug ich das Buch zu, legte es auf den Nachttisch und zog ihre Decke hoch.

»Danke, mein Kind«, murmelte sie mit halb geschlossenen Augen. »Das wäre dann alles für heute Abend. Ich bin erschöpft. Außerdem muss es bereits nach zehn sein, und Ihr braucht ebenfalls Eure Ruhe.«

»Ihr seid sehr freundlich, Mylady«, antwortete ich. »Mein Ausritt heute Nachmittag hat mich ermüdet. Eure Stute ist recht lebhaft, und ich muss meine ganze Kraft zusammennehmen, um sie zu lenken. Euer Sohn Winston dagegen ist ein ausgezeichneter Reiter und ein guter Lehrer noch dazu. Ich glaube, dass ich mich einigermaßen schlage.«

»Das freut mich sehr. Ihr seid gewiss die Einzige, der es gelingt, meine Stute zu reiten. Bonnie ist sehr temperamentvoll, aber Euch scheint sie gern zu mögen.«

* Shakespeare, Macbeth, Vierter Aufzug, dritte Szene, zitiert nach der Übersetzung von Dorothea Tieck, erschienen bei Philipp Reclam jun.

Aus ihren wässrigen blauen Augen sah sie mich forschend an und sprach dann weiter.

»Behandelt Winston Euch anständig?«

»Ja, Mylady«, log ich.

»Und Lord Dunning?«

Dieses Mal vermochte ich ihrem fragenden Blick nicht länger standzuhalten. Ich sagte Lady Catherine nicht gern die Unwahrheit, doch in diesem Falle war die Notlüge gerechtfertigt. Sie hätte die Wahrheit nie ertragen, und die war, dass Winston ein arroganter und egozentrischer grober Klotz war. Nie ließ er eine Gelegenheit aus, mich vor den anderen Dienstboten zu demütigen. Und um sein schändliches Verhalten noch weiter zu treiben, entschuldigte er sich dann, wenn er mit mir allein war, und behauptete, sein Ungestüm sei mit ihm durchgegangen. Und was Lord Dunning anging, so war er ein Bastard von der schlimmsten Sorte.

»Lord Dunning ist sehr freundlich zu mir«, stotterte ich.

»Ich verstehe. Ihr seid jetzt fast zwei Jahre in meinen Diensten, so ist es doch, Caitlin?«

»Ja, Mylady.«

»Wenn jemand Euch wehtun würde, dann würdet Ihr es mir doch sagen?«

»Ja, Mylady«, fllüsterte ich.

»Es ist nur ... Ihr kommt mir seit einer Weile so sorgenvoll vor. In der letzten Zeit habt Ihr stark abgenommen, und vor Müdigkeit habt Ihr Schatten unter Euren wunderschönen Augen. Dabei mochte ich Eure runden Wangen so gern. Seid Ihr wenigstens nicht krank?«

»Mir geht es gut; macht Euch keine Sorgen um mich.«

»Ich schätze Euch sehr, mein Kind. Es muss Eurem Vater das Herz gebrochen haben, Euch hier in Stellung zu geben.«

»Er hat nur zu meinem Besten gehandelt«, erklärte ich. »Bei sich in Edinburgh konnte er mich nicht behalten, denn er hätte nicht genug zu essen für mich gehabt.«

»Fehlt er Euch?«

»Ja ... doch.«

Sie lächelte zärtlich und strich mir mit ihren von der Krankheit verzogenen Fingern über die Wange.

»Ihr seid sehr hübsch, wisst Ihr. Mit Euren zarten Zügen und Eurem Elfenbeinteint zieht Ihr gewiss alle Männerblicke auf Euch. Andrew habt Ihr es jedenfalls angetan.«

Andrew war der Sohn des Stallknechts. Seit zwei Monaten machte er mir schon den Hof. Wir sahen uns nur zweimal die Woche, wenn er seinem Vater beim Ausmisten half. Er war ein hübscher Junge, der sich eifrig um mich bemühte und mich mit einer Achtung behandelte, an die ich nicht gewöhnt war.

»Ein hübsches Mädchen kann es sich gelegentlich erlauben, kokett zu sein. Ich habe etwas für Euch. Es liegt auf der Kommode.«

Ich trat an das Möbelstück. Darauf lag ein Stück Toilettenseife, das gut nach Lavendel roch. Mein Herz schlug höher, denn ich liebte diesen Duft über alles.

»Oh! Vielen Dank, Mylady, das ist sehr freundlich von Euch.«

»Die Freude ist ganz auf meiner Seite. Ich hätte mir so sehr eine Tochter gewünscht, aber Gott hat anders entschieden. Ich habe nur Winston, und ich muss gestehen, dass er gegenüber seiner armen Mutter nicht sehr aufmerksam ist.«

»Euer Sohn ist sicherlich sehr beschäftigt«, wandte ich vorsichtig ein.

»Vielleicht. Jetzt werde ich aber schlafen. Du kannst mir morgen weiter aus dem *Macbeth* vorlesen.«

»Sehr gern, Mylady. Gute Nacht.«

»Gute Nacht, mein Kind.«

Ich blies die Kerze aus und ging leise aus dem Zimmer. Das kostbare Seifenstück barg ich in der Rocktasche und schlug den Weg zu meinem Zimmer ein, das unter dem Dach lag. Es war winzig, aber da ich es mit keiner der anderen Frauen zu teilen brauchte, war es zu meinem Zufluchtsort geworden.

Die Treppe lag im Halbdunkel. Als ich mich anschickte, sie hinaufzusteigen, stieß ich gegen etwas Weiches. Nein, gegen *jemanden.*

»Guten Abend, Caitlin.«

»Guten Abend, Lord Dunning«, flüsterte ich.

Ein Gefühl von Angst ergriff mich. Ich ahnte nur zu gut, was er im Schilde führte, und er brauchte nicht lange, um meine Befürchtungen zu bestätigen.

»Du kommst mit mir, meine Süße.«

Er packte mich am Handgelenk und zerrte mich rücksichtslos hinter sich die Stufen hoch.

»Ich bin müde, Lord Dunning«, widersprach ich. »Lasst mich bitte los.«

»Meine Kleine, ich habe dich nicht um deine Meinung ersucht. Ich bin dein Herr, hast du das schon vergessen?«

»Nein, Mylord«, antwortete ich widerstrebend.

Entsetzliche Furcht beschlich mich. Lord Dunning hatte geschäftlich drei Wochen in Edinburgh geweilt, und während dieser Zeit war mir eine kurze Atempause vergönnt gewesen. Dieser Mann hatte mich zu seiner Mätresse gemacht, zu seiner Hure. Ich ekelte mich vor ihm, doch ich konnte nichts dagegen tun. Ich musste seine Attacken über mich ergehen lassen, ohne etwas zu sagen. Der Bastard hatte mich in seinen Klauen und drohte, mich an ein Bordell zu verkaufen, wenn ich mich nicht jeder seiner Launen fügte. Und ich wusste, dass er dazu durchaus in der Lage war.

Wir gingen hinunter in die große Halle, wo Lieutenant Peterson ihn erwartete.

»Ich habe noch eine kleine Angelegenheit zu erledigen, also sei schön brav, verstanden? Bring mir etwas zu trinken.«

Am liebsten hätte ich ihn mit Verwünschungen überschüttet, doch ich biss mir in die Wange, um mich zu beherrschen, trat zu der Portwein-Karaffe und schenkte ihm ein Glas ein. Ich spürte nicht übel Lust, hineinzuspucken und hatte das auch bei passender Gelegenheit schon getan. Doch Rupert, der Haushofmeister, beobachtete mich scharf. Der Mann mit der Adlernase und den durchdringenden Augen war mir zutiefst zuwider, denn er lag ständig auf der Lauer, um die Dienstboten beim kleinsten Fehler zu erwischen. Es bereitete ihm tief empfundenes Vergnügen, sie zu melden und dann ihrer Bestrafung beizuwohnen.

Ich schenkte ihm mein schönstes Lächeln und kehrte zu Lord Dunning zurück, der tief in sein Gespräch mit dem Lieutenant versunken war. Einige Schritte entfernt wartete ich und spitzte die Ohren.

»… und haben ihn mit einer kompletten Wagenladung Musketen und Pistolen festgesetzt, Mylord. Das Ganze war in einem Heuwagen versteckt. Er hatte noch vier oder fünf andere Männer bei sich, doch die sind uns durch die Lappen gegangen.«

Lord John Dunning brummelte etwas Unverständliches und rieb sich das Kinn.

»Und wie heißt dieser dreckige Highlander?«

»Das weigert er sich zu sagen, Mylord. Er schweigt wie ein Grab.«

»Den werden wir schon zum Reden bringen.«

»Wir wissen nur, dass er ein Macdonald ist. Wegen seines Tartans, Mylord. Er ist nicht besonders umgänglich; es hat drei meiner Männer gebraucht, um seiner Herr zu werden. Er ist sehr kräftig.«

»Ich will diesen Wilden sehen. Geht ihn mir holen.«

»Sehr wohl, Mylord.«

Der Lieutenant verließ die Halle, und als er einige Minuten später zurückkehrte, folgte ihm ein von zwei bewaffneten Soldaten flankierter Hüne.

Mir stockte der Atem. Noch nie war ich einem so riesigen Mann begegnet. Er überragte alle Anwesenden mindestens um Haupteslänge. Man hatte ihm die Handgelenke mit einer Schnur gefesselt und diese mit einer Schlinge verbunden, die um seinen Hals lag, so dass er sich, wenn er an seinen Fesseln zerrte, selbst strangulieren würde.

Der Mann hielt sich kerzengrade und musterte Lord Dunning mit hoch erhobenem Kopf und halb geschlossenen Augen. Er war außerordentlich wohlgestaltet. Sein rotes Haar war lang und lockig, und er hatte es im Nacken mit einem Lederband zusammengefasst. Einige widerspenstige Strähnchen hatten sich gelöst und fielen ihm in die Augen. Sein breites Gesicht war von der Sonne kupferfarben gebrannt, und unter dem mehrere Tage alten Bart verbarg sich ein kantiger Kiefer. Unter seinem zerrissenen Hemd erahnte ich stahlharte Muskeln. Gekleidet war er in ein Plaid in dunklen Farben, blau, grün und rot. Schnürstiefel aus weichem Leder reichten ihm bis zu den Knien.

So also sah ein Highlander aus. In Irland hatte ich schon Schotten gesehen, die einen Rock trugen, aber noch nie aus solcher Nähe. So versunken war ich in meine Betrachtung, dass ich nicht gehört hatte, wie Lord Dunning mich anherrschte.

»Gibst du mir jetzt dieses Glas oder nicht?«

Er brüllte beinahe. Ich schreckte zusammen und verschüttete einen Teil des Portweins auf den Ärmel seines Rocks aus beigefarbener Seide. Den Blick auf den sich ausbreitenden dunklen Flecken geheftet, stammelte ich einige unterwürfige Worte der Entschuldigung, doch die trugen mir sogleich eine schallende Ohrfeige ein, die mich zu Füßen des Highlanders auf den Boden schleuderte. Meine Haut brannte, und ich biss mir auf die Lippen, um nicht zu weinen.

Langsam richtete ich mich auf und bemerkte, dass der Riese sich verstohlen regte. Ich wagte einen kurzen Blick über die Schulter. Er sah mich aus seinen tiefblauen Augen durchdringend an, und sein Kiefer verspannte sich, doch seine Miene blieb unergründlich.

»Du hast eine ordentliche Tracht Prügel verdient, kleine Närrin!«, brüllte Lord Dunning.

»Es… es tut mir leid… Ihr könnt es mir vom Lohn abziehen«, stammelte ich.

»Von deinem Lohn?« Er lachte schallend. »Wenn ich das täte, meine Schöne, dann würdest du mehrere Jahre nichts verdienen. Das ist chinesische Seide, arme Törin! Nein, ich weiß ein viel besseres Mittel, dich für dein Ungeschick bezahlen zu lassen.«

Er richtete sich auf, brachte seine Kleider in Ordnung und stieß mich beiseite. Dann machte er sich daran, seinen Gefangenen von allen Seiten in Augenschein zu nehmen und umschlich ihn wie ein Löwe seine Beute. Hämisch grinsend pflanzte er sich schließlich vor ihm auf und sah ihn an.

»Mr. Macdonald, nehme ich an?«

Der Mann antwortete nicht, sondern musterte ihn ohne eine sichtliche Gemütsregung. Doch sein Kiefer arbeitete und verriet, dass er seinen Zorn unterdrückte. So langsam wurde Lord Dunning ärgerlich. Der Gleichmut des Highlanders reizte ihn über alle Maßen.

»Nun gut! Auf die eine oder andere Weise werde ich Euch

schon die Zunge lösen. Man hat Euch auf meinem Land im Besitz verbotener Handelswaren festgenommen. Ich muss Euch also der Justiz übergeben, wenngleich ich gern selbst mit Euch abgerechnet hätte. Morgen wird Euch eine Abteilung der Garde von Dundee abholen und nach Tolbooth eskortieren. Ihr werdet also die Nacht hier unter meinem Dach verbringen. Lieutenant Peterson wird Euch in Euer … Quartier geleiten. Angenehme Träume, Mr. Macdonald.«

Lord Dunning brach in ein schallendes Gelächter aus, das seinen gigantischen Bauch zum Beben brachte und seine Fettpolster erzittern ließ.

»Peterson! Führt ihn in den Keller und sorgt dafür, dass seine Zelle die ganze Nacht über bewacht wird!«

»Ja, Mylord.«

Daraufhin stießen die drei Soldaten den Gefangenen in den Flur und verschwanden. Ich blieb allein mit Rupert und dem alten Bock zurück, der mich lüstern grinsend anstarrte. Er stürzte seinen Portwein hinunter und reichte das Glas dem Falkennasigen, bevor er sich wieder mir zuwandte.

»Ich glaube, meine Angelegenheiten habe ich für heute Abend geregelt, meine Liebe. Wie wäre es, wenn wir uns jetzt den deinigen zuwenden?«

Er umfasste meine Taille und zog mich brutal zu sich heran. Er küsste mich auf den Hals, wobei er eine ekelhafte Speichelspur hinterließ, dann packte er eine meiner Brüste und knetete sie brutal. Ich versuchte, ihn zurückzustoßen, doch er hielt mich fest an sich gepresst.

»Caitlin, meine kleine Wildkatze, mit der Zeit wirst du mich schon schätzen lernen. So übel bin ich gar nicht«, sagte er lachend. »Zumindest nicht, wenn man mir gehorcht. Hast du verstanden?«

Unfähig, mich zu widersetzen, warf ich Rupert einen hilfesuchenden Blick zu, doch er schien sich an der Szene eher zu ergötzen.

Während ich Lord Dunning zu seinem Zimmer folgte, sann ich verzweifelt auf Flucht. Ich war es überdrüssig, mich allen Fantasien dieses alten Lustmolchs zu unterwerfen. *Caitlin, er kann dei-*

nen Körper nehmen, aber niemals deine Seele, sagte ich mir jedes Mal. An diesen Gedanken klammerte ich mich mit aller Kraft.

Lord Dunning schloss die Tür hinter sich. Mit einem Klicken schob er den Riegel vor. Er zog seinen befleckten Rock aus und warf ihn auf einen Sessel, dann löste er seine Krawatte aus feiner Spitze und begann, seine Weste aufzuknöpfen. Ich flüchtete mich hinter seinen Schreibtisch, um ein Hindernis zwischen ihn und mich zu bringen. Mein Herz begann zu rasen. Ich sah keinen Ausweg. Ich fühlte mich wie ein Lamm in der Höhle eines Wolfs. Gierigen Blickes kam er auf mich zu. Die gepuderte Perücke saß ihm schief auf dem Kopf.

»Komm, meine süße Caitlin, mein Kätzchen. Ich sorge dafür, dass du vor Vergnügen schnurrst, du wirst schon sehen.«

»Bitte lasst mich gehen, Mylord. Ich fühle mich nicht besonders wohl…«

»Oh! Wie schade, meine Schöne. Ich dagegen bin heute Abend ausgezeichnet gestimmt. Ich habe mich nach dir verzehrt. All diese Monate warte ich schon darauf, dass dein Zustand sich bessert. In Edinburgh kann dir keine Frau das Wasser reichen, was…«

»Was würde Lady Catherine sagen, wenn sie davon erführe?«, wagte ich einzuwenden.

»Ah, mein Kätzchen, du wirst ihr doch sicher nicht solche Dummheiten erzählen, oder, Caitlin? Sie schätzt dich so sehr. Was würde sie danach von dir denken? Auf jeden Fall weigert sich Lady Catherine seit Ewigkeiten, mein Bett zu teilen. Du musst zugeben, dass sie nicht in der Lage ist, ihre ehelichen Pflichten zu erfüllen.«

Er kam immer näher, so dass ich in Richtung Wand zurückwich. Ich saß in der Falle. Der Wolf stürzte sich auf seine Beute. Er packte meine Handgelenke und presste sie rechts und links von mir an die Wand. In dieser hilflosen Lage hielt er mich fest und starrte mich aus seinen glitzernden Schweinsäuglein an.

»Ich bin ein Mann, Caitlin«, säuselte er, den Blick auf mein Mieder geheftet, »und deine bezaubernden Rundungen lassen keinen Mann gleichgültig.«

Jetzt keuchte er heftiger, und ich roch seinen stinkenden Atem.

Er presste die Lippen auf meinen Mund und versuchte, mit der Zunge einzudringen, doch ich biss die Zähne fest zusammen. Keuchend zog er sich ein Stück zurück.

»Du kleines Luder!«, brüllte er. »Was hast du bloß heute Abend? Machst du dich über mich lustig? Du stellst dich vor mir zur Schau, und wenn ich dann richtig in Flammen stehe, gibst du die schreckhafte Jungfrau.«

»Das stimmt nicht… Ich will nicht… Ich will nicht mehr, Mylord. Ich will nicht schwanger werden…«

Er presste mich mit seinem ganzen Gewicht an die Wand. Vergeblich versuchte ich, mich loszureißen. Angewidert spürte ich sein hartes Glied an meinem Schenkel. Er ließ meine Handgelenke los und machte sich eifrig daran, meine Röcke hochzuschieben, um meine Schenkel mit den Händen zu bearbeiten.

»Dummes Zeug! Ah, Caitlin! Wie weich deine Haut ist. Eine Haut weiß wie Sahne. Und dein Haar… wie nachtschwarze Seide…«

Er versuchte, die Finger zwischen meine Schenkel zu schieben, die ich verzweifelt zusammenpresste. Doch es gelang ihm, sie mit dem Knie auseinanderzudrücken, und dann konnten seine dicken, klebrigen Finger nach Belieben meine Scham erkunden.

»Dein Kätzchen ist so heiß und feucht… Lass dich gehen, meine Schöne. Du wirst schon sehen, du wirst mich um mehr anflehen.«

»Nein! Lasst mich los… Bitte, Mylord!«

Grob zerrte er an meinem Mieder und an meinem Hemd, entblößte meine Brust und begann, sie erneut zu kneten, während er seinen Schritt an meinem Schenkel rieb.

Ich konnte es nicht länger ertragen. Er dünstete einen starken Geruch nach Schweiß und Wein aus, von dem mir übel wurde. Mit geschlossenen Augen schlug ich um mich, sagte lautlos das Vaterunser auf und betete, dass diese Qual aufhören möge. In meinen Augen brannten die Tränen, die ich nicht mehr zu unterdrücken vermochte.

Keuchend wie ein brünstiges Tier sabberte er auf meine Brüste und machte sich an seiner Hose zu schaffen. Kurz war er abgelenkt und lockerte seinen Griff, und ich nutzte die Gelegenheit, um ihm mit dem Knie einen Stoß ins Gemächt zu versetzen, aber meine Röcke hinderten mich daran, so viel Kraft in den Tritt zu legen, wie ich gewollt hätte.

Dennoch ließ er mich fahren und stieß einen erstickten Fluch aus. Kurzzeitig aus seinen Klauen befreit, stürzte ich zur Tür, doch vergebens. Brutal hielt er mich an den Haaren fest und drehte mich um, so dass ich ihn ansehen musste. Er schäumte vor Wut, war wie vom Teufel besessen.

»Was glaubst du, wo du hingehst?«, brüllte er. »Ich bin noch nicht fertig mit dir.«

Er zerrte mich zu seinem Schreibtisch und nahm einen kleinen Gegenstand herunter. Dann schleppte er mich zum Kamin und legte ihn in die rote Glut.

»Warum machst du es mir so schwer? Ich will dir nicht wehtun, aber leider zwingst du mich dazu.«

Jetzt zog er mich noch fester an den Haaren, so dass ich vor Schmerz aufschrie. Sein Blick war der eines irren Sadisten. Ich begann zu zittern. *Dieser Mann ist wahnsinnig! Vollständig verrückt!* Ich hätte ihn nicht zum Äußersten reizen sollen. Inzwischen strömten mir die Tränen nur so über die Wangen. Ich hatte entsetzliche Angst. Dieser Dämon wollte mich in Besitz nehmen, und das konnte ich nicht zulassen. Verzweifelt sah ich mich nach Rettung um und entdeckte eine Waffe. Ich streckte den Arm nach dem Schürhaken aus, ergriff ihn mit beiden Händen und hielt ihn vor mich hin. Doch Lord Dunning schlug ihn weg, und die stählerne Stange flog mit einem metallischen Scheppern gegen die Wand.

»Schmutzige kleine irische Hure!«, donnerte er gereizt. »Ich werde dich lehren, wer hier der Herr ist!«

Seine Faust traf mit voller Wucht gegen meinen Unterkiefer. Ich wurde gegen einen kleinen Schrank geschleudert, der durch den Aufprall ins Wanken geriet. Durch meine Schmerzenstränen sah ich, wie eine zarte Fayence-Figur schwankte. Die kleine Schäferin stürzte ins Leere und zerschellte auf dem Parkett. Stöhnend hielt ich mir den Kiefer, bestimmt war er gebrochen.

Mit einem Taschentuch ergriff der Teufel den Gegenstand aus

der Glut, zerrte mich zu seinem Schreibtisch und warf mich darauf. Ich kam bäuchlings mitten zwischen das Durcheinander von Papieren, das ihn bedeckte, zu liegen. Er zerrte an meinem Hemd und entblößte so meine linke Schulter, die er sanft tätschelte.

»Siehst du, Caitlin, ich dachte, du hättest verstanden, dass man mir keine Widerworte gibt. Du gehörst mir, und ich tue mit dir, was ich will, wenn mich die Lust überkommt. Ich muss dich für deine Insubordination bestrafen«, sagte er und küsste meine Schulter. »Ich brandmarke dich mit meinem Siegel...«

Bei diesen Worten spürte ich einen entsetzlichen Schmerz, der meine Schulter durchfuhr, und zugleich stieg mir der widerliche Gestank verbrannten Fleisches in die Nase. Ich schrie und wand mich, doch er hielt mir den Mund zu, so dass ich keine Luft mehr bekam. Mein Blick richtete sich auf den fleckigen Rock auf dem Sessel. Der Fleck schien immer größer zu werden. Er breitete sich über das abgeschabte Leder aus, floss über den Teppich und stieg an den Wänden hoch, bis er alles verschlungen hatte. Um mich wurde es schwarz.

Als ich wieder zu mir kam, lag ich rücklings auf dem Schreibtisch, und meine Röcke waren bis zur Taille hochgeschoben. Lord Dunning stand zwischen meinen Beinen und traktierte mich mit brutalen Stößen, die jedes Mal seinen Bauch erbeben ließen. Er hatte die Augen geschlossen, und Schweißperlen standen auf seinem aufgedunsenen, rot angelaufenen Gesicht. Er stöhnte und grunzte wie ein aufgeregtes altes Wildschwein. Seine Finger bohrten sich in meine Schenkel und zerkratzten mir die Haut. Verzweifelt tastete ich nach etwas Schwerem, mit dem ich ihn schlagen konnte. Ich musste ihm Einhalt gebieten, ich konnte nicht mehr. Dann stieß meine Hand auf etwas Kaltes. Es war der kleine Dolch, mit dem er seine Briefe öffnete.

Immer noch mit geschlossenen Augen stieß mein Peiniger mir immer heftiger in den Bauch. Er näherte sich seinem Höhepunkt. Er begann zu stöhnen und zu ächzen und grub die Finger noch fester in meine Schenkel, und als er den Gipfel seiner Lust erreichte, packte ich den Dolch, hob ihn hoch und stieß ihn mit aller Kraft in seinen weichen, aufgedunsenen Hals.

Sofort erlahmten die rhythmischen Bewegungen. Sein lustvolles Stöhnen wandelte sich zu einem langgezogenen Schmerzenslaut. Er öffnete die Augen, sah mich ungläubig an und riss den Mund zu einem letzten Schrei auf, der niemals kam. Das Blut schoss stoßweise aus der Wunde und bespritzte mich.

»In der Hölle sollt Ihr schmoren, Helfershelfer des Satans«, stieß ich mit zusammengebissenen Zähnen hervor. »Das ist der einzige Ort, an den Ihr gehört.«

Seine Augen brachen im Tod, und dann sackte er mit seinem ganzen Gewicht über mir zusammen.

Eine Empfindung tiefsten Ekels überkam mich, als ich spürte, wie sein heißes Blut über meinen Hals lief. Es kostete mich alle Kraft, die ich noch besaß, um mich unter seinem leblosen Körper hervorzuwinden. Mit einem dumpfen Knall fiel er schlaff auf das Parkett.

Einen Moment lang war ich vor Schreck und Entsetzen wie erstarrt. Mein ganzer Körper war ein einziger Schmerz. Mühsam stand ich auf und zog meine blutbespritzten Kleider zurecht. Mein Haar fühlte sich klebrig an. Der Gestank und der Anblick all des Blutes drehten mir den Magen um, und ich erbrach mich.

Schweißüberströmt und vor Kälte zitternd hob ich mein Schultertuch auf und bedeckte mich damit. Lord Dunnings Leiche lag in einer merkwürdigen, verrenkten Drehung am Boden. Mund und Augen waren offen, und das Gesicht war im Tod zu einer Grimasse verzogen. Ein gewisser Körperteil, der aus seiner Hose ragte, ließ keinen Zweifel daran, was er vor seinem Tod zuletzt getrieben hatte.

3

Die Flucht

Ich versuchte, ein wenig Ordnung in meine Gedanken zu bringen. Mehrere Male holte ich tief Luft und stand dann langsam auf. Ich hatte Schmerzen, und das Zimmer drehte sich um mich. Die hohen Wände schienen mich einschließen zu wollen wie die Mauern eines Gefängnisses, das ich nie wieder verlassen würde. Ich stützte mich auf den Sessel, um nicht zu fallen. Ich musste aus diesem Haus flüchten. In meinem Kopf überschlug sich alles, und ich konnte keinen klaren Gedanken fassen. Ich musste fort, aber wohin? *Du steckst wirklich in einer misslichen Lage, Caitlin,* dachte ich. *Damit bist du reif dafür, am Ende eines Stricks zu baumeln.*

Ich vermied es, Dunnings Leiche anzusehen, trat um ihn herum und ging zitternd zur Tür. Ohne einen Blick zurückzuwerfen, schloss ich sie hinter mir. Im Flur war es dunkel, er wurde nur von einem blassen Mondlicht erhellt. Ich betete darum, dass Rupert sich schon hingelegt hatte, denn sonst hatte ich angesichts des vielen Bluts, das an mir klebte, keine Aussicht, nicht festgehalten zu werden.

Wie ein Schatten drückte ich mich an den Wänden entlang und stieg in die Halle hinunter. Dort war niemand. Ich musste nachdenken, rasch einen Ausweg finden. Natürlich hätte ich zurück zu meinem Vater gehen können, doch dort würde man mich gewiss zuerst suchen. In einer Kirche um Asyl zu bitten, war eine andere Möglichkeit... Der Priester würde gewiss Mitleid mit einem armen Mädchen in Nöten haben, doch sobald er Wind von dem Mord bekam...

Während ich noch versuchte, mir einen Plan zurechtzulegen, bewegte ich mich zur Tür. Ein dumpfes Krachen, das aus dem

Keller kam, riss aus meinen düsteren Gedanken. Mein Herz schlug rascher, und ich zog mich in den Schatten zurück. Da kam jemand. Erschrocken rannte ich in Richtung Küche, doch eine eisenharte Faust ergriff mich und hielt mich zurück. Der Unbekannte legte eine gewaltige Hand über mein Gesicht, die meine Nase und meinen Mund bedeckte und den bestürzten Schrei erstickte, der eben über meine Lippen kommen wollte.

»Nicht schreien«, murmelte mir eine tiefe Stimme ins Ohr.

Ich erkannte den typischen gutturalen Akzent der Schotten. Das war der gefangene Highlander. Aber was hatte er hier zu suchen? Mit dem Absatz trat ich ihn gegen die Beine, und er unterdrückte einen Fluch, bewegte sich jedoch keinen Zoll. Fest und gebieterisch schloss sich seine Hand um meine Taille. Mit einem Ruck hob er mich hoch und trug mich den Korridor entlang, der zur Küche führte.

»Um Gottes willen, so beruhigt Euch doch… Ihr werdet noch das ganze Haus alarmieren.«

»Lasst mich los…«

Ich fand mich plötzlich zwischen diesem Rüpel und der Wand eingequetscht. Er hatte eine Hand um meinen Hals gelegt, und mit der anderen hinderte er mich am Schreien. Ich zappelte und trat aus, versuchte ihn zu kratzen und schaffte es, meine Fingernägel in seine Seite zu graben. Ein gälischer Fluch drang an mein Ohr. Mit seinem massigen Körper drückte er mich einfach platt. Nun konnte ich mich gar nicht mehr rühren und musste zwangsläufig Ruhe geben. *Dieses Mal, Caitlin, kannst du dich nicht retten,* dachte ich. Ich wünschte mir nur, dass es schnell gehen und ich nicht leiden würde. Wenigstens blieb mir so die Demütigung erspart, am Galgen zu sterben. Mit geschlossenen Augen wartete ich auf mein Ende.

»Ich will Euch nichts Böses tun, aber schweigt still, um Himmels willen!«

Misstrauisch öffnete ich ein Auge. Er lockerte vorsichtig seinen Griff und zog die Hand zurück, bereit, erneut zuzupacken, wenn ich wieder zu schreien begann. Das Blut pochte in meinen Schläfen, und ich schwitzte stark. Nach seinem Geruch zu urteilen, ging es dem Fremden nicht anders.

»Was habt Ihr hier zu suchen, Weib?«

Der Mann musterte mich aus seinen leuchtenden Augen. Ich blieb stumm und sperrte den Mund auf wie ein Karpfen, der auf dem Trockenen nach Luft schnappt. Er begann mich zu beschnüffeln wie ein Hund ein Stück Fleisch, in das er gleich seine Fänge graben will. Seine Finger, die um meinen Hals gelegen hatten, wanderten über meinen ganzen Körper, ohne die geringste Rücksicht auf meine weibliche Empfindsamkeit zu nehmen. Auch ich konnte mich jetzt wieder rühren und wollte die unverschämte Hand abschütteln, doch er war schneller, hielt meinen Arm fest und quetschte ihn schmerzhaft. Der Mann stieß mich ins Mondlicht hinaus und untersuchte mich, dann riss er verblüfft die Augen auf.

»Ihr seid ja verletzt, Frau«, flüsterte er und betrachtete mein blutverklebtes Hemd.

»Lasst mich! Geht, ich werde nichts sagen, ich schwöre es Euch, aber lasst mich …«

Der Koloss schwieg eine Weile und schien über die Lage nachzudenken, dann stieß er ein Brummen aus und zog mich am Arm hinter sich her.

»*Trobhad, a bhoireannaich.* Kommt mit, Weib.« Sein Gälisch klang etwas anders, als wir es in Irland sprechen, doch ich konnte ihn verstehen

Ehe ich wusste, wie mir geschah, drehte er mich herum und zerrte mich nach draußen. Ich stolperte über Steine und Wurzeln, die aus dem Boden ragten, und klammerte mich dann am Plaid meines Entführers fest, um nicht zu fallen. Brutal riss er mich dann hinter einem Heckenrosendickicht, dessen Stacheln mich dabei kratzten, zu Boden, hockte sich selbst hin und schaute sich aufmerksam um. Panik ergriff mich, überwältigte mich vollständig und raubte mir die Sinne. Ich würde sterben … Kein Zweifel, dass dieser Barbar mich in einem Stück verschlingen würde. Angetrieben von meinem Überlebensinstinkt sprang ich auf und raffte meine Röcke, um mich aus dem Staub zu machen. Doch ich fand mich fast sofort der Länge nach im feuchten Gras liegend wieder, niedergedrückt von einem fürchterlichen Gewicht, das mir fast das Kreuz brach. Der Highlander hatte mich an meinem Rock eingefangen und ihn zerrissen. Dann hatte er meinen Knöchel gepackt, und jetzt saß er auf meinem Hinterteil und hielt mich am Boden fest.

»Macht es mir doch nicht so schwer«, flüsterte er. »Sonst muss ich Euch mit Gewalt zur Räson bringen. Herrgott noch mal! Ich habe Euch doch gesagt, dass ich Euch nichts tun werde.«

»Na schön, im Moment tut Ihr mir aber weh!«

Er befreite mich von seinem Gewicht und drehte mich auf den Rücken, ohne dabei meine Handgelenke loszulassen. Ich wagte nicht zu sprechen und betrachtete ihn verstohlen, um seinem durchdringenden Blick nicht zu begegnen. Wenn er wollte, konnte er mich mit einer Hand erwürgen. Er war riesig und schien von einer übernatürlichen Kraft erfüllt. Wenn nur die Hälfte dessen stimmte, was ich über die Highlander gehört hatte, dann gab ich nicht allzu viel auf meine Haut.

»Wo befinden sich die Stallungen?«

»Stallungen ...?«

Er lächelte. Plötzlich wirkten seine Züge weicher, beinahe liebenswürdig.

»Ihr wisst schon, dieser Ort, wo man die Pferde unterstellt.«

Sein Humor ließ mich kalt.

»Wenn ich es Euch sage, lasst Ihr mich dann laufen?«

Er lachte und enthüllte dabei strahlend weiße Zahnreihen.

»Euch laufen lassen? Wohl kaum, Frau. Das kann ich mir nicht erlauben. Versetzt Euch doch in meine Lage. Und wenn ich danach gehe, wie Ihr ausseht, scheint mir die Eure auch nicht viel besser zu sein.«

»Meine Lage geht Euch gar nichts an. Hört einmal, ich zeige Euch, wo sich die Ställe befinden, und Ihr lasst mich laufen, einverstanden? Ich werde nichts sagen, das verspreche ich Euch.«

»Tut mir leid, ich vertraue den *Sassanachs* nicht. Dafür habe ich schon teuer genug bezahlt.«

»Ihr könnt mir vertrau ... Au!«

Ohne Vorwarnung hatte er mich über die Schulter geworfen wie einen gemeinen Mehlsack, und zu meiner größten Verwirrung hielten wir auf die Ställe zu. Meiner Treu, dieser Mann stank wie ein Wolf.

Wir stürzten in das düstere Gebäude. Einigen der Tiere gefiel die Störung gar nicht, und sie schnaubten. Ich flüchtete mich in eine Ecke, während er die Tür zuschob, sie jedoch einen Spalt breit offen stehen ließ und dann auf mich zukam. Schwer atmend stützte er die Hände rechts und links von meinen Schultern an die Wand.

»Hört mir gut zu, Mistress. Ich hege die Absicht, diesen Ort lebend zu verlassen, und Ihr doch gewiss auch. Wenn Ihr tut, worum ich Euch bitte, wird alles gut gehen. Doch falls nicht … Es täte mir leid, wenn ich Euch zwingen müsste, mir zu gehorchen. Versteht Ihr, was ich Euch sage?«

Ich nickte und schluckte schwer.

»Halten sich hier viele Soldaten auf?«

»Ich glaube nicht, vielleicht fünf. Aber der Lieutenant geht nachts nicht auf Patrouille, und einer war vor Eurer Zelle …«

»Ja, der wird wohl noch eine ganze Weile schlummern«, meinte er schmunzelnd.

»Wie seid Ihr herausgekommen?«

»Ein alter Trick, der bei diesen Idioten von *Sassanachs* immer funktioniert. Ich habe getan, als wäre ich krank, er ist hereingekommen, und dann habe ich ihm ins Gesicht getreten.«

»Aber Eure Hände waren gefesselt!«

»Ich brauche keine Hände, um jemandem meinen Fuß ins Gesicht zu rammen. Mit seinem Bajonett habe ich dann meine Fesseln durchschnitten.«

Er zeigte mir die fragliche Waffe, die er in seinen Gürtel gesteckt hatte. Dann setzte er eine ernstere Miene auf.

»Wir werden Folgendes tun. Ich sattle zwei Pferde. Während dieser Zeit haltet Ihr Wache. Ich brauche nur ein paar Minuten. Wir dürften eigentlich keine Schwierigkeiten bekommen. Die Patrouille scheint mir nicht sehr diensteifrig zu sein.«

Er entfernte sich. Ich trat einen Schritt zur Seite, bereit, bei der erstbesten Gelegenheit das Weite zu suchen. Wenn er glaubte, dass ich hier Wache schieben würde, damit er mich nachher zwang, ihm zu folgen … Entweder war er vollständig verrückt, oder … wenn ich es recht bedachte, hatte er gute Argumente … Ich spürte, wie seine Finger sich in das weiche Fleisch meines Arms gruben, und stöhnte.

»Führt den Teufel nicht in Versuchung, Mistress. Ihr wollt mich doch nicht erzürnen, oder? Ich bin es nicht gewöhnt, Damen meinen Willen aufzuzwingen, aber die gegenwärtige Lage lässt mir kaum eine Wahl, da werdet Ihr mir wohl zustimmen. Ich nehme Euch mit, ob Ihr wollt oder nicht. Bedaure.«

»Warum? Ich will nicht …«

Er zog an meinem Arm, um mich aus dem Schatten zu ziehen, und packte schroff in mein Hemd, das mir auf der Haut klebte.

»Schwört mir, dass Ihr wirklich hier bleiben wollt, und ich verlasse Euch. Von wem stammt dieses ganze Blut? Ihr stinkt wie ein abgestochenes Schwein.«

Besser hätte er es nicht beschreiben können. Er hatte erraten, in welcher wenig erfreulichen Lage ich steckte, und nutzte das aus. Wieder begann er mich zu betasten, und ich stieß ihn heftig zurück.

»Rührt mich nicht an«, keifte ich. »Es ist nicht mein Blut, aber mehr werde ich Euch darüber nicht sagen.«

Einen kurzen Moment lang sah er mich mit einem merkwürdigen Blick an. Ich glaubte zu sehen, dass ein verstohlenes Schmunzeln seine Mundwinkel umspielte, doch dann wandte er sich ab, um durch den Türspalt zu lugen. Ich hörte Bonnie schnauben; sie hatte meine Anwesenheit gespürt und wartete darauf, dass ich sie streichelte.

»Also, Mistress, wie lautet Eure Entscheidung? Ich habe nicht die ganze Nacht Zeit. Es wird nicht lange dauern, bis man meine Abwesenheit bemerkt.«

Rasch! Rasch! Ich musste nachdenken. Was würde er nachher mit mir anstellen? Offensichtlich war ich nicht in der Lage, mich gegen einen Riesen von diesem Schlag zu wehren. Aber andererseits, was konnte mir schon Schlimmeres passieren als das, was mir heute Nacht schon einmal zugestoßen war? Was ich, wenn ich ehrlich war, schon seit fast zwei Jahren ertrug?

»Gut, einverstanden. Aber dann möchte ich, dass Ihr mir Bonnie sattelt. Sie ist das einzige Pferd, auf dem ich hier schon geritten bin, und sie kennt mich gut.«

Ich wusste, dass dies nicht der richtige Moment war, um Ansprüche zu stellen, aber ich konnte mich nicht überwinden, mich von ihr zu trennen. Er wandte sich mir zu, und das Mondlicht schimmerte auf seiner schweißnassen Haut.

»Schön, ob dieses Pferd oder ein anderes, das läuft auf dasselbe hinaus«, grummelte er. »Welches ist es?«

»Die weiße Stute. Die zweite von rechts.«

»Vergesst nicht, bei der kleinsten Bewegung auf dem Hof müsst Ihr mich warnen.«

»Ja, ich habe verstanden.«

Er stieß einen leisen Pfiff aus, auf den er sogleich ein lautes Schnauben zur Antwort erhielt. Der Mann trat auf das Tier zu und streifte dabei meine Schulter. Der säuerliche Geruch, den er ausstrahlte, hüllte mich ein, und ich verzog das Gesicht. Ich postierte mich in der Türöffnung und machte mich pflichtgemäß daran, den Hof im Auge zu behalten, während ich meine Aussichten überdachte, dieser misslichen Lage zu entrinnen. Verstohlen beobachtete ich den Fremden, der keine Zeit verlor. Er bewegte sich schnell und präzise und fand sich in der fast vollständigen Dunkelheit ebenso gut zurecht wie am hellen Tag.

Plötzlich vernahm ich von draußen zuerst Stimmen und dann Gelächter. Ich presste mich an die Wand und riskierte einen Blick aus der Tür. Zwei Soldaten hatten soeben die südliche Ecke des Herrenhauses umrundet. Sie tranken abwechselnd aus einer Feldflasche mit Whisky und erzählten sich zweifellos schlüpfrige Geschichten. Einer der Soldaten schwankte und hielt sich am Arm seines Kameraden fest, der unter seinem Gewicht ins Taumeln geriet. Sie waren betrunken. Beruhigt sah ich ihnen nach, bis sie um die andere Ecke des Gebäudes verschwunden waren.

Einen Moment lang fühlte ich mich beobachtet und wandte mich zu dem Highlander um, der mich in der Tat musterte. Er nahm mein Kinn und drehte mich zur Seite, um in dem von außen einfallenden Lichtstrahl mein Gesicht besser erkennen zu können. Sein Finger glitt über die Stelle, wo Lord Dunning mich geschlagen hatte. Er verzog das Gesicht und kniff die Augen zusammen.

»Tut Euch das weh, Frau?«

Mein Kiefer stach, der Schmerz der Verbrennung wurde immer schlimmer, und die Innenseiten meiner Schenkel taten entsetzlich weh.

»Nein, nicht besonders«, log ich.

Er ließ mein Kinn los.

»Ist das Dunning gewesen?«

Ich gab keine Antwort, doch er deutete mein Schweigen als Zustimmung.

»Ein Mann sollte niemals eine Frau schlagen.«

»Er wird es nie wieder tun«, entgegnete ich.

»Hmmm… Gewiss nicht. Die Pferde sind bereit. Seid Ihr Euch wirklich sicher, dass Ihr nicht verletzt seid? Der Ritt wird Euch nicht guttun.«

»Ihr vermögt nicht meine Schmerzen zu lindern«, bemerkte ich bitter. »Und außerdem, was gehen Euch meine Blessuren an? Dass sie meine Gesundheit schwächen, wird Euch nicht daran hindern, mich mitzunehmen.«

Er entgegnete nichts darauf, sondern gab sich damit zufrieden, mich in dem schwachen Mondlicht, das in den Stall fiel, aufmerksam zu betrachten.

Ich straffte die Schultern und ließ seine Musterung widerspruchslos über mich ergehen. Er brummelte etwas Unzusammenhängendes und bedeutete mir, ich solle aufsteigen. Doch meine zitternden Beine schmerzten zu sehr. Ich war dabei, mühsam in den Sattel zu klettern, als ich mich plötzlich hochgehoben fühlte. Der Koloss sah mich eindringlich an.

»Ich weiß nicht, was dieser Bastard Euch angetan hat, Mistress, aber er hat gewiss alles verdient, was Ihr mit ihm angestellt habt. Ihr seid verletzt und benötigt Pflege.«

Er legte eine seiner großen Hände auf meinen Schenkel. Die Wärme, die er ausstrahlte, hatte etwas Beruhigendes. Seltsamerweise ließ meine Angst vor diesem Mann nach. Er betrachtete mich noch einige Sekunden lang, vielleicht in Erwartung einer Antwort von mir, zuckte dann die Achseln und reichte mir die Zügel.

»Ich gehe voran«, erklärte er. »Wenn die Luft rein ist, reite ich los, und Ihr folgt mir, einverstanden?«

»Ja.«

Vorsichtig schlich er davon. Seinen schwarzen Hengst führte er am Zaum. Das Pferd schüttelte sich und versetzte seinem neuen Herrn mit dem Kopf einen kleinen Stoß in den Rücken.

»Ganz ruhig, *mo charaid*, mein Freund«, flüsterte er dem nervösen Tier ins Ohr.

Vom Hof drangen Schreie zu uns. Mein Herz tat einen Satz. Der Highlander sah mich an und nickte dann. Er stieg auf sein Pferd, drehte sich ein zweites Mal zu mir um und verließ den Stall. Dann gab er seinem Reittier die Sporen und galoppierte auf den Wald zu. Mir blieb nichts anderes übrig, als ihm zu folgen.

Ich hörte noch, wie Peterson hinter uns Befehle brüllte. Wir schlugen uns mehr schlecht als recht zwischen den Bäumen durch und kamen in einiger Entfernung wieder auf die Straße.

Der Highlander hielt an und wartete, bis ich auf gleicher Höhe mit ihm war, dann fasste er Bonnie am Zaumzeug.

»Was habt Ihr vor?«, verlangte ich zu wissen. »Es wird nicht lange dauern, bis sie hier sind. Sie haben uns gesehen.«

Er stieß einen schrillen Pfiff aus und wartete aufmerksam lauschend einige Minuten. Dann antwortete ihm ein ähnlicher Pfiff. Er bedeutete mir, ihm zu folgen.

Seite an Seite trabten wir die staubige Straße entlang. Der Highlander musterte prüfend und aufmerksam den Waldrand. Wir hatten erst ein kleines Stück Wegs zurückgelegt, als eine kleine Gruppe wild aussehender, bewaffneter Bärtiger in karierten Röcken aus dem Nichts auftauchte und uns von allen Seiten umzingelte. Die verängstigte Bonnie tat einen Satz und hätte mich um ein Haar in das Farnkraut am Straßenrand geschleudert, doch mein Entführer beruhigte sie. Jetzt musterten mich sechs Augenpaare verblüfft, und ich erstarrte im Sattel.

»Was ist denn das da?«, verlangte einer der Männer zu wissen.

Ein anderer brach in Gelächter aus.

»He, mein Alter! Ist das eine Trostprämie oder …«

»Halt dein Maul, Isaak. Niemand rührt die Dame an, verstanden?«

»Das ist doch nicht dein Ernst, oder? Bei Gott! Nach dem Verlust, den diese *Sassanach*-Hunde uns beigebracht haben? Da haben wir doch wohl Anrecht auf ein bisschen Spaß!«

»Wir holen uns unsere Ware zurück. Aber ich werde jeden erwürgen, der ihr auch nur ein Härchen krümmt.«

Ein von unzufriedenem Murren unterbrochenes Schweigen

trat ein. Nach dem Ton des Highlanders hatte ich schnell erraten, dass er der Anführer der Bande war und nicht zögern würde, seine Drohung wahr zu machen. Ich steckte die Nase in mein Tuch, zog den Kopf ein und fragte mich mit einem Mal, ob ich nicht doch besser daran getan hätte, im Herrenhaus zu bleiben. Ein Mann, der fast so groß wie mein Entführer war, löste sich aus der Gruppe und kam auf uns zu. Sein Haar, das ihm offen über die Schultern fiel, war blond und schimmerte im Mondlicht silbrig.

»Ah! Liam! *Mo bhràthair!* Wusste ich doch, dass du den Kopf aus der Schlinge ziehen würdest, Bruder«, begann er und sah den Highlander an.

Liam … So hieß er also. Und der ansehnliche Blonde, der mich mit den Augen auszog, war sein Bruder.

»Wer ist diese … Dame?«, fragte er und trat auf mich zu.

Bonnie wieherte nervös und stampfte mit den Vorderhufen. Liams Bruder hielt sie fest, streichelte sie zwischen den Ohren und flüsterte ihr zärtliche Worte zu, was sogleich eine Wirkung auf ihre widerspenstige Laune hatte. Sie beruhigte sich. Dann sah er zu mir hoch, während Liam den versammelten Grobianen, die schweigend lauschten, rasch die Ereignisse des Abends umriss.

»Was wollen wir mit ihr anfangen?«, erkundigte sich einer der Männer.

»Im Moment gar nichts.«

Liams Bruder wandte sich an ihn.

»Ist sie Dunnings Tochter?«

»Nein!«, fiel ich grob ein. »Ich bin …«

Der Mann musterte mich mit lebhaftem Interesse. Ich schwieg, denn ich hielt es für vorteilhaft, nicht allzu viel über meine Person zu verraten. Doch er wollte seine Neugierde befriedigen und überschüttete mich mit Fragen.

»Eine Dienerin also? Hat man Liam einen kleinen Aufpreis gezahlt, oder …«

»Colin!«, brüllte Liam.

»Also wirklich …«

»Sie bleibt so lange bei uns, bis wir … unsere Ware zurückgeholt haben. Danach lassen wir sie frei … und zwar unversehrt.«

Ich warf ihm einen entsetzten Blick zu. Sie hielten mich also als Geisel fest, als Faustpfand im Austausch für ihre elenden Waren. Mein Leben für ihre Waffen! War das alles, was ich wert war? Ich schlug Bonnie meine Absätze in die Flanken. Colin, der meine Bewegung wahrscheinlich vorausgesehen hatte, hielt das Tier, das fliehen wollte, mit aller Kraft fest. Zwei andere Männer kamen ihm zur Hilfe.

»Heda, Schöne! Du wirst nirgendwohin …«

Eine Kugel pfiff über unsere Köpfe hinweg. Soldaten stürzten aus dem Wald und griffen Liams Männer an, die bereits ihre Schwerter gezogen hatten. Colin sprang hinter mir auf Bonnies Rücken und gab ihr die Sporen. Wie die Hasen flüchteten wir gen Westen.

Nach einer Weile lenkte er unser Reittier ins Unterholz und wartete. Liam, der uns gefolgt war, sprang ab und postierte sich hinter einem Baum. Colin zog mich mit sich vom Pferd und zwang mich, mich in den Farn zu werfen. Ich hatte nichts dagegen, mein Herz klopfte zum Zerspringen. Schweigend warteten die beiden Männer. Nur die kleinen Dampfwölkchen, die ihr schneller Atem aufsteigen ließ, verrieten ihre Position.

Wieder ging ich angestrengt mit mir zu Rate. Ich befand mich einige Schritte von den beiden entfernt. Ihre ganze Aufmerksamkeit galt dem erwarteten Eintreffen der Garde. Etwas weiter oben an der Straße konnten wir Kampflärm hören. Ich sah mich um, und eine Idee stieg in mir auf. Vielleicht konnte ich ja doch noch flüchten. Ich hatte keine besondere Lust, für die barbarischen Taten dieser blutrünstigen Wilden einzustehen, daher kroch ich zu dem mir am nächsten stehenden Baum und schob mich mit dem Rücken zum Stamm langsam hoch. Die beiden Männer waren immer noch auf ihrem Posten. Colin hielt ein Schwert in der Hand, während Liam nur mit dem Bajonett bewaffnet war, das er dem Soldaten abgenommen hatte. Jetzt oder nie, dachte ich. In der Dunkelheit würden sie mich nie wiederfinden, und morgen konnte ich nach Westen weiterfliehen. Irland, dorthin musste ich flüchten. Ich musste an der Küste ein Schiff finden, das mich mitnahm, und in meine Heimat zurückkehren.

Skeptisch betrachtete ich den undurchdringlichen Wald. Die

Nacht mochte zwar meine Flucht begünstigen, doch sie würde mir auf der anderen Seite nicht helfen, zwischen den Bäumen, die ich vor mir ahnte, den Weg zu finden. Aber hatte ich eine andere Wahl? Entweder ging ich dieses Wagnis ein, oder ich blieb in den Händen der Highlander, die, wie ich fürchtete, nicht zögern würden, ihre Zorn an mir auszulassen, falls die Ereignisse sich nicht zu ihren Gunsten entwickelten. Ich holte tief Luft und rannte los.

Zweige peitschten mir ins Gesicht und zerschnitten mir das Gesicht und die Arme, die ich zu meinem Schutz vor mir erhoben hatte. *Oh Herrgott! Hilf mir!* Plötzlich fühlte ich, wie ich zu Boden geworfen wurde. Das Gewicht, das mich niederdrückte, presste mir die Luft aus den Lungen. Ich stöhnte auf; der Schmerz des Sturzes verschlug mir den Atem.

»Was glaubt Ihr, wo Ihr hinwollt, Mistress? Ihr seid wirklich stur wie ein Esel! Wenn Ihr so weitermacht, werde ich Euch anbinden müssen.«

Ich erkannte Liams Stimme. Er hielt meine Schultern auf den Boden gedrückt.

»Bitte ...«

»Was kann ich denn nur sagen oder tun, damit Ihr versteht, dass wir Euch nichts Böses wollen, dass Ihr jedoch für den Moment bei uns bleiben müsst? Ich möchte meine Ware wiederhaben, und Ihr kennt die Örtlichkeiten dort. Ihr helft mir, sie zurückzuholen, und dann lasse ich Euch frei, wo Ihr wollt. Verstanden? Das ist ein ehrlicher Handel.«

»Ich will nicht dorthin zurück ...«, wimmerte ich, von Panik ergriffen. »Ich kann nicht ... Sie werden mich festnehmen und mich ...«

»Was habt Ihr denn nun angestellt? Habt Ihr Dunnings Porträt ramponiert?«

Ich schluchzte auf.

»Ich ... Oh Gott, ich habe ihn getötet! Ich habe den schmutzigen Lustmolch umgebracht! Ihn abgestochen wie ein Schwein!«

»Ihr habt ihn getötet? Ihr habt Lord Dunning umgebracht! Bei allen Heiligen!«

Die aufrichtige Verblüffung, die in seiner Stimme klang, schenkte mir ein wenig Selbstvertrauen zurück.

»Ja, und ich werde nicht zögern, wieder zu töten, wenn mich noch einmal jemand behelligt. Ist das klar?«

Der Wind pfiff durch die Zweige. Liam rückte ein wenig zur Seite, damit nicht länger sein gesamtes Gewicht auf mir lastete, ohne mich jedoch ganz freizugeben.

»Ihr braucht es nicht wieder zu tun, darauf gebe ich Euch mein Wort«, versicherte er ernst.

»Ihr vielleicht, aber die anderen?«

»Von meinem Bruder Colin habt Ihr nichts zu befürchten. Und was die anderen angeht, so stehen sie unter meinem Kommando. Sie wissen, welches Schicksal sie erwartet, wenn sie gegen meine Befehle verstoßen.«

Sein Atem strich warm über mein Gesicht. Ich schloss die Augen und stieß zum Zeichen meiner Kapitulation einen tiefen Seufzer aus. Ich musste mein Los in die groben Hände dieses Rüpels legen. Was sollte ich tun? Um mein Leben verhandeln… Ich musste um mein Leben schachern, eine Garantie erhalten. Aber wie? Wenn ich ins Herrenhaus zurückkehrte, würde Winston nicht lange brauchen, um mich festzusetzen und aufzuhängen. Wenn ich tat, was der Highlander wollte, konnte er mich immer noch den Behörden übergeben, wenn er sich nicht gleich über mich hermachte… Ich saß unentrinnbar in der Falle und musste eine Wahl treffen.

»Ich würde Euch ja gern helfen, aber ich kann nicht. Ich will auf keinen Fall noch einmal nach Dunning Manor zurückkehren.«

»Ich verstehe, und ich werde Euch auch nicht zwingen. Aber Ihr kennt die Örtlichkeiten und könntet mir einen genauen Plan aufzeichnen. Mir sagen, welcher Ort der wahrscheinlichste ist, um meine Waffenladung zu verstecken.«

»Ich weiß es nicht…«

»Überlegt, Mistress. Das ist sehr wichtig für mich.«

»Ich habe wirklich keine Ahnung«, regte ich mich auf und wand mich in seinem Griff.

Was interessierte es mich, was ihm wichtig war? Liam ging auf die Knie und setzte sich auf die Hacken.

»Was werdet Ihr tun, wenn ich mich weigere, Euch zu helfen?«

Er antwortete nicht sofort, sondern schien eingehend über eine Frage nachzudenken.

»Zwingen kann ich Euch nicht. Ich werde Euch geleiten, wohin Ihr wünscht.«

»Warum?«, fragte ich ein wenig verblüfft.

»Weil …«

Den Rest der Antwort bekam ich nicht mehr zu hören. Colin trat zu uns.

»Sie sind weg«, sagte er keuchend. »Wir haben zwei von ihnen verletzt, aber sie haben Rodaidh Ròidh erwischt. Was machen wir jetzt?«

»Wie ist Rodaidhs Zustand?«

»Nun ja … das weiß ich nicht genau. Er lässt niemanden in seine Nähe. Du weißt ja, wie er manchmal sein kann.«

Liam stöhnte und fluchte unterdrückt.

»Herrgott, er muss ziemlich schwer verletzt sein. Ich kenne diesen alten Griesgram. Verschanzen wir uns in der ersten Kate, die wir an der Straße finden. Dort verlangen wir Verbandszeug und sehen dann weiter.«

Er zog an meinem Arm, damit ich aufstand. Stechende Schmerzen durchfuhren meine Schulter, doch ich beklagte mich nicht. Fügsam ließ ich mich aus dem Wald führen. Die Männer warteten an der Straße. Einer von ihnen lag im Gras und stieß eine Litanei entsetzlicher Flüche aus, die äußerst farbig Zeugnis von der entsetzlichen Pein ablegten, die er erdulden musste. Instinktiv wollte ich zu ihm laufen, doch Colin hinderte mich sofort daran.

»Aber er ist verletzt!«, stieß ich empört hervor.

»Und gerade deswegen müsst Ihr Euch von ihm fernhalten. Ihr kennt Rodaidh nicht. Wenn er leidet, ist er wie ein Hund und reißt jeden in Stücke, der versucht, ihn anzufassen. Und obendrein noch eine *Sassanach* … Euch wird er in einem Stück verschlingen.«

Gekränkt wandte ich mich zu ihm um.

»Ich bin keine *Sassanach*! Auch wenn das für Euch keinen Unterschied macht, aber ich bin katholisch und eine gute Christin. Habt Ihr etwa etwas gegen Katholiken?«

»Bei Gott, nein! Wir sind ja selbst Papisten!«

Gereizt drehte ich mich zu dem Unglücklichen um, der sich am Boden wand wie ein Aal.

»Und als guter Christ, der Ihr seid, lasst Ihr ihn einfach verbluten?«

Er warf mit ein paar kurze Blicke zu, öffnete den Mund, um etwas zu sagen, schloss ihn aber sofort wieder.

»Wir lassen ihn nicht ›einfach verbluten‹, wie Ihr behauptet«, versetzte er grob. »Er wird uns nachkommen und sich selbst versorgen, dort, wo wir ihm das Notwendige geben können. Niemand kann sich diesem alten Strolch nähern, wenn er verwundet ist, und ich beschwöre Euch, es nicht zu versuchen.«

Aus dem Augenwinkel und ein wenig verlegen musterte ich die Versammlung. Alle betrachteten den alten Mann, der stöhnend im Gras lag, doch niemand trat zu ihm. Die anderen waren nicht so kräftige Erscheinungen wie Liam und Colin, aber sie wirkten nicht weniger grimmig. Wenn diese Männer sich nicht näher wagten, dann sollte auch ich es lieber bleiben lassen. Zweifellos war es das Beste, den alten Rodaidh seinem traurigen Schicksal zu überlassen.

Liam brachte Bonnie und sein eigenes Reittier, was der Debatte ein Ende setzte. Die anderen Pferde wurden von einem der Männer herangeführt. Wir stiegen auf, doch dieses Mal schaffte ich es allein auf mein Tier. Geduldig warteten wir, bis Rodaidh sich endlich, unter Anrufung sämtlicher Heiligen, auf seines gequält hatte.

So machten wir uns auf den Weg. Erst jetzt spürte ich, wie die Nachtkälte fast ungehindert durch mein dünnes Tuch drang. Meine beiden unheimlichen Begleiter flankierten mich rechts und links. *Beschwer dich doch!* Aber ich hatte das Recht, mich über das Schicksal zu sorgen, das mich in den Händen dieser grobschlächtigen Banditen erwartete! Außerdem fühlte ich mich körperlich immer schlechter. Mein Magen knurrte heftig. Mein Abendessen hatte ich im Herrenhaus von mir gegeben.

In einem Schweigen, das mir immer bedrückender erschien, ritten wir im Trab weiter. Nach einigen Minuten nahm ich meinen Mut zusammen und fragte meinen Entführer nach seinen ungesetzlichen Geschäften. Warum nicht einen kleinen Schwatz halten?

»Ihr seid also Schmuggler?«

»Gelegentlich, wenn es nötig ist. Von etwas muss man schließlich leben.«

»Und was verschiebt Ihr so?«

Er warf einen Blick über die Schulter. Als er sich mir wieder zuwandte, lag ein Lächeln auf seinen Lippen.

»Was ich schmuggle ... das interessiert Euch?«

»Ja. Ich reise nicht gern mit Fremden. Daher möchte ich gern ein wenig mehr über Euch erfahren.«

»Nun gut. Im Allgemeinen Waffen. Französische Pistolen, Musketen und Schwerter aus Spanien. Im Großen und Ganzen alles, was auf dem Kontinent erhältlich ist. Bücher für den Anführer des Clans. Außerdem ein wenig Tand und kleinere Artikel, Dinge, die den Frauen Vergnügen bereiten und wenn nötig eine Tarnung für die Waffen abgeben. Man soll eben alle Menschen glücklich machen.«

»Ist das nicht ein recht gefährliches Metier?«

»Sagt mir, welches das nicht ist, und ich werde es ergreifen.«

Er wandte sich zu mir, neigte den Kopf leicht zur Seite und betrachtete mich einen Augenblick lang. Die Brise ließ seine ungebärdigen Haarsträhnen vor seinen Augen tanzen, doch das schien ihn nicht zu stören.

»Ihr seid keine Engländerin, Eure Aussprache ist anders als die der Leute hier.«

»Ich bin Irin.«

»Ja, dafür hätte ich meine Hand ins Feuer gelegt. Was wisst Ihr über die Highlands, kleine Irin?«

»Nicht viel, fürchte ich.«

»Und über die Menschen, die sie bewohnen?«

Verlegen schlug ich die Augen nieder.

Nun ja, ich habe viel über Euch erzählen hören, Mr. Highlander, aber ich glaube, das sind Dinge, die Ihr nicht gern hören würdet, dachte ich.

»Schon gut«, versetzte er schmunzelnd, als er sah, dass ich keine Antwort geben würde. »Ich habe eine gewisse Vorstellung davon, welchen Ruf wir genießen.«

Wie um zu meinem Elend beizutragen, frischte der Wind auf. Mein blutgetränktes Hemd klebte mir auf der Haut, und es wurde ziemlich kühl. Ich hatte nichts anderes als mein Umschlagtuch, um mich zu schützen. Aber immerhin bedeckte es die Blutflecken. Der Highlander trieb sein Pferd zu größerer Geschwindigkeit an. Trotz der Schmerzen, die mir die Blutergüsse auf der Innenseite meiner Schenkel bereiteten, blieb mir nichts anderes übrig, als ihm zu folgen. Aber ich konnte mir nicht erlauben, mich zu beklagen. Bestimmt würden wir einen Ort finden, wo wir im Warmen schlafen konnten. Zumindest hoffte ich das.

So ritten wir lange Minuten dahin, bis wir vor einer dunklen Kate anhielten, die in einer kleinen Talmulde lag. Ich fühlte mich erleichtert, denn meine Zähne klapperten, und mein Körper litt Höllenqualen. Das war nicht die Herberge, die ich so sehr erhofft hatte, aber die Hütte würde ihren Dienst tun.

»Wir halten nur so lange an, wie Rodaidh braucht, um seine Wunde zu versorgen«, warnte mich Liam vor.

»Was, wir übernachten nicht hier? Wo dann?«

Der wilde Ritt mitten in der Nacht hatte mich erschöpft. Ein wenig vermisste ich mein Zimmerchen und mein warmes Bett, gar nicht zu reden von Beckys köstlichem Hammeleintopf. Aber dazu war es zu spät!

»Im Augenblick ist an Schlafen gar nicht zu denken. Wir müssen uns die Ware noch vor dem Morgengrauen zurückholen. Danach wird es zu spät sein; dann ist die Verstärkung eingetroffen, und ich habe zu viel in dieses Geschäft investiert, um die Ladung einfach aufzugeben. Erst wenn alles gut gegangen ist, können wir uns ein paar Stunden Schlaf gönnen, vorher nicht.«

Colin klopfte an die Tür. Kurz darauf streckte ein kleiner Mann mit einem langen, knochigen Gesicht die Nase durch den Türspalt. Colin disputierte mit ihm und wies auf den Verletzten, der auf seinem Pferd sitzen geblieben war und jetzt, das Kinn im Hemd vergraben, zu schlummern schien. Der Bauer musterte uns abwechselnd und sah dann zögernd wieder Colin an. Ich bemerkte, dass einige der Männer demonstrativ ihre Pistolen hervorgezogen hatten und taten, als wollten sie die Waffen reinigen. Der Bauer nahm diese Geste wohl als Warnung und öffnete die

Tür weit. Colin schlug Rodaidh mit der Hand auf den Oberschenkel, und der Alte brüllte auf. Nachdem er sich beruhigt hatte, stieg er von seinem Tier und folgte Colin mühsam ins Innere. Sein Plaid hatte er fest um die Taille geschlungen.

Ich zog den Schal um meine zitternden Schultern. Die Kälte drang einem bis auf die Knochen. Entweder bemerkten diese Röcke tragenden, halb nackten Männer das überhaupt nicht, oder sie gaben keinen Pfifferling darum, wie es mir ging.

»Können wir nicht ein wenig bleiben, um uns aufzuwärmen?«, fragte ich widerwillig.

Liam betrachtete mich erstaunt, und dann glitt sein Blick über meine Kleidung.

»Ist Euch kalt?«

»Euch etwa nicht?«

»Wartet hier auf mich. Ich werde Colin bitten, Euch ein wärmeres Kleidungsstück zu besorgen.«

Einige Zeit später kehrte er zurück. Die Männer waren abgestiegen und hatten sich im feuchten Gras ausgestreckt, um zu warten, bis der alte Rodaidh fertig war. Liam machte sich daran, das Geschirr unserer Pferde zu überprüfen.

Ich beobachtete ihn, während er die Sattelgurte festzurrte. Nach dem, was mir Becky, die Köchin, erzählt hatte, waren die Highlander alle Barbaren, behaarte Grobiane, schmutzig, stinkend und ungebildet, die Männern die Kehle durchschnitten, Frauen vergewaltigten und kleine Kinder fraßen. Doch diese Eigenschaften beschrieben eher Lord Dunning als diesen Mann. Dennoch konnte seine beeindruckende Größe einem eine gewisse Furcht einflößen, so dass man besser sein Verbündeter als sein Feind war …

»Wie ist Euer Name, Weib?«, fragte er und kam auf mich zu.

»Caitlin«, antwortete ich, während er nun die Schnallen meines Geschirrs überprüfte. »Caitlin Dunn.«

Er zog ein wenig zu kräftig am Spanngurt, so dass ich auf dem Sattel aus dem Gleichgewicht geriet. Instinktiv hielt ich mich an seiner Schulter fest, um nicht herunterzukippen. Er hob den Kopf und lächelte mir zu.

»Tut mir leid, Caitlin.«

Kurz darauf kehrte Colin zurück. Er war allein. Nach seiner Miene zu urteilen, gab es ein Problem.

»Ich glaube nicht, dass Rodaidh in der Lage ist weiterzureiten«, verkündete er mit bedrückter Stimme.

»Was meinst du?«, verlangte Liam zu wissen.

»Nun ja, er hat einen scheußlichen Schwerthieb in die rechte Flanke abbekommen. Die Wunde reicht ziemlich tief.«

»Er hat schon Schlimmeres überstanden…«

»Dieses Mal nicht«, unterbrach ihn Colin. »Er…«

Liams Bruder warf mir einen raschen Blick zu und schüttelte den Kopf. Dieser seufzte und ging dann selbst in die Kate.

»Ist er schwer verletzt?«, erkundigte ich mich schüchtern.

»Ich fürchte, er wird es nicht überleben.«

»Oh! Hättet Ihr mich doch zu ihm gelassen…«

Colin stieß ein ironisches Lachen aus und betrachtete mich abschätzend.

»Wäret Ihr denn in der Lage gewesen, ihm die Hälfte seiner Gedärme zurück in den Bauch zu stopfen?«, versetzte er schließlich in schneidendem Tonfall.

»Oh! Himmel!«

»So ist es… Diese *Sassanach*-Hurensöhne kommen nicht einfach so davon. Sie werden nach unserem Gesetz dafür bezahlen.«

Ein Schauer überlief seine Schultern. Dann, als wäre ihm das gerade wieder eingefallen, reichte er mir einen schweren grauen Umhang, den er zusammengerollt unter dem Arm getragen hatte. Sein Blick fiel auf das Blut, das mein Hemd und mein Mieder befleckte. Ich riss ihm das Kleidungsstück aus den Händen, warf es über meine Schultern und bemühte mich, die Spuren meines schändlichen Verbrechens zu verbergen.

»Was ist das?«

Ich stieg von meiner Stute und ging mit raschen Schritten zu einer kleinen Bank, die unter einem Baum stand. Doch Colin holte mich mit drei Schritten ein und drehte mich auf dem Absatz um, so dass ich ihn ansah. Mit einem kurzen Ruck zog er an dem Umhang, um ihn zu öffnen, und betrachtete verblüfft meine Kleidung.

»Ist das Blut?«, verlangte er ausdruckslos zu wissen.

Ich versuchte mich loszumachen, doch er ließ nicht locker.

»Ist das Blut?«, wiederholte er etwas barscher.

»Ich brauche Euch keine Rechenschaft abzulegen.«

Meine Antwort stellte ihn nicht zufrieden. Er berührte mein Hemd und führte dann die Finger an die Nase.

»Verflucht! Wo habt Ihr Euch verletzt?«

»Mir geht es sehr gut... nun ja, den Umständen entsprechend.«

»Aber... das?«

»Das ist... Ich...«

»Hat Liam das getan?«

Seine Stimme war hart. Er hatte mich an den Schultern gepackt, wodurch der Schmerz meiner Verbrennung wieder aufflammte. Ich stieß einen Schrei aus.

»Tut mir leid«, beeilte er sich zu sagen und ließ mich los.

Sein Blick wurde eindringlicher.

»War das Liam?«

»Nein. Euer Bruder hat nichts damit zu tun, und das ist auch nicht mein Blut.«

»Also?«

»Das eines Bastards«, versetzte ich.

Verständnislos sah er mich einen kurzen Moment an. Dann breitete sich Entsetzen auf seinen ansehnlichen Zügen aus. Schwer zu sagen, was ihn mehr anwiderte: der Umstand, dass ich einen Menschen hatte töten können, oder der Grund, der mich dazu gebracht hatte. Ich sollte es in diesem Moment nicht erfahren, denn Liam kehrte zurück. Sein Gesicht war grau. Er stützte sich gegen die Steinmauer und fuhr sich mit der Hand gedankenverloren durchs Haar.

»Bitte die Männer, ein Loch zu graben«, befahl er Colin dann unvermittelt. »Wir werden ein Gebet für ihn sprechen. Da ist nichts mehr zu machen.«

Eine Stunde später hatte Rodaidh den Geist aufgegeben und war am Waldrand begraben worden. Ein Knie auf den Boden gesetzt, beendete Liam ein kurzes Gebet, bekreuzigte sich und stand auf. Schweigend nahm er das Schwert des Verstorbenen und murmelte einige Worte. Dann küsste er die Klinge und ließ sie in seine leere Schwertscheide gleiten. Der Bauer war für seine Unannehmlichkeiten entschädigt worden, und wir saßen alle wieder im Sattel.

Colin warf Liam eine Pistole zu, die er rasch lud und in seinen Gürtel steckte. Die Rache suchenden Highlander brachen jetzt zum Herrenhaus auf. Jetzt brannten sie erst recht darauf, ihre beschlagnahmten Waren wieder in die Hand zu bekommen. Und ich steckte ganz ohne mein Zutun in dieser Angelegenheit. Nun ja, vielleicht hatte ich ja dem Schicksal ein wenig nachgeholfen, aber jetzt war ohnehin nichts mehr daran zu ändern.

Kurz schloss ich die Augen und sah wieder das dicke Schweinsgesicht Lord Dunnings vor mir, nur wenige Herzschläge vor dem tödlichen Stich. Mir wurde ganz übel vor Entsetzen über meine Tat, und ich holte tief Luft, um das Gefühl zu vertreiben. Ich hatte getötet. Wenn ich versucht hätte, auf sein Herz zu zielen, wäre ich gewiss gescheitert. Dieser Mann hatte nie eines besessen.

Dann wandten sich meine Gedanken Lady Catherine zu. Um sie tat es mir aufrichtig leid. Ich hatte sie verraten. Abgesehen von Tante Nellie war sie die einzige, die mir in den letzten Jahren so etwas wie eine Mutter gewesen war. Ich sah zum Himmel auf, wo die Sterne glitzerten. *Ach Mutter! Wenn du nicht so früh gestorben wärest, dann stünde ich heute bestimmt nicht hier. Ich weiß, dass ihr über mich wacht, du und die kleine Myrna. Zeigt mir den Weg. Vater kann nichts mehr für mich tun. Nur ihr, mit Gottes Hilfe.*

Unauffällig wischte ich mir eine Träne von der Wange und schniefte in meinen Ärmel.

»Hier, das wird Euch guttun.«

Ich fuhr zusammen. Colin reichte mir eine lederbezogene Feldflasche. Ich nahm einen kräftigen Schluck und wäre fast erstickt. Der Whisky brannte in meiner Kehle, doch kurz darauf verbreitete sich eine tröstliche Wärme durch meinen Körper und besänftigte kurzzeitig meine Seele.

»Ich… ich dachte, das wäre Wasser«, stieß ich mit tränenden Augen hervor.

»Vergebt mir, Mistress.«

»Es geht schon…«

Ich warf ihm einen Seitenblick zu. Colin betrachtete seinen Sattelknauf und sah aus wie ein kleiner Junge, der eine Dummheit gemacht hat und jetzt auf seine Tracht Prügel wartet. Ich gab ihm seine Flasche zurück und dankte ihm. Die Gruppe setzte sich in Bewegung, und ich folgte ihr, flankiert von den beiden Brüdern, schicksalsergeben.

»Wir würden niemals einer Frau ein Leid antun, nicht einmal einer *Sassanach*«, sagte Colin nach kurzem Schweigen.

»Versucht nicht, Euch zu rechtfertigen. Ihr wollt Eure Waffen, und ich … meine Freiheit.«

»Die werdet Ihr auch bekommen, darauf haben wir einen Handel abgeschlossen«, versicherte Liam. »Ich halte mein Wort immer.«

Colin beobachtete mich unablässig, während sein Bruder von neuem in seinen Gedanken versank.

»Wie lange seid Ihr schon in Schottland …? Ich habe Euren Namen vergessen.«

»Caitlin, und ich glaube nicht, dass ich ihn Euch genannt habe. Wir haben Belfast vor ungefähr zwei Jahren verlassen; mein Vater, meine zwei Brüder und ich.«

»Und Eure Mutter?«

Ich sollte diesem Fremden also meine Lebensgeschichte erzählen! Merkwürdigerweise fühlte ich mich nicht einmal abgeneigt. Seit ich nach Dunning Manor gekommen war, hatte sich abgesehen von Lady Catherine niemand wirklich für mein Schicksal interessiert.

»Sie ist bei der Geburt meiner kleinen Schwester Myrna gestorben. Und das Kind ist zwei Tage später ebenfalls dahingegangen, Gott sei ihrer Seelen gnädig«, erklärte ich und warf einen Blick gen Himmel. »Damals war ich erst sieben. Meine Tante Nellie hat mich großgezogen. Sie ist die ältere Schwester meines Vaters. Arme Tante Nellie«, seufzte ich, »sie hatte es wirklich nicht leicht mit mir. Ich habe bei allen Streichen meines Bruders Patrick mitgemacht und bin dann mit zerrissenem, schmutzigem Kleid nach Hause gekommen. Sie hat sogar gedroht, mich wie einen Jungen anzuziehen. Nichts wäre mir lieber gewesen, aber natürlich habe ich mich gehütet, das zuzugeben. Doch es war nicht einfach, in einem Kleid auf Bäume zu klettern oder über Mauern zu steigen. Ich habe meine Brüder beneidet, weil sie Jungen waren.«

»Mir gefallt Ihr als Mädchen eigentlich ganz gut. Und wo sind Eure Brüder jetzt?«

»In Edinburgh, bei meinem Vater. Mein Vater ist Goldschmiedemeister. Früher, in Belfast, hatte er einen eigenen Laden. Er ist außerordentlich begabt. Sein Geschäft florierte, und seine Kunden zahlten gutes Geld für seine Erzeugnisse. Aber mein Vater war Katholik. Als die Verfolgungen begannen, kamen immer weniger Kunden. Er musste seinen Laden schließen, weil er die Miete nicht mehr bezahlen konnte. Ein wenig Arbeit fand er schon, aber er konnte uns nicht mehr richtig unterhalten. Ich nehme es ihm nicht übel … Er weigerte sich zu konvertieren. Dieses Versprechen hatte meine Mutter ihm vor ihrem Tod abgenommen. Sie hätte lieber in der Hölle gebrannt, als zuzulassen, dass er zum Protestantismus übertrat. Das hat uns dann nach Schottland geführt. Hier ist es kein Verbrechen, katholisch zu sein. Glaube ich jedenfalls …«

»Noch nicht«, brummte Colin. »Aber was habt Ihr auf Dunning Manor getan?«

»Einige Wochen nach unserer Ankunft in Edinburgh hat mein Vater mich dort in Stellung gegeben«, erklärte ich düster. »Er arbeitet jetzt um einen Hungerlohn in einer kleinen Goldschmiede-Werkstatt, bei Carmichael Goldsmith, und wohnt in einem winzigen Zimmer im Cowgate-Viertel zur Miete. Lord Dunning war einer von Carmichaels besten Kunden und suchte für seine kranke Gattin eine Gesellschafterin, die lesen konnte. Mein Vater hat mich für die Stellung vorgeschlagen. Er meinte, dort würde ich besser wohnen und essen, und ich könnte gute Manieren lernen. Und außerdem würde man mich gut behandeln«, setzte ich in sarkastischem Tonfall hinzu.

»Wenn ich mich nicht irre, lag er in letzterem Punkt falsch«, warf Liam ein.

Ich zuckte zusammen. Anscheinend war ihm kein Wort unseres Gesprächs entgangen. Er sah mich mitleidig an.

»Hat Euer Vater sich denn nie nach Euch erkundigt?«, begann er erneut. »Ein Vater, der dieses Namens würdig ist, würde seine

Tochter nie an einem solchen Ort lassen ... Außerdem kennt man auch in Edinburgh Dunnings Ruf. Hat Euer Vater denn geglaubt, die vielen Schmuckstücke, die er bestellte, seien einzig und allein dazu bestimmt, den Hals seiner Gattin zu schmücken? Herrgott noch mal!«

»Ich mache Euch darauf aufmerksam, dass es Euch nichts angeht, was mein Vater wusste oder nicht. Er wollte nur mein Bestes ...«

Errötend schlug ich die Augen nieder. Seit über einem Jahr hatte ich nichts von meinem Vater gehört, und darüber brach mir fast das Herz. Immer, wenn ich sehr niedergedrückt war, sagte ich mir, dass er sich der schweren Bürde, welche die Erziehung eines jungen Mädchens von siebzehn Jahren darstellt, geschickt entledigt hatte. Doch dann hielt ich mir wieder vor Augen, dass er nach dem Tod seiner Frau keine andere Wahl gehabt hatte. Tante Nellie war in Irland geblieben. Sie hatte sich nicht entschließen können, ihr Land zu verlassen, dieses heilige Land, das von Feen, kleinen listigen Kobolden und dem Volk der Erdmutter Dana bewohnt wird. Im Grunde meines Herzens war ich meinem Vater schrecklich böse. Die Wahrheit war, dass ich mich verlassen fühlte, verraten. Aber das brauchte Liam nicht zu wissen.

»Was ich da gestern Abend gesehen habe, Mistress Caitlin, war das das erste Mal? Ich meine die Ohrfeige.«

Ich blieb stumm.

»Wenn ich recht verstehe, habt Ihr diesen Mann getötet, weil er Euch an diesem Abend zum ersten Mal geschlagen hat?«

»Ich brauche meine Handlungen nicht vor Euch zu rechtfertigen. Gerade nicht vor Euch!«

Colin fuhr wie von der Tarantel gestochen hoch.

»Ihr habt Lord Dunning getötet?«, rief er aus.

Ich zügelte Bonnie, so dass sie stehen blieb, und sah den beiden ins Gesicht.

»Ja, ich habe ihn getötet!«, stieß ich hervor. »Seht Ihr dieses Blut? Natürlich, es ist schließlich schwer zu übersehen! Nun gut, es ist seines, das Blut dieses dreckigen Schweins! Nun, was sagt Ihr jetzt? Euch dürfte das doch nicht über Gebühr erschrecken.

Für euch Highlander ist es doch eine einfache Sache, einem Mann so mir nichts, dir nichts die Kehle durchzuschneiden!«

Die beiden Brüder tauschten einen Blick und zuckten die Achseln. Die anderen Männer hatten angehalten und musterten mich staunend. Ich biss die Zähne zusammen, kämpfte gegen die Tränen und schickte mich an, mein Pferd zu wenden. Wenn ich es recht bedachte, würden die Männer auch ohne mich zurechtkommen. Ich war seelisch und körperlich erschöpft und brauchte eine ordentliche Mahlzeit und ein gutes Bett. Ich hatte keine Lust, mich zu rechtfertigen, und noch weniger, Unbekannten meine widerwärtige Mordgeschichte zu erzählen. Und vor allem musste ich vergessen...

Liam hielt Bonnie mit festem Griff am Zaum fest. Er sagte kein Wort, sondern betrachtete mich nur mit einem eigenartigen Blick, was meine Verlegenheit noch vergrößerte. Schließlich ließ er langsam mein Reittier los.

»Ich schwöre Euch, dass Ihr in diesem Teil des Landes nicht weit kommen werdet, allein und mit der Garde auf den Fersen«, erklärte er mir ernst.

Unentschlossen bedachte ich sie alle mit einem bösen Blick. Er hatte sicherlich Recht, aber auf der anderen Seite, wer garantierte mir, dass die Männer mich beschützen würden? Dass sie unser Abkommen einhielten? Die Pferde schnaubten ungeduldig; sie wollten weiter. Ich musste also das kleinere von zwei Übeln wählen. Zumindest hoffte ich, dass es das kleinere war. Ich ließ Bonnie weitergehen.

Kein weiteres Wort fiel. Colin warf mir verstohlene Blick zu, und Liam konzentrierte sich auf die Straße. Ich schloss die Augen und ließ Bonnie ihren Willen. Schweigend ritten wir noch einige Meilen. Auf der Suche nach einem kleinen Trost wühlte ich durch meine Rocktasche. Sie enthielt mein ganzes Leben. Ich betastete den Inhalt, um in Gedanken eine rasche Bestandsaufnahme anzustellen. Mein gesamter Besitz hätte nicht einmal gereicht, um ein Bündel zu füllen. Da waren nur das kleine Stück Seife, mein von Tante Nellie besticktes Taschentuch, ein kleines Nähetui in einer Hülle aus Ziegenleder, ein alter Schildpattkamm, dem mehrere Zinken fehlten, und ein ziemlich zerbröselter Weißdornzweig, der angeblich Böses fernhielt. So langsam begann ich allerdings an seiner Wirkung zu zweifeln. Außerdem besaß ich noch Mamas Brosche. Mit den Fingerspitzen strich ich darüber. Ich kannte das herrliche, kompliziert ineinander verschlungene Drachenmotiv, das keltischer Herkunft war, auswendig. Mein Vater hatte es selbst erdacht und meiner Mutter das Schmuckstück zur Hochzeit geschenkt, und nach Mutters Tod hatte er mir die Brosche gegeben. Das war alles, was mir von ihr geblieben war und mein ganzer Besitz.

Die gleichmäßigen Bewegungen meiner Stute wiegten mich hin und her, und ich spürte eine gewisse Mattigkeit in mir aufsteigen. Das Klappern der Hufe auf der Straße hallte in meinem Kopf wider wie eine monotone Melodie. Meine Augen waren schwer vor Müdigkeit und schlossen sich wie von selbst. Doch gerade als ich in eine süße Schlaftrunkenheit versank, bemächtigte sich eine Hand meines Arms und ließ mich hochfahren.

»Wir sind da«, erklärte Liam.

In der Tat, ich konnte zwischen den Bäumen hindurch die düstere Silhouette des Herrenhauses erkennen. Fast alle Fenster waren hell erleuchtet. Inzwischen hatte man sicherlich Dunnings Leiche entdeckt. Ein eiskalter Schauer, den ich nicht unterdrücken konnte, lief mir über den Rücken.

»Ich könnte niemals dorthin zurückkehren«, jammerte ich. »Ihr habt doch gesagt, dass …«

»Es kommt auch nicht in Frage, dass Ihr ins Haus geht, Caitlin. Versucht nur zu überlegen, wo sich unsere Ladung möglicherweise befinden könnte.«

Ich war nervös und konnte kaum in normalen Bahnen denken. *Wo …?*

»Im Vorratsraum vielleicht oder im Keller. Das Haus ist riesengroß und voller verborgener Ecken und Winkel. Ich weiß nicht … Wartet, es gibt einen unterirdischen Gang, der zur Kapelle führt. Angeblich ist er während der Zeit, als man katholische Priester jagte, gebaut worden, um sie zu verstecken. Becky hat mir davon erzählt. Niemand darf dort hinein, außer natürlich Rupert, der Haushofmeister. Dort bewahrt Lord Dunning seine Wertsachen auf.«

»Und wisst Ihr, wo sich dieser Gang befindet?«

»Aber sicher, unter dem Altar befindet sich eine Falltür. Ich habe sie gesehen, obgleich ich nie gewagt habe, sie zu öffnen.«

»Und wo geht es zum Vorratsraum?«

»In der Küche, durch die wir hinausgegangen sind, gleich zur Rechten des Flurs, der in die Halle führt, befindet sich eine kleine Tür. Durch sie gelangt man in eine Kammer unter der Treppe. Durch die Tür zur Rechten kommt man in den Vorratsraum. Und den Weg in den Keller kennt Ihr ja.«

Liam lächelte.

»Ich komme schon zurecht.«

»Dann kann ich jetzt gehen?«

»Wollt Ihr mir auch verraten, wohin? Ich habe versprochen, dass ich Euch geleite, wohin Ihr wollt. An einen sicheren Ort.«

»Aber wann?«

»Nachher. Im Moment allerdings ...«

Er maß unsere Umgebung mit einem Blick und verzog das Gesicht. Anscheinend ließ ihm etwas keine Ruhe.

»Im Moment ... was?«

»Wir haben da ein kleines Problem.«

»Und welches?«

»Euch.«

»Wie denn das? Mich?«

Ich begann meine Lage beunruhigend zu finden. Ich, ein Problem? Und wie regelten diese Männer für gewöhnlich Probleme dieser Art? Nun, da ich ihnen einen groben Plan der Örtlichkeiten geliefert hatte, konnten sie sich meiner Person nach Belieben entledigen. Liam bemerkte meine Aufregung und hielt es für angebracht, sich deutlicher auszudrücken, um mich zu beruhigen.

»Ich kann Euch nicht allein hier lassen, das ist zu gefährlich. Aber ich brauche alle meine Männer. Versteht Ihr?«

»Ihr wollt, dass ich mit Euch gehe?«, fragte ich verblüfft. »Niemals! Ich kann sehr gut hier bleiben, allein ...«

Unentschlossen betrachtete er mich. Ich spürte, wie die Männer nervös wurden. Liam wirkte ebenfalls unruhig.

»Meint Ihr?«

»Sicherlich …«

In Wahrheit war ich mir nicht so sicher. Die Wälder waren so dunkel und voller seltsamer Geräusche, wie sie die Wesen aus der Welt der Elfen hervorbringen. Aber sollte ich diesem großen Kraftprotz gestehen, dass die Geschichten meiner Tante Nellie mir Furcht einflößten?

»Gut, aber bleibt in der Nähe dieses Felsens. Führt Eure Stute tiefer in den Wald, damit ihr helles Fell von der Straße aus nicht zu erkennen ist. Ich komme Euch später holen.«

»Und wenn Ihr nicht zurückkommt?«

Plötzlich hatte ich Angst davor, mich allein wiederzufinden.

»Ich komme zurück, oder sonst kommt Colin Euch holen.«

Ich wartete. Die Zeit erschien mir unendlich lang. Ich konnte kaum weiter als bis zu meiner Nasenspitze sehen, daher kam es gar nicht in Frage, meinen Posten zu verlassen. Mit geschlossenen Augen, um die Dunkelheit nicht zu sehen, versuchte ich, mich vom Schlaf überwältigen zu lassen, der mich jedoch jetzt wie die Pest floh. Ich hörte ein Krachen, dann einen Fluch. In dem Glauben, Liam sei zurück, stürzte ich aus meinem Versteck und fand mich Auge in Auge mit einem Soldaten der Garde wieder, welche die Nacht im Herrenhaus verbrachte. Der Mann und ich stießen gleichzeitig einen entsetzten Schrei aus. Doch er kam rascher wieder zur Besinnung als ich, packte mich und stieß mich vor sich her. Sein Atem stank nach Alkohol. Als er bemerkte, dass ich allein war, wirkte er erleichtert.

»Ich habe Befehl, jeden festzunehmen, den ich in der Umgebung des Besitzes antreffe. Ihr werdet Euch vor dem Herrn erklären müssen. Für den Rest bin ich nicht verantwortlich.«

Seine Miene erhellte sich.

»Oh, sieh an! Wenn das nicht die hübsche Dienstmagd ist! Der Sohn des Lords wird hocherfreut sein, dich zu sehen … Er sucht dich überall!«

»Nein … Ihr müsst Euch irren«, kreischte ich und riss mich los. »Ich bin nicht …«

»Schon gut, und ich bin König George. Mir reicht schon, dass man mich weckt, damit ich auf Patrouille gehe, obwohl meine Wache beendet ist …«

»Dann kehrt Ihr eben jetzt ins Land der Träume zurück!«, erklang eine Stimme in unserer Nähe.

Ich hörte einen dumpfen Knall. Der Griff des Soldaten um meinen Arm löste sich, und er fiel zu meinen Füßen zusammen wie ein Sack. Ich begann zu schreien, doch sofort legte sich eine Hand über meinen Mund.

»*Tuch!* Pssst! Kein Wort«, flüsterte eine Stimme. »Ich bin's, Colin. Liam hat mich geschickt, um nach Euch zu sehen, und offensichtlich mit gutem Grund.«

Er rollte den Körper des bewusstlosen Soldaten ins Gebüsch und zog mich dann hinter sich her in den Wald, bis wir von der Straße aus nicht mehr zu sehen waren. Von Panik ergriffen, versuchte ich, mich loszureißen. Er kam mich holen, um mich gegen ihre Waffen auszutauschen. Ich hatte es doch geahnt… Ich hatte gewusst, dass ich den Männern nicht vertrauen konnte.

»Hört auf, Caitlin!«

»Nein! Ich will nicht dorthin zurück! Ihr seid doch nur Bastarde!«

Er schüttelte mich heftig, so dass ich verstummte.

»Es geht doch gar nicht darum, dass Ihr ins Haus zurückkehrt.«

»Sondern?«

»Ich bin gekommen, um nachzusehen, ob es Euch gut geht.«

Einen Moment lang konnte ich nichts sagen.

»Tut mir leid«, schluchzte ich dann. »Ich…«

»Schon gut, Ihr habt Angst gehabt. Das ist normal und braucht Euch nicht zu beschämen. Weint ruhig, so viel Ihr wollt…«

Immer noch schrecklich aufgewühlt, warf ich mich an seine kräftige Brust und schluchzte jämmerlich. Er streichelte sanft über mein Haar und zerstreute mein Entsetzen mit leisen Worten in der Sprache meiner Heimat. Zärtlich tätschelte er mich, und ich beruhigte mich, wie Bonnie, als er sie vorhin festgehalten hatte.

»Ihr braucht Schlaf, meine Schöne.«

Zur Antwort schniefte ich nur.

»Caitlin…«

»Hunger habe ich auch«, murrte ich.

Er lachte, so dass mein Kopf auf seiner Brust hüpfte.

»Meine Güte, Frau! Gut, abgemacht. Sobald die anderen zurück sind, besorge ich Euch etwas zu beißen.«

»Haben sie gefunden, was sie suchten?«

»Ich weiß es nicht. Wir waren gerade auf dem Weg zur Kapelle, als Liam mir befohlen hat, zurückzugehen und Euch Gesellschaft zu leisten.«

»Tut mir schrecklich leid, Ihr hättet es gewiss vorgezogen…«

»Nichts hätte ich lieber getan, wenn Ihr die Wahrheit wissen wollt.«

Er zog mich an sich. Seine Lippen glitten über meine Stirn. Mir wurde klar, was er vorhatte, und ich fand, dass ich die Lage wohl am besten von Anfang an klärte. Daher stieß ich ihn ziemlich heftig zurück. Es kam gar nicht in Frage, dass einer der Männer mich anrührte!

»Verzeihung, ich wollte nicht…«

»Ach nein?«

»Ich schwöre es Euch.«

»Wirklich?«

»Nun ja, eigentlich…«

»Eigentlich, natürlich! Aber was könnte Euch schon davon abhalten, im Wald über eine arme, hilflose Frau herzufallen, weil Ihr ganz genau wisst, dass sie nicht um Hilfe rufen kann, ohne Gefahr zu laufen, sich am Galgen wiederzufinden!«

Ein wenig verunsichert kratzte er sich die Stirn.

»Nichts. Aber ich würde es nicht tun.«

»Und wieso nicht?«

»Weil ich ein Mann von Ehre bin.«

Diese Männer kannten Ehre? Ein Kichern stieg mir in die Kehle, doch ich nahm mich zusammen, weil ich fürchtete, ihn zu beleidigen, denn das hätte ihn vielleicht doch zu weiteren Taten gereizt.

»Colin, Ihr dürft nicht glauben, dass ich…«

Er wartete darauf, dass ich weitersprach.

»Ich bin keine…«

»Was?«

»Auch wenn ich nur ein einfaches Dienstmädchen bin, bin ich

keine… Also, Ihr dürft von mir nur jene Dankbarkeit erwarten, die tief aus meinem Herzen kommt.«

»Ich weiß«, sagte er knapp.

»Was wisst Ihr?«

»Dass Ihr keine… Ich wollte sagen, dass Ihr nicht…«

»In Ordnung. Ich möchte, dass das ganz klar ist.«

»Es ist vollständig klar. Tatsächlich hat mir noch nie jemand eine Situation so eindeutig auseinandergesetzt! Außerdem… wenn dem so wäre, dann hättet Ihr uns im Austausch für Euer Leben gewiss schon längst Eure… Dienste angeboten.«

Er brach in Gelächter aus. Verlegen stand ich einen Moment lang sprachlos da, doch dann kicherte ich selbst los. Wir ließen uns auf das mit Tannennadeln übersäte Moos fallen. Ein süßer Duft nach Humus und feuchtem Laub stieg mir in den Kopf. Er streckte den Arm aus und berührte mich. Jetzt versuchte ich nicht mehr zu fliehen. Seine Umarmung wärmte mich, und ich schmiegte mich Schutz suchend an ihn. Ich hörte Bonnie in unserer Nähe schnauben und schloss die Augen. Ich wusste nicht warum, doch ich vertraute diesem Mann und seinem Bruder. Vielleicht, weil ich es brauchte. Ich fühlte mich gut, und endlich fielen mir die Augen zu. Widerstandslos ergab ich mich der Müdigkeit, die meinen erschöpften Körper überwältigte.

Eine Hand schüttelte mich heftig. Aus meinem Schlummer gerissen, blinzelte ich heftig.

»Los, kommt schon.«

»Was…?«

Doch ich bekam keine Erklärung. Die Hand half mir beim Aufstehen. Bruchstückhafte Erinnerungen stellten sich ein: Lord Dunning, wie er in seinem Blut lag; der Highlander, der mich in die Küche zerrte; der Tote, von einer Horde Wilder, ein *Libera me* auf den Lippen, unter den Bäumen begraben. Und Colin, der mich tröstete.

Ich versuchte, ihm zu folgen, aber meine Beine vermochten nicht, mit seinem Tempo Schritt zu halten.

»Langsamer, Colin, ich schaffe es nicht.«

»Steigt auf meinen Rücken.«

Schon hatte er sich gebückt, und ich rannte mit voller Wucht gegen ihn.

»Hochklettern, um Himmels willen!«

Eine Salve krachte, und ich fuhr zusammen und ließ es mir nicht ein zweites Mal sagen. Ich kletterte auf seinen Rücken und schlang die Arme um seinen Hals. Aber was war geschehen? War das Unternehmen gescheitert?

»Wohin gehen wir?«

»Später. Die Garde hat uns entdeckt.«

»Entdeckt? Aber wie?«

»Später, Caitlin.«

Hinter uns hörte ich Männer schreien. Meine Arme legten sich fester um Colins Hals, und ich krallte die Finger in sein Hemd. Er lief noch einige Meter weiter. Die Straße lag ganz in der Nähe und war verlassen.

»Aber wo ...«

Er legte einen Finger auf meine Lippen, um mir Schweigen zu gebieten, und ich gehorchte. Im Wald war es wieder still. Ich hörte nur Colins keuchenden Atem. Aber wo waren die anderen?

»Wir warten ... hier eine Weile ...«, flüsterte er mir ins Ohr.

Die Zeit schleppte sich dahin. Und wenn Liam etwas zugestoßen war? Ich runzelte die Stirn über die Ironie meines Gedankens. Da machte ich mir Sorgen um das Schicksal eines Barbaren, der mich mit Gewalt verschleppt hatte und ... Ich musste allerdings gestehen, dass er mir geholfen hatte, mich vorübergehend aus meiner Zwangslage zu befreien. Aber warum hätte ein Mann wie er mich retten sollen? Aus reiner Menschenliebe? Dann ertönte ein gellender Pfiff.

»Da sind sie!«, rief Colin aus und richtete sich auf.

Von der Straße her vernahm ich Hufgeklapper. Ein zweiter Pfiff, und dann erschien die Horde von Wilden im Mondlicht, das diesen Teil der Straße erhellte. Zu meiner großen Freude entdeckte ich Bonnie, die hinter ihnen hertrabte. Colin schob mich vor sich her und hob mich auf meine Stute, als sie mich erreichte. Ein Blick zu Liam, der mir zulächelte, verriet mir, dass es ihm gut ging und seine kleine Expedition Erfolg gehabt hatte. Colin sprang hinter mir auf, legte mir einen Arm um die Taille und drückte mich an seinen Körper. Bonnie schnaubte empört, fiel jedoch gehorsam wieder in Trab.

»Jetzt könnt Ihr ruhig wieder einschlafen, ich halte Euch fest. Heute Nacht wird Euch kein Leid geschehen, denn ich wache über Euch, meine Schöne. Wir reiten nach Hause.«

»Nach Hause? Aber ich dachte …«

»*Tuch!* Schlaft jetzt.«

Ich schlug ein Auge auf. Es war immer noch Nacht. Das Feuer knisterte und erhellte die Granitwand, die sich vor mir erhob. Schatten tanzten darauf. Sie bewegten sich träge, verschmolzen ineinander und verschwanden dann. Vage erinnerte ich mich daran, dass mich jemand auf den Boden gelegt hatte. Ich hatte die Augen geöffnet und war Colins Blick begegnet. Sanft und begütigend hatte er mir im Flüsterton geboten, ich solle schlafen, und ich hatte mich beruhigt fallen lassen. Jetzt wandte ich den Kopf in die entgegengesetzte Richtung, aus der ein leises Schnarchen zu mir drang. Ganz in meiner Nähe schlief Colin auf dem blanken Boden. Er hatte ein Bein angezogen, sein Plaid über den Kopf gezogen, und seine Hand ruhte auf meiner Decke. Ich hatte den eigenartigen Eindruck, dass er sein Revier markierte.

Etwas weiter entfernt saß, an einen Baum gelehnt, ein Mann, der uns den Rücken zudrehte. Wahrscheinlich hielt er Wache. Ein sanft-herber Tabakgeruch lag in der Luft und erinnerte mich an meine Kindheit, als mein Vater nach einem langen Arbeitstag in der Ecke am Kamin seine Knochenpfeife zu rauchen pflegte. Über dem Kopf des Wachpostens erschien eine kleine Rauchwolke wie ein leuchtender Heiligenschein und verschwand dann in der uns umgebenden Dunkelheit.

Ich hörte das Stöhnen und unzusammenhängende Murmeln von Schläfern. Dann vernahm ich irgendwo oberhalb meines Kopfes ein unausgesetztes Kratzen auf dem Boden und suchte mit dem Blick nach der Ursache. Da saß Liam, den Rücken gegen den Fels gelehnt. Sein Haar war zerzaust, sein Bart leuchtete golden, und er sah mich unverwandt an. Mit seinem kleinen Dolch schabte er zerstreut über den Boden. Er sagte nichts, sondern beobachtete mich nur weiter mit diesem seltsamen Leuchten in den

Augen. Ich regte mich und stützte mich auf einen Ellbogen. Wir verharrten in ruhigem Schweigen. Er schlug die Augen nieder, nur einige Herzschläge lang, und öffnete sie dann wieder. Mit einem Mal kam er mir sehr traurig vor. Ich wagte nichts zu sagen. Dann seufzte er, streckte langsam seinen gewaltigen Körper und stand auf. Seine Lippen öffneten sich, so dass ich schon glaubte, er werde mich ansprechen, doch er sagte nichts, sondern entfernte sich.

Hatte ich etwas getan, das ihm missfallen hatte? Oder hatte er irgendeine verhängnisvolle Entscheidung bezüglich meiner Person getroffen? Ich legte den Kopf wieder auf die Decke. Dieser Mann war rätselhaft. In seinem Blick spürte ich etwas Undefinierbares, Geheimnisvolles. Liams Seele hatte eine dunkle Seite, von der ich mich angezogen fühlte. Doch sein Leben ging mich nichts an. Ich ließ zu, dass mir erneut die Augen zufielen. Meine noch unsichere Freiheit verdankte ich ihm, und ebenso Colin. Morgen würden die Männer mich an die schottische Westküste bringen, wie sie es versprochen hatten. Ich würde ihnen danken und mich nach Irland einschiffen, und damit würde dieses Abenteuer abgeschlossen sein.

4

Die Macdonald-Brüder

Sanft wärmte die Sonne mir das Gesicht. Ich rekelte mich und streckte meine Glieder unter der Decke hervor. Da ich es nicht gewöhnt war, auf hartem Boden zu schlafen, fühlte ich mich ein wenig zerschlagen, aber das herrliche Wetter entschädigte mich für mein Unwohlsein. Ich setzte mich auf, sah mich um und bewunderte die Natur, die, nachdem sie lange Monate unter der Schneedecke geschlummert hatte, langsam wieder erwachte. Die Bäume wirkten wie von einem dichten, grünlichen Nebel überhaucht. Die Pflanzenwelt prangte in einem unbeschreiblichen Farbenspiel aus Grüntönen, in die sich blaue und purpurfarbene Akzente mischten, und schien eine Ode an den Frühling zu singen.

Zwei Männer, die auf einem mit Flechten überzogenen Felsvorsprung saßen, unterhielten sich leise. Der eine von ihnen, ein großer Rothaariger, der ein wenig ungeschlacht wirkte, hieß Donald MacEanruigs. Der andere, der viel kleiner, aber so breit wie zwei Männer war und dessen Gesicht von einem ungepflegten Bart entstellt wurde, hörte auf den Vornamen Niall. Etwas weiter weg arbeiteten Liam und einer seiner Männer, den er Simon gerufen hatte, an einem kleinen, mit Holzkisten beladenen Fuhrwerk. Dann war da noch Isaak, der sich an einen Baum lehnte und zu dieser ziemlich frühen Tageszeit eine Feldflasche mit Whisky leerte. Gestern hatte er seinem Wunsch, sich mit mir zu amüsieren, deutlich Ausdruck verliehen, daher hatte ich das Gefühl, bei ihm vorsichtig sein zu müssen. Colin kam einen Waldweg entlang und hatte offensichtlich einen Bach besucht. Er schüttelte sich, und das Wasser tropfte auf seine Schultern.

Ich ließ die Finger durch mein Haar gleiten, aus dem sich einige Krusten geronnenen Blutes lösten. Angewidert betrachtete ich sie. Ich musste mich in einem traurigen Zustand befinden. Ein schönes Bad wäre nicht übel gewesen, aber unter den Umständen musste ich diesen Luxus wohl auf später verschieben. Wenn ich nach dem Aussehen der Männer ging, sahen sie die Sache mit dem Baden genau wie ich.

Colin erblickte mich und kam auf mich zu. Unterwegs nahm er eine Satteltasche und eine Feldflasche auf, stellte beides vor mich hin und ließ sich dann auf den Boden sinken. Jetzt, bei Tageslicht, fühlte ich mich in seiner Gegenwart wieder befangen, und meine prekäre Lage stand mir überdeutlich vor Augen. Ich saß mitten im Nirgendwo, in einer mir unbekannten Gegend, und befand mich unter Männern, die ebenso wild und ungezähmt aussahen wie die Landschaft, die mich umgab.

»Habt Ihr gut geschlafen?«

Er schaute mich aus dem Augenwinkel an; offensichtlich wagte er nicht, mich direkt anzusehen.

»Doch, ja. Danke, Colin.«

Um die Verlegenheit zu überspielen, die mir die Kehle zuschnürte, suchte ich in meiner Tasche nach meinem kleinen Schildpattkamm. Er war in zwei Teile zerbrochen. Betrübt verzog ich den Mund und führte das eine Stück durch meine verfilzte Mähne. Zu allem Unglück brachen auch noch Zinken ab.

»Oh, verflixt!«

»Hier, für Euch«, sagte er und zog ein Stück Brot aus der Tasche.

Etwas zu essen! Ich riss ihm das Brot beinahe aus der Hand und biss gierig hinein. Der Hunger, der mich seit dem gestrigen Abend quälte, war stärker denn je wieder erwacht und verwies mein Bedürfnis, mich zu säubern, auf den zweiten Platz. Meine Heftigkeit verblüffte Colin. Er hob den Kopf, und seine Hand blieb im Leeren hängen. Mein kaum zerkauter Bissen kam mir in den falschen Hals und hätte mich fast erstickt, doch Colin versetzte mir einen ordentlichen Klaps zwischen die Schulterblätter, so dass er hinunterglitt.

Er ließ seine Hand dort liegen, wo er mir auf den Rücken geklopft hatte. Durch den Stoff hindurch spürte ich, wie er sanft die einzelnen Finger bewegte. Meine Wangen wurden vor Verlegenheit heiß. Colin bemerkte meine Röte, zog die Hand zurück und räusperte sich. Er reichte mir die Wasserflasche, und ich befeuchtete mir den trockenen Hals und besänftigte meinen aufgeregten Magen. Fest entschlossen, mich nicht von meiner Befangenheit überwältigen und erneut zur Flucht treiben zu lassen, reckte ich die Schultern und sah ihm direkt in die Augen. Im hellen Tageslicht entdeckte ich erst die männliche Schönheit seiner freundlichen und offenen Züge. Ermutigt durch meinen forschenden Blick betrachtete er mich seinerseits unverhohlen und schenkte mir ein strahlendes Lächeln.

»Ihr seid … noch hübscher, als ich mir vorgestellt hatte.«

Jetzt liefen meine Wangen endgültig glühend heiß an und verstärkten meine Verlegenheit. Colin tat, als bemerke er es nicht und trieb seinen Wagemut so weit, dass er leise lachte. Er nahm die Haarsträhne, in welcher das Bruchstück meines Kamms stecken geblieben war, verzog den Mund und pflückte es heraus.

»Ein Stück tiefer fließt ein Bach. Dort könnt Ihr Euch sauber machen.«

Sein Blick fiel auf mein Mieder. Durch das getrocknete Blut klebte mir das Hemd auf der Brust, und der Stoff war steif und fühlte sich unbequem an. Allzu viel war da nicht mehr zu retten, und das machte mir Angst. Der Fleck, der sich nicht wieder entfernen ließ, ließ meine Tat deutlich zu Tage treten. Ich musste dringend etwas anderes zum Anziehen auftreiben. Colins Blick verweilte länger auf dieser Stelle, als es die Schicklichkeit erlaubte, was mich daran erinnerte, dass – jedenfalls Beckys Meinung nach – diese Männer so etwas gar nicht besaßen. Aus Scham legte ich eine Hand über meinen Ausschnitt. Er stotterte einige Entschuldigungen, wie ein Kind, das man bei einer Missetat erwischt hat, und wandte sich ab.

»Wenn Ihr wollt, kann ich Euch mein Hemd anbieten. Es ist einigermaßen sauber.«

Ich lachte, verblüfft über seinen etwas anstößigen Vorschlag. Er reagierte verlegen.

»Ich schenke es Euch von Herzen gern, Caitlin, ehrlich.«

Ich betrachtete ihn amüsiert.

»Wirklich? Ihr würdet mir Euer Hemd geben?«

»Wirklich.«

»Und was wollt Ihr dafür haben?«

Aus einem knospenden Ginsterbusch flog ein Zaunkönig auf. Colin legte die Stirn in Falten und tat, als dächte er nach.

»Hmmm… einen Kuss. Das sollte genug sein. Wenn der Preis aber zu hoch ist…«

»Ihr würdet Euer Hemd für einen einzigen Kuss weggeben?«

»Ich wäre bereit, Euch noch viel mehr zu schenken…«

Er zog eine Augenbraue hoch, und ein viel sagendes Lächeln umspielte seinen Mund. Ich spürte, wie meine Wangen sich erneut röteten, und senkte den Kopf. Er reichte mir meinen zerbrochenen Kamm, wobei er wie unabsichtlich meine Hand streifte.

»Wartet, vielleicht habe ich etwas für Euch.«

Er entfernte sich und ging zu dem Karren. Ich sah, wie er hinaufkletterte, in einer Kiste kramte und dann wieder herunterstieg.

»Hier, das ist für Euch.«

Er hielt mir einen herrlich gearbeiteten Perlmuttkamm hin.

»Oh, Colin… Das kann ich nicht annehmen, es ist zu schön.«

»Kommt schon, nehmt ihn. Die Männer wissen ohnehin nicht viel mit diesem Tand anzufangen, daher…«

»Aber Eure Ehefrauen doch?«

Er setzte sich wieder vor mich hin und sah mich aus seinen grauen Augen an.

»Ich habe keine Frau, Caitlin. Noch nicht.«

»Aber gewiss eine Liebste, oder?«

»Auch nicht. Ich schenke Euch den Kamm; Eurer ist nicht mehr viel wert. Nehmt ihn bitte an.«

»Und was verlangt Ihr dafür?«

Er lachte offen heraus.

»Das ist ein Geschenk. Ich will nichts dafür haben. Doch wenn Ihr unbedingt handeln wollt… nun, ich würde keine Form des Danks von Eurer Seite ablehnen.«

Ich bewunderte den wunderhübschen Kamm, der im Sonnenlicht in allen Farben schimmerte. Noch nie hatte ich von einem Mann ein so schönes Geschenk bekommen. Ich ließ ihn durch mein Haar gleiten.

»Danke.«
»Und was ist mit dem Hemd?«
»Danke, aber... lieber nicht. Ich warte, bis ich eines in meiner Größe finde.«
»Wenn Ihr mir gestattet, mich von der genauen Größe zu überzeugen, könnte ich vielleicht eines für Euch auftreiben.«
»Colin!«, rief ich aus, empört über seine Kühnheit. »Seid Ihr Frauen gegenüber immer so direkt?«
»Nein. Nicht immer.«
Sein entwaffnendes Lächeln besänftigte mich. Dann rief man nach ihm, was ihm ein Stöhnen entlockte.
»Esst, es sind noch Käse und Äpfel in der Tasche. Wir müssen bald aufbrechen, denn jeden Augenblick kann die Garde mit Verstärkung auftauchen.«
Meine kurzzeitig verflogene Angst kehrte mit einem Mal zurück, und mit ihr die harte Wirklichkeit. Colin, der ein Knie auf den Boden gesetzt hatte, um sich zu erheben, hielt inne.
»Seid unbesorgt, alles wird gut gehen, Caitlin«, sagte er, um mich zu beruhigen. »In einem oder zwei Tagen seid Ihr in Sicherheit.«
Seufzend zuckte ich die Achseln.
»Ich werde persönlich darüber wachen«, setzte er hinzu, als wolle er seiner Aussage zusätzliches Gewicht verleihen. »Darauf gebe ich Euch mein Wort.«
Ich glaubte ihm. Colin hatte versprochen, mich zu beschützen, während ich schlief, und hatte sein Wort gehalten. Er ging zu seinem Bruder, der beim Karren auf ihn wartete. Kurz traf mein Blick seine unergründlichen blauen Augen, dann wandte Liam sich ab. Ich schützte Gleichgültigkeit vor, biss in den Brotkanten und machte mich erneut daran, mit dem Kamm meine Haare zu säubern. Vielleicht sollte ich doch zum Bach gehen.

Ich beugte mich über das Wasser und wrang mein Haar aus, das jetzt gut nach Lavendel duftete. Ich glättete es mit den Händen und fuhr mit den Fingern hinein, um es zu entwirren. Eine flüchtige Bewegung im fließenden Wasser, die von einem leisen »Plop« begleitet wurde, zog meine Aufmerksamkeit auf sich. Ich beugte mich von neuem vor. »Plop, plop.« Ein kleiner Frosch. Ich lächelte; es war Monate her, dass ich zuletzt Jagd auf die schlüpfrigen Tierchen gemacht hatte. Ganz in Erinnerungen versunken, streckte ich einen Finger aus, um es zu streicheln, doch es sprang auf die Kiesel. Um dem Tierchen zu folgen, trat ich auf einen großen Stein, der aus der Strömung ragte.

»Hallo, kleiner Fr…«

»Wir brechen auf, beeilt Euch, Caitlin…«

»Ahh!«

Ich fuhr hoch, und mein Herz schlug heftig. Mein Fuß rutschte auf dem Stein aus, auf den ich mich gestützt hatte, und ich fand mich im Bach sitzend wieder. Ich war bis unter die Arme durchnässt. Der Schreck und das kalte Wasser entrangen mir einen zweiten Schrei.

»Also, so etwas! Ihr hättet Euch ruhig bemerkbar machen können. Herrje! Bereitet es Euch eigentlich Freude, die Menschen immer so zu erschrecken? Meine Güte! Ihr hättet mich umbringen können…«

»Entschuldigt, ich wollte nicht…«

Ich warf Liam einen mörderischen Blick zu und betrachtete dann betrübt mein Kleid.

»Herrgott! Jetzt schaut Euch an, in welchem Zustand ich bin!«

Er starrte mich mit völlig ausdruckslosem Blick an, und seine Arme hingen reglos zu beiden Seiten seines Körpers hinunter.

»Was seht Ihr mich so an?«, stieß ich hervor.

Jetzt fehlte nur noch, dass er zu lachen anfing, damit ich völlig außer mir geriet. Doch zu meinem großen Pech tat er genau das. Zuerst verzogen sich seine Züge, wie von widerstreitenden Gedanken hin und her gezerrt, und wandelten sich dann zu einem leisen Lächeln. Seine Schultern begannen leicht zu zucken. Dann konnte er offensichtlich nicht länger an sich halten und platzte vor Lachen heraus. Ich dagegen hatte eher Lust, in Tränen auszubrechen und ihm den Hals umzudrehen.

»Ihr elender…! Macht Euch gefälligst nicht über mich lustig!«

Er hielt mir die Hand entgegen, um mir beim Aufstehen zu helfen. Ich sah ihn einen Moment an, und mir kam die Idee, ihn seine eigene Medizin schmecken zu lassen.

»Ich bitte Euch um Verzeihung, Caitlin. Das wollte ich nicht… wirklich.«

Ich nahm die ausgestreckte Hand und zog heftig. Liam kippte vornüber und landete auf allen vieren im Bach – und auf mir.

»Verzeihung«, versetzte ich trocken und mit einem spöttischen Lächeln auf den Lippen.

Jetzt grinste er nicht mehr. Auf seinem Gesicht, das sich nur eine Handbreit über meinem befand, malte sich Verblüffung. Seine herrlichen, dunkelblauen Augen stürzten mich in Verwirrung. Jetzt entdeckte ich ihre ganze Tiefe. Ich erblickte ein flüchtiges Aufblitzen von Begehren und den Schatten der Trauer. Dann riss er eilig den Blick los und schlug die Augen nieder. Ich überraschte ihn dabei, wie er in mein Mieder schaute, das mir an der Haut klebte. Ganz entschieden, alle Männer hatten diese Manie… Verlegen wandte er den Blick ab.

»Gut gekontert«, meinte er. »Ihr seid eine ziemlich erstaunliche Frau, Caitlin Dunn.«

»Dasselbe könnte ich von Euch sagen, Liam… Macdonald. Das ist doch Euer Name, stimmt's?«

»Ja. Ihr habt ein gutes Gedächtnis.«

Dieser Mann war wirklich ein Rätsel. Manchmal strahlte er eine Kälte aus, die mich erschauern ließ und mir zu bedeuten schien, dass es ihm am liebsten gewesen wäre, wenn ich mich in Luft auflösen würde. Dann wieder schien es in ihm geradezu zu brodeln, und eine unaussprechliche Unruhe bemächtigte sich seiner, wenn er mich ansah… so wie in diesem Moment.

»Ihr seid ein ziemlich rätselhafter Mann, Mr. Macdonald.«

»Rätselhaft? Interessant. Mit diesem Ausdruck hat man mich noch nie bezeichnet.«

»Und was hat man bis heute von Euch gesagt?«

Langsam erhob er sich und half mir zugleich sehr, sehr vorsichtig beim Aufstehen. Sein tropfnasser Kilt klebte an seinen halbnackten Beinen. Was mich anging, so fühlte ich mich wie ein vollgesogener Schwamm und so schwer wie eine dicke Kuh.

»Ich habe schon oft Ausdrücke wie ›Wilder‹, ›Egoist‹ oder ›besitzergreifend‹ gehört. Gelegentlich auch ›charmant‹…«, setzte er mit einem Lächeln hinzu, »aber noch nie rätselhaft.«

Immer noch hielt er meine Hand umfasst.

»Vielleicht hat Euch ja noch niemand als Ganzes gesehen. Die Summe Eurer Fehler und Vorzüge… Ich jedenfalls hatte noch keine Zeit, Euch mit so vielen Worten zu beschreiben.«

Er lächelte.

»Werdet Ihr Euch die Zeit nehmen?«

Ich zögerte. Was wollte er damit sagen?

»Vielleicht…«, fuhr er fort.

Er richtete den Blick auf meine tropfnasse Kleidung und sprach nicht weiter.

»Wir sollten Euch ein paar Kleidungsstücke zum Wechseln besorgen.«

»Ihr hättet unter Euren Waren nicht zufällig ein Kleid oder so etwas?«

Er schüttelte den Kopf, schien dann plötzlich zu merken, dass er immer noch meine Hand hielt, und ließ sie abrupt los.

»Nur ein wenig Tand, Bänder. Das ist alles.«

Ich presste die Lippen zusammen und fand mich damit ab, in meinem durchnässten Zustand zu reisen. Leise vor mich hinschimpfend schlug ich den Weg ein.

»Caitlin?«

»Was?«, knurrte ich grob und drehte mich zu ihm um.

»Wohin wollt Ihr?«

»Wohin…? Ach so! Zur Westküste, an einen Ort, wo sich ein Seehafen befindet. Liegt das auf Eurem Weg? Ich hoffe, denn wenn nicht, täte es mir leid, wenn Ihr einen Umweg machen müsstet.«

»Ein kleiner Umweg ist das schon, aber ich hatte es Euch versprochen. Ich werde meine Männer mit der Ware in den Norden schicken und Euch nach Glasgow begleiten. Wäre Euch das recht?«

»Glasgow? Fahren von dort aus Schiffe nach Irland?«

»Schiffe? Natürlich.«

Ich hob meinen Rocksaum und wrang ihn fluchend aus. Unter diesen Umständen würde der Ritt wohl nicht besonders angenehm werden.

Genauso kam es. Die Sonne, die so strahlend geschienen hatte, als ich aufgewacht war, versteckte sich und kam erst gegen Abend wieder hinter den Wolken hervor. Mein Kleid brauchte fast vier Stunden, um einigermaßen zu trocknen. Unter den Achseln und um den Halsausschnitt war meine Haut wundgescheuert. Meine Röcke klebten mir an den Schenkeln und behinderten mich in meinen Bewegungen.

Geblendet von der untergehenden Sonne blinzelte ich. Wir waren im Schutz der Bäume an einem kleinen Fluss entlanggeritten, bis wir den Loch Lomond erreichten, wo sich eine atemberaubende Landschaft vor uns auftat. Den Süden beherrschte das gewaltige Massiv des Ben Lomond, und im Norden zeichneten sich die Gipfel des Ben More, des Oss und des Lui vor dem Purpur des Himmels ab, der mit dem der Hügel verschmolz. Ihre schneebedeckten Gipfel spiegelten sich in dem lang gestreckten, dunkelblauen Band, das sich erstreckte, so weit das Auge reichte, unergründlich und undurchdringlich – so wie Liams Blick, der mir seit der Episode am Bach nicht aus dem Kopf ging.

Wir schlugen einen schmalen, schlammigen Weg ein, der am Loch entlangführte. Immer wieder blieb der Karren in den tief ausgefahrenen Wagenspuren stecken. Das rief den Missmut der Männer hervor, die ständig anhalten mussten, um ihn anzuschieben, was uns beträchtlich aufhielt. Ich ritt in Gesellschaft des großen Rothaarigen, Donald MacEanruigs, dessen höfliche Arroganz sein Interesse an meiner Person nicht verbarg. Er betätigte sich als Führer, zeigte mir die markanten Landschaftspunkte und nannte mir die Namen der Gipfel und Täler. Liam und Colin waren nicht besonders redselig. Sie kamen mir sogar unruhig vor. Donald hatte mir erklärt, dass wir uns auf Campbell-Territorium befanden. Daraus schloss ich, dass sie sich nicht besonders gut mit den Mitgliedern des besagten Clans verstanden.

»Die Garde«, warnte plötzlich einer der Männer.

Ich hob den Blick und sah nach vorn. Auf der Straße zeichneten sich die Silhouetten mehrerer Reiter ab. Deutlich erkannte ich die Rockschöße der roten Uniformen, die über die Kruppen ihrer Pferde fielen. Mein Herz begann zu rasen, und meine Finger schlossen sich krampfhaft um die Zügel. Liam und Colin, die sich hinter mir leise unterhalten hatten, verstummten sogleich.

Ich hatte das Gefühl, als stünde die Zeit still. Die Karawane war langsamer geworden, und die Männer hatten sich in Erwartung neuer Befehle zu ihrem Anführer umgewandt. Liam nahm seine Pistole ab und ließ sie unauffällig in die Falten seines Plaids gleiten. Er schien rasch die Möglichkeiten zu überschlagen, die sich uns boten. Nichts als Wälder auf der einen Seite und der See auf der anderen. Blieb noch der Rückzug, doch angesichts des Zustands der Straße hatten wir nicht die geringste Aussicht, rasch genug die Flucht anzutreten.

»Sie sind zu viele, und es ist zu spät, um zu fliehen, ohne sie zu alarmieren. Dann hätten wir sie auf den Fersen, und wir kämen nicht allzu weit, außer wir würden die Waren zurücklassen. Wir stecken in der Zwickmühle. Wir müssen das Risiko eingehen und versuchen, an ihnen vorbeizukommen, ohne Verdacht zu erwecken. Donald, reite nach vorn und sorge dafür, dass sie zuerst die Kiste öffnen, in denen sich der Tand befindet. Vielleicht geben sie sich damit zufrieden. Ihr kennt die Regeln: kein Blutvergießen, außer es ist unbedingt notwendig.«

Dann lenkte er sein Pferd neben mich. Sein Bein streifte mich, und ich spürte seine Anspannung. Beunruhigt sah er mich an.

»Caitlin, Ihr sagt kein Wort und schaut die Männer nicht einmal an. Wenn sie Euch etwas fragen, lasst Ihr mich an Eurer Stelle antworten. Und versteckt vor allem das da.«

Er zog meinen Umhang über den inzwischen etwas verwaschenen Blutflecken zusammen. Auf dem braunen Stoff hatten sie eine schwärzliche Färbung angenommen, so dass man sie nicht als das, was sie waren, erkannte; aber im Beige der Streifen und auf meinem Hemd war das bräunlich rote Blut unverkennbar.

Unter metallischem Klirren und dem dumpfen Geräusch der Hufe auf dem schlammigen Boden zog die Garde an uns vorbei. Einige Soldaten schienen eingenickt zu sein und ignorierten uns vollständig. Andere musterten uns offen. Ich wich ihrem Blick aus. Kein Wort fiel. Nachdem der letzte Reiter uns passiert hatte, entspannte ich mich ein wenig, doch meine Erleichterung sollte nur kurz währen.

Plötzlich kam die Kavallerie unter lautem Geschrei und Hufgestampfe zum Halten. Dann rief ein Mann uns an.

»He, ihr dahinten! Anhalten, im Namen des Königs!«

Ich erstarrte und fing Liams Blick auf.

»Kein Wort«, warnte er mich.

Ich nickte. Er warf einen Blick über die Schulter und sah, dass der Captain und zwei weitere Soldaten auf uns zukamen.

»Heda, Ihr, Macdonald!«, schrie der Captain. »Wir wollen Eure Kisten inspizieren.«

Die Soldaten näherten sich dem Karren. Liam folgte ihnen, und Colin, der wie die anderen Highlander die Hand auf den Knauf seiner unter dem Plaid versteckten Pistole gelegt hatte, schloss zu mir auf. Die Abteilung bestand aus sechzehn bewaffneten und kräftigen Männern. Unsere Aussichten, den Kopf aus der Schlinge zu ziehen, erschienen mir ziemlich gering. Wir waren nur zu siebt, und ich bezweifelte, dass ich den Männern eine große Hilfe sein würde. Wenn sie die Waffen entdeckten, würden Liam und seine Männer mit Sicherheit unter Arrest gestellt, und ich… Es würde gewiss nicht lange dauern, bis die Soldaten herausfanden, wer ich war und damit auch, was ich getan hatte.

»Warum flieht ihr nicht? Schlagt euch doch in die Wälder«, flüsterte ich Colin zu.

»Kommt gar nicht in Frage. Nach all der Mühe, die wir uns gemacht haben, werden wir unsere Ladung nicht im Stich lassen. Nein, vollkommen unmöglich.«

»Herrgott noch mal! Sie werden euch festsetzen.«

»Da müssen sie sich aber große Mühe geben.«

»Colin, sie sind doppelt so viele wie ihr, das ist lächerlich!«

Ohne die Soldaten aus den Augen zu lassen, lächelte er. In seinem Blick lag ein eigentümliches Leuchten, eine seltsame Mischung aus Wahnsinn, Hellsichtigkeit und Belustigung. Für ihn schien der Tod nur eine profane Konsequenz zu sein, die man in Kauf nehmen musste, wenn man mit hohem Einsatz spielte. Wer nicht wagte, der gewann eben nicht!

»Ihr seid verrückt«, wisperte ich.

Er quittierte meine Bemerkung mit einem leisen, spöttischen Lachen. Ich musste etwas unternehmen, für Ablenkung sorgen.

Einen Anfall, einen hysterischen Ausbruch, irgendein Unwohlsein vortäuschen. Ich sah mir den Captain an. Er besaß einen lebhaften Blick und ein aufmerksames Frettchengesicht. Das war kein Fisch, der in jeden Angelhaken biss, da brauchte man schon einen fetten Köder. Vielleicht… Eine Idee stieg in mir auf. Ich stieß Colins Knöchel mit dem Fuß an.

Er verstand mich falsch. »Schon gut, die tun Euch nichts; das werde ich nicht zulassen«, flüsterte er.

»Ich möchte Euren Dolch.«

Er sah mich aus weit aufgerissenen Augen an.

»Macht Ihr Scherze?«

»Sehe ich so aus?«

»Und was wollt Ihr mit meinem *Sgian dhu* anfangen?«

»Ich habe nichts, um mich zu verteidigen, falls…«

Er warf mir einen zögernden Blick zu.

»Könnt Ihr denn etwas damit anfangen?«

Die Frage war so dumm, dass ich lächeln musste.

»Wenn ich nicht gewusst hätte, wie man sich einer Waffe bedient, dann befände ich mich jetzt nicht hier bei Euch, Colin.«

»Hmmm…«

Er fuhr unauffällig mit der Hand in seinen Stiefel, zog den *Sgian dhu* hervor und ließ ihn unbemerkt in meine Hand gleiten.

»Nur als letzten Ausweg, Caitlin…«

»Ich weiß. Seid unbesorgt.«

Ich schloss die Finger fest um die Klinge, die scharf wie ein Rasiermesser war. Vor Schmerz stiegen mir die Tränen in die Augen. Colins Aufmerksamkeit wurde von dem, was sich vor uns abspielte, vollständig in Anspruch genommen. Liam ließ soeben eine der Kisten öffnen. Langsam glitt ich von meinem Pferd und betete zu Gott, dass meine List aufgehen würde. Wenn nicht, dann erwartete mich mit Sicherheit der Strick.

»Caitlin…«

Colin versuchte, mich am Arm festzuhalten, aber ich wich ihm gerade noch aus.

»Aber was treibt Ihr denn, verflucht noch einmal?«, brummte er tonlos.

»Mir ist ziemlich unwohl…«

»Steigt sofort wieder auf Euer Pferd, das ist nicht der richtige Moment…«

Der Captain war auf unser Streitgespräch aufmerksam geworden, hob den Kopf und sah in unsere Richtung. Liam wurde bleich, als er sah, dass ich auf sie zukam. Hinter mir hörte ich Colin zetern.

»Caitlin… Verflucht noch mal!«

Abrupt begann ich zu husten und spie in meine Hand. Liam starrte mich jetzt in blankem Entsetzen an. Ich stolperte über einen Stein, und der Captain kam mir zu Hilfe und stützte mich beim Aufstehen. Wieder hustete ich und spuckte stöhnend aus.

»Um Gottes willen, Caitlin!«

Liam stieß den Soldaten beiseite, der mich verblüfft ansah.

»Diese Frau ist ja krank«, stellte der Captain erschrocken fest.

»Habt Ihr vielleicht ein wenig Wasser?«, fragte ich mit schwacher Stimme. »Wir haben nur noch Branntwein… und mein Mund ist so trocken…«

Das war er wirklich, und mein Zittern brauchte ich keineswegs vorzutäuschen. Liam blieb angesichts meiner ausgestreckten, mit Blut und Speichel beschmierten Hand wie angewurzelt stehen.

»Wasser?«, stotterte der Captain. »Was habt Ihr, Frau?«

Ich tat einen Schritt auf ihn zu und klammerte mich mit meiner blutigen Hand an seinem Rock fest.

»Bitte… Wasser.«

»Aber diese Frau hat ja die Schwindsucht, Herrgott! Rührt mich nicht an!«

Brutal stieß er mich mit dem Fuß fort. Ich fiel in den Schlamm, hustete und spuckte über seine Stiefel. Liam hatte sich keinen Fußbreit bewegt und starrte mich mit vor Verblüffung weit aufgerissenem Mund an. Der Captain war jetzt sehr aufgebracht und wischte hektisch mit einem Taschentuch auf seinem Rock herum.

»MacBain!«, schrie er, ohne mich aus den Augen zu lassen.

»Ja, Sir.«

»Was habt Ihr in der Kiste gefunden?«

»Nichts als Bücher, allerlei Tand und andere unwichtige Dinge, Sir.«

»Nun gut…«

Der Captain musterte mich angeekelt und trat einen Schritt zurück.

»Ich glaube, wir können die Leute passieren lassen. Sie führen nur Zigeunerramsch mit sich.«

»Ja, Sir.«

Das Taschentuch segelte vor meinen Augen vorbei und landete vor meiner Nase im Schlamm. Ich hob es auf und hielt es dem Captain hin.

»Euer Taschentuch, Sir.«

Entsetzten Blickes schüttelte er den Kopf und stieß es mit einem angewiderten Ausruf weg.

»Nein, behaltet es; ich … schenke es Euch.«

Mit diesen Worten fuhr er herum und kehrte zum Rest seiner Abteilung zurück, die in einigen Metern Entfernung von uns wartete. Ich lächelte in das Stofftuch hinein, das gut nach Veilchenwasser roch. Zu meinem großen Erstaunen war alles viel einfacher gewesen, als ich zuvor geglaubt hatte.

Eine eiserne Faust zog mich hoch. Colin, der vor Wut rot angelaufen war, nahm meine Hand und untersuchte sie. Niemand sprach ein Wort.

»Gottverdammtes … Ja, seid Ihr denn von Sinnen?«

Heftig riss ich meine verletzte Hand zurück und band sie in das Taschentuch. Um mich herum erhob sich Gemurmel.

»Wenn Ihr es sagt, dann muss ich es wohl sein«, antwortete ich und sah ihm gerade in die Augen. »Aber die Garde ist fort, wir sind noch am Leben, und Ihr befindet Euch noch im Besitz Eurer elenden Waffenladung.«

Ich gab ihm seinen Dolch, drehte mich auf dem Absatz um und stapfte zu meinem Pferd, das gelassen am Wegrand weidete. Was für Dummköpfe! Eine Hand legte sich auf meine Schulter und hielt mich auf. Empört über den Undank dieser Rüpel fuhr ich herum.

»Und wenn Ihr glaubt, dass …«

Liam sah mich an. Die Farbe seines Gesichts unterschied sich nicht von der seines schmutzigen weißen Hemds. Eine ungeheure Wut ergriff mich, und ich reckte das Kinn. Verbissen machte ich mich los.

»Verstoßt … nie … wieder … gegen … meine … Befehle. Nie wieder!«

Er hatte seine Worte in einem rauen Flüstern hervorgestoßen und drohend auseinandergezogen. Die Kälte in seiner Stimme verletzte mich tiefer, als ich erwartet hätte. Sein düsterer Blick traf mich wie ein Peitschenschlag. Mein Zorn wuchs noch. Ich straffte die Schultern und bot ihm die Stirn, entschlossen, mich nicht beeindrucken zu lassen. Am liebsten hätte ich ihn geohrfeigt, doch ich hielt mich zurück und entschied mich, lieber Worte einzusetzen, von denen ich wusste, dass sie ebenfalls verletzen konnten, wenn nicht sogar stärker. Colin warf ich einen bösen Blick zu, um ihm zu bedeuten, dass mein Zorn auch ihm galt.

»Seid versichert«, versetzte ich grollend, »dass dazu keine Gelegenheit mehr sein wird, Gentlemen. Ihr werdet mich zum nächstgelegenen Seehafen führen, denn ich kann es kaum erwarten, nach Hause zurückzukehren. Ich bin schon viel zu lange in diesem unglückseligen Land.«

Bevor ich mich in den Sattel schwang, hatte ich noch Zeit zu bemerken, dass Liams Kiefer mahlte. Die Männer wagten sich nicht zu rühren. Plötzlich fragte ich mich, ob sie überhaupt noch atmeten. Alle Blicke waren jetzt auf mich gerichtet. Ich wischte mir eine letzte Blutspur vom Kinn und sah sie von oben herab an.

»Ihr seid doch eine Bande von … Oh Gott! Geht doch alle zur Hölle!«

Kurz davor, in Tränen auszubrechen, wandte ich mich ab und gab Bonnie die Sporen.

Die Nacht war vor über einer Stunde hereingebrochen. Ich hatte mich unter eine einzeln stehende Kiefer geflüchtet und stocherte mit einem Reisig nach einer Spinne, die in ihrem Netz saß. Nach der schlechten Aufnahme meines Theaterauftritts hatte ich es vermieden, das Wort an Liam oder Colin zu richten, und war sogar ihren Blicken ausgewichen. Ich fühlte mich zutiefst gedemütigt und verletzt. Konnten sie nicht wenigstens anerkennen, dass ich wahrscheinlich ihre elende Haut gerettet hatte? Gewiss, meine größte Sorge war mein eigenes Leben gewesen, aber trotzdem! Was waren das für undankbare Rüpel!

Ich kratzte mich unter meiner erhitzten Achsel und zupfte an meinem Mieder, das auf der Haut rieb. Die Verbrennung an meiner Schulter schmerzte heftig. Ich schnürte das Mieder auf und lockerte es, damit der Stoff meines Hemds weniger scheuerte. Ich steckte die Nase unter meine Arme und zog eine angeekelte Grimasse. Puh! Jetzt fehlte nur noch, dass ich mir Ungeziefer einfing. Diese Männer beherbergten gewiss ganze Kolonien davon. Alles in allem waren diese Highlander tatsächlich nichts als Wilde ohne Bildung und ohne Manieren.

Vom Fuß der Anhöhe, auf der ich mich befand, drang Gelächter zu mir. Zwischen den Ästen des Erlendickichts hindurch, das mich von den Männern trennte, konnte ich den Schein des Feuers erkennen, und es gab mir einen leichten Stich. Im Grunde meines Herzens wäre ich ganz gern dort bei ihnen gewesen, so ungeschliffen sie auch sein mochten, und hätte ihren Geschichten gelauscht, um die meinige ein wenig zu vergessen. Ich hätte lieber am Feuer gesessen, um den feuchten Tau zu vertreiben, der meine Kleider zu durchdringen begann. Und vielleicht auch, um ... die Wärme kräftiger Arme zu spüren, die sich tröstlich und beschützend um meine Schultern legten. Ich begann zu zittern und bezweifelte, ob meine einzige Decke ausreichen würde, um mich in dieser Nacht warm zu halten. Aber ich konnte nicht zu den anderen gehen, ohne das Gesicht zu verlieren. So erschöpft und angeschlagen, wie ich von dem langen Weg war, würde ich vielleicht rasch einschlummern.

Als ich eine Bewegung im Rücken wahrnahm, fuhr ich herum und zerriss dabei das Netz meiner Spinne. Vor dem sternenübersäten Himmel zeichnete sich eine Silhouette ab. Schweigend ging der Mann vor mir in die Hocke. Ich wartete. An den silbrigen Reflexen, die auf seinem Haar spielten, hatte ich Colin erkannt. Bei Liam wären sie golden gewesen.

»Wollt Ihr die Nacht hier verbringen? Es ist ein wenig kalt, findet Ihr nicht?«

»Würde Euch das denn etwas ausmachen?«, gab ich zurück und ließ meine Antwort sarkastisch klingen.

Er sagte nichts. Ich konnte erkennen, wie sein Profil sich neigte. Schließlich ließ er sich auf die Knie nieder.

»Würdet Ihr mir glauben, wenn ich es Euch versicherte?«

Nun wusste ich nicht, was ich antworten sollte.

»Es macht mir etwas aus, was Euch geschieht«, fuhr er fort. »Caitlin, ich möchte, dass Ihr wisst… Also, ich möchte mich entschuldigen. Und Euch danken.«

Mir entfuhr ein höhnisches Auflachen.

»Ich habe nur aus Angst so reagiert«, fuhr er leise fort.

»Ach, tatsächlich? Und sagt mir, was war der Grund für Eure Angst?«

»Ich habe um Euch gefürchtet.«

Er kam näher, bis er mich fast berührte.

»Ich habe so etwas schon öfter gemacht«, sagte ich. »Ich bin nicht in Watte gepackt aufgewachsen, versteht Ihr?«

»Eure Handlungsweise war nur so… unerwartet. Warum habt Ihr das getan?«

»Täuscht Euch nicht über meine Absichten. Meine Tat war zwar allen nützlich, aber ich habe mich um mein Los gesorgt… vor allem!«

Ich legte eine Pause ein. Die letzten Worte hatte ich betont, damit er richtig verstand, dass ich von ihnen nur erwartete, dass sie ihr Versprechen hielten. Meinen Teil des Handels hatte ich erledigt. Er war mir so nahe, dass ich seinen Atem hören konnte.

»Ihr habt Eure kostbare Ladung, und ich habe immer noch eine Aussicht, heil aus allem herauszukommen.«

»Diese Idee mit der Schwindsucht, ist die Euch einfach so gekommen, oder…?«

Ich musste lachen.

»Mein Bruder und ich haben diese List benutzt, wenn wir an den Marktständen gestohlen haben. Wenn die Händler uns festhalten konnten, dann überließen sie uns danach gern ihre Waren, von denen sie glaubten, dass sie mit der Tuberkulose verunreinigt waren. Diese Krankheit ist ja sehr ansteckend; warum sollten sie für einen Apfel oder einen Kohlkopf die Gefahr eingehen, sie sich zuzuziehen?«

»Unsere Mutter ist an diesem Leiden gestorben, Caitlin. Jetzt versteht Ihr vielleicht, warum wir, als wir Euch Blut spucken sahen… Einen Moment lang habe ich wirklich geglaubt…«

»Oh! Das wusste ich nicht. Es tut mir leid.«

»Und wie geht es Eurer Hand?«

Ich betrachtete meinen Verband, der in der Dunkelheit als heller Fleck zu erkennen war, und schloss die Finger darüber.

»Das geht schon. Der Schnitt ist nicht besonders tief. Außerdem habe ich darauf geachtet, mir die Linke zu verletzen. Ich bin nämlich Rechtshänderin.«

Er nahm meine Hand, öffnete sie und legte die Finger leicht auf den Stoff.

»Ihr friert; Eure Hand ist ja ganz eisig.«

»Ich…«

Er zog mich an sich und umarmte mich.

»Colin…«

»*Tuch*…«

Mit einer zärtlichen Bewegung bettete er meinen Kopf in seine Schulterbeuge und legte seine behaarte Wange an meine Stirn. Seine Wärme umhüllte mich wie ein molliger, dicker Wollmantel. Ich konnte nicht anders, als mich an ihn zu pressen und mich an dieser Wärme, die mir so sehr fehlte, zu sättigen. Das Gefühl brach mir das Herz und schnürte mir die Kehle zusammen, und ich biss mir auf die Lippen, um ein Schluchzen zu unterdrücken. Dann füllten sich meine Augen mit Tränen. Sie kamen, ohne dass ich ihnen Einhalt hätte gebieten können. Aber wollte ich das überhaupt? Sie rollten herab und benetzten meine Wangen und sein Hemd, von dem ein beißender Rauchgestank und noch ein anderer, eher moschusartiger Duft ausgingen. Ein männlicher Geruch. Ich weinte meine ganze Trauer heraus, die ich seit jenem Tag unterdrückt hatte, da man mir meinen wertvollsten Besitz geraubt hatte, meine Unschuld. Mit einem Mal spürte ich das Bedürfnis, die Schleusen zu öffnen und der Flut, die meine Kindheit ertränkt hatte, freien Lauf zu lassen. Colin bot mir die Arme, die ich bei Nacht in meinen Albträumen so oft gesucht hatte, ohne sie je zu finden. Die Umarmung meines Vaters.

Colin drückte mich an sich. Sein Bart liebkoste mein Gesicht, ein sanftes, von Whiskyduft getränktes Gestrüpp. Wie eine Katze auf der Suche nach Zuneigung rieb ich mich an seiner Wange.

»Müsst Ihr wirklich fort, Caitlin?«

»Hier gibt es für mich nichts als einen Strick. Ich habe keine andere Wahl.«

»Wenn Ihr mit mir in mein Tal kommt, werde ich einen Weg finden, Euch zu beschützen.«

Seine leise Stimme hatte eine Saite in meinem Herzen angeschlagen. Er bot mir eine Wohnstatt, seinen Schutz und sicherlich noch viel mehr. Das verführerische Angebot ließ mich erzittern …

»Das könntet Ihr nur eine Zeit lang, Colin«, wandte ich dennoch ein. »Das wisst Ihr genau. Die Leute reden. Irgendwann käme alles heraus. Ich kann mich nicht für den Rest meines Lebens verstecken.«

Er legte die Hände um mein Gesicht und hob es dem seinen entgegen. In der Dunkelheit konnte ich seinen Blick nicht erkennen, doch ich spürte sein ganzes Gewicht.

»Auch in Irland könnt Ihr Euch nicht für den Rest Eurer Tage verbergen, Caitlin. Was wollt Ihr dort anfangen? Euer Vater ist hier, und Eure Brüder ebenfalls …«

»Ich habe dort noch ein wenig Familie.«

»Bleibt bei mir, hier. Meine schöne Irin … Bleibt …«

Sein Mund suchte den meinen, bemächtigte sich seiner und erforschte ihn. Das Gefühl war angenehm, wenngleich verwirrend, und ich ließ ihn gewähren. Mir war vollständig gleich, was er von mir denken mochte, von meinem wenig tugendhaften Verhalten. So groß war mein Bedürfnis nach Zärtlichkeit.

Ich hatte immer nur vorgetäuschte Liebesgesten gekannt, unangenehme, oft sogar brutale Berührungen bar jeden Gefühls, und hatte die grausamen Nachwirkungen ausgestanden und in der Folge meine Kindheit zu Grabe getragen. Doch ich wusste, dass in den Augen eines Mannes auch anderes stehen konnte als Perversität, ein tieferes Begehren als bloße fleischliche Lust. Ich hatte es bei meinem Vater gesehen, denn er hatte meine Mutter geliebt. Plötzlich verzehrte ich mich nach dieser Art von Liebe, die aus dem Herzen kommt, den Geist tröstet und die Seele rettet. Eine Liebe, die nicht über den anderen urteilt. Ich brauchte sie so unbedingt wie die Luft zum Atmen.

Ich klammerte mich an Colins Hemd und schmiegte mich in seine Arme, willig und fieberhaft. Ermutigt wagte er es, eine Hand auf mein gelockertes Mieder zu legen. Er küsste meine Wangen, die in diese von tausend Schmerzen gesättigten Tränen gebadet waren, und trank von ihnen. Mein Schmerz benetzte seine Lippen. Er flüsterte meinen Namen, so dass er meine Ohren streichelte wie eine Brise. Schauer liefen mir über den Rücken. Einige der Bilder, die mir durch den Kopf huschten, ließen mich erröten.

Verlegen ertappte ich mich dabei, dass ich an Liam dachte. Wieder sah ich, wie er mit tropfendem Kilt im Bach stand. Als sich da sein Blick auf mich gerichtet hatte, da hatte ich einen köstlichen Schauer empfunden, genau wie in diesem Moment. Ich hatte geglaubt, er werde mich küssen, doch er hatte es nicht getan, und ich war erleichtert und enttäuscht zugleich gewesen, denn ich wäre nicht in der Lage gewesen, ihn abzuweisen.

Hin- und hergerissen schob ich Colin sanft zurück. Er widersetzte sich und presste mich fester an sich.

»Nein, Colin… Das ist nicht gut.«

»Warum? Ich begehre Euch, wie ich noch nie eine Frau begehrt habe, Caitlin. Werdet die meine.«

Von neuem suchten mich seine Lippen, doch ich wich ihnen aus und wandte mich ab. Er hielt inne und erstarrte in kaum verhohlener Enttäuschung. Sein Atem ging stoßweise und strich über meine Wange, und ich wünschte mir mehr als alles andere, ich könnte mich ihm ergeben. Gewiss, Colin war äußerst gut aussehend, lustig und zuvorkommend, aber mir war soeben klar geworden, dass ich mit Liam zusammen sein wollte. Besser, mich sofort zurückzuziehen. Doch Colin missdeutete meine Weigerung.

»Es tut mir leid«, sagte er nach kurzem Schweigen. »Das hätte ich nicht tun dürfen. Nach dem, was Ihr in jenem Haus erlebt habt, braucht Ihr Zeit.«

Der Schatten des Galgens verdunkelte den vergänglichen Glücksmoment, den ich gerade erlebt hatte. Ich schloss die Augen. Ich musste Schottland unbedingt verlassen. Wenn ich noch blieb, zögerte ich den Abschied nur sinnlos hinaus. Und wenn ich Colin in sein Tal folgte, verurteilte ich ihn wahrscheinlich dazu, mit mir aufs Schafott zu steigen, und das wollte ich nicht.

Er streichelte mein Haar, dann zog er mich hoch, und wir gingen den Weg hinab, der zum Feuer führte. Bei unserem Eintreffen drehten sich die Männer um. Ich ignorierte die begehrlichen Blicke und die wenig schmeichelhaften Bemerkungen, die uns trafen, und tat, als sähe ich Liams kalte, vorwurfsvolle Miene nicht, obwohl sie mir das Herz zerriss. Ich schmiegte mich in Colins warme Umarmung und verschloss die Augen vor der grausamen Welt, die mich umgab.

»Schlaft, meine Schöne. Ich werde auch heute Nacht über Euch wachen. Ihr braucht Euch keine Sorgen zu machen.«

»Danke.«

Mit wild pochendem Herzen und schweißüberströmt wachte ich auf. Ich musste einen Albtraum gehabt haben. Etwas Schweres drückte auf mein Bein, so dass ich es nicht bewegen konnte. Ich streckte eine Hand unter meinem Umhang hervor. Die Kälte war schneidend. Ich betastete den Gegenstand, der auf mein ertaubtes Bein drückte, und traf auf eine weiche und warme Oberfläche. Sie begann sich zu bewegen und rutschte an meinem Schenkel hinauf. Ich unterdrückte einen entsetzten Aufschrei und bemerkte dann, dass es sich um ein Männerbein handelte. Das Blut schoss mir in die Wangen, und ich wandte den Kopf, um festzustellen, wer der Besitzer war. Liam… Er schlief und hatte sich mit seinem Plaid zugedeckt. Aber was hatte er hier zu suchen? Im Licht des heruntergebrannten Feuers konnte ich seine Gesichtskonturen deutlich erkennen. Sein kantiger Kiefer und seine gerade, schmale Nase verliehen ihm eine aristokratische Ausstrahlung. Sein Mund war fein gezeichnet, und seine Lippen wirkten voll und sinnlich…

Ich überraschte mich bei lüsternen Gedanken. Vorsichtig legte ich die Hand auf seinen Schenkel. Seine Haut fühlte sich weich und tröstlich an. Wie war es bloß möglich, dass er so warm war? Die Nacht war eiskalt. Hinter meinem Rücken bewegte Colin sich leise. Die beiden Brüder bildeten einen Schutzwall um mich, und unter meinem Umhang badete ich in einer köstlichen Wärme. Ich kämpfte die Empfindungen nieder, welche die körperliche Nähe in mir auslöste, und schloss erneut die Augen.

Mit einem Mal wurde ich aus meinen Träumen gerissen und fühlte mich in die Luft gehoben. Der entsetzte Schrei, der mir über die Lippen kommen wollte, wurde von einer Handfläche, die über meinem Mund lag, erstickt. Mit vor Bestürzung aufgerissenen Augen versuchte ich, die Dunkelheit zu durchdringen, um festzustellen, wer mich trug. Colin flüsterte mir ins Ohr und gebot mir Schweigen. Das Lager war umzingelt. Ich geriet in Panik. Colin setzte mich in der Nähe des Karrens ab. Die Männer waren alle aufgesprungen und bildeten, das Schwert in der einen und einen langen Dolch in der anderen Hand, einen Kreis um mich. Das Herz klopfte mir zum Zerspringen.

Ich sah einen Schatten, der den Weg, der zur Anhöhe führte, überquerte, und einen anderen, der von einem Baum zum anderen sprang. Wir wurden angegriffen. Ich schickte mich an aufzustehen. Liam, den ich von hinten sah, fuhr heftig herum und durchbohrte mich mit einem bösen Blick. Ich zog meinen Umhang unter dem Kinn zusammen und machte mich so klein wie möglich.

»Bleibt, wo Ihr seid, Mistress. Ich weise Euch darauf hin, dass wir es dieses Mal nicht mit der Garde zu tun haben. Dieses Mal will ich Euch nicht noch einmal dabei erwischen, wie Ihr mir ungehorsam seid; dann werden die Folgen nämlich ganz andere sein. Legt Euch auf den Boden, da gebt Ihr eine weniger gute Zielscheibe ab.«

»Eine weniger gute Zielscheibe …?«, stotterte ich.

Langsam ging mir auf, was er meinte, und ich fühlte Entsetzen in mir aufsteigen. Auf der Suche nach den Angreifern, von denen ich wusste, dass sie dort lauerten, ließ ich den Blick über den Wald gleiten. Wie viele es wohl waren? Ein Krachen erscholl, und in meiner Nähe schlug eine Kugel in eine der Kisten ein. Ein entsetzter Schrei entfuhr mir, und ich warf mich auf den Boden und krallte die Fingernägel in die feuchte Erde, die auch in meine Nasenlöcher drang. Wenn das nicht die Garde war, mit wem hatten wir es dann zu tun?

Auf die Detonation war eine schreckliche Stille gefolgt. Ich wandte den Kopf zur Seite. Liam und seine Männer, die sich nicht gerührt hatten, bildeten einen Wall rund um ihre wertvolle Fracht, zu der jetzt auch ich gehörte. Langsam wurde es Tag, und in der grauen Morgendämmerung zeichneten die Baumkronen sich deutlich vor dem Himmel ab. Hinter einem Busch erhaschte ich eine flüchtige Bewegung. Etwas blitzte kurz auf. Eine Klinge? Der Gegenstand kam zur Ruhe und verharrte unbeweglich. Da begriff ich, dass es sich um eine Pistole handelte.

»Da hinten!«, schrie ich.

Ein zweiter Schuss, der zum Glück keinerlei Schaden anrichtete, gab das Signal zum Angriff. Die Männer stürzten wie wilde Tiere, die man losgelassen hat, auf den Wald zu, aus dem die Angreifer kamen, die ebenso zottig aussahen. Das Gesicht in meinem Umhang verborgen, kniff ich die Augen zu, biss die Zähne zusammen und betete lautlos. Der Kampflärm erfüllte mich mit solcher Angst, dass mir ganz übel wurde. Plötzlich fühlte ich, wie mich jemand schnappte und ohne Umstände davonschleppte, und ich begann zu schreien. Der grauenhafte Gestank, der von meinem Entführer ausging, verriet mir, dass es sich weder um Liam noch um Colin handelte. Der Mann zerrte mich hinter sich her in den Wald, und ich hatte gerade noch Zeit, die vor Wut verzerrten Gesichter der Macdonald-Brüder zu sehen, die unsere Verfolgung aufnahmen. Sie endete abrupt auf der Anhöhe, auf die ich mich zuvor geflüchtet und wo ich in Colins schützenden Armen gelegen hatte.

Offensichtlich sollte ich als eine Art Faustpfand dienen. Die beiden Brüder blieben wie erstarrt stehen, als sie den langen Dolch erblickten, der sich drohend auf meinen Leib richtete.

»Die Waffen gegen das Mädchen, Macdonald!«, brüllte der Mann, der mich verschleppt hatte.

»Schlagt Euch wie ein Mann, Campbell«, zischte Colin. »Wenn Ihr die Ladung wollt, kommt sie Euch holen, und lasst das Mädchen los.«

Ein zynisches Lachen hallte mir unangenehm in den Ohren.

»Die Waffen gegen das Mädchen. Das ist mein letztes Angebot. Ruft Eure Männer zurück. Ich debattiere nicht.«

Ich riss die Augen auf und öffnete den Mund, um zu schreien, doch nur ein schwaches Ächzen drang hervor. Dann, als Campbell die stählerne Spitze des Dolchs wieder aus meinem Schenkel zog, spürte ich, wie meine Knie nachgaben. Der Mann hielt mich fest und hinderte mich daran, zu seinen Füßen zusammenzusinken. Nach Luft schnappend schlug ich die Augen zu den beiden Männern auf, die uns gegenüberstanden. Das Blut war ihnen aus den Gesichtern gewichen. Einen Moment lang glaubte ich, Raben schreien zu hören. Dann atmete ich hörbar aus und stöhnte endlich vor Schmerz. Liam, der mich unverwandt ansah, war bleich geworden und stieß einen gellenden Pfiff aus.

»Ich scherze nicht, Macdonald. Sie ist ziemlich hübsch, und ich muss zugeben, dass es mir in der Seele wehtäte, sie zu beschädigen; aber meine Geschäfte zwingen mich dazu. Wenn Ihr rasch entscheidet, wird sie sich wieder erholen.«

»Dann nehmt die Ladung«, stieß Liam scharf hervor.

Der Mann quittierte seine Niederlage mit einem höhnischen Auflachen. Dann herrschte er mich an, ich solle mich aufrichten. Ich fand mich mit der Nase in dem groben Stoff seines Plaids wieder, dessen Tartan dunkler war als das Stoffmuster der Macdonalds. Eine Brosche glänzte matt. Ich sah sie einen Moment lang an, um mich von meinem Schmerz abzulenken. *Ne obliviscaris,* du sollst nicht vergessen. Eine Devise? Eine kalte Klinge, die mir an die Kehle gesetzt wurde, schreckte mich aus meinen Gedanken. Liam und Colin wichen einen Schritt zurück. Im Wald war es wieder still geworden.

»Alex!«, brüllte Campbell.

Ein Schrei antwortete ihm.

»Diese Gentlemen bieten uns ihre Ware zu einem guten Preis an. Übernehmt den Karren.«

Ich sah, wie Schatten aus dem Wald hervorhuschten, eilig auf die Kisten zuliefen und rasch prüften, ob sie gut befestigt waren. Dann spannten sie ein Pferd davor. Niemand unternahm etwas, um sie daran zu hindern. Meinetwegen verlor Liam jetzt seine kostbare Waffenladung. Ich sah ihn an. Er hatte mich nicht aus den Augen gelassen. Ich wollte ihm sagen, wie leid es mir tat, doch das gelang mir nicht. Der Schmerz entlockte mir nur ein schwaches Stöhnen.

Dann schienen die Ereignisse sich zu überschlagen. Sobald der Karren sich auf gleicher Höhe mit uns befand, zwang Campbell mich, hinaufzuklettern. Ich fiel auf die Kisten, und der metallische Geschmack von Blut erfüllte meinen Mund und bereitete mir Übelkeit. Alles drehte sich um mich, als wir losfuhren. Das Rumpeln des Wagens verstärkte den Schmerz in meinem Schenkel noch. Ich betastete meine Wunde und spürte, dass mir die Röcke an der Haut klebten. Ein Brennen am Hals erinnerte mich plötzlich daran, dass dort eine Stahlklinge gesessen hatte. Er würde mir die Kehle aufschneiden… Der Bastard hielt sich nicht an die Abmachung.

Ich hörte, wie jemand meinen Namen rief. Mir wurde furchtbar schlecht. Immer noch ruckelte der Wagen zwischen den Bäumen hindurch, und die Zweige zerkratzten und zerschlugen mich. Ein Rabe krächzte. In meinem Kopf ging alles durcheinander, und in meinen Ohren rauschte es. Ich versuchte, die Augen offen zu halten. Dann spürte ich einen heftigen Stoß in den Rücken und stürzte ins Nichts.

Der Schmerz lähmte mich. Langsam öffnete ich die Augen und nahm zuerst ein schillerndes Mosaik wahr. In den Zweigen, die einen Baldachin über mir bildeten, gingen Violetttöne in Rosa und Blau über. Der Anblick erinnerte mich an die wunderschönen Glasfenster der St.-Giles-Kathedrale in Edinburgh.

Ich versuchte, mich auf die Seite zu drehen, blieb jedoch liegen und stieß einen erstickten Schrei aus. Immer noch knallten, nicht weit von mir entfernt, Schüsse durch das Unterholz. Ein Geruch nach Schießpulver, Moos und Kiefern umschwebte mich, stieg mir in Nase und Lungen und reizte meine Augen und meine Kehle. Männer schrien, und dann hörte ich das laute Hufgetrappel einer Gruppe Pferde, die sich entfernte. Stille senkte sich herab, in der jetzt nur noch mein stoßweises Atmen zu hören war.

Ich war wie gelähmt. Hatten die Männer die Verfolgung aufgenommen und mich hier allein zurückgelassen? Oder waren sie etwa getötet worden? Ich stöhnte vor Angst und unter diesem Schmerz, der unerträglich geworden war. Oh mein Gott, ich würde hier sterben! Nein, nicht hier! Mein Vater würde niemals die Wahrheit erfahren… Ich stieß einen markerschütternden Schrei aus.

Eine warme Hand legte sich auf meine Wange und strich mir

dann sanft über die Haare. Tröstende Worte drangen an mein Ohr. Vor Erleichterung keuchte ich so heftig auf, dass ich meinen eigenen Atem als feuchten Nebel auf meinem Gesicht spürte.

»Das wird schon wieder, Caitlin. *Fan sàmhach, fan sàmhach*, ganz ruhig.«

Liam sprach mit warmer, sanfter Stimme auf mich ein. Darin klang nichts mehr von der gewohnten Kälte. Und dabei hatte er meinetwegen die Frucht langer Monate der Arbeit und viel Geld verloren. Ich fuhr fort, das bewegliche Mosaik über mir zu betrachten, und er streichelte weiter mit einer Hand mein Haar, während er mich mit der anderen von meinem Umhang befreite. Unendlich behutsam betastete er meinen Hals.

Langsam ließ er die Finger über meine Haut gleiten und folgte leise fluchend der Schnittwunde. Dann hob er vorsichtig meinen Rock. Ich zuckte heftig, als seine Hand über mein Bein strich und bis zu meinem Schenkel hinaufwanderte, doch er drückte mich zurück und beendete seine Untersuchung. Er stieß einen wütenden Fluch aus, der alles über seine Diagnose verriet.

»Ich glaube, dieses Mal ist es Euer Blut, das Eure Kleider befleckt, *mo maiseag*, meine Hübsche. Dieser Hundesohn...«

Colin gesellte sich zu uns. Er war völlig außer Atem.

»Die Männer sind fort. Sie haben Isaak verletzt, aber nicht schwer. Wir haben es für das Beste gehalten, sie laufen zu lassen, denn wir wollten auf keinen Fall noch einen Mann verlieren.«

Colins Gestalt beugte sich über mich.

»Geht es Euch gut, Caitlin?«, fragte er.

»Nein, mir geht es überhaupt nicht gut«, schimpfte ich wütend.

»Verflucht«, murmelte er.

Liam schob einen Arm unter meinen Knien hindurch, legte mir den anderen um den Rücken und hob mich behutsam hoch. Der Schmerz durchfuhr mich wie eine glühende Lanze, und eine Woge der Übelkeit drehte mir von neuem den Magen um.

»Ich... ich glaube, mir wird schlecht...«

Er hatte kaum Zeit, mich auf den Boden zu setzen. Ich wandte mich zur Seite und erbrach einen dünnen Strahl Galle. Ein entsetzlicher, bitterer Geschmack breitete sich in meinem Mund aus.

Nachdem mein Magen sich ein letztes Mal empört zusammengezogen hatte, ließ ich mich mit geschlossenen Augen nach hinten fallen und verzog das Gesicht. Die schneidende Kälte drang mir bis in die Knochen, und mir klapperten die Zähne. Liam deckte mich mit dem schweren wollenen Umhang zu.

»Ich will nicht hier sterben…«, stöhnte ich.

»Ihr werdet nicht sterben«, antwortete Colin mir. »Doch Ihr braucht Pflege.«

»Es… es tut mir leid… Ich bin am Boden geblieben, wie Ihr es mir befohlen hattet.«

»Es ist nicht Eure Schuld«, sagte Liam.

»Ich glaube, ich habe eine… ziemliche Pechsträhne«, bemerkte ich mit einem Hauch von Ironie.

»Ihr habt einen ziemlich eigenartigen Sinn für Humor.«

»Was bleibt mir übrig… meine Lage ist schon trübsinnig genug…«

Liam brummte etwas Unverständliches und ließ sich unter einem Knistern von Laub und trockenen Kiefernnadeln neben mir nieder. Wieder schob er meinen Rock hoch und bemächtigte sich meines Hemds, von dem er rasch einen Stoffstreifen abriss. Mit meinem unverletzten Bein versuchte ich, ihn wegzustoßen.

»Beruhigt Euch. Ich muss Euch verbinden. Ihr verliert Blut. Tut mir leid wegen des Hemdes.«

»Nun gut, das war ohnehin schon verdorben«, bemerkte ich spöttisch.

Ein wenig munterer holte ich zweimal tief Luft und verzog dann das Gesicht, als er meinen Schenkel betastete.

»Das tut weh…«

»Hmmm…«

Geschickt befestigte Liam den improvisierten Verband.

»Einstweilen wird das wohl reichen. Ihr habt Glück gehabt, wisst Ihr.«

»Ja, wirklich. Heute ist eben doch mein Glückstag…«

Ich lag unter einem Baum auf einem Bett aus Moos. Bei jeder Bewegung entlockte ein glühender Schmerz mir ein Stöhnen, als stecke die Klinge immer noch in meinem Fleisch. Bestürzt erkannte ich, dass ich nicht in der Lage war, an die Küste zu reisen, um mein Schiff zu nehmen. Auf dem Rücken liegend ließ ich den Blick um mich schweifen.

Dichter Nebel war aufgekommen, hüllte uns ein und bildete einen dichten Vorhang, der den Wald und die Berge verbarg. Der Himmel hatte sich bezogen. Ich fühlte mich zerschlagen und erschöpft. Mein Haar klebte an meinen feuchten Wangen. Ich sah mich suchend nach den Männern um. Sie standen in der Nähe der angeschirrten Pferde und tuschelten miteinander. Ich hatte den vagen Eindruck, dass wir bald aufbrechen würden.

Zitternd stemmte ich mich auf einen Ellbogen hoch. Meine Kehle war trocken, und das Schlucken bereitete mir Schmerzen. Endlich schienen die Männer Notiz von meiner Anwesenheit zu nehmen. Colin kam auf mich zu. Liam verfolgte ihn aus dem Augenwinkel und sah unbewegt aus, wie es seine Gewohnheit war. Einige Sekunden lang trafen sich unsere Blicke, dann wandte er sich ab. Natürlich, er war mir doch böse. Bestimmt hatte er es eilig, sich meiner Person, die zu einer Last für ihn geworden war, zu entledigen. Ich brachte den Männern Unglück. Sie würden mich in das nächstbeste Schiff setzen, wahrscheinlich ohne sich Gedanken über sein Ziel zu machen, und ich würde mich auf dem Kontinent oder, schlimmer noch, in den Kolonien wiederfinden.

»Wie fühlt Ihr Euch?«, wollte Colin wissen.

»Ich hätte gern etwas Wasser«, flüsterte ich mit heiserer Stimme.

Er ging die Flasche suchen und kehrte kurz darauf zurück. Das Wasser rann frisch und durststillend über meine Lippen. Er überprüfte den langen Einschnitt an meinem Hals.

»Die Haut ist kaum angeritzt, aber es hätte nicht viel gefehlt, und er hätte die Schlagader durchtrennt.«

Seine Finger verweilten auf meiner schweißfeuchten Haut. Ich erbebte. Unter den Wimpern hindurch beobachtete ich wieder Liam. Er betrachtete uns aus der Ferne.

»Colin … Ist er sehr ärgerlich auf mich, Euer Bruder?«

»Liam?«

Er warf einen Blick über die Schulter.

»Nein. Macht Euch deswegen keine Gedanken. Er ist immer so, seit…«

Er ließ den Rest seines Satzes in der Luft hängen, doch er hatte meine Neugierde erweckt.

»Seit wann?«

»Das erzähle ich Euch ein andermal. Wir müssen aufbrechen, und vorher müssen wir Eure Wunde reinigen.«

Er sah mich an und zögerte einen Augenblick.

»Erlaubt Ihr, dass ich es tue?«

Ich nickte ergeben. Er rief Liam und bat ihn, die Whiskyflasche mitzubringen. Dann löste er langsam und vorsichtig den Verband, untersuchte die Wunde und verzog das Gesicht.

»Wir werden Alkohol darüber schütten müssen, meine Schöne«, meinte er kopfschüttelnd. »Der Schnitt ist nicht sehr breit, aber ich kann unmöglich abschätzen, wie tief er geht. Außerdem bezweifle ich, dass dieser verfluchte Campbell sich die Mühe gemacht hat, seine Klinge zu reinigen, ehe er Euch verletzt hat.«

Liam brachte die Flasche und nahm meine Hände.

»Atmet tief durch.«

Der Whisky brannte wie Feuer. Ich schrie auf und grub meine Fingernägel in die Handflächen Liams, der sich nicht rührte. Ich stand in Flammen. Der scharfe Geruch des Whiskys stieg mir zu Kopf. Ich stand kurz davor, in Ohnmacht zu fallen, als Colin mir eine mit kaltem Wasser getränkte Kompresse in den Nacken legte. Der Nebel, der uns umgab, schien sich hinterlistig in mein Gehirn einzuschleichen und unterband jeden zusammenhängenden Gedanken. Mein zerschlagener und schmerzender Körper schwebte. Vage nahm ich Hände wahr, die meinen Verband erneuerten.

Mit geschlossenen Augen ließ ich mein Schamgefühl fahren und ergab mich dem Schmerz, der jetzt meinen Geist und meinen Körper vollständig ausfüllte. Er hatte etwas doppelt Grausames, denn er erinnerte mich an einen anderen, den ich erst kürzlich empfunden hatte – ebenso stechend für den Körper, aber, oh, wie viel zerstörerischer für die Seele! Gott bestrafte mich, davon war ich überzeugt. Seit dem Moment, in dem ich in einer kalten Januarnacht jene unwiderrufliche, furchtbare Entscheidung getroffen hatte, wusste ich, dass ich mein ganzes Leben lang den Preis dafür bezahlen würde.

»Hier, trinkt«, sagte Liam kurz darauf und hielt mir die Feldflasche hin. »Ihr habt es Euch verdient.«

Ich nahm zwei kräftige Schlucke, mehr um das Leiden meiner Seele zu betäuben als das meines Körpers.

»Ihr seid stark, Frau.«

Ein zynisches Lachen stieg mir in die Kehle.

»Habe ich eine andere Wahl?«

Er sah mich an, und auf seinen Lippen malte sich ein blasses Lächeln.

»Nein, wohl nicht.«

Sein Lächeln verschwand, und er verzog angewidert den Mund. Seine Stimme klang jetzt ernster.

»Was dieser Mann Euch angetan hat, ist unverzeihlich. Ich konnte nicht umhin, die … blauen Flecken zu bemerken …«

»Welche blauen Flecken?«

»Auf Euren Schenkeln, Caitlin. Hat Dunning Euch das zugefügt?«

Ich schlug die Augen nieder, denn ich vermochte seinem Blick nicht länger standzuhalten.

»Wie lange habt Ihr dieses Ungeheuer ertragen?«

»Bitte, ich möchte nicht darüber sprechen.«

»Hmmm … Wir alle haben dunkle Winkel in unserem Herzen, Orte, an denen wir unsere schlimmsten Albträume vergraben. Ich kenne mich damit aus.«

»Was ich ertragen habe, könnt Ihr Euch nicht vorstellen. Ihr wisst doch gar nichts über mein Leben.«

»Vielleicht nicht. Und dennoch erkenne ich diesen inneren Schmerz, der in Euch wohnt.«

Ein drückendes Schweigen breitete sich zwischen uns aus. Ich hob den Kopf. Seine Miene hatte sich verändert. Jetzt wirkte er so traurig. Langsam fuhr er mit der Hand über den goldenen Flaum, der einen Teil seines Gesichts verbarg. Ich verlegte mich darauf, seine Hände zu betrachten. Sie waren groß und rau und mit lauter kleinen Abschürfungen bedeckt und zeugten von einem Leben voll harter Arbeit. Ich zweifelte nicht daran, dass sie gewaltsam und gnadenlos zupacken konnten, und doch hatten sie sich auf meiner Haut so zart angefühlt.

Dieser Mann strahlte eine ruhige Kraft aus, doch zugleich eine unterdrückte Wut, die ein winziger Funke zur Explosion bringen konnte. Wer war er wirklich? Manchmal zeigte er eine entsetzliche Kälte, und bei anderen Gelegenheiten, so wie jetzt, konnte er von einer entwaffnenden Sanftheit sein. Ich wusste von ihm nur, dass er Schmuggler war, was ihn streng genommen nicht zu einem sehr vertrauenswürdigen Menschen machte. Und dennoch hatte er, abgesehen von seiner Körpergröße, nicht das Furcht einflößende Aussehen, das man bei einem Banditen erwartet hätte. Ich hatte nichts mehr zu verlieren und daher blindlings mein Leben in seine Hand gelegt, und ich bereute es nicht.

»Ihr begleitet uns nach Glencoe. Alles andere kommt in Eurem Zustand nicht in Frage.«

Ich erhob keine Einwände, denn so etwas hatte ich schon vorausgesehen.

»Ist es noch weit bis zu Eurem Tal?«, fragte ich und lehnte mich an den Baum hinter uns.

Er sah mich an, dann schlang er die Arme um seine angezogenen Beine und legte das Kinn auf die Knie.

»Noch ein paar Meilen.«

Ehe er weitersprach, beobachtete er mich vorsichtig.

»Ihr seid noch nie in den Highlands gewesen, stimmt's?«

»Nein.«

»Das Leben dort unterscheidet sich sehr von dem in der Stadt. Hier gibt es keine lärmenden und aufdringlichen Menschenmengen, die einen in den Rücken stoßen. Nicht diesen erbitterten Kampf um ein kleines Stück Platz für sich, diesen ständigen Drang, sich einmal die Lungen mit frischer Luft zu füllen. Obwohl, auf Dunning Manor habt Ihr ja auf dem Lande gelebt… Aber in Carnoch haben wir kein Herrenhaus.«

»Carnoch… Das ist Euer Dorf?«

»Ja«, sagte er und schaute nachdenklich in die Glut des heruntergebrannten Feuers.

»Ist es groß?«

Seine Antwort ließ auf sich warten.

»Nein.«

»Sind da noch andere Ansiedlungen?«

»Nein.«

»Und Eure Familie?«

Sein Blick verhärtete sich. Merkwürdigerweise hatte ich den Eindruck, in einen dieser dunklen Winkel eingedrungen zu sein, von denen er gesprochen hatte und in denen man besser nicht allzu viel herumstocherte.

»Ich habe eine Schwester, Sàra, und meinen Bruder Colin. Sie sind alles, was mir geblieben ist, abgesehen von einigen Onkeln, Tanten und Vettern.«

Er entkorkte die Whiskyflasche und schickte sich an, einen Schluck zu nehmen, unterbrach sich aber, um sie mir anzubieten.

»Danke, aber ich glaube, wenn ich noch etwas davon trinke, falle ich um wie ein Stein.«

Ich sah zu, wie er die Flasche ansetzte. Ein Tropfen von der Flüssigkeit mit dem rauchigen Torfaroma lief an seinem Kinn herunter, und er wischte ihn mit dem Ärmel ab.

»Wer ist eigentlich dieser Campbell, der uns angegriffen hat?«

Ich hatte die Frage sehr vorsichtig gestellt. Seine Miene verfinsterte sich, und es dauerte etwas, bis er mit ernster Stimme antwortete.

»Ewen Campbell, ein Hurensohn. Ein gebrochener Mann.«

»Ein gebrochener Mann?«

»Ein Mann ohne Clan, ein Verbannter. Er und seine Männer durchstreifen die Highlands und stehlen alles, was ihnen des Weges kommt. Für sie ist das Leben nur eine Ware, und für einen Bissen Brot verkaufen sie dem Teufel ihre Seele.«

Seine Hand legte sich auf meine, mehr ein flüchtiger Hauch als eine wirkliche Berührung.

»Macht Euch keine Gedanken wegen der gestohlenen Ladung. Die Waren sind ersetzbar, Ihr jedoch…«

Er warf einen Stein ins Feuer, und eine Funkenwolke stob auf. Seine Miene verschloss sich, wirkte jetzt rätselhaft.

»Ich werde nur einige Tage bleiben«, erklärte ich verlegen. »Nur so lange, bis ich weiß, wohin ich gehen soll. Ich möchte Euch nicht zur Last fallen…«

»Ihr werdet so lange bleiben, wie es nötig ist, damit Eure Verletzung heilt, Caitlin. Habt Ihr noch Familie oder Freunde in Schottland, abgesehen von Eurem Vater und Euren Brüdern?«

»Nein.«

»Wohin wollt Ihr Euch also wenden? Bei Eurem Vater wird die Garde Euch auf jeden Fall suchen. Dorthin könnt Ihr nicht zurück.«

Mit undurchdringlicher Miene sah er mich an.

»Ich kann immer noch nach Irland gehen.«

»Aber nicht, ehe Ihr wieder ganz genesen seid. Das kommt gar nicht in Frage. Ihr werdet sehen, Caitlin, Carnoch ist ein kleines Dorf, aber es wird Euch gefallen. Wir sind dabei, es wieder aufzubauen. Früher einmal war das Tal von Glencoe sehr wohlhabend, und es gab mehrere Ansiedlungen, doch dann kam es zu gewissen Ereignissen … Seitdem hat sich alles verändert. Heutzutage sind wir nur noch der Schatten eines Clans. Doch eines Tages werden wir vielleicht wieder die Bedeutung erlangen, die wir einst hatten.«

Sein Atem ging ruhig, doch ich wusste, dass er furchtbar angespannt war. Dieser Mann schien viel gelitten zu haben. In diesem Tal war bestimmt etwas Schreckliches geschehen.

Einige Minuten später hob mich einer der Männer auf Liams Pferd, und er drückte mich fest an sich.

»Ihr reitet mit mir«, flüsterte er in mein Haar hinein. »Allein könnt Ihr Euch momentan nicht im Sattel halten.«

Das Pferd musste einen Schlenker vollführt haben, denn ich erwachte mit einem Ruck. Benommen vom Fieber fragte ich mich, ob der Nebel ganz real war oder ob ich nicht richtig sehen konnte. Liams Arm umschlang mich so fest, dass ich kaum Luft bekam. Als ich den Kopf nach hinten legte, um freier atmen zu können, traf ich auf einen Brustkasten wie aus Granit. Liam beugte sich über mich, und seine behaarte Haut liebkoste meine Stirn. Er murmelte mir etwas zu, und dann strichen seine Finger über meine Wange.

Ich versuchte, die Augen offen zu halten, doch vergeblich. An seine Brust gepresst, ließ ich mich von den Bewegungen des Pferdes, die an eine sinnliche Begegnung gemahnten, wiegen. Ich seufzte, und ein Schauer überlief mich. Tief in meinem Leib sprang eine Flamme auf, schickte eine süße Wärme durch meinen ganzen Körper und linderte meinen kalten Fieberschweiß. Der Druck der Finger, die meine Taille umschlangen, wurde fester, und ich wiegte mich sanft unter der Liebkosung dieser Hand und bebte vor Lust. Das Gesicht an den Hals dieses Mannes gelegt, strich ich mit den Lippen sanft über seine feuchte Haut. Seine Schenkel, die sich gegen die meinen pressten, spannten sich an, und dann ging auch sein Atem schneller.

Eine Woge der Wollust erfasste mich. Alles war köstlich und seltsam zugleich. Ich empfand keinen Schmerz mehr. Er legte die Lippen auf meine Stirn und hinterließ ein brennendes Mal auf meiner Haut. Am liebsten hätte ich die Augen zu ihm aufgeschlagen und seinen rätselhaften Blick erforscht. Was ich dort wohl gesehen hätte, seine unerbittliche Kälte oder dieses Licht des Begehrens, das ich gestern kurz erhascht hatte? Doch meine Lider ließen sich nicht heben. Ich würde es nie erfahren …

5

Glencoe

Ich musste ein oder zwei Stunden geschlafen haben. Als ich die Augen aufschlug, hatte sich der Nebel aufgelöst und einer majestätischen Landschaft Platz gemacht. Vor uns erstreckten sich grüne Hügel, durch die sich ein Fluss, der sich in wilden Kaskaden ergoss, schlängelte. Das Tal wurde von düsteren, steilen Felswänden und steilen Bergkämmen umschlossen.

Wir folgten dem gewundenen Weg, der ins Tal führte. Unwillkürlich überlief mich eine Gänsehaut.

»Das ist Glencoe«, erklärte Liam mit feierlicher Stimme.

»Glencoe…«, wiederholte ich wie hypnotisiert.

Ich spürte, wie mir ein Schauer über das Rückgrat lief. In meiner Magengrube breitete sich ein flaues Gefühl aus, und ich fühlte mich von einem tiefen Unbehagen ergriffen. Ich hatte den Eindruck, von diesen gewaltigen Felsen, die sich überall um uns herum erhoben, verschlungen zu werden. Es war ein Schauspiel von wilder Schönheit, herrlich und düster zugleich.

Wir ritten noch lange. Das Auf und Ab im Sattel ließ mich meine Verletzung nicht vergessen. Liam versicherte mir wieder, dass wir bald da seien, man werde sich um mich kümmern, und ich werde bald wieder gesund sein. Doch die letztere Aussicht tröstete mich keineswegs, sondern bewirkte eher das Gegenteil. Er hielt sein Reittier am Ufer eines kleinen Loch an und wandte sich zu Colin und seinen Männern um. Mit einer einfachen Handbewegung bedeutete er ihnen, sie sollten weiterreiten, angeblich, weil ich noch einmal ausruhen musste, bevor wir die letzten Meilen, die uns noch von Carnoch trennten, zurücklegten.

»Reitet voraus und sagt Sàra, dass wir zurück sind. Colin, du erklärst ihr die Sache mit Caitlin. Und gib Effie Bescheid.«

Colin zog ein mürrisches Gesicht. Widerwillig befolgte er dennoch den Befehl seines älteren Bruders. Er gab seinem Pferd die Sporen, warf mir noch einen letzten Blick zu und verschwand dann zusammen mit dem Rest der Gruppe in einer Staubwolke.

Der Himmel wirkte grau und bedrohlich, und die Luft war mit Feuchtigkeit gesättigt. Mein Hemd klebte auf meiner schweißnassen, glühenden Haut. Das Fieber machte mich benommen. Langsam drehte ich mich, um über Liams Schulter zurückzusehen, und streifte dabei seine Wange. Er sah zu mir herunter.

»Dieses Tal ist wie eine Festung. Es besitzt nur zwei Zugänge, Rannoch Moor im Osten, wo wir hergekommen sind, und Loch Leven im äußersten Westen. Über die Berge, die es umgeben, wagen sich nur diejenigen, die sich dort gut auskennen. Wie du feststellen kannst, sind sie so steil, dass niemand den Mut hätte, von dort aus unser Tal anzugreifen. Das dort ist Loch Achtriochtan«, erklärte er und wies auf die Wasserfläche, in der sich die Berge spiegelten.

»Glencoe… Glencoe…« Seit er diesen Namen ausgesprochen hatte, hallte er in meinem umnebelten Hirn wider wie eine vage Erinnerung an etwas, auf das ich mich nicht richtig besinnen konnte.

Er ließ sein Tier im Schritttempo gehen. Wir näherten uns einem riesigen, von Buschwerk umgebenen Felsen, der sich an der Stelle, wo das Tal eine Kurve beschrieb, erhob.

»Signal Rock. Von hier aus wurden Nachrichten verschickt. Außerdem stellte der Fels einst eine Art Sammelpunkt dar, da er den Mittelpunkt zwischen allen Dörfern bildete. Wir benutzen ihn immer noch als Ausguck.«

Wir ritten ganz nah an einigen geschwärzten Ruinen ehemaliger Hütten vorbei, von denen manche nur noch ein steinernes, von Gras und Wildblumen überwuchertes Rechteck bildeten, offensichtlich Überreste eines kleinen Dorfs. Etwas Schreckliches war hier geschehen. Liam musste meine Gedanken erraten haben, denn er hielt vor einer der Ruinen an, von deren vier Wänden nur noch eine einzige stand.

»Das war meine Hütte«, sagte er leise. »Hier befand sich einmal das Dorf Achnacone. Und das ist jetzt noch davon übrig.«

Dahinter steckte sicherlich eine traurige Geschichte. Ich warf ihm einen kurzen Blick zu und wollte mich schon erkundigen, was geschehen war.

»Wie fühlst du dich?«, sprach er jedoch weiter.

Mit flinker Hand strich er mir über die Stirn und schüttelte missbilligend den Kopf.

»Ein wenig benommen …«

»Du fieberst. Sàra und die alte Effie werden sich um dich kümmern.«

»Die alte Effie?«

»Sie ist unsere Heilerin. Es heißt, sie sei eine *Bean-sith*, eine Fee.«

»Glaubst du an diese Geschichten?«, fragte ich neugierig.

»Nein. Effie ist nur eine gute, harmlose, alte Frau, die sich ausgezeichnet auf Heilkräuter versteht. Aber es freut die Leute zu denken, dass sie vielleicht doch eine *Bean-sith* ist.«

Der Teil des Tals, in dem wir uns jetzt befanden, war viel breiter als der vorherige, der Pflanzenwuchs hier war üppiger und das Gras fetter. Im Westen, flussabwärts, waren Rauchsäulen zu erkennen. Dort, wo der Fluss breiter wurde, standen mehrere Steinhütten zusammen und bildeten einen kleinen Weiler.

»Ist das Carnoch?«, erkundigte ich mich.

»Ja.«

Er gab seinem Pferd die Sporen, und wir legten die wenigen Meilen, die uns noch vom Dorf trennten, im Trab zurück. Schafe weideten gelassen auf den Hügeln. Die Bewohner hatten sich um Colin versammelt, der eine junge, blonde Frau umarmte. Das musste Sàra sein. Sie kam uns entgegengelaufen. Ihr Haar hatte das gleiche Honigblond wie das von Colin, und ihre Augen das gleiche Hellgrau.

»Liam! Liam, *mo bhràthair,* mein Bruder!«, rief sie mit vor Aufregung gerötetem Gesicht.

Liam sprang zu Boden, umfasste seine Schwester und wirbelte sie in einem Strudel aus Röcken und Plaid herum.

»*Ciamar a tha thu, Sàra?* Wie geht es dir, Sàra?«

»*Thag mi gu math, a Liam,* gut geht es mir. Ihr seid aber lange ausgeblieben! Ihr hättet schon vor fünf Tagen zurück sein sollen.

Ich bin vor Sorge um euch beide fast umgekommen«, schimpfte sie.

»Bah! Du hast dir ganz umsonst Gedanken gemacht, Schwesterchen. Wir hatten ein paar kleine Probleme, und dann hatte das Schiff noch Verspätung, weil die See schwer war. Wir mussten in Arbroath noch ein paar Tage warten«, erklärte Liam.

»Wie gut, dass man sich in der Stadt gut zerstreuen kann, was, Liam?«, zog Colin ihn auf und versetzte ihm lachend einen Rippenstoß.

Liam lächelte ein wenig töricht und errötete.

»Lass deine Eseleien, Colin!«, schalt Sàra.

Dann wandte sie sich mir zu und beäugte mich zweifelnd, wie im Übrigen alle anderen Einwohner auch.

»Du bist Caitlin, nehme ich an?«

»Ja«, stotterte ich schüchtern.

»Fàilte, is mise Sàra«, begrüßte sie mich. Willkommen, ich bin Sàra.

Ich neigte höflich den Kopf.

»Mein Bruder hat mir gesagt, du seiest verletzt.«

Kurz inspizierte sie mich mit vorsichtigem Blick, dann zupfte sie Liam am Ärmel.

»Bring sie in meine Kate, ich kümmere mich um sie. Ich brauche auch ein zusätzliches Bett.«

Ich ließ mich in Liams Arme fallen, und dann gingen wir vor Sàra her zu ihrer Hütte. Er setzte mich auf einer Matratze ab und tätschelte mir die Wange.

»Das wird schon wieder, *mo maiseag*«, sagte er leise.

Zur Antwort lächelte ich ihm schwach zu. Er wandte sich zu seiner Schwester und küsste sie auf die Stirn.

»Teich! A-mach à seo!«, stieß sie hervor und schubste ihn zur Tür. Fort, raus mit dir!

Ich schloss die Augen, weil ich nicht in der Lage war, sie länger offen zu halten. Ein tröstlicher Duft nach Eintopf kitzelte meine Nase, und mein Magen knurrte, was mich daran erinnerte, dass ich noch am Leben war. Endlich konnte ich schlafen …

Im Zimmer war es dunkel. Auf einem Gitter, das auf dem Feuer stand, dampfte ein Kessel mit Wasser. Ich hatte Mühe, die Augen offen zu halten. Sàra ging in der Hütte umher und warf mir über die Schulter verstohlene Blicke zu. Aus einem großen Schrank nahm sie ein quadratisches Stück Leinen, das sie in Streifen riss. Liam hatte mich geweckt. Er beugte sich über mich und sah mich aus seinen blauen Augen an. Ich zitterte vor Fieber. Er hob mich auf seine Arme und setzte mich auf ein anderes Bett, wo er mich mit dem Rücken an ein Kissen lehnte.

»Alles wird gut, Caitlin.«

»Es tut so weh…«

»Ich weiß.«

Er gab mir ein wenig Wasser zu trinken, das meine aufgesprungenen Lippen und meine trockene, brennende Kehle netzte. *Glencoe… das Massaker von Glencoe…* Jetzt erinnerte ich mich, und ein eisiger Schauer überlief meinen Rücken. Die verkohlten Ruinen… Der Skandal des Massakers von Glencoe, die Auslöschung eines Clans, der Macdonald des MacIain, die Viehdiebe von der übelsten Sorte gewesen waren. So hatte es jedenfalls allenthalben geheißen. Eine Plage für Schottland und England. Diese verfluchten Highlander, die sich gegenseitig umbrachten und einen katholischen König, der im Exil lebte, unterstützten. Man hatte für die anderen aufständischen Clans ein Exempel statuieren wollen und diesen Clan, diese Brutstätte, von der das schlimmste Ungeziefer des britischen Königreichs ausging, von der Karte der Highlands getilgt.

Ich wusste nicht viel über dieses Massaker, nur das, was meine Brüder in den Tavernen und Kaffeehäusern von Edinburgh hatten erzählen hören. In Edinburgh war das Ereignis in aller Munde gewesen. Skandal!, schrien die Jakobiten. Gut gemacht!, riefen die unbeirrbaren Parteigänger des Hauses Nassau. Das Thema ließ niemanden gleichgültig. Und Liam und seine Leute waren Überlebende aus diesem düsteren Tal, dem Tal von Glencoe, dem Tal der Tränen.

Immer noch sah er mich aus seinen blauen, so blauen Augen aufmerksam an. Sein forschender Blick schien bis in meine Seele zu dringen. Er legte die Hand auf meine Wange. Sinnlos, es länger zu leugnen; dieser Mann übte eine magische Anziehung auf mich aus. Er hatte etwas in mir erweckt, vielleicht nur ein rein körperliches Begehren, oder etwas, das ich mir selbst zusammenträumte… Dennoch bebte ich am ganzen Körper, wenn er mich ansah, wenn er mich berührte.

Die Tür öffnete sich, und eine kleine, zarte und gebeugte Gestalt hob sich im Gegenlicht ab. Eine Frau, deren Gesicht faltig wie ein alter, schrumpliger Apfel war, näherte sich mir. Sie lächelte mir zu und enthüllte einen zahnlosen Mund. Das musste die alte Effie sein. Die *Bean-sith* schlug meinen Rock zurück und entfernte mit ihren knotigen Fingern meinen schmutzigen Verband. Als sie die Wunde untersuchte, verzog sie das Gesicht.

»*Fuich!*«, stieß sie angeekelt hervor. »Meine Kleine, wir müssen diese Wunde säubern, bevor die Entzündung sich ausbreitet!«

»Säubern?«, murmelte ich.

Ich wusste, was es hieß, eine eiternde Wunde zu reinigen. Immer noch hörte ich die Schreie meines Bruders in unserer Wohnung in Belfast. Eine englische Klinge hatte ihm in der Schlacht von Aughrim die linke Hand abgetrennt. Er hatte Wundbrand bekommen, und man hatte ihm den Arm direkt unterhalb des Ellbogens amputieren müssen. Ein Arm für König James II. Er war unserem geschlagenen König nicht zusammen mit den »Wildgänsen« – denn so nannte man die irischen Soldaten, die mit König James II. von Schottland ins Exil gegangen waren – nach Frankreich gefolgt.

Effies Finger betasteten mich. Sie brummte unverständliche Worte und befühlte meine Verletzung, was mir einige schwache Seufzer entlockte. Dann blieben ihre vom Alter gezeichneten Finger auf meinem Leib liegen. Sie schwieg und sah mich kurz an. Ihr durchdringender Blick erforschte den meinen. Panik wallte in mir auf. Sie wusste es… Sie sah alles. Die Hände dieser Hexe konnten sehen. Rasch zog sie sich zurück, als hätten unsere Seelen sich in einer anderen Welt verständigt.

»Habt Ihr Schmerzen, Kleine?«

»Ja…«

»Ihr tragt Wunden, die viel tiefer reichen als diese da, wisst Ihr«, sagte sie und deutete auf meine Verletzung. Aus ihren flinken kleinen Augen, die unter schweren Lidern lagen, sah sie mich eindringlich an.

»Ich weiß.«

Sie nickte. Diese Frau las in mir wie in einem Buch. Ich erschauerte, und die Härchen auf meinem Unterarm stellten sich auf. Eine *Bean-sith.*

»Gut, dann gehen wir es an. Haltet sie fest, denn sie wird sicher ein Tänzchen aufführen, und das ist nicht der richtige Moment dazu«, befahl sie, an Liam gerichtet.

Er klemmte mein Bein zwischen seine Knie, dann umschloss er meine Finger mit seinen großen, warmen und tröstlichen Händen und hielt sie wie in einer eisernen Faust gefangen. Aus seinen Augen, welche die Farbe der schottischen Lochs aufwiesen, sah er mich unverwandt an. Die Finger der *Bean-sith* drückten auf die angeschwollenen Ränder meiner Wunde, und eine bräunliche, blutige und schmierige Flüssigkeit quoll hervor.

Ich hörte, wie ein Schrei aus meiner Kehle drang. Flüchtig tauchte Sàras blasses Gesicht hinter Liam auf. Ich hatte kaum Zeit, wieder zu Atem zu kommen, als ein glühender Schmerz meinen Schenkel versengte und sich durch meinen ganzen Körper ausbreitete. Ein scharfer, holziger Geruch nach Alkohol stieg auf, und in meinem Kopf drehte sich alles. Liams Hände hielten mich fest wie ein Anker. Zitternd und keuchend ließ ich mich, nachdem mein Verband erneuert worden war, auf das Kissen zurückfallen.

»Das wird schon wieder, *mo maiseag.*«

Kraftlos schloss ich die Augen. Der Schmerz ließ ein wenig nach. Ich glitt in einen unruhigen Schlummer und träumte von blauäugigen keltischen Kriegern und Feen mit runzligen Gesichtern.

Der dumpfe Knall einer zufallenden Tür ließ mich aus dem Schlaf hochfahren. Die Kerzenflamme flackerte in dem Luftzug, den Sàra beim Eintreten mitbrachte. Sie stellte einen Weidenkorb auf einem kleinen Büfett ab, nahm einen dicken Laib Brot heraus und wandte sich dann zu mir.

»Du bist sicher hungrig.«

»Ja, ein wenig«, antwortete ich mit rauer Stimme.

Die Kate lag immer im Halbdunkel. Das Licht des Feuers im Kamin ließ unheimliche Schatten auf den frisch gekälkten Wänden tanzen. Sàra reichte mir eine Schale mit Hammeleintopf und eine Scheibe Brot. Sie schob eine Bank in die Nähe des Betts und ließ sich dann seufzend darauf nieder. Mit ernster Miene sah sie zu, wie ich gierig mein Essen verschlang. Sàra besaß ein hübsches, rundes Puppengesicht, dessen ausdrucksvolle Züge jeden einzelnen ihrer Gedanken verrieten.

»Du kommst aus Arbroath?«, fragte sie ohne Umschweife.

»Nein, aus Edinburgh.«

»Edinburgh?«, rief sie aus und zog die Augenbrauen hoch. »Meine Brüder hatten mir gar nichts davon gesagt, dass sie nach Edinburgh wollten.«

»Nein, ich bin Liam auf Dunning Manor begegnet.«

»Dunning Manor? Aber was hatte er dort zu suchen?«

»Man hat ihn dort mit seiner Ladung festgesetzt und in eine Zelle gesteckt. Am nächsten Tag sollte er nach Dundee überstellt werden.«

»Ah!«

Verblüfft krauste sie die Nase.

»Und du hast ihm bei der Flucht geholfen?«

»Nein, er ist auf eigene Faust entkommen.«

»Was hattest du dann mit ihm zu tun?«

Sie runzelte die Stirn, legte den Kopf leicht zur Seite und wartete auf meine Antwort.

»Er … er hat mich mitgenommen. Das ist alles.«

»Weswegen?«

Das Gespräch begann die Züge eines Verhörs anzunehmen. Unruhig rutschte ich auf der Matratze herum. Ich konnte ihr auf keinen Fall alles berichten, was in jener Nacht geschehen war. Und außerdem, warum sollte ich es übernehmen, sie über die Handlungen ihres Bruders ins Bild zu setzen?

»Dein Bruder kann dir viel besser von seinem kleinen Abenteuer erzählen. Ich selbst werde jedenfalls nur so lange hier bleiben, bis meine Verletzung geheilt ist. Dann werde ich, glaube ich, nach Irland zurückkehren.«

Sie betrachtete mich mit offenkundiger Skepsis. Ihre von der Arbeit geröteten Hände zerknüllten nervös ihren Rock.

»Dann hat Liam dich nicht mit hergebracht, damit du ihm sein Bett wärmst?«

Ich riss Mund und Augen auf.

»Wie bitte?«

»Na ja, ich dachte, er hätte dich... Du wärest... Du weißt schon, was ich sagen will. Colin hat auf gewisse Zerstreuungen in Arbroath angespielt...«

Ich brauchte einen Moment, bis ich verstanden hatte, was sie andeuten wollte, doch dann schüttete ich mich vor Lachen aus.

»Du hast geglaubt, er hätte mich in einem... Freudenhaus aufgelesen?«

Sie errötete.

»Ich gebe zu, dass mir der Gedanke durch den Kopf gegangen ist.«

»Dein Bruder hat mich aus... Großmut mitgenommen, Sàra«, sagte ich lachend. »Falls er Hintergedanken hatte, dann hat er sie mir jedenfalls nicht mitgeteilt.«

»Ich wollte dich nicht beleidigen.«

Doch ich fand die Vorstellung einfach zu komisch, um sie mir zu Herzen zu nehmen.

»Dann hast du wohl ganz schön in der Klemme gesessen, was?«

Sie nahm wahrhaftig kein Blatt vor den Mund.

»Ja«, seufzte ich.

»Die Male in deinem Gesicht und an deinen Schenkeln...«

Ich wandte den Blick ab und ging nicht auf ihre etwas taktlose Bemerkung ein.

»Mein Bruder wird seine Gründe gehabt haben. Aber ich weiß, dass er sie mir nicht verraten wird. Er ist sehr... verschlossen.«

»Das ist mir auch aufgefallen.«

Ihr Blick verlor sich in den Flammen des Torffeuers.

»Er war nicht immer so, weißt du. Erst seit dem Massaker. Gewiss hast du davon gehört.«

»Hmmm...«, nickte ich zustimmend.

»Wir haben dabei unseren Vater und unsere Schwester verloren, Ginny. Und Liam … seine Frau Anna und seinen Sohn. Hat er dir davon erzählt?«

Ich war zu überwältigt, um zu antworten, und schüttelte nur den Kopf.

»Seitdem hat er sich mit seinen Gespenstern eingeschlossen wie in einem Grab. Natürlich haben wir versucht, ihn aus diesem Zustand herauszuholen. Verstehst du, es ist nicht gesund, so zu leben. Aber er besteht darauf, und nichts kann ihn mehr zum Lachen bringen. Und was die Frauen angeht …«

Sie zuckte lässig die Schultern.

»Da du nicht seine Liebste bist, kann ich es dir ruhig sagen. Sie lassen ihn gleichgültig, nehme ich an. Sie sind nicht mehr und nicht weniger als flüchtige Begegnungen. Ich glaube, dass er Anna immer noch im Herzen trägt und ihn das daran hindert, wieder zu lieben. Da ist vielleicht Meghan, aber wenn du meine Meinung hören willst, dann ist sie keine Frau für ihn.«

Um sich deutlicher zu erklären, wies sie mit einem Finger auf ihren Bauch und klopfte sich mit dem anderen an die Schläfe.

»Du weißt schon, alles hier und nichts da oben.«

Sie legte eine Pause ein und betrachtete mich, wobei sie zweifelnd die Nase kraus zog.

»Du bist dir ganz sicher, dass dich nichts weiter mit ihm verbindet?«

»Kaum, dass er mit mir spricht.«

»Hmmm …«

Ihr schwesterlich besorgter Blick musterte mich eingehend.

»Na ja, einen Moment lang habe ich geglaubt, da sei etwas zwischen euch, aber wenn du es sagst …«

Gedämpft fiel die Sonne durch den Jutestoff, der vor dem Fenster hing. Die Hütte lag im Halbdunkel. Ich drehte den Kopf, um mich in dem Raum umzusehen. Ich war allein. Das Fieber war gefallen, und heute Morgen vermochte ich klarer zu denken. Wie lange war ich wohl schon hier? Drei, vier Tage? Ich wusste es nicht genau. Mein Verstand war so sehr damit beschäftigt gewesen, sich von der Welt, die mich umgab, abzuschotten, dass ich nur ein

ein paar unzusammenhängende Eindrücke aufgeschnappt hatte, die ich unmöglich zu einem Ganzen zusammensetzen konnte. Sàra und Effie hatten mir zu essen gegeben, meine Wunden gereinigt und meine Verbände gewechselt. Liam und Colin waren jeden Tag gekommen, um sich nach mir zu erkundigen. Letzterer war gelegentlich ein wenig geblieben, um mit mir zu plaudern, und hatte sich keine Gelegenheit entgehen lassen, mich zu berühren.

Die meiste Zeit hatte ich geschlummert. Oft war mein Schlaf traumlos gewesen, aber häufig hatten mich auch furchtbare Albträume heimgesucht, aus denen ich schreiend erwacht war. Sàra hatte mich geschüttelt und aus bestürzt aufgerissenen Augen angesehen, aber ich konnte mich nie an meine Träume erinnern. Vielleicht war es besser so.

Ich stützte mich zuerst auf einen Ellbogen und setzte mich dann auf. Das Bett roch nach einer Mischung aus männlichen Ausdünstungen und Kiefern. Erregt hatte ich Liams Duft erkannt. Mein steif gewordener Körper gehorchte mir nur schwer, und ich bewegte mich langsam. Trotz des Feuers, das im Kamin brannte, zitterte ich, als ich den kalten Boden unter den Fußsohlen spürte, doch das tat mir gut.

Die Kate war klein, aber sehr gepflegt. An der Wand standen einige abgewetzte Holzbänke. In der Mitte des Zimmers thronten ein Tisch und Stühle. In der Nähe der Tür erhob sich der große Schrank, der wahrscheinlich als Vorratsschrank diente, und unter dem Fenster befand sich ein Hackblock. Auf dem kleinen Büfett bewahrte Sàra unter einem Leinentuch Brot und Käse auf, und darüber stapelte sich auf Regalbrettern ordentlich das Geschirr. Ein Wandschirm aus Flechtwerk verbarg Sàras Bett.

Alles hier atmete Ruhe und Stille, ganz anders als die Unterkunft, die ich mit meinen Brüdern, meinem Vater und Tante Nellie geteilt hatte. In Belfast verlief das Leben hektisch. Es war eine Stadt, in der es von Menschen nur so wimmelte, von Reichen und Armen, vornehmen Herren und Bettlern. Ich war mit dem vielstimmigen Lärm einer Hafenstadt aufgewachsen, die selten schlief. Über Tag waren die Kaufleute, die Handwerker und die gewöhnlichen Menschen unterwegs, und bei Nacht überließen sie ihren Platz den Seeleuten, den Hafenarbeitern und den käuflichen Mädchen.

Einen Moment lang schloss ich die Augen und dachte zurück an das Gewirr aus Straßen und Gässchen, eine labyrinthische Welt, in der mein Bruder Patrick und ich auf Abenteuer auszogen. Da war auch der Hafen gewesen, wo Dutzende von Schiffen vor Anker lagen, und der Markt mit seinen Ständen, welche die Straße am Platz säumten und Fisch, Fleisch und andere Waren feilboten. Wenn der Wind vom Meer kam, war er feucht von der Gischt, die er herantrug. Überall lag der Salzgeruch in der Luft. Doch ebenso allgegenwärtig waren die Ekel erregenden Gerüche, die ständig durch die von Abfällen übersäten Gassen wehten, in denen unsere Schuhe im Morast stecken blieben. Wer sich dorthin wagte, war ständig auf der Hut, um nicht den Fuß in menschliche Hinterlassenschaften zu setzen oder sie über den Kopf geschüttet zu bekommen.

Eine witzige Erinnerung stieg in mir auf, und ich lächelte. Ich war meinem Bruder Patrick durch eine dieser unzähligen Gassen nachgerannt, die wir wie unsere Westentasche kannten. Er hatte soeben dem Gemüsehändler ein paar Kartoffeln stibitzt, doch plötzlich war er vor mir wie angewurzelt stehen geblieben. Aus seinen Haaren troff es, und seine Schultern waren mit ziemlich… abstoßenden Dingen bedeckt. Er hatte einige Sekunden gebraucht, um zu begreifen, was geschehen war, und mir war es nicht anders gegangen. Dann hatte sich ein wahnsinnig komischer Ausdruck über sein verblüfftes Gesicht gebreitet. Ich schüttete mich vor Lachen aus und konnte einfach nicht aufhören, was meinen Bruder in rasende Wut versetzte. Wenn seine Blicke hätten töten können, dann wäre ich an diesem Tag auf der Stelle umgefallen. Drei Tage hintereinander weigerte er sich, ein Wort mit mir zu sprechen und drohte, mir das gleiche Los zu bescheren, wenn ich je wieder davon anfing, was ich dann auch nicht wagte.

Langsam erhob ich mich, stützte mich auf eine Stuhllehne und wartete, bis mein Schwindelgefühl verging. Vorsichtig zog ich mich an. Meine Verletzung schmerzte stark und hinderte mich in meinen Bewegungen. Sàra hatte mir ein neues Hemd in einem schönen Safrangelb geschenkt, das rund um den Ausschnitt mit blauen Blumen bestickt war.

Draußen herrschte herrlicher Sonnenschein. Ich wollte ein wenig frische Luft schnappen, da mich der Rauch des Torffeuers fast erstickte und meine Augen zum Tränen brachte. Daher legte ich mir das Tuch über die Schultern und trat aus der Kate. Das Licht des Tagesgestirns fühlte sich auf meiner Haut wohltuend und warm an, und ich genoss das Gefühl ein Weilchen, bevor ich mich zu einer Gruppe Birken begab, die einen grasbewachsenen Hügel krönten. Etwas weiter entfernt, am Ufer des Coe, errichteten ein paar Dorfbewohner auf einem mannshohen Rechteck aus Bruchsteinen das Dach einer neuen Hütte.

Ich legte mich im Schatten der Birken in das frische Gras. Oberhalb von mir balzten zwei Bachstelzen mit leuchtend gelben Bäuchen. Das an seiner schwarzen Kehle zu erkennende Männchen traktierte das Weibchen, indem es ohne Unterlass piepte und es unermüdlich mit den Schwanzfedern wippend umkreiste. Vielleicht diente dieser Tanz dazu, das Weibchen in seinen Bann zu schlagen.

Ein Wiehern riss mich aus meinen Beobachtungen, und ich setzte mich auf und kniff die Augen zusammen, da mich das grelle Sonnenlicht blendete. Ein Reiter, der ohne Sattel auf einem herrlichen Fuchs saß, hatte eine wunderschöne Frau mit feuerrotem Haar bei der Hand gefasst. Der lockige braune Schopf, auf dem kupferfarbene Reflexe glitzerten, fiel ihm offen über die Schultern. Liam beugte sich über die hochgewachsene, schlanke Gestalt der Frau, als wolle er ihr etwas ins Ohr flüstern, es sei denn, er küsste sie. Die Frau streckte eine Hand aus, um eine Strähne, die ihm in die Augen fiel, zurückzustreichen, und nutzte die Gelegenheit, um seine Wange zu liebkosen. Wer war sie? Seine Liebste? Mein Herz tat einen Satz.

Die Frau wühlte in dem Korb, den sie am Arm trug, und zog einen Apfel hervor, den sie ihm reichte. Er lachte, nahm die Frucht und biss herzhaft hinein. Ich fühlte mich nicht mehr wohl und wünschte mir, ich wäre an einem anderen Ort. Am liebsten wäre ich geflüchtet und zu Sàras Hütte zurückgelaufen, doch ich blieb unbeweglich stehen. Liam schlug die Hacken in die Flanken des Tiers, das schnaubte und den Kopf hochriss. Die Rothaarige trat einen Schritt zurück, und der Reiter wendete sein Tier und ritt im Galopp davon, nachdem er eine Hand zum Gruß gehoben hatte. Die Frau sah ihm einige Augenblicke nach, dann drehte sie sich um und ging davon, auf die Hügel zu.

Liam versuchte, seinen Fuchs zu beherrschen, der mir widerspenstig vorkam. Langsam zog ich die Knie an und legte mein Kinn darauf, um die beiden miteinander ringenden Wesen zu beobachten. Liams Füße waren nackt, und er trug nur sein Plaid, das um die Taille von einem breiten Ledergürtel gehalten wurde. Seine kupferfarbene Haut glänzte vor Schweiß. Der Fuchs schlug einen Haken, und ich stieß einen Schrei aus, der die Aufmerksamkeit des Reiters erregte. Er drehte sich zu mir um und brachte das störrische Tier mit einiger Mühe zum Stehen. Er musterte mich kurz, die Hand schützend über die Augen gelegt. Dann erkannte er mich und lachte, wobei sämtliche Zähne blitzten.

Mein Herz schlug zum Zerspringen. Liam stieg vom Pferd, zog es am Zaumzeug hinter sich her und kam auf mich zu. Eine Brise wehte schamlos die Zipfel seines Kilts hoch und enthüllte muskulöse Oberschenkel. Ich wandte den Blick ab, damit er meine Verwirrung nicht bemerkte. Er setzte sich und streifte dabei mein Knie. Sein Geruch breitete sich um mich aus.

»Guten Tag. Ich stelle erfreut fest, dass es dir besser geht«, sagte er und strich mir über die Stirn. »Du hast vier Tage lang geschlafen, *mo maiseag*.«

Er bot mir von seinem Apfel an, doch ich lehnte höflich ab und sah zu, wie er hineinbiss.

»Ja«, antwortete ich und lächelte schwach. »Aber jetzt glaube ich, dass ich es überstehen werde.«

»Hattest du daran gezweifelt? Gibst du dich immer so schnell geschlagen, Weib?«

»Nein«, gab ich säuerlich zurück. »Ich gebe mich nie geschlagen, Macdonald.«

Er lächelte mir spöttisch zu, und in seinen Augenwinkeln bildeten sich Lachfalten. Ich schätzte, dass er eher Anfang als Ende dreißig war.

»Das Gegenteil hätte mich auch überrascht. In dir fließt das Blut der Kelten, das springt ins Auge.«

»Ich möchte dir für alles danken, was ihr für mich getan habt, Colin und du«, sagte ich und schlang nervös einen Grashalm um meinen Zeigefinger.

Er antwortete nicht, sondern nickte nur, doch ein Funke blitzte in seinen Augen auf. Er wandte sich ein wenig ab, als sei er sich dessen bewusst, und biss noch ein Stück Apfel ab. Irgendwann war wie von selbst eine Art zurückhaltende Vertrautheit zwischen uns aufgekommen, aber darauf beschränkte sich die Beziehung auch: Sie war freundschaftlich, aber nicht sinnlich. Jetzt verstand ich auch, dass es nicht anders sein konnte, denn sein Herz war bereits vergeben. Oft hatte ich mich gefragt, ob die glühenden Blicke, die ich auf unserer Flucht bei einigen wenigen Gelegenheiten aufgeschnappt hatte, nicht meiner Einbildung entsprungen waren. Ganz im Gegensatz zu Colins Blicken … Vielleicht hatte ich sie ja unbedingt so deuten wollen.

»Ich wollte dir noch für das Bett danken, es ist sehr bequem. Ich werde es dir bald zurückgeben, denn mein Schenkel scheint sich rasch zu erholen.«

Er verzog wegwerfend das Gesicht.

»Ich frage mich oft, ob ich auf dem Boden nicht besser schlafe«, sagte er lachend. »Bei dem Leben, das ich führe, muss ich häufig nächtigen, wo ich mich gerade befinde, ob im Wald, in der Heide oder auf Stein. Der Körper gewöhnt sich daran und passt sich an.«

»Und was für ein Leben führst du nun genau, abgesehen davon, dass du schmuggelst?«, erkundigte ich mich neugierig.

»Das Gleiche wie die meisten Highlander, nehme ich an. Es ist noch gar nicht lange her, dass wir uns vor allem mit unserem Vieh beschäftigt haben.«

»Indem ihr es gestohlen habt?«

Stirnrunzelnd wandte er sich zu mir und schenkte mir dann ein wunderbares Lächeln. Das Gleiche, mit dem er die schöne Rothaarige bedacht hatte?

»Ja, gelegentlich. Außerdem fischen und jagen wir und üben uns im Kampf.«

»Bist du ein guter Fischer?«

»Bah! Es geht so, aber lieber ist mir die Jagd und die Stille, die sie erfordert. Ich ziehe mich gern in die Berge zurück. Außerdem liebe ich es, die Tiere zu bewundern, bevor ich sie töte. Verstehst du, sie wissen, dass sie geopfert werden. Der Blick eines Hirschs, bevor er zusammenbricht, ist ziemlich seltsam. Einen winzigen Moment lang, kurz bevor man den Pfeil abschnellen lässt, kommt es zu einer Art Verbindung zwischen den Seelen von Jäger und Beute, eine ganz unerklärliche Sache.«

Zerstreut musterte er einen Moment lang das Kerngehäuse seines Apfels und warf es dann in das hohe Gras.

»Das Rotwild ist nicht immer leicht zu erwischen. Es wird in offenem Gelände gejagt, auf der Heide. Man muss sich verhalten wie ein Raubtier, das sich an seine Beute anschleicht, und auf die Windrichtung achten, damit das Tier die Witterung nicht aufnimmt. Das ist oft beschwerlich und enttäuschend, aber wenn der Pfeil dann ein schönes Tier fällt …«

Er schlug sich mit der Faust auf den Magen, strahlte zufrieden und atmete laut aus.

»Bist du schon einmal auf die Jagd gegangen, Caitlin?«

»Nur nach Ratten und anderem Ungeziefer von dieser Sorte, nichts weiter.«

Er lachte.

»Nicht besonders geeignet für eine Mahlzeit. Ich muss dich bei Gelegenheit einmal mitnehmen … sobald es dir besser geht.«

»Ja, wenn es mir wieder besser geht …«, wiederholte ich ein wenig unbestimmt. »Ach, Liam, ich würde ja gern, aber …«

Verlegen verstummte ich und sah ihn an. Herrgott, war er schön! Sein Lächeln verschwand.

»Hast du es so eilig, uns zu verlassen?«

»Du weißt genau, dass ich nicht hier bleiben kann.«

Er ließ den Blick über das grüne Tal schweifen, das sich vor uns eröffnete, und schwieg. Offensichtlich wusste er nicht, wohin mit seinen Händen, denn seine Finger zupften im Gras.

»Erzähl mir von Irland.«

»Was möchtest du denn hören?«

»Nun ja, ich weiß nicht viel über dein Land … Ist es bergig oder eher flach wie die schottischen Lowlands? Womit hast du dort deine Zeit zugebracht? Hast du einen … Mann zurückgelassen?«

Ich lächelte. Immer noch wich er meinem Blick aus.

»Das sind viele Fragen auf einmal. Man nennt Irland die ›grüne Insel‹. Bei uns gibt es auch Berge, doch man findet vor allem grüne Hügel, die in der Sonne leuchten wie Edelsteine. Jedenfalls die, welche ich gesehen habe. Verstehst du, wir sind sehr wenig gereist. Ich bin kaum jemals über die Küste von Antrim und die Straße der Riesen hinausgekommen. Kennst du sie?«

»Nein.«

»Das sind große Steinblöcke, die aneinandergereiht sind. Sie weisen alle die gleiche Form, aber unterschiedliche Höhe auf, ein wenig wie die Stufen einer Treppe. Mein Vater hat mir ihre Legende erzählt.«

»Und …?«

»Es heißt, der keltische Krieger Fionn MacCool habe eine Straße erbaut, die Antrim mit Staffa verband. Ich muss dir allerdings gestehen, dass ich keine Ahnung habe, wo sich dieses Staffa befindet.«

»Auf den Hebriden«, erklärte er mir und streckte die Beine vor sich aus.

»Dort jedenfalls lebte Finn Gall, sein Feind, der ebenfalls ein Furcht erregender Krieger war. Als er erfuhr, was MacCool getan hatte, zertrümmerte Gall die Straße zu vierzigtausend Steinbrocken. Die Straße der Riesen soll alles sein, das davon noch übrig ist.«

»Wusstest du, dass Fionn MacCool einmal in meinem Tal gelebt hat?«

Ich riss erstaunt die Augen auf.

»Hier nennen wir ihn Fionn MacCumhail, oder manchmal auch Fingal.«

»Ziemlich erstaunlich.«

»So sehr nun auch wieder nicht. Dein Irland und mein Schottland sind durch das Blut desselben Volkes verbunden. Wir sprechen eure Sprache, wenngleich der Dialekt ein wenig anders ist. Wir bekämpfen dieselben Feinde und beten dieselben Götter an. Ich trage sogar einen irischen Namen, den des Großvaters aus der mütterlichen Linie meines Vaters. Die Mutter meines Vaters war eine Irin aus Antrim. Sie ist 1644 hier an Land gegangen, mit der Armee des gefürchteten alten Alasdair MacColl Macdonald, der gekommen war, um die Royalisten des Marquis von Montrose im Bürgerkrieg gegen die *Sassanachs* zu unterstützen. Ihr Mann war Lieutenant in dieser Armee und ist in der Schlacht von Inverlochy gefallen. Kurz darauf hat sie meinen Großvater kennen gelernt und ist hierher zu ihm gezogen.«

Er drehte sich auf die Seite und stützte sich auf einen Ellbogen, um mich besser ansehen zu können.

»Wie hieß sie?«, wollte ich wissen.

»Roweena, aber das ist alles, was ich über sie weiß. Außer vielleicht, dass sie aus Connaught stammte.«

»Aus Connaught? Nachdem die Feindseligkeiten gegen die Katholiken begannen, haben sich meine Onkel in Connaught niedergelassen, im Westen der Insel. Aber mein Vater hatte damals noch seinen Laden. Deswegen sind wir in Belfast geblieben. Er hätte ebenfalls wegziehen können, aber in dieser Gegend des Landes gibt es gerade einmal einige kleine Fischerdörfer, und mein Vater… hmm, die Fischerei ist nichts für ihn. Fische, die stellt er meisterhaft aus Silber oder Gold her, mit komplizierten Motiven.«

»Und du selbst, was hättest du gern getan?«

»Ich?«, fragte ich achselzuckend. »Ich weiß es nicht. Vielleicht… nun ja, ich glaube schon, dass mein Onkel Daniel mich aufgenommen hätte. Er hatte eine kleine Tochter von zwei Jahren, und ich wäre bestimmt ein gutes Hausmädchen gewesen. Schließlich hätte ich nur Essen und Unterkunft verlangt. Die beiden hatten schon darüber gesprochen, aber Vater wollte dann doch nicht. Er konnte sich nicht entschließen, sich von mir zu trennen.«

»Wärest du denn gern gegangen?«

»Wenn ich ja sage, weil ich gern in Irland geblieben wäre, müsste ich dann nicht das Gefühl haben, meinen Vater zu verraten?«

»Ich glaube nicht, Caitlin.«

»Ich mochte die kleine Frances gern; sie hatte Haar, das so blond war wie das Korn im Juli, und den ganzen Kopf voll niedlicher Locken.«

Liam ergriff eine meiner Haarsträhnen und wickelte sie nachdenklich um seinen Zeigefinger.

»Und du… hättest du gern Kinder?«

Mir verschlug es die Sprache. Mein Herz schien stehen zu bleiben, und ich spürte, wie mir alles Blut aus dem Gesicht wich.

»Kinder…?«

»Ja, du weißt schon, diese kleinen Wesen, die schreien und greinen, wenn sie Hunger haben. Denen man abends einen Kuss gibt und sie dann ins Bett steckt.«

Plötzlich war mir ganz übel, als täte sich in meinem Inneren ein Abgrund auf, eine Leere, die nie wieder ausgefüllt werden könnte. Ein Kind… Ich sah ihn an und bemerkte, dass er offenkundig dasselbe empfand. Aber konnte ein Mann so etwas nachvollziehen, selbst wenn er Vater war?

»Wenn Gott mir erlaubt, eine Familie zu gründen…«

Mir versagte die Stimme, und ich vermochte nicht zu antworten. Er schwieg und war in seine eigenen Gedanken versunken. Er ließ meine Haarsträhne los, die schlaff auf meine Brust zurückfiel.

»Auf eine Frage hast du aber noch nicht geantwortet.«

»Oh… die nach dem Liebsten?«

Ich stieß ein unaufrichtig klingendes Lachen aus.

»Wenn es zählt, sich mit acht Jahren zu verloben, nun gut, dann habe ich in Irland einen Verlobten einsam und allein zurückgelassen. Er hieß Christopher Stephens, und er war neun. Ein recht charmanter, katholischer und sehr schalkhafter junger Mann. Ich bin mir ganz sicher, dass er mich seither vergessen hat.«

»Dich vergessen? Wirklich? Dann muss er entweder blind sein oder ein Idiot.«

Er streckte einen Arm aus, um ein Tierchen wegzuschnipsen, das sich auf meinen Rock gesetzt hatte, und streifte dabei meinen Handrücken. Dann seufzte er und rollte sich auf den Rücken. Ein bedrückendes Schweigen trat ein. Ich rutschte ein wenig auf meinem Hinterteil herum, um die Stellung zu wechseln, und räusperte mich.

»Ein prachtvolles Tier«, sagte ich und wies mit dem Finger auf das Pferd, das nicht weit entfernt von uns weidete.

»Ich reite es für John zu.«

»John?«

»John MacIain Macdonald. Der Chief des Clans und Laird von Glencoe. Er ist der Sohn des großen Alasdair MacIain.«

Seine Miene verdüsterte sich.

»Du weißt, was hier geschehen ist, oder, Caitlin?«

»Ein wenig. Als ich im Oktober 1692 nach Edinburgh kam, haben die Leute von nichts anderem geredet.«

»Oktober…«, murmelte er, den Blick auf einen unsichtbaren Punkt gerichtet. »Zu dieser Zeit hat Alasdair Og, MacIains jüngster Sohn, beschlossen, ins Tal zurückzukehren. Im August hatte John das Pardon des Königs erhalten.«

»Warum brauchte er denn ein Pardon vom König? Er war doch das Opfer, oder?«

»Er hatte seinen Treueid gegenüber William erneuern müssen. So, wie sein Vater es vor ihm getan hatte.«

»Wenn sein Vater die Treueverpflichtung unterzeichnet hatte, wofür ist er dann bestraft worden?«

»Er hatte die Frist um einige Tage versäumt. Die Campbells und einige *Sassanachs*, die MacIain stürzen sehen wollten, hatten das ausgenutzt. Jemand hatte den Eid für ungültig erklärt und ihn wahrscheinlich beiseite geschafft. Wir hatten allerdings von Gouverneur Hill persönlich unterzeichnete Schutzbriefe in der Tasche. Sie sollten uns freies Geleit sichern, so lange, bis MacIain vor dem Kronrat die Gründe für seine verspätete Unterzeichnung des Eides erklärt hätte.«

»Haben die Soldaten sie denn nicht angesehen?«

»Wir haben ihnen vertraut, Caitlin, und daher haben wir es nicht für notwendig gehalten, die Briefe vorzuzeigen. Als die beiden Abteilungen des Regiments von Argyle unter dem Befehl von Robert Campbell von Glenlyon und Thomas Drummond ins Tal einrückten, versicherten sie uns, Fort William sei überbelegt. Die Krone verlange von uns, ihnen Obdach zu gewähren, bis sie neue Befehle erhielten. Doch das war ein Vorwand. Sie waren zu einhundertundzwanzig Männern. Wir haben ihnen zu essen gegeben und sie untergebracht. Wir haben ihnen unseren besten Whisky und einen warmen Platz an unseren Feuern gegeben. Doch sie haben das heilige Gesetz der keltischen Gastfreundschaft gebrochen.«

Er machte eine kurze Pause und sah mich an. Auf seinem Gesicht lag ein kalter, undeutbarer Ausdruck. Dann richtete er den Blick erneut in die Ferne und nahm seine Erzählung mit bedrückter Stimme wieder auf.

»Diese Bastarde haben uns verraten. Sie sind fast zwei Wochen hier geblieben, und während dieser ganzen Zeit haben sie unsere Gastfreundschaft missbraucht, mit dem einzigen Ziel, uns wie Hunde abzuschlachten. Sie wollten uns bis auf den letzten auslöschen, Männer, Frauen und sogar Kinder.«

Ich erbleichte. In Edinburgh hatte ich den Berichten über das Massaker nur ein zerstreutes Ohr geschenkt. Zu dieser Zeit war mein Leben schon genug erschüttert worden. Mir fiel es schwer, den Verlust meines älteren Bruders Michael zu verkraften, der für die Krone der Stuarts gestorben war. Er hatte sein Leben gegeben, als er 1690 in der Schlacht am Boyne an der Seite der irischen Jakobiten gekämpft hatte. Und dann hatte Matthew ein Jahr später in Aughrim seine Hand verloren. Wir hatten einen schweren Tribut für die Sache der Stuarts entrichtet, doch James II. sollte den Thron von Irland, Schottland und England nie wieder besteigen. Die Katholiken hatten verloren und wurden verfolgt. Wir waren fortgegangen, ehe es zu spät war.

Fragen brannten mir auf den Lippen. Seine Frau Anna, sein Sohn … Doch ich wollte lieber darauf warten, dass er selbst von ihnen sprach. Ihm waren nur noch seine Schwester und sein Bruder geblieben. Konnte man sich von einer solchen Tragödie erholen? Ich wusste selbst, dass dem nicht so war. Am liebsten hätte ich ihn berührt, ihn getröstet, doch ich hielt mich zurück. Gewiss kümmerte sich schon eine andere Frau ganz ausgezeichnet darum, seine Seele zu heilen.

Er fuhr sich mit der Hand über das Gesicht, verhielt kurz auf der Stirn und ließ sie dann schlaff ins Gras sinken. Als er fortfuhr, klang er ruhiger.

»Alle Überlebenden hier haben bei dem Massaker einen geliebten Menschen verloren. Bei manchen war es ein Vater, ein Sohn oder ein Bruder, bei anderen eine Mutter, eine Schwester, eine

Kusine… oder eine Ehefrau. Sie haben achtunddreißig Mitglieder des Clans abgeschlachtet, darunter MacIain, den Chief. Wahrscheinlich ist es ihnen nur dank des schlechten Wetters nicht gelungen, uns alle auszulöschen. In der Nacht des Massakers tobte ein Sturm. Wer konnte, ist in die Berge geflüchtet. Die Soldaten standen vor unseren Türen, mit dem Bajonett in der Hand. Die Frauen und Kinder trugen nur Nachtkleidung, viele hatten nackte Füße. Sie waren aus den Betten gerissen worden und flüchteten nur mit ihrem Leben und dem, was sie am Leibe trugen. Wir mussten mehrere Meilen durch die Berge wandern, bis wir in einer Höhle anhalten konnten. Manche sind auf dem Weg gestürzt. Wir konnten nichts mehr für sie tun.«

Er unterbrach sich und zögerte.

»Ich hatte eine Frau und einen Sohn, Caitlin.«

Ich strich über seine Hand, die unbeweglich neben meinem Schenkel lag. Er reagierte, indem er sie packte und drückte, und dann strich er mir mit den Fingerspitzen über die Handfläche. Unsere Blicke trafen sich. In seinen Augen standen Schmerz und Zorn.

»Sie sind erfroren. Ich konnte sie nicht retten. Mein Sohn… Coll… er war erst vier Jahre alt. Er ist in meinen Armen gestorben.«

»Liam, das tut mir so leid…«

Er schloss die Augen und seufzte. Er hatte mir einen der dunklen Winkel seiner Seele geöffnet und seine Erinnerungen mit mir geteilt. Aber ich konnte ihm nicht von meinen eigenen erzählen. Das war noch zu schmerzhaft.

»Wir hatten unsere Waffen versteckt«, versetzte er ironisch. »Der Treueid untersagte uns, andere Waffen zu besitzen als die, welche für die Jagd bestimmt waren. Also haben wir unsere Musketen, unsere Claymore-Schwerter und unsere Lochaber-Äxte unter Torfhaufen in den Bergen verborgen, unter dem Schnee. Und außerdem, selbst wenn wir sie in Händen gehabt hätten, dann hätten sie uns möglicherweise gar nichts genützt. Sie haben die Männer aus den Betten gezerrt und ihnen sofort eine Kugel durch den Kopf geschossen.«

Er legte eine Pause ein und verschränkte seine Finger mit den meinen. Ich hoffte, dass er sie nie wieder loslassen würde.

»Ich habe in meinem Leben schon viel Gewalt gesehen; in den Highlands gehört sie zum täglichen Leben. Ich habe Blutbäder und Gemetzel erlebt, bei denen die Zahl der Opfer weit höher lag. Aber das war im Krieg. Ob eine Auseinandersetzung mit einem anderen Clan oder mit den *Sassanachs*, das läuft auf dasselbe hinaus. Männer kämpfen gegen andere Männer, mit dem höchsten Ziel, sich unter Einsatz ihres Lebens und ehrenhaft für eine Sache oder das, was ihnen teuer ist, einzusetzen. Doch das, was hier geschehen ist, hatte nichts mit Krieg zu tun. Das war ein ungerechtfertigter Akt der Rache und der Unterdrückung. Die Rache der Campbells gegen die Macdonalds unter dem großen Siegel des Königs. Sie haben sich MacIains Verspätung zu Nutze gemacht, um ihren Blutdurst zu stillen. Die Campbells wollten Glencoe von der Karte der Highlands und Schottlands löschen. Ha! Die Bastarde! Wir leben aber immer noch!«

»Warum mussten die Clans denn überhaupt einen Treueid unterzeichnen? Wart ihr als Schotten nicht ohnehin Untertanen des Königs?«

Er verzog die Lippen zu einem bitteren Lächeln.

»Welchen Königs? James' oder Williams? Genau dessen wollte William sich als Protestant versichern. Nach der vernichtenden Niederlage gegen die *Sassanachs* in der Schlacht von Killiecrankie hatte man versucht, die jakobitischen Clans unter dem Banner des Hauses Nassau zu vereinen. Der Graf von Breadalbane …«

Sein Gesicht verzerrte sich.

»Dieser Bastard von einem Campbell!«, schimpfte er, bevor er weitersprach. »In den Ruinen von Schloss Achallader hat er die Clanchiefs versammelt, welche die Sache der Stuarts unterstützten. Der listige Fuchs versuchte, die Chiefs gegeneinander aufzuhetzen. Mit seiner Schlangenzunge flüsterte er Versprechen, die er nicht einhalten konnte und zu denen er nicht berechtigt war, um sich die Gefolgschaft der Clans zu sichern; die berühmten Geheimvereinbarungen. Doch zu seinem Pech eilte ihm sein Ruf als Intrigant voraus, und er scheiterte. Niemand vertraute diesem schleimigen Aal. Der Kronrat erließ daraufhin eine Proklamation, die alle Chiefs verpflichtete, der Krone der *Sassanachs* die Treue zu schwören. Auf diese Weise hoffte er, jede andere Art von Rebellion auf Seiten der Jakobiten im Keim zu ersticken.«

»War MacIain Jakobit?«

»Jakobit ist nur ein Wort, Caitlin. Sagen wir, dass wir uns weigern, uns einem *Sassanach*-König zu unterwerfen, der zu allem Überfluss auch noch Holländer ist. Seine Frau Mary mag von schottischem Blut sein, doch obwohl sie ihr Land liebt, steht sie auf der Seite der *Sassanachs* und ist außerdem noch Protestantin. Wir wollen die Stuarts wieder auf den Thron setzen. Das ist eine Frage der Ehre. Wir sind Highlander. Unser Blut ist das Blut Schottlands, und das unseres Königs muss es ebenfalls sein.«

»Aber ihr habt den Treueid geleistet...«

Er stieß ein kurzes, raues Lachen aus.

»Wir mussten schließlich unsere Haut retten.«

»Ist das der Grund, aus dem MacIain so lange gewartet hat, bis er bereit war, den Eid zu unterzeichnen?«

Er nickte.

»MacIain war ein harter und starrköpfiger Mann, doch er liebte sein Volk aus tiefstem Herzen, und für uns war er wie ein Vater. Resigniert, aber überzeugt davon, dass er keine andere Wahl hatte, brach er zwei Tage vor dem Ende der Frist – dem ersten Januar – nach Fort William auf. Die Camerons und die Macdonalds von Keppoch hatten bereits unterschrieben, daher... Doch in Fort William teilte Oberst Hill ihm mit, er sei juristisch nicht berechtigt, seinen Eid zu Protokoll zu nehmen. Er schickte ihn also nach Inveraray in Argyle, denn der dortige Sheriff, Sir Colin Campbell d'Ardkinglass, sei dazu in der Lage. Der Schnee hatte die Straßen unpassierbar gemacht, und nachdem Drummonds Grenadierkompanie ihn noch einige Stunden lang in Bracaldine aufgehalten hatte, erreichte er Inveraray schließlich mit zwei Tagen Verspätung. Anschließend musste er noch drei Tage warten, bis der Sheriff, der einige Tage bei seiner Familie verbracht hatte, zurückkehrte. Der Eid wurde offiziell am 6. Januar zu Protokoll genommen, und MacIain kehrte beruhigt nach Glencoe zurück. Er hatte Campbell die beiden Briefe übergeben, die Hill ihm überreicht hatte, bevor er Fort William verließ. Der erste bestätigte, dass er sich rechtzeitig vor dem schicksalhaften Datum eingefunden hatte, um seinen Eid zu leisten, allerdings am falschen Ort. Ein ›verirrtes Schaf‹. Das zweite Schreiben war ein Schutzbrief gegen jede Form der Repressalien gegen ihn oder seinen Clan. Dieser Brief soll angeblich verlegt worden sein …«, setzte er mit ironischem Unterton hinzu.

»Und wie sahen die Sanktionen aus, wenn man die Frist überschritt?«

»Der Clan war geächtet und wurde der grausamsten Strafe unterzogen, die in den Gesetzbüchern steht, der Ausrottung ›durch Feuer und Schwert‹.«

»Und genau das haben sie getan …«, murmelte ich bestürzt.

Liam runzelte die Stirn und rieb sich die Augen, als müsse er entsetzliche Visionen vertreiben.

»Die Campbells haben das ausgenutzt«, verbesserte er mich. »Breadalbane auch, und Glenlyon ebenfalls, der elende Säufer. Sein Gehirn ist nichts weiter als ein mit Whisky vollgesogener Schwamm. Dieser Mann hat sich durch den Trunk und das Spiel ruiniert. Er ist der Laird von Glenlyon, doch abgesehen von seiner Domäne Chesthill gehört ihm nichts mehr davon. Der Rest seines Tals ist in die Hände des Marquis Murray von Altholl gefallen, ihres ärgsten Feindes. Glenlyons Söhne müssen dem Marquis jetzt Pacht zahlen.«

»Und warum sind die Campbells euch so feindlich gesonnen?«

»Weil wir Macdonalds sind«, erklärte er knapp.

»Und sonst noch?«

»Weil wir Raubzüge auf die Ländereien von Glenlyon und Breadalbane unternommen haben. Weil wir Katholiken sind und sie Protestanten. Weil jeder den Lehnsherrn des anderen verachtet. Es ist schwierig, sich auf einen speziellen Grund festzulegen. Dieser Hass zwischen unseren beiden Clans ist in mehreren Jahrhunderten blutiger Geschichte genährt worden. Die Campbells haben vergessen, dass sie einmal Highlander waren, dass sie früher die Interessen unserer Heimat gegen die *Sassanachs* verteidigt haben. Heute sind sie die Augen und Ohren der Regierung unter uns. Sie leben und kleiden sich wie die *Sassanachs*. Und das können wir nicht hinnehmen.«

Ich überlegte eine Weile.

»Ich muss gestehen, dass all das ein wenig verwickelt klingt«, bemerkte ich.

»Wir sind keine komplizierten Menschen, *mo maiseag*«, erklärte er in einem absichtlich spöttischen Ton. »Dagegen stimmt es, dass unsere Geschichte dir ein wenig verworren vorkommen mag. Hier geht jeder Clan seinen eigenen Angelegenheiten nach und mischt sich nur in die der anderen ein, wenn es dabei um seine eigenen Interessen geht. Aber die *Sassanachs* wollen unbedingt in unseren Angelegenheiten mitreden. Sie verachten uns. Seit Jahrhunderten versuchen sie, uns zu unterjochen, aber wir sind weder Sklaven noch Arbeitstiere oder ›wilde Barbaren‹, wie sie uns so gern nennen. Hier in den Highlands ist das Leben hart, von ihrem Standpunkt aus gesehen vielleicht sogar primitiv, aber es ist das Leben, das unsere Vorfahren geführt haben, und uns gefällt es. Gewiss, wir besitzen keine raffinierten Umgangsformen, aber macht uns das schon zu Rohlingen ohne Benehmen? Was ihnen Angst macht, ist die Leidenschaft, mit der wir das verteidigen, was uns am teuersten ist. Aber gerade diese kriegerische Gesinnung sorgt dafür, dass wir immer noch da sind. Sie haben uns unseren König gestohlen, und sie wollen uns unsere Religion wegnehmen, und ich glaube, letzten Endes wollen sie aus uns genau solche *Sassanach*-Bastarde machen, wie sie selbst es sind. Doch sie können uns unseren Besitz rauben, unser Land und sogar unsere Identität, aber unsere Seele werden sie niemals bekommen. Sogar im Exil werden wir noch Highlander sein. Verstehst du, Caitlin?«

»Ja …«, flüsterte ich und dachte an jene schreckliche Nacht auf Dunning Manor.

Sie konnten uns alles nehmen bis auf unsere Seele … Sie war auch das Einzige, was mir noch geblieben war, und ich hatte mich geweigert, sie mir wegnehmen zu lassen.

Ein bleiernes Schweigen senkte sich über uns. Jeder versank in seinen eigenen Schmerzen, seinen eigenen Erinnerungen. Der durchdringende Schrei eines Falken ließ sich vernehmen. Der Raubvogel suchte im Tal nach Beute. Liam strich sich mit der Hand übers Haar und beobachtete zerstreut den Vogel, der am blauen Himmel große Kreise zog. Wieder ergriff er das Wort.

»Einige sind nicht mehr zurückgekehrt, sondern lieber bei den Clans geblieben, die sie aufgenommen hatten. John hat sein Land zurückerhalten, nachdem er versprochen hatte, den Eid zu unterzeichnen und keine Racheakte zu unternehmen. Sein Bruder Alasdair und dessen Frau Sarah, die im Übrigen Glenlyons Nichte ist, sind im Moment noch weit fort. In Lochaber, bei den Macdonalds von Keppoch.«

»Und du, warum bist du zurückgekommen?«

Er zuckte die Achseln und sah mir in die Augen.

»Ich weiß es nicht, diese Frage habe ich mir nie gestellt«, antwortete er zögernd. »Vielleicht, weil ich hier zu Hause bin. Auf diesem Land bin ich geboren. Es ist die Heimat meines Vaters, meines Großvaters und so weiter. Vielleicht auch, weil ich auf diese Weise denen, die ich verloren habe und die für immer fort sind, näher bin. Mein Vater und meine Schwester Ginny sind an jenem Morgen gestorben. Meinem Vater haben sie eine Kugel durch den Kopf geschossen. Ginny … haben sie vergewaltigt. Sie konnte fliehen, aber sie hatte nicht mehr die Kraft, bis in die Höhle zu gelangen … Sie war guter Hoffnung und hat unterwegs ihr Kind verloren. Sie ist verblutet …«

Er schloss die Augen.

»Sie hätte überhaupt nicht hier sein dürfen. Ihr Mann, Adam Cameron, war nach Edinburgh gereist. Sie hatte das milde Wetter ausgenutzt, um uns zu besuchen, trotz ihres Zustands … Das hätte sie nicht tun sollen … Sie war nur ein Jahr jünger als ich. Wir standen uns sehr nahe.«

Während ich seiner bedrückenden Erzählung lauschte, hatte ich alles Gras ausgerissen, das vor mir wuchs. Liam hatte sich wieder auf den Rücken gelegt, die Arme hinter dem Kopf verschränkt und die Augen geschlossen. Mein Blick glitt über das Dorf hinweg gen Osten, dort, wo das Tal verlassen war, und ich versuchte mir vorzustellen, wie es dort vor dem Massaker ausgesehen hatte. Altertümliche Steinkaten, deren Dächer mit trockenem Heidekraut gedeckt waren, weit auseinanderliegend und an die Hügelflanken geschmiegt. Hier und dort Torfrauch, der aus den Kaminen stieg. Wie viele Macdonalds wohl damals in diesem Tal gelebt hatten? Und wie viele mochten es heute sein?

In einiger Entfernung erschollen Schreie. Liams blasses Gesicht erstarrte. Rasch sprangen wir auf. Den Dolch in der Hand, packte er mich am Arm und schob mich blitzschnell hinter sich. Sein Herz schlug so heftig, dass ich es hören konnte. In diesem Moment bemerkte ich die lange Narbe, die in einer gleichmäßig gekrümmten Linie quer über seinen Rücken verlief. Sie ging von seiner rechten Schulter aus und erstreckte sich bis zur linken Flanke.

Mit einer Fingerspitze strich ich über den weißlichen Wulst. Er zuckte zusammen und drehte sich um. Die Spannung war aus seinem Gesicht gewichen, und er steckte den Dolch wieder in den Gürtel.

»Killiecrankie«, erklärte er schlicht. »Aber das ist eine andere Geschichte. Komm, das war Sàra, die geschrien hat. Colin hat ihr einen Fisch ins Kleid gesteckt.«

Wir stiegen den Hügel hinab und gingen auf die beiden Spaßvögel zu, die einander nachliefen und Fische schwenkten.

»Wenn sie so weitermachen, können wir uns unser Abendessen selbst angeln«, brummte Liam.

Ich prustete los.

Colin schenkte jedem ein letztes *dram* Whisky ein. Ich wischte mir die Lachtränen aus den Augen. Sàras Schultern wurden noch immer von den letzten Nachbeben eines wohltuenden, ausgelassenen Gelächters geschüttelt. Wir hatten unsere Mahlzeit beendet, und die beiden Brüder hatten soeben eine komische Anekdote erzählt, die sie in Arbroath erlebt hatten.

Das Essen war angenehm verlaufen. Der gegrillte Fisch war köstlich gewesen, und ich hatte Sàras Gerichten Ehre erwiesen. Ich musste zugeben, dass sie eine ausgezeichnete Köchin war. Größtenteils hatte ich mich darauf beschränkt, den lebhaften Gesprächen zwischen den beiden Brüdern und ihrer Schwester zu lauschen, und hatte feststellen können, wie eng die Bande zwischen ihnen waren. Ich beneidete sie. Was wohl aus meiner eigenen Familie geworden war? Ob ich meine Brüder und meinen Vater eines Tages wiedersehen würde? Colin erzählte einen Witz, und ich verscheuchte den Stich in meinem Herzen mit fröhlichem Gelächter. Er bedachte mich mit zärtlichen Blicken, und jedes Mal, wenn ich lachte, leuchteten seine Augen auf.

Liams Fröhlichkeit wirkte zurückhaltender, als schmerze es ihn, glücklich zu sein. Oft überraschte ich ihn bei einem grüblerischen Gesichtsausdruck, den vom Whisky vernebelten Blick – denn er trank ziemlich viel – in die Ferne gerichtet. Sàra zog ihre Brüder ständig auf, was die beiden jedoch nicht kränkte. Sie stachelten sie sogar eher noch an. Und dabei besaß sie wirklich ein freches Mundwerk! Vor allem musste sie immer das letzte Wort haben. Rebellisch, herausfordernd, ohne dabei jedoch vulgär zu werden, strahlte sie einen unwiderstehlichen Charme aus, zu dem ihr hübsches, rundes Gesichtchen noch beitrug.

Der Abend neigte sich dem Ende zu. Mein Gähnen, das ich vergeblich hinter vorgehaltener Hand zu verbergen suchte, steckte wie durch Magie auch meine Gefährten an. Das Gespräch verlief jetzt in ruhigeren Bahnen. Ich hatte die Arme auf dem Tisch verschränkt und das Kinn darauf gelegt. Sàra nahm mit dem Finger Brotkrumen auf und schnippte sie Colin, der nichts zu bemerken schien, ins Gesicht. Er war mit den Gedanken anderswo.

»Hast du Johns Zuchthengst wieder in deine Obhut genommen, Liam?«, erkundigte er sich und rekelte sich auf seinem Stuhl. »Ich habe dich heute bei der Arbeit gesehen. Nicht übel!«

»In einigen Tagen wird er bereit sein; er ist ein gutes Tier. Ein wenig starrköpfig, aber da habe ich schon Schlimmeres erlebt.«

Er zwinkerte seiner Schwester zu, die zur Antwort das Gesicht verzog.

»Ich habe John heute Morgen getroffen; er hat mir erzählt, dass Alasdair noch vor dem Winter mit Sarah ins Tal zurückkehren wird. Sie erwartet ihr erstes Kind und möchte, dass es in Carnoch aufwächst.«

»Das wurde aber auch Zeit!«, rief Sàra aus. »Sie kann sich schließlich nicht ihr ganzes Leben lang schuldig für das fühlen, was ihr Bastard von einem Onkel getan hat. Sie war eine Campbell, das stimmt, doch heute ist sie eine Macdonald. Lundie hat sich doch nicht entblödet, auf sie zu schießen!«

»Und ihr Onkel hat nichts unternommen, um sie zu schützen?«, meinte ich erstaunt.

»Im Gegenteil, er hat alles versucht«, schaltete sich Colin ein. »Er wollte sie nach Cambuslay zu ihrem Vater bringen, doch sie hat sich geweigert. Alasdair war aufgebrochen, um John zu suchen. Sie wollte ihm eben folgen, als Fähnrich Lundie sie anhielt. Er sagte zu ihr, er habe Befehl, keinen der Macdonalds am Leben zu lassen. Der Hundesohn hat geschossen. Vor den entsetzten Augen ihres Onkels hat er auf sie geschossen. Sie ist mit knapper Not davongekommen; Campbell hatte ihm mit dem Kolben seiner Muskete die Beine weggeschlagen.«

»Und da wir gerade von den Campbells reden«, zischte Sàra mit zusammengebissenen Zähnen, »Calum sagt, er hätte gesehen, dass einer von ihnen bei uns herumschleicht.«

Liam rutschte unruhig auf seinem Stuhl herum. Die Fingerknöchel der Hand, in der er seinen Whiskybecher hielt, liefen weiß an. Er kippte das Getränk in einem Zug herunter.

»Wann?«

»Vor zwei Tagen...«

»Zwei Tage! Und du hast mir nichts davon gesagt?«, gab er in vorwurfsvollem Ton zurück.

Colins Hand suchte die meine. Die Bewegung war Liam nicht entgangen, und sie schien seinen Zorn noch anzustacheln.

»Wer war es? Ewen?«, verlangte er mit ausdrucksloser Stimme zu wissen.

»Calum konnte ihn nicht genau erkennen. Der Mann war zu weit entfernt, als dass er sein Gesicht hätte erkennen können, aber nahe genug, um seinen Tartan zu sehen.«

»Dieser Hurensohn hat die Dreistigkeit, uns hier zu belästigen! War er allein?«

Sàra erhob sich und begann leicht gereizt, die Teller abzuräumen.

»Wahrscheinlich nicht; ein Campbell würde sich gewiss nicht allein in unsere Berge wagen.«

»Ist John unterrichtet?«

»Ich weiß es nicht.«

Jetzt stand Liam ebenfalls auf und pflanzte sich vor seiner Schwester auf.

»Höre, Liam«, sagte diese und stemmte die Fäuste in die Hüften. »Ich hatte es vergessen, tut mir schrecklich, schrecklich leid. Der Mann ist seither nicht mehr gesehen worden. Ich war so froh darüber, euch wiederzusehen, dass mir die Sache ganz entfallen ist.«

»Ja, ja, kleine Schwester, du bist schon seit einiger Zeit immer mit den Gedanken woanders. Ich glaube, es gibt noch mehrere ›unbedeutende‹ Dinge, die du mir zu erzählen vergessen hast, Sàra. Während unserer Abwesenheit ist offensichtlich nicht nur ein Campbell hier herumgeschlichen.«

»Was willst du denn noch?«

Sie warf ihm einen herausfordernden Blick zu und reckte stolz das Kinn.

»Thomas MacSorley hat dich besucht. Du wirst doch nicht wagen, das zu leugnen, oder?«

Sie wurde aschfahl, und ihr klappte die Kinnlade herunter.

»Lass sie in Ruhe, Liam«, mischte sich Colin ein. »Sie ist schließlich kein Kind mehr!«

»Herrgott, Colin, ich weiß ganz genau, dass sie kein Kind ist«, rief Liam und warf seinem Bruder einen bösen Blick zu. »Thomas MacSorley ist ein Schürzenjäger von der schlimmsten Sorte. Glaube mir, ich bin schon oft genug mit ihm geritten, um zu wissen, wovon ich spreche. Und dass er ein *gillie*, ein Mann im Dienste des Clanchiefs bei den Camerons von Glen Nevis ist, lässt ihn nicht ehrbarer erscheinen.«

»Wir haben nichts Böses getan, Liam Macdonald«, entgegnete Sàra, die plötzlich die Sprache wiedergefunden hatte.

»Bis jetzt vielleicht nicht; aber wie ich Tom kenne, wird es sicherlich nicht lange dauern, bis er kühner wird. Er ist kein sehr geduldiger Mensch, und ich kann dir ebenfalls versichern, dass er nicht besonders sesshaft ist, wenn du verstehst, was ich meine.«

»Und wenn ich selbst kühner würde?«, drohte sie. »Um Himmels willen, ich bin zweiundzwanzig! Wenn ich Lust habe, mir einen Mann ins Bett zu holen, dann wirst du mich nicht daran hindern! Mische ich mich in deine Angelegenheiten und frage, wer das deine wärmt?«

»Zügle deine Zunge, Weib, ehe du sie dir verbrennst«, schrie er mit drohender Stimme. »Willst du deine Tugend wegwerfen?«

»Und was ist mit der Tugend der schönen Meghan Henderson? Sie umschwänzelt dich wie eine läufige Katze. Und sag mir nicht, dass sie dir nicht bereits ihre Gunst geschenkt hat.«

»Das ist nicht dasselbe, Sàra, und das weißt du ganz genau. Du bist meine Schwester, und ich werde nicht zulassen, dass du dich mit Tom MacSorley entehrst. Der Mann ist nichts für dich, er wird dir das Herz brechen.«

Er war außer sich vor Wut. Plötzlich krampfte sich mein Magen zusammen, und ich stand ebenfalls auf und verließ die Kate. Ich hatte keine Lust, mich mitten in einem Familienzwist wiederzufinden. Und ich wollte auch keine weiteren Einzelheiten über diese Meghan hören, bei der es sich wahrscheinlich um die junge Frau mit dem flammenfarbenen Haar handelte, die ich heute Nachmittag gesehen hatte. Ich setzte mich auf die Bank neben der Tür und wartete darauf, dass der Sturm vorüberzog.

»Besser, man verlässt die Arena, wenn die Löwen aus dem Käfig gelassen sind.«

Bei Colins Worten fuhr ich zusammen. Er war mir nach draußen gefolgt und setzte sich jetzt neben mich. Wir konnten den Disput verfolgen, der in vollem Gange war.

»Was macht dein Bein?«

»Besser, glaube ich.«

Sein Arm streifte meinen.

»Sàra hat wirklich Haare auf den Zähnen. Sie weiß genau, wie sie Liam in Rage bringt.«

»In der Tat, das ist mir auch schon aufgefallen.«

»Seit dem Tod unseres Vaters hütet er unsere Schwester wie ein rohes Ei.«

»Er ist der Älteste, gewiss fühlt er sich verantwortlich.«

»Ich weiß«, seufzte er. »Aber Sàra hat Recht, es steht ihm nicht mehr an, sich in ihre Entscheidungen einzumischen. In ihrem Alter müsste sie schon längst verheiratet sein und drei oder vier Kinder haben. Liam ist zu streng. Was Tom angeht, muss ich allerdings zugeben, dass er im Recht ist. Der Mann ist ein richtiger Spitzbube. Liam kennt ihn sehr gut. Früher haben sie zusammen Raubzüge auf die Ländereien der Campbells unternommen. Dann, als Liam Anna kennen gelernt hat, hat er versucht, sie ihm abspenstig zu machen. Doch Anna hat sich für meinen Bruder entschieden, und ich glaube, Tom hat das nie verwunden. Er ist sogar so weit gegangen, ihm zum Tausch seine Schwester Màiri anzubieten. Meiner Meinung nach eine ganz niederträchtige Sache. Aber Tom ist eben, wie er ist. Wenn er etwas begehrt, dann nimmt er es sich ohne Umschweife und kennt kein Pardon. Deswegen ist er im Kampf auch so ein gefährlicher Gegner. Seine Feinde fürchten ihn wie die Pest. Ich teile Liams Meinung, aber Sàra ist stur wie ein Maulesel. Sie wird weiter Umgang mit diesem Menschen pflegen, allein schon um Liam zu trotzen. Sie muss die Wahrheit selbst erkennen, und das versteht Liam einfach nicht.«

Am Himmel lugten einige schüchterne Sterne hervor. Der Mond war hinter einem Nebelschleier nur als verschwommene Sichel zu erkennen. Durch die Feuchtigkeit kam einem die ohnehin frische Luft noch kühler vor. Flüchtig streifte Colins Hand meinen Handrücken. Verlegen stand ich auf, um ein paar Schritte zu gehen. Seit unserer Ankunft im Tal hatte er keine Annäherungsversuche mehr unternommen. Seine Besuche waren freundschaftlicher Natur gewesen, nichts weiter. Mit einer gewissen Erleichterung hatte ich geglaubt, er habe die Idee aufgegeben, mich hier bei sich zu behalten. Nicht, dass ich ihn nicht gemocht hätte, ganz im Gegenteil. Ich spürte mich aufrichtig zu Colin hingezogen, aber sein Bruder zog mich ebenso an, nur… nun ja, auf andere Weise. Die Situation wurde immer verworrener.

»Hast du immer noch die Absicht, nach Irland zurückzukehren?«, fragte er hinter mir.

Ich fuhr herum. Er beobachtete mich aus halb geschlossenen Augen.

»Die Garde sucht mich, Colin, und sie wissen, dass Liam ein Macdonald ist. Irgendwann werden sie gewiss die Verbindung ziehen. Und ich möchte nicht, dass meinetwegen hier die Dragoner auftauchen.«

»Diese *Sassanach*-Hurensöhne!«, fluchte er.

Er strich zart über meinen Arm.

»Du brauchst jemanden, der dich beschützt, Caitlin. Ich könnte…«

Seine Finger schlossen sich um meine. Er führte meine Hand an seinen Mund und küsste sie.

»Colin… ich weiß zu schätzen, was ihr für mich getan habt, dein Bruder und du. Aber ich möchte nicht, dass ihr in diese Geschichte hineingezogen werdet.«

»Dazu ist es ein wenig zu spät, findest du nicht?«

Er legte den Arm um meine Taille und zog mich an sich.

»Colin…«

Schon liebkoste sein Mund meinen Hals und verhielt auf der Schnittwunde, die er lange küsste. Ich vermochte den wollüstigen Schauer, der mir über das Rückgrat lief, nicht zu unterdrücken. Der Aufruhr in der Hütte schien nachgelassen zu haben, doch der Sturm in meinem Körper tobte umso heftiger und schüttelte mich.

»Ist dein Herz nicht frei? Wenn da kein anderer Mann ist…«

Fieberhaft streichelte er meinen Rücken.

»Nein, da liegt das Problem nicht, das weißt du genau.«

»Ich sehe überhaupt keines, Caitlin.«

Sein Mund wollte mehr. Er ließ die Lippen zu meinem Gesicht hochgleiten und küsste mich innig. Ich tat nichts, um ihn wegzustoßen, sondern ließ mich von dieser neuartigen Trunkenheit, die seine Berührungen von mir unbekannter Zärtlichkeit in mir auslösten, davontragen. Er zog sich zurück und nahm eine Strähne von meinem Haar zwischen die Finger, um sie zu streicheln. Er sah mich fragend an, als wolle er in meinem Blick bereits die Antwort auf Fragen finden, die er noch nicht gestellt hatte. Seine Stimme klang jetzt leise, sanft.

»Um dich hier, bei mir, zu behalten, wäre ich bereit, alle Folgen zu tragen. Ich habe schon gestohlen, ich habe getötet und den Kopf schon in der Schlinge gehabt, und ich würde die Gefahren noch einmal eingehen. Für dich, Caitlin.«

Er schluckte und strich unwillkürlich mit dem Finger über seinen Hals, dort, wo der Strick gelegen haben musste.

»Es ist ein seltsames Gefühl, einen Strick um den Hals zu haben, kurz nachdem man gesehen hat, wie ein anderer Mann aufgehängt wurde.«

»Ich möchte nicht, dass man dir meinetwegen erneut einen umlegt.«

»Du wärest es wert«, flüsterte er und strich mit den Fingern über meine Wange.

»Hier ist kein Platz für mich; in eurem Tal ist schon genug Blut geflossen...«

Die Tür flog auf. Colins Hand erstarrte auf meinem Gesicht und erbebte. Liam blieb wie angewurzelt stehen und zog die Augen zusammen, als er uns erblickte. Colin sah seinen Bruder einen Herzschlag lang herausfordernd an. Sanft löste er sich dann von mir, wandte sich um und verschwand in der Dunkelheit. Ich blieb reglos sitzen. Mein Herz schlug heftig, und Liams Blick durchbohrte mich. Verlegen und doch immer noch berauscht von Colins Küssen, musste ich die Augen schließen, um das Feuer, das meine Haut überlief, zu dämpfen. Als ich sie wieder öffnete, war Liam fort.

6

*Der Ceilidh**

Im Morgengrauen weckte mich ein fröhlicher Chor von Jungvögeln, die in der Nähe des Fensters nisten mussten, aus dem Schlaf. Ich glitt aus meinem eigenen warmen, behaglichen Nest, kleidete mich an und schlich mich leise aus der Hütte, um Sàra nicht zu wecken.

Mit noch schwachen Strahlen verjagte die Sonne die Nacht, die sich hinter die Berge zurückzog. Ein feiner Dunst hüllte das Tal und die Hügelausläufer ein. Über mir konnte ich die Umrisse der schneebedeckten Gipfel nur erahnen. Ich wandte mich zum Fluss, um meine Morgentoilette vorzunehmen. Immer noch ging ich unsicheren Schritts; die Wunde an meinem Schenkel hatte sich zwar geschlossen und die Entzündung war abgeklungen, doch der Schmerz war immer noch da und behinderte mich in meinen Bewegungen. Aber ich ertrug ihn klaglos, denn ich musste mich so rasch wie möglich erholen.

Das Dorf lag noch im Schlaf. Ich war den Bewohnern bisher nicht offiziell vorgestellt worden, und sie schienen mir aus dem Weg zu gehen oder mich sogar zu übersehen. Vielleicht hielten sie mich für eine *Sassanach.* Fremde waren hier offensichtlich nicht willkommen, aber das konnte ich den Menschen nicht verübeln. Meine Anwesenheit wurde nur toleriert, weil Liam und Colin sie ihnen aufgezwungen hatte, und weil sie vorübergehend war, dessen war ich mir vollständig bewusst.

Carnoch bestand aus etwa zwanzig von Küchengärten und Hühnerhöfen umgebenen Häuschen. Noch waren die Gemüsegärten leer, denn die Saat war gerade erst aufgegangen. Hinter

* Ein Fest, das Besuchern zu Ehren ausgerichtet wird.

den Katen erstreckten sich lange schwarze Streifen aus gepflügter Erde, auf denen in der warmen Jahreszeit die verschiedenen Getreidesorten golden leuchten würden. Am Rande der Felder wuchs Flachs. Weiter weg, hinter den von einer weitläufigen Koppel umgebenen Stallungen, befanden sich zwei Gebäude, von denen das größere wahrscheinlich die Scheune darstellte, in der das Getreide gelagert wurde. An der Wand des zweiten, das sicherlich die Brauerei und die Destillerie beherbergte, waren leere Fässer gestapelt. Ein alter Destillierkolben aus getriebenem Kupfer, der mit Grünspan überzogen war, markierte als Wahrzeichen den Eingang.

Ich erkannte Bonnie, die zusammen mit einigen Highland-Ponys auf der Koppel weidete. Die Ponys waren etwas kleiner als die Pferde, auf denen die Leute aus dem Süden ritten, aber dank ihrer Robustheit waren sie besser an das raue Klima angepasst, das hier herrschte.

Als sie mich kommen hörte, blähte Bonnie vor Freude die Nüstern.

»Geht's dir gut, meine Süße?«, flüsterte ich ihr ins Ohr und streichelte ihr über das Gesicht.

»Süß« war eine sehr schmeichelhafte Beschreibung, denn sie besaß einen ziemlich widerspenstigen Charakter und zögerte nicht, jeden zu beißen, der sich ihr näherte. Merkwürdigerweise war ich die Einzige, die von dieser Regel ausgenommen war.

Die Stute beschnüffelte meine Röcke auf der Suche nach ihrem täglichen Leckerbissen.

»Tut mir schrecklich leid, Bonnie, heute habe ich nichts für dich.«

Sie tastete meine leere Hand ab und warf ihre feuchten Lippen auf.

»Gefällt es dir hier?«, fragte ich sie lachend.

Sie schnaubte laut, um mir ihr Missfallen kundzutun. Bei dem Gedanken, dass ich mich eines Tages von ihr trennen musste, zog sich mein Herz zusammen. Doch ich konnte sie nicht mit nach Irland nehmen; ich würde sie verkaufen müssen, um meine Schiffspassage zu bezahlen.

»Ach Bonnie«, seufzte ich betrübt, »du wirst mir fehlen…«

Laute Stimmen, die aus den Stallungen kamen, unterbrachen meinen Gedankengang. Neugierig humpelte ich hinüber und versteckte mich hinter der halb geöffneten Tür. Also schliefen doch nicht alle Dorfbewohner. Als ich Liams Stimme erkannte, erstarrte ich. Er schien reichlich schlecht gelaunt zu sein. Offenbar hatte er den Disput mit seiner Schwester noch nicht verkraftet.

»Du weißt genau, wie John darüber denkt! Du musst dich von ihr fernhalten, darfst dich nicht in sie vernarren.«

»Mich fernhalten? Das will ich nicht, Liam. Ganz gleich, was John oder sogar du dazu zu sagen haben.«

Ich fuhr zusammen. Die Brüder stritten miteinander. Der Anstand befahl mir, nicht hinzuhören, sondern wegzugehen, doch meine Neugier war stärker, da ich vermutete, der Gegenstand dieses Familienstreits zu sein.

»Colin, du weißt genau, dass sie nicht hier bleiben kann. Das ist zu gefährlich für den Clan.«

»Dann ziehe ich mit ihr eben anderswo hin. Nach Inverness oder Glasgow. Oder sogar auf die Inseln. Ich will nicht, dass sie fortgeht.«

»Sei doch nicht so töricht. Herrgott, sie wird wegen Mordes gesucht! Du würdest der Beihilfe angeklagt, und der Clan könnte von neuem geächtet werden. Willst du das?«

Ein Schweigen folgte, währenddessen ich mein Herz laut pochen hörte. Kein Zweifel, ich war der Grund. Colin wollte mich bei sich behalten, und man schlug ihm seinen Wunsch ab.

»Sag mir, dass sie dir gleichgültig ist, Liam, und ich lasse sie gehen. Aber lüg mich nicht an. Dazu kenne ich dich zu gut. Ich habe gesehen, wie du sie angeschaut hast.«

»Überhaupt nichts weißt du …«

Doch die Worte wurden ohne besondere Überzeugung ausgesprochen. Ein sarkastisches Auflachen ließ mich zusammenzucken. Also hatte ich mir das seltsame Leuchten in Liams Blick doch nicht eingebildet. Colin hatte es ebenfalls bemerkt.

»Wirklich?«

Ein düsteres Schweigen trat ein, dann sprach Colin weiter.

»Gib zu, dass du sie ebenso begehrst wie ich. Seit Anna habe ich deine Augen nie wieder so leuchten gesehen.«

»Du weißt ganz genau, dass es nie wieder eine Frau in meinem Leben geben wird, seit Anna …«

»Seit Anna gestorben ist? … Und Meghan? Was ist mit ihr? Du willst mich doch gewiss nicht glauben machen, dass deine Beziehung zu ihr vollkommen unschuldig ist! Sie erweckt ja wohl in jedem Mann, der sich ihr nähert, zügelloses Begehren.«

»Lass Meghan da heraus.«

»Dann stell du dich nicht zwischen Caitlin und mich!«

»Colin, denk doch nach.«

»Das habe ich schon getan. Außerdem weiß ich, dass sie Interesse an mir hat.«

»Sie ist verletzlich. Nutz die Lage nicht aus, dazu hast du kein Recht!«

»Verletzlich … kann gut sein. Deswegen möchte ich ja in ihrer Nähe sein. Sie ist schutzbedürftig.«

»Es geht hier nicht um Schutz, Herrgott, Colin! Den bieten wir ihr bereits …«

»Vorübergehend. Und was wird aus ihr, wenn sie gesund ist, wenn sie wieder gehen muss?«

Ein Pferd schnaubte, und zwei Schwalben, die in ihr Nest zurückkehrten, streiften mich und zwitscherten aufgeregt. Ich fuhr zurück, um ihnen auszuweichen, verlor fast das Gleichgewicht und hielt die Luft an.

»Wir werden dafür sorgen, dass sie in gute Hände kommt. Mehr können wir nicht tun.«

»Ich will ihr mehr bieten, Liam.«

»Weißt du denn überhaupt, ob sie das will? Nach dem, was sie in dem Herrenhaus erlebt hat, ist sie vielleicht gar nicht bereit …«

»Ich bin geduldig.«

»Herr im Himmel, Colin! Du kennst sie doch gar nicht!«

»Gut genug, um zu wissen, dass sie mir gefällt! Diese Frau ist alles andere als eine Närrin. Diese List, die sie ersonnen hat, um unsere Waffenladung zu retten, war das kein Beispiel dafür? Und du, wie hast du es ihr gedankt? Gar nicht!«

»Sei still, Colin!«

Beschämt schloss ich die Augen. Ich entzweite die beiden Brüder, die sich jeder nur auf den anderen stützen konnten. Das

Schweigen zog sich in die Länge, und ich wollte schon wieder gehen, als sich erneut Colins Stimme vernehmen ließ.

»Ich gehe zu John und erkläre ihm alles.«

»Er wird es dir abschlagen, mach dir keine Illusionen. Ich…«

Ich hörte Schritte; einer von ihnen ging auf und ab.

»Wie? Du hast ihn wohl schon um dasselbe gebeten?«

»Hör auf, dummes Zeug zu reden.«

»Hast du ihn gefragt, Liam?«, beharrte Colin wütend.

Meine Schläfen pochten schmerzhaft. Ich umklammerte den Türriegel und wartete auf Liams Antwort, doch es kam keine. Mein Hals war trocken, und ich schluckte. Ich hätte gar nicht hier sein dürfen. Mit schwerem Herzen kehrte ich zu Bonnie zurück, die auf dem schlammigen Boden ungeduldig hin und her lief und sicherlich darauf wartete, dass ich sie zu einem Spazierritt holte.

Ich nahm eine Handvoll Heu und begann, sie abzureiben. Viel zu lange hatte ich sie vernachlässigt. Doch ich arbeitete mechanisch, meine Gedanken waren anderswo. Die Erinnerung an die letzten Sätze des Gesprächs quälte mich. Ich stand zwischen zwei Männern und wusste nicht, was ich tun sollte…

»Du bist heute Morgen ziemlich früh auf«, sagte jemand hinter mir.

Mit einem Schrei fuhr ich zusammen und drehte mich um. Der improvisierte Striegel fiel mir aus den Händen, doch ich unternahm nichts, um ihn aufzuheben. Der Blick aus Liams blauen Augen lähmte mich.

»*Tha mi duilich,* entschuldige«, sagte er ein wenig schüchtern und strich sich die feuchten Haare glatt. »Ich wollte dir keine Angst einjagen.«

»Man könnte meinen, dass dir das zur Gewohnheit wird.«

Verlegen lächelte ich ihm zu. Ich warf einen Blick zu den Stallungen. Colin war nirgends zu sehen.

»Ich dachte, alle schliefen noch«, log ich, ein wenig peinlich berührt. »Du bist ebenfalls früh unterwegs.«

»Ich wollte mich vergewissern, ob die Herde vollständig ist. Wenn hier ein Campbell herumschleicht, ist es gut möglich, dass Tiere verschwinden.«

Er stieß einen Pfiff aus. Sein schwarzer Hengst, der ein Stück weiter weg weidete, hob den Kopf und kam herbeigetrabt. Liam legte ihm das Zaumzeug an.

»Ganz ruhig, ganz ruhig, *Stoirm.*«

»Ist das sein Name? Sturm?«, fragte ich überrascht.

»Ja. Ich habe ihn in den Lowlands gefunden, mitten in der Nacht in einem Sturm. Er war vollkommen in Panik. Ich habe bestimmt zwei Stunden gebraucht, um ihn zu beruhigen.«

»Als ich klein war, hat mein Vater mich oft mit diesem Spitznamen gerufen«, erklärte ich nachdenklich. »Er sagte zu mir, wenn ich wütend würde, dann nähmen meine Augen die Farbe des tobenden Meeres an, und da meine Haare ständig zerzaust seien, ähnele ich einem schwarzen Sturm oder *Stoirm Dubh.*«

Liam wandte sich zu mir, seine Mundwinkel zuckten.

»Ich hatte noch keine Gelegenheit, das festzustellen«, meinte er lachend.

»Das würdest du dir auch nicht wünschen«, bemerkte ich und lachte ebenfalls.

»Nein, wahrscheinlich nicht. Möchtest du … mich begleiten?« Er sah mich vorsichtig an.

»Falls deine Verletzung das zulässt. Es ist vielleicht noch ein wenig zu früh.«

»Ich würde mir dein Tal gern anschauen. Wir müssen nur langsam reiten.«

Liam sattelte die beiden Pferde, steckte etwas vorbereiteten Proviant in die Satteltaschen und half mir dann, auf Bonnie zu klettern, bevor er Stoirm bestieg.

Der Nebel löste sich langsam auf, doch der Himmel zeigte weiterhin ein trübes Grau. Wir ritten gen Westen. Nachdem wir dem Ufer des Loch Achtriochtan gefolgt waren, schlugen wir den Pass von Glencoe ein, eine schmale Passage am Fuß einer Formation, die Liam die »Drei Schwestern« nannte. Sie erhob sich an der Südseite des Tals und bestand aus drei Felsgipfeln, dem Aonach Dubh, dem Gearr Aonach und dem Beinn Fhada. Im Norden ragte der beeindruckende gezackte Kamm des Aonach Eagach über uns auf.

Die Weiden erstreckten sich auf beiden Seiten des Coe-Flusses, der sich wie eine silbrige Schlange durch sein verschlungenes, felsiges Bett wand. Ich hatte den eigenartigen Eindruck, in ein Märchenland aus alten keltischen Legenden versetzt zu sein und rechnete fast damit, hinter einem Felsbrocken einen mythischen Kriegshelden oder eine *Bean-sith* auftauchen zu sehen.

Fast überall weideten die Hochlandrinder mit ihren langen Hörnern und dem dunklen Fell, weit verteilt über die mit fettem Gras bewachsenen grünen Hügel. Zwischen ihnen gruppierte sich eine Handvoll Schafe. Liam holte einige Tiere zurück, die sich ein wenig zu weit vorgewagt hatten, und trieb dann die Herde in tieferes Gelände, nach Osten auf das Loch zu.

Wir entdeckten ein Lamm, das auf der Seite lag; es war aufgedunsen, und seine Beine waren steif. Liam untersuchte es und schüttelte traurig den Kopf; dann band er dem Tier eine Schnur um die Hinterbeine und hängte es an den Hinterzwiesel seines Sattels.

»Leider verlieren wir jeden Frühling einige Tiere. Das ist schon das dritte in diesem Jahr. Diese Tiere sind so dumm, dass sie beim leisesten Anzeichen einer Gefahr alle in dieselbe Richtung flüchten und übereinander springen. Die Kleinsten sind dabei rettungslos verloren.«

Wir hielten unter einer Kieferngruppe an, um zu frühstücken. Er wies auf eine Stelle, an der ich mich niederlassen sollte. Dann setzte er sich auf einen Granitvorsprung und verteilte den bescheidenen Inhalt einer seiner Satteltaschen darauf.

Alles war merkwürdig still und verlassen. Mit einem Mal fühlte ich mich so allein mit ihm gar nicht wohl. Wenn ihn jetzt die Begierde überkam …

»Und, gefällt es dir hier?«

»Ja … das Tal ist wunderschön.«

Er hob den Kopf, schenkte mir ein zufriedenes Lächeln und fuhr dann fort, mit seinem Dolch Brotscheiben abzuschneiden.

»Ich liebe diese Stelle. Als Kind bin ich oft hergekommen. Dann bin ich auf eine dieser Kiefern geklettert«, erklärte er und wies mit der Spitze der Klinge auf einen alten, knorrigen Baum. »Ich habe mich hierher zurückgezogen, um die Tiere, die am Loch tranken, zu beobachten. Stunden konnte ich damit zubringen, sie anzuschauen.«

»Bist du vielleicht doch ein Träumer?«

»Ein Träumer? Ich weiß es nicht. Müsste ich dazu nicht Träume haben?«

»Hast du keine? Jeder hat doch Träume.«

Gedankenverloren sah er über das Wasser.

»Früher hatte ich welche, das stimmt. Aber …«

Mit einem Achselzucken tat er schließlich die Frage ab und reichte mir ein Stück Käse und einen Brotkanten.

»Nun gut …«, seufzte ich. »Und was treibst du sonst so außer Jagen und … Stehlen?«

Er streckte ein Bein vor sich aus und stieß ein kurzes, raues Lachen hervor.

»Ich bin Lehrling in der Brennerei. Allan Macdonald ist unser Meisterdestillator, aber sein Augenlicht schwindet rasch, daher lehrt er mich die Grundlagen des Berufs. Im Moment führt er noch die Oberaufsicht über den Prozess. Wahrscheinlich könnte er seinen besten Whisky auch blind brennen.«

»Ehrliche Arbeit also.«

»Wenn man so will«, gab er lachend zurück. »Außerdem kann man mit dem Verkauf von unversteuertem Whisky, wie bei allem anderen, noch seine kleinen Nebeneinkünfte erzielen.«

Ich stieß einen empörten Ausruf aus.

»Herrgott!«

»Mach dir keine Sorgen um meine Seele, *mo maiseag,* sie ist noch nicht vollkommen verloren.«

»Ich glaube, das ist nur eine Frage der Zeit.«

»Außer es kommt jemand und rettet sie …«

Er biss in sein Brot, kaute langsam und sah mir in die Augen. Ich hielt seiner Prüfung stand und zwang mich, trotz der Gefühle, die in mir aufwallten, gelassen zu wirken. Ein belustigtes Glitzern trat in seinen Blick.

»Und wer soll dich vor der ewigen Verdammnis retten?«, fragte ich, um meine Fassung zurückzuerlangen.

»Eine reine Seele, nehme ich an.«

Ich brach in Gelächter aus.

»Dazu musst du erst einmal eine finden. Wenn du meine ehrliche Meinung hören willst, ist die Menschheit vollkommen verderbt.«

»Also ist meine Seele verloren«, schloss er mit einem freimütigen Lachen. »Dann kann ich ebenso gut weiter Vieh auf den Ländereien von Argyle stehlen.«

»Diese Tiere«, fragte ich und wies mit dem Finger auf die Herde, »sind die alle gestohlen?«

»Nein, nur einige. Deswegen ist die Herde heute auch nicht mehr besonders bedeutend. Die Aufzucht kostet viel Zeit und erfordert große Aufmerksamkeit. Vor einigen Jahren besaßen wir mehr als tausend Stück Vieh, Schafe und Pferde. Fort William hat alles für den eigenen Verbrauch oder zum Weiterverkauf konfisziert, und dann haben sie alles verbrannt, was sie nicht mit sich nehmen konnten«, erklärte er mit kalter Stimme und wies mit einem Kopfnicken auf die verkohlten Ruinen, die sich nicht weit von uns erhoben. »Als wir unser Land wieder in Besitz genommen haben, verhungerten unsere Kinder. Zwar ist es uns gelungen, unsere Häuser wieder aufzubauen, doch nur dank der Großzügigkeit anderer Clans. Um zu überleben, mussten wir unseren Stolz hinunterschlucken.«

Mit einem schiefen Lächeln wandte er sich zu mir um.

»Gelegentlich erlauben wir uns allerdings einige kleine Diebereien, um in Übung zu bleiben.«

»Ihr seid wirklich unverbesserlich«, zog ich ihn kichernd auf.

Er lachte ebenfalls und reichte mir eine Wasserflasche. Kurz begegneten sich unsere Blicke, und wir wurden verlegen. Dann richtete er seine Aufmerksamkeit erneut auf den Loch und nahm einen Schluck Wasser.

»Gestern habe ich mit John MacIain gesprochen und ihm deine Lage erklärt«, begann er und betrachtete ein Insekt, das ihn umschwirrte.

Mit einer knappen Bewegung verscheuchte er es und wischte sich die Hand an seinem Kilt ab.

»Nicht jeder, der das will, kann sich in unserem Tal niederlassen. Dazu bedarf es MacIains Erlaubnis. Er hat sich einverstanden erklärt, dich so lange aufzunehmen, bis du vollständig genesen bist.«

Mein letzter Bissen blieb mir in der Kehle stecken.
»Was genau hast du ihm erzählt?«, stotterte ich erstickt.
»Alles, Caitlin. Ich kann John nicht anlügen. Mach dir deswegen keine Sorgen.«
Einige Augenblicke lang sah er mich schweigend an, dann streckte er die Hand aus, um eine Haarsträhne zu lösen, die auf meiner Wange klebte. Seine Finger verhielten ein wenig länger als notwendig auf meiner Haut. Er öffnete den Mund, um etwas zu sagen, zögerte dann aber.
»Es gibt jedoch eine Bedingung.«
Ich schluckte und wartete darauf, dass er weitersprach.
»Beim geringsten Anzeichen dafür, dass die Krone Nachforschungen anstellt, beim ersten Auftauchen der Garde in Glencoe, musst du gehen. Hast du verstanden?«
Zur Antwort nickte ich nur, denn ich brachte kein einziges Wort heraus. Ich war eine Bedrohung für ihn und seine Leute, und das hatte er mir deutlich mitgeteilt. Ich dachte zurück an den gestrigen Abend, an Colin und an den Blick, den Liam uns zugeworfen hatte, als er uns eng umschlungen antraf. Glaubte er etwa, dass ich versuchte, seinen Bruder zu verführen, um mir hier einen Platz zu erschleichen? Ich lehnte mich an einen borkigen Baumstamm und schloss die Augen.
Der harzige Geruch der Kiefern kribbelte in meiner Nase. Beim bloßen Gedanken, diesen Ort wieder verlassen zu müssen, spürte ich einen Klumpen in der Magengrube. Es war erst eine Woche her, dass ich zusammen mit diesem Mann überstürzt das Herrenhaus verlassen hatte. Eine Närrin war ich gewesen, zu glauben, zwischen uns sei ein Band entstanden, wenngleich auch ein schwaches. Ich hatte mir Illusionen gemacht; es gab eine Frau in seinem Leben. Meghan. Und außerdem, selbst wenn Colin mich bei sich behalten wollte, war diese Situation undenkbar. Wie soll man mit einem Mann leben, wenn man ständig den Blick eines anderen sucht?
Von nun an musste ich Distanz zu beiden Macdonald-Brüdern wahren. Aus dem Augenwinkel sah ich zu, wie Liam seinen Käse aufaß. Er war einmal Ehemann und Vater gewesen. Vor dem Massaker war er wahrscheinlich wohlhabend gewesen, und nun

besaß er nichts mehr und lebte mit seinen Gespenstern zusammen. Er war ein Viehdieb, ein Schmuggler und ein Krieger und hatte eine Geliebte, die seine Bedürfnisse befriedigte. Ich hatte in diesem Leben nichts verloren, und deswegen musste ich verschwinden.

»John lädt dich für heute Abend ein, ihn kennen zu lernen. Er richtet ein *Ceilidh,* ein Fest, zu Ehren der Verlobung von Ronald MacEanruigs und Maureen Stewart aus.«

»Also, ich weiß nicht, Liam…«

»Du musst dich ein wenig zerstreuen, damit du wieder Farbe auf die Wangen bekommst.«

Ein leichter Sprühregen begann zu fallen. Liam erhob sich und streckte mir eine seiner kräftigen, schwielenbedeckten Tatzen entgegen, die dennoch so sanft sein konnten. Ich wagte nicht, ihn zu fragen, ob er an dem Fest teilnehmen würde.

»Komm, lass uns zurückreiten, ehe wir noch nass werden.«

Er zog mich hoch und hielt meine Hand fest, was meine Verwirrung noch vergrößerte.

»Ganz gleich, was John sagt, dir wird nichts geschehen, bis du in Sicherheit bist, Caitlin«, erklärte er mit ernster Stimme.

Der Blick seiner blauen Augen erforschte die meinen, mein Herz pochte heftig, und ich spürte, wie mir die Knie weich wurden.

»Du kannst doch nicht den Befehlen deines Anführers zuwiderhandeln, Liam. Was würde denn dann geschehen?«

»Ich würde aus dem Clan verbannt und wäre dazu verurteilt, wie eine verlorene Seele durch die Lande zu irren.«

Er begann zu lachen und enthüllte eine perfekte Reihe weißer Zähne.

»John ist mein Vetter, ich werde ihn schon überreden können, mich wieder aufzunehmen.«

»Und wenn er sich weigert?«

»Dann wäre ich ein gebrochener Mann.«

Jetzt lächelte er nicht mehr. Immer noch hielt er meine Hand fest umklammert. Seine Kiefermuskeln arbeiteten.

»So wird sich das nicht abspielen, Liam Macdonald. Du hast schon genug für mich getan. Ich werde mich so bald wie möglich nach Irland einschiffen.«

»Willst du wirklich dorthin zurückkehren?«

»Habe ich eine andere Wahl? Das Einzige, was mich in Schottland erwartet, ist der Galgen, und danach steht mir der Sinn nicht.«

Er zögerte, dann gab er meine Hand frei und räumte den Rest des Frühstücks in die Satteltasche.

Das Plaid über den Kopf gezogen, ritt Liam vor mir her. Der Wollstoff des Tartans war so dicht gewebt, dass er praktisch wasserdicht war. Der feine Nebel war inzwischen zu einem leichten Regen geworden. Mein Umhang war durchnässt, und das Wasser lief mir über den Rücken. Als wir wieder im Dorf anlangten, verschwand Liam mit den Pferden im Stall. Sàra empfing mich mit Haferkeksen und starkem Tee, in den sie einen Schuss Whisky gab.

»Herrje, wo bist du bloß gewesen? Du wirst dir den Tod holen!«, schalt sie mich. »Zieh dich aus. Ich habe Wasser heiß gemacht, damit du vor dem Fest noch ein schönes Bad nehmen kannst. Deine Wunde ist gut vernarbt.«

Ich trat hinter den Wandschirm, um meine tropfenden Kleider auszuziehen, während Sàra Wasser in einen mit einem alten Laken ausgeschlagenen Bottich goss.

»Ich lasse dich eine oder zwei Stunden allein; ich muss in der Küche des Laird bei den Vorbereitungen für das Bankett helfen«, erklärte sie heiter. »Es ist lange her, dass wir ein Fest gefeiert haben. Auch Männer vom Cameron-Clan werden hier sein…«

Sie zwinkerte mir verschwörerisch zu.

»Ich werde dich den Frauen des Clans vorstellen.«

»Ach, ich weiß nicht, Sàra«, meinte ich zögernd. »Ich habe den Eindruck, dass die Leute mir aus dem Weg gehen.«

»Ach was, du bist nur eine *Ban-choigreach*, eine Fremde, keine *Sassanach.* Die Dorfbewohner werden dich schon kennen lernen. Wir sind halt Fremden gegenüber argwöhnisch, seit…«

Ihr Miene verdüsterte sich. Sie reichte mir ein leinenes Handtuch, dann vollführte sie eine lässige Handbewegung.

»Ich habe dir einen sauberen Rock und ein reines Mieder für heute Abend herausgesucht«, sagte sie in einem muntereren Tonfall und wies mit dem Finger auf die Kleidungsstücke, die auf dem Bett ausgebreitet lagen.

»Ich danke dir, aber das war nicht notwendig, Sàra. Ich glaube, ich bleibe lieber hier …«

Schweigend sah sie mich einige Augenblicke lang an.

»Du musst den Laird kennen lernen, John MacIain. Mach dir deswegen keine Gedanken«, meinte sie achselzuckend. »Er ist ein guter Mann. Er besitzt nicht das aufbrausende Naturell seines Vaters, aber dessen Weisheit. Nach allem, was du durchgemacht hast, kann er dir die Gastfreundschaft nicht verweigern. Es ist ja nicht, als wäre dir die ganze Garde auf den Fersen.«

Mir wich das Blut aus dem Gesicht.

»Also, wenn ich zurückkomme, möchte ich dich fertig hergerichtet vorfinden. Und vergiss nicht, dir in die Wangen zu kneifen, sie sind ein wenig blässlich.«

Sie drehte sich um sich selbst wie ein Kreisel. Auf der Schwelle verhielt sie und drehte sich um. Ein spöttisches Lächeln umspielte ihre Lippen.

»Leg den Riegel vor«, setzte sie glucksend hinzu. »Meine Brüder haben die unangenehme Angewohnheit, ohne Anklopfen einzutreten.«

Mit wehenden Röcken stürmte sie davon. Ich zitterte in der kühlen Luft, die in die Hütte geschwappt war.

Für den Moment hatte ich vor, den seltenen Luxus eines Bads vollständig auszukosten. Ich glitt in das warme Wasser und versuchte, meine düsteren Gedanken zu verscheuchen.

Der Regen hatte aufgehört, und die Sonne lugte schüchtern durch die Wolken, die noch über Glencoe standen. Ich hatte den Rock angelegt, der aus einem Wollstoff in einem wunderschönen Moosgrün bestand, und dazu ein Oberteil aus ockerfarbenem, mit kleinen grünen Blättern besticktem Leinen, an das ich die Brosche meiner Mutter steckte.

Ich trocknete mir die Haare mit einem Tuch und wartete auf Sàras Rückkehr, als es an der Tür klopfte. Ich hatte vergessen, sie zu entriegeln.

»Haben sie dich etwa eingesperrt, Sàra?«

Ein bärtiger, ungeschlachter Mann, der massig wie ein Stier

wirkte, sah mich an und riss verblüfft die Augen auf. Er trug nicht die Farben der Macdonalds.

»Wer seid Ihr?«, verlangte er sichtlich verwirrt zu wissen.

»Sie ist ein Gast, Tom, lass sie in Ruhe.«

Lächelnd wandte Thomas MacSorley sich zu Colin um.

»Dein Gast, Macdonald? Wo hast du die denn aufgetan?«

»Du solltest nicht um Sàras Hütte herumschleichen. Wenn Liam dich hier sieht, zieht er dir das Fell ab.«

»Liam?«, lachte der Fremde laut auf und drehte sich dann wieder zu mir um.

Schamlos musterte er mich.

»Vielleicht ist er ja heute Abend zu sehr mit anderem beschäftigt, um zu bemerken, dass ich da bin. Oder gehört sie dir, Colin?«

»Ich gehöre niemandem«, gab ich mit glühenden Wangen zurück.

»Ah, sie hat eine fast ebenso scharfe Zunge wie Sàra!«, rief er aus und zog seine bernsteinfarbenen Augen, die unter buschigen Brauen lagen, zusammen. »Sehr interessant, die Kleine…«

»Sàra hilft in der Küche des Laird aus«, erklärte ich und betrachtete ihn mit vorgetäuschtem Gleichmut.

»Ich warne dich, Tom«, sagte Colin. »Liam ist wütend auf dich. Wenn du Sàra verführst…«

»Sàra weiß, was sie will und was sie tut«, erwiderte Tom grob. »Wenn sie mich in ihrem Bett will, hat Liam nichts dazu zu sagen. Wenn er mich sehen will, empfange ich ihn gern. Ich werde ihm meinen besten *Usquebaugh** servieren und die hübsche Maìri dazu, wenn er will. Sie wird ihn schon zur Vernunft bringen, ohne dass wir dazu den Dolch ziehen müssen, und alles wird bald vergessen sein.«

Lächelnd vollführte er eine ungestüme Verbeugung an meine Adresse und fuhr dann auf dem Absatz herum, so dass sein Plaid wehte.

»Gib Acht, Colin, diese hier kommt mir ziemlich kratzbürstig vor!«, rief er im Gehen.

Mit offenem Mund starrte ich dem arroganten Kerl nach.

* Whisky

»Ich frage mich wirklich, was sie an ihm findet«, brummte Colin, der ebenfalls hinter Thomas herschaute.

Ein wenig verlegen wandte er sich mir zu.

»Das war Thomas MacSorley aus Glen Nevis.«

»Das hatte ich auch schon erraten«, gab ich lachend zurück. »Ein sehr … interessanter Mensch.«

»Allerdings. Im Kampf weiß Liam ihn wegen seines Ungestüms gern an seiner Seite, aber als Schwager wäre er ihm wahrscheinlich gar nicht recht. Tom neigt dazu, sehr rasch von einem Bett zum nächsten zu hüpfen. Das wird Sàra nur allzu bald merken.«

»Und du, machst du dir keine Sorgen um sie?«

»Um Sàra?«

Er stieß ein raues Lachen aus.

»Du kennst sie noch nicht. Ich bezweifle, ob es je einem Mann gelingen wird, ihr das Herz zu brechen, denn sie ist diejenige, welche die Zügel in der Hand hält. Liam ist zu streng mit ihr. Ich weiß, dass er nur ihr Bestes will, aber Sàra …«

»Sprichst du von mir, Bruder?«

Sàra, die plötzlich aufgetaucht war, langte unter Colins Kilt und kniff ihn in den Schenkel.

»*Och! Boisceall!* Du kleines Biest!«, schrie er und zog eine Grimasse. »Mich zu kneifen! Wir sind doch keine Kinder mehr! Wenn ich es mir recht überlege, ist Tom wahrscheinlich der einzig richtige Mann für dich!«

Sie tat, als wolle sie noch einmal zugreifen, doch Colin packte sie am Handgelenk und drehte es leicht herum.

»Wage es nicht, das noch mal zu versuchen!«

Sàra schenkte ihm ein respektloses Lächeln und reckte die Schultern.

John MacIain Macdonalds Behausung war bescheiden, aber doch größer als die anderen im Dorf. Das Dach war mit Schiefer gedeckt, und in die Steinmauern waren verglaste Fenster eingelassen; ein Luxus im Vergleich zu den einfachen, mit einer Tierhaut oder einem Öltuch verschlossenen Löchern, die in den meisten Hütten Licht und Luft einließen.

Vor dem Haus waren die Vorbereitungen in vollem Gange. Männer rollten Fässer mit Bier und Whisky heran, Frauen deckten die auf Böcken errichteten Tische, während die kleinen Kinder sich damit unterhielten, lebhaft lachend und schreiend mit nackten Füßen in die Wasserpfützen zu springen.

Sàra richtete noch einmal die Bänder, die sie in mein Haar geflochten hatte, und versetzte mir dann einen aufmunternden Klaps auf den Rücken.

»So, jetzt bist du ordentlich hergerichtet, um dem Laird vorgestellt zu werden«, erklärte sie, doch ihr Blick wurde von jemandem angezogen, der hinter mir stand.

Sie lächelte strahlend, entschuldigte sich und ging zu Thomas MacSorley. Ich blieb mit Colin allein zurück

»Ehrlich gesagt frage ich mich, ob nicht Tom derjenige ist, den man schützen müsste«, brummte er und rieb sich den Schenkel.

Er sah zu, wie seine Schwester sich an den Mann schmiegte, sich dann herumdrehte und ihm eine Grimasse zog. Schüchtern strich er eine Haarsträhne beiseite, die mir in die Augen fiel.

»Komm. John ist sicher drinnen, zusammen mit seiner Frau Eiblin.«

Er nahm mich bei der Hand, zog mich hinter sich her und schlängelte sich geschickt zwischen den Menschen hindurch, die sich vor dem Haus des Laird drängten. John stand in der Mitte des Raums, umgeben von einigen Männern des Clans. Von seiner Gattin war leider nichts zu sehen. Colin bemerkte meinen erstaunten Blick, als ich den Clanchief sah.

»John ist erst fünfunddreißig.«

»Ah!«, gab ich matt zurück.

Er versetzte mir einen leichten Stoß in den Rücken und beugte sich herunter, um mir etwas ins Ohr zu flüstern.

»Ich bin draußen, falls du mich brauchst. Er beißt nicht, Caitlin«, setzte er lachend hinzu.

Ich warf ihm einen wütenden Blick zu.

Die äußere Erscheinung des Laird hatte mich vollständig aus der Fassung gebracht. Merkwürdigerweise hatte ich damit gerechnet, einem bärtigen alten Mann mit dem wenig einnehmenden Äußeren eines Rosstäuschers zu begegnen. Doch trotz allem war seine Gestalt die eines Kriegsführers der Highlander. Er war groß und kräftig und trug eng anliegende Hosen im Tartan seines Clans und ein safrangelbes Hemd. Das Plaid, das er sich über die linke Schulter geworfen hatte, wurde von einer prachtvollen, mit Granatsteinen besetzten Brosche gehalten.

Sein nachtschwarzes Haar, das von weißen Strähnen durchzogen war und im Nacken von einem roten Band zusammengehalten wurde, umrahmte ein jugendliches, markantes Gesicht, auf dem eine liebenswürdige Miene lag.

Auf seinem Kopf saß ein Barett aus blauer Wolle, an dem drei weiße Adlerfedern steckten; das Privileg des Chiefs, denn seine Gefolgsmänner trugen nur eine einzige. Die Federn wurden von dem silbernen Emblem des Clans der Macdonalds gehalten. Es stellte einen Panzerhandschuh dar, der ein lateinisches Kreuz über eine Krone hielt. Rundherum war das Motto eingraviert: *Per mare, per terras*, über das Meer und die Lande.

Schüchtern trat ich auf die Männer zu, die sich unterhielten. Als John mich sah, schickte er seine *Gillies* mit einer Handbewegung fort. Ein herzliches Lächeln lag auf seinen Lippen.

»Dann seid Ihr Caitlin Dunn, die Frau, die Liam mitgebracht hat?«, fragte er mit leiser Stimme.

»Ja, Mr. MacIain«, stotterte ich.

»Ich würde es vorziehen, wenn Ihr mich John nennt. MacIain wurde mein Vater gerufen.«

Er musterte mich prüfend und zog die schwarzen Brauen zusammen, die seine freundlichen Augen beschatteten.

»Liam hat mir berichtet, was Euch widerfahren ist«, begann er und bedeutete mir, ihm in den hinteren Teil des Raums zu folgen.

Er wies auf einen Stuhl und nahm selbst mir gegenüber Platz.

»Soweit ich sehe, geht es Euch besser«, bemerkte er.

»Ja …«

»Das ist schön. Behandelt man Euch gut?«

»Ja …«

»Hmmm … Liam hat Euch erzählt, was hier geschehen ist, nehme ich an?«

»Ja …«

»Dann habt Ihr sicherlich Verständnis für unsere prekäre Lage.

Ich kann mir nicht erlauben, das Leben meiner Leute in Gefahr zu bringen. Sie haben schon genug Unglück erlebt.«

»Ja…«

»Hmmm…«

Er lehnte sich auf seinem Stuhl zurück, schlug die Knöchel übereinander und strich bedächtig über das Holz der Armlehne. Ich rutschte nervös auf meinem Stuhl herum.

»Liam verbürgt sich für Eure Handlungen, während Ihr hier seid.«

»Ich bin mir der Unannehmlichkeiten bewusst, die ich Euch bereite, und das war ganz und gar nicht meine Absicht. Sobald ich kann, werde ich abreisen«, sagte ich mit zitternder Stimme. »Ich habe Liam gezwungen, mich mitzunehmen.«

John begann zu lachen.

»Niemand kann Liam zu etwas zwingen, das er nicht will, Caitlin«, erklärte er. »Nicht einmal ich, und Gott weiß, wie sehr ich versucht habe, ihm seine kleinen geschäftlichen Transaktionen an der Küste von Arbroath auszureden. Seine Beweggründe sind lobenswert, doch wenn er sich fangen lässt, könnten die Folgen verheerend sein. Er ist sich vollständig des Umstands bewusst, dass er aus dem Clan verbannt werden könnte, wenn er ihm Schaden zufügt.«

Mein Puls beschleunigte sich, und ich schluckte.

»Ich liebe Liam wie einen Bruder; wir sind Vettern über die mütterliche Linie. Wir sind zusammen aufgewachsen und haben in Killiecrankie Seite an Seite gekämpft. Sein Vater, Duncan, war *Am Bladier*, der Sprecher des Chief*, in den Diensten von MacIain. Ich vertraue ihm vollständig, doch die Sicherheit des Clans steht über allem anderen. Sollte die Krone ihre Untersuchung hierher ausweiten, müsst Ihr gehen.«

»Ich verstehe vollkommen.«

»Ihr wollt nach Irland zurückkehren?«

Ich nickte.

»Dann vermute ich, dass Ihr dort noch Familie habt?«

* Die Aufgabe des Sprechers war es, Botschaften mündlich oder schriftlich zu überbringen und Dekrete zu verkünden.

»Eine Tante, vielleicht zwei«, antwortete ich. »Und drei Onkel. Allerdings habe ich seit zwei Jahren nichts von ihnen gehört. Sonst habe ich keine Familie. Alle anderen Verwandten haben nach der Niederlage der Stuarts Belfast verlassen und sind nach Frankreich oder in den Süden Irlands gegangen.«

Mit sorgenvoll verzogener Stirn rieb der Laird sich das frisch rasierte Kinn und trommelte mit den Fingern der anderen Hand leicht auf seiner Armlehne herum.

»Euer Schicksal tut mir leid«, sagte er. Es klang aufrichtig. John Macdonald schien meine Verwirrung zu spüren, denn er nahm mit wohlwollender Miene meine Hand.

»Wie alt seid Ihr, Caitlin?«

»Neunzehn«, antwortete ich und versuchte, meine Verlegenheit zu verbergen.

»Dann seid Ihr noch sehr jung. Lebt Euer Vater in Edinburgh?«

»Zusammen mit meinen beiden Brüdern, aber dorthin kann ich nicht zurückkehren«, erklärte ich.

»Offenkundig nicht«, pflichtete er mir bei und erhob sich.

Erleichtert begriff ich, dass das Gespräch beendet war, und stand ebenfalls auf.

»Ich werde Euch nicht länger aufhalten«, sagte er und rückte sein Plaid zurecht. »Für den Moment seid Ihr willkommen. Ihr könnt zurück zu Euren Freunden gehen. *Feashar math*, Caitlin, einen schönen Abend.«

»Danke«, sagte ich und verneigte mich erneut.

Seine Botschaft war klar, knapp und unverblümt gewesen. Ich drehte mich um und wandte mich zum Ausgang. Ein ordentlicher Stoß frischer Luft würde mir guttun, so langsam wurde es mir im Haus des Laird ein wenig zu warm. Meine Lage war also unsicher, und mein Schicksal hing an einem seidenen Faden.

Auf halbem Weg zur Tür hielt mich eine eiserne Faust fest und drehte mich herum.

»Ihr wirkt so sorgenvoll, meine Hübsche.«

Ein junger Mann mit groben Zügen und bronzefarbenem Haar musterte mich mit amüsierter Miene. Ich erkannte Isaak, einen der Highlander, die bei unserer Flucht aus dem Herrenhaus dabei gewesen waren. Er war bei dem Scharmützel mit Campbell verletzt worden.

»Ich wollte Euch noch für den Mut beglückwünschen, den Ihr gegenüber den *Sassanachs* bewiesen habt«, sprach er mich an.

»Danke, ich…«

»Hat Liam Euch eigentlich persönlich gedankt? Ich biete mich an seiner Stelle an, falls er das noch nicht erledigt hat. Meine Schwester Meg nimmt ihn eben ziemlich in Beschlag…«

Meghans Bruder? Ruckartig riss ich meinen Arm los und stand einen Moment lang sprachlos da. Dieses groteske Gesicht hatte nichts mit Meghans zarten Zügen gemeinsam. Seine niedrige Stirn, die unter der gleichen flammenden Mähne lag, wie die Frau sie besaß, wölbte sich über goldbraunen, verschlagen blickenden Augen, die tief unter wulstigen Brauen lagen. Die flache Nase, die offensichtlich schon einmal gebrochen gewesen war, wirkte, als hätte man sie brutal mitten ins Gesicht gedrückt. Sein Mund war wahrscheinlich die am wenigsten verunstaltete Partie seines Gesichts. Er war gut geschnitten, schien aber ständig zu einem höhnischen Ausdruck verzogen zu sein.

Ich schaute mich um und hoffte, Colin zu sehen, doch zu meiner Verzweiflung war nichts von ihm zu entdecken. Ich bemerkte Donald MacEanruigs, der mir angesichts meiner offensichtlichen Verunsicherung frech zugrinste. Ich würdigte den groben Klotz keiner Antwort und wollte zur Tür gehen, doch Isaak, der meine Absicht erraten hatte, vertrat mir den Weg.

»Auf Euren Dank kann ich gut verzichten. Wenn ich eine so unfeine Gesellschaft wie die Eure wünschte, würde ich sie in einem Stall suchen. Und jetzt würde ich Euch bitten, mich durchzulassen.«

»Oh!«, stieß er hervor und zog unverschämt die Augenbrauen hoch. »Ich wusste, dass Liam Frauen mit Charakter liebt, aber Ihr seid ja auch noch gewitzt, das ist doppelt interessant.«

»Wollt Ihr damit andeuten, Eure Schwester sei dumm, mein Herr?«

»Meghan ist, wie sie ist«, erklärte er ein wenig trocken, »Ihr dagegen…«

Mit einem Grinsen, das alles über seine Gedanken verriet, beäugte er respektlos mein Hinterteil.

»Man kann wirklich nicht behaupten, Euer Charme beschränke sich auf Euren …«

»Wer seid Ihr, mich so zu beleidigen?«

Etliche Blicke wandten sich uns zu. Donald tat einen Schritt, hielt dann aber inne und beschloss, lieber der Fortsetzung zu harren. Isaak, der das bemerkt hatte, zog es vor, es dabei bewenden zu lassen. Er deutete eine kleine Verbeugung an und brachte Ordnung in seine Zottelmähne. Seine Blicke zogen mich von Kopf bis Fuß aus, so dass ich bis an die Haarwurzeln errötete.

»Isaak Henderson, zu Euren Diensten, Madam.«

Ich atmete tief durch, um meine Gefühle zu beherrschen. Der Alkoholdunst in seinem Atem ließ mich einen Schritt zurückweichen.

»Lasst mich bitte vorbei, Mr. Henderson«, befahl ich in einem ruhigeren, aber kalten Tonfall.

Der Mann trat zur Seite und zuckte die Achseln.

»Ich halte Euch nicht auf, meine Hübsche. Hoffentlich bis bald«, sagte er in einem Ton voller unausgesprochener Andeutungen. »Solltet Ihr jemals meiner Dienste bedürfen, findet Ihr mich … im Stall.«

Ich gab mir Mühe, nicht im Laufschritt nach draußen zu flüchten. Vor dem Haus sank ich auf die erstbeste freie Bank und atmete tief durch. »Was für ein Rüpel!«, dachte ich und rieb mir den schmerzenden Schenkel. Wahrscheinlich hatte ich die Verletzung belastet, indem ich zu schnell gegangen war. Ich hoffte nur, dass die Wunde sich nicht wieder geöffnet hatte; das würde meine Genesung nur noch weiter verzögern.

Eine kleine Hand klopfte auf meinen Rock und riss mich aus meinen sorgenvollen Gedanken. Ein bezaubernder kleiner Junge lächelte mir schüchtern zu und reichte mir ein Trinkhorn voll Wein, das ich erfreut annahm.

»*Tapadh leat*, vielen Dank«, sagte ich zu ihm. »Wie heißt du?«

»Robin. Und Ihr?«

»Mein Name ist Caitlin.«

»Seid Ihr eine *Sassanach*?«, fragte er ängstlich.

»Nein, Robin«, antwortete ich lächelnd, »ich stamme aus Irland.«

Er schien beruhigt und setzte sich neben mich.

»Dann darf ich mit Euch reden. Meine Mutter möchte nicht, dass wir mit *Sassanachs* sprechen. Sie sagt, dass sie alle Wilde sind.«

Ich fand die Vorstellung ziemlich grotesk, dass die Engländer genau das Gleiche über die Highlander dachten.

»Wie alt bist du, Robin?«

Stirnrunzelnd begann der Kleine seine Finger abzuzählen; dann hob er die Hände und streckte sieben Finger in die Höhe.

»Für dein Alter bist du sehr kräftig; bald wirst du sicherlich fast so stark sein wie dein Vater.«

»Ich habe keinen Vater mehr«, gab das Kind ernst zurück.

Ich biss mir auf die Lippen.

»Das tut mir leid, Kleiner«, entschuldigte ich mich. »Hast du denn eine Familie?«

»Oh ja! Ich habe eine Mutter, einen großen Bruder, Calum, und zwei Schwestern, Morag und Eilidh. Mein großer Bruder ist jetzt ein Mann. Er sagt, dass er die *Sassanachs* alle töten wird.«

»Ach, wirklich?«, fragte ich erstaunt zurück. »Und wie alt ist dein Bruder, dass er auf solche Ideen kommt?«

»Ich glaube, er ist... fünfzehn oder sechzehn Jahre alt«, sagte er und zog die Nase kraus. »Calum sagt, dass er jetzt ein Mann ist, weil er genauso groß ist wie die Erwachsenen. Er kann mit dem großen Schwert kämpfen«, erklärte er und ahmte einen Hieb nach. »Wenn ich größer bin, werde ich auch mit einem großen Schwert kämpfen.«

»Ja, vielleicht«, sagte ich und dachte an meine eigenen Brüder. Vor meinem inneren Auge sah ich meinen älteren Bruder Michael. Stolz schwenkte er das Schwert, das Vater ihm geschenkt hatte und rief: »Für Irland!« Das war kurz vor seinem Aufbruch zum Boyne gewesen, und er war nie zurückgekehrt.

»Bis dahin hast du noch ein paar Jahre Zeit, Robin«, setzte ich hinzu und streichelte ihm über den Nacken. »Hat dich jemand mit diesem Becher zu mir geschickt?«

»Nein! Ich habe ihn selbst eingeschenkt, ohne einen einzigen

Tropfen zu vergießen«, verkündete er und warf sich stolz in die Brust. »Ihr hattet nichts zu trinken, und da dachte ich, Ihr wäret vielleicht durstig.«

»Oh, ich sehe, dass du sehr scharfsinnig bist. Das ist nett von dir. Ich danke dir, ich hatte wirklich großen Durst«, schloss ich und nahm einen Schluck.

Der Junge lächelte glückselig. Zufrieden mit sich selbst, stand er auf.

»Ich gehe jetzt wieder zu meiner Mutter. Kommt Ihr mit?«

Robin zupfte an meinen Röcken und zwang mich, ihm zu folgen. Ich sagte mir, dass ich der Mutter ebenso gut ein oder zwei Komplimente über ihren wohlerzogenen Sohn machen konnte.

Ich folgte Robin in die Küche des Laird. Dort herrschte ein derartiges Gedränge, dass ich schon den Rückzug antreten wollte, als eine kleine rundliche Frau, die ihr dichtes braunes Haar unter einem Tuch zu einem Knoten geschlungen trug, auf uns zukam und den kleinen Jungen, der Zuflucht hinter meinen Röcken suchte, kräftig ausscholt.

Als sie mich erblickte, machte die Frau große Augen und riss den Mund auf, so dass ihre nächsten Vorwürfe unausgesprochen blieben. Ich schob das Kind auf seine Mutter zu.

»Hier bringe ich Euch Euren Sohn zurück«, sagte ich vorsichtig. »Er war so freundlich, mir etwas zu trinken anzubieten. Er ist ein sehr zuvorkommender kleiner Junge, und Ihr müsst sehr stolz auf ihn sein.«

Die Frau sah zu ihrem Sohn, der sie mit schalkhafter Miene strahlend anlächelte.

»Ich... hmmm... Ja, ich bin sehr stolz auf meinen kleinen Robin«, stotterte sie. »Allerdings hatte ich ihn gebeten, auf die Spanferkel Acht zu geben, und er ist ganz einfach verschwunden«, setzte sie hinzu und warf ihrem Sohn einen ärgerlichen Blick zu. »Jetzt gehorchst du mir aber, mein Kleiner«, drohte sie. »Dein Glück, dass die Spanferkel nicht verbrannt sind. Und nun trag die Körbe mit den Brötchen zum Tisch des Laird und versuche, sie nicht fallen zu lassen.«

Daraufhin schenkte Robin mir sein schönstes Lächeln und entfernte sich hoch aufgerichtet, die Arme voller Körbchen, die gefährlich wackelten. Seine Mutter sah ihm zärtlich nach und strich sich einige widerspenstige Haarsträhnen unter das Tuch zurück, bevor sie sich wieder an mich wandte.

»Es tut mir leid, dass ich mich vor Euch hinreißen ließ, Madam. Manchmal bringt der kleine Lausbub mich aus der Fassung… Niemals bleibt er, wo er soll, und ich kann ihm nicht immer nachlaufen. In der Küche ist so viel zu tun. Ich hatte seine Schwestern beauftragt, auf ihn Acht zu geben, aber ich fürchte, sie haben sich ihrer Aufgabe entzogen«, seufzte sie. »Ich bin Geillis Macdonnel, und Ihr seid…?«

»Caitlin Dunn«, antwortete ich. »Und ich wollte Euch nicht von der Arbeit abhalten«, setzte ich hinzu und warf einen Blick auf die Tiere, die über der Feuerstelle brieten. »Vielleicht kann ich Euch ein wenig zur Hand gehen?«

»Oh nein, Madam!«, rief sie aus. »Sàra hat mir erzählt, dass Ihr unter uns weilt, um Euch von einer Verletzung zu erholen. Setzt Euch lieber hierher«, sagte sie und klopfte auf die Sitzfläche eines Stuhls, der in der Nähe der Tür stand. »Seid Ihr vielleicht hungrig? Ich bringe Euch einen kleinen Happen, bevor diese ausgehungerten Vielfraße all meine köstlichen Braten verschlingen.«

Ohne auf eine Antwort von mir zu warten, drehte sie sich auf dem Absatz um und watschelte davon.

Also setzte ich mich. Ich hatte tatsächlich großen Hunger. Der Duft des brutzelnden Fleisches und des Backwerks hatte meine Geschmacksknospen geweckt, und mir lief das Wasser im Mund zusammen. Die Frauen waren damit beschäftigt, die Teller zu füllen, welche die Halbwüchsigen nach draußen trugen, um sie auf die Tische zu stellen.

Einige Minuten später kehrte Geillis mit einem gut bestückten Teller zurück. Ich dankte ihr herzlich. Sie wollte schon an ihre Öfen zurückkehren, als unter lautem Getöse ein hochgewachsener Jüngling, dem der erste Bartflaum spross, eintrat.

»Calum Macdonnel«, knurrte Geillis und zog den jungen Burschen am Ohr, worauf er das Gesicht verzog und lauthals protestierte. »Wo bist du gewesen? Du wusstest ganz genau, dass ich dich hier brauche, aber offensichtlich hast du wieder einmal andere die ganze Arbeit für dich tun lassen!«

»Autsch!«, jammerte er und rieb sich das Ohr. »Ich habe mir das Pferd angesehen, das Liam für den Laird zureitet«, erklärte er. »Es tut mir leid, *mamaidh*, ich habe gar nicht bemerkt, wie die Zeit verging. Wenn du willst, übernehme ich morgen das Doppelte meiner Pflichten.«

Geillis sah ihn durchdringend an, die Hände in die Hüften gestemmt und die Lippen zusammengepresst.

»Wir werden sehen«, gab sie zurück. »Im Moment ist noch Brot zu backen. Hol mir Wasser für die Küche, und versuch dieses Mal, dich unterwegs nicht zu vertändeln.«

Calum nahm zwei hölzerne Eimer und wandte sich zum Gehen. In diesem Moment bemerkte er mich. Sein Gesicht erstarrte und verzog sich dann zu einer verächtlichen Grimasse.

»Das ist die *Sassanach*!«, rief er aus. »Was hat sie hier zu suchen?«

Er stand wie versteinert da und bedachte mich mit wütenden Blicken.

»*Bi modhail, a Chalium!* Sei höflich, Calum! Die Dame heißt Caitlin und ist ein Gast der Macdonalds.«

»Der Laird lässt zu, dass eine *Sassanach*-Schlange ihr Gift unter uns verspritzt!«, setzte er bissig hinzu.

Einige Augenblicke lang war ich sprachlos; dann erhob ich mich, um dem großen Frechdachs, der mich kalt musterte, die Stirn zu bieten.

»Ich danke Euch für den höflichen Empfang, den Ihr mir zuteil werden lasst, Calum.«

»Ich … Ähhh …«

Der junge Mann geriet ins Stottern, und sein Gesicht lief puterrot an. Er warf mir einen letzten finsteren Blick zu und verschwand ohne ein weiteres Wort. Geillis war sichtlich bestürzt und rieb sich nervös die Hände.

»Das ist mir äußerst unangenehm«, sagte sie verlegen. »Er wird eine ordentliche Strafe bekommen, darauf habt Ihr mein Wort.«

»Nein, lasst nur … es ist nicht schlimm«, versicherte ich ihr.

»Er hat sich so verändert seit … dem Tod seines Vaters. Er nährt einen grenzenlosen Hass gegenüber den *Sassanachs*, der noch einmal sein Verderben sein wird«, murmelte sie mit tränenerstickter Stimme. »Er hat gesehen, wie sein Vater getötet wurde. Und sein bester Freund. Er hatte sich hinter einem Felsen versteckt und hat alles gesehen, bevor er in die Berge geflüchtet ist. Danach hatte er monatelang Albträume …«

Mit einem Schürzenzipfel trocknete Geillis sich die Augen.

»Das kann ich verstehen. Mit der Zeit wird er schon lernen, sich feinfühliger zu verhalten«, sagte ich in dem Versuch, sie zu trösten, ausdruckslos, doch ich war mir meiner Worte nicht sicher.

Als die Tische gedeckt waren, brachte der Laird einen Toast auf das verlobte Paar aus und forderte die Gäste auf, sich zu bedienen, was alle eilig taten.

Liam war nicht da. Ich war zutiefst enttäuscht. Hielt ihn vielleicht irgendeine Arbeit auf, oder mochte er ganz einfach keine Feste? Ich entdeckte jedoch Sàra, die mit einer Frau mit feuerrotem Haar sprach. Meghan! Ich legte wirklich überhaupt keinen Wert darauf, ihre Bekanntschaft zu machen. Ich drehte mich um, war aber nicht schnell genug. Colin, der mich bemerkt hatte, kam auf mich zu, zog mich eilfertig zu den beiden Frauen und stellte mich Meghan Henderson vor. Sie musste ungefähr im gleichen Alter sein wie ich und war mit ihrer hellen alabasterfarbenen Haut und ihren großen, smaragdgrünen Katzenaugen überwältigend schön.

Ich spürte ihr gegenüber sofort eine tiefe Abneigung und hatte den Eindruck, dass dieses Gefühl auf Gegenseitigkeit beruhte. Groß, mit langsamen, anmutigen Bewegungen, ähnelte sie einer *Maighdeann-Mhara,* einer Sirene. Sie sah mich herablassend an und musterte mich ohne Zurückhaltung. *Nein, wir werden uns nie verstehen,* dachte ich mit leisem Spott.

Plötzlich klang ein durchdringendes Wimmern an meine Ohren. Ein Dudelsackspieler hatte, begleitet von einer Geige, ein leichtes Musikstück angestimmt. Der Rhythmus lockte mehrere Tänzer an, die um ein Feuer in der Mitte des Festplatzes hüpften. Sàra sprang voran und zog Colin hinter sich her. Mit einem Mal fühlte ich mich in mein heimatliches Irland versetzt, mitten auf die Jahrmärkte von Belfast. Ich schloss die Augen und versank in meinen Kindheitserinnerungen an die Gigues und Reigen, die wir am Saint-Patricks-Day und zu Beltane* getanzt hatten. Mein Puls schlug im Takt zu der Musik, die um mich herum erklang und mir ins Blut drang. Ein heftiger Schauer überlief mich; so lange war es her, dass ich diese Musik nicht mehr gehört hatte. Vielleicht rief Irland mich zurück …

Als ich die Augen aufschlug, erblickte ich ihn endlich hinter dem Vorhang aus Flammen und aufgeregten Tänzern, der uns trennte. Mein Herz setzte einen Schlag aus und begann dann wie wahnsinnig zu hämmern.

Liam wurde von Thomas und einigen Männern, die ich nicht kannte, begleitet. Auch er trug ein blaues Barett, an dem eine Adlerfeder steckte, und auf seinen dunklen, im Nacken mit einem Lederband zusammengebundenen Haaren tanzten warme, kupferfarbene Reflexe. Ein Heidezweig schmückte sein Emblem. Er hatte seine Stiefel gegen Brogues ausgetauscht, die typisch schottischen geschnürten Schuhe aus weichem Leder, deren Riemen sich um seine unterhalb der Knie von roten Bändern gehaltenen Strümpfe wanden. Ich bemerkte, dass Meghan ihn ebenfalls gesehen hatte. Sie ließ ihn nicht aus den Augen und warf ihm jedes Mal, wenn er in unsere Richtung sah, ein übermäßig strahlendes Lächeln zu.

Meghan entschuldigte sich und beeilte sich, zu ihm zu gehen. Mit einem flauen Gefühl im Magen beobachtete ich, wie sie sich an ihn heranmachte und jedes Mal, wenn er ihr etwas ins Ohr sagte, die Augen verdrehte und gluckste wie eine dumme Gans. Ich spürte ein seltsames Unbehagen, so etwas wie einen Klumpen in der Brust, der mich am Atmen hinderte. In einem Wirbel aus flammenfarbenen Haaren zog sie ihn unter die anderen Tänzer.

Einige Männer trauten sich, mich um einen Tanz zu bitten, doch ich musste höflich ablehnen, da meine Verletzung mir das nicht erlaubte. So trank ich ruhig meinen Wein und schlug mit

* Keltisches Frühlings- und Fruchtbarkeitsfest (Anmerkung der Übersetzerin)

dem Fuß den Takt zur Musik. In einem unaufhörlichen Wirbel aus farbigen Plaids drehten sich die Tänzer zu wilden Rhythmen. Ich konnte nicht umhin, Liam und Meghan aus dem Augenwinkel zu beobachten. Gewiss hatte sie sein Bett bereits geteilt. Kein Mann, der etwas auf sich hielt, konnte dieser engelhaften Schönheit gegenüber kalt bleiben. Wer war ich schon im Vergleich zu ihr? Klein und ein wenig rund um die Hüften und Schenkel. Sicher, ich erweckte Gefallen, aber ich war nicht die Art Frau, von der Männer träumen. Die beiden zusammen zu sehen, drückte mich zutiefst nieder. Inzwischen war die Sonne hinter dem Meall Mor untergegangen und hatte den Tag mit sich genommen. Die Nacht beanspruchte ihr Recht und lockerte das Gemüt vor allem der bezechten Tänzer. Immer wieder füllte Sàra meinen Weinbecher nach. Thomas war wieder zu ihr getreten und sagte ihr Dinge, die sie zum Lachen brachten. Als Colin den beiden einen vorwurfsvollen Blick zuwarf, verzog sie nur das Gesicht, stieß ein heiseres Lachen aus und verschwand mit ihm in der Menge der ausgelassenen Tänzer. Das Fest nahm seinen fröhlichen Verlauf, und die Wirkungen des Alkohols begannen sich bemerkbar zu machen.

Colin legte den Arm um meine Taille und zog mich an sich. Meghan strich Liam eine Haarsträhne zurück. Sie schmiegte sich an ihn, streichelte ihm über die Wange und näherte ihre Lippen seinem Mund, bis sie ihn streiften. Unwillkürlich drückte ich mich jedes Mal, wenn Liam die schöne Rothaarige berührte oder ihr zulächelte, fester an Colin. Durch die Flammen hindurch fing ich Liams Blick auf. Seine düstere Miene wurde vom Feuer angestrahlt, und die starken Schatten, die es warf, hoben die kräftige Knochenstruktur hervor. Colins Hand drückte sich gegen meinen Rücken und streichelte ihn mechanisch. Er schmiegte sich an mich, und sein warmer Atem strich durch mein Haar. Ich war zu müde und zu benommen vom Wein, um mich zu rühren, und ließ ihn wider besseres Wissen gewähren.

Meghan presste sich an Liam, dessen Blick ich unter seinen dichten Augenbrauen nicht deuten konnte. Er drehte sich zu der Schönen um, die sich an seinen Arm hängte, und wandte mir sein aristokratisches Profil zu.

Musst du wirklich dorthin zurückkehren?, hörte ich wieder seine Stimme. Nein, ich wünschte das nicht, doch ich hatte keine andere Wahl mehr. So bald wie möglich musste ich nach Irland aufbrechen. Colin drückte mich an sich und streichelte drängend meinen Rücken und meine Hüften.

»Komm«, flüsterte er. »Da hinten ist eine Bank frei, du musst dein Bein ausruhen.«

»Vielleicht sollte ich lieber zurückgehen.«

»Jetzt schon?«

Mit den Fingerspitzen streichelte er meine Wange, dann meinen Hals.

»Nicht, Colin…«, murmelte ich und schloss die Augen.

»Warum denn nicht, Herrgott? Du könntest bei mir bleiben… Ich werde nicht zulassen, dass dir jemand etwas zu Leide tut, Caitlin…«

»Ich habe ein wenig zu viel getrunken… Ich muss zurück. Mir dreht sich der Kopf«, stammelte ich in dem vergeblichen Versuch, mich von ihm zurückzuziehen.

Erneut sah ich zu Liam und Meghan. Er schaute mich kalt und vorwurfsvoll an und biss die Zähne zusammen. Offensichtlich billigte er mein Verhalten nicht. Ich, die Mörderin, stellte mich öffentlich mit seinem Bruder zur Schau. Ich gefährdete die relative Sicherheit seines Clans. Die junge Frau, die kurzzeitig seine Aufmerksamkeit verloren hatte, folgte seiner Blickrichtung und sah mich. Ihre Miene verdüsterte sich. Ihr Blick verdammte mich von vornherein, durchbohrte mich gnadenlos. Ich begriff, dass ich mir soeben eine Todfeindin geschaffen hatte. Sie schlang die Arme um Liams Hals, fuhr fort, mich aus dem Augenwinkel zu beobachten und küsste ihn mitten auf den Mund. Angewidert wandte ich den Blick ab. Die Raubkatze markierte ihr Revier. Ein Finger legte sich unter mein Kinn und erinnerte mich an meinen Begleiter. Colin warf einen Blick auf die Szene und sah mich dann wieder an, ein wenig düster.

»Meghan… ist sehr anhänglich. Hmmm… aufreizend wäre vielleicht das bessere Wort. Die Männer können ihr nur schwer widerstehen.«

»Das sehe ich«, gab ich ein wenig kühl zurück.

Er hielt meinen Blick fest und hinderte mich daran, mich von neuem abzuwenden. Benommen vom Alkohol legte ich den Kopf an seine Brust. Colin wurde von einem heftigen Begehren umgetrieben, das ich nicht teilte.

»Komm«, flüsterte er.

Er führte mich zu der fraglichen Bank, die unter einem der Küchenfenster stand. Der Bratenduft hing noch in der Luft. Das Klappern des Geschirrs und das Geplauder der Frauen mischten sich mit dem Festlärm. Sanft drückte er mich auf die Bank. Ich lehnte mich an die Wand und schloss die Augen in der Hoffnung, dass sich dann nicht mehr alles um mich drehen würde.

»Caitlin.«

Colin hatte sich vor mich hingekniet und die Hände auf meine Knie gelegt.

»Hmmm…«

Ich hatte die Augen geschlossen und hielt mich an der Bank fest, die sich immer noch drehte. Colins Hände glitten an meinen Schenkeln hinauf, wobei er meine Verletzung streifte. Vor Schmerz zuckte ich zusammen. Verlegen entschuldigte er sich und nahm meine Hände, um sie zu küssen.

»Meine schöne Irin…«

»Oh! Colin… nein, das geht nicht.«

»*Tuch*… Caitlin… Sei die meine…«

»Ich kann nicht. Ich mag dich gern, Colin, aber…«

»Du hast mich gern, aber du liebst mich nicht. Ist es das? Aber vielleicht, mit der Zeit…«

Betrübt sah ich ihn an. Aus halb geschlossenen Augen erforschte er meinen Blick. Mein Herz schlug im Rhythmus der raschen Musik, die mich verzauberte. Vor mir tanzte Colins Gesicht auf und ab. Die Müdigkeit und der Alkohol vertrugen sich nicht gut. Mit einem Mal fühlte ich mich wie die letzte aller Dirnen. Wie eine gemeine Diebin nahm ich Colins Zärtlichkeiten und Küsse und gab ihm dafür nichts zurück. Ich begehrte Liam und ließ mich von Colin umwerben. Ich musste diesem traurigen Schauspiel ein Ende bereiten. Vergeblich versuchte ich, mich loszumachen, doch er drückte mich wieder an sich.

»Colin… Ich…«

Er erstickte meinen Widerspruch mit seinen Lippen.

»Ich glaube, es wäre besser, wenn du zu Bett gingest, Caitlin«, ließ sich eine leise, kalte Stimme hinter Colin vernehmen.

Auf der Stelle erstarrte ich. Colin gab mich ein Stück weit frei, ohne allerdings seinen Griff vollständig zu lösen. Er drehte sich nicht einmal um, sondern sah mich nur durchdringend an. Ich sah, dass sein Blick sich verhärtete. Liam, der immer noch seine Rothaarige an seinem Arm hängen hatte wie eine Jagdtrophäe, betrachtete uns mit angewiderter Miene. In kaum verhohlener Wut bombardierte die Frau mich mit Blicken, die wie smaragdgfarbene Blitze wirkten, während ihr hübscher Mund mir ein engelhaftes Lächeln schenkte.

»Heiliger Jesus! Ich glaube, die Arme hat ein wenig zu viel gezecht«, bemerkte sie unschuldig.

»Sie hat kaum etwas getrunken«, entgegnete Colin zu meiner Verteidigung. »Sie ist müde, das ist alles.«

Er hatte sich ihr zugewandt, ließ aber besitzergreifend eine Hand auf meiner Taille liegen.

»Kaum?«, rief sie mit schriller Stimme aus. »Sàra hat ihr den ganzen Abend immer wieder den Becher vollgeschenkt. Und ich dachte, nur die Zigeuner wüssten zu trinken.«

Empört riss ich den Mund zu einer Entgegnung auf, doch mein Verstand ging im Alkoholnebel unter. Ich konnte nur ein paar Worte des Protests stammeln. Daher warf ich Liam, der sich ganz offensichtlich sehr unwohl fühlte, einen forschenden Blick zu. Meghan, die meine Verwirrung ignorierte, sprach mit honigsüßer Stimme weiter.

»Ich bin mir sicher, dass Colin nichts lieber täte, als sie ins Bett zu bringen. Nicht wahr, Colin? Sie ist natürlich ganz niedlich …«

»Sàra wird dich begleiten«, schaltete sich Liam ein, direkt an mich gerichtet.

»Ich muss mit dir reden«, fuhr er dann, an Colin gewandt, fort.

»Dazu habe ich keine Lust, nicht heute Abend.«

»Es muss sein, Colin.«

»Lass Colin sie doch zudecken … wie heißt sie noch? Ach ja, Caitlin. Du kannst morgen mit ihm sprechen«, säuselte Meghan.

Hingebungsvoll schmiegte sie sich an ihn und lächelte mir affektiert zu. Dann ließ sie eine Hand in Liams Hemdausschnitt gleiten und legte den Kopf an seine Schulter, als wolle sie sagen: *Er gehört mir! Wehe dir, wenn du ihn anrührst!*

»Das reicht jetzt, Meg!«

»Komm schon, Liam … du hast mir gefehlt. Heute Abend wirst du mich nicht los. Seit deiner Rückkehr aus Arbroath warte ich schon auf dich …«

Liam warf ihr einen kurzen Blick zu, in dem ich einen gereizten Ausdruck erkannte.

»Du weißt, dass ich sehr viel zu tun hatte.«

»Allerdings, ja.«

Sie warf mir einen hasserfüllten Blick zu, als sei ich die Ursache dafür, dass Liam sie vernachlässigt hatte.

»Aber heute Abend wird gefeiert, und …«

»Meghan, du solltest zu den Frauen in die Küche gehen«, befahl er.

»Warum?«, sträubte sie sich. »Sie sind so viele, dass sie das Saubermachen und Aufräumen schon schaffen.«

Erzürnt über diese uncharmante Zurückweisung ging sie erneut zum Angriff über und richtete ihre Gehässigkeit jetzt gegen mich.

»Sagt einmal, in welcher Herberge habt ihr die da denn überhaupt aufgelesen? Sie muss ja außerordentlich begabt sein, dass du sie freiwillig mitgenommen hast, liebster Liam. Und sie gegen eure Waffen einzutauschen, also so etwas … Ich hoffe wenigstens, dass du …«

»Schweig still, Meghan!«, brüllte Colin plötzlich.

Er hatte sich aufgerichtet und durchbohrte sie mit einem bösen Blick. Ich legte eine Hand auf seinen Arm, um ihn daran zu hindern, ein Geschrei heraufzubeschwören. Aber die unausstehliche Kreatur hatte ihr letztes Wort noch nicht gesprochen und spitzte weiter ihre Natternzunge.

»Liam! Sag mir nicht, dass du bei dieser … dieser Dirne gelegen hast!«

Liams Züge erstarrten. Er nahm ihre Hand, die in seinem Brusthaar spielte, und entfernte sie schroff. Sie zog eine entsetzte Miene.

»Liam!«

Ich stand kurz davor, in Tränen auszubrechen. Sie trieb ihr Spielchen zu weit.

»Du bist jetzt still, Meghan Henderson.«

Er hatte die Worte zwischen den Zähnen hervorgestoßen. Rasch schob er die schöne Rothaarige von sich. Die Situation wurde immer grotesker.

»Bring mich bitte zurück, Colin…«, sagte ich ganz leise.

Er schickte sich eben an, mir beim Aufstehen zu helfen, als mich der Hufschlag eines galoppierenden Pferdes aus der inzwischen allzu peinlichen Lage erlöste. Schreie erklangen, die Musik verstummte, und ein unheilschwangeres Schweigen senkte sich über die erstarrten Tänzer. Das Pferd wieherte laut, während der Reiter etwas schrie, das ich nicht verstand. Eine schwere Masse krachte von dem Tier und schlug mit einem dumpfen Knall auf; direkt vor den Füßen des Laird, der, von den Schreien alarmiert, hinzugetreten war. Wir näherten uns dem reglosen Haufen, der auf dem Boden lag.

Mir wich alles Blut aus dem Gesicht. Vor Verblüffung schluckte ich heftig, als ich den roten Rock der Soldaten der Krone erkannte. Der Mann lag auf dem Rücken. Seine Augen starrten ins Leere, und der Mund war im Tod zu einer Grimasse verzogen. Seine Kehle war von einem Ohr zum anderen aufgeschlitzt, eine klaffende Wunde, die sich düster von der Leichenblässe seiner bläulich marmorierten Haut abhob. Ich hielt mich mit beiden Händen an Colins Arm fest.

Mein Kopf drehte sich immer heftiger, und ich schwankte auf meinen schon unsicheren Beinen. Plötzlich schob sich ein anderes Gesicht vor das des Soldaten, und ich sah wieder Lord Dunning in seinem blutdurchtränkten Hemd vor mir.

»Oh mein Gott! Oh mein Gott!«, stotterte ich, und Übelkeit stieg in mir auf. »Sie haben mich gefunden…«

Besorgt drehte sich Colin zu mir um. Ich spürte, wie seine Finger mich zurückhielten. In meinen Ohren brauste es, und mein Blick umwölkte sich. Ich sah den Galgenstrick vor mir, spürte, wie die Schlinge sich um meinen Hals legte… Ich erstickte, und unter mir öffnete sich die Falltür…

»Oh mein Gott!…«, wiederholte ich unablässig.

Die Beine gaben unter mir nach, um mich wurde es schwarz, und ich stürzte in tiefste Finsternis.

Dann fühlte ich mich sanft gewiegt. Befand ich mich auf dem Schiff, das mich nach Irland brachte? Nein, wohl eher auf einem Karren, der mich dem Tod entgegentrug. Ich schlug die Augen auf und sah, dass ich in den Armen eines Mannes lag. Es war zu dunkel, um seine Züge zu erkennen. *Was tue ich hier? Was ist geschehen?* Mit einem Mal stand mir wieder die blutüberströmte Leiche des Soldaten vor Augen… Der drohende Schatten des Galgens tauchte aus dem Nebel meines alkoholisierten Geistes auf und erhob sich vor meinen Augen. Von neuem wurde mir schlecht.

»Colin…«, stöhnte ich und versuchte, die Übelkeit zu unterdrücken. »Ich fühle mich nicht… besonders wohl. Lass mich herunter…«, brachte ich schließlich mit ausgetrocknetem Mund heraus.

Behutsam setzte er mich auf dem Gras ab und hockte sich ohne ein Wort vor mich hin. Mühsam erhob ich mich auf die Knie, beugte mich vor und wartete darauf, dass die Übelkeit verging. Ich verzog das Gesicht, als ein stechender Schmerz meinen Schenkel durchfuhr. Meine Kehle schnürte sich zu, und ich vermochte mein Schluchzen nicht länger zurückzuhalten.

»Oh mein Gott!«, rief ich und wiegte mich vor und zurück. »Oh mein Gott! Ich dachte, das wären…«

Die Worte blieben mir im Hals stecken. Ich ließ mich in das taufeuchte Gras sinken und vergrub das Gesicht in meinen Röcken, um heiße Tränen zu weinen. Dann spürte ich, wie mich Arme umschlangen und an einen kräftigen, warmen Brustkorb zogen. Ich schmiegte mich an eine tröstliche Schulter und erkannte dann ihren Geruch wieder. Diese Mischung von männlichem Duft und Kiefern, in der ich seit meiner Ankunft in Glencoe schlief…

»Liam…«, stieß ich zwischen zwei Schluchzern hervor.

»*Tuch!*«, gab er zurück. »Das war wahrscheinlich nur ein Deserteur.«

»Oder auch nicht… Und vielleicht war… war er auch nicht allein. Liam, sie haben mich gefunden…«

Er wiegte mich sanft und streichelte mein Haar, und mein

Schluchzen verklang nach und nach. Seine große Hand, die auf meinem Rücken lag, glitt langsam in mein Kreuz hinunter, verhielt dort und löste in mir eine Woge wohliger Schauer aus. Die andere Hand spielte zärtlich mit meinem Haar. Dann löste er sich ein wenig von mir. Ich konnte ihn kaum sehen, doch ich spürte seinen warmen Atem auf meinem Mund. Seine stoßweisen Atemzüge verrieten mir, dass er seine Gefühle nur mit größter Mühe beherrschte.

»Wir werden dafür sorgen, dass sie dich nicht finden.«

Ich strich mit den Fingern über seine Wangen und spürte, wie er unter meiner Berührung erbebte. Dann streichelte ich seinen kantigen, breiten Kiefer, der sich unter der Haut verspannte. Wie eine Blinde prägte ich mir seine Züge ein.

»Liam … Morgen verlasse ich das Tal. Ich will deinen Clan nicht in Schwierigkeiten bringen.«

Er presste mein Becken noch fester an sich. Einen Moment lang hatte ich den Eindruck, dass er zitterte.

»Nein, Caitlin, du bist noch nicht ausreichend genesen … Warte noch ein wenig, wir werden Nachforschungen anstellen …«

»Die Soldaten werden zurückkommen. Ich muss fort …«

»Sag nichts mehr, *a ghràidh*, meine Liebste«, murmelte er.

Seine Hand gab meinen Nacken frei und legte sich um mein Kinn. Mit einem Finger zog er den Umriss meines Mundes nach und streifte dann sanft mit den Lippen darüber. Diese flüchtige Liebkosung entflammte mich vollständig und ließ nie gekannte Empfindungen in mir aufsteigen. Dann vergrub er das Gesicht in meinem Haar und seufzte leise.

»Caitlin, ich kann ihn nicht gewähren lassen … Colin … Ich kann nicht zulassen, dass er dir den Hof macht. Das ist zu hart. Aber ich selbst vermag es auch nicht. Ihretwegen …«

Sein Atem wärmte mich. Langsam wandte ich mich ihm zu, suchte ihn, und wieder streiften sich unsere Lippen. Ein kurzes Zurückweichen, ein Zögern, und dann pressten sich seine heißen Lippen begierig auf meinen Mund. Unsere Zungen kosteten einander, und der herbe Torfgeschmack des Whiskys vermengte sich mit den Zimt- und Muskataromen des Weins. Unser Atem vermischte sich.

Er stöhnte leise. Seine Hände glitten über meinen Rücken und meine Flanken und kehrten dann zu meinen Brüsten zurück und umschlossen sie. Er drückte mich ins Gras, und ich schmolz buchstäblich unter ihm dahin. Unzusammenhängende Gedanken huschten durch meinen umnebelten Verstand. Nur Minuten zuvor hatte er der ansehnlichen Meghan schöne Augen gemacht und mich geringschätzig gemustert. Jetzt hielt er mich in seinen bebenden Armen, und sein Körper verbarg nicht, dass er mich begehrte. Vielleicht gehörte er ja zu den Männern, die, obwohl sie eine Frau in ihrem Bett haben, dem Drang nicht widerstehen können, unter ihrem Plaid noch eine andere zu verführen. *Tu mir das nicht an, Liam… Brich mir nicht das Herz…*, schrie ich lautlos.

Doch ich ließ ihn gewähren. Sein Mund liebkoste meinen Hals, glitt begierig zu meinen Brüsten hinunter und wühlte sich unter den Stoff, den er gelockert hatte. Ich keuchte vor Lust. Seine aus seinem Pferdeschwanz befreiten Locken fielen über mein Gesicht. Sein Haar strömte einen zarten Duft nach Seife und Rauch aus.

»*A ghràidh*, ich begehre dich so. Du riechst so gut, du bist so weich…«

»Liam…«

Er brachte mich mit einem weiteren Kuss zum Schweigen.

Auch ich sehnte mich nach ihm, doch ich wollte ihn ganz für mich haben. Ich ertrug es nicht, ihn mit einer anderen zu teilen. Dazu hatte ich schon zu viel gelitten.

»Liam… Und was ist mit Meghan?«

»Sie ist fort…«

»Und morgen, was wird morgen sein? Ich bin nicht das, was sie behauptet hat, das weißt du genau. Keine dieser Frauen, die sich für eine einzige Nacht hingeben, Liam.«

Mein Einwand schien ihn berührt zu haben, denn er erstarrte sofort. Völlig unerwartet machte er sich abrupt von mir los, so dass ich keuchend und erhitzt zurückblieb. Brüsk sprang er auf; sein Atem ging in unregelmäßigen Stößen.

Ich versuchte, ihn am Hemdkragen festzuhalten, doch er entzog sich mir. Jetzt stand ich ebenfalls auf. Ich schwankte leicht, und meine Wangen brannten noch vor Erregung. Einige Schritte von mir entfernt sah ich ihn stehen, er wandte mir den Rücken zu.

»Liam…«

Ich hatte kaum Zeit, einen Schritt zu ihm hin zu tun, als er herumfuhr und die Hand ergriff, die ich ihm entgegenstreckte. Seine Augen leuchteten in der Dunkelheit, doch ich vermochte seinen Gesichtsausdruck nicht zu erkennen.

»Es stimmt also, das war alles, was du von mir wolltest. Eine Nacht!«

Er ließ meine Hand fahren, als hätte er sich verbrannt. Kurz blieb sie in der Luft hängen und sank dann schwer auf meine Röcke nieder.

»Oh, Caitlin!«, seufzte er und hielt sich den Kopf mit beiden Händen. »Nein, so ist das nicht. Es ist… komplizierter.«

Von neuem sah ich die schöne Meghan an seinem Arm hängen. Wie töricht ich doch war! Wie konnte ein Mann eine solche Schönheit in seinem Bett verschmähen, so dumm sie auch sein mochte!

»Ich verstehe«, sagte ich langsam. »Dein Herz ist nicht frei, und ich… Wer bin ich schon; ich könnte dir ja nur Unglück bringen!«

»Du begreifst nicht, Caitlin. Ich begehre dich, aber…«

»Alles ist vollkommen klar.«

Die Wahrheit war, dass in meinem berauschten Kopf alles durcheinanderstürzte. Ich musste abwarten, bis ich wieder Ordnung in meine Gedanken bringen konnte. Morgen würde ich aufwachen und feststellen, dass alles nur ein Traum gewesen war.

»Bring mich zurück«, sagte ich müde und wandte mich ab.

7

Der Wind dreht sich

Am nächsten Morgen rissen mich erregte Stimmen aus einem unruhigen Schlummer. Mühsam öffnete ich erst ein Auge, dann das andere. Mein Kopf stand kurz vor dem Zerspringen, und bei jeder Bewegung drehte sich mir der Magen.

Die Stimmen wurden lauter. Neugierig schleppte ich mich zum Fenster und hob diskret eine Ecke des Jutestoffs, der als Vorhang diente. Drei bis an die Zähne bewaffnete Highlander warteten auf ihren Pferden, während Liam und Colin sich stritten. Ich konnte ihre Worte nicht verstehen, doch nach dem Zorn, der auf ihren Gesichtern stand, war etwas Schwerwiegendes geschehen.

Wie seine drei Kameraden trug Liam ein Schwertgehenk über der Brust. An seinem Gürtel hing ein langer Dolch, und zwei Pistolen waren ebenfalls daran befestigt. Mir lief ein Schauer über den Rücken. Es sah aus, als wollten diese Männer in den Krieg ziehen.

Mehrere Male vernahm ich grobe Beschimpfungen, dann ging Sàra zwischen die beiden Brüder und zwang sie, sich zu beruhigen. Wieder einmal hatte ich den vagen Eindruck, dass ich der Grund für diesen heftigen Streit war. Es war allerhöchste Zeit, dem ein Ende zu bereiten. Ich rannte los, stolperte auf der Schwelle und konnte mich gerade noch am Türrahmen festhalten, um nicht der Länge nach hinzuschlagen. Verblüfft fuhren Colin und Sàra herum.

»Das reicht jetzt!«, rief ich.

Liam richtete den Blick seiner blauen, furchtbar ungerührten Augen auf mich. Mit einem Mal spürte ich erneut seine brennenden Küsse auf meiner Haut, und ich fühlte, wie ich rot wurde und die Fassung verlor. Er wandte sich ab und schwang sich mit einem behänden Sprung auf Stoirm. Die vier Krieger gaben ihren Reittieren die Sporen, entfernten sich mit einem Klirren von Waffen und Zaumzeug und nahmen die Staubwolke, die sie aufwirbelten, mit sich.

Colins Miene verdüsterte sich. Mit traurigem Blick sah er mich einige Augenblicke lang an. Dann zuckte er mit einer ohnmächtigen Bewegung die Achseln und entfernte sich. Sàra hielt den Blick stur auf ihre Fußspitzen gerichtet. Ich wollte schon fragen, was passiert sei, doch sie kam mir zuvor und legte alle Schärfe, zu der sie fähig war, in ihre Worte.

»Du solltest besser wieder hineingehen, Caitlin.«

Das ließ ich mir nicht zweimal sagen. Behutsam zog ich die Tür hinter mir zu. Drinnen angekommen, nahm ich den Kopf in die Hände, damit er nicht platzte, so sehr schmerzte er. Ich spürte ein Gewitter am Horizont, das nichts Gutes für mich verhieß. Eilig machte ich mich daran, mir das Gesicht zu waschen, mich anzuziehen und ein wenig Ordnung in mein Haar zu bringen, wobei ich versuchte, nicht an Liam und die Ereignisse des gestrigen Abends zu denken. Doch das war vergebene Mühe. Dann setzte ich mich auf den Bettrand und wartete in der Stille der Kate.

Sàra ließ sich Zeit. Dann kam sie herein, knallte die Tür zu und begann, sichtlich verärgert im Raum auf und ab zu gehen, wobei sie eine Haarsträhne um den Finger drehte. Sie warf mir mehrere Blicke zu, in denen eine solche Mischung von Wut und Trauer stand, dass es mir kalt den Rücken hinunterlief. Offensichtlich wusste sie nicht, wie sie das Thema, das sie umtrieb, anschneiden sollte.

»Liam ist fort!«, begann sie schließlich.

Ihr Ton war so scharf, dass ich zusammenzuckte. Aufgebracht marschierte sie hin und her und warf mir drohende, feindselige Blicke zu.

»Er sagt, er weiß nicht, wann er zurückkehrt. Die Männer glauben, dass der gestern getötete Soldat ein Deserteur aus Fort William war. Angus hat versichert, der Mann sei allein gewesen. Dafür sprechen auch der beklagenswerte Zustand seiner Uniform und sein mehrere Tage alter Bart. Aber Liam will kein Risiko eingehen. Er hat eine Brigade organisiert, um sich zu vergewissern, dass sich in den Hügeln nicht noch weitere Soldaten verbergen.«

Sie unterbrach sich und pflanzte sich, die Hände in die Hüften gestemmt, vor mir auf. Sie wirkte betrübt.

»Außerdem hat er gesagt, dass er nachdenken muss, bevor er zurückkommt.«

»Nachdenken?«, wiederholte ich. »Aber worüber? Und warum?«

»Das hat er uns wohlweislich nicht verraten. Doch er hat Colin befohlen, sich von dir fernzuhalten. Und den Grund dafür kannst du dir ja wohl denken!«

Ihre verbittert zusammengepressten Lippen verzogen sich plötzlich zu etwas, das ganz nach einem sarkastischen Lächeln aussah.

»Was? Das ist lächerlich!«, rief ich fassungslos aus.

»Ach ja? Wirklich? Du hast meine Brüder verhext, und jetzt gehen sie einander an die Kehle.«

»Aber ich habe überhaupt nichts getan!«, verteidigte ich mich und richtete mich auf.

Ich wurde immer zorniger. Wie konnte sie nur so etwas Dummes denken? Ich hatte nichts getan… nun ja, nicht wirklich… Schön, vielleicht ein wenig, aber ganz und gar ohne Absicht!

»Du hast nichts getan?«, entgegnete sie wütend. »Oh! Ich habe dein kleines Spiel gestern Abend genau mitbekommen! Das ganze Dorf hat es gesehen. Du hast mit Colin kokettiert, das war offensichtlich. Und Liam hat dich buchstäblich mit den Augen verschlungen, das war ebenfalls klar. Nachdem du gestern umgefallen bist, haben sie sich deinetwegen gestritten. Das war eine erbärmliche Vorstellung, glaube mir. Man hätte meinen mögen, zwei Kinder zankten sich um ihr Lieblingsspielzeug. Ich habe mich geschämt, noch nie habe ich erlebt, dass meine Brüder sich so streiten. Liams Herz hattest du schon erobert, was keine geringe Leistung ist. Daran haben sich vor dir schon mehrere Frauen erfolglos versucht, aber das reichte dir offenbar nicht! Du musstest sie beide haben! Und das ist jetzt dabei herausgekommen. Du kannst stolz auf dich sein!«

Verwirrt ließ ich mich zurück aufs Bett sinken. Das war doch alles ganz falsch. Ich sollte Liams Herz erobert haben? Was wusste sie denn davon?

»Liam glaubte, er könnte mich in sein Bett holen, Sàra«, gab ich in bissigem Ton zurück. »Vielleicht ist es meine Schuld, dass ich Colin nicht energisch genug zurückgewiesen habe, aber ich kann dir versichern, dass ich nichts getan habe, um Liam zu verführen. Die meiste Zeit hat er sich mir gegenüber kalt und distanziert verhalten. Es war klar, dass ihn meine Anwesenheit hier störte. Es tut mir aufrichtig leid, dass ich der Grund für einen solchen Aufruhr bin, und das ganz ohne meine Absicht. Aber ich kann dir versichern, dass das Problem binnen kurzem gelöst sein wird.«

Sàra setzte sich mir gegenüber auf einen Stuhl und trommelte mit den Fingern nervös auf ihren Knien herum. Ihre Miene war ein wenig weicher geworden, aber dennoch sprach sie in ernstem Tonfall.

»Ich mag dich gern, Caitlin«, begann sie. »Ich hoffe, dass du ehrlich bist, denn du bist dabei, alles, was mir von meiner Familie geblieben ist, zu zerstören. Ich verlange Wiedergutmachung.«

Sie erhob sich, tat einige Schritte zur Tür hin und wandte sich dann noch einmal zu mir um.

»Fast hätte ich es vergessen«, sagte sie und zog einen Dolch aus der Tasche. »Liam hat mir das hier für dich hinterlassen. Wie du weißt, treiben sich hier in der Gegend Campbells herum.«

Sie warf die Waffe auf den Tisch, wo sie mit lautem, metallischem Klirren landete.

»Ich habe gehört, du kannst damit umgehen«, setzte sie hinzu.

Ihre letzten Worte, die ebenso scharf gewesen waren wie die Klinge des Dolchs, trafen mich mitten ins Herz.

Sie polterte nach draußen und ließ mich mit meiner Verwirrung allein. Ich fühlte mich wie von einer gewaltigen Last niedergedrückt. Das ging alles zu schnell; ich brauchte einen Ort, an dem ich nachdenken konnte… Ich nahm mein Umschlagtuch und wandte mich zum Gehen. Als ich an dem Dolch vorbeiging, betrachtete ich ihn angewidert und nahm ihn zur Hand. Woher hatte Sàra das gewusst? Zorn stieg in mir auf. Liam hatte ihr alles erzählt. Er hatte mich angelogen. Wer mochte wohl sonst noch im Bilde sein?

Ich war bestürzt. Die Waffe war kalt und schwer. Die Patina des Alters hatte die Inschrift, die in das elfenbeinerne Heft eingraviert war, beinahe ausgelöscht: *Gott schütze dich.* Die Klinge war schmal, beinahe stilettartig, aber scharf wie ein Rasiermesser. Diese Waffe war zart, aber tödlich… Ich wickelte sie in mein Taschentuch, steckte sie in meinen Gürtel und ging hinaus.

Es war Zeit, einmal wieder mit Bonnie auszureiten. Ich sattelte sie und machte mich langsam auf den Weg zum Loch Achtriochtan, dem einzigen mir bekannten Platz im Tal, wo ich mich in aller Ruhe zurückziehen konnte. Es wäre mir allerdings auch schwer gefallen, mich zu verirren, wenn ich dem Coe-Fluss folgte… Das Tal war ziemlich schmal, und die Berge, die es säumten, steil. Undenkbar, dass ich einen davon erklomm. Ich fand den kleinen Kiefernwald wieder, in dem wir gestern gerastet hatten, Liam und ich. Ich glitt von meiner Stute und band sie an einem Baum fest.

»Ah, diese verfluchte Wunde!«, schimpfte ich laut.

Was wäre wohl geschehen, wenn ich nicht verletzt worden wäre? Dann wäre ich sicherlich schon unterwegs nach Belfast. Und wenn ich zu meinem Vater zurückgegangen wäre? Die Justiz der Krone hätte nicht lange gebraucht, um mich aufzustöbern. Man hätte mich in eine düstere, stinkende Zelle in dem schauerlichen Tolbooth-Gefängnis von Edinburgh gesteckt, um darauf zu warten, dass auf dem Marktplatz das Schafott errichtet wurde, und dann hätte man mich unter einer Flut von Beschimpfungen, die mir das Publikum ins Gesicht gespuckt hätte, kurzerhand aufgeknüpft. Vielleicht hätte ich in der jaulenden Menge das betrübte, beschämte Gesicht meines Vaters erblickt. Nein, das war wirklich der letzte Ort, an den ich gehen konnte. Doch ebenso klar war, dass ich nicht hier bleiben durfte.

Mein Magen zog sich zusammen. Ich würde Liam verlassen müssen. Wie war es möglich, sich in so kurzer Zeit zu verlieben? Das konnte keine Liebe sein. Tante Nellie hatte mir gesagt, eine Frau lerne ihren Mann mit der Zeit schätzen. »Die Liebe ist die Frucht der Ehe«, hatte sie mir erklärt. Aber was war dieses Gefühl dann?

Ich wusste fast nichts über diesen Mann. Er war von schweigsamem Naturell, neigte wenig zu Überschwang und Fantasie, und doch war er zutiefst anziehend. Wenn er mich nur streifte, begann mein Herz zu rasen, und wenn der Blick seiner tiefblauen Augen in mich drang, verlor ich jede Fassung. Wenn er mich gebeten hätte, ihm bis in die Hölle zu folgen, ich hätte es getan.

Doch leider war alles nicht so einfach … Seine kalten Blicke, die ich törichterweise als Zorn auf mich gedeutet hatte, waren in Wirklichkeit Ausdruck seiner Eifersucht auf seinen Bruder gewesen. Und dieses Gefühl hatte ich unwissentlich genährt, indem ich Colin nicht streng genug abgewiesen hatte. Und jetzt steckte ich mitten in einem Familienstreit. Hatte ich das bewusst riskiert? Ich wusste, ich hätte Colins Schwärmerei für mich nicht gestatten dürfen. Doch er hatte diesen Wunsch nach Glück in mir erweckt, den ich seit jener furchtbaren Januarnacht tief in mir vergraben hatte. Und dann hatte Liam sich seinerseits erklärt. Allerdings steckte er in einer Zwickmühle, da immer noch diese verfluchte Meghan da war. So langsam nahm die Situation die Züge eines billigen Schwanks an, und ich hatte einen Familienzwist ausgelöst. Wie konnte ich Colin jetzt noch ins Gesicht sehen?

Sàra sagte die Wahrheit. Ich musste das Unrecht, das ich getan hatte, wiedergutmachen, und die einzige Möglichkeit dazu war, mir ein Schiff zu suchen, das mich nach Irland brachte. Ich betete, dass es so weit sein würde, ehe Liam zurückkehrte, bevor meine Gefühle für ihn noch tiefer wurden. Wie sollte ich sonst die Kraft zum Fortgehen finden?

Mit geschlossenen Augen sog ich den tröstlichen Kieferndurft ein, der mich umschwebte. Ich zog die Schuhe aus, streckte die Zehen aus und grub sie in die Nadeln, die mich in die Fußsohlen stachen. *Wirst du denn niemals glücklich werden, Caitlin?*, fragte ich mich. Sobald ein kleines Stückchen Glück meinen Weg kreuzte, trug der Wind des Unglücks es schon davon und nahm es fort. Stets wurde es mir aus den Händen gerissen, bevor ich die geringste Aussicht hatte, es zu genießen. Kaum vermochte ich es mit den Fingerspitzen zu streifen. Warum verweigerte das Schicksal mir mein Recht, zu lieben und geliebt zu werden? Mein Herz schrie mit aller Kraft sein Bedürfnis nach Frieden und nach Liebe heraus.

Die Sonne stand im Zenit, und mein Magen, dem mein Gemütszustand gleichgültig war, knurrte hungrig. Bonnie wartete geduldig im Schatten eines Baums, auf der Suche nach ein paar Reisigen zum Knabbern. Ich war so eilig geflüchtet, dass ich vergessen hatte, etwas zum Essen mitzunehmen, und die letzten Spuren des Alkohols waren verflogen. Zeit, zurück zur Hütte zu gehen …

Sàra leerte mit einem großen, angeschlagenen Hornlöffel das Butterfass. Sie begrüßte mich knapp, erklärte mir, dass ein Hammeleintopf auf dem Herd stehe, und wandte sich dann wieder ihrer Arbeit zu, ohne mich weiter zu beachten.

Ich zögerte. Was sollte ich sagen? Ein paar oberflächliche Worte der Entschuldigung würden nichts an der Lage ändern, sondern höchstens mein eigenes schlechtes Gewissen ein wenig lindern. Ohne ein Wort trat ich in die Kate, streckte mich auf dem Bett aus und suchte Trost in dem Moschusduft der Laken, als wären es Liams Arme. Ich sehnte mich so sehr danach, mich von ihm wärmen und von seinen sanften Worten trösten zu lassen.

Sàra war kurz nach mir mit einer Schale ganz frischer Butter eingetreten. Scheppernd stellte sie sie auf dem Tisch ab und riss mich damit aus meinen trüben Gedanken. Sie warf mir einen kurzen Blick zu und stellte dann zwei Teller Eintopf auf den Tisch.

»Komm zum Essen, Caitlin, du hast seit heute Morgen nichts zu dir genommen.«

Ihre bekümmerte Miene sagte alles über ihre Stimmung. Sie hatte mir noch lange nicht verziehen. Sie zog einen Stuhl heran und bedeutete mir, mich darauf zu setzen.

»Fang schon an, es wird kalt.«

Ich gehorchte und aß den Eintopf schweigend, ohne ihn wirklich zu schmecken. Sie nahm einen Laib Brot und schnitt eine Scheibe ab.

»Wir müssen offen reden«, erklärte sie ohne Umschweife.

Sie butterte eine Scheibe Brot und legte sie vor mich hin, bevor sie sich selbst eine abschnitt.

»Was geschehen ist, das ist nicht deine Schuld, jedenfalls nicht vollständig. Als ich sah, dass meine Brüder sich stritten, bin ich in Panik geraten. Das tun sie sonst nie …«

»Das tut mir sehr leid, aber bald wird wieder alles in Ordnung kommen. Ich werde mich so bald wie möglich einschiffen.«

Sie riss die Augen auf, und ihr Kopf schoss hoch.

»Nein, du darfst nicht abreisen! Liam hat uns, Colin und mir, das Versprechen abgenommen, bis zu seiner Rückkehr auf dich Acht zu geben. Du kannst nicht fortgehen …«

»Du weißt genau, dass ich nicht hier bleiben kann, Sàra«, hielt ich ihr entgegen. »Ich möchte nicht der Grund für ein Zerwürfnis zwischen Liam und Colin sein.«

Sie rührte in ihrem Teller. Ihre fein geschnittenen Brauen runzelten sich leicht, als sie die grauen Augen zu mir aufschlug. Ich streckte den Arm aus, nahm die Brotschnitte und biss hinein.

»Seit seiner Rückkehr aus Arbroath hat Liam sich verändert«, erklärte sie. »Er wirkt zurückgezogener, sorgenvoller.«

Über ihren Becher mit Bier hinweg betrachtete sie den Brotlaib, ohne ihn wirklich zu sehen.

»Seit Annas Tod hat es keine Frauen in seinem Leben gegeben. In seinem Bett vielleicht. Aber die …«, meinte sie achselzuckend, »aber darüber reden wir hier nicht. Der Tod seiner Frau und seines Sohnes hat ihn niedergeschmettert. Seitdem hat er sich in eine eigene Welt zurückgezogen, und keiner Frau ist es gelungen, entweder dort einzudringen oder ihn daraus hervorzulocken, bis … nun ja. Seit du hier bist, lacht Liam wieder. Dir kommt das vielleicht banal vor, mir jedoch nicht. Wenn es einer Frau gelingt, meinem Bruder auch nur das kleinste Stückchen Glück zu schenken, dann will ich, dass sie ein Teil seines Lebens ist. Du bist nicht dazu gezwungen, verstehst du, aber wie ich Liam kenne … bezweifle ich, dass er dich jemals wieder gehen lässt. Du hast etwas in ihm angerührt, und das treibt ihn um. Deswegen ist er fortgegangen. Er muss über sein Leben nachdenken. Caitlin … Du musst mir glauben, Liam hat sich in dich verliebt. Aber Colin … leider ebenfalls.«

Ihre Miene war ernst. Sie spießte ein Stück Hammelfleisch auf und steckte es sich in den Mund. Ich war völlig verunsichert. Sie stieß mich buchstäblich ins Bett ihres Bruders. Zu seinem Glück.

Doch was war mit meinem Glück? Und dem Colins? Außerdem gab es da noch andere Hindernisse. Meghan… Zudem war ich eine Gesetzlose, die wegen Mordes gesucht wurde; auch kein geringes Problem.

Konnte ich auf seine Rückkehr warten? Wollte ich das wirklich? Ich war verletzt. Dank der Pflege, die man mir angedeihen ließ, erholte sich mein Körper rasch. Doch meiner Seele erging es ganz anders. Ich war geschlagen und vergewaltigt worden, und das war noch das Geringste meiner Leiden. Um von jenen Wunden zu genesen, brauchte ich Zeit. Ich hatte geahnt, was Liam von mir wollte, aber vielleicht war es nicht mehr als das, was ein Mann gelegentlich eben von einer Frau begehrt. Eine rein körperliche Anziehung ohne Folgen. Eine flüchtige Umarmung unter Laken, die nur allzu rasch wieder abkühlten.

Ich wollte nicht wieder verletzt werden. Das hatte ich schon oft genug erlebt. Und wenn ich mich ebenfalls irrte? Wenn ich diesen Mann nicht wirklich liebte, sondern ihm nur eine Art fleischlicher Besessenheit entgegenbrachte, hervorgerufen durch die körperliche Nähe, die wir einige Tage lang geteilt hatten? Wenn ich mich nur durch den einfachen Grund von ihm angezogen fühlte, weil er mich aus einer üblen Lage errettet hatte?… Eine selbst ersonnene Fantasie, ein wenig, als wäre er einer dieser keltischen Helden, aus dem Nichts vor mir aufgetaucht, um mich aus den Klauen eines schrecklichen Drachens zu reißen. Ein Gott eben.

Sàra kaute mühsam, während ich nervös meine Brotscheibe zerkrümelte.

»Ich muss wissen, welche Gefühle du meinem Bruder gegenüber hegst. Liam, meine ich…«

Vor mir sammelte sich ein Häufchen Brotkrumen an.

»Ich weiß es nicht«, antwortete ich zögernd. »Ja, er wirkt sehr einnehmend auf mich, aber warum? Ich könnte es dir nicht genau erklären.«

»Und sonst? Alle Frauen fühlen sich zu ihm hingezogen, das kann ich dir versichern!«, rief sie aus.

»Das Ganze ist verzwickter, als du denkst, Sàra«, gab ich empört zurück und hob ruckartig den Kopf. »Ich kann dir keine Antwort auf diese Frage geben, weil ich sie einfach selbst nicht kenne, obwohl ich sie mir selbst schon gestellt habe. Kann man so rasch lieben? Stell dir vor, ich habe mir diese Frage auch schon gestellt. Wenn ich seine Stimme höre, schlägt mein Herz höher. In seinen Augen… könnte ich ertrinken. Und… oh, Sàra! Ist das Liebe? Sag es mir, denn ich weiß es nicht…«

Sichtlich erleichtert lächelte Sàra mir zu. Ich dagegen war schrecklich aufgewühlt und brachte kein Wort mehr heraus.

»Beende deine Mahlzeit«, sagte sie einfach.

Drei Tage waren seit Liams Aufbruch vergangen, drei Tage, in denen wir geschrubbt, gekocht und die Küchengärten auf die warme Jahreszeit vorbereitet hatten. Die häuslichen Pflichten beschäftigten meinen Geist, der drohte, in einer bitteren Melancholie zu versinken.

Sàra hatte ihre gute Laune wieder gefunden. Colin allerdings war weiter unsichtbar geblieben, was mein schlechtes Gewissen ihm gegenüber noch verstärkte. Aus diesem Grund hatte ich auch meinen Plan, nach Irland zurückzukehren, noch nicht aufgegeben. Ich würde mich niemals damit abfinden können, der Grund für die Zerstörung brüderlicher Bande zu sein. Und ich mochte Colin zu gern, um ihn unverdient leiden zu lassen. Sàra schien sich merkwürdigerweise darüber nicht allzu viele Gedanken zu machen.

Der Morgen zog schön und frisch herauf. Wir hatten einen Stapel Kleidungsstücke zum Flicken herausgelegt. Ich leckte meinen Faden an und hielt ihn gerade, um ihn in das Öhr der Silbernadel einzufädeln, als jemand an die Tür klopfte. Meghan steckte ihren schönen, feuerroten Schopf durch die Tür und strahlte uns honigsüß an.

Sie wollte Pflanzen für Effie sammeln und schlug mir vor, sie zu begleiten. Ich war misstrauisch. Warum sollte sie meine Gesellschaft suchen? Sie stellte eine zerknirschte Miene zur Schau und entschuldigte sich für ihr unpassendes Verhalten von kürzlich abends, versicherte mir, sie wolle sich bessern. Ich war skeptisch und zögerte, doch Sàra bestand darauf, dass ich annahm. Ich sei ja leichenblass, meinte sie, und ein Spaziergang könne mir nur guttun. Meghan wartete, den Korb über den Arm gehängt. In ihrem Blick stand ein eigenartiges leises Funkeln. *Sei wachsam, Caitlin,* sagte ich mir immer wieder. Nun ja, sie würde mich schon nicht eine Felswand hinunterstürzen!

Wir gingen auf die Hügel zu, über denen sich der Pap von Glencoe erhob. Der Coe sprudelte fröhlich über die Stromschnellen und floss durch sein felsiges Bett, um sich schließlich mit den dunkleren und ruhigeren Wassern des Loch Leven zu vereinen. Ein Häher, der auf einem Kirschbaumzweig herumturnte, flog mit großem Lärm auf, als wir den schmalen Weg entlangkamen. Meghan summte fröhlich vor sich hin. Nachdem wir ein Stück Unterholz durchquert hatten, kamen wir auf die Heide hinaus, von der aus man freien Blick auf den See genoss. Auf den mit blühendem Heidekraut bewachsenen Hängen wuchsen überall herrliche Gruppen dicker, blühender Rhododendron-Büsche.

Auf der Suche nach bestimmten Pflanzenarten wühlte Meghan unter den Büschen herum. Der Wind hob leicht ihre Röcke und enthüllte schamlos ihre blassen, schlanken Beine, die in der Sonne aufblitzten. Sie war wirklich sehr schön, und das wusste sie genau. Sie gehörte zu den Frauen, die sich ihrer Schönheit bedienen wie eines Köders, um die Männer anzuziehen, die sie begehren. Liam gehörte dazu, und ich wusste, dass sie ihre Beute nicht so leicht fahren lassen würde. Außer vielleicht, wenn er nicht anbiss.

Mit einigen Stängeln, an denen mit Erde beklebte Wurzeln baumelten, kam sie zu mir zurück. Sie schüttelte sie und legte sie in den Korb, aus dem sie zuvor ein Bündel mit Vorräten genommen hatte. Mit Haferkuchen und einem Krug Bier setzten wir uns ins Gras.

Wissbegierig lugte ich in den Korb, der bereits Beeren, Waldveilchen und Bergnelkenwurz enthielt.

»Kennst du dich gut mit Heilpflanzen aus?«

»Nicht besonders, nur mit denen, die zu erkennen Effie mich gelehrt hat. Allerdings könnte ich dir nicht sagen, wozu sie dienen. Ich interessiere mich nicht besonders dafür«, gab sie gleichgültig zurück.

»Und wofür interessierst du dich?«, fragte ich neugierig.

Meghan kniff die Augen zusammen, krauste die Nase und setzte eine nachdenkliche Miene auf. Eine Haarsträhne rutschte unter ihrem Kopftuch hervor, und sie steckte sie zurück und zuckte die Achseln.

»Das Leben und seine Freuden, glaube ich«, antwortete sie mit einem verschmitzten Lächeln auf den Lippen.

»Die Freuden sind vergänglich, weißt du«, bemerkte ich und biss in einen der Kuchen. »Es muss doch etwas anderes geben, das dir am Herzen liegt, oder? Träumst du nicht davon, zu heiraten und Kinder zu bekommen?«

Ihr Lächeln verschwand, und sie musterte mich aus ihren großen, smaragdgrünen Augen.

»Vielleicht … Liam möchte gewiss wieder welche.«

Ich biss mir auf die Lippen. Wie töricht ich war! Er hatte nicht mit ihr gebrochen, sondern überlegte nur, welche von uns er in seiner Hütte haben wollte.

»Hat er davon gesprochen?«

»Von Kindern? Nein. Im Moment haben wir wirklich anderes zu tun. Außerdem kommen die ohnehin, ohne sich vorher anzumelden.«

Ich ging nicht auf die Bemerkung ein und wandte meinen Blick in Richtung Loch. In einem kleinen Hafen am Südufer lagen Schiffe vor Anker. Segel, die in der Sonne leuchteten, sprenkelten die blaue Wasseroberfläche wie weiße Flecken. Ich beschattete meine Augen mit der Hand, um die am Horizont treibenden Boote besser erkennen zu können.

»Ich wusste gar nicht, dass hier ganz in der Nähe ein Hafen liegt!«, sagte ich und versuchte, unbeteiligt zu klingen.

»Ballachulish. Häfen gibt es hier eigentlich überall, da unsere Straßen für Warentransporte kaum passierbar sind. Der Regen weicht sie auf. Auf jeden Fall reisen die *Sassanachs* lieber auf dem Wasser als auf dem Landweg, weil die Gefahr nicht so groß ist, von den Highlandern angegriffen zu werden. Unsere Wege dienen eher dazu, Vieh zu treiben. Ballachulish ist eine Stadt, die den Stewarts gehört, doch ihr Hafen bedient einen großen Teil dieser Gegend.«

Sie bot mir ein Stück gesalzenes Rindfleisch und Käse an und fuhr dann fort, wobei sie mich aus dem Augenwinkel beobachtete.

»Die Schiffe, die hier liegen, segeln sogar bis nach Irland. Andere fahren die Küste bis nach England hinunter oder kommen von den Hebriden. Und, wann willst du abreisen?«

Einen Moment lang trafen sich unsere Blicke. Ihr Mund nahm einen zynischen Ausdruck an, und ihre Augen zogen sich leicht zusammen, so dass ihre katzenhafte Form betont wurde. Mit klopfendem Herzen wandte ich meine Aufmerksamkeit von neuem dem glitzernden See zu. Ballachulish … Dorthin musste ich mich wenden. Ich wusste, ich konnte darauf zählen, dass Meghan mir den Weg weisen würde. Wahrscheinlich würde sie sogar meine Schiffspassage bezahlen, um mich aus dem Weg zu schaffen. Jetzt begriff ich auch, warum sie mich zu diesem Spaziergang eingeladen hatte.

Düsteres Schweigen lastete auf uns, während wir unsere Mahlzeit beendeten. Ich spürte, wie Meghans Blick mir den Rücken durchbohrte. Merkwürdigerweise wurde mein Wunsch, das Meer zu überqueren, immer geringer bei der Vorstellung, dass sie über meine Abreise jubeln würde. Bei dem Gedanken, dass Liam das Bett dieser Frau teilen sollte, erschauerte ich. Alle meine guten Absichten verblassten. Im Grunde meines Herzens wollte ich bleiben, aber immer noch schwebte eine Bedrohung über meinem Kopf wie die scharfe Klinge einer »schottischen Jungfrau«*. Die Garde konnte jeden Moment hier auftauchen.

Ich schluckte den letzten Bissen meines zweiten Haferkuchens hinunter. Er hinterließ einen bitteren Geschmack in meinem Mund, den ich mit Bier herunterspülte.

»Hast du außer Isaak noch andere Geschwister?«, fragte ich unvermittelt.

Ich sah zu, wie sie gedankenverloren ihren Kuchen, den sie nicht angerührt hatte, zerbröselte und die Reste im Gras verstreute, während sie mit leerem Blick in die Ferne sah. Der Kuchen fiel ihr aus den Händen und verschwand im Gras. Sie packte den

* »Scottish Maiden« wurde die schottische Guillotine genannt. Sie ist älter als die Apparatur, die in Frankreich ab 1792 verwendet wurde.

Rest des Essens mit zögernden Bewegungen wieder in das Bündel.

»Nein. Isaaks Mutter ist im Kindbett gestorben, als er erst ein Jahr alt war. Das Kind war zu groß. Sein Vater, der auch der meine war, hat dann in zweiter Ehe meine Mutter geheiratet. Sie starb, als ich ungefähr zwei war. Man hat mir erzählt, sie sei an der Schwindsucht gestorben, aber ich habe keinerlei Erinnerung an sie. Unser Vater wurde vor zehn Jahren bei einem Überfall in Glenlyon von einer Rinderherde zu Tode getrampelt. Man hat uns bei Effie untergebracht, die eine entfernte Verwandte meiner Mutter ist. Es ist ihr gewiss nicht leichtgefallen, zwei Kinder großzuziehen, da sie selbst nie welche hatte. Aber sie ist sehr gut zu mir. Ich weiß, dass ich ihr ein wenig mehr helfen müsste, aber die Hausarbeiten sind mir derart zuwider… Sie zwingt mich auch nicht dazu. Allerdings durchstreife ich gern die Hügel, um die Pflanzen zu suchen, die sie dann trocknet. Hier ist mein Lieblingsplatz. Die Aussicht ist herrlich.«

Einen Moment lang schloss sie die Augen und ließ sich von der Brise, die den Salzduft des Meeres herantrug, das Gesicht liebkosen.

»Oft träume ich davon, an Bord eines dieser Schiffe zu gehen und in unbekannte Lande zu segeln, zu den Inseln des Südens oder in die Neue Welt. Im Unterschied zu MacIains Söhnen und ihren Vettern bin ich noch nie gereist. Die Frauen sollen brav in ihren Dörfern bleiben und darauf warten, dass ihre Männer heimkehren und ihrem Bett die Ehre erweisen.«

Sie wandte mir ihren affektierten Blick zu.

»Ich dagegen warte nicht gern.«

Ich trank das Bier aus und stellte den Krug zurück in den Korb.

»Wanderst du immer allein umher? In den Hügeln von Glencoe treibt sich ein Campbell herum. Du solltest vorsichtiger sein und dich von einem der Männer des Clans begleiten lassen. Dein Bruder müsste mit dir kommen.«

Meghan errötete heftig und wandte sich sichtlich aufgewühlt ab.

»Ich weiß mich zu verteidigen«, stotterte sie und schüttelte ihre mit Krümeln bedeckten Röcke aus. »Ich habe schon einmal einen Mann verletzt, der versucht hat, mir Gewalt anzutun.«

Ihr Blick verdüsterte sich. Sie runzelte die Stirn und musterte ihre schmalen Hände, deren Nägel viel zu sauber und perfekt geschnitten waren.

»Das war bei dem Massaker«, begann sie. »Effie, mein Bruder und ich lebten in Achtriochtan, dem entlegensten Dorf des Tals. Es lag in der Nähe des Loch und war das Dorf der Barden.«

Sie änderte ihre Haltung, um sich auf einen Arm zu stützen.

»Wusstest du, dass Effie prophetische Kräfte besitzt?«

»Nein«, gab ich zurück und zog erstaunt eine Augenbraue hoch.

»Sie hatte das Geschehen vorausgesehen ... Sie wusste es, doch sie schwieg. Es war zu furchtbar, um wahr zu sein. Sie sagte sich, sie müsse sich geirrt, ihre Vision falsch gedeutet haben.«

»Das Massaker ... sie hatte es gesehen? Ohne jemandem davon zu erzählen?«

»Nur mir«, sagte sie und riss einen Grashalm aus. »Und sie ließ mich schwören, es nicht weiterzusagen. Wovor ich mich auch wohlweislich gehütet habe, denn einer der Campbell-Soldaten, John Mackinlay, machte mir den Hof. Ich hätte nie gedacht ...«

Abrupt unterbrach sie sich, biss sich auf die Unterlippe und schloss die Augen.

»Er war so freundlich«, fuhr sie mit rauer Stimme fort. »Dass Effie und ich heute noch leben, haben wir ihm zu verdanken. Wir schliefen noch, als ein Soldat in unsere Hütte kam. Mein Bruder war in dieser Nacht nicht nach Hause gekommen. Er hatte bei einem Freund Karten gespielt. Jedenfalls hatte der Soldat mich beim Hemd gepackt und mich zum Tisch geschleift ... Doch seit sich die Campbell-Männer in Glencoe aufhielten, trug ich immer einen Dolch bei mir. Ich hatte den Soldat am Arm verletzt, und in diesem Augenblick trat John in die Hütte und schlug den Mann von hinten mit einer Bank nieder ...«

»John Mackinlay?«

»Ja«, flüsterte sie betrübt. »Er hat Effie und mir bei der Flucht geholfen ...«

Sie seufzte, warf den Grashalm weg und riss einen zweiten aus.

»Ich habe keine Ahnung, was später aus ihm geworden ist. Wahrscheinlich ist er auf dem Kontinent gefallen, in einer der Schlachten gegen die Franzosen. Ich denke oft an ihn; ich mochte ihn gern. Effie und ich sind dann durch den Pass von Glencoe gen Osten geflüchtet, und dann sind wir bis zum Coire Gabhail geklettert, einem entlegenen Tal in den Abhängen der ›Drei Schwestern‹. Dort hatte der Clan stets das gestohlene Vieh versteckt. Ein anderer Ausweg blieb uns nicht. Unsere Berge sind wie Mauern, die unsere Festung waren, doch nun waren sie uns zum Gefängnis geworden. Einigen Männern aus Achtriochtan war es gelungen, über Aonach Dubh zu gehen, und sie waren durch den Lairig Gartain bis nach Dalness im Glen Etive gelangt, aber für die Frauen und Kinder war dieser Weg zu gefährlich und unmöglich zu bewältigen. Effie ist sehr stark. Ich hatte schon gedacht, sie würde es nicht überstehen. Es war so kalt… Und die Schreie, die Musketenschüsse, das Jaulen der Hunde, das Gebrüll der Offiziere, die Befehle schrien… Bei Nacht höre ich es immer noch oft.«

Heftig schüttelte sie ihre feuerrote Mähne und rieb sich energisch die Arme.

»In wenigen Stunden war Glencoe nur noch ein blutiger Fluss unter einer Rauchglocke. Wir kamen bei den Macdonalds von Dalness unter. Die Männer des Clans mussten bis zum Ende des Sommers weit verstreut in Höhlen in den Bergen leben, wo sie abwarteten, ob die Soldaten zurückkehren würden, um ihr Zerstörungswerk zu vollenden. Wie wilde Tiere haben sie gelebt und sich von allem ernährt, was sie finden konnten. Sie waren nur noch Schatten ihrer selbst. Liam war zusammen mit Alasdair in eine Höhle am Meall Mor geflüchtet. Sie sind erst im Spätherbst, vor der großen Kälte, herausgekommen. Wir Frauen und Kinder lebten zusammengepfercht in den Hütten der Menschen, die uns aus Barmherzigkeit aufgenommen hatten.«

Durchdringend, mit herablassender Miene, sah sie mich an.

»Liam braucht eine Frau, die ihn versteht, die weiß, was er ertragen hat, verstehst du?«

»Und was bringt dich zu der Überzeugung, dass du diese Frau bist? Dass Liam dich will?«

Stolz reckte sie die Schultern, so dass der Stoff ihres Mieders sich über ihrer vollen Brust spannte.

»Auf dem Schlachtfeld sind die Männer tapfere Krieger. Doch im Bett hält die Frau die Zügel in der Hand. Die körperliche Liebe ist eine sehr überzeugende Waffe. Ich weiß, dass ich ihm gefalle. Der Blick, den dieser Mann mir zuwirft, ist mein Spiegel, und die Begierde, die ich erwecke, verrät mir, wie sehr er mich schätzt.«

»Schönheit allein reicht aber nicht aus, um einen Mann im Bett zu halten, Meghan. Einer Frau ohne Verstand werden die Männer rasch überdrüssig.«

Sie presste die Lippen zusammen und blitzte mich aus ihren smaragdgrünen Augen wütend an.

»Warum bist du hergekommen?«, verlangte sie ohne Umschweife zu wissen.

»Das geht dich nichts an«, antwortete ich leise und wandte den Blick ab.

»Vielleicht doch, denn du bist schuld daran, dass Liam fortgegangen ist. Alle wissen das. Nimm Colin und lass mir Liam«, versetzte sie hart. »Auf jeden Fall musst du bald abreisen. Und außerdem glaube ich nicht, dass Liam es wagen würde, sich mit einer… Soldatenbraut zur Schau zu stellen!«

Das Blut schoss mir in die Wangen. Als sie meine empörte Miene sah, lächelte sie falsch.

»Ach, das hätte ich vielleicht nicht sagen sollen… So wollen es die Gerüchte wissen. Ich dachte…«

»Du irrst dich gewaltig! Liam hat mich aus einer üblen Lage befreit, und ich sehe mich nicht verpflichtet, dir das Geringste darüber zu erzählen«, gab ich mit vor Wut zitternder Stimme zurück.

»Hat das vielleicht mit Dunning Manor zu tun?«

Erschrocken sprang ich auf, nahm den Korb und fuhr so heftig herum, dass meine Röcke wehten, um den Weg, den wir gekommen waren, wieder einzuschlagen. Wenn bis jetzt nicht das ganze Dorf auf dem Laufenden über die Gründe meiner Anwesenheit war, dann würde es gewiss nicht lange dauern. Dafür würde schon diese Schlange mit ihrer gespaltenen Zunge sorgen.

Meghan rannte mir nach, packte mich am Arm und zwang

mich, mich umzudrehen, damit ich ihr ins Gesicht sah. Doch angesichts der stummen Drohung in meinem Blick wich sie einen Schritt zurück.

»Wenn du Liam willst, Meghan Henderson, dann musst du deinen Verstand ein wenig mehr gebrauchen... Falls du in der Lage dazu bist. Liam ist kein dummer Mann, der sich nur wegen ihrer Schönheit in eine Frau verliebt. Wenn du ihn so gut kennst, wie du behauptest, müsstest du das eigentlich bereits festgestellt haben. Ich werde nichts tun, um ihn zu beeinflussen, denn er ist der Herr seiner Entscheidungen. Wenn seine Wahl jedoch auf mich fällt, erwarte ich, dass du das akzeptierst.«

In meinem Zorn hatte ich gesprochen, ohne nachzudenken. Ich wusste, dass ich nie erfahren würde, wie er sich entschied, denn bei seiner Rückkehr würde ich schon weit fort sein. Aber ich hatte es mir nicht versagen können, gegen sie zu halten.

»Du bist eine Hexe, Caitlin Dunn!«, schrie sie mit verzerrter Miene. »Du tauchst einfach hier auf und stiehlst uns unsere Männer!«, rief sie und stemmte die Fäuste in ihre schmale Taille. »Verschwinde, du kleine Schlampe. Mein Bruder hatte Recht, du bist nur eine kleine, schmutzige Dirne.«

Ihre Worte brachten mich in Rage. Ich drehte mich auf dem Absatz um und trat auf den Weg, damit ich nicht dem Drang unterlag, ihr das schöne, purpurrot angelaufene Gesicht zu zerschlagen. Jetzt lag alles offen zu Tage. Die Karten waren verteilt, und die Partie begann. Ich wusste, dass Meghan nicht ehrlich spielen würde. Sie war daran gewöhnt, zu bekommen, was sie wollte und wann sie es wollte. Mit Sicherheit würde sie betrügen, und ich konnte nichts dagegen tun. Wollte Liam wirklich ein verwöhntes Kind, das noch dazu überheblich und faul war, selbst wenn sie Venus in Person gewesen wäre? Auf der anderen Seite war sie eine Frau seines Clans, sie war vom gleichen Blut, und über ihr schwebte nicht der Schatten des Galgens.

Wir stiegen bis zum Lauf des Coe hinunter, der durch das mit Moos und grünem Farn bewachsene Unterholz plätscherte, und ich wartete schweigend, bis sie in dem strudelnden Wasser eine größere Menge Kresse gesammelt hatte. Dann traten wir den Rückweg an und vermieden es, einander anzusehen.

Immer noch in trübsinnige Gedanken vertieft, betrat ich die Hütte und bemerkte daher Colin nicht, der mit seiner Schwester vor einer Feldflasche Whisky saß. Mit unbeweglicher Miene sah er mir entgegen. Ich lief rot an und blieb eine Weile sprachlos stehen.

»Gu… gu… guten Tag«, stotterte ich dann.

Sein Gesicht blieb ausdruckslos wie Marmor, nur ein leises Zucken an seinem Kiefer verriet seine Gefühle. Sàra erhob sich und kam auf mich zu. Sie legte die Hand auf meinen Arm, drückte ihn leicht und seufzte. Trauer war auf ihren Zügen zu lesen. Sie schüttelte den Kopf und ging dann hinaus.

Mir fehlten die Worte. Ich blieb stehen, sah Colin an und drehte nervös das Ende meines Zopfes zwischen Daumen und Zeigefinger. Er wandte die schönen grauen Augen ab, und seine Stimme brach das Schweigen und die Spannung, die über uns lagen.

»Die Brigade ist zurückgekehrt«, erklärte er in sachlichem Tonfall. »Ohne Liam.«

Mein Herz krampfte sich zusammen, und ich biss mir auf die Lippen, um ihn nicht nach dem Grund zu fragen. Ich konnte leicht erraten, dass er ebenso beklommen war wie ich.

»Der Soldat, den Angus getötet hat, war tatsächlich ein Deserteur. Das ist die erste gute Nachricht. Die zweite ist, dass es keinen Haftbefehl gegen dich gibt. Du bist frei und kannst in Schottland nach Belieben kommen und gehen.«

Aus ungläubig aufgerissenen Augen sah ich ihn an. Gewiss hatte ich ihn nicht richtig verstanden.

»Frei?«, stammelte ich mühsam. »Du meinst, Lord Dunning ist nicht tot? Ich hatte aber den Eindruck…«

Die Worte blieben mir in der Kehle stecken, und ich schlug mir die Hand vor den Mund, damit ich nicht noch mehr verriet. Das war nicht möglich, ich hätte geschworen, dass er mausetot war!

»Allerdings! Tot ist er schon«, sagte er, nachdem er den Inhalt seines Glases hinuntergestürzt hatte.

Mit zitternder Hand schenkte er sich noch ein *dram* Whisky ein und hob den Becher. Ich betrachtete die bernsteinfarbene Flüssigkeit, die er heftig kreisen ließ, ein unmissverständliches Zeichen dafür, dass er sehr zornig war. Dann hielt er die Bewegung abrupt an, doch der Whisky setzte seine wilde Fahrt fort. Mit unbestimmtem Blick sah Colin zu, wie der Branntwein in den Wollstoff seines Kilts sickerte. Dann seufzte er, setzte seinen Becher auf den Tisch und wischte sich die Finger am Ärmel ab, bevor er weitersprach.

»Es ist nicht dein Kopf, auf den wegen dieses Mordes ein Preis ausgesetzt ist«, murmelte er kalt.

Seine hellgrauen Augen hatten die Farbe eines sturmgepeitschten Himmels angenommen. Er richtete sich auf, strich erfolglos seinen zerknitterten Kilt glatt und trat dann, den Rücken zu mir gewandt, an den Kamin. Ich konnte seinen Gesichtsausdruck nicht erkennen, doch sein Tonfall verriet mir, dass die nächste Neuigkeit nicht so gut ausfallen würde. Langsam begann ich zu begreifen. Ich stützte mich auf die Stuhllehne, und mein Magen krampfte sich zusammen.

»Es ist Liam«, erklärte er betont, um ganz sicherzugehen, dass ich verstanden hatte.

Meine Knie wurden weich, und meine Finger umklammerten das vom vielen Gebrauch glatt polierte Holz. Ich schloss die Augen, biss mir wieder auf die Lippen und schmeckte einen Blutstropfen auf der Zunge. Ich musste blass geworden sein, denn Colin schob mich sanft auf den Stuhl zu, damit ich mich setzte.

»Oh mein Gott! Was habe ich getan!«, schrie ich und schlug mir mit den Fäusten an die Brust.

Durch einen Tränenschleier sah ich Colins abgespanntes Gesicht. Das würden sie mir nie verzeihen! Um meine elende Haut zu retten, hatte ich Liam zu einem Gesetzlosen, einem wegen Mordes Gesuchten gemacht.

Colin kauerte sich vor mir nieder und umfasste meine Handgelenke mit festem Griff.

»Du weißt, was das bedeutet, oder, Caitlin?«

»Ja«, stammelte ich. »Wenn sie ihn fangen… Oh nein!«

Das entsetzliche Bild von Liam, der an einem Strick baumelte, trieb mir kalte Schauer über den Rücken.

»Der Clan könnte erneut geächtet werden. Du weißt schon … die Bestrafung mit Feuer und Schwert.«

Entsetzt riss ich die Augen auf. Daran hatte ich nicht gedacht. Meinetwegen würden sie verfolgt und vielleicht getötet werden. Ich schluchzte immer heftiger. Colin maß mich immer noch mit diesem harten Blick und schüttelte mich gnadenlos.

»Hör mir gut zu, Caitlin«, sagte er mit schneidender Stimme. »Du musst mir genau erzählen, was in jener Nacht geschehen ist. Das ist sehr wichtig, verstehst du?«

»Was geschehen ist?«, schluchzte ich. »Alles?«

Brüsk ließ er mich los, trat wieder an den Kamin und lehnte sich dagegen. Seine hochgewachsene, kräftige Silhouette zeichnete sich im Feuerschein ab. Er war blass, und sein verkrampfter Kiefer zog sich zusammen, so wie bei seinem Bruder, wenn er sich bemühte, seine Gefühle zu beherrschen.

»Alles!«, versetzte er.

Geduldig wartete er darauf, dass ich mich beruhigte und ihm in allen Einzelheiten über diese schreckliche Nacht berichtete. Etwas anderes blieb mir jetzt nicht mehr übrig.

»Ich wollte gerade zu Bett gehen«, begann ich schniefend, »doch Lord Dunning hatte mich gezwungen, ihm auf sein Zimmer zu folgen. Vorher wollte er noch hinunter in die Halle gehen, um einen Gefangenen zu verhören. Es war Liam. Er … er war gefesselt und wurde von drei Soldaten eskortiert. Während des ganzen Verhörs ist Liam gleichmütig und stumm geblieben, und das hat Lord Dunning in Wut versetzt. Er ließ ihn in eine Kerkerzelle werfen. Am nächsten Tag sollte Liam in ein Gefängnis gebracht werden … ich erinnere mich nicht mehr, in welches …«

»Das ist nicht wichtig, sprich weiter.«

»Dann hat Lord Dunning mich in sein Zimmer gezerrt …«

Ich unterbrach mich und schluckte schmerzhaft. Wenn ich die Augen schloss, sah ich das ganze Bild wieder lebhaft vor mir. Das vom Kaminfeuer schwach erhellte Zimmer, Lord Dunning, der sich seinen fleckigen Rock auszog, seine gierig funkelnden kleinen Augen. Ich war wie in Trance.

»Er … er hatte mich an die Wand gedrängt … Er war zu

schwer … Ich konnte mich nicht losmachen … Er hat mich angefasst, obszöne Dinge gesagt …«

Wieder spürte ich seinen nach Wein riechenden Atem auf meinem Gesicht, seinen abstoßenden Körpergeruch und seine Hände, die … Instinktiv verschränkte ich schützend die Arme vor der Brust.

»Irgendwann konnte ich mich losreißen, aber er holte mich ein. Er hat mich geschlagen und auf seinen Schreibtisch gestoßen … Und dort hat er mich mit seinem Siegel gebrandmarkt … Ich bin ohnmächtig geworden …«

Erneut roch ich den Gestank verbrannten Fleisches, und mir wurde übel.

»Als ich wieder zu mir kam, war er über mir … Er … er … Oh, Colin! Ich wollte nicht … ich musste ihn aufhalten …«

Ich schüttelte den Kopf, um die Bilder zu vertreiben, die auf mich einstürmten: Lord Dunning, der auf meinem Bauch auf- und abrutschte, seine verrutschte, gepuderte Perücke, die sein dickes Schweinsgesicht umrahmte, seine schweißglänzende Stirn, den Sabber, den er über mich versprühte … Colin hatte meine Hände genommen und hielt sie sanft umfasst.

»Das war nicht das erste Mal, dass er mir Gewalt antat«, flüsterte ich. »Aber dieses Mal … war es zu viel. Es hat so wehgetan. Ich musste ihm irgendwie Einhalt gebieten. Auf dem Schreibtisch lag ein kleiner Dolch … Ich habe ihn in seinen Hals gestoßen, und er ist auf mir zusammengebrochen. Das Blut … das viele Blut …«

»Schon gut, Caitlin. Es ist vorüber … Es tut mir leid, dass ich dich zwingen musste, mir all das zu erzählen.«

Ich verstummte plötzlich. Dicke Tränen liefen mir über die Wangen. Ich fühlte mich beschmutzt, gedemütigt, beschämt. Ein düsteres Schweigen hatte sich über den Raum gesenkt. Ich betrachtete meine nackten, mit Erde beschmierten Füße und sagte kein Wort mehr. Colin räusperte sich verlegen.

»Du hast nur ein einziges Mal zugestochen?«

»Ja, ich glaube …«, antwortete ich und runzelte verblüfft die Stirn.

»Bist du dir ganz sicher?«, beharrte er.

»Ja.«

»Und danach, was hast du getan? Ich muss es wissen.«

»Danach bin ich aus dem Zimmer gelaufen. Ich musste fliehen… das Herrenhaus so rasch wie möglich verlassen. In diesem Moment bin ich Liam begegnet, der aus dem Keller kam. Er hatte sich befreien können. Er zwang mich, ihm zu folgen… den Rest kennst du.«

Colin zog seinen Stuhl vor mich hin, setzte sich und rieb sich die Augen. Er wirkte niedergeschlagen, und seine Züge waren angespannt. Das Schweigen schien ewig zu währen, doch schließlich sah er zu mir auf.

»Nach dir muss noch jemand im Zimmer gewesen sein, Caitlin«, erklärte er.

»Was meinst du?«

Ich verstand nicht. Er nahm seinen Whiskybecher und führte ihn an die Lippen. Einen Moment lang zögerte er und sah mich über den Rand des Bechers hinweg an, dann leerte er ihn in einem Zug.

»Als man Dunnings Leiche fand, war sie… furchtbar zugerichtet.«

»Was?«, rief ich aus. »Das war ich nicht…«

»Ich glaube dir, Caitlin, ich glaube dir ja«, beruhigte er mich und legte mir die Hand auf den Arm.

Bestürzt sah er auf seine Finger herunter, die auf dem schmutzigen Stoff meines Hemds lagen. Abrupt zog er sie zurück, als hätte er sich verbrannt, schenkte ein drittes *dram* Whisky ein und hielt mir den Becher hin. Ich schüttelte ablehnend den Kopf, und er stellte ihn vor sich auf den Tisch.

»Angeblich hat Liam ihn brutal massakriert. Simon, Angus und Niall haben die Quellen überprüft. Man hat den Steckbrief auf den Marktplätzen von Fort William und Ballachulish verlesen, und es besteht kein Zweifel mehr. Liam wird beschuldigt, Lord Dunning auf barbarische Weise abgeschlachtet und dich anschließend entführt zu haben.«

Wie vom Donner gerührt sah ich ihn an. Mir war, als träumte ich. Das alles war vollkommen lächerlich…

»Hör zu, Caitlin, ganz offensichtlich ist nach dir jemand in das Zimmer gekommen und hat sich an der Leiche zu schaffen gemacht, um die Tat noch verabscheuungswürdiger erscheinen zu lassen. Vielleicht hat diese Person Liam wirklich für schuldig gehalten, weil er geflohen ist. Da du ebenfalls verschwunden warst, musste man daraus wohl schließen … nun ja. Wer hat sich in dieser Nacht noch im Haus aufgehalten?«

»Lady Catherine und Winston Dunning, der Sohn des Lords. Lieutenant Peterson und einige Soldaten der Garde. Rupert, der Majordomus, Millie, das Zimmermädchen, und Becky, die Köchin. Der Stallknecht war zu Besuch bei seinem Bruder. Lord Dunning hat sehr wenig Personal gehalten.«

»Bevor du hinausgelaufen bist, hast du da außer meinem Bruder im Haus noch jemanden getroffen?«

Ich schüttelte den Kopf und schniefte laut.

»Nein. Nur die Wachen schienen noch auf den Beinen zu sein. Ich habe die Posten gesehen, die ihren Rundgang machten. An diesem Abend schienen sie ziemlich betrunken zu sein.«

»Hmmm, das ist mir auch aufgefallen. Wissen sie, wer Liam ist?«

»Nun ja, sie haben ihn am Tartan seines Plaids als Macdonald erkannt.«

Ohnmächtig wiegte er den Kopf. Der Zorn war aus seinem blassen Gesicht gewichen und hatte einer bestürzten Miene Platz gemacht.

»Es wird sicher nicht lange dauern, bis sie hier auftauchen. Auf der Straße hierher haben sie ihn erkannt. Mit deinem kleinen Auftritt hast du gewiss ihre Neugierde erweckt. Früher oder später werden sie die Verbindung ziehen. Verflucht!«, murmelte er und leerte seinen dritten Whisky.

Mit einem Mal spürte ich das ganze Gewicht der Situation, die ungeahnte Ausmaße annahm. Ein bohrender Krampf zog meinen Magen zusammen, und ich krümmte mich. Jetzt kam es nicht mehr in Frage, dass ich nach Irland zurückkehrte. Ich konnte Liam und seinen Clan nicht mit einem Problem allein lassen, für das einzig und allein ich verantwortlich war. Ich musste zum Herrenhaus, um die Wahrheit zu erfahren. Ganz offenbar versuchte jemand, den Macdonalds zu schaden, und diese Person konnte ich nicht gewähren lassen. Wenn es sein musste, würde ich nach Edinburgh zu den Behörden gehen …

»Ich weiß nicht mehr, was ich sagen soll … Es tut mir aufrichtig leid.«

Doch ich wusste genau, dass die Worte nutzlos waren. Was geschehen war, war geschehen und ließ sich nicht mehr rückgängig machen. Wie wünschte ich mir, anderswo zu sein, Liam nie begegnet zu sein, nie ins Herrenhaus geschickt worden zu sein, niemals einen Fuß auf schottischen Boden gesetzt zu haben! Müßige und alberne Gedanken, denn die Wirklichkeit war da und peinigte mich wie ein Schwert, das mir ins Fleisch gestoßen wurde. Der Schmerz presste mir die Brust zusammen, und mein Herz klopfte so heftig, als wolle es gleich zerspringen. Colin hatte den Kopf in die Hände gestützt.

»Weiß Sàra Bescheid?«

»Ja, ich konnte sie nicht im Unklaren lassen. Aber abgesehen von Angus, Niall und Simon hat niemand sonst eine Ahnung. Allerdings muss ich John davon berichten.«

»Liam … Er wird also nicht zurückkommen?«, fragte ich mit bebender Stimme.

Er sah mich einen Moment lang an, und eine goldblonde Strähne fiel ihm in die Augen. Einen kurzen Augenblick sagte ich mir, dass ich mich wirklich in diesen Mann hätte verlieben können, wenn Liam nicht gewesen wäre. Beide Brüder besaßen die gleichen Charaktereigenschaften, und oft hatten sie denselben Blick, der bis in meine Seele vordrang. So wie jetzt. Ich schloss die Augen und zog meine Lippe zwischen die Zähne.

»Caitlin«, begann er sanft. »Wir müssen offen reden.«

Er unterbrach sich, stand auf und begann, die Hände im Rücken verschränkt, nervös im Raum auf und ab zu gehen. Ich wusste, dass der Moment gekommen war, in dem ich klare Verhältnisse schaffen musste.

»Am Abend des *Ceilidh* …«

»Ich weiß, Colin, ich schulde dir Erklärungen, Abbitten …«

Er wandte sich zu mir um. Der Schmerz verhärtete seine Züge.

»Ich mag dich sehr, Colin, aber …«

»Aber es ist Liam, den du begehrst«, fiel er in schroffem Tonfall ein. »Ich habe es von Anfang an gespürt, doch ich habe mich geweigert, es zu erkennen. Oh, Caitlin, ich hatte so gehofft, mich so sehr danach gesehnt, dich für immer in den Armen zu halten.«

»Ich schätze dich, Colin. Du bist mir sehr teuer.«

»Sehr teuer … Schon gut.«

Mit der Spitze seines Zeigefingers streichelte er meine feuchte Wange und fuhr dann den Umriss meiner Lippen nach. Ein zweiter Krampf zog meinen Bauch zusammen, und ich unterdrückte ein Stöhnen und schloss die Augen. Als ich sie wieder aufschlug, war Colin vor mir in die Hocke gegangen und hatte meine Hände ergriffen, um sie an seine Lippen zu führen. Kalter Schweiß lief mir den Rücken hinunter.

»Ich liebe meinen Bruder, Caitlin«, flüsterte er und drückte einen Kuss auf meine feuchte Handfläche. »Ich werde ihn niemals verraten, und wenn ich dafür mit meinem Leben bezahlen muss, und ich weiß, dass er das Gleiche für mich tun würde. Außerdem verdanke ich ihm bereits ein Mal mein Leben.«

»Wie denn das?«

Er fuhr mit dem Finger an seinem Hemdkragen entlang und zuckte leicht zusammen.

»Erinnerst du dich noch, wie ich dir einmal erzählt habe, dass man mir die Schlinge schon um den Hals gelegt hatte?«

»Ja«, stammelte ich und dachte zurück an den Abend unter dem Sternenhimmel, an dem er mich gebeten hatte, bei ihm im Tal zu bleiben.

»Das geschah bei einem Viehdiebstahl, der schlecht ausging. Wenn Liam nicht mit den Männern des Clans zurückgekommen wäre, dann hätte ich mein Leben am Ende eines Hanfstricks ausgehaucht wie der arme Dougall Macmichael. Er hatte das Pech, vor mir an die Reihe zu kommen, weil er nicht aufhören wollte, die Männer von Bracaldine mit Beschimpfungen zu überschütten. Doug und ich waren von einem Kalb aufgehalten worden, das nicht mit der Herde gehen wollte; wahrscheinlich, weil seine Mutter bei den Tieren geblieben war, die mitzunehmen wir keine Zeit gehabt hatten. Doug wollte das Tier unbedingt haben, und da haben die Männer von Bracaldine uns umzingelt.«

Er schluckte.

»Das ist furchtbar«, sagte ich und drückte seine Hand, die immer noch meine umfasst hielt.

Seufzend schüttelte er den Kopf.

»Heute ist das kaum noch mehr als eine schlechte Erinnerung. Doch jetzt ist es Liam, dessen Hals in der Schlinge steckt«, sagte er mit rauer Stimme. »Das darf ich nicht zulassen… und ich…«

Erneut zog mein Magen sich schmerzhaft zusammen, und Colin bemerkte es.

»Geht es dir nicht gut, Caitlin?«

»Doch«, log ich und biss die Zähne zusammen. »Ein vorübergehendes Unwohlsein…«

Seine grauen Augen erforschten die meinen. Zögernd schob er eine Strähne zurück, die sich aus meinem Zopf gelöst hatte.

»Lächle einmal für mich, Caitlin. Ich liebe es, wie dann dieses Grübchen auf deiner Wange auftaucht.«

Ich fügte mich, um ihm die Freude zu machen. Sein Finger glitt über meine Haut und umrundete die kleine Vertiefung, ein Zug, den mir meine Mutter vererbt hatte.

»Herrgott! Dann muss ich mich wohl damit abfinden, dich wie eine Schwester zu lieben«, knurrte er stirnrunzelnd.

Er brummte und ließ die Hand in meinen Nacken gleiten, um mich an sich zu ziehen. Sanft legten seine Lippen sich auf meinen Mund, ein zarter, zurückhaltender Kuss. Langsam zog er sich zurück, wobei er mich beobachtete, und richtete sich dann auf.

»Glaub nicht, dass du daran schuld bist, was Liam passiert ist, Caitlin. Niemand konnte ahnen, wie die Sache sich entwickeln würde. Und wenn Liam es gewusst hätte, dann hätte er wahrscheinlich genauso gehandelt. Er wird zurückkommen, und du musst auf ihn warten, das hat er uns vor seiner Abreise deutlich zu verstehen gegeben.«

»Aber das war, bevor…«

»Er wird zurückkehren, Caitlin… Du musst auf ihn warten«, unterbrach er mich.

Er warf mir einen letzten schmerzerfüllten Blick zu und ging. Ich brach in heftige Tränen aus, die mir jetzt über die Wangen rannen.

»Oh mein Gott! Hab Mitleid mit mir!«, flüsterte ich.

Die Magenkrämpfe begannen jetzt erst recht, so dass ich mich zusammenkrümmen musste. Zu Beginn hatte ich geglaubt, sie seien das Ergebnis meiner inneren Unruhe und Angst, doch angesichts ihrer Heftigkeit begann ich zu argwöhnen, dass es sich um etwas anderes handelte. Eine Woge der Übelkeit stieg in mir auf, und ich konnte gerade noch zur Waschschüssel laufen, bevor ich mich erbrach.

Meine Arme und Beine fühlten sich taub an und kribbelten leicht. Ich wollte zur Tür gehen, als ein weiterer Anfall mich auf halbem Weg lähmte. Der Schmerz ließ langsam nach, und ich ging hinaus und taumelte zum Bach. Nach den Krämpfen, die wie Schwerthiebe durch meinen Körper gefahren waren, war ich schweißüberströmt.

Ich begriff nicht, was mit mir geschah; mein Verstand umnebelte sich und alles verschwamm. Ich glitt auf einem Stein aus, verlor den Halt und trat auf meinen Saum. Dabei verhedderte ich mich in meinen Röcken und schlug mit dem Kopf voran in den eiskalten Bach. Das eiskalte Wasser munterte mich ein wenig auf. Ich trank mehrere Schlucke davon und ließ mich auf den Rücken fallen. Eine neue Woge der Übelkeit rollte heran, und ich biss die Zähne zusammen. Doch vergeblich, ich gab den Rest meines Frühstücks von mir.

Dann saß ich im Gras, immer noch von den letzten Magenkrämpfen geschüttelt, und versuchte, mich ein wenig zu fassen. Ich musste mich an einem Nahrungsmittel verdorben haben, denn mein Zustand kam mir wie eine Vergiftung vor. Doch meine Benommenheit und das eigenartige Taubheitsgefühl sprachen für etwas anderes … Im Moment war ich nicht in der Lage, richtig darüber nachzudenken.

Schwankend und mühsam kehrte ich zur Hütte zurück. Mein Mund fühlte sich pelzig an. Sàra wartete besorgt auf mich. Angesichts meines jämmerlichen Zustands schrie sie verblüfft auf und half mir dann eilig, meine nassen Kleidungsstücke auszuziehen.

»Bei allen Heiligen, Caitlin!«, rief sie aus. »Was hast du nur angestellt?«

»Ich … ich fühle mich nicht besonders gut.«

»Du bist ja schrecklich blass! Warum bist du so durchweicht?«

»Ich bin in den Bach gefallen …«

»In den Bach?«, wiederholte sie perplex.

»Mir war übel … Vielleicht etwas, das ich gegessen habe … Ich werde mich hinlegen, dann geht es bald vorbei.«

»Was hast du denn zu dir genommen?«

»Salzfleisch und Haferkuchen, die Meghan mitgebracht hatte …«

Ich erinnerte mich, dass Letztere einen eigenartigen Geschmack gehabt hatten, und dass Meghan sie nicht angerührt hatte. So etwas hätte sie doch nicht getan, oder? Sie hatte behauptet, nichts von Heilpflanzen zu verstehen! Zweifel beschlichen mich. Dieses gefährliche Licht, das vor unserem Aufbruch in ihren schönen Augen gestanden hatte … Doch das Nachdenken war mir zu anstrengend, und ich ließ mich vom Schlaf überwältigen.

8

Geheimnisse

Am Morgen des zweiten Tages weckte mich dumpfes Wasserrauschen auf dem strohgedeckten Dach aus dem Schlaf. Es regnete Bindfäden, und die Luftfeuchtigkeit drang in meine Laken, so dass ich zitterte. Aber trotzdem fühlte ich mich viel besser und hatte einen Bärenhunger. Ich setzte mich auf und streckte mich.

Sàra, die Teig knetete, hob den Kopf, als sie sah, dass ich mich bewegte. Ein appetitanregender Duft nach frischem Brot lag in der Luft, und auf einem Metallgitter kühlten bereits zwei wunderbar golden gebräunte Laibe ab.

»Anscheinend geht es dir besser«, meinte sie gut aufgelegt.

»Allerdings. Ich habe Hunger, und das muss ein gutes Zeichen sein«, antwortete ich lächelnd.

Sie warf mir einen Blick aus dem Augenwinkel zu.

»Nun, das ist doch schön. Komm, steig aus dem Bett und komm essen. Oh, fast hätte ich es vergessen: Meghan war heute morgen hier.«

»Meghan? Und was wollte sie?«

»Sie wollte wissen, ob es dir wieder gut genug geht, um mit ihr spazieren zu gehen.«

»Tatsächlich? Bei diesem Wetter?«, fragte ich und zog ungläubig eine Braue hoch.

»Heute früh war es noch schön.«

»Aha«, sagte ich ausdruckslos.

Diese Frau war wirklich dreist! Wahrscheinlich hatte sie sich eher überzeugen wollen, ob sie ihre Kräuter richtig dosiert hatte. Zwei Tage im Bett, während derer ich mich ohne Pause übergeben hatte – ja, das hatte sie wohl!

Ich stand auf, wusch mir das Gesicht und zog meine Kleider an, die gewaschen und sorgfältig gefaltet auf einer Bank lagen. Sàra formte ihren Laib zu Ende und schnitt mir eine ordentliche Scheibe Brot ab, die ich mit Käse belegte. Anschließend schob ich mir einen Rest Omelett in den Mund und beschloss dieses üppige Frühstück mit wilden Erdbeeren.

Sàra wollte sich heute nicht von mir helfen lassen, sondern bestand darauf, ich müsse erst wieder zu Kräften kommen. Sie schlug mir vor, ein wenig an die frische Luft zu gehen, damit mein aschfahler Teint wieder Farbe bekäme. Die Wolken hatten sich rasch aufgelöst, und es herrschte strahlender Sonnenschein. Ich begann, mich an diese Unwetter zu gewöhnen, die so plötzlich, wie sie begannen, wieder aufhörten.

Ein sanftes Licht von reinem Smaragdgrün erfüllte das Tal. Einige Wolken hielten sich noch rund um die felsigen Gipfel. Das nach dem Regen zurückgebliebene Wasser verdampfte und ließ einen feinen Dunst über den Hütten schweben.

Die Dorfbewohner gingen auf ihren Parzellen ihren täglichen Arbeiten nach. Eine neue Hütte wurde gebaut. Das Dorf nahm sichtlich Formen an. Doch es fehlte immer noch eine Kapelle, denn in Glencoe gab es keinen Priester. Für ihre religiösen Zeremonien mussten die Menschen sich an Priester wenden, die auf der Suche nach verirrten Schafen, die sie auf den rechten Weg bringen wollten, durch die Täler streiften. Unterdessen vollzogen die Väter bei der Geburt ihrer Kinder die Nottaufe, und die Ehegelübde wurden von den Brautleuten unter Eid abgelegt. Aber sobald ein Priester auftauchte, nahm man seine Dienste in Anspruch, um sicherzugehen, dass Gott diese Sakramente wirklich anerkannte. Diesen umherziehenden Priestern mangelte es bestimmt nicht an Arbeit.

Kindergeschrei zog meine Aufmerksamkeit auf sich. Die Kleinen liefen hinter einer Schar Gänse her, die versuchten, den vielen bedrohlichen Patschhändchen zu entkommen. Der kleine Robin sah mich und kam mit vom Rennen gerötetem Gesicht zu mir gelaufen.

»Mistress Caitlin! Mistress Caitlin!«, schrie er. »Ich muss Euch etwas zeigen.«

Völlig außer Atem erreichte er mich und zupfte heftig an meinem Rock.

»Kommt! Meine Hündin hat Junge geworfen, und ich möchte, dass Ihr sie Euch anseht!«

Er trabte los und zwang mich, ihm zum Stall zu folgen. Die Hündin war in einem leeren Abteil niedergekommen, auf einem zerrissenen alten Hemd, das auf dem Stroh ausgebreitet war. Fünf kleine Fellbündel zappelten an ihrer Flanke und versuchten zu trinken. Robin ging in die Hocke, streichelte seiner Hündin den Kopf und nahm einen der Welpen in die Hand. Er war weiß mit einem schwarzen Fleck auf dem linken Auge und fiepte und strampelte zwischen den Fingern des Kindes.

»Das ist Suil Dubh, schwarzes Auge, mein Liebling«, erklärte er stolz. »Er hier heißt Reul Geal, weißer Stern«, fuhr er fort und wies auf einen anderen, ganz schwarzen Welpen, auf dessen Rücken ein sternförmiger weißer Fleck prangte.

Eines der Tierchen lag ein wenig abseits. Es wirkte weniger kräftig als die anderen.

»Und dieser da?«, fragte ich und wies mit dem Finger auf das Junge.

»Ach, der! Das ist Gòrach, der Dumme. Er kann nicht richtig saugen. Das ist der einzige Name, den ich für ihn gefunden habe«, sagte er, zog eine Grimasse und kniff die Augen zusammen. »Diese hier ist das einzige Weibchen aus dem Wurf. Sie heißt Banrigh Beag, kleine Königin, und ist Moragʼs Liebling.«

Er setzte Suil Dubh zu den anderen und hob einen vollständig schwarzen Welpen hoch, den er mir lächelnd reichte.

»Das ist Seamrag*. Er ist ganz schwarz wie Eure Haare, und er ist für Euch!«

Ich hob die kleine, ebenholzfarbene Kugel an mein Gesicht und steckte die Nase in das Fell. Die schwarze, feuchte und warme Schnauze kitzelte auf meiner Wange. Das Kind beobachtete mich strahlend.

»Ich habe ihn so genannt, um Euch an Irland zu erinnern. Gewiss ist es nicht leicht, sein Land zu verlassen«, meinte Robin

* Englisch *shamrock*, das irische vierblättrige Kleeblatt.

ernst. »Ich weiß noch, dass ich viel geweint habe, als wir weggegangen sind, um anderswo zu wohnen, aber jetzt sind wir ja zurück. Nicht in unseren richtigen Häusern, denn die haben die *Sassanachs* alle niedergebrannt. Wir haben ein neues.«

Robin nahm seinen Lieblingshund und steckte ihn unter sein Hemd, so dass er auf seinem Bauch zu liegen kam, und sein Gesichtchen verzog sich vor Vergnügen.

»Habt Ihr Euch schon einmal einen Welpen ins Hemd gesteckt?«, fragte er lachend. »Das kitzelt überall und ist ganz weich. Versucht es, dann werdet Ihr schon sehen«, setzte er hinzu und nickte heftig mit großen runden Augen.

»Ich glaube, ich bin ein bisschen zu alt, um mir Hündchen ins Hemd zu stecken«, gab ich lachend zurück. »Ich bin aber gerührt, dass du an mich gedacht hast, mein kleiner Robin. Das Hündchen ist ganz reizend, aber ich weiß nicht, ob ich es behalten kann.«

Verblüfft sah der kleine Junge mich an und zog einen enttäuschten Schmollmund.

»Warum, mögt Ihr ihn nicht?«

»Oh doch! Ich mag ihn sogar sehr! Als ich klein war, habe ich mir immer einen Hund gewünscht. Aber ich wohne nicht wirklich hier, verstehst du. Ich bin nur ein Gast und muss bald nach Hause zurückkehren.«

»In Eure Heimat, nach Irland?«, fragte er erstaunt.

»Nein, nicht nach Irland, sondern nach Edinburgh.«

Zweifelnd musterte er mich. Das Hündchen zappelte in seinem Hemd heftig herum, ohne dass er es zu bemerken schien.

»Euer Zuhause ist nicht in Irland?«

»Jetzt nicht mehr. Auch ich musste meine Heimat verlassen, um anderswo zu wohnen. Mein Vater lebt jetzt in Edinburgh.«

Er überlegte einen Moment, dann zuckte er gelassen die Achseln.

»Nun gut!«, sagte er einfach und befreite das Tierchen aus seinem Stoffgefängnis. »Wenn Ihr wollt, könnt Ihr ihn mitnehmen. Es wird ihm sicher gefallen, in Edinburgh zu leben. Er wird dort Freunde finden.«

»Vielleicht«, sagte ich und streichelte ihm den Kopf. »Ich will es mir überlegen. Im Moment ist er aber noch sehr klein und braucht seine Mama, genau wie du.«

Ich beneidete den Kleinen um seine Sorglosigkeit und Naivität. Durch seine Jugend war er offenkundig in der Lage gewesen, die schrecklichen Erlebnisse nach dem Massaker leichter zu verarbeiten. Und wenn nicht, dann hatten die Folgen ihn, anders als seinen Bruder Calum, anscheinend nicht fürs Leben gezeichnet.

»Ist Irland schön?«

»Ich habe nicht viel von meinem Land gesehen, Robin«, gab ich nachdenklich zurück. »Ich habe in einer großen Stadt gelebt, in der es keine schönen grünen Hügel und keine Heide gab, wo man herumrennen konnte. Meine Brüder und ich mussten in schmutzigen, stinkenden Gassen spielen. Aber trotzdem habe ich mich mit meinem Bruder Patrick gut unterhalten. Wir beide haben ziemlich viele Dummheiten gemacht.«

»Schlimme?«, erkundigte sich Robin, der plötzlich sehr interessiert wirkte.

»Einige, ja. Eines Tages haben wir es zum Beispiel geschafft, uns in den Taubenschlag des Stadtprokurators zu schleichen. Patrick und ich wollten ein paar Tauben mit nach Hause bringen, als Abwechslung von der ewigen, aus Hammelknochen gekochten Brühe, die unser Vermieter uns aus Mildtätigkeit gab. Es war sehr heiß, und der Gestank im Taubenschlag war unerträglich. Daher hatten wir ein paar Fensterläden offen gelassen, um zu lüften, während wir unsere Tauben jagten. Doch ohne dass wir es bemerkt hatten, war eine Katze durch eines der Fenster hereingeschlichen. Nach einigen Minuten hatten wir eine ziemlich große Mitstreiterin. Die Katze konnte viel besser als wir auf den Balken herumklettern. Wir veranstalteten einen höllischen Lärm. Überall flogen Federn herum, und die Vögel waren verrückt vor Angst. Der ganze Radau rief schließlich die Köchin des Prokurators auf den Plan. Sie hat meinen Bruder und mich erwischt, als wir gerade unsere dritte Taube fingen.«

Ich unterbrach mich, sah in Gedanken wieder das zornrote Gesicht der beleibten Dame vor mir und prustete laut los.

»Wir haben die Prügel unseres Lebens bekommen«, fuhr ich lachend fort. »Die Katze hat die Flucht angetreten, ohne dass die

Köchin es bemerkt hätte, und Patrick und ich wurden für das ganze Gemetzel verantwortlich gemacht. Alles in allem gab es elf Opfer. Dafür hat mein Vater uns mit seinem Ledergürtel geschlagen. So viele Schläge wie tote Tauben für mich, und das Doppelte für meinen Bruder, weil er der Ältere war.«

»Autsch!«, stieß Robin hervor und krauste die Nase. »Das hat bestimmt ein paar Tage lang wehgetan.«

»Patrick konnte sich zwei Tage lang nicht richtig hinsetzen, weil er die Schläge auf den nackten Po erhalten hat. Ich hatte da mehr Glück, denn mein Vater hat mir erlaubt, einen Unterrock anzubehalten, weil er fürchtete, ich könnte Narben davontragen.«

»Dann habt Ihr Eure Tauben nicht zum Abendessen bekommen?«

»Aber nein! Wir mussten sogar ohne Essen ins Bett. Ich glaube, der Prokurator hat sie verspeist«, sagte ich und steckte die Nase in Seamrags warmes Fell. Das Hündchen schlief friedlich in meiner Armbeuge.

Der Welpe roch gut nach Heu. Ich legte ihn wieder zu seiner Mutter, die ihn ein paar Mal ableckte.

»Ich habe auch schon Dummheiten gemacht«, murmelte Robin mit schuldbewusster Miene. »Wenn Ihr wollt, erzähle ich Euch von einer.«

»Dachte ich mir doch, dass du nicht immer ganz artig bist«, sagte ich und zwinkerte ihm zu. »Erzähl mir dein Geheimnis.«

»Einverstanden«, gab der kleine Junge zurück und reckte die Schultern. »Ihr dürft aber niemandem etwas verraten, versprochen?«

Ich lehnte mich an die grob zusammengefügten Holzbretter des Abteils.

»Versprochen! Nur zu, ich höre.«

»Das ist eine sehr große Dummheit«, erklärte Robin und betonte das »sehr«. »Ich glaube, wenn Mama jemals davon erfährt, hat sie mich nicht mehr lieb.«

Robin zog die Knie an und legte das Kinn darauf.

»Ich habe Papas *Sgian dhu* verloren. Mama hängt sehr daran und will nicht, dass jemand ihn anrührt. Ich wollte ihn bloß kurz ausleihen, um ein Herz in ein Stück Holz zu schnitzen und ihr das zu *Hogmanay* schenken, zu Neujahr. Ich hatte mich in meinem geheimen Schlupfwinkel versteckt. Das Holz war schwer zu bearbeiten, und ich musste kräftig drücken, um überhaupt einen Einschnitt zu machen. Die Spitze der Klinge ist am Holz abgeglitten, und das Messer ist mir aus der Hand gerutscht und in den Bach gefallen. Wenn die Sonne scheint, kann ich es glitzern sehen, aber das Wasser ist an dieser Stelle zu tief. Ich kann nicht schwimmen, und wenn ich ertrinke, wird Mama sehr wütend auf mich sein, und außerdem wird sie dann wissen, dass ich das Messer genommen habe. Ich wage nicht, jemanden zu bitten, dass er es mir herausholt, weil sie sonst die Wahrheit erfährt.«

Seine letzten Worte hatte er geflüstert, und ihm standen die Tränen in den Augen.

»Kannst du mir zeigen, wo du es verloren hast?«

Er nickte.

»Und es liegt noch da?«

»Ja, ich habe es letzte Woche gesehen. Ich habe versucht, es mit einem Zweig herauszufischen, aber das ist mir nicht gelungen.«

»Ich könnte es vielleicht für dich holen«, sagte ich leise.

Hoffnungsvoll riss das Kind die Augen auf. Entzücken vertrieb die kummervolle Miene von seinem runden Gesichtchen.

»Das würdet Ihr für mich tun?«, fragte der Junge ungläubig.

»Ich kann es jedenfalls versuchen. Zeig mir die Stelle, und ich will sehen, was ich ausrichten kann.«

Sofort sprang der Kleine auf und zupfte an meinen Röcken. Offensichtlich wurde ihm das zur Gewohnheit. Wir ließen die Welpen im liebevollen Schutz ihrer Mutter zurück und verließen den Stall.

Robins geheimer Zufluchtsort erwies sich als einfacher Felsbrocken, hinter dem er sich wahrscheinlich versteckte und, vor Blicken geschützt, kleine Streiche ausheckte. Oder sich verbarg, wenn er sich irgendeiner Arbeit entziehen wollte.

»Hier ist es!«, rief Robin und wies auf eine Stelle im Bach.

Das Wasser war klar, aber mehrere Wasserpflanzen wuchsen dort und behinderten den Blick auf den steinigen Grund und alles, was dort ruhen mochte. Ich beugte mich über das Ufer, schob die Gräser beiseite und untersuchte den Boden, doch ich entdeckte nichts.

»Bist du dir sicher, dass das die richtige Stelle ist?«

»Oh ja! Ich habe auf diesem dicken Stein gesessen. Das Messer ist *so* weggeflogen und genau dort hineingefallen«, erklärte er und unterstrich seine Worte mit den dazugehörigen Gesten.

Ich überlegte einige Augenblicke, wo der *Sgian dhu* wohl hingefallen sein konnte. Den Ärmel bis zur Schulter hochgeschoben, steckte ich den Arm in das eisige Wasser und tastete auf dem Grund herum.

»Ich glaube, ich muss meine Röcke raffen und hineinsteigen«, brummte ich. »Es ist zu tief, ich komme nicht heran.«

Das Wasser ging mir bis über die Knie, und ich verzog das Gesicht, als mich die eisige Kälte traf. Robin beobachtete mich mit hoffnungsvoll strahlenden Augen. Die vom ständigen Strom des Wassers polierten Kiesel fühlten sich unter meinen Zehen glatt an. Langsam tat ich einen Schritt nach dem anderen und tastete mit den Füßen blind den Boden ab. Meine Waden begannen sich bereits krampfhaft zusammenzuziehen, als ich spürte, wie mir etwas in den großen Zeh stach. Zwischen den Steinen und einigen Grashalmen, die in der Strömung trieben, blitzte etwas Metallisches auf. Ich streckte den Arm in das strudelnde Wasser und angelte den kostbaren *Sgian dhu* heraus.

»Geschafft!«, rief ich triumphierend und streckte dem Jungen die kostbare Waffe entgegen. »Der ist aber scharf!«

Leicht humpelnd stieg ich aus dem Wasser. Robin umarmte mich mit aller Kraft, dann drückte er das Erinnerungsstück seines Vaters an seine Brust.

»*M'ran taing*, vielen Dank, vielen Dank«, wiederholte er ein ums andere Mal. »Ich werde ihn an seinen Platz zurücklegen, ohne dass mich jemand sieht.«

»Ich möchte gern, dass du mir versprichst, ihn ohne die Erlaubnis deiner Mutter nicht mehr anzurühren«, schalt ich ihn sanft.

»Ich verspreche es Euch, Mistress Caitlin. Ich schwöre es beim Leben … meines Bruders Calum, den ich sehr liebe.«

Er küsste den kleinen Dolch und hielt ihn, die Spitze auf seine Brust gerichtet, vor sich in die Höhe.

»Und wenn ich mein Versprechen breche, dann soll diese Klinge, die meinen Eid bezeugt, mein Herz durchbohren.«

Ein wenig sprachlos betrachtete ich den kleinen Mann. Er würde seinem Volk gewiss Ehre machen. Und ganz bestimmt würde er den *Sgian dhu* nie wieder anrühren.

Plötzlich zog eine Bewegung etwas weiter oben am Hang meine Aufmerksamkeit auf sich. Schatten bewegten sich zwischen den Stämmen einer Baumgruppe. In dem dunkelgrünen Laub leuchteten die orangefarbenen Reflexe einer flammenden Mähne auf. Meghan! Und da zeichnete sich noch eine zweite Silhouette ab, größer und kräftiger als sie. Ich kniff die Augen zusammen, um die Gestalt besser zu erkennen. Ein Mann hielt Meghan am Arm gefasst und beugte sich zu ihr herüber. Ich war ein wenig verwundert. Traf Meghan sich noch mit einem weiteren Mann? Letzterer entfernte sich, wobei sein bronzefarbenes Haar in der Sonne aufleuchtete… Nein, das war nur ihr Bruder Isaak…

Ohne Umstände schob ich Robin hinter den kleinen Felsbrocken und versteckte mich ebenfalls.

»Was ist denn los?«, schrie Robin überrascht auf.

»*Bi sàmhach!* Sei leise!«, flüsterte ich und legte einen Finger auf meine Lippen.

Ich riskierte einen Blick auf die andere Seite des Granitbrockens. Meghan sollte mich nicht sehen. Ich beobachtete, wie die grazile Gestalt der jungen Frau sich von der Baumgruppe entfernte. Sie wirkte aufgewühlt. Sie stolperte, verstreute den Inhalt ihres Korbs und blieb stehen, um alles wieder einzusammeln. Denn setzte sie eiligen Schrittes ihren Weg fort.

Robin zupfte an meinem Rock und brummte etwas. Ich bemühte mich, eine ruhige Miene aufzusetzen, und streckte ihm die Hand entgegen, um ihm beim Aufstehen zu helfen.

»Komm, lass uns aufbrechen. Meghan ist hier vorbeigekommen, und du möchtest doch nicht, dass sie von unserem kleinen Geheimnis erfährt, oder?«

»Oh nein!«, rief er und schüttelte heftig den Kopf.

Ich sollte Meghan erst zwei Tage später wiedersehen. Auf dem Rückweg von einem Spaziergang ging ich den Weg entlang, der zu Sàras Hütte führte, als ich die alte Effie erblickte, die in ihrem Garten arbeitete. Sie war dabei, Zwiebeln in die Erde zu stecken. Als sie mich sah, leuchtete ihr zerknittertes Gesicht auf.

»Ah, guten Tag, meine Kleine«, rief sie mit einem gnomischen Lächeln aus. »Anscheinend geht es Euch schon besser.«

»Viel besser, wirklich. Ich wollte Euch noch für Eure gute Pflege danken…«

»Bah, das ist doch gar nichts«, sagte sie und wedelte wegwerfend mit ihrer knorrigen Hand. »Gott hat mir diese Gabe geschenkt, und es wäre eine Sünde, mich ihrer nicht zu bedienen.«

»Kann ich Euch helfen?«, fragte ich und dachte bei mir, dass ich ohnehin nichts Besseres zu tun hatte.

»Nun ja, meine Rüben und meinen Salat habe ich schon gesät. Jetzt sind noch der Kohl und einige Zwiebeln zu setzen, wenn Ihr so gut sein wollt. Meghan ist noch unterwegs. Da nehme ich Eure Hilfe gern an, denn meine alten Knochen schmerzen.«

»Sie hilft Euch nicht bei der Arbeit?«

»Meghan«, sagte sie nachdenklich, »kann Hausarbeit nicht ausstehen. Doch sie geht bereitwillig in die Berge, um die Pflanzen zu suchen, die ich brauche. Ich bin ein wenig zu klapprig, um über die Felsen zu klettern.«

Effie grub mit einem geschwärzten Holzlöffel Löcher und warf die Knollen hinein, die sie dann mit Erde bedeckte. Sie richtete sich ein Stück weit auf, zog die Augen zusammen und sah nach dem Stand der Sonne.

»Sie ist heute Morgen in aller Frühe mit Isaak aufgebrochen und hat nicht gefrühstückt. Die beiden müssten eigentlich bald zurück sein.«

Die alte Frau wandte sich zu mir und wischte sich einen Schweißtropfen ab, der ihr über die Stirn rann, wobei sie eine Spur von verwischter Erde zurückließ.

»Habt Ihr gegessen, Caitlin?«

»Nein, ich hatte keine Zeit«, murmelte ich.

»Ah, die Jugend! Immer in solcher Eile!«, rief sie aus und reichte mir den Holzlöffel und den Zwiebelsack. »Pflanzt mir den Rest ein, und ich wärme Euch eine Schale Suppe. Kommt zu mir, wenn Ihr fertig seid.«

Das Innere von Effies Hütte wirkte wie ein Hexenhäuschen. Eine Vielzahl von Regalen mit Gefäßen aller Arten, die Pulver, Kräuter und Wurzeln enthielten, nahm die Küche ein, und ein starker Duft nach frisch zerstampftem Rosmarin hing in der Luft.

Ich setzte mich vor eine Schale mit dampfender Gerstensuppe, die ich unter dem amüsierten Blick der Alten hungrig leer aß.

»Hier«, sagte sie und reichte mir ein frisch gebackenes Zimt-Küchlein. »Ihr scheint Euch wirklich auf dem Weg der Besserung zu befinden.«

Begierig biss ich in das zarte Gebäck, als ein dickes, in schwarzes Leder gebundenes Buch meine Aufmerksamkeit erweckte. Der Einband war abgewetzt und vom Alter hart geworden. Effie war meinem Blick gefolgt, nahm den Band und legte ihn vor sich hin.

»Man könnte meinen, es mit einem alten Grimoire, einem Hexenbuch, zu tun zu haben.«

»In gewisser Weise ist es das auch. Es handelt sich um eine alte Rezeptsammlung mit Angaben zu den medizinischen Eigenschaften der Pflanzen, und dazu noch einigen Zaubersprüchen.«

»Zum Beispiel Liebeszauber?«, fragte ich und zog fasziniert eine Augenbraue hoch.

»Braucht Ihr einen?«, gab sie spöttisch zurück und lächelte verhalten.

Ich strich mit den Fingerspitzen über das Leder.

»Darf ich?«

»Selbstverständlich.«

Sie schob das Buch vor mich hin. Durch das Alter war die Schrift auf dem Einband unleserlich geworden, und der einstige Goldschnitt war matt geworden und abgegriffen. Der Einband öffnete sich unter dem Knistern brüchigen Papiers. Die vergilbten Seiten waren mit einer feinen, ebenmäßigen Schrift bedeckt. Ich versuchte, ein paar Zeilen zu lesen, bemerkte aber rasch, dass der Text in einer mir unverständlichen Sprache verfasst war.

»Das Buch ist über eine Tante an mich weitergegeben worden, die Nonne in einem Kloster im französischen Poitou war. Es ist mir sehr teuer, doch meine alten Augen sehen nicht mehr besonders gut.«

»Dann versteht Ihr Französisch?«

»Sehr wenig. Die Macdonald-Jungen und ihre Vettern haben mir einige Passagen übersetzt. Sie sprechen fließend Französisch.«

»Wirklich? Ich wusste ja gar nicht, dass Liam Französisch kann. Sie haben also eine höhere Bildung absolviert?«

»Ja, sie haben das King's College in Aberdeen besucht und einige Zeit in Frankreich verbracht.«

Ich lächelte, als ich versuchte, mir diese eher bäuerlich wirkenden Highlander-Riesen in einem so kultivierten Rahmen wie einer Universität oder sogar einem königlichen Hof vorzustellen.

»Mein älterer Bruder konnte auch einige Jahre die Schule besuchen«, sagte ich, »als die Geschäfte meines Vaters noch gut gingen, bevor er alles verlor. Dann hat Michael uns lesen gelehrt, meine zwei anderen Brüder und mich. Ich bin ihm heute noch dankbar«, erklärte ich in Gedanken verloren.

»Wo sind sie heute?«

»Michael ist tot. Patrick, Matthew und mein Vater leben in Edinburgh. Und Ihr, habt Ihr noch Familie?«, fragte ich indiskret, um das Thema zu wechseln.

Mir war ohnehin das Herz schwer, und ich hatte wirklich keine Lust, ihr heute meine Geschichte zu erzählen. Das zerfurchte Gesicht der Alten verdüsterte sich. Sie spielte mit der Ecke des fadenscheinigen leinenen Tischtuchs.

»Ich war einmal verheiratet, vor sehr langer Zeit. Damals war ich siebzehn. Er war ein Stewart aus Appin. Douglas Steward von Ardshiel. Ein prachtvoller Mann und ein stolzer Krieger... Unsere Ehe währte nur sehr kurz: Douglas ist ein Jahr später in der Schlacht von Inverlochy gefallen. Danach bin ich von einem Clan zum anderen geirrt und habe für eine Unterkunft und etwas zu essen meine Dienste als Hebamme und Heilerin feilgeboten. Ich habe nie wieder geheiratet.«

Es fiel mir schwer, mir diese gebeugte alte Frau mit ihren verzogenen Gelenken und der faltigen Haut als junge Frau von siebzehn Jahren vorzustellen, frisch wie eine Rose und in den Armen eines feurigen Kriegers.

Laute Stimmen kündigten das Eintreffen Meghans und ihres Bruders an. Isaak erschien in der Tür; an seinem Gürtel baumelten zwei Moorhühner. Er erblickte mich und verzog einen Mundwinkel zu einem Lächeln. Effie warf ihm einen zornigen Blick zu.

»Ihr kommt viel zu spät zum Essen. Wo ist deine Schwester? Meine Suppe kann nicht wegen eurer schönen Augen den ganzen Tag vor sich hinkochen.«

»Sie wollte nicht essen; sie schmollt schon den ganzen Tag. Sprich sie lieber nicht an.«

Ungezwungen trat er herbei und setzte sich vor seine dampfende Schale.

»Was hat sie?«, erkundigte ich mich.

Träge zuckte er die Achseln. Sein stechender Blick hob sich kurz von seinem Löffel und richtete sich auf mich. Mir lief es kalt über den Rücken. Machte er mich etwa für das Unglück seiner Schwester verantwortlich?

»Fragt sie doch selbst.«

Effie beobachtete uns wortlos. Ein bleiernes Schweigen hatte sich über uns gesenkt. Isaak hob den Blick kein weiteres Mal, sondern aß eilig seine Suppe auf, erhob sich und ging hinaus. Effie zog eine ratlose Miene.

»Da stimmt etwas nicht«, seufzte sie. »Normalerweise plaudert der Bursche beim Essen wie ein Buch. Er hängt sehr an seiner Schwester, und wenn er so aufgewühlt ist…«

Sie unterbrach sich, und als sie weitersprach, wirkte sie ein wenig verlegen.

»Ich weiß nicht, was zwischen Euch und Liam ist, und es geht mich auch nichts an. Meg umschwärmt ihn schon seit einiger Zeit, doch Liam ist nicht für sie bestimmt. Ich habe versucht, sie davon abzubringen, aber… wenn Meg sich etwas in den Kopf gesetzt hat… Sie hat schon sehr früh gelernt, ihre Umgebung zu ihrem eigenen Nutzen um den Finger zu wickeln. Als ich sie in meine Obhut nahm, war sie bereits eine kleine Hexe, die glaubte, alles zu bekommen, wenn sie nur die Augen aufschlug. Ich hätte strenger zu ihr sein sollen, und heute bedaure ich das. Doch jetzt ist es zu spät. Meg ist, wie sie ist. Aber Liam wird sie nie bekommen, und wenn sie vor Kummer darüber stirbt.«

Sie stand auf, um mir zu bedeuten, dass das Thema abgeschlossen war.

Später half ich Effie bei der Gartenarbeit. Isaak, der im Schatten eines Kirschbaums seine Pistolen reinigte, beobachtete uns prüfend. Meghan saß auf einer Bank in der Nähe der Hütte und ignorierte uns vollständig. Gedankenverloren wühlte sie mit dem Absatz den Boden auf. Offensichtlich bereitete ihr etwas Sorgen. *Liam wird sie nie bekommen…* Was hatte Effie nur damit sagen wollen?

»…den Zwiebeln?«

Effies Stimme hatte mich aus meinen Überlegungen gerissen, und ich fuhr zusammen.

»Zwiebeln?«

»Seid Ihr mit den Zwiebeln fertig?«

Effie folgte meinem Blick, und ihre Miene verdüsterte sich.

»Ich würde zu gern wissen, was sie bedrückt, aber mir sagt sie ja nichts. Isaak weiß gewiss etwas, aber er wird mir ebenfalls nichts verraten. Er betet seine Schwester an und behütet sie für meinen Geschmack ein wenig zu sehr.«

Ich hatte auch so meine Vorstellung, doch ich hütete mich, ihr davon zu erzählen.

Die junge Frau wandte uns ihre düstere Miene und ihre umschatteten Augen zu. Ein Hauch von Mitgefühl mischte sich schüchtern in die Verbitterung und Eifersucht, die ich ihr gegenüber empfand. Vielleicht hatte Liam sich ja, nachdem er sie wegen ihres unhöflichen Verhaltens mir gegenüber getadelt hatte, vor seiner Abreise nicht von ihr verabschiedet.

»Meg«, sagte Effie und richtete sich auf, »ich hätte gern, dass du nach Ballachulish reitest und mir bei Murdo ein paar Meter Jute, Bienenwachs und Heilkräuter besorgst.«

»Heute nicht, Effie«, murrte Meghan widerwillig.

»Es kann aber nicht mehr warten; seit drei Tagen bitte ich dich schon darum, und ich habe kein Wachs mehr für meine Salben. Isaak soll dich begleiten.«

Mit viel sagender Miene wandte sie sich anschließend an mich.

»Vielleicht könnte Caitlin ja mit euch kommen?«

Das war eher ein Befehl als ein Vorschlag. Eigentlich hatte ich keine große Lust, mit diesen beiden nach Ballachulish zu reiten, aber Effie wirkte so beunruhigt. Sie hatte so viel für mich getan, dass ich ihr diesen kleinen Gefallen nicht abschlagen konnte. Und ich musste auch zugeben, dass Meghans Verhalten meine Neugierde reizte.

Zusammen mit Donald MacEanruigs, der sich uns zu meinem Glück angeschlossen hatte, wartete ich an der Straße auf die Hendersons. Donald hatte im Auftrag des Chiefs MacIain Dokumente an einen Notabeln der Stadt zu überbringen. Um sich die Zeit zu vertreiben, ließ er es sich angelegen sein, mich mit einer ziemlich fantastischen Jagdepisode zu unterhalten.

»... und ich schwöre Euch, dass er zweimal so groß war wie ich, und seine Augen waren rot wie die Glut der Hölle. Dieser Wolf war ein richtiger Dämon, das sage ich Euch!«

»Und Ihr habt ihn mit bloßen Händen getötet?«

Die Handflächen nach oben gewandt, reckte er mir die fraglichen Arme entgegen.

»Seht her. Er hat mir die Hand bis auf den Knochen aufgerissen. Ich dachte schon, ich würde sie verlieren, aber Gott hat mich für meinen Mut belohnt, so dass ich immer noch beide Hände besitze.«

»Tatsächlich«, gab ich skeptisch zurück. »Und wie ich feststelle, habt Ihr auch den Kopf immer noch voller unwahrscheinlicher Geschichten.«

»Glaubt Ihr mir etwa nicht?«, empörte er sich. »Fragt Liam; er wird es Euch bestätigen, denn er war dabei. Und da wir gerade vom Teufel sprechen... der gute Liam ist immer noch nicht zurück. Hat er Euch vielleicht verlassen?«

»Er ist ein freier Mensch und kann tun, was er will. Wir sind auf keine Weise verbunden.«

Donalds Mundwinkel zuckte.

»Ihr seht mich begeistert. Dann habe ich vielleicht doch noch Aussichten bei Euch. Es sei denn, Colin...«

»Muss ich Euch daran erinnern, dass ich mich in diesem Tal nur auf der Durchreise befinde?«, gab ich leicht verärgert zurück. »Und außerdem dürfte ein so mutiger Mann wie Ihr bei den Damen doch höchstens die Qual der Wahl haben.«

Er lachte und schob mit einem Finger sein Barett zurück, das ihm in die Augen gerutscht war.

»In letzter Zeit ist die Jagd nicht so gut gewesen. Die schönen Ricken entfleuchen so leicht, wenn ich mich ihnen nähere. Warum nur, sagt es mir? Habt Ihr eine Vorstellung davon, was sie in die Flucht schlägt?«

»Vielleicht ist der Jäger ja zu … stürmisch. So etwas muss man sachte angehen.«

Er brach in ein freimütiges Gelächter aus, und seine Augen funkelten schelmisch.

»Sachte? Bei einer Jagdbeute wie Euch könnte ich nicht für meine Beherrschung einstehen, solltet Ihr mir jemals Eure Gunst …«

»Mr. MacEanruigs! Also, wirklich!«

Er zog eine spöttische Miene und zuckte die Achseln.

»Ich wollte Euch über meine Gefühle nicht im Unklaren lassen.«

»Wenn dies Eure Art ist, den Damen den Hof zu machen, dann bezweifle ich, dass Ihr allzu bald die Richtige findet.«

»Missfalle ich Euch denn so sehr?«

Seine stahlgrauen Augen zogen mich schamlos aus, doch sein Blick schien trotzdem bar jeder Bosheit zu sein.

»Also …«

Ich zögerte angesichts seines kindlichen Lächelns, das mir aufrichtig vorkam. Bah! Sollte doch eine andere ihm die Lektion in Demut erteilen, die er verdiente. Im Moment war er wahrscheinlich so etwas wie mein Leibwächter. Schließlich war er bestimmt kein übler Bursche, da Liam ihn so hoch schätzte. Abgesehen von seinen oft deplatzierten Äußerungen hatte er sich mir gegenüber stets sehr höflich verhalten, und ich mochte ihn gern.

Die Ankunft der Henderson-Geschwister enthob mich einer Antwort. Da war ich ja in angenehmer Gesellschaft unterwegs nach Ballachulish. Ich ritt zwischen Meghans finsteren Blicken und der düsteren Miene ihres Bruders. Ich stellte fest, dass er auch in nüchternem Zustand ein Übermaß an Arroganz ausstrahlte.

Wir ritten an den steinigen Ufern des Loch Leven entlang, und die Pferde gingen im Schritt. Eine milde Brise von Südwesten trug den Duft des Meeres heran, den ich in meine Lungen sog. Einige Strandläufer pickten fröhlich in den Algenhäufchen herum, die auf den aus dem Wasser ragenden Steinen klebten. Donald mäßigte sein Tempo und bedeutete mir, ich solle anhalten. Meghan und ihr Bruder, die uns folgten, zügelten ebenfalls ihre Pferde.

»Seht Ihr diese Insel in der Ferne?«, fragte er und sah zu einem Felsmassiv, das aus dem Wasser des Loch ragte. »Das ist die *Eilean Munde*, die Insel Munde. Dort werden die Mitglieder unseres Clans begraben.«

Er wandte mir einen ernsten Blick zu. Der Wind blähte sein Plaid und ließ seine Gestalt noch imposanter erscheinen. Er hatte sein Haar, das eine schöne hellrote Farbe hatte, im Nacken zusammengefasst und trug das Emblem der Macdonalds an sein blaues Barett gesteckt. Neben einem langen Dolch hingen an seinem Gürtel zwei Pistolen. Geblendet von den Sonnenreflexen, die auf der Wasseroberfläche tanzten, zog er die Augen zusammen. Ein Reiher zog gemächlich über uns hinweg.

»Hat Liam Euch erzählt, was hier geschehen ist?«

»Ja, Euer Clan hat sehr gelitten.«

»Ich glaube ja, dass wir uns nie davon erholen werden. Wir waren nie ein großer Clan wie die Glengarrys, Keppochs oder Lochiels, aber man hat uns gefürchtet wie die Pest. MacIain wurde entweder respektiert oder verachtet, aber er ließ niemanden gleichgültig. Wusstet Ihr, dass er eine Handspanne über zwei Meter maß? Er war ein Riese. Mit seiner schneeweißen Mähne, seinem ebenfalls weißen Bart und dem auf französische Art frisierten Schnurrbart blieb er nicht unbemerkt. Er war der unerbittlichste Feind des Campbell von Breadalbane, dieses Bastards von einem alten Fuchs... Breadalbane wollte um jeden Preis seinen Kopf, und er hat ihn auch bekommen. Doch seine Söhne konnte er nicht töten.«

»Ich habe nicht den ganzen Tag Zeit«, warf Meghan, die bis jetzt noch kein Wort gesagt hatte, ein. »Du kannst später mit der Dame plaudern, Donald. Ich habe noch anderes zu tun.«

Sie rutschte unruhig im Sattel herum. Ihr Gesicht war furchterregend blass.

»Geht es dir gut, Meghan?«, fragte Donald.

Sie schenkte ihm einen wütenden Blick und teilte ihm in bissigem Ton mit, es gehe ihr ausgezeichnet. Mich überzeugte sie allerdings nicht.

»Also wirklich, das Gemüt der Frauen werde ich nie verstehen!«, seufzte Donald schulterzuckend. »*Fuich!*«

Er gab seinem Reittier die Sporen und übernahm zusammen mit Isaak die Spitze, so dass ich einen Moment lang allein mit Meghan zurückblieb.

»Hör mir zu, Meghan«, begann ich. »Wir brauchen nicht so zu tun, als wären wir keine Feindinnen. Aber wenn es meine Anwesenheit ist, die dich in diese Stimmung versetzt, kann ich jederzeit nach Carnoch zurückkehren.«

In der Tat hatte ich die größte Lust, sie einfach zurückzulassen und wieder ins Tal zu reiten, aber ich dachte an Effie und zwang mich, freundlich zu der intriganten Person zu sein, in der Hoffnung, ein wenig ihr Vertrauen gewinnen zu können. Eine Haarsträhne hing auf ihre Wange, und sie hielt den Blick starr auf ihren Sattelknauf gerichtet. Kurz hob sie das Gesicht zu mir, so dass ich ihre niedergeschlagene Miene erkennen konnte, während sie sich krampfhaft die Hände rieb. Ganz offensichtlich trieb sie etwas um, und Effie verließ sich darauf, dass ich versuchte, es herauszufinden. Doch das versprach schwierig zu werden.

»Es liegt nicht an dir … Ich kann dir nicht davon erzählen, du würdest es nicht verstehen.«

»Du könntest es wenigstens versuchen.«

Sie schüttelte den Kopf und wandte den Blick zur *Eilean Munde*. Dann holte sie tief Luft.

»Wie könntest du mich verstehen, Caitlin? Du weißt nichts über mein Leben. Und außerdem gibt es niemanden, der etwas für mich tun könnte.«

Sie riss den Kopf ihres Pferdes herum und galoppierte die Straße entlang, unserer Eskorte hinterher.

Ich konnte Meghan nicht besonders gut leiden, aber etwas in ihrem Blick hatte mich angerührt. Ihre Verzweiflung war nicht vorgetäuscht, das spürte ich. Lag es daran, dass Liam immer noch nicht zurück war? Oder daran, dass meine Abreise, die ich unbewusst immer weiter hinausschob, auf sich warten ließ? Ich hatte keine Möglichkeit, das zu beurteilen.

Ballachulish war ein kleines, belebtes Dorf und erhob sich wie ein Wachposten an der Mündung des Loch Leven, wo sich das Wasser des letzteren mit dem des Loch Linnhe mischte. Mehrere Schiffe ankerten im Hafen, in dem reges Treiben herrschte. Hafenarbeiter verluden Kisten mit Schiefer, der aus den Steinbrüchen in den hinter uns liegenden Bergen stammte, und entluden diverse Waren, deren die Bewohner der Gegend bedurften.

Als ich sie beobachtete, spürte ich einen kleinen Stich im Herzen. Es wäre so einfach gewesen, mich sofort einzuschiffen ... Ich spürte Meghans Blick im Rücken und wandte mich um. Ihr Blick glitt von mir zu den Schiffen und richtete sich dann wieder auf mich. Ein boshaftes Lächeln lag auf ihren Lippen.

»Suchst du immer noch nach einem Schiff, das nach Irland segelt, Caitlin?«, stichelte sie.

Ich schützte Gleichgültigkeit vor.

»Die *Blue Dolphin* liegt am Kai. Sie wird sicherlich mit einer vollen Ladung Schiefer auslaufen und die Westküste in Richtung Süden herunterfahren. Vielleicht fährt sie ja bis nach Irland?«

Sie sah mich nachdenklich an.

»Soll ich vielleicht Erkundigungen für dich einziehen?«

Ich warf einen Blick zu Donald, der einige Meter hinter uns mit einem kleinen, dicklichen Mann disputierte. Isaak hielt sich im Hintergrund. Keiner der beiden achtete auf uns.

Sie betrachtete mich immer noch auf diese leicht herablassende Weise, die mich irritierte. Ich konnte mir einfach nicht vorstellen, dass Liam sich von einer solchen Schlange angezogen fühlte, und spürte den unwiderstehlichen Drang, ihr ein für alle Male den Mund zu stopfen.

»Das wird nicht nötig sein«, versetzte ich in unbekümmertem Ton. »Ich werde nicht nach Irland fahren.«

Ich hatte ein schlechtes Gewissen, weil ich in voller Absicht so boshaft zu ihr war. Um mein Schuldgefühl zu besänftigen, sagte ich mir, dass es die Wahrheit war. Ich hatte ihr allerdings verschwiegen, dass ich trotzdem die Absicht hegte, das Dorf zu verlassen. Sie erbleichte, und ihre Augen wurden groß vor Überraschung. Ihr Mund klappte auf und schloss sich dann wieder, wobei ihre Zähne hörbar klackten. Mit fliegenden Röcken fuhr sie herum und ging zu den Männern. So, das hatte ich gut gemacht!

Donald hatte seinen Auftrag ausgeführt, wir hatten die Besorgungen für Effie erledigt und gingen jetzt in Richtung Markt, um vor unserem Aufbruch ein paar frische Lebensmittel zu kaufen, als wir von einer Gruppe Männer, die torkelnd und ordinär lachend aus einer Taverne stolperten, grob angerempelt wurden. Einer der Säufer wandte sich um, entweder um sich zu entschuldigen oder um mich anzubrüllen, doch das sollte ich nie erfahren, denn die Worte blieben ihm im aufgerissenen Mund stecken. Mir ging es nicht anders, denn ich blickte in die düstere Miene von Ewen Campbell.

Als der Moment der Überraschung vorbei war, erhellte ein amüsiertes Glitzern die Augen des Trunkenbolds. Er wollte einen Schritt auf mich zutun, doch Donald vertrat ihm brutal den Weg und stieß ihn heftig gegen die drei hinter ihm stehenden Männer. Innerhalb von Augenblicken fand ich mich zusammen mit Meghan hinter unserem Leibwächter wieder, der sich anschickte, seinen Dolch zu ziehen. Isaak hielt seine Waffe bereits in der Hand und zückte sie, als ein Schrei seiner Schwester ihm Einhalt gebot. Campbell, der sich nur mit größter Mühe auf den Beinen hielt, richtete sich auf, rückte das dunkle Plaid, das er über die linke Schulter drapiert hatte, zurecht und musterte Donald kalt.

Ich hörte das Zischen von Dolchen, die aus der Scheide gezogen wurden. Sonnenlicht blitzte auf Stahl auf und blendete mich. Campbells Spießgesellen hatten ebenfalls ihre Waffen gezückt. Schaulustige beobachteten uns und warteten mit sichtlich wachsender Aufregung darauf, dass Blut floss. Eine schreckliche Stille hüllte uns ein, während die Gegner einander abschätzten.

»Was hast du hier zu suchen, Campbell?«, knurrte Donald, angespannt wie eine Bogensehne.

Ich wandte mich leicht zur Seite, um Meghan anzusehen, die

totenbleich geworden war. Ihr Blick war unverwandt auf den Mann gerichtet, und ihre Lippen zitterten.

»Ich hatte etwas zu erledigen, MacEanruigs. Wir befinden uns hier auf Appin-Land, und ich habe dir weder Rechenschaft abzulegen noch Befehle von dir oder deinen Leuten entgegenzunehmen.«

Der Mann warf mir einen kurzen Blick zu.

»Die kleine Dame hat sich also erholt …«

»Halt dein Maul, Campbell. Reite nach Glenlyon zurück, bevor ich meinen Dolch nicht mehr zurückhalten kann und dir ein Loch in die Haut steche.«

»Überlass ihn mir«, murmelte Isaak. »Ich habe einige kleine Rechnungen mit ihm zu begleichen.«

Der andere schien die Drohung eher komisch zu finden, denn er stieß ein heiseres Lachen aus und schaute dann Meghan an, die sich hinter ihren Bruder geflüchtet hatte. Einige Momente lang starrte Campbell sie durchdringend an, und ich hörte, wie Meghan scharf die Luft einsog. In einer unmissverständlichen Geste ließ er die Zunge über die Lippen gleiten, die sich langsam zu einem dreisten Lächeln verzogen. Isaak sprang auf ihn zu, doch obwohl Campbell schwer betrunken war, gelang es ihm mit verblüffender Behändigkeit, ihm auszuweichen. Einer seiner Schergen packte Isaaks Arm und verdrehte ihn auf seinem Rücken, so dass er seine Waffe fahren lassen musste.

»He! Leg dich bloß nicht mit mir an, Henderson«, zischte Campbell und setzte ihm den Dolch an die Kehle. »Denk doch an deine hübsche Schwester. Das wäre schade … Was für ein schreckliches Bild du abgeben würdest, wenn du mich zwingen würdest, dir hier die Kehle aufzuschneiden. Ich frage mich allerdings, ob sie sehr lange um dich weinen würde.«

Sein Blick verengte sich und richtete sich von neuem auf Donald, der die Dolche der Gegner nicht aus den Augen ließ.

»Wir reiten in angenehmer Gesellschaft spazieren, was, MacEanruigs?«

»Wenn einer von euch den Damen auch nur ein Haar krümmt, hacke ich ihm die Hand ab«, brummte Donald, der langsam die Geduld verlor.

Das Lächeln, das auf Campbells Lippen spielte, wurde noch breiter und enthüllte einen abgebrochenen Zahn, den er wahrscheinlich bei einer Rauferei verloren hatte. Er brach in Gelächter aus. Meghan schluchzte auf und klammerte sich zitternd an meinen Arm. Von neuem starrte er uns beide lüstern an.

»Die Hand, sagst du? Komm schon, MacEanruigs, mir müsstest du schon beide abhacken!«

Er stieß Isaak brüsk von sich, brach von neuem in ein böses Lachen aus und bedeutete dann seinen Männern, die Dolche wegzustecken.

»Vergiss nicht, was ich dir gesagt habe, Henderson.«

Letzterer war leichenblass und sah seine Schwester an, die zitternd neben mir stand.

»Einen schönen Tag noch, MacEanruigs, Ladies.«

Er neigte leicht das Haupt, und dann verschmolzen die vier Männer unter brüllendem Lachen mit der Menge. Sie waren sichtlich zufrieden mit ihrer erfolgreichen Vorstellung. Donald blieb wie angewurzelt stehen und murmelte gälische Beschimpfungen an die Adresse der Gaffer, die noch verweilten.

»Dreckiger Hundesohn … Am liebsten hätte ich ihn mit meinem Claymore entzweigeschlagen. Was hat er bloß hier zu suchen? Er hat bei den Stewarts nichts zu bestellen, ich muss John davon berichten.«

Seine Muskeln entspannten sich, und er wandte sich an mich.

»Er ist der Neffe des Laird von Glenlyon. In ihren Adern fließt dasselbe Blut«, erläuterte er. »Kommt, wir müssen zurück.«

Meghan taumelte. Als sie über einen Stein stolperte, hielt ich sie am Arm fest. Mit einer brüsken Bewegung machte sie sich los und ging hinter ihrem Bruder her.

Den Rückweg legten wir im Trab zurück; Donald schien es eilig zu haben, nach Glencoe zurückzukehren. Sobald wir das Tal erreicht hatten, hatte ich den Eindruck, dass Meghan uns nicht mehr folgte. Ich drehte mich auf meinem Pferd um und sah, dass sie an der Mündung des Coe, am Rande des Loch, angehalten hatte. Im Galopp schloss ich zu Donald und Isaak auf, die ihrerseits ihre Geschwindigkeit mäßigten. Letzterer wollte zurückreiten, als er Meghan weit hinter uns erblickte.

»Nein, ich übernehme das, ich glaube, sie muss reden...«, erklärte ich.

Isaak zögerte, und Donald war sichtlich beunruhigt über die Aussicht, uns allein zu lassen, während die Campbells sich nur wenige Meilen von uns entfernt aufhielten.

»Das geht schon«, versicherte ich. »Es dauert nicht lange, und außerdem ist es nicht weit bis zum Dorf.«

»Ich bleibe hier; dann braucht Ihr nur zu rufen, falls Ihr meiner bedürft. Isaak, du reitest rasch zu MacIain und gibst ihm Bescheid, dass Campbells in Ballachulish sind.«

Er sprang von seinem Pferd und setzte sich, einen Grashalm zwischen den Zähnen, an den Rand des Flusses.

Ich ritt zurück und hielt Bonnie in einigen Metern Entfernung von Meghan, die heiße Tränen weinte, an. Als ich mich neben sie setzte, fuhr sie zusammen.

»Was machst du hier?«, schimpfte sie und trocknete sich die Augen.

»Dieselbe Frage könnte ich dir stellen.«

Meghan stand auf und sammelte am Ufer einige Kiesel auf, die sie in das schwarze Wasser des Loch warf, das inzwischen die Uferböschungen fast vollständig verschlungen hatte. Die konzentrischen Kreise breiteten sich auf der Oberfläche aus und verschmolzen miteinander.

»Vielleicht könnten wir ja einen Waffenstillstand schließen, Meghan.«

Mit großer Wucht schleuderte sie einen weiteren Stein und wich meinem Blick aus.

»Und wozu?«

»Um zu reden. Offensichtlich brauchst du jemanden, mit dem du sprechen kannst.«

»Und warum sollte ich dir von meinen Problemen erzählen?«

»Vielleicht kann ich dir helfen.«

Ein verächtliches Lachen entrang sich ihr, doch es war kurz. Ich wartete schweigend, denn ich wusste, dass sie letztlich doch reden würde. Sie drehte sich zu mir um, und ihr Haar wirkte, als leckten hüpfende Flammen an ihrer weißen Gesichtshaut. Ihre Haltung hatte sich verändert, was mich nicht eben beruhigte.

»Du hast Recht«, sagte sie schließlich mit beherrschterer Stimme. »Ich habe ein Problem. Seit über einem Monat habe ich nicht mehr geblutet.«

Ich starrte sie mit offenem Mund an.

»Du meinst, du erwartest… ein Kind?«, fragte ich bestürzt.

»Du begreifst sehr schnell, Caitlin!«, spottete sie ätzend.

Ein Monat… Aber wer war der Vater? Plötzlich ging mir das Offensichtliche auf, und die Erkenntnis durchfuhr mich wie ein scharfer Schmerz.

»Bist du dir ganz sicher?«

»So sicher, wie man sein kann. Jedenfalls weise ich alle Anzeichen auf.«

»Effie kennt doch sicher Kräuter und Methoden…«

»Effie? Das glaubst du doch wohl nicht?«, unterbrach sie mich und hob die Arme zum Himmel. »Niemals, niemals würde sie etwas gegen den Willen Gottes tun! Sie ist Hebamme, aber keine Engelmacherin.«

»Weißt du vielleicht jemand anderen aus dem Clan?«

»Nein. Außerdem, wer sagt dir, dass ich dieses Kind loswerden will?«

»Aber, Meghan…«

Plötzlich kam ich mir schrecklich töricht vor. Offensichtlich wollte sie das Kind behalten. Das war nicht das Problem.

»Und der Vater? Willst du den Vater heiraten?«, fragte ich, plötzlich von einer dumpfen Angst ergriffen.

Mit einem Mal wurde mir klar, dass ich nicht mehr abreisen wollte. Sie sah mich verblüfft an.

»Du weißt doch, wer der Vater ist, oder, Caitlin?«

»Ich… ich…«

Ich wollte es nicht wissen. Sie hätte auch mit anderen Männern liegen können. Nur Liam konnte mir bestätigen, was ich fürchtete. Ich enthielt mich jeden weiteren Kommentars. Eine Weile saß sie mir schweigend gegenüber, ein boshaftes Lächeln auf den Lippen. Ihre Frage hatte einen drohenden Unterton gehabt.

»Weiß er, dass du ein Kind erwartest?«

»Ob er es weiß oder nicht, macht keinen großen Unterschied.

Wenn er es erfährt, wird er sich seiner Verantwortung stellen müssen. Der Chief wird darauf bestehen.«

Unterschiedliche Gefühle malten sich nacheinander auf ihren Zügen. Ihre Finger wühlten krampfhaft in dem Kies am Ufer. Langsam schlug sie die Katzenaugen zu mir auf, und mir war, als funkelten mir aus einem Gesicht aus kaltem Marmor zwei herrliche Smaragde entgegen.

»Liam wird mich heiraten.«

Die Worte trafen mich wie Faustschläge in den Magen. Mir blieb die Luft weg. Ich wollte das nicht hören. Nein, sie log, das konnte nicht wahr sein! Sie erzählte mir diese Geschichte, weil sie mich zum Fortgehen zwingen wollte. *Aber war das nicht genau das, was du wolltest, Caitlin?*, sagte ich mir immer wieder. Ja … Nein … Im Grunde hatte ich darauf gewartet, dass Liam zurückkehrte, bevor ich abreisen konnte. Dass er mich bat zu bleiben. Dass er mir sagte … dass er mich liebte. Wenn ich ganz ehrlich zu mir war, musste ich mir das eingestehen.

Wie in einem Albtraum erhob ich mich und ging unsicheren Schrittes zu Bonnie. Langsam drehte ich mich zu Meghan um. Sie war aufgestanden und hatte beide Hände um den Bauch gelegt, wobei sie ihre Röcke aufbauschte; eine Parodie auf die Rundung, die unvermeidlich bald ihren noch flachen Leib wölben würde.

»Und wenn du glaubst, dass ich lüge, frag ihn doch. Er wird dir selbst bestätigen, dass ich sein Bett geteilt habe«, fuhr sie, noch angestachelt durch meine Niedergeschlagenheit, fort.

Sie stieß ein schrilles, hysterisches Lachen aus, bei dem es mir kalt über den Rücken lief.

»Enttäuscht, Caitlin? Jetzt hast du keinen Grund mehr, auf ihn zu warten«, rief sie bösartig. »Vielleicht ist es noch nicht zu spät, um dich auf der *Blue Dolphin* einzuschiffen!«

Ich legte die Stirn an den warmen Hals meiner Stute und schloss die Augen, um meine Tränen zurückzuhalten.

»Er gehört mir!«, kreischte sie hinter mir aus Leibeskräften. »Geh dorthin zurück, woher du gekommen bist. Du bist hier eine Fremde, und wir brauchen dich nicht. Liam braucht dich nicht. Er hat mich, mich! Mich und das Kind, das ich trage!«

Ihre Worte prasselten wie Faustschläge auf meinen Rücken

nieder. Mit war, als würde mir der Boden unter den Füßen fortgezogen. Ich klammerte mich am Sattel fest, um nicht ohnmächtig zu werden, und biss die Zähne zusammen, damit ich nicht aufschrie.

Zitternd bestieg ich Bonnie, sprengte in raschem Galopp davon und ritt durch das Tal bis zum Loch Achtriochtan, ohne das Tempo zu mindern und geblendet von einem Tränenschleier. Bonnie schnaubte erschöpft. Endlich ließ ich mich in dem Kiefernwäldchen auf den Teppich aus Nadeln fallen.

Der Schmerz war vernichtend. Ich fühlte mich verraten. Zorn, Verzweiflung, Hass, Verbitterung… Ich trieb in einem entfesselten Ozean von Empfindungen und ertrank in den Gefühlen, die in mir wogten. Immer wieder hörte ich Meghans Worte in meinem Kopf widerhallen, und ihr Lachen hämmerte gnadenlos im Inneren meines Schädels. Alles drehte sich um mich. Von einem unkontrollierbaren Weinkrampf ergriffen, zitterte ich. »Ach, Liam… Wie konntest du nur?«, schrie ich gepeinigt zum Himmel hinauf.

Erneut sah ich ihn vor mir, wir er beim *Ceilidh* Meghan schöne Augen machte. Und dann später, im Dunkeln, zusammen mit mir, seine Lippen auf meinem Mund… Wie hatte ich nur so naiv sein können? Er begehrte mich, aber nur für ein einfaches Abenteuer. Er hatte schon eine Frau in seinem Bett, und jetzt wollte er noch eine andere, unter seinem Plaid, auf der Heide. *Schottischer Bastard!*

Der Kieferndufl munterte mich ein wenig auf. Ich stand auf und setzte mich ans Ufer des Loch. Jetzt war es neun Tage her, dass Liam fortgegangen war, um »nachzudenken«. Von mir aus konnte er für den Rest seiner Tage darüber nachsinnen, wenn das Herz ihm das sagte, denn ich würde bei seiner Rückkehr nicht mehr hier sein. Wenn er glaubte, mich hier festhalten zu können, um seine niederen Instinkte zu befriedigen, dann hatte er sich gewaltig geirrt!

Wieder kamen mir die Tränen, von denen ich anscheinend einen unerschöpflichen Vorrat besaß. Ich schluchzte meinen Schmerz in den See hinein und vertraute ihn dem Coe an, der ebenso aufgewühlt war wie mein Herz, auf dass er sich in das ruhigere und gelassenere Wasser des Loch Leven ergieße.

Langsam versank die Sonne hinter dem Meall Mor. Das Tal lag jetzt in einem sanften Licht von diffusem Orange, und der Loch sah aus, als läge auf dem Wasser eine Schicht bewegten Goldes. Merkwürdigerweise fühlte ich mich entspannter. Jetzt vermochte ich klarer zu denken. Wer war ich, dass ich ein Urteil über Liam fällte? Verbittert machte ich mir klar, dass ich mich in einen Mann verliebt hatte, der schon vor mir ein Leben besessen hatte, an dem ich keinen Anteil gehabt hatte. Es war allerhöchste Zeit, dass ich dieses Tal verließ, ich hatte hier keinen Platz. Ich war eine Fremde. Mir blieb nur noch eines zu tun: Ich musste das Unrecht wiedergutmachen, das ich ihm und seinem Clan zugefügt hatte.

Ich zog meine Schuhe aus und badete meine Füße im goldfarbenen Wasser des Loch. Das Wasser war eisig, aber erträglich. Ich tränkte meinen Rocksaum, um mir damit die Stirn und den Nacken abzutupfen, und bespritzte mir das Gesicht und den Hals. Nach den heftigen Gefühlsaufwallungen dieses Tages war ich in Schweiß gebadet. Ich löste die Schnüre meines Mieders ein wenig, um mir auch die Brust zu erfrischen. Plötzlich spürte ich den verrückten Drang, das kalte Wasser noch ein wenig zu genießen, bevor ich wieder aufbrach. Ich schürzte meine Röcke, steckte den Saum in den Gürtel und stieg dann zitternd bis zu den Schenkeln ins Wasser.

Die Kiesel fühlten sich unter meinen Füßen glatt an, und die Wasserpflanzen kitzelten an meinen Knöcheln und Waden. Ich tat einige Schritte und betrachtete mein vom Wellengang verzerrtes Spiegelbild vor dem Hintergrund des flammenden Himmels. Ein leises Hüsteln, das von einem Pfiff gefolgt wurde, ließ mich plötzlich herumfahren.

Instinktiv legte ich die Hand auf mein Hemd, um meine Brust zu bedecken. Isaak, der auf einem der Felsbrocken stand, beobachtete mich mit amüsierter Miene. Ich lief tiefrot an und blieb wie erstarrt stehen.

»Was für ein herrliches Schauspiel Ihr bietet«, rief er und rieb sich das Kinn.

»Was habt Ihr hier zu suchen? Seid Ihr mir gefolgt?«

Er stieg von dem Felsvorsprung und näherte sich dem Ufer, so dass ich zwischen ihm und dem tiefen Wasser des Loch gefangen war. Ich fühlte mich zutiefst beschämt. Wie lange war er schon da gewesen und hatte mich beobachtet? Ich hatte ihn nicht kommen hören. Und außerdem, was wollte er von mir? Die Fragen überschlugen sich in meinem Kopf, während ich in meinem Rock unauffällig nach meinem Dolch tastete.

»Und wie geht es Eurer… Verletzung? Sie scheint ja gut verheilt zu sein.«

Er beäugte die Narbe, die unter dem aufgeblähten Stoff meiner geschürzten Röcke noch gerade zu sehen war, und grinste lauernd. Sein Blick verriet seine lüsternen Gedanken. Rasch lief ich zum Ufer, schnappte meine Schuhe und rannte auf Bonnie zu. Doch er fing mich ohne große Mühe ab, stieß mich gegen den rauen Stamm einer Kiefer und hielt mich mit einer Hand fest.

Panisch suchte ich erneut nach meinem Dolch und war erleichtert, als ich ihn fand. Doch ich konnte ihn nicht aus der Tasche ziehen, da er sich in den Falten des Stoffs verheddert hatte. Dennoch umklammerte ich den Griff und hielt die gut versteckte Waffe auf den Eindringling gerichtet. In meinen Schläfen pochte das Blut, und ich versuchte, mein Zittern so gut wie möglich zu unterdrücken.

Isaak fasste ein Band von meinem Hemd, rollte es um seinen Zeigefinger und betrachtete unverschämt meine halb entblößte Brust. Er strömte einen beißenden Gestank nach Schweiß und Alkohol aus.

»Fasst mich nicht an«, stieß ich zwischen den Zähnen hervor.

Der Mann ignorierte meine leere Drohung und zog fest an dem Band, so dass meine linke Schulter teilweise enthüllt wurde. Sein von offener Lüsternheit erfüllter Blick verharrte dort. Ein obszönes Grinsen stand auf seinen Lippen. Er stützte auch die andere Hand gegen den Stamm, wobei er absichtlich meine Schulter streifte. Die Brosche, die sein ausgewaschenes Plaid hielt, glitzerte in den letzten Strahlen der untergehenden Sonne, die auch seine gelben Zähne beleuchtete.

»Ich bin gekommen, um unser kleines Gespräch von neulich weiterzuführen, Ihr wisst schon, beim Laird…«, flüsterte er. »Und außerdem werde ich vielleicht die Gunst der Stunde nutzen, um …«

»Rührt mich nicht an, Isaak.«

»Kommt schon, Caitlin. Bei mir könnt Ihr dieses Spielchen sein lassen. Wir wissen alle, dass das sinnlos ist. Ihr habt diesem Bastard Dunning gewiss gut gedient.«

Sein von der Laune der Natur gezeichnetes Gesicht hing dicht über mir. Immer noch lag dieses zuckersüße Lächeln auf seinen Zügen, und seine Augen blitzten vor Begierde. Erneut zog er mit einem kurzen Ruck an dem Band, so dass eine meiner Brüste entblößt wurde, die er augenblicklich zu befingern begann. Er keuchte und presste den Schenkel an meine Hüfte. Ich spürte sein hartes Glied an meinem Unterleib, was meine Panik noch vergrößerte.

»Seid brav, und Euch wird kein Schade geschehen.«

Mein Magen krampfte sich zusammen, und vor Angst brach mir der Schweiß aus. Vorsichtig bewegte ich mein Handgelenk in meiner Tasche, und der Dolch löste sich. Ich hob ihn an und richtete ihn auf die Kehle meines Angreifers, der sofort zur Statue erstarrte.

»Ihr wisst ja, was Dunning zugestoßen ist. Also rate ich Euch, mich in Ruhe zu lassen. Wenn Ihr mich dazu zwingt, werde ich nicht zögern, diese Klinge zu gebrauchen.«

Eine Reihe Schweißtropfen liefen mir den Rücken hinunter. Isaak war nicht viel größer als ich, doch er war ziemlich schwer, und ich war offensichtlich nicht in der Lage, mich mit seiner Körperkraft zu messen. Aber wenn er darauf bestand, auf diese Art weiterzumachen, konnte ich ihn wenigstens so schwer verletzen, dass er mir nichts mehr tun konnte. Ich würde ihn zum Mindesten auf einem respektvollen Abstand halten können.

Seine gierige Miene nahm einen verblüfften Ausdruck an. Dann zog er die goldfarbenen Augen zu schmalen Schlitzen zusammen und stieß ein gemeines Lachen aus. Im nächsten Moment stellte ich fest, dass eine kalte, scharfe Klinge auf meine Kehle deutete. Sofort ließ ich den Dolch los und klammerte mich, zu Tode erschrocken, an den Baumstamm hinter mir. Isaak funkelte mich böse an. Ich schluckte, als er die Klinge an meine Haut drückte und sie leicht aufritzte.

»Anders, als Ihr vielleicht glaubt, sind wir Bergbewohner es nicht gewöhnt, hübschen Frauen die Kehle durchzuschneiden, nicht einmal, wenn sie bewaffnet sind. Wir ziehen es vor, bei ihnen zu liegen. Allerdings schätzen wir hier *Sassanach*-Frauen nicht besonders. Zu Eurem Glück spricht Eure Schönheit für Euch. Ich kann verstehen, dass Liam die Frucht von zwei Monaten Arbeit aufs Spiel gesetzt hat, um Euch zu retten; von dem investierten Geld ganz abgesehen. Hoffentlich seid Ihr der Mühe wert. Aber ich beanspruche auch meinen Teil an der Beute.«

Er spie auf die Erde, zerrte an seinem Hemdkragen und enthüllte eine frisch verheilte Wunde. Offensichtlich hatte ihm eine Dolchspitze die Schulter durchstochen.

»Seht Ihr das? Fast hätte ich meine Haut gelassen wie der arme Rodaidh. Daher finde ich, dass ich ein Anrecht auf eine kleine Wiedergutmachung habe …«

Er presste die Lippen auf die meinen und wühlte mit der Zunge gierig und grob in meinem Mund herum. Sein Atem stank überwältigend nach Tabak und Alkohol. Ein tiefer Ekel ergriff mich, und ich biss ihn in die Zunge. Doch er sorgte dafür, dass ich meine Tat sogleich bereute.

Aufgestachelt durch meinen beharrlichen Widerstand, ließ er alle Vorreden fahren, stieß mich brutal zu Boden und warf sich über mich. Seine Hände begannen, meinen Rock hochzuschieben. Er presste den Mund auf meine Lippen, um mich vom Schreien abzuhalten. Spitze Steine bohrten sich in meine Haut, so dass mir die Tränen in die Augen stiegen. Ich strampelte mit den Beinen, obwohl ich ganz genau wusste, dass ich mir nur Zeit erkaufte, ihn aber umso mehr erregte.

»Ihr Höllenteufelin! Bei Liam habt Ihr Euch gewiss nicht so künstlich geziert.«

»Nehmt Eure dreckigen Pfoten weg! Ich gehöre weder Liam noch sonst jemandem …«

»Haltet Ihr mich zum Narren? Ihr wollt mich doch nicht glauben machen, Liam hätte am Abend des *Ceilidh* nicht bei Euch gelegen? Ich habe gesehen, wie er Euch auf den Armen weggetragen hat. Ich kenne den Mann, also hört auf zu lügen, kleine Schlampe.«

Es war ihm gelungen, meine Schenkel auseinanderzuzwingen. Ich versuchte, ihm mein Knie ins Gemächt zu stoßen, doch er wich dem Tritt aus und ließ sein Becken auf meines fallen. Ein stechender Schmerz durchfuhr meinen Schenkel. Meine Versuche, ihn zurückzustoßen, hatten meine Verletzung gereizt… und auch die Wunde tief in meinem Herzen erneut aufgerissen. Wieder wollte man mir Gewalt antun, doch ich würde ihn nicht gewähren lassen, ohne mich bis zum Schluss zu wehren.

»Es hat keinen Sinn, Euch anzustellen, Süße, ich lasse Euch erst los, wenn ich bekommen habe, was ich will…«

Ein Gewehrschuss krachte. Isaak erstarrte und hielt den Atem an. Einen kurzen Moment lang glaubte ich, er sei getroffen. Ich wartete. Immer noch hielt er den Blick auf mich geheftet, ohne auch nur mit der Wimper zu zucken. Dann erwachte er mit einem Mal wieder zum Leben. Endlich bewegte er sich und nahm sein Gewicht von mir. Keuchend und beunruhigt sah er sich um und umklammerte den Griff seines Dolchs, den er rasch ergriffen hatte. Weiter oben am Hügel erklangen Schreie und Gelächter: Männer, die von der Jagd zurückkehrten. Isaak fluchte, richtete sich auf und starrte mich an. Sein flackernder Blick war der eines unbefriedigten, enttäuschten Tieres.

»Ich würde Euch raten, Liam und Colin nichts von diesem Vorfall zu erzählen, denn das würde Eure Reputation unwiderruflich schädigen. Dunnings kleine Hure… Im Dorf zerreißt man sich schon das Maul über Euch. Wenn die Leute hören, dass Ihr Euren Charme dazu benutzt, Männer in die Hügel zu locken, wird das dem, was man sich bereits erzählt, nur noch mehr Glaubwürdigkeit verleihen.«

»Hundesohn! Wie könnt Ihr… Liam wird Euch niemals glauben…«

»Wollt Ihr das riskieren? Dann erklärt ihm doch, wie ich sonst das Mal hätte sehen können, das Ihr auf der linken Schulter tragt, und… diesen Schönheitsfleck auf Eurer Brust. Daher rate ich Euch stark, den Mund zu halten, sonst schwöre ich Euch, dass unsere Wege sich wieder kreuzen werden, und dann hole ich mir den Rest.«

Er steckte seinen Dolch in den Gürtel, rückte sein Plaid zurecht und wandte sich zum Gehen. Er erkletterte den Fels und verschwand im Gebüsch, während ich verdutzt zurückblieb.

»Die Gefahr besteht nicht«, stieß ich schluchzend hervor.

Lange Minuten wartete ich, bis mein Zittern sich legte und ich aufstehen konnte. Mit weichen Knien ging ich zu Bonnie. Doch dann konnte ich meinem Drang nicht widerstehen, all meinem mühsam zurückgehaltenen Entsetzen freien Lauf zu lassen. Ich konnte mich nicht länger beherrschen und sank tränenüberströmt im hohen Gras zusammen.

Die Hütte war verlassen, und das war auch besser so. Ich fühlte mich nicht in der Stimmung, Sàras Fragen zu beantworten. Ein Topf mit Hühnersuppe hing zum Warmhalten am Kesselhaken. Ich nahm mir eine Portion und aß ohne großen Appetit. Dann steckte ich ein paar Vorräte in einen Stoffsack, füllte eine Wasserflasche und verbarg beides unter meinem Bett.

Als Sàra und Colin zurückkehrten, saß ich auf dem Boden vor der roten Glut im Kamin. Verblüfft sahen sie mich an, ohne etwas zu sagen. Colin murmelte etwas und ging dann hinaus. Sàra kam näher.

»Guten Abend«, sagte ich mit abgespannter Stimme.

»Bei allen Heiligen, wo bist du bloß gewesen?«, rief sie empört aus und stemmte die Fäuste in die Hüften. »Wir haben uns Sorgen gemacht und überall in den Hügeln nach dir gesucht. Donald hat uns erzählt, was heute vorgefallen ist. Er sagte auch, du hättest dich mit Meghan unterhalten und seiest danach sehr bestürzt gewesen.«

Sie kam noch ein wenig näher und wollte schon weitersprechen, als sich Verblüffung auf ihren Zügen malte.

»Du hast geweint? Was in aller Welt kann Meg dir gesagt haben, dass du so aufgewühlt bist?«

Ich schaute finster drein und wandte meinen Blick dem Feuer zu.

»Ich möchte lieber nicht darüber sprechen.«

»Schön… wenn du es so willst«, brummte sie ein wenig verstimmt.

Ich zog die Knie unters Kinn hoch. Erneut stiegen die Gefühle an die Oberfläche und drohten die Ruhe, die ich verzweifelt zu bewahren versuchte, zu zerstören.

»Ich sehe, dass du gegessen hast«, meinte Sàra, als sie das Geschirr wegräumte.

»Ja, danke.«

Mein Magen zog sich zusammen. Plötzlich kam ich mir schrecklich undankbar vor. Man hatte mich hier aufgenommen, ohne mir Fragen zu stellen. Diese Menschen hatten mich gepflegt, mir zu essen gegeben, mich untergebracht und sich um mein Wohlergehen gesorgt. Und was gab ich ihnen dafür? Nichts. Abgesehen von meiner tiefen Dankbarkeit hatte ich ihnen nichts zu bieten. Und jetzt hatte ich vor, mich wie eine gemeine Diebin davonzuschleichen und sie auf diese Weise für ihre Großmut zu entschädigen. Eine tiefe Traurigkeit überkam mich.

»Hast du Lust, eine Partie Schach zu spielen?«, fragte Sàra schüchtern.

Ich drehte mich zu ihr um. Warum nicht? Ohnehin war es noch ein wenig früh zum Schlafengehen.

9

Das Herz folgt seinem eigenen Gesetz

Mondlicht fiel durch die Risse im Dach der alten Scheune, die mir als Nachtlager diente. Eingewickelt in meinen Umhang lag ich zitternd auf dem feuchten Boden und vermisste mein warmes, bequemes Bett. *Gewöhn dich schon einmal daran,* sagte ich mir, *im Gefängnis wird es sicher schlimmer sein.*

Ich hatte nur ein paar Stunden geschlummert und war vor dem Morgengrauen aufgestanden. Lautlos war ich in meine Kleider und meinen Umhang geschlüpft und hatte dann vorsichtig meine wenigen Besitztümer und das Bündel mit meinen Vorräten zusammengesucht. Und dann war ich klammheimlich in das dunstige, kühle Grau der Morgendämmerung in den Highlands entflohen, ohne mich zu verabschieden.

Da ich mich in der Gegend nicht auskannte, hatte ich beschlossen, den Weg einzuschlagen, auf dem wir gekommen waren, also den östlichen Taleingang, den Rannoch Moor. Am Fuß des imposanten Buachaille Etive Mor, dem kegelförmigen Gipfel, den die Dorfbewohner den »großen Schäfer« nannten und der seit Jahrtausenden den Eingang zum Tal bewachte, hatte ich mich ein letztes Mal umgewandt. Ich wusste, dass ich einen Teil meiner selbst zurückließ … mein Herz. Aber so spielte das Leben nun einmal. Als ich mich gen Süden wandte, schickte die gütige Vorsehung mir einige Bauern über den Weg, die mir den richtigen Weg nach Dundee wiesen.

Im Moment befand ich mich in der Umgebung des Loch Earn. Die Anspannung und die Reise hatten mich erschöpft. Bei Einbruch der Nacht hatte ich diese alte, verlassene Scheune entdeckt. Nach einem bescheidenen Abendessen aus getrockneten Heringen und Haferkuchen hatte ich mich in einer Ecke auf den gestampften Lehmboden niedergelegt. Ich musste meine Vorräte einteilen, denn zum Tauschen besaß ich nur die Brosche meiner Mutter und mein Pferd. Doch ich hoffte, mit meinem Proviant bis nach Dunning Manor durchzukommen.

Wenn ich es recht überlegte, war mein erster Tag ganz erfolgreich verlaufen, und ich wünschte mir nur, einige Stunden Schlaf zu bekommen, bevor ich bei Sonnenaufgang meine Reise fortsetzte. Ich hatte noch einen langen Weg vor mir …

Ich dankte dem Himmel für das Glück, das ich bis jetzt gehabt hatte, und schloss die Augen. Ehe ich in den Schlaf hinüberdämmerte, galten meine letzten Gedanken Glencoe und seinen unheimlichen, düsteren Bergen, die ich nie wiedersehen würde. Sàra, Colin … und Liam … Mochte Gott sie beschützen!

Die Sonne stand schon hoch am Himmel, als ich am nächsten Tag erwachte. Ich verfluchte mich selbst, weil ich so lange geschlafen hatte. Kaum nahm ich mir die Zeit, ein wenig Käse und ein Stück Brot zu knabbern und mir das Gesicht im Bach zu waschen, und machte mich weiter auf den Weg in das Dorf Lochearnhead.

Ich trat in die erste Herberge, die ich sah, um nach dem Weg zu fragen. Ein magerer Mann mit einem zerfurchten Gesicht, den ich für den Wirt hielt, musterte mich neugierig.

»Kann ich Euch helfen, kleine Lady?«, fragte er und schüttete dabei ein *dram* Whisky in einen angeschlagenen Becher, den er einem Mann von wenig Vertrauen erweckendem Äußeren hinschob.

»Ich wüsste gern, auf welchem Wege ich am schnellsten nach Dundee komme.«

Ich schielte zu dem Gast, der seinen Becher mit einem Zug leerte und ihn dann wieder auf den Tisch knallte.

»Dundee? Immer gen Osten, dann seid Ihr auf dem richtigen Weg. Ihr könnt es gar nicht verfehlen.«

Von neuem füllte er den Becher des Mannes, der grunzte und mich dann argwöhnisch musterte.

»Ihr seid nicht von hier, was?«

»Nein … ich habe Freunde besucht«, gab ich ein wenig nervös zurück.

»Eine hübsche Dame wie Ihr sollte nicht allein reisen.«

Der Kerl leerte seinen Becher ein zweites Mal und schnalzte zufrieden mit der Zunge. Ich spürte, dass sein Blick sich auf mich richtete, und versuchte ihn nicht anzusehen, sondern konzentrierte mich auf den Wirt.

»Ich habe Freunde, die mich begleiten«, log ich und lächelte schwach. »Sie warten an der Straße auf mich. Ich danke Euch für die Auskunft, Sir, und einen schönen Tag noch.«

»Viel Glück, kleine Lady«, antwortete er und schenkte dem Gast einen dritten Whisky ein.

Gott im Himmel! Dieser Mann musste wirklich einen gusseisernen Magen besitzen! Als ich mich umdrehte, um hinauszugehen, begegnete ich dem glasigen Blick des Trunkenbolds, der mich mit deutlichem Interesse musterte. Seine rote Nase zeugte von einer unmäßigen Neigung zum Branntwein. Der dickbäuchige Mann lächelte mir zu und enthüllte dabei seine verfaulten Zähne, während er mich von Kopf bis Fuß dreist musterte.

»Ja, da soll mich doch … seid Ihr nicht das Mädchen, das Campbell … also so etwas! Bei allen Heiligen … Ihr seid nicht tot?«, stieß der Mann stockend hervor.

Ein paar Sekunden lang war ich sprachlos. Er stand auf und kam schwankend näher. Ich hielt den Atem an. Ihm wehte ein Geruch nach Schweiß, Urin und Alkohol voran.

»He, Stewie! Komm mal her!«, brüllte der Grobian. »Schau mal, was wir hier haben!«

Ich wich eilig einen Schritt zurück, als ein zweiter Mann, den ich nicht bemerkt hatte, weil er am anderen Ende des Tisches zusammengesunken war, den Kopf hob und ein paar unflätige Bemerkungen brummte. Als er mich sah, riss er seine blutunterlaufenen Augen weit auf und leckte mit der Zunge über seine aufgesprungenen Lippen.

»Da hast du aber ein hübsches Hühnchen aufgetan, Owen … Bewahr mir ein Stück auf, ja?«

Stewie ließ seinen Kopf wieder zurückplumpsen.

»He, mein Alter!«, schrie Owen wieder. »Erkennst du sie denn nicht?«

Sein Kumpan hob den Kopf ein zweites Mal, um mich genauer in Augenschein zu nehmen, doch ergebnislos.

»Das Mädchen, das mit den Macdonalds zusammen war, weißt du noch? Dank ihr hat dieser gerissene Hund Ewen sich die Ladung aus Arbroath geschnappt.«

Dieses Mal glotzte Stewie mich interessierter an, und dann hellte sich seine Miene auf.

»Jaaaa… Jetzt erinnere ich mich. Und ich dacht' schon, er hätt' ihr den Garaus gemacht. Also so was, die lebt ja noch! Sie ist 'ne Hexe! Gewiss, sie muss 'ne Hexe sein!«

Stewie erhob sich und kam schwankend auf mich zu. Er war von beeindruckender Größe. Ich wich einen weiteren Schritt zurück und sah mich besorgt um. Der Wirt war damit beschäftigt, die Überreste eines Trinkgelages einzusammeln, das offensichtlich bis in die frühen Morgenstunden gedauert hatte und an dem die beiden charmanten Gentlemen sicherlich ebenfalls teilgenommen hatten.

»Was hat das Luder hier zu suchen?«, meldete Stewie sich wieder zu Wort.

»Bah, keine Ahnung, sie hat nach dem Weg nach Dundee gefragt«, antwortete der Dicke.

»Dundee?«

Der Große zog die Brauen zusammen und lächelte mir boshaft zu.

»Wir könnten sie doch begleiten, oder, Owen? Vielleicht will sie Erkundigungen für eine neue Lieferung einziehen.«

»Oder sie ist hier, um für die Macdonalds zu spionieren. Wahrscheinlich will er seine Waren…«

»Bedaure, Gentlemen, aber ich werde erwartet«, erklärte ich und wandte mich ab.

Ich stürzte zur Tür, aber der große Stewie hatte mich mit zwei Schritten eingeholt und packte mich fest am Arm. Er schien seine ganze Dreistigkeit wiedergefunden zu haben und starrte mich hart an.

»Das ist es, was, kleine Schlampe? Du spionierst für die Macdonalds.«

Verblüfft riss ich die Augen auf.

»N… nein«, stotterte ich und versuchte, mich loszumachen. Sein Griff war so kräftig, dass er mir den Knochen zu brechen drohte. »Ich bin unterwegs nach Hause, lasst mich los! Mit Euren Geschäften habe ich nichts zu tun…«

»Machst du dich über uns lustig? Macdonald würde nie eine hübsche junge Frau wie dich allein losziehen lassen. Der Bastard versteckt sich hinter der nächsten Ecke, stimmt's? Er hat dich geschickt, um uns auszuforschen, ja? He, Owen! Ich glaube, Macdonald versucht sich zu rächen. Wir sollten vielleicht Ewen Bescheid geben. Oder diese charmante Dame zu ihm führen. Er hätte gewiss einige Fragen an sie.«

Das Wortgefecht wurde lauter, und der Herbergswirt, der die Auseinandersetzung verfolgt hatte, beschloss zu meiner allergrößten Erleichterung, sich einzumischen.

»Lass die kleine Lady los, Stewie«, befahl er.

»Halt dich da raus, Doug«, gab der Riese zurück.

»Sei kein Idiot, wahrscheinlich ist es besser, das Mädchen laufen zu lassen«, schaltete sich der dicke Owen ein, der gefährlich torkelte. »Wenn sie die Wahrheit sagt, bekommen wir große Probleme mit den Macdonalds, und Ewen wird nicht erfreut sein, kapiert?«

Stewie musterte mich und kniff die schwarzen, blitzenden Augen zusammen; dann ließ er mich abrupt los. Ich spürte, wie mein Puls in meinen Schläfen heftig pochte. Im Laufschritt stürzte ich aus der Herberge und verließ das Dorf im Galopp.

Erst einige Meilen später ließ ich das Pferd langsamer gehen. Mein Herz allerdings galoppierte weiter, und ich musste ein paar Mal tief Luft holen, um mich zu beruhigen. Ich war mit knapper Not entkommen! Langsam bezweifelte ich, dass es klug gewesen war, allein aufzubrechen. Vielleicht hätte ich besser daran getan, Liams Rückkehr abzuwarten und ihn zu bitten, mich nach Edinburgh zu begleiten. Nein… Er hätte auf keinen Fall gewollt, dass ich dorthin zurückkehrte. Ich hatte die einzig mögliche Wahl getroffen. Außerdem wäre es mir zu schmerzlich gewesen, Liam wiederzusehen. Schon beim Gedanken an ihn brach mir das Herz. Ich zog meinen Umhang fester um mich. Es war besser so, dachte ich bitter.

In der Gegend um Loch Earn wurde der Nebel dichter, und ein feiner feuchter Film ließ die Haare auf meinem Gesicht festkleben. Die Straße war menschenleer. Die einzigen Seelen, denen ich begegnete, waren Rinder, die mich uninteressiert musterten, während sie ihr Gras kauten.

Kurz nach Mittag durchquerte ich Crieff und hielt einige Meilen weiter an einer Stelle an, wo mich das Unterholz vor Blicken verbarg, um einen Imbiss aus einem Kanten Brot und etwas Trockenwurst einzunehmen, den ich mit Bier herunterspülte.

Das Wetter war jetzt weniger trübe. Durch Wolkenlücken ließ sich blauer Himmel sehen. Nachdem ich meinen Umhang zum Trocknen an einen Ast gehängt hatte, streckte ich mich auf einem Bett aus trockenem Laub aus, um mich auszuruhen und nachzudenken.

Wenn ich Bonnie zur Eile antrieb, konnte ich möglicherweise die Außenbezirke von Dundee vor Einbruch der Nacht erreichen, aber ich musste den Morgen abwarten, bevor ich das Herrenhaus aufsuchen konnte. Ich hatte mir nicht wirklich Gedanken darüber gemacht, was ich dort vorfinden würde. Jemand hatte sich ein makaberes Vergnügen daraus gemacht, die Leiche von Lord Dunning zu verstümmeln. Hatte er diese schreckliche Tat bewusst mit dem Ziel begangen, das Verbrechen noch barbarischer erscheinen zu lassen, oder handelte es sich nur um die Befriedigung einer ganz persönlichen Rache?

Kurz verdächtigte ich Winston. Er war ein ziemlich verschlossener Mensch, doch ich ahnte, dass seine Neigungen … nun, sagen wir, eher dem männlichen Geschlecht galten. Mir persönlich war das vollkommen gleich gewesen; so hatte ich wenigstens beruhigt mit ihm ausreiten können. Aber sein Vater hatte die Angelegenheit sicherlich anders gesehen. Ich krauste die Nase und überlegte, ob er der Schuldige sein könnte. Nein. Sein Vater hatte ihn zwar häufig gedemütigt, aber ich hielt Winston für einen zu schwachen Menschen, um eine solche Tat zu begehen.

Und Rupert? Sicherlich, Rupert hielt ebenfalls nicht viel von Lord Dunning, doch er war dumm, und ich konnte mir keinen Grund vorstellen, aus dem er eine solche Abscheulichkeit hätte begehen sollen. Er liebte es viel zu sehr, sich als Herr und Meister über die Dienstboten aufzuspielen, als dass er seine Stellung in Gefahr gebracht hätte. Lady Catherine konnte ich getrost ausschließen; blieb das Personal. Becky Cromarty, die Köchin, kannte ich gut … Nein, unmöglich! Sie hegte eine entsetzliche Furcht vor allem, was auch nur entfernt mit dem Tod zu tun hatte. Millie, das Zimmermädchen? Ich war nicht näher mit ihr bekannt, denn sie war erst zwei Monate vor dem schrecklichen Ereignis bei den Dunnings in den Dienst getreten. Der Stallknecht? Da Archie die Pferde des Gutes nach allen Regeln der Kunst verwöhnte, ließ Lord Dunning ihn in Frieden. Außerdem waren weder er noch sein Sohn Andrew in jener Nacht dort gewesen. Armer Andrew! Mir wurde bewusst, dass ich seit meiner Flucht keinen einzigen Gedanken an ihn verschwendet hatte. Bestimmt kam er vor Sorge um mich um. Aber was hätte ich dagegen tun können?

Das Rätsel blieb ungelöst, aber ich wusste, dass ich etwas übersah. Ich war so sehr in meine Überlegungen versunken, dass ich nicht darauf achtete, als Bonnie hinter mir unruhig wieherte. Doch plötzlich holte der harte, kalte Druck eines Pistolenlaufs, den mir jemand an die Schläfe hielt, mich brutal in die Wirklichkeit zurück.

Mein Angreifer, der sich hinter mir befand, legte mir einen Arm um die Taille und zwang mich zum Aufstehen, wobei er mich fest an sich gedrückt hielt, damit ich sein Gesicht nicht sah.

»Ganz sachte, meine Hübsche«, flüsterte er mir mit dem typischen Akzent der Schotten ins Ohr. »Wenn du tust, was wir dir sagen, wird dir nichts geschehen, verstanden?«

»J … ja«, stotterte ich mit klopfendem Herzen.

Zwei andere Männer traten in mein Blickfeld. Der Erste war ein schmächtiger Kerl mit hagerem Gesicht, das zur Hälfte von einem buschigen Bart verborgen wurde. Darin klebten wenig appetitliche Reste seiner letzten Mahlzeit. Der Zweite, der weit jünger war und dessen narbiges Gesicht noch knabenhaft wirkte, war viel stämmiger. Er besaß noch die Anmut der Jugend, doch unter seinen blonden, zottigen Strähnen starrten zwei Augen mich so eisig an, dass es mir kalt über den Rücken lief.

Panik stieg in mir auf, und ich versuchte, mich von dem Mann, der mich gefangen hielt, loszureißen. Doch dieser lachte nur unverschämt und presste mir die Pistole ein wenig fester an die Schläfe, so dass ich wie gelähmt erstarrte. Ich schluckte heftig.

Der große Blonde kam näher und musterte mich prüfend.

»Wenn ihr auf Geld aus seid«, zischte ich beherzt, »nun, dann muss ich euch leider mitteilen, dass ich keinen Penny bei mir habe.«

Der kleine Magere brummte etwas, das ich nicht verstand, und kam mit dem Dolch in der Hand auf mich zu. Der Größere hielt ihn gerade noch fest und stieß ihn ins Farnkraut.

»Buchanan!«, brüllte er. »Das sind doch keine Manieren im Umgang mit einer Dame!«

Buchanan rappelte sich fluchend auf und warf mir einen unwirschen Blick zu, dann nahm er seinen Dolch und reinigte sich damit umständlich die Fingernägel.

»Ihr habt die Wahl«, erklärte er. »Entweder Ihr gebt mir freiwillig, was Ihr habt, oder wir nehmen es uns mit Gewalt.«

»Aber ich habe euch doch schon gesagt, dass ich nichts mit mir führe!«, gab ich empört zurück.

Ich musste einen kühlen Kopf bewahren. Buchanan hatte nichts wirklich Bedrohliches. Doch was meinen Angreifer anging, so stellte seine Pistole ein ziemlich starkes Argument dar. Ich holte tief Luft und biss die Zähne zusammen.

»Ich muss selbst überprüfen, ob Ihr lügt, und wenn …«

Der junge Mann befand sich nur wenige Zoll von mir entfernt. Bei dem Gestank, den er ausströmte, drehte sich mir der Magen um. Er schloss die hellen Augen halb und grinste dann schief.

»… vielleicht nehme ich mir ja noch mehr …«

Angeekelt schloss ich die Augen, während seine Finger durch meine Kleidung glitten und an gewissen Teilen meines Körpers länger verhielten. Meine erzwungene Ruhe verflüchtigte sich ziemlich rasch. Die Hand des Mannes berührte die Stelle, wo sich meine Tasche befinden musste, und sein Gesicht erhellte sich zu einem triumphierenden Grinsen. Er steckte seinen Dolch in den Gürtel und begann, meine Röcke hochzuschieben, um sich die Beute zu holen.

Das war zu viel. Mit einem Mal barst ich beinahe vor Zorn. Ich begann, hysterisch zu schreien und um mich zu schlagen. Der

Mann hinter mir versuchte, mir den Mund zuzuhalten, doch ich biss ihn heftig in die Hand, so dass ich einen Geschmack nach Blut und etwas anderem, über das ich lieber nicht nachdachte, auf der Zunge behielt. Heftig fluchend machte er sich los und befreite mich so für einen kurzen Moment aus seinem Griff.

Der Blonde packte mich am Arm und riss mich brutal an sich. Ich rammte ihm mein Knie gezielt zwischen die Beine.

»Rührt mich nicht an!«, schrie ich den Mann an, der jetzt vor Schmerz stöhnte und sich vor mir heftig krümmte.

Ich flitzte davon wie ein Hase und schlug mich ins Unterholz, wo ich über Wurzeln stolperte und mir die Zehen an den Steinen anschlug. Hinter mir brüllten die Männer. Ich hörte einen Schuss krachen, und dann pfiff eine Kugel über meinen Kopf.

Von Panik erfüllt und außer Atem rannte ich im Zickzack zwischen den Bäumen hindurch. Ich hörte noch weitere Schüsse, dann die Stimmen anderer Männer, die schreiend hinter mir herliefen. Ich hatte entsetzliche Angst. Wenn ich ihnen in die Hände fiel, dann würde das mein Ende sein.

Äste schlugen mir ins Gesicht, und die Zweige rissen mir die Hände und Fußknöchel auf. Ich konnte keinen Gedanken mehr fassen; nur mein Überlebenswille hielt mich noch aufrecht. Ich hörte die Schritte und den Atem meines Verfolgers, die immer näher kamen.

Als ich über eine Rinne sprang, landete ich auf einem Stein und rutschte im Schlamm aus. Ich verlor den Halt und landete mit dem Kopf voran in einem Farndickicht. Jetzt saß ich in der Falle.

»Tut mir nichts, bitte…«

Verblüfft unterbrach ich mich. Ein englischer Dragoner starrte mich an. Mit vor Anstrengung rot angelaufenem Gesicht stand er einige Meter entfernt von mir und stützte sich auf den Kolben seiner Muskete, die er auf den Boden gesetzt hatte.

»Ich will nur hoffen… dass Ihr nicht den ganzen Weg bis nach Perth… so rennt«, keuchte der atemlose Soldat leicht verärgert.

Sprachlos sah ich ihn an.

»Wir haben von der Straße aus Schreie und einen Schuss gehört«, fuhr mein Retter fort. »Kommt, die Männer werden Euch nichts mehr tun.«

Der Soldat streckte mir die Hand entgegen. Zitternd erhob ich mich und trat vorsichtig auf den Dragoner zu, der seine Uniform in Ordnung brachte. Verflixt! Ich hatte auf meiner Flucht einen Schuh verloren. Töricht schimpfte ich über diesen Verlust und über den Zustand meines Kleides und vergaß für einen Moment, dass ich nur um Haaresbreite einem viel schlimmeren Los entkommen war. In respektvoller Entfernung folgte ich dem Dragoner bis zum Weg, wo vier weitere, ziemlich gut gelaunte Soldaten warteten.

Einer hielt Bonnie bei den Zügeln; mein Umhang lag über dem Sattel. Von den Männern, die mich überfallen hatten, war keine Spur mehr zu entdecken; doch ich konnte erraten, was aus ihnen geworden war, denn einer der Männer wischte zufrieden lächelnd seine von Blut gerötete Klinge im Moos ab.

»Da habt Ihr aber einigermaßen in Nöten gesteckt, verehrte Dame.«

Ein Offizier in scharlachrotem Rock, der steif gestärkt und mit goldenen Tressen geschmückt war, lächelte mich höflich an und hielt meinen Schuh in der Hand.

»Danke.«

Verlegen säuberte ich mir den schlammverspritzten Fuß im Gras, wobei ich wohlweislich dem forschenden Blick des Captains auswich. Die wilde Jagd hatte meine Wunde gereizt, die scheußlich schmerzte.

»Wir tun nur unsere Pflicht, Madam. Darf ich Euren Namen erfahren?«

Ich hob den Kopf. Der Mann hielt mir die Zügel meines Pferdes entgegen. Sein blank polierter Haussecol aus Messing strahlte ebenso wie sein Lächeln.

»Ich heiße … Catherine O'Donnell.«

Ich wollte lieber eine falsche Identität angeben, und da war mir der Name einer alten Freundin aus Kindertagen eingefallen. Ich bestieg Bonnie und schenkte dem Offizier ein leises, schüchternes Lächeln.

»Was hattet Ihr in den Wäldern bei diesen Banditen zu suchen?«

Ich zog eine Augenbraue hoch.

»Ich hatte mich ausgeruht … Sie haben mich überfallen.«

»Und wohin wart Ihr so ganz allein unterwegs?«

»Nach … Dundee«, antwortete ich und schluckte.

Ich musste wachsam sein …

»Leider reiten wir nicht so weit. Wir werden Euch bis nach Perth eskortieren. Ich möchte ganz stark vorschlagen, dass Ihr von dort aus mit einer Kutsche nach Dundee weiterreist.«

Militärisch steif neigte er den Kopf.

»Captain George Turner vom 11. Regiment der Königlichen Garde Seiner Majestät. Zu Euren Diensten, Madam. Ihr solltet ein wenig Ordnung in Eure Kleidung bringen«, setzte er hinzu und zupfte ein trockenes Blatt aus meinen wirren Haaren.

»Die Leute werden sich alle möglichen Vorstellungen machen, wenn sie uns so sehen«, fuhr er dann in einem äußerst herablassenden Tonfall fort. »Wenn Ihr versteht, was ich meine.«

»Ja … danke«, stammelte ich und errötete heftig.

Als alle Männer wieder im Sattel saßen, brachen wir auf. Ich ritt neben dem Captain und erholte mich langsam von meiner Aufregung. Ich wickelte mich in meinen Umhang und versuchte, mich den Blicken der Dragoner zu entziehen, die uns schweigend folgten.

»Ihr hattet großes Glück, dass wir heute Nachmittag dort vorbeigekommen sind«, erklärte der Captain. »Diese Schotten … Sie sind solche Barbaren! Doch wenigstens drei davon können jetzt ihre … niederen Triebe nicht mehr an hübschen Wesen wie Euch auslassen.«

Captain Turner beobachtete mich aus dem Augenwinkel, und ich betrachtete ihn genauso verstohlen. Er war ziemlich groß und schlank, besaß fein gemeißelte Züge und ein Übermaß an zur Schau getragener Selbstgefälligkeit … ein typischer Vertreter des arroganten niederen Adels der Engländer.

»Catherine O'Donnell … Irin von Geburt, nehme ich an, nach Eurem Akzent zu urteilen. Lebt Ihr in Dundee?«

»Ich … Nein. Ich wohne in Edinburgh«, antwortete ich unsicher.

»Edinburgh?«, wiederholte der Captain und zog die Brauen hoch.

Aus seinen großen, haselnussbraunen Augen musterte er mich skeptisch.

»Zusammen mit Eurem Vater oder Eurem Gatten?«

Trotz der Angst, die mir den Magen zusammenzog, bemühte ich mich, mit ruhiger Stimme zu sprechen.

»Mit meinem Vater und meinen zwei Brüdern.«

»Und sie begleiten Euch nicht auf Euren Reisen?«

»Ich gehe, wohin ich will, wann ich will und mit wem ich will, Sir«, gab ich zurück, ohne meinen Ärger zu verbergen.

»Verstehe … Es ist ja nur so, dass Ihr ziemlich weit weg von zu Hause seid, und bei all diesen wilden Schotten … Ich bin ziemlich erstaunt darüber, dass Euer Vater Euch allein hat reisen lassen. Er muss doch gewiss von dem scheußlichen Mord gehört haben, der ganz in der Nähe von Dundee geschehen ist, vor etwas mehr als zwei Wochen. Ein Lord ist von einem dieser schmutzigen Highlander in seinem Herrenhaus massakriert worden. Was für eine barbarische Tat! Anscheinend war er nicht einmal mehr zu erkennen. Man hat ihn nur an dem Ring, den er an der Hand trug, identifiziert. Merkwürdig, dass der Highlander ihn nicht genommen hat; und dabei stehlen sie für gewöhnlich alles, was ihnen unter die Finger kommt.«

Mir gefror das Blut in den Adern, und ich erstarrte im Sattel.

»Wisst Ihr, wer … das getan hat?«, fragte ich zutiefst beunruhigt.

»Ein gewisser Macdonald, aber wir wissen nicht genau, um wen es sich handelt. Die Untersuchung verläuft ein wenig schleppend. Er war mit einer Gruppe von Kumpanen zusammen, die angeblich fliehen konnten. Dieser Barbar soll auch eine Dienerin aus dem Herrenhaus entführt haben. Die Arme, sie hat wohl nicht dasselbe Glück gehabt wie Ihr«, schloss er und sah mich merkwürdig an.

Ich wusste nicht, ob ich über seine letzte Bemerkung lachen oder weinen sollte.

»Ihr seid blass geworden; ich hätte Euch diese Gruselgeschichten nicht erzählen sollen«, sagte er obenhin. »Ich wollte Euch keine Angst einjagen.«

Dennoch schien er ein gewisses Vergnügen daran zu finden.

»Was habt Ihr so weit von Edinburgh entfernt zu suchen, und ganz allein?«

Sein Ton war jetzt deutlich kühler.

»Das geht Euch nichts an.«

»Wirklich nicht?«

Er zuckte die Achseln und verscheuchte mit dem Handrücken ein unsichtbares Tierchen.

»Das wird sich noch zeigen«, erklärte er. »Für den Moment steht Ihr unter meinem Schutz, bis *ich* etwas anderes entscheide. Wusstet Ihr, dass die Frau, die aus dem Herrenhaus entführt wurde, ebenfalls Irin war? Sie war ungefähr zwanzig Jahre alt. Wie alt seid Ihr, Catherine O'Donnell?«

Der Captain schlug mir grob die Kapuze auf die Schulter und zwang mich, ihn anzusehen.

»Gewiss, für so schöne Augen könnte ein Mann töten…«, murmelte er. »Tatsächlich ist eine Belohnung auf den Kopf dieses Highlanders ausgesetzt…«

Hundesohn, du glaubst doch wohl nicht, dass ich ihn denunziere!, schimpfte ich lautlos. Ich presste die Lippen zusammen, damit sie nicht zitterten, und versuchte mehr schlecht als recht, eine unbeeindruckte Miene zu wahren. Woher wusste er das nur? Der Captain schien meinen Aufruhr wahrgenommen zu haben, denn er lächelte mit einer gewissen Zufriedenheit und ließ mich los.

»Ihr kennt wohl nicht zufällig einen Highlander mit Namen Macdonald, oder?«

»Nein, allerdings nicht.«

Wir hielten in der Umgebung von Methven nahe einem Bach an. Ich hatte den Captain um Erlaubnis gebeten, mich im Wald erleichtern zu dürfen.

»Vielleicht sollte ich Euch begleiten?«, spottete er schmunzelnd. »Es könnten sich ja Banditen hinter den Bäumen verstecken und darauf warten, so schöne Beute zu machen.«

Ich musterte ihn kalt und verächtlich.

»Wenn ich Eurer Hilfe bedarf, werde ich Euch rufen, Captain«, gab ich zurück und drehte mich auf dem Absatz um, so dass mein Umhang um mich herumflog.

Dann schlug ich mich in die Wälder und ging am Bach entlang, bis ich von der Straße aus nicht mehr zu sehen war. Ich hatte Captain Turner angelogen; vor allem hatte ich das Bedürfnis, mich zu konzentrieren und zu überlegen, was ich als Nächstes anfangen sollte. Ich konnte nicht bis Perth bei der Dragoner-Abteilung bleiben. Ganz offensichtlich ahnte der Captain bereits, wer ich war; vielleicht hatte er eine Beschreibung von mir erhalten. Er würde mich bestimmt ausforschen, um Informationen über Liam zu bekommen. Doch wenn er glaubte, dass ich ihn auf einem Silbertablett ausliefern würde, dann irrte er sich gewaltig.

Ich setzte mich an den Rand des Baches und tauchte mit geschlossenen Augen die Hände ins Wasser. Ich musste eine Möglichkeit finden, die Soldaten zu verlassen, denn ich begann zu argwöhnen, dass sie mich möglicherweise festhalten würden, sobald wir nach Perth kamen. Der Captain hatte sich ziemlich deutlich zu dem Thema geäußert, ohne es mir direkt zu sagen. Ich stand unter *seinem* Schutz, bis *er* etwas anderes entschied.

Ich richtete mich auf und wischte mir die Hände an meinem schmutzigen Rock ab. Die Abteilung würde wahrscheinlich Quartier in einer Herberge nehmen, um dort die Nacht zu verbringen. Vielleicht konnte ich dann… Doch ich hatte keine Zeit, meine Fluchtpläne weiter auszuarbeiten.

Eine große Hand legte sich über meinen Mund, während die andere mich fest an einen kräftigen Körper presste. Im ersten Moment vermutete ich, dass der Captain mir gefolgt war, doch dann erkannte ich entsetzt, dass der Mann, der mich ohne Umstände mit eiserner Faust festhielt, viel größer war.

Ich kämpfte mit aller mir verbliebenen Kraft und trat mit den Füßen auf die Beine des Riesen ein, dessen Griff jedoch nur noch fester wurde.

»*Gabh air do shocair, a Chaitlin*, beruhige dich, Caitlin«, flüsterte mir eine tiefe, vertraute Stimme ins Ohr.

Mit einem Mal entwich alle Kraft aus meinem Körper, und ich begann ganz einfach zu weinen. Liam gab meinen Mund frei und drehte mich herum. Seine Miene war ausdruckslos und sein Blick eisig.

»Liam?«

»*Tuch …*«

Er ergriff mein Handgelenk, warf einen raschen Blick in Richtung Straße, wo die Dragoner immer noch auf mich warteten, und zerrte mich dann durch den Wald, zwischen den Bäumen und den Felsbrocken hindurch, die hier und da aus dem Boden ragten.

Wir rannten ein ganzes Stück, bis wir auf drei andere Männer des Clans stießen, die sich hinter einem dicken Felsbrocken verborgen hielten. Ich keuchte und versuchte, wieder zu Atem zu kommen. Colin, Donald und Simon betrachteten mich mit einer gewissen Belustigung. Ich wollte sie eben fragen, was sie denn so komisch fänden, als Liam mich hochhob und wie einen Hafersack über Stoirms Hals warf, bevor er selbst aufsprang und mich festhielt. Die vier Reiter machten sich auf den Weg, ritten quer durch den Wald und ignorierten meine Protestschreie.

Die Bewegung des Pferds stieß mir in die Seiten, und ich vermochte kaum zu atmen. Da ich meinen Entführer nicht beißen konnte, krallte ich ihm die Fingernägel in den Schenkel. Doch er packte mein Handgelenk, verdrehte es und entlockte mir eine der unflätigen Beschimpfungen, die ich im Tal gelernt hatte. *Du kommst mir nicht ungeschoren davon, du Mistkerl …* Wie konnte er mich so behandeln? Ich schäumte vor Wut und ging innerlich sämtliche schändlichen Beleidigungen durch, die ich ihm ins Gesicht schleudern würde, sobald meine Füße endlich festen Boden berührten.

Nach einer Zeit, die mir wie eine Ewigkeit vorkam, erreichten wir eine kleine verlassene Hütte auf einer einsamen Lichtung. Liam hielt sein Pferd an. Ich purzelte auf den Boden, wo ich auf dem Hinterteil landete. Liam bedeutete den anderen, sich zu entfernen, und stieg dann selbst ab.

Heftig fluchend tastete ich meine Seiten ab, denn ich war überzeugt, mir eine oder zwei Rippen gebrochen zu haben. Nachdem ich jedoch festgestellt hatte, dass ich nur Prellungen erlitten hatte, richtete ich mich auf und schleuderte Liam endlich meine ganze aufgestaute Wut ins Gesicht.

»Was in aller Welt ist in dich gefahren, dass du mich auf diese Weise behandelst?«, schimpfte ich tief gekränkt. »Für wen hältst du dich, dass du es dir erlaubst, mich vor deinen Männern so zu demütigen? Du hattest kein Recht dazu!«

Mühsam beherrscht befestigte Liam sein Schwertgehenk an seinem Sattelknauf und drehte sich zu mir um. Er kreuzte die Arme vor der Brust, heftete den immer noch kalten Blick auf mich und ließ die Flut von Gehässigkeiten, mit denen ich ihn überschüttete, gelassen an sich abprallen.

»Du kannst dir nicht vorstellen, was für einen Tag ich hinter mir habe... Also, wirklich! Sieh doch, in welchem Zustand ich mich befinde! Glaub mir, ich habe bloß einen kleinen Vergnügungsritt unternommen!«

»Du schienst mir allerdings in recht guter Gesellschaft zu sein.«

Liams Ton war schneidend. Sein aufgesetzter Gleichmut bekam Risse.

»Dann muss ich dich darauf aufmerksam machen, dass die Dragoner mich vor dem sicheren Tod gerettet haben. Ich bin von drei Banditen überfallen worden, sie kamen dazu und...«

»Und du hast beschlossen, mit dem Captain auszureiten, um ihm zu danken? Oder hast du ihm für seine freundliche Hilfe vielleicht einige spezielle Informationen gegeben, da du dich nun von jeder Anklage befreit weißt?«

Seine Worte machten mich sprachlos. Wäre er nicht so groß gewesen, hätte ich ihm gern den Hals umgedreht. Einige Augenblicke lang starrte ich ihn mit offenem Mund an. Er war jetzt bleich vor Wut, und sein düsterer Blick durchbohrte mich wie ein Schwert. Ich hätte nicht übel Lust gehabt, die Waffe zu nehmen, die an seinem Sattel hing, und ihn den Stahl schmecken zu lassen.

»Du gemeiner Hund!«, schrie ich, vor Zorn kochend. »Du hast nicht das Recht, so etwas zu sagen. Was weißt du schon darüber, was ich vorhatte? Was ich durchgemacht habe, nachdem du fortgegangen bist? Du bist ein Feigling, Liam. Aber nicht mit mir...«

Die ganzen ausgestandenen Enttäuschungen brachen sich in mir Bahn. Ich war böse und verbittert, weil er mich mit Gewalt zum Mitkommen gezwungen hatte, weil er mich getäuscht hatte, weil er mich allein gelassen hatte, damit ich als leichte Beute in Meghans Klauen fiel. Weil er zugelassen hatte, dass ich mich in ihn verliebte. Weil er mich glauben gemacht hatte … Ich versuchte, ihn zu ohrfeigen, doch er hielt meinen Arm fest und verdrehte ihn mir brutal hinter dem Rücken.

»Warum bist du fortgelaufen, Caitlin? Warum hast du nicht auf mich gewartet?«

Am liebsten hätte ich höhnisch aufgelacht, doch ich hielt mich zurück. Er ließ mich los und stieß mich heftig zurück. Ich fuhr herum, um ihm von neuem entgegenzutreten, und rieb mir dabei den gequetschten Arm. Ich beschoss ihn mit bösen Blicken.

»Auf dich warten? Auf dich warten? Also, du bist wirklich dreist! Hältst du mich für so dumm, Macdonald? Wenn du glaubst, dass ich mich damit abfinde, deine Mätresse zu werden und dir dein Bett zu wärmen, sobald diese … verfluchte Gans zu dick dazu ist … Himmelherrgott noch mal … Ich habe gerade lange genug gewartet, um zu merken, wie dumm ich war, dass ich geglaubt habe, du hättest Gefühle für mich hegen können … Ach, verflucht! Was kommt es darauf an, was ich vielleicht geglaubt habe! Du denkst doch nicht, dass ich geblieben wäre, um euch zuzusehen, Meghan und dir, wie ihr vor meinen Augen turtelt und euch zur Schau stellt, oder?«

»Meghan?«

Ungläubig starrte er mich an.

»Aber was hat Meghan mit uns beiden zu tun?«

»Tu nicht so unschuldig, Liam. Elender Schürzenjäger!«

»Wie bitte? Darf ich deine Erinnerung an dein Benehmen – das ich als reichlich kokett bezeichnen würde – auffrischen, und dazu noch mit Colin, du kleine Schlampe. Mit meinem eigenen Bruder, Caitlin! Bist du dir darüber klar?«

»Ich schulde dir nichts, Liam … Jedenfalls nicht auf diesem Gebiet … Ich habe mit deinem Bruder nichts Ehrenrühriges getan. Außerdem hat Colin sich wie ein Gentleman verhalten, im Gegensatz zu …«

Er packte mich an den Schultern und schüttelte mich, dass der Schmerz durch meinen Körper schoss. Dafür versetzte ich ihm einen kräftigen Fußtritt gegen die Beine.

»Lass mich los, dreckiger Schotte! Du tust mir weh! Ich bereue bitter, dass ich dir in jener Nacht blindlings gefolgt bin!«, kreischte ich.

Liam ließ mich abrupt los, als hätte er sich verbrannt. Sein Kiefer verkrampfte sich, und seine Augen zogen sich zusammen.

»Nicht so sehr wie ich«, sagte er eisig.

Ich erstarrte und hielt die Luft an. Die Wut, die mich bis jetzt beherrscht hatte, wandelte sich urplötzlich in Furcht. Ich atmete tief durch die Nase ein und schloss die Augen. Meghans Bild schien für immer auf die Innenseite meiner Augenlider gemalt zu sein. Mein Herz klopfte zum Zerspringen. *Bleib ruhig …*, sagte ich mir immer wieder. Doch die Stimme meines Gewissens war zu leichtgewichtig und wurde von dem heftigen Strudel aus aufgestauter Wut und Enttäuschung, die ich während der letzten Tage erlebt hatte, davongerissen. Die Worte sprudelten nur so aus mir heraus.

»Wenn meine Anwesenheit dir eine solche Last ist, warum bist du mir gefolgt? Warum lässt du mich nicht gehen? So war es doch abgemacht, oder? Ich habe keinen Grund mehr, in deinem Tal zu bleiben. Ich hatte nichts mehr in Glencoe zu suchen.«

»Du solltest bleiben, bis du ganz gesund bist, und auf meine Rückkehr warten. So war es abgesprochen, wenn ich mich recht erinnere. Colin und Sàra wussten Bescheid. Und außerdem …«

»Das gilt jetzt nicht mehr. Ich bin gesund und kehre nach Edinburgh zurück. Du wirst mich nicht daran hindern.«

Er wurde blass.

»Tu das nicht …«

»Und warum nicht? Das würde all deine Probleme lösen. Du wärest nicht mehr des Mordes angeklagt! Und ich … ich …«

Mit einem Mal wurde mir klar, dass ich mich opfern wollte, um ihn zu retten, ihn und seinen Clan, diese dumme Meghan und Isaak eingeschlossen. Ein schreckliches Schweigen senkte sich über uns herab. Meine Brust war wie zugeschnürt, so dass ich keine Luft in die Lungen bekam. Er ballte die Fäuste, wandte mir den Rücken zu und begleitete seine Bewegung mit einigen groben gälischen Worten. Dann stützte er sich auf den Rahmen der wackligen Tür der alten Hütte und schlug heftig dagegen.

Das Krachen ließ mich zusammenfahren, und plötzlich bekam

ich wieder Luft. Er wandte sich um und rieb sich die Handflächen.

»Du wirst nirgendwo hingehen«, erklärte er mit ausdrucksloser Stimme.

»Warum? Reicht dir diese Gans Meghan noch nicht?«, erwiderte ich grollend. »Dachtest du vielleicht, ich würde dir für deine Hilfe danken, indem ich dir das Bett wärme? Tut mir leid, aber die Art Frau bin ich nicht, auch wenn… Herrgott! Glaubst du, du könntest eine Frau nach Belieben benutzen und sie nachher loswerden, wie es dir gefällt? Bedaure, aber so wird sich das bei mir nicht abspielen, du Lustmolch!«

»Lustmolch?«

»Und das ist noch höflich ausgedrückt…«

»Lustmolch?«, wiederholte er noch einmal.

Er brach in ein wohltönendes Lachen aus, durch das ich endgültig jede Fassung verlor. Mit ausgefahrenen Krallen stürzte ich mich auf ihn. Er sah mich nicht schnell genug kommen, und ich kratzte ihm den Unterarm auf.

»Geh zum Teufel, Liam Macdonald! Fahr doch zur…«

Ein Schluchzen schnürte mir die Kehle zu. Er konnte mich gerade noch packen, bevor ich auf sein Gesicht einhieb. Seine Züge drückten eine Mischung aus bitterem Zorn und Schmerz aus.

»Das reicht jetzt«, versetzte er grob.

»Du hattest kein Recht… Du hast dich über mich lustig gemacht.«

»Ich habe mich nicht über dich lustig gemacht.«

Ich schrie meine Wut, Ohnmacht, Eifersucht und meinen Schmerz hinaus.

»Lügner!«

»Das ist die Wahrheit.«

»Nein, die Wahrheit ist, dass du mich ungestraft ausnutzen wolltest. Du wusstest, dass Meghan…«

Ich biss mir auf die Zunge. Jetzt hätte ich ihm um ein Haar Meghans Zustand verraten. Vielleicht wusste er wirklich nicht Bescheid.

»Was ist mit Meghan?«

Seine aufrichtig ratlose Miene bestätigte meinen Verdacht. Liam sah mich an, verblüfft und besorgt zugleich.

»Sie ist…«

Es stand mir nicht zu, ihm die Wahrheit zu sagen. Glücklicherweise kam er mir zuvor.

»Meghan bedeutet mir nichts. Ich dachte, das hättest du am Abend des *Ceilidh* begriffen.«

»Du hast mir erklärt, dass du ihretwillen nicht um mich werben kannst. Ich war betrunken, aber nicht vollständig neben mir!«

»Um ihretwillen? Aber so etwas Dummes habe ich nie gesagt!«

»Und ob du das gesagt hast! Du wolltest nicht, dass Colin mir den Hof machte. Aber du brachtest es ihretwegen nicht über dich!«

Er sah mich an, ein wenig verwirrt durch meine Worte, und schüttelte dann den Kopf, als erinnere er sich wieder.

»Aber… dabei ging es doch gar nicht um Meghan!«

»Und um wen sonst?«

»Anna.«

Einen Moment lang stand ich sprachlos da.

»Anna? Aber sie ist tot!«

»Du würdest es nicht verstehen, Caitlin«, sagte er und schlug die Augen nieder.

Ich sah ihn an und versuchte, ihn zu durchschauen. Seine Frau war seit drei Jahren tot. Er liebte sie immer noch. Gelang es ihm einfach nicht, eine andere zu lieben? Oder verbot er es sich selbst?

»Versuch es wenigstens, ich bin nicht vollständig dumm.«

Schmerzerfüllt schlug er den Blick zu mir auf.

»Das ist schwierig, Caitlin.«

»Schon gut, ich habe verstanden«, gab ich zurück und drehte mich weg.

Mein Blick umwölkte sich, und Verzweiflung stieg in meiner Brust auf, die sich anfühlte, als würde sie von einem Schraubstock zusammengedrückt. Nichts ergab mehr einen Sinn.

»Ich weiß nichts über dich«, fuhr er hinter meinem Rücken fort. »Alles ist zu schnell gegangen… Ich hatte Angst, Caitlin.«

Ich tat einige Schritte auf die Hütte zu und lehnte die Stirn an die Tür. Ich hielt mich an den wurmstichigen Brettern fest und krallte die Fingernägel hinein, als könne ich Kraft aus dem alten Holz ziehen, das sich, nachdem es den Unbilden der Natur widerstanden hatte, immer noch aufrecht hielt und in einem Stück war.

»Und Meghan? Ihr den Hof zu machen, schien dir ja leichtzufallen.«

Aus Angst, meine Fassung vollständig zu verlieren, weigerte ich mich, ihn anzusehen.

»Meghan … ich liebe sie nicht. Es ist einfacher bei einer Frau, die ich nicht liebe.«

»Ich bin nicht wie Meghan, werde nie so sein.«

»Ich weiß.«

»Warum bist du mich dann holen gekommen? Was willst du von mir, Liam? Lass mich wieder gehen … Ich bitte dich … Geh weg …«

Ich spürte, dass er mir ganz nah war. Sein Geruch erweckte eine Begierde in mir, die mich erschauern ließ. Ich schloss die Augen, um meine Tränen zurückzuhalten.

»Ich kann dich nicht gehen lassen. Das bringe ich nicht fertig.«

Seine Finger strichen ganz leicht über mein Haar. Von neuem fasste er mich an den Schultern, aber dieses Mal sanfter.

»*Seall orm*, Caitlin. Sieh mich an.«

Seine Berührung ließ eine verzehrende Leidenschaft in mir aufflammen. Ich musste all meine Kraft aufbieten, damit ich mich nicht umdrehte und ihn umarmte. Er verstärkte den Druck auf meine Schultern, zog mich an sich und zwang mich zu einer halben Drehung. Verzweifelt versuchte ich, den Blick niederzuschlagen, aus Angst, mich auf immer in seinen blauen Augen zu verlieren.

»Caitlin, ich werde dich nicht gehen lassen; außer natürlich, du möchtest es wirklich. Mit Gewalt kann ich dich nicht zurückhalten. Sieh mich an und sag mir, dass du es tatsächlich willst.«

Er hob mein Kinn. Ich schlug die Augen auf und erblickte die Tiefe seines Kummers. Sein Gesicht war nur wenige Zoll von meinem entfernt, und ich konnte die Bangigkeit in seinen angespannten Zügen und die Furcht in seinem Blick lesen. Dieser Mann fürchtete meine Antwort. Sein Atem ging rasch und stoßweise. Ich sah ihn einen Moment lang an, dann schloss ich erneut die Lider. Tränen quollen darunter hervor.

Ich vergrub mein Gesicht an seiner Schulter und klammerte mich an ihn wie an einen Fels in der Brandung. Mit einem Mal ließ die Anspannung nach. Er schloss mich fest in seine Arme, streichelte mein Haar und flüsterte all die Worte, die ich hören wollte. Ich schmiegte mich in seinen Duft, der mich, als ich in Sàras Hütte in seinem Bett schlief, nach meinen häufigen Albträumen so sehr beruhigt hatte.

»Dein Vater hat Recht«, sagte er leise.

Er löste sich ein wenig von mir, um mich besser anschauen zu können.

»Mein Vater?«, schluchzte ich.

»*Stoirm Dubh.* Du bist der schwarze Sturm, der über mich gekommen ist. Du hast mich gerettet, *a ghràidh.* Du hast die Mauern erschüttert, die ich rund um mich errichtet hatte. Ich hatte meine verletzte Seele eingemauert, und du hast sie befreit. Du bist mein Wind aus Irland, Caitlin …«

Er küsste mich zärtlich. Seine Lippen waren weich und warm. Ich zerschmolz in seinen Armen, unter seinen Händen, die zu meinen Hüften hinunterglitten, sich weiter vorwagten …

»Caitlin … Ich begehre dich so sehr … Bleib bei mir, in meinem Tal.«

Ich ließ meine Hand in den Ausschnitt seines Hemds gleiten, um seine glühend heiße Haut unter den Fingern zu spüren. Er stöhnte leise und drängte mich gegen die Tür der Hütte, so dass ich zwischen seinem angespannten Körper und den alten, verfaulten Brettern gefangen war. Doch mit einem Mal gab die Tür dem Druck nach, und wir fanden uns inmitten einer Staubwolke auf dem gestampften Lehmboden wieder.

»Habe ich dir wehgetan?«, fragte Liam und stützte sich auf die Ellbogen. Sein Blick war fiebrig.

»Nein.«

Er erdrückte mich fast mit seinem Gewicht. In Wahrheit tat es mir weh, sehr weh, am Körper und in meiner Seele. Doch das war ein berauschender, betörender Schmerz, der ein Feuer tief in meinem Leib entfachte und nährte.

Sanft entwirrte er meinen Umhang, der sich um mich gewickelt hatte, und schlug ihn zögernd auf. Sein Blick senkte sich auf meine Brust, die sich im Rhythmus meines Atems rasch hob und senkte. Einen schwebenden Moment lang schien die Zeit stehen zu bleiben, und dann erforschte sein Mund begierig meinen Hals und senkte sich mit ungezügelter Leidenschaft auf meine Brüste, während seine Hände versuchten, meine Röcke hochzuschieben, die unter seinem Körper eingeklemmt waren. Mein Puls beschleunigte sich und schlug im selben raschen Takt wie sein Herz.

Mein Körper war nicht mehr unberührt, doch ich besaß immer noch die Unschuld der Seele und des Herzens. Das war das Einzige, das ich Liam schenken konnte.

Plötzlich richtete er sich in eine kniende Haltung auf, wobei er mich zwischen seinen angespannten Schenkeln festhielt, um seinen Dolch und die Pistolen aus dem Gürtel zu ziehen und neben uns zu legen. Sein hungriger Blick glitt über mich wie eine Liebkosung. Im Halbdunkel des verfallenen Unterstands waren unsere körperlichen Empfindungen so intensiv, dass sie wie mit Händen zu greifen waren und uns den Atem verschlugen. Meine Schläfen pochten, und ein leises Kribbeln stieg in meinem Unterleib auf.

Ich schnürte mein Mieder auf und zerrte ungeduldig an seinem Hemd, um es aus dem Plaid zu ziehen. Er kam mir zu Hilfe und löste die Brosche, welche die Falten des dicken Wollstoffs an seiner Schulter fest hielt, dann zog er das Hemd über den Kopf. Wir wurden von einer Art Ungeduld, das Verbotene zu kosten, angetrieben, dem Wunsch, in die verbotene Frucht zu beißen und uns daran zu sättigen, als hinge unser Leben davon ab.

Sein Körper war muskulös und von einer weichen, kupferfarbenen Behaarung bedeckt, über die ich meine Finger gleiten ließ. Liam hatte die letzten Bänder meiner Bluse entknotet. Einen Moment lang zögerte er, dann schob er sie über meine Schultern, bis meine Brust vollständig entblößt war. Mit den Fingerspitzen umkreiste er die harten Brustwarzen, nahm eine in den Mund und saugte gemächlich daran. Stöhnend grub ich meine Fingernägel in seine Schenkel.

»Gütiger Gott… Liam!«

Er schlug meine verhedderten Röcke zurück und schob ein Bein zwischen meine Schenkel, um sie zu spreizen. Sanft glitt seine Hand zu meinem feuchten Geschlecht hinauf. Ein Lichtstrahl fiel über sein Gesicht. Seine halb geschlossenen Augen leuchteten vor Begehren.

Mit der anderen Hand wollte er eben die Falten seines Kilts auseinanderschlagen, doch dann ließ er sie matt herabsinken.

»*Tha mi duilich, a ghràidh mo chridhe*«, seufzte er und schloss die Augen. »Verzeih mir, Liebe meines Herzens.«

Ich stützte mich auf einen Ellbogen und sah ihn verblüfft an.

»Warum? Willst du mich nicht mehr?«

»Oh doch! Mehr als alles andere… aber nicht so, nicht hier.«

»Aber warum?«, wiederholte ich ungläubig.

»Du hast etwas Besseres verdient…«

Sein Blick verdüsterte sich. Er schickte sich zum Aufstehen an, doch ich hielt ihn fest, indem ich ihn wütend am Gürtel packte.

»Das wirst du mir nicht antun, Liam Macdonald«, stieß ich mit zusammengebissenen Zähnen hervor. »Du willst mich und ich will dich, jetzt und hier. Willst du vielleicht meine Ehre bewahren? Bedaure, aber nicht einmal die kann ich dir schenken. Ich habe nur noch mein Herz und meine Seele übrig. Alles andere hat Lord Dunning mir gestohlen.«

»Das wusste ich von Anfang an, *a ghràidh*. Ich habe gesehen, wie dieser Hundsfott dich angesehen hat, und ich habe deine Verletzungen gesehen. Außerdem bringt man einen Mann nicht bloß wegen einer Ohrfeige um. Er wird getötet, weil er versucht, seinem Opfer die Seele zu rauben, nachdem er ihm schon alles andere genommen hat.«

Langsam ließ ich die Finger unter den Saum seines Kilts gleiten und legte sie auf seine muskulösen, angespannten Gesäßbacken. Ich begehrte ihn. Ich wollte die zärtliche und leidenschaftliche Liebe dieses Mannes kennen lernen. Ohne perverse Gewalt, ohne jeden Zwang. Sein Kiefer zog sich zusammen, und er schloss die Augen in dem Versuch, seine Atmung zu kontrollieren. Meine Hände glitten über seine feuchte, glühend heiße Haut weiter zu seinem Geschlecht. Ich wollte diese Leidenschaft, die das Herz vor Freude aufschreien lässt. Ich wollte sie mit ihm erleben, jetzt. Er erschauerte und stieß ein leises, wollüstiges Stöhnen aus.

»Dann nimm mich, Liam«, flüsterte ich mit rauer Stimme. »Dir schenke ich das, was mir geblieben ist, dir und niemand anderem. Nimm es, liebe mich…«

Jetzt leistete er keinen Widerstand mehr, als ich die Schnalle seines Gürtels löste, der zusammen mit dem Plaid schwer zu Boden fiel. Mit einer heftigen Bewegung drückte er meine Beine auseinander, ließ sich schwer auf mich sinken und hielt meine Handgelenke auf dem Boden fest. Der Blick seiner halb geschlossenen Augen versengte mich.

»Du wirst mir gehören, Caitlin. Du gehörst mir, verstehst du? Mir allein…«

Keuchend vor Begierde nickte ich und bäumte mich auf, als er mit einem heftigen Stoß in mich eindrang.

Er begann sich zu bewegen, immer heftiger.

»*O mo rùin!* Mein Liebster!«, murmelte ich. »Ich… liebe dich…«

Er kostete die Worte von meinen Lippen, biss hinein und schlürfte sie mit seiner hungrigen Zunge auf. Jede seiner Bewegungen trug mich auf einer Woge der Lust davon, die noch Schwindel erregender war als die vorhergehende. Meine Handgelenke, die er noch immer fest gepackt hielt, schmerzten. Sein heißer, röchelnder Atem strich über mein Gesicht, als litte er Schmerzen.

»Mein Gott! Liam!«, schrie ich zwischen zwei Wellen der Lust.

Er warf den Kopf nach hinten, und die Adern an seinem Hals traten dick hervor.

»*Mo chridh… Mo bheatha…* Mein Herz… mein Atem…«, stöhnte er in einem letzten Aufbäumen der Lust.

Mein Herz wollte vor Glück fast bersten. Schweißgebadet und erschöpft schloss ich befriedigt die Augen. Liams Locken kitzelten mich an den Schultern und den Wangen. Er legte den Kopf auf mein Herz, und so lagen wir eng aneinandergeschmiegt da, als teilten wir einen einzigen Körper, reglos und erfüllt.

Er bewegte sich als Erster und legte eine Hand auf meine Brust.

»Caitlin Dunn, *an pòs thu mi?* Willst du mich heiraten?«

Seine Worte waren kaum hörbar, doch in meinem Herzen lösten sie einen Sturm aus. Meine Lippen begannen zu zittern, und die Worte steckten mir in der Kehle fest. Als er bemerkte, dass meine Antwort auf sich warten ließ, stützte er sich auf einen Ellbogen, um mich anzusehen. Seine offenen Haare fielen ihm in die Augen, und sein mehrere Tage alter Bart verlieh ihm einen verführerischen Anflug von Verwegenheit. In seinen Augen stand noch der Nachhall unseres rauschhaften Liebesspiels. Beunruhigt lächelte er, küsste mich auf die Schulter und zuckte zusammen, als er Dunnings Siegel erblickte. Er stöhnte und streichelte die Stelle, machte jedoch keine Bemerkung dazu. Er wusste es, und mehr gab es dazu nicht zu sagen.

»*A ghràidh mo chridhe?*«

»Du willst mich wirklich zur Frau nehmen?«, fragte ich zögernd.

»Ja, Weib. Ich will dich in diesem Moment, ich werde dich morgen wollen und übermorgen… Ich will dich für immer. Falls du… falls du mich haben willst…«, setzte er unsicher hinzu.

Ich lachte und weinte zugleich.

»Und wenn du entdeckst, dass ich in Wirklichkeit nur eine mürrische alte Hexe bin?«

Er stieß ein raues Lachen aus und rollte sich auf den Rücken.

»Ich werde dich schon zähmen. Das kann auch nicht viel schwieriger sein, als Pferde zuzureiten.«

»Liam Macdonald«, schimpfte ich und kletterte auf ihn.

»Also, *a ghràidh*?«

Er erforschte meine Augen in der Hoffnung, dort die Antwort, die auf sich warten ließ, zu finden.

»Ja«, hauchte ich.

Ein heiserer Laut entrang sich seiner Kehle. Er küsste mich zärtlich und zog mich an sich.

»In Keppoch gibt es einen Priester. Wir sind in zwei Tagen dort.«

»Zwei Tage? Aber Sàra und…«

Seine Hand huschte in mein immer noch offenstehendes Hemd und umfasste eine meiner Brüste.

»Sie hat nichts dazu zu sagen. Ich brauche dich, damit du mir mein Herz wärmst… und mein Bett. Länger kann ich nicht warten.«

Kühle Luft drang durch das unverglaste Fenster ein, und ich setzte mich, um mein Hemd hochzuziehen. Liam legte seine große Hand auf meinen Schenkel. Ich machte mich daran, mein Mieder zu schnüren. Liam war auf dem Boden liegen geblieben. Man hätte ihn für eine dieser griechischen Statuen halten können, die man häufig in den Gärten der großen Anwesen sah.

Auf der anderen Seite der halb offenen Tür schnaubte Stoirm. Mein Herz zog sich zusammen, als ich an Bonnie dachte, die auf der Straße bei den englischen Dragonern zurückgeblieben war. Dann hörte ich von neuem Captain Turners Worte, der sich über mich lustig machte und mir anbot, mich in den Wald zu begleiten, damit ich nicht noch einmal überfallen würde… Ich schüttete mich vor Lachen aus.

»Was gibt es denn so Komisches?«, fragte Liam, der jetzt sein Plaid auf dem Boden ausbreitete, um sich darauf zu legen.

»Ich habe mich nur gefragt, ob die Dragoner wohl immer noch am Straßenrand auf mich warten.«

Er wickelte sich in das Plaid und schloss seinen Gürtel. Seine Miene verdüsterte sich.

»Ich habe einen ganz schönen Schrecken bekommen, als ich dich mit diesen *Sassanach*-Hundesöhnen gesehen habe. Du kannst dir gar nicht vorstellen, was mir alles durch den Kopf gegangen ist. Wenn sie dir auch nur ein Haar gekrümmt hätten… ich hätte sie alle die Kraft meiner Klinge spüren lassen.«

»Sie haben mich gerettet, Liam«, wandte ich ein.

»Und du glaubst, dass der Captain nichts als Dank gefordert hätte? Du bist zu einfältig, Caitlin.«

Er steckte sein Hemd in den Kilt. Ich ging nicht auf seine letzte Bemerkung ein und brachte ein wenig Ordnung in meine zerrauften Haare.

»Wohin wolltest du eigentlich wirklich?«, wollte er wissen und befestigte die Brosche an seinem Plaid, das er über die linke Schulter drapiert hatte. »Warst du wirklich nach Edinburgh unterwegs oder… wolltest du ins Herrenhaus zurückkehren?«

Fassungslos starrte ich Liam an. Als sich unsere Blicke trafen, erstarrte ich. Er musste die Antwort in meinen Augen gelesen haben, denn er wurde blass, und seine Lippen pressten sich zusammen.

»Ich will, dass du mir schwörst, nie wieder einen Fuß in dieses Haus zu setzen, Caitlin«, sagte er und sprach jedes Wort überdeutlich aus.

»Liam … Ich kann nicht hinnehmen, dass man dich anklagt …«

»Versprich es mir!«, rief er und fasste mich am Handgelenk.

»Ich kann nicht …«

»Doch, du kannst, Caitlin. Du wirst es mir versprechen. Du musst es tun. Sie werden sich deiner bedienen, um meinen Kopf zu bekommen. Ich möchte nicht, dass du dich in diese Angelegenheit einmischst. Es ist meine Sache, dieses kleine Problem zu bereinigen.«

»Kleines Problem?«, schrie ich. »Wenn eine Mordanklage für dich nur ein kleines Problem ist, dann erkläre mir mal, was ein großes wäre!«

»Dich von neuem zu verlieren«, gab er zurück. »Versprich es mir, Caitlin!«

Ich sah in seine blauen Augen und entdeckte die Angst, die darin stand.

»Ich verspreche es«, stotterte ich widerwillig, widerstrebend.

Seine Miene wurde weicher, und er ließ mich los.

»Vergiss nicht, dass man in den Highlands niemals ein Versprechen bricht.«

Mit diesen Worten steckte er seine Pistolen und seinen Dolch in den Gürtel.

10

Fernes Schlachtgetümmel

Die drei Männer warteten geduldig am anderen Ende der Lichtung auf uns. Wahrscheinlich wussten sie ganz genau, wie wir unsere Zeit verbracht hatten, aber sie waren so taktvoll, sich nichts anmerken zu lassen; außer vielleicht Colin, der mich zutiefst niedergeschlagen ansah. Wir stiegen wieder in den Sattel, doch dieses Mal saß ich vor Liam.

Wir wandten uns gen Norden, in Richtung Dunkeld, und machten kurz vor dem Pass von Killiecrankie Halt, am Ufer des Tummel-Flusses. Dort würden wir die Nacht verbringen.

Über einen schmalen Weg stieg ich bis zum Fluss hinunter, um mich ein wenig frisch zu machen. Ich setzte mich auf einen Felsbrocken und steckte die Füße in das kühle Wasser. Ich sorgte mich ein wenig um Colin, der seit unserem Aufbruch geschwiegen hatte und auf dem ganzen Weg meinem Blick ausgewichen war. Ob er wusste, was sein Bruder vorhatte?

Das Rascheln von Laub und das Knacken trockener Zweige in dem Buschwerk hinter mir ließen mich zusammenfahren. Instinktiv fuhr meine Hand zu dem Dolch, der irgendwo in meiner Tasche stecken musste.

»Es wäre praktischer, wenn du ihn am Gürtel tragen würdest.«

»Bitte, was?«, fragte ich und wirbelte herum. Die Waffe hatte sich in der Tasche verhakt.

Das Gewebe gab schließlich unter dem Druck der Schneide nach, und die Klinge lugte durch den Stoff. Liam zog sie behutsam heraus, um den Riss in meinem Rock, der bereits dringend ausgebessert werden musste, nicht zu vergrößern.

»Aber für den Moment kannst du ihn an der rechten Wade tragen.«

»Ja … gut.«

Er kramte in seinem *Sporran** herum und zog ein Lederband heraus, das er sonst benutzte, um seine Haare zurückzubinden.

»Du gestattest?«

Ich schlug meine Röcke hoch, um meine Beine zu entblößen, und streckte ihm das rechte hin. Er befestigte den Dolch direkt unterhalb meines Knies, wobei er sich absichtlich an der Rundung meiner Wade aufhielt. Kurz schloss ich die Augen, als ich seine warmen Hände auf meiner Haut spürte, und dachte an unsere leidenschaftlichen Umarmungen von heute Nachmittag zurück.

»Das müsste für den Moment reichen, bis ich dir eine Scheide fertige, in der du ihn am Gürtel tragen kannst. So kannst du ihn im Notfall schneller erreichen.«

»Danke, ich bin es nicht gewöhnt, eine Waffe zu tragen.«

»Hier hast du keine andere Wahl.«

»Das habe ich allerdings auch schon bemerkt.«

Er lächelte mir spöttisch zu, zog sein Hemd aus und bespritzte sich ebenfalls mit Wasser. Die lange weiße Narbe hob sich von der goldbraunen Haut auf seinem Rücken ab.

»Killiecrankie liegt hier ganz in der Nähe, glaube ich, oder?«

Als wir gekommen waren, hatte ich die Männer darüber sprechen gehört. Sie hatten einige Erinnerungen an die verheerende Niederlage ausgetauscht, die sie den Engländern hier beigebracht hatten. Liam drehte sich zu mir um und fuhr sich mit den Fingern durch die feuchten Locken.

»Ja. Das Schlachtfeld liegt eineinhalb oder zwei Meilen von hier entfernt, im Norden, auf der anderen Seite des Passes.«

»Ist die Schlacht lange her?«

Er zögerte und sah mich ernst an, dann kam er zu mir und setzte sich neben mich.

»Im Juli sind es sechs Jahre.«

»Damals musst du noch sehr jung gewesen sein.«

»Ich war einundzwanzig«, murmelte er und zupfte ein paar Reisige von seinem Kilt.

* Eine Art Beutel, häufig aus Fell, der auf der Vorderseite des Kilts getragen und von einem Gürtel gehalten wurde.

»Einundzwanzig… So alt war mein Bruder Michael, als er in der Schlacht am Boyne gefallen ist.«

Er sah mich nachdenklich an.

»Zum Sterben ist das wirklich ein wenig zu jung.«

»Hattest du Angst, vielleicht nicht mehr wiederzukommen?«, fragte ich leise und flocht langsam meine Haare auf.

»Nein, nicht zu Anfang. Das war meine erste Schlacht, und mein Blut kochte vor Kampfeslust. Ich hatte zuvor schon an zahlreichen Überfällen teilgenommen und mehr als einmal Blut von meiner Klinge gewischt, aber der Krieg… Damals wurde mir klar, dass der Krieg etwas anderes ist.«

Er zog ein Knie zu sich heran, stützte den Ellbogen darauf und ließ das andere Bein ins Leere baumeln. Seine Waden waren in Tierhäute gewickelt, die von Lederbändern gehalten wurden, um sie auf den langen Ritten zu schützen, und wie die meisten Highlander trug er keine Schuhe, wenn es warm war.

»Und worin liegt der große Unterschied?«, fragte ich und zog die feine Linie auf seinem Rücken nach.

»Ein Überfall ist ein bisschen wie ein Spiel. Es ist nicht wirklich eine Vergnügungspartie, denn der Tod ist einem immer nahe, aber die Aufregung, die einem die Herausforderung verschafft, die Gefahr, das ist… ich weiß nicht… berauschend, würde ich sagen.«

Er beugte sich leicht vor, um das Kinn in die Handfläche zu legen. Ich kniete mich hinter ihn und begann, ihm sanft die Schultern zu massieren. Seine Haut fühlte sich unter meinen Fingern kühl und weich an.

»Und der Krieg?«

»Der Krieg… Da sieht einem der Tod ins Gesicht. Er ist da und wartet darauf, seine Klauen in denjenigen zu schlagen, der sich zu nahe an ihn heranwagt. Du spürst seinen Geruch, er sickert dir in die Poren, dringt in dein Fleisch ein und verschlingt alles, sogar deine Seele. Kurz vor der Schlacht, als wir uns alle mit unseren jeweiligen Clans auf den Hügeln von Craig Eallaich versammelt hatten, ergriff uns eine Erregung, die einem Gänsehaut verursachte. Die wachsende Spannung in den Reihen der Krieger war mit Händen zu greifen. Es war ein wenig, als warte man vor dem Schafott darauf, an die Reihe zu kommen und hinaufzusteigen, ohne wirklich zu wissen, wer wieder herunterkommen würde. Unsere Gedanken wandten sich den Menschen zu, die wir zu Hause zurückgelassen hatten, und wir wünschten uns, sie von neuem in die Arme zu schließen, wenn der Kampf vorüber wäre. Doch zugleich trieb uns dieser wahnsinnige Drang, zu kämpfen und zu vernichten, voran. Für unsere Heimat, unseren König zu kämpfen. Unserem Volk unser Blut als Opfer darzubringen. Als der Feind sich zeigte, mischte sich Furcht unter die Aufregung, die uns bereits die Eingeweide umdrehte. Da habe ich begriffen, dass das kein Spiel mehr war, *a ghràidh.*«

Ein Schauer überlief ihn.

»Die *Sassanachs* waren am Ende des Tages gekommen. Wir hatten den ganzen Nachmittag auf sie gewartet und zugesehen, wie ihre Kolonnen weiter unten im Gelände, am Ausgang des Passes, Stellung bezogen. Mehr als viertausend Rotröcke sammelten sich auf der Heide in der Nähe des Garry-Flusses. Wir waren nur ungefähr zweitausend Mann, doch wir hatten den Stellungsvorteil und waren früher eingetroffen.«

Sein Blick verlor sich im Wasser, das zwischen den Steinen und dem Moos strudelte. Ich lehnte die Wange an seine Schulter, schloss die Augen und versuchte, mir ein Schlachtfeld vorzustellen. Der Feind vor mir, der die Ebene bedeckt wie eine Woge, die sich anschickt, mich zu verschlingen…

»Sie waren alle da, die Macdonalds aus Sleat, aus Clanrannald und aus Glengarry. Die Macleans, Macneils, Macleods, Maclachlans, Grants, Frasers, Macmillans…«

Die Männer waren auf den Hängen unterhalb des Craig Eallaich versammelt gewesen, ein Meer aus Tartan und Stahl. Kurz vor dem Eintreffen der Soldaten Seiner Majestät, die unter dem Befehl von General Mackay standen, hatten die Highlander mit stolzgeschwelltem Herzen James Graham gelauscht, dem Viscount von Dundee, der in seinem roten Rock, mit drei Federn am Barett und einem Becher Wein in der Hand, eine Rede gehalten hatte. »Für unseren König James, für Gott und für Schottland!«, hatte er am Schluss seiner Rede unter dem Beifall der fieberhaft erregten Männer gerufen.

Liam unterbrach seine Erzählung, schloss die Augen und lehnte den Kopf nach hinten. Dann drehte er ihn seufzend ein wenig zur Seite, so dass seine Wange meine Hand streifte, und fuhr fort.

»Der Angriff begann kurz vor Sonnenuntergang. Wie Raubvögel sind wir über sie hergefallen. Wir warfen unsere Plaids ab und stürzten unter den gegnerischen Salven den Hang hinunter, die Schwerter gerade vor uns ausgestreckt und halb hinter unseren *Targes** verborgen.«

Ich konnte mir leicht das Entsetzen der englischen Soldaten vorstellen, das sie beim Anblick dieser Flut von Männern in Hemden empfunden hatten, die Brustpanzer aus gehämmertem Leder trugen und sich mit nackten Beinen und Füßen auf sie stürzten, während sie Kriegsschreie wie wilde Tiere ausstießen.

»Wir waren nur noch wenige Schritte von ihnen entfernt«, sprach er langsam weiter, als erlebe er das ganze Schauspiel noch einmal. »Sie hatten ihre Musketen gegen uns abgefeuert, und der Mann neben mir war gefallen. Es war Angus MacKean aus Inverrigan, aber ich konnte nichts für ihn tun. Wir mussten weiter nach unten laufen und über diejenigen, die fielen, hinwegspringen. Wir mussten die *Sassanachs* erreichen, bevor sie Zeit zum Nachladen hatten. Das war unsere einzige Chance. Der Abstand wurde rasch geringer… Die Rotröcke versuchten verzweifelt, ihre Bajonette auf die Läufe ihrer Musketen aufzusetzen, aber es war bereits zu spät. Wir waren über ihnen…«

Er unterbrach sich. Seine Muskeln spannten sich unter meinen Fingern an. Ich legte die Lippen auf seine feuchte Haut, schlang den Arm um seine Taille und zog ihn an mich.

»*Fraoch Eilean*«, murmelte er mit rauer Stimme.

»*Fraoch Eilean?* Die Insel der Heide?«, fragte ich und zog eine Braue hoch.

»Das ist unser Schlachtruf. Jeder Clan besitzt einen eigenen.«

Er umfasste meine Hände und zog sie auf seine Brust. Ich spürte, wie sein Herz schlug.

»Danach verschwimmt alles… als hätte ich mich in der Haut eines anderen befunden. Ein unbändiger Drang zu überleben

* Kleiner, runder Schild aus mit Nägeln beschlagenem Leder.

hatte Besitz von mir ergriffen. Das wilde Dröhnen der Dudelsäcke trieb uns voran und übertönte die Trommelwirbel der *Sassanachs.* Die Musik gab den Rhythmus vor, ließ unser Herz schneller schlagen und segnete das Blut, das wir vergossen. Das Klirren von Metall auf Metall hallte bis in unsere Knochen. Es war das vollkommene Durcheinander, eine furchteinflößende, misstönende Anhäufung von Klängen. Die Offiziere brüllten Befehle und sorgten dafür, dass niemand zurückblieb. Die anderen um jeden Preis vernichten, so lautete unsere Mission. Die Begeisterung triumphierte über die Angst. Das Töten war zu unserem Credo geworden. Es wurde niemand verschont. Das Pochen meines Herzens in den Ohren beruhigte mich, denn es sagte mir, dass ich noch am Leben war. Doch der Feind war ebenfalls lebendig, und zu meinem eigenen Schutz musste ich ihn vernichten … Eine Frage des Überlebens. Sieg oder Tod, etwas anderes war nicht möglich.«

Den Kopf an seine Schulter gelegt, verzog ich empört den Mund.

»Mackay hatte uns eine Armee zum Fraß vorgeworfen, deren Mehrheit offensichtlich noch nie die Waffen mit dem Feind gekreuzt hatte. Manche waren gerade eben dem Jugendalter entwachsen, vielleicht sogar noch Kinder. Wer nicht unter den Hieben von Äxten oder Schwertern gefallen war, flüchtete und wurde bis in die Wälder verfolgt. So etwas hatte ich noch nie erlebt; das war ganz etwas anderes als die Überfälle auf die Ländereien von Argyle, wo bei den Scharmützeln im schlimmsten Fall ein oder zwei Männer umkamen und man ein paar Kratzer davontrug … In Killiecrankie watete ich in dem Blut, das aufzusaugen die Erde keine Zeit hatte. *Du musst überleben, überleben! Für die Menschen, die auf dich warten, für deinen König, für dein Land …* Diese Worte sagte ich mir immer wieder, während ich, auf dem klebrigen Gras ausrutschend, bald einem Schwerthieb auswich, bald die tödliche, blutrot glänzende Spitze eines Bajonetts abwehrte, die auf mich zukam. Unaufhörlich, gnadenlos fuhr mein Claymore auf die Gegner und ihre entsetzten, vom Pulverdampf geschwärzten Gesichter nieder, spaltete Schädel und durchschlug einmal einen Körper bis hinunter zur Leiste, wo der Stahl sich im Hüftknochen verhakte. Mit einem Grauen erregenden Knirschen zog ich ihn heraus, um weiter zu kämpfen. Die Klinge, die in den letzten Sonnenstrahlen glänzte, wirbelte herum, schnitt, durchbohrte Leiber. Dann, plötzlich, tauchte der Tod vor mir auf. Ein Offizier stürzte sich mit dem Schwert in der Hand auf mich. Ich hatte keine Zeit, mich umzudrehen und den Hieb abzuwehren, und schrie vor Schmerz, als der Stahl mir die Haut auf dem Rücken entzweischnitt, von der Schulter bis zur Hüfte. Dann fiel ich …«

Unter meinem Finger, der auf dem Hautwulst lag, konnte ich seinen Schmerz beinahe spüren. Liam sprach jetzt gedämpfter, zögernder, als suche er in seinem Gedächtnis nach den Brocken, den Fetzen der Erinnerung an diese Schlacht, die für immer ihr Zeichen in seinem Fleisch hinterlassen hatte.

»So etwas hatte ich noch nie erlebt«, wiederholte er und schüttelte langsam den Kopf, als wolle er die schrecklichen Bilder verscheuchen. »Der Tod hatte sein Werk vollbracht. Der Sonnenuntergang zog seinen Vorhang über den entsetzlichen Akt. Ich vermochte das Ausmaß des Gemetzels kaum noch zu erkennen, doch ich konnte es ahnen, spüren. Ich stolperte über abgetrennte Gliedmaßen, ich trat auf entzweigehackte Körper und fiel in diesen Brei aus Blut und Eingeweiden, aus abgeschlagenen Köpfen, deren Gesichter immer noch die Maske der Angst trugen und die uns ansahen, verblüfft über die unerhörte Gewalttätigkeit ihres Todes. Und dieser Gestank, der in der Luft lag … Das werde ich nie vergessen, *a ghràidh …*«

Er wandte sich zu mir und schloss mich zärtlich in seine Arme, diese Arme, die das Schwert geführt und so viele Männer niedergemäht hatten, und setzte mich sanft auf seine Schenkel. Seine verdüsterten Augen schimmerten in den letzten, orangefarbenen Strahlen der untergehenden Sonne. Sein schmerzlicher Blick verschränkte sich mit meinem, und dann umfasste er fest meine Hände und führte sie an die Lippen.

»Das ist der Krieg«, schloss er ernst. »Ein Massaker, eine Schlächterei, in der man den Grund vergisst, aus dem man daran teilnimmt. Wo das einzige Wort, das einem in den Sinn kommt, *überleben* heißt.«

»Jetzt verstehe ich, warum Matthew sich immer geweigert hat, uns davon zu erzählen. Er hatte in der Schlacht einen Arm verloren und hat sich seitdem in Schweigen gehüllt.«

»Ich selbst habe vor heute auch zu niemandem darüber gesprochen. Colin hat mich mit Fragen bestürmt, auf die ich nur ausweichend antwortete. Gerade genug, um seine Neugier zu befriedigen, aber nicht genug, um ihn abzuschrecken. Vater hatte sich geweigert, ihn gehen zu lassen. Er hatte sich bei einer Rauferei verletzt und erholte sich nur langsam. Er war gerade erst achtzehn geworden, und außerdem brauchte Glencoe auch Männer, die während unserer Abwesenheit auf das Vieh Acht gaben. Die Campbells, die nicht an der Schlacht teilnahmen, waren eine Bedrohung für unsere Herden. Wir hatten das Tal im Juni verlassen, nachdem das flammende Kreuz* durch die Hügel getragen worden war und uns aufgerufen hatte, unter Dundees Befehl für König James zu den Waffen zu greifen. Und wir kehrten erst ins Tal zurück, als die Blätter der Bäume die Hügel mit Rot- und Orangetönen überzogen, im Oktober. Das war der erste jakobitische Aufstand, aber es wird gewiss nicht der letzte sein, dafür würde ich meine Hand ins Feuer legen. Dundee wurde dummerweise im Augenblick unseres Sieges auf der Heide von Killiecrankie von einer Kugel getötet. Ich bin mir ziemlich sicher, dass James' Chancen, seinen Thron wieder zu besteigen, mit ihm gestorben sind. Oberst Alexander Cannon hatte seine Stelle eingenommen, als wir Dunkeld angriffen, wo sich die Cameronians** aus der Grafschaft Angus verbarrikadiert hatten. Wir waren von jenem Überschwang erfüllt, der zum Sieg führt, und entschlossen, den *Sassanachs* den Garaus zu machen. Aber eine Stadt ist kein Schlachtfeld. Nach drei Stunden erbitterter Kämpfe haben

* Schottischer Brauch: Ein Holzkreuz wird angezündet, mit dem Blut eines Schafs gelöscht und anschließend als symbolischer Ruf zu den Waffen von einem Clan zum anderen getragen. (Anmerkung der Übersetzerin)

** Kurz vor dieser Schlacht frisch aufgestelltes Lowlander-Regiment der Krone; trotz der Namensähnlichkeit gibt es keine Verbindung zum Highlander-Clan der Camerons. Dunkeld war eine Hochburg der Protestanten. (Anmerkung der Übersetzerin) diese religiösen Fanatiker, die nur für Gott kämpfen, ihre eigenen Häuser angesteckt, um die Soldaten aus den Highlands im Inneren einzuschließen. Wir mussten uns zurückziehen. Zu viele Tote auf den Straßen, zu große Verluste für unsere Clans.«

»Hat die Regierung nach dem Aufstand Strafmaßnahmen durchgeführt?«

»Sie hatte Breadalbane beauftragt, wieder Frieden in den Highlands zu schaffen, aber, wie ich dir bereits erzählt habe, hat diese Schlange versucht, uns in Achallader zu kaufen, indem er behauptete, er arbeite für die Interessen der Stuarts.«

Er verzog das Gesicht.

»Wer hätte aber auch glauben können, dass ein Campbell das Wohl anderer über sein eigenes stellen könnte? Die Geschichte ist fehlgeschlagen. William war zu sehr damit beschäftigt, in Irland Krieg zu führen, um sich um das, was in Schottland vorging, zu kümmern. Im darauf folgenden Frühling hatte Thomas Buchanan, Generalmajor der royalistischen Armee der Stuarts, mit der Hilfe von Oberst Cannon erneut die Clanchiefs zusammengerufen, um eine neue Erhebung vorzubereiten. Alasdair Og, MacIains Sohn, hatte zusammen mit einigen Männern aus Glencoe damit zu tun. Unglücklicherweise gelang es General Mackay, der immer noch verbittert über seine vernichtende Niederlage in Killiecrankie war, den Plan im Keim zu ersticken.«

»Und du, hattest du auch Anteil daran?«

»Nein… Ich erholte mich noch von meiner Verwundung. Außerdem waren da Anna und Coll, der noch ein Baby war. Ich konnte nicht wieder fortgehen…«

Er streichelte meine Wange und küsste mich sanft. Seine Finger spielten in meinem aufgelösten Haar.

»Danach hat die Regierung ihre Taktik geändert. Sie hat Fort William gebaut und eine Garnison unter dem Befehl von Gouverneur John Hill einquartiert, um die Ordnung in Lochaber aufrechtzuerhalten, dem Sitz des Großteils der jakobitischen Clans. Doch das war eher eine Einschüchterungspolitik. Sie sind durch unsere Heide patrouilliert, und wir haben sie beobachtet und ihnen ihren Nachschub gestohlen. Die Soldaten wagten gar nicht, sich allzu weit vom Fort zu entfernen. Am Ende war die Regierung so verärgert über die aufständische Gesinnung unserer Clans, dass sie eine Proklamation erließ, die denjenigen Clans, die den Treueid gegenüber dem *Sassanach*-König unterzeichneten, Schutz zusicherte. Das war im August 1691, und den Rest kennst du…«

Er verstummte. Die Sonne war untergegangen, und eine Schar Wildgänse zog über uns zum Loch Tummel, um dort die Nacht zu verbringen, die langsam ihren samtenen Mantel um uns schlang.

Liam zog mich fester an sich. Sein Herz klopfte an meiner Brust, als wolle es sich Einlass verschaffen, und meine Tür stand ihm weit offen. Zu Beginn küsste er mich sanft, doch dann erfasste ihn die Leidenschaft. Er hob mich hoch und setzte mich rittlings auf seine Schenkel. Begierig nahm sein Mund den meinen in Besitz. Ich grub die Fingernägel in seinen nackten Rücken.

»Caitlin, *a ghràidh*, in zwei Tagen bist du mein…«

»Ich gehöre dir jetzt schon, Liam.«

»Ich will dich nicht durch *Handfast** heiraten. Ich will dich vor Gott, und zwar sofort… Ich liebe dich, Caitlin… Ich hätte nie geglaubt, dass ich wieder lieben könnte…«

Er hatte es gesagt… Seine Worte würden in meinem Herzen, meinem Fleisch eingebrannt bleiben, wie mit einem glühenden Eisen geschrieben.

»Du hältst mein Herz in deinen Händen, *mo rùin*… Ich liebe dich auch.«

Am ganzen Körper zitternd drückte er mich an sich.

»Wir müssen schlafen gehen«, flüsterte er widerwillig und löste sich sanft von mir. »Morgen haben wir noch einen langen Weg vor uns.«

Wir schlugen unser Nachtlager am Fuß einer Granitwand auf. Die Männer hielten abwechselnd Wache. Eingerollt in meinen Umhang, beschützt von Liam, der einen Arm um meine Taille gelegt hatte, spürte ich im Einschlummern noch die erre-

* Eheversprechen vor Zeugen, das einem Paar gestattet, ein Jahr lang oder bis die Ehe kirchlich geschlossen wird, als Ehegatten zu leben. Nach dem schottischen Gesetz war diese Art von Verbindung rechtmäßig.

gende Erinnerung an seine Lippen und seine Hände auf meiner Haut.

Am nächsten Tag nahmen wir noch im Morgennebel die Straße gen Westen. Schüchtern versuchte die Sonne, den dichten Schleier, der noch über dem Tal lag, zu durchdringen. Bis wir Loch Rannoch erreichten, war es so warm geworden, dass ich meinen Umhang, unter dem ich jetzt fast erstickte, ablegte.

Seit mehreren Stunden saß ich jetzt schon bei Liam im Sattel. Er hielt mich mit einem Arm schützend an sich gedrückt; und seine Wärme und der Druck seiner Finger, die sanft meine Hüfte liebkosten, wirkten beruhigend. Ich hatte das Gefühl, dass nichts in dieser grausamen Welt mir mehr etwas anhaben konnte. Jetzt wurde mir erst vollständig bewusst, dass ich diesen Mann heiraten würde, den ich nicht wirklich kannte, den ich aber so sehr liebte, dass ich ihm ans andere Ende der Welt gefolgt wäre. Unsere Schicksale waren jetzt unlösbar miteinander verknüpft, *ad vitam aeternam,* bis in alle Ewigkeit.

Ich rutschte im Sattel herum, um meine Position zu verändern. Nach den langen Stunden, während derer ich auf dem Pferd durchgerüttelt worden war, bekam ich langsam Muskelschmerzen. Liam verstärkte seinen Griff. Seine Lippen glitten sacht über meinen Hals, eine sanfte Liebkosung, die bei mir kleine, wollüstige Schauer hervorrief.

»Liam«, murmelte ich, »wie hast du mich eigentlich gefunden?«

»Du bist nicht eben unauffällig, *a ghràidh,* ich brauchte also nur deiner Spur zu folgen. Gesehen habe ich dich dann, als du mit den Dragonern aus dem Wald kamst. Ich musste mich sehr beherrschen, um nicht auf sie loszugehen und dich ihren Klauen zu entreißen, aber ich fürchtete, wenn ich das täte, könntest du verletzt werden.«

Er brummte etwas und biss mich zärtlich ins Ohrläppchen.

»Wir waren euch schon ziemlich lange durch die Wälder gefolgt und hatten auf eine passende Gelegenheit gewartet, dich zurückzuholen. Dafür, dass du so glimpflich davongekommen bist, hättest du dir eigentlich eine ordentliche Tracht Prügel verdient. Ich hoffe, du bist dir im Klaren darüber, dass deine Handlungsweise tragische Folgen hätte haben können.«

»Sobald wir in Keppoch sind, wirst du die Prügel gewiss nach Herzenslust nachholen«, gab ich lachend zurück. »Ist es eigentlich noch weit?«

»Wir werden vor Einbruch der Dunkelheit dort sein.«

Wir näherten uns einem kleinen Marktflecken, und der Duft von gebratenem Fleisch stieg mir verlockend in die Nase. Ich hielt es nicht mehr aus. Wenn wir nicht anhielten, um einen Happen zu uns zu nehmen, würde ich für nichts mehr garantieren können. Seit unserem Aufbruch heute Morgen hatten wir nichts mehr gegessen, und Mittag musste auch schon lange vorüber sein.

Gesättigt leerte ich meinen Bierkrug und schob meinen Stuhl zurück, um mich zu strecken. Ich hatte das Bedürfnis, mir ein wenig die Beine zu vertreten, und meine Rückseite schmerzte. Colin saß an die Wand der Taverne gelehnt da und schien zu dösen. Simon hatte seine zweite Portion Fleisch mit gekochtem Kohl fast verputzt. Donald war damit beschäftigt, mit der jungen Dienerin, die auf seinen Knien saß, Süßholz zu raspeln. Sie gluckste vor Lachen, so dass ihre Brust hüpfte, die, wie ich fürchtete, jeden Moment aus ihrem Mieder springen würde. Donald schielte nach ihren Formen und ließ sich ganz offenbar keinen Moment dieses unterhaltsamen Schauspiels entgehen.

Ich fragte den Tavernenwirt nach dem Abtritt und verließ den Schankraum durch die Hintertür. Als ich einige Minuten später zurückkehrte, war die Stimmung vollständig umgeschlagen. Donald rieb sich das Kinn, und von seiner aufgeplatzten Lippe lief ein Blutrinnsal herab. Geringschätzig musterte er einen Mann, der mir den Rücken zudrehte und ihn offensichtlich angegriffen hatte. Colin, der inzwischen hellwach war, hatte hinter Donald Stellung bezogen. Seine Hand lag auf dem Griff seines Dolches. Simon konnte ich nirgendwo entdecken, und Liam musste noch bei den Pferden sein.

»Wenn du meine Tochter noch einmal mit deinen schmutzigen Pfoten anrührst, du hundsgemeiner Macdonald, dann schneide ich dir die Kehle durch«, dröhnte der Mann vor mir.

Donald stürzte voran und rammte seinem Widersacher den Kopf in den Magen, so dass er gegen einen Tisch krachte, der unter dem Gewicht der Männer nachgab. Die beiden rappelten sich auf, und dann war die Prügelei richtig im Gange. Auf beiden Seiten hagelte es Fausthiebe. Die anderen Gäste hatten ihre Tische verlassen und schlossen Wetten auf die Kontrahenten ab.

Ich warf Colin, der mein Eintreten bemerkt hatte, einen besorgten Blick zu. Seine Miene bedeutete mir zu bleiben, wo ich war. Er bewegte sich nicht, hatte aber die Hand immer noch auf seinem Dolch liegen, bereit, die Waffe zu ziehen, wenn die Lage schlimmer würde.

Der Kampf wogte gefährlich in meine Richtung, und ich wich bis an die Wand zurück. Zu meiner Rechten befand sich ein Tisch mit einem Bierkrug darauf, den die Gäste, die sich zusammengedrängt hatten, um das Spektakel zu genießen, stehen gelassen hatten. Ich saß in der Falle.

Die beiden Männer waren nur noch wenige Schritte von mir entfernt. Donald versetzte seinem Gegner einen gut gezielten kräftigen Haken aufs Kinn, und der andere drehte sich um sich selbst. Ich hatte kaum Zeit, den Bierkrug vom Tisch zu nehmen, als der Mann schon mit seinem ganzen Gewicht hineinkrachte und schwer auf dem Boden zusammensackte.

Donald lächelte und überschüttete ihn noch mit ein paar gesalzenen Beleidigungen, bevor er sich auf dem Absatz umdrehte. Der Mann regte sich wieder. Ich drückte den Krug fest an meine Brust und sah zu, wie er sich aufrappelte. Der herbe Geruch des Bieres stieg mir in die Nase, und die braune, schaumige Flüssigkeit, die über den Rand schwappte, lief zwischen meinen Fingern hindurch. Der Mann saß inzwischen in der Hocke und machte sich zum Angriff bereit. Er grunzte wie ein brünstiger alter Keiler und führte die Hand verstohlen an seinen Dolch. Auch Colin zog langsam seine Waffe und schrie Donald, der dabei war, sein Plaid zurechtzurücken und dem jungen Mädchen zulächelte, etwas zu.

Die Lage wurde brenzlig. Erneut sah ich auf meinen Bierkrug, und im nächsten Augenblick lag der Angreifer lang hingeschlagen inmitten einer Bierlache auf dem schmutzigen Boden, ohnmächtig und von Scherben umgeben.

Ein kurzes Schweigen, in dem nicht einmal die Fliegen zu summen wagten, trat ein. Dann sahen die Zuschauer, dass der Mann wirklich und wahrhaftig bewusstlos war, stießen den angehaltenen Atem aus und brachen in ein allgemeines Gejohle aus.

Ich stand wie erstarrt da, betrachtete leeren Blickes die reglose, tropfende Masse zu meinen Füßen und wurde mir erst jetzt bewusst, was ich getan hatte. Donald sah mich sprachlos und mit aufgerissenen Augen an. Colin kam auf mich zu und packte mich am Arm. Zwischen den Gästen hindurch, die lachend wieder auf ihre Plätze gingen und mich mit mehr oder weniger ungehörigen Bemerkungen und Klapsen auf den Po bedachten, zog er mich auf die Tür zu.

»Komm, verschwinden wir von hier«, brummte er und warf dem Wirt ein paar Münzen zu.

Unter letzten Beifallsrufen verließen wir die Taverne. Diese deftige Anekdote würden wir noch lange erzählen können!

Liam stand in der Nähe der Pferde und unterhielt sich mit Simon. Als er uns so Hals über Kopf nahen sah, setzte er einen Fuß in den Steigbügel, umfasste mich unterhalb der Achseln und zog mich mit, als er seinen Hengst bestieg. Unter Geschrei und wildem Geheul flüchtete unsere kleine Gruppe im Galopp und wirbelte eine Staubwolke auf. Erst einige Meilen später mäßigten wir unser Tempo. Unter den verwirrten Blicken von Liam und Simon lachten Colin und Donald, bis ihnen die Tränen kamen.

»Könnte mir mal jemand verraten, was hier vor sich geht?«, murrte Liam stirnrunzelnd.

Colin erzählte Liam die Geschichte und schüttete sich dabei vor Lachen aus.

»Du hättest Donalds Gesicht sehen sollen! Da schickt ein Mädchen diesen Strolch von Menzie ins Land der Träume, nachdem Donald es nicht geschafft hat… Haha!«

Donald, der das Ganze inzwischen weniger komisch fand, hörte auf zu lachen und warf Colin, der sich auf seinem Pferd buchstäblich vor Lachen krümmte, einen finsteren Blick zu. Liam drehte mich um, damit ich ihn ansehen konnte. Verblüfft starrte er mich an.

»Du hast *was* getan?«, schrie er völlig außer sich.

Ich zog den Kopf zwischen die Schultern.

»Ich habe nur den Bierkrug auf den Kopf des Mannes fallen lassen«, stotterte ich. »Er hatte seinen Dolch in der Hand und wollte auf Donald losgehen…«

»Hast du auch nur einen Moment daran gedacht, was hätte passieren können, wenn du ihn nicht bewusstlos geschlagen hättest?«

Prompt reckte ich die Brust und warf ihm einen wütenden Blick zu.

»Glaubst du vielleicht, in einem solchen Fall hat man Zeit zum Nachdenken?«, fauchte ich.

Simon und Colin lachten immer noch; Donald fluchte leise vor sich hin. Ich hielt Liams ärgerlichem Blick stand, und bald trat ein belustigtes Glitzern in seine Augen.

»Beim nächsten Mal vergewissere dich, dass dein Rücken geschützt ist, falls dein Schlag nicht trifft, *a ghràidh*«, erklärte er mit einem spöttischen Grinsen.

Er kniff mich in eine Hinterbacke und brach in dröhnendes Gelächter aus. Dann gab er seinem Tier die Sporen, und wir hielten wieder auf die Berge von Lochaber zu.

11

In guten wie in schlechten Tagen

Heftig schüttelte ich den Arm, um das Tier, das mich ohne Unterlass quälte, zu vertreiben. Mit meiner Geduld am Ende, setzte ich mich abrupt im Bett auf und fluchte unterdrückt. Dann sah ich mich mit offenem Mund einem kleinen Mädchen gegenüber, das mich aus großen, furchtsamen Augen ansah.

»Oh!«, sagte ich bestürzt. »Es tut mir leid, ich wollte dir keine Angst einjagen.«

Das Mädchen schüttelte heftig den Kopf und schob dann eine braune Strähne, die sich aus seiner Leinenhaube gelöst hatte, zurück. Die Kleine musste etwa sieben oder acht Jahre alt sein.

»Ich soll Euch sagen, dass das Frühstück serviert ist«, stotterte sie errötend. »Wenn Ihr nicht gleich hinunterkommen wollt, wird man Euch in der Küche etwas aufbewahren.«

Sie schlug die Augen nieder, sah auf ihre Schuhspitzen und rang nervös die Hände.

»Ich bedaure sehr, Euch geweckt zu haben, Madam«, fuhr sie dann fort.

»Das macht gar nichts«, sagte ich mit einer wegwerfenden Handbewegung. »Wie heißt du?«

»Morag, Madam. Morag Archibold.«

»Das ist ein sehr schöner Vorname, Morag«, sagte ich lächelnd. »Ich komme hinunter, sobald ich angezogen bin.«

Das Mädchen vollführte einen kleinen Knicks.

»Maìri kommt gleich, um Euch zu helfen, Madam«, setzte sie hinzu und rannte hinaus.

Ich ließ die Beine über die Bettkante baumeln und reckte mich laut gähnend. Am liebsten hätte ich noch ein paar Stunden geschlafen. Ich war wenig an solche langen Ritte gewöhnt und fühlte mich, als wäre ich durch eine Mühle gedreht worden.

Langsam fielen mir die Ereignisse des Vortags wieder ein und vertrieben den Schlaf, der mich von neuem zu überwältigen drohte. Wir waren in dem Moment in Keppoch eingetroffen, als die Sonne hinter den Bergen versank und das Spean-Tal mit goldenem Licht übergoss. Keppoch House, das am Zusammenfluss von Roy und Spean lag, war ein ziemlich weitläufiges Herrenhaus, das von der Macht seines Besitzers, Coll Macdonald, zeugte. Ich wusste, dass er der Chief der Macdonalds von Keppoch in Lochaber war und wegen seines Geschicks als Viehdieb den spaßigen Beinamen »Coll von den Kühen« führte.

Lady Keppoch, eine junge, sehr charmante Dame, hatte mich herzlich aufgenommen und mir sofort mein Zimmer gezeigt. Endlich ein Bett! Jede Bewegung schmerzte mich, und nachdem ich einen kleinen Imbiss verzehrt und mich ein wenig erfrischt hatte, war ich erschöpft zwischen die Laken gekrochen. Dann war ich rasch in einen wohlverdienten Schlummer gesunken.

Ich verzog das Gesicht, erhob mich und ließ auf der Suche nach meinen Kleidern den Blick durch das Zimmer gleiten, als ein wohlgenährtes junges Mädchen eintrat, das Handtücher, ein Becken und einen Krug mit Wasser auf den Armen trug.

»Einen schönen Tag, Madam«, sagte sie und legte alles auf der Kommode ab.

Mit einem Ruck zog sie die Vorhänge zurück, und das Zimmer wurde von einem allzu grellen Licht erfüllt, so dass ich blinzeln musste.

»Ihr habt Glück, die Sonne scheint für Euch«, erklärte sie fröhlich und schwirrte um mich herum wie eine fleißige Biene. »Seid Ihr aufgeregt?«

»Aufgeregt?«, fragte ich erstaunt zurück. »Aber warum?«

»Heute ist doch Euer Hochzeitstag!«

»Heute?«, stammelte ich, immer noch ein wenig benommen.

Sichtlich verlegen sah das junge Mädchen mich einen Moment lang an.

»Habt Ihr das nicht gewusst?«

»Doch, natürlich. Mein Kopf ist heute Morgen noch nicht ganz klar«, antwortete ich töricht, um meine Verwirrung zu verbergen.

»Wenn ich einen Mann wie Mr. Liam heiraten sollte, dann hätte ich in der Nacht zuvor kein Auge zugetan, das kann ich Euch versichern.«

Sie musterte mich mit leisem Neid.

»Am Ende dieses Tages werden viele Herzen gebrochen sein.«

Sie half mir, mein Hemd auszuziehen, und zog eine Grimasse.

»Ihr solltet heute noch ein schönes parfümiertes Bad nehmen. Und außerdem das Kleid wechseln«, sagte sie und schob das schmutzige Kleidungsstück mit einem Fuß beiseite.

»Das Problem ist nur, dass ich nichts anderes anzuziehen habe.«

»Lady Keppoch wird Euch sicher etwas Passendes für die Zeremonie heraussuchen. Aber jetzt müssen wir uns beeilen, wenn Ihr Euer Frühstück nicht kalt verzehren wollt.«

Als ich in das Speisezimmer trat, erhoben sich die Männer, grüßten mich höflich und warteten, bis ich meinen Platz neben der Hausherrin eingenommen hatte. Dann setzten sie sich wieder, und Stühle wurden geräuschvoll über das Parkett gezogen. Ich suchte Liams Blick. Er lächelte mir herzlich zu und neigte den Kopf zu einem höflichen Gruß.

»Wir bitten um Vergebung, weil wir schon ohne Euch begonnen haben, meine Liebe«, ließ sich Lady Keppoch vernehmen. »Wir wussten nicht, ob Ihr zum Frühstück herunterkommen würdet.«

»Ich muss mich für meine Verspätung entschuldigen«, stammelte ich leicht verlegen. »Ich bin heute Morgen ein wenig spät aufgestanden.«

»Oh nein, gar keine Ursache, Caitlin«, versicherte sie und tätschelte mir die Hand. »Ihr habt einen ereignisreichen Tag vor Euch, und da kann ein wenig mehr Schlaf nur gut für Euch sein.«

Unter dem Tisch begann ein Fuß mir zärtlich die Wade zu liebkosen. Ich warf Liam, der mir gegenüber zur Rechten des Chief saß, einen Blick zu. Mit schelmischer Miene reichte er mir einen Korb voll knuspriger kleiner Brotlaibe.

»Habt Ihr gut geschlafen, Caitlin?«, sprach mich Coll Macdonald an.

Der Mann mit den schwarzen Augen und Haaren sah mich forschend an. Er war gut einen Kopf kleiner als Liam, aber dennoch kräftig gebaut, und sein dunkler Teint legte die Vermutung nahe, dass sich in das Blut seiner Vorfahren aus dem Norden auch galizisches gemischt hatte. Alles in allem war er ein sehr ansehnlicher Mann. Er stand seinem Clan erst seit ungefähr einem Dutzend Jahren vor. Damals hatte er sein Studium an der Saint-Andrews-Universität vorzeitig abbrechen müssen, um als sehr junger Mann die Zügel der Macht zu übernehmen, nachdem sein Vater, Alexander Macdonald Glas, ermordet worden war.

»Sehr gut«, antwortete ich. Ich fühlte mich ein wenig eingeschüchtert von den zahlreichen Augenpaaren rund um den Tisch, die mich beobachteten.

»Dann seid Ihr es also, die Liams Herz geraubt hat. Er hat mir berichtet, Eure Wege hätten sich auf der Straße nach Dundee gekreuzt.«

Ich spürte, wie mich Panik ergriff, und ich schluckte, da ich nicht wusste, was ich darauf sagen sollte. Liam trat mir sanft auf den Fuß und neigte zum Zeichen der Zustimmung leicht den Kopf. Colin betrachtete mich mit unbewegter Miene.

»Ja, so könnte man es ausdrücken«, erklärte ich unsicher.

»Ach, Coll, hast du neue Kunde aus Edinburgh?«, fragte Liam zu meiner großen Erleichterung, um das Thema zu wechseln.

»Ja, wir haben vor zwei Tagen Nachricht von Alasdair Og erhalten, der sich momentan dort aufhält. Er hat einen Boten geschickt. Die Untersuchungskommission zum Fall Glencoe macht langsame Fortschritte. Gouverneur John Hill hat am siebten Juni zusammen mit Forbes, Farquhar und Kennedy, den Soldaten aus Fort William, ausgesagt. Auch Sheriff Campbell von Ardkinglass und der stellvertretende Sheriff Campbell von Dressalch sollen vor den Mitgliedern der Kommission aufgetreten sein, um das Verschwinden des unterzeichneten Treueids zu erklären. John und Alasdair kommen zusammen mit acht anderen Männern aus dem Clan noch vor dem Wochenende an die Reihe, um über die Umstände des … Massakers auszusagen.«

»Und Glenlyon, dieser Hurensohn?«, rief Colin mit harter Stimme.

Er trommelte mit den Fingern nervös auf dem Tisch herum. Seine Miene war rachsüchtig. Simon, der sich ungerührt mit dem Fingernagel in den Zähnen pulte, hob den Kopf.

»Wie du weißt, Colin, befindet sich das Regiment von Argyle in Namur, auf dem Kontinent. Der König wird es sicher nicht demobilisieren, nur damit sie vor der Kommission aussagen. Meinetwegen können sie auch gern dort bleiben. Sollen die Franzosen sie doch niedermähen wie reifes Korn, dann beschmutzt ihr Blut wenigstens nicht unseren Boden.«

»Ja«, meinte Colin und verzog angewidert den Mund. »Diese Kommission ist eine Posse. Der König hat die Mitglieder gut ausgewählt. Ogilvy und Lord Murray stehen in seiner Gunst. Johnstone will nur den Kopf von Minister Dalrymple. Der Marquis von Tweedale gehört zu den Ratgebern des Königs. Man muss sich fragen, wessen Interessen sie wirklich vertreten, die unsrigen oder die des Königs. Diese Bastarde wollen sich nur versichern, dass die schlampige Arbeit, die Glenlyon getan hat, ordentlich zu Ende gebracht wird!«

Tiefe Stille, unterbrochen von gelegentlichem Räuspern, senkte sich über den Raum. Liam, der den Blick in seinen Whisky richtete, brach sie schließlich.

»Und was ist aus Oberstleutnant Hamilton geworden, der nach Dublin verschwunden ist? Ist es ihnen gelungen, ihn zur Rückkehr zu bewegen?«, fragte er Coll, der sich noch einmal von den Rühreiern bediente.

»Er reagiert nicht auf den Befehl. Köpfe werden rollen, Liam. Das muss sein, die öffentliche Meinung über diese Angelegenheit ist, sagen wir … ziemlich Besorgnis erregend. In Edinburgh sind die Dinge in Bewegung gekommen. Die Jakobiten versammeln sich, die Regierung wird unruhig. Man fürchtet, diese ganze Geschichte könnte die Rebellenbewegung erneut aufflammen lassen.«

Er nahm einen Schluck Whisky und ließ den Blick über die Männer gleiten, die frustriert und nachdenklich um den Tisch saßen. Ein Dienstmädchen kam herein, doch Lady Keppoch winkte es sofort hinaus. Liam stellte geräuschvoll seinen Becher ab und ergriff das Wort.

»Köpfe werden vielleicht rollen, doch werden es die richtigen sein? Ich will Breadalbanes Kopf. Er muss fallen. Wir wissen alle, dass dieses Massaker in Wirklichkeit eine persönliche Abrechnung war. Die Campbells wollten MacIains Kopf, und sie haben ihn bekommen. Aber seine Söhne leben noch. Momentan herrscht Ruhe, aber nur an der Oberfläche. Breadalbane ist ein listiger Fuchs. Er wird auf die richtige Gelegenheit warten, uns vollständig auszulöschen, sobald er dazu in der Lage ist und auf seine Weise. Er war bei dieser ganzen Geschichte von Beginn an der Anstifter. Seine Briefe an Dalrymple beweisen das. Was Letzteren angeht, so hat er viele Feinde in der Regierung. Mehrere werden diese Gelegenheit nutzen, ihn zu Fall zu bringen, aber dieser gerissene Bastard besitzt einen langen Arm. Er wird mit Sicherheit straflos oder im schlimmsten Fall mit nur ein paar Kratzern aus der Geschichte herauskommen. Doch ich glaube, dass er uns in Ruhe lassen wird. Gewiss, er möchte die Highlander vom Antlitz der Erde verschwinden lassen; aber das will er erreichen, indem er uns auf die Schlachtfelder der Engländer schickt. Was könnte es schließlich Besseres geben, als unerwünschte Personen auch noch für eine gute Sache sterben zu lassen? Nein, es ist Breadalbane, den ich will, aber es wird nicht leicht werden, den verfluchten Bastard zu erledigen.«

»Die Korrespondenz zwischen Breadalbane, Dalrymple und allen beteiligten Offizieren wird doch als Beweis vorgelegt werden…«, warf Donald ein, der soeben ein Gebäckstück in eine Schale mit Milch tauchte.

»Diese Briefe werden nach dem Gutdünken der Kommission gedeutet werden«, unterbrach ihn Liam ärgerlich. »Diese Kommission wird uns nichts nützen. Sie wird nur dem politischen Ehrgeiz der Teilnehmer dienen. Man will den König um jeden Preis reinwaschen. Für diese Leute bedeuten wir nichts, höchstens einen abscheulichen Blutfleck, den man so rasch wie möglich wegwischen will, um endlich wieder zur Tagesordnung übergehen zu können. Doch es ist *unser* Blut!«

»Warten wir ab, was dabei herauskommt, Liam«, meinte Coll

und legte ihm begütigend die Hand auf den Arm. »Die Untersuchung ist ja noch nicht abgeschlossen.«

»Wenn der Kopf dieses elenden Fuchses Breadalbane nicht fällt, dann werde ich mich persönlich darum kümmern«, erklärte Colin und lehnte sich, ein Glas Whisky in der Hand, auf seinem Stuhl zurück.

Liam warf ihm einen zornigen Blick zu.

»Gar nichts wirst du tun, Bruder. Es ist schon genug Blut geflossen. Niemand wird Campbell anrühren. Wenn er nicht fällt, müssen wir uns eben damit abfinden. Und warten.«

Colin starrte ihn ungläubig an.

»Das sagst ausgerechnet du? Ich kann es nicht glauben...«, setzte er kopfschüttelnd hinzu. »Du hast deine Frau und deinen Sohn verloren, und du bist bereit, diesen Bastard so billig davonkommen zu lassen? Was ist aus dem Highlander-Blut geworden, das in deinen Adern fließt, Liam? Sollte es sich in *Sassanach*-Blut verwandelt haben?«

Liam richtete sich brüsk auf und wies drohend mit dem Finger auf seinen Bruder. Sein Gesicht war rot angelaufen.

»Wage niemals anzudeuten, dass ich mein Highlander-Blut nicht mehr ehre, Colin Macdonald«, entgegnete er kalt. »Doch blinde Rache wird uns nichts einbringen. Unsere Toten ruhen auf der *Eilean Munde*. Wir müssen daran denken, die Lebenden zu schützen und auf das Schicksal vertrauen.«

»Das Schicksal, *fuich!* Sieh doch, was es uns beschert hat!«

Colin zog ein mürrisches Gesicht und sah mich kalt an. Ich erwiderte seinen Blick und errötete vor Scham. Die Spannung zwischen den beiden Brüdern war mit Händen zu greifen, und ich kannte den Grund dafür.

»Liam hat Recht«, meinte Simon. »Wir müssen einen kühlen Kopf bewahren. Eines Tages ergibt sich vielleicht die Gelegenheit, unseren Rachedurst zu stillen, ohne unnötig Blut der Unsrigen zu vergießen. Wir müssen uns in Geduld üben.«

»Ich kann euch nicht versprechen, dass ich in der Lage dazu sein werde...«, brummte Colin und verschränkte die Arme.

»John wird nie zulassen, dass du den Clan in Gefahr bringst, und das weißt du ganz genau«, sagte Liam in ruhigerem Ton.

»Andere sind da aber weniger vorsichtig ...«

Seine Anspielung war überdeutlich. Liams Gesicht wurde weiß vor Zorn. Meine Finger zitterten so sehr, dass ich mein Weinglas auf dem Tisch abstellen musste, weil ich fürchtete, es würde mir sonst aus den Fingern fallen. Eine bleierne Stille senkte sich über den Raum.

»Hast du mir zufällig etwas vorzuwerfen, Colin?«, verlangte Liam mit ausdrucksloser Stimme zu wissen. »Habe ich vielleicht etwas getan, das du selbst nicht auch getan hättest?«

Colin gab keine Antwort, hielt aber dem durchdringenden Blick seines Bruders reglos stand. Lady Keppoch hüstelte taktvoll und ließ sich in ihr Glas mit Wasser verdünnten Wein einschenken.

»So, ich glaube, jetzt haben wir lange genug über Politik disputiert«, erklärte sie. »Heute soll doch ein Festtag sein, daher schlage ich vor, einen Toast auf Liam und Caitlin auszubringen. Möge Gott ihnen ein langes, glückliches Leben bescheren.«

Alle hoben ihre bis zum Rand gefüllten Gläser. »*Slàinte mhath!*«, erscholl es im Chor. Alle fielen ein, bis auf Colin, der mich aus seinen traurigen grauen Augen unverwandt ansah.

Den Rest des Tages erlebte ich wie einen überwältigenden Wirbelsturm, der mich mitriss. Liam hatte Vorkehrungen dafür getroffen, dass die Hochzeit in der kleinen Kapelle auf Keppoch gefeiert werden konnte. Die Zeremonie sollte um sechs Uhr abends stattfinden, so dass nicht allzu viel Zeit für die Vorbereitungen blieb.

Lady Keppoch war so freundlich gewesen, mir ein Kleid bringen zu lassen, bevor sie sich in die Küche begab, um Anweisungen für das abendliche Bankett zu geben. Die Robe aus blauer Seide war bezaubernd. Das Oberteil war mit Bändern geschmückt, und die Ärmel, die bis zur Armbeuge reichten, endeten mit drei Reihen Spitzen. Das sehr tiefe Dekolletee war mit einer doppelten Rüsche gesäumt, die züchtig die Rundung des Busens verbarg. Der weite Rock war am Saum mit einer Rüsche aus einem breiten, elfenbeinfarbenen Band besetzt.

Nachdem ich mich in einem herrlichen heißen, parfümierten Bad entspannt und mir die Haare mit einem Tuch getrocknet hatte, half Màiri mir, in mein Hemd zu schlüpfen und das Korsett anzulegen.

»Aber was ist das denn für ein Folterinstrument?«, murrte ich und atmete aus.

»Sagt Euch einfach, dass es für eine gute Sache ist, Madam«, spottete sie lachend.

Ich hielt mich am Bettpfosten fest, während sie an den Schnüren zog und mir den Brustkasten zusammenpresste.

»Damit bekommt man ja überhaupt keine Luft!«

»Die Damen bei Hof schaffen das auch, und sie tragen es jeden Tag. Da könnt Ihr ruhig ein paar Stunden leiden, bis Mr. Liam Euch daraus befreit«, gluckste sie.

Sie schenkte mir ein Augenzwinkern, das vor Anspielungen nur so strotzte. Ich zog das Kleid über, an dem die Dorfschneiderin kurz zuvor einige kleine Änderungen vorgenommen hatte. Màiri schnürte es zu. Beifällig betrachtete ich das Ergebnis im Spiegel.

»Oh, Mistress Caitlin! Mr. Liam wird glauben, eine Erscheinung zu sehen. Ihr seid bezaubernd.«

Ich drehte mich um mich selbst, wobei die Seide raschelte, und nahm mich genau in Augenschein. Tatsächlich, ich war schön. War dieses Wesen im Spiegel noch das kleine Mädchen, das einmal durch die schmutzigen Gassen von Belfast getollt war, schmutzverkrustet und mit zerrissenem Kleid? Ich lächelte dem Geschöpf zu, das mich ebenso erstaunt und erfreut betrachtete. Wenn da nicht dieses verfluchte Korsett gewesen wäre, das mich fast umbrachte und in meinen Bewegungen behinderte …

»Gefällt es Euch nicht?«, fragte Màiri besorgt, als sie meine zwiespältige Miene bemerkte.

»Doch, doch«, beruhigte ich sie. »Aber könnt Ihr nicht das Korsett ein wenig lockern?«

»Nein, unmöglich! Es ist doch nur für ein paar Stunden, Madam.«

»Schön, dann fahren wir mit der Frisur fort«, murrte ich ergeben.

Màiri besaß wahre Zauberfinger. In wenigen Minuten hatte sie mein Haar zu einem Knoten aufgesteckt und rundherum feine

Zöpfchen geflochten, in denen weiße Heideblüten steckten. Lose Strähnchen umspielten mein Gesicht.

»So, jetzt seid Ihr bereit für Eure Hochzeit«, verkündete sie und trat zufrieden zurück, um ihr Werk besser bewundern zu können.

»Ja …«, antwortete ich nachdenklich.

Die Nervosität begann mir zuzusetzen. Ich fragte mich, ob Liam wohl ebenso unruhig war wie ich. *Das wird schon, Caitlin … Atme tief durch und stürz dich dann hinein.* Das hatte meine Mutter immer zu mir gesagt, wenn ich angesichts einer Situation, die mir Angst machte, zögerte. Sie fehlte mir schrecklich; ich hätte mir so sehr gewünscht, dass sie heute bei mir wäre. Und Vater … Was würde er sagen, wenn er erfuhr, dass seine einzige Tochter einen Highlander geheiratet hatte? Mein Vater … ich brauchte ihn so sehr. Wahrscheinlich war er in diesem Moment außer sich vor Sorge und fragte sich, was aus mir geworden sein mochte …

An der Tür klopfte es leise, und Màiri öffnete. Lady Keppoch trat ein und nahm mich eingehend in Augenschein. Was sie sah, erfreute sie sichtlich.

»Ihr seid wunderschön, Caitlin«, murmelte sie beeindruckt.

»Danke für das Kleid, es ist herrlich.«

»Es ist mir ein Vergnügen. Ich muss gestehen, dass ich nicht oft Gelegenheit habe, es zu tragen. Gekauft habe ich es auf meiner letzten Reise nach Paris. Heute ist es wahrscheinlich passé; am Hof von Versailles ist man so furchtbar kritisch in Modedingen. Aber ich mag es gern.«

Sie glättete einige Falten am Rock und rückte dann das Korsett zurecht, das ein wenig schief saß.

»So ein Korsett ist natürlich eine Plage …«, meinte sie und verzog das Gesicht.

»Ja, ich weiß«, gab ich lachend zurück.

Langsam, inmitten raschelnder Stoffe, stieg ich die Treppe hinab. Ich balancierte auf meinen zum Kleid passenden Schuhen aus Seide und fragte mich, wie ich den Rest des Abends in diesem Schraubstock überstehen sollte. Unten, in der Halle, erwarteten mich Colin und Donald, um mich zur Kapelle zu begleiten. Als Colin mich sah, erstarrte er. Er musterte mich von Kopf bis

Fuß und zwang sich dann mit leichenblassem Gesicht zu einem Lächeln.

»Gott im Himmel! Dieser Glückspilz!«, hauchte Donald. »Ich bezweifle, dass Liam bis zum Ende der Festlichkeiten warten kann, ehe er… au!«

»Donald MacEanruigs!«, schimpfte Lady Keppoch und stieß ihn mit dem Ellbogen in die Rippen.

»Ich fürchte, Donald führt bei Damen eine etwas zu lockere Zunge, Lady Keppoch«, erklärte ich mit ironischem Unterton. Ich sah Donald spöttisch an, ein amüsiertes Lächeln auf den Lippen. »Das muss doch gelegentlich einige Probleme bereiten, nicht wahr, MacEanruigs?«

Er warf mir einen wütenden Blick zu und ging brummelnd hinaus. Ich war ihm nicht wirklich böse, aber ich hatte dem Drang, ihm in gleicher Münze herauszugeben, nicht widerstehen können. Jetzt waren wir quitt! Doch trotz seiner Arroganz und seines selbstgefälligen Auftretens war Donald ein guter Kerl, und ich begann seine Gesellschaft zu schätzen, in der es niemals langweilig wurde. Ich wusste, dass er dahinter im Grunde eine gewisse Schüchternheit und ein mangelndes Selbstvertrauen gegenüber dem anderen Geschlecht verbarg. Eines Tages würde er sicherlich jemanden finden…

Colin räusperte sich, um meine Aufmerksamkeit zu erwecken.

»Liam hat mich beauftragt, dich zum Altar zu führen…«, sagte er mit tief gekränkter Miene.

Dann wandte er sich an Lady Keppoch.

»Doch zuvor würde ich mich, wenn meine Cousine Elizabeth es gestattet, gern unter vier Augen mit der Braut unterhalten.«

»Ich muss ohnehin noch einmal in die Küche, bevor ich mich in die Kapelle begebe«, sagte sie und legte eine Hand auf Colins Arm. »Geht in die Bibliothek, dort seid ihr ungestörter.«

Sie wandte sich ab und verschwand im Korridor.

Colin schloss behutsam die Tür hinter sich und lehnte sich dagegen. Seine Miene war düster.

»Mein Gott… Wie schön du bist, Caitlin…«, seufzte er. »Wenn Liam nicht mein Bruder wäre, hätte ich mich um dich duelliert. Aber so, wie die Dinge stehen…«

Er unterbrach sich, denn seine aufgewühlten Gefühle ließen seine Stimme versagen. Dann trat er ans Fenster und wandte mir den Rücken zu.

»Mein Verhalten von heute Morgen tut mir leid. Liam hatte mir soeben seine Absicht mitgeteilt, sich heute mit dir zu vermählen, und ich hatte noch keine Zeit gehabt, den Schock zu verwinden. Ich will dir nicht verhehlen, dass diese übereilte Heirat mich bestürzt; ich hatte nicht damit gerechnet… Jedenfalls nicht so schnell… Doch ich sage mir, dass ich gewiss dasselbe getan hätte, wenn ich in seiner Haut steckte. Er wollte nicht das Risiko eingehen, dass du dich ein zweites Mal aus dem Staub machst.«

Er schwieg einige Augenblicke lang, den Blick nach draußen gerichtet, und senkte dann den Kopf, um abwesend seine Hände zu betrachten.

»Liam ist am Morgen nach deiner Flucht nach Carnoch zurückgekehrt.«

Er drehte sich um, um zu sehen, wie ich reagierte.

»Als wir ihm sagten, dass du verschwunden warst, ist er entsetzlich zornig geworden. Ich brauche dir wohl nicht zu erklären, dass Sàra und ich einige unangenehme Minuten hatten. Wir sollten ja dafür sorgen, dass du in Carnoch bleibst, und dich beschützen…«

»Es tut mir furchtbar leid, Colin. Wirklich«, murmelte ich und zerknautschte nervös meinen Rock. »Ich musste fort… Ich konnte nicht länger bleiben und warten…«

Langsam trat er auf mich zu, nahm meine Hände und führte sie an sein Herz.

»An jenem Morgen, als wir aufgebrochen sind, um dich zu suchen, habe ich mir einen Moment lang gewünscht, er möge dich nicht wiederfinden.«

Mit ernstem Gesicht sah er auf meine Hände hinunter.

»Auf gewisse Weise hatte ich schon gefürchtet, dass er dich bitten würde, ihn zu heiraten, warum wäre er sonst so wütend geworden… Aber ich wollte es einfach nicht glauben. Ich hoffte… Oh, Caitlin!«

Von neuem schlug er die Augen zu mir auf. Er hob eine meiner Hände an seine Lippen und öffnete sie, um mir zärtlich die Handfläche zu küssen.

»Colin, ich…«

»Pssst, sag nichts, Caitlin. Ich möchte dich nur um eines bitten, bevor du die Frau meines Bruders wirst.«

Mein Puls schlug schneller. Ich wusste, dass Colin ein Ehrenmann war, doch der Blick, den er in diesem Moment auf mich richtete, ließ mich an meiner Meinung zweifeln.

»Erlaube mir, dich zu küssen. Nicht wie ein Bruder, sondern wie ein Mann. Noch gehörst du ihm nicht.«

»Colin… Ich kann nicht… Ich glaube nicht, dass…«

»Ein letztes Mal, meine schöne Irin. Ich werde es mit ins Grab nehmen. Ich habe nur ein einziges Wort zu vergeben, und das halte ich. Die Menschen, die ich liebe, verrate ich nicht.«

»Aber Liam…«

Ich war völlig aus der Fassung.

»In weniger als einer Stunde wirst du ihm fürs ganze Leben angehören. Schenk mir eine Minute, eine einzige, und ich werde dich nie wieder belästigen. Ich schwöre es dir auf das Grab meines Vaters.«

Ich sagte nichts darauf. Seine unerwartete Bitte hatte mich sprachlos gemacht. Doch Colin erwartete auch keine Antwort. Er zog mich an sich, umarmte mich und legte sanft die Lippen auf meinen Mund. Zu Beginn war sein Kuss zart und keusch, doch Colin konnte dem Feuer, das ihn verzehrte, keinen Einhalt gebieten. Er presste mich heftig an sich, zwang mich, die Lippen halb zu öffnen, und erforschte meinen Mund mit seiner Zunge, während seine Hände über meinen Rücken fuhren und immer tiefer glitten. Ich versuchte mich loszumachen, doch er hielt mich nur noch fester.

Plötzlich trat er zurück und ließ mich atemlos und erschüttert zurück. Sein Atem ging keuchend. Einen Moment lang starrte er mich an und schlug dann die Augen nieder.

»Ich… ich warte draußen auf dich.«

Er drehte sich auf dem Absatz um und ging hinaus. Ich zerdrückte eine Träne, die mir über die Wange lief, mit dem Handrücken. Ich wusste, dass er verbittert und furchtbar enttäuscht war. Doch trotz der tiefen Zuneigung, die ich für ihn empfand, konnte ich ihm seine Tat nicht vergeben, selbst wenn ich ihn verstand. Er hatte kein Recht, mir diesen Tag zu trüben …

Vom schrillen Wimmern eines Dudelsacks begleitet, betrat ich die Kapelle. Mein Herz schlug zum Zerspringen, und meine Knie waren so weich, dass sie jeden Moment unter mir nachzugeben drohten. Ich klammerte mich an Colins Arm und schritt langsam auf den Altar zu, wo mein zukünftiger Gatte mich erwartete. Liams Anblick schlug mich vollständig in Bann. Ein Prinz.

Er trug einen nachtblauen Rock, kurz geschnitten und mit ockerfarbenen Besätzen und goldenen Knöpfen geschmückt. Die Ärmel seines Hemdes aus feinem Leinen endeten in Spitzenmanschetten, die seine Hände verbargen. Ein Tuch, ebenfalls aus Spitze gefertigt, war um seinen Hals geschlungen. Eine Silberbrosche, die im Licht der Kerzen glitzerte, hielt sein zusammengelegtes Plaid auf der linken Schulter. Er hatte seine wilden hellroten Locken mit einem breiten Band aus rotem Samt gebändigt. Nur eine widerspenstige Strähne fiel ihm in die Stirn und hing über sein Auge.

Sein *Sgian dhu* im Strumpf, der Dolch am Gürtel, ein *Sporran* aus Marderfell und sein doppelschneidiges Schwert vervollständigten seinen Festanzug. Selbst am Hof von Versailles wäre er nicht unbemerkt geblieben. Er war schön wie ein Gott, und ich zitterte vor Aufregung am ganzen Körper.

Die Zeremonie war relativ kurz, zumindest hatte ich diesen Eindruck. Mehrmals musste ich mich an Liams Arm festhalten, um nicht in Ohnmacht zu fallen. Hatte ich noch Befürchtungen, Vorbehalte? Alles war so rasch gegangen … Nein, ich liebte ihn. Daran bestand für mich kein Zweifel, und auch jetzt schlug mein Herz nur für ihn, sahen meine Augen nur ihn.

Liam musste es beträchtliche Mühe kosten, ruhig zu erscheinen. Er hätte sogar mich getäuscht, wenn er nicht meine eisigen Hände genommen hätte, um sein Gelübde abzulegen, denn seine Handflächen waren schweißnass.

Einige Wortfetzen brachten es fertig, sich einen Weg in mein umnebeltes Hirn zu bahnen.

»Ich, Liam Macdonald, gelobe vor Gott und den Menschen, dich zur Frau zu nehmen, dich zu lieben …«

Mein Herz schwebte, tanzte und wirbelte voller Freude. *Mutter, kannst du mich sehen, dort, wo du jetzt bist?*

»… bis dass der Tod uns scheidet …«

Liam lächelte mir zu. Ich vermochte mich nicht von seinem Blick loszureißen, der so beruhigend und tröstlich war …

»Caitlin …«

Seine Finger drückten meine Hand, und seine Miene zeigte Besorgnis.

»Caitlin?«

Eine eigenartige Stille herrschte in der Kapelle. Ich wurde mir vage bewusst, dass die Augen aller Anwesenden auf mich gerichtet waren. Der Priester runzelte leicht die Stirn und schien etwas von mir zu erwarten. Ich sah ihn an und versuchte zu verstehen, was ich tun sollte.

»Caitlin, das Gelübde …«

Liams ernste Stimme holte mich in die Wirklichkeit zurück. Ich fasste mich wieder, richtete mich auf und räusperte mich.

»Ich«, begann ich mit zittriger Stimme, während Liam meine Hände noch fester drückte, »Caitlin Mary Fiona Dunn, gelobe vor Gott und den Menschen, dich zum Gatten zu nehmen, dich zu lieben, zu achten, zu beschützen und zu ehren, heute und morgen, in guten und in schlechten Tagen, bis dass der Tod uns scheidet …«

Jetzt war es geschehen! Die Worte, die ich soeben ausgesprochen hatte, waren so gewichtig, dass meine Gedanken nicht von neuem abschweifen konnten. Ich betrachtete unsere ineinander verschlungenen Hände. *In guten und in schlechten Tagen …* Auf Leben und Tod … Liam griff in seinem *Sporran* und zog einen fein gearbeiteten goldenen Trauring hervor. Es war ein *Claddagh*, die Art Ring, wie er in Irland symbolisch für die Treue steht. Der Priester segnete ihn in seinem monotonen Singsang, während Liam ihn mir an den Finger steckte.

»Hiermit erkläre ich euch vor Gott zu Mann und Frau vereint.«

Mein Gemahl beugte sich zu mir herüber, um mich zu küssen, und löschte damit den letzten Nachhall von Colins Berührung aus, den ich noch auf den Lippen spürte. Ausgerechnet in diesem Moment gaben die Beine unter mir nach, und Liam konnte mich gerade noch auffangen.

»He! Alles in Ordnung?«, fragte er beunruhigt.

»Ja ... Ich glaube, das Korsett ist zu eng«, antwortete ich einfältig und lächelte.

»Hmmm ... Natürlich ... das Korsett«, spöttelte er schmunzelnd. Seine Augen leuchteten.

Unter ohrenbetäubendem Radau traten wir nach draußen. Die Dudelsäcke spielten aus Leibeskräften, und die Männer stießen ihre Kriegsrufe aus und schossen mit den Pistolen in die Luft. Auf dem Vorplatz hob Liam mich hoch und wirbelte mich mit ausgestreckten Armen durch die Luft.

»*Fraoch Eilean!*«, schrie er. »*Sann agam-fin a tha thu 'nad bhean, a Chaitlin!* Du bist meine Frau, Caitlin!«

Er setzte mich auf den Boden und umarmte mich heftig.

»Und nichts und niemand kann daran jemals etwas ändern, Mrs. Macdonald.«

Er sah mich lange schweigend an. Das Blau seines Rocks ließ das seiner Augen noch tiefer erscheinen, aber vielleicht war es auch umgekehrt. Er streichelte mir die Wange.

»Als ich dich in die Kapelle treten sah, da war mir, als hätte ich eine Vision, *a ghràidh mo chridhe*«, flüsterte er inmitten des Tumults, der uns umgab. »Eine Erscheinung aus dem Himmel. Du machst mich zum glücklichsten aller Männer.«

Er umschlang mich von neuem, löste sich dann ein wenig von mir und sprach weiter.

»*Tha gaol agam ort, mo bhean.* Ich liebe dich, meine Gattin.«

Der lärmende, fröhliche Zug, der um uns herum sang und tanzte, war uns bis nach Keppoch House gefolgt, wo das Fest begann.

Die Halle war mit Tischen aus Holzböcken und Brettern eingerichtet worden, an denen die Gäste sitzen sollten. Lady Keppoch befehligte laut schreiend die in alle Richtungen durcheinander laufenden Dienstboten, während Coll uns gelassen ein *dram* seines besten Whiskys kredenzte, um auf unser Glück anzustoßen.

»*Slàinte!*«, riefen alle und hoben die Gläser, um sie dann in einem Zug zu leeren.

Coll beugte sich zu mir herüber. Er trug das blaue Barett der Macdonalds mit den drei Adlerfedern, die hinter dem Emblem steckten.

»Ich habe keine Ahnung, was Ihr mit ihm angestellt habt, Madam, aber es ist lange her, dass ich Liam so glücklich gesehen habe…«

Er warf Liam einen wissenden Blick zu und sprach dann weiter.

»Es ist wahr, dass die Liebe zu den unerklärlichen Phänomenen gehört. Sie trifft den Menschen wie ein Blitz, und ehe er noch Zeit gehabt hat, sich von dem Schrecken zu erholen, ist der Schaden schon geschehen… Er kann nicht mehr klar denken.«

Er brach in Gelächter aus und schenkte Liam und sich selbst ein zweites *dram* von seinem Whisky ein. Ich selbst hatte mir kaum die Lippen mit dem starken Alkohol benetzt und war schon fast erstickt.

»Eine Frau ist ein wenig wie ein guter *Usquebaugh*«, fuhr Coll fort und hob sein Glas, »er entflammt den ganzen Körper, kaum dass man ihn mit den Lippen berührt, er berauscht einen und lässt einen Mann den Kopf verlieren, bis er kein Mann mehr ist, sondern eher ein wildes Tier, das zu den barbarischsten Taten bereit ist, um erneut davon zu kosten.«

Von neuem neigte er sich zu mir. Seine Augen blitzten unter den dichten, leicht gerunzelten Brauen.

»Behandelt ihn schonend, es mag sein, dass ich seiner gelegentlich bedarf. Er ist ein ausgezeichneter Viehdieb, aber nur, wenn er seine fünf Sinne beisammen hat.«

Ich drehte mich zu Liam um und starrte ihn zweifelnd an.

»Ich dachte, du würdest kein Vieh mehr stehlen?«

Er zuckte die Achseln, zog eine Grimasse und leerte sein Glas.

»Ich weigere mich nie, einem Freund einen Gefallen zu tun«, sagte er nur zu seiner Rechtfertigung.

»Aber warum stehlt ihr das Vieh? Wieso züchtet ihr es nicht ganz einfach, wie in den Lowlands?«, fragte ich gereizt.

»Hier ist es schwierig, die Herden über den Winter zu bringen.

Man muss eine Herde jedes Frühjahr neu aufbauen«, erklärte Coll. »Und außerdem muss ich gestehen, dass es weitaus amüsanter ist, das Vieh zu stehlen, als es aufzuziehen. Der Reichtum eines Clans bemisst sich häufig nach dem Wert seiner Herde. Versteht Ihr, in den Highlands ist Geld ziemlich nutzlos. Wir treiben keinen Handel wie die Menschen in den Lowlands. Es gibt praktisch nichts zu kaufen, und wir kommen mit wenig aus. Das Vieh ist unsere Lebensgrundlage und auch ein sehr begehrter Tauschartikel. Und außerdem wäre das Leben ohne diese Überfälle ziemlich trübsinnig. Sie erhalten die guten Beziehungen zwischen Nachbarn«, setzte er hinzu. Ein spöttisches Lächeln umspielte seine Lippen.

»Fürchtet Ihr nicht, Euch eines Tages am falschen Ende eines Stricks wiederzufinden?«

Er schüttete sich aus vor Lachen.

»Ach, wisst Ihr, für dieses kleine Vergehen müsste halb Schottland baumeln. So ist das Leben in den Highlands; selbst die verfluchten Campbells, die den *Sassanachs* ihre Seele verkauft haben, frönen dieser Leidenschaft. Wenn der Strick mich nicht tötet, dann zwangsläufig etwas anderes, also kann ich ebenso gut glücklich sterben!«

Einige Augenblicke lang musterte er mich schamlos und sah dann Liam aus dem Augenwinkel an.

»Es ist wahr, dass es möglicherweise andere Arten gibt, glücklich zu sterben«, gestand er zu.

Von neuem nippte ich an dem Whisky und verzog das Gesicht. Dieses Feuerwasser war bestimmt ausgezeichnet zur Reinigung von Wunden geeignet.

»Ihr scheint den Tod durch den Strang ziemlich auf die leichte Schulter zu nehmen, Mr. Macdonald«, sagte ich und sah ihn verwirrt an.

»Nennt mich doch bitte Coll, Caitlin.«

»Dann also Coll. Ich bin mir nicht sicher, ob Colin Eure Meinung teilt. Er hat mir von seinem unglückseligen Abenteuer erzählt, bei dem er um ein Haar aufgehängt worden wäre …«

Neben mir meldete sich Liam zu Wort.

»Colin war unvorsichtig«, brummte er. »Wenn er die Regeln befolgt hätte, wäre er nie in diese Lage geraten. Dieses Mal war das Glück ihm hold, doch Fortuna wird ihn nicht immer beschützen. Ein Mann riskiert sein Leben nicht für ein einziges Kalb.«

»Und was ist es dann wert, dass ein Mann sein Leben dafür opfert?«, fragte ich, neugierig geworden.

»Die Krone eines Königs, die Ehre eines Clans, edle Überzeugungen … unter anderem.«

Er sah mich durchdringend und leidenschaftlich an.

»Oder eine Frau …«

»Vielleicht würde diese Frau es vorziehen, mit einem lebendigen Mann aus Fleisch und Blut zu leben statt mit einem Gespenst.«

»Wenn sie Ehrgefühl besitzt, dann wird sie sich damit abfinden, mit einem Gespenst zu leben.«

»Wenn sie ein Gefühl für Ehre hat, dann wird sie bereit sein, auch selbst ihr Leben für ihn herzugeben«, entgegnete ich heftig.

Seine Augen verengten sich. Ich spürte, dass wir dieses kleine, doppelsinnige Gespräch besser nicht weiterführten.

»Aber Scherz beiseite, Caitlin«, schaltete sich Coll ein, der ebenfalls die zunehmende Spannung wahrgenommen hatte. »Ich möchte Euch gern vor einigen Charakterzügen Liams warnen.«

»Coll … langweile meine Frau nicht mit deinen Geschichten«, tadelte Liam ihn stirnrunzelnd.

»Normalerweise ist er von gleichmütigem Temperament. Wenn Ihr ihm allerdings zu sehr zusetzt und er vor Wut außer sich gerät, nehmt Euch in Acht, meine Teure. Dann wird er gefährlich wie ein brünstiger Stier.«

»Tatsächlich?«, sagte ich und sah Liam, der seufzend die Achseln zuckte, aus großen Augen an. »Und was muss man tun, damit er außer sich gerät?«

»Das möchtest du lieber nicht wissen, Caitlin«, brummte Liam und konfiszierte mein Whiskyglas. »Du solltest besser ein Glas Wein trinken, *a ghràidh*, dieses Gift hier ist viermal destilliert.«

Ich lächelte ihm honigsüß zu und küsste ihn auf die Wange.

»Sollte das eines Tages geschehen, dann wird mir schon etwas einfallen, um dich zu zähmen, bis du sanft wie ein Lamm wirst.«

Ich wandte mich zu Coll um.

»Ich überlasse ihn Euch für einige Minuten, Coll. Ich werde mir ein Glas Wein holen; Euer Whisky verbrennt mir sonst noch das Gehirn.«

Ich beobachtete das Hin und Her einer Wasseramsel, die in die Stromschnellen des Roy tauchte, um sich von den Larven von Wasserinsekten zu nähren, und dann auf die Steine außerhalb des Wassers zurückkehrte. Ich hatte mir einen ruhigeren Ort gesucht, in einiger Entfernung vom Festlärm, um mich von dem Gespräch zu erholen, das mich eben ziemlich erschüttert hatte. Mit einer Mischung aus Freude und Furcht fiel mein Blick auf den glitzernden Ring, der jetzt an meinem Finger saß. Betrübt sagte ich mir, dass die Umstände, die uns zusammengeführt hatten, vielleicht zu unserem Verderben werden könnten.

Liam wollte nicht, dass ich mich in diese Angelegenheit einmischte. Ich fragte mich allerdings, wie er seinen Kopf aus dieser Schlinge ziehen wollte. Er konnte doch nicht sein ganzes Leben in der Angst verbringen, dass irgendjemand sich seinen Kopf holte. Glaubte er, dass ich freiwillig damit leben würde, dass dieser Strick um seinen Hals lag, und nicht zu wissen, in welchem Moment die Falltür unter seinen Füßen sich öffnen und ihn ins Leere reißen würde? Glaubte er, ich würde sitzen bleiben und zuschauen, wie ihm dieser Strick ins Fleisch schnitt, es aufriss und ihn erstickte, bis er seinen letzten Atemzug aushauchte? Auch ich hatte meine Ehre. Ich würde nicht zulassen, dass mein Mann um meinetwillen zu Unrecht angeklagt und ein Gesetzloser würde, ein »gebrochener Mann«.

Mit einem Schluck leerte ich mein Glas zur Hälfte und stellte es neben mich ins Gras. Plötzlich wurde mir bewusst, dass Liam hinter mir stand und mit seiner hünenhaften Gestalt hoch über mir aufragte.

»Beunruhigt dich etwas, *a ghràidh*?«, flüsterte er mir ins Ohr und ging hinter mir in die Hocke.

Als ich mich umwandte, fand ich mich Auge in Auge mit seinem schönen, sorgenvollen Gesicht wieder. Wie lange er mich wohl schon beobachtete?

»Oder bereut Ihr es schon, Mrs. Macdonald?«

Heftig fuhr ich herum, so dass ich vor ihm kniete, packte den Ausschnitt seines Rocks und sah ihm gerade in die Augen.

»Niemals, Mr. Macdonald«, gab ich zurück und legte die Lippen auf die seinen.

»Einen Moment lang habe ich mich gefürchtet«, gestand er mir flüsternd. »Ich hatte Angst, du würdest nicht in der Kapelle auftauchen; du hattest dich ein wenig verspätet …«

Er nahm einen Schluck aus meinem Glas und reichte es mir zurück.

»Wie konntest du nur so etwas denken?«

»Ich möchte, dass du mir eines versprichst, Caitlin. Verlass mich niemals wieder …«

»Ich halte das, was ich dir vor Gott gelobt habe, Liam.«

Ich nahm seinen Kopf in beide Hände und sah tief in seine blauen Augen.

»Ich liebe dich. Wenn Gott es will, werde ich dich nie verlassen. Für mich sind die Ehegelübde heilig. In guten und in schlechten Tagen.«

»Ja, in guten und in schlechten Tagen …«

Er küsste mich und vergrub das Gesicht an meinem Hals. Seine Umarmung raubte mir den Atem. Sein warmer, leicht nach Wein riechender Atem strich über meinen Nacken und ließ mich erschauern.

»Hast du Hunger? Wir werden erwartet«, flüsterte er.

Das Bankett zog sich drei Stunden lang hin. Man schwelgte in Moorhuhn-, Wildschwein- und Hirschbraten, während Wein, Bier und Whisky in Strömen flossen. Musik erklang und bewog die Gäste nach und nach, Tische und Bänke wegzuschieben, um zu tanzen. Bald saßen wir dicht an der Wand, während die muntere Gesellschaft den ganzen Raum beanspruchte.

Im großen Saal herrschten Freude und Gelächter und steckten alle Anwesenden an. Jedenfalls fast alle. Ich erhaschte einen flüchtigen Blick auf Colin, der allein in der Nähe der Eingangstür stand und uns beobachtete, Liam und mich. Dann sah er mich an, und einen Moment lang brannte die Erinnerung an seinen Kuss mir auf den Lippen. Ich schloss die Augen, um mein Unbehagen zu zerstreuen. Mit einem Mal hörte ich wieder die tröstenden Worte, die er bei unserer Flucht auf der Anhöhe zu mir gesprochen hatte, spürte seine zarten Küsse, die ich leidenschaftlich erwidert hatte. Plötzlich plagte mich erneut das Gewissen. Als ich die Augen aufschlug, war Colin fort. Ich sollte ihn an diesem Abend nicht wiedersehen.

Wir tranken und tanzten die ganze Nacht lang. Die »gebrochenen Herzen« trösteten sich über ihren Verlust, indem sie Liam zum Tanz baten, was er ihnen schwer abschlagen konnte. Ich selbst stand kurz davor, Donald um Gnade anzuflehen, ehe ich erschöpft in seinen Armen zusammenbrach, als mein frisch vermählter Gatte mich erlöste. Ich wusste nicht, ob es am Wein lag oder an dem einfachen Umstand, dass ich mich mit ihm vereint wusste, aber meine Sinne waren bis aufs Äußerste geschärft. Jedes Mal, wenn er mich berührte oder zufällig streifte, stieg eine fleischliche Begierde in mir auf, die ich immer weniger zu beherrschen vermochte. Das Fest war noch in vollem Gange, als ich ihn fortzog, um endlich allein mit ihm zu sein.

Wir traten in die Nachtkühle hinaus und flüchteten uns in ein Weidendickicht, wo wir vor Blicken geschützt waren. Liam ließ sich ins Gras fallen, und ich landete in einem Rascheln von Seidenstoffen schwer auf ihm. Unser in kleinen weißen Wolken aufsteigender Atem vermischte sich.

»Küss mich, Liam«, flüsterte ich leise und ließ meine Hände zuerst unter seinen Rock und dann unter sein Hemd gleiten.

Er reckte sich und stöhnte leise. Seine Haut war feucht und duftete angenehm nach Seife.

»Hmmm…«

Seine Hände bahnten sich ihrerseits einen Weg unter meine Röcke. Er küsste mich und hob mich so hoch, dass ich rittlings auf ihn zu sitzen kam. Dann legte er seinen Dolch beiseite und lockerte sein Spitzentuch, bevor er wieder unter meine Kleider griff, um meine Schenkel zu streicheln. Zärtlich berührten seine Finger die angeschwollene Narbe.

»Gütiger Gott, Caitlin… du bist so schön«, murmelte er mit heiserer Stimme und halb geschlossenen Augen.

Bis aufs Äußerste erregt, stöhnte ich unter seinen Liebkosungen. So, wie ich jetzt auf seiner Brust lag, hörte ich sein Herz schlagen und küsste die Stelle, wo ich es verborgen wusste. Gedämpft durch die Steinmauern des Herrenhauses hörten wir Geschrei und Gelächter.

»Jemand könnte uns finden«, gluckste ich.

»Ja, ich weiß«, lachte er und streichelte meinen Rücken.

Ich schmiegte mich noch enger an ihn, um mich vor der Kälte der einbrechenden Nacht zu schützen.

»Was hast du während all dieser Tage getan?«, fragte ich ohne Vorrede. »Als du mit der Brigade fort warst.«

Er seufzte. Ich schob mich ein wenig an seinem Rumpf hinauf, damit ich ihm in die Augen sehen konnte.

»Wir sind nach Fort William geritten, um zu überprüfen, ob der Mann, den Angus getötet hatte, wirklich ein Deserteur war oder möglicherweise ein Kundschafter. Dabei mussten wir vorsichtig vorgehen und nicht zu viele Fragen stellen. Ich hatte Angst um dich, Caitlin, ich glaubte, sie hätten dich aufgespürt …«

»Und da hast du erfahren, dass die Dinge inzwischen anders aussahen …«

»Ja«, sagte er knapp, mit härterer Stimme.

Er schwieg, und mir wurde klar, dass er das Thema nicht weiter vertiefen wollte. Ich respektierte seine Entscheidung … für den Moment jedenfalls.

»Ein Leben wie in Keppoch House werde ich dir niemals bieten können, Caitlin«, meinte er ein wenig beklommen.

»Ich weiß, Liam, aber das, was du mir schenkst, hat in meinen Augen viel größeren Wert. Ich habe jetzt eine Familie und ein Heim. Ich dagegen habe nichts außer mir selbst zu geben …«

»Ach! *A ghràidh*, das ist schon viel mehr, als du glaubst. Du schenkst mir einen Grund zu leben, zu kämpfen.«

Er schloss mich in die Arme, und seine Lippen glitten zart über meine Schläfe, dort, wo mein Puls schlug. Ich schmiegte mich in die Wärme seines Hemdes.

»Und vielleicht schenkst du mir ja auch Kinder«, setzte er nach kurzem Schweigen hinzu.

»Kinder …«, murmelte ich.

Ich schloss die Augen und versuchte, meine Stimme normal klingen zu lassen.

»Wie viele möchtest du?«

»Bah! Eines pro Jahr, und das zwanzig Jahre lang, das müsste genügen.«

Ich hob leicht den Kopf, um ihm in die Augen zu sehen.

»Oh, Liam! Das meinst du doch nicht ernst.«

Ich kniff ihn in den Bauch.

»Sehr ernst«, spottete er lachend, während ich mich erhob. »Ich will, dass sie dir alle ähnlich sehen, denn ich werde niemals genug von dir bekommen. Komm, lass uns gehen.«

Durch eine Hintertür, die zur Küche führte, kehrten wir unauffällig ins Herrenhaus zurück. Im Flur war es dunkel und still, aber der Tumult des Festes, das in der Halle immer noch im Gang war, drang bis hierher. Liam schob mich an die Wand und küsste mich rasch.

»Warte hier auf mich; ich brauche nicht lange.«

Er verschwand in der Küche und kehrte wenige Augenblicke später zurück. Die Taschen seines Rocks beulten sich. Ich lachte leise und folgte ihm leicht schwankend durch das Halbdunkel. Wenn ich es recht bedachte, hatte ich wahrscheinlich etwas zu viel Wein getrunken.

Als Liam am Ende des Flurs stehen blieb, rannte ich mit voller Wucht von hinten in ihn hinein. Zu unserer Linken lag die Treppe und zur Rechten die Halle. Zwischen uns und der Treppe befand sich eine offene Tür, aus der laute Stimmen zu uns drangen. Liam bedeutete mir, nichts zu sagen, und nahm mich bei der Hand. Doch gerade in dem Moment, in dem wir uns anschickten, an der Tür vorbeizuhuschen, trat eine Silhouette in den Rahmen, in der ich an den drei Federn den Clanchief erkannte.

»Liam! Wir haben dich schon überall gesucht!«, rief Coll aus und schlug meinem Gatten freundschaftlich auf den Rücken. »Komm und trink ein Glas Cognac mit uns, bevor du …«

Coll unterbrach sich und zog die Augen zusammen, um im Dunkeln besser sehen zu können. Liam zog an meiner Hand, damit ich aus dem Schatten hervorkam. Ein wenig betreten lächelnd stand ich im Licht der Flammen, welche die Seide meines taufeuchten Kleides aufschimmern ließen, und strich mir ungeschickt eine kläglich vor meinen Augen herabbaumelnde Haarsträhne zurück. Wahrscheinlich sah man mir an, dass ich vom Wein und von der Liebe berauscht war.

»Oh, ich verstehe…«, meinte Coll von einem Ohr zum anderen grinsend. »Vermutlich seid ihr auf der Suche nach… eurem Zimmer…«

Er sah mich an, und ein amüsiertes Glitzern leuchtete in seinen Augen auf. Mir stieg das Blut in die Wangen.

»Wahrscheinlich hat Liam Besseres zu tun, als Cognac zu trinken und über Politik zu sprechen, stimmt's?«, setzte er scherzhaft hinzu. »Nun schön… Dann gute Nacht, Liam und Caitlin.«

Er zog das Barett vor uns und kehrte ins Zimmer zurück. Wir machten uns wieder auf den Weg und liefen lachend durch die dunklen Flure, wie zwei Flüchtlinge auf der Suche nach einem Zufluchtsort. Dann drückte Liam mich plötzlich an eine geschlossene Tür und presste die Lippen auf meinen Mund.

»Hier ist es«, keuchte er, nachdem er sich von mir gelöst hatte.

Das Zimmer wurde nur von unstetem Mondlicht erhellt, das schwach durch das Fenster fiel. Die Gardinen aus französischer Spitze warfen ihr Muster über die Wände und das Bett. Liam zündete eine Kerze an, ließ sich auf das Bett fallen und zog mich mit.

»Das Brautgemach, Mrs. Macdonald«, flüsterte er mir ins Ohr und fuhr dann mit seiner heißen, feuchten Zunge über mein Ohrläppchen. »Oh, Caitlin! Wie ich deinen Geschmack und deinen Geruch liebe… ein Strauß Wildblumen… Lavendel.«

Er kniete sich hin und zog seinen Rock aus, den er auf einen Stuhl warf. Dann drehte er mich auf den Bauch und begann mein Gewand aufzuschnüren.

»Brauchst du Hilfe?«, fragte ich leise lachend.

»Ich komme ganz gut allein zurecht, *a ghràidh*, lass mich nur machen.«

Einige Minuten später hatte mein Kleid sich zu seinem Rock gesellt, und Liam attackierte das Korsett, das mich quälte. Er schimpfte über die Schleifen, die sich durch die Spannung fest zusammengezogen hatten, und ich kicherte in das mit Daunen gefüllte Deckbett hinein.

»Hör auf zu lachen, denn dann wackelst du, und ich bekomme diesen verdammten Knoten nie auf«, murrte er. »Warum tragt ihr Frauen bloß diese Dinger?«

»Das frage ich mich allerdings auch. Aber in zwanzig Jahren und nach zwanzig Schwangerschaften wirst du es vielleicht auch vorziehen, wenn solch ein ›Ding‹ meine Formen in Zaum hält.«

»Ich werde dich immer so lieben, wie du bist, Caitlin, ob mit oder ohne Korsett. Aber vor allem ohne«, setzte er heiser auflachend hinzu.

Nachdem er den letzten Knoten gelöst hatte, stieß er einen Triumphschrei aus, und das »Ding« flog zu dem Kleid auf den Stuhl. Ich seufzte vor Erleichterung und tastete meine Rippen ab. Gut möglich, dass ich mir eine gebrochen und es nicht einmal gemerkt hatte.

Liam legte scheppernd sein Waffenarsenal auf dem Parkett neben dem Bett ab und zog den Rest seiner prunkvollen Ausstattung aus, während ich mich an meine Seidenunterröcke und meine Strümpfe machte. Nach einigen Minuten, in denen wir leise vor uns hingemurrt und uns verrenkt hatten, hatten wir uns endlich all unserer Kleidung entledigt, und der Stuhl war unter einer Anhäufung diverser Stoffe verschwunden. Wir ließen uns auf die Daunendecke fallen, und Liam rollte sich auf mich, so dass ich mich nicht rühren konnte. So blieben wir liegen, Haut an Haut, und jeder lauschte auf den Atem des anderen und sog seine Wärme und seinen Duft in sich auf. Nach einer Weile stieß Liam einen Seufzer aus.

»Es kommt mir vor, als ob ich schon … eine Ewigkeit auf diesen Moment gewartet hätte …«

Seine Hand fuhr an meinen Kurven entlang, wobei sie an gewissen Stellen verhielt, und erkundete fieberhaft meinen Körper.

»Als ich in meine Hirschkeule gebissen habe … so fleischig und saftig, wie man es sich nur wünschen kann …«

Er umfasste meine Hinterbacken mit den Händen und stöhnte zufrieden.

»Du machst dir keine Vorstellung, was mir da durch den Kopf ging…«

»Liam…«

»Göttliches Wesen… Elixier der Götter, sättige mich… Die Ewigkeit in der Hölle für eine einzige Nacht mit dir. Oh, Caitlin…«

Ich gluckste genüsslich und wand mich, um seinen gierigen Händen auszuweichen.

»Du bist wirklich ein Lustmolch.«

»Beklag dich doch.«

Ich stieß ein heiseres Lachen aus, das er abrupt mit einem Kuss beendete.

»Liam?«

»Mmmm?«

»Ich möchte gern wissen… Warum gerade ich?«

Er richtete sich auf einen Ellbogen auf und sah mich ernst an, während er mit dem Finger unsichtbare Muster auf meinen Bauch malte.

»Ich weiß es nicht, *a ghràidh.* In jener Nacht im Herrenhaus, als ich dich zum ersten Mal gesehen habe… da hatte ich ein seltsames Gefühl. Dann, auf meiner Flucht, hast du wie durch Zauberei ein zweites Mal vor mir gestanden. Aus einem Grund, den ich nicht kenne, wusste ich instinktiv, dass das Schicksal dich zu mir gesandt hatte. Ich konnte mich nicht entschließen, dich zurückzulassen, Caitlin. Vor allem, da ich wusste, wie Dunning dich behandelte.«

»Aber du wolltest mich doch einsetzen, um deine Waren zurückzubekommen?«

Er lachte leise.

»Glaubst du wirklich, dazu hätte ich dich gebraucht? Ich musste doch einen Vorwand haben…«

»Oh!«

»Trotzdem war ich zu Beginn der festen Überzeugung, aus Mitgefühl zu handeln. Wenigstens wollte ich das glauben. Dann, als Campbell dich verletzt hat, hatte ich Angst, dich zu verlieren. Dieses Gefühl hat mir Furcht eingejagt. Ich wollte mich nicht wieder an jemanden binden, verstehst du? Ich wollte nicht mehr lieben, das war zu schmerzhaft; aber zugleich wurde mir zum ersten Mal seit Annas Tod bewusst, wie sinnlos mein Leben war. Alles war so verworren …«

Schatten huschten über seine Züge, und die Haare, die ihm ins Gesicht fielen, verliehen ihm ein wildes Aussehen. Ich wickelte eine seiner Locken um meinen Zeigefinger. Mit leiser Stimme sprach er weiter.

»Dann, als ich dich in der Nacht des *Ceilidh* eng umschlungen mit Colin gesehen habe … Ich wollte ihn umbringen, Caitlin. Ich bekam Angst vor mir selbst. Ich musste unbedingt fort, um nachzudenken.«

Er schüttelte den Kopf und runzelte die Stirn. Sein Kiefer arbeitete, und dann drehte er sich auf den Rücken.

»In dieser Nacht wollte ich dich in Besitz nehmen. Dich vollständig zur Meinigen machen, damit du wüsstest, zu wem du wirklich gehörst. Mein Gott! Wie ich vor Begierde gebrannt habe! Ich habe mich so geschämt … Ich hatte nicht das Recht, dir das anzutun.«

Er unterbrach sich, seufzte und wälzte sich von neuem schwer auf mich. Seine Haut war glühend heiß und übertrug ihre Wärme auf mich.

»Weißt du, wie es ist, wenn man sich darüber klar wird, dass man sich selbst nicht vollständig kennt? Eine Stück seiner Persönlichkeit entdeckt, die einem Angst macht? Ich wollte Colin töten, Caitlin. Meinen Bruder! Weil er da Erfolg hatte, wo ich scheiterte.«

»Oh, Liam, die Sache mit Colin war nur ein schreckliches Missverständnis. Es war meine Schuld …«

»*Tuch!* Das hat mir die Augen geöffnet: Ich hatte mich in dich verliebt und weigerte mich, es mir einzugestehen.«

Er nahm meine linke Hand. In Gedanken versunken, strich er mit den Fingerspitzen über meinen Ehering und küsste ihn.

»Er ist sehr schön«, sagte ich und sah den Ring ebenfalls an.

»Ich habe ihn gegen Annas Trauring eingetauscht …«, murmelte er, den Blick auf das schimmernde Metall geheftet.

»Oh!«

»Ich habe mich nicht an Annas Erinnerung versündigt, ich weiß, dass sie einverstanden ist. Oh, Caitlin, in dem Glauben, das sei ein Verrat an Anna, habe ich mich lange geweigert, von neuem zu lieben. Ich weiß, das war dumm, denn sie ist nun einmal tot! Aber vielleicht war es ein Vorwand, um nicht noch einmal zu leiden.«

»Und was hat dich dazu gebracht, deine Meinung zu meinen Gunsten zu ändern?«

»Es war nicht so, dass Annas Schatten hinter dir gestanden hätte. Als ich fortgegangen bin, habe ich nur noch an dich gedacht, nur noch von dir geträumt. Da habe ich verstanden. Anna überließ dir ihren Platz, sie war einverstanden.«

»Wie war sie?«, erkundigte ich mich tief bewegt. »Du brauchst aber nicht davon zu sprechen, wenn du nicht möchtest...«

»Nein, ist schon gut.«

Er unterbrach sich, um mich zu küssen, und ergriff dann erneut das Wort.

»Was soll ich dir über Anna sagen? Sie war blond, ein wenig größer als du. Sie lächelte immer. Ein engelhaftes Lächeln, ich glaube, das hat mich zuerst zu ihr gezogen.«

Er erzählte mir von Anna, von ihrem gemeinsamen Leben vor diesem entsetzlichen Februarmorgen. Ohne ein Wort, mit einem leisen Stich im Herzen, hörte ich zu, wie er zu mir von diesen kurzen Jahren des Glücks sprach. Seine Hand lag auf meiner Wange und streichelte sie zerstreut. Sein Bericht schien ihn von einer erdrückenden Last zu befreien.

»Sie war eine wunderbare Mutter. Trotz ihrer gesundheitlichen Probleme hat sie sich nie beklagt.«

»War sie krank?«

»Nach Colls Geburt ist sie krank geworden. Der Arzt hat nie herausgefunden, woran sie litt. Effie hat ihr Heiltränke gebraut, aber... nun ja. Der Mensch kann nichts gegen den Willen Gottes ausrichten. Und weil sie so geschwächt war, hat sie in der Kälte nicht überlebt...«

Die Worte blieben ihm in der Kehle stecken. Mein Blick glitt zu dem Ring, der an meinem linken Ringfinger saß. Mit einem Mal kam er mir sehr schwer vor. Liam, der meinen inneren Aufruhr spürte, legte die Hand unter mein Kinn und zwang mich, den Kopf zu heben. Unsere Blicke verschränkten sich.

»Ich liebe dich, *a ghràidh.* Lass dir das ein für alle Mal gesagt sein und zweifle niemals daran.«

Er legte seine weichen, warmen Lippen auf meine. Sein Kuss war zart. Dann wanderte sein Mund zu meinem Hals hinab, wurde gieriger und lüsterner. Köstliche Schauer überliefen mich, als er meine Haut erkundete. Seine Hände nahmen meinen bebenden Körper in Besitz.

»Ich liebe dich, Caitlin Dunn Macdonald …«

Viel später schnarchte Liam an meiner Seite leise; sein Schenkel lag über meinem Bauch. Doch ich konnte nicht einschlafen. Ich fürchtete mich vor der Rückkehr nach Glencoe. Würde der Clan mich akzeptieren? Was würde Sàra zu dieser unerwarteten Heirat sagen? In den letzten Tagen war so viel geschehen, dass ich fast vergessen hatte, aus welchem Grund ich eigentlich aus Glencoe geflohen war. Bei der Aussicht auf die schreckliche und unvermeidliche Konfrontation mit Meghan krampfte sich mein Magen zusammen. Sie war schwanger und behauptete, Liam sei der Vater ihres Kindes. Ich hatte Liam diesen Umstand bewusst verschwiegen, doch er würde bald davon erfahren.

Außerdem würde ich mit den Schatten von Anna und Coll leben müssen. Würde ich dem gewachsen sein? Und Liam … was sollte aus ihm werden? Er war jetzt ein Gesetzloser. Würde John MacIain ihn verbannen? All diese Fragen, auf die ich keine Antwort wusste, lähmten mich.

Ich schmiegte mich an Liam, um ein wenig an seiner Wärme teilzuhaben. Er bewegte sich leicht, legte den Arm um mich und zog mich fester an seinen Körper. Ich würde mir einen Platz in diesem Tal schaffen müssen, und das würde nicht leicht werden. Aber ich liebte Liam. Für ihn wäre ich auch bereit gewesen, die Flammen der Hölle zu durchqueren. Ich schloss die Augen und rief mir die Worte meiner Mutter ins Gedächtnis: *Atme tief durch und stürz dich dann hinein, Caitlin.*

TEIL DREI

Der Schmerz der Seele wiegt schwerer
als jedes körperliche Leid.

Publilius Syrus

12

Meghan

Die unruhige Nacht hatte mir dunkle, aufgedunsene Schatten unter den Augen beschert. Da ich seit Jahren nicht mehr daran gewöhnt war, neben jemandem zu schlafen, war ich bei jeder Bewegung des Mannes, mit dem ich von jetzt an für den Rest meiner Tage das Bett teilen würde, hochgefahren. Mit der Zeit würde ich mich sicherlich daran gewöhnen, aber er nahm so viel Platz ein … Dagegen musste ich zugeben, dass die Gefahr, nachts zu erfrieren, praktisch gegen Null ging.

Wir hatten die Vorräte, die Liam in der Küche gemaust hatte, verspeist und die Krümel über die Laken verstreut. Noch am selben Tag würden wir nach Glencoe aufbrechen.

Colin kehrte nicht mit uns zurück. Er zog es vor, einige Zeit in Lochaber zu bleiben, um sich wie ein verletztes Tier die Wunden zu lecken. Als Ausrede hatte er vorgebracht, er wolle einen Vetter in Achnacoichan besuchen. Liam war nicht weiter in ihn gedrungen. Auch er hatte bemerkt, dass sein Bruder der Hochzeitsfeier ferngeblieben war. Vielleicht war es im Moment besser so.

Man hatte ein lammfrommes Pferd für mich gefunden. Es hörte auf den Namen Ròs-Muire und war ein Hochlandpony, ein wenig störrisch, aber sehr sanft. Donald und Simon litten an einem gewaltigen Kater und sprachen daher während des Ritts, der ohne Zwischenfälle verlief, sehr wenig.

Am frühen Nachmittag erreichten wir das düster wirkende Tal. Die bedrohlich tief hängenden Wolken schienen sich verzweifelt an die Gipfel zu klammern. In der warmen, feuchten Luft klebte mein Hemd an meiner Haut. Ich war zurück in Carnoch.

Als ich aus dem Stall kam, ging ich mich am Fluss frisch machen und setzte mich dann unter eine Weide. Liam gesellte sich etwas später zu mir, nachdem er die Pferde in die Boxen gebracht hatte. Wir verfielen in ein leicht beklommenes Schweigen.

Die Blütenblätter einer Margerite, die ich zerstreut zerpflückte, segelten auf meinen Rock. Ohne ihn wirklich zu sehen, betrachtete ich den nackten Stängel, warf ihn dann in die Strömung und verfolgte ihn mit den Augen, bis die schäumende Gischt der Stromschnellen ihn verschluckte. Ich gehörte jetzt hierher, war eine Macdonald von Glencoe. Der Gedanke bereitete mir ein merkwürdiges Gefühl, als hätte ich nicht wirklich einen Platz hier. Ich würde beweisen müssen, dass ich keine Fremde mehr war. Die meisten Talbewohner hatten mich freundlich behandelt, aber damals war ich auch nur auf der Durchreise gewesen. Jetzt war alles anders. Ich war Liams Frau, aber bisher wusste noch niemand davon.

Unterwegs hatte ich Zeit gehabt, in aller Ruhe über Meghans Lage nachzudenken. Und wenn sie in Wahrheit gar nicht schwanger war? Mir war auch die Möglichkeit durch den Kopf gegangen, dass sie diese ganze Geschichte möglicherweise erfunden hatte, um mich zu treffen, mich zu erschüttern und von Liam fernzuhalten. Ich wusste, dass sie durchaus in der Lage dazu war. Außerdem konnte sie während Liams Abwesenheit auch einen Liebhaber gehabt haben. Wenn sie tatsächlich schwanger war, hätte der Vater irgendjemand sein können. Allerdings hätte es Gerüchte gegeben, wenn sie sich liederlich verhalten hätte. Selbst wenn diese letzte Möglichkeit mir wenig wahrscheinlich vorkam, war sie nicht völlig auszuschließen. Ihre heftige Reaktion auf Ewen Campbell hatte mir zu denken gegeben …

»Alles wird gut gehen, Caitlin«, sagte Liam, der meine Besorgnis erriet.

»Ich habe Angst … Ich weiß, das sollte ich nicht, aber das Gefühl ist stärker als ich.«

Er nahm meine Hand.

»Niemand weiß über unsere Heirat Bescheid, nicht einmal John. Ich hatte vor, bei meiner Rückkehr mit ihm zu sprechen, aber dann warst du fort, und die Zeit drängte. Ich musste dich so rasch wie möglich wiederfinden, um dich nicht für immer zu verlieren.«

»Viel hat nicht daran gefehlt.«

»Ich weiß …«

»Wann genau hast du beschlossen, dass du mich heiraten willst?«

Er hob einen Stein auf, der in seiner Nähe lag, wog ihn in der Hand und warf ihn dann in die Strudel des Coe.

»Zwei Tage, bevor ich zurückgekommen bin. Ich befand mich in Invercreran, in Appin. Zufällig bin ich auf Annas Ring gestoßen, den ich noch in meinem *Sporran* mit mir herumtrug. In diesem Moment kam mir die Idee mit dem Heiraten. Gibt es eine schönere Art, eine Frau fürs Leben an sich zu binden?«

Er verzog die Lippen zu einem ausdruckslosen Lächeln und sah mich fragend an.

»Glaubst du, dass die Seelen der Toten in Verbindung zu uns treten können?«

»Ich weiß es nicht … Warum?«

»Ich hatte den Ring schon seit Monaten nicht mehr aus meinem *Sporran* genommen. Dann, als ich gerade überlegte, was ich tun könnte, um dich zu bewegen, bei mir in Glencoe zu bleiben, griff ich hinein. Ich glaube, Anna hat meine Hand geführt, weil sie mir eine Botschaft zukommen lassen wollte. *Sie* hat mir die Augen geöffnet.«

Unwillkürlich erschauerte ich und drehte das Schmuckstück, das an meinem Finger saß.

Zum ersten Mal betrat ich Liams Haus. Es war ein wenig größer als Sàras Hütte und besaß ein kleines zusätzliches Zimmer, das vom Hauptraum durch Zwischenwände aus Schilfgeflecht abgetrennt war. Alles in allem war es einfach, aber sauber. Liam zündete ein Feuer im Kamin ab, wo getrocknete Heringe und geräucherte Fleischstücke hingen. Er legte ein paar Torfbrocken in die Nähe der Flammen, um die Feuchtigkeit herauszuziehen, und richtete sich dann auf. Er wirkte leicht verlegen.

»Ich weiß, dass es ziemlich kahl ist«, brummelte er. »Wir haben uns nur die wenigste Zeit hier aufgehalten … Ich werde

Malcolm bitten, uns ein größeres Bett und zwei Sessel anzufertigen.«

»Wir werden uns hier sehr wohl fühlen«, versicherte ich ihm, nun meinerseits beklommen.

Ich fand es seltsam, dass Liams und Colins Haus jetzt auch das meine sein sollte … Oh, Colin! Ich hatte ganz vergessen, dass dies auch sein Zuhause war.

»Und wo soll Colin jetzt wohnen?«, fragte ich widerstrebend und wich seinem Blick aus.

»Ich glaube nicht, dass er so bald zurückkehren wird, Caitlin. Er hat seine Wahl getroffen, und es wäre zu hart für ihn, in Carnoch zu bleiben, verstehst du? Ich weiß, dass mein Bruder Gefühle für dich gehegt hat. Ich kann es ihm nicht verübeln. Aber es wäre besser, wenn er sich für einige Zeit von hier fernhalten würde.«

»Es tut mir furchtbar leid, ich weiß, dass ihr beide euch sehr nahe gestanden habt«, stotterte ich.

Er zuckte die Achseln und seufzte.

»Im Lauf der Zeit werden die Dinge von selbst in Ordnung kommen. Er wird jemanden finden …«

Er wandte sich ab und öffnete den großen Schrank.

»Wenn du etwas brauchst, brauchst du mich nur danach zu fragen.«

»Leider weiß ich gar nicht so genau, was ich benötigen könnte; ich habe nämlich noch nie einen Haushalt führen müssen«, erklärte ich verlegen. »In Irland hat Tante Nellie das vorzüglich erledigt, und nachher, auf Dunning Manor war ich Gesellschaftsdame für Lady Dunning, wenn ich auch gelegentlich in der Küche ausgeholfen habe. Ich werde es schon lernen … wenn du dich in Geduld übst …«, setzte ich lächelnd hinzu.

»Ich bin mir sicher, dass du mich nicht Hungers sterben lassen wirst, *a ghràidh*.«

Er umarmte mich. Zögernd sprach er dann weiter.

»Ich muss zu Sàra, um ihr alles zu erklären. Möchtest du mich begleiten?«

»Nein …«, stotterte ich. »Ich finde, es ist besser, wenn du allein gehst.«

»Ja… Vielleicht. Dann schaue ich anschließend noch bei John vorbei.«

»Ich rühre mich hier nicht fort, *mo rùin*«, versicherte ich ihm. »Komm bald zurück.«

Er warf mir einen letzten besorgten Blick zu und ging hinaus.

Der Schrank diente als Speisekammer, Wäscheschrank und Rumpelkammer zugleich. Ich stellte eine Bestandsaufnahme des Inhalts an. Wir hatten also: einen angefangenen Sack Mehl, einen halben Beutel Hafer für Porridge, einen Topf Honig… der nicht mehr gut war und den ich zur Seite stellte. Eine Fliege steckte darin fest wie in einem polierten Bernstein. Ich musste daran denken, nach Honig zu fragen. Dann hatten wir noch einen Krug Salz, Rüben, ein paar Karotten… ein wenig weich geworden, aber immer noch essbar, und einen Sack mit getrockneten Bohnen. Krüge, die unter dem untersten Schrankbrett eingelassen waren, enthielten Speck in Salzlake und ein Stück ranzigen Talg, der sich zu dem Honig gesellte. Talg nicht vergessen! Fünf Zwiebeln, von denen eine schon kräftiges Grün entwickelt hatte, und ein wenig Butter vervollständigten die Nahrungsmittelvorräte.

Im oberen Teil des Schranks entdeckte ich saubere Hemden, Decken, Handtücher und Geschirrtücher, ein Plaid, zwei Stück Seife, von denen eines schon in Gebrauch gewesen war, Kerzen und einen Feuerstein. Nicht vergessen: Es fehlten Kerzen und Tran für die Lampe. Und schließlich lag da, unter einer Schachtel voller Angelhaken und verwickelter Schnüre, eine Bibel.

Eine unter den Hemden verborgene Holzschatulle erweckte meine Neugierde. Sie war grob aus Kiefernholz gearbeitet und mit einer Hanfschnur verschlossen, die ich aufknotete. Darin befanden sich zwei blonde Haarsträhnen, die mit rotem Band zusammengehalten wurden. Die erste war lang und seidig, und die andere war gelockt und schimmerte golden.

Rasch legte ich die Strähnen in die Schatulle zurück und stellte sie wieder an den Platz, wo ich sie gefunden hatte. Ich fühlte mich ganz aufgewühlt und schloss die Augen, um meine Tränen zurückzuhalten.

Diese Haare hatte Liam gestreichelt und geküsst. Sie waren alles, was ihm von den Menschen, die er geliebt hatte, geblieben war. Behutsam schloss ich den Schrank. Ich hatte den Eindruck, gewaltsam in einen Teil seiner Seele eingedrungen zu sein, in dem ich nichts zu suchen hatte und der mir auch niemals gehören würde. Ein kalter Schauer lief mir über das Rückgrat und ließ mich erzittern. Ich würde mit diesen Geistern leben müssen, die wie so viele andere durch das Tal irrten. Ich hatte nicht vor, Annas Platz in Liams Herz einzunehmen, aber ich mochte auch nicht in ihrem Schatten leben.

Ich holte tief Luft und schüttelte den Kopf, um meine düsteren Gedanken zu vertreiben. Dann krempelte ich die Ärmel auf und machte mich an die Arbeit. Mit meinen bescheidenen Kochkünsten gelang es mir immerhin, aus dem, was ich vorfand, eine Art Ragout zu kochen. Während es über dem Feuer brodelte, begann ich, den Tisch zu decken. Liam würde gewiss bald kommen.

Mit lautem Krach flog die Tür auf. Ich fuhr herum, und der Teller, den ich in der Hand hielt, klapperte auf den Tisch. Mir blieb fast das Herz stehen. Meghan starrte mich verblüfft und mit aufgerissenem Mund an. Das Blut wich ihr aus dem Gesicht.

»Ich… ich…«

»Ich nehme an, du suchst Liam?«, fragte ich, nachdem ich mich halbwegs gefasst hatte.

»Nein, ich habe ihn beim Laird gesehen…«, stammelte sie.

»Und was willst du dann hier?«, verlangte ich ärgerlich zu wissen.

»Ich…«

Ihr Gesicht war aschgrau geworden, und sie hielt sich am Türrahmen fest. Offensichtlich hatte sie nicht damit gerechnet, mich hier anzutreffen. Mein Blick richtete sich auf den mit Esswaren gefüllten Korb, den sie am Arm trug.

»Ist das für Liam?«, fragte ich und wies mit dem Finger auf ihre Last.

Sichtlich verunsichert sah sie auf den Korb hinunter und betrachtete ihn einige Augenblicke lang, ehe sie antwortete.

»Ja.«

In meinen Schläfen pochte das Blut, und ich begann, an den Bändern meines Mieders zu spielen, um mein Zittern zu verbergen. Ich hatte noch keine Zeit gehabt, mich innerlich auf die Konfrontation mit Meghan einzustellen. Sie hatte mich vollständig überrumpelt.

»Komm doch herein, bleib nicht an der Tür stehen«, sagte ich steif. »Liam wird sicher bald zurück sein.«

Panisch huschte ihr Blick hin und her. Sie zögerte, entschloss sich aber doch. Auf ihrer Miene zeigten sich hintereinander die unterschiedlichsten Gefühle, die von Ungläubigkeit bis Zorn reichten. Schließlich starrte sie mich durchdringend an. Ihre Wangen hatten einen rosigen Ton zurückgewonnen und waren jetzt dabei, sich scharlachrot zu verfärben.

»Was hast du hier zu suchen?«, fauchte sie. »Warum bist du zurückgekehrt, Hexe?«

»Dafür ist Liam verantwortlich… gewissermaßen«, gab ich trocken zurück.

»Liam? Das glaube ich dir nicht…«

Ihre Lippen zitterten. Sie sah sich in der Hütte um, und ihr Blick blieb an dem Topf hängen, der über dem Feuer kochte.

»Und warum hätte er das tun sollen?«

Von neuem musterte sie mich kalt. Ich erwiderte ihren Blick ebenso verächtlich und legte noch ein wenig Selbstgefälligkeit hinein.

»Man könnte sagen, dass gewisse Umstände es so entschieden haben.«

Sie führte eine Hand an ihren Leib; sie wirkte vollkommen verunsichert. Neue Gefühle huschten über ihr Gesicht, und Tränen traten in ihre großen Katzenaugen.

»Warum bist du nicht bei Sàra?«

»Weil ich von jetzt an hier wohne.«

»Ich verstehe das nicht, das ist doch Liams Hütte! Er würde das Tal niemals verlassen…«

Obwohl ich das Bedürfnis spürte, sie leiden zu sehen, konnte ich mich nicht überwinden, ihr die Wahrheit zu sagen. Die Hand am Henkel des Korbs, den sie immer noch trug, verkrampfte sich, bis ihre Knöchel weiß wurden. Als ich den Arm ausstreckte, um ihr die Last abzunehmen, zog ein helles Glitzern ihre Aufmerksamkeit auf sich. Verblüfft riss sie die Augen auf, dann schlug sie die Hand vor den Mund, um einen Schrei zu unterdrücken. In einer Mischung aus Bestürzung und Entsetzen musterte sie den Ring an meinem Finger.

»Heiliger Gott!«, hauchte sie.

Der Korb fiel zu Boden und gab seinen Inhalt frei. Meghan legte wieder ihre Hände auf den Leib und stöhnte vor Schmerz. Alle Feindseligkeit und Angriffslust waren aus ihrem Blick verschwunden, der nur noch tiefe Verzweiflung zeigte.

»Liam?«, fragte sie knapp.

»Ja.«

Ein leiser, erstickter Schrei hallte durch den Raum. Hektisch schüttelte sie ihre herrliche, feuerrote Mähne und wich unsicheren Schrittes zurück. Ihr Mund öffnete und schloss sich wieder. Von neuem verzerrte der Hass ihre Züge zu einer Grimasse.

»Hexe! Hexe! Das wirst du mir büßen, dreckige Hure! Dafür wirst du bezahlen, das schwöre ich dir beim Leben meines ungeborenen Kindes.«

Mit tränenüberströmtem Gesicht warf sie mir einen letzten verzweifelten Blick zu und flüchtete. Wie betäubt ließ ich mich schwer auf den Stuhl fallen. Sie war schwanger, jetzt wusste ich es. Merkwürdigerweise hinterließ der Sieg einen bitteren Geschmack in meinem Mund. Was hatte ich gewonnen, das ich nicht bereits besaß? Letztendlich war die Rache doch nicht so süß, wie ich geglaubt hatte.

Von nun an musste ich Meghan misstrauen. Als sie mir ihre Drohung ins Gesicht geschleudert hatte, da hatte ich sekundenlang geglaubt, eine rasende Mordlust in ihren Augen aufblitzen zu sehen. Trotzdem hatte ich mich entschlossen, ihren unerwarteten Besuch nicht zu erwähnen.

Anders als von mir befürchtet hatte Sàra die Nachricht von unserer Heirat mit unverhohlener Freude aufgenommen. Sie hatte mir geholfen, den Vorratsschrank mit frischen Lebensmitteln aufzustocken, mich dann in die für mich neuen Arbeiten wie das Buttern, die Herstellung von Käse und *bannock* – auf beiden Seiten gebackenes Fladenbrot – eingeführt und mir gezeigt, wie man Hafer für die Herstellung von Kuchen mahlte.

Der Laird war mit mehreren Männern aus dem Clan zu seinem Bruder Alasdair nach Edinburgh gereist, um vor der Untersuchungskommission als Zeuge auszusagen.

Liam arbeitete am Bau des neuen Herrensitzes von Glencoe mit, der an der Flussmündung, dort, wo einst das Dorf Invercoe gelegen hatte, entstand. Das aus schönen Bruchsteinen errichtete Gebäude sollte zwei Etagen und verglaste Fenster erhalten. In den steinernen Türsturz war das Wort »Carnoch« eingehauen. Jeden Mittag besuchte ich Liam mit einem gut gefüllten Korb, und wir teilten unter einem Baum sitzend friedlich unsere Mahlzeit.

Langsam verlief mein Leben in geregelten Bahnen. Die Dorfbewohner schienen sich nicht allzu viele Gedanken darüber zu machen, dass ich jetzt dauerhaft bei ihnen lebte. Liam war ein Mann, der in der Gemeinde große Achtung genoss, und man behandelte mich sehr zuvorkommend. Ich war ganz einfach »Mrs. Liam Macdonald von Glencoe«.

Die nächsten drei Tage verbrachten wir also mit unseren jeweiligen Arbeiten, um uns abends bei einem guten Essen wiederzusehen und uns dann in dem Bett, das Malcolm uns geliefert hatte, erschöpft aneinanderzuschmiegen.

Doch heute Abend hatte Liam, anders als das nach einem Arbeitstag seine Gewohnheit war, nicht viel gesprochen. Nachdenklich sah er zu, wie ich das Geschirr abwusch. Ich war mir sicher, dass ihm nur irgendein Streit mit einem der Männer nachhing; daher stellte ich ihm keine Fragen, erkundigte mich aber dennoch, ob es ihm gut gehe.

Er blieb stumm und verfolgte dabei aufmerksam jede meiner Bewegungen. So langsam wurde ich unruhig. Das war ernster, als ich zunächst gedacht hatte. Sein Kiefer arbeitete, dann schlug er die Augen nieder. Ich trat von hinten an ihn heran, umschlang ihn und legte mein Kinn auf seine Schulter. Ich fühlte, wie er sich ein wenig steif machte.

»Liam …«

Er sagte nichts, sondern befreite sich aus meinen Armen,

stand auf und ging nach draußen. Ich blieb wie angewurzelt stehen und starrte auf die Tür, die hinter ihm zugefallen war. Offensichtlich war etwas Schlimmes geschehen, und mein Gefühl sagte mir, dass seine verdrießliche Laune mit mir zu tun hatte.

Den Abend grübelte ich darüber nach, was ihn wohl so aufgewühlt haben mochte, doch ich konnte mir keinen Reim darauf machen. Ich war schon zu Bett gegangen, als Liam das Haus betrat. Jetzt schien er zum Sprechen aufgelegt zu sein. Ohne Umschweife kam er zur Sache.

»Sag mir, *a ghràidh,* was hast du mit der Schachtel gemacht, die im Schrank war?«

Ich war völlig verblüfft. Seine Stimme klang gleichmütig, doch das beruhigte mich nicht.

»Welche Schachtel?«

»Du weißt ganz genau, wovon ich rede.«

Ich begriff nicht, warum er mir diese Frage stellte.

»Ich habe sie nicht genommen.«

Einige Augenblicke lang herrschte Schweigen.

»Ich schwöre es dir, Liam«, setzte ich fest hinzu.

»Du weißt aber, was darin war, oder?«

Er lag reglos auf dem Bett und sah zu den Dachbalken auf.

»Ja«, sagte ich leise. »Ich habe sie am Tag unserer Ankunft gefunden, als ich den Schrank durchgesehen habe …«

Ich beugte mich über ihn und suchte seinen Blick.

»Liam, glaubst du, ich wäre in der Lage, diese Schachtel absichtlich verschwinden zu lassen?«

Er sagte kein Wort. Neugierig geworden, stand ich auf und öffnete den Schrank. Vielleicht war sie ja einfach verlegt worden. Ich sah unter den Hemden nach, drehte die Handtücher um und ließ die Hand unter die Strümpfe, zwischen die Beutel und Krüge gleiten. In der Tat, die Schachtel war nicht mehr da. Ratlos wandte ich mich zu ihm um.

»Und?«, fragte er kalt.

»Sie ist nicht da. Liam… Ich habe sie nicht genommen, ich schwöre es dir.«

Liam hatte sich auf den Bettrand gesetzt und beobachtete mich aufmerksam. Er musste zu dem Schluss gekommen sein, dass ich ihm die Wahrheit sagte, denn seine Miene wurde weicher.

»Liam?«

»Schon gut, Caitlin, ich glaube dir. Aber welche Erklärung gibt es dann für das Verschwinden der Schachtel?«

»Vielleicht hast du sie verlegt«, bemerkte ich vorsichtig.

»Unmöglich. Ich rühre sie niemals an.«

»Könnte jemand ohne unser Wissen hier hereingekommen sein?«

»Aber wer? Und warum hätte er die Schachtel nehmen sollen?«

Ich dachte über seine Frage nach. Wer würde die Haarsträhnen von Anna und Coll stehlen wollen? Das war absurd! Ich wusste, dass Liam zutiefst verletzt war. Man hatte ihm einen Teil seines Lebens entrissen, und er hatte diese Schachtel verwahrt wie eine Reliquie. Und nun hatte sie jemand entweiht, gestohlen. Diese Person musste eine Seele haben, die so böse war wie der Teufel. Meghan? War ihr Herz ebenso schwarz wie ihr Äußeres schön? Möglich war das schon; Rachsucht konnte jedes Herz verderben, und manchmal war das Böse stärker als das Gewissen.

Am nächsten Morgen beschloss ich, einige Stunden darauf zu verwenden, den Inhalt des Schrankes genau zu überprüfen. Mir fehlten ein Taschentuch und zwei Kerzen, und die Nadeln, die ich auf dem Tisch liegen gelassen hatte, waren ebenfalls nicht aufzufinden. Zwei Tage zuvor hatte ich ein wenig geflickt, während ich auf Geillis' Tochter wartete, der ich ein Kleid kürzen sollte. Doch Morag war nicht gekommen, und ich hatte vergessen, die Nadeln wegzuräumen. Also musste der Schuldige an diesem Tag gekommen sein, während ich Sàra im Küchengarten half.

Nichts anderes fehlte oder war an einen anderen Platz gelegt worden. Ich wollte den Schrank schon wieder schließen, als ein schwarzes Band meinen Blick anzog. Es steckte zwischen meinen Unterröcken und Hemden zum Wechseln. Ich zog daran und stieß einen angeekelten Schrei aus, als ein kleiner vertrockneter Gegenstand, der daran festgeknotet war, zu Boden fiel. Entsetzt betrachtete ich die Vogelkralle und wagte nicht, sie anzurühren.

Ein merkwürdiges Gefühl stieg in mir auf. Kein Zweifel, jemand war hier gewesen, ohne dass wir davon wussten, und war mit dem Ziel, Böses zu tun, in unser Leben eingedrungen. Nachdenklich schlug ich die Schranktüren zu, lehnte mich dagegen und sah mich im Zimmer um. Was mochte Meghan nur bezwecken?

Kurz nach Mittag stattete der kleine Robin mir einen Besuch ab. Er brachte mir Brot und frische Eier, die seine Mutter mir schickte.

»Jetzt hättet Ihr ja ein Haus für Semrag«, meinte er fröhlich.

»Nun ja, ich muss mit Liam darüber sprechen, aber ich glaube nicht, dass er etwas dagegen hätte«, versicherte ich ihm und tätschelte ihm den Kopf. »Bestimmt wird er einmal ein guter Jagdhund. Jetzt ist er aber noch zu klein dazu.«

Robin wollte schon wieder gehen, als er sich mit strahlendem Gesicht zu mir umwandte.

»Mutter hat Vaters *Sgian dhu* wiedergefunden«, flüsterte er. »Sie ist sehr glücklich darüber. Ach … Und das hätte ich fast vergessen! Die alte Effie fragt, ob sie Euch heute Nachmittag einen kleinen Besuch abstatten darf.«

»Effie?«, fragte ich beklommen. »Hat sie dir gesagt, warum sie mit mir sprechen will?«

Er schüttelte den Kopf.

»Schön, dann sag ihr, dass ich mich freuen würde, sie zu sehen.«

Am frühen Nachmittag klopfte Effie an meine Tür. Liam war nach Ballachulish geritten, um Vorräte einzukaufen, die uns noch fehlten, wie zum Beispiel Leinenstoff für Hemden, Gewürze, Tee … und Nähnadeln. Er würde gewiss nicht vor dem späten Nachmittag zurückkommen; wir hatten also genug Zeit, uns bei einem Kräutertee in aller Ruhe zu unterhalten.

Zuerst beglückwünschte die alte Frau mich zu meiner Heirat. Sie sprach von der Gartenarbeit und einer neuen Salbe gegen rissige Hände und Lippen, die ihrer Meinung nach sehr wirksam war. Sie schwatzte, erzählte mir die neuesten Gerüchte aus dem Dorf, dass der kleine Allan so schnell genesen war, dass sie die

Gicht des armen Munro nicht hatte lindern können, dass Kirsten schwanger war. Doch bei allem wirkte sie sehr nervös und sichtlich besorgt. Ich beschloss, das wichtige Thema selbst zur Sprache zu bringen: Meghan. Da ließ sie plötzlich die Schultern sinken.

»Ich weiß genau, dass Eure Heirat sie enttäuscht hat«, erklärte sie und schüttelte ihr faltiges Haupt, »aber sie wird sich damit abfinden müssen. Sie hätte Liam ohnehin nicht heiraten können. Das wäre nicht möglich gewesen …«

Sie warf mir einen leicht verlegenen Blick zu, bevor sie weitersprach.

»Sie rührt ihr Essen kaum an, und ihr Zustand wird jeden Tag schlechter, aber … Hört mir zu, Caitlin. Ich mag Euch gern und möchte Euch warnen. Ich habe sie mehrmals dabei überrascht, wie sie in meinem Grimoire geblättert hat, und ich bin mir sicher, dass sie versucht, Euch zu schaden.«

Ich dachte wieder an den Vogelfuß, der zwischen meiner Wäsche gesteckt hatte. Sollte ich ihr davon erzählen? Und wenn das gar nicht Meghan gewesen war? Lieber wollte ich noch warten. Effie kramte in ihrer Tasche herum und zog einen mit einem roten Faden umwickelten Strauß Johanniskraut hervor, den sie vor mich auf den Tisch legte.

»Das ist ein Zauber, der gegen Flüche wirken soll. Ihr müsst ihn über Eurer Eingangstür aufhängen.«

Ich sah die alte Frau einen Moment lang an und kämpfte gegen eine Furcht, die verstohlen in mir aufstieg. Sie glaubte wirklich, dass Meghan in der Lage war, Hexenwerk gegen mich einzusetzen!

»Ihr denkt, dass sie so weit gehen würde, mich mit einem … Fluch zu belegen?«

»Bei Meghan ist alles möglich. Ich weiß übrigens, dass sie schwanger ist.«

Mir verschlug es die Sprache. Effie bemerkte mein Unbehagen.

»Ihr habt es gewusst, stimmt's? Das hatte ihr an dem Tag, als ich sie zum Einkaufen nach Ballachulish geschickt habe, zu schaffen gemacht. Ich habe es einige Tage später entdeckt. Die Anzeichen lügen nicht. Auf jeden Fall werden bald alle von ihrer Schande erfahren. Bei ihrer schmalen Taille … Sie ist verzweifelt, Caitlin. Sie wird alles tun, was in ihrer Macht steht, um Euch zu schaden und Liam zurückzugewinnen. Ob er nun der Vater des Kindes ist oder nicht – und ich bete jeden Tag zu Gott, dass dem nicht so ist –, jedenfalls will sie ihn nach wie vor für sich haben.«

Ich vermied es, das Thema zu vertiefen.

»Stehen in Eurem Buch denn auch Flüche? Glaubt Ihr wirklich, sie könnte Hexerei betreiben?«

»Nicht wirklich. In diesem Buch geht es um Medizin und nicht um Hexerei. Dagegen könnte Meghan nach den Rezepten bestimmte Dinge herstellen, die unangenehme Wirkungen haben könnten, wenn man sie versehentlich zu sich nimmt.«

Erschauernd erinnerte ich mich an die Haferkuchen.

»Es tut mir so leid«, sagte Effie, als sie meine Bestürzung bemerkte.

Bedrückt rieb die alte Frau sich über das Gesicht und ließ dann die offenen Hände schlaff auf ihren fadenscheinigen Tartan-Rock sinken.

»Wo ist Meghan jetzt eigentlich?«, fragte ich ein wenig schroff.

»Sie ist heute Morgen ganz früh mit Isaak aufgebrochen, aber ich weiß nicht, wo sie sind. Seit einigen Tagen lässt er sie gar nicht mehr aus den Augen. Ich spüre, dass die beiden etwas aushecken.«

Isaak. Auch er hatte mir gedroht. Ich hatte mehr als einen guten Grund, mir Sorgen zu machen. Eine fast schon panische Angst beschlich mich.

Den Rest des Nachmittags brachte ich damit zu, das Problem aus allen Blickwinkeln zu beleuchten. Seit Meghans Kurzbesuch mit dem Korb unter dem Arm hatte ich sie nicht wiedergesehen. War sie wirklich die Urheberin des bösen Zaubers, den ich zwischen meiner Wäsche gefunden hatte? Ich kannte eine Möglichkeit, das herauszufinden. Auf einen groben Klotz gehörte ein grober Keil! Ich hängte Effies Talisman über die Tür und verließ das Haus. Ich benötigte dringend einen Holunderzweig.

Aus Liams Haaren tropfte es auf mich herunter. Leise lachend schob ich ihn sanft zurück, doch er ließ nicht locker und leckte mich am Ohr.

»Liam, du machst das Bett nass. Nachher kann ich nicht mehr darin schlafen.«

Er lachte; offensichtlich hatte er seine gute Laune wiedergefunden.

»Umso besser.«

Ich erstarrte, als ich einen Einschnitt an seinem rechten Unterarm erblickte, der heute Morgen noch nicht da gewesen war.

»Hast du dich verletzt?«, fragte ich mit leicht zitternder Stimme.

Das ist absurd, Caitlin; du weißt genau, dass Liam sich nicht der Hexerei verschreiben würde! Und erst recht nicht, um dir zu schaden! Ich verscheuchte diese alberne Vorstellung aus meinen Gedanken. Er streckte den Arm aus, betrachtete die Wunde und zuckte die Schultern.

»Das ist nichts, ein kleiner Unfall«, erklärte er einfach und machte sich dann mit gierigen Lippen wieder über meinen Hals her.

Trotzdem musste ich daran denken, was Tante Nellie einmal getan hatte. Eines Tages hatte sie den Verdacht gehegt, eine unangenehme Nachbarin hätte sie mit einem Fluch belegt, damit sie krank würde. Sie hatte einen Holunderzweig abgeschnitten und sorgfältig in ihrer Tasche versteckt. Dieser Baum hatte die Eigenschaft, die Seelen von Hexen zu beherbergen. Der oder diejenige, deren Seele sich in dem verletzten Baum versteckte, würde sich unweigerlich eine Schnittwunde an der Hand oder am Arm zuziehen. Ich hatte nie erfahren, ob die Methode wirklich funktioniert hatte, aber es kostete nichts, sie auszuprobieren, und das hatte ich getan.

»Wie hast du dich verletzt?«, fragte ich scheinbar gleichmütig.

Er unterbrach sich kurz und strich dann mit der Zunge an meinem Hals herunter.

»Das war Isaak… Er hat eine Schnur, die ich festhielt, durchgeschnitten, und dabei ist ihm der Dolch aus den Händen gerutscht.«

»Isaak?«

»Ja, wieso?«, fragte er und beschäftigte sich wieder mit meinem Mund. »Glaubst du vielleicht, er hätte das mit Absicht getan? Du würdest deine Meinung ändern, wenn du die Schnittwunde sähest, die er sich selbst bei dieser Gelegenheit beigebracht hat.«

Gänsehaut überlief mich von Kopf bis Fuß. Isaak ein Hexer? Und wenn er hier eingedrungen war und nicht Meghan? Vielleicht befand ich mich vollständig im Irrtum, und er wollte die verlorene Ehre seiner Schwester rächen. In diesem Fall musste ich Liam vor der Gefahr warnen, in der er schwebte. Aber wie sollte ich ihm davon erzählen, ohne ihm zu verraten, dass Meghan schwanger war? Wahrscheinlich war es klüger, zuerst herauszufinden, wie wahrscheinlich es war, dass das Kind von ihm stammte.

»Liam…«

»Hmmm…«

»Meghan… hast du dich lange mit ihr getroffen?«

Er erstarrte in dem Moment, als er mich soeben auf den Mund küssen wollte. Er sah mich an, als überlege er, ob ich meinen Verstand noch beisammen hätte.

»Was?«

»Ich habe gefragt…«

»Ich habe dich sehr gut verstanden, Caitlin«, gab er ärgerlich zurück. »Was soll diese Frage?«

»Es ist eine Frage wie jede andere«, antwortete ich gekränkt.

Er ließ sich auf den Rücken fallen und fuhr sich mit den Fingern durchs Haar. Die kühle Nachtluft strich über meine Haut, der er plötzlich seine Wärme entzogen hatte. Er schwieg. Im Mondlicht sah ich nur sein Profil. Seine Miene konnte ich nicht erkennen, doch an seinem Atem hörte ich, dass er angespannt war. Er seufzte gekränkt.

»Ungefähr fünf Monate. Seit *Hogmanay* ist sie mir ständig nachgelaufen.«

Ich schloss die Augen und biss mir auf die Lippen.

»Und… du hast…«

Er rollte sich auf die Seite und zwang mich, ihn anzusehen. Seine Augen glitzerten im Dunkeln.

»Mit ihr gelegen?«, beendete er meinen Satz barsch.

Ich konnte nicht antworten, sondern nickte nur.

»Was ist los, Caitlin? Warum nimmst du mich derart ins Verhör? Das verstehe ich nicht.«

Es tat mir bereits leid, davon angefangen zu haben. Mit brennenden Wangen drehte ich mich weg und wandte ihm den Rücken zu. Besser, ich beließ es dabei und dachte mir eine andere Möglichkeit aus, ihn zu warnen. Hinter mir hörte ich, wie er schwer, aber beherrscht atmete.

Anscheinend war er fest entschlossen, dort weiterzumachen, wo er aufgehört hatte. Er ließ eine seiner schwieligen Hände unter die Decke gleiten und streichelte mich mit unendlicher Sanftheit; dann küsste er zärtlich die rosafarbene, geschwollene Narbe auf meiner Schulter. Doch die eine Frage führte zur nächsten. Unzählige davon stiegen jetzt in mir auf und verlangten gebieterisch nach einer Antwort.

»Liam«, begann ich widerstrebend, »was hast du für sie empfunden?«

»Warum willst du das wissen, *a ghràidh mo chridhe*?«, murmelte er und ließ seine Hand an meinem Bauch hinaufwandern.

»Ich will es wissen, und ich muss es wissen«, antwortete ich mit rauer Stimme. »Wenn ich nicht in dein Leben getreten wäre, dann läge sie wahrscheinlich jetzt hier in deinem Bett, heute Nacht. Antworte mir.«

Er drehte mich auf den Rücken und betrachtete mich forschend, mit undeutbarem Gesichtsausdruck, als wolle er den Schatten einer flüchtigen Leidenschaft wiederfinden, und ließ sich dann stöhnend auf den Rücken fallen und verbarg das Gesicht in den Händen.

»Caitlin, um Himmels willen! Warum sollen wir unbedingt die Vergangenheit aufrühren?«

»Ich darf dich vielleicht daran erinnern, dass diese Vergangenheit nicht so lange zurück liegt. Antworte mir!«

Ein Weilchen blieb er stumm, als suche er nach der besten Art, seine Erwiderung in Worte zu fassen, dann drehte er sich seufzend zu mir um.

»Du möchtest die Wahrheit wissen? Einverstanden.«

Plötzlich überkam mich ein seltsames Unbehagen, und ich schluckte schwer.

»Ja, ich habe bei Meghan gelegen«, gestand er. »Sie ist sehr anziehend, körperlich meine ich. Außerdem hat sie sich mir selbst angeboten. Ich bin ein normal veranlagter Mann, also …«

Seine Worte zerschnitten mir das Herz wie Rasiermesser. Ich war wütend auf Liam, weil er mir geantwortet hatte, und auch noch so grausam. Warum nur wollte ein Teil von mir immer das wissen, was ich nicht hören wollte? Weil es notwendig war, um meine Zweifel auszuräumen. Die Wahrheit, so schmerzlich sie auch sein mochte, war immer noch besser als der schreckliche Zweifel, der mir zusetzte. Liam räusperte sich.

»Aber weiter ging die Anziehung nicht, die sie auf mich ausübte«, erklärte er entschieden. »Das war eine rein körperliche Angelegenheit. Sie hat mir nichts bedeutet, und das Ganze hat nichts mit dir zu tun.«

»Und das letzte Mal, dass du … bei ihr … gelegen hast, wann war das?«

»Herrgott, Caitlin! Du quälst dich völlig umsonst. Was soll denn diese Geschichte? Vergiss Meghan …«

»Ich kann nicht. Sie erwartet schließlich ein Kind und …«

Liam erstarrte. Die Worte waren mir herausgerutscht. Mit geschlossenen Augen wartete ich darauf, was er sagen würde, doch nichts geschah. Er bewegte sich leicht und rückte dann endgültig von mir ab.

»Und wie lange weißt du das schon?«, fragte er dann.

»Seit dem Tag, bevor ich weggegangen bin.«

»Hat sie es dir gesagt?«

»Ja. Mit offensichtlicher Genugtuung. Allerdings glaube ich nicht, dass sonst noch jemand Bescheid weiß, außer natürlich Effie und sicherlich Isaak.«

Die Matratze bebte. Verstohlen öffnete ich ein Auge. Liam saß mit dem Rücken zu mir auf dem Bettrand und hatte den Kopf in die Hände gestützt. Mein Herz zog sich zusammen. Ich kam mir plötzlich sehr dumm vor. Ich hatte nicht gewollt, dass er es auf diese Art erfuhr. Lieber wäre mir gewesen, er hätte es aus einem anderen Mund gehört als aus meinem.

»Sie hat dir gesagt, es sei von mir?«

»Ja.«

Er zögerte und überlegte.

»Möglicherweise hat sie dich angelogen.«

»Ich weiß, das dachte ich auch; aber jetzt glaube ich es nicht mehr. An dem Tag, als wir von Lochaber zurückkamen, war sie hier und wollte dich besuchen. Offensichtlich hatte sie nicht damit gerechnet, mich hier anzutreffen. Sie war verzweifelt. In diesem Moment war mir klar, dass sie mir die Wahrheit über ... ihren Zustand gesagt hatte. Bleibt abzuwarten, wer der Vater ist.«

»Herr im Himmel!«, keuchte er.

»Liam, sie behauptet, seit etwas über einem Monat schwanger zu sein. Glaubst du ...«

»Ein Monat«, murmelte er leise. »Ein Monat.«

Er rieb sich mit den Händen über das Gesicht. Langsam stand er auf, nahm sein Hemd und zog es an. Meine Ankündigung hatte auf ihn gewirkt wie ein kalter Wasserschwall.

»Warum hast du bis heute damit gewartet, um mir davon zu erzählen?«, fuhr er in vorwurfsvollem Ton fort.

Er sah mich durchdringend an und wartete auf meine Antwort. Er musste ahnen, wie unglücklich ich mich fühlte, doch er wahrte trotzdem seinen Abstand. Seine Augen blitzten, doch die Dunkelheit hinderte mich daran, ihren Ausdruck genau zu erkennen.

»Ich glaube, dass jemand versucht, mich mit einem Fluch zu belegen«, sprach ich weiter. »Ich habe Angst. Es ist möglich, dass Isaak dir etwas antun will. Der Unfall mit dem Messer war vielleicht gar keiner.«

»Unsinn! Warum sollte er etwas gegen mich haben? Wer hat dir nur so etwas eingeredet? Das ist lächerlich, Meghan ist keine Hexe.«

»Liam«, verteidigte ich mich, »ich habe einen Zauber zwischen meiner Wäsche gefunden. Seit einigen Tagen sind Gegenstände verschwunden. Ich bin mir sicher, dass es entweder Meghan ist oder Isaak. Sie kommen ins Haus, wenn wir fort sind, und ...«

»Du wirst sie verlegt haben«, unterbrach er mich schroff.

»So wie du Annas Haarsträhne verlegt hast?«

Schweigend stand er da, den Blick im Dunkel verloren. Ich hatte einen empfindlichen Punkt getroffen. Das Mondlicht, das durch das Fenster einfiel, ließ seine feuchten Locken und seine Körperbehaarung aufleuchten. Seine Brust hob und senkte sich betont langsam.

»Du hättest mir das niemals verschweigen dürfen«, versetzte er hart. »Du wusstest, dass Meghan schwanger ist, und du hast es mir nicht gesagt. Gott im Himmel, Caitlin!«

»Es tut mir leid, Liam … Ich weiß …«

»Ich muss nachdenken.«

Er verließ das Haus, ohne mir auch nur einen letzten Blick zu gönnen.

Gekränkt und beschämt weinte ich in das bereits durchnässte Kissen. Er war mir böse, und ich konnte ihm das nicht einmal vorwerfen. Er hatte Recht, ich hätte ihm Meghans Zustand niemals verbergen dürfen. Aber vielleicht hätte er sie dann trotz allem geheiratet! Ich hatte es nicht gewagt, dieses Risiko einzugehen. Liam war ein aufrichtiger und gerechter Mann, und seine Ehre war für ihn eine Frage von Leben und Tod. Wie hätte er entschieden, wenn er vor der Wahl zwischen seiner Liebe zu mir und seiner Pflicht gegenüber Meghan gestanden hätte? Darüber wagte ich nicht einmal nachzudenken.

Einige Zeit später kehrte er zurück. Das Bett bewegte sich, doch ich blieb reglos liegen, hielt den Atem an und tat, als schliefe ich. Aber Liam ließ sich nichts vormachen. Mit leiser Stimme brach er das Schweigen.

»Was geschehen ist, ist geschehen. Ich kann nichts mehr daran ändern.«

Ich wagte nicht, etwas zu sagen, und wartete auf seine Entscheidung.

»Caitlin, ich kann nicht mit Sicherheit sagen, ob ich der Vater dieses Kindes bin. Wir haben uns gelegentlich getroffen. Nichts Ernsthaftes, ich habe das Tal oft verlassen. Sie hat mein Bett nur einige Male geteilt.«

Ein schwacher Trost …

»Wenn sie wirklich seit einem Monat schwanger ist, dann

schließt das die ersten drei Monate aus, in denen wir Umgang miteinander hatten. Danach bin ich mit Simon auf die Insel Mull gereist. Dort sind wir drei Wochen geblieben. Das letzte Mal müsste … etwas länger als einen Monat zurückliegen, kurz bevor ich … nach Arbroath gegangen bin.«

Ich schluchzte laut auf. Er überlegte laut, ohne Rücksicht auf meine Gefühle zu nehmen. Am liebsten wäre ich geflüchtet, um nichts mehr zu hören.

»Allerdings erinnere ich mich nicht mehr richtig an jene Nacht … Wir hatten getrunken, und … nun ja.«

Mir verschwamm alles vor den Augen, während er in aller Ruhe über seine mögliche Vaterschaft nachdachte.

»Ich schätze, wir haben … Andererseits müsste ich mich doch erinnern … So etwas vergisst man nicht …«

»Hör auf, Liam!«

Er unterbrach sich verlegen, als ihm klar wurde, was er da redete. Ich konnte mich nicht länger beherrschen und brach in Schluchzen aus. Er zog mich an sich und legte seine Wange an meine Stirn.

»Ich liebe dich, *a ghràidh*, das weißt du doch.«

Statt einer Antwort stieg ein seltsamer Kiekser aus meiner Kehle auf.

»Meine Güte, Caitlin! Ich wusste ja, dass ihr Frauen kompliziert seid, aber das jetzt …«

Liam nahm mein Kinn, das krampfhaft zitterte, und hob mein tränenüberströmtes Gesicht zu sich hoch. Zärtlich küsste er meine verweinten Lider.

»Ich habe dich geheiratet, weil ich dich liebe. Nichts wird etwas daran ändern. Verstehst du? Weder Meghan noch das Kind, das sie erwartet. Ich werde dafür sorgen, dass es ihnen an nichts mangelt. Mehr hat Meghan nicht von mir zu erwarten. Was das Kind angeht … ich werde es behandeln, als wäre es meines.«

Seine Stimme war unglaublich zärtlich. Ein neuer Quietschlaut von mir brachte ihn zum Lachen. Er nannte mich sein kleines Schweinchen und schaffte es damit, mir ein schwaches Lächeln zu entlocken.

»Aber jetzt«, fuhr er fort und zwang mich, ihn anzusehen,

»möchte ich wissen, ob es noch etwas gibt, das du vor mir verbirgst und das ich wissen müsste. Ich kann dir nicht wirklich böse sein, weil du mir Meghans Zustand verheimlicht hast, aber ich würde mir wünschen, dass du mir in Zukunft nichts mehr verschweigst.«

Etwas anderes? *Ach, Liam! Ich habe Geheimnisse, die ich dir nicht enthüllen kann.* Ich hatte sie in den dunklen Winkeln meines Herzens verschlossen, weil ich versuchen wollte, sie ungeschehen zu machen. Doch jetzt wusste ich, dass eine Frau gewisse Dinge nicht vergessen kann. Niemals.

»Hat Meghan dir gedroht?«

Ich nickte.

»Dafür wird sie sich vor John verantworten müssen. Und Isaak? Ich weiß, dass er ihr auf Schritt und Tritt folgt. Man könnte glauben, dass er wie besessen von seiner Schwester ist, und jedem, der es wagt, ihr etwas anzutun, die Gurgel durchschneiden würde... Hat er dir etwas Verletzendes gesagt?«

Ein Schauer überlief mich. Liam bemerkte es und zog mich enger an sich.

»Wenn dieser Nichtsnutz jemals versucht, dir etwas zu tun, wird er teuer dafür bezahlen. Er oder ein anderer, ich werde jeden Mann töten, der Hand an dich legt, Caitlin. Du hast nichts zu befürchten.«

Er hatte leise gesprochen, wie zu sich selbst. Jetzt bedeckte er mein Gesicht mit Küssen. Seine Hand suchte die meine, fand sie und drückte sie an die Lippen.

»Du, *a ghràidh mo chridhe,* bedeutest mir alles. *›S tus‹ a tha anail mo bheatha*, du bist mein Lebenshauch, verstehst du?«

»Ich glaube ... schon«, flüsterte ich, während seine andere Hand meinen Körper erforschte.

»*Tha thu mar m' anam dhomh ...*« Du bist meine Seele ...

Er sah mich aus halb geschlossenen Augen an. Mit einem Mal packte er meine Handgelenke, drückte mich mit ausgestreckten Armen auf die Matratze und legte sich auf mich, so dass ich mich nicht mehr rühren konnte.

»Zweifle niemals an meinem Wort, Caitlin.«

Ich wusste nicht, ob er mich einfach beruhigen wollte oder

ob das eher eine Warnung war. Heftig presste er den Mund auf meine Lippen und zwang sie auseinander. Mit einem Mal hatte ich Meghan und ihre Eifersucht vergessen. Genüsslich wand ich mich unter seinem heißen Körper und wölbte stöhnend den Rücken, als er mich in Besitz nahm.

Am nächsten Morgen wurden wir in aller Frühe von einem fürchterlichen Radau geweckt. Jemand trommelte so heftig an die Tür, dass Liam aus dem Bett sprang, sich nicht einmal die Zeit nahm, sich zu bedecken, und hinstürzte. Ich konnte nicht sehen, wer geklopft hatte, aber ich erkannte Sàras Stimme, die verblüfft aufschrie, als sie ihren Bruder nackt vor sich stehen sah. Einige Minuten später kehrte er düster dreinblickend ins Zimmer zurück und begann sich anzuziehen. Offensichtlich war etwas Ernstes geschehen.

Fragend sah ich ihn an. Ich war besorgt.

»Meghan. Sie ist heute Nacht nicht nach Hause gekommen. Effie ist außer sich vor Sorge. Wir machen uns auf die Suche nach ihr.«

»Mein Gott!«, murmelte ich und stellte mir schon die schlimmsten Bilder vor.

Niedergeschlagen drehte er sich zu mir um.

»Wenn du dasselbe denkst wie ich, Caitlin, dann bete für sie.«

Er küsste mich, nahm seine Pistole und seinen Dolch und trat in die neblige Morgendämmerung hinaus.

Länger als vier Stunden durchkämmten die Männer die Hügel, drehten jeden Heidestrauch um, durchforschten Höhlen und untersuchten Gewässer. Der dichte Nebel erschwerte die Suche, und das Gebiet, das sie durchforsteten, war so groß, dass sie eine Woche gebraucht hätten, um es gründlich abzusuchen. Keine Spur von der schönen Rothaarigen. Sie schien sich einfach in Luft aufgelöst zu haben. Effie war verzweifelt.

Liam und einige Männer kehrten zurück, um sich nach Plätzen zu erkundigen, die sie für gewöhnlich aufsuchte. Doch niemand wusste eine Antwort. Meghan unternahm ihre Wanderungen stets allein. Ich war die Einzige, die wenigstens einmal mit ihr gegangen war. Ich führte die Gruppe also zu den Hügeln unterhalb des

Sgòr na Ciche, den die Dorfbewohner auch den Pap von Glencoe nannten, gegenüber dem Loch Leven. Wir hatten eine weitere gute Stunde ohne weitere Ergebnisse gesucht, als Isaak sich plötzlich an eine Höhle erinnerte, die am Nordhang lag.

Wir teilten uns in zwei Gruppen auf. Die erste sollte die Ufer des Loch in Richtung Osten absuchen, und die zweite würde zur Höhle gehen. Isaak führte uns mit festen Schritten. Ich beobachtete ihn, während wir einen steilen Weg erkletterten. In seinem Blick standen Verachtung und Hass. Immer wieder spürte ich, dass er Liam und mir innerlich die Schuld an allem gab, und fürchtete, er könne uns eher in eine Falle locken. Liam ging dicht hinter mir und fing mich auf, wenn ich auf einem losen Stein ausglitt oder wenn ich in den schlammigen Furchen, die den Weg durchschnitten, wegrutschte.

Die Höhle war leer. Doch auf dem Boden lagen noch die Überreste einer Mahlzeit verstreut, die jemand kürzlich eingenommen hatte. Meghan? Gut möglich. Aber genauso gut konnte es sich um Vagabunden handeln. Vielleicht Camerons, die sich bei einem Jagdausflug bis hierher vorgewagt hatten. Liam war angespannt. Isaak verbarg seine Feindseligkeit ihm gegenüber nicht. Und wenn wir umsonst suchten? Vielleicht war Meghan ja einfach weggelaufen. Ich sprach Liam darauf an. Er war unsicher, zögerte aber, die Suche abbrechen zu lassen.

»Aber wenn wir uns irren, Caitlin. Wenn sie wirklich versucht hat…«

Er wagte es nicht auszusprechen, der Gedanke allein war schon eine Sünde.

»Ich glaube es nicht, sie ist zu gewitzt, um so weit zu gehen«, meinte ich. »Ganz bestimmt ist sie weggelaufen. Sie muss genau gewusst haben, dass ich früher oder später entdecken würde, welche Machenschaften sie betrieben hat, um mich einzuschüchtern, und dass sie dann den Preis dafür bezahlen müsste.«

Ich hatte Liam den Vogelfuß gezeigt. Er hatte mir bestätigt, dass er von einem Raben stammte. Ich hegte eine logisch nicht erklärbare Angst vor diesen Vögeln. Unglücksvögel. Todesboten. Ich hatte den unseligen Gegenstand ins Feuer geworfen und zugesehen, wie er verbrannte. Dann hatte ich die Asche zum Fluss getragen und sie hineingestreut. Um mich zu vergewissern, dass sie nicht durch Zauberei wieder aus den Stromschnellen aufsteigen würde, hatte ich anschließend, den Blick auf das strudelnde Wasser gerichtet, lange am Ufer gewartet. Ich hatte mich entsetzlich töricht gefühlt, doch dieses Bedürfnis war stärker gewesen als ich.

Liam glaubte nicht an Zauberkräfte. Alles Aberglaube, meinte er, dasselbe wie die Bauernregeln, nach denen die Landleute ihren Alltag richteten. Die Menschen schufen sich ihr Unglück selbst, versuchten dann aber die Schuld einem Gegenstand oder, noch besser, einer Person zuzuschieben, damit sie nicht die Verantwortung dafür übernehmen mussten.

Ich sah mich außerhalb der Höhle um und tastete mich in der Hoffnung, irgendeinen Hinweis zu finden, durch den Nebel. Die Männer hatten sich zusammengeschart und diskutierten. Ich tat einige Schritte und fand mich am Rand eines steilen Felssturzes wieder. Zwei große Kiesel, die ich losgetreten hatte, stürzten ins Leere und verschwanden in dem Nebelteppich. Von einem leichten Schwindelgefühl ergriffen, wich ich einen Schritt zurück. Dabei erhaschte mein Blick etwas Farbiges. Einen roten Punkt. Vorsichtig prüfte ich die Felskante auf ihre Festigkeit und wagte mich ein Stück vor. Tief unten flatterte an einem Ast ein Stofffetzen.

»Liam!«

Mein Schrei rief ein Echo hervor. Ein ungutes Gefühl sagte mir, dass diese Entdeckung kein gutes Zeichen war. Eine Hand zog mich sanft nach hinten. Liam beugte sich über den Abgrund. Mir blieb fast das Herz stehen, als ich Isaak hinter ihm auftauchen sah.

Isaak wandte sich zu mir und taxierte mich verächtlich. Sein Mundwinkel zuckte kaum wahrnehmbar. Mir wurde klar, dass ihm einen Moment lang die Idee gekommen war, Liam zu stoßen. Dieser Mann war gefährlich. Wortlos richtete Liam sich auf. Auch er hatte den Hauch der Gefahr gespürt und instinktiv die Hand an das Heft seines Dolchs gelegt. Doch er hatte ihn nicht ziehen müssen. Dieses Mal nicht.

Die Männer brauchten fast eine halbe Stunde, um das rote

Stoffstück zu erreichen. Als es nach oben gebracht wurde, riss ich entsetzt die Augen auf, als ich feststellte, dass es mit Blut getränkt war. Das leuchtende Rot wies darauf hin, dass es noch frisch war. Diese Entdeckung machte die Vermutung, sie könne geflohen sein, endgültig zunichte. Simon hatte Spuren auf dem Boden entdeckt, in der Nähe der Stelle, wo er den Stoff, bei dem es sich tatsächlich um ein Kopftuch handelte, gefunden hatte. Die Erde war aufgewühlt gewesen, als hätte jemand einen schweren Gegenstand dort entlang geschleift. Jetzt hatten wir eine Spur, aber keine besonders beruhigende.

Die Blutspuren führten uns bis zum Ufer des Loch. Sie verteilten sich entlang eines wenig begangenen Pfades, der von Dorngestrüpp zugewuchert war, und wirkten, als hätte sie jemand bewusst hinterlassen, damit wir sie sahen. Hier prangte ein Handabdruck an einem weißen Birkenstamm, und dort ein anderer auf einem Felsvorsprung aus grauem Stein. Ich bekam Gänsehaut. Die Menge an Blut, die sich auf dem Weg fand, war beeindruckend. An zahlreichen Stellen auf dem Boden waren große, noch flüssige Lachen zu entdecken. Ich erschauerte vor Entsetzen. Wenn all dieses Blut von Meghan stammte, dann würden wir sie mit Sicherheit nicht lebend wiederfinden. Außerdem war damit die Vermutung ausgeräumt, sie könnte sich etwas angetan haben. Hier handelte es sich um Mord, das war deutlich zu erkennen.

Ein frischer Wind blähte meine Röcke. Ich zitterte. Das ruhige Wasser des Loch allerdings kräuselte sich nur leicht. Über einem kleinen Fischerboot, das plötzlich aus dem Nebel auftauchte, schrien die Möwen. Die Fischer an Bord erkannten die Männer der Gruppe und winkten ihnen. Sie gehörten zum Cameron-Clan aus Glen Nevis, erklärte mir Liam. Ihr Gebiet grenzte an das unsere. Die Beziehungen waren gut, und man tolerierte es, wenn man die Nachbarn auf seinem Territorium antraf.

»Die Spuren enden hier«, erklärte Calum.

»Hier ist das Land zu Ende, mein Junge. Im Wasser lösen sich Blutspuren auf.«

»Meinst du, sie ist ins Wasser gegangen?«

»Denk doch nach. Wenn du so viel Blut verloren hättest, hättest du dann die Kraft gehabt, dich auch nur bis hierher zu schleppen? Man hat sie getragen, und wenn du meine Meinung hören willst, dann liegt sie auf dem Grund des Loch.«

Isaak marschierte am Ufer entlang und trat wütend in die Kieselsteine. »Sie haben sie mit einem Boot weggebracht!«, brüllte er plötzlich. »Da, schaut!«

Eine tiefe Furche hatte sich in den Sand und den Kies eingegraben. Ganz in der Nähe färbte eine letzte Blutspur den Strand wie eine Signatur. Bestürzt sah ich zu Liam auf. Jetzt gab es keinen Zweifel mehr. Man hatte sie in den Tiefen des Loch versenkt. Die Unbekannten hatten bestimmt dafür gesorgt, dass ihr Körper nicht hier in der Nähe an die Oberfläche kommen würde.

Isaak hielt es nicht an einer Stelle. Er rannte zwischen dem Weg und der Stelle, an der man seine Schwester auf ein Boot geladen hatte, hin und her. Immer wieder lief er die Strecke entlang, tobend, fluchend und mit der Stiefelspitze auf den Boden eintretend. In einem letzten Anfall von ohnmächtigem Zorn versetzte er einem Stück Holz einen Fußtritt. Es flog mehrere Meter weit, und ein leicht schimmernder Gegenstand klimperte auf die Kiesel. Isaak erstarrte und hob ihn auf. Es war eine Messingbrosche, wie die Männer sie trugen, um ihre Plaids zu befestigen. Isaak spuckte aus, zog seinen Dolch und reckte ihn zum Himmel.

»*Iffrin!* Zur Hölle! Kind des Teufels, ich ziehe dir die Haut ab, du Hurensohn von einem Campbell!«

Sein Schrei breitete sich über das Wasser aus, hallte in den Hügeln wider und wurde von den Felswänden des Pap zurückgeworfen. Sein unheilverkündendes Urteil war im ganzen Tal zu vernehmen. Wir standen vor Bestürzung wie erstarrt da und wagten nicht, uns zu rühren, um nicht die mörderische Wut, die Isaak ergriffen hatte, auf uns zu ziehen. Er fuchtelte mit der Klinge durch die Luft und stieß sie dann heftig in den Sand, dort, wo das Boot abgelegt haben musste.

»Die Hölle wartet auf dich, Ewen Campbell!«

Isaak war auf die Knie gefallen und verharrte reglos, die Hände um das Heft des im blutroten Sand steckenden Dolchs verkrampft. Nur seine Schultern wurden von heftigem Schluchzen geschüttelt.

In Gedanken versunken saß ich im feuchten Heidekraut und lehnte mich an einen aus dem Boden ragenden Granitbrocken. Liam stand mit vor der Brust gekreuzten Armen einige Meter von mir entfernt und sah über den Loch hinaus. Ich wusste, dass er innerlich anderswo war.

»Denkst du wirklich, dass Campbell Meghan getötet hat?«

»Ich weiß es nicht, Caitlin…«

Die Worte blieben ihm in der Kehle stecken. Wahrscheinlich hatte er das Gefühl, mitverantwortlich für diese Situation zu sein. Er gesellte sich zu mir und setzte sich oben auf den Felsbrocken.

»Zumindest scheinen die anderen das zu glauben.«

»Alles deutet darauf hin. Die Brosche stammt eindeutig aus dem Campbell-Clan«, erklärte er. »Allerdings weist nichts darauf hin, dass sie dem Mörder gehört hätte, oder Ewen Campbell.«

Ich sah zu ihm hoch. Er hatte einen Ellbogen auf das angezogene Knie gestützt und rieb sich die Augen. Ich nahm seine freie Hand, die auf seinem Schenkel lag.

»Liam, dich trifft keine Schuld.«

»Ich weiß, *a ghràidh*, das sage ich mir auch immer wieder. Aber ich mache mir Vorwürfe, weil ich nicht früher mit Meghan gesprochen habe. Vielleicht habe ich, ohne es zu wollen, den Eindruck erweckt, dass ich… Ich habe sie ja gewiss nicht geliebt, aber das hat sie nicht verdient.«

Er warf mir einen bedrückten Blick zu und schüttelte dann hilflos den Kopf.

»Mir tut es leid um das Kind…«, flüsterte ich leise.

Er zuckte die Achseln, ließ meine Hand los und stand auf.

»Gehen wir zurück.«

»Ich komme gleich nach.«

Schweren Schrittes schlug er den Weg zum Dorf ein. Ich blieb noch und betrachtete das dunkle Wasser des Loch Leven. Der Nebel hatte sich gelichtet, aber der Himmel war immer noch trüb und grau, und ein feiner Nieselregen wusch das vergossene Blut fort. Auch ich fühlte mich bekümmert, aber ich weinte nicht. Nun, da Meghan nicht mehr da war, würde mein Leben leichter sein. Doch ich fand keine innere Ruhe. Meghan schlich immer noch um mich herum, beobachtete mich und wartete den richtigen Moment ab, in dem sie sich auf mich stürzen und mir mein Glück entreißen würde. *Sie ist tot, Caitlin!*, sagte ich mir immer wieder. Tot vielleicht, aber nicht begraben…

13

Edinburgh

Die ersten zwei Tage nach der Nachricht von Meghans Tod vergingen in gedrückter Atmosphäre. Isaak sann auf Rache und war in den Hügeln verschwunden. Effie trug schwer an ihrem Schmerz. Die schöne, leichtfertige junge Frau ruhte jetzt für alle Ewigkeit auf dem kalten Grund des Loch. Der dritte Tag zog mit strahlendem Sonnenschein herauf, der die Tränen trocknete. Das Leben machte sein Recht geltend.

Die Männer fuhren zum Heringsfischen hinaus. In den letzten Tagen waren die silbrigen Schwärme gesichtet worden, wie sie unter der dunklen Wasseroberfläche des Loch Leven aufblitzten. Liam hatte sich in aller Frühe zu den Männern auf den Booten gesellt. Ich half den Frauen des Dorfes, die provisorischen Schlachtbänke aufzustellen, auf denen die Fische abgeladen würden, um danach ausgenommen und in den Hütten an Balken gehängt zu werden, wo sie im beißenden Rauch der Torffeuer trocknen würden.

Am selben Morgen hatte Sàra mir einen *Arisaid* geschenkt, einen Tartan aus Wolle, der denen der Männer glich, sich aber durch seine weniger lebhaften Farben und die größeren Karos unterschied – der traditionelle Tartan war den Männern vorbehalten. Die meisten Frauen gebrauchten den *arisaid* als Schultertuch; die Gattinnen der Edelleute allerdings trugen ihn auf die traditionelle Art, das heißt um den Körper geschlungen und unterhalb der Brüste von einem Ledergürtel zusammengehalten. Der Stoff, der im Rücken herunterhing, wurde über die Schultern nach vorn geschlagen und auf der Brust von einer mit Edelsteinen oder Bernstein besetzten Silber- oder Messingbrosche gehalten. Rot gefärbte und mit kleinen Metallstückchen geschmückte

Leinenärmel vervollständigten die Tracht. Ich entschied mich, meinen einfach als Umschlagtuch zu tragen, um mich vor der frischen Brise, die aus Nordwesten wehte, zu schützen.

Sàra war sehr geduldig mit mir. Sie erklärte mir die Sitten und Gebräuche der Highlands, die zu kennen ich verpflichtet war wie jede Highlander-Frau, die etwas auf sich hielt. Vor dem Massaker pflegten die Talbewohner zwischen ihren Dörfern und den Hütten auf der Heide, die als Sommerweide diente, hin- und herzuwandern, weiter in den Osten des Tals, am Eingang von Rannoch Moor, oder auf die sanften Hänge des Buachaille Etive Mor. Man begab sich am Tag nach dem Beltane-Fest dorthin und kehrte erst nach dem Samhain*-Fest im Herbst zurück. Dort verbrachten die Frauen den Großteil ihrer Zeit damit, Käse und Butter herzustellen, Wolle zu spinnen, zu weben und dann die Tartans zu walken, während die Männer – wenn sie nicht gerade Raubzüge auf Argyle-Land unternahmen – das Vieh hüteten, jagten und fischten. Momentan allerdings zog es die kleine Gemeinschaft, die erst seit etwas über zwei Jahren wieder im Tal lebte, vor, in Carnoch zu bleiben, um ihr Leben wieder aufzubauen.

Das Clansystem lehnte sich an die feudale Gesellschaft an. An seiner Spitze stand der Chief, umgeben von seinen Steuereinnehmern oder *Tacksmen*, Männern, die er selbst unter den Mitgliedern seiner Familie auswählte. Jeder davon erhielt einen Teil des Clanterritoriums zugewiesen, den er nach eigenem Gutdünken an die Pächter des Clans, die als Edelleute betrachtet wurden, weitergab. Dies war sozusagen ihr Einkommen in Naturalien, wofür sie, wenn notwendig, ihre Dienste als Krieger zur Verfügung stellten. Dafür war ihnen der Schutz ihrer Familien zugesichert. Diese Notabeln regelten die Geschäfte des Chief und dienten ihm in Kriegszeiten als Offiziere, deren Aufgabe es war, die Männer des Clans zum Kampf aufzustellen.

Der Chief übte eine beinahe absolute Macht über seinen Clan aus, das heißt, er richtete und fällte Urteile; bei sehr seltenen Gelegenheiten konnte das durchaus bis zur Todesstrafe gehen.

* Keltisch-heidnisches Fest, dem Kult des Todesgottes Samhain gewidmet. (Anmerkung der Übersetzerin)

Die Clans erkannten nur ihre eigenen Gesetze an und gefielen sich darin, die von der Krone aufgestellten zu ignorieren, zum großen Verdruss der Schotten aus dem Süden, der Lowlander, die eher nach den englischen Sitten lebten.

Dieses einfache, wenngleich raue Leben gefiel mir. Ein Schatten verdüsterte jedoch dieses Bild: Liam wurde wegen Mordes gesucht. John Macdonald war so großmütig gewesen, ihn nicht aus dem Clan zu verbannen, wodurch er zu einem »gebrochenen Mann« geworden wäre. Doch die Großmut des Chief hatte ihre Grenzen; und die Möglichkeit, dass er irgendwann gegen ihn entscheiden könnte, hing über Liam wie ein Damoklesschwert. Ich genoss also jeden Moment dieses flüchtigen Glücks, das mir zuteil wurde, stets in der Hoffnung, dass es nicht der letzte sein möge.

Allerdings hätte ich nie geahnt, dass sich unser Geschick so rasch wenden sollte. Die Männer waren eine Stunde zuvor zurückgekehrt und hatten den Fisch in Holzkisten herbeigetragen. Ich war soeben dabei, meine fünfte Schnur Heringe aufzufädeln, als zwei Männer auf schweißnassen Pferden in einer Staubwolke auftauchten und Worte brüllten, die ich nicht verstand. Sàra und Margaret, Simons Frau, sahen erschrocken in meine Richtung.

»Eine Abteilung Dragoner nähert sich dem Dorf«, stammelte Sàra, die schrecklich blass geworden war, mit schwacher Stimme.

Mir blieb fast das Herz stehen; Panik wallte in mir auf. Liam war nirgendwo zu sehen.

»Wir müssen Liam finden!«, schrie ich und sprang auf, so dass die Fische mir vor die Füße fielen.

»Lauf und such ein paar Vorräte und die Waffen zusammen«, befahl Sàra in einem Ton, der keinen Widerspruch duldete. »Ich sattle die Pferde. Ihr müsst euch in den Bergen verstecken! Wir treffen uns im Stall.«

»Aber wir müssen Liam suchen!«, wandte ich ein.

»Das werden andere übernehmen!«, rief sie und stieß mich in den Rücken. »Wir haben keine Zeit zu verlieren; die Dragoner werden in wenigen Minuten hier sein. Sie dürfen dich nicht finden… Sie werden dich als Köder benutzen, um Liam zu fangen. Und jetzt lauf!«

Ich nahm die Beine in die Hand und rannte zu unserem Haus. Innerhalb weniger Minuten hatte ich den Proviant in einen Jutebeutel geworfen und Liams schweres Stahlschwert geholt. Seine spanische Muskete musste ich allerdings zurücklassen, da meine Arme schon schwer genug beladen waren. Seinen Dolch und seine Pistole, die er, wenn überhaupt, nur zum Schlafen ablegte, hatte Liam bei sich.

Die Pferde standen bereit. Sàra hatte mir noch eine Decke an den Hinterzwiesel meines Sattels gebunden. Ich warf ihr einen verzweifelten Blick zu. Liam war immer noch nicht da.

»Wenn sie ihn festnehmen…«, stammelte ich mit zitternden Lippen.

»Hab Vertrauen zu ihm. So leicht lässt er sich nicht fangen«, versuchte Sàra mich zu beruhigen. »Du musst aufbrechen, Caitlin. Er wird zu dir stoßen, sobald er kann. Reite das Tal bis zu den Ruinen von Achnacone hinauf, und dann folge dem Fluss, der den Gleann Leac hinunterfließt. Sieh zu, dass du so weit wie möglich kommst. Liam wird dich schon finden; er kennt sich dort mit geschlossenen Augen aus. Nimm Stoirm mit, denn möglicherweise schlägt mein Bruder den Weg über den Meall Mor ein und kann sich sein Pferd nicht mehr holen.«

Sie nahm meine Hände und drückte sie fest.

»*Beannachd Dhé ort*, Caitlin. Möge Gott dich beschützen!«

Rosafarbene und violette Wolkenstreifen überzogen den Himmel, und die Schatten auf dem Boden wurden länger. Ich begann zu verzweifeln. Mehrere Male musste ich mich zurückhalten, um nicht aus meinem Versteck hervorzukommen und ins Dorf zurückzukehren. Ich hatte mich in eine Felsnische geflüchtet, die gerade groß genug für die beiden Pferde und mich war. Jetzt waren schon mehrere Stunden verstrichen, die längsten, die ich je erlebt hatte.

Mir war ganz übel vor Angst. Ich bezweifelte, dass Liam mich jemals finden würde… falls es ihm tatsächlich gelungen war, den Dragonern durch die Finger zu schlüpfen.

Ich lehnte mich mit dem Rücken an den Fels, so dass mich niemand überraschen konnte, und hielt meinen Dolch in Reichweite. Eine weitere Stunde verging. Ich stillte gerade meinen Durst an einer kleinen Quelle, die aus einer Felsspalte entsprang, als ich spürte, dass sich jemand hinter mir befand. Mit gezückter Waffe fuhr ich herum und fand mich Auge in Auge mit Liam wieder, der schweißüberströmt war und völlig erschöpft wirkte.

»Ich dachte schon, ich würde dich vor Einbruch der Nacht nicht mehr finden«, keuchte er und zog mich an sich.

»Wo bist du gewesen?«, stieß ich hervor, und meine ganze aufgestaute Anspannung brach sich in einem Wutanfall Bahn. »Ich warte schon seit Stunden in diesem Felsloch auf dich, ohne zu wissen, ob du … ob du …«

Zornig und verzweifelt schrie ich auf und trommelte mit den Fäusten wie losgelassen auf seine Brust.

»So beruhige dich doch«, gab er zurück und hielt meine Handgelenke fest. »Alles ist gut, es ist jetzt vorüber.«

»Alles ist gut?«, kreischte ich. »Überhaupt nichts ist gut! Ich habe mich gefürchtet, mir war kalt und …«

»Glaubst du vielleicht, ich habe mich damit unterhalten, mit den Ziegen Verstecken zu spielen? Stell dir vor, ich hatte ebenfalls Angst. Diese *Sassanach*-Bastarde saßen mir im Nacken, und ich musste bis hoch ins Gebirge klettern, um ihnen zu entwischen.«

»Lass mich nie wieder allein«, schluchzte ich mit Tränen in den Augen. »Ich ertrage das nicht …«

Liam erstickte mein Klagen, indem er seine Lippen heftig auf meinen Mund presste. Er machte sich an meinen Röcken zu schaffen und versuchte sie hochzuschieben. Dann legte er je eine Hand unter meine Schenkel, spreizte sie und hob mich mit einem Ruck hoch. Brutal nahm er mich in Besitz und presste meinen Rücken gegen die Felswand, die mir ins Fleisch schnitt. Unsere Vereinigung war kurz, aber leidenschaftlich; jeder krallte die Finger in die Haut des anderen und stöhnte wie ein verwundetes Tier. Die Furcht, den geliebten Menschen für immer zu verlieren, schmiedete uns unauflöslich zusammen. Nur wenige Augenblicke später sanken wir erschöpft und zitternd zu Boden.

Die rasende Leidenschaft, mit der wir zusammengekommen waren, hatte alle Ängste, die ich während der vergangenen Stunden ausgestanden hatte, vertrieben. Tiefer innerer Friede erfüllte mich jetzt. Liam hatte den Kopf zwischen meine Brüste gelegt, die er unter meinem halb geöffneten Hemd liebkoste.

»Liam …«, flüsterte ich nach einer Weile.

»*Tuch! Na can an còrr*. Sag nichts mehr«, murmelte er.

Als die Nacht angebrochen war, machten wir uns auf den Weg zu einem Ort, an dem wir sicherer sein würden. Wir wandten uns nach Coire Gaghail, einem Tal, das hoch oben zwischen den Gipfeln Beinn Fhada und Gearr Aonach lag. Der einzige Pfad, über den man es erreichen konnte, war äußerst steil und schwierig und ließ sich mit einem einzigen Baumstamm verbarrikadieren.

Der Himmel war klar, so dass wir unter einem sternenbesetzten Baldachin schlafen würden, aber in dieser Höhe war die Nacht sehr kalt. Unter der Decke schmiegte ich mich fest an Liam. Wir hatten den Proviant verzehrt, den ich bei meiner Flucht hatte mitnehmen können. Morgen würden wir jagen müssen. Wie lange wir uns wohl verstecken mussten? Plötzlich traf mich die entsetzliche Aussicht, dass Liam vielleicht jetzt aus seinem Clan verbannt würde, mit voller Wucht. Wir würden dazu verdammt sein, wie herrenlose Hunde über die Heide zu irren und von dem, was wir stehlen konnten, und von Luft und Liebe zu leben. Wie die Männer des Macgregor-Clans, die im Moment von der Kommission mit Feuer und Schwert verfolgt wurden. Meine Kehle schnürte sich zu, und ich unterdrückte ein Schluchzen.

Liam strich über meine feuchte Wange und zog mich enger an sich.

»Weine doch nicht , *a bhean ghaoil*, meine geliebte Gattin«, flüsterte er mir ins Ohr.

»Ich habe Angst, Liam«, stotterte ich weinend.

»Es ist vorüber, Caitlin, bis hierher kommen sie nicht.«

»Ich fürchte mich aber vor dem, was mit dir geschehen wird, *mo rùin*, mit uns«, gab ich bitter zurück. »John MacIain wird sicherlich nicht so bald gestatten, dass wir unseren Platz im Dorf wieder einnehmen. Nicht, nachdem die Dragoner gekommen sind und dich gesucht haben. Und sie werden zurückkehren …«

Lange schwieg er, doch schließlich meldete er sich wieder zu Wort.

»Ich habe nachgedacht. Wir werden nach Edinburgh gehen. Ich glaube, es ist Zeit, dass du deinen Vater wiedersiehst.«

Ich fuhr abrupt herum, so dass ich ihn ansehen konnte, und widersprach heftig.

»Nein! Mein Platz ist bei dir.«

Das Mondlicht warf scharfe Schatten über sein Gesicht. Er sah mich fest an.

»Hör mich an, Caitlin. Du wirst einige Zeit bei deinem Vater bleiben. Du kannst nicht mit mir auf der Heide leben. Das ist zu hart und außerdem zu gefährlich.«

»Ich will aber nicht, dass du mich zurücklässt. Wenn dir etwas zustößt…«

»Wir haben keine Wahl, eine andere Möglichkeit gibt es nicht.«

»Ich möchte dir helfen, das muss doch irgendwie möglich sein…«

Seine Miene verhärtete sich.

»Du wirst mir gehorchen, Caitlin. Ich habe dir das Versprechen abgenommen, dich nicht in diese Sache einzumischen, und zu diesem Wort wirst du stehen.« Seine unbeugsamen, bedrohlichen Worte standen in der kalten Nachtluft.

Ich vermochte seinem Blick nicht länger standzuhalten, daher schlug ich die Augen nieder und schmiegte mich an ihn. Ich bezweifelte, ob ich zu meinem Versprechen würde stehen können.

Am nächsten Morgen ritten wir noch einmal ins Dorf, um einige persönliche Gegenstände zu holen, und nahmen Abschied von den Menschen, die uns teuer waren. Donald MacEanruigs und Niall MacColl würden uns auf der Reise begleiten.

Ich biss die Zähne zusammen, gab Ròs-Muire die Sporen, so dass sie losgaloppierte. Tränen rannen mir übers Gesicht, während wir Carnoch hinter uns ließen, ohne zu wissen, ob wir je wieder zurückkehren würden.

Nach drei langen, anstrengenden Tagen im Sattel erreichten wir Edinburgh. Wir hatten es vermieden, die Straße zu nehmen, einen Bogen um die Dörfer geschlagen und dem offenen, verlassenen Heideland und den Bergen den Vorzug gegeben. Geschlafen hatten wir in der feuchten Heide, und gegessen, was wir eben fanden.

Liam war die ganze Zeit über schweigsam und angespannt gewesen. Donald dagegen gab den Narren und führte angeberische Reden, um mich aufzuheitern, was ihm gelegentlich auch gelang. Ich begann sogar, einige gute Seiten an ihm zu schätzen. Niall MacColl dagegen kannte ich nicht wirklich gut, ich hatte ihn nur bei einigen Gelegenheiten zusammen mit Liam gesehen. In Carnoch gehörte er zu denjenigen, die über die Ereignisse in Dunning Manor Bescheid wussten. Der junge Mann von zweiundzwanzig Jahren, der wie ein ungehobelter Klotz aussah und eine Zottelmähne hatte, war äußerst redselig. Er war zwar kleiner als Liam oder Donald, aber dennoch stämmig und stark wie ein Stier. Ich hatte keinen Zweifel daran, dass er in der Lage war, jeden Feind mit Leichtigkeit in Schach zu halten.

Ich befand mich also in sehr guter Gesellschaft, als wir bei Einbruch der Nacht in die von Menschen wimmelnde Stadt einritten. Durch das Labyrinth von Straßen und Gassen kamen wir zu einer Taverne, wo wir uns mit Würsten, eingelegtem Hering und Bier stärkten, um dann die Nacht in schäbigen, von Ungeziefer befallenen Zimmern zu verbringen.

Früh am nächsten Morgen begannen wir mit der Suche nach dem Laden, in dem mein Vater arbeitete. Wir arbeiteten uns die Cowgate Street hinunter und die Royal Mile hinauf, um die Goldschmiedewerkstatt schließlich am Lawn Market zu entdecken.

Zwei Jahre waren seit jenem düsteren Morgen vergangen, als mein Vater mich ein letztes Mal umarmt hatte, bevor ich in den mit dem Wappen der Dunnings geschmückten Wagen geklettert war. Seit über einem Jahr hatte ich keinen Brief mehr von ihm erhalten. Zu Beginn hatte ich ihm jeden Monat geschrieben, doch als ich keine Antwort mehr bekam, hatte ich beschlossen, die Feder niederzulegen. Heute würde ich ihn wiedersehen, und ich fühlte mich merkwürdig beklommen. Ich war nicht mehr das junge Mädchen, das er in blindem Vertrauen hatte fortgehen lassen. Seitdem war viel geschehen, und ich nahm es ihm übel, dass er mich den Fängen dieses lüsternen alten Mannes überantwortet hatte. Eine ganze Flut von viel zu lange unterdrückten Gefühlen stieg plötzlich an die Oberfläche, so dass ich wie gelähmt auf der staubigen Straße vor dem Laden stand. Liam spürte meine Unruhe und nahm meine Hand.

»Soll ich mitkommen?«

»Nein, es geht schon«, sagte ich wider besseres Wissen. »Sehe ich gut aus?«, fragte ich und strich meinen Rock glatt.

Ich hatte seit mehreren Tagen in keinen Spiegel mehr geschaut, doch nach dem langen Ritt und durch den Schlafmangel hatte ich wahrscheinlich Ringe unter den Augen. Liam schenkte mir ein zärtliches Lächeln und küsste mich sanft auf die Stirn.

»Du bist sehr schön, *a ghràidh*. Möchtest du wirklich nicht, dass ich dich begleite?«

»Nein, ich glaube, es ist klüger, wenn ich zuerst allein mit meinem Vater spreche. Ich muss ihm alles erklären, und dann komme ich dich holen.«

Ich trat in den Laden, auf dessen Schild die Aufschrift »Carmichael Fine Goldsmith« prangte. Es dauerte einen Moment, bis meine Augen sich an das Halbdunkel gewöhnt hatten. Ein Geruch nach Staub und verschimmeltem Holz hing in der abgestandenen Luft des Raumes. Einigermaßen erleichtert sah ich, dass mein Vater mit einer Kundin beschäftigt war, so dass ich ihn ein Weilchen beobachten konnte, ehe ich ihn ansprach. Er wirkte älter als in meinen Erinnerungen. Sein Haar, das früher tiefschwarz gewesen war, wurde jetzt von silbrigen Fäden durchzogen, und sein Rücken hatte sich unter der Last der Jahre gebeugt. Als die Kundin sich endlich vom Ladentisch abwandte, um zu gehen, tat ich so, als betrachtete ich eine Skizze, die mit Nadeln an der Wand befestigt war. Mir wurde schwindlig.

»Kann ich Euch helfen, Madam?«

Lächelnd schlug er die Augen zu mir auf, und seine Miene erstarrte. Unsere Blicke trafen sich, und dann, von einem Moment auf den anderen, hatte ich den Mann aus meiner Kindheit wiedergefunden, der während der langen Winternächte in der Ecke an der Feuerstelle Balladen für mich gesummt hatte, der mir Kuchen mit Honig und Mandeln brachte, wenn ich krank war und mir drei Zauberküsse auf die Nasenspitze gab, wenn ich mir wehgetan hatte. Meinen Vater.

»Caitlin …«, murmelte er mit zitternder Stimme. »Bist das wirklich du, mein kleiner schwarzer Sturm?«

»Vater …«

Die Worte blieben mir in der zugeschnürten Kehle stecken, und meine Augen wurden feucht. Ich warf mich in seine weit ausgebreiteten Arme und ließ meinem Schmerz freien Lauf, weinte an seiner Schulter meinen ganzen Kummer heraus. Endlich hatte ich meine Familie wieder, mein eigenes Fleisch und Blut. Mehrere Minuten vergingen, bis er sich zum Sprechen entschloss. Er löste sich leicht von mir, um mich zu betrachten. Sein Blick strahlte vor Freude, und seine Hände, mit denen er die meine fest umfasst hielt, bebten.

»Meine Tochter, mein kleines Mädchen …«, flüsterte er. »Ich dachte, ich würde dich nie wiedersehen.«

Vor Rührung verschlug es ihm den Atem. Mit dem abgewetzten Aufschlag seines Ärmels wischte er sich die Tränen ab.

»Ich bin da, Vater. Es gibt so vieles, was du wissen musst. Zwei Jahre … das ist eine lange Zeit, weißt du.«

In diesem Moment sah er den Ring, der an meinem Finger glitzerte.

»Ist das ein Ehering?«, fragte er mit schwacher Stimme und betrachtete das Schmuckstück genauer.

Dann ließ er abrupt meine Hände los und sah mich besorgt an.

»Du bist verheiratet?«

»Ja, seit zwei Wochen.«

»Zwei Wochen?«, rief er aus und zog die Augenbrauen hoch.

Er zog ein mürrisches Gesicht.

»Hat man dich auf irgendeine Weise dazu gezwungen?«, fragte er dann niedergeschlagen.

»Nein, Vater«, versicherte ich ihm lächelnd. »Wir lieben uns, so wie Mutter und du.«

Erneut ergriff er meine Hand, inspizierte den Ring mit fachmännischem Blick und strich mit der Spitze des Zeigefingers darüber.

»Ein *Claddagh*, und eine gute Arbeit. Das ist das Werk eines geschickten Kunsthandwerkers. Darf ich denn erfahren, wie der Mann heißt, der mir meine Tochter weggenommen hat?«, fragte er ein wenig barsch.

»Liam Macdonald.«

»Macdonald?«, rief er ungläubig aus. »Caitlin, du hast diesen … diesen Mann geheiratet, der angeklagt ist, Lord Dunning grausam ermordet zu haben? Was hast du getan, meine Tochter?«

»Er hat ihn nicht getötet, Vater«, schrie ich jetzt ebenfalls.

»Du glaubst, was er dir erzählt? Caitlin, du bist wirklich einfältig, dieser Mann hat …«

»Ich weiß, was er getan hat und was nicht, Vater! Ich weiß es, weil …«

Ich unterbrach mich und schlug die Hand vor den Mund, damit mir die furchtbare Wahrheit nicht entschlüpfte. Sollte ich es ihm sagen? Was würde er von mir denken, seiner kleinen Tochter, die er für so unschuldig und arglos hielt? Plötzlich stand eine Mauer zwischen uns, und ich fragte mich, ob ich die Kraft aufbringen würde, sie niederzureißen.

»Es ist schwer zu erklären …«

Die Tür öffnete sich und ließ einen Kunden sowie den Straßenlärm ein.

»Ich bedaure, aber wir haben geschlossen«, erklärte mein Vater dem erstaunten Mann.

»Aber ich …«

»Kommt morgen wieder, Sir, heute haben wir geschlossen«, fiel er ihm in einem Ton ins Wort, der keinen Einwand zuließ.

Der Kunde betrachtete uns einen Moment lang und machte sich dann murrend davon. Sobald die Tür sich hinter ihm geschlossen hatte, schob mein Vater den Riegel vor. Dann blieb er einen Augenblick lang reglos vor dem Fenster stehen und sah nach draußen.

»Mit wem bist du hergekommen?«, fragte er ohne Umschweife.

»Mit Liam und zwei anderen Männern aus seinem Clan.«

Immer noch beobachtete er durch das schmutzige Fenster das, was ihn so in Erstaunen versetzte.

»Wo befindet er sich in diesem Moment?«

»Er wartet vor dem Laden auf mich.«

Langsam wandte er sich zu mir um. Seine Augen wirkten so rund wie Untertassen.

»Du meinst, du hast diesen Riesen im Rock geheiratet, der vor meiner Tür Posten bezogen hat?«

»Das ist kein Rock, Vater, sondern ein Kilt, das weißt du ganz genau. In Belfast gab es doch auch Schotten, und du wirst nicht behaupten, dass du in Edinburgh noch nie einen Highlander gesehen hast.«

Er musterte Liam noch eine kleine Weile mit väterlich kritischem Blick und wandte sich dann wieder zu mir.

»Behandelt er dich wenigstens gut?«

»Ja, Vater, du brauchst dir keine Sorgen zu machen. Mir geht es besser als je zuvor in den letzten zwei Jahren.«

Die Worte blieben mir im Hals stecken, und mein Vater sah fragend zu mir auf.

»Ich glaube, wir haben uns wirklich viel zu erzählen«, seufzte er. »Ich werde den Laden schließen. Carmichael ist noch bis Ende der Woche in Glasgow, und er wird sicherlich nichts dagegen haben, wenn ich ein paar Stunden zumache, um Wiedersehen mit meiner Tochter zu feiern.«

Liam erwartete uns unauffällig im Schatten eines Portals. Donald und Niall waren verschwunden, wahrscheinlich um sich ein *dram* Whisky schmecken zu lassen und hübsche Schankmädchen zu beäugen. Als ich die beiden vorstellte, musterte mein Vater seinen Schwiegersohn argwöhnisch. Liam blieb völlig gleichmütig und beschränkte sich darauf, Fragen mit »ja, Sir« und »nein, Sir« zu beantworten. Doch nach einiger Zeit trat ein amüsiertes Glitzern in die Augen der beiden Männer, die sich gegenseitig abschätzten. Endlich konnte ich freier atmen.

Die Taverne war überfüllt und die Luft zum Schneiden. Wir hatten uns in eine Nische geflüchtet, wo wir vor neugierigen Blicken sicher waren. Trotzdem huschten Liams Augen ständig durch den Raum, als befürchte er, Soldaten könnten plötzlich auftauchen. Für kurze Zeit hatte ich einen kleinen, profanen Umstand vergessen: Er wurde wegen Mordes gesucht, und für jemanden, der sich auf der Flucht befand, war Edinburgh, der Sitz der Krone in Schottland, bestimmt nicht der sicherste Ort, um herumzuspazieren oder bei einem Becher Bier zu plaudern.

Das Serviermädchen war gegangen, nachdem sie es nicht versäumt hatte, ihre Rundungen unter Liams Nase zur Schau zu stellen, und ich begann zu erzählen, was ich während der beiden letzten Jahre erlebt hatte, wobei ich bewusst einige Einzelheiten ausließ, von denen ich vermutete, dass sie für einen Vater zu schwer zu verkraften waren.

Schweigend an die Wand gelehnt, lauschte Liam mir. Ich wusste, dass er nervös war, obwohl er äußerlich einen gewissen Gleichmut an den Tag legte. Vater dagegen war nach meinem Bericht niedergeschmettert, denn er fühlte sich schuldig, seine einzige Tochter diesem alten, lüsternen Schwein Dunning zum Fraß vorgeworfen zu haben.

»Ich habe in diesem Moment nicht nachgedacht, Vater… Ich wollte ihn nicht töten, aber er hat mir zu wehgetan, ich musste…«

»Schluss!«, schrie Kenneth Dunn gepeinigt auf. »Ich will gar nicht wissen, was er dir angetan hat, das ist zu schwer…«

Seine Stimme brach, und er versuchte vergeblich, seine Tränen zurückzuhalten. Liam wandte sich ab und erhob sich taktvoll unter dem Vorwand, die Latrine aufzusuchen. Ein Mann mag es nicht, wenn ein anderer Mann ihn weinen sieht.

»Es ist Liam gewesen, der mich aus dieser Hölle befreit hat«, fuhr ich fort und sah in mein Bier, das ich kaum angerührt hatte. »Er konnte aus seiner Zelle entkommen, und dann haben sich auf der Flucht unsere Wege gekreuzt. Er hat mich… mitgenommen, ich wollte nicht in Tolbooth landen und darauf warten, abgeurteilt zu werden… Auf dem Weg nach Glencoe bin ich verletzt worden. Seine Schwester Sàra hat mich bis zu meiner Genesung aufgenommen. Und dann ist eben geschehen, was geschehen musste. Ich liebe ihn, Vater, und er erwidert meine Gefühle.«

»Als man mir die Nachricht brachte, du seiest entführt worden, hatte ich das Gefühl, mir würde das Herz herausgerissen«, sagte mein Vater und trocknete sich die Augen. »Warum hast du nichts gesagt? Ich habe mir solche Sorgen gemacht. Fast wäre ich nach Dunning Manor gefahren, um dich zu besuchen…«

»Ich habe dir doch geschrieben, Vater! Jeden Monat! *Du* hast mir nie geantwortet …«

»Aber ich habe nie aufgehört, dir Briefe zu schicken, meine Tochter!«

Er nahm einen großen Schluck Bier und knallte seinen Becher wieder auf den Tisch. Jetzt begriff ich.

»Also … wenn du mir immer wieder geschrieben hast …«

»Lord Dunning.«

»Herrje! Er hat unsere Briefe abgefangen. Er wollte nicht, dass du erfährst …«

»Oh, Caitlin, gütiger Gott! Wirst du mir je verzeihen können?«

Ich nahm seine Hände. Ich liebte die Hände meines Vaters. Sie waren rau und von kleinen Blasen und zahlreichen Schnitten überzogen, aber sie schufen so wunderbare Dinge. Künstlerhände, geschickt, präzise, nach Vollkommenheit strebend. Als Kind hatte ich oft den Gedanken gemocht, dass Gottes Hände ihnen ähneln mussten. Sanft und zärtlich umarmte ich ihn.

»Vater, ich liebe dich. Eine Zeit lang war ich böse auf dich, das stimmt. Dunning hat mir einen Teil meines Lebens gestohlen, aber jetzt habe ich Liam. Ich weiß nicht, was aus mir geworden wäre, wenn ich ihn nicht getroffen hätte.«

Mein Vater schlug die Augen nieder und schnupfte. Sein Zeigefinger strich über den Goldreif, der meinen Finger umspannte.

»Es ist ja nicht so, dass ich deinen Erzählungen keinen Glauben schenken würde«, meinte er zögernd, »aber diese Highlander sehen oft so barbarisch aus. Wenn ich mir meine Tochter in den Händen eines dieser Grobiane vorstelle … Meine Sorge ist mehr als berechtigt.«

»Ja, das muss ich zugeben«, antwortete ich lächelnd, weil ich an meine erste Begegnung mit Liam dachte, bei der er mir, ehrlich gesagt, auch nicht viel Vertrauen eingeflößt hatte! »Aber ich kann dir versichern, dass er sehr gut zu mir ist.«

»Also wird Liam jetzt wegen deiner Tat angeklagt, womit deine Lage sich nicht wirklich verbessert hat, da du inzwischen mit ihm verheiratet bist!«

»Ich weiß«, flüsterte ich betrübt.

»Was wollt ihr anfangen? Du wirst mir zustimmen, dass Edinburgh kein guter Platz ist, um sich zu verstecken.«

»Er möchte, dass ich so lange bei dir bleibe, bis er eine Lösung für unser Problem gefunden hat. Natürlich nur, wenn es dir recht ist.«

»Das ist doch das Mindeste, das ich für dich tun kann, meine Tochter. Ich werde in der Werkstatt schlafen, und ihr nehmt mein Zimmer.«

»Was ist eigentlich mit Patrick und Matthew?«

»Ich sehe sie nicht besonders oft, verstehst du«, erklärte er matt. »Patrick ist sehr beschäftigt mit seinen politischen Geschichten. Er verkehrt in den Salons und den gut besuchten Tavernen und wohnt inzwischen in Marlin's Wynd. So, wie er redet, habe ich den Eindruck, dass er sich am Rande der jakobitischen Zirkel bewegt.«

Er nahm noch einen Schluck Bier und sah sich besorgt um.

»Ich vermeide es, mit ihm darüber zu sprechen, denn ich will ihn nicht in Schwierigkeiten bringen. Die Jakobiten werden von der Regierung nicht besonders geschätzt.«

»Ich weiß.«

»Was Matthew angeht, so ist es eher seine enge Beziehung zum Whisky, die mir Sorgen bereitet. Der Krieg hat ihn nicht umgebracht, aber ich fürchte, dass es dem Alkohol gelingen wird. Ich treffe ihn nur ab und zu in einer dieser billigen Tavernen.«

Seine Augen verrieten eine tiefe Trauer.

»Und du, Vater, wie geht es dir?«

»Mir? Ach, das geht schon, mein Kleines. Carmichael bezahlt mich einigermaßen gut. Ich mag meine Arbeit. Mein Zimmer ist behaglich, wenngleich klein, aber die Wirtin, Mrs. Hay, ist eine Köchin, die ihresgleichen sucht. Ich glaube sogar, dass sie eine Schwäche für mich hat«, setzte er strahlend lächelnd hinzu.

»Aber Vater!«, rief ich in gespielter Empörung aus.

»Du weißt genau, dass niemand je den Platz deiner Mutter in meinem Herzen einnehmen wird«, erklärte er leicht melancholisch. »Doch ich muss gestehen, dass mir gelegentlich die Wohltaten weiblicher Gesellschaft fehlen, verstehst du?«

Die fragliche Mrs. Hay war in der Tat sehr liebenswürdig, und ihre Kochkünste waren über jeden Zweifel erhaben. Während ich den letzten Bissen ihres Rinderragouts mit Zwiebeln verspeiste, überlegte ich, dass ich mir unbedingt einige ihrer Rezepte notieren musste, bevor ich wieder abreiste.

Sie hatte sich einverstanden erklärt, uns beide, Liam und mich, zu beherbergen, unter der einzigen Bedingung, dass mein Vater damit einverstanden war, in ihrer Abstellkammer zu nächtigen. Vater hatte Recht, sie hatte ein Auge auf ihn geworfen. Sie umkreiste ihn wie eine Spinne, die ihr Netz um ihre Beute spinnt. Bald würde mein Vater nicht mehr ohne diesen gemütlichen Kokon auskommen können, und dann... Doch ich erriet ziemlich rasch, dass mein Vater mehr als willig und zufrieden mit seinem Los war.

Nach dem Mittagessen ging Liam, um Donald und Niall zu treffen, die er über die neuesten Ereignisse ins Bild setzen wollte, und sich um die Pferde zu kümmern. Vater kehrte in den Laden zurück, während ich im Zimmer blieb und mich ausruhte. Mrs. Hays Haus lag in Cowgate. Es war ein schmales Gebäude mit drei Etagen, eingezwängt zwischen dem Laden eines Schneiders und einem Privathaus. Die Besitzerin bewohnte die untersten beiden Etagen und vermietete die dritte und das Dachgeschoss. Der Mietpreis schloss die Mahlzeiten, das Saubermachen und die Wäsche ein.

Mrs. Hay war Witwe. Ihr Gatte, ein wohlhabender Weinhändler, war vor ungefähr fünf Jahren von einer Kutsche überfahren worden. Die Natur hatte ihr ein angenehmes Äußeres verliehen, und ihre drallen Formen zogen trotz ihrer zweiundvierzig Jahre noch immer die Blicke der Männer auf sich.

Ich war nicht mehr an den ständigen Hintergrundlärm einer Großstadt gewöhnt und konnte nicht einschlafen. Also beschloss ich, auszugehen und meine Bekanntschaft mit der Stadt zu erneuern, in der ich kurze Zeit gelebt hatte, bevor ich nach Dunning Manor gegangen war.

Dunning Manor... Seit unserem Aufbruch aus Glencoe ging mir dieser Name im Kopf herum. Nur wenige Stunden mit der Postkutsche trennten mich von den Außenbezirken von Dundee. Liam hatte mir in aller Form verboten, noch einmal dorthin zurückzukehren, aber ich brauchte ihm ja nichts davon zu verraten…

Ich schlenderte durch die engen, düsteren Straßen der wichtigsten Stadt Schottlands. Hier trafen alle möglichen Gegensätze aufeinander: die Eleganz der nach der neuesten Mode aus Versailles gekleideten Adligen und die nüchterne Strenge der protestantischen Asketen; die auffälligen Aufmachungen und gut präsentierten Rundungen der leichten Mädchen und die schmutzigen Bettler, die sich nicht schämten, Ladies aus guter Familie um Geld anzugehen. Ebenso breit war die Palette der Gerüche. Einmal lief mir das Wasser im Mund zusammen, wenn die köstlichen Düfte von frischem Brot oder gebratenem Fleisch meine Geschmacksknospen anregten, und im nächsten Moment drehten mir die übel riechenden Dünste, die von dem allgegenwärtigen Unrat aufstiegen, den Magen um.

Ein Händler verfolgte eine Bande rotznäsiger, zerlumpter Bengel und brüllte dabei Beschimpfungen, die mir das Blut in die Wangen steigen ließen. Ich wurde angerempelt und fiel beinahe rücklings auf einen Stand mit übel riechenden Fischen, als eine Hand mich gerade noch auffing. Als ich wieder fest auf den Beinen stand, richtete ich mich auf, um meinem Retter zu danken, und stieß beinahe mit der Nase gegen einen scharlachroten Rock, der mit goldenen Knöpfen und Schnüren besetzt war. Eine englische Dragoneruniform.

»Ah, was für eine nette Überraschung, Mistress… O'Donnell. So lautet doch Euer Name, oder?«, fragte Captain George Turner und neigte das Haupt.

Verblüfft riss ich die Augen auf und hielt mich an dem Holztisch fest, weil ich fürchtete, meine Beine würden unter mir nachgeben.

»Ja…«, stammelte ich und schluckte.

»Ich hatte mich schon gefragt, wo Ihr geblieben wart. Meine Männer haben das Unterholz durchsucht, doch Ihr wart wie vom Erdboden verschluckt. Wir haben uns Sorgen gemacht, doch ich stelle höchst erfreut fest, dass es Euch gut zu gehen scheint.«

»In der Tat, ich… ich habe mich ein wenig zu weit in den Wald gewagt und mich verlaufen.«

»Verlaufen?«, wiederholte der Captain mit argwöhnischer Miene. »Wenn Ihr es sagt. Wichtig ist nur, dass Ihr gesund und munter seid. Ich hätte mir Vorwürfe gemacht, wenn Euch etwas zugestoßen wäre.«

»Wie Ihr feststellen könnt, bin ich bei bester Gesundheit und wohlbehalten«, versetzte ich ein wenig gereizt. »Wenn Ihr mich jetzt bitte entschuldigen würdet, ich muss heim, ehe mein Vater sich Sorgen macht. Es war mir ein Vergnügen, Euch wiederzusehen …«

Ich wollte Fersengeld geben, doch er hielt mich am Arm fest und lächelte hinterhältig.

»Lasst Euch von mir nach Hause begleiten«, sagte er scheinheilig. »Eine hübsche junge Frau wie Ihr sollte nicht allein durch diese Straßen voller Ungeziefer und menschlichen Abschaum gehen.«

Seine nussbraunen Augen inspizierten mich von Kopf bis Fuß. Ich musste ihn irgendwie loswerden.

»Ich komme ganz gut allein zurecht, vielen Dank«, gab ich zurück und wandte mich zum Gehen.

Die Hand des Mannes schloss sich um meinen Arm und zog mich brutal an seinen Körper. Wütend versuchte ich mich loszumachen, doch vergeblich.

»Ich bin kein Mann, der sich so leicht an der Nase herumführen lässt, Mistress«, erklärte er mit angespannter Stimme. »Ich weiß, dass Ihr mir etwas verbergt. Versteht Ihr, im Lauf der Jahre habe ich gelernt, aus Gesichtern das zu lesen, was die Worte nicht verraten wollen; und Euer Antlitz ist nicht nur sehr angenehm anzusehen, sondern auch wie ein offenes Buch.«

»Lasst mich los«, stieß ich zwischen den Zähnen hervor. »Ich habe Euch nichts zu sagen, und Ihr habt kein Recht, über mich zu verfügen.«

Er musterte mich herablassend und ließ mich dann abrupt los.

»Das stimmt, jedenfalls im Moment«, gestand er widerwillig zu. »Aber ich weiß, wer Ihr seid, Mistress Dunn.«

Ich fühlte, wie die Farbe aus meinem Gesicht wich.

»Ich habe Eure Stute zu ihrem Besitzer zurückgebracht«, fuhr er mit geheuchelter Freundlichkeit fort. »Ich hatte bemerkt, dass

Ihr der Beschreibung entspracht, die man mir von Euch gegeben hatte. Es gibt nicht viele Irinnen mit pechschwarzem Haar und meergrünen Augen, die auf den Straßen der Highlands herumziehen. Dann hat man Euch wohl freigelassen … oder seid Ihr ganz einfach weggelaufen?«

Aus heiterem Himmel rief mich plötzlich ein hohes Stimmchen an. Mrs. Hay kam herbeigetrippelt und winkte mir aufgeregt zu.

»Mrs. Macdonald! Mrs. Macdonald, wir suchen Euch schon überall! Euer Bruder ist gekommen!«

Mir gefror das Blut.

»Macdonald?«, murmelte Turner sichtlich erstaunt. »Aber was in aller Welt …«

Unsere kleine Plauderei war zu Ende. Ich raffte meine Röcke und nahm die Beine in die Hand, doch der Captain war mir auf den Fersen. Ich rannte in das Gassenlabyrinth des Cowgate-Viertels, konnte meinen Verfolger aber nicht abschütteln. In dem Moment, als er mich fast eingeholt hatte, kam mir der Himmel zu Hilfe. »Achtung, Putzwasser!«, hörte ich jemanden rufen, und dann stieß hinter mir jemand einen heftigen, gebrüllten Fluch aus.

Ich bremste meinen Lauf und wandte mich keuchend um. Mir bot sich ein urkomisches Bild, das mir vage vertraut war. Captain Turner tropfte, und in seinen Haaren hingen mehr oder weniger zweifelhafte Abfallreste. Er kochte vor Wut, und sein Gesicht war ebenso scharlachrot wie sein Rock. Während er damit beschäftigt war, eine Flut von Beschimpfungen mit dem Unbekannten, der mich gerettet hatte, auszutauschen, ergriff ich die Gelegenheit und machte mich lachend aus dem Staub.

Bei Mrs. Hay hatten Liam und Patrick bereits Bekanntschaft geschlossen und waren in ein lebhaftes Gespräch vertieft. Die Wirtin warf mir einen besorgten Blick zu, doch ich bedeutete ihr, nichts zu sagen. Sie nickte und kehrte in die Küche zurück.

»Patrick!«, rief ich fröhlich aus und trat in den Salon.

Mit strahlendem Gesicht drehte mein Bruder sich um. Wir umarmten und küssten uns stürmisch.

»Caitlin, meine kleine Klette …«, rief er aus und schob mich ein Stück zurück, um mich besser anschauen zu können.

Ich stieß ihm den Ellbogen in den Magen.

»Nenn mich nicht länger so, Pat«, murrte ich. »Denk daran, dass du selbst immer darauf bestanden hast, mich zu deinen Streichen mitzunehmen. Wenn die Geschichte nämlich schlecht ausging, hast du dafür gesorgt, dass ich die Strafe abbekam.«

»Ich weiß.«

Er nahm meine Hände und führte sie an die Lippen.

»Ich bin so glücklich, dich wiederzusehen, Kitty. Ich habe heute Nachmittag im Laden vorbeigeschaut, um Vater zu besuchen. Er war außer sich vor Freude. Er hat mir berichtet, dass du verheiratet bist.«

Leicht verlegen räusperte er sich.

»Er hat mir auch von der … Sache mit Dunning erzählt. Geht es dir wieder gut?«

»Ja, das wird schon wieder«, antwortete ich mit einem schwachen Lächeln. »Ich sehe, dass du dich bereits mit Liam bekannt gemacht hast.«

»Allerdings, und als würdiger Bruder habe ich ihm ein paar gute Ratschläge erteilt.«

Er legte eine Pause ein und schenkte mir sein berühmtes verschmitztes Lächeln.

»Ich sehe, dass du zu hohen Zielen strebst«, flüsterte er. »Du hast aber noch viel zu tun, bis du den hier in die Tasche stecken kannst.«

»Also, Patrick, du wirst dich nie ändern!«

Ich schüttete mich vor Lachen aus.

»Lass dich nicht von dem Unsinn beeindrucken, den mein Bruder erzählt, Liam. Er hat schon immer ein loses Mundwerk besessen.«

»Dann hoffe ich, dass er das Schwert ebenso gut führen kann wie seine Zunge. Das wird ihm in den Highlands gewiss nützlicher sein. Bei uns werden Schöngeister nicht alt, wenn sie sich nur mit Worten verteidigen können.«

Ich schloss das Fenster des Zimmers, da der sintflutartige Regen, der die Stadt rein wusch, auch das Parkett überflutete und rutschig machte. Ich wischte den Boden mit dem Tuch, das ich benutzt hatte, um meine Haare zu trocknen, und ging wieder ins Bett, wo Liam auf mich wartete. Ich ließ mich neben ihn gleiten und schmiegte mich an ihn. Seine warmen Hände streichelten meinen Rücken und meinen Nacken, die noch feucht waren.

»Ich mag deinen Bruder gut leiden«, meinte Liam nachdenklich.

»Ganz bestimmt mag er dich auch.«

Mit der Fingerspitze zog ich den schmalen Haarstreifen nach, der von seinem Nabel nach oben verlief, bis er in seine weiche Brustbehaarung überging. Seine Bauchmuskeln zogen sich zusammen, und zugleich stieg ein leises Stöhnen in seiner Kehle auf.

»Dein Vater... Da weiß ich noch nicht recht, was ich denken soll. Ich fühle mich in seiner Anwesenheit immer etwas beklommen. Als ich dich nach dem Mittagessen geküsst habe, kurz bevor er ging, da dachte ich schon, er würde mir an die Gurgel gehen. Bist du dir ganz sicher, dass du ihm gesagt hast, dass wir Mann und Frau sind?«

Ich lachte leise.

»Was würdest du tun, wenn ein Mann, den du nicht kennst, der aber ziemlich zwielichtig aussieht, vor deinen Augen deine Tochter küssen würde?«, fragte ich und schlug mein Bein über seines.

Er tat, als überlege er eine Weile.

»Ich glaube, ich würde ihm die Prügel seines Lebens verpassen«, erklärte er dann mit tiefernster Miene.

Sein raues Lachen brachte die Matratze zum Beben. Mit einem Finger zog er genüsslich meine Flanke nach.

»Und wenn ich wüsste, dass er dieselben Absichten hätte wie ich in diesem Moment... Ich glaube, ich würde ihn umbringen.«

»Liam«, seufzte ich, während seine Finger über meinen Körper glitten. »Das ist ein wenig... kurz gedacht... Oh!... Findest du nicht?«

Ich rekelte mich und schloss die Augen.

»Ah! *A ghràidh mo chridhe,* du kennst eben meine Wünsche nicht.«

»Oh, und ob ich die kenne!«, prustete ich und stieß ihn leicht zurück. »Manchmal frage ich mich, ob du überhaupt etwas anderes als das im Kopf hast.«

Kichernd wich ich der vorwitzigen Hand aus, die unter den Laken herumhuschte und mich fest an ihn drückte. Mit einem Mal wurde Liam ernst. Ich ahnte, dass er schlechte Nachrichten für mich hatte.

»Ich breche morgen auf, Caitlin«, sagte er langsam und versuchte, mich dabei nicht anzublicken.

Ich hatte das Gefühl, dass seine Worte herabsausten wie ein Fallbeil. Eilig richtete ich mich auf, um ihm in die Augen zu sehen.

»Nicht schon morgen, nein, das ist zu früh«, widersprach ich mit zitternder Stimme.

»Anders geht es nicht; es ist zu gefährlich, wenn ich hier bleibe. In der Stadt wimmelt es von Soldaten. Ich weiß dich in Sicherheit, und darauf kommt es im Moment an.«

Vor meinem inneren Auge sah ich Captain Turners Gesicht. Im Grunde meines Herzens wusste ich, dass Liam Recht hatte. Dennoch, die Vorstellung, allein zurückzubleiben und ihn womöglich nie wiederzusehen, jagte mir entsetzliche Angst ein.

»Ich will mit dir gehen, Liam«, flehte ich.

»Sei doch vernünftig, Caitlin. Ich kann dich nicht mitnehmen; darüber waren wir uns doch einig. Du bist hier bei deinem Vater besser untergebracht. Patrick wird mich begleiten und …«

»Patrick? Warum er?«

»Er kann mir möglicherweise helfen. Ich habe ihm von unserem kleinen Problem erzählt.«

»Kleines Problem, ha …«, murrte ich. »Wie lange?«

»Ich weiß es nicht, *a ghràidh.* Zwei Wochen, vielleicht auch länger … So lange, wie es eben dauert.«

»So lange halte ich das nicht aus!«

»Ich werde versuchen, gelegentlich zu kommen, oder ich schicke jemanden, der mir Nachricht von dir bringt.«

Ich ließ mich auf das Kissen zurücksinken und schloss resigniert die Augen. Der Regen trommelte heftig gegen die Fensterscheiben. Liam beugte sich über mich, küsste mich sanft und sah mich dann betrübt an.

»Ich liebe dich so sehr, dass ich für dich durch die Flammen der Hölle gehen würde.«

»Und ich würde dir folgen, *mo rùin.*«

Als ich am nächsten Morgen erwachte, war seine Seite des Betts leer und kalt. Erst jetzt weinte ich, bis ich keine Tränen mehr hatte.

14

Ein Versprechen wird gebrochen

Fünf Tage waren seit Liams überstürztem Aufbruch schon vergangen. Ich versuchte mehr schlecht als recht, die langen, leeren Stunden damit auszufüllen, dass ich Mrs. Hay – die darauf bestand, dass ich sie Edwina nannte – bei allen Arbeiten zur Hand ging, die in ihrem Haushalt anfielen.

Außer meinem Vater lebten dort noch drei weitere Mieter. Der Erste, der dieselbe Etage bewohnte wie Vater, war Mr. Robert Sinclair, ein kleiner Mann, dessen Korpulenz eindeutig darauf hinwies, dass er gutem Essen und gutem Wein zugetan war. Er legte eine unerschütterliche gute Laune an den Tag und belebte unsere abendlichen Mahlzeiten, indem er den neuesten Klatsch, der in der Stadt umging, kolportierte. Mr. Sinclair war von Beruf Teilhaber einer Bank, und sein Zimmerchen war nur eine Art zweiter Wohnsitz, den er in Edinburgh unterhielt. Er besaß ein Anwesen im Tweed-Tal, in der Nähe von Peebles, wo seine Gattin und seine fünf Kinder lebten.

Der zweite Mieter war ein Student der Universität Edinburgh. John Colin Macdiarmid war ein schüchterner junger Mann von zweiundzwanzig Jahren und nahm sehr selten an unseren Mahlzeiten teil. Er zog es vor, sich mit seinem Teller in seinem Zimmer zu verkriechen und die Nase in die Bücher zu stecken.

Dem dritten Mieter war ich seit meiner Ankunft nur einmal begegnet. Philip Kerr, ein älterer Herr, litt an einer geheimnisvollen Krankheit, die ihn seit fast sechs Monaten ans Bett fesselte. Zweimal pro Woche kam ein Arzt, um ihn zur Ader zu lassen und weitere Kuren mit ihm durchzuführen, die ich sämtlich barbarisch fand und deren Wirkung ich anzweifelte. Edwina hatte mir anvertraut, dass der Arzt ihm nur noch ein paar Tage, höchstens aber eine oder zwei Wochen zu leben gab.

Wie jeden Morgen waren wir nach einer reichlichen Schale heißen Porridges zum Markt aufgebrochen. Ich trug einen Korb über dem Arm, und Mrs. Hay als gewiefte Geschäftsfrau inspizierte alle Waren auf das Genaueste und feilschte hartnäckig, bevor sie etwas erwarb. Anschließend begaben wir uns mit unseren Einkäufen beladen nach Grassmarket, wo Edwina die Kräuter für ihre Tees bezog. Das Viertel lag am Fuß des Felsens, auf dem das Schloss von Edinburgh errichtet war, und bot eine beeindruckende Aussicht auf die Festung.

Als wir uns diesem Teil der Stadt näherten, vernahmen wir ein dumpfes Volksgemurmel, das sich nach und nach zu einem wahren Tohuwabohu auswuchs, in dem immer wieder lautes Geschrei und gebrüllte Beleidigungen zu hören waren. Ich warf Edwina einen fragenden Blick zu.

»Wahrscheinlich eine öffentliche Hinrichtung«, meinte sie achselzuckend. »Hast du noch nie einer Exekution beigewohnt?«, fragte sie erstaunt, als sie meine erschrockene Miene bemerkte.

»Ja ... doch, in Belfast, aber das ist schon sehr lange her«, stammelte ich. »Dem Mann wurde der Kopf abgeschlagen. Mir ist davon schlecht geworden, und Vater hat mir verboten, noch einmal zu einer Hinrichtung zu gehen.«

»Es ist wahr, ein besonders schöner Anblick ist das nicht«, fuhr Edwina fort und verzog angeekelt das Gesicht. »Wenn man sie aufhängt, werden sie ganz blau, und die Augen quellen ihnen aus den Höhlen. Ich frage mich, wen sie heute aufknüpfen wollen.«

Eine schaulustige Menge umstand das Schafott, brüllte Beleidigungen und Obszönitäten und schwenkte wild geballte Fäuste gegen den Unglücklichen, der, von zwei Soldaten flankiert, auf die Plattform stieg. Eine Trommel wurde gerührt und ließ die Szene noch unheimlicher erscheinen. *Ein Highlander ...* Der Mann, der ein Plaid und ein schmutziges, zerrissenes Hemd trug, ließ sich die Schläge gleichmütig und mit hoch erhobenem Kopf gefallen. Edwina ging fort, um sich zu erkundigen, wer der Verurteilte war, und kam zurückgetrippelt.

»Ein gewisser Reginald Macgregor. Er soll in Lanarkshire zwei

Männer getötet und zweihundert Stück Vieh gestohlen haben. Diese Macgregors sind richtige Spitzbuben. Sie rauben und töten alles, was ihnen über den Weg läuft. Sie haben wirklich keine Achtung vor niemandem, so wie die meisten Highland…«

Sie verschluckte sich an dem letzten Wort und sah mich verwirrt an.

»Es tut mir leid, Caitlin… Ich meine natürlich nicht Mr. Macdonald«, beeilte sie sich stammelnd zu versichern. »Er ist so liebenswürdig und würde so etwas ganz gewiss nicht tun…«

»Nein, bestimmt nicht«, gab ich ironisch zurück. »Lasst uns zu Mr. Mylne gehen und Eure Kamille und Eure Lindenblüten holen, ich habe keine Lust, diesem Schauspiel beizuwohnen.«

Ich drehte mich auf dem Absatz um, machte einen Bogen um die aufgebrachte Menschenmenge und schlug den Weg zum Kräuterhändler ein. Verwirrt und mit hochrotem Gesicht trippelte Edwina hinter mir her.

Dieses Erlebnis bewog mich, noch einmal nach Dunning Manor zurückzukehren. In der darauf folgenden Nacht litt ich unter entsetzlichen Albträumen. Wieder sah ich den Galgen auf dem Grassmarket vor mir und all diese Menschen, die schrien und johlten, während man einem Mann den Strick um den Hals legte. Ich hörte den Trommelwirbel, der immer schneller wurde und dann mit einem Mal abbrach, als der Henker die Falltür unter den Füßen des Verurteilten öffnete. Nassgeschwitzt und mit rasendem Herzen fuhr ich aus dem Schlaf: Der Mann, der da von Zuckungen geschüttelt am Seil baumelte, war niemand anderes als Liam gewesen.

Ich stand früh auf, denn nach meinem bösen Traum hatte ich kein Auge mehr zutun können. Im Haus war noch alles still, als ich in die Küche hinunterging, um etwas zu essen. Liam hatte mir vor seinem Aufbruch ein paar Pfund dagelassen. Mit einem Teil davon hatte ich mir ein neues Kleid aus Wollstoff gekauft, dessen Blau dem Lavendel ähnelte, das ich so sehr liebte. Wie mir die Verkäuferin erklärt hatte, hob es meinen Teint und meine Haarfarbe vorteilhaft hervor. Der Rest des Geldes war für die Zimmermiete bestimmt. Ich hatte gerade noch genug übrig, um die Hin- und Rückfahrt in einer Postkutsche nach Dundee zu bezahlen.

Ich setzte mir eine Haube auf und legte mein Umschlagtuch über mein Kleid; dann brach ich auf, nachdem ich auf dem Tisch eine Nachricht an meinen Vater zurückgelassen hatte, in der ich ihn über die Gründe meines Weggehens in Kenntnis setzte, denn ich hatte keinen Grund, ihn anzulügen. Außerdem beruhigte ich ihn und stellte ihm in Aussicht, in spätestens drei Tagen zurück zu sein.

Der Tag versprach, heiß und feucht zu werden, und meine Röcke klebten mir an den Beinen, als ich raschen Schritts nach Canongate strebte. Als ich das Tolbooth-Gefängnis mit seinem Uhrturm und den unheimlichen Pfählen passierte, die dazu bestimmt waren, dass man die Köpfe der Hingerichteten darauf spießte, ging ich schneller. Ich bog in die Whitehorse Close ein, die am anderen Ende von Canongate lag, und trat in das Whitehorse Inn. An diesem Gasthof hielten die Postkutschen, die aus London kamen.

Das Glück war mir hold. In ungefähr einer Stunde sollte hier eine Kutsche ankommen, die anschließend nach Aberdeen weiterfuhr und natürlich Perth und Dundee passieren würde. Zwei Plätze waren noch frei.

Auf der unbequemen Sitzbank der Kutsche wurde ich durchgeschüttelt und sehnte mich schon nach wenigen Minuten nach unseren langen Ritten durch die Heide zurück. Ich fand mich eingequetscht zwischen einem jungen Mann, der nach Alkohol stank und dessen Schnarchen alle Passagiere außer ihm selbst wach hielt, und einer Dame reiferen Alters mit einem rotznäsigen kleinen Jungen auf den Knien. Mir gegenüber saßen ein Priester mit ausgehöhltem Gesicht und ein eleganter, dickbäuchiger Herr, der mich ohne Unterlass ungehörig anglotzte.

Ich war erleichtert, als Letzterer in Perth ausstieg. Weniger als eine Stunde später hatte ich Dundee erreicht. Beim Wirt der Herberge, an der wir ausstiegen, fragte ich nach der Richtung, die ich zum Herrenhaus einschlagen musste, und machte mich auf den Weg. Ich hatte etwa drei bis vier Meilen vor mir und würde Dunning Manor im Lauf des Nachmittags erreichen.

Nervös lehnte ich mich an das schmiedeeiserne Gitter des Tors. Das im Renaissance-Stil errichtete Gebäude wurde an jeder Ecke von einem Türmchen flankiert. Die Fassade aus grauem Stein wurde von kleinen verglasten Fenstern aufgelockert, und ein hübsches Schieferdach krönte das Ganze. Erbaut hatte das Anwesen ein gewisser Hector, der erste Lord Dunning, um 1568, und es war 1657 von einem Brand beschädigt worden. Die Türmchen waren beim Wiederaufbau hinzugekommen. Das Herrenhaus befand sich seit vier Generationen im Familienbesitz, und nun war es in der fünften auf Lord Winston Dunning übergegangen.

Ich war wieder zurück am Schauplatz meines Verbrechens, an dem Ort, an dem mir der Himmel auf den Kopf gefallen war und die Erde sich unter meinen Füßen aufgetan hatte. Ich schluckte schwer. Jetzt war es zu spät zum Umkehren. Auf keinen Fall konnte ich in dem Wissen weiterleben, dass ich nicht einen Finger gerührt hatte, um Liams Haut zu retten. Ich konnte mich immer noch auf Notwehr berufen… Als ob meine Aussage die Waage der Justiz zu meinen Gunsten beeinflussen könnte, dachte ich sarkastisch, wenn mein Zeugnis gegen das eines Mannes stand, dessen Familie vom König in den Adelsstand erhoben worden war!

Ich ging um die Rückseite des Gebäudes herum bis zur Küchentür. Aus der offenen Tür drang die durchdringende Stimme von Becky, die den Hund ausschimpfte. Wahrscheinlich hatte er wieder einmal einen Schinken oder ein Brathuhn gefressen. Dieser verflixte Willie war listig wie ein Fuchs. Wenn man so unvorsichtig war, ein Stück Fleisch auf dem Tisch liegen zu lassen, dann schnappte es sich der Strauchdieb, kaum dass man ihm den Rücken gekehrt hatte.

Leise trat ich in die Küche. Becky, die damit beschäftigt war, Teig auszurollen, sah gar nicht auf, sondern wies auf einen Berg Karotten, der neben ihr lag.

»Wenn du mir bitte diese Karotten schälst, Millie… Herr Jesus!«, rief sie dann aus und bekreuzigte sich.

Sie war aschfahl geworden, und aus Augen, die so rund wie Untertassen geworden waren, starrte sie mich sprachlos an. Dann schlug sie die weiß bemehlte Hand vor den Mund.

»Guten Tag, Becky«, stotterte ich leise und versuchte, mit meinen zitternden Lippen ein schwaches Lächeln zustande zu bringen.

»Was machst du hier, mein Kind?«, fragte sie schließlich, sobald sie sich von ihrer Überraschung erholt hatte.

Sie kam auf mich zu, wischte sich energisch die Hände an ihrer Schürze ab und umarmte mich fest.

»Haben sie dich laufen lassen, meine arme Kleine? Ah! Als wir erfuhren, dass dieser … Barbar dich entführt hat … Oh, ich habe zum Herrn gebetet, er möge dich beschützen, und heute danke ich ihm dafür, dass er mich erhört hat.«

Sie wich ein Stück zurück und musterte mich aufmerksam.

»Du siehst gut aus. Er hat dich doch nicht … Du weißt schon, was ich meine.«

»Mir geht es gut, Becky, mach dir um mich keine Sorgen. Man hat mich sehr gut behandelt, ich versichere es dir. Ich … ich würde gern wissen, was hier passiert ist, nachdem ich …«

Ich unterbrach mich. Durfte ich überhaupt von dem Mord an Dunning wissen? Becky schob mich zu einem Stuhl, auf den ich mich erleichtert fallen ließ, so sehr zitterte ich. Sie brachte mir ein Glas mit Mandelmilch und beschäftigte sich dann wieder mit ihrem Teig.

»Das war schrecklich, meine Kleine«, fuhr sie fort und verdrehte verstört die Augen. »Master Winston, ich meine der neue Lord Dunning, befand sich in einem furchtbaren Zustand. Sein armer Vater, so grauenhaft hingemetzelt! Er hat geschrien und ganz lästerlich geflucht. Ich hoffe ja nur, dass er nachher zur Beichte gegangen ist! Er hat dich überall gesucht. Und der arme Andrew war untröstlich! Man hat das Haus auf den Kopf gestellt, und schließlich hieß es, der Mann aus den Bergen hätte dich entführt.«

Zweifelnd sah sie mich an.

»So war es doch, oder?«

»Gewissermaßen, ja«, antwortete ich verlegen. »Wer hat Lord Dunning eigentlich gefunden?«

»Das war Winston, der arme Junge … Er war schrecklich mitgenommen. Sein Vater war aber auch in einem Zustand …«

Entsetzt starrte sie auf ihren Pastetenteig, als sähe sie dort die ganze Szene vor sich.

»Anscheinend war er bis zur Unkenntlichkeit verstümmelt... Du kannst dich glücklich schätzen, dass dir nicht das Gleiche zugestoßen ist. Dieser Mann ist ein richtiger Teufel.«

»Und wie geht es Winston jetzt?«, fragte ich mit trockener Kehle.

»Nun ja, er hat den Titel und den Besitz geerbt. Er scheint sich recht gut von dem Erlebnis zu erholen. Er wird froh sein, dich wiederzusehen; deine Entführung hat ihn sehr betrübt.«

»Wirklich?«, fragte ich argwöhnisch.

»Aber ja!«, versicherte sie und streute Fleisch- und Zwiebelwürfel über ihre Pastete. »Er wollte jedem, der dich zurückbrächte, eine hohe Belohnung zahlen.«

»Eine Belohnung?«, vergewisserte ich mich ungläubig.

»In jener Woche ist sogar ein Captain von der Garde aus Dundee hergekommen und hat behauptet, dich gesehen zu haben. Lord Winston war sehr verärgert, weil der Soldat dich nicht mitgebracht hat.«

Mein Herz setzte einen Schlag aus, um dann heftig weiterzupochen. Mir wurde schwindlig, und ich hielt mich am Tischrand fest. Also suchte man doch nach mir... nicht offiziell, aber immerhin hatte Winston eine Geldsumme ausgesetzt, um mich zu finden... Warum?

Ich trank einen Schluck Mandelmilch, räusperte mich und fragte weiter.

»Und Lady Catherine?«

»Lady Catherine... also, ich würde behaupten, dass es ihr ziemlich gut geht.«

Sie sah sich vorsichtig um und fuhr dann in vertraulichem Tonfall fort.

»Merkwürdig, aber seit dem Tod ihres Mannes scheint ihr Befinden sich verbessert zu haben.«

»Merkwürdig, allerdings«, gab ich im selben Ton zurück.

So eigenartig war das nun auch wieder nicht! Dieser Mann musste sie ebenso terrorisiert haben wie mich. Ich hatte mich schon immer gefragt, ob sie nicht vorgegeben hatte, kränker zu sein, als sie wirklich war, damit ihr sadistischer Ehemann sie nicht anrührte.

»Ist sie immer noch hier?«

»Aber ja; gerade jetzt müsste sie im Garten sein. Seit einer Woche geht sie täglich dort spazieren. Ich versichere dir, dass sie zu Kräften kommt; sie braucht nicht einmal mehr ihren Stock zum Gehen. Rennen kann sie noch nicht, aber das wird auch nicht lange auf sich warten lassen«, setzte sie kichernd hinzu.

Nachdenklich saß ich da und versuchte, die Bruchstücke dieses Rätsels zu entwirren. Etwas stimmte hier nicht.

So tief war ich in meine Gedanken versunken, dass ich das Knarren von Schritten auf dem Fußboden nicht hörte, das vom Flur hineindrang. Erst als Becky verblüfft die Luft einsog, wurde ich aus meinen Überlegungen gerissen. Der Blick der Köchin war an mir vorbei auf jemanden gerichtet, der sich hinter mir befand. Ich drehte mich um und wollte sehen, wer ihre Aufmerksamkeit auf sich gezogen hatte.

In der Tür stand Lord Winston Dunning. Bleich und wütend starrte er mich an und rang sichtlich um Beherrschung.

»Ihr … Ihr!«, zischte er und packte mich am Handgelenk. »Mitkommen!«

Er zog mich heftig am Arm. Ich sah gerade noch Beckys verblüffte Miene, und dann zerrte er mich schon in die Bibliothek. Winston stieß mich brutal in einen Ledersessel und verriegelte die Tür dann zweimal. Ich schluckte und zog den Kopf ein. Offensichtlich war er nicht eben erfreut, mich zu sehen.

Ich hörte ihn hinter mir atmen; er klang wie ein wütender Stier, der sich zum Angriff bereit macht. Ich machte mich so klein wie möglich und zog mein Tuch fest um meine Schultern.

»So, so, wir kehren also an den Ort unseres Verbrechens zurück, meine Teure?«, rief er mit rauer, hasserfüllter Stimme. »Ihr seid wirklich noch dümmer, als ich dachte.«

»Ich … verstehe nicht …«

Er trat vor mich hin, setzte sich mit vor der Brust verschränkten Armen auf die Ecke des Schreibtisches und musterte mich verächtlich.

»Ihr versteht nicht? Kommt schon, meine Schöne. Schaut, liebe

Caitlin«, fuhr er mit aufgesetzter Freundlichkeit fort, »ich habe Euch in jener Nacht aus dem Zimmer meines Vaters kommen sehen.«

Ich erstarrte, und meine Lippen begannen zu zittern.

»Ich befand mich am anderen Ende des Ganges und hatte mich im Dunkeln versteckt, um Eurem… Liebesspiel zu lauschen, wenn man so sagen will. Als Ihr herausgekommen seid, habt Ihr kurz im Mondschein gestanden. Ihr wart in einem ziemlich jämmerlichen Zustand und schient es sehr eilig zu haben. Ich hatte etwas mit meinem Vater zu besprechen, deswegen hatte ich darauf gewartet, dass er sein kleines Schäferstündchen beendete. Hoffentlich habt Ihr ihm wenigstens Zeit gelassen, fertig zu werden«, setzte er mit einem gehässigen Zucken der Mundwinkel hinzu.

»Ihr Schwein!«, schrie ich und sprang auf. »Ihr wart das also…«

»Ihr habt das getan«, schäumte er und wies anklagend mit dem Finger auf mich. »*Ihr* habt ihn getötet! Als mein Vater nicht reagierte, bin ich in sein Zimmer getreten. Saubere Arbeit, Caitlin. Ein einziger Stich und… pfff«, rief er und zog in einer Parodie des tödlichen Hiebs den Daumen über den Hals.

»Und Ihr habt den Rest erledigt, und auch nicht übel, wie ich gehört habe. Wie konntet Ihr nur? Euer eigener Vater…«

Jetzt lächelte er ganz offen. Unter anderen Umständen hätte ich ihn vielleicht sogar anziehend gefunden, wenn nicht gar sympathisch. Aber im Moment widerte er mich an. Er trug eine blonde Allongeperücke, wie sie am Hof Ludwigs des Vierzehnten Mode war. Unter seinem geöffneten Wams aus dunkelroter Seide war eine Weste aus grauem Brokat zu sehen. Seine unter dem Knie geschnürten Hosen ließen wohlgeformte bestrumpfte Waden erkennen. Seine selbstzufriedene Miene schüchterte mich ein, und ich wandte den Blick ab.

»Ihr glaubt doch nicht, dass ich mich zu so einer Schandtat herablassen würde?«, schrie er und hob in einem Rascheln von Spitzen den Arm. »Ha! Da seid Ihr auf dem Holzweg, meine Liebe. Jemand anderes hat das an meiner Stelle übernommen. Seltsam, wie die Umstände oft im unerwartetsten Augenblick für einen arbeiten, nicht wahr?«

Er richtete sich auf und trat an den mit wertvollen, ledergebundenen Bänden ausgestatteten Bücherschrank. Er tat, als wolle er einen auswählen, und stellte ihn wieder an seinen Platz. Dann fuhr er herum, wobei seine Rockschöße flogen, stützte eine Hand in die Hüfte und setzte eine hochmütige Miene auf.

»Ihr wisst genau, dass Liam ihn nicht getötet hat...«

»Liam! Aha, so heißt er also«, fiel er ein und wedelte mit der freien Hand durch die Luft.

Mit affektierten Schritten kam er auf mich zu. Regungslos hielt ich seinem überheblichen Blick stand. Er blieb vor mir stehen und nahm meine linke Hand, an der mein Ehering glänzte, um sie vor seine Augen zu führen.

»Dann stimmt es also, was man mir über Euch zugetragen hat. Ihr seid mit diesem Wilden verheiratet«, sagte er mit unverhohlenem Abscheu. »Was für eine Vergeudung!«

Ich riss meine Hand weg, wich dann einen Schritt zurück und bot ihm kalt die Stirn.

»Wilder oder nicht, er ist immerhin ein Mann, etwas, das Ihr nie sein werdet.«

Winston brach in ein höhnisches Gelächter aus, bei dem es mir kalt über den Rücken lief. Als er sich wieder beruhigt hatte, nahm er mein Kinn zwischen die Finger, näherte sein Gesicht dem meinen, bis er es fast berührte, und starrte lüstern auf meine Lippen. Aus seinen blassblauen Augen musterte er mich eingehend.

»Ihr kennt mich nicht richtig, meine süße Caitlin. Ich hätte Euch gern in mein Bett geholt. Gott, ich bin vor Begierde fast umgekommen! Aber dann hätte ich das falsche Bild von mir, das ich so mühsam aufgebaut hatte, zerstört.«

Abrupt ließ er mich los, kehrte zu seinem Schreibtisch zurück und setzte sich wieder. Ich starrte ihn mit offenem Mund an. Als er meine verblüffte Miene bemerkte, lächelte er.

»Ich muss gestehen, dass ich mehr als einen getäuscht habe und dass diese Geschichte mir gelegentlich scheußliche Unannehmlichkeiten bereitet hat. Aber jetzt ist die Komödie ja vorüber, nicht wahr?«

»Warum habt Ihr das getan?«

»Warum, warum, warum? Ha! Das ist die Frage«, rief er aus

und streckte einen Finger in die Luft. »Die Antwort ist ganz einfach. Damit man mich nicht zu einer Heirat zwingen konnte. Mein Vater träumte davon, eine Plantage in den Kolonien zu besitzen. Offensichtlich kam es nicht in Frage, dass er selbst den Ozean überquerte, da Mutter eine solche Reise niemals überlebt hätte; und außerdem erlaubten ihm seine Geschäfte hier nicht, länger als ein paar Wochen zu verreisen. Aber da war ja der liebe kleine Winston …«

Gedankenverloren betrachtete er das Muster des kostbaren Aubusson-Teppiches zu seinen Füßen.

»Vor etwas mehr als zwei Jahren bot sich die Gelegenheit, seinen Traum zu verwirklichen. Lord Carlisle wollte seine einzige Tochter Emily verheiraten. Dieses eingebildete Frauenzimmer ist so dumm, dass sie wahrscheinlich den Unterschied zwischen meinem Schwanz und einer Wurst nicht begriffen hätte!«

Ob seiner groben Bemerkung riss ich die Augen auf.

»Bedaure, wenn ich Eure züchtigen Ohren beleidigt habe«, sagte er lachend. »Außerdem hätte ich lieber ein Pferd umarmt als diese Vogelscheuche. Sie ist so mager, dass ihr die Haut an den Knochen klebt; sie schielt, und ihre Zähne sind so schief, dass sie die Hand vors Gesicht halten muss, wenn sie lächelt.«

Angewidert verzog er den Mund.

»Er wollte, dass ich das Carlisle-Mädchen heirate, weil zu ihrer Mitgift Plantagen auf den Bermudas gehörten. Mein Vater rechnete sich aus, dann diese Ländereien bewirtschaften zu können. Sehr gerissen, der alte Fuchs, nicht wahr? Mich schickt er mit diesem Drachen auf die Bermudas, und er bleibt ganz ruhig mit Euch hier zurück, um Euch nach Herzenslust zu bespringen.«

»Also habt Ihr so getan, als wäret Ihr …«

»Aber ja! Ihr seid sehr scharfsinnig, meine Teure«, bemerkte er, wobei er wieder in seine gekünstelte Art zurückfiel.

»Ihr seid widerwärtig, Winston Dunning.«

»Von jetzt an Lord Dunning, bitte sehr.«

»Euren Titel könnt Ihr Euch stecken, wohin Ihr wollt; Ihr seid ebenso abstoßend wie Euer Vater.«

»Aber, aber! Eine so grobe Sprache aus einem so schönen Mund! Haben die Macdonalds Euch gelehrt, so zu reden?«

»Lasst Liam da heraus! Er hat nichts damit zu tun.«

»Ich bedaure, Euch enttäuschen zu müssen, doch das genaue Gegenteil ist der Fall. Vergesst nicht, dass er derjenige ist, den man des Mordes anklagt.«

Mein Magen zog sich zusammen. Dieser Mann war ein widerlicher Bastard. Er hatte die Vorwürfe gegen Liam erhoben, obwohl er ganz genau wusste, dass ich die Tat begangen hatte.

»Er ist unschuldig«, stieß ich mit zusammengebissenen Zähnen hervor. »Wenn Ihr das wusstet, warum habt Ihr nicht gesagt, dass ich es war?«

Er zog mich schamlos mit seinen Blicken aus. Instinktiv verschränkte ich die Arme vor der Brust. Winston kam langsam auf mich zu. Ich erstarrte, schloss die Augen und biss die Zähne zusammen. Absichtlich langsam wanderte er um mich herum und strich mit den Fingerspitzen über meine Schultern und meinen Nacken. Ich spürte seinen Atem auf meiner Haut. Er blieb stehen und flüsterte mir ins Ohr, wobei seine Lippen mein Ohrläppchen streiften.

»Ich wollte mich Eurer persönlich annehmen, habt Ihr das nicht erraten, süße Caitlin?«

Mit einer Hand umfasste er meine Taille und zog mich fest an sich, dann begann er mit der anderen Hand eine meiner Brüste zu kneten.

»Am liebsten wärt Ihr mir ja als Jungfrau gewesen, doch über dieses unwichtige Detail kann ich hinwegsehen. Auf der anderen Seite kennt Ihr gewiss ein paar aufregende Kniffe... Hmmm...«

Er küsste meine Halsbeuge. Eine Woge des Zorns stieg in mir auf. Ich versetzte ihm einen kräftigen Tritt gegen die Beine und machte mich energisch los.

»Fasst... mich... nicht... an!«, schrie ich und betonte jedes Wort einzeln.

Winston verzog schmerzhaft das Gesicht und rieb sich das Schienbein. Er warf mir einen drohenden Blick zu und richtete sich dann gleichmütig auf.

»Ich bin ein geduldiger Mensch, Caitlin, und ich gebe Euch mein Wort darauf, dass ich Euch in mein Bett bekommen werde. Wenn nicht heute, dann morgen oder übermorgen. Zwei lange

Jahre habe ich darauf gewartet, was machen da schon einige Tage mehr aus?«

Er trat ans Büfett und schenkte sich ein Glas Bordeaux ein.

»Möchtet Ihr?«, fragte er und zog die Augenbrauen hoch.

Ich schüttelte den Kopf und versuchte, nicht zu weinen.

»Ich fürchte, jetzt können wir nur noch warten.«

Er schwenkte den Wein im Glas herum und roch daran, bevor er einen kleinen Schluck nahm.

»Wunderbar!«, rief er aus und schnalzte mit der Zunge. »Die Franzosen sind doch unübertrefflich, wenn es um gute Weine geht. Seid Ihr sicher, dass Ihr nicht kosten wollt?«

Als ich nicht antwortete, zuckte er die Achseln, lehnte sich dann an den Bücherschrank und beobachtete mich mit amüsiertem Blick.

»In Euren Bergen werdet Ihr wahrscheinlich keine Gelegenheit haben, einen Wein von solcher Güte zu trinken«, bemerkte er und hob sein Glas. »Übrigens, wie kam es eigentlich, dass Ihr diesen… Highlander geheiratet habt? Hat er Euch dazu gezwungen? Ich habe gehört, dass sie die Eigenheit haben, Frauen zuerst zur Heirat zu zwingen, um sie dann in ihr Bett zu holen. Ist das wahr?«

»Niemand hat mich zu irgendetwas gezwungen«, fauchte ich.

»Dann sagt mir doch, mögt Ihr es im Bett vielleicht brutal? Das kann ich durchaus ermöglichen.«

»Meine Beweggründe gehen Euch gar nichts an.«

»Bah! Ihr werdet ohnehin bald Witwe sein…«

Er nahm einen Schluck und beobachtete über sein Glas hinweg, wie ich reagierte. Ich zwang mich, die Fassung zu bewahren, indem ich die Zähne zusammenbiss und die Hände zu Fäusten ballte.

»Er wird kommen, um Euch zu holen, versteht Ihr. Und ich werde ihn mit einem Empfangskomitee erwarten. Seht Ihr, Caitlin, Ihr seid ziemlich einfältig, und Ihr seid mir in die Falle gegangen.«

Er zog an der Klingelschnur. Einige Minuten später klopfte jemand an die Tür. Winston schob den Riegel zurück, um Rupert den Perfiden eintreten zu lassen, der verblüfft die Augen aufriss, als er mich sah.

»Wir haben einen Gast, Rupert. Lasst das Zimmer, das neben meinem liegt, für … Mrs. Macdonald vorbereiten. Dann weist Becky an, es gut zu verschließen. Meine Mutter braucht nichts von diesem unerwarteten Besuch zu erfahren, das würde sie nur unnötig beunruhigen. Gebt mir Bescheid, wenn alles bereit ist.«

Rupert klappte den Mund zu, nickte und ging.

»Ihr glaubt doch wohl nicht, dass meine Anwesenheit hier Eurer Mutter entgehen wird?«, fragte ich und versuchte selbstbewusst zu klingen.

»Bedaure, aber ihr Schlafzimmer liegt im ersten Stock des Ostflügels und meines in der zweiten Etage des Westflügels. Versteht Ihr, ich möchte sie nicht stören, wenn ich Gesellschaft habe.«

Er grinste mich unverschämt an, leerte dann sein Glas und knallte es auf den Schreibtisch.

»Willkommen auf Dunning Manor, meine teure Caitlin.«

Ich sank auf dem Bett zusammen und stöhnte vor Kummer. Mir brach fast das Herz. In dem Glauben, Liam zu helfen, hatte ich ihn stattdessen in eine gemeine Falle gelockt, die ihn direkt aufs Schafott führen würde. Ich selbst hatte ihm den Strick um den Hals gelegt; es war, als tötete ich ihn mit meinen eigenen Händen … Mein Gott! *Liam,* mo rùin. *Was habe ich getan? Vergib mir …* Ich schluchzte in das Kopfkissen und weinte mich in den Schlaf.

Das Scheppern des Riegels weckte mich. Winston trat ein. Er brachte einen Teller und eine Flasche Wein und stellte beides auf das mit lackierten Intarsien verzierte einbeinige Tischchen. Er hatte seine Perücke abgelegt und das blonde Haar im Nacken mit einem schwarzen Samtband zusammengefasst. Außerdem hatte er seinen Rock gegen einen Hausmantel aus Damastsatin ausgetauscht. Man hätte ihn für einen Juristen aus dem Oberhaus halten können.

»Euer Abendessen, Madam«, verkündete er und verneigte sich. »Rupert wird Euch in einer Stunde ein Bad bereiten. Nachdem Ihr bei dieser Hitze gereist seid, werdet Ihr gewiss das Bedürfnis haben, Euch zu erfrischen. Im Schrank findet Ihr saubere Kleidung.«

Er zögerte einen Moment lang und beobachtete mich gelassen, dann tat er einen Schritt auf mich zu.

»Hinaus«, zischte ich zwischen den Zähnen hindurch und starrte ihn aufgebracht an.

Sichtlich getroffen ging er und ließ es sich angelegen sein, hinter sich gut zu verriegeln. Ich stand auf, angelockt von dem Duft, der von Beckys mit Äpfeln gefülltem Fasan aufstieg. Ich musste essen, um nachdenken zu können. Daher stillte ich meinen Hunger und konzentrierte mich auf jeden Bissen. Später, wenn ich ruhiger war, konnte ich über meine Lage nachdenken.

Die Standuhr zeigte zwanzig Minuten vor Mitternacht, als Rupert mit dem letzten Eimer Wasser hinausging. Ich fand eine gewisse Genugtuung darin, ihn die Arbeiten tun zu sehen, die üblicherweise das Zimmermädchen besorgte. Aber Millie durfte nicht erfahren, dass ich hier war, in diesem Punkt hatte Winston sich deutlich ausgedrückt. Die einzigen Besucher, mit denen ich das… Missvergnügen haben würde, würden also Winston oder Rupert sein, je nachdem.

Ich hatte ein sauberes Nachthemd angezogen, das ich in dem großen Schrank, in dem auch einige hübsche Kleider von teurer Machart hingen, gefunden hatte. Meinen Dolch hatte ich unter das Kopfkissen gelegt. Ich hoffte, dass ich ihn nicht benutzen musste, aber mein Zimmer war über eine Geheimtür mit Winstons Räumen verbunden… Im Fall der Fälle konnte ich ihn damit vielleicht abschrecken.

Erschöpft und innerlich völlig leer glitt ich zwischen die Laken und zog sie mir bibbernd bis ans Kinn hoch. Ich war diesem Bastard ausgeliefert und konnte nichts unternehmen, außer zu warten. Wie lange würde es dauern, bis Liam entdeckte, dass ich ihm ungehorsam gewesen war und mein Versprechen gebrochen hatte? Ich hoffte nur, dass er nicht kommen, sondern mich meinem Schicksal überlassen würde. Dass er nicht in die Falle ging.

Ich befand mich in vollständiger Dunkelheit und wusste, dass ich am Rand eines Abgrunds stand. Vor mir, zu meinen Füßen, spürte ich die Leere. Ich schwankte und konnte mich nirgendwo festhalten, denn meine Handgelenke waren gefesselt. Plötzlich, aus dem Nichts heraus, stieß mich jemand in die Tiefe. Atemlos krallte ich mich in die nass geschwitzten Laken. Mein eigener Schrei hatte mich geweckt.

Grau und freudlos zog der Morgen herauf. Ich wartete, bis mein Herz wieder langsamer schlug, und quälte mich dann aus dem Bett. Ich hatte eine unruhige Nacht verbracht und war immer wieder von schrecklichen Albträumen heimgesucht worden, in denen ich in tiefe Abgründe gestoßen wurde, von gesichtslosen Schatten umgeben war und mein Herz mir zum Zerspringen schlug. Wozu sollte ich jetzt versuchen, noch mal einzuschlafen? Der Tag brach an und machte mir mein Unglück wieder bewusst. Ich war machtlos, aber ich musste mich ihm stellen.

Ich legte meine brennende Wange an eine der Fensterscheiben, um mich zu erfrischen. Die Fensterrahmen waren fest zugenagelt, so dass jeder Fluchtversuch unmöglich war. Und selbst wenn ich das Wagnis eingegangen wäre, hätte ich mir bei einem Sprung aus der zweiten Etage auf jeden Fall den Hals gebrochen. Winston ging kein Risiko ein.

Dichter Nebel lag über den grünen Wiesen, die sich weithin erstreckten, und hüllte die Sidlaw Hills ein. Durch den feinen Dunst, der sich auf dem Fensterglas niedergeschlagen hatte, wirkte die Landschaft noch verschwommener. Heute würde ich Lady Catherine nicht im Park sehen.

Winston ließ sich erst spät am Nachmittag blicken. Rupert hatte mir ein paar Bücher gebracht, damit ich mir die Zeit vertreiben konnte, doch ich war nicht in der Lage, mich darauf zu konzentrieren. Meine Gedanken galten Liam, der sich auf der Heide versteckt hatte, um seine Haut zu retten, während ich ihn der Krone auf einem Silbertablett auslieferte. Ich erstickte fast unter der Last meiner Schuldgefühle.

Mein Kerkermeister trug einen Jagdanzug und schlammbedeckte Stiefel, mit denen er schmutzige Abdrücke auf dem Eichenparkett hinterließ. Er stellte ein Schachspiel auf das Tischchen und entkorkte dann eine Flasche Sherry.

»Ich bedaure, dass ich so lange ausgeblieben bin«, entschuldigte er sich spöttisch und reichte mir ein Glas, das ich dieses Mal annahm.

»Es hätte mir nichts ausgemacht, wenn Ihr eine Ewigkeit weggeblieben wäret.«

»Tatsächlich? Die Ewigkeit kann sehr lang sein, wisst Ihr.«

Er setzte sich auf einen mit zinnoberrotem Samt bezogenen Barocksessel und streckte die langen Beine vor sich aus. Ich zwang mich, eine gleichmütige Miene zu wahren. Aus seinen blauen Augen musterte er mich peinlich genau, um einen Riss in meinem Schutzpanzer zu entdecken.

»Habt Ihr gut geschlafen? Ich habe Euch heute Nacht schreien gehört.«

»Diese zarte Rücksichtnahme steht Euch nicht zu Gesicht, Lord Dunning«, gab ich zurück und nippte an der bernsteinfarbenen Flüssigkeit.

Er ging nicht auf meine Bemerkung ein, sondern trank ebenfalls von seinem Sherry.

»War die Jagd gut?«

»Ja, wir haben einen riesigen Keiler erlegt, der seit Beginn des Frühlings in den Wäldern des Gutes sein Unwesen trieb. Das Tier hatte vor einigen Wochen bereits zwei Männer verletzt, und einem davon musste man das Bein amputieren.«

Er verzog das Gesicht.

»Das war kein besonders schöner Anblick.«

Er lächelte mir zu, bevor er in gut gelauntem Ton weitersprach.

»Captain Turner ist mit sechs seiner Dragoner zu uns unterwegs. Er müsste in ungefähr einer Stunde eintreffen. Vielleicht möchtet Ihr Euch zum Dinner zu uns gesellen?«

Mir schnürte sich die Kehle zu.

»Nein, ich lege keinen besonderen Wert darauf«, antwortete ich und stand auf.

Ich ging zum Kamin, in dem kein Feuer brannte, und erblickte in dem Spiegel, der darüber hing, mein Bild. Mit meinen dunklen Augenringen und meiner bleichen Haut sah ich wie eine Hexe aus.

»Was habt Ihr mit mir vor… danach? Ihr könnt mich ja wohl nicht mein Leben lang hier gefangen halten.«

»Daran hatte ich allerdings gedacht«, erklärte er und nahm noch einen Schluck Sherry. »Ihr werdet bald Witwe sein, ich bin ledig und im Moment… relativ frei. Natürlich habe ich sämtliche Verhandlungen bezüglich der Heirat mit Caroline Winslow abgebrochen. Dieses Mädchen hätte sogar noch in unserem Bett die Bibel umklammert und Psalmen gesungen. Trotzdem muss ich an meine Zukunft denken. Ich bin neunundzwanzig, da ist es höchste Zeit, dass ich einen Erben bekomme.«

Ich biss die Zähne zusammen und beobachtete ihn im Spiegel.

»Ihr werdet mich heiraten, Caitlin.«

Ich riss die Augen auf.

»Euch heiraten? Ihr scherzt wohl!«

»Ihr werdet mich heiraten«, wiederholte er.

Ein verächtliches Lachen stieg wie von selbst in meiner Kehle auf und hallte schrill durch den Raum.

»Also wirklich, Lord Dunning, jetzt seht Euch einmal an!«, rief ich mit beißendem Spott. »Ihr, ein Mitglied des Oberhauses, wollt eine gemeine Dienstmagd heiraten, und eine Mörderin noch dazu! Eure Mutter wird vor Scham sterben!«

»Ihr müsstet eigentlich wissen, dass ich inzwischen nur noch wenig Wert auf die Meinung anderer lege. Solange ich bekomme, was ich will.«

»Und wenn ich mich weigere?«

»Ich werde Euch keine andere Wahl lassen«, erklärte er mit rauer Stimme. »Euer Bruder… Patrick, meine ich… Euer Bruder ist in kleine, nicht ganz… legale Geschäfte verwickelt, versteht Ihr? Außerdem hättet Ihr Gelegenheit… wie habt Ihr ihn noch genannt? Ah! …Stephen wiederzusehen. Oder habt Ihr ihn vielleicht schon vergessen?«

Ich schloss die Augen und gab mir große Mühe, nicht in lautes Schluchzen auszubrechen. Dieses Vergnügen würde ich ihm nicht bereiten. Er würde sich nur daran ergötzen.

»Geht… geht es ihm gut?«

Langsam stand er auf und schüttelte die Beine aus. Abwesenden Blicks betrachtete er die getrockneten Schlammstückchen, die von seinen Stiefeln abfielen und um seine Füße herum auf dem Boden lagen. Dann kam er herüber und stellte sich hinter mich. Unsere Blicke trafen sich im Spiegel.

»Ja. Er ist ein sehr kräftiger kleiner Junge. Er plappert schon ohne Unterlass.«

»Wo ist er?«

»Aber, aber, Caitlin, Ihr wisst doch, dass ich Euch unmöglich verraten kann, wo sich Euer Sohn befindet. Ich kann Euch aber versichern, dass er in guten Händen ist. Ich besuche ihn regelmäßig, schließlich ist er trotz allem mein Bruder. Ich muss Euch gestehen, dass er ganz allerliebst ist.«

Mein Herz schlug zum Zerspringen. Ich spürte eine große Leere in mir, und den Schmerz, der an dieser Stelle saß. Ich hatte eine schreckliche Sehnsucht danach, Stephens kleinen, warmen Körper zu umarmen und an meine Brust zu drücken. Seinen schnellen, warmen Atem auf meiner Haut zu fühlen. Seinen säuerlichsüßen Milchduft zu riechen. Ich sehnte mich nach ihm, und ich schämte mich für das, was ich getan hatte.

»Kann ich ihn sehen? Nur ein paar Minuten, aus der Ferne …«

»Bedaure, aber im Moment nicht. Wenn Ihr allerdings erst mit mir verheiratet seid, könnt Ihr ihn zu Euch nehmen. Ich werde ihn wie meinen eigenen Sohn großziehen …«

»Ein Lord heiratet kein einfaches Dienstmädchen. Ihr würdet aus der Gesellschaft ausgeschlossen und mit Schande überzogen. Denkt doch an Eure Mutter …«

Sein Blick heftete sich auf meinen Nacken. Ein Schauer lief mir den Rücken hinunter, und meine Hände umklammerten den Kaminsims.

»Haltet Ihr es für möglich, dass sie noch mehr beschämt wird, als das bereits geschehen ist? Ein Mann, der mit der Hälfte der Mädchen von Edinburgh geschlafen hat, der Sohn dem eigenen Geschlecht zu getan. Ich muss zugeben, dass ich es ziemlich leid war, den warmen Bruder zu spielen. In den Salons begann man schon zu klatschen, und die jungen Damen flohen mich. Ihr versteht schon, ein Mann, der sich öffentlich mit Personen zeigt, die für ihren speziellen Geschmack bekannt sind … nun ja. Ihr müsst zugeben, dass so etwas sehr hinderlich ist, wenn man versucht, den Ladies ans Mieder zu gehen. Gar nicht zu reden von den Gelegenheiten, bei denen man versucht hat, mir Gewalt anzutun!«

Er brach in lautes Gelächter aus und legte seine Hände auf meine Hüften.

»Dabei hat die Rolle Euch so gut gestanden«, gab ich zurück.

Von neuem richtete er seinen kalten Blick auf mich. Er setzte ein strahlendes Lächeln auf, das unschuldig wirkte, aber eine versteckte Drohung barg. Seine Hände glitten meinen verkrampften Leib hinauf, legten sich dann unsanft um meine Brüste und zogen mich brutal an seinen Körper. Seine Lippen streiften mein Ohr.

»Ich bin eben ein guter Schauspieler«, flüsterte er mit scheinheiliger Freundlichkeit. »Wartet ab, bis Ihr mich besser kennt, meine Teure. Das Beste kommt erst noch ...«

Mit einer kurzen, brutalen Bewegung riss er am Ausschnitt meines Kleides, so dass meine Brust teilweise entblößt wurde. Er begann sie hektisch zu kneten und küsste mich auf den Hals. Wütend versuchte ich mich zu wehren. Er drehte mich herum, und einen Augenblick später fand ich mich eingeklemmt zwischen dem Kamin und seinem Körper wieder, der seine Begierde offen zur Schau stellte. Ehe ich protestieren konnte, presste er seinen Mund auf meinen, und seine schnellen und geschickten Finger machten sich daran, meine Röcke hochzuschieben. Ich biss ihn fest in die Lippe.

Brüsk zog er sich zurück, stieß einen Fluch aus und führte eine Hand an den Mund, von dem ein feiner Blutfaden hinunterrann. Seine Augen zogen sich zu einem drohenden Blick zusammen, und ein sadistisches Grinsen breitete sich über sein Gesicht aus.

»Jetzt verstehe ich, warum mein Vater Euch seine Wildkatze nannte«, spottete er. »Das ist sehr erregend ...«

Ich holte aus, um ihn zu ohrfeigen, doch er fing meinen Arm mit festem Griff ab, also spie ich ihm ins Gesicht. Sein Grinsen verschwand sofort. Er ließ mich los, zog sein Taschentuch hervor, um sich abzuwischen, und starrte mich herausfordernd an.

»Ihr kommt mir nicht ungeschoren davon, ich bin geduldig«, stieß er hervor. Dann drehte er sich auf dem Absatz herum und ging hinaus.

Ich wartete eine Weile, dann kam ich langsam wieder zu mir. Langsam entspannten sich meine Glieder. Ich schmeckte noch

Blut auf der Zunge. Mit den Fingern strich ich über meine Lippen, wie um die letzten Spuren des Überfalls auszulöschen. Groll und Hass stiegen in meiner Brust auf, und eine mörderische Wut überwältigte mich. Schreiend schleuderte ich das Schachbrett gegen die Tür, die sich soeben geschlossen hatte, so dass die Figuren quer durch das Zimmer flogen. Dann ließ ich mich weinend aufs Bett sinken. *Schachmatt, Caitlin …*

Ich lebte buchstäblich in der Erwartung, dass Liam jeden Moment auf Dunning Manor auftauchen würde. Nachts fand ich keine Ruhe mehr, und ich aß nichts von den Mahlzeiten, die Rupert unberührt in die Küche zurücktrug. Am Ende der vierten Nacht konnte ich nicht mehr und war halb hysterisch. Rupert hatte soeben ein weiteres Mal mein Frühstück auf dem Tischchen abgestellt.

»Bringt das weg«, schrie ich.

Ich befand mich vor dem Fenster und ging auf und ab, wobei ich nervös eine Strähne meines zerzausten Haars zwirbelte.

»Lord Dunning hat gesagt, dass …«

»Zum Teufel mit dem, was Lord Dunning gesagt hat. Soll er sich doch selbst sehen lassen«, kreischte ich und schleuderte das Tablett und seinen Inhalt quer durch den Raum.

Wie vom Donner gerührt starrte er mich an.

»Ich vermute, Ihr findet enormes Vergnügen daran, mich so zu behandeln, oder, Rupert?«, brüllte ich ihn schneidend an.

Er gab keine Antwort, sondern machte sich damit zu schaffen, die Geschirrscherben, die überall um ihn verteilt waren, aufzusammeln. Ich begann nervös zu lachen.

»Ihr seid ein jämmerlicher Anblick, Rupert der Perfide. Ein richtiger Stiefellecker. Euer verschrumpeltes Herz enthält nicht ein Gramm Güte«, höhnte ich bitter.

»Und Ihr seid nur eine unbedeutende Schlampe, Mistress Caitlin«, gab er rot vor Wut zurück und warf mir einen bösen Blick zu. »Ich frage mich wirklich, warum Lord Dunning sich solche Mühe mit Euch macht. Er sollte Euch den Behörden übergeben und …«

Ich schickte mich an, dem Tablett, das er soeben aufgehoben

hatte, einen weiteren Fußtritt zu versetzen, als Winston auf der Schwelle erschien.

»Was hat dieser Höllenlärm zu bedeuten?«, brüllte er.

»Die junge Dame ist heute Morgen mit dem falschen Fuß aufgestanden«, antwortete Rupert.

Winston warf einen Blick auf die Porzellanscherben und Essensreste, bedeutete dem Diener dann, hinauszugehen und schloss die Tür hinter ihm. Er lehnte sich dagegen und beobachtete mich schweigend, mit verschränkten Armen und halb gesenkten Lidern.

Ich begann erneut, schnell zwischen Fenster und Bett hin- und herzugehen und warf ihm ab und zu einen besorgten Blick zu.

»Ihr seid eine wahre Furie, meine Teure.«

»Hört auf, mich Eure ›Teure‹ zu nennen«, gab ich zurück, wobei ich seinen schleppenden Tonfall und seine gezierte Sprechweise nachahmte.

»Es stimmt, ›kleine Wilde‹ würde viel besser zu Euch passen.«

Ich bedachte ihn mit einem vernichtenden Blick, und dann begegnete ich zufällig meinem Bild im Spiegel. Vor mir stand eine abgemagerte Frau, die ich nicht kannte. Meine Haare hingen jämmerlich auf mein zerknittertes Hemd hinunter und hoben sich dunkel von meiner leichenblassen Haut ab.

»Seht doch, was Ihr aus mir gemacht habt«, zischte ich und wandte mich zu Winston um.

Er inspizierte mich von Kopf bis Fuß und lächelte, offenbar zufrieden mit dem, was er sah.

»Gewiss, Ihr seht ein wenig müde aus, aber wenn all das einmal vergessen ist, werdet Ihr wieder zu Kräften kommen und Eure alte Anmut wiederfinden.«

Er musste gerade dabei gewesen sein, sich anzukleiden, als er aus seinem Zimmer gestürzt war, denn eine Falte seines Hemds, das offen stand, hing ihm aus der Hose. Er sah mich ohne eine sichtbare Gefühlsregung an und trat auf mich zu.

Instinktiv wich ich einen Schritt zurück, wodurch ich in den Lichtbalken geriet, der durch das Fenster einfiel. Ein selbstgefälliges Lächeln breitete sich über Winstons Gesicht, als er die Kurven meines Körpers betrachtete. Im Gegenlicht verbarg das Hemd nicht allzu viel von meinen Formen. Ich stürzte zum Bett und flüchtete mich unter die Laken.

»Ihr seid genauso schön wie in meinen wildesten Träumen.«

Er stand am Fuß des Bettes, stützte sich auf den mit üppigen Schnitzereien geschmückten Bettpfosten aus Mahagoni und setzte ein Knie auf die Matratze.

»Kommt bloß nicht näher«, kreischte ich und zog die Decke hoch.

Er zog sein Hemd aus. Seine haarlose, feucht glänzende Brust hob und senkte sich im Rhythmus seines schnellen Atems. Entsetzt wich ich ans andere Ende des Betts zurück.

»Wenn ich es recht bedenke, habe ich lange genug gewartet.«

Er kletterte auf allen vieren aufs Bett und hielt mich an einem Knöchel fest, als ich gerade flüchten wollte. Ich hing mit dem Oberkörper über dem Bettrand im Leeren und versuchte mich aufzurichten, indem ich mich am Laken hochzog, aber ich fiel zurück und schlug mit dem Kopf auf den Boden. Er packte mich an der Taille und zog mich wieder hinauf.

»Beruhigt Euch, Caitlin, ich will Euch doch nicht wehtun.«

Er saß jetzt auf meinen Schenkeln, so dass jeder Fluchtversuch sinnlos war.

»Bitte, Winston«, flüsterte ich schluchzend. »Nicht das …«

Er atmete hörbar ein und schien zu zögern. Einen viel zu kurzen Moment lang glaubte ich, er werde mich loslassen, doch dann legten seine Hände sich wieder gnadenlos auf mich. Mit einem kurzen Ruck zerriss er mein Hemd.

»Bedaure, ich kann nicht länger warten.«

Schamhaft schlang ich die Arme um meinen Körper, doch er packte meine Handgelenke und hielt sie über meinem Kopf fest. Sein keuchender Atem strich über mein Gesicht, und er starrte mich aus seinen blauen Augen so durchdringend an, dass mir ganz übel wurde. Ich hasste diesen Mann so sehr, dass ich ihn hätte töten können. Er ekelte mich an. Ich stöhnte vor Schmerz, und meine Seele war zerrissen. *Liam, wo bist du?* Plötzlich wünschte ich, er wäre da. Ich brauchte ihn so sehr.

Winston presste die Lippen auf die meinen, küsste mich heftig und stieß mir die Zunge in den Mund.

»Ihr macht mich wahnsinnig«, stöhnte er und ließ jetzt seine Zunge an meinem Hals entlanggleiten, während ich unter ihm zappelte wie ein Aal.

»Nein, Winston ... Ich bitte Euch«, flehte ich vergeblich.

Er nahm eine meiner Brustwarzen in den Mund und biss heftig darauf. Ich kämpfte wie eine Rasende, angetrieben von dem dumpfen Entsetzen, das die Aussicht, ein weiteres Mal mit Gewalt genommen zu werden, in mir auslöste. Doch leider war ich diesem Mann nicht gewachsen, denn der Widerstand, den ich ihm entgegensetzte, erregte und enthemmte ihn erst recht. Einen kurzen Moment lang löste er den Griff um eines meiner Handgelenke, um mit der Hand meine Schenkel zu öffnen, was den Zorn, der mich erfüllte, noch vervielfachte. *Nein! Ich kann Liam nicht bis zum Letzten verraten!* An diesen Gedanken klammerte ich mich und nahm meine verbliebenen Kräfte zusammen, um diesen Mann zurückzustoßen.

»Nein, genug jetzt«, schrie ich und wehrte mich mit einer Heftigkeit, von der ich nicht gewusst hatte, dass ich sie noch aufbringen konnte.

Der Dolch, den ich unter dem Kopfkissen versteckt hatte, fiel mir wieder ein. Ich streckte den Arm aus und tastete hektisch danach. Doch als ich die Hand auf die Waffe legte, packte Winston mich erneut am Handgelenk. Er erstarrte, als er die Waffe aufblitzen sah.

»Was ...?«

Seine Verblüffung verwandelte sich in Ungläubigkeit und dann in offene Bosheit.

»Du kleine Hure!«

Er verdrehte mir den Arm und zwang mich, den Dolch loszulassen, der schwer hinabfiel. Er hob die Waffe auf, um sie zu untersuchen.

»So, so, du kannst es wohl nicht lassen?«, stieß er gehässig hervor.

Ich gab keine Antwort und wandte den Kopf ab. Er setzte die kalte, tödlich scharfe Spitze der Klinge zwischen meine Brüste, und ich erschauerte.

»Macht schon, Ihr Rohling, tötet mich doch! Worauf wartet Ihr?«

»Ich habe noch nicht bekommen, was ich wollte«, flüsterte er leise und drückte ein wenig fester.

Ein Blutstropfen quoll hervor. Winston nahm ihn mit der Spitze seines Zeigefingers auf und führte ihn an die Lippen. Angeekelt verzog ich das Gesicht. Mit einem Mal packte er mich am Hals, zog mich hoch und stieß mich gegen den Bettpfosten. Das Funkeln in seinem Blick ließ mich vor Angst erzittern.

»Winston …«

Er lockerte seinen Griff ein wenig, ohne seine Hand wegzunehmen. Es gelang mir zu schlucken, obwohl mir die Klinge in die schweißfeuchte Haut meiner Kehle schnitt.

»Wir werden zu Ende führen, was wir begonnen haben, süße Caitlin.«

»Eines Tages werde ich Euch dafür töten, Winston …«

Mit einem gewaltigen Krachen flog die Tür auf. Blitzschnell hatte Winston mich am Arm gepackt und schob mich aus dem Bett. Plötzlich stand ich aufrecht, den Rücken gegen seinen Rumpf gepresst. Sein Arm umschlang meine Taille, und die Spitze meines Dolchs drückte unterhalb meines Kinns leicht in meine Haut. Liam stand vor uns, eine Pistole in der Hand und mit vor Wut glühendem Gesicht.

»Lasst meine Frau los, Kanaille!«, befahl er mühsam beherrscht und wollte auf uns zutreten.

Ein brennender Schmerz durchfuhr meinen Kiefer, und ich spürte, wie mir etwas Heißes den Hals hinunterlief.

»Ihr wollt doch nicht, dass ich Eurer hübschen Gattin die Gurgel durchschneide, oder, Macdonald?«, höhnte Winston. »Das würde mir selbst leid tun, denn sie gefällt mir ebenfalls, wisst Ihr.«

»Gebt sie sofort frei«, zischte Liam eisig.

Mein Angreifer bewegte sich hinter mir, und ich spürte, wie sein Körper sich anspannte.

»Ich habe nicht die geringste Absicht, sie freizulassen. Ich wollte mich gerade über sie hermachen, als Ihr uns unterbrochen habt. Möchtet Ihr vielleicht zusehen? Eure Gattin hat ein verdammt hübsches Hinterteil«, spottete er.

Liam wahrte seine undurchdringliche Miene und hielt die Waffe weiter auf Winston gerichtet, der sich nicht rührte.

»Endlich! Ihr habt Euch Zeit gelassen, Macdonald! Ich begann schon zu glauben, Ihr wäret ihrer bereits überdrüssig.«

Ich war vollständig gelähmt. Vergeblich versuchte ich, Liams Blick aufzufangen, doch er wich mir aus und ließ nur den Dolch nicht aus den Augen.

»Liam …«

»*Bi sàmhach*, Caitlin! Schweig still«, brüllte er, an mich gerichtet. Sein Blick glitt über mein zerrissenes Nachthemd, das nicht mehr viel von meinem Körper verbarg. Eine Wut, die ich an ihm nicht kannte, verzerrte seine Züge, die bereits vom Schlafmangel ausgehöhlt waren. Seine blutbefleckten Kleider und seine zerzausten Haare, die struppig auf seine Schultern fielen, verliehen ihm das brutale Aussehen eines wilden Mannes des Nordens, gnadenlos und blutrünstig.

»Lasst sie los, Hurensohn. Wenn ich es bin, den Ihr haben wollt, dann gehöre ich Euch, aber gebt sie vorher frei«, befahl Liam ruhig, aber hart.

Von neuem trat er einen Schritt auf uns zu, und die kalte Spitze des Dolchs drückte sich ein wenig tiefer in meine Haut.

»*Falbh! Falbh! Tha na còtaichean scàrlaid ann! ›S e painntrich a th‹ ann*!«, schrie ich. Du musst fliehen! Die Rotröcke sind hier, das ist eine Falle!

Liam wandte mir einen verblüfften Blick zu.

»*Cò mheud saighdear?*«, fragte er dann leise. Wie viele Soldaten?

»*A seachd*«, antwortete ich knapp. Sieben.

Müde und ohnmächtig sah er mich an. Sein Finger zitterte am Abzug der Pistole, die er immer noch auf den Kopf meines Angreifers gerichtet hielt, aber er drückte nicht ab. Die Gefahr, mich zu treffen, war zu groß. Hinter mir wurde Winston immer unruhiger. Unser auf Gälisch geführter Dialog musste ihn nervös gemacht haben.

»*Falbh, a Liam… Crochaidh iad coltach ri cù thu!*«, flehte ich ihn mit erstickter Stimme und feuchten Augen an. Flieh, Liam… Sie werden dich hängen wie einen Hund!

Das Stampfen von Soldatenstiefeln, das durch das steinerne Treppenhaus hallte, drang zu uns wie ein unabwendbares Todesurteil. Es war zu spät. Schweißperlen liefen an Liams Schläfen hinunter, und seine Züge verzerrten sich. Er stieß einen Schrei der Wut und Verzweiflung aus, der mir das Herz zerriss und Winston zusammenfahren ließ.

Captain Turner richtete den blank polierten Gewehrlauf auf Liams Nacken. Er ergab sich und senkte die Arme. Die Soldaten nahmen ihm seine Waffen ab und schlossen ihn in Eisen, ohne dass er Widerstand leistete. Winston lockerte seinen Griff und steckte den Dolch in den Gürtel.

»So ist es klüger, Macdonald. Ich hätte es gar nicht geschätzt, Euer Blut von meinem Parkett aufwischen zu müssen, und erst recht nicht das der schönen Caitlin«, höhnte er.

Dann wandte er sich an Captain Turner, der mir grausam zulächelte.

»Er gehört Euch.«

Liam sah mich mit völlig ausdruckslosem Blick an.

»*Carson?*«, fragte er betrübt. Warum?

»*Air son a tha gaol agam ort, mo rùin*«, flüsterte ich. »*Math mi mo rùin …*« Weil ich dich liebe, mein Geliebter. Vergib mir.

Er nickte und wandte sich ab. Ich wurde von einem Strudel von Gefühlen davongerissen und war unfähig, mich an eines davon zu klammern. Wie ein Schiff, das sich von seinem Anker losgerissen hat, trieb ich auf einem tobenden Meer. Unter einem Klirren von Ketten, das mir durch Mark und Bein ging, stießen die Soldaten Liam aus dem Zimmer.

»Neiiin!«, schrie ich verzweifelt.

Ein letztes Mal versuchte ich mich loszumachen, um ihm nachzulaufen, aber Winston hielt mich zurück und grub mir schmerzhaft die Finger in den Arm. Ich schlug um mich wie eine Wahnsinnige, kreischte und kratzte wie entfesselt. Schließlich löste er seine Umklammerung und stieß mich grob gegen die Wand. Er versetzte mir eine schallende Ohrfeige, so dass ich mich um meine Achse drehte. Mein Kopf knallte heftig gegen den Türrahmen, und ich sah, wie die weiße Wand sich plötzlich verdüsterte. Ich hörte Schreie, Liam, der nach mir rief, und die Soldaten, die ihn niederbrüllten. Die Wand hörte nicht mehr auf, sich zu drehen. Ich wehrte mich gegen die Ohnmacht, doch vergeblich. Leise röchelnd sank ich zusammen, und dann wurde mir schwarz vor Augen.

15

Der Preis für ein Leben

Schatten tanzten vor meinen Lidern. Die letzten Brandungswellen meiner Verzweiflung hatten sich endlich zurückgezogen, und ich kam langsam wieder zu mir. Geräusche – Stimmen? – versuchten, sich einen Weg in mein Hirn zu bahnen. Apathisch schlug ich die Augen auf. Langsam erwachte mein Körper wieder zum Leben. Ich klammerte mich an diese Stimmenfetzen wie an einen Rettungsanker.

In dem Maße, wie die Silhouetten feste Gestalt annahmen, wurde das Flüstern lauter. Jemand rief wieder und wieder meinen Namen. Ein vertrautes Gesicht schien vor mir langsam wie aus einem Nebel aufzutauchen.

»Caitlin … Es ist vorüber …«, sagte die Stimme zu mir.

Ich blinzelte. Patrick sah mich besorgt an. Eine eiskalte Woge weckte mich endgültig. Ich hustete, erstickt von dem Wasser, das mir jemand ins Gesicht gegossen hatte.

»Hast du vor, mich zu ersäufen?«, schimpfte ich und richtete mich in meinem durchweichten Hemd auf. Mein Bruder wickelte mich in ein Laken.

»Geht es dir gut, Caitlin? Bist du nicht verletzt?«, fragte er mich sanft.

Mit einem Schlag kehrte die Erinnerung an Liams Gefangennahme zurück. Ich warf Patrick einen hilflosen Blick zu und klammerte mich so heftig an ihm fest, dass ich ihn aus dem Gleichgewicht brachte.

»Wo ist Liam?«, schrie ich.

»Sie haben ihn mitgenommen, Caitlin …«

»Mein Gott, nein!«, stöhnte ich. »Und wohin?«

»Ich fürchte, er befindet sich auf dem Weg ins Tolbooth-Gefängnis in Edinburgh. Im Moment können wir nichts unternehmen.«

Ich stieß ein langgezogenes Stöhnen aus. Patrick zog mich an sich und wiegte mich sanft, um mich zu trösten, doch er wusste, dass es vergeblich war.

»Du musst dich jetzt anziehen, wir reiten nach Hause.«

Er reichte mir mein Kleid und half mir beim Aufstehen.

»Ich warte im Flur auf dich«, sagte er und ging hinaus.

Im Flur hatten Donald und Niall Winston und Rupert an die Wand gestellt und hielten sie mit ihren Dolchen in Schach. Ich hob meine eigene Waffe auf, die auf dem Parkett lag, blieb vor Winston stehen und musterte ihn kalt.

»Mich hält nur eines davon ab, Euch zu töten, Winston Dunning, und das ist die Hoffnung, Liam dort herauszuholen.«

Ich setzte die Waffe sacht unter seinem Kinn an. Der Mann biss die Zähne zusammen und warf mir einen wütenden Blick zu.

»Wenn mein Gatte jedoch eines Tages am Ende eines Stricks baumeln sollte, dann verspreche ich Euch, dass ich zurückkomme und Euch töte, denn dann, teurer Winston, habe ich nichts mehr zu verlieren.«

»Ich werde Euch erwarten«, gab er unverschämt grinsend zurück.

Donald stieß ihm die Faust ins Gesicht. Knochen krachten, und Winston stürzte schwer auf das Parkett.

»Was machen wir mit dem hier?«, fragte Niall und ließ die blitzende Spitze seines Dolchs vor Ruperts entsetzten Augen kreisen. »Soll ich ihn abstechen?«

Ich trat auf den Majordomus zu, sah ihn an und verzog die Mundwinkel.

»Er ist der Mühe nicht wert, Niall. Ich habe allerdings große Lust, ihm ein kleines Andenken an mich zu hinterlassen.«

Ich schürzte leicht die Röcke und versetzte ihm mit dem Knie einen heftigen Stoß in seine empfindlichsten Teile. Rupert stieß pfeifend die Luft aus und krümmte sich stöhnend zusammen.

Als wir in die Eingangshalle traten, trafen wir auf Lady Catherine, die soeben von ihrem täglichen Spaziergang zurückkehrte und uns verblüfft ansah. Sie wurde von einem jungen Mädchen begleitet, das ich noch nie gesehen hatte, wahrscheinlich meiner Nachfolgerin. Mein Magen krampfte sich zusammen, und ich klammerte mich an Patricks Arm.

»Caitlin Dunn?«, rief sie erstaunt aus. »Was macht Ihr denn hier, und wer sind diese Schotten?«

»Lady Catherine, ich...«

Ein lautes Klirren von Porzellan ließ uns zusammenzucken. Millie starrte mich panisch und leichenblass an; zu ihren Füßen lagen die Scherben einer Teekanne.

»Du bist zurückgekommen? Das hättest du nicht tun sollen... Es ist eine Falle, Caitlin! Eine Falle! Lauf weg, bleib nicht hier. Wenn Lord Dunning... Oh!«

Sie unterbrach sich abrupt, als sie Lady Catherine sah.

»Wovon redest du, Millie?«, fragte Letztere neugierig.

Nervös und sichtlich verlegen knetete das Zimmermädchen vor seiner gestärkten Schürze die Hände.

»Das kann ich nicht sagen, Mylady... Ich habe es bei meinem Leben schwören müssen.«

Mit einem Mal brach sie in lautes Weinen aus. Lady Catherine sah verwirrt zwischen uns hin und her, ohne zu begreifen.

»Wem hast du das geschworen, Millie?«, fragte sie in gebieterischem Ton.

»Lord... Lord Dunning, Mylady. Eurem Sohn, meine ich«, schluchzte sie.

»Und wo befindet mein Sohn sich in diesem Moment?«

»Er ruht sich im Obergeschoss aus, Madam«, schaltete Donald sich ein. »Ich fürchte, er wird noch eine Weile schlummern.«

Einen Moment lang sah sie Donald an, der ihr dreist zulächelte, dann setzte sie sich in einen Sessel und massierte mit schmerzerfüllter Miene ihre verzogenen Gelenke. Ich wusste, dass ihr Blick auf mich gerichtet war, doch ich wich ihm aus und starrte auf den Saum ihres Kleides.

»Vielleicht sollte mich einmal jemand darüber aufklären, was hier vor sich geht. Vor einer Weile habe ich eine Abteilung der Garde gesehen, die mit einem anderen Schotten das Anwesen verließ. Hat das möglicherweise etwas mit dieser ganzen Geschichte zu tun?«

»Ja, Mylady«, antwortete ich widerstrebend und weigerte mich immer noch, den Blick aufzuschlagen.

Ich hörte, wie sie gereizt seufzte.

»Dann erklärt es mir bitte, mein Kind.«

»Dieser Schotte ist mein Ehemann, Mylady. Man beschuldigt ihn fälschlich des Mordes an Eurem …«, stotterte ich.

»Meinem Mann? Ihr meint, er ist dieses Individuum, das Euch entführt hat?«

»Er hat mich nicht entführt«, stellte ich richtig. »Nun ja, wenn man so will, schon. Aber ich bin freiwillig mitgegangen.«

»Warum?«

Ich beschloss, sie anzusehen. Diesen Moment hatte ich so sehr gefürchtet, doch ich hatte keine andere Wahl mehr. Ich musste ihr die Wahrheit sagen.

»Weil ich ihn … getötet habe.«

Millie weinte noch lauter, und ihr Schluchzen hallte von den kalten Wänden der Eingangshalle wider. Lady Catherine starrte mich mit offenem Mund an und schwankte in ihrem Sessel. Meine Kehle war wie ausgetrocknet. Ich hätte alles darum gegeben, in diesem Moment tausend Meilen weit fort zu sein!

»Ihr? Aber Winston hat mir doch versichert, er habe gesehen, wie dieser Schotte das Zimmer verließ.«

»In Wahrheit hat er in jener Nacht mich gesehen. Es tut mir furchtbar leid, Mylady«, flüsterte ich mit erstickter Stimme. »Er hat Euch angelogen und diese ganze Maskerade ins Werk gesetzt, um …«

Um Himmels willen! Wie sollte ich ihr das erklären?

»Lord Dunning hat Dinge mit mir getan … ich musste ihn aufhalten …«

»Ihr braucht nichts weiter zu sagen, mein Kind«, fiel sie erschüttert ein.

Sie sah mich eindringlich an. Merkwürdig, dass die gleichen Augen, die bei dieser Frau so schön, so warmherzig und voller Mitgefühl waren, bei ihrem Sohn so kalt und berechnend blickten.

»Ich hatte so etwas vermutet«, fuhr Lady Catherine fort. »Ich hätte mir nur gewünscht, Ihr hättet Euch mir aus freien Stücken anvertraut, denn ich wollte Euch nicht zwingen, Caitlin. Dieser Mann war ein Ungeheuer. Ich hatte seine perversen Praktiken schon zu spüren bekommen, und als ich dann krank wurde…«

Sie unterbrach sich und sah in die Ferne; dann schüttelte sie den Kopf und schloss die Augen.

»Millie, was weißt du über diese Sache?«, fragte sie und drehte sich zu der jungen Frau um, die laut schniefte. »Warum musstest du meinem Sohn Schweigen geloben?«

»Mylady! Ich flehe Euch an, Lord Dunning hat gedroht, mich…«

»Sprich!«, fiel die Witwe hart ein.

»Caitlin hat die Wahrheit gesagt«, stammelte Millie. »In jener Nacht war ich mit einem Mann zusammen… Vergebt mir, Mylady.«

Sie wurde puterrot und ließ den Kopf hängen. Die Atmosphäre war gespannt. Die Arme sah ständig zur Treppe vor lauter Angst, Winston könnte plötzlich dort auftauchen.

»Und?«

»Ich war mit Douglas zusammen, Mylady, einem der Soldaten, der in dieser Nacht hier war. Man hat ihn von mir weggeholt, um eine spezielle Arbeit zu tun… Ich kann es nicht erzählen, es ist zu schrecklich«, quietschte sie aufgeregt.

»Sprecht weiter, Millie«, befahl Lady Catherine.

Millie warf uns verzweifelte Blicke zu.

»Douglas hat… Mein Gott! Euer Sohn kam in mein Zimmer, um ihn zu holen, und hat ihm befohlen, ihm zu folgen. Er hat ihm die schreckliche Aufgabe aufgetragen, den Mord noch grausamer aussehen zu lassen. Danach ist Douglas wieder zu mir gekommen. Er war zutiefst erschüttert und hat mir alles erzählt. Mr. Winston hatte ihm gedroht, mich fortzuschicken und ihn wegen Diebstahls anzuzeigen, wenn er ihm nicht gehorchte. Er hatte keine andere Wahl und hat… es getan. Dann ist er fortgegangen. Ich habe ihn nicht mehr wiedergesehen, bis man ihn ertrunken aus dem Dighty gezogen hat. Und dabei konnte er schwimmen wie ein Fisch…«

Das Dienstmädchen fing wieder zu weinen an. Lady Catherine

saß tief bestürzt da. Die drei Männer schwiegen verlegen. Alles war gesagt.

Gegen Abend erreichten wir Edinburgh. Ich war auf Stoirm geritten und hatte unterwegs kein Wort gesagt. Donald und Niall kehrten zu ihrer Herberge zurück, um die Pferde zu versorgen, und Patrick begleitete mich zu Mrs. Hay. Niedergeschlagen flüchtete ich auf mein Zimmer, weigerte mich, mit jemandem zu sprechen und überließ es Patrick, Vater die Lage zu erklären.

Der Mond hatte einen Hof, und die Nachtluft, die durch das offene Fenster drang, war feucht und kühl. Ich fragte mich, ob Liam in seiner Kerkerzelle den Mond wohl auch sehen konnte, aber ich zweifelte daran. Die Tränen brannten auf meiner Haut. Drei Tage ohne Nahrung und vier Nächte ohne richtigen Schlaf forderten schließlich ihren Tribut von meinem Körper und meinem Geist. Ich fühlte mich mehr tot als lebendig und schwankte ständig zwischen Benommenheit und heftigen Verzweiflungsausbrüchen. Ich ließ mich auf das Bett fallen, das unter dem Aufprall ächzte. Das Metall des Rings an meinem Finger fühlte sich kühl an. *Vergib mir, mo rùin, vergib mir.* Wieder sah ich Liams Blick, unmittelbar bevor die Soldaten ihn abgeführt hatten, diesen verzweifelten Blick, der mir das Herz verbrannte und kalte Schauer über meinen Rücken jagte. Er war bis in sein tiefstes Inneres verletzt. Ich hatte ihn verraten, und jetzt litt er in einem Kerker unterhalb des alten Tolbooth-Gefängnisses von Edinburgh, das man hier »das Herz von Midlothian« nannte.

Nachdem der erste Schreck über seine Verhaftung vorüber war, versuchte ich, mich an etwas Festes zu klammern, doch ich griff immer wieder ins Leere. Sie würden Liam für das Verbrechen verurteilen, das ich begangen hatte. Sie würden ihn zum Tode verurteilen, weil er mich hatte beschützen wollen. Ich schwebte in einem Albtraum ohne Ende. Erschöpft ließ ich mich vom Schlaf überwältigen und wünschte mir, ich bräuchte nie wieder aufzuwachen.

Doch mein Wunsch wurde nicht erfüllt, weder am nächsten Morgen noch an den folgenden Tagen. Meine Umgebung ließ es sich angelegen sein, mich von morgens bis abends zu beschäftigen, in der Hoffnung, dass ich so nicht in einen lähmenden Zustand tiefer Niedergeschlagenheit oder völliger Verzweiflung verfallen würde.

Mein Vater ließ sich einen halben Tag frei geben und beschloss, dass es Zeit sei, meinen Bruder Matthew wiederzusehen. An einem schönen, sonnigen Nachmittag machten wir unsere Runde durch die Tavernen und die verräucherten Schenken, auf der Suche nach dem, was von meinem Bruder übrig geblieben war. Wir fanden ihn im »Walter's Land Inn«, das ironischerweise in der World's End Close, in der »Gasse am Ende der Welt«, lag.

Ich bekam einen gewaltigen Schrecken, als ich diesen Unbekannten erblickte, der vor mir saß und eine vage Ähnlichkeit mit meinem Bruder von einst aufwies. Matthew hatte beschlossen, sein Leid im Whisky zu ertränken. Es musste ungefähr zwei Uhr nachmittags sein, und in der schmutzigen, ekelhaften Taverne herrschte erstickende Hitze. An die Wand gelehnt, schlummerte er in aller Ruhe. Sein geöffneter Mund wirkte wie eine Einladung an die Vielzahl von Fliegen, die fröhlich auf den klebrigen Tischen herumschwärmten. Ich saß betrübt vor einer Teetasse von zweifelhafter Sauberkeit.

Er öffnete ein Auge, schloss es wieder und schlug dann das andere auf. Plötzlich fuhr er hoch wie von der Tarantel gestochen und war hellwach. Sprachlos starrte er mich an.

»Kitty? Bist das wirklich du?«, stammelte er und kniff die blutunterlaufenen Augen zusammen.

»Ja, ich bin es, Matthew.«

»Kitty! Kitty! Oh! Das ist verflucht lange her…«

»Zwei Jahre, Matt.«

»Zwei Jahre«, murmelte er, wie an sich selbst gerichtet. »Schon? Weißt du, manchmal verliere ich den Zeitbegriff…«

Er lächelte, wodurch die Falten hervortraten, die sich in seinem abgemagerten Gesicht auszubreiten begannen.

»Du hast dich verändert, Kitty. Man sollte meinen, du wärest… ich weiß nicht… Du bist jetzt eine Frau.«

Mit seinem Armstumpf schob er eine braune, schmutzige und

verfilzte Haarsträhne zurück, die ihm in die Augen fiel, und betrachtete mich dann aufmerksam.

»Vater hat mir erzählt, dass du geheiratet hast.«

»Ja«, sagte ich und seufzte bei dem Gedanken, dass ich außerdem Gefahr lief, bald Witwe zu werden.

»Einen Schotten, wie es scheint?«

»Er heißt Liam Macdonald.«

»Kitty Macdonald also«, meinte er lächelnd.

Er führte sein leeres Glas an die Lippen, stellte es dann geräuschvoll wieder ab.

»Ich würde ja einen Toast auf dein neues Leben ausbringen, aber da muss mir wohl jemand meinen Whisky ausgetrunken haben, während ich mein kleines Nickerchen gehalten habe«, murrte er.

Sein Blick verdüsterte sich. Er verzog das Gesicht und rieb sich die Augen. Ich bemerkte die schwarzen Ränder unter seinen Fingernägeln, und mir wurde das Herz schwer. Mein Bruder war nur noch ein Schatten seiner selbst. Er hatte sich von der Welt abgewandt, lebte in seinem persönlichen Fegefeuer und wartete darauf, dass Gott über ihn entschied.

»Du bist wahrscheinlich nicht besonders stolz auf mich, kleine Schwester«, erklärte er verbittert.

»Ich verurteile dich nicht, Matthew.«

»Ich schon! Ich ertrage mein eigenes Spiegelbild nicht mehr.«

Er rieb sich seinen Stumpf, runzelte die Stirn und schlug die goldbraunen Augen zu mir auf.

»Dieses elende Leben! Was habe ich denn noch zu erhoffen, he? Hatte ich dir erzählt, dass ich Arzt werden wollte, vorher?«

»Nein«, antwortete ich und verbarg meine Überraschung nicht.

»Ein einarmiger Arzt …«

Er stieß ein krächzendes Lachen aus. Der Alkoholmissbrauch hatte seine Stimme verändert.

»Du könntest doch viele andere Dinge tun, Matthew. Du hast immer noch deine rechte Hand, und du hast das Glück, lesen und schreiben zu können …«

Er warf mir einen düsteren Blick zu.

»Sieh mich genau an, kleine Schwester. Schau mich an und sag mir, wer Wert auf das legen würde, was du siehst.«

In der Tat, der übellaunige Fremde mit dem eingefallenen Gesicht, der schwankend vor mir saß, hatte nichts Einnehmendes. Aber ich kannte Matthew, den Bruder aus unseren glücklichen Tagen.

»Du musst dich zusammennehmen, Matt. Du darfst dich nicht so gehen lassen...«

Ich unterbrach mich, als ich mir plötzlich meiner eigenen Niedergeschlagenheit bewusst wurde. Jetzt begriff ich, warum Vater so darauf gedrängt hatte, dass ich meinen Bruder traf. Er wollte, dass ich sah, was geschah, wenn die Verzweiflung sich eines Menschen bemächtigte und seinen Körper langsam, aber sicher zerstörte. Dass ich den erloschenen Blick eines Menschen sah, der keine Lust mehr hatte, weiterzuatmen. Ein Leben, auf ein Nichts geschrumpft, auf einen Krug voller Gift, das langsam das Blut, das durch die Adern floss, ersetzte. Ich schloss die Augen und holte tief Luft.

»Matthew, ich sehe einen Mann vor mir, der noch ein Leben vor sich hat, wenn er nur bereit ist, seine Möglichkeiten zu ergreifen. Sicher, Gott hat dir eine Hand genommen, aber du hast noch so vieles...«

»Ich bin kein Mann mehr, Kitty!«, jammerte er. »Ich kann nicht mehr kämpfen wie ein Mann, und die Frauen...«

Seine Züge verhärteten sich zu einer Mischung aus bitterer Enttäuschung und Zorn. Dann entspannte sich sein angewiderter Gesichtsausdruck, und er wedelte mit dem verstümmelten Arm ratlos vor meinem Gesicht herum.

»Liebe Schwester, dein Mann ist wahrscheinlich im Vollbesitz all seiner Körperteile, und so, wie Vater ihn mir beschrieben hat, könnte er einen Menschen mit einer einzigen Hand töten. Hättest du dir einen Mann ausgesucht, der nur noch die Hälfte seiner selbst ist?«

Ich überlegte lange, bevor ich antwortete. Wäre Liam in Killiecrankie dasselbe widerfahren, hätte ich mich dann genauso in ihn verliebt? Eine Hand weniger... was hätte ich davon gehalten?

»Es gibt mehrere Arten, einen Mann zu beurteilen«, begann

ich. »Man kann ihn nach seiner Körperkraft und nach seinem Geschick im Kampf beurteilen, nach seinem Vermögen und nach seiner Macht in der Welt.«

Ich nahm seine verbliebene Hand und streichelte ihm zärtlich über die Handfläche.

»Aber man kann ihn auch an seiner Charakterstärke messen«, fuhr ich fort, »an seiner Entschlossenheit und an seinem guten Herzen. Die Entscheidung, woran du dich messen lassen möchtest, liegt bei dir, mein Bruder. Für mich sind es die letzten drei Eigenschaften, die mich bewogen haben, Liam zu wählen.«

Er sah mich an und zog die Augen zusammen, während er über meine Antwort nachdachte. Seine Finger schlossen sich um meine.

»Ich habe gesehen, mit welchem Blick die Frauen mich anschauen, Kitty. Das tut mir weh. Ich weiß, was sie empfinden. Ich stoße sie ab.«

»Matthew, das, was sie abschreckt, ist nicht der Umstand, dass dir eine Hand fehlt. Glaubst du vielleicht, dass du der einzige Einarmige in Schottland bist? Wirf den Whiskybecher weg … Du bist sehr anziehend, wenn du einen klaren Blick und ein strahlendes Lächeln hast. Erinnerst du dich noch an Molly und Isobel? Die beiden haben richtig für dich geschwärmt.«

Er lächelte traurig, als ich die zwei Fitzpatrick-Schwestern erwähnte, die in Belfast um ihn herumgeschwirrt waren wie Fliegen um einen Topf Honig. Ich hatte immer den Verdacht gehegt, dass Matthew ein Faible für die jüngere der beiden, Isobel, gehabt hatte. Ob er sie wohl geliebt hatte? Hatten sie sich einander versprochen? Wie auch immer, ihr Idyll war abrupt zu Ende gegangen, als wir nach Schottland ins Exil gegangen waren.

»Finde wieder zu dir selbst, Matt. Lass die anderen vergessen, was du verloren hast, indem du dich dessen bedienst, was du besitzt. Ein Mann ist nur kein Mann mehr, wenn er kein Herz mehr hat, um zu lieben und zu vergeben. Vergib dem Leben, und es wird es dir vergelten. Wenn man von einem Schicksalsschlag getroffen wird, hat man eine ganz einfache Wahl. Entweder gibt man sich auf und versinkt, oder man holt tief Luft und setzt sich damit auseinander.«

Matthew betrachtete mich einen Moment lang, dann nahm er meine Hand und lachte leise.

»Ich habe das Gefühl, unsere Mutter zu hören. Ich hoffe, dieser Macdonald weiß, was er an dir hat«, murmelte er. »Wenn ich erfahre, dass er dich nicht korrekt behandelt, dann schlage ich ihm mit der einen Hand, die ich noch habe, die Zähne ein.«

Sein müdes Gesicht wurde von einem Lächeln erhellt, das ihm ein wenig von seinem einstigen Charme zurückschenkte. Vielleicht wohnte ja doch noch ein Fünkchen Hoffnung in seiner Seele...

Bei meiner Rückkehr zu Mrs. Hay erwartete mich ein Päckchen aus Dunning Manor. Ich legte es auf meinen Nachttisch und rührte es mehr als eine Stunde lang nicht an, als hätte ich Angst, mich daran zu verbrennen. Ich hatte die elegante Handschrift von Lady Catherine erkannt. Was es wohl enthalten mochte? Irgendein Geschenk, um mich Winstons schreckliche Schandtat vergessen zu machen? Geld? Einen Brief voller Eingeständnisse und oberflächlicher Entschuldigungen? Aufgeregt ging ich auf und ab und strapazierte das Parkett und meinen Kopf in dem Versuch, den Inhalt des geheimnisvollen Pakets zu erraten. Schließlich hielt ich es nicht mehr aus, und ich wog es in der Hand und drehte es, um es aus allen Blickwinkeln zu untersuchen, bevor ich mich entschloss, es zu öffnen. Lady Catherine schickte mir ihr kostbares Exemplar des *Macbeth* von Shakespeare, das ich so gern mochte, begleitet von einer Notiz, die ich vorsichtig entfaltete.

Meine liebe Caitlin,

niemals werde ich die Sünden tilgen können, die mein Gatte und mein Sohn begangen haben, möge Gott ihnen vergeben. Doch ich kann versuchen, das Unrecht wiedergutzumachen, das sie Euch und Eurem Mann zugefügt haben. Was da geschehen ist, zerreißt mein Mutterherz.

Ich habe Winston zu mir gerufen und ihm ein Ultimatum gestellt. Er soll Euren Gatten von den unberechtigt erhobenen Anschuldigungen entlasten, andernfalls werde ich ihm die Verfügung über unseren Besitz entziehen und ihn vielleicht sogar vollständig enterben. Ich habe ihm ei-

nige Stunden Zeit gegeben, um seine Entscheidung zu treffen. Das ist alles, was ich im Moment für Euch tun kann. Ich wünsche mir von ganzem Herzen, dass Gott ihm den richtigen Weg zeigt.

Klammert Euch an die Hoffnung, mein Kind. In wenigen Tagen solltet Ihr neue Nachrichten erhalten.

Herzlich,

Lady Catherine Dunning

Ich legte den Brief, auf den eine Träne von mir getropft war, langsam auf meine Knie. Liams Schicksal lag jetzt in Winstons Händen. Was hatte ich von ihm zu erwarten? Rache? Wiedergutmachung? Schwer zu sagen. Ich wusste, dass Winston geldgierig und machtbesessen war, doch er war auch sehr stolz und durchtrieben. Ein paar Tage warten… Die Hoffnung war alles, was mir noch blieb.

Seit meinem Wiedersehen mit Matthew und dem Brief von Lady Catherine waren zwei weitere Tage vergangen. Liam war immer noch im Gefängnis, doch er hatte noch nicht vor dem Schwurgericht erscheinen müssen. Noch war nicht alles verloren.

Mr. Kerr war in der vergangenen Nacht verstorben. Mrs. Hay wartete darauf, dass die sterbliche Hülle des Unglücklichen abgeholt wurde. Da er keine Familie besessen hatte, die Anspruch auf ihn erhob, blieb ihr nichts anderes übrig, als seine Leiche der Universität von Edinburgh zu vermachen, wo, wie es hieß, die Studenten einen sinnvollen Gebrauch dafür hatten. Daher brach ich allein zum Tolbooth-Gefängnis auf, in der vagen Hoffnung, dass man mich endlich zu Liam lassen würde. Er befand sich jetzt schon länger als eine Woche dort.

Ich drängte mich durch die morgendliche Menschenmenge in der Highstreet, als ich beinahe von einer Kutsche umgefahren wurde. Der Kutscher beschimpfte mich heftig und warf mir meine Unaufmerksamkeit vor. Ich schickte mich an, ihm einige kräftige Worte zu erwidern, als am Fenster ein Gesicht auftauchte. Zu Beginn sah ich nur blondes Lockenhaar, doch dann blieb mir fast das Herz stehen, und ich riss entsetzt die Augen auf. Winston Dunning beobachtete mich unbewegt, mit eisigem Blick. Ein kalter Schauer lief mir das Rückgrat hinunter.

Dann setzte sich die Kutsche in Bewegung und verschwand um eine Straßenecke.

Es dauerte einige Augenblicke, bis ich mich von meinem Schrecken erholt hatte. Was hatte Dunning in Edinburgh zu suchen? War er gekommen, um die Anschuldigungen gegen Liam zurückzunehmen, damit er endlich begnadigt werden konnte? Ich betrachtete die geschwärzte Steinfassade des Gefängnisses, als sich eine Hand auf meine Schulter legte und mich aus meinen trüben Gedanken riss.

»Sie weigern sich immer noch, uns zu Liam zu lassen«, erklärte Donald MacEanruigs ernst. »Sie versichern uns nur, dass er noch lebt. Kommt mit.«

Er zog mich hinter sich her, fort von dem düsteren Gefängnis, in dem Liam schmachtete. Schweigend gingen wir bis zu einer Anhöhe oberhalb des Holyrood-Palasts. Dort waren wir wenigstens ein Stück weit von dem Lärm und den widerlichen Gerüchen, die ständig über der Stadt hingen, entfernt. Donald bedeutete mir, mich neben ihn auf einen aus dem Boden ragenden Vulkanstein zu setzen. Von hier aus genoss man eine herrliche Aussicht über Edinburgh, die umgebenden Weiler und die Wasser des Firth of Forth.

»Ich kehre morgen nach Glencoe zurück«, erklärte er ohne Vorrede.

»Morgen? Aber Liam …«, stotterte ich ungläubig. »Das könnt Ihr nicht machen! Ihr habt kein Recht, ihn einfach im Stich zu lassen!«

»Wir wissen nicht, ob oder wann er entlassen wird«, setzte er hinzu und wich meinem Blick aus.

»Was!«, schrie ich empört. »Ihr dreht ihm den Rücken, wenn er Eurer am dringendsten bedarf!«

Ich kochte vor Wut. Wie konnten sie ihn in diesem Rattenloch verfaulen lassen?

»Wir lassen ihn nicht im Stich, Caitlin«, verteidigte sich Donald. »Ich liebe Liam wie einen Bruder, und glaubt mir, was mit ihm geschieht, schmerzt mich ebenso wie Euch. Aber im Augenblick können wir nichts mehr für ihn tun. Wir können schließlich nicht das Tolbooth-Gefängnis angreifen und ihn herausholen!«

Ich brach in Schluchzen aus. Ratlos murmelte Donald einige tröstende Worte und nahm mich ungelenk in die Arme, bis ich mich beruhigt hatte. Dann trocknete ich mir die Augen, ein wenig beschämt, weil ich mich so hatte hinreißen lassen.

»Tut mir sehr leid«, schniefte ich. »Ich bin dieser Tage furchtbar durcheinander; ich hoffe so sehr, dass Liam begnadigt wird …«

»Ich verstehe, Caitlin. Wir kommen in einigen Tagen zurück. Bis dahin ist Liam bestimmt frei. Aber ich muss John berichten, was geschehen ist. Außerdem muss ich ihn über die neuesten Entwicklungen in der Untersuchungskommission, die in Holyrood stattfindet, in Kenntnis setzen.«

»Und welche wären das?«, fragte ich, hocherfreut über die Gelegenheit, das Thema zu wechseln.

»Bah! Ich mache mir keine Illusionen darüber, wie diese ganze Sache ausgehen wird. Man hat dem König ein Schreiben nach Flandern geschickt. Oberstleutnant Hamilton hat endlich der Aufforderung der Justiz Folge geleistet und Irland verlassen, um nach Edinburgh zu kommen, die Taschen vollgestopft mit Schutzbriefen, versteht sich. Er hat seine Zeugenaussage unterzeichnet. Wie ich gehört habe, hat er einen Pass für Holland erhalten, so dass er zu den Regimentern des Königs stoßen kann. All das ist nur ein billiger Scherz, Caitlin. Der König ist von jeder Verantwortung entbunden worden, genau wie wir befürchtet haben. Staatsminister Dalrymple ist für schuldig befunden worden, die Befehle des Königs ›überschritten‹ zu haben. Nichts weiter. Als wären wir nur eine Schafherde gewesen, die man den Wölfen überantwortet hat. Ich bezweifle allerdings stark, dass er irgendwie bestraft wird. Sir Livinston, Dalrymples Stellvertreter, ist freigesprochen worden, denn anscheinend wusste er nicht, dass der Eid tatsächlich unterzeichnet war, als er Gouverneur John Hill seine Befehle nach Fort William schickte. Was Letzteren angeht, so ist er freigesprochen worden. Unter allen Menschen, die vor das Komitee geladen worden sind, ist er wahrscheinlich der Einzige, der aufrichtig bestürzt über diese Tragödie zu sein scheint. Das verstehe, wer will, schließlich ist der Mann ein *Sassanach*. Nun ja … Vielleicht besitzt dieser protestantische

Bibelfanatiker ja ein wenig mehr Mitgefühl als seine Kameraden.«

Er unterbrach sich und ließ nervös seine Fingergelenke knacken.

»Hamilton und Duncanson, die das Massaker geplant haben, sind für schuldig erklärt worden; allerdings hat man keinerlei Strafe über sie verhängt. Bleiben die Soldaten, die sozusagen nicht erschienen sind. Ich bezweifle, dass sie das je tun werden. Glenlyon und Drumond werden in Dixemude, in Flandern, gefangen gehalten; ein schwacher Trost. Letztendlich betrachtet man die ganze Geschichte als bedauerlichen Irrtum, als Missverständnis. Sogar die Jakobiten bedienen sich ihrer zu ihrem Vorteil, um den protestantischen König und seine Regierung mit Schande zu überziehen.«

Er zog ein völlig zerknittertes Traktat aus seinem *Sporran* und reichte es mir. Es stammte von dem Iren Charles Leslie, einem Pamphletschreiber und Polemiker, und verhöhnte den Bericht an den König über die Affäre Glencoe.

»Das tut mir leid«, stammelte ich.

»Euer Bruder verteilt diese Schriften in den Kaffeehäusern und Tavernen.«

»Oh!«, stieß ich verblüfft hervor. »Ich wusste, dass Patrick in jakobitischen Kreisen verkehrt, aber …«

»Er *ist* Jakobit, Caitlin, und sehr aktiv innerhalb der Organisation. Ihre Ziele will ich ja gar nicht in Zweifel ziehen. Ich selbst würde mein Leben dafür geben, die Stuarts wieder auf den Thron von Schottland zu setzen. Wir haben alle unterschiedliche Meinungen, aber es gefällt uns nicht, wenn man sich dieses strittigen Themas bedient, um die Sache voranzubringen. Da gibt es andere Mittel.«

Er verstummte, runzelte die Stirn und ließ den Blick in die Ferne schweifen.

»Wäre nur Euer Chief MacIain rechtzeitig aufgebrochen, um den Eid zu unterzeichnen. Dann wäre nichts von alldem geschehen«, meinte ich.

Zerstreut beobachtete ich zwei Singschwäne, die über uns hinwegzogen, um sich auf dem Loch, der in einiger Entfernung lag, niederzulassen. Donald seufzte und schüttelte seine rote Mähne.

»Er war eben starrköpfig. Es ist wahr, dass die Stämme eine angemessene Frist von mehreren Monaten hatten, um sich auf die Proklamation einzustellen, aber die Chiefs hätten es vorgezogen, auf James' Zustimmung zu warten. Duncan Menzie, der inkognito nach Saint-Germain in Frankreich gereist war, um ihn trotz allem unserer Loyalität zu versichern, ist erst eine Woche vor dem Ablauf der Frist mit der Antwort zurückgekehrt. Auch andere Clans hatten den Eid noch nicht unterzeichnet, beispielsweise die Stuarts von Appin und die Macdonalds von Glengarry, aber so wie die Dinge standen, konnten die Campbells, die eine große Anzahl von Posten in der Regierung besetzen, nur gewinnen, wenn sie an uns ein Beispiel statuierten. Und gleichzeitig stillten sie eine Rache, die zwischen unseren Clans seit Generationen genährt wurde. Also hat man die Registrierung des Eids absichtlich verschwinden lassen, und dann nahmen die Ereignisse ihren Lauf.«

»Und all das wegen ein paar Stück Vieh ...«

Er sah mich an und zog ein schiefes Lächeln.

»Es geht nicht nur um Viehdiebstahl«, klärte er mich auf. »Manchmal endeten solche Überfälle in einem Blutbad. Unsere Klingen waren oft rot von Campbell-Blut, doch ebenso oft haben Macdonalds an den Ästen alter Eichen in Finlarig und Inveraray als Rabenfutter gedient. Auge um Auge, Zahn um Zahn! Dieses Motto ist gleichsam in den Granit unserer Berge gehauen. Jedem der Campbells, die ihre Finger in dieser Sache hatten, sind bestimmt irgendwann einmal einige Tiere oder etwas anderes gestohlen worden.«

»Ein Krieg ohne Aussicht auf ein Ende, wenn ich das richtig verstehe.«

Er verzog das Gesicht und schob mit dem Handrücken eine Haarsträhne zurück.

»Ich weiß es nicht ...«, meinte er zögernd. »Dieses Mal haben sie uns vielleicht den Todesstoß versetzt. Es wird immer schwieriger, sich über die Gesetze der *Sassanachs* hinwegzusetzen, ohne die Folgen zu spüren zu bekommen. Im Moment müssen wir unsere ganze Kraft aufwenden, um einfach nur zu überleben.«

Er warf mir ein verschlagenes Lächeln zu.

»Vielleicht läuft uns ja eines Tages rein zufällig ein Campbell über den Weg.«

Eine warme Brise strich über mein Gesicht, und ich schloss die Augen. Offensichtlich führten die Bewohner von Glencoe nur an der Oberfläche ein ruhiges Leben; in Wirklichkeit war es sehr verwickelt. Ich konnte gerade noch verstehen, warum die Tieflandschotten und die Engländer solche Angst vor diesen undisziplinierten Männern und ihrem hitzigen Temperament hatten, die nur nach ihren eigenen Gesetzen lebten und nur ihre eigenen Interessen verfochten. Aber wenn ich an Liam und seine Highlander-Gefährten dachte, fand ich, dass die Ausdrücke »Wilde« und »Barbaren« ganz und gar nicht auf sie zutrafen. Sie waren eher stolz und unbeugsam und von einem Ehrbegriff beseelt, der ihnen bis in den Tod folgte. Niemals würden diese Männer sich dem englischen Joch beugen, das würde ihr rebellisches Temperament ihnen nicht gestatten. Eines wurde mir klar: Wenn Liam diese Sache überlebte, dann würde unser Leben alles Mögliche sein, nur nicht ruhig.

»Ihr liebt ihn wirklich, stimmt's?«, fragte Donald, der mich unauffällig beobachtet hatte.

»Ja«, flüsterte ich.

»Was habt Ihr Euch denn erhofft, als Ihr noch einmal nach Dunning Manor gegangen seid?«

»Ich weiß es nicht. Vielleicht dachte ich, wenn ich die Wahrheit wüsste, könnte ich ihn von den Anschuldigungen, die gegen ihn erhoben werden, entlasten.«

»Auch um den Preis Eures Lebens?«

Seine stahlgrauen Augen sahen mich durchdringend an.

»Selbst wenn es mich das Leben gekostet hätte«, antwortete ich mit belegter Stimme. »Liam hat es nicht verdient, für etwas zu sterben, das ich getan habe.«

»Es scheint mir, als wäre er bei diesem Thema nicht Eurer Meinung. Welch ein merkwürdiges Glück für Liam, dass eure Wege sich gekreuzt haben.«

Ich starrte ihn verständnislos an. Weitere Schwäne zogen schreiend über uns hinweg, und dann trat eine eigenartige Stille ein.

»Ihr wisst, dass ich unter den Männern war, die in dieser Nacht aus Arbroath zurückgekehrt sind. Liam hatte sich absichtlich von der Garde festnehmen lassen, damit wir mit der Ware fliehen konnten. Wir hatten uns in die Wälder geflüchtet, aber die Engländer begannen, das Unterholz zu durchkämmen, daher mussten wir Fersengeld geben und die Kisten den Soldaten überlassen. Ich frage mich, ob Liam wusste, dass ihn hinter den Mauern des Herrenhauses sein Schicksal erwartete.«

Ich betrachtete meine Schuhspitzen. Wenn er es geahnt hätte, hätte er sich dann festnehmen lassen?

»Er kann sich glücklich schätzen, wisst Ihr. Wenn mir ein solches Schicksal begegnet wäre, versichere ich Euch, dass ich keinen Moment gezögert hätte, mein Leben zu geben, um es auszukosten, und wäre es auch nur für einen Augenblick.«

In meiner Kehle saß ein Kloß, der mich am Atmen hinderte. Donald nahm meine Hand und drückte sie sanft.

»Nur Mut, Caitlin, ich bin mir sicher, dass Liam sein Los gern noch länger auskosten möchte. Er wird es irgendwie schaffen. Kommt, ich begleite Euch zurück«, sagte er und stand auf.

Am späten Vormittag des nächsten Tages brachte man mir einen versiegelten Brief. Zuerst nahm ich an, er komme von Lady Catherine, doch ich änderte meine Meinung. Das Siegel gehörte den Dunnings, aber die Handschrift war eine andere. Ein unangenehmes Gefühl breitete sich in meiner Magengrube aus.

Ich ließ den Boten warten und zog mich in mein Zimmer zurück, um den Brief zu lesen. Die Schrift auf dem Pergament war ziemlich klein und wirkte nachlässig. Die Nachricht war kurz und bündig.

Meine Entscheidung ist noch nicht getroffen. Ich habe Euch einen Handel vorzuschlagen.

W.D.

Ich ließ mich schwer auf mein Bett fallen. Er hatte sich also für die Wiedergutmachung entschieden, aber seine Formulierung ließ mich argwöhnen, dass er sich zugleich für die Demütigung, die ich ihm zugefügt hatte, rächen wollte. Ich teilte meine Antwort dem Boten mit, der auf der Straße vor meiner Tür wartete. Man würde mich um Schlag zehn Uhr abholen.

Während ich in dem schmucklosen Vorzimmer wartete, wuchs meine Unruhe. Die eichengetäfelten Wände waren kahl; die einzige Ausnahme bildete ein Gemälde, das eine Dame aus dem vergangenen Jahrhundert darstellte. Ihre schwarzen Augen, die ein wenig zu eng beieinander standen und einen starken Gegensatz zu ihrem milchweißen Teint bildeten, sahen mich gelangweilt an. Ihr Hals wurde von einer gewaltigen Halskrause aus gestärkter Spitze eingeschnürt, die auf einem schwarzen, mit Edelsteinen und Perlen besetzten Kleid ruhte. Ob das eine der verblichenen Dunning-Ladies war? Die Frau wirkte nicht glücklich.

Ich war mir sicher, dass Winston mich absichtlich schmoren ließ. Vielleicht beobachtete er mich durch ein verborgenes Guckloch und erfreute sich an meiner offensichtlichen Unruhe. Man war mich tatsächlich um Punkt zehn Uhr holen gekommen. Der junge Bursche, der mir einige Stunden zuvor die Nachricht gebracht hatte, hatte in einem Ladeneingang auf der gegenüberliegenden Straßenseite auf mich gewartet. Unauffällig, in respektabler Entfernung, war ich ihm bis in die Riddle's Close gefolgt, wo das Edinburgher Stadthaus der Dunnings stand, ein schönes Anwesen, das aus der gleichen Zeit stammen musste wie die Dame auf dem Gemälde.

Eine Tür öffnete sich. In einem Hausmantel aus purpurner Seide stand Winston vor mir, sein ewiges unverschämtes Grinsen auf den Lippen. Ich erhob mich und musterte ihn kühl.

»Guten Abend, meine teure Caitlin«, sagte er und kam langsam auf mich zu.

Ich wich vorsichtig zurück, um eine angemessene Entfernung zwischen uns zu wahren.

»Wusste ich doch, dass wir uns eines Tages wiedersehen würden …«

»Ich bin nicht hergekommen, um Konversation zu betreiben, Winston«, gab ich in bissigem Ton zurück. »Ihr wolltet mir einen Vorschlag machen. Ich höre.«

»Mhhh … schön«, murmelte er und entfaltete die Arme, die er auf der Brust verschränkt hatte.

Aus den Falten seines Hausmantels zog er eine Schriftrolle, die von einem schwarzen Band zusammengehalten wurde, und warf sie auf einen kleinen Tisch, der vor mir stand. Leicht beklommen sah ich zu, wie die Rolle noch einmal hochsprang und dann still lag.

»Wie Ihr wisst, hat meine Mutter mir ein Ultimatum gestellt. Ich soll Euren Mann von den Anschuldigungen gegen ihn entlasten, sonst entzieht sie mir die Verwaltung des Besitzes meines Vaters. Wie Ihr festgestellt haben werdet, habe ich lange darüber nachgedacht, und ich habe mich entschieden, ihren Vorschlag abzulehnen.«

Er unterbrach sich einige Augenblicke, um sich von der Wirkung seiner letzten Worte auf mich zu überzeugen. Es kostete mich beträchtliche Mühe, scheinbar unbewegt zu bleiben.

»Meine Mutter kann das Gut nicht verwalten oder allein den Wollhandel meines Vaters weiterführen. All dieser Papierkram, Ihr wisst schon«, meinte er und wedelte mit der Hand durch die Luft. »Vor ihrer Krankheit hat sie sich nie dafür interessiert, und jetzt… Sagen wir, dass ihre Drohungen ziemlich leer sind. Ich weiß, dass sie mich nicht sehr lange von den Geschäften wird fernhalten können.«

Er neigte den Kopf leicht zur Seite und beobachtete mich aus halb geschlossenen Augen.

»Und dann habe ich Euch gestern Morgen wiedergesehen… Wenn ich mich nicht irre, wart Ihr auf dem Weg zum Gefängnis. Wie ist denn das Befinden Eures Gatten?«

»Das geht Euch gar nichts an«, zischte ich mit zusammengebissenen Zähnen.

»Jedenfalls war ich am selben Nachmittag dort. Ich muss gestehen, dass es Eurem Mann nicht sehr gut zu gehen scheint, aber immerhin liegt er noch nicht im Sterben.«

»Ihr habt ihn gesehen?«, fragte ich und spürte, wie mein Puls schneller schlug.

»Ja. Ich habe allerdings nicht mit ihm gesprochen. Doch ein kurzer Blick durch die Gitterstäbe seiner Zelle hat schon genügt. Ihr wisst schon, der Gestank…«, sagte er und verzog angewidert den Mund. »Unerträglich!«

Ich ließ mich auf den Sessel fallen, der hinter mir stand, und schloss die Augen, um die Bilder zu vertreiben, die ich vor mir sah: Liam, wie er zusammengesunken auf dem ekelhaften, von Ungeziefer wimmelnden Stroh hockte, halb verhungert und krank.

»Hat man Euch schon das Datum seiner Hinrichtung mitgeteilt?«, erkundigte er sich im Plauderton.

»Seiner Hinrichtung?«, stammelte ich und riss entsetzt die Augen auf. »Er ist verurteilt?«

»Am dreißigsten Juli wird der Galgen aufgestellt. Das verspricht, ein wunderbares Schauspiel zu werden. Ein Mann wie er wird zweifellos eine beträchtliche Menschenmenge anziehen, meint Ihr nicht? Der blutrünstige Mörder meines Vaters, eines Lords und treuen Untertanen des Königs.«

»Der dreißigste, aber das ist schon in fünf Tagen!«, rief ich wie vom Donner gerührt aus und krallte die Fingernägel in die Sessellehne.

»Sieh an, Ihr könnt rechnen«, spottete er. »Gut, kommen wir wieder zur Sache. Als ich Euch also gestern Morgen erblickte, verspürte ich plötzlich den Wunsch, Euch wiederzusehen. Ich glaube, ich habe eine Lösung gefunden, die uns beide zufriedenstellen könnte.«

Er schob die Schriftrolle auf mich zu.

»Ich habe dieses Dokument ausgefertigt, das Macdonald entlastet, und ich habe es unterzeichnet …«

Ich wollte nach dem kostbaren Brief greifen, doch er packte mich am Handgelenk. Aus seinen kalten Augen starrte er mich an. Ich vermochte ein angstvolles Erschauern nicht zu unterdrücken.

»Es gibt allerdings zwei Bedingungen, das habt Ihr Euch wahrscheinlich schon gedacht.«

Ich riss meinen Arm zurück, um mich aus seinem eisernen Griff zu befreien.

»Heraus mit der Sprache, Dunning«, stieß ich gereizt hervor.

»Heute Nacht gehört Ihr mir, Caitlin. Bis zum Morgengrauen kann ich mit Euch tun, was ich will.«

»Ihr seid niederträchtig, Winston. Wie könnt Ihr nur …?«

Die Worte blieben in meiner ausgetrockneten Kehle stecken. Ich nahm die Schriftrolle, zog das Band herunter und breitete sie auf meinen Knien aus. Ich sah, dass der Text in Winstons unruhiger Handschrift verfasst war. Darin erklärte er, es sei ein Irrtum bezüglich des Beschuldigten zu korrigieren. Der wahre Mörder, ein gewisser Walter Douglas, habe sein Verbrechen gestanden und sich… ertränkt. Alles in allem eine Mischung aus Wahrheit und Halbwahrheit. Das Ganze von ihm mit eigener Hand unterzeichnet, und unten auf der Seite prangte das Familienwappen.

Ich rollte das Pergament wieder zusammen und drückte es an mein Herz. Jetzt lag Liams Leben in meinen Händen. Gott würde mir vergeben, was ich mich zu tun anschickte.

»Und die zweite Bedingung?«

»Ihr gebt endgültig jeden Anspruch auf Stephen auf. Von nun an gehört er mir.«

»Ihr habt kein Recht…«

»Entweder oder, Caitlin. Ich verhandle nicht.«

Das Dokument schien mir plötzlich furchtbar schwer zu wiegen. Ich schloss es fest in die Hand und verfluchte den Tag, an dem ich zum ersten Mal meinen Fuß nach Dunning Manor gesetzt hatte. *Möge deine Seele in der Hölle schmoren, Winston Dunning!*

»Bis der Morgen dämmert, und keinen Augenblick länger«, sagte ich langsam und mit heiserer Stimme.

»Keinen Moment länger. Der Handel gilt.«

»Gebt mir etwas zu trinken«, murmelte ich ergeben und ließ die Schriftrolle in meine Tasche gleiten.

Ich schob den Arm weg, der schwer über meinem Bauch lag. Mein Körper, mein ganzes Wesen waren nur noch eine brennende Wunde. Mein Kopf drehte sich immer noch ein wenig, und ich stellte mit einer gewissen Erleichterung fest, dass die Wirkung des Cognacs noch nicht ganz verflogen war. Langsam stützte ich mich in dem riesigen Himmelbett auf einen Ellbogen auf. Die Stunde war nicht mehr fern, zu der die Nacht der Morgendämmerung weichen würde.

Der Mann regte sich kaum und brummelte etwas. Aus Angst, ihn zu wecken, hielt ich den Atem an. Ich hätte es nicht ertragen, ein weiteres Mal wie ein Tier genommen zu werden. Was dieser

Mann mir in der vergangenen Nacht angetan hatte, überstieg alles, was ich mir je vorgestellt hatte. Und zwischen den einzelnen Akten hatte er mich jedes Mal mit den Handgelenken an das Kopfende des Betts gefesselt, um sich einige Minuten Ruhe zu gönnen. Mir tat alles weh. Ich wand mich, um meine Fesseln zu lösen, doch ohne großen Erfolg. Die Schnur, die mir ins Fleisch schnitt, zog sich nur noch fester zu.

Die Kerzen waren heruntergebrannt. Ich konnte nur die Umrisse des Körpers erkennen, der lang ausgestreckt neben mir lag, den scharfen Winkel einer Hüfte oder einer Schulter. Seine langen Beine verschwanden unter zerwühlten Laken, und sein Gesicht wurde von den glatten blonden Haaren verborgen, die zerzaust über das Kopfkissen fielen. Er besaß weder Liams Statur noch seine stahlharten Muskeln. Sein Körper war zwar gut gebaut, aber eher katzenhaft schmal und besaß eine geschmeidige Kraft, die es ihm erlaubte, sich blitzschnell und lautlos auf seine Beute zu stürzen.

Ich wandte den Blick zum Fenster und hielt verzweifelt Ausschau nach dem ersten Morgenlicht, das jedoch auf sich warten ließ. Meine Gedanken wandten sich meinem Vater zu. Bestimmt hatten alle die ganze Nacht lang nach mir gesucht. Dieses Mal hatte ich es mir versagt, eine Nachricht zu hinterlassen. Niemand sollte wissen, wo ich mich aufhielt. Ich wollte nicht, dass jemand erfuhr, dass ich mich verkauft hatte wie eine gemeine Hure. Mein Körper im Austausch für das Leben meines Geliebten.

Eine Hand legte sich auf meine Hüfte, so dass ich zusammenzuckte, und fuhr an meinem Schenkel entlang.

»Ah, meine Göttin, meine Aphrodite!«, flüsterte Winston an meinem Hals. »Ihr habt meine Erwartungen übertroffen … Ihr seid die pure Wollust, die Wonnen des Gartens Eden. Wie könnte ein Mann Eurer überdrüssig werden?«

Ich kauerte mich zusammen, um seinen lüsternen Händen zu entkommen, die erneut zum Angriff übergingen.

»Bitte, Winston …«, schluchzte ich. »Habt Ihr denn immer noch nicht genug?«

»Bis zur Morgendämmerung, Caitlin, so lautet der Handel, den wir abgeschlossen haben, vergesst das nicht. Und ich habe vor, jeden Moment, der mir zusteht, auszukosten. Außerdem fürchte ich, nie genug von Euch zu bekommen. Da reicht ein Blick auf Eure … Bei allen Göttern!«

Er drehte mich brutal auf den Rücken. Die Schnur schnitt noch ein wenig tiefer in meine Handgelenke ein, ich verzog vor Schmerz das Gesicht. Er löste meine Fesseln.

»Fühlt, wie mein Begehren wächst, meine Süße.«

Er ergriff meine Hand und legte sie auf sein erregtes, bebendes Glied. Stöhnend hielt er sie dort fest.

»Es ist stärker als ich; ich will in Euch sein, mich in Eurer feuchten Wärme bewegen. Ich will mich an Eurem Körper, Eurem Duft sättigen und Euch lieben, immer und immer wieder.«

»Ihr liebt doch nicht!«, gab ich scharf zurück. »Ihr nehmt mich wie ein brünstiges Tier. Ihr wisst ja gar nicht, was Liebe ist.«

»Das ist wahr«, gestand er zu und musterte mich begehrlich, »Ihr macht alles Zivilisierte in mir zunichte, und dann regiert nur noch der animalische Instinkt mein Verhalten. Doch ich kann Euch beweisen, dass ich auch zur Zärtlichkeit fähig bin. Ich möchte auf keinen Fall, dass Ihr eine so schlechte Erinnerung an mich zurückbehaltet.«

Sanft, aber entschieden spreizten seine Hände meine Schenkel. Ich ertrug es nicht länger. Einen Moment lang wünschte ich mir, ich wäre es, die in einem tiefen Kerker verfaulte und auf den Tod wartete; wünschte, ich könnte am Ende eines Stricks alles vergessen. Ich schloss meine Augen, die vor Erschöpfung brannten.

Wie aus weiter Ferne hörte ich Winston flüstern. Ich spürte seine Hände auf mir, doch ich hatte nicht mehr die Kraft, ihn zurückzustoßen. Ich hatte einen Handel um Liams Leben abgeschlossen, und ich musste ihn bis zum Ende einhalten. Eine sonderbare Mattigkeit ergriff Besitz von mir. Ich wollte schlafen … und nie wieder aufwachen. Winston murmelte immer noch vor sich hin.

»Ich werde Euch lieben, Caitlin … Ich kann sanft und zärtlich sein, wenn Ihr das mögt. Ich kann dafür sorgen, dass Ihr vergesst, wer ich bin und warum Ihr hier seid …«

Seine Finger drangen in mich ein, und ich erschauerte. *Oh, Liam … Vergib mir. Ich liebe dich …* Tränen der Reue stiegen mir in die Augen, und ich ließ sie ungehindert über meine Wangen rinnen.

»Nein …«, stöhnte ich und schloss meine Schenkel um die Hand, die hingebungsvoll meine intimsten Körperteile erkundete.

Mein Geist trieb irgendwo über mir, abgetrennt von diesem Körper, der mir nicht mehr gehörte, der mich verriet, der Liam verriet. Ich fühlte mich wie gelähmt. Ich hatte geglaubt, stärker als Winston zu sein, aber er hatte mich zerstört. Er hatte mich zu seiner Hure gemacht, seiner Sklavin, genau wie sein Vater vor ihm. Wenn ich die Kraft dazu gehabt hätte, dann hätte ich ihn ebenfalls getötet.

Mochte Gott mir vergeben. Eine Nacht für ein Leben. Eine Seele für ein Leben. Etwas in mir war zerbrochen. Konnte ich Liam jemals wieder in die Augen sehen und ihm sagen, dass ich ihn liebte, ohne die Last meines Verrats zu spüren? Konnte ich mit ihm zusammenliegen, ohne den Schatten eines anderen Mannes über mir zu sehen? Würde er mich noch lieben, wenn er erfuhr, welchen Preis ich für seine Freiheit gezahlt hatte? Zu spät …

Meine Beine wurden auseinandergedrückt, und als er in mich eindrang, wölbte ich den Rücken und seufzte den Schmerz um meine vergewaltigte Seele heraus. Ich widerte mich selbst ebenso an, wie ich ihn hasste. Ein entsetzlicher Schmerz explodierte in meiner Brust, meine Seele zersprang in tausend Stücke und ich stürzte ins Leere, in einen schwarzen Abgrund ohne Boden. Mein Körper war nur noch ein Wrack, am Ufer angespült, reglos, leer und verlassen. Beelzebub, der Fürst der Dämonen, sackte keuchend über mir zusammen. Ein perverses, triumphierendes Lächeln lag auf seinen Lippen.

»Ich werde Euch hassen bis in den Tod«, murmelte ich tonlos.

»Ich weiß, meine Geliebte.«

»Dafür werdet Ihr eines Tages mit Eurem Leben bezahlen …«

»Kann schon sein, aber Ihr werdet das Wissen, dass Ihr mir einmal gehört habt, niemals aus Eurer Erinnerung verbannen können. Nicht einen Moment lang.«

In seinen Augen flackerte der Wahn, und ich wandte den Blick ab. Er küsste mich ein letztes Mal und ließ sich dann auf die Seite fallen.

»Ich werde die Erinnerung bis zu meinem letzten Atemzug bewahren.«

»Und mit Euch in die Hölle nehmen«, zischte ich mit zusammengebissenen Zähnen.

Er ging nicht auf meine Bemerkung ein. Der Himmel begann sich mit purpurfarbenen und blauen Streifen zu überziehen.

»Vergesst den kleinen Stephen nicht. Wer würde sich um ihn kümmern, wenn mir etwas zustößt? Denkt daran.«

»Zieht meinen Sohn da nicht mit hinein, Ihr Lump! Er ist unschuldig! Ihr habt versprochen…«

Lächelnd gab er mich frei.

»Geht jetzt.«

Ich kleidete mich an, vergewisserte mich, dass ich die kostbare Schriftrolle, für die ich so teuer bezahlt hatte, bei mir trug, und ging hinaus, ohne einen Blick zurückzuwerfen.

Die Straßen waren noch verlassen; nur einige Lieferanten und Händler begaben sich schon in aller Ruhe zum Marktplatz, um dort vor dem morgendlichen Ansturm der Menge Stellung zu beziehen. Benommen und innerlich leer blieb ich noch einige Minuten im Schatten des Portals stehen.

Die Strecke, die mich vom Gefängnis trennte, schien kein Ende zu nehmen. Der wachhabende Soldat ließ mich mit ratloser Miene vor. Er überflog das auf dem Schreibtisch ausgerollte Dokument, musterte mich dann schamlos und verzog die Mundwinkel zu einem Lächeln.

»Es ist noch sehr früh, Madam, momentan ist niemand verfügbar, der dieses Gesuch behandeln könnte… Ich nehme an, Ihr habt es gerade eben erst erhalten?«, fragte er in einem anzüglichen Tonfall.

Der Schlag, der mich traf, wäre weniger heftig gewesen, wenn er mich geohrfeigt hätte. Angesichts meiner zerzausten Haare, meiner geschwollenen Lippen und meines verstörten Blicks fiel es ihm wahrscheinlich nicht schwer zu erraten, wie ich zu diesem Dokument gekommen war. Ich wich dem zweideutigen Blick des Soldaten aus.

»Es wird einige Tage dauern, bis die Begnadigung unterzeichnet wird, falls er sie denn erhält«, meinte er und kratzte sich am Kopf. »Drei oder vier vielleicht.«

»Ja, ich verstehe …«

Erschöpft kehrte ich nach Cowgate zurück. Jeder Schritt bereitete mir Schmerzen, in meinem Körper und meiner Seele. Ich fühlte mich beschmutzt, gedemütigt. Meine Röcke klebten mir an Bauch und Schenkeln. In meinem pelzigen Mund nahm ich noch den bitteren Geschmack des Verrats wahr. Von jetzt an musste ich mich auf Liam konzentrieren. Zweifel überfielen mich. Gott mochte mir vergeben, aber würde Liam mir verzeihen? Er durfte nie davon erfahren …

Alle saßen, tiefe Schatten unter den roten Augen, in der Küche vor einer Tasse dampfenden Tees, den Mrs. Hay gerade eingeschenkt hatte.

»Bei allen Heiligen im Himmel! Tochter! Was hat man dir angetan?«, rief mein Vater erschrocken.

»Ich will ein Bad«, murmelte ich und fiel in Ohnmacht.

Den Rest des Tages weigerte ich mich, jemanden zu sehen, sperrte mich in meinem Zimmer ein und wälzte düstere Gedanken. Meine Haut war immer noch gerötet, so kräftig hatte ich mich mit der Wurzelbürste abgeschrubbt, um jede Spur von Winstons Geruch zu entfernen. Alles, was mein Glück ausmachte, schien in eisigem, grauem Wasser zu versinken, wo es in lichtloser Dunkelheit ertrank. Ich fühlte mich von allem abgeschnitten und von einer Kälte erfüllt, die sämtliche Empfindungen abstumpfte. Erschöpft ging ich zu Bett und überließ mich endlich dem Kummer, der mich niederdrückte. Schließlich sank ich in einen traumlosen Schlaf.

Ich verschanzte mich hinter meinem Schweigen und gab keinerlei Erklärung über mein Verschwinden ab. Ich war in einen Zustand tiefster Niedergeschlagenheit versunken, der Vater Sorgen bereitete. Patrick hielt sich im Hintergrund. Ob aus Respekt oder Scham, jedenfalls wich er meinem Blick aus. Er hatte alles erraten … Seit unserer frühesten Kindheit besaßen wir beide diese

Fähigkeit, uns ohne Worte zu verständigen. Jetzt teilte er schweigend meinen Schmerz und mein Leid. Ich wusste, dass er mich verstand. Falls Vater etwas argwöhnte, dann ließ er nichts darüber verlauten.

Am nächsten Morgen wurde ich in Mr. Sinclairs Wagen gesetzt. Er kehrte auf seinen Besitz zurück, um einige Tage bei seiner Familie zu verbringen, und hatte mir freundlicherweise angeboten, ihn zu begleiten; wie er sagte, sei ich zu blass und bräuchte dringend saubere Luft und Sonne. Patrick setzte sich neben mich und hielt während der gesamten Fahrt meine Hand. Zerstreut lauschte ich dem Gespräch zwischen meinem Bruder und Mr. Sinclair, in dem es um die Pferdezucht ging, einer Leidenschaft des Letzteren. Ohne sie wirklich wahrzunehmen, sah ich die Landschaft vorüberziehen, die nichts mit den Highlands, nach denen ich mich so sehr sehnte, gemeinsam hatte.

Das kleine Anwesen lag, einige Meilen von dem Marktflecken Peebles entfernt, zwischen sanften grünen Hügeln am Lauf des Tweed. Patrick setzte sich zu mir auf eine Steinbank, die im Schatten einer gewaltigen Weide stand. Sanft liebkosten die Äste das glitzernde Wasser des Flusses, der in der heißen Julisonne dahinplätscherte. Ich musste zugeben, dass die Landluft mir guttat, denn nach und nach konnte ich wieder klar denken.

Das Laub bebte in der Sommerbrise und flüsterte eine sanfte Melodie, die meinen Schmerz besänftigte. Die Sonne stand im Zenit, und selbst der Schatten bot an diesem brütend heißen Tag keine Abkühlung. Patrick begrüßte mich mit einem schwachen Lächeln und umarmte mich. Der Duft seines Eau de Toilette vermischte sich mit dem Geruch der Stallungen, von denen er, wie ich vermutete, herkam. In seinem beigefarben abgesetzten Anzug aus blauem Serge und seinem Hemd aus irischem Leinen wirkte er heute sehr elegant.

Patrick hatte noch nie viel Wert auf schreiende Details gelegt, auf Spitzen oder leuchtende Farben, sondern stets einen nüchternen Stil bevorzugt und trug das Haar ungepudert und einfach mit einem Band im Nacken zusammengefasst. Leise lächelnd versuchte ich, ihn mir mit einer dieser voluminösen Perücken vorzustellen, wie die Adligen sie so sehr liebten. Ein trauriges Bild, bei dem mich mit einem Mal die Erinnerung an Winston überfiel.

Ich zupfte am Ausschnitt meines Kleides. Es war aber auch furchtbar heiß! Patrick zog schwer atmend seinen Rock aus und legte ihn zwischen uns. Die Hitze setzte ihm ebenfalls zu. Schweigend saßen wir nebeneinander und betrachteten die Hügel, über deren blassem Smaragdgrün sich ein dunstiger Himmel wölbte. Das Bild beschwor Erinnerungen an meine Kindheit in Irland herauf. Zu meinem größten Erstaunen stellte ich fest, dass ich immer seltener an meine heimatliche Insel dachte. Ich fragte mich, ob Patrick sich wohl langweilte. Er wirkte zufrieden, aber andererseits besaß er auch die Fähigkeit, sich überall wohl zu fühlen, wo er etwas zum Lesen und Schreibmaterial fand. Da er standhaft schwieg, beschloss ich, das Gespräch zu beginnen.

»Gefällt es dir in Edinburgh?«

»Ja, ganz gut.«

Vergeblich wartete ich darauf, dass er noch etwas sagte.

»Und, hast du dein Herz bereits an jemanden verschenkt?«

Er zuckte die Achseln und lachte kurz auf.

»Nein, es wartet noch. Hast du es so eilig, mich zu verheiraten?«

»Es wäre nicht übel, eine Schwägerin zu haben, der ich von allen deinen Streichen erzählen kann.«

Mein Wortschwall machte ihm keinen Eindruck. Offensichtlich war Patrick in Gedanken mit etwas anderem beschäftigt. Ich schob ihm eine Haarsträhne hinters Ohr zurück und streichelte ihm dabei über die glatte Wange. Er schloss die Augen und hielt meine Hand fest, um sie zu küssen. Dann ließ er sie los, wandte sich zu mir und sah mir direkt in die Augen.

»Vater macht sich schreckliche Vorwürfe, Caitlin.«

»Es ist nicht seine Schuld, Patrick.«

»Es tut ihm so leid, dass er dich bei den Dunnings in Stellung gegeben hat.«

»So etwas konnte er doch nicht ahnen.«

»Ich weiß, aber …«

Ich schlüpfte aus den Schuhen und streckte die Beine aus. Ich war Patrick einige Erklärungen schuldig. Doch er würde niemals wagen, das Thema, das ihn umtrieb, von sich aus anzuschneiden. Ich musste ihm selbst ein Zeichen geben und ihm bedeuten, dass ich bereit war, ihn anzuhören.

»Stell mir deine Frage, Patrick. Willst du es wissen?«

Er zögerte und rutschte unruhig auf der Bank herum. Seine Schulter streifte mich, und ich strich eine unsichtbare Falte an meinem lavendelblauen Kleid glatt.

»Du brauchst mir nicht davon zu erzählen, wenn du nicht willst. Vater hat mir berichtet, was du ihm gesagt hast...«

Er unterbrach sich und schlug die Augen nieder.

»Den Rest kann ich mir vorstellen. Immerhin ein Glück, dass er dir keinen... Bastard angehängt hat.«

Ich errötete heftig und wandte abrupt den Kopf ab. Meine Gefühle überwältigten mich. Ich konnte ihm nicht von Stephen erzählen. Nur vier Menschen kannten mein schreckliches Geheimnis. Becky hatte auf die Bibel geschworen, es niemals einem Menschen zu enthüllen. Die Hebamme hatte man für ihr Schweigen wahrscheinlich fürstlich entlohnt. Winston hatte sich darum gekümmert, eine Familie zu finden, die meinen Sohn aufnahm. Außerdem Lord Dunning. Niemand anderes durfte davon erfahren, sonst lief mein Sohn Gefahr, den Preis dafür zu zahlen.

Als mir klar wurde, dass ich die Frucht von Dunnings Schandtaten trug, hatte ich mich in meiner Verzweiflung Becky anvertraut. Sie hatte vorgeschlagen, ich solle Dunning Manor verlassen, bevor man meinen Zustand entdeckte. Aber wohin sollte ich mich wenden? Mein Vater hätte mich eiligst nach Irland zurückgeschickt und zu meinem Schutz in einem Kloster untergebracht. Auf die eine oder andere Art hätte man mir mein Kind weggenommen. So weit durfte es auf keinen Fall kommen. Also hatte ich mich zum Bleiben entschieden und gedacht, dass eine Lösung sich schon von allein einstellen würde. Ich schämte mich dafür, doch ich hoffte auf eine Fehlgeburt. Es dauerte nicht lange, bis Lord Dunning meine Schwangerschaft entdeckte. Zuerst war er verärgert, sogar wütend gewesen.

Aber dann hatte er sich einen Plan zurechtgelegt. Angesichts der Neigungen seines Sohnes bestand wenig Hoffnung, dass er ihm einen Erben schenken würde. Doch hier bot sich die Gelegenheit, dieses Manko wettzumachen. Winston würde eine junge, wenig umworbene Adlige heiraten. Die beiden würden das Kind aufziehen, das ich trug und dessen Blut die Linie der Dunnings weiterführen würde. So würde der Schein gewahrt bleiben, und ich wäre weiterhin in den schmierigen Händen des alten Lustmolchs. Natürlich kam das alles nur in Frage, wenn ich einen Jungen gebar. Wenn ich ein Mädchen zur Welt brachte, würde man mich mit dem Kind ohne viel Federlesens zu meinem Vater zurückschicken. Doch ich bekam einen Sohn.

Da ich nicht viel an Gewicht zugelegt hatte, war es mir leichtgefallen, meine Schwangerschaft unter weiten Hemden, Schürzen und den Röcken zu verbergen, von denen man im Winter mehrere übereinander zog. Becky erzählte jedem, der es hören wollte, dass ich Essen aus der Speisekammer stahl. Wenn die anderen Dienstboten einen Verdacht hegten, dann hüteten sie sich wohlweislich, darüber zu sprechen. Lady Catherine war ahnungslos. Ich beklagte mich ständig über die Kälte im Herrenhaus und versteckte meinen Körper unter einem dicken Umschlagtuch. Während des letzten Monats schützte ich Krankheit vor und zog mich in mein Zimmer zurück, das ich nur selten verließ. Als die Wehen begannen, brachte man mich direkt zu der Hebamme, die nie erfuhr, wer ich war. Diese Nacht war die schmerzlichste meines Lebens. Offiziell hatte ich Lord Dunnings perfidem Plan noch nicht zugestimmt.

Um sein Gewissen zu beruhigen, hatte Lord Dunning mir die Wahl gelassen. Wenn ich ihm und seinem Sohn mein Kind überließ, würden sie die Verantwortung übernehmen und ihm eine brillante Zukunft und ein mehr als beneidenswertes Erbe sichern, nämlich einen Adelstitel. Wenn ich meinen Sohn aber behielt, würde ich mich auf der Straße wiederfinden, als ledige Mutter, die ein Kind zu ernähren hatte. In diesem Fall konnte ich ihm als einziges Erbe nur das Elend und den Makel eines Bastards bieten. Und so traf ich zum Wohle meines Kindes die nahe liegendste Entscheidung. Seitdem hatte ich gewusst, dass er vor einem Leben in Armut sicher war ... jedenfalls bis zu jener Nacht, als Winston mich gezwungen hatte, mich unwiderruflich von ihm loszusagen.

Ich bemerkte, dass ich so lange an einem der Knöpfe an Patricks Rock gedreht hatte, bis er fast absprang. Sofort ließ ich ihn los. Patrick betrachtete mich sorgenvoll. Das Blut stieg mir ins Gesicht. Ich tupfte mir die Stirn mit dem Taschentuch ab, das ich in meinem Mieder stecken hatte, und schaute weg. Doch er legte die Hand unter mein Kinn und zwang mich, ihn anzusehen.

»Ich will es wissen, Caitlin. Wo bist du vorgestern Nacht gewesen? Was ist passiert, das dich so aufgewühlt hat?«

Ich zögerte. Er nahm meine offene Hand und streichelte sie mit den Fingerspitzen.

»Caitlin, meine kleine Schwester, als wir Kinder waren, haben wir alles geteilt. Unsere Spiele, unsere Bekenntnisse und unsere… Prügel«, setzte er hinzu und lächelte traurig. »Ich bin mir sicher, dass du in allerbester Absicht gehandelt hast. Ich würde mir nie ein Urteil über deine Handlungen anmaßen.«

»Ich habe einen Handel abgeschlossen, damit Liam freikommt«, gestand ich und schlug die Augen nieder.

Das Schweigen zog sich in die Länge. Ich spürte, wie Patricks Hand sich verkrampfte. Schließlich schloss er sie fest um meine Finger.

»Mit Winston Dunning?«, verlangte er kalt zu wissen.

»Ja…«

Sein Atem ging mühsam und verriet mir, dass er versuchte, seine Gefühle zu beherrschen.

»Dann hält er sich in Edinburgh auf?«

»Ich bin ihm vor drei Tagen zufällig auf der Highstreet begegnet. Am nächsten Morgen bekam ich eine Nachricht von ihm, in der er mich aufforderte, ihn zu treffen…«

»Dieser Hund!«, schimpfte er.

»Ich hatte keine andere Wahl, Patrick«, gab ich mit zitternden Lippen zurück.

Er sprang auf und stieß mich dabei an.

»Ich möchte dir gern glauben! Wenn ich richtig verstehe, hattest du die Wahl, ihm entweder die Laken zu wärmen oder Liam hängen zu sehen.«

Und das Glück meines Sohnes zu opfern, hätte ich noch hinzufügen können. Ich vergrub das Gesicht in den Händen, um meine ganze Schande darin zu verbergen.

»Ja«, flüsterte ich zwischen den Fingern hindurch.

»Bist du sicher, dass er seinen Teil des Abkommens erfüllen wird, nun, da er …? Himmelherrgott, dieser dreckige Bastard!«

Er schlug mit der Faust auf den abgeschliffenen Stein der Bank und begann dann wütend auf dem Rasenstück vor mir hin und her zu gehen.

»Ich hatte ein Dokument, das er von eigener Hand unterzeichnet hat, ehe ich meine Wahl traf, und ich habe es selbst zum Tolbooth-Gefängnis gebracht. Liam müsste in den nächsten Tagen begnadigt werden …«

Patrick kniete vor mir nieder. Mit den Daumen wischte er die dicken Tränen weg, die mir über die Wangen liefen. Eine tiefe Trauer stand in seinen schwarzen Augen. Er hatte Mutters Augen. Sie fehlte mir so sehr …

»Ach, warum musst du es im Leben nur immer so schwer haben, Kitty? Ich hätte mir so sehr gewünscht, es wäre anders für dich gekommen.«

Ich streifte seine Stirn sanft mit den Lippen und zog ihn an mein Herz.

»Ich ebenfalls, Pat, aber um Liam bei mir zu behalten, bin ich bereit, große Opfer zu bringen.«

»Ich hoffe nur, dass er es auch wert ist.«

»Ja«, flüsterte ich und schloss die Augen. »Er ist nämlich alles, was ich habe.«

Den größten Teil meiner Zeit brachte ich mit Schlafen und Essen zu, um wieder zu Kräften zu kommen. Nach und nach kehrten mein Appetit und meine Hoffnung zurück, und Lady Sinclair stopfte mich wie eine Gans. Ich müsse etwas Speck auf meine abgemagerten Glieder bekommen, erklärte sie mir. Die Männer würden keine kleinen dünnen Dinger mögen, sie wollten Frauen mit Fleisch auf den Knochen. Mit ihren Vorhaltungen schaffte sie es sogar, mir ein Lächeln zu entlocken. Um die Mitte des dritten Tages machten wir uns auf den Rückweg.

Gleich nach unserer Ankunft in Edinburgh schickte ich Patrick zum Gefängnis, um sich nach Liam zu erkundigen. Weniger als eine halbe Stunde später war er zurück, gerötet vom Rennen und völlig außer Atem.

»Sie haben ihn freigelassen, Caitlin … heute Morgen«, keuchte er und wischte sich die Stirn mit dem Ärmelaufschlag ab.

»Wie bitte?«, rief ich bestürzt. »Aber wo steckt er dann? Edwina hat mir versichert, dass heute niemand nach mir gefragt hat. Wir müssen ihn finden, Patrick …«

Ich sprach nicht zu Ende. Mir wurde schrecklich bange. Und wenn er nun direkt nach Glencoe zurückgekehrt war, weil ich ihn verraten hatte? Diese Vorstellung stürzte mich in Panik, und Schmerz und Schuldgefühle stiegen in mir auf.

»Ich werde die Tavernen und Herbergen abgehen«, erbot sich Patrick. »Vielleicht braucht er ein wenig Zeit für sich, bevor er heimkommt … Bei seiner Größe und seinem Auftreten kann er nicht unbemerkt geblieben sein.«

Doch Patrick kehrte nach dreistündiger Suche unverrichteter Dinge zurück. Niemand hatte Liam gesehen. Stoirm stand noch im Stall der Herberge, womit klar wurde, dass er nicht nach Glencoe zurückgeritten war. Ich nahm diese Nachricht mit einer gewissen Erleichterung auf. Inzwischen war es Nacht geworden, und mir blieb nichts anderes übrig, als zu warten, ob er auftauchen würde.

Mitternacht war vorüber. Alle anderen waren schon vor gut einer Stunde zu Bett gegangen. Da hörte ich hinter der Tür ein Rascheln, das wieder verstummte. Ich spitzte die Ohren, doch es blieb still. Wahrscheinlich war Mr. Sinclair früher von seinem Besitz zurückgekehrt. Er hatte eigentlich noch einige Tage bleiben wollen, um einen guten Hengst für seine Stute, die gedeckt werden sollte, zu finden. Ich wollte schon meine Kerze ausblasen, als die Tür leise quietschend in den Angeln schwang.

Ich schlug die Hand vor den Mund und schrie bestürzt auf. Liam stand in der Tür und stützte sich mit den Händen am Türrahmen ab. Mein Herz tat einen Satz, und ich erbleichte. Das war Liam, und zugleich war er es nicht. Der Mann, der mich kalt anstarrte, war abgemagert, und seine eingefallenen Wangen verschwanden fast unter dem goldbraunen Bart, der sie bedeckte.

Ein Auge war blau geschlagen, und eine Braue sowie seine Unterlippe waren aufgeplatzt und von einer Kruste aus getrocknetem Blut überzogen. Die abgerissenen und schmutzigen Kleider schlotterten um ihn herum. Im Licht der Kerze sah er Furcht einflößend aus. Meine Kehle schnürte sich zusammen, und ich streckte die Hand aus, um ihn zu berühren und mich zu vergewissern, dass ich nicht träumte.

»Liam … was haben sie nur mit dir gemacht?«

»Rühr mich nicht an«, murmelte er verbittert.

Was ich in seinem Blick las, ließ mich erstarren. Liam trat ein, schloss die Tür hinter sich, lehnte sich dagegen und starrte mich verstört an.

»Du hast mich verraten, Caitlin!«

Sein Ton war so schneidend, dass ich blinzelte und zusammenzuckte, aber ich sagte nichts.

»Ich habe dir vertraut, Herrgott!«, fuhr er, völlig außer sich, fort. »Ich hatte dir das Versprechen abgenommen … Und du bist dorthin zurückgegangen und hast dein Versprechen gebrochen.«

»Es musste sein …«, stammelte ich und zog den Kopf zwischen die Schultern.

Knurrend und schnaubend wie ein wütender Stier umkreiste er mich; dann blieb er plötzlich vor mir stehen. Seine Züge waren verzerrt.

»Du hattest es versprochen!«

Sein Gesicht war nur wenige Zoll von meinem entfernt, und sein rasender Blick durchbohrte mich. Nachdem der erste Schreck vorüber war, begann die Wut in mir hochzukochen und explodierte wie ein Feuerball. Ich zog die Augen zusammen und schrie zurück.

»Wie kannst du es wagen, mich so zu behandeln? Meinst du, du bist der Einzige, der gelitten hat? Wenn ich nicht nach Dunning Manor zurückgegangen wäre, würdest du heute noch auf der Heide leben, Liam Macdonald.«

»Es war nicht deine Aufgabe, dorthin zu gehen.«

»Und warum nicht? Es war mein Verbrechen, mein Fehler, und es stand mir zu, die Sache in Ordnung zu bringen. Du solltest nicht für meinen Fehler bezahlen.«

»Als ich dich geheiratet habe, Caitlin, da habe ich die Verantwortung für deine Fehler übernommen. Du bist schließlich meine Frau! Ich war mir meiner Handlungsweise durchaus bewusst. Vergiss nicht, dass auf *meinen* Kopf ein Preis ausgesetzt war!«

»Und ich sollte hier sitzen, ohne etwas zu tun, und darauf warten, dass du auf dem Grassmarket baumelst?«, schrie ich rebellisch. »Ist es das, was du mir sagen willst?«

»Ja!«

Erbittert stürzte ich mich auf ihn und packte mit beiden Händen sein zerrissenes Hemd.

»Was glaubst du, wen du geheiratet hast, Liam? Ein verzärteltes Gänschen? Frühzeitig Witwe zu werden, gehörte nicht zu meinen Plänen, und ich musste etwas unternehmen. So konnten wir doch nicht weiterleben. Ich jedenfalls nicht.«

Er stieß mich heftig zurück.

»Als ich erfuhr, dass man mich an deiner Statt beschuldigte, habe ich den Braten gerochen, und ich habe Nachforschungen über Winston Dunning angestellt. Ich wusste, dass es eine Falle war, Caitlin. Und du warst mir ungehorsam und bist Hals über Kopf hineingelaufen.«

»Und du hast mir nicht davon erzählt?«, rief ich aus. »Warum?«

»Ich wollte dieses Problem selbst lösen. Ich wollte nicht, dass du diesen Bastard wiedersiehst…«

Die Worte blieben ihm im Hals stecken.

»Ich wollte nicht…«

Er verstummte, und mich beschlich ein furchtbarer Verdacht.

»Was meinst du?«, stotterte ich und fragte mich mit einem Mal, wie viel er wohl wusste.

Einen Moment lang stand er reglos da, ohne ein Wort, als hätte er meine Frage nicht gehört. Eine ganze Palette von Gefühlen malte sich auf seinem ausdrucksvollen Gesicht.

»Wie du sehen kannst, hat Winston Dunning mir einen Höflichkeitsbesuch abgestattet«, sagte er dann kalt und wies mit zitternder Hand auf seine verkrusteten Wunden.

»Mir hat er erzählt, er hätte nur von außen in deine Zelle hineingesehen… Das verstehe ich nicht.«

»Und ob! Du verstehst sehr gut, *mo bhean*, meine Gattin! Er ist gestern Morgen in eigener Person gekommen, um mir mitzuteilen, dass ich die Begnadigung des Königs erhalten hätte. Der ›Irrtum‹ sei ›korrigiert‹ worden.«

Die Muskeln an seinem Kiefer zogen sich krampfartig zusammen. Sein Gesicht glühte vor Wut, und seine Blicke durchbohrten mich. Mein Puls schlug schneller. Ich erstarrte angesichts der mörderischen Wut, die in seinen Augen stand.

»Stell dir vor, ich bin ganz genau darüber im Bilde, welchen Handel du mit diesem Hurensohn geschlossen hast.«

Mir blieb fast das Herz stehen. Ich hatte das Gefühl, als ob mir der Boden unter den Füßen weggezogen würde und ich ins Leere stürzte. *Nein, mein Gott, nein!* In meinen Ohren dröhnte es, und ich taumelte und hielt mich an der Kante des Nachttischs fest.

»Liam …«

»Du hast dich an diesen *Sassanach* verkauft wie eine gemeine Hure!«, brüllte er.

All der Schmerz und die Angst, die ihm in der Brust und in der Kehle stecken mussten, brachen sich Bahn und trafen mich wie ein Schwerthieb und zerrissen mir das Herz.

»Um dich zu retten, hätte ich meine Seele an den Teufel verschachert, wenn es nötig gewesen wäre!«, schrie ich.

»Und genau das hast du getan! Du hast dich an den Teufel verkauft!«

Seine Worte trafen mich wie Messer, deren Klingen von seinem Hass und seiner Enttäuschung geschärft waren. Er trat auf mich zu und überragte mich mit seiner gewaltigen Statur. Ich wich zurück und stieß gegen die Wand. Jetzt saß ich in der Falle. Mit einem Mal hatte ich Angst vor dem Mann, den ich liebte. Er war außer sich. Ich zweifelte keinen Augenblick daran, dass er mich mit Leichtigkeit töten konnte, wenn er wollte. Die Härchen auf meinen Unterarmen stellten sich auf.

»Du verstehst nicht …«

»Dann erklär mir bitte, welchen Teil der Geschichte ich nicht verstehe, Caitlin. Ich lande im Gefängnis, weil du mir nicht gehorchst, und als Nächstes erfahre ich, dass meine Frau sich mit dem schlimmsten Abschaum, den ich kenne, in den Laken wälzt.«

Hektisch schüttelte ich den Kopf. Er stieß mich brutal gegen die Wand zurück und hielt mich an den Schultern dort fest.

»Nein…«, stöhnte ich mit Tränen in den Augen.

»Er hat mir alles erzählt… in allen Einzelheiten. Mit den winzigsten Details… Länger als eine Stunde musste ich ihm zuhören, an diese verfluchte Mauer gekettet, ohne den Hurensohn umbringen zu können. Kannst du dir denken, was für einen Schmerz ich empfunden habe? Kannst du es dir auch nur einen winzigen Augenblick lang vorstellen? Jede Szene, die er mir schilderte, jedes Wort, das er sagte, fuhr mir durch das Herz wie ein Dolchstoß. Er hat mich buchstäblich in Stücke gehauen und sich daran ergötzt. Ich werde diese Bilder nicht mehr los, die sich für alle Ewigkeit in meinen Kopf eingebrannt haben. Seine Hände… Seine Hände haben deinen Körper nachgezeichnet, haben dich liebkost. Er hat dich gleichsam vor meinen Augen genommen, Caitlin… Ich habe ihn über dir gesehen, und das hat mich fast umgebracht…«

Vor Wut heulend schlug er knapp über meiner Schulter auf die Wand ein. Ich war vor Schrecken vollständig erstarrt.

»Ich hatte keine andere Wahl; er hat verlangt, dass ich mich entscheide zwischen deinem Leben und…«

»Du hattest eine Wahl, Caitlin. Ich hätte mich lieber aufhängen lassen, als mir anzuhören, wie dieser… dieser… mir von seinen nächtlichen Ausschweifungen mit dir erzählt!«

Ich ohrfeigte ihn so fest, dass mir die Hand wehtat. Sprachlos und ungläubig führte er die Finger an seine brennende Wange.

»Wie kannst du es wagen?«, zischte ich zutiefst verletzt. »Glaubst du etwa, mir hätte das Vergnügen bereitet? Vielleicht hättest du dich lieber aufhängen lassen, aber ich legte keinen großen Wert darauf, Liam. Ich habe es aus Liebe zu dir getan! Ich hätte auch mein Leben für deines hergegeben, doch davon wollte er nichts hören. Du hast keine Vorstellung davon, welches Opfer ich bringen musste, um deine Haut zu retten. Wenn ich das ertragen konnte, dann kannst du es auch ertragen, damit weiterzuleben. Ich würde vieles für dich tun, du Schuft von einem Macdonald, aber verlange nie von mir, den Strick zu drehen, an dem man dich aufhängt. Niemals!«

Er presste die aufgesprungenen Lippen auf meine und drückte mir ohne jede Zärtlichkeit die Zunge in den Mund. Ich versuchte ihn zurückzustoßen, doch er verdoppelte seinen Eifer noch und attackierte mein Nachthemd.

»Du gehörst mir, Caitlin Macdonald, und ich werde nicht zulassen, dass ein anderer Mann dich berührt. Erinnere dich an das Versprechen, das du mir vor dem Altar gegeben hast, oder hast du das vielleicht vergessen?«

»Ich habe es gehalten, ich wollte dich schützen …«, schluchzte ich schmerzerfüllt.

»Und um das eine zu halten, hast du das andere verraten«, tobte er. »Was ist mit deinem Schwur, mir treu zu sein?«

Ich erkannte den Mann, der da über mich herfiel, nicht wieder. An seinen Berührungen war nichts Sanftes, nichts Zärtliches mehr. Sein heißer Atem schlug mir ins Gesicht. Er hatte es geschafft, mein Hemd bis zur Taille hochzuschieben und versuchte jetzt, mit dem Knie meine Schenkel auseinanderzudrücken. Ich kämpfte heftig gegen ihn an.

»Hör auf, Liam! Nicht so, ich flehe dich an …«

»Warum nicht? Schließlich bist du meine Frau! Du wälzt dich in Dunnings Bett und verweigerst mir meine ehelichen Rechte? Wie viel willst du, Caitlin?«, höhnte er und starrte mich wütend an. »Wie viel für diese Nacht?«

»Oh mein Gott! Nein, Liam!«, stöhnte ich. »Hör auf!«

Es gelang ihm, meine Schenkel zu spreizen. Gegen diesen Koloss kam ich nicht an. Wenn er wollte, konnte er mich mit einer Hand zerquetschen. Doch er zerschmetterte mich schon mit seinen Worten und seinem Hass, was viel mehr schmerzte.

»*Dùin do bheul a bhoireannaich!* Halt den Mund, Frau!«, befahl er und schlug die Falten seines schmutzigen Kilts auseinander.

Unvermittelt hob er mich hoch, packte mich mit eiserner Faust um die Taille und drang brutal in mich ein. Mit der anderen Hand griff er in meine Haare und riss meinen Kopf ruckartig nach hinten. Vor Schmerz und Angst schrie ich auf.

»Wie oft hat er dich genommen, Caitlin? Viermal, fünfmal, sechsmal?«

Ich schluchzte und wurde bei jedem seiner Stöße durchgeschüttelt.

»Hat es dir gefallen?«, fragte er höhnisch und sah mich kalten Blickes an. »Hat es dir gefallen, was er mit dir gemacht hat? Was er dich hat tun lassen?«

»Liam… Nicht… Ich bitte dich…«

Wutentbrannt grub ich ihm die Fingernägel in die Schultern und kratzte ihn bis aufs Blut. Er verzog das Gesicht und gab ein paar lüsterne Laute von sich, wandte seine Augen aber nicht ab.

»Hat er dir Lust bereitet, Caitlin? Antworte mir, Luder! Hat dieser Hurensohn dir Lust bereitet, wie er es mir so schön geschildert hat?«

Ich vermochte seinen hasserfüllten Blick nicht länger zu ertragen und schloss die Augen. Er rammte mich gegen die Wandtäfelung, die mir den Rücken aufscheuerte. Mit verzerrtem Gesicht stieß er seine hasserfüllten Anklagen hervor.

»Antworte mir!«

»Nein! Hör auf!«, kreischte ich wutentbrannt. »Du bist ja nicht besser als er…«

Er stieß immer heftiger in mich hinein. Eine Träne lief über seine totenbleiche Wange, dann stieß er einen Laut aus, der wie ein Schluchzen klang.

»Das ist nicht wahr, *a ghràidh*«, flüsterte er wie ein Kind, mit vom Schmerz gebrochener Stimme. »Ich… ich liebe dich.«

Angespannt wie eine Bogensehne stieß er einen unmenschlichen Schrei aus und warf den Kopf nach hinten. Er keuchte, und seine Nasenlöcher bebten, als er in mir explodierte, von heftigen Zuckungen geschüttelt wurde und unverständliche Wortfetzen schrie. Einige Augenblicke später löste er seinen Griff, und ich rutschte zu Boden, wo ich mich zusammenkrümmte, angewidert und bis in mein tiefstes Inneres verletzt.

Liam fiel mit gesenktem Kopf vor mir auf die Knie.

»Maith mi, mo chridhe«, flüsterte er. Verzeih mir, mein Herz. »Es war stärker als ich; ich musste dich in Besitz nehmen, mich verge-

wissern, dass du immer noch mir gehörst. Und anders vermochte ich das nicht …«

»Indem du mir Gewalt angetan hast?«

Ich warf ihm einen zornigen Blick zu und schluckte gegen die Galle an, die mir in die Kehle stieg und einen bitteren Geschmack auf meiner Zunge hinterließ. Inzwischen war ich zu erschöpft, um zu streiten. Mit den Worten, die wir einander ins Gesicht schleuderten, verletzten wir einander nur und fachten das Feuer der Wut an, das uns verzehrte und vernichtete. Ich wollte nicht mehr. Ich hatte genug.

Ich richtete mich ein wenig auf und lehnte mich an die Wand. Im Licht der flackernden Kerzenflamme glitzerten Liams tränenüberströmte Wangen. Langsam hob er den Blick und sah mich zerknirscht an. Mein Zorn, der durch seine scharfen Beschimpfungen und sein schändliches Benehmen geschürt worden war, verflog mit einem Schlag. Eine unendliche Mattigkeit überkam mich, und ich hatte keine Kraft zum Kämpfen mehr. Ich musste meine Wut und meinen Groll dämpfen, damit meine gekränkten Gefühle sie nicht von neuem aufflammen ließen. Und dann die Augen schließen und nachdenken.

Aus dem unteren Stockwerk drangen Stimmen zu uns. Gedämpfte Schritte, zuklappende Türen. Irgendwo in Cowgate kläffte ein Hund. Liams Atem streifte mich. Alles tat mir weh.

Er schob eine Hand über den Fußboden. Einige Zoll vor meinem Fuß verhielt sie. Ich sah, wie sie zitterte, und rutschte ein kleines Stück weg. Seufzend zog er die Hand zurück und hielt den Abstand, den ich zwischen uns bewahren wollte.

»Was genau bin ich eigentlich für dich?«, fragte ich nach einer Weile.

Verständnislos runzelte er die Stirn.

»Du bist … meine Frau!«

»Und sonst noch?«

»Ich verstehe nicht, was du meinst«, stotterte er zögernd.

»Was erwartest du von einer Ehefrau? Was erwartest du von mir?«, erläuterte ich gereizt meine Frage.

Ungläubig starrte er mich an.

»Nichts, wieso?«

»Du erwartest *nichts* von mir?«, rief ich wie vom Donner gerührt aus. »Warum hast du mich dann geheiratet? Damit ich dir das Essen koche? Dein Bett wärme? Dein Haus ziere vielleicht?«

Er zog die Augen zusammen und wirkte völlig verwirrt über meine Worte.

»Kannst du mir einmal erklären, worauf du hinauswillst?«

»Ich will dir sagen, was du für mich bist und was ich von dir erwarte, Liam Macdonald«, begann ich. »Du bist mein sicherer Hafen, mein Rettungsanker. Wenn der Sturm tobt und mich auf seinen Böen davonträgt, dann sollst du mich festhalten. Wenn ich traurig bin, wenn ich Sorgen habe, dann brauche ich deine starke Schulter, dein Mitgefühl. Wir sind zwei verschiedene Wesen, sicherlich, aber wir sollten zu einem verschmelzen… In guten und in schlechten Tagen. Du kannst mich nicht beschützen, indem du mich auf Abstand hältst. Ich möchte ganz und gar an deinem Leben teilhaben. Dasselbe erleben wie du. Ein Teil von dir sein. Ich… ich liebe dich, Liam, und…«

Ich unterbrach mich, um ein Schluchzen zu unterdrücken. Dann sprach ich mit zitternden Lippen weiter.

»Und ich möchte gern… dass es für dich genauso ist. Wenn du nicht bereit bist, mir alle Türen deines Herzens zu öffnen, dann…«

Ein bekümmerter Ausdruck erschien auf seinem Gesicht.

»Ich brauche Zeit, Caitlin. Ich weiß nicht mehr, woran ich bin. Mein Schmerz ist so groß, dass ich nicht richtig denken kann. Wenn ich diese Bilder vor mir sehe, von dir und… Das treibt mich in den Wahnsinn. Dann kann ich nur noch daran denken zu töten… ihn, sogar dich. Ja, ich habe daran gedacht, dich zu töten, *a ghràidh mo chridhe…*«

Seine Schultern wurden von Schluchzen geschüttelt. Ich rutschte zu ihm hinüber und legte eine Hand auf seinen Arm. Er stieß einen langen Seufzer aus und zog mich an sich, auf seine Knie. Er wühlte sich in meine Haare, strich über meine Haut und hielt mich fest, so wie man sich an seinen letzten Atemzug klammert. Er nahm mein Gesicht zwischen die Hände, suchte meinen Blick und schaute bis in meine Seele.

»Caitlin…«

Seine Augen wurden feucht, und seine Lider sanken herab. Meine salzigen Tränen brannten auf seinen gesprungenen Lippen, und er schmiegte das Gesicht in meine Halsbeuge.

So blieben wir lange eng umschlungen auf dem Fußboden sitzen. Dann löste er sich von mir.

»Ich verstehe, was du willst. Aber … im Moment bin ich nicht in der Lage, es dir zu geben, und ich weiß nicht, wann es so weit sein wird … Ich werde nach Frankreich gehen.«

»Wie bitte?«, rief ich bestürzt aus. »Nach Frankreich? Wieso denn das?«

»Ich brauche Zeit, um alles zu verarbeiten, allein. Dort unten werde ich über eine Waffenlieferung verhandeln. Jemand hat mir einen Pass auf einen falschen Namen besorgt.«

»Liam, nein, ich brauche dich … Ich will nicht wieder von dir getrennt werden!«, schrie ich panikerfüllt. »Geh nicht … ich flehe dich an!«

»Es muss sein, *a ghràidh*, für uns beide. Geh nach Carnoch zurück, nach Hause.«

Er stieß einen Klagelaut aus, der in meinem Haar verhallte.

»Ich habe dich geheiratet, weil ich dich liebte, aber heute hat sich ein seltsames Gefühl in meinem Herzen niedergelassen. Ich muss das in Ordnung bringen. Ich will dich nicht hassen, *a ghràidh*, verstehst du?«

Ich erstickte unter dem Gewicht meines Kummers. Die erneute Trennung brach mir das Herz.

»Ich werde zurückkehren, mein irischer Sturmwind … Ich verspreche es dir.«

Er stand auf, zog mich mit sich hoch und legte mich aufs Bett. Ich krallte die Hände in sein Hemd und versuchte verzweifelt, ihn festzuhalten.

»Wenn du Geld brauchst oder sonst etwas, wende dich an Donald. Er wird wissen, wie er Colin erreicht.«

Auf der Treppe, die in unser Stockwerk hinaufführte, waren Schritte und Stimmen zu hören. Liam wandte sich zur Tür, zögerte einen Augenblick und küsste mich dann ein letztes Mal lange und zärtlich. Ein paar Herzschläge lang fand ich in dem zerbrochenen, gequälten Körper den Mann wieder, den ich liebte.

Als er hinausging, fuhr ein Luftzug ins Zimmer und löschte die Kerze. Wieder einmal blieb ich allein zurück. Mein Verzweiflungsschrei, den ich nicht unterdrücken konnte, hallte durch die Stille, die schwer in dem leeren Zimmer hing.

16

Reuige Seelen

Nach einem schmerzlichen Abschied von Edwina und unserem Vater schlugen Patrick und ich die Straße ein, die nach Glencoe führte. Am zweiten Abend beschloss ich, auf der Heide von Glen Dochart zu rasten. Wir fanden ein ruhiges Plätzchen in der Nähe eines Loch und am Fuße eines Felshangs.

Patrick war bis jetzt nicht besonders gesprächig gewesen. Ich hatte ihn während unseres ganzen Ritts mit Vorwürfen überschüttet. Ich wusste genau, dass die unerwartete Wendung der Ereignisse ihn ebenfalls bestürzt hatte, aber dieser Drang war stärker als ich. Um mich von meinem eigenen schlechten Gewissen abzulenken, warf ich ihm vor, zu Liams Flucht beigetragen zu haben, indem er ihm geholfen hatte, sich einen Pass für Frankreich zu verschaffen. Ich musste einfach jemandem die Schuld zuschieben, und mein armer Bruder war der Einzige, an dem ich meinen Groll auslassen konnte.

Der Himmel war bedeckt, die Luft feucht. Der Staub und meine nass geschwitzten Kleider klebten mir am Körper. Ich stieg zu einem Bachlauf hinunter, um mich ein wenig frisch zu machen, während Patrick die Pferde absattelte. Die Sonne war vor wenigen Augenblicken untergegangen, und die Abenddämmerung tauchte die Landschaft in Gold- und Purpurtöne. Ich setzte mich zwischen zwei Felsen, an eine Stelle, wo das Wasser flach war. Von meinem Mieder befreit, schürzte ich die Röcke und tauchte die Beine in das kühle Nass. Dann schöpfte ich mir mit den Händen Wasser über den Hals.

Ich spürte das Bedürfnis, ein Weilchen allein zu sein, um über meine neue Lage nachzudenken. Auf der Uferbank ausgestreckt, betrachtete ich einen Stern, der am schimmernden Himmelsgewölbe schwach blinkte. Würde mein Leben mit Liam immer so aussehen? Würde er immer wieder davonlaufen und sich verstecken, wenn zwischen uns das kleinste Hindernis auftauchte? Ich zweifelte nicht an seinen Gefühlen, aber ich war es gründlich leid, dass er sich über meine hinwegsetzte. In den fast eineinhalb Monaten, die wir bis jetzt verheiratet waren, hatten wir nur zwei Wochen zusammengelebt.

Plötzlich erscholl ein Schrei, und ich griff nach meinem Dolch, den ich in einem Lederfutteral am Gürtel trug. Rasch hob ich mein Mieder vom Boden auf und flüchtete mich in den Schatten des größeren der beiden Felsbrocken. Der leichte Wind trug Männerstimmen heran, die von den Felswänden hinter mir widerhallten.

Mit klopfendem Herzen lugte ich um den Felsen herum, um zu sehen, was weiter unten, auf dem Hügel, vor sich ging. Die Männer befanden sich etwa dreißig Meter unter mir, in der Nähe des Loch. Fünf Silhouetten zeichneten sich deutlich von dem golden schimmernden Wasser ab, doch ihre Gesichter konnte ich nicht erkennen. Einige trugen Kilts, andere Kniehosen, aber alle hatten ein Plaid um ihren Körper geschlungen. Schotten also. Das auf Englisch mit gälischen Einsprengseln geführte Gespräch verlief sehr lebhaft, und aus den heftigen Ausrufen, die immer wieder zu vernehmen waren, schloss ich, dass sie sich stritten.

Hastig zog ich mich wieder an und hob den langen Dolch auf, mit dem ich mein kleines Waffenarsenal ergänzt hatte, bevor wir Edinburgh verließen. Patrick hatte darauf bestanden, dass ich eine zweite Waffe mit mir führte. Er selbst hatte sich mit einem Kurzschwert mit zweischneidiger Klinge, einem Dolch und einer Pistole ausgerüstet. Eine weitere bewahrte er in dem Halfter an seinem Sattel auf. »Für den Fall aller Fälle«, hatte er erklärt. Ich hoffte nur, dass er damit auch umzugehen wusste. Ich hatte Patrick noch nie kämpfen gesehen und konnte mir meinen Bruder mit einem Schwert in der Hand nicht vorstellen. Nicht, dass er schwächlich oder ungelenk gewesen wäre, im Gegenteil. Bei einer Größe von einem Meter achtzig war Patrick kräftig gebaut und konnte sich durchsetzen. Doch er hatte es, im Gegensatz zu Michael oder Matthew, immer vorgezogen, mit Worten zu kämpfen statt mit Fäusten. Aber in den Highlands waren wir weit entfernt von den politischen Scharmützeln in den Salons, und hier waren Worte gegenüber dem Stahl der Klingen ziemlich unnütz.

Bruchstücke des Streits drangen bis zu mir; Geld schien der Grund dafür zu sein. Jemand brüllte eine Beleidigung und bezeichnete einen gewissen Campbell als »dreckigen Hund«. Ich legte mich flach auf den Boden, um weniger sichtbar zu sein, denn einer der Männer schaute in meine Richtung. Die Auseinandersetzung ging noch ein wenig weiter, und dann lief alles sehr schnell aus dem Ruder.

Zwei der Männer packten einen dritten bei den Armen und hielten ihn fest. Die beiden anderen begannen, ihn mit Fausthieben in den Magen und ins Gesicht zu traktieren. Deutlich konnte ich das dumpfe Klatschen hören, mit denen sie auf das Fleisch trafen, und zuckte jedes Mal zusammen. Dann hörten die beiden Angreifer zu prügeln auf, und der Größere von ihnen riss plötzlich den hinuntergesunkenen Kopf des Opfers an den Haaren hoch und sagte etwas zu ihm. Jetzt begann der Unglückliche erst recht zu fluchen.

»In der Hölle sollst du schmoren, Ewen Campbell! Und dein Tal und alle, die dort leben, sollen verflucht sein!«

Mir gefror das Blut. Man schlug ihn noch einmal, und dann hörte ich das unheimliche Schleifen von Metall auf Metall. Jemand zog ein Schwert aus der Scheide. Mit vor Entsetzen weit aufgerissenen Augen verfolgte ich die furchtbare Szene, die sich vor mir abspielte. Die Klinge, die im letzten Abendlicht aufblitzte, durchbohrte den Körper des Mannes, der sich mit einem Grauen erregenden Schrei aufbäumte und dann zu Füßen seiner Henker zusammenbrach.

Meine Schläfen pochten. Ich versuchte, wieder Luft zu bekommen, nachdem mir vor Schreck über die furchtbare Szene der Atem gestockt war. Nach kurzer Beratung hoben die Mörder die Leiche hoch, warfen sie ohne weitere Umstände in die schimmernden Wasser des Sees und stoben auf ihren Pferden davon.

Aus Angst, sie könnten mich sehen, blieb ich eine ganze Weile im Heidekraut liegen und hatte Zeit, mich ein wenig zu fassen. Vorsichtig richtete ich mich dann auf, kletterte den Hügel hinauf und nahm dann die Beine in die Hand, wobei ich in der einbrechenden Dunkelheit immer wieder auf den Steinen ausglitt.

Unsere Pferde weideten friedlich in der Nähe eines Dickichts, und Patrick ruhte sich aus, den Kopf auf den Sattel gelegt und die Hände im Nacken verschränkt.

»Patrick«, keuchte ich völlig außer Atem und fiel neben ihm auf die Knie. »Wir können nicht hier bleiben ... da unten ... haben sie eben einen Mann umgebracht. Wir müssen fort, ich habe sie gesehen ... Wenn sie zurückkommen ...«

»Gemach, gemach, kleine Schwester!«, rief er aus und richtete sich auf. »Beruhige dich, ich verstehe kein Wort von dem, was du erzählst.«

Ich holte tief Luft und packte meinen Bruder am Arm.

»Ich habe gesehen, wie dort unten, am Ufer des Loch, ein Mann umgebracht wurde. Wir müssen weg, Patrick. Wenn sie zurückkommen und uns hier finden ... Sie werden uns ebenfalls töten.«

»Wovon redest du? Welche Männer?«

»Ich weiß es nicht ... Vielleicht doch ... aber sicher bin ich mir nicht ...«

Bei den letzten Worten schnürte es mir die Kehle zu. Plötzlich spürte ich wieder ganz deutlich das kalte Metall eines Dolchs an meiner Kehle und sah das bösartige Gesicht von Ewen Campbell vor mir. War das hier derselbe Mann gewesen? Ich legte die Hand an meinen Hals und schluckte. Ein Schauer überlief mich.

»Es waren fünf Männer«, fuhr ich zitternd fort. »Sie haben sich gestritten. Schließlich haben sich vier der Männer auf den fünften gestürzt und ihn mit dem Schwert durchbohrt.«

»Wo sind sie jetzt?«

»Fort, glaube ich, aber wenn sie zurückkommen ... Ich habe Angst, Patrick.«

»Haben sie dich gesehen?«

»Nein ...«

»Bist du dir sicher?«

»Ich glaube schon. Ich war hinter einem Felsblock versteckt und hatte mich auf den Boden gelegt.«

Nachdenklich rieb er sich das Kinn.

»Bald ist es stockdunkel, Caitlin. Der Himmel bezieht sich, und wir werden die Hand nicht vor Augen sehen können. Es wäre zu gefährlich, uns wieder auf den Weg zu machen. Schon am hellen Tag ist die Gefahr gerade groß genug, sich in diesen Bergen zu verirren…«

Ich ließ mich neben ihm auf den Rücken sinken. Was das anging, hatte er Recht. Ich kannte mich in dieser Gegend nicht aus. Wir tasteten uns voran und fragten die wenigen Menschen, die uns unterwegs begegneten, nach dem Weg. Bei Nacht zu reisen wäre der pure Leichtsinn gewesen. Gut möglich, dass wir uns im Morgengrauen in England wiedergefunden hätten. Liam orientierte sich an den Sternen, aber dazu musste man trotzdem wissen, welche Richtung man einschlagen wollte.

Ich schmiegte mich an meinen Bruder, der mich in die Arme nahm.

»Sie werden nicht zurückkommen, Caitlin«, erklärte er, um mich zu beruhigen. »Verbrecher kehren nie an den Ort ihrer Tat zurück…«

In dieser Nacht taten wir kein Auge zu. Patrick hatte eine Hand auf den Griff seiner Pistole gelegt und die andere beschützend um meine Schulter geschlungen, während ich mich in mein Plaid gewickelt hatte und meinen Dolch auf den Knien bereithielt.

So verbrachte mein Bruder seine zweite Nacht auf der Heide. Im Morgengrauen machten wir uns wieder auf den Weg, nachdem wir von dem Proviant gegessen hatten, den Edwina uns freundlicherweise zubereitet hatte. Wir waren unruhig und hatten vor Müdigkeit rote Augen.

Kurz darauf passierten wir Crianlarich und bogen gen Norden ab. Von dort an kam die Landschaft mir ein wenig bekannter vor.

Ich begegnete Patricks Blick und bemerkte, dass er trotz seines zur Schau getragenen Selbstbewusstseins besorgt war. Er hatte keine andere Wahl gehabt, als mich in die Highlands zu begleiten. Donald und Niall waren fort, und Liam war irgendwo auf dem Kontinent verschwunden; also war ihm die Aufgabe zugefallen, die Reise nach Glencoe mit mir zu unternehmen. Mit seinem tadellos geschnittenen Anzug und seinen schönen Reitstiefeln wirkte er wie ein perfekter englischer Gentleman, ein gewaltiger

Unterschied zu den Männern des Clans, die eher bäuerlich gekleidet waren. Sicherlich hegte er Befürchtungen bezüglich des Empfangs, den man ihm in Carnoch bereiten würde. Nach mehreren langen Stunden zu Pferde erreichten wir den Eingang des Tals.

»Wir sind da«, flüsterte ich und staunte einmal mehr über die Majestät der Landschaft.

Unsicher schlug Patrick den schmalen Weg ein, der über den Pass in das Tal von Glencoe führte. Wir ließen unsere Reittiere bis Achtriochtan im Schritt gehen. Ein kurzes Aufleuchten weiter unten, auf dem Signal Rock, zog meine Aufmerksamkeit auf sich, dann erscholl ein Schrei und wurde von den steilen Bergflanken zurückgeworfen. Zwei Silhouetten tauchten an der Biegung des Tals auf; Reiter kamen uns entgegen.

Patrick biss die Zähne zusammen und murmelte etwas. Inmitten einer Staubwolke näherten sich zwei Männer im gestreckten Galopp und hatten uns bald erreicht.

Angus Macdonald und Ronald MacEanruigs hielten Pistolen in den Händen und wahrten einen respektvollen Abstand. Sie grüßten mich höflich. Meinen Bruder allerdings musterten sie misstrauisch und hielten den Lauf ihrer Pistolen auf seine Beine gerichtet, was ihn sichtlich nervös machte.

»*Cò tha e?* Wer ist das?«, fragte Angus, der den Eindringling nicht aus den Augen ließ.

»*Is esan mo bhrathair*, mein Bruder, Patrick«, antwortete ich und lächelte vorsichtig.

Angus und Ronald sahen einander an, dann nickte Letzterer kurz, und die Pistolen wurden an ihren Platz im Gürtel der Männer zurückgesteckt.

»*Càit' a bheil Liam?*«, fragte Ronald und sah mich fragend an. Wo ist Liam?

»*Chaidh e an Fhraing*«, stotterte ich verlegen. Er ist nach Frankreich gegangen.

»*Cuin' a tha e ri tilleadh?*« Wann kommt er zurück?

»*Chan eil fhios agam*«, murmelte ich und sah auf meinen Sattelknauf hinunter. Ich weiß es nicht.

Ratlos schauten Angus und Ronald sich an und zuckten mit

den Achseln, dann wendeten sie ihre Pferde und ritten uns voraus. Die letzten Meilen, die uns noch von Carnoch trennten, legten wir eskortiert von den beiden Highlandern zurück.

»Unser Empfangskomitee?«, flüsterte Patrick mir zu. Er klang jetzt entspannter.

»Mach dir keine Gedanken, sie sind immer ein wenig kühl zu Fremden.«

Jetzt waren die Rauchsäulen aus den Kaminen zu erkennen. Seit unserer überstürzten Flucht in die Berge, die uns schließlich nach Edinburgh geführt hatte, war ein Monat vergangen. Heute kehrte ich schweren Herzens und allein zurück. Jetzt war es meine Aufgabe, allen zu erklären, dass Liam nach Frankreich gegangen war.

Das Haus war staubig und roch muffig. Die Fenster waren mit Brettern vernagelt worden, die ich hastig entfernte. Es gab mir einen Stich ins Herz, als ich die beiden Sessel sah, die Liam bei Malcolm in Auftrag gegeben hatte. Man hatte sie während unserer Abwesenheit gebracht und an den Kamin gestellt. Sie waren gut gearbeitet, aus dickem Eichenholz gefertigt und besaßen eine hohe Lehne, die mit Schnitzereien verziert war. Meine Finger verweilten auf einem aus dem Holz herausgearbeiteten Detail, einem kleinen Heidezweig, dem Emblem der Macdonalds.

»Sie sind schön«, sagte Patrick hinter mir.

»Ja… wirklich«, stammelte ich bewegt. »Liam hat sie noch in Auftrag gegeben, bevor wir das Tal verlassen haben.«

Ich unterdrückte ein Schluchzen. Patrick zog mich an sich, hob mein Kinn hoch und sah mich bekümmert an.

»Er wird zurückkommen, Schwester. Er ist fortgegangen, um sich zu verstecken und seine Wunden zu lecken wie ein Tier.«

»Aber warum musste er so weit fort?«

»Ich weiß es nicht, aber du musst dich in Geduld üben, Kitty. Ich kenne ihn nicht besonders gut, aber ich weiß, wie sehr ihm an dir liegt. Das wurde mir an dem Tag klar, als er erfuhr, dass du auf Dunning Manor warst.«

Er lächelte mir zu.

»An diesem Tag habe ich begriffen, warum die Engländer die

Highlander als Wilde und Barbaren betrachten. Es wäre mir gar nicht gut bekommen, mich ihm in den Weg zu stellen.«

Gerade, als er mich auf die Stirn küsste, flog die Tür auf, und Sàra kam wie ein Wirbelwind hereingesaust. Dann blieb sie vor Verblüffung wie angewurzelt stehen. Sprachlos riss sie die Augen auf, als sie uns eng umschlungen dastehen sah.

»Herr Jesus!«, rief sie aus und schlug die Hand vor den Mund.

Ein wenig verunsichert trat ich von Patrick weg. Als ich Sàras Verwirrung bemerkte, wurde mir klar, dass sie die Szene auf ihre eigene Weise gedeutet hatte.

»Wo ist Liam?«, fragte sie in trockenem, schneidendem Tonfall.

Ihr Blick huschte zwischen mir und Patrick, der ebenfalls verlegen wirkte, hin und her.

»Liam ist nicht mit zurückgekommen, er ist…«

»Was haben die Engländer mit Liam gemacht?«, fiel sie mir ins Wort. Sie war totenbleich geworden.

»Er hat seine Begnadigung erwirkt…«

»Wo steckt er dann? Wieso ist er nicht zurückgekommen, und wer ist dieser Mann?«

»Wenn du mich ausreden lässt, kann ich es dir vielleicht erklären«, versetzte ich gereizt.

Sie warf mir einen finsteren Blick zu, ging zu einer Bank und musterte meinen Bruder kalt.

»Zuerst einmal möchte ich dir meinen Bruder Patrick vorstellen.«

Sàra riss ihre grauen Augen auf und saß mit offenem Mund da. Sie war puterrot angelaufen.

»Herrgott!«, rief sie keuchend aus. »Einen Moment lang dachte ich…«

Verlegen unterbrach sie sich und sah meinen Bruder aus dem Augenwinkel an.

»Ich meine, als ich hineingekommen bin, habt ihr beide…«

Nervös drehte sie eine ihrer von der Sonne golden gebleichten Haarsträhnen.

»Es tut mir furchtbar leid, Caitlin; ich neige immer ein wenig zu übereilten Schlüssen.«

Patrick schien sich an der Situation zu ergötzen.

»Sie haben Liam freigelassen«, fuhr ich fort, »und er ist… nach Frankreich abgereist.«

»Nach Frankreich?«, wiederholte sie ungläubig. »Wieso?«

»Er hat geschäftlich in Calais zu tun«, schaltete sich Patrick ein, der bis jetzt noch nichts gesagt hatte. »Er wird in einigen Wochen zurückkehren.«

Lächelnd trat er auf sie zu und verneigte sich.

»Da Ihr nun wisst, wer ich bin, dürfte ich erfahren, mit wem ich die Ehre habe?«

Sàra sprang lebhaft auf und sah zu Boden, um dem durchdringenden Blick aus Patricks schwarzen Augen auszuweichen.

»Ich bin Sàra, Liams Schwester.«

Mein Bruder nahm ihre Hand, führte sie, ganz der perfekte Mann von Welt, an die Lippen und beobachtete sie dabei verstohlen.

»Sàra… Sehr erfreut«, murmelte er.

Ich räusperte mich leise, um Patrick zur Ordnung zu rufen. Er hatte den schmeichlerischen Tonfall angeschlagen, der mir verriet, dass er die Aufmerksamkeit einer Dame erwecken wollte. Langsam zog Sàra ihre Hand zurück, die er länger, als das der Anstand erforderte, festgehalten hatte.

»Ihr habt gewiss Hunger, der Weg ist weit… von Edinburgh. Ich kann euch etwas zu essen kochen.«

»Das wäre sehr freundlich«, meinte Patrick.

Sàra lächelte noch strahlender. Dann wandte sie sich mir zu, als wäre ihr gerade erst wieder eingefallen, dass ich auch noch da war. Wie es ihre Art war, überschüttete sie mich mit Fragen über meinen Aufenthalt in Edinburgh, die unerwartete Freilassung ihres Bruders und unsere Rückreise. Ich antwortete ihr ausweichend und vermied es, in Einzelheiten zu gehen.

»Deine Rückkehr macht mich sehr froh, Caitlin. Und zu wissen, dass Liam endlich frei ist, selbst wenn wir ihn noch nicht bei uns haben, macht mein Glück vollkommen. Das müssen wir feiern. Kommt, ich lade euch ein, und du kannst mir helfen, das Kaninchen zuzubereiten, das Isaak mir mitgebracht hat.«

»Isaak ist hier?«

»Seit einer Woche. Er bringt mir oft eine Kleinigkeit mit, wenn er…«

Sie unterbrach sich und warf Patrick, der sie nicht aus den Augen gelassen hatte, einen Blick zu. Ihre Wangen röteten sich, und sie stammelte ein paar Worte und entschuldigte sich für ihre Unhöflichkeit.

»Ich rede zu viel, und ihr seid müde und ausgehungert. Verzeiht, wenn ich es an Gastfreundschaft mangeln ließ. Ich…«

Ich schaute zwischen den beiden hin und her und vermutete, dass Patricks Aufenthalt sich möglicherweise um der schönen Augen meiner Schwägerin willen verlängern würde.

»Wie wäre es, wenn wir dieses Gespräch bei einem schönen Kanincheneintopf fortsetzen?«, fragte ich, um das verwirrte Idyll zu beenden.

Der Regen trommelte an die Fensterscheiben des neuen Herrensitzes des Chiefs der Macdonalds von Glencoe, John MacIain. Im Ratszimmer fand eine Versammlung statt. Patrick und ich waren vorgeladen, um Liams Abwesenheit von Carnoch zu erklären. Patrick hielt sich an die Version, die er Sàra gegeben hatte, um mir jede Demütigung zu ersparen. Es war ja auch die Wahrheit, wenngleich er hauptsächlich aus anderen Gründen weggegangen war.

John gewährte meinem Bruder Asyl. Als Liams Schwager war er dem Clan auf gewisse Weise verbunden und schuldete ihm Loyalität. Ich war erleichtert, denn ich wollte nicht, dass er wieder nach Edinburgh abreiste, zumindest nicht, solange Liam nicht zurück war. Er würde also bei mir wohnen.

Nachdem dieser Punkt geregelt war, berieten die Männer über ein neues Problem, das sich in Lochaber aufgetan hatte. Offensichtlich überfiel eine Bande von Strauchdieben die Pachteinnehmer der Camerons von Lochiel und der Macdonalds von Keppoch. Zwei *Tacksmen* waren ermordet aufgefunden worden, und ein dritter wurde seit mehreren Tagen vermisst. Niemand mochte sich darauf festlegen, wer diese Missetäter waren, doch es wurden Namen genannt, darunter der eines gewissen Campbell, des Anführers. Genauer gesagt, Ewen Campbell.

Ich zappelte unruhig auf meiner Bank herum und fragte mich, ob es sich bei dem Mann, dessen Ermordung ich beobachtet hatte, möglicherweise um den dritten *Tacksman* handelte. Patrick erriet meine Gedanken und warf mir einen viel sagenden Blick zu.

»Glaubst du, dass es um den Mord am Ufer des Loch geht?«, flüsterte er mir zu.

»Vielleicht... Ob ich das zur Sprache bringen soll?«

»Die Entscheidung liegt bei dir, Schwester. Bist du dir sicher, dass es dieser Campbell war?«

»Ich weiß es nicht; es könnte durchaus mehrere Männer dieses Namens geben«, meinte ich zögernd.

»Wisst Ihr etwas über diese Angelegenheit, Caitlin?«, sagte mir jemand anders leise ins Ohr.

Ich fuhr zusammen und hätte um ein Haar das Bier verschüttet, das vor mir stand. Donald, der neben mir saß, hatte anscheinend unser Gespräch mitgehört. Er warf mir einen Seitenblick zu.

»Habt Ihr diesen Mann noch einmal gesehen? Den, der Euch verletzt hat?«, setzte er lauter hinzu.

Alle Blicke richteten sich jetzt auf mich. Ich erstarrte.

»Also, ich...«

»Habt Ihr etwas zu der Angelegenheit beizutragen, die uns beschäftigt, Caitlin?« Der Chief wandte mir aufmerksam seine drei Adlerfedern zu.

»Vielleicht«, begann ich nervös. »Auf dem Weg hierher haben mein Bruder und ich die Nacht in der Nähe eines Sees in Glen Dochart verbracht, und ich bin Zeugin eines Mordes geworden.«

Ein Murmeln lief durch den Raum, in dem gut dreißig Highlander in den Farben der Macdonalds saßen. John runzelte die Stirn. Meine Geschichte schien ihn zu interessieren.

»Fahrt fort«, ermunterte er mich.

»Ich habe gesehen, wie vier Männer am Ufer eines Sees einen fünften geschlagen und mit einem Schwerthieb getötet haben. Ich hatte mich hinter einem Felsen versteckt. Es war so dunkel, dass ich weder ihre Gesichter sehen noch die Farbe ihrer Plaids erkennen konnte, aber ich habe ganz deutlich gehört, was dieser Unglückliche gerufen hat, ehe sie ihn... niedergestreckt haben.«

»Und?«

»Er hat geschrien: ›In der Hölle sollst du schmoren, Ewen Campbell! Und dein Tal und alle, die dort leben, sollen verflucht sein.‹«

Schweigen senkte sich über die Versammlung. Auf den Gesichtern der anwesenden Männer konnte ich ablesen, dass jeder seine eigenen Schlüsse zog. John Macdonald trommelte mit seinen langen Fingern auf den Tisch aus gewachster Eiche.

»Wenn das, was Ihr berichtet, sich als wahr erweist... dann ist die Lage ziemlich delikat. Dieser Ewen Campbell ist der Neffe des neuen Laird von Glenlyon, Captain Robert Campbell.«

»Beweisen kann ich es nicht«, antwortete ich leicht beleidigt, »aber ich weiß genau, was ich gesehen und gehört habe.«

Er rieb sich das Kinn und zog ratlos die Augenbrauen zusammen.

»Wir könnten doch überprüfen, ob man in Dochart möglicherweise eine Leiche gefunden hat«, warf einer der Männer ein.

»Ja, ganz richtig!«, überschrie ihn ein anderer. »Vielleicht ist es Allan Macdonald, der mit den Pachteinnahmen aus Inverroy verschwunden ist.«

Eine Woge der Zustimmung rollte durch die Versammlung, in der inzwischen helle Aufregung herrschte.

»Habt Ihr gesehen, was sie mit der Leiche getan haben?«, fragte Donald.

»Sie haben sie in den See geworfen.«

Sofort kam Stimmengewirr im Saal auf. Einige Männer schüttelten den Kopf, andere forderten mit hoch erhobener Faust Rache. Die Wogen der Aufregung schwappten hoch. John rieb sich die Augen; er wirkte besorgt.

»Es wird möglicherweise schwierig, ihn zu finden. Ihr müsst mit uns kommen, um uns die Stelle zu zeigen.«

Am nächsten Tag brach ich, flankiert von acht bis an die Zähne bewaffneten Männern, im ersten Morgengrauen auf. Mein Bruder, dem es gar nicht geschmeckt hätte, mich allein mit diesen Männern gehen zu lassen, die alle ziemlich finster aussahen, begleitete uns. In dichtem Nebel verfolgten wir unseren Weg zurück.

Glücklicherweise verzog sich der Dunst, kurz bevor wir den Platz erreichten, wo der Mord stattgefunden hatte. Die Männer schwärmten aus, um die Ufer abzugehen und den Wasserrand zu untersuchen. Nach fünf Tagen im Wasser musste die Leiche eigentlich an die Oberfläche gestiegen sein. Ich verzichtete allerdings darauf, an der Suche teilzunehmen, und zog es vor, unter einem Baum sitzen zu bleiben. Die Aussicht, mich Auge in Auge mit einer aufgeblähten Wasserleiche wiederzufinden, war wenig einladend.

Als die Sonne hinter dem Ben Lui unterging, fanden die Männer die Leiche unter einem alten Kahn ohne Boden, halb verborgen zwischen den hohen Wasserpflanzen. Es handelte sich tatsächlich um Allan Macdonald, den *Tacksman* von Inverroy für das Haus Keppoch. Die Männer erkannten ihn an seinem purpurroten Plaid und seinem abgebrochenen Schneidezahn.

Man rollte den Toten in sein Plaid und band ihn auf ein Pony. Zwei der Männer würden ihn zu seiner Witwe bringen. Wir traten bald den Rückweg an, denn wir verspürten nicht den Wunsch, uns allzu lange auf Campbell-Land aufzuhalten. Es wurde früher Morgen, ehe ich ausgelaugt und erschöpft einschlief.

Die Zeit verging langsam. Nachts schmähte ich Gott, weil er mir mein Glück nicht gönnen wollte, bei Tag ließ ich meinen Zorn an dem Hafer aus, den ich gnadenlos niedermähte, schlang beim Stricken meine Verbitterung in den Faden oder zerstampfte in der Destillerie meinen Schmerz zusammen mit der Gerste. Bei schönem Wetter zog sich mein Herz grundsätzlich in düstere Verzweiflung zurück, und ich schrie meinen Schmerz lautlos heraus. War das Wetter schlecht, dann hatte ich das Gefühl, dass der Himmel in mein Gefühl einstimmte, indem er sich mit Trauer überzog und mit mir weinte. Doch es war nicht sein Mitgefühl, das ich brauchte. Ich brauchte Liam …

Und dann, mit der Zeit, gewöhnte ich mich an dieses Leben, das ich mit einem Gespenst teilte. Ich hielt Zwiegespräche mit der Erinnerung an einen Mann, den ich geliebt hatte. Warum liebte ich ihn? Ich wusste es nicht. Gefühle können einen Menschen erschüttern, quälen, Ansprüche an ihn stellen und ihn versklaven, aber sie geben niemals Gründe dafür an. Nachts wachte ich oft schweißüberströmt auf, immer noch zitternd nach einem flüchtigen Besuch meines Gespensts. Doch früh am Morgen ging das Leben wieder seinen Gang…

Heute hatte ich beschlossen, den Tag all den Kleinigkeiten zu widmen, die durch meine lange Abwesenheit liegen geblieben waren. Patrick beauftragte ich, den Vorrat an Torfbrocken für den Kamin aufzustocken, denn der Stapel war erheblich geschrumpft. Jetzt stand ich vor dem großen Schrank, stellte eine Bestandsaufnahme der verderblichen Lebensmittel an und versuchte dabei, nicht an Liam zu denken. Sein Fernbleiben lastete grausam auf mir. Von morgens bis abends war ich recht gut in der Lage, meinen Verstand zu beschäftigen, denn es gab viel zu tun. Doch wenn ich mich zum Schlafen niederlegte, konnte ich nur die Leere umarmen und schlief unter Tränen ein.

Patrick hatte sich ausgezeichnet in das Leben auf dem Lande eingefunden. Er hatte sein schönes Hemd aus feinem Leinen gegen ein safrangelbes aus grob gewebtem Stoff eingetauscht, das ich ihm mit Sàras Hilfe genäht hatte. Seit einigen Tagen besuchte sie mich immer häufiger, und merkwürdigerweise fielen diese Besuche stets mit dem Zeitpunkt zusammen, zu dem Patrick von der Jagd oder den gemeinschaftlichen Arbeiten, an denen er sich gern beteiligte, zurückkehrte. Mein Gefühl sagte mir, dass sich da etwas anbahnte. Mehrmals hatte ich meinen Bruder dabei überrascht, wie sein Blick wohlgefällig auf den Rundungen meiner Schwägerin verweilte, was ihm oft einen unauffälligen Fußtritt von mir eintrug.

Ich war dabei, die Handtücher aufzuräumen, als ich auf einen harten Gegenstand stieß. Ich legte die Hand darum, zog ihn aus dem Stapel und stand wie vom Donner gerührt da. Liams Schachtel. Also war sie doch nicht gestohlen worden, sondern nur verlegt. Mit einem Finger strich ich über den Deckel. Kurz huschte mir die Idee durch den Kopf, mich ihrer zu entledigen. Er glaubte sie ohnehin verloren. Nein… dazu war ich nicht in der Lage. *Schäm dich, Caitlin! Bist du etwa auf eine bloße Haarsträhne eifersüchtig?* Das war wirklich vollkommen lächerlich. Ich legte die

Schachtel zurück unter die Hemden, zögerte und nahm sie dann noch einmal zur Hand.

Langsam nahm ich den Deckel ab und schrie dann verblüfft auf. In einer Mischung aus Furcht und Entsetzen sah ich auf die lange rote Haarsträhne hinunter.

»Herrgott! Meghan…«

Mit zitternder Hand nahm ich die Strähne und hielt sie mit ausgestrecktem Arm hoch. Waren das wirklich Meghans Haare? Was hatten sie hier zu suchen? Ein Schauer überlief mich. Meghan war tot. Aber wie war das dann zu erklären?

Es klopfte zweimal kräftig an die Tür.

»Ahhh!«

Ich fuhr zusammen, und die Strähne rutschte mir aus der Hand und fiel vor meinen Füßen zu Boden. Mit klopfendem Herzen drehte ich mich um, sah erschrocken zur Tür und erwartete schon, die verwegene junge Frau zu erblicken.

»Caitlin?«

Eine hochgewachsene, kräftige Gestalt stand auf der Schwelle. Ich erstarrte.

»Caitlin?«

»Colin?«, fragte ich ein wenig perplex.

Er ließ den Blick durch den Raum schweifen und richtete dann die grauen Augen auf mich. Ich hatte Colin seit meinem Hochzeitstag, an dem er mich zum Altar geführt hatte, nicht wiedergesehen. Rasch hob ich die Haarsträhne auf, legte sie wieder in die Schachtel und verschloss sie. Er betrachtete mich neugierig.

»Colin…«, wiederholte ich verlegen, »was tust du hier?«

Zögernd trat er ein paar Schritte auf mich zu. Ich versteckte die Schachtel hinter meinem Rücken.

»Ich… ich bin gekommen, um dir ein wenig Geld zu bringen«, erklärte er und zog einen kleinen Beutel voller Münzen aus seinem *Sporran*. Er wog ihn in der Hand, ließ die Geldstücke darin klingen und reichte ihn mir.

»Danke«, stammelte ich.

Kurz streiften sich unsere Hände, als ich den Beutel nahm, und ich fuhr zurück, als hätte ich mich an einer glühenden Kohle verbrannt.

»Alles in Ordnung?«

Ich wich einen weiteren Schritt zurück und stieß gegen den Schrank.

»Ja...«

Er sagte kein Wort, sondern musterte mich stirnrunzelnd.

»Du siehst nicht aus, als ginge es dir gut, Caitlin. Ich habe... das mit Liam gehört«, sagte er und verschränkte die Hände im Rücken. Bevor er weitersprach, neigte er den Kopf leicht zur Seite und sah mich an.

»Ich finde es ziemlich undankbar von ihm, dass er seine Frau allein reisen und sich um die Felder und das Haus kümmern lässt... ohne jeglichen Schutz.«

»Ich war auf meiner Reise nicht allein«, rechtfertigte ich mich.

»Du weißt schon, was ich meine, Caitlin. Er hätte dich hierher bringen können, bevor er wieder fortgegangen ist. Ich verstehe sein Verhalten nicht. Er hat nicht das Recht, dich so im Stich zu lassen. Außer es wäre in Edinburgh etwas vorgefallen...«

»Ich möchte nicht darüber reden«, gab ich ein wenig schroff zurück, worauf er die Brauen zusammenzog. Er trat näher und sah mich forschend an. Ich ließ die Schachtel unauffällig zwischen zwei Säcke mit Bohnen gleiten.

»Was ist geschehen? Hat er dich nicht korrekt behandelt? Hat er dir die Schuld an seiner Verhaftung gegeben?«

Ich spürte, wie mir das Blut in die Wangen stieg. Jetzt sah er mich sehr scharf an.

»Donald hat mir die Sache mit Dunning House erzählt, aber er hat mir nur die bloßen Tatsachen berichtet... Kann es sein, dass Liam dir vorwirft, dass du versucht hast, seine Unschuld zu beweisen? Das wäre nicht recht, deine Entscheidung war doch sehr edelmütig.«

Ich lehnte mich gegen die Schrankbretter, um mein Zittern zu verbergen. Er hatte sich mir bis auf wenige Zoll genähert.

»Colin, das geht nur Liam und mich etwas an«, beschied ich ihm ein wenig zu barsch.

»In meiner Eigenschaft als Schwager bin ich der Ansicht, dass alles, was dich betrifft, auch mich ein wenig angeht. Ich werde es nicht hinnehmen, wenn Liam dir wehtut, auf welche Weise auch immer. Ich… mag dich gern und könnte es nicht ertragen, wenn du seinetwegen unglücklich wärst.«

Er strich zart über meine Wange, nahm eine Haarsträhne von mir und rollte sie um seinen Finger.

»Viele Männer verehren dich insgeheim. Wenn Liam nicht bald zurückkehrt…«

»Willst du etwa andeuten, dass ich mir irgendeinen anderen ins Bett holen würde, Colin Macdonald?«, rief ich empört.

»Nein, das wollte ich nicht sagen, Caitlin, aber die Männer reden. Sie könnten es versuchen.«

»Was auf dasselbe hinausläuft! Noch bin ich nicht Witwe, soweit ich weiß. Mein Bruder Patrick ist hier, falls dich das beruhigt, und wacht über mich.«

Er schlug die Augen nieder und ließ die Haarsträhne los, die auf meine Schulter fiel.

»Es tut mir leid. Ich sollte meine Wut auf Liam nicht an dir auslassen.«

Er wirkte aufrichtig betrübt. Mein Zorn ebbte ein wenig ab und richtete sich gegen Liam, der mich in diese Lage, die immer schwieriger wurde, gebracht hatte.

»Liam wollte dort unten über eine Waffenlieferung verhandeln. Er hatte seine Abreise schon vorbereitet, ehe er verhaftet wurde.«

»Das weiß ich ja alles«, meinte er und tat meine Erklärungsversuche mit einer wegwerfenden Handbewegung ab. »Aber ein frisch verheirateter Mann, der nach langem Aufenthalt in einer dreckigen Zelle wieder auf dem Pflaster von Edinburgh steht, sollte nicht, kaum dass er an der frischen Luft ist, gleich wieder auf der anderen Seite des Meeres herumstromern.«

»Liam trifft seine eigenen Entscheidungen, und dagegen kann ich nichts tun.«

»Ja, ich weiß…«

»Hör mir zu, Colin, ich danke dir für deine Fürsorge. Aber es geht mir gut, und Liam wird bald zurückkehren.«

Um ihm zu bedeuten, dass unser Gespräch beendet war, wandte ich ihm den Rücken zu und tat, als wolle ich mich wieder dem Schrank widmen. Dann spürte ich, wie er mir übers

Haar strich. Seine Hand verweilte ein wenig länger, als mir lieb war.

»Colin…«

»Ich habe auch das mit Meghan gehört. Schrecklich.«

Ich schloss die Augen und biss die Zähne zusammen.

»Ja, sehr.«

»Man hat mir erzählt, dass angeblich Ewen Campbell sie… getötet haben soll.«

»So heißt es.«

Seine Hand fuhr an der Wölbung meines Rückens entlang und ließ mich erschauern. Ich holte tief Luft. Colin wirkte immer noch anziehend auf mich, ich musste es mir eingestehen. Und er wusste es und nutzte es aus. Das war nicht recht von ihm.

»In gewisser Weise kommt ihr Tod dir sehr gelegen, stimmt's, Caitlin?«

Entrüstet fuhr ich herum und fand mich dicht vor ihm wieder. Sein warmer Atem strich über mein Gesicht, eine Mischung aus Tabak und Gewürzen. Ich wagte nicht zu atmen, damit der Duft mich nicht berauschte.

»Ich mochte Meghan nicht, das ist wahr, Colin. Trotzdem habe ich ihr nie den Tod gewünscht, und erst recht nicht, da sie ein Kind erwartete. Ich verbiete dir, mir so etwas zu unterstellen…«

Er sagte nichts, sondern sah mich nur aufgebracht an. Seine Züge verhärteten sich, als er diese Information, die mir unwillentlich herausgerutscht war, aufnahm. Ich hatte vergessen, dass niemand von Meghans Schwangerschaft gewusst hatte. Colin war aschfahl geworden.

»Meghan war schwanger?«

Ich schlug die Augen nieder und wandte das Gesicht ab. Er packte mich an den Schultern. Die Wärme seiner großen Hände drang durch den Stoff meines Hemdes. Als ich nicht antwortete, schüttelte er mich grob.

»Ja«, antwortete ich wütend und starrte ihn an.

Augenblicklich ließ er mich los und wich zurück.

»Wie… wie viele Monate?«

»Ungefähr zwei.«

Ein eigenartiges Lächeln trat auf seine bleich gewordenen Lippen.

»Verflucht! Zur Hölle! Himmelherrgott nochmal!«

»Colin!«, empörte ich mich angesichts seiner Litanei von Verwünschungen.

Er sah mich fragend an.

»Hat sie dir gesagt, wer der Vater war?«

Ich sah ihn etwas merkwürdig berührt an.

»Warum? Hast du zufällig einen bestimmten Verdacht?«

Er atmete schwer.

»Wusste Liam davon?«

»Nein… Nun ja, er hat erst am Tag vor ihrem Tod davon erfahren.«

»Von dir?«

»Ja…«

»Warst du eingeweiht, bevor du ihn geheiratet hast, Caitlin?«

Plötzlich klang seine Stimme hart. Von neuem legte er die Hände um meine Schultern, aber dieses Mal schroff. Ich erstarrte unter seinem zornigen Blick.

»Lass mich, Colin…«

»Antworte mir.«

»Ja, ich wusste es.«

Sein Gesicht nahm einen bestürzten Ausdruck an. Er öffnete den Mund zum Sprechen, blieb aber stumm. Nur seine Augen zeugten von seinem Schmerz. Ich fühlte mich furchtbar feige, wie eine Verräterin. Wenn Meghan das Kind von Liam getragen hätte, wäre ich frei für ihn gewesen. Liam hätte Meghan zur Frau nehmen müssen, darauf hätte der Chief bestanden.

»Warum, Caitlin…?«

Er ließ die Frage im Raum stehen, offenbar wollte er keine Antwort hören. Seine Hände gaben mich frei, glitten an meinem Hals hinauf und legten sich um mein Gesicht.

»Ich weiß. Sag nichts mehr«, fuhr er fort und sah auf meinen Mund.

Die Erinnerung an jenen geraubten Kuss brannte auf meinen Lippen wie eine Todsünde. Ich schloss die Augen. Ein verbotenes Gefühl flatterte zart wie ein Schmetterling in mir auf und versuchte, sich einen Weg zu bahnen. Ich bekam keine Luft mehr.

»Verzeih mir. Ich hatte versprochen, dich nicht mehr zu behelligen.«

Ich stieß ein ersticktes Schluchzen aus und konnte nur wortlos nicken.

»Noch ein Letztes, bevor ich gehe.«

»Was denn?«, fragte ich und schlug die Augen wieder auf.

»Ich dachte, du würdest vielleicht gern wissen, dass eine Gruppe von Männern sich anschickt, nach Keppoch und Achnacarry aufzubrechen. Sie werden eine Clanversammlung abhalten, um zu entscheiden, welche Maßnahmen gegen Campbell und seine Bande ergriffen werden. John ist dir dankbar für deine Hilfe bei der Suche nach dem Schuldigen.«

»Eigentlich habe ich gar nichts dazu getan«, gab ich freundlicher zurück. »Gehst du mit ihnen?«

»Ja, allein schon die Aussicht, einen Campbell in Stücke zu hauen … Und umso mehr, wenn wir tatsächlich Meghans Mörder finden. Wir werden kurzen Prozess mit ihm machen.«

Sein Mund verzog sich zu einem hinterlistigen Grinsen. Er ging zur Tür und blieb dann auf der Schwelle stehen.

»Wenn du noch etwas anderes brauchst, Caitlin, lass es mich wissen. Pass auf dich auf.«

»Ja, danke«, sagte ich und lächelte ihm verhalten zu.

Er erwiderte mein Lächeln und ging.

Eine Woche später kehrten die Männer von Glencoe zurück. Sie hatten einen Plan beschlossen, um dieses Wolfsrudel unschädlich zu machen, doch die ganze Sache hatte einen Haken: In ganz Glenlyon gab es mindestens fünf Männer mit Namen Ewen Campbell. Sie mussten also unbedingt sichergehen, den richtigen Missetäter zu ergreifen, ansonsten konnten die Folgen für die beteiligten Clans katastrophal ausfallen. Daher wurden Männer in die Heide und in die Berge geschickt, um geduldig darauf zu warten, dass die fragliche Person einen Fehler machte, um den Übeltäter offiziell zu entlarven.

Währenddessen gab ich mir Mühe, die Leere in meinem Leben mit alltäglichen Tätigkeiten auszufüllen. Doch in Gedanken war ich anderswo. Ich verlegte Gegenstände, vergaß, wo ich sie gelassen hatte, suchte danach oder verlor sie. Seit dem Tag, als Colin mir seinen Besuch abgestattet hatte, wusste ich nicht mehr, woran ich war. Oft ertappte ich mich bei dem Gedanken daran, wie er tröstend die Arme um mich gelegt hatte. An seine sanften Küsse, seine zärtlichen Worte … Mein Herz war vollständig verwirrt. Liam war schon zu lange fort. Drei Wochen bereits. Jeden Morgen ritzte ich in einen der Bettpfosten eine Kerbe ein, die ich abends im Dunkeln mit den Fingerspitzen streichelte, als wolle ich mich an die Narben in meinem Herzen erinnern.

Ich wanderte seit mehr als einer Stunde. Die Sonne schien hell herunter und verbrannte mir die Haut. Seit dem Frühstück quälte mich eine vage Übelkeit. Ich hatte nichts gegessen, denn ich hatte schon lange keinen Appetit mehr. Die Nahrung ekelte mich an. Sogar mein Körper rebellierte gegen Liams Verhalten.

Unter dem bebenden Laubdach einer Birke suchte ich ein wenig Schatten. Ich sah über die Hügel hinaus und dachte über mein Leben hier nach. Es hatte keinen Sinn mehr. Sollte ich denn mein ganzes Leben lang auf Liam warten? Dass Colin ins Tal zurückgekehrt war, trug ebenfalls nicht dazu bei, mir das Leben leichter zu machen. Patrick hatte bemerkt, dass mein Verhalten sich seit jenem Tag plötzlich verändert hatte, doch er hatte nicht gewagt, mich darauf anzusprechen. Er hatte sich mit seinem Schwager angefreundet und verstand sich recht gut mit ihm, aber er behielt ihn auch auf Schritt und Tritt im Auge. Zum Glück wahrte Colin Abstand, so wie er es versprochen hatte. Zu meiner allergrößten Erleichterung.

In meiner Nähe knackte ein Zweig. Argwöhnisch warf ich mich zur Seite. Ein Ast schnellte durch die Luft, ein Busch wippte. Ich griff nach meinem Dolch. Mein Herz klopfte heftig. Einer der Campbells? Zwischen den Bäumen nahm ich eine Bewegung wahr. Einen Schrei auf den Lippen, rappelte ich mich auf und wartete noch einen Moment. Nichts.

Die Brise wellte das fette Gras, und zwei Meisen zwitscherten fröhlich. Die Natur war friedlich, doch es gelang mir nicht, mich zu beruhigen. Ich spürte, dass ein Blick auf mir ruhte. Man beobachtete mich. Vorsichtig tat ich einige Schritte auf die Stelle zu, an der kurz zuvor der Ast durch die Luft gefahren war. Das Gras hinter dem Busch war hinuntergetreten. Jemand hatte sich an mich herangepirscht. Vor Angst zitterte ich am ganzen Körper. Ich wollte auf demselben Weg zurückgehen, als mein Blick auf etwas Glitzerndes fiel. Ich kniff die Augen zusammen und beugte mich über den Boden, und dann blieb mir fast das Herz stehen. Mein Spiegel. Also hatte ich ihn nicht verlegt. Er war mir gestohlen worden.

Von Entsetzen überwältigt, warf ich panische Blicke um mich. Wer verfolgte mich? Es konnte nicht Ewen Campbell sein. Er wäre nie so dreist gewesen, in meinem Haus herumzuschnüffeln. Das wäre zu gefährlich für ihn gewesen. Isaak? Vielleicht. Er hatte gewiss nicht so leicht vergessen, dass ich am Unglück seiner Schwester schuld war. Zumindest teilweise …

Ich betrachtete mein Bild in dem Spiegel, den ich aufgehoben hatte, und sah, dass ich nur noch ein Schatten meiner selbst war. Auf dem Rückweg drehte ich mich ständig um, denn ich hatte immer noch das Gefühl, beobachtet zu werden. Ich raffte die Röcke und schritt schneller aus.

Kaum hatte ich mich von meiner Aufregung erholt, ging ich zu Sàra. Im Moment segnete ich die Engelsgeduld, die Margaret, die Frau von Liams bestem Freund, aufbrachte. Sie beugte sich über meine Strickarbeit und versuchte verzweifelt, mir zu helfen. Ich zeigte wirklich keinerlei Talent für Handarbeiten. Auch Tante Nellie hatte das schon bemerkt und daher diese Dinge, die eine Frau wissen muss, gar nicht erst in meine Erziehung aufgenommen. Meine frühe Kindheit hatte ich damit verbracht, mit meinem Bruder durch die Gassen zu rennen, statt zu sticken oder zu weben, was wahrscheinlich erklärte, dass ich die frische Luft und das Abenteuer vorzog.

Zu einigen Frauen aus dem Clan hatte ich freundschaftliche Bande geknüpft. Margaret stand mir besonders nahe. Sie sprach kein Englisch, wie überhaupt viele Talbewohner, sondern Ersisch, das vom Gälischen, wie man es in Irland spricht, abstammte. So lernte ich ziemlich rasch die feinen Unterschiede zwischen unseren Dialekten kennen.

Die Frauen bereiteten eine Babyausstattung für Maud vor, Angus' Frau, die im kommenden Winter ihr drittes Kind erwartete. Mir hatte man aufgetragen, einen einfachen Schal zu stricken. Doch nach zahlreichen Versuchen war ich zu der Ansicht gelangt, dass ich mich lieber ans Nähen halten sollte, da ich es nicht einmal schaffte, zwei Reihen zu stricken, ohne einen Fehler zu machen.

»Du hältst deine Wolle nicht richtig«, schalt Margaret freundlich. »Wenn du sie über den Zeigefinger laufen lässt ... so ..., dann fällt es viel leichter, sie um die Spitze der Nadel zu schlingen.«

»Ich gebe auf, Margaret«, seufzte ich und legte die Strickarbeit in den Schoß. »Gebt mir lieber Nadel und Faden, das ist alles, was ich handhaben kann, ohne allzu viel falsch zu machen. Ich könnte ein Mützchen für das Kleine nähen ...«

»Dir fehlt es an Geduld«, tadelte mich Sàra.

»Meinst du wirklich?«, fragte ich und schenkte ihr ein schiefes Lächeln voller Andeutungen. »Ich finde, dass ich unter den gegebenen Umständen ziemlich geduldig bin.«

»Ja ... so ist es wohl«, stotterte sie und runzelte die schmalen Augenbrauen.

Ich stand auf, um mir ein wenig die Beine zu vertreten. Es war erst später Vormittag, aber es war so dunkel, dass wir Kerzen anzünden mussten, um bei unserer Arbeit etwas zu sehen. Der schottische Himmel war von wechselhaftem Temperament. Jetzt gerade hatte sich die Sonne hinter dunklen Wolken versteckt, die bedrohlich über dem Tal hingen. Ich lehnte mich an den Rahmen der offen stehenden Tür.

»Wir könnten heute Nachmittag doch ein wenig Hafer schneiden. Er ist trocken, und ein Gewitter zieht auf. Vielleicht schaffen wir noch einen ganzen Teil.«

»Ja«, meinte Sàra zerstreut. Sie schnitt Brot und Käse in Scheiben und legte beides auf einen Teller.

Ein Stück Käse reichte sie der kleinen Leila, die zu Füßen ihrer Mutter Margaret saß und sich damit unterhielt, ein Wollknäuel abzuwickeln, und winkte mir dann, mich zum Mittagessen niederzusetzen. Der Geruch, der von einem Teller mit eingelegtem Hering aufstieg, drehte mir den Magen um.

»Fühlst du dich nicht wohl? Du bist ja ganz blass geworden«, fragte Sàra beunruhigt und sah mich mit einem merkwürdigen Blick an.

Ich hielt die Hand vor den Mund und holte tief Luft.

»Es geht schon wieder, ich glaube, ich vertrage heute diesen Fischgeruch nicht.«

»Hast du am Morgen etwas gegessen?«, fragte Margaret mit sorgenvoller Miene.

»Nein«, gestand ich ein wenig verlegen.

Die beiden Frauen warfen einander einen wissenden Blick zu.

»Wird dir von Käse auch übel?«

Sàra lächelte viel sagend. Ich nahm das Käsebrot, das sie mir reichte.

»Dann iss. Du kannst schließlich nicht mit leerem Magen auf dem Feld arbeiten.«

Das monotone Hin und Her der Sichel machte mich benommen, und ich schwankte. Eine kräftige Hand stützte mich.

»Hier, nimm lieber das hier«, sagte Patrick und reichte mir einen Heurechen. »Das ist weniger anstrengend.«

»Danke. Ihr seid heute aber früh zurück!«, meinte ich und machte mich wieder an die Arbeit.

»Ja, die Rotwildherde ist weiter östlich nach Rannoch Moor gezogen, und angesichts des drohenden Gewitters beschlossen wir zurückzureiten. Auf jeden Fall hatten wir schon einen jungen Hirsch und drei schöne, fette Moorhühner erlegt. Eines davon habe ich dir mitgebracht«, setzte er breit lächelnd hinzu.

»Du denkst aber auch nur ans Essen, Vielfraß!«, versetzte ich und klopfte auf seinen flachen Bauch.

»Nein, nicht immer«, meinte er nachdenklich und sah zu Sàra hin.

Sie kniete auf dem Feld und knotete gerade ein Bündel Haferähren mit einer Hanfschnur zusammen.

»Könnte es sein, dass mein großer Bruder sich verliebt hat?«, neckte ich ihn.

Seine Miene verdüsterte sich, doch er löste den Blick nicht von Sàra, die jetzt ein Stück weiter weg arbeitete.

»Zu meinem größten Unglück…«, murmelte er, in ihre Betrachtung versunken.

»Warum soll das ein Unglück sein, Patrick? Sie scheint deine Gefühle zu erwidern.«

Er sah mich bedrückt an.

»Ich habe ihr nichts zu bieten, Caitlin. Ich führe ein Bohemeleben, man könnte auch sagen, das eines Gesetzlosen.«

»Das verstehe ich nicht, was meinst du? Für einen Bohemien kommst du mir ziemlich elegant vor. Feine Wollstoffe aus England, irisches Leinen, französischer Samt… Verzeih mir, wenn ich da skeptisch bin.«

»Ich habe Dinge getan, auf die ich nicht besonders stolz bin, Schwester.«

Ich sah ihn aus empört aufgerissenen Augen an.

»Was hast du denn getan? Hast du gestohlen oder einen Menschen getötet?«

»Es ist mir ernst, Caitlin. Ich verdiene mein Geld nicht immer auf ehrliche Weise.«

Ich schwieg und runzelte die Stirn. Er zögerte einen Moment, dann schüttelte er den Kopf und schlug die Augen nieder wie ein Kind, das etwas ausgefressen hat.

»Ich bin Fälscher, Caitlin. Von etwas muss man schließlich leben. Ich bin sehr geschickt mit der Feder, daher… Ich habe falsche Dokumente hergestellt… Liams Pass zum Beispiel…«

Liams Pass? Hatte ich richtig gehört?

»Wie bitte?«, schrie ich und wich heftig zurück. »*Du* hast ihm den verschafft? Mein eigener Bruder?«

Ich starrte ihn sprachlos an und schüttelte den Kopf.

»Wie konntest du…«

Ich bemerkte, dass man uns schon beobachtete, unterbrach mich und fuhr leiser fort.

»Wie konntest du mir das antun, Patrick?«

Ich schäumte vor Wut und schwankte zwischen dem Bedürfnis, ihm mit der Faust ins Gesicht zu schlagen, ihm den Hals umzudrehen oder davonzulaufen, um die Tränen zu verbergen, die mir in die Augen stiegen. Ich entschied mich für die Flucht und rannte davon, auf die Hügel zu. Patrick nahm die Verfolgung auf, hatte mich rasch eingeholt und drehte mich um, so dass ich ihn ansehen musste.

»Hör mich an, Caitlin.«

Er hielt mich an den Schultern fest und zwang mich, ihn durch einen Tränenschleier anzusehen.

»Lass mich los, Patrick! Geh weg, du… Herrgott! Liam hatte mir gesagt, jemand hätte ihm dieses Papier besorgt, aber ich hätte niemals vermutet, dass du das warst!«

»Wahrscheinlich hat er es dir zu deinem eigenen Schutz verschwiegen. Er wusste, dass du wütend auf mich geworden wärest, und dass ich zugleich der einzige Mensch war, auf den du dich wirklich verlassen konntest. Glaub mir, es tut mir aus tiefster Seele leid. Ich wollte euch beiden helfen. Der Pass sollte es euch ermöglichen, aus Schottland zu fliehen, ehe er festgenommen wurde. Ich schwöre dir, wenn ich gewusst hätte… Aber da war es schon zu spät. Ich hatte ihm das Dokument schon übergeben, bevor er verhaftet wurde, und er hatte es an einem sicheren Ort verborgen, um es sich nachher holen zu können… Caitlin, es tut mir schrecklich leid.«

Seine Miene drückte tiefe Verzweiflung aus, aber er hielt meinem Blick stand und wartete darauf, dass ich ihm vergab.

»Ach, Patrick!«

Schluchzend schmiegte ich den Kopf an seine Schulter. Er umarmte mich fest und vergrub die Nase in meinem Haar.

»Verzeih mir, Caitlin«, flüsterte er. »Ich hätte nie daran gedacht, dass er den Pass auf diese Weise verwenden würde.«

»Sag mir, Patrick, kann man zugleich lieben und hassen? Manchmal vermag ich keinen Unterschied mehr dazwischen zu erkennen, als könne ich nicht fortfahren, ihn zu lieben, ohne ihn zu hassen… und das macht mir schreckliche Angst. Manchmal hasse ich ihn so sehr, dass ich ihn für das, was er mir angetan hat, ebenso leiden lassen möchte, wie ich gelitten habe. Ich sage mir, dass er bloß ein Feigling ist, ein Fahnenflüchtiger, ein dreckiger Egoist von einem Schotten. Dann wieder sage ich mir, dass ich diese ganze Hölle noch einmal durchleben würde, um ihn wieder bei mir zu haben. Warum muss Liebe nur so wehtun?«

»Ich weiß es nicht, Schwester, ich weiß es wirklich nicht.«

Nach einer Weile löste ich mich von ihm, schniefte und trocknete mir die Augen.

»Geh ruhig wieder aufs Feld und hilf Sàra. Es wird nicht mehr lange dauern, bis es regnet, und wir müssen den Hafer in die Scheune bringen, solange er noch trocken ist. Ich stoße später wieder zu euch, jetzt muss ich einen Moment allein sein.«

»Bist du dir sicher, dass es dir gut geht?«

»Ja«, antwortete ich bedrückt.

Er schob eine meiner Haarsträhnen zurück und küsste mich auf die Stirn. Noch ein zögernder Blick, dann drehte er sich um und stieg den Hügel wieder hinab.

Ich setzte mich unter eine Eiche, lehnte mich an den Stamm und ließ den Blick über das Tal schweifen, das sich unter mir erstreckte. Von hier aus konnte ich bis zum Loch Leven sehen. Diese Landschaft war einfach atemberaubend. Ein grüner Pflanzenteppich überzog die kahlen Bergflanken und schmiegte sich in die Falten der düsteren Felsmassive. Und inmitten dieser ganzen Herrlichkeit lag Carnoch. Ich fragte mich, ob Liam das Tal mit den gleichen Augen sah wie ich, nachdem er hier geboren worden und aufgewachsen war, nachdem er gesehen hatte, wie seine Leute litten, wie man seine Ansiedlungen gebrandschatzt und dem Erdboden gleichgemacht hatte und wie Glencoe dann aus seiner Asche wieder auferstanden war. Wahrscheinlich nicht.

Ich sah den Möwen nach und dann den Schwänen. Einer von ihnen ließ sich am Seeufer nieder. Wohin flogen sie, wenn sie von hier aufbrachen? Überquerten sie das Meer bis zum Kontinent? Schließlich erhob der Vogel sich in die Lüfte. *Flieg! Trag mein Herz davon. Nimm meine Liebe mit. Überquere das Wasser und flieg bis in dieses Land, das ich nicht kenne. Nimm mein Herz mit und sag meinem Mann, dass ich ihn liebe und das Warten nicht länger ertrage …*

Plötzlich zog eine Bewegung über mir meinen Blick auf sich. Eilig rappelte ich mich auf und zog meinen Dolch aus seinem Futteral. Etwas Dunkelrotes glitt zwischen den Bäumen hindurch und tauchte auf einem Felssims auf. Eindeutig, ich wurde verfolgt.

»Mein Gott«, hauchte ich dann und fiel auf die Knie.

Das Blut pochte mir in den Schläfen. Ich wagte nicht, mich zu rühren, und blieb lieber in Deckung, unter dem Blätterdach meines Baumes. Der Mann war zu weit entfernt, als dass ich seine Züge hätte ausmachen können, aber ich erkannte die herrliche rote Lockenmähne, die ihm auf die Schultern fiel. Die hünenhafte Gestalt war unverkennbar: Das war er … Liam …

Was sollte ich tun? Ich fühlte mich nicht bereit, ihm gegenüberzutreten. Ich war viel zu sehr mit meinem Kummer beschäftigt gewesen und hatte noch keine Kraft gehabt, einen Schutzwall um mich zu errichten. Ich fühlte mich ohnmächtig und verletzlich, und mein Herz zögerte, zu ihm zu gehen …

Zitternd stieg ich den Hügel hinab. Es begann zu regnen. Als ich den Rand des Dorfs erreichte, drehte ich mich um. Er stand immer noch da, wie Zeus auf dem Olymp, und sein Plaid flatterte im aufkommenden Wind.

»Ach, Liam!«, seufzte ich.

Gepeitscht vom Regen, der jetzt in Strömen über dem Tal niederging, rannte ich nach Hause und polterte unter Patricks verblüfftem Blick hinein. Ich ließ mich an der Tür entlang zu Boden gleiten und stieß ein schmerzliches Stöhnen aus.

»Was ist geschehen?«, rief Patrick aus und kam zu mir gelaufen.

»Er ist zurückgekommen … Liam …«, seufzte ich.

»Oh! Dem Herrn sei's gedankt!«, hauchte er und hob den Blick zum Himmel.

Später an diesem Abend, nachdem ich mich getrocknet und an dem Moorhuhn, das Patrick gebraten hatte, satt gegessen hatte, setzte ich mich in meinen Sessel am Feuer, das im Kamin brannte und den Raum in ein sanftes Licht tauchte. Draußen tobte schon seit Stunden das Gewitter, und ich wurde den Gedanken an Liam nicht los. Hatte er einen Unterschlupf? Hatte er gegessen? Ich hatte wohlweislich ein Stück Fleisch übrig gelassen …

»Ich werde im Stall schlafen.«

Ich fuhr zusammen, als ich Patricks Stimme hörte.

»Hier, nimm das«, sagte er und reichte mir ein *dram* Whisky. »Ihr beide müsst allein sein.«

»Nein, ich will nicht!«, rief ich erschrocken aus.

Mein Bruder warf mir einen zweifelnden Blick zu und leerte seinen Becher in einem Zug.

»Caitlin, Liam ist zurück. Da kann ich nicht…«

»Ich weiß ja«, erwiderte ich angriffslustig. »Aber nicht heute Nacht. Das ist zu früh. Ich muss erst Ordnung in meine Gedanken bringen. Er soll ruhig noch warten…«

Patrick ging vor mir in die Knie und sah mich fragend an. Wie sollte ich ihm erklären, dass ich Angst vor diesem Mann hatte? Auf der einen Seite rief mein Körper jeden Tag lauter nach ihm. Und jede Nacht. Widerstreitende Empfindungen tobten in mir; ein heftiger Kampf zwischen Geist und Körper, Traum und Wirklichkeit, der Erinnerung und dem Unbekannten, das vor mir lag. Ich musste eine Entscheidung treffen…

»Und wie lange? Habt ihr beide denn noch nicht genug gelitten! Herrgott, Caitlin«, versetzte er gereizt, »sei doch vernünftig! Jede Nacht höre ich dich weinen. Du bist ihm böse gewesen, weil er bei der ersten Schwierigkeit davongelaufen ist. Aber was glaubst du, was du da gerade tust? Du flüchtest, siehst du das nicht? Du trittst die Flucht an, weil du weißt, dass es dir wehtun wird, ihn wiederzusehen. Ihr beide habt allerhand zu klären, und es ist höchste Zeit, dass alles das ein Ende hat!«

Er legte die Hand um mein Kinn und hob mein Gesicht zu ihm hoch.

»Hör auf dein Herz und öffne ihm die Tür… Du bestrafst nicht nur ihn, wenn du ihn in dieser Nacht nach draußen verbannst, und das weißt du.«

Meine Lippen zitterten, und ich schloss die Augen, um meine Tränen zurückzuhalten. Patrick stand auf, rollte die Decken seines provisorischen Strohsacks zusammen und ging dann in den Sturm hinaus. Der eiskalte Wind, der hereindrang, ließ mich erzittern, und ich zog mein Plaid fester um die Schultern.

Widerstrebend legte ich mich zu Bett, erschöpft von dem unablässigen Kampf mit meinem inneren Aufruhr. Selbst der Himmel schien mitspielen zu wollen und schimpfte, schleuderte Blitze und donnerte. Doch ich gab nichts um seine Meinung. Ich wollte nur noch in meine Träume flüchten, denn allein dort fühlte ich mich lebendig.

Mein durchgeschwitztes, eiskaltes Nachthemd klebte mir am Leibe. Draußen gewitterte es weiter. Ein Albtraum musste mich geweckt haben, denn ich umklammerte immer noch die Laken, und mein Herz schlug viel zu schnell. Mir war kalt, so kalt… Ein Blitz tauchte das Zimmer in grelles Licht. Zitternd hüllte ich mich in mein Plaid und stieg aus dem Bett, um noch einen Block Torf aufs Feuer zu legen. Es war so kalt…

Auf der Schwelle der Zimmertür blieb ich wie angewurzelt stehen und sog vor Verblüffung heftig den Atem ein. Liam, der auf einem der Sessel eingenickt war, fuhr hoch und griff instinktiv nach seinem Dolch. Verstört sah er mir entgegen; dann erkannte er mich, stieß einen Seufzer aus und ließ die Waffe auf den Boden fallen. Seine hochgewachsene Gestalt, die von der roten Glut angestrahlt wurde, wirkte wie von innen beleuchtet. Die Anstrengung, die es ihn kostete, sich zu beherrschen, ließ seinen Atem laut und stoßweise gehen, und mir selbst erging es nicht anders.

Nachdem ich einen Moment lang unschlüssig dagestanden hatte, tat ich einige Schritte auf ihn zu und blieb in einer Entfernung stehen, die es mir erlaubte, ihn zu berühren, aber auch die Flucht anzutreten, wenn er versuchte, Hand an mich zu legen. Ich wich seinem Blick aus und sah stattdessen auf seine Brosche, die im Licht der Flammen schimmerte.

»Du bist zurückgekommen…«

»Ja. Ich hatte es dir versprochen.«

Seine warme, tiefe Stimme ließ mich erschauern.

»Ich sehe, dass du wieder bei Kräften bist… Du hast Gewicht zugelegt, das ist gut.«

Er gab keine Antwort. Er war vollständig durchnässt und tropfte auf den Fußboden.

»Deine geschäftliche Transaktion… ist sie so gelaufen, wie du wolltest?«

»Ja, es ist alles geregelt.«

Der Austausch von Banalitäten schob den Zusammenstoß hinaus. Er bewegte sich leicht auf mich zu, unsere Blicke trafen sich, und mit einem Mal brodelte alles in meinem Inneren hoch. Seine Worte, die mir das Herz zerrissen hatten. Seine Taten, die meinen Körper verletzt hatten. Die Gedanken, die mich nach und nach ausgehöhlt hatten, bis ich nur noch eine leere Hülle war, die von einer Flut des Schmerzes erfasst und davongetragen wurde ... All das, all mein Zorn und mein Groll stiegen in mir auf und erstickten mich.

Es tat weh. Gott, wie es schmerzte! Mein Brustkorb zog sich zusammen, und ich bekam keine Luft mehr. Mein Körper begann krampfartig zu zittern, und ich vermochte mich nicht mehr zu beherrschen.

»Warum?«, schrie ich und fiel auf die Knie. »Warum hast du mir das angetan, Liam? Warum hast du mich verlassen? Auch ich habe gelitten ... Du hattest kein Recht dazu, du hattest nicht das Recht ...!«

Vor Schmerz aufheulend trommelte ich mit den Fäusten auf seine Schenkel ein und vergrub mein Gesicht in seinem Tartan. Ich weinte heftig und wurde von Schluchzern geschüttelt. Liam ging vor mir in die Hocke, nahm mein Gesicht in seine großen Hände und sah mich an. Seine Züge verzerrten sich.

»*Gabh mo leisgeul, mo chridhe*«, stöhnte er. »Vergib mir, mein Herz.«

Seine Hände fühlten sich auf meinen feuchten Wangen glühend heiß an. Bekümmert sah er mir in die Augen.

»Warum? Warum nur, Liam? Warum hast du mich verlassen? Ich habe das Warten fast nicht mehr ertragen ...«, flüsterte ich.

Auch er zitterte. Er schloss die Augen, um seinen inneren Aufruhr zu verbergen, aber dennoch verrieten seine Züge seine Qual. Er stieß einen langen Seufzer aus, ein markerschütterndes Aufstöhnen, das mir das Herz zerriss, und zog mich dann brüsk an sich. In seiner Brust hämmerte es ebenso heftig wie in meiner, und langsam schlugen unsere Herzen im gleichen Takt.

Reglos knieten wir auf dem kalten, nassen Boden. Jeder sog die Wärme des anderen auf, seinen Geruch, und unsere Körper sagten einander das, was wir nicht aussprechen konnten. Die Mauer zwischen uns zerbröckelte. Da war nur noch eine große Leere, die danach verlangte, ausgefüllt zu werden. Mein Herz setzte einen Schlag aus.

Er wich ein wenig zurück, um mich von neuem anzusehen. Seine Augen waren feucht, und sein Mund sprach dieselben Worte aus, die auch aus mir hinausdrängten.

»Ich liebe dich... Ich liebe dich, *a ghràidh.* Gott, wie ich dich liebe!«

»Liam, *mo rùin*...«

Er erstickte meinen tief empfundenen Schrei mit seinen hungrigen Lippen, und ich schmolz dahin wie Schnee in der Sonne, rann in seinen Armen dahin, unter seinen Händen, die ihre Bekanntschaft mit meinem frierenden Körper erneuerten. Seine heißen Finger zogen eine Feuerspur auf meiner feuchten Haut und wärmten mich. Bald brannte in mir dasselbe Feuer wie in ihm, für ihn.

Liam hob mich auf, um mich zum Bett zu tragen, das unter unserem Gewicht knarrte. Mit ungeduldigen Händen rissen wir uns die feuchten Kleider, die an unserer Haut klebten, vom Leib. Er bewegte sich zärtlich, aber hastig, als müsse er verlorene Zeit aufholen. Einladend öffnete ich die Schenkel und stieß ein zufriedenes Stöhnen aus, als er in mich eindrang.

»Ich werde dein sicherer Hafen sein, wenn du der meine bist, *a ghràidh*«, murmelte er. »Ich werde dein Rettungsanker sein, wenn du dasselbe für mich bist.«

Langsam bewegte er sich in mir, und sein Blick drang bis in meine Seele vor.

»Du sollst den Kopf an meine Schulter legen, wenn du Kummer hast. Ich möchte ein Teil von dir sein, in dir leben, heute, morgen und in alle Ewigkeit.«

Er beschleunigte seinen Rhythmus und stieß noch tiefer in mich hinein, während ich die Hände in die Laken krallte und den Rücken wölbte.

»In guten und in schlechten Tagen, *a ghràidh*«, keuchte er und schloss die Augen.

»In guten und in schlechten Tagen«, wiederholte ich flüsternd, und mein Körper wurde von einer Woge purer Lust davongetragen. »Oh, Liam! ... Ja, ich liebe dich ...«

Unsere Schreie und unsere Körper verschmolzen, und wir umklammerten einander und suchten in der Befriedigung des Fleisches die Erlösung unserer Seelen. Keuchend sanken wir dann auf die feuchten Laken zurück, eng umschlungen und gesättigt. Das feuchte Haar stand uns beiden wild um den Kopf.

»*Tha gaol agam ort*. Ich liebe dich«, flüsterte er einige Augenblicke später an meinem Ohr. »Ohne dich kann ich nicht leben. Wenn du fern von mir bist, fühle ich mich wie tot.«

Er stützte sich auf einen Ellbogen, um mich anzusehen, und schob die feuchten Strähnen, die mein Gesicht bedeckten, fort.

»Ohne dich war ich wie eine leere Hülle«, erklärte er. »Aber ich hatte Zeit zum Nachdenken, und ich habe verstanden ...«

»Was hast du verstanden?«, fragte ich, ließ die Finger durch seine Brustbehaarung gleiten und spürte sein Herz unter der Haut schlagen.

»Dass ein Schiffbrüchiger nach dem ersten Halt greift, der sich ihm bietet. Ich habe begriffen, warum du diesen Handel mit Dunning geschlossen hast. Ich selbst hätte Schlimmeres getan, um dein Leben zu retten.«

Er unterbrach sich und verwob seine Finger mit meinen. Seine Züge verhärteten sich.

»Außerdem tut es mir leid, Caitlin, furchtbar leid ... Was ich dir angetan, was ich zu dir gesagt habe ... Ich hatte Angst, dich bei meiner Rückkehr nicht mehr hier zu finden. Das hätte mich umgebracht, aber auch dann hätte ich dich verstanden.«

Zitternd schmiegte ich mich an ihn. Er zog die Decke über uns beide.

»Geh nie wieder fort, Liam. Nie wieder ohne mich.«

Er strich mit den Lippen über meine Schulter.

»Nein, das verspreche ich dir.«

Erst jetzt, mit gesättigtem Körper und friedlicher Seele, vermochte ich, in einen Schlaf ohne Träume und Qualen zu sinken.

TEIL VIER

Die Rache tilgt die Kränkung nicht.

Calderón

17

Die Clansmen

Als ich im Morgengrauen die Augen aufschlug, stellte ich fest, dass ein Bein quer über meinem Schenkel lag, so dass ich mich nicht rühren konnte. Fast hatte ich vergessen, dass Liam es gewöhnt war, das ganze Bett für sich zu beanspruchen. Ich fragte mich, ob das eine unbewusste Beschützerhaltung war, einen Besitzanspruch demonstrieren sollte oder einfach ein Bedürfnis nach körperlicher Nähe ausdrückte. Vielleicht ein wenig von allem. Mit den Fingerspitzen strich ich über seine kräftigen Schenkelmuskeln. Er stöhnte leise und regte sich leicht. Ich hob ein paar lockige Strähnen hoch und betrachtete lange das Gesicht, das mir in meinen einsamen Nächten vor Augen gestanden hatte. Seine vollen, fein gezeichneten Lippen schienen zu lächeln.

»Wovon du wohl träumst, *mo rùin?*«, flüsterte ich.

Mit der Spitze meines Zeigefingers zog ich die Konturen seines kantigen Kiefers nach, der mit weichen, mehrere Tage alten goldenen Stoppeln überzogen war. Er öffnete die Augen.

»Guten Morgen«, wisperte ich und lächelte ihm zu.

Er zog mich an sich und küsste mich zärtlich auf den Mund.

»Guten Morgen, hast du gut geschlafen?«

Ich nickte gähnend.

Er beobachtete mich aus halb geschlossenen Augen, während seine Hand an meiner Flanke hinauffuhr, unterwegs eine zerzauste Haarsträhne ergriff und sie um seinen Finger wickelte. Dann Schweigen… Ein Schweigen, das uns umschloss wie ein Mantel, voller Worte, Trauer, Schreie und Tränen. Dann sein Blick, in dem so viel Leid stand und die Hoffnung auf Vergebung.

Liam richtete sich auf und rieb sich das Gesicht, um den Schlaf zu vertreiben. Auf der Bettkante sitzend beobachtete er mich über die Schulter. Die Sonne ließ die feine weiße Linie aufleuchten, die sich quer über seinen Rücken zog. Er betrachtete mich von Kopf bis Fuß und verzog dann die Lippen zu einem leisen, verstohlenen Lächeln.

Er hob mein Hemd auf, das als Häufchen auf dem Boden lag, und steckte die Nase hinein, bevor er es mir reichte. Erneut setzte er eine ernste Miene auf. Seine Schultern krümmten sich, als laste ein Gewicht darauf.

»Ich weiß, dass du mir noch böse bist, Caitlin. Ich kann die vergangenen Wochen nicht in einer einzigen Nacht ungeschehen machen«, begann er mit heiserer Stimme. »Ehe ich beschlossen habe, zurückzukommen, bin ich drei Tage durch die Berge gestreift. Ich habe nicht gewagt zu kommen; ich hatte Angst, du könntest dich weigern, mich zu sehen.«

Mir verschlug es vor Verblüffung die Sprache. Dann hatte also er sich in den Hügeln an mich herangeschlichen.

»Ich habe dich von dem Felssims aus beobachtet. Und dann, gestern, nach deinem kleinen… Disput mit Patrick, hast du direkt unterhalb von mir Zuflucht gesucht. Du warst mir so nahe… Ich wollte dir zu verstehen geben, dass ich wieder zurück in Glencoe bin. Und ich wollte dir ein wenig Zeit lassen, dich an den Gedanken zu gewöhnen. Ich wollte nicht Gefahr laufen, dein Gesicht zu sehen, wenn du mir die Tür öffnest, ohne mit mir gerechnet zu haben.«

Ich setzte mich im Bett auf und zog die Knie an.

»Es stimmt, ich nehme es dir übel, Liam. Nach zwei Wochen in der Hölle, in denen ich mir vorgestellt habe, wie du an einem Strick baumelst, hast du mich… gedemütigt und dann verlassen. Anschließend musste ich zusammen mit meinem Bruder, der sich hier nicht besser auskennt als ich, halb Schottland durchqueren. Und dann noch drei Wochen, in denen ich mich gefragt habe, ob ich dich je wiedersehen würde.«

Ich unterbrach mich kurz und wandte den Blick ab.

»Als ich dich gestern gesehen habe, da wollte ich dich leiden lassen, genauso viel wie ich gelitten habe. Es hat so wehgetan… Kurz ist mir sogar der Gedanke durch den Kopf gegangen, die Tür zu verriegeln.«

»Aber du hast es nicht getan«, murmelte er und streichelte meine Wange.

Ich schlug die Augen nieder und betrachtete den Ehering, der an meinem Finger schimmerte.

»Nein, ich konnte es nicht…«

»Danke«, sagte er schlicht.

»Allein schon für den Höllenschrecken, den du mir vor zwei Tagen bereitet hast, hättest du eine ordentliche Tracht Prügel verdient. Und außerdem, warum hast du meinen Spiegel genommen?«

»Deinen Spiegel?«

Verständnislos zog er die Augen zusammen.

»Aber ja, den, den ich für gewöhnlich auf die Kommode stelle.«

»Ich bin vorgestern Abend nicht hergekommen. Von was für einem Schrecken sprichst du?«

»Unterhalb des Meall Mor… Da hast du mich beobachtet.«

»Nein, seit meiner Rückkehr bin ich auf dieser Seite des Tals geblieben.«

Er wirkte aufrichtig verwirrt über meine rätselhaften Andeutungen. Und außerdem besorgt. Ich erschrak. Dann war das bei dieser Gelegenheit gar nicht er gewesen…

»Du trägst doch immer deinen Dolch bei dir, oder, Caitlin?«

»Ja…«

»Ist dieser Campbell noch einmal in der Gegend gesehen worden?«

»Nein, nicht dass ich wüsste.«

»Und du bist dir ganz sicher, dass nicht zufällig ein Hirsch oder eine Ziege dir ›nachspioniert‹ haben?«

Er lachte.

»Das hätte aber eine recht putzsüchtige Ziege sein müssen, denn sie hat den Spiegel fallen lassen, nach dem ich zwei Tage lang gesucht hatte.«

Da verstummte er.

Wir trafen Patrick auf der Bank vor Sàras Hütte an, wo er faul in der Sonne saß, mit vollem Bauch und einem seligen Lächeln auf den Lippen. Als er uns sah, warf er mir einen besorgten Blick zu und seufzte dann erleichtert auf, als er meine strahlende Miene bemerkte. Sàra begrüßte ihren Bruder überschwänglich. Die beiden Männer dagegen musterten einander ein wenig kühl. Patrick nahm es Liam übel, dass er mich allein gelassen hatte; und Liam für seinen Teil schätzte es nicht besonders, dass mein Bruder es sich so behaglich auf der Türschwelle seiner Schwester machte, als wäre er hier der Hausherr. Ich allerdings war heute frohen Mutes und mir war alles recht, solange nur mein Mann an meiner Seite war.

Liam hatte viel nachzuholen. Der Vorratsschrank war so gut wie leer. Mit dem Geld, das Colin mir gegeben hatte, hatte ich die getrockneten und unverderblichen Lebensmittel auffüllen können; aber da Patrick zwar gern aß, aber nicht besonders gut jagte, waren meine Fleischreserven beträchtlich geschrumpft. Der Himmel war klar und das Wetter kühl, daher beschlossen wir, auf die Jagd zu gehen.

Die Ebene von Rannoch Moor war eigentlich nichts anderes als ein Stück brachliegenden, öden Geländes mit schwammigem Boden zwischen Glencoe und Glenlyon. Hier und da standen kleine Bäume, die ganz verkümmert und krumm waren, weil sie sich so große Mühe geben mussten, sich durch den Granitboden zu schieben, der von Wind und Regen abgeschliffen war. Liam hatte mir ausdrücklich verboten, von den Pfaden abzuweichen, denn in dieser Gegend gab es verräterische versteckte Torfmoore, die so tief sein konnten, dass sie einen Menschen zusammen mit seinem Pferd verschlingen konnten.

Liam war damit beschäftigt, einen jungen Hirsch zu zerteilen, um das Fleisch besser fortbringen zu können. Der Geruch nach Blut und rohem Fleisch verursachte mir Übelkeit, und ich wandte mich ab, um den heftig aufsteigenden Brechreiz zu unterdrücken.

»Geht es dir nicht gut?«, fragte er, als er meine wächserne Gesichtsfarbe bemerkte.

»Doch, doch«, log ich. »Das muss die Hitze sein.«

»Es ist ja nicht einmal warm, *a ghràidh*!«, rief er achselzuckend aus.

Der Anblick seiner Arme, an denen das Blut des Tieres herunterlief, war zu viel für meinen Magen. Eilig lief ich hinter einen

Ginsterbusch, um das Wenige, das ich zum Frühstück mühsam heruntergebracht hatte, von mir zu geben. Ich legte die Hände über meinen Leib und setzte mich an den kleinen, dunklen See. Meine Blutung war seit zwei Monaten ausgeblieben. Im ersten Monat hatte ich mir nicht allzu viele Gedanken gemacht. Damals war ich auf Dunning Manor gefangen gewesen und hatte meine Übermüdung und Entkräftung dafür verantwortlich gemacht. Aber seit einer Woche litt ich unter Übelkeit. Nichts wirklich Lästiges, nur von dem Geruch von Heringen – und jetzt von frischem Blut – drehte sich mir der Magen um.

Ich besprengte mir das Gesicht mit kaltem Wasser und spülte mir den Mund aus. Liam wickelte die größeren Fleischstücke in die Haut des Tiers und band das Paket an seinen Sattel. Den Rest verpackte er in Beutel. Ich lag im Gras und beobachtete zerstreut einen Falken, der über uns kreiste und dann auf einen Pitpit-Vogel niederstieß, der in einem Büschel Wollgras auf dem anderen Ufer des Loch nach Futter suchte. Ich schloss die Augen. Ich erwartete ein Kind, und Gott sei Dank war Liam der Vater. Eigentlich hätte ich vor Freude außer mir sein sollen, doch das brachte ich nicht fertig. Nicht, dass ich dieses Kind nicht gewollt hätte. Gott, nein! Ich freute mich sogar darauf. Doch leider warf die Erinnerung an Stephen einen Schatten auf mein Glück.

Ich hatte schon einen Sohn, doch ich würde ihn nie kennen lernen. Er war protestantisch getauft und würde nach englischen Vorstellungen erzogen werden. Später würde er Katholiken, Schotten und Iren verachten und sich über die Sprache und auch die Sitten und Gebräuche seiner Vorfahren lustig machen. Er würde zum Gegenteil dessen werden, was seine Herkunft ihm bestimmte, und zwischen uns beiden würden in alle Ewigkeit Welten liegen.

Beißender Rauchgeruch riss mich aus meinen trüben Gedanken. Ich verzog das Gesicht und rappelte mich hastig auf. Im Osten, auf der Ebene von Rannoch Moor, stieg eine dicke schwarze Rauchsäule auf. Liam hatte sie ebenfalls gesehen und gerochen und warf mir einen besorgten Blick zu.

»Auf den Sommerweiden brennt eine Hütte«, rief er mir zu

und spülte sich eilig die blutverkrusteten Arme ab. »Nimm Ròs-Muire, Caitlin, wir sehen nach.«

Er trocknete sich an seinem fleckigen Plaid ab, zog seine Pistole aus dem Gürtel und schwang sich hinter mir auf Stoirm. Nach einigen Minuten im Galopp trafen wir auf eine bedrückende Szene. Eine Torfhütte stand in Flammen. Wir stiegen ab und umrundeten den brennenden Unterstand. Mir gefror das Blut in den Adern. Ein Mann lag mit dem Gesicht nach unten in einer Blutlache. Man hatte ihm die Kehle durchgeschnitten. Ein Stück weiter lag eine Frau am Fuß eines Haufens frisch gestochener Torfsoden und stöhnte schwach. Ich lief zu ihr. Sie war noch bei Bewusstsein, aber ich vermutete, dass sie nicht mehr allzu lange zu leben hatte. Aus einem Blutfleck, der das Mieder ihres Kleides durchtränkte, ragte ein Dolch. Ich zog ihre Röcke hinunter, die bis an ihre Taille hochgeschoben waren, und biss mir wutentbrannt auf die Lippen. Als sie mich bemerkte, packte sie meinen Arm und zog mich zu sich.

»Was ist geschehen?«, fragte ich leise.

»Sie waren zu acht… Sie haben mir Gewalt angetan… vor den Augen meines Mannes, und dann haben sie ihn getötet…«

Ihre Stimme war nur noch ein heiseres Flüstern, und ihre Augen verdrehten sich immer wieder. Offensichtlich unternahm sie eine übermenschliche Anstrengung, um mir von den Ereignissen zu berichten. Ein Blutfaden rann aus ihrem Mund, der sich unter Schmerzen verzog.

»Wer hat das getan?«, brüllte Liam und fiel neben uns auf die Knie.

Die Frau wandte ihm den Blick zu und streckte mühsam die blutige Hand nach seinem Plaid aus, um ihn zu berühren.

»Ihr seid ein Mann aus Glencoe…«, stellte sie mit schwacher Stimme fest.

»Ja. Wer hat das getan?«, fragte er noch einmal, sanfter jetzt.

»Campbell… Ewen Campbell, Sohn des John… der Neffe des Laird…«

Liam stieß einen Pfiff aus und fluchte mit gesenktem Kopf.

»Wer seid Ihr?«, fragte ich die Sterbende.

Sie schloss die Augen. Ihre Stimme wurde schwächer, und ich konnte ihre Worte kaum verstehen.

»Janet … mein Mann … Murdoch Macgregor … Er wollte … ihn melden … wegen der Diebstähle und der Morde … an den *Tacksmen …*«

Sie atmete immer schwerer. Ich bettete ihren Kopf auf meine Knie und wiegte sie sanft, bis sie ihren letzten Atemzug tat.

Der säuerliche Geruch des trocknenden Torfs mischte sich mit Rauch und Blutgestank, drang in meine Nase und meine Kehle, wo er einen strengen Geschmack hinterließ, und brannte in meinen Augen. Liam legte einen letzten Stein auf die provisorischen Gräber, während ich ein kurzes *Libera me* murmelte. Dann machten wir uns auf den Rückweg nach Glencoe.

»Das ist der Beweis, auf den die Männer des Clans gewartet haben«, meinte ich nachdenklich, den Blick in die Ferne gerichtet.

»Wovon redest du?«

»In den letzten Wochen sind drei *Tacksmen* aus Keppoch und Lochiel ermordet worden. Bei einem dieser Morde war ich Zeugin. Ich habe Campbell dabei beobachtet, wie er Allan Macdonald kaltblütig getötet hat.«

Liam packte Ròs-Muire am Zaumzeug, damit sie stehen blieb, und sah mir verblüfft ins Gesicht.

»Wann war denn das?«

»Als ich nach Glencoe zurückgeritten bin, am Ufer des Loch Iubhair.«

»Und du hast Campbell gesehen? Du bist dir ganz sicher, dass er es war?«

»Es war dunkel, aber Macdonald hat seinen Namen gerufen, bevor sie ihn mit dem Schwert durchbohrt haben. Allerdings gibt es in Glenlyon fünf Ewen Campbells, und die Männer wollten sicher sein, dass sie es mit dem Richtigen zu tun hatten. Doch ich glaube, jetzt haben wir unsere Antwort. Es kann nur einen einzigen Ewen geben, der zugleich der Neffe des Laird ist.«

Konsterniert schüttelte Liam den Kopf.

»Hat er dich gesehen?«, wollte er, plötzlich besorgt, wissen.

»Nein.«

Kurz schloss er die vom Rauch geröteten Augen und seufzte.

»Komm, reiten wir zurück«, sagte er und ließ den Zaum meines Pferdes los.

Er gab Stoirm die Sporen und sprengte im Galopp voran.

Noch am selben Abend versammelten sich die Männer des Clans. Allein in unserer Kate, wartete ich brav vor dem Feuer und fädelte einen roten Wollfaden in eine Nadel, um zwei Tartan-Bahnen zu einem Plaid zusammenzunähen. Handarbeiten lagen mir ganz entschieden nicht. Lieber hätte ich im Ratssaal gesessen und aus meiner Ecke heraus friedlich den Highlandern beim Palavern zugehört. Aber… nun gut. Die Frauen mussten eben an ihrem Platz bleiben.

Der Wind hatte aufgefrischt. Sein unheimliches Murmeln im Kamin passte zu meinen trüben Gedanken. In den Bergen grollte der Donner. Es würde nicht lange dauern, bis wieder einmal ein Gewitter ausbrach. Das Wetter in diesen Highlands war wirklich scheußlich!

Ein Blitz zuckte über den Himmel. Ich stach die Nadel in den groben Wollstoff, der in der vergangenen Woche gewalkt worden war. Das Nähen mochte ich nicht, dagegen machte mir das Walken der Wolle Spaß, wenngleich es anstrengend war. Die Frauen versammelten sich vor langen Rosten aus Holz, auf denen die feuchten, frisch gewebten Bahnen aus Wollstoff ausgelegt waren. Im Takt wurde der Stoff dann mit den nackten Füßen bearbeitet und auf die Bretter getreten. Mit fröhlichem Herzen, die Fersen voller Blasen, folgte ich dem Rhythmus und skandierte zusammen mit den Frauen, die mich inzwischen als eine der Ihrigen betrachteten, muntere Melodien. Ich hatte eine Familie gefunden.

»Autsch!«

Betreten betrachtete ich den Blutstropfen, der aus der Spitze meines Zeigefingers quoll, und führte den Finger zum Mund. Also wirklich, die Nadeln und ich… Ein weißes Licht erhellte die Hütte, und ich hob den Kopf und meinte, am Fenster eine Bewegung zu erhaschen. Doch jetzt herrschte draußen wieder pechschwarze Nacht. Wahrscheinlich war das nur der Schatten des Kirschbaums gewesen, den der Blitz geworfen hatte. Ich beugte mich erneut über meine Arbeit und zog im schwachen Licht des Talglichts, das einen Ekel erregenden Geruch ausströmte, die Augen zusammen. Kerzen aus Bienenwachs mit ihrem feinen Duft waren im armen Hochland nicht verbreitet.

Doch ich konnte mich nicht konzentrieren, legte das halb fertige Plaid zur Seite und rieb mir die Augen. Was die Männer wohl in diesem Moment taten? Zu welcher Entscheidung mochten sie gelangt sein? Die begangenen Verbrechen würden nicht ungesühnt bleiben. Seit dem Diebstahl der Waffen und dem Mord an Meghan herrschte Unruhe unter den Männern von Glencoe. Der Durst nach Rache brachte ihr kriegerisches Blut in Wallung. Schwerter wurden geschärft, Bleikugeln gegossen, Musketen geputzt. Ein schlechter Zeitpunkt, um Liam mitzuteilen, dass er Vater wurde. Ein Krieg zwischen den Clans schien unvermeidlich zu sein.

Der Wind brüllte und schien mir zuzustimmen. Gänsehaut überlief mich. Auch der Himmel tat seine Meinung kund und schickte einen weiteren grellen Blitz. Mir blieb fast das Herz stehen, und ich erstarrte vor Schrecken, denn vor dem Fenster zeichnete sich eine deutlich umrissene Silhouette ab. Langsam begann mein Blut wieder zu fließen, und ich stieß den angehaltenen Atem aus. Vorsichtig erhob ich mich, ohne auf das Plaid zu achten, das ich ein weiteres Mal mit Füßen trat.

Zögernd tastete ich nach meinem Dolch, zog ihm dann aber das lange Messer vor. Ich ging zum Fenster, wo der Schatten mit der Nacht verschmolzen war. Schnell atmend, mit wild klopfendem Herzen, wartete ich darauf, dass ein weiterer Blitz über den Himmel zuckte. Ich hielt die Waffe so fest gepackt, dass meine Fingerknöchel weiß waren.

»Komm… Mach schon… Zeig dich«, murmelte ich, um mir selbst ein wenig Mut zu machen.

Als hätte er mich gehört, erhellte sich der Himmel, gefolgt von einem dumpfen Donnergrollen. Vor Angst schluchzte ich laut auf. Sie war da, ich hatte sie gesehen. Eine hochgewachsene Gestalt mit fliegendem Haar und flatterndem Plaid. Eine Frau? Mir wich das Blut aus dem Gesicht. Eine *Banshee.* Ich hatte von diesen Botinnen schlechter Omen gehört, aber ich hatte noch nie eine gesehen und hätte auch weiter darauf verzichten mögen. Es hieß, sie seien immer einem bestimmten Clan verbunden. Sie kamen bei Nacht, um zu klagen und einen sicheren, baldigen Tod anzukündigen.

Instinktiv hatte ich mich vom Fenster entfernt, aus Furcht, sie noch einmal zu sehen. *Zu spät, Caitlin, einmal ist genug.* Ich hatte die *Banshee* gesehen, meine Tage waren gezählt. Ich stöhnte auf. Vor Angst wurde mir ganz schlecht, und ich flüchtete in eine Ecke und kauerte mich zusammen. Als die Tür aufflog, stieß ich einen gellenden Schrei aus und zückte das Messer. Liam erstarrte zur Statue.

»Caitlin?«

Als mir klar wurde, dass mein Mann zurück war, ließ ich die überflüssig gewordene Waffe fallen und gab der Angst nach, die in meinen Eingeweiden wühlte. Die Tränen kamen und rannen mir über die Wangen, und meine von krampfartigem Zittern befallenen Hände krallten sich in mein Umschlagtuch.

Liams Stimme umfloss mich und wiegte mich sanft. Er legte die Arme um meine Schultern und führte mich zu dem Sessel, aus dem ich vor einer kleinen Weile aufgestanden war.

»Ich bin's doch, Caitlin. Mein Gott, was hast du?«

Er war blass, und in seinen Augen standen Sorge und Verwirrung.

»Die *Banshee*«, konnte ich nur herausbringen.

Er runzelte die dunklen Augenbrauen. Mit liebevoller Hand wischte er mir das Haar aus dem Gesicht und drückte zärtlich und sanft die Lippen auf meine Stirn.

»Es gibt keine *Banshee, a ghràidh,* was ist denn das für eine Geschichte?«

Ich schüttelte hektisch den Kopf und klammerte mich an sein Hemd.

»Draußen, ich habe sie gesehen, beim Kirschbaum …«

»Aber ich bin gerade gekommen, und ich versichere dir, da war niemand.«

»Ich habe nicht geträumt, Liam«, verteidigte ich mich mit tränenerstickter Stimme.

Er zog meinen Kopf an seine Brust. Sein Herzschlag besänftigte mich.

»Du hast sicherlich nur Schatten gesehen. Es gibt keine *Banshee,* das sind nur Legenden.«

Ich gab auf und versuchte nicht länger, ihn zu überzeugen. Vielleicht war es ja wirklich nur ein Trugbild gewesen, eine von meiner Angst hervorgerufene Sinnestäuschung. Ich wünschte es mir brennend. Ich schmiegte mich an ihn, in seine Wärme, schloss die Augen und nickte wortlos.

Das Wiehern von Pferden und das Klirren von Zaumzeug weckten mich. Mit noch geschlossenen Augen drehte ich mich im Bett um und tastete nach Liam, doch er war nicht da. Erschrocken sprang ich auf. Eine Gruppe von Männern sollte im Morgengrauen nach Keppoch aufbrechen, um von dort aus nach Achnacarry weiterzureiten, dem Sitz des Clans der Camerons von Lochiel. Liam sollte die Männer anführen. Mein Gott, er musste schon fort sein… Ich stürzte aus dem Zimmer.

Liam saß am Kopfende des Tisches und fertigte aus den Seiten eines alten protestantischen Gebetbuchs, das er wahrscheinlich bei einem Überfall gestohlen hatte, Pulverkartuschen für seine Pistole an. Erstaunt blickte er zu mir auf.

»Du wolltest ohne mich aufbrechen!«, schrie ich und starrte ihn anklagend an.

Gelassen stand er auf und steckte seine Kartuschen in eine lederne Patronentasche, die an seinem Gürtel hing.

»Das ist kein Spazierritt, Caitlin«, brummte er.

»Ich begleite dich, ob du willst oder nicht«, erklärte ich, die Fäuste in die Hüften gestemmt.

Mit drei raschen Schritten war er bei mir.

»Du kannst nicht mitkommen. Das wird eine Menschenjagd, verstehst du das denn nicht?«

»Ich verstehe sehr gut, Liam Macdonald, und es ist mir vollständig gleich. Ich werde auf keinen Fall mein Leben damit zubringen, auf dich zu warten!«

Schwer atmend, wutentbrannt und trotzig blitzte ich ihn an. Es kam überhaupt nicht in Frage, dass ich wieder einmal allein zurückblieb. Vor allem angesichts dieser bösen Vorahnung, die mich seit einigen Tagen nicht mehr verließ. Jemand beobachtete mich und folgte mir. Ich lebte mit einer dumpfen Furcht in meinem Inneren.

»Wenn du ohne mich reitest, dann werde ich bei deiner Rückkehr nicht mehr da sein, das schwöre ich dir auf das Grab meiner Mutter.«

Äußerlich unbewegt sah er mich an, doch ich sah, dass seine Kiefermuskeln arbeiteten. Ich wusste, dass er versuchte, sich zu beherrschen.

»Dann zieh dich an und trödle nicht«, versetzte er kalt.

Die Männer saßen schon im Sattel, als wir mit unseren Pferden kamen. Sie bedachten mich mit einigen missbilligenden Blicken und unfreundlichen Bemerkungen, doch das focht mich kaum an.

»Du willst sie doch wohl nicht mitnehmen!«, meinte Donald zu Liam.

Er antwortete nichts darauf, sondern gab sich damit zufrieden, seine Sattelgurte zu überprüfen, bevor er ebenfalls aufsaß.

»Es wäre besser, du würdest hier bleiben, Caitlin«, sagte Ronald MacEanruigs höflich zu mir.

»Sie kommt mit«, gab Liam schließlich gereizt zurück. »Sie wird schon mit uns mithalten.«

Er warf mir einen viel sagenden Blick zu. Isaak sah mich an und verzog einen Mundwinkel, genau wie damals am Rande des Abgrunds, an dem schrecklichen Tag, als Meghan verschwunden war. Donald lenkte sein Pferd neben meines.

»Ihr könnt doch nicht einmal eine Pistole halten, Caitlin, das ist unvernünftig.«

»Sicher, ich kann keine Pistole führen, das ist wahr!«, entgegnete ich ihm und musterte ihn kalt, »aber ich weiß mit einem Dolch umzugehen, Donald. Ich habe schon einmal einen Mann getötet und fühle mich sehr wohl in der Lage, einen zweiten umzubringen.«

Die Männer sahen mich ungläubig an, und dann ließ Liam mich vorausreiten, wobei er ein saures Gesicht zog. *Schmolle du ruhig, wenn dir das Freude macht, Liam Macdonald*, dachte ich. *Du wirst dich damit abfinden müssen; ich gehöre nicht zu den Frauen, die brav zu Hause sitzen, während ihre Männer durch die Welt ziehen.*

Ohne ein weiteres Wort setzte die sechsköpfige Brigade sich in Bewegung. Außer Liam und den beiden MacEanruigs-Brüdern bestand sie aus Niall MacColl, Simon Macdonald und Isaak Henderson. Je nach dem Gelände ritten wir im Schritt oder im Trab. Die Männer waren gut gelaunt, lachten und erzählten sich Witze, von denen einige meine Ohren rot anlaufen ließen. Eine Feldflasche mit Whisky kreiste. Nur Liam, der den Abschluss bildete, war schweigsam gestimmt.

In der Umgegend von Achindaul mussten wir einen Bogen schlagen, um nicht mit einem Regiment der Garde zusammenzutreffen, das nach Fort William unterwegs war, was die Männer ein wenig nervös machte. Doch abgesehen von diesem kleinen Zwischenfall verlief die Reise ohne Probleme.

In Keppoch begrüßte Elizabeth Macdonald mich herzlich. Man briet einen Ochsen am Spieß, und dann flossen Bier und Whisky in Strömen. Wenn die Männer sich bei jedem Aufenthalt betranken, dachte ich bei mir, dann würden sie bald nicht einmal mehr wissen, warum sie Carnoch verlassen hatten. Ich hielt es für klüger, mich von dem Gelage fernzuhalten, um Auseinandersetzungen zwischen Liam und seinen Männern zu vermeiden. Alkohol löst die Zunge, und es würde nicht lange dauern, bis es anzügliche Bemerkungen hagelte. Nachdem ich ein wenig mit Elizabeth geplaudert hatte, flüchtete ich mich in unser Zimmer.

Mitten in der Nacht wurde ich von dem Radau geweckt, den mein teurer Gatte bei seiner Rückkehr verursachte. Er torkelte und brummte Flüche, als er in der Dunkelheit gegen die Möbel stieß.

»Du bist ja betrunken!«, rief ich aus.

Ich griff nach der Zunderbüchse und steckte die Kerze an, die auf dem Nachttisch stand. Liam lehnte an der Kommode und versuchte gefährlich schwankend, seinen Gürtel zu lösen.

»Ich bin nicht betrunken«, murrte er.

»Bist du doch! Du bist so bezecht, dass du dich kaum noch aufrecht halten kannst.«

Der Gürtel polterte mit allem, was daran hing, auf den Boden, dann folgte das Plaid. Liam verschränkte die Arme vor der Brust, sah mich an und versuchte, ernsthaft zu wirken.

»Wie ich schon sagte … bin ich nicht … bezecht, ich habe nur ein wenig getrunken, das ist alles.«

Er zog sein Hemd aus und warf es quer durch das Zimmer, wie er es gewöhnt war, und machte sich dann daran, die Bänder seiner Brogues zu lösen. Ich dachte bei mir, dass er sie besser vor seinem Hemd ausgezogen hätte, denn ein nackter Mann, der nur mit seinen Schuhen bekleidet ist, sieht einfach urkomisch aus. Ich schüttete mich vor Lachen aus, doch dann hatte ich Mitleid und stand auf, um ihm zu helfen und zog ihn dann ins Bett, wo er sich zusammenrollte. Ich blies die Kerze aus, zog die Laken über uns beide und schmiegte mich an ihn. Doch es fiel mir schwer, wieder einzuschlafen. Kaum hatte Liams Kopf das Kissen berührt, begann er zu schnarchen und zu grunzen wie ein alter Eber, der in seinem Trog wühlt.

So unwahrscheinlich sich das anhören mag, die Männer waren beim ersten Licht der Morgendämmerung wieder auf den Beinen. Ich war es, auf die sie warten mussten … Liam schien besser aufgelegt zu sein, aber er war mir gegenüber immer noch kurz angebunden. Doch ich ließ mich nicht aus der Fassung bringen und bewahrte meine gute Laune.

Sieben Männer hatten sich der Brigade noch angeschlossen, darunter Colin und Alasdair Og Macdonald, John MacIains jüngerer Bruder. Die beiden ähnelten einander in mehreren Punkten: Sie hatten das gleiche schwarze Haar, obwohl es bei Alasdair nur von wenigen silbrigen Fäden durchzogen wurde, und den gleichen herzlichen Blick aus goldbraunen Augen. Allerdings besaß Alasdair nicht Johns liebenswürdiges Wesen. Sein Gesicht mit der Narbe unter dem linken Auge ließ eher auf einen aufbrausenden Charakter schließen. Obwohl er kleiner war als John, musste er ein grimmiger Kämpfer sein, ein Mann, den man nicht unnötig provozierte, wenn einem seine Gesundheit lieb war.

Wir machten uns auf den Weg nach Achnacarry. Der Sitz der Camerons von Lochiel war am Ufer des Arkaig errichtet, des Flusses, der das Loch gleichen Namens mit dem Loch Lochy verband. Diese Kette der Lochs von Glen Mor durchzog die

Highlands von Osten nach Westen, von Inverness bis Oban. Zwischen den Sitzen der beiden Clanchiefs lagen nur etwa ein Dutzend Meilen. Während Colin mir verstohlene Blicke zuwarf und Liam neben seinem Cousin Alasdair ritt, leistete ich Niall Gesellschaft.

Im Vergleich zu den anderen, die ziemlich entspannt wirkten, kam der junge Mann mir sehr unruhig vor. Unaufhörlich nestelte er am Saum seines Plaids.

»Hast du Probleme, Niall?«

»Nein… Oder doch«, sagte er schließlich.

»Und?«

Die Vorstellung, dieser Mann, der wie ein ausgehungerter Menschenfresser wirkte, könnte Angst vor den bevorstehenden Kämpfen mit Campbells Wolfsrudel haben, war so abwegig, dass ich schmunzeln musste.

»Es ist so… ich möchte eine junge Frau bitten, mich zu heiraten«, stotterte er und errötete leicht.

Einen Moment lang war ich sprachlos.

»Tatsächlich?«, sagte ich verblüfft.

Ich konnte mir nicht vorstellen, wie dieser grobe Klotz einer jungen Dame den Hof machte.

»Sie heißt Joan Macmartin und wohnt in Clunes. Das liegt ungefähr zwei Meilen von Achnacarry entfernt. Ich besuche sie heute Abend und will sie um ihre Hand bitten… aber ich weiß nicht so genau, wie ich das anstellen soll, versteht Ihr?«

»Du möchtest einen Rat von mir?«, fragte ich, neugierig geworden.

Er vollführte eine Gesichtsverrenkung, bei der ich nur mit größter Mühe ein Lachen unterdrücken konnte.

»So ungefähr, ja. Ihr seid eine Frau, vielleicht könnt Ihr mir ein paar Hinweise darauf geben, was sie gern hören würde.«

Der Arme war so rot angelaufen, dass seine Gesichtsfarbe sich kaum noch von der seines Plaids unterschied. Ich hüstelte, um das unbändige Gelächter zu überspielen, das in mir aufstieg. Diese Highlander erstaunten mich immer wieder… Ich tat, als dächte ich nach.

»Liebst du sie denn?«

»Natürlich! Was für eine Frage! Ich würde sie ja nicht heiraten wollen, wenn ich sie nicht liebte.«

»Natürlich. Nun gut, du könntest auf jeden Fall damit beginnen, es ihr zu sagen. Frauen hören es gern, wenn man ihnen sagt, dass man sie liebt.«

»Schon erledigt.«

»Dann versuch es mit ein wenig… Poesie.«

»Poesie?«

Wahrscheinlich wusste er nicht einmal, was das war. Gewiss hatte er öfter den Kriegsschrei der Macdonalds ausgestoßen und dazu sein Claymore kreisen lassen als Zeilen von Henryson, Dunbar oder sogar Shakespeare rezitiert. Er warf mir einen ratlosen Blick zu, und dann verschwanden seine Finger in seinem Bart, als er sich am Kinn kratzte.

»Ist sie denn hübsch?«

»Wie eine Rose im Morgentau«, flüsterte er träumerisch.

»Genau, das ist es!«, rief ich aus. »Du bist ja ein Dichter, mein lieber Niall.«

Mit unsicherer Miene sah er mich an.

»Dein Vater ist nicht zufällig Barde, oder?«

»Nein, er war Sattler und zeitweise auch Kunstschmied. Warum wollt Ihr das wissen?«

»Siehst du sie so, hübsch wie eine Rose im Morgentau?«

»Ja. Ein wenig.«

Er begriff immer noch nicht.

»Dann sag es ihr.«

»Aber sie wird mich… solche Sachen sagt ein Mann doch nicht!«

»Und wieso nicht? Ich bin mir sicher, dass sie solche Worte lieber hören wird als den Bericht über eine deiner blutigen Schlachten. Davon kannst du immer noch deinen Kindern am Kamin erzählen«, erklärte ich amüsiert. »Öffne ihr dein Herz, und ich wette mit dir, dass sie Ja sagt, noch ehe du deine Frage ganz ausgesprochen hast.«

»Glaubt Ihr?«

»Ich bin doch eine Frau, ja oder nein?«

Er betrachtete mich einen Moment lang, als dächte er eingehend über diese Frage nach. Sein Blick hellte sich auf, und er schenkte mir ein strahlendes Lächeln, das seine grobschlächtigen Züge völlig verwandelte. Doch dann verdüsterte sich seine Miene erneut.

»Schön, so viel zu Joan. Aber was sage ich jetzt zu ihrem Vater? Hättet Ihr da nicht auch eine kleine Idee?«

»Ich fürchte nein«, seufzte ich. »Da solltet Ihr einen Mann fragen.«

»Nun gut…«

Die massive Silhouette des Hauses der Lochiels, das aus dem Nebel aufstieg, wirkte meiner Meinung nach fast schon wie eine Burg. Im Westen der Highlands war der Clan der Camerons sehr mächtig. Sir Ewen Cameron von Lochiel, auch Eoghain Dubh, der schwarze Ewen genannt, hatte vor kurzem die Zügel der Macht an seinen ältesten Sohn John übergeben. Unter seinesgleichen war er einer der geachtetsten und bewundertsten Clanführer gewesen, und seine Feinde hatten ihn gefürchtet wie kaum einen anderen. Zu Letzteren zählten insbesondere die Mackintoshs, mit denen sein Clan dreieinhalb Jahrhunderte lang wegen Fragen des Landbesitzes in einem Dauerstreit gelegen hatte. Dieser Konflikt war endlich vor dreißig Jahren beigelegt worden, doch dafür war inzwischen ein anderer entstanden, da die Mackintoshs sich an den Macdonalds von Keppoch schadlos hielten, an deren Seite die Camerons sich im Jahr 1688 gestellt hatten. Dieser wurde beendet, indem Feuer und Schwert über die betroffenen Clans verhängt wurde, was die Männer zwang, sich eine gewisse Zeit auf der Heide zu verstecken.

Ich setzte mich in den Schatten einer Eiche und wartete geduldig auf Liam, während die Männer in den Ställen die Pferde versorgten. Kurz darauf kam er auf mich zu.

»Heute Abend tritt eine große Versammlung zusammen«, erklärte er gleichmütig.

Breitbeinig, die Arme vor der Brust verschränkt, stand er vor mir und beobachtete das rege Kommen und Gehen im Hof. Ich stand auf und trat vor ihn hin.

»Willst du eigentlich noch lange schmollen, Macdonald?«, stieß ich hervor.

»Tue ich ja gar nicht«, murrte er.

»Wenn du nicht schmollst, warum ziehst du dann so ein saures Gesicht, seit wir von Carnoch aufgebrochen sind?«, gab ich gereizt zurück.

Er sah mich wütend an und drehte mir erneut den Rücken zu.

»Du hast bei diesem Unternehmen nichts zu suchen; Frauen sollten sich nicht in solche Angelegenheiten einmischen.«

Ich trat um ihn herum, um mich wütend vor ihm aufzupflanzen.

»Der Platz der Frauen ist, nehme ich an, zu Hause, wo sie die unangenehmen Arbeiten erledigen und auf euch warten, während ihr euch amüsiert, was?«

»Uns amüsieren?«, rief er aus und zog eine Augenbraue hoch.

»Was macht ihr denn sonst, seit wir …«

»Das ist eine Strafexpedition, Caitlin«, unterbrach er mich, »und keine Jagdpartie. Wir wollen die Haut dieser Schurken. Ich will den Kopf eines Campbell, genauer gesagt den von Ewen Campbell, und ich versichere dir, dass dies alles andere als eine Vergnügungsreise wird … und ich sorge mich um dich.«

Seine Züge wurden weicher, und in seinen Augen konnte ich erkennen, dass er die Wahrheit sagte.

»Liam, lass mich doch allein darüber urteilen, was gut für mich ist. Ich glaube, ich habe in letzter Zeit genug gesehen, um ein paar Scharmützel zu ertragen. Und sobald ihr Campbell ergriffen und den Behörden übergeben habt …«

»Den Behörden? Machst du Witze? Du hast wirklich nichts verstanden!«

»Wie, ihr werdet ihn nicht an die Justiz überstellen?«

Er lächelte schief.

»Wenn das unsere Absicht wäre, dann hätten wir gleich die ganze Arbeit den Soldaten überlassen können.«

Panik stieg in mir auf. Wenn sie diesen Mann töteten, würde es gewiss zu Vergeltungsmaßnahmen kommen. Campbell war ein Hund und ein Bandit, aber immerhin der Neffe des Laird von Glenlyon.

»Aber Liam«, rief ich aus, »dafür wird man euch wieder ächten und mit Feuer und Schwert überziehen! Das ist Wahnsinn!«

»Nein. Coll und Eoghain Dubh wollen dem alten Fuchs Breadalbane einen Handel vorschlagen, den er nicht ablehnen kann.«

Ich spürte, wie es mir kalt über den Rücken lief. Mit einem Mal begriff ich, dass es hier um eine summarische Hinrichtung ohne irgendeinen Prozess ging.

»Nun gut«, murmelte ich ein wenig verunsichert, »kann ich mich hier irgendwo frisch machen?«

Der Rat der Clans war vor fast einer Stunde zu Ende gegangen, und inzwischen war es dunkel geworden. Ich saß in einer Ecke der großen Burghalle und sah zu, wie die Dienstboten ohne Ende kamen und gingen und im ganzen Raum Tische und Bänke aufstellten, wobei sie vor dem gewaltigen Kamin aus behauenem Stein eine offene Fläche frei ließen. Die Öffnung der Feuerstelle war so hoch, dass ich hätte hineingehen können, ohne mich auch nur zu bücken. Darüber hing das Wappen der Camerons von Lochiel, und in den Stein war ihr Motto eingehauen: *Aonaibh ri cheile*, Zusammenstehen. Die brennenden Fackeln an den Wänden erleuchteten den Raum mit einem sanften, goldfarbenen Licht.

Da ich Liam nirgendwo sah, begann ich mich zu sorgen. Ich machte mich auf die Suche nach ihm. Auf dem Burghof wimmelte es von Männern in Plaids in verschiedenen Clanfarben, von denen manche mir unbekannt waren. Ich schlängelte mich zwischen diesen großen, muskulösen, finster aussehenden Kerlen hindurch und fing mir gelegentlich eine geschmacklose Bemerkung ein. Liam entdeckte ich in der Nähe der Stallungen. Er unterhielt sich mit einem Mann, der, nach seinem Tartan zu urteilen, mit dem Haus der Lochiels verwandt war.

Ich trat näher, setzte mich auf ein Steinmäuerchen und wartete darauf, dass sie ihre Unterhaltung beendeten, was nur ein paar Minuten dauerte. Liams Gesprächspartner hatte mich bemerkt, verstummte und musterte mich durchdringend. Liam wandte sich um und sah mich ebenfalls. Zwei schöne Zahnreihen leuchteten im flackernden Licht der Kiefernfackeln auf. Ich sprang von meinem improvisierten Platz, während die Männer auf mich zukamen.

»Tut mir leid, ich wollte euch nicht unterbrechen«, stotterte ich.

»Du störst nicht, Caitlin«, sagte Liam und legte mir besitzergreifend einen Arm um die Taille.

»Ihr seid also die *Selkie*«, murmelte der Mann fasziniert, als hätte er eine Erscheinung gesehen.

»Eine *Selkie*?«, fragte ich neugierig.

»Das ist eine alte Legende, *a ghràidh*. Man erzählt sich, dass die Seehunde, wenn sie an Land kommen, in der Lage sind, ihre Haut auszuziehen und dadurch menschliche Gestalt anzunehmen. Und jeder, der ihren Weg kreuzt, verliebt sich unrettbar in sie. Doch um sie bei sich zu behalten, muss man ihre Haut verstecken, sonst schlüpfen sie wieder hinein und kehren auf Nimmerwiedersehen ins Meer zurück.«

»Und wer behauptet, ich wäre eine *Selkie?*«, erkundigte ich mich amüsiert.

»Das Gerücht geht um, Mrs. Macdonald ... Die Highlands sind groß, aber in unseren Bergen trägt der Wind das Echo weit.«

»Aha! Und was sagt das Echo noch so?«

Liam räusperte sich, um unser kleines Gespräch abzukürzen, und stellte mir Adam Cameron vor, Ewens Neffen. Und der Witwer seiner Schwester Ginny. Der Mann verneigte sich höflich und lächelte mir zu.

»Liam hat mir gesagt, dass Ihr mit der Brigade reitet. Ihr habt anscheinend vor nichts Angst.«

»Nein«, antwortete ich mehr oder weniger selbstsicher.

»Dann haben wir bestimmt noch Gelegenheit, einander besser kennen zu lernen.«

In der großen Halle herrschte inzwischen ein ohrenbetäubender Tumult. Ohne Unterlass wurden Bier- und Weinkrüge aufgefüllt, und Platten mit gebratenem Fleisch schwebten in einer langen Prozession an mir vorüber. Wenn man die Macht eines Clans an der Extravaganz seiner Festgelage maß, dann übertraf dieser gewiss alle anderen. Schon der Anblick von so viel Essen füllte mir den Magen.

Die Männer sprachen laut, und die Frauen kicherten. Flüchtig erhaschte ich einen Blick auf Donald MacEanruigs' Hände, die über das Kleid eines hübschen, dunkelhaarigen Wesens mit Rehaugen spazierten, und auf Colin, der tief in ein Zwiegespräch mit Alasdair versunken war. Ihre vom flackernden Kerzenlicht verzogenen Züge wirkten furchteinflößend. Man hätte sie für zwei Verschwörer halten können, die ein niederträchtiges Verbrechen ausheckten. Und so weit war ich damit vielleicht gar nicht von der Wahrheit entfernt…

Niall hatte nur Augen für seine bezaubernde Begleiterin, Joan. Mit ihrem herzförmigen Mund und den langen blonden Locken, die ihr bis auf die Hüften reichten, war sie wirklich sehr hübsch. Er flüsterte der Schönen Dinge ins Ohr, über die sie errötend die Augen verdrehte. Vielleicht besaß Niall ja wirklich verborgene poetische Talente!

»Du isst nicht viel, *a ghràidh*«, flüsterte mir eine schöne dunkle Stimme zu und riss mich aus meinen Überlegungen.

»Ich habe keinen großen Hunger«, verteidigte ich mich.

»Hier, iss das. Wenn du unbedingt mit uns reiten willst, dann musst du schon ein bisschen mehr in den Magen bekommen.«

Fügsam öffnete ich den Mund und ließ mich mit einem Stück gebratener Ente füttern, an dem ich lange kaute, bevor ich es mit einem kräftigen Schluck Wein herunterspülte.

»Ich finde, du bist ein wenig blass und abgemagert… Dagegen muss ich etwas unternehmen!«

Er hielt mir ein weiteres Stück hin, das ich ebenfalls aß und mit Wein herunterbeförderte. So fuhren wir fort, bis mein Magen gefüllt und mein Glas leer war.

»He, Liam!«, brüllte eine heisere Stimme vom anderen Ende des Tischs her. »Hör auf, sie zu stopfen, mein Alter, sonst hat sie nachher keinen Appetit mehr auf…«

Er unterbrach sich, fand offenbar nicht das richtige Wort, um seinem Gedanken Ausdruck zu verleihen, und ergriff stattdessen eine riesige Wurst, die er vor sich schwenkte. Lautes Gelächter brach aus. Ich spürte, wie ich bis an die Haarwurzeln errötete.

»Mach dir um mich keine Gedanken, Finlay«, gab Liam zurück. »Sie besitzt einen unersättlichen Appetit.«

Schockiert versetzte ich ihm unter dem Tisch einen Fußtritt.

»Das ist nicht gerecht!«, rief eine weitere schleppende Stimme. »Er kriegt ein schönes weiches Bett, und wir, wir schlafen bei den Hühnern und den Schweinen im Stroh.«

»Hör auf zu heulen, Robbie«, überschrie ihn ein anderer. »Von dir wollen doch nicht mal die Schweine etwas wissen.«

Der Mann krümmte sich unter der Flut von Gelächter und Bemerkungen, von denen die eine schlüpfriger war als die andere.

»Robbie!« Das war jetzt Liam. »Dann weißt du ja jetzt, warum ich meine Frau mitgenommen habe!«

Ich war dabei, unter den Tisch zu rutschen, doch Liam hielt mich am Arm fest. Er drückte mir mein Weinglas in die Hand und nahm sich einen Krug Wein.

»Komm, *a ghràidh*, wir machen einen Spaziergang«, flüsterte er mir zu und versuchte, nicht zu lachen.

Wir hatten noch keine zehn Fuß zurückgelegt, als Finlays Donnerstimme sich von neuem vernehmen ließ.

»He! Macdonald! Wo willst du hin? Siehst mir aus, als hättest du es ziemlich eilig!«

Liam wandte sich zu dem ungehobelten Kerl um und schenkte ihm sein strahlendstes Lächeln.

»Ich habe noch Hunger, mein Alter. Wenn du uns also entschuldigen würdest…«

Er hätte mich nicht von hinten anzuschieben brauchen, um mich aus dem Saal zu befördern. Ich fühlte mich wie eine Dirne, die er unterwegs in einer Herberge aufgetan hatte. Meine Wangen brannten, und ich schoss ihm wütende Blicke zu. Doch in der nächtlichen Kälte kühlte mein Zorn langsam ab.

»Achte gar nicht auf die Männer, sie meinen es nicht böse.«

»Du hättest diesen Rüpeln wenigstens das Maul stopfen können«, empörte ich mich.

»Das hätte sie erst recht angestachelt. Glaub mir, das Beste ist, ihr Spiel mitzumachen, bis sie seiner überdrüssig werden.«

Mit einem spöttischen Lächeln auf den Lippen sah er mich an.

»Ich dachte gar nicht, dass du so empfindlich bist, meine Gattin.«

»Ich bin gar nicht besonders empfindlich. Aber in Gegenwart von ungefähr fünfzig Männern... du musst zugeben, dass das schon ein wenig peinlich ist.«

»Und in Gegenwart eines einzigen?«

Er zog mich an sich und küsste mich ungestüm.

»Komm mit«, sagte er und zog mich hinter sich her.

Ich folgte ihm blindlings einen Weg entlang, von dem ich vermutete, dass er in ein Waldstück führte. Die schmale Mondsichel erhellte den Pfad nur schwach. Nachdem wir eine Ewigkeit durch die Dunkelheit gestolpert waren, blieben wir am Ufer des Arkaig stehen. Hierher drang der Lärm des Gelages nur als dumpfes Murmeln. Liam stellte den Krug in einer Felsspalte ab, dann löste er seine Gürtelschnalle und ließ sein Plaid zu Boden gleiten.

»Was hast du vor?«, fragte ich verblüfft. »Wenn ich mich nicht irre, haben wir ein Zimmer, oder?«

»Ich nehme ein Bad, *a ghràidh mo chridhe.* Zieh dich aus.«

»Doch nicht hier! Du scherzt wohl. Angesichts dieser ganzen Männer in der Burg?«

Doch eigentlich fand ich die Vorstellung eines mitternächtlichen Bades äußerst anregend.

»Ach, die wissen bald nicht einmal mehr, wo es nach draußen geht.«

Er ließ sich ins Wasser gleiten, und ich folgte ihm, vor Kälte zitternd, kurz darauf. Ich stolperte über einen Stein, der aus dem Flussbett ragte, und fand mich plötzlich unter der Oberfläche des eisigen Wassers wieder. Doch ein eisenharter Arm legte sich um mich und zog mich hoch. Ich stieß einen Schrei aus, den Liam mit seinem Mund erstickte, und schmiegte mich an ihn, um ein wenig an seiner Wärme teilzuhaben. Langsam gewöhnte mein Körper sich an die Temperatur, und ich begann, das Gefühl der Strömung zu genießen, die meine nackte Haut angenehm liebkoste.

So verharrten wir eng umschlungen, bis unsere Zähne zu klappern begannen. Liam trug mich ans Ufer, wo wir uns mit dem Weinkrug in sein Plaid wickelten, schlotternd und kichernd wie Kinder. Wir hatten schon fast September, aber die Nacht war für diese Jahreszeit besonders mild.

»Wann brechen wir wieder auf?«

»Morgen früh. Wir kehren nach Glencoe zurück, um John Bericht zu erstatten.«

»Warum denn das?«

»Wir werden ihn über die Entscheidung, die wir getroffen haben, unterrichten.«

»Und wenn er nicht einverstanden ist?«

»Das wird er. Lochiel und Keppoch sind mit von der Partie, und dann ist da noch dieser Handel, den wir mit Breadalbane schließen werden.«

»Und wenn Breadalbane sich weigert?«

»Dann werden die Witwen der *Tacksmen* vor den Thronrat des Königs ziehen und die blutigen Hemden ihrer Männer auf Piken schwenken. Sie werden fordern, ihn mit Feuer und Schwert zu bestrafen, und Glenlyon wird geächtet werden. Breadalbane hat keine andere Wahl. Dieses Schwein von einem Campbell hat zwei Männer aus Lochiel und einen aus Keppoch getötet, gar nicht zu reden von Murdoch Macgregor und seiner Frau. Er hat mehr als fünftausend Pfund Sterling an Pachteinnahmen gestohlen, was ein kleines Vermögen darstellt. Entweder Breadalbane überlässt uns den Kopf dieses Bastards, oder ein *Sept*, ein Zweig des Campbell-Clans, wird geächtet. Und außerdem hat er schon immer seine persönlichen Interessen über alles gestellt…«

»Und die anderen Männer der Bande? Sie sind schließlich nicht alle Campbells!«

»Gebrochene Männer. Niemand wird einen Finger für sie rühren.«

Ich hatte aufgehört zu zittern; durch den Wein und den Kontakt mit Liams Haut hatte mein Körper sich wieder aufgewärmt.

»Eoghain Dubh ist ein sehr charmanter Mann«, meinte ich.

Etwas früher, vor dem Bankett, war ich dem ehemaligen Chief des Clans vorgestellt worden. Der Mann besaß eine machtvolle Ausstrahlung, obwohl er nicht wirklich stämmig oder hochgewachsen war. Seine Kraft beruhte vor allem auf seinem Charakter. Ewen Cameron war ein Mensch von scharfem Verstand, und obwohl er die sechzig schon überschritten hatte, war er mit seinem dunklen Äußeren und seinen leuchtenden schwarzen Augen noch immer eine beeindruckende Gestalt und hatte den verwegenen Blick eines spanischen Freibeuters.

»Ja, vor allem bei hübschen Frauen«, gab Liam lachend zurück. »Und trotz seiner geringen Körpergröße ist er ein tapferer Soldat. Ich kann dir versichern, dass die *Sassanachs* ihn gefürchtet haben. Er hat einmal einen englischen Offizier nur mit seinen Zähnen getötet!«

»Nicht möglich!«, rief ich aus, verblüfft und entsetzt zugleich.

»Das geschah bei dem Aufstand von Glencairn, um das Jahr 1654. General Monk war mit seinen englischen Truppen in Inverlochy gelandet, um ein Fort zu errichten, das ausdrücklich die Aufgabe hatte, die Clans von Lochaber unter Kontrolle zu bringen. Zu dieser Zeit hatten Cameron und die Männer seines Clans sich unter den Befehl des Grafen von Gencairn gestellt, der die royalistischen Truppen gegen Cromwell und seine englischen Kräfte, die versuchten, den Osten der Highlands zu besetzen, führte. Als Cameron Wind vom Bau dieser Festung erhielt, die nur wenige Meilen von seiner Burg Torlundy entfernt liegen sollte, war es zu spät, um noch erfolgreich angreifen zu können. Also infiltrierte er die Garnison mit Spionen und wartete auf die ersehnte Gelegenheit, zum Angriff überzugehen. Eines Tages marschierte ein Trupp von einhundertundvierzig Soldaten, die Brennholz schlagen sollten, vorbei, und Cameron fiel mit zweiunddreißig seiner besten Männer über sie her. Nach der ersten Musketensalve kamen sie mit ihren Claymores und *Targes* über die *Sassanachs*. Die Engländer traten rasch die Flucht an. Cameron war im Kampf von seinen Männern getrennt worden und fand sich Auge in Auge mit dem kommandierenden Offizier der Abteilung wieder. Zornig und beschämt über das Verhalten seiner Männer, war dieser entschlossen, dem Highlander den Garaus zu machen. Der Offizier übertraf Cameron an Kraft und Körpergröße, aber der war dafür sehr flink. Der Kampf dauerte anscheinend sehr lange und war sehr kräftezehrend, und schließlich lagen die beiden Auge in Auge auf dem Grund eines ausgetrockneten Grabens, wo die erschöpften Männer kaum noch die Kraft zum Weiterkämpfen aufbrachten. Cameron war unter dem schweren Körper des *Sassanach* eingeklemmt und hatte so wenig

Bewegungsfreiheit, dass er nicht einmal den Dolch an seinem Gürtel erreichen konnte; und da hat er den Offizier einfach in den Hals gebissen und ihm mit den Zähnen die Kehle durchtrennt. Cameron versichert, das sei der köstlichste Bissen seines Lebens gewesen.«

Angeekelt verzog ich das Gesicht.

»*Fuich*!«

»Adam hat mir das Ende der Geschichte erzählt … Also: Ewan befindet sich auf der Durchreise in London, um sich an den Hof in Whitehall zu begeben, und der Barbier, der ihn rasiert, fragt, ob er aus den Highlands stammt. Cameron antwortet mit Ja und erkundigt sich, ob der Mann Leute aus dem Gebirgsland im Norden kenne. Und der Barbier, dessen Rasierklinge gerade an Camerons Kehle sitzt, antwortet ihm: ›Nein, und ich verspüre auch nicht den Wunsch. Das sind doch Wilde. Ihr würdet es nicht glauben, aber einer von ihnen hat meinem Vater mit den Zähnen die Gurgel herausgerissen. Es tut mir nur leid, dass ich den Hals dieses Bastards nicht unter meiner Klinge habe so wie gerade Euren, Sir.‹«

Ich muss verdutzt dreingeschaut haben, denn Liam schüttete sich vor Lachen aus.

»Cameron nährt einen leidenschaftlichen Hass gegen die *Sassanachs*«, fuhr er fort, füllte mein Glas nach und trank selbst direkt aus dem Weinkrug. »Die Campbells haben sich ihn ganz gegen ihren Willen zum Feind gemacht. Camerons Mutter war eine Campbell, und er ist auf Kilchurn Castle in Glenorchy geboren. Sein Vater starb im Gefängnis, als Cameron erst sechs war, und sein Großvater, der damals Clanchief war, fühlte sich zu alt, um ihn großzuziehen. Ewen ist praktisch von seinem Hauslehrer Macmartin aufgezogen worden, und im Alter von zwölf Jahren hat Archibald Campbell, der Marquis von Argyle, ihn aufgenommen. Vielleicht hat er geglaubt, sich auf diese Weise einen starken Verbündeten zu schaffen, denn es war Ewen bestimmt, irgendwann der nächste Chief des Cameron-Clans zu werden. Aber Campbell hat seine Karten schlecht ausgespielt, und sein eigenes Spiel hat sich gegen ihn gewandt. Der Bürgerkrieg begann. Garyle führte die protestantische Armee der Covenanters an und

Montrose die des Königs. Cameron begleitete den Grafen von Argyle, als er sich nach St. Andrew's begab, wo gefangene Royalisten auf ihre Aburteilung warteten. Es gelang ihm, ohne Wissen seines Vormunds ein Gespräch mit einigen dieser Gefangenen zu führen, unter denen sich Camerons aus seinem eigenen Clan befanden. Sein Großvater, Allan, war Royalist. Das hatte einen großen Einfluss auf ihn. Am nächsten Morgen dann wohnte er, begleitet von Argyle, voller Ekel und Entsetzen der Hinrichtung dieser Gefangenen bei. Falls man diese Demonstration mit dem Ziel organisiert hatte, dass er sich fürchtete, die royalistische Sache zu unterstützen, und sich der der Covenanters anschloss, dann blieb das ohne Erfolg. Tatsächlich wurde Ewen Cameron einer der glühendsten Royalisten, denen Argyle sich je gegenübersehen musste.«

»Ich finde das Ganze reichlich ironisch. Campbell hat das wahrscheinlich für den Rest seiner Tage bitterlich bereut.«

»Jedenfalls bis zu seiner Enthauptung wegen Hochverrats zu Beginn der Restauration von 1660.«

»Dann bezweifle ich, dass Breadalbane ihn freundlich aufnimmt.«

»Das bezweifle ich ebenfalls.«

Ich trank einen Schluck Wein und verschüttete dabei etwas. Liam sah zu, wie der dunkle Tropfen auf meiner Haut, die im Mondlicht weiß erschien, meinen Kurven folgte. Dann nahm er mein Glas und goss noch mehr auf meine Brust.

»Was machst du denn da?«

Seine Zunge folgte der lauwarmen Flüssigkeit. Der harzige, süße Duft des Weins stieg mir zu Kopf, und ich erschauerte genüsslich unter dieser köstlichen Liebkosung.

»Ich habe noch Hunger, *a ghràidh mo chridhe …*«

18

*Der Mensch ist des Menschen Wolf**

Der leise Kopfschmerz, mit dem ich meinen Tag begonnen hatte, verstärkte sich auf dem langen Ritt nach Carnoch rasch. Ich verkroch mich unter meinem Plaid, um mich vor dem leichten Sprühregen zu schützen, der uns bis auf die Knochen durchnässte.

Die Brigade bestand inzwischen aus sechsundzwanzig Kriegern, die mit langen Messern, Schwertern, Pistolen, Musketen sowie der Furcht erregenden Lochaber-Axt bewaffnet waren, die zusätzlich mit einem Haken ausgestattet war und die manche allen anderen Waffen vorzogen. Ich hatte mit einem Mal den sonderbaren Eindruck, in den Krieg zu ziehen, und fühlte mich mit meinem Dolch und meinem Messer ziemlich schlecht ausgestattet.

Eine gewisse freudige Erwartung beseelte die Reihen. Ich wusste genau, dass die kommenden Tage, und erst recht die Wochen, die ihnen folgen würden, alles andere als eine Vergnügungspartie werden würden; doch nach der Miene der Männer zu urteilen, fühlten sie sich, als wäre dem so. Nur Liam schien diese Stimmung nicht zu teilen. Etwas bereitete ihm Sorgen.

Er fühlte sich beobachtet, wandte sich um und sah mich spöttisch an.

»Geht es deinem Kopf besser, *a ghràidh?*«

»Ja«, gab ich kurz zurück, obwohl das nicht stimmte.

Er verzog skeptisch den Mund und streckte die Hand aus, um mir mit den Fingerspitzen über die Wange zu streichen.

* *Homo homini lupus*, ein Satz von Plautus, später von Bacon und Hobbes wieder aufgenommen und illustriert.

»Und, sollen wir das wiederholen?«, fragte er lachend.

»Liam!«, empörte ich mich und warf einen verlegenen Blick in die Runde.

»Was wollt ihr wiederholen?«, sagte jemand hinter uns.

Ich schlug das Plaid über mein rot angelaufenes Gesicht und überließ es Liam, Adam Cameron, der zu uns aufgeschlossen hatte, eine Antwort zu geben.

»Ein mitternächtliches Bad.«

Er sah mich achselzuckend an, als wolle er sagen: *Was hätte ich ihm sonst antworten sollen?* Ich streckte ihm drohend die Zunge heraus, worauf er erst recht grinste. Adam tat höflicherweise, als hätte er nichts gehört, und sprach Liam direkt an.

»John Cameron möchte mit dir reden.«

Liam drehte sich im Sattel, um festzustellen, wo der besagte Mann sich befand, und wandte sich dann zu mir um.

»Es wird nicht lange dauern.«

»Lass dir ruhig Zeit, sie ist in guten Händen«, meinte Adam.

»Pass auf, *Adamh*, sie beißt«, warnte Liam ihn lachend und ritt davon, zum Ende des Konvois.

»Ihr müsst wirklich eine *Selkie* sein«, versetzte Adam plötzlich, nachdem Liam sich entfernt hatte.

»Warum sagt Ihr das?«

»Ihr habt ihn verwandelt. Ja, ich glaube, das ist das richtige Wort«, erklärte er kopfschüttelnd.

»Ah ja? Und auf welche Weise?«

»Nachdem er seine Frau und seinen Sohn verloren hatte, ist Liam sehr verschlossen und einsam geworden. Er konnte tage-, ja sogar wochenlang in seinen Bergen verschwinden. Ich glaube, er zog die Gesellschaft der Wildkatzen der von Menschen vor. Es ist sehr, sehr lange her, dass ich ihn so glücklich und frei habe lachen sehen.«

Er reichte mir eine Feldflasche mit Whisky, doch ich lehnte höflich ab und verzog das Gesicht. Er selbst nahm einen kräftigen Schluck und fuhr dann fort.

»Aus diesem Grund habe ich Euch eine *Selkie* genannt. Liam ist Frauen immer aus dem Weg gegangen … nun ja, jedenfalls solchen, die einen Ehemann suchten. Und eines schönen Tages erfahren wir, dass er eine Fremde mit Haaren so schwarz wie die Nacht geheiratet hat. Ihr müsst ihn wirklich verhext haben.«

Er betrachtete mich mit kaum verhohlener Begierde.

»Ihr besitzt wahrhaftig alle Eigenschaften einer *Selkie*. Man sagt, sie seien von unwiderstehlicher Schönheit.«

Vor Verlegenheit wurden mir die Wangen heiß, und ich wandte einen Moment lang den Blick ab.

»Ich habe Euch gestern beobachtet, Euch und Liam«, hob er von neuem an. »Er ist wirklich nicht mehr derselbe Mann. Die Art, wie er Euch ansieht, spricht Bände. Ich hoffe für ihn, dass er Eure Seehundhaut gut versteckt hat.«

»Ihr glaubt doch nicht im Ernst an diese Legenden?«, gab ich belustigt zurück.

Er lächelte mir zu.

»Der Glaube an Geister und Legenden bringt Farbe in unser oft freudloses Leben. Nicht daran zu glauben wäre, als spaziere man durch einen Garten ohne Blumen oder betrachte einen Nachthimmel ohne Sterne.«

»Hmmm ... Kennt Ihr Liam schon lange?«

Er schaute nachdenklich drein und zog die Augen zusammen.

»Acht Jahre, glaube ich. Damals war ich Ginny noch nicht begegnet. Er hat sie mir vorgestellt ... Liam und ich waren bei Überfällen auf Argyle- und Breadalbane-Land dabei. Schon damals war er ein verflucht kräftiger Bursche und konnte das Claymore mit einer einzigen Hand führen. Niemand wagte, sich im Einzelkampf mit ihm zu messen. Vieh zu stehlen war für ihn ein Kinderspiel, aber mit neunzehn Jahren nimmt man das Leben halt nicht ernst, nicht wahr?«

»Das kommt darauf an«, meinte ich.

Adam beäugte mich von der Seite und schien zu dem Schluss zu kommen, dass ich ungefähr so alt sein musste wie der jugendliche Wildfang, den er mir zu beschreiben versuchte. Er räusperte sich.

»Schon möglich«, meinte er zögernd, bevor er seine Erzählung wieder aufnahm. »Liam war soeben vom King's College in Aberdeen zurückgekehrt, wo er recht erfolgreich gewesen war; aber sein Platz war in den Bergen und auf den Ebenen, auf der Heide, wo die einzigen Grenzen eines Menschen jene sind, die sein Körper ihm setzt.«

Er schob eine tropfnasse braune Haarsträhne weg, die ihm quer über der Wange hing, und warf einen Blick zu Liam, der jetzt weiter hinten ritt.

»Und dann haben Anna und er eines Tages geheiratet.«

Er verstummte, und dabei war ich jetzt erst richtig neugierig geworden.

»Und dann?«, fragte ich mit erzwungener Ruhe.

»Ich hatte immer geglaubt, Liam sei nicht für die Ehe geschaffen. Seine Lust am Abenteuer und an der Freiheit waren mit der Verantwortung, die eine Ehe mit sich bringt, nicht zu vereinbaren. Doch er hatte sich in Anna verliebt ... Ich frage mich, ob er nicht vielleicht zwei Persönlichkeiten in sich trägt.«

Er warf mir einen peinlich berührten Blick zu.

»Es tut mir leid, ich wollte nicht ...«

»Schon gut, Mr. Cameron, ich kann ja nicht so tun, als hätte Liam vor mir kein Leben gehabt.«

»Allerdings nicht. Aber nennt mich doch bitte Adam. Schließlich sind wir verwandt.«

»Einverstanden ... Adam.«

Mit seiner Größe und seinen fein geschnittenen Händen erinnerte Adam mich ein wenig an meinen Bruder Patrick. Allerdings waren seine Züge ausgeprägter und gröber, ohne deswegen aber unansehnlich zu sein. Er konnte nicht älter als fünfunddreißig sein.

»Und Ihr wollt bis zum Schluss mit uns reiten?«

»Ja.«

Er sah mich prüfend an und zuckte dann die Achseln.

»Nun ja, Liam wird schon wissen, was er tut.«

»Ich warte nicht darauf, dass Liam mir seine Erlaubnis erteilt, Adam«, erwiderte ich gereizt. »Ich habe ihm keine andere Wahl gelassen.«

»Oh! Ihr besitzt Mut und Charakter, Caitlin«, meinte er amüsiert. »Mit Euch langweilt sich Liam bestimmt nicht.«

Er warf einen Blick auf das Messer, das aus meinem feuchten Plaid ragte.

»Könnt Ihr Euch verteidigen?«

Ich schenkte ihm ein ironisches Lächeln.

»Ich glaube schon.«

»Liam sagt, Ihr wäret erst vor zwei Jahren aus Irland hergekommen, mit Eurem Vater und Euren zwei Brüdern.«

»Ja ... Was hat er Euch sonst noch erzählt?«, erkundigte ich mich ein wenig verunsichert.

»Nichts. Was Euch angeht, ist er nicht besonders gesprächig, und ich respektiere sein Schweigen.«

Von neuem hielt er mir die Whiskyflasche hin, und dieses Mal nahm ich einen Schluck.

»Auf jeden Fall geht es mich nichts an«, setzte er in einem Tonfall hinzu, der desinteressiert klingen sollte.

»Und Ihr, Adam«, fragte ich, um dem Gespräch eine andere Wendung zu geben, »was ist Eure Aufgabe im Cameron-Clan?«

»Ich bin der *Fear Sporain*, der Schatzmeister. John Cameron und ich sind zusammen aufgewachsen und stehen uns so nahe wie Brüder. Er vertraut mir blind, ein Vertrauen im Übrigen, das ich niemals enttäuschen würde, und wenn es mich das Leben kosten sollte. Da ich die Fähigkeit habe, mit Zahlen zu jonglieren, hat John mir beim Tod des alten Douglas MacVail vor einem Jahr die Bücher des Hauses Lochiel anvertraut. Zuvor war ich *Gillecoise*, also Leibwächter bei Sir Ewen Cameron.«

»Warum nimmt ein Schatzmeister an einer Menschenjagd teil?«

Ròs-Muire rutschte im Schlamm aus und machte einen Schlenker, und ich konnte mich gerade noch am Sattelknauf festhalten, sonst wäre ich vom Pferd gefallen. Adam schielte nach meinem feuchten Mieder, das an meiner Brust klebte.

»Geht es Euch gut?«

Ich zog mein Plaid wieder um die Schultern und brummelte etwas Zustimmendes. Er schenkte mir ein charmantes Lächeln, dann beantwortete er meine Frage.

»Ich bin derjenige, der die Schatullen verwaltet, und ich muss das verschwundene Geld wiederfinden. Hinter die Abgaben, die in Naturalien geleistet wurden, können wir wohl drei Kreuze machen, aber das Bargeld muss ja irgendwo sein. Fast alle Pachtgelder von unseren Ländereien im Süden des Spean-Flusses sind verschwunden, ebenso wie ein Teil der Einnahmen aus Glen Gloy.«

Er unterbrach sich.

»Ich habe auch meine persönlichen Gründe«, fuhr er dann mit düsterer Stimme fort. »Die Campbells haben mir einen Teil meines Lebens geraubt, Ginny und unser ungeborenes Kind.«

Sein Blick verhärtete sich.

»Solange ich mich nicht an dem Hauptschuldigen schadlos halten kann, der sich irgendwo in Frankreich aufhält, tut es ebenso gut sein Neffe.«

»Aber soviel ich weiß, hat er gar nicht zum Regiment von Argyle gehört!«, wandte ich ein. Seine Sicht der Dinge entsetzte mich.

»Das ist die einzige Gerechtigkeit, die hier existiert, Caitlin. Und außerdem ist dieser Mann alles andere als unschuldig. Ich glaube, sogar die Seinigen werden nicht lange um ihn weinen.«

Sich den Kopf eines Campbell zu holen, stellte für die Männer aus Glencoe und für andere eine akzeptable Form der Rache dar, immer vorausgesetzt, dass Breadalbane ihnen seinen Segen gab und sie also keine Repressalien fürchten mussten. Bei dem Gedanken an das Los, das diesen Mann erwartete, lief es mir kalt über den Rücken, so verdient es auch sein mochte.

»Ginny fehlt Euch sicherlich sehr.«

»Ja«, flüsterte er bedrückt.

»Habt Ihr jemals wieder geheiratet?«

»Nein ... Aber vielleicht treffe ja auch ich eines Tages meine *Selkie*«, sagte er leise und lächelte mir zu.

Die Straßen befanden sich in einem so furchtbaren Zustand, dass wir nur langsam reiten konnten und Carnoch erst am frühen Abend erreichten. Nach einem ganzen Tag im Regen war ich durchweicht und freute mich auf mein eigenes Dach über dem Kopf und die Wärme eines schönen Feuers. Das würde vielleicht für lange Zeit die letzte Nacht sein, die ich geschützt vor den Naturgewalten verbrachte. Am nächsten Tag würden wir nach Finlarig Castle aufbrechen, das in der Nähe von Killin in Breadalbane lag, am Ufer des Loch Tay. Finlarig war die Festung von Sir Grey

John Campbell, dem elften Laird und ersten Grafen von Breadalbane. Nach seinem Neffen Archibald Campbell, dem gegenwärtigen Herzog von Breadalbane, war er der zweitmächtigste Mann in den Highlands.

Wir standen fast auf unserer Türschwelle. Liam unterhielt sich mit Adam, den er eingeladen hatte, bei uns zu übernachten, als ich plötzlich erstarrte.

»Liam …«

Die beiden Männer verstummten. Einen langen Moment blieb es still, dann stieß Liam mich in Adams Arme und riss den Nagel heraus, den jemand mitten in die Tür geschlagen hatte.

»Was ist denn das?«, brummte er.

Der Nagel durchbohrte einen Raben, der in ein Tuch gewickelt war. Vorsichtig betrachtete er ihn einen Augenblick lang, dann öffnete er die Tür mit einem Fußtritt. Ich konnte den Blick nicht von dem langen Blutrinnsal abwenden, das über das Holz verlief. Eine Hand zog mich nach drinnen.

»Liam …«, seufzte ich.

Er ignorierte mich, ging zu dem kalten Kamin und machte Feuer. Als die Flammen kräftig hochschlugen, warf er den Vogel hinein. Ein widerlicher Geruch nach brennendem Fleisch hüllte uns ein. Niemand wagte die Grabesstille zu brechen, die sich plötzlich über uns gesenkt hatte. In meinem Sessel sitzend wartete ich darauf, dass der Zauber – ich zweifelte nicht im Geringsten daran, dass es sich darum handelte – vollständig verbrannte. Ich hatte mein Taschentuch wiedererkannt, das aus dem Schrank verschwunden war.

»Hast du vielleicht eine Ahnung, wer uns diesen … schlechten Streich gespielt haben könnte?«

Ich schüttelte den Kopf.

»Hat Isaak sich während meiner … Abwesenheit anständig betragen?«

»Ja. Aber er kann es nicht gewesen sein, er ist mit der Brigade geritten.«

Liam brummte etwas und wandte seine Aufmerksamkeit den Flammen zu. »Vielleicht eine der Frauen? Hast du das Gefühl, eine von ihnen könnte dir feindlich gesonnen sein?«

»Nein.«

Seufzend rieb er sich die Augen. Ich stand auf, ging zu dem großen Schrank und kramte zwischen den Bohnensäcken herum. Ich zog die Holzschachtel hervor und hielt sie ihm hin. Er sah mich verblüfft an.

»Wie kommst du dazu?«

»Ich habe sie wiedergefunden, als ich vor einigen Tagen die Liste der fehlenden Vorräte aufgestellt habe. Sie war unter den Handtüchern versteckt, und …«

Ich bedeutete ihm, die Schachtel zu nehmen. Mit leerem Blick, zögernd, sah er darauf. Dann nahm er sie und öffnete sie, und als er sah, was darin lag, erbleichte er. Ein rauer Ton stieg aus seiner Kehle auf.

»Was hat das zu bedeuten?«, brachte er schließlich nach langem Schweigen heraus.

Er schüttelte den Kopf und berührte die feuerrote Strähne vorsichtig mit einem Finger. Er wusste, wem diese roten Locken gehörten, doch er wagte es nicht auszusprechen. Die Wahrheit war zu schrecklich, um sie in Worte zu fassen.

Wir hatten unser Lager auf einer Lichtung in der Nähe von Killin aufgeschlagen. Eine Gruppe von acht Männern, darunter Alasdair Macdonald, der die Interessen des Hauses Keppoch vertrat, John Cameron, der achtzehnte Kriegsführer des Lochiel-Clans, sowie Adam waren nach Finlarig aufgebrochen, um zu einem Gespräch mit dem alten Fuchs Breadalbane vorgelassen zu werden. Begleitet wurden sie von Kriegern, die ihren Schutz gewährleisten sollten.

Ein gestohlener Ochse briet über einem Feuer, in dessen Schein der Stahl der Messer, die Broschen und das Lächeln der Männer aufblitzten. Bezüglich des Diebstahls von Vieh waren sehr strenge Anweisungen ausgegeben worden. Erlaubt war er nur zur Versorgung der Brigade, aber nicht, um sich zu bereichern.

Eine gewisse Anspannung war im Lager mit Händen zu greifen. Unruhig warteten die Männer auf die Antwort aus Finlarig. Liam war besonders still. Auf der Suche nach ein wenig Privatsphäre entfernten wir uns vom Lager und drangen in das Unterholz ein, um einen Platz zu finden, an dem wir vor neugierigen Blicken geschützt sein würden. Wir folgten einem halb überwachsenen Weg und kamen in einem Steinkreis heraus.

Zunächst stand ich wie vom Donner gerührt vor diesen geheimnisvollen Steinen, die eine uralte heidnische Kultur, über die wir kaum etwas wussten, aufgerichtet hatte. Dann stieg eine Woge von Erinnerungen in mir auf. Ich legte die Hände flach gegen eine der von Moos und ockerfarbenen Flechten überwachsenen Granitstelen. Die Zeit hatte den Stein geglättet, der sich unter meinen Fingern weich anfühlte. Ich schloss die Augen, lehnte mich mit der Wange an den kalten Stein und ließ die Bilder in mir aufsteigen.

Damals musste ich neun oder zehn Jahre alt gewesen sein. Tante Nellie hatte mir erlaubt, sie an die Küsten von Antrim, in der Nähe von Carncastle, zu begleiten, wo sie ihre Schwester Deidre besuchen wollte. Nellie behauptete, sie sei eine Art Druidin oder Priesterin. Wir hatten den dreißigsten April, die Beltane-Nacht, das Feuerfest des Belenus, des keltischen Sonnengotts.

Vor meinen geschlossenen Lidern sah ich plötzlich wieder die Gestalt eines Mannes in einer langen weißen Robe, die sich vor den Flammen eines Feuers abhob. Das Feuer brannte in der Mitte eines Steinkreises wie diesem hier. Deidre hatte mir erlaubt, das Fest mitzuerleben. Ich hatte ihr nur feierlich versprechen müssen, mich in dem hohen Gras zu verstecken und dort zu bleiben. Doch ich war so gefesselt gewesen, dass ich nicht einmal daran gedacht hatte, mich von meinem Beobachtungsposten wegzurühren.

Eine hohle Stimme erklang über uns. Der Druide hatte die Arme zum Himmel erhoben. »Wir sind hier, um Dana, die Göttin der Erde, und Belenus, den Gott der Sonne, zu ehren. Wir erweisen ihnen Ehre und bitten sie, uns zu segnen und das Licht und die Wärme auf unsere Erde zurückzuschicken …« Ich spürte, wie die Beschwörungen und Gesänge, die aus dem goldfarbenen Nebel aufstiegen, tief in mir eine Saite anschlugen. War es möglich, dass in meinen Adern die vergangenen Spuren einer fernen Kultur flossen und nun erwachten?

Ich erlebte einen Moment purer Magie. Die *bodhran*, die flachen Trommeln, erklangen, während man eine verschleierte Jungfrau heranführte, die für die rituelle Vereinigung bestimmt war. Sie tanzte, wirbelte herum und zog Kreise um einen jungen Mann, den man mit Eichenlaub bekränzt hatte. Die Bedeutung dieses Rituals sollte ich allerdings erst später verstehen, als Nellie mir erklärte, dass die Heiden zu Beltane die Erneuerung und die Fruchtbarkeit der Erde und der Menschen feierten.

Immer noch halb in Trance, öffnete ich die Augen. Liam lehnte an der benachbarten Stele und beobachtete mich aus halb geschlossenen Augen.

»Woran hast du gedacht?«, fragte er.

»Ich habe mich erinnert… ein Erlebnis aus meiner Kindheit. Das Beltane-Fest, in einem Steinkreis wie diesem, an der Küste von Antrim in Irland…«, flüsterte ich, und ein Schauer überlief mich.

»Du hast gelächelt.«

Er trat auf mich zu, und ich schmiegte mich an seinen ebenso kräftigen wie warmen Brustkasten. Die Nachtkühle begann durch mein Plaid zu dringen. Musik drang bis zu uns und hüllte uns ein. Ich hörte den Dudelsack, der einen klagenden *ceol mor* spielte, eine Kriegsweise. Die Männer bereiteten sich innerlich auf den Kampf vor. Ich schloss die Augen und ließ mich von der dröhnenden Musik mitreißen, die mich erbeben ließ und mich tief bewegte. Ich spürte, wie Liam ebenfalls erschauerte; er empfand dasselbe wie ich.

Langsam verdunkelte sich der Himmel, und immer mehr Sterne erschienen, je weiter die Nacht im Tal ihren dichten Mantel um uns schlang. Zwischen den Bäumen war unser Lagerfeuer zu erkennen, und ein köstlicher Duft nach gebratenem Fleisch kitzelte unsere Nasen.

»Warum bist du nicht mit den Männern gegangen? Alasdair schien zu wünschen, dass du sie begleitest«, fragte ich ohne Vorrede.

»Ich konnte dich nicht mit fünfzehn Männern allein lassen, denen der Whisky durch die Adern rinnt. Und mitnehmen konnte ich dich auch nicht.«

»Wie wollt ihr es anstellen, Campbell in diesen Bergen zu finden?«

»Wir warten auf ihn. Er wird zu uns kommen. Irgendwann muss er nach Hause zurückkehren, nach Carnusvrachan.«

»Das kann aber lange dauern.«

»Wir haben den ganzen September Zeit. Danach müssen sie ihre Herden von den Sommerweiden heruntertreiben und nach Crieff auf den Markt bringen. Wir werden ihrer rechtzeitig habhaft werden, bevor es richtig kalt wird.«

»Ich habe Angst um dich, Liam...«, flüsterte ich in sein Hemd hinein.

Er zwang mich, ihn anzusehen, und küsste mich.

»Auch ich habe Angst um dich, *a ghràidh*. Mir wäre es lieber gewesen, dich in Sicherheit in unserem Haus zu wissen, aber... solange wir nicht wissen, wer dir Angst einjagen will, ist es schon besser, wenn du bei mir bleibst.«

»Ich hätte dich ohnehin gezwungen, mich mitzunehmen, Liam.«

»Hmmm... Wahrscheinlich. Du bist ziemlich starrköpfig«, setzte er lächelnd hinzu. »Das ist vielleicht einer der Gründe, warum ich dich liebe. Du und ich, wir sind aus demselben Holz geschnitzt.«

Er ließ die Finger durch mein langes schwarzes Haar gleiten, das ich offen trug, und breitete es über meine Schultern aus wie ein Cape.

»Ich liebe dein Haar... Wie ein sternenbestreuter Nachthimmel...«

Dann huschte seine Hand unter mein Plaid und wagte sich gefährlich nahe an den Ausschnitt meines Mieders heran. Er zupfte leicht daran, um meine Schulter zu entblößen, und strich dann mit den Lippen darüber.

»Deine Haut... so weiß... wie der Mond und so weich wie die herrlichste Seide aus China.«

Ich schloss die Augen und erbebte unter seinen zärtlichen Worten.

»Ah, *a ghràidh gile mo chridhe*«, flüsterte er an meinem Hals. »Du machst mich so glücklich, dass ich kaum atmen kann. Wenn ich dich berühre... steht mein ganzer Körper in Flammen. Ich verzehre mich nach dir.«

Seine Hand glitt wieder an meinem Hals hinauf, und er strich mit den Fingerspitzen über meine Wange.

»Gott hat dich zu mir gesandt…«

Er küsste mich lange und streichelte mir mit einer Hand den Nacken, während er mich mit dem anderen Arm fest an sich drückte.

»In Frankreich habe ich gedacht, ich würde wahnsinnig. Ich war drauf und dran, das Geschäft in den Wind zu schreiben, um früher zurückzukehren…«

»Warum macht ihr eigentlich diese Geschäfte?«, fragte ich und bebte unter seinen Fingern, die über meinen Rücken liefen.

»Nun ja, die *Sassanachs* verkaufen uns bestimmt keine Waffen. Und außerdem ist der Whisky, der schwer besteuert wird, eine gute Tauschwährung. Da wir ihn in Schottland nicht gewinnbringend losschlagen können, verkaufen wir ihn auf dem Kontinent oder tauschen ihn gegen Waffen ein.«

»Woher kommt dieser ganze Whisky? Die Brennerei in Glencoe erzeugt doch nicht so große Mengen.«

»Von hier und da. Islay, Mull, Skye… Von Leuten, die bereit sind, uns zum Freundschaftspreis zu beliefern.«

»Und wer zieht Gewinn aus diesem Handel?«

»Der Clan«, sagte er, umschloss meine Taille mit seinen großen Händen und presste mein Becken gegen seinen Unterleib.

Ich schlang die Arme um seine breiten Schultern und stellte mich auf die Zehenspitzen, um ihn zu küssen und ihm tief in die Augen zu sehen.

»Und du auch, vielleicht?«

»Ein wenig«, gestand er.

Er verzog einen Mundwinkel.

»Was sagt der Chief, John, dazu?«, fragte ich und spielte in seinem Nacken mit seiner Mähne.

»Er schließt die Augen. Aber wenn ich gefangen werde, falle ich allein.«

»Niemand wird dir helfen?«

»Niemand. Du musst verstehen, dass der Clan sich nicht erlauben kann, noch einmal zur Zielscheibe von Unterdrückungsmaßnahmen der Regierung zu werden. Wahrscheinlich würde man mich in die Kolonien verbannen, auf irgendeine Plantage. Du könntest ja nachkommen«, setzte er mit einem rauen Auflachen hinzu.

»Liam«, sagte ich bestürzt. »Das ist nicht komisch. Warum tust du das?«

»Von etwas muss man ja leben …«

Er zögerte und runzelte die Stirn.

»Die Ladung wird in ungefähr einem Monat an der Küste ankommen.«

»In Arbroath?«

»Nein, in Arbroath ist es zu gefährlich geworden. Wir übernehmen sie ein Stück weiter nördlich, in der Bucht von Lunan, auf der Landzunge von Lang Craig. Um die *Sassanachs* zu täuschen, wird ein Fischerboot unter holländischer Flagge von Flandern aus in See stechen.«

»Ich werde dich begleiten.«

»Dann muss ich dir aber beibringen, wie man die Waffen handhabt, *a ghràidh*«, sagte er in spöttischem Ton.

»Genau, *mo rùin*, und dann werde ich die gefürchtetste Frau in den Highlands sein!«

»Da können unsere Kinder aber unseren Enkeln am Kaminfeuer schöne Geschichten erzählen«, meinte er lachend.

Bei dem Gedanken an das Kind, das bereits unterwegs war, krampfte sich mein Magen zusammen.

Ich hätte es ihm so gern gesagt, aber leider wusste ich ganz genau, dass er mich auf der Stelle unter strenger Bewachung nach Carnoch zurückgeschickt hätte. Ich musste also warten, bis diese ganze Geschichte vorüber war, und ich wünschte nur, dass es so rasch wie möglich so weit sein würde.

Drei Stunden später kehrten die Männer von Finlarig Castle zurück und brachten die von Breadalbane mit eigener Hand unterzeichnete Vereinbarung mit. Die Jagd war eröffnet.

Am nächsten Tag brachen wir nach Glencoe auf, wobei wir es sorgfältig vermieden, durch Killin zu kommen. Für eine bis an die Zähne bewaffnete Kriegertruppe in den Farben der Clans von Lochaber wäre es ziemlich schwierig gewesen, in einer Stadt der Campbells unbemerkt zu bleiben. Nach einem halbtägigen Ritt durch die Berge schlugen wir unser neues Lager auf den Höhen des Carn Gorm auf, oberhalb von Carnusvrachan. Cameron schickte zwei Kundschafter aus, um Campbell aufzuspüren. Seit etwa einer Woche hatte man ihn nirgendwo mehr gesehen. Doch zwei Tage später stießen wir bereits zufällig auf ihn und seine Bande.

Wir befanden uns in der Nähe von Inverar auf Patrouille. Allan Cameron, Robbie MacLear und Isaak begleiteten uns. Wir schickten uns eben an, unverrichteter Dinge wieder zurückzureiten, als eine Gruppe von Reitern an der Biegung des Weges auftauchte. Sofort befahl Liam uns, in dem Kiefernwald, der die Straße säumte, in Deckung zu gehen. Die Truppe passierte direkt vor unserer Nase: elf Männer, von denen drei ihren Sattel mit so genannten »Damen« teilten. Liam beschloss, ihnen in vorsichtiger Entfernung zu folgen.

Die Bande machte an einer baufälligen Hütte aus Steinen und Torf Halt, die halb unter der Flanke des Hügels vergraben lag. Dieser Unterstand diente wahrscheinlich den Viehhirten als Unterkunft, wenn sie die Herden zur Sommerweide trieben. Ein schmaler Rauchfaden stieg aus einem Loch in der Mitte des Dachs auf. Dort würden sie also die Nacht verbringen. Zwei Männer standen Wache, drei weitere schlenderten um die Pferde herum, die an einem einzeln stehenden Baum angebunden waren. Ein Mann holte Wasser aus einem Brunnen, und ein weiterer beschäftigte sich damit, die Satteltaschen zu leeren.

Gut versteckt hinter einem dichten Dickicht aus jungen, von Ranken durchzogenen Föhren, beobachtete Liam sie scharf. Er achtete darauf, sein Hemd, das in der Sonne hell aufleuchtete, mit seinem Plaid zu bedecken. Wenn man uns bemerkte, befanden wir uns in einer ziemlich üblen Lage. Diese Männer wirkten alles andere als Vertrauen erweckend.

»Was hast du vor?«

Liam antwortete mir nicht gleich, sondern fuhr fort, die Männer zu beobachten. Dann legte er eine Hand auf meinen Arm und sprach mich leise an.

»Nichts.«

»Aber …«

»*Tuch!*«

Er widmete sich noch eine Weile der genauen Beobachtung ihres Tuns und Treibens. Die Männer wirkten entspannt und schickten sich an, ihr Mittagessen zu kochen.

»Ich verstehe nicht, warum …«

»Wir müssen uns einen Eindruck von ihrer Stärke verschaffen. Wissen, womit wir es zu tun bekommen.«

»Aha.«

Isaak tippte Liam auf die Schulter.

»Das ist tatsächlich Ewen Campbells Bande. Ich habe noch drei andere von den Kerlen erkannt, darunter Alexander Grant und Archie Macgregor.«

»Hmmm … Ganz schön schwierige Brocken. Die werden wir mit einer List in unser Netz locken müssen.«

Liam fuhr sich mit der Hand durchs Haar und seufzte. Immer noch in Hockstellung, kroch er zurück und zog mich hinter sich her. Wir flüchteten uns hinter einen dicken Felsen.

»Caitlin«, befahl er mir kaum hörbar, »du rührst dich nicht von der Stelle. Ich werde einen Bogen auf die andere Seite schlagen und versuchen, noch weitere Männer zu erkennen. Das dürfte nicht allzu lange dauern. Hast du mich verstanden?«

»Ja.«

»Isaak, du behältst sie im Auge. Wenn ihr irgendetwas zustößt …«

Ein Schatten verdüsterte seinen Blick. Isaak verstand die unausgesprochene Drohung, nickte und bezog einige Fuß von mir entfernt hinter einem Baum Stellung. Liam verschwand im Wald, gefolgt von Robbie und Adam. Ich setzte mich auf die Fersen, lehnte mich gegen den Felsen und wartete.

Die Sonne brannte heiß herunter, und die Hitze setzte mir furchtbar zu. Bald war mein Mieder schweißüberströmt. Ich bewegte mich ein wenig, um meine Waden zu entlasten, die von schmerzhaften Krämpfen gequält wurden, doch dann verlor ich das Gleichgewicht, stützte mich mit einer Hand am Felsen ab und zog sie dann mit einem erstickten Schrei zurück. Ekel stieg in mir auf, als ich die mehrere Zoll lange, widerliche schwarze Nacktschnecke sah, die ich zerquetscht hatte. Angewidert wischte ich meine klebrige Hand an meinem Rock ab. Ein leises Lachen ließ mich herumfahren; Isaak beobachtete mich belustigt. Als er sah, dass das arme Tier harmlos gewesen war, kehrte er auf seinen Posten zurück. Nachdem ich mir ziemlich sicher war, dass er mich nicht sehen konnte, streckte ich ihm die Zunge heraus.

Plötzlich erschallte ein ordinäres Lachen. Ich erstarrte. Es wurde von einer unflätigen Bemerkung an die Adresse einer der Damen gefolgt, die den Trupp begleiteten. Die Frau schüttete sich vor Lachen aus und bedachte den Mann mit einer ebenso groben Antwort. Ich lugte vorsichtig um den Felsblock herum. Die Dame war mit einem der Männer in der Hütte verschwunden, und der Mann, der gesprochen hatte, kam auf uns zu. Isaak hatte sich, wohl verborgen im Schatten seines Baumes, aufgerichtet und hielt sein Messer in der Hand.

Ich hörte Zweige knacken, dann das Plätschern eines Wasserstrahls. Ich riss die Augen auf, hielt die Luft an und machte mich hinter meinem Felsen, an dem der Mann sein Wasser abschlug, so klein wie möglich. Isaak rührte sich nicht, lag auf der Lauer und blieb in seiner Deckung.

Das Blut pochte in meinen Schläfen. In meiner Nähe huschte etwas durch das Gras, und ich drehte den Kopf. Eine Schlange flüchtete und wand sich eilig zwischen den Zweigen hindurch. Unwillkürlich entfuhr mir ein Schreckensschrei, und ich schlug entsetzt eine Hand vor den Mund. Aber es war zu spät. Der Mann hatte seine Verrichtung unterbrochen. Ich warf Isaak einen verzweifelten Blick zu, doch der bedeutete mir, mich ruhig zu halten. Eine unheimliche Stille senkte sich herab. Einen Moment lang glaubte ich, der Mann wäre fort, doch ich wurde rasch eines Besseren belehrt, als ich ein Knacken und dann das Klicken vernahm, mit dem eine Waffe scharf gemacht wurde. Plötzlich erschien der Schatten des Mannes neben mir auf dem Boden. Er wurde langsam größer, und eine Waffe bildete die Verlängerung seines ausgestreckten Arms. Dann trafen sich unsere Blicke.

Kurz starrte er mich verblüfft an, dann entspannten seine Züge sich nach und nach.

»Sieh da, ein verirrtes Schaf!«

Ich sprang auf, bereit, Fersengeld zu geben. Der Mann ahnte meine Absicht, wollte mich an der Flucht hindern und stolperte über einen Stein. Ich konnte seine Hand, die sich um meinen Arm schloss, abschütteln. Im Fallen stieß der Mann einen Fluch aus, der in einem grässlichen Gurgeln endete. Entsetzt sah ich den Blutschwall, der sich ins Gras ergoss. Isaak ließ den abgetrennten Kopf los, der mit einem dumpfen Laut in das vom Blut gerötete Gras fiel. Er musterte mich kalt, und einen kurzen Moment lang sah ich ein unheimliches Glitzern in seinen Augen aufflackern. Doch schließlich wandte er sich ab, säuberte seine Waffe am Plaid des Toten und zog ihn hinter einen Farnbusch, wo er neugierigen Blicken entzogen war.

»Wollt Ihr unbedingt, dass wir entdeckt werden?«, schalt er mich wütend, als er wieder auf mich zukam.

»N… n… nein… Eine Schlange hat mich erschreckt…«

Sein Blick verriet alles über die Meinung, die er von mir hatte. Ich ließ es mir nicht nehmen, ihn ebenso zu erwidern. Seit dem Beginn unseres abenteuerlichen Unterfangens hatte Isaak sich unauffällig verhalten. Mehrmals hatte ich ihn dabei überrascht, wie er mich hart musterte, aber er hatte kein einziges Mal das Wort an mich gerichtet. Er packte mich am Arm und schob mich wieder auf den Felsbrocken zu, den ich verlassen hatte. In diesem Moment kehrte Liam zurück. Sein Blick glitt von mir zu Isaak, der sich unvermittelt entfernt hatte. Er trat zwischen uns.

»Sie hatte Angst vor einer Schlange und hat geschrien. Einer von Campbells Männern war in der Nähe, ich musste ihn unschädlich machen.«

Nachdem er diese Erklärung abgegeben hatte, drehte Isaak sich auf dem Absatz um und verschwand im Schatten des Waldes. Liam wandte sich mir zu und überzeugte sich mit einem kurzen Blick, dass ich unversehrt war. Ohne ein Wort zog er mich hinter sich her, zu unseren Pferden. Besser, wir verweilten nicht länger in dieser Gegend.

»Sie sind von Inverar her gekommen«, sagte Robbie.

Alasdair kratzte sich den Kopf und überlegte.

»Wir müssen sie außerhalb ihres Territoriums in eine Falle locken. Die Gruppe vielleicht aufspalten, falls das möglich ist.«

»Campbell hat eine Schwester«, warf einer der Männer ein. »Wie wäre es, wenn wir sie als Geisel nehmen?«

»Ist sie verheiratet?«

Der Mann zuckte die Achseln; er wusste es nicht.

»Wenn sie verheiratet ist, vergessen wir es. Finlay, Chambers und die MacPhail-Brüder brechen im Morgengrauen auf und bringen uns das Mädchen, aber nur wenn sie ledig ist. Ich habe es auf Ewen Campbell abgesehen, nicht aber auf den ganzen Clan, ist das klar? Gibbon, Sorley, MacLear und Colin, ihr setzt das Gerücht in Umlauf, dass ihr zu einem Konvoi stoßen werdet, der Pachteinnahmen sammelt und vor Ende der kommenden Woche den Wald von Leanachan durchqueren wird. Überwacht alle Bewegungen von Campbells Männern. Sobald ihr das Gefühl habt, dass sich etwas rührt, soll Gibbon sofort zur ›Herberge zum schwarzen Hahn‹ kommen. Wir reiten voraus, um das Terrain auszukundschaften.«

Alles setzte sich in Bewegung. Colin und die drei anderen Männer verließen das Lager noch am Abend, um ihre Runde durch die Tavernen und Herbergen in der Umgebung von Inverar anzutreten. Die anderen würden im Morgengrauen nach Carnusvrachan aufbrechen, wo Campbells Schwester lebte. Wir sollten sie erst am Abend des nächsten Tages wiedersehen. Sie führten eine hochgewachsene, brünette Frau bei sich, die geknebelt und an den Händen gefesselt war und entsetzte Blicke um sich warf. Ich empfand Mitleid mit diesem armen Mädchen, das für die Schandtaten seines Bruders bezahlte.

Man wies ihr das Zimmer zwischen unserem und dem von John Cameron zu und sorgte dafür, dass ein Mann vor ihrer Tür und zwei weitere unter ihrem Fenster postiert wurden. Wir stärkten uns mit Hammeleintopf und Bier, und dann zog ich mich auf unser Zimmer zurück. Liam und die Männer saßen noch bei einigen Bechern Whisky zusammen, um die Falle vorzubereiten.

Das Wippen der Matratze weckte mich. Liam zog seine Stiefel aus, entkleidete sich und glitt dann zwischen die Laken, nachdem er seinen Dolch an den Bettpfosten gehängt hatte.

»Und?«, fragte ich halb schlafend und mit belegter Stimme.

»Wir haben nur ein paar Einzelheiten für den Überraschungsangriff besprochen, nichts weiter«, brummte er.

Er verbreitete einen starken Whiskydunst, wirkte aber nicht betrunken.

»Was wollt ihr während des Angriffs mit mir anfangen?«

Er wandte sich mir zu und sah mich eindringlich an.

»Du wirst zusammen mit dem Mädchen und mit Niall zurückbleiben.«

»Und du?«

»Ich soll diesen Dreckskerl in unsere Klauen führen. Wenn alles wie vorgesehen abläuft, gibt es eine Verfolgungsjagd durch den Wald von Leanachan.«

»Und du spielst den Köder?«, rief ich und setzte mich abrupt auf.

Liam zog mich an sich, küsste mich und lächelte.

»Mach dir keine Sorgen, *a ghràidh*, das bin ich schon gewöhnt. Bei unseren Überfällen habe ich immer für Ablenkung gesorgt, während die anderen die Tiere von der Weide getrieben haben.«

»Aber das ist kein Viehdiebstahl!«, hielt ich ihm empört entgegen. »Diese Männer werden bis an die Zähne bewaffnet sein. Das sind brutale Mörder!«

»Das könnte man von uns ebenso sagen, Caitlin!«

Ich warf ihm einen finsteren Blick zu.

»Und was wollt ihr mit dem Mädchen machen? Diese Geschichte mit der Entführung gefällt mir nicht besonders, Liam. Sie hat nichts mit der Angelegenheit zu tun.«

»Ich weiß«, knurrte er, »aber leider kann ich nichts dagegen unternehmen. Alasdair möchte ein Ass im Ärmel behalten. So dumm ist Ewen nicht. Früher oder später wird er darauf kommen, dass er in eine Falle gegangen ist. Seine Schwester festzuhalten, ist so eine Art letzter Ausweg, um ihn in die Finger zu bekommen. Ihr wird kein Unrecht geschehen.«

»Und wenn es schlecht ausgeht?«, hielt ich ihm, von jäher Panik ergriffen, entgegen.

Er sah mich resigniert an und verzog den Mund zu einem spöttischen Lächeln.

»Dann können wir nur noch beten«, meinte er und ließ die Hände unter mein Nachthemd gleiten.

Ich versuchte ihn zurückzuschieben. Zu sehr trieben mich die Schreckensvisionen um, die mir – eine schlimmer als die andere – durch den Kopf huschten, als dass ich an etwas anderes hätte denken können. Liam schien das allerdings nicht so zu sehen. Er drehte mich auf die Seite und schaffte es nach kurzem Gerangel, meine Handgelenke festzuhalten.

»Ich habe Lust auf dich, Caitlin, also hör auf zu zappeln, ja?«

»Was soll das heißen, ›hör auf zu zappeln‹?«, äffte ich ihn nach. »Mir wird gerade klar, dass ich Witwe sein könnte, ehe die Woche vorüber ist, und du, du denkst nur daran, mich zu besteigen wie ein brünstiges Tier!«

Sein Lachen brachte meine Brust, die er unter sich zerquetschte, zum Wogen.

»Ja und?«

Plötzlich kam mir der entsetzliche Gedanke, dass das Kind, das ich trug, vielleicht nie das Gesicht seines Vaters sehen würde. Ich begann zu weinen. Liam ließ mich los und sah mich erstaunt an. Instinktiv legte ich die Hände vor den Bauch und krümmte mich zusammen. So verharrten wir mehrere Minuten; Liam beobachtete mich ratlos, während ich in das Kissen schluchzte.

»Warum weinst du, *a ghràidh*?«, fragte er schließlich ein wenig verlegen. »Glaubst du, ich lasse mich von diesem Campbell-Bastard abschlachten? Hast du denn kein Vertrauen mehr zu deinem Gatten?«

»Nein … ich meine, doch. Das ist es nicht«, antwortete ich unter Tränen. »Ich glaube, ich bin zur Zeit ein wenig dünnhäutig. Tut mir leid …«

»Du isst nicht genug, du siehst erschöpft aus, und noch dazu fährst du ständig aus der Haut. Jetzt bedauere ich, dass ich dir erlaubt habe, mit uns zu kommen. Du hättest in Carnoch bleiben sollen. Das ist alles zu viel für dich, Caitlin. Du stehst ja kurz vor dem Überschnappen!«

»Nein!«, stieß ich hervor und warf ihm einen wütenden Blick zu. »Ich schnappe keineswegs über. Es ist nur … nur … Mein Gott! Küss mich, Liam!«

Um Haaresbreite hätte ich ihm die Wahrheit gesagt. Er küsste mich begierig, heftig und erforschte meinen Mund mit seiner unersättlichen Zunge. Eine Woge der Lust rollte durch meinen Körper. Als er feststellte, dass ich ihn nicht länger zurückstieß, schob er abrupt mein Hemd hoch.

»Du brauchst keine Angst um mich zu haben«, flüsterte er und legte die Hände um mein Gesicht.

Sein alkoholgeschwängerter Atem berauschte mich.

»Ich weiß«, sagte ich und schloss schwer atmend die Augen.

Ich ließ meine Finger über seinen Rücken gleiten und strich über die Muskeln, die sich unter seiner brennend heißen Haut wölbten. Unter meiner Liebkosung erzitterte er und stöhnte leise. Sein mehrere Tage alter Bart rieb köstlich über die empfindsame Haut meiner Brüste.

»Caitlin, *a ghràidh,* du hast mich zu deinem Sklaven gemacht. Für dich würde ich durch Brennnesseln kriechen, für dich würde ich die unsinnigsten Dinge tun…«

Er richtete sich leicht auf und zwang mich, ihn anzusehen. Sein Haar liebkoste meine hart gewordenen Brustspitzen, und ich wand mich leise unter ihm.

»Sieh doch, wie ich zum Tier geworden bin«, murmelte er mit erstickter Stimme.

»Dann nimm mich auch wie ein Tier, *mo rùin*«, rief ich und sah ihn flehend an.

Liam betrachtete mich aus halb geschlossenen Augen. Er kniete sich hin und drehte mich dann mit eiserner Hand auf dem Bett um wie einen Pfannkuchen. Seine Hände glitten über meinen Bauch, und dann hob er mit einer abrupten Bewegung mein Becken an. Mit einem Mal fand ich mich auf den Knien wieder, wie eine Stute kurz vor dem Decken. Sein keuchender Atem liebkoste meinen Rücken, und seine heißen Hände bahnten sich einen Weg zwischen meinen feuchten Schenkeln.

Ich zitterte vor Lust, vergrub das Gesicht im Kissen und unterdrückte ein Stöhnen. Mit einem einzigen Stoß nahm er mich in Besitz. Ich krallte meine Hände in die Laken, während er sich in mir immer heftiger bewegte. Bald schnellte ich auf dem Kamm einer Woge der Lust dahin, bis ich von einem Meer von Empfindungen verschlungen wurde.

Seine Finger gruben sich in mein Fleisch und gaben die Bewegungen vor. Er stieß ein Stöhnen aus, das einem tierischen Grunzen ziemlich nahe kam. Dann sanken wir erschöpft auf dem Bett zusammen. Ich spürte seinen schnellen Herzschlag im Rücken. Er fuhr in mein Haar und zog meinen Kopf sanft nach hinten, damit ich ihn ansah. Sein glühender Blick versengte mich.

»War es das, was du wolltest, *a ghràidh mo chridhe?*«, flüsterte er leise und streichelte meinen Hals

»Ja«, murmelte ich schwer atmend.

Er gab mich frei, schmiegte sein Gesicht in meine Halsbeuge und sackte über mir zusammen.

Mitten in der Nacht wurde ich von lauten Geräuschen geweckt, die aus dem Nebenzimmer drangen. Liam schlief neben mir und schnarchte friedlich. Vorsichtig schob ich mich aus dem Bett, zog mein Hemd an und wickelte mich in mein Plaid, bevor ich das Zimmer verließ. Anscheinend schlief die Gefangene nicht.

»Bryan …«, flüsterte ich.

Im Korridor war es dunkel. Der Posten, der Campbells Schwester bewachen sollte, antwortete nicht. Blind tastete ich mich an der Wand entlang und rechnete damit, gegen Bryan zu stoßen, der auf dem Boden eingeschlafen war, aber da war nichts. Im Nebenzimmer war es wieder still geworden. Ich wartete noch ein wenig und wollte schon wieder kehrtmachen, als ich einen erstickten Schrei vernahm. Wo war nur Bryan geblieben? Dem armen Mädchen ging es offenkundig nicht gut.

Langsam öffnete ich die Tür und blieb angesichts des Bildes, das sich mir bot, wie vom Donner gerührt stehen. Die Arme war geknebelt und versuchte vergeblich, sich Bryans zu erwehren. Kurz erhaschte ich einen Blick auf die verzweifelte Miene des Mädchens auf dem Bett. Ihr Gesicht verschwand fast völlig unter ihren hochgeschlagenen Röcken. Der Mann, der mir den Rücken zuwandte, bemühte sich angestrengt, sie unter sich festzuhalten, während er versuchte, die Falten seines Kilts aufzuschlagen.

Mein Puls schlug schneller, und mir drehte sich der Kopf. Ich spürte, wie sich mir vor Ekel der Magen umdrehte. Das Metall einer nachlässig auf dem Boden abgelegten Pistole schimmerte im Licht der flackernden Kerze. Ich hob sie auf und richtete sie mit beiden Händen auf den Angreifer.

»Lass sie los, du Bastard!«

Wie von der Tarantel gestochen fuhr der Mann hoch, drehte sich um und keuchte vor Schreck und Verblüffung. Bryan MacAllen starrte mich sprachlos an. Langsam gab er die junge Frau frei, die sich verschreckt in eine Ecke des Zimmers flüchtete.

»He! Immer langsam, Mrs. Macdonald …«, stotterte der junge Mann und streckte die Hände aus. Er ließ die Waffe nicht aus den Augen.

Ich hatte noch nie zuvor eine Pistole in der Hand gehalten und zitterte dermaßen, dass es mir schwerfiel, die Waffe gerade auf die Brust des Mannes gerichtet zu halten. Unwillkürlich ließ ich sie sinken, so dass sie eher auf seinen Schritt zeigte; ein Umstand, dessen Bryan sich durchaus bewusst war.

»Ich wollte mich nur ein wenig amüsieren, das ist alles … Ich habe ihr doch kein Leid getan«, verteidigte er sich mit dümmlicher Miene.

»Kein Leid? Euch amüsieren?«, stieß ich völlig außer mir hervor. »Ist es für Euch nur ein Spaß, einem Mädchen Gewalt anzutun?«

»Herrje, sie ist doch bloß eine Campbell!«

Ich starrte ihn wütend an und trat einen Schritt auf den Halunken zu, dem seine Lage zunehmend unangenehm wurde. Er wich zurück und fand sich mit dem Rücken zur Wand wieder.

»Vergewaltigt zu werden, hat absolut nichts Amüsantes, MacAllen. Glaubt mir, ich weiß, wovon ich rede«, schrie ich.

»Ihr wollt doch deswegen nicht auf mich schießen«, stammelte er, offensichtlich besorgt um seine Männlichkeit.

»Ich frage mich, was mich daran hindern soll.«

Plötzlich schien sich Bryans Miene zu entspannen, er hatte etwas hinter mir gesehen.

»Leg die Pistole weg, Caitlin«, befahl eine tiefe Stimme hinter mir.

Ich schreckte zusammen und hätte beinahe den Abzug gedrückt, was Bryans Zukunft als Schürzenjäger wahrscheinlich ein Ende gesetzt hätte.

»Er hat versucht, dem Campbell-Mädchen Gewalt anzutun«, erklärte ich heftig.

»Jetzt ist es ja vorbei. Leg die Waffe weg, sonst gibt es noch einen Unfall.«

»Das wäre kein Unfall, er hat es wohl verdient…«

»Caitlin…«

Ich erhaschte einen Blick auf Liams wabernden Schatten auf der Wand. Seine Hand wanderte langsam meinen Arm hinunter und zwang mich, die Pistole zu senken, die er mir dann aus den Händen nahm. Sichtlich erleichtert verließ Bryan ohne ein Wort das Zimmer. Schluchzend warf ich mich in Liams Arme. Ich zitterte am ganzen Leib.

»Er wollte… sie… vergewaltigen«, wiederholte ich ein ums andere Mal.

»*Tuch!* Er hat es ja nicht getan, Caitlin. Ich kümmere mich darum.«

Heller Sonnenschein erfüllte den Raum. Ich rieb mir die müden Augen und sah mich um. Liam war schon aufgestanden und hatte das Zimmer verlassen. Laute Stimmen hatten mich aus einem unruhigen Schlummer gerissen. Ich fühlte mich, als wäre in der Nacht ein Kavallerie-Trupp über meinen Körper galoppiert. Die Erinnerung an die Ereignisse der Nacht traf mich wie ein Schlag. Ich schloss erneut die Augen und schluckte heftig.

Um mich abzulenken, lauschte ich den Stimmen, die aus dem Schankraum im Erdgeschoss der Herberge hinaufdrangen. Ich konnte keine einzelnen Worte unterscheiden, aber ich erkannte Liams laute Stimme. Offenkundig war die Stimmung angespannt.

Ich stand auf, um mich zu waschen, und zog mich ohne Eile an. Zufällig fiel mein Blick auf die Pistole, die Liam zusammen mit seinem übrigen Arsenal auf dem Tisch liegen gelassen hatte. *Um ein Haar hättest du einen Menschen getötet, Caitlin…* Ich musste dringend lernen, einen kühlen Kopf zu bewahren, und auch, mich einer Pistole zu bedienen …

Bryan MacAllen war ein Mann aus Keppoch. Ich kannte ihn nicht besonders gut, aber er hatte sich mir gegenüber stets freundlich und höflich verhalten. Doch jetzt sah ich ihn in einem anderen Licht und fragte mich, ob die Männer aus Glencoe, Liam eingeschlossen, auch schon solche barbarischen Taten begangen hatten.

Mit den Fingern strich ich über den schimmernden Beschlag aus poliertem Messing. Ich besaß keinerlei Erfahrung mit Feuerwaffen, aber selbst ich sah, dass diese eine gute Arbeit war. Der Griff aus geschwärztem Nussbaumholz war mit Goldfäden eingelegt, die eine Schlange darstellten.

Die Tür quietschte leise in den Angeln. Rasch legte ich die Pistole weg und fuhr herum. Da stand Liam und trug ein Tablett, das sich unter einem Berg von Speisen bog.

»Geht es dir besser?«, fragte er zögernd.

»Ein wenig.«

Er versuchte, gelassen zu wirken. Ich konnte leicht erraten, was der Grund für den Streit mit seinen Männern, den ich eben gehört hatte, gewesen war, und ich war ihm dankbar dafür. Er stellte das Frühstück auf den Tisch und zog mich an sich.

»Du musst essen, *a ghràidh*«, schalt er mich sanft. »Du siehst aus wie eine wandelnde Leiche und bist nur noch Haut und Knochen.«

Er hob einen meiner Arme, nahm mein Handgelenk und tat, als inspiziere er mich wie ein Exemplar, das auf dem Markt feilgeboten werden sollte.

»Wenn du nicht ein wenig Gewicht zulegst, wirst du den Winter nicht überstehen.«

»Liam!«, empörte ich mich und zog meinen Arm zurück.

»Ich meine das ernst, Caitlin. Der Winter hier ist hart, und wir müssen dich aufpäppeln.«

Er reichte mir einen Kanten Brot und ein Stück Käse.

»Ich möchte, dass du alles bis auf den letzten Krümel aufisst, verstanden?«

Ich litt nicht unter richtiger morgendlicher Übelkeit, aber ich hatte meinen Appetit fast völlig verloren. Ich zwang mich, einen Teil davon zu vertilgen und versprach Liam, den Rest im Lauf des Vormittags zu essen.

»Ich habe gehört, wie du mit den Männern gestritten hast«, erklärte ich vorsichtig und schob mir ein Stück kalten Schinken in den Mund.

»Ich hatte etwas mit Alasdair zu besprechen«, sagte er in kühlerem Ton.

»Wegen Bryan?«

Er gab keine Antwort, und seine Miene war undeutbar. Offensichtlich wollte er nicht darüber debattieren.

Den Rest des Tages vertrieben wir uns die Zeit, so gut wir konnten. Oft wandten meine Gedanken sich Catriòna zu – denn so hieß das Mädchen –, die weiter in ihrem Zimmer eingesperrt saß und nur den Mann zu sehen bekam, der ihr die Mahlzeiten brachte. Ich hatte schon um Erlaubnis gebeten, mich ein wenig mit ihr zu unterhalten, um sie zu zerstreuen, doch man hatte mir die Bitte abgeschlagen. Es kam nicht in Frage, mit dem Feind zu paktieren.

Am Nachmittag des folgenden Tages waren Liam und ich zu einem Spazierritt zu den Ruinen der Burg von Achallader aufgebrochen, einem von Breadalbanes Besitztümern. Die Männer aus Glencoe, Keppoch und Appin hatten sie nach dem ersten jakobitischen Aufstand im Jahr 1689 auf ihrem Rückzug von Killiecrankie angezündet. Von dem Gebäude war nur noch ein Skelett aus geschwärzten, inzwischen verwitterten Steinen übrig, die von einem Mantel aus Moos und Flechten überzogen waren.

»Warum habt ihr die Burg angezündet?«, fragte ich und zupfte einer Margerite die Blütenblätter aus.

Ich ließ die Blätter auf Liams Brust fallen. Er lag vor mir und hatte den Kopf bequem auf meine Schenkel gelegt. Er öffnete ein Auge, um mich anzusehen, und schloss es gleich wieder.

»Weil wir den Befehl dazu erhalten hatten. Colonel Cannon fürchtete, General Mackay könnte sie als Garnison benutzen.«

Er lächelte mir listig zu.

»Wahrscheinlich hätten wir sie auf jeden Fall angezündet.«

»Alles andere hätte mich auch überrascht«, grummelte ich.

Ich fuhr mit den Fingern durch seine Mähne, die in der Sonne in einem warmen Kupferton aufleuchtete. Er quittierte die Liebkosung mit einem leisen Brummen und schlug die blauen Augen zu mir auf.

»Am selben Tag haben wir den größten Überfall auf Glenlyon unternommen, den es je gegeben hat. Wir haben das ganze Tal ausgeraubt, von Fortingall bis zum Loch Lyon. Glencoe hat Chesthill übernommen, die Domäne des Laird, Keppoch hat sich um den Besitz seines Bruders, Cambuslay, gekümmert, und Robert Stewart um den westlichen Teil des Tals.«

»Warum? Die Schlacht hattet ihr doch schon gewonnen, und die Campbells hatten nicht einmal daran teilgenommen. Wieso habt ihr euch ausgerechnet gegen sie gewandt?«

»Wir hatten Oktober. Wir waren seit dem Frühsommer fort gewesen und hatten uns nicht um unser Vieh und unsere Felder kümmern können. Wir sind Soldaten, und der magere Sold reicht nicht aus, um die Verluste eines Feldzugs im Sommer auszugleichen. Das ist eben die Art, uns das zu beschaffen, was wir brauchen, um den Winter zu überstehen.«

Ich runzelte die Stirn.

»Da braucht man sich eigentlich nicht zu fragen, warum die Campbells etwas gegen euch haben …«

Seine Miene verdüsterte sich, und er richtete den Blick auf meine entblätterte Margerite.

»Du meinst, dass wir in gewisser Weise an unserem Unglück selbst schuld sind?«

»Ich … So habe ich es nicht gemeint, Liam.«

»Mach dir keine Gedanken. Ich habe mir diese Frage auch schon gestellt«, murmelte er und streichelte zerstreut meinen Fußknöchel. »Ich kann die Uhr nicht zurückdrehen. Was wir getan haben, ist nicht mehr zu ändern. Und selbst wenn wir dieses Tal nicht verwüstet hätten, bezweifle ich, dass das etwas am Schicksal unseres Clans geändert hätte. Seit mehr als tausend Jahren haben unsere Vorfahren so gelebt, und die der Campbells ebenfalls. Es liegt uns im Blut, *mo chridhe.* Ich glaube aber schon, dass diese Zeit vorüber ist. Wir müssen uns etwas anderes suchen. Den Handel vielleicht? Aber hier in den Highlands gibt es nur das Vieh. Es ist unsere wichtigste Einnahmequelle, da man in den Bergen keinen Ackerbau treiben kann wie in den Lowlands. Ich weiß es nicht… Nun ja, im Moment schmuggle ich ein wenig.«

»Ein Teufelskreis«, meinte ich und ließ das letzte Blütenblatt auf seinen Hals segeln.

Eine warme Brise aus Südwest wellte das Gras und die Heidebüsche. Ich schloss die Augen und überließ mein Gesicht der sanften Liebkosung des Windes, bevor ich ein anderes Thema ansprach, das mich seit dem gestrigen Tag beschäftigte. Liam kaute mit geschlossenen Lidern auf einem Grashalm. Seine kupferfarbenen Locken rahmten sein von der Sonne golden getöntes Gesicht ein wie ein Heiligenschein. Ich legte die Hand auf seine warme Wange.

»Liam…«

»Mmja…«, antwortete er träge.

»Ich möchte, dass du mir zeigst, wie man mit einer Pistole umgeht«, erklärte ich vorsichtig.

Sein Kiefer verspannte sich unter meiner Hand. Langsam schlug er die Augen auf und sah mich verdutzt an.

»Machst du Scherze?«

»Ganz und gar nicht«, gab ich zurück. »Ich möchte, dass du mir beibringst, wie man eine Waffe lädt und abfeuert…«

»Das ist doch kein Spielzeug, und auch nicht die Art von Waffe, die eine Frau führen sollte! Du wirst es nie fertig bringen, auf das Herz eines Mannes zu zielen. Höchstens wirst du es schaffen, ihn ins Bein zu treffen, und dann kann er immer noch zurückschießen. Falls du dir nicht selbst in den Fuß schießt!«

»Ich will es trotzdem versuchen.«

Er richtete sich auf, rieb sich die frisch rasierte Wange und drehte sich zu mir herum.

»Ich hoffe nur, dass mir das später nicht leid tut«, murrte er.

Er zog seine Pistole aus dem Gürtel, fasste sie am Lauf und reichte sie mir. Ich nahm die Waffe in die Hände, wog sie ab und hantierte ungeschickt damit. Die Pistole war sehr schwer. Liam saß im Schneidersitz da, hatte die Ellbogen auf die Knie gestützt und sah mir zu.

Der Beschlag leuchtete in der Sonne auf, und ich bemerkte einen Schriftzug direkt unterhalb des Hahns.

»Lamarre?«, fragte ich und zog die Augen zusammen. »Ist das der Name des Vorbesitzers?«

Liam brach in schallendes Gelächter aus.

»Nein, das ist die Signatur des Büchsenmachers, Jacques Lamarre. Ich habe mir die Pistole vor zwei Jahren aus Paris kommen lassen.«

»Ach so! Kannst du mir erklären, womit ich anfangen soll?«

»Nun, zuerst einmal solltest du niemals die Waffe auf jemanden richten, außer du hast vor, ihm ein Loch in den Pelz zu brennen«, sagte er und schob den Lauf, der auf ihn gerichtet war, beiseite. »Die Pistole ist geladen, Caitlin.«

Mir wich das Blut aus den Wangen.

»Du hältst die Waffe fest in der Hand, so«, sagte er und legte sie mir hinein. »Dann ziehst du die Raste des Ladehebels zurück, so, setzt den Hahn auf den Ladehebel, zielst, und dann drückst du den Abzug.«

»Das ist ja ein Kinderspiel!«, rief ich erstaunt aus.

»Wenn man so will, ja; aber es kommt darauf an, gut zu zielen und den Rückstoß abzufangen. Möchtest du es probieren?«

»Darf ich?«

Er erhob sich und streckte mir die Hand entgegen, um mir aufzuhelfen. Dann zog er mich zu einem halb eingestürzten Steinmäuerchen. Er nahm mir die Waffe aus der Hand und zeigte mir die Haltung, die ich einnehmen sollte.

»Du stützt dich auf die Mauer, so. Halte die Waffe mit beiden Händen und lass einen Finger auf dem Abzug. Mit einer Hand kannst du die Pistole nicht beherrschen. Du visierst die Mauer da drüben an und drückst den Abzug.«

Er reichte mir die Pistole zurück, und ich nahm leicht zitternd die Haltung ein, die er mir gezeigt hatte.

»Ich muss dich warnen, dass die Waffe beim Abfeuern zurückschlägt. Streck die Arme ganz aus und halte sie angespannt, sonst läufst du Gefahr, dich zu verletzen.«

Er lächelte, als er meine unentschlossene Miene sah.
»Bist du dir sicher, dass du es versuchen willst?«
»Allerdings«, gab ich tief gekränkt zurück.
Ich nahm meine Position wieder ein und schloss kurz die Augen, um tief Luft zu holen, denn ich zitterte, und mein Puls beschleunigte sich. Schließlich drückte ich auf den Abzug.
Der Schuss krachte wie ein Donnerschlag. Die Wucht des Rückschlags setzte sich durch meinen ganzen Körper fort, und ich wurde nach hinten geschleudert. Liam hielt mich mit eisenharter Faust zurück, sonst wäre ich auf den Rücken gefallen. Langsam verzog sich der Pulverdampf. Ich hustete und rieb mir die brennenden Augen.
»Geht's wieder?«
»Ich spüre meine Arme nicht mehr«, murrte ich, immer noch unter Schock stehend.
»Möchtest du es noch mal versuchen?«, spöttelte er lachend. »Für das erste Mal war das gar nicht übel. Vielleicht triffst du beim nächsten Schuss ja sogar die Mauer.«
Ich warf ihm einen finsteren Blick zu.
»Zeig mir, wie man nachlädt, dann ist es für heute genug.«
Ich gab ihm die Pistole zurück und rieb mir die schmerzenden Schultern. Liam kramte in seiner Patronentasche herum und zog eine Papierkartusche hervor.
»Gut, einverstanden«, sagte er und legte die Waffe in seine linke Hand. »Zuerst öffnest du die Pulverkammer, hier, und machst sie mit dem Daumen sauber. Du nimmst die Kartusche zwischen die Zähne, um sie aufzureißen, und schüttest ein wenig Pulver in die Pulverkammer, die du dann wieder schließt. Nur ein wenig, sonst explodiert die Pistole dir ins Gesicht.«
Mit raschen, präzisen Bewegungen ließ er seinen Worten die Tat folgen.
»Anschließend hältst du die Waffe senkrecht in die Höhe und gibst den Rest des Pulvers in den Lauf, gefolgt von der Kugel und dem Schusspflaster. Zum Schluss stopfst du alles mit dem Ladestock fest. Und schon ist Eure Waffe bereit, Madam.«
»Aber in der Zeit kann man ja mindestens ein Dutzend Mal erschossen werden!«

Liam legte die Hand auf ein langes Messer.

»Deswegen darfst du auch nie deinen Dolch vergessen«, versetzte er und lächelte mich strahlend an. »Diese Waffe versagt niemals.«

Mit einem Mal brachen Niall und Donald, die Pistolen in der Hand, im Galopp hinter der halb eingefallenen Burgmauer hervor.

»Was ist passiert? Hast du geschossen, Liam?«, schrie Donald und sprang vom Pferd.

»Nein«, antwortete Liam knapp und steckte die Pistole wieder in den Gürtel. »Das war meine Frau.«

Ich musste lachen, als ich die verblüfften Mienen der Männer sah.

»Deine Frau?«, rief Donald ungläubig aus.

»Ja, MacEanruigs«, erklärte ich gelassen. »Meine Kenntnisse über Feuerwaffen wiesen gewisse Lücken auf, die ich ausgefüllt habe.«

Der Mann seufzte und verdrehte die Augen zum Himmel.

»Seit gestern haben die Männer begonnen, Euch *Ban-abhistar Dubh* zu nennen, die schwarze Furie, weil Ihr es gewagt habt, MacAllen mit seiner eigenen Pistole zu bedrohen. Ich finde, der Name passt wunderbar zu Euch, meine Liebe.«

Wir brachen alle in fröhliches Gelächter aus.

19

Tote Hunde beißen nicht

Ich hatte den Rest des Nachmittags auf einem kleinen Hügel über den Ruinen verbracht, während die Männer eine Partie Shinty spielten. Ich fragte mich wirklich, was sie an diesem harten Spiel, bei dem die Teilnehmer sich mit einem Stockschlag leicht ein Bein brechen konnten, so anziehend fanden. Niall gesellte sich zu mir und setzte sich in meiner Nähe hin, um die Spieler zu beobachten, die mit ihren langen, gebogenen Stöcken auf den Lederball einschlugen.

»Hast du aufgegeben?«, fragte ich ihn lächelnd.

Er zeigte mir die Blutergüsse auf seinen Schienbeinen und verzog das Gesicht.

»Ich habe kein wirkliches Talent dazu. Mir sind Würfel und Karten lieber.«

»Und außerdem hinterlassen Fehler beim Kartenspiel wenigstens keine Blessuren auf der Haut, sondern höchstens im Geldbeutel.«

Er lachte herzlich.

»Beim Kartenspiel bin ich recht anstellig, Mrs. Macdonald«, meinte er und strich sich über den Bart.

»Ich wollte Euch noch für Euren guten Rat danken«, sagte er dann unvermittelt.

Seine Wangen liefen leicht rosig an.

»Meine Joan konnte mir den Heiratsantrag nicht abschlagen. Ihr hattet Recht, was die … Poesie angeht. Sie hat in meinen Armen gegurrt wie eine Taube.«

Ich lächelte; sein Erfolg freute mich.

»Und Vater Macmartin? Habt Ihr den auch um den Finger gewickelt?«

Niall setzte eine niedergeschlagene Miene auf.

»Ach, der! Nein, ich hatte noch nicht den Mut, ihm gegenüberzutreten... Ich werde auf dem Rückweg von Leanachan noch einmal in Clunes Halt machen. Wenn wir Campbell gefangen haben, macht ihn das vielleicht geneigt, mir die Hand seiner Tochter zu geben.«

»Warum sollte er auch nicht? Du scheinst mir ein guter Junge zu sein, Niall.«

»Ich danke Euch, Madam, aber ich habe meine Fehler wie wir alle... Ihr kennt den alten Macmartin eben nicht. Joan ist seine einzige Tochter, und seit er Witwer ist, wacht er eifersüchtig über sie. Vielleicht sollte ich ihm einmal meine Tante Maggie vorstellen.«

Von neuem brach er in Gelächter aus.

»Sie wird ihn mit Leichtigkeit in die Tasche stecken! Aber wenn er sich mit ihr zusammentut, wird er niemals Hunger leiden, und ich hätte meine Joan ganz für mich allein.«

»Sie ist sehr hübsch«, bemerkte ich.

»Ja...«, meinte er nachdenklich.

Das Geschrei der Männer wurde lauter, und wir wandten unsere Aufmerksamkeit erneut dem Spiel zu, das ein Stück unter uns stattfand.

»Kennt Ihr eigentlich die Geschichte dieses Hügels?«, fragte Niall plötzlich und streckte seine lädierten Beine aus.

»Nein.«

»Man nennt ihn *Uaigh a 'Choigrich*, das Grab des Fremden. Die Geschichte ist sehr alt und stammt aus der Zeit von Duncan dem Schwarzen vor über fünfhundert Jahren. Er war Chief der Campbells von Glenorchy und hatte soeben die Macgregors von Balloch am Loch Tay ausgeschaltet. Nun wollte er sich Achallader aneignen, das zu dieser Zeit den Fletchers gehörte, um dort eine weitere Burg zu errichten. Wie alle Campbells war er listig und bösartig und schreckte vor keiner Täuschung zurück, um zu bekommen, was er wollte. Als er eines Tages in dieser Gegend unterwegs war, schickte er einen seiner Diener voraus und befahl ihm, sein Pferd auf dem Feld, das Ihr dort unten seht, weiden zu lassen. Der arme Mann tat wie ihm geheißen, doch da er kein

Wort Gälisch sprach, verstand er Fletchers Warnungen nicht, der drohte, ihn umzubringen, wenn er das Pferd nicht von seinem Feld nähme. Fletcher tötete ihn. In diesem Moment kam Duncan der Schwarze hinzu und zeigte sich bestürzt angesichts der Leiche seines Dieners. Dann erklärte er Fletcher, sein Leben sei gewiss in Gefahr, wenn die Krone von seiner Tat erführe. Er riet ihm, nach Frankreich zu fliehen, aber der adlige Mann fürchtete, die Krone könne seine Ländereien beschlagnahmen und seine Familie würde um ihren Besitz gebracht. Duncan beruhigte ihn und schlug ihm ein Abkommen vor. Fletcher solle ihm die fraglichen Ländereien verkaufen, und sobald er begnadigt sei, könne er sie wieder in Besitz nehmen. Der Mann unterzeichnete und reiste beruhigt nach Frankreich ab. Doch als der König ihm endlich Pardon gewährte, dachte Duncan gar nicht daran, ihm Achallader zurückzugeben oder ihm die schuldige Summe zu zahlen. Und der Hügel heißt das ›Grab des Fremden‹, weil hier angeblich der englische Diener begraben wurde.«

»Das ist ja schrecklich!«, rief ich aus.

Zum Abendessen speisten wir Schinken und gekochte Rüben, die wir großzügig mit Bier herunterspülten. Scherze flogen hin und her und brachten mich zum Lächeln. So langsam begann ich, mich in der Gesellschaft all dieser Männer, die mich umgaben, wohl zu fühlen. Trotz einiger lüsterner Blicke, die ich gelegentlich auffing, behandelten sie mich mit Respekt und wahrten Abstand.

Ich streckte die Hand nach einem Stück Brot aus und verzog das Gesicht, als ich den Schmerz in meiner Schulter spürte. Liam achtete darauf, dass ich meinen Teller auch wirklich leer aß.

»Tut dir die Schulter weh?«

Er saß mir gegenüber und sah zu, wie ich den Rest der Brühe mit dem Brot auftunkte. Ich trat unter dem Tisch nach ihm, so dass er ebenfalls eine Grimasse zog.

»Wieso hast du eigentlich zugestimmt, mir das Schießen beizubringen?«, fragte ich und kaute einen Bissen Brot.

»Wenn du anfängst, Gefallen daran zu finden, die Männer der Brigade bei jedem kleinen Fehltritt mit der Pistole zu bedrohen, dann ist es mir lieber, wenn du wenigstens damit umgehen kannst.«

»Du weißt genau, dass ich nicht geschossen hätte«, gab ich zurück.

Er beugte sich zu mir herüber und zog eine Augenbraue hoch.

»Wirklich nicht?«

»Jedenfalls ... glaube ich das nicht«, stotterte ich.

Ich schluckte meinen Bissen hinunter und spülte mit einem Schluck Bier nach. Dann holte ich tief Luft und sah ihm direkt in die Augen.

»Liam, da ist etwas, das ich gern wissen möchte ...«, begann ich und trommelte nervös mit den Fingern auf die Tischplatte. »Hast du schon einmal ...«

Verlegen unterbrach ich mich, fuhr jedoch fort, als er mich fragend ansah.

»Hast du schon einmal einer Frau Gewalt angetan?«, stammelte ich.

Seine blauen Augen verdüsterten sich, und er sah mich verblüfft an.

»Wie kommst du darauf, mir eine solche Frage zu stellen, *a ghràidh?*«

»Schon gut, ich hätte niemals ...«

»Jetzt hast du es getan«, versetzte er hart. »Zu spät.«

»Es ist nur ... Ich habe Bryan für einen netten Burschen gehalten, und dann ... als ich ihn bei dem Mädchen überrascht habe ... Ich weiß nicht mehr, was ich denken soll; für ihn war das nur ein ... Spaß, nichts weiter. Ich kann mir vorstellen, dass die Männer bei den Überfällen auf andere Clans ebenfalls Frauen schänden, bevor sie sich mit der Beute absetzen.«

Er blieb merkwürdig stumm, leerte sein *dram* Whisky und sah mich über den Rand des Bechers hinweg an. Meine Kehle schnürte sich zu. Ich war drauf und dran davonzulaufen, weil ich mich vor seiner Antwort fürchtete, doch er hielt mich am Arm fest.

»Nein«, erklärte er knapp und sah mich kühl an.

»Nein, was?«, stammelte ich leise.

»Ich habe deine Frage mit ›Nein‹ beantwortet.«

Beschämt, aber zugleich erleichtert schlug ich die Augen nieder.

»Gelegenheit hätte ich schon gehabt, *a ghràidh*… Dutzende von Malen. Ich habe miterlebt, wie Frauen vor meinen Augen geschändet wurden. Ich schäme mich sogar ein wenig, dir gestehen zu müssen, dass mich das oft ziemlich erregt hat und es mir nicht an Begehren mangelte… Aber da habe ich an meine Schwestern gedacht und mir vorgestellt, sie wären es, denen vor meinen Augen Gewalt angetan wurde… Ich versichere dir, bei dem Gedanken ist mir die Lust rasch vergangen.«

Ich antwortete nichts auf sein Geständnis. Er drehte den leeren Becher zwischen den Fingern.

»Was hättest du getan, wenn ich mit ›Ja‹ geantwortet hätte?«

»Ich hätte deine Pistole genommen«, gab ich sarkastisch zurück.

Er lächelte mir zu, goss jedem von uns noch ein *dram* Whisky ein und hob seinen Becher.

»*Air do shlàinte, Ban-abhistar Dubh!* Auf dein Wohl, schwarze Furie!«

Kurz nach dem Abendessen tauchte Gibbon, dessen Pferd der Schaum vor dem Maul stand, in der Herberge auf. Die Banditen hatten den Köder geschluckt. Colin und die beiden anderen versuchten, ihren Aufbruch noch ein paar Stunden zu verzögern, was uns eine Nacht Vorsprung verschaffte. Ich war nicht gern bei Nacht unterwegs. Ohnehin fragte ich mich, wie es diese Highlander schafften, sich in den Bergen, die in meinen Augen alle gleich aussahen, nicht zu verirren.

Liam ritt zusammen mit dem Campbell-Mädchen vor mir her. Im Mondlicht konnte ich die schmale Gestalt Catriònas erkennen, die im Schrittrhythmus des Pferdes auf- und abhüpfte. Seltsamerweise leistete sie nicht den geringsten Widerstand und tat gehorsam alles, was man ihr befahl. Ihr Blick, dem ich bei unserem Aufbruch begegnet war, wirkte leer und ausdruckslos. Ich konnte darin weder Furcht noch Zorn erkennen, als wäre es ihr vollkommen gleichgültig, was mit ihr geschah.

Nach einem mehrstündigen Ritt erreichten wir die Umgegend

des Loch Treig. Ich war erschöpft und gefährlich nahe daran, einzuschlafen. Noch eine Meile weiter, und ich würde mich unweigerlich unter Ròs-Muires Hufen wiederfinden. Liam nahm mich auf seinen Sattel. Ich warf einen letzten Blick auf das Naturschauspiel des lang gestreckten Sees, der sich, so weit das Auge reichte, zwischen steilen, zerklüfteten Felswänden erstreckte. Tausend Funken schienen auf dem leicht bewegten Wasser zu glitzern. Das war das Letzte, an das ich mich erinnerte, bevor wir in den Pass von Leachacan einritten, der letzten Etappe vor dem Wald von Leachacan.

Die Sonne war schon lange aufgegangen, als ein lauter Disput zwischen zwei Hähern mich weckte. Ich lag, eingewickelt in meinen wollenen Umhang, auf einem Moosbett, das angenehm nach feuchter Erde duftete. Abgesehen von Niall, der mir den Rücken zuwandte, war niemand zu sehen, und alles war still.

Ich reckte mich träge auf meinem provisorischen Lager und stand dann auf. Niall, der den Auftrag erhalten hatte, auf mich Acht zu geben, bot mir Haferkekse und Wasser an und führte mich dann zu der Stelle, wo die Männer geduldig auf Colins Leute und auf die *Faolean*, die »Wölfe«, warteten, wie sie Campbells Bande inzwischen nannten.

Die Falle war aufgestellt. Liam war mit zwei Gefährten davongeritten, um weiter unten an der Straße zu warten. Ihre Aufgabe war es, die Wölfe in unsere Richtung zu locken. Eine fest an einen Baum gebundene Schnur lag quer über dem Weg und würde, einmal stramm gezogen, dafür sorgen, dass die Reiter, die diesen Weg einschlugen, abgeworfen wurden. Im Farn und in den Büschen versteckt, warteten die Männer auf den richtigen Moment, um zum Angriff überzugehen.

Adam Cameron gab gerade Befehl, in einiger Entfernung eine zweite Schnur anzubringen, als er mich sah.

»Habt Ihr gut geschlafen?«, fragte er und schenkte mir sein charmantes Lächeln.

»Wie ein Säugling. Ich weiß nicht einmal mehr, wie ich vom Pferd heruntergekommen bin.«

Er räusperte sich und warf einen Blick in die Runde, bevor er mich wieder ansah. Seine Züge waren abgespannt und seine Augen durch den Schlafmangel gerötet, doch er wirkte nicht beunruhigt.

»Hier könnt Ihr nicht bleiben, Caitlin, das ist zu gefährlich.«

Ich hatte vorausgesehen, dass man mich von dem eigentlichen Kampf fernhalten würde. Daher zuckte ich nicht mit der Wimper, sondern wartete auf weitere Anweisungen.

»Etwas weniger als eine Meile entfernt liegt eine kleine Hütte. Dort bleibt Ihr zusammen mit Mistress Catriòna, und Niall wird Euch bewachen. Anscheinend will Liam niemand anderem Euren Schutz anvertrauen.«

»Das ist sehr freundlich von ihm. Wo befindet sich das Mädchen jetzt?«

»Sie ist schon dort.«

»Und Liam ...«

Er zögerte, da er meine Besorgnis bemerkte, und versuchte vergeblich, mich zu beruhigen.

»Liam ist ein ausgezeichneter Krieger, Caitlin. Er führt das Schwert, als wäre er damit auf die Welt gekommen.«

Ich gab ihm keine Antwort, denn meine Kehle war wie zugeschnürt.

Die Sonne ging schon unter, als man mich zu der besagten Hütte führte, die von der Straße aus nicht zu sehen war. Nachdem wir einen Weg eingeschlagen hatten, der einmal den Eingang zu dem Gehöft dargestellt haben musste, kamen wir auf einer Lichtung heraus, in deren Mitte sich eine mittelgroße Hütte aus Strohlehm mit einem Dach aus verblichenem Stroh erhob, wahrscheinlich ein ehemaliges Bauernhaus. Eine alte Pflugschar aus Holz und verrostetem Eisen war halb von Pflanzen überwuchert; die Natur forderte ihr Recht zurück.

Niall ließ mir den Vortritt. Das Innere des baufälligen Häuschens lag in einem Halbdunkel, das nur von einer einzigen Kerze erhellt wurde. Catriòna, die in einer Ecke auf einer Bank saß und die Arme um die Knie geschlungen hatte, sah zu uns auf. Als sie mich erblickte, fuhr sie leicht zusammen, versank aber sofort wieder in ihrer Lethargie. Der Mann, der sie bewacht hatte, verabschiedete sich, und nachdem Niall sich vergewissert hatte, dass es uns an nichts fehlte, ging er nach draußen, um dort Wache zu halten.

Ich setzte mich in die gegenüberliegende Ecke und beobachtete das junge Mädchen. Mir wurde klar, dass sie wirklich sehr jung sein musste, kaum älter als sechzehn. Von neuem wandte sie mir ihre schwarzen, leicht schräg stehenden Augen zu und musterte mich apathisch. Ihre fein geschnittenen Züge erinnerten mich vage an Meghan. Sie besaß die gleiche schmale Taille und die gleichen langsamen, anmutigen Bewegungen. Ich lächelte ihr schüchtern zu.

»Ich heiße Caitlin Macdonald«, sagte ich leise.

Sie gab keine Antwort, sondern sah mich weiter an.

»Und Ihr seid Catriòna Campbell, die Schwester von …«

»Werdet ihr ihn töten?«

Ihre Stimme klang kalt und hart. Ihre Frage verschlug mir die Sprache, ich hatte nicht die geringste Ahnung, was ich darauf sagen sollte. Ich konnte ihr doch nicht gestehen, dass ihr Bruder von vornherein zum Tode verurteilt war und Breadalbane ihn geopfert hatte, um den Clan zu schützen. Ich stand auf und ging unruhig hin und her. Ihr Blick folgte mir, sie erwartete offensichtlich eine Antwort von mir.

»Werdet ihr ihn töten?«, wiederholte sie.

»Ich … ich weiß es nicht.«

»Haltet Ihr mich vielleicht für dumm?«, versetzte sie gereizt und starrte mich trotzig an.

Bestürzt wandte ich den Blick ab. Der Abend würde ganz bestimmt nicht langweilig werden. Die hübsche Brünette war also doch nicht stumm.

»Ich bedaure, aber ich kann nicht vorhersagen, was da draußen geschehen wird …«

»Aber ihr habt ihm eine Falle gestellt. Ich bin nicht dumm, versteht Ihr, anders als einige eurer Männer das von den Campbell-Frauen anzunehmen scheinen.«

»Ich halte Euch nicht für dumm, Catriòna, ich kann Euch nur einfach keine Antwort darauf geben.«

»Weiß mein Bruder, dass ihr mich entführt habt?«

Ihre Miene veränderte sich plötzlich, und der zornige Ausdruck wich der Angst.

»Ich habe keine Ahnung …«

Catriòna schwieg eine ganze Weile. Sie legte die Stirn in Falten, dann rieb sie sich mit den Fingerspitzen die Schläfen. Ihre Finger waren lang und liefen spitz zu, wie bei Meghan, aber ihre Nägel waren bis auf das Fleisch abgekaut, und ihre Haut war schwielig von der Hausarbeit. Seufzend schüttelte sie den Kopf, und ihr langer Zopf schwang auf ihrem Rücken hin und her.

»Er darf nicht erfahren, dass ich hier bin«, murmelte sie.

»Es steht nicht in meiner Macht, etwas dagegen zu tun, versteht Ihr?«

»Die Falle, die ihr ihm gestellt habt … ist die sicher? Meint Ihr, die Männer wollen ihn ergreifen?«

»Es tut mir aufrichtig leid für Euren Bruder, aber er hat Dinge getan … Die geschädigten Clans fordern Wiedergutmachung.«

»Ich weiß, was er getan hat«, gab sie lebhaft zurück und sprang auf. »Er hat getötet, gestohlen und vergewaltigt. Ich kenne Ewen sehr gut und weiß, wozu er fähig ist.«

»Dann versteht Ihr sicher, warum sie ihn festsetzen wollen.«

»Sie wollen seine Haut, nicht wahr? Wollen sie ihn töten? Sagt mir die Wahrheit, bitte, Caitlin. Ich muss wissen, woran ich bin …«

Tränen traten ihr in die Augen, und ich erwiderte ihren Blick. Ich war selbst aufgewühlt. Was sollte ich ihr antworten?

»Sagt es mir!«, flehte sie noch ein wenig lauter.

Die Spannung wuchs. Die Arme vor der Brust verschränkt, musterte sie mich kalt.

»Ich glaube, das wollen sie«, sagte ich langsam.

Meine Hände zitterten. Ich wünschte mir sehnlichst, anderswo zu sein. Wie soll man jemandem sagen, dass die eigenen Leute seinen geliebten Bruder töten werden? Sie stieß einen Seufzer aus, setzte sich wieder und stützte den Kopf in die Hände. Am liebsten hätte ich sie getröstet, doch ich fühlte mich nicht in der Lage dazu.

»Ich kann nichts dagegen unternehmen, aber es tut mir entsetzlich leid für Euch«, stotterte ich.

»Leid? Wieso? Ihr begreift nicht, nein, natürlich, Ihr könnt ja nicht wissen …«

»Was wissen?«

»Habt Ihr eine Waffe?«

»Ja, aber ich kann sie Euch nicht geben. Wenn Ihr zu fliehen versucht, werden die Männer nicht gerade sanft mit Euch umgehen …«

»Nein, Ihr versteht mich ganz falsch, ich will nicht weglaufen. Aber wenn Eure Männer Ewen nicht töten, dann bringe ich ihn selbst um.«

Ich war sprachlos. Bestimmt hatte ich sie falsch verstanden.

»Das begreife ich nicht.«

»Ich will ihn tot sehen. Bringt ihn um, diesen Bastard«, stieß sie mit zusammengebissenen Zähnen hervor. Hass verzerrte jetzt ihre tränennassen Züge.

»Ihr wollt, dass sie Euren Bruder töten?«

»Ewen ist nicht mehr mein Bruder … in meinem Herzen nicht mehr. Seit dem Tag, an dem ich vierzehn wurde, ist er für mich gestorben … Er hat mich … Er hat …«

Sie brach in Schluchzen aus. Ich trat zu ihr und nahm sie in die Arme. Niall tauchte beunruhigt in der Tür auf, doch ich bedeutete ihm, dass alles in Ordnung sei, und er kehrte auf seinen Posten zurück. Ich flüsterte besänftigende Worte, um das unglückliche Mädchen zu trösten.

Nach einer Weile weinte sie weniger heftig und beruhigte sich schließlich. Ich reichte ihr mein Taschentuch, damit sie sich die Augen trocknete.

»Er darf mich nicht finden, Caitlin. Ich will nicht zurück zu ihm, er ist ein Ungeheuer.«

»Aber warum?«

Offensichtlich entging mir hier etwas. Die Geisel wollte nicht befreit werden.

»Er … verkauft mich.«

»Was meint Ihr damit? Als Dienstbotin?«

Sie schüttelte den Kopf und schniefte.

»Nein, an Männer. Sie zwingen mich, Dinge zu tun …«

Entsetzt starrte ich sie an.

»Euer Bruder zwingt Euch, Euren Körper zu verkaufen? Seine eigene Schwester?«

Sie gab keine Antwort und hielt den Blick auf ihre Schuhspitzen geheftet.

»Habe ich das richtig verstanden, Catriòna?«

Das junge Mädchen nickte.

»Er ist eigentlich mein Halbbruder. Seine Mutter starb, als er noch ein Kind war. Unser Vater hat dann wieder geheiratet, meine Mutter ... Sie ist vor sechs Jahren gestorben, und das war eine Erlösung für sie. Unser Vater war ein Säufer. Er schlug sie, und wenn sie nicht da war, um seine Schläge zu empfangen, dann bekam ich sie ab. Ewen verhält sich genau wie mein Vater, nur dass er noch Vergnügen daran hat. Unser Vater ist ein Jahr nach meiner Mutter gestorben, bei einem Überfall durch die Männer von Lochaber ...«

Sie schlug die glänzenden schwarzen Augen zu mir auf.

»Ich gebe ihnen keine Schuld daran, es war ein Unfall. Sie wollten ihn nicht töten; er war dermaßen betrunken, dass er vom Pferd gestürzt ist und sich mit seinem eigenen Dolch aufgespießt hat. Doch Ewen sieht das anders, er will sich rächen. Deswegen hat er sich die *Tacksmen* vorgenommen. Er stiehlt das Geld, um das Land zurückzukaufen, das einmal uns gehört hat. Unser Onkel Robert hat es verloren, und jetzt ist es in den Händen der schlimmsten Feinde von Breadalbane. Ein Affront gegen den Clan ... Ich bin nicht besonders stolz darauf, wisst Ihr ... Ich ehre meinen Namen, aber manchmal ist es ziemlich schwer zu ertragen, was einige der Meinigen unter dem Namen Campbell tun. Wir sind nicht alle so. Ich nehme an, Ihr seid aus Glencoe?«

»Ja, mein Mann gehört dem Clan an.«

Sie wandte den Blick ab.

»Ich war furchtbar bestürzt, als ich hörte, was mein Onkel Robert getan hat ... Er hat den Namen Campbell entehrt. Wir sind verflucht. Jeder weiß, dass selbst Erzfeinde niemals die Gesetze der Gastfreundschaft verletzen würden, doch er hat es getan. Die *Sassanachs* haben sein Hirn vergiftet, das bereits vom Whisky zerstört war. Ich kann nicht mehr dorthin zurück ... Ich will nicht wieder nach Glenlyon ...«

»Aber was habt Ihr vor?«

Sie fasste meinen Arm und sah mich flehend an.

»Nehmt mich mit, ich wäre ein gutes Dienstmädchen, ich kann kochen und einen Haushalt führen…«

»Catriòna«, unterbrach ich sie, »ich kann Euch nicht mitnehmen… Aber ich kann versuchen, eine andere Möglichkeit für Euch zu suchen.«

»Mein Bruder darf mich hier nicht finden. Ich würde lieber sterben, als zu ihm zurückzukehren. Eher bringe ich mich um, das schwöre ich…«

Sie war totenbleich geworden. Mein Herz zog sich zusammen. Ich konnte nicht einfach hier sitzen und nichts tun. Ich erinnerte mich an den Tag, an dem Ewen mich gegen die Waffenladung ausgetauscht hatte. An den völlig willkürlichen Dolchstoß, die Klinge an meinem Hals. Dieser Mann war wirklich ein Stück Dreck. Auf keinen Fall durfte er seine Schwester wieder in die Hand bekommen. Ich musste an den Platz, wo die Männer im Hinterhalt lagen, und Adam bitten, dass er Catriòna weit von hier wegbringen ließ.

Nialls kräftige Silhouette zeichnete sich draußen im Dämmerlicht ab. Er würde mich bestimmt nicht gehen lassen… Ich musste mir etwas ausdenken.

»Hört mir gut zu, Catriòna«, flüsterte ich und sah ihr direkt in die Augen. »Ihr müsst mir helfen, hier herauszukommen, ich muss mit jemandem sprechen.«

Sie nickte.

»Niall hat den Befehl, mich zu beschützen. Ich werde ihm sagen, dass Ihr in den Wald gehen müsst, um Euch zu erleichtern. Währenddessen schleiche ich mich unauffällig davon. Einverstanden?«

»Ja.«

Sie stand auf, schüttelte ihre Röcke aus und lächelte mir schwach zu.

»Niall ist ein guter Junge, er wird Euch kein Leid antun.«

Catriòna schlug die Augen nieder.

»Ich wollte Euch noch danken, wegen neulich nachts…«, flüsterte sie schüchtern.

»Keine Ursache«, sagte ich und strich ihr über die Hand.

Ich tastete mich zwischen den Bäumen voran und begann mich ernstlich zu fragen, ob ich mich nicht in der Richtung geirrt hatte, als ich aus der Hütte getreten war. Niall hatte Catriòna ohne Murren an den Waldrand geleitet, und ich hatte mich währenddessen in die Natur davongemacht. Schließlich glaubte ich, zwischen den Baumkronen über mir ein Stückchen violetten Himmel zu erkennen, und dann zeichnete der Weg sich vor mir ab. Ich war erleichtert.

Als ich die Stelle erreichte, war alles still. Die Schnur lag quer über dem Weg, zwischen den Bäumen, wo sie jederzeit gespannt werden konnte, aber es war niemand zu sehen. Plötzlich umfasste mich ein Arm und zerrte mich ins Farnkraut. Dann war der Angreifer über mir und legte eine Hand über meinen Mund.

»Verflucht, was habt Ihr hier zu suchen!«, zischte er.

Ich konnte nicht sehen, mit wem ich es zu tun hatte, aber nach dem Klang der Stimme vermutete ich, dass es sich um Alasdair Macdonald handelte.

»Ich muss mit Euch über Catriòna sprechen.«

»Das ist wirklich nicht der richtige Moment, um Konversation zu treiben, Caitlin«, knurrte er. »Und jetzt tut mir einen Gefallen und geht zurück.«

»Wo ist Adam? Ich muss ihm etwas wegen Catriòna sagen. Er muss sie weit weg von hier bringen …«

»Dazu ist es ein wenig spät, meine Schöne. Stuart MacPhail hat uns eben Bescheid gegeben, dass sie kommen. Es ist nur noch eine Frage von Minuten. Himmelherrgott nochmal, Caitlin!«, schimpfte er, völlig außer sich. »Liam wird mir das Fell abziehen, wenn er hört, dass Ihr hier wart. Wo steckt dieser Idiot Niall?!«

»Es ist nicht seine Schuld, ich habe ihn getäuscht«, gab ich gereizt zurück. »Ihr dürft ihm deswegen keine Vorwürfe machen.«

»Schön, jetzt hört mir gut zu, ich werde es nicht zweimal sagen. Ihr schlagt Euch jetzt in den Wald, so weit wie möglich. Sucht Euch eine Deckung, einen Baumstamm, einen Felsbrocken, ganz gleich was, und versteckt Euch.«

»Aber ich sehe ja nicht einmal die Hand vor Augen!«, widersprach ich.

»Das ist nicht der richtige Moment, sich kindisch anzustellen«, gab er zurück und versetzte mir einen Stoß in den Rücken. »Habt Ihr eine Waffe?«

»Mein Messer und meinen Dolch.«

»Gut. Und jetzt, um der Liebe Gottes willen, rennt!«

Ich drehte mich auf dem Absatz um und stürzte mehrere Dutzend Schritte durch die Dunkelheit, bis ich einen dicken, moosbewachsenen Baumstamm fand, hinter den ich mich kauerte und so klein wie möglich machte. Lange brauchte ich nicht zu warten. Schon hörte ich das Hämmern von Hufen, die sich im gestreckten Galopp näherten. Mein Puls schlug schneller, und der Druck auf meiner Brust nahm immer mehr zu, so dass ich kaum Luft bekam. Dann war der Wald mit einem Mal von dem unheimlichen Zischen erfüllt, mit dem Schwerter aus der Scheide gezogen wurden …

Mit einem Mal erscholl ein entsetzlicher Schrei, der mich erstarren ließ, und dann donnerten Pferde ganz nah an mir vorbei und verteilten sich in den Wäldern. Eine zweite Horde näherte sich mit großer Geschwindigkeit. Jetzt brach das Chaos aus.

Ich hörte das dumpfe Krachen, mit dem Körper schwer auf den Boden stürzten, und das Wiehern von Pferden.

»*Bas orra!*«, rief jemand – Tod über sie –, ein Kriegsschrei, der bald von wildem Geheul gefolgt wurde.

Mir blieb fast das Herz stehen. Der Angriff hatte begonnen. Unwillkürlich legte ich die Hand auf mein Messer. Das Blut pochte in meinen Schläfen, und ich war wie gelähmt vor Angst.

Das Klirren der Schwerter übertönte die Schreie und das Stöhnen. Alles floss ineinander, wurde chaotisch und irreal. Lange verharrte ich unbeweglich, zusammengekauert in meinem Schlupfwinkel, und betete, Gott möge Liam und unsere Männer schützen.

Eine Bewegung erweckte meine Aufmerksamkeit, Zweige knackten, und dann tauchte ganz dicht neben mir wie aus dem Nichts eine Gestalt auf. Verblüfft stieß ich einen Schrei aus. Die Gestalt hielt an und wandte sich in meine Richtung. Ich konnte unmöglich erkennen, ob der Mann einer der Unsrigen war, und ich legte keinen besonderen Wert darauf zu erfahren, ob er zur Bande der Wölfe gehörte. Er kam auf mein Versteck zu, er hatte mich aufgespürt. Seine Schwertklinge blitzte auf.

Langsam, den Rücken gegen den Baumstamm gepresst, richtete ich mich auf und hielt meinen Dolch vor mir gezückt. Mein Herz klopfte zum Zerspringen. Ein Strahl Mondlicht fiel auf den Unbekannten. Er trug weder das leuchtend rote Plaid der Macdonalds noch das der Camerons. Die Farben waren dunkel wie im Tartan der Campbells …

Hals über Kopf stürzte ich aus meinem Versteck und rannte, den Mann auf den Fersen, so gut wie möglich zwischen den Bäumen hindurch. Meine Lungen brannten wie Feuer. Ich stieß gegen unsichtbare Steine und Wurzeln, meine Röcke hinderten mich beim Laufen, und die Zweige, die mir gegen die Haut schnellten, hielten mich auf. Der Pflanzenwuchs wurde dichter, hielt mich auf und schloss mich ein. Mein Vorsprung wurde kleiner.

Die Schritte hinter mir verrieten, dass er zu mir aufschloss. Verzweifelt wollte ich schreien, aber ich hatte keine Kraft mehr dazu. Dann krachte etwas Schweres gegen mich, und ich wurde so fest auf den Boden gepresst, dass es mir kurz den Atem raubte. Der Mann war so massig, dass er mich fast zerquetschte.

Ein ekelhafter Geruch nach feuchter Wolle, Schweiß und Whisky stieg mir in die Nase. Ich schrie und schlug um mich wie eine Wahnsinnige. Der Mann hielt mir den Mund zu, doch ich biss ihn heftig in die Hand. Unterdrückt fluchend legte er mir die Finger um den Hals und erstickte mich beinahe.

»Mund halten, dreckige Hure, sonst schneide ich dir die Kehle durch.«

Ich spürte seinen stoßweisen Atem auf meinem Gesicht. Wutschnaubend rappelte er sich auf, packte mich brutal am Arm und riss mich hoch. Dann drehte er mich mit einem Griff herum, so dass ich ihn ansah. Seine Züge konnte ich nicht genau erkennen, doch sein Profil und seine Gestalt waren mir vertraut. Er nahm mein Kinn und hob mein Gesicht ruckartig hoch, so dass der Mondschein, der durch das Laub einfiel, es beleuchtete.

»Na, so etwas! Wenn das nicht Macdonalds kleine Metze ist! Und, haben wir uns von unseren Blessuren erholt?«

»Ewen Campbell«, hauchte ich entsetzt.

»Ich sehe, dass Ihr Euch an mich erinnert, meine Schöne. Ich wusste ja, dass Liam die besten Beutestücke für sich behält. Aber ich muss sagen, dass es recht dumm von ihm ist, sie mit in den Kampf zu nehmen. Er muss es wirklich nötig haben«, höhnte er mit rauer Stimme.

Auf meiner panischen Flucht hatte ich nicht mehr an meinen Dolch gedacht, den ich immer noch fest in der rechten Hand hielt. Ich wollte ihn hochreißen, doch Ewen sah die Klinge aufblitzen, verdrehte mir grob den Arm auf dem Rücken und zwang mich, die Waffe loszulassen. Der Dolch verschwand im Laubwerk.

»Elendes Miststück!«, zischte er mit zusammengebissenen Zähnen.

Ich stieß ein schmerzliches Stöhnen aus, das ihn nur zum Lachen brachte. Er warf einen verstohlenen Blick in die Runde, bevor er mich wieder ansah.

»Wo ist Catriòna?«

»Ich weiß es nicht«, stammelte ich zitternd.

»Ihr lügt, ich weiß, dass sie hier irgendwo sein muss. Die ganze Geschichte hat zehn Meilen gegen den Wind nach einer Falle gestunken. Ich ahnte, dass etwas nicht stimmte. Warum sollten Männer aus Lochaber nach Glenlyon kommen und etwas von einer Expedition von Steuereinnehmern erzählen?«

»Nun, dann seid Ihr wahrhaftig ein Idiot, dass Ihr in die Falle geht, obwohl Ihr es wusstet«, schleuderte ich ihm entgegen.

Ewen versetzte mir eine Ohrfeige, die mich aus dem Gleichgewicht brachte, doch er hielt mich fest und zerquetschte mir dabei fast den Arm.

»Ich bin gekommen, um Catriòna zu holen. Männer, die Eure Farben trugen, sollen sie entführt haben. Wenn Ihr glaubt, ich lasse zu, dass diese Macdonald-Bastarde meiner Schwester etwas antun …«

»Warum? Weil Ihr dann nicht daran verdient?«

Totenstille trat ein, und ich schluckte.

»Wo ist sie?«, fragte er mit tonloser Stimme. »Ihr wisst, wo die Männer sie versteckt halten; Ihr habt mit ihr gesprochen.«

Brutal drehte er mir den Arm auf den Rücken, so dass meine Schulter krachte.

»Ich weiß es nicht mehr«, stöhnte ich mit Tränen in den Augen. »Es war zu dunkel.«

»Ich glaube, ich habe eine Idee«, murmelte er und gab mich abrupt frei. »Ich kenne diesen Wald ziemlich gut.«

Er steckte sein Schwert weg und hob mein Messer auf, das er auf meine Brust richtete.

»Geht voran. Ein Schrei, und ich durchbohre Euch«, erklärte er und setzte mir die Klinge auf die Haut. »Ist das klar?«

Mit einem Mal sah ich wieder Meghans Blut vor mir. Er würde sich gewiss nicht scheuen, meines fließen zu lassen! Dann sah ich erneut die Gestalt der *Banshee*... der düsteren Vorbotin eines baldigen Todes.

»Ja...«

Er stieß mich vor sich her und bedeutete mir, welche Richtung ich einschlagen sollte. Der Kampflärm blieb hinter uns zurück. Lange wanderten wir durch die Tiefen des dunklen Waldes. Er wirkte, als wüsste er, wohin er ging, und ich hatte das ungute Gefühl, es ebenfalls zu ahnen.

Mein Verdacht bestätigte sich, als wir den Saum der Lichtung erreichten, wo sich der dunkle Umriss der Hütte abzeichnete. Niall stand in der Tür, und mit einem Mal bereute ich bitter, weggelaufen zu sein. Wahrscheinlich kam er fast um vor Sorge, fragte sich, wo ich steckte und konnte sich doch nicht auf die Suche nach mir machen.

Ewen packte mich am Arm, zerrte mich hinter sich her und schlug einen Bogen um die Rückseite der Hütte, so dass Niall uns nicht sah. Dann schoben wir uns an der Wand entlang bis zu der Ecke der Vorderfront. Ich spürte, wie die Spitze des Messers mir im Nacken schmerzhaft die Haut ritzte, um mich an seine Warnung zu erinnern. Ewen stellte sich vor mich hin und legte den Zeigefinger über die Lippen, um mir zu bedeuten, dass ich still sein solle.

Er steckte mein Messer in seinen Gürtel und zog seine Pistole. Mein Herz begann zu hämmern. Er spannte den Ladehebel, hielt die Waffe vor sich und trat langsam um die Ecke der Hütte. Ich folgte ihm.

»Neiiin!«, hörte ich mich schreien.

Der Schuss hallte über die Lichtung. Ich sah gerade noch, wie Nialls verblüffte Miene plötzlich erstarrte, und dann glitt sein Körper langsam an der Wand hinunter zu Boden und hinterließ eine dunkle Blutspur auf dem weißen Kalk.

»Bastard!«, kreischte ich und schlug wild um mich.

Ewen trieb mir brutal das Knie in den Unterleib. Ich fiel auf die Knie, krümmte mich mit offenem Mund und rang nach Luft. Catriòna erschien im Türrahmen und stieß einen markerschütternden Schrei aus, als sie die Szene sah.

»*Dùin do beul!*«, brüllte er, an sie gerichtet. Halt dein Maul.

Er stieß sie ins Innere und kam wieder auf mich zu. Ich war ins Gras gesunken, gelähmt von dem bohrenden Schmerz in meinen Eingeweiden. Ich sah nur seine Stiefel und hatte weder die Kraft noch den Wunsch, meinen Blick höher zu wenden. Ich schloss die Augen und versuchte, wieder zu Atem zu kommen.

»Steht auf, dreckige Schlampe!«, schrie er und stieß mich mit der Stiefelspitze an.

Ich konnte mich vor Schmerzen nicht rühren. *Das Kind … Nein, nicht mein Kind …* Ich hatte entsetzliche Angst, mein Kind zu verlieren.

»Hoch mit Euch!«, brüllte er wieder und trat nach meinen Beinen.

Mühsam kam ich in Bewegung. Mein Kopf drehte sich. Ich hatte das Gefühl, dass alles um uns herum tanzte. Niall lag weniger als drei Fuß von mir entfernt am Boden. Auf der Vorderseite seines Hemds sah ich einen dunkelroten Fleck, der sich immer weiter ausbreitete. Plötzlich begannen seine Finger sich zu bewegen. Einen Moment lang glaubte ich an eine Halluzination, doch dann huschte seine Hand verstohlen zu seiner Pistole, die er langsam aus dem Gürtel zog. Unsere Blicke trafen sich; er starrte mich eindringlich an, als wolle er mir etwas sagen. Die Waffe rutschte über seinen Oberschenkel und glitt lautlos an seinem Kilt entlang nach unten. Er schob sie auf mich zu.

Mein Herz tat einen Satz: Er wollte mir seine Pistole geben. Frische Kraft stieg in mir auf, und ich erhob mich langsam auf die Knie, um Zeit zum Nachdenken zu gewinnen. Ungeduldig geworden, riss Ewen mich brutal am Arm hoch und stieß mich vor sich her. Ich tat, als stolperte ich, ließ mich auf die Pistole fallen, die neben Niall im Gras lag, und steckte sie unter meine Röcke. Nialls Hand lag neben seinem Schenkel. Ich strich verstohlen darüber und trat dann in die Hütte.

»Setzt Euch in die Ecke!«, brüllte er nervös.

Catriòna sah mich panikerfüllt an. Mit dem Blick bedeutete ich ihr, ruhig zu bleiben. Ich hielt die Pistole unter meinen Röcken fest und wartete unruhig auf den richtigen Moment zum Handeln. Ewen lehnte an der Wand und starrte mich an, ein diabolisches Grinsen auf den Lippen.

»Was soll ich nur mit Euch machen? Euch sofort zu töten, wäre eine Verschwendung.«

»Seid Ihr so auch mit Meghan Henderson verfahren?«

Er runzelte die Stirn und zog die Augen zusammen.

»Meghan? Ach ja, die Schöne mit dem feuerroten Haar.«

»Ihr habt sie getötet, Bastard!«

Er wirkte aufrichtig überrascht und zuckte die Achseln.

»Getötet! Das ist ein ziemlich großes Wort!«

Ewen sah mich einen Moment lang an und trat dann auf mich zu. Er strich mir über das Gesicht, und ich hob eine Hand, um ihn zurückzustoßen. Vergeblich; er fing sie ab und drehte sie zwischen seinen Fingern. Als er meinen Ehering sah, verzog er den Mund zu einem Grinsen.

»Nanu, da soll mich doch der Teufel holen. Ihr seid verheiratet? Mit wem, einem der Macdonald-Brüder?«

Ich machte mir nicht die Mühe, ihm zu antworten. Etwas anderes ließ mir keine Ruhe. Merkwürdig, er hatte ehrlich erstaunt gewirkt, als ich Meghans Tod erwähnte. Ich musste mehr darüber herausfinden.

»Wir haben den Beweis, dass Ihr am Ort des Verbrechens wart.«

Ewen antwortete nicht gleich. Er roch eine Falle und sah mich forschend an, das Gesicht nachdenklich verzogen.

»Einen Beweis?«

Argwöhnisch legte er noch eine Pause ein.

»Was für einen Beweis?«

Ich sah die Brosche an, die er trug. Sie sah anders aus als die, welche wir am Seeufer gefunden hatten. Wir wussten, dass sie einem Mitglied des Campbell-Clans gehört hatte, aber woher sollte man genau wissen, wem? Dass sie Ewen gehörte, war pure Vermutung gewesen. Wir hatten keinen handfesten Beweis.

»Eine Brosche.«

Er verzog den Mund zu einem Grinsen und stieß ein donnerndes Lachen aus, das mit einem Mal die Hütte erfüllte.

»Das ist lächerlich! Da versucht jemand, mir etwas unterzuschieben. Wie wollt Ihr denn beweisen, dass es meine Brosche war? Sie hätte irgendjemandem gehören können. Ich habe allerdings so eine Ahnung, wer es gewagt haben könnte...«

Sein Blick verdüsterte sich gefährlich. Langsam ließ er meine Hand los und trat von mir weg. Er sah ins Leere und schien sich in angenehmen Erinnerungen zu ergehen, denn er lächelte. Dann verschwand sein Grinsen, und er wandte sich von neuem mir zu.

»Es stimmt schon, ich habe manch schöne Stunde mit ihr verbracht, wenn ihr Bruder nicht in der Gegend war! Ein Prachtweib! Liam hat sich mit ihr im Bett gewiss nicht gelangweilt!«

Sein letzter Satz traf mich wie eine Ohrfeige. Er bemerkte es und grinste darüber, ins Schwarze getroffen zu haben.

»Aber... wann und wie ist sie... *gestorben?*«

»Das ist zwei Monate her. Das ›Wie‹ solltet eher Ihr mir erklären.«

»Zwei Monate? Aber nein, unmöglich. Ich habe sie...«

Er zögerte, ehe er weitersprach. Unsicher presste er die Lippen zusammen und überlegte sichtlich, was er sagen sollte.

»Auf jeden Fall ist sie mir viel zu nützlich, um gewisse Informationen zu erhalten. Ich will den Kopf eines Mannes aus Eurem Clan. Robert hat noch eine sehr persönliche Rechnung mit Liam zu begleichen.«

»Robert?«

Er grinste und enthüllte dabei seinen abgebrochenen Zahn.

»Der einstige Sergeant Barber. Seine militärische Laufbahn wurde plötzlich unterbrochen, und das schmerzt ihn zutiefst. Liam weiß genau, worum es geht. Wir werden bekommen, was wir wollen. Wir haben unsere Spione und gewisse äußerst wirkungsvolle Überredungsmethoden, versteht Ihr?«

»Ihr habt Euch ihrer bedient, um an Liam heranzukommen. Und dann habt Ihr Euch ihrer schamlos entledigt! Ihr…«

»Ich habe Meghan nicht getötet«, entgegnete er barsch.

Sein Tonfall bedeutete mir, dass das Thema für ihn abgeschlossen war. Doch meine Zweifel hatte er nicht zerstreut, ganz im Gegenteil. Ich war sprachlos. Meghan hatte Liam verraten! Sie hatte ihren Clan verraten! Dann war der Angriff auf den Waffentransport vielleicht gar kein unglücklicher Zufall gewesen; sie hatten Liam aufgelauert. Campbell hatte aus Meghans allzu hübschem Mund erfahren, welchen Weg die Männer mit der Ladung einschlagen würden. Was hatte sie ihm wohl erzählt? Wie oft hatte sie ihn getroffen? Wie lange hatte sie schon mit dem Teufel getanzt? Fragen… Zu viele Fragen und nicht genug Antworten.

Ewen beobachtete mich. Ab und zu unterbrach ein schwaches Seufzen von Catriòna, die sich nicht aus ihrer Ecke gerührt hatte, das Schweigen. Der Ruf einer Eule riss Ewen aus seinen Überlegungen. Er warf Niall, der sich nicht bewegt hatte, einen Blick zu. Mit dem Fuß stieß er gegen den Körper, der reglos blieb. Dann steckte er den Kopf aus der Tür und überprüfte die Umgebung, bevor er sich zufrieden wieder uns zuwandte.

»Ihr könntet mir trotzdem von Nutzen sein«, sagte er, leiser jetzt. »Ich weiß, dass die Macdonald-Brüder an Euch hängen. Vielleicht setze ich Euch noch einmal ein, um zu bekommen, was ich wirklich will, nämlich den Kopf von Mungo MacPhail. Wir könnten ein weiteres Mal über einen Tausch verhandeln. Dieser Mann ist schuld am Tod meines Vaters.«

»Das stimmt nicht, und das weißt du ganz genau, Ewen«, rief Catriòna sofort.

»Misch dich da nicht ein! Ich weiß, was ich zu tun habe. Wenn es nach mir ginge, könnte dieser ganze verfluchte Clan ausgelöscht werden.«

»Du bist nichts als ein Bastard«, höhnte sie. »Vaters Tod war ein Unfall. Er war betrunken und…«

Die Ohrfeige knallte so laut, dass ich zusammenfuhr. Die Hand aufs Gesicht gepresst, kauerte Catriòna sich weinend in ihrer Ecke zusammen. Das war genug. Ich sprang auf, zog die Pistole unter meinen Röcken hervor und spannte sie.

Verblüfft, mit offenem Mund, starrte Ewen erst mich an, dann die Waffe.

»Bewegt Euch keinen Zoll, sonst schieße ich«, rief ich und trat vorsichtig zu Catriòna, die ebenso verblüfft wirkte wie ihr Bruder.

»Könnt Ihr denn mit diesem Ding umgehen?«, fragte Ewen gelassen.

Er ließ den Pistolenlauf, der sich auf ihn richtete, nicht aus den Augen.

»Soll ich Euch vielleicht eine kleine Kostprobe geben?«

Meine Hände zitterten, doch es gelang mir, die Arme gerade ausgestreckt zu halten. Mein Herz klopfte zum Zerspringen. Ein bleiernes Schweigen hatte sich über uns gesenkt; man hätte die Luft mit dem Messer schneiden können. Ich sah Ewen unverwandt in die Augen und hielt seinem mordlustigen Blick stand.

»Wenn Ihr mich tötet, verliert Ihr jede Möglichkeit, Macdonalds Kopf zu retten.«

»Liam?«, stotterte ich besorgt.

»Dachte ich es mir doch. Er ist es, mit dem Ihr verheiratet seid, stimmt's?«

Meine Hände wollten nicht zu zittern aufhören. Verständnislos kniff ich die Augen zusammen.

»Liam hat mächtige Feinde… Dieser Barber möchte die Waffengeschäfte Eures Clans übernehmen, und er wird einen hohen Preis bezahlen, um ihn auszuschalten.«

Ein Schritt zur Seite. Ein Schritt nach vorn. Campbell bewegte sich vorsichtig, listig, auf mich zu.

»Wir wissen, dass er für den Herbst eine wichtige Waffenlieferung an der Ostküste erwartet.«

Noch ein Schritt. Wie eine Schlange glitt er in einem verstohlenen Zickzackkurs auf mich zu. Langsam geriet ich in Panik. Ich wusste, dass ich früher oder später abdrücken musste. Andererseits hatte er meine Neugier geweckt. Ich musste wissen, worauf er hinauswollte, wovon er sprach.

»Heraus mit der Sprache, Campbell.«

»Was glaubt Ihr, wie ich an diese Informationen komme?«

»Meghan…?«

Langsam schüttelte er den Kopf. Er war kaum noch drei Fuß von mir entfernt. Wenn er den Arm ausstreckte, konnte er mit Leichtigkeit die Pistole erreichen, den Lauf packen und mir die Waffe abnehmen. Ich wich zurück und fand mich mit dem Rücken zur Wand wieder.

»Nicht Meghan. Aber jemand, der Liam und seine Pläne gut kennt.«

Er lachte und ließ dabei die Pistole nicht aus den Augen.

»Was wollt Ihr?«

Er gab keine Antwort, aber sein Gesicht verzerrte sich zu einer grauenhaften Fratze. Catriòna kam in Bewegung und richtete sich, den Rücken an der Wand, halb auf.

»Hört nicht auf ihn, Caitlin. Er wird Euch töten …«

Ewen riskierte einen letzten Schritt nach vorn. Den Finger am Abzug, hob ich die Waffe. Ich würde einen Menschen erschießen, ich würde ein weiteres Mal töten. Eine Welle der Übelkeit drehte mir den Magen um. Es war unvermeidlich, ich musste es tun. Ich wartete nur noch darauf, dass er mir einen guten Grund gab, mich vor Gott auf Notwehr zu berufen, was der arme Tölpel auch unverzüglich tat.

»*Cuir as dha! Cuir as dha*!«, kreischte Catriòna. Töte ihn, töte ihn!

Ewen griff nach seinem Messer. Der Schuss ging los wie ein Donnerschlag. Catriòna stieß einen schrillen Schrei aus, der mir fast das Trommelfell zerfetzte. Ewen starrte mich verblüfft an und sackte dann auf den Boden; ich hatte ihn mitten in die Brust getroffen.

Ein krampfartiges Zittern ergriff meinen ganzen Körper. Ich sah auf den Mann hinunter, der zu meinen Füßen lag.

»Ich habe ihn getötet«, flüsterte ich, »ich habe ihn getötet. Vergib mir, Gott im Himmel, ich habe ihn getötet, ich habe ihn getötet«, wiederholte ich ein ums andere Mal.

Wie aus weiter Ferne hörte ich Catriòna nach mir rufen. Sie schüttelte mich heftig und riss mich aus meiner Erstarrung.

»Wir können nicht hier bleiben, Caitlin! Kommt!«, schrie sie. »Wenn die anderen kommen … Sie werden den Schuss gehört haben, und sie werden kommen. Wir dürfen nicht hier bleiben …«

Ich blinzelte und betrachtete das Bild, das sich mir bot. *Du konntest nicht anders, du oder er …* Langsam fasste ich mich wieder, nur mein Herz pochte immer noch heftig. Jetzt würde ich nie die Wahrheit über Meghan erfahren. Hatte er sie getötet? Er hatte es abgestritten. Zweifel erfassten mich. Aber warum hätte er mich anlügen sollen? Catriòna hob das Messer ihres Bruders auf und gab mir meines zurück, dann zog sie mich am Arm, damit ich ihr nach draußen folgte. Ich trat über Campbells verrenkten Körper hinweg und kniete vor Niall nieder. Seine im Tod erstarrten Augen sahen ins Leere. Zitternd schloss ich sie, und ein Schluchzen stieg mir in die Kehle.

»Es tut mir schrecklich leid, Niall. Alles ist meine Schuld … Wenn ich nicht weggelaufen wäre, dann wäre nichts von alldem geschehen, und wir würden immer noch in aller Ruhe plaudern. Und Joan … sie wartet auf dich. Ich werde dich nie vergessen …«

Eine Träne rann über meine Wange. Ich küsste Niall zärtlich auf die Stirn. Sein Gesicht wirkte friedlich. Er hatte mir das Leben gerettet und dabei durch meine Schuld das seine verloren. Das schlechte Gewissen schnürte mir die Brust zusammen und zerriss mir das Herz.

»Kommt, Caitlin …«, ließ sich Catriòna hinter mir vernehmen. Ich legte die Pistole auf Nialls Knie und trat zu dem ungeduldig wartenden jungen Mädchen. An der Straße entlang gingen wir zu der Stelle, an der die Männer ihren Hinterhalt ausgelegt hatten. Jetzt herrschte im Wald Grabesstille. Ich erschauerte. Kein Kampflärm war mehr zu hören, nur das unheimliche Murmeln der Blätter und das nervöse Wiehern eines Pferdes etwas weiter unten an der Straße. Der Gedanke, dass Liam vielleicht getötet worden war, entsetzte mich, und ich musste mir auf die Lippen beißen, um nicht nach ihm zu rufen. Der Mond hatte sich hinter einem Wolkenband versteckt, und wir liefen blindlings weiter, die Waffen gezückt, und glitten immer wieder auf für uns unsichtbaren Unebenheiten des Bodens aus.

Mit einem Mal lief ich gegen etwas Weiches und stieß einen erstickten Schrei aus. Mir gefror das Blut. Quer über der Straße lag eine Leiche. Liam? Zögernd beugte ich mich über den Körper, um ihn zu berühren. Er war es nicht. Wir traten um die Leiche herum.

Catriòna folgte mir auf dem Fuß und hielt sich an meinen Röcken fest. Irgendwo im Wald erscholl ein Schrei, gefolgt von einem Schuss, und ich zuckte zusammen. Ich würde gleich die Beherrschung verlieren, ich konnte nicht mehr… Wo in aller Welt waren die Männer geblieben?

Plötzlich fasste mich jemand mit eisernem Griff um die Taille. Ich kreischte los, fuhr herum und zückte mein Messer. Eine Hand legte sich um meinen Arm wie ein Schraubstock, und ein stechender Schmerz durchzuckte mein Handgelenk, so dass ich die Waffe losließ.

»Ganz ruhig, *a ghràidh*«, flüsterte mir eine tiefe Stimme ins Ohr.

Mir stockte der Atem, um sich dann mit einem krampfhaften Zittern Bahn zu brechen. Ich brach in Tränen aus und flüchtete mich in Liams Arme. Auch er zitterte, und unter meiner Wange, die auf seinem von Schweiß und Blut durchtränkten Hemd lag, schlug sein Herz schnell. Er erstickte mich fast in seinen Armen und seufzte leise.

Jetzt waren rund um uns Männerstimmen zu hören, doch ich sah nur dunkle Silhouetten, die sich zwischen den Bäumen bewegten. Offensichtlich war der Kampf vorüber, und sie suchten nach den Leichen. Liams Hände tasteten mich ab.

»Geht es dir gut?«, fragte er leise.

»Ja, mir ist nichts geschehen…«

Unvermittelt hob er mich hoch, und wir drangen in den Wald ein, wo er mich in einem Farngestrüpp absetzte. Dann streckte er sich neben mir aus. Er zitterte am ganzen Leib.

»Warum bist du nicht in der Hütte geblieben? Warum musst du mir immer ungehorsam sein, Caitlin?«, stieß er heiser hervor. »Habe ich nicht genug damit zu tun, selbst am Leben zu bleiben, ohne mir ständig Gedanken darüber zu machen, in welche missliche Lage du dich wieder hineinbringst? Ich bin es gründlich leid, dir immer hinterherzulaufen…«

»Hör auf, mich anzubrüllen!«, gab ich ebenso grob zurück. »Es ging nicht anders. Catriòna… ich weiß, ich hätte es nicht tun sollen… das war dumm von mir…«

Er packte mich an den Schultern und schüttelte mich wie einen Pflaumenbaum zur Erntezeit.

»Dumm! Das Wort ist zu schwach!«, schrie er. »Das war vollständig leichtsinnig von dir. Du hättest… Du hättest… Herrgott noch mal, Caitlin!«

Er zog mich an sich und küsste mich wild. Seine Lippen schmeckten nach Blut und Salz, und sein Geruch nach Kiefern und Schweiß, der sich in den nach Pulver und Angst mischte, stieg mir zu Kopf. Mein Körper flammte auf wie eine Fackel, und ich erwiderte seinen Ansturm mit derselben Leidenschaft.

Verzweifelt umklammerten wir einander, als könne unser Leben jeden Augenblick zu Ende sein. Nichts war mehr wichtig außer dem Leben, das unter unseren Fingern pulsierte, und die Hitze unserer Körper. Wir empfanden den Drang, diesen Moment auszukosten, als könne er der letzte sein.

»Ich hatte solche Angst, dich zu verlieren…«, seufzte Liam mit gepresster Stimme.

Sein Kopf ruhte auf meinem Bauch, und seine schmutzigen Haare klebten ihm im Gesicht. Ich löste eine Strähne und streichelte seine feuchte, raue Wange.

»Ich habe auch um dich gefürchtet, *mo rùin…*«, flüsterte ich und zog ihn an mein Herz. »Mir ging es nicht anders.«

Die Männer hatten das Lager auf der Lichtung, in der Nähe der Hütte, aufgeschlagen. Die Leichen lagen, mit ihren Plaids bedeckt, am Waldsaum aufgereiht. Neun Männer waren getötet worden, darunter Charles Sorley, Dougall Cameron und Niall MacColl. Die sechs anderen gehörten zur Bande der *Faolean.* Ein Einziger war lebend gefangen worden, und zwei weitere waren entkommen. Sie mussten inzwischen weit fort sein, aber dennoch hatte man vorsichtshalber an jeder Ecke des Lagers Wachen postiert.

Liam war tief betroffen über den Tod von Niall, den er einst die Grundlagen der Kriegskunst gelehrt hatte. Nachdem Nialls Vater in Killiecrankie gefallen war, hatte Liam ihn unter seinen Schutz genommen.

Catriòna saß, niedergeschlagen und mit ausdrucksloser Miene, bei der Leiche ihres Bruders. *Was für ein Hohn,* dachte ich bei mir. Wir hatten uns ihrer bedient, um Ewen in unsere Falle zu locken; doch zur gleichen Zeit hatte sie uns benutzt, um ihre Rache zu vollenden und sich von ihrem Peiniger zu befreien. Ich hatte kurz mit Adam über sie gesprochen. Ihr Schicksal war jetzt besiegelt; sie würde mit den Männern des Cameron-Clans aufbrechen und im Herrensitz der Lochiels als Küchenmagd dienen.

Der Gefangene war ein gewisser Alexander Grant, ein gebrochener Mann. Adam und drei andere Männer hatten ihn beiseite genommen, um ihn zum Reden zu bringen. Sie würden ihm sein Leben im Austausch für die gestohlene Beute anbieten. Ich konnte mir gut vorstellen, dass sie ihn nicht lange würden bearbeiten müssen, um ihn zu überzeugen, die Information auszuspucken.

Mir klapperten die Zähne. Langsam erholte mein Körper sich von seiner Schreckensstarre und erwachte wieder zum Leben, und die Kälte drang mir bis ins Mark. Liam reichte mir die Feldflasche mit Whisky, und ich trank ein paar Schlucke, um mich ein wenig von innen aufzuwärmen. Dann legte er mir meinen Umhang über die Schultern und setzte sich neben mich.

Der Feuerschein warf unheimliche Schatten in die Runde. Die Verletzten waren versorgt, und die Pferde standen ein Stück weiter. Für den Moment konnten die Männer nichts mehr tun. Sie mussten auf den Tagesanbruch warten, um die Wälder zu »säubern«.

»Catriòna hat erzählt, dass du Campbell getötet hast«, sagte Liam und beobachtete mich von der Seite.

»Ja«, antwortete ich und wandte den Blick ab.

Er nahm meine Hand und führte sie an die Lippen. Ich erzitterte, als ich seine Wärme spürte.

»Es ist nicht leicht, das Töten zu lernen, *a ghràidh*. Doch es macht einen großen Unterschied, ob man zum Vergnügen tötet oder um zu überleben.«

Er barg meine Hand an seiner Wange und sprach weiter.

»Das ist das Gesetz der Natur; der Stärkere überlebt. *Dura lex, sed lex*, ›das Gesetz ist hart, aber es ist das Gesetz‹. Verstehst du?«

»Ich glaube schon«, stotterte ich.

»Du brauchst deswegen kein schlechtes Gewissen zu haben. Auch nicht wegen Niall. Es war nicht deine Schuld.«

»Natürlich war es meine Schuld, Liam«, rief ich aus und sah

ihn niedergeschlagen an. »Wenn ich nicht weggelaufen wäre… Wenn ich in der Hütte geblieben wäre, wie man es mir gesagt hatte, wäre Niall noch am Leben…«

Die Worte blieben mir in der Kehle stecken. Liam zog mich auf seine Knie und schlang ein Plaid um uns beide.

»Es ist nun einmal geschehen, und wir können nichts daran ändern. Gott hat es so entschieden. Wer weiß, was passiert wäre, wenn du nicht weggelaufen wärest? Ewen Campbell hätte euch vielleicht dort überrascht. Möglicherweise wären die Folgen noch tragischer gewesen.«

»Ich weiß es nicht… Ich habe Niall so gern gemocht. Und Joan… sie wird furchtbar traurig sein… Die beiden wollten heiraten. Niall wollte noch einmal nach Clunes reiten, um ihren Vater zu treffen.«

Er küsste mich auf den Hals, dort wo mein Puls pochte.

»Du bist stark, Caitlin. Das wusste ich schon seit der ersten Nacht, als wir gemeinsam geflohen sind. Ich wusste gleich, dass du zu den Frauen gehörst, die sich nicht so leicht geschlagen geben. Du bist eine Kämpferin, und ich brauchte jemanden wie dich, um wieder ich selbst zu werden. Ich kann nicht mehr ohne dich leben, *a ghràidh*, du musst stark bleiben, um unser beider willen…«

Und für unser Kind…, dachte ich und legte die Hände auf meinen Leib. Der Schmerz hatte nachgelassen, aber ich machte mir immer noch Sorgen um das Ungeborene. Ewen hatte fest zugetreten.

Liam nahm mein Kinn in die Hand und drehte mein Gesicht zu sich. Eine lange Schnittwunde zog sich über seine rechte Wange, die mit getrocknetem Blut befleckt war. Abgesehen von einem flachen Schnitt an einem Schenkel war er unverletzt, und dafür dankte ich Gott. Sein Blick drang bis in meine Seele vor.

»Wenn du noch einmal töten musst, um zu überleben, dann tu es ohne Zögern…«

»Liam… Campbell… hat behauptet, Meghan nicht getötet zu haben.«

Er sagte nichts darauf, sondern wandte den Blick ab und sah zu den Männern, die ruhig auf ihren Sieg tranken.

»Schon möglich«, meinte er dann. »Wir werden es wahrscheinlich nie erfahren. Aber für die Männer ist er schuldig. Sie haben ihn nach ihrem Gesetz verurteilt und gerichtet. Ob er es war oder ein anderer der Wölfe, er ist eben der Sündenbock gewesen.«

»Er hat auch etwas von einem gewissen Barber gesagt.«

Liam zuckte zusammen. Er rückte ein Stück von mir ab und musterte mich aus feucht schimmernden Augen.

»Robert… Barber…?«

»Er hat mir gesagt, du wüsstest, worum es geht.«

»Das ist der Mann, der meinen Vater umgebracht hat.«

»Liam, dieser Mann versucht, dich zu töten. Er weiß von der Übergabe in Lang Craig. Wir haben einen Verräter unter uns…«

»Mein Gott…«, flüsterte er.

Er umfasste mich von hinten, und wir schmiegten uns aneinander. Sein Schenkel presste sich an die meinen, und seine Arme hielten mich fest umschlossen. Ich legte seine Hand auf mein Herz und schloss die Augen. *Auch ich könnte nicht mehr ohne dich leben,* mo rùin.

Die Eule rief, und dann war nichts mehr zu hören außer dem lauten Schnarchen der Männer, die um uns herum lagen, und dem Knistern des Feuers. Nur die Toten blieben still.

20

Die Nachfahren des Iain Og nan Fraoch

Der Morgen zog düster und dunstig herauf. Auf dem Strohdach der Hütte krächzte ein großer Rabe wie die Fee Morrigane*, die über den Schlachtfeldern triumphiert. Ich warf dem Aasfresser einen trotzigen Blick zu.

»Heute wirst du nicht auf Cuchulains** Schulter sitzen«, stieß ich leise zwischen den Zähnen hervor.

Der Vogel beobachtete mich aus seinen glänzenden Äuglein, dann breitete er die langen schwarzen Schwingen und flog davon. Ich drehte mich um. Drei Männer starrten mich an, als wäre ihnen eine Vision erschienen. Peinlich berührt lächelte ich ihnen schüchtern zu. Sie verneigten sich respektvoll, bevor sie sich wieder ihren Pflichten widmeten.

Die Männer hatten im Wald ein siebtes Mitglied der *Faolean* entdeckt. Er war verblutet, als er zu fliehen versuchte. Ein Schwerthieb hatte ihm die Schlagader am Schenkel durchtrennt. Die Leichen wurden in ihre Plaids gewickelt und über die Sättel geworfen, ein makaberes Schauspiel. Hass, Neid, Rache, alles verging beim Übertritt in die nächste Welt. Diese Seelen hatten ihren Frieden gefunden.

Für die Lebenden traf das Gegenteil zu. Sie steckten die Waffen der Toten in die Halfter an ihren Sätteln und steckten die Wertgegenstände der Besiegten in ihre *Sporrans*. So ging nach dem Ende des Krieges das Leben weiter. Ich dachte an einen der Gründe, aus denen diese Männer tot waren, und biss mir auf die Lippen. Rache, Blut für Blut, eine verdammte Seele für zehn un-

* Keltische Kriegsgöttin.
** Keltischer Kriegsheld.

schuldige. Vielleicht glaubten sie jetzt, Glencoe gerächt zu haben, vielleicht stellten sie sich vor, Meghans Mörder seiner gerechten Strafe zugeführt zu haben. Doch ich wusste im Grunde meines Herzens, dass sie deswegen noch lange keine Ruhe finden würden. Die Jagd war vorüber, aber es würde andere geben. Dieses Land würde immer nach Blut dürsten.

Der Trauerzug teilte sich auf. Männer aus Keppoch wandten sich mit den Leichen der *Faolean* gen Süden, um sie nach Glenlyon zu bringen. Wir schlugen mit unseren eigenen Toten die Straße nach Westen ein. In der Nähe von Torlundy trennten wir uns von dem Konvoi der Lochiels und bogen nach Süden ab, nach Carnoch.

Ich war matt und erschöpft. In der Nacht hatte ich nur wenig geschlafen, und mein Schlummer war immer wieder von blutigen Albträumen gestört worden, aus denen ich nassgeschwitzt und mit wild pochendem Herzen erwacht war. Liams Züge wirkten ebenso abgespannt wie meine. Die letzten beiden schlaflosen Nächte und die Anspannung und Angst der letzten Stunden standen ihm ins Gesicht geschrieben.

Ich hatte heute Morgen geblutet; sehr wenig, aber genug, um mir ernstliche Sorgen um mein Kind zu machen. Ich legte eine Hand auf meinen Leib und schloss die Augen.

»Halt dich nur gut fest in mir, *a mhic mo ghaoil*, mein geliebter Sohn«, flüsterte ich ganz leise.

Ich fing Liams Blick auf, der auf mir ruhte. Mir stieg das Blut in die Wangen. Er schaute merkwürdig drein.

»Geht es dir nicht gut?«

»Doch, alles in Ordnung«, antwortete ich und lächelte verlegen.

Es war eine traurige Heimkehr nach Carnoch. Wir brachten Nialls sterbliche Hülle zu seiner Mutter. Das Dorf würde ihn drei Tage lang beweinen und dann auf der *Eilean Munde* neben seinem Vater beisetzen.

Während unserer zehntägigen Abwesenheit war viel geschehen. Wir hatten einen neuen Mitbewohner bekommen: Der kleine Robin hatte Seamrag gebracht. Das winzige schwarze Fellbündel war zu einem niedlichen jungen Hund herangewachsen, der eifrig mit dem Schwanz wedelte und ständig um unsere Beine herum rannte und hüpfte. Patrick hatte wenig Lust, mit den Hühnern zusammenzuleben, und hatte daher hinter dem Haus einen Hühnerstall gebaut. Seamrag liebte es, hinter ihnen herzulaufen, und jagte sie zum Nachbarn, der sich weigerte, sie wieder herauszugeben. Aber vor allem hatte die Beziehung zwischen meinem Bruder und Sàra eine ziemlich unerwartete Wendung genommen... für Liam jedenfalls.

Wir waren von der *Eilean Munde* zurückgekehrt. Liam brachte die Pferde in den Stall zurück, als er an einer leeren Box vorüberging und die Überraschung seines Lebens erlebte. Sàra richtete soeben mit roten Wangen und angeschwollenen Lippen ihr Mieder, während Patrick sich ungeschickt die Strohhalme aus den Haaren zupfte.

Angesichts dieses Bildes – das ich im Übrigen ziemlich komisch fand – erstarrte Liam, und dann spiegelte sich eine Abfolge verschiedener Empfindungen auf seinem Gesicht, die über Verblüffung und Ungläubigkeit schließlich in Zorn einmündeten.

»Was...? Sofort hinaus hier, Sàra!«, brüllte er und wies seiner Schwester den Ausgang.

»Liam, das ist nicht so, wie du glaubst!«, stammelte sie verwirrt und wich vor dem wütenden Blick ihres Bruders einen Schritt zurück.

»Ich sagte, dass du sofort hinausgehen sollst«, wiederholte er barsch.

Sie warf Patrick, der ihr bedeutete, ihrem Bruder zu gehorchen, einen ängstlichen Blick zu und drehte sich dann wieder zu Liam um.

»Du hast kein Recht, mir vorzuschreiben, wie ich mich verhalten soll, Liam Macdonald!«, brach es plötzlich aus ihr heraus. »Ich bin es wirklich mehr als leid! Herrgott, du behandelst mich, als wäre ich noch ein kleines Mädchen! Zuerst hast du mich daran gehindert, Tom Stewart zu sehen, und jetzt...«

»Tom Stewart ist ein Schürzenjäger, und du weißt das. Das war zu deinem Besten«, brüllte Liam.

»Schön, einverstanden«, gab Sàra lebhaft zurück. »Was ihn anging, hattest du Recht. Und was hast du jetzt gegen Patrick einzuwenden?«

Liam war bleich vor Wut. Er packte seine Schwester am Arm und stieß sie aus der Box. Sàra versetzte ihm einen Tritt gegen das Schienbein und beschimpfte ihn laut, dann raffte sie ihre Röcke und rannte an mir vorbei nach draußen.

»Du auch, Caitlin«, wies er mich kühl an, ohne Patrick aus den Augen zu lassen.

Meine Sorge wuchs. Mein Bruder allerdings zuckte angesichts Liams drohender Miene nicht mit der Wimper.

»Was hast du vor?«

»Ich habe etwas mit deinem Bruder zu besprechen, unter vier Augen. Wenn es dir also nicht allzu viel ausmacht, hätte ich gern, dass du ebenfalls gehst.«

Er trommelte nervös mit den Fingern auf seinem Schenkel, und sein Kiefer mahlte. Ich schluckte und warf Patrick einen letzten, ohnmächtigen Blick zu. Mein Bruder allerdings schien das unvermeidliche Los, von dem er ahnte, dass es ihm bestimmt war, unbewegt zu erwarten.

Ich ging hinaus und wollte schon umdrehen, um Liam zu bitten, er möge einen kühlen Kopf bewahren, als ich das dumpfe Geräusch vernahm, mit dem eine Faust auf eine harte Oberfläche prallte. Ein unterdrückter Fluch folgte. Liam trat aus der Box, rieb sich die schmerzenden Fingerknöchel und verließ den Stall, ohne Notiz von meiner verblüfften Miene zu nehmen. Ich rannte hin und fand meinen Bruder in einer Ecke liegend. Er rieb sich den Unterkiefer, an dem ein Blutfaden hinunterlief.

»Oh, Patrick!«, rief ich aus und beugte mich über ihn.

»Es geht schon, Kitty«, murmelte er und spuckte Blut. »Herrgott! Ich glaube, dein nichtsnutziger Gatte hat mir einen Zahn ausgeschlagen. Er hat aber auch eine verdammt harte Rechte.«

»Dieser Grobian«, schimpfte ich und ballte die Fäuste. »Mit dem werde ich ein Wörtchen reden …«

»Misch dich da nicht ein, Kitty. Das ist eine Sache zwischen ihm und mir, verstanden?«

Er schenkte mir einen harten Blick.

»Prügel sind doch keine Argumente, Patrick! Er hatte kein Recht, dich zu schlagen.«

»Er hatte jedes Recht dazu, sie ist schließlich seine Schwester. Wenn ich dich in einer solchen Lage erwischt hätte, bevor du verheiratet warst, hätte ich genauso gehandelt wie er.«

Ich errötete heftig und dachte zurück an jenen wunderbaren Nachmittag in der kleinen verlassenen Hütte…

»Es ist nichts gebrochen, Kitty. Ich versichere dir, dass es mir gut geht. Lass mich jetzt allein, ich muss nachdenken…«

Ich richtete mich auf und sah ihn verblüfft an.

»Worüber? Du denkst doch nicht daran, nach Edinburgh zurückzukehren?«

»Ich weiß es nicht mehr… Ich liebe Sàra, ich will sie mehr als alles andere, aber ich bin mir nicht sicher…«

»Weil du nicht aus den Highlands stammst? Das tue ich auch nicht, und ich sehe nicht, was daran so schwierig ist…«

»So einfach ist das nicht, Kitty. Sie ist sehr mit diesem Tal verbunden, und meine Geschäfte halten mich in Edinburgh. Außerdem ist das nicht dasselbe. Du hast einen Mann aus dem Clan geheiratet, aber ich bin für sie ein *Sassanach*. Ich trage kein Plaid, und ich lebe nicht wie sie.«

»Ich dachte, dass du dich hier wohl fühlst.«

»Ja, doch, ich mag das Tal gern, aber ich kann mir nur schwer vorstellen, mein ganzes Leben hier zu verbringen.«

»Hast du schon einmal mit Sàra darüber gesprochen? Sie hat gewiss etwas dazu zu sagen. Für gewöhnlich lässt sie es nicht zu, dass andere für sie entscheiden.«

Er grinste schief und sah amüsiert zu mir auf.

»Wem sagst du das? Wenn sie will, kann sie eine richtige Furie sein, aber ich bete sie an. Merkwürdig, sie erinnert mich an jemanden…«

Grummelnd trat ich ihm mit der Fußspitze gegen den Schenkel und brach dann in Gelächter aus.

»Gut, ich sage ja schon nichts mehr… Ich glaube nur, du tätest besser daran, mit Sàra zu sprechen, bevor du eine Entscheidung triffst, Pat.«

Ich traf meinen Gatten, den Barbaren, tropfend vor unserem Haus an. Er hatte im Fluss gebadet.

»So, hast du dir den Kopf abgekühlt?«, sprach ich ihn sarkastisch an. »Regelst du neuerdings deine Meinungsverschiedenheiten mit den Fäusten?«

»Halt dich da raus!«, schimpfte er und trocknete sich die Haare mit einem Tuch ab.

»Mein Mann schlägt meinen Bruder, und ich soll mir keine Gedanken machen? Geht es dir nicht gut, du Rüpel?«

Er erstarrte und musterte mich wütend.

»Ich weise dich darauf hin, dass es meine Schwester ist, mit der dein Bruder sich im Stroh wälzt ... den Rest versuche ich mir gar nicht vorzustellen.«

»Ja und? Soweit ich weiß, sind die beiden keine Kinder mehr.«

»Ein Grund mehr!«, rief er bissig aus. »Ich finde, es ist höchste Zeit, dass dein Bruder nach Edinburgh zurückkehrt. Diese Sache ist schon zu weit gegangen.«

»Du kannst doch Patrick nicht aus dem einzigen Grund zurückschicken, weil er deine Schwester ... geküsst hat«, schrie ich rebellisch. »Das ist lächerlich!«

»Er wird ihr das Herz brechen, ich sehe doch, dass sie sich in ihn vernarrt hat. Wenn er sie noch einmal anrührt, schlage ich ihm die Zähne ein.«

»Erzähl doch keinen Unsinn. Patrick ist in Sàra verliebt, er würde ihr niemals ein Leid antun. Ach, Liam, denk doch daran, dass wir beide viel mehr getan haben, als uns zu küssen, bevor wir geheiratet haben! Wenn Patrick das gewusst hätte, dann hätte er vielleicht nicht gezögert, dich totzuschlagen ...«

Liam erbleichte.

»Das war etwas ganz anderes«, murmelte er. »Ich hatte schon um deine Hand angehalten.«

»Ja, nachdem die Sache schon geschehen war, falls ich dich daran erinnern darf.«

Er wandte mir den Rücken zu und nickte.

»Du schuldest ihm eine Abbitte, Liam. Meinetwegen.«

Stoisch drehte er sich wieder um, trat ohne ein Wort ins Haus und kam kurz darauf mit einer mit Whisky gut gefüllten Flasche unter dem Arm wieder heraus.

»Ich gehe die Pferde absatteln«, brummte er im Vorbeigehen. »Vielleicht komme ich ein wenig später zum Abendessen.«

»Mmh…«, gab ich zurück und betrachtete die volle Flasche.

Ich konnte mir gut vorstellen, in welchem Zustand er zurückkehren würde.

Ich war gerade eben zu Bett gegangen. Liam zog seine Schuhe aus und ließ sich auf die Matratze fallen, die unter seinem Gewicht laut ächzte.

»Und? Hast du dich entschuldigt?«

»Nein, ich brauchte mich nicht für das zu entschuldigen, was ich getan hatte«, knurrte er. »Ich habe ihn vor die Wahl gestellt: Entweder heiratet er meine Schwester, oder er kehrt in spätestens zwei Tagen nach Edinburgh zurück.«

Der Alkoholdunst, der von ihm ausging, verpestete das ganze Zimmer. Ich hatte das Gefühl, schon vom Einatmen betrunken zu werden. Im Licht der Kerze betrachtete ich sein Profil. Auf seinen schönen, vollen Lippen stand ein spöttisches Lächeln.

»Und?«, fragte ich ungeduldig und beugte mich über ihn.

»Er hat mir noch keine Antwort gegeben. Aber er hat noch die ganze Nacht, um nachzudenken.«

Ich verzog angeekelt das Gesicht, als ich seinen Atem roch.

»Falls er dazu im Stande ist, woran ich zweifle. Puh! Du riechst wie ein altes Fass! Ich könnte schwören, dass mein Bruder sturzbetrunken ist.«

Liam griff nach mir und zog mich an sich, um mich zu küssen, doch ich stieß ihn heftig zurück. Heute hatte ich wieder geblutet, da war es wahrscheinlich klüger, einige Tage enthaltsam zu bleiben. Doch Liam war anderer Meinung. Er schob mein Hemd hoch und versuchte, meine Schenkel zu öffnen. Erneut schob ich ihn weg und wand mich energisch aus seiner Umarmung. Verblüfft richtete er sich auf.

»Was hast du denn, *a ghràidh?* Seit drei Tagen verweigerst du dich mir schon.«

»Ich blute ein wenig, und…«

»Ach so! Das hättest du mir doch vorher sagen können«, murrte er.

Ich wandte den Blick ab, beobachtete ihn jedoch aus dem Augenwinkel. Er wirkte besorgt.

»Haben wir noch eine Kleinigkeit zu essen? Ich bin ein wenig hungrig«, fragte er, ohne meine Antwort abzuwarten.

Er erhob sich und verließ das Zimmer. Ich lehnte mich zurück und wischte eine dicke Träne weg, die mir über die Wange rollte. Jetzt konnte ich meinen Zustand nicht länger verbergen, vor allem, falls ich das Kind verlor… Er würde schrecklich böse werden, weil ich ihm nichts gesagt hatte.

Kurz darauf kehrte er mit einem Rest kalten Fleisches und einem Stück Brot zurück, setzte sich auf den Stuhl und legte die Füße auf den Bettrand. Er aß schweigend und musterte mich dabei mit undeutbarer Miene. Nachdem er den letzten Bissen verzehrt hatte, streckte er sich und verschränkte die Hände im Nacken.

»Wir waren uns doch einig, einander nicht zu belügen und uns nichts zu verschweigen, Caitlin. Weißt du noch? Ich bin dein sicherer Hafen, dein Rettungsanker, deine starke Schulter. Vielleicht erinnert dich das ja an etwas? Du wolltest es so haben.«

Ich riss die Augen auf, und mein Pulsschlag beschleunigte sich jäh.

»Ja, sicherlich«, stammelte ich.

»Schön. Wenn du also einen Kummer hättest, dann würdest du es mir auf jeden Fall sagen, richtig?«

»Ja…«

»Einverstanden. Dann erwarte ich jetzt, dass du mir verrätst, was zwischen uns nicht stimmt. Seit unserer Rückkehr verhältst du dich merkwürdig. Liegt das an mir? Bist du mir böse, weil ich dich neulich nachts so brutal genommen habe? Zugegeben, ich war ein wenig heftig, aber ich hatte nicht den Eindruck, als wolltest du dich beklagen… Eher im Gegenteil…«

»Es liegt nicht an dir«, unterbrach ich ihn.

»Was ist es dann? Du bist verschlossen, du lässt nicht zu, dass ich dich berühre, *a ghràidh.* Ich habe den Eindruck, dass du mir grollst, und das zerreißt mir das Herz.«

»Du hast gar nichts getan«, fiel ich ein und schlug die Augen nieder. »Es ist… das Kind…«

Ich fühlte mich, als wäre eine schwere Last von mir genommen. Einen Moment lang blieb Liams Miene ausdruckslos, als seien die Worte noch dabei, sich einen Weg in seinen von Alkohol umnebelten Geist zu bahnen, und dann nahm sein Gesicht einen bestürzten Ausdruck an.

»Das Kind?«, wiederholte er heiser. »Du meinst… du bekommst ein Kind?«

»Ja… Ich habe Angst, es zu verlieren, Liam. Campbell hat mich in den Leib geschlagen, und seitdem blute ich…«

Ich brach in Schluchzen aus. Liam stand der Mund offen, und er brachte kein Wort heraus. Doch er kam zu mir und schloss mich sanft in die Arme.

»Warum hast du mir denn nichts gesagt?«, fragte er, nachdem ich mich beruhigt hatte.

»Ich hatte Angst, du könntest mich daran hindern, mit dir zu kommen…«

»Und damit hätte ich ganz Recht gehabt. *A ghràidh mo chridhe,* das hättest du mir auf keinen Fall verschweigen dürfen!«

»Ich weiß«, schluchzte ich.

Er nahm mich auf die Knie, und ich schmiegte mich an seine Schulter.

»Du warst gerade erst aus Frankreich zurückgekommen und wolltest schon wieder fort. Ich konnte nicht anders. Außerdem hatte ich zu viel Angst, allein hier zu bleiben.«

Er küsste zärtlich meine Stirn und legte die Hand auf meinen Bauch.

»Ein Kind… unser…«

Der Rest des Satzes blieb in der Luft hängen, und das Schweigen, das folgte, war bedeutungsschwer.

»Wie lange bist du schon schwanger?«, fragte er in einem kühleren Tonfall.

»Ungefähr zwei Monate…«

»Zwei Monate«, murmelte er nachdenklich. »Wenn ich richtig rechne, warst du vor zwei Monaten auf Dunning Manor, Caitlin. Ist das richtig?«

Als mir klar wurde, worauf er anspielte, erstarrte ich ebenfalls.

»Du willst doch nicht andeuten, dass du nicht der Vater bist, oder, Liam Macdonald?«, gab ich tief gekränkt zurück.

»Findest du nicht, dass ich mir erlauben darf, gewisse Zweifel zu hegen?«

Er atmete schwer. Ich wusste, dass er angespannt war. Das musste ich klarstellen, obwohl ich keinen Wert darauf legte, schmerzliche Erinnerungen aufleben zu lassen.

»Auf Dunning Manor hat Winston mich nicht angerührt, Liam. Außerdem war ich bereits schwanger. Ich hätte dort bluten müssen, aber damals habe ich vermutet, dass die Anspannung und die Erschöpfung schuld daran waren, dass es nicht passierte, und nachher habe ich nicht mehr daran gedacht. Du warst im Tolbooth gefangen, und das war das Einzige, was mich beschäftigt hat.«

Liam entspannte sich ein wenig, dann vergrub er sein Gesicht in meinem Haar und stöhnte.

»Es tut mir leid, *a ghràidh*. Einen winzigen Augenblick lang dachte ich… Ich hatte Angst. Ach, Caitlin… ich liebe dich so sehr…«

Er streichelte meinen noch flachen Bauch, schloss die Augen und seufzte. Eine Träne stand in seinem Augenwinkel.

»Freust du dich wenigstens?«

»Ja«, flüsterte er. »Nach Colls Tod hatte ich den Gedanken aufgegeben, jemals wieder andere Kinder zu haben.«

»Ich weiß, dass dieses hier niemals seinen Platz einnehmen kann…«

Mir schnürte sich die Kehle zu, und ich verstummte. Er hatte noch nie über seinen Sohn gesprochen, und ich hatte nie gewagt, ihn danach zu fragen. Ich kannte den Schmerz, den der Verlust eines Elternteils bedeutet, obwohl das zum Lauf der Welt gehört, aber ein Kind zu verlieren… Fleisch vom eigenen Fleisch, Blut vom eigenen Blut… Ich wusste, wie vernichtend dieser Schmerz war. Wenngleich ich wusste, dass Stephen lebte, musste ich in Zukunft an ihn denken, als wäre er nicht mehr.

Liam hatte den Kopf auf meine Brust gelegt und war in seinen Erinnerungen verloren.

»Ich möchte, dass er dir ähnlich sieht«, sagte er leise.

»Er wird uns beiden ähneln, Liam.«

»Coll war mir wie aus dem Gesicht geschnitten, aber er hatte das Haar seiner Mutter. Er war wissbegierig, immer zu Streichen aufgelegt und strahlte nur so vor Lebensfreude. Am allerliebsten begleitete er mich auf die Jagd. Ich hatte ihm einen kleinen Bogen in seiner Größe angefertigt. Er war erst vier und zeigte bereits Talent zum Bogenschützen. In seinem Herzen war er ein Krieger. Die alten Legenden über unser Tal faszinierten ihn. Ich konnte ihm dieselbe Geschichte Dutzende von Malen erzählen; er wurde ihrer nie überdrüssig. Manchmal hätte ich nicht übel Lust gehabt, ihm zur Abwechslung welche zu erfinden. Seine liebste Geschichte war die über MacCumhail, den Fiann-Krieger. Du weißt schon, der die Straße der Riesen erbaut hat.«

»Hmmm... Und was erzählt diese Legende?«

Lächelnd sah er mich aus dem Augenwinkel an.

»Du möchtest sie hören?«

»Ja, du musst doch wieder in Übung kommen. Du hast mir nie verraten, dass du die Talente eines *schialachdan*, eines Geschichtenerzählers, besitzt, *mo rùin*!«

»Gut«, begann er. »Das ist jetzt wohl fünftausend Jahre her. Fionn MacCumhail, den man auch Fingal nennt, hatte die Aufgabe, den großen König von Irland, Cormac MacAirt, zu beschützen. Sein Vater Cumal, der ehemalige Chief der Fiannas, war von einem seiner eigenen Krieger getötet worden, und Fingal wurde in aller Heimlichkeit im Schutz eines entlegenen irischen Tals großgezogen. Eines Tages fing der Druide Finegas, einer seiner Lehrer, der am Ufer des Boyne-Flusses lebte, den Lachs der Erkenntnis und befahl dem jungen Fingal, ihn zu kochen. Dieser verbrannte sich daran, und als er an seiner Brandwunde saugte, wurde ihm Weisheit verliehen. Er wurde ein so außerordentlicher Krieger, dass man ihn zum Oberhaupt der Fiannas bestimmte. So trat er in die Fußstapfen seines berühmten Vaters. Eines Tages beschloss Fingal, der auch ein großartiger Jäger war, ein wunderschönes Reh zu verschonen, das ihm über den Weg gelaufen war. Das Reh folgte ihm bis nach Hause, und in derselben Nacht erwachte Fingal und fand die schönste Frau, die er je gesehen hatte, neben seinem Bett stehen. Das war Sadb. Ein Zauberer hatte sie mit einem Fluch bewegt, und sie war dazu verurteilt, in der Gestalt des Rehs zu leben. Aber wenn Fingal sie wirklich liebte, würde sie wieder zu einer Menschenfrau werden.«

Er legte eine Pause ein, um mir übers Haar zu streichen und mich auf die Stirn zu küssen.

»So liebten sie sich und waren einige Monate lang glücklich. Dann, eines Tages, mussten die Fiannas wieder zu den Waffen greifen und gegen die Wikiniger kämpfen. Als sie zurückkehrten, war Sadb verschwunden, entführt von dem Zauberer, der Fingals Gestalt angenommen hatte, um sie zu täuschen. Er sollte sie nie wiedersehen. Doch bei einer Jagdpartie stießen die Männer auf einen Jüngling, den Fingals zwei besten Hunde gegen den Rest der Meute verteidigten. Der Junge erklärte, er kenne seinen Vater nicht, aber seine Mutter sei ein sanfts Reh, das in diesem Tal lebe. Fingal erkannte, dass er der Sohn war, den Sadb ihm geschenkt hatte, und gab ihm den Namen Ossian. Man lehrte ihn die Waffenkunst, und er wurde ein ebenso großer Krieger wie sein Vater. Und da Ossian die Redegabe seiner Mutter geerbt hatte, wurde er auch ein hervorragender Dichter. Später lebten Fingal und Ossian mit den Fiann-Kriegern in unserem Tal. Sie führten Krieg bis zu den Hebriden und kehrten sogar häufig nach Irland zurück. Am Nordhang des Aonach Dugh liegt eine Höhle, die Ossians Namen trägt. Es heißt, dort habe er sich mehrere Jahre lang versteckt, um seine Gedichte zu verfassen. In diesem Tal auch schlugen die Fiannas mehrmals die Angriffe der Wikinger zurück, aber die größte Schlacht war die gegen Earragan. Dieser Wikinger tauchte mit zwanzig Schiffen im Loch Leven auf und landete in Laroch, knapp eine Meile westlich der Mündung des Coe. Fingals Männer hoben in den Hügeln unterhalb des Pap von Glencoe Gräben aus – die übrigens noch heute zu sehen sind –, versteckten sich darin und warteten auf die Wikinger. Die Kämpfe dauerten länger als eine Woche. Es heißt, das Wasser des Loch habe sich rot gefärbt. Earragan war gefallen, und von den Feinden hatten so wenige überlebt, dass sie nur zwei der vierzig Schiffe besetzen konnten. Die Leichen der Krieger, die in dieser erbarmungslosen Schlacht getötet wurden, sind unter den Wiesen von Laroch begraben, und die Offiziere in Cairns*.«

»Sind das die Cairns, die man in der Nähe von Ballachulish immer noch sehen kann?«

»Ja.«

»Was ist danach aus den Fiann-Kriegern geworden?«

»Der Legende zufolge schlafen sie in unseren Bergen. Der Wind ist ihr Atem, und eines Tages werden sie erwachen, wenn das Horn ihres Chiefs sie ruft.«

»Sind sie eure Vorfahren?«

Lächelnd schüttelte Liam den Kopf und warf mir einen belustigten Blick zu.

»Coll hat mich dasselbe gefragt. Nein, die Geschichte unserer Vorfahren ist weniger romantisch. Dieses Tal gehörte einst den Macdougalls von Lorn, die verloren es, nachdem sie sich, als Robert Bruce der Erste nach der schottischen Krone strebte, der falschen Seite angeschlossen hatten, an Angus Og von Islay, einen der Kriegsführer der Macdonalds. Dieser hatte sich mit dem neuen König verbündet und 1314 in Bannockburn an seiner Seite gekämpft. Der Sohn des Angus Og, Iain Og nan Fraoch – also ›John von der Heide‹ – erhielt das Tal als Erbe. Aus seinem Namen leitet sich der Titel unseres Chiefs ab, MacIain, was ›Sohn des Iain‹ bedeutet, und das Heidekraut ist unser Wappen. Die Macdonalds sind die Söhne des großen Herrn der Inseln, Sommerled des Norwegers, und John ist der dreizehnte Chief des Clans der Macdonalds von Glencoe.«

Ich legte die Hand auf die Liams, die meinen Leib streichelte.

»Das sollst du ihm alles an den langen Winterabenden erzählen. Er muss wissen, woher er stammt und wer er ist, auf dass er es seinerseits seinen Kindern erzählen kann. Er wird ein Sohn der Macdonals sein.«

»Und wenn es ein Mädchen wird?«, fragte Liam und kniff mich lachend in einen gewissen Körperteil.

»Nun, dann wird sie die Tochter ihres Vaters sein und ganz gewiss nie einen Mann in ihre Nähe lassen.«

* Hügelgräber

»Und sie wird eine Kriegerin sein wie ihre Mutter.«

»Ich, eine Kriegerin?«, fragte ich erstaunt und zog eine Augenbraue hoch.

»Das sagen die Männer über dich, seit du Campbell getötet hast. Sie haben dir den Beinamen *Badh Dubh* verliehen.«

»*Badh*? In Irland ist das eine keltische Kriegsgöttin, so wie Morrigaine, Nemain und Macha. Bei der Schlacht von Clontarf im Jahr 1014, in welcher der große König Brian gegen die Wikinger obsiegte, ist sie in der Gestalt einer Krähe über den Köpfen der Krieger erschienen. Es heißt, diese Göttinnen wohnten in den Raben, die über den Schlachtfeldern kreisen und sich von den Besiegten nähren.«

Nachdenklich erinnerte ich mich an jenen Morgen vor einigen Tagen, als ich den großen schwarzen Vogel angesprochen und dann die Männer überrascht hatte, die mich beobachteten.

»Sie halten mich für eine dieser Kriegsgöttinnen!«, stieß ich hervor und prustete vor Lachen. »Das ist wirklich lächerlich! Ich habe mich in meinem Leben noch nie so gefürchtet wie in jener Nacht! Außerdem sind für mich Raben nichts als Unglücksboten.«

»Manche der Krieger hängen noch dem alten Aberglauben an, *a ghràidh*, und es ist eine Ehre für dich, dass sie dich so sehen. Und manche Menschen betrachten diese Vögel auch als Glücksbringer.«

Er nahm eine meiner Haarsträhnen und ließ das seidige Bündel durch seine Finger gleiten.

»Für sie kann eine Irin mit rabenschwarzem Haar, die einen ihrer schlimmsten Feinde tötet, nur eine Göttin sein. *Badh Dubh* eben.«

Ich hatte eine Verabredung mit Shakespeare. Endlich! Erschöpft setzte ich mich, das Buch unter den Arm geklemmt, gemütlich ins Gras. Den Vormittag über hatte ich im Küchengarten gearbeitet. Jetzt beschloss ich, das prächtige Wetter, das seit dem frühen Morgen herrschte, ein wenig auszunutzen, denn ich wusste genau, dass von einem Moment zum anderen neue Wolken aufziehen konnten. So war eben das Wetter hier.

Ich hatte das angenehme Gefühl, auf einer flauschigen Wolke zu schweben. Abgesehen von meiner Müdigkeit fühlte ich mich so glücklich wie noch nie zuvor. Die Blutungen hatten aufgehört; das Kind klammerte sich an mich und an das Leben. Liam hatte angemerkt, dass es gewiss ebenso starrköpfig werden würde wie ich. Mein Appetit kehrte langsam zurück, und ich hatte Gewicht zugelegt. Nur von eingelegten Heringen wurde mir immer noch übel.

Patrick und Sàra waren inzwischen durch *Handfast* verbunden. Dabei handelte es sich nicht um eine kirchliche Trauung, sondern eher um eine Art Abkommen zwischen zwei Liebenden, die sich verpflichteten, ein Jahr und einen Tag als Mann und Frau zu leben. Danach stand es den beiden frei, sich entweder zu trennen oder vor einem Priester zu heiraten. Ging aus dieser Verbindung ein Kind hervor, dann wurde es nicht als illegitim betrachtet, und der Vater war verpflichtet, für seinen Unterhalt zu sorgen. Diese Art der Verbindung, die bis in die Zeit der römischen Besatzung Britanniens zurückreichte, war in den Highlands, wie ich von Liam schon erfahren hatte, sehr verbreitet.

Wir befanden uns mitten in der Zeit der Ernte, die gut vorankam. Die Dächer aus Heidestroh waren geflickt; nun brauchten nur noch die Spalten zwischen den Steinen der Wände mit Werg gestopft zu werden, dann waren die Häuser winterfest. Da Liam als MacIains erster Stellvertreter den Rang eines Edelmanns innehatte, durften wir das ehemalige Haus des Laird beziehen. Angesichts des Kinds, das sich ankündigte, war ein wenig mehr Platz nicht zu verachten, und außerdem war ich überglücklich über die Aussicht, eine richtige Küche zu bekommen, mit einem Ofen, in dem ich innerhalb des Hauses Brot backen konnte.

Ich schlug das Buch mit dem vom Alter harten Einband beim zweiten Akt auf. Liam hatte das Werk bei einem alten Buchhändler in Calais aufgetrieben. Leider fehlten im ersten Akt zwei Seiten, doch abgesehen davon war es vollständig. Den *Macbeth* kannte ich in- und auswendig, und nun vertiefte ich mich genüsslich in *Romeo und Julia*. Ich sah über den Garten der Capulets hinaus und entdeckte im Dunkel der Nacht Romeo, der sich heimlich unter mein Fenster gestohlen hatte und zu mir hinaufschaute.

Nachdem ich ein Weilchen gelesen hatte, hatte ich das Gefühl, dass mich da noch jemand beobachtete. Ohne den Kopf zu heben, sah ich argwöhnisch auf und ließ den Blick über den Wald schweifen.

»Seamrag?«

Der kleine Hund, der in meiner Nähe fröhlich Grillen gejagt hatte, saß reglos da, nur sein Schwanz fuhr nervös hin und her. Er betrachtete aufmerksam eine bestimmte Stelle im Gelände, doch als ich seinem Blick folgte, entdeckte ich nichts.

»Siehst du etwas, mein Hund?«

Er bellte und rannte auf den Busch zu. Ich erhob mich und zog im gleißenden Sonnenschein die Augen zusammen. Eine Gestalt tauchte dahinter auf. Colin. Ein wenig verlegen sah er sich um und trat dann zögernd auf mich zu.

»Ich habe dich überall gesucht; du wolltest mich sehen?«

»Ich? Nein.«

Ich schaute ihn verständnislos an. Er kramte in seinem *Sporran* und zog ein völlig verknittertes Stück Papier hervor.

»Dann stammt das nicht von dir?«

Ich nahm das Papierchen und zog es mit den Fingern glatt.

»Nein, Colin«, sagte ich leise, während ich die Nachricht las.

In der Tat stand mein Name unter der Botschaft, die ihn zum Mittagessen zu mir einlud. Da Liam heute auf Patrouille geritten war, hatte ich entschieden, mich lieber hier zu entspannen, statt zu Hause zu bleiben. Colin musste sich Sorgen gemacht haben, als er mich dort nicht antraf.

»Das ist nicht meine Handschrift. Gibt es vielleicht im Clan noch eine andere Caitlin?«

Er nahm das Papier an sich und stopfte es unvermittelt wieder in seine Tasche.

»Nein. Wir haben zwei Catherines, aber keine weitere Caitlin.«

Er stand da und sah auf seine Füße hinunter. Ein verlegenes Schweigen trat ein, das er brach, indem er sich räusperte.

»Es tut mir leid. Ich dachte … Da muss ein Irrtum vorliegen …«

Er drehte sich auf dem Absatz um, tat einige Schritte auf den Busch zu, aus dem er gekommen war, aber ich rief ihn zurück.

»Wo hast du diese Nachricht gefunden?«

»Bei mir zu Hause, auf dem Tisch.«

»Colin, glaubst du, dass da jemand versucht hat, uns einen Streich zu spielen?«

Er sah mich an und zuckte die Achseln.

»Wer könnte denn auf die törichte Idee kommen, ein Rendezvous für uns zu arrangieren?«

Ich wusste keine Antwort. Das war merkwürdig. Eine Falle? Einen Moment lang ging mir die unangenehme Vorstellung durch den Kopf, dass vielleicht Liam uns beide, Colin und mich, auf die Probe stellen wollte. Doch rasch schob ich diesen albernen Gedanken beiseite. Seamrag begann von neuem zu kläffen und wandte sein Schnäuzchen in Richtung Hügel.

»Was ist denn, Seamrag?«

Der Kleine lief los. Eine Gestalt tauchte aus einer Baumgruppe auf und rannte zum Hügelkamm hinauf. Sie hatte ein Plaid um sich geschlungen, das ihr Haar und die Kleidung verbarg. Unmöglich zu erkennen, wer das war. Doch ihre Bewegungen hatten etwas vage Vertrautes, eine katzenhafte Anmut. Meine Finger krallten sich um das Buch, das mir fast aus den Händen geglitten wäre. Eine feuerrote Haarsträhne löste sich aus dem Plaid und flatterte durch die Luft.

Ich spürte, wie mir das Blut aus dem Gesicht wich und sich mir am ganzen Körper die Härchen aufstellten. Colin stand ebenfalls wie angewurzelt da. Ich raffte mein Umschlagtuch und ließ in meiner Aufregung das Buch fallen. Eilig bückte sich Colin, um es aufzuheben, und streifte dabei mit der Schulter meine Stirn. Nervös erging er sich in tausend Entschuldigungen und half mir beim Aufstehen. Mit verschränkten Händen blieben wir reglos stehen. Mein Herz klopfte zum Zerspringen. Colin war aufgewühlt, fasste sich aber langsam wieder. War es die Erscheinung am Waldrand oder die Berührung, die ihn so verunsicherte? Er streichelte eine meiner Hände, führte sie an die Lippen und küsste sie sanft. Ich schloss die Augen und biss mir auf die Lippen. Als er spürte, dass mich ein Schauer überlief, legte er langsam den Arm um meine Taille, um mich an sich zu ziehen.

»Colin, nein…«

Er erstarrte abrupt, schob mich weg und trat ein Stück von mir fort. Er war entsetzlich bleich geworden und starrte etwas an, das sich hinter mir befand.

»Geh«, flüsterte er mir zu.

Ängstlich drehte ich mich um. Einige Schritte von uns entfernt stand Liam und sah ebenso blass aus wie sein Bruder. Patrick, Simon und Isaak, die ihn begleiteten, sahen verlegen zu Boden. Über die Wiese hatte sich ein bleiernes Schweigen gesenkt, das nicht einmal die Grillen und die Vögel zu stören wagten.

Ich öffnete den Mund, klappte ihn aber sofort wieder zu, da ich wusste, dass jeder Versuch, mich zu rechtfertigen, unnütz war. Allzu viele Möglichkeiten gab es nicht, das, was die Männer gesehen hatten, zu deuten. Die unvermeidliche Konfrontation würde später stattfinden, hinter unserer verschlossenen Tür. Ich steckte mir das Buch unter den Arm, zog mein Tuch bis unters Kinn hoch, obwohl ich schweißüberströmt war, und trat im Laufschritt den Rückweg an.

Die lauten Stimmen von Maud, Margaret und Lady Glencoe rissen mich aus meinen Gedanken. Die Halle im Haus von Chief John MacIain Macdonald wurde von Kerzen und einem ordentlichen Feuer sanft erhellt. Das Essen war beendet, und nun disputierten die Männer bei einer Flasche Cognac, während ich träge dem Geplauder der Damen lauschte. Doch ich war nicht mit dem Herzen dabei.

Der Alltag war wieder eingekehrt, aber nichts konnte mich diese schreckliche Angst vergessen machen, die mich seit dem Vorfall mit Colin verfolgte. Letzterer hatte das Tal am Tag darauf verlassen. Seitdem waren drei Wochen vergangen, in denen ich ihn nicht wiedergesehen hatte. Anders als befürchtet, hatte Liam mich nicht noch einmal darauf angesprochen. Sein Verhalten hatte sich nicht im Geringsten verändert, was aber meine Befürchtungen noch verstärkte. Häufig ertappte ich ihn dabei, wie er mich schweigend und mit betrübter Miene ansah. Was Colin ihm wohl erzählt haben mochte?

Außerdem wich das unangenehme Gefühl, ständig beobachtet zu werden, nicht von mir und steigerte sich zu einem richtigen

Verfolgungswahn. War ich dabei, verrückt zu werden? Oder war es ganz einfach die Schwangerschaft, die mich so unruhig machte? Ich hatte mein Gespenst nicht wiedergesehen, doch ich spürte seine Gegenwart. Liam hatte mich erfolgreich davon überzeugt, dass die Silhouette, die ich zwischen den Bäumen erahnt hatte, wahrscheinlich nur ein junges Mädchen aus dem Clan gewesen war, das spazieren ging. Im Dorf musste es gut ein Dutzend rothaariger Frauen geben. Meine zunehmenden Wahnvorstellungen verzerrten mein gesamtes Empfinden. Es war höchste Zeit, dass das aufhörte.

Ein kleiner Junge von sechs Jahren setzte sich auf Eiblins Schoß, denn so durfte ich Lady Glencoe inzwischen nennen. Die schwarzen Locken des Kindes, das mich mit offensichtlichem Interesse ansah, umrahmten ein engelhaftes Gesichtchen. Das war Alasdair, der Sohn des Chief, dem es bestimmt war, ebenfalls eines Tages der Anführer des Clans zu werden. Er flüsterte seiner Mutter etwas ins Ohr, doch die schüttelte den Kopf und warf mir einen verstohlenen Blick zu. Enttäuscht zog das Kind einen Schmollmund, dann lief es wieder davon, um mit den zwei herrlichen schottischen Windhunden zu spielen, die Johns ganzer Stolz waren. Eiblin spürte, dass sie mir eine Erklärung schuldig war, und beugte sich zu mir herüber.

»Er wollte, dass Ihr ihm erzählt, wie Ihr Campbell getötet habt«, sagte sie ohne Umschweife.

»Aha.« Verblüfft über die Bitte des Kleinen runzelte ich die Stirn.

»Geschichten vom Kampf faszinieren ihn ungemein; aber ich glaube nicht, dass Ihr große Lust habt, diese zu erzählen, oder?«

»Nein, in der Tat nicht«, gab ich ein wenig verlegen zurück. »Der Kleine ist ganz entzückend.«

»Ja, vielleicht. Sofern man sich einen entzückenden kleinen Teufelsbraten vorstellen kann. Keinen Moment kann er still sitzen. In ihm brodelt wohl das Blut seines Großvaters MacIain. Mein Schwiegervater konnte, wenn er wollte, ein sehr charmanter Mann sein, doch er besaß einen aufbrausenden Charakter. Immer auf dem Sprung, zu den Waffen zu greifen und auf der Suche nach Beute in den Kampf zu ziehen.«

Sie strich ihren *arisaid* glatt, und ihre Miene verdüsterte sich.

»Ich wünsche nur, dass meinem kleinen Alasdair ein glücklicheres Geschick beschieden ist als seinem Großvater.«

»Liam hat mir öfter von ihm erzählt«, sagte ich und nahm den Becher mit gewürztem Wein, den sie mir reichte. »Er sagt, er sei ein sehr stolzer Mann gewesen.«

»Stolz und unbeugsam«, gab sie lächelnd zurück. »MacIain liebte seinen Clan aus tiefstem Herzen. Fast vierzig Jahre lang hat er ihn mit eiserner Hand gelenkt. Stets war er bereit, eine Armee aufzustellen, um Keppoch, den Macleans oder irgendeinem anderen Clan den Rücken zu stärken, was ihm Verbündete, aber auch zahlreiche Feinde eintrug.«

»Und da stehen die Campbells ganz oben auf der Liste.«

»Ja.«

Sie nippte an dem süßen Getränk, das so goldbraun war wie ihre Augen, die mich über den Rand ihres Bechers hinweg beobachteten.

Man hätte Lady Glencoe durchaus als hübsch bezeichnen können, obwohl sie keine wirklich schöne Frau war. Sie war mittelgroß und von zerbrechlicher Gestalt, und ihr Gesicht war von den schrecklichen Prüfungen der vergangenen Jahre gezeichnet. Aber ihre Augen funkelten lebhaft, und ihr fein gezeichneter Mund verzog sich zu einem bezaubernden Lächeln, das einem direkt ins Herz ging.

Eiblin beugte sich von neuem zu mir herüber und schob eine rotbraune Haarsträhne unter ihre Haube zurück. Als sie jetzt weitersprach, klang ihre Stimme kühler, und sie runzelte die Stirn.

»MacIain und Breadalbane haben einander zutiefst gehasst. Doch das, was sie meinem Schwiegervater angetan haben, ist unverzeihlich. Sie haben feige und verräterisch gehandelt. In seinem Bett haben sie ihn abgeschlachtet, vor den Augen seiner Frau, und ihn dann vor das Haus gezerrt, wo sie ihn mit dem Gesicht nach unten im schmutzigen Schnee liegen gelassen haben.«

Sie unterbrach sich und schüttelte langsam den Kopf. Ihre abgearbeiteten Hände kneteten den Rock.

»Dann haben sie seiner Frau Gewalt angetan und ihr fast den

Finger abgetrennt, als sie ihr den Ehering mit den Zähnen abgerissen haben. Wir haben sie halb nackt im Freien gefunden. Wenige Stunden später ist sie gestorben.«

Sie seufzte und sah in ihren Becher, den sie in den Händen drehte.

»Ich habe sie sehr geliebt, und sie war sehr gut zu mir und ihren Söhnen. Mit MacIain hatte man es nicht immer leicht. Oft verletzte er andere mit seinen unverblümten Worten, und sie träufelte dann Balsam auf die Wunden. Ich habe immer vermutet, dass MacIain keine Entscheidung traf, ohne sich hinter verschlossener Tür mit ihr zu beraten. Trotz ihrer freundlichen Art und sanften Stimme bin ich überzeugt davon, dass sie große Macht über ihren Riesen von einem Mann hatte, ohne dass jemand das gewusst hätte. Sie fehlt mir sehr, wisst Ihr… MacIain im Übrigen ebenfalls. Auch wenn er hart und arrogant war, so hat er doch seine Leute geschätzt und geliebt wie seine eigenen Kinder.«

»Schade, dass Euer Sohn seinen Großvater nicht kennen lernen wird.«

»Ja, ich weiß… Bei dem Massaker war er erst zwei Jahre alt und hat kaum noch Erinnerungen an ihn. Und auch nicht an jene schreckliche Nacht. Die Kinderfrau hatte ihn in sein Plaid gewickelt und konnte sich mit ihm in die Berge retten. Ich konnte ihnen nicht folgen, denn ich musste mich um Lady Glencoe kümmern. Erst am Abend des nächsten Tages habe ich sie in Appin wiedergefunden. Ich danke Gott jeden Tag dafür, dass er meinen Sohn verschont hat. Viele andere hatten dieses Glück nicht«, meinte sie und warf einen Blick zu Liam, der am anderen Ende des Saales mit den Männern lachte.

Margaret brach das verlegene Schweigen, das sich eingestellt hatte, räusperte sich und sprach mich an.

»Wie geht es dir jetzt, Caitlin?«

»Mir geht es viel besser«, antwortete ich und reckte die Arme, »wenngleich ich mich in der letzten Zeit ein wenig erschöpft fühle. Vor dem Herbst ist noch so viel zu tun, dass ich mir nicht sicher bin, ob ich dies rechtzeitig schaffe. Das Fleisch ist noch nicht eingesalzen, und wir haben noch nicht genug Torf eingelagert.«

»Mach dir deswegen keine Sorgen«, meinte Maud und tätschelte meinen Arm, »du hast doch noch ein paar Wochen Zeit.«

»Liam muss aber bald an die Ostküste aufbrechen, und ich begleite ihn.«

Maud und Margaret starrten mich entsetzt an.

»Das ist doch wohl nicht dein Ernst, hoffe ich?«, rief Margaret aus.

»Mein voller Ernst«, gab ich trocken zurück.

»Das wird Liam niemals zulassen!«

Was sollte ich dazu sagen? Dass ich mich vor Raben und Gespenstern fürchtete? Eines war sicher, ich wollte auf keinen Fall allein hier bleiben.

Die Männer brüllten vor Lachen. Wir gingen zu ihnen hinüber. Simon Macdonald erzählte gerade eine Anekdote, die sich bei einem Überfall in Argyle vor einigen Jahren zugetragen hatte.

»Weißt du noch, was der dicke Archibald MacPhail für ein Gesicht gezogen hat, als er merkte, dass der Mann, den er verfolgte, in Wirklichkeit eine Frau war?«

»Das kannst du laut sagen!«, rief Liam aus, »er hatte sie bis zum Loch verfolgt, und sie ist hineingesprungen. Als sie wieder an die Oberfläche kam, wollte er mit dem Schwert auf sie losgehen, aber als sie sich umgedreht hat, ist er zur Salzsäule erstarrt.«

Er lachte schallend.

»Und ich habe auch gesehen, wieso! Das Plaid des Mädchens war aufgegangen, und ich versichere euch, dass ihr Hemd und ihre Hosen so durchnässt waren, dass sie nicht allzu viel von ihrem Körper verbargen. Das war vielleicht ein Anblick! Archie riss die Augen auf, bis sie so groß wie Teller waren, und rief aus: ›Also so was, das ist das erste Mal, dass ich einen Mann mit Brüsten sehe!‹«

Liam ahmte den dicken Archie so gut nach, dass wir uns alle vor Lachen bogen.

»Er hat sein Schwert weggesteckt und sich das Mädchen über die Schulter geworfen«, erzählte Simon weiter. »Das Luder hat ihn in den Rücken gebissen, bis Blut kam, und sie brüllte Sachen, die ich noch nie aus dem Mund einer Frau gehört hatte. Ein richtiger Drachen. Wenn die Campbell-Frauen alle so sind, dann tut mir der arme Alasdair Og leid!«

»Was habt ihr mit ihr gemacht?«, warf ich ein.

»Wir haben ihr die Hände auf dem Rücken gefesselt und sie dann auf einen Misthaufen gesetzt«, antwortete Liam und hielt sich die Seiten. »Archie hat sich noch zu ihr umgedreht und gerufen: ›Wer nicht im Stehen pissen kann, der sollte auch kein Plaid tragen!‹«

»Ich frage mich nur, wo der arme Mann steckte, der sie zur Frau hatte«, schrie ein anderer. »Wahrscheinlich hatte er ein Kleid von ihr angezogen und sich unter dem Bett versteckt!«

Wir lachten noch lauter.

»Und du, Liam!«, sagte Angus mit einem schelmischen Lächeln auf den Lippen. »Erinnerst du dich an deinen ersten Überfall?«

Liam brummte ungehalten und hielt mir die Ohren zu, doch ich beeilte mich, seine Hände wegzuschieben.

»Erzählt!«, rief ich höchst interessiert aus.

»Das war bei dem großen Überfall von Atholl auf die Ländereien von Argyle«, begann John. »Vater hatte die Männer in drei Gruppen aufgeteilt, um bessere Beute zu machen. Mein Bruder Alasdair hatte mit einigen Stewart-Männern die nordwestliche Seite von Kilbride bis Arduaine übernommen; ich habe mich um Cowal gekümmert, und Vater hatte sich die Halbinsel Rosneath vorbehalten. Ich hatte Liam mitgenommen. Es muss in der Nähe von Inverchapel gewesen sein. Er trieb die Tiere vor sich her, als wie aus dem Nichts heraus ein Schaf vor seinem Pferd auftauchte. Sein Pferd scheute, und Liam flog in den Schweinepferch.«

Er verzog das Gesicht, und Angus stieß einen angewiderten Laut aus.

»Gott! Das habe ich verpasst!«, meinte er.

»Du hättest eben nicht mit Alasdair reiten sollen«, gab Liam boshaft grinsend zurück.

»Liam kam einfach nicht heraus«, fuhr John schmunzelnd fort. »Die erschrockenen Schweine quietschten zum Erbarmen, rannten um ihn herum und traten ihn in den stinkenden Schlamm. Als er sich endlich aus dem Pferch befreit hatte, war er von Kopf bis Fuß mit Schlamm beschmiert, man konnte nur noch seine leuchtenden Augen sehen!«

»Deine Mutter hat dein Plaid dreimal gewaschen, bevor sie sich schließlich entschlossen hat, es zu verbrennen!«, rief Margaret.

Liam brummte und runzelte leicht die Stirn. »Und dabei hatte ich es auf dem Rückzug schon zweimal ausgespült. Ich durfte nicht mit den anderen reiten, weil ich so stank! Ich glaube, sogar mein eigenes Pferd konnte mich nicht mehr riechen!«

»Jemand musste schließlich die Nachhut übernehmen!«, rechtfertigte sich John.

»Es hat sich nicht eine mitleidige Seele gefunden, die mich da herausgezogen hätte!«, gab Liam zurück.

»Na, der alte MacEwen hat dir doch geholfen!«

»Geholfen? Hugh MacEwen hätte mich am liebsten für sein nächstes Ragout in Stücke gehackt! Er überraschte mich von hinten und hielt mir sein Messer an die Gurgel. Ich hatte ihn nicht kommen sehen, und mein Dolch ist mir durch diesen glitschigen Schlamm aus den Fingern gerutscht.«

»Bestimmt hat er dich mit einem seiner Schweine verwechselt, Liam«, meinte Simon vor Erheiterung brüllend. »Er hat acht Kinder zu ernähren, deswegen hat er wahrscheinlich das fetteste Tier aus seinem Pferch ausgesucht.«

»Dann hat er aber auch das Schnellste erwischt, denn ich habe ihm ebenfalls ein Schlammbad verpasst.«

Liam wandte sich zu mir und enthüllte eine kleine Narbe, die mir bis jetzt entgangen war und versteckt unter seinem Haar, hinter seinem rechten Ohr saß.

»Ich hätte dabei fast ein Auge gelassen«, erklärte er. »Ich hatte seine Klinge so dicht vor dem Gesicht, dass ich noch drei Tage lang geschielt habe.«

»Das war deine Feuertaufe«, schnaubte Angus.

»Ja, damals war ich erst siebzehn. Ich kann dir versichern, *a ghràidh*, dass ich bei diesem ersten Mal so viel Erfahrung gesammelt habe, dass ich der vollkommene Viehdieb geworden bin. Man hat mich nie wieder dabei erwischt, wie ich mich mit den Schweinen im Schlamm wälze!«

»Das war wirklich ein beschwerlicher Raubzug«, meinte Angus lachend. »... Für die Campbells, das versteht sich von selbst!«

»Der größte Überfall, den wir je auf Argyle unternommen haben, und das auch noch mit dem Segen des Königs!«

»Der König hat das gebilligt?«, fragte ich verblüfft.

»Ja«, gab John zurück. »Der Marquis von Atholl, John Murray, hat uns Argyle auf einem Silbertablett serviert.«

Er schenkte eine weitere Runde Cognac ein.

»Aber warum?«

Der Kriegsführer des Clans trank einen Schluck von dem kostbaren bernsteinfarbenen Nass und sprach dann weiter.

»Der Graf von Argyle und Monmouth, der illegitime Neffe von König James II., der damals noch auf dem Thron saß, hatten eine Armee aufgestellt, um ihn zu stürzen, doch die Verschwörer scheiterten und wurden zum Tod durch Enthauptung verurteilt. Der arme Monmouth ... Sein Henker musste fünfmal zuschlagen, um seinen Kopf vollständig vom Körper zu trennen.«

»Der Henker hatte wohl zufällig vergessen, seine Axt zu schärfen!«, erläuterte Simon und grinste viel sagend. »Argyle hatte da mehr Glück, seinem Hals war der Kuss der ›schottischen Witwe‹ zugedacht. Sie küsst nur ein einziges Mal, und schon hat man den Kopf verloren.«

»Hmmm ...«, fuhr John fort. »Das war die Stunde der Vergeltung. Der Kronrat hatte eine Armee gegen sie aufgestellt. Sie bestand aus Männern der Clans, die offene Rechnungen mit den Campbells hatten, wie den Macdonalds, den Macleans, den Stewarts und den Macgregors. Nach den Hinrichtungen hatte der Marquis von Atholl uns nach Argyle geführt und uns erklärt: ›Für Eure Loyalität gegenüber König James‹. Ich kann dir versichern, dass es bei diesem Raubzug nicht die Macdonalds waren, die an den Ästen der alten Eiche auf dem Galgenhügel hingen, und die, welche das Tolbooth von Inveraray füllten, waren weder Macgregors noch Macleans. Die Krone hatte die Gefangenen übernommen, um sie auf die Plantagen in den amerikanischen Kolonien zu deportieren.«

Der lässige Ton, in dem die Männer von diesen Raubzügen und Morden sprachen, brachte mich aus der Fassung. Als ob sie einfach nur auf eine Jagdpartie ausgezogen wären! Vielleicht sahen sie es ja genauso, dachte ich desillusioniert.

Liam zog mich neben sich auf die Bank. Ich lehnte mich an seinen Oberkörper und schmiegte meinen Kopf in seine Schulterbeuge.

Plötzlich stürmte unter wildem Geschrei eine Horde Kinder herein, gefolgt von Geillis. Sie schleppte ein Tablett voller Haferscones, die mit Blaubeermarmelade und Mandelmilch-Sirup garniert waren.

Angus holte seine Geige hervor, und die Kinder begannen zu tanzen und zogen ihre Eltern mit in ihren Reigen. Morag und Eilidh, die Schwestern des kleinen Robin, forderten mich auf, ihnen zu folgen. Nur ungern verließ ich mein kuschliges Nest, doch dann ließ ich meine Röcke bis zur Erschöpfung wirbeln.

Als Maud sich erhob, um ein trauriges Lied zu singen, kehrte ich in Liams warme Arme zurück. Mit geschlossenen Augen ließ ich mich von ihrer schönen, klangvollen Stimme davontragen. Sie sang vom Schmerz einer Edelfrau, die auf die Rückkehr ihres Geliebten wartet, eines Fischers, der aufs Meer hinaus gefahren ist. Doch unterdessen zwingt der Vater der Schönen sie, sich mit einem Adligen ihres eigenen Ranges zu verheiraten. Die junge Frau geht in den Tod, denn ihr Herz ist gebrochen, weil sie den Mann, den sie sich erwählt hatte, nicht heiraten darf. Als dieser mit der Flut zurückkehrt, findet er die Dame seines Herzens weiß und kalt in einem Grab liegen, und er entleibt sich mit seinem Dolch und folgt ihr in den Tod. Eine schottische Version von Romeo und Julia.

Liams Hände glitten meine Arme entlang, und er küsste die Stelle direkt unterhalb meines Ohrs.

»Du bist müde, *a ghràidh*«, flüsterte er dann hinein. »Wir sollten uns zurückziehen, ehe ich dich tragen muss. Du bist inzwischen zu schwer für mich geworden.«

Er strich sanft über meinen Bauch.

»Wie geht es meinem Sohn heute?«

»Sehr gut.«

»Vielleicht sollte ich ihn heute Abend einmal persönlich danach fragen«, wisperte er und biss mich ins Ohrläppchen.

»Du Spitzbube!«, rief ich leise aus und versetzte ihm einen Rippenstoß.

Wir wurden von Calum unterbrochen, der Liam mit sorgenvoller Miene erklärte, draußen warte ein Mann aus Keppoch, der mit ihm sprechen wolle.

»Warte hier auf mich«, meinte er und stand auf. »Ich bin gleich zurück.«

Der junge Bursche setzte sich neben mich. Er wirkte verlegen; seine langen Arme hingen über seine Schenkel herunter, und seine Finger bewegten sich nervös.

»Wer ist der Mann, der Liam sprechen wollte?«, fragte ich nach einer Weile.

Seit dem Abend des *Ceilidh*, als Calum mich so unverschämt behandelt hatte, hatte ich nicht mehr mit ihm gesprochen, und er war mir seitdem sorgfältig aus dem Weg gegangen.

»Bryan MacAllen.«

»MacAllen?«, fragte ich erstaunt. »Weißt du, was er will?«

»Nein, Madam«, stotterte er und schaute mich aus dem Augenwinkel an, »aber so, wie er aussah, sind es wohl keine guten Nachrichten. Bryan war sehr aufgeregt.«

Ich spürte, wie sich in meiner Magengrube ein Klumpen bildete, und ich fiel von der Wolke, auf der ich geschwebt hatte.

Liam kehrte einige Minuten später zurück. Sein Gesicht war bleich und angespannt. Ich hielt den Atem an.

»Es ist Colin«, erklärte er mit heiserer Stimme. »Er sitzt zusammen mit Finlay im Gefängnis von Inveraray.«

»Wie bitte?«, rief ich bestürzt aus. »Was hat er getan?«

Die anderen waren hinzugekommen und lauschten betroffen Liams Bericht. Colin und die Männer aus Keppoch hatten der Versuchung nicht widerstehen können, auf Argyle-Land Vieh zu stehlen. Doch man hatte die beiden Highlander gefasst, gefangen genommen und ins Tolbooth von Inveraray geschickt, wo sie darauf warteten, vor Gericht gestellt zu werden. Sie hatten unglaubliches Glück gehabt, dass man sie nicht auf der Stelle gehängt hatte, wie das für gewöhnlich geschah.

»Liam, wir müssen handeln. Wir können Colin nicht in diesem Kerker verrotten lassen … Welche Strafe erwartet ihn?« Ich wagte kaum zu fragen.

Liam drehte sich zu mir um und sah mich an. Kurz ruhte sein eisiger Blick auf mir, dann wandte er sich ab.

»Der Strick.«

»Wir müssen ihn da herausholen!«, knurrte Angus.

Es wurde eine schlaflose Nacht. Das Zwitschern der Vögel riss mich aus meinem Dämmerzustand. Neben mir bewegte sich Liam, drehte sich um und zerquetschte mir fast das Bein. Seine Augen waren geschlossen, doch nach den dunklen Schatten zu urteilen, die darunter lagen, hatte auch er nicht viel geschlafen.

Ich schob die zerzausten Locken zurück, die über sein Gesicht fielen, und streichelte die geschwungene Linie seiner Wangen. Er hielt meine Hand fest und führte sie an die Lippen, ohne deswegen die Augen aufzuschlagen.

»Du hast nicht geschlafen?«, fragte ich leise.

»Nein, und du?«

»Nicht richtig.«

Er öffnete die Augen und sah mich mit müdem Blick an.

»Ich muss nach Inveraray«, erklärte er heiser.

»Ich will mit dir reiten …«

Er runzelte die Stirn und drehte sich seufzend auf den Rücken.

»Herrgott, warum musst du bloß immer so starrköpfig sein! Du kannst mir doch nicht bis zu deiner Niederkunft überallhin nachlaufen! Also, warum willst du so unbedingt mitkommen? Ist es Colin? Fehlt er dir so sehr? Sag es mir, Caitlin!«

»Liam … ich flehe dich an. Das ist lächerlich …«

»Lächerlich?«

Nun war der Moment, den ich gefürchtet hatte, doch gekommen. Abrupt richtete er sich in eine kniende Stellung auf und schlug mit der Faust auf die Matratze. Reflexartig wich ich zurück. Als er sah, dass er mich erschreckt hatte, trat er den Rückzug zum Bettrand an und gab sich damit zufrieden, mich kalt zu mustern.

»Es ist an der Zeit, dass ich erfahre, wen von uns beiden du wirklich liebst, Caitlin.«

»Das weißt du doch.«

»Wenn ich es weiß, warum habe ich dann dieses schreckliche Gefühl, dass du doch etwas für Colin empfindest? Wieso habe ich Angst, dich mit ihm in einem Raum allein zu lassen? Warum?«

»Liam, ich habe meine Wahl an dem Tag getroffen, als ich dieses Tal verlassen habe.«

Er saß zusammengesunken, mit hängendem Kopf da.

»Was bedeutet er dir? Ich will die Wahrheit wissen, das bist du mir schuldig.«

Er zwang mich, meinen eigenen Gefühlen ins Auge zu sehen, auch denen, die ich beschämt unterdrückte. Ich liebte Colin, aber auf eine andere Weise. Aber wie soll man einem Mann erklären, dass eine Frau einen Mann lieben kann, ohne sein Leben teilen zu wollen?

»Ich habe mich dir in der alten Hütte bei Methven hingegeben, weil ich dich liebte. Vor dem Altar hat meine Hand sich von Colins Arm gelöst und sich auf deinen gelegt, weil ich dich liebte. Alles, was ich auf Dunning Manor und in Edinburgh durchgemacht habe, das habe ich erduldet, weil ich dich liebte, Liam. Dann, nachdem du mich gedemütigt und im tiefsten Grund meiner Seele verletzt hast, habe ich auf dich gewartet, weil ich dich liebte …«

Ich stieß den Atem aus und gewann die Beherrschung wieder. Mir gingen die Argumente aus, und ich hoffte, dass er verstanden hatte. Doch er starrte stur auf seine Hände, die flach auf seinen Schenkeln lagen. Ich kam zum Schluss.

»Wie kannst du nur an meiner Liebe zu dir zweifeln? Ich liebe Colin, ja … wie einen großen Bruder, der über mich wacht. Für das, was er für mich getan hat, werde ich ihm immer dankbar sein. Ich achte ihn, und ich weiß, dass er mich ebenfalls respektiert. Aber ich könnte ihm niemals bis in die Hölle folgen. Dir schon.«

»Das hat er mir auch gesagt …«

Seine Stimme war kaum zu verstehen. Ich hatte mich zusammengerollt und sah ihn jetzt verblüfft an. Er schlug seine feuchten Augen zu mir auf.

»Genau das hat er mir auch zu erklären versucht. Colin hat mir den Zettel gezeigt. Er war aufrichtig überzeugt davon, dass er von dir stammte, und hat nach dir gesucht. Er hat mir auch erklärt, dass du Angst vor Meghans Geist hattest und dass er dich deswegen in die Arme genommen hat…«

»Er hat dir von der Erscheinung erzählt?«

Liam nickte seufzend.

»Ich habe ihn aufgefordert, das Tal zu verlassen, weil ich ihm die Geschichte nicht geglaubt habe. Ich dachte, dass er lügt, dass er sich eine List ausgedacht hätte, um dich in sein Netz zu locken. Ich wollte nicht länger mit ansehen, wie er um dich herumschlich. Und dann habe ich mich nicht mehr darum gekümmert. Was für ein Narr ich doch bin!«

Er erhob sich, ging zum Schrank und suchte herum, dann zog er ein zusammengerolltes Pergament hervor.

»Ich bin nicht besonders abergläubisch. Feen, Kobolde, Waserwesen… das sind alles bloß Ammenmärchen. Doch es gibt Dinge, die ich nicht erklären kann. Den Tod, das Leben. Woher wir kommen und wohin wir gehen. Ich fürchte den Tod nicht, denn ich weiß, dass ein Ort für mich bereitet ist, im Jenseits… Das ist es, was uns Krieger in den Kampf treibt. Der Tod ist unausweichlich. Er ist das Ende eines Lebens und der Beginn eines anderen, ein Übergang. Das Leben selbst währt ewig. Alle durchschreiten wir eines Tages diesen Schleier, der unsere Welt von der anderen trennt. Doch oft kehren die Seelen zurück, suchen uns auf. Allerdings mag ich es gar nicht, wenn schwarze Seelen sich in Dinge einmischen, die sie nichts angehen. Lies das«, forderte er mich auf und reichte mir das Pergament.

Was das Schicksal vereint hat, werde ich trennen. Möge der Hass auflodern wie das Feuer der Hölle. Mögen sie einander zerfleischen, zerfleischen, zerfleischen, in alle Ewigkeit! MAIL – NILTIAC

Nachdem er sich davon überzeugt hatte, dass ich meine Lektüre beendet hatte, nahm er mir das Blatt aus den Händen.

»Das habe ich gestern Morgen gefunden. Es steckte in einem Spalt zwischen zwei Mauersteinen über der Haustür. Und da habe ich verstanden. Colin hatte mich nicht angelogen. Aber … ich konnte meinen Argwohn bezüglich deiner Gefühle für ihn einfach nicht überwinden. Vergib mir, Caitlin.«

Dann zeigte er mir eine kleine, bräunlich schimmernde Flasche.

»Das hier habe ich ebenfalls entdeckt.«

Die Flasche hatte eine eigenartige Form. Der ziemlich lange und schmale Hals erweiterte sich zu einer bauchigen Form, die von einem Gesicht mit grotesken Zügen geschmückt wurde. Liam leerte den Inhalt auf den Nachttisch: verbogene Nadeln, dunkle Haarstückchen und ein Vogelschädel, der mit einer gelblichen, streng riechenden Flüssigkeit getränkt war.

»Was ist das?«

»Eine Zauberflasche, glaube ich.«

»Und das Pergament … hat da jemand einen Fluch über uns geworfen?«

»Ich bin inzwischen fest davon überzeugt, dass jemand Hexerei einsetzt, um uns zu schaden und zu entzweien.«

»Liam …«

Schnellen Schrittes trat er ans Feuer und warf den Brief hinein. Mit ernster Miene sah er mich dann an.

»Was Gott vereint hat, das kann Er, und nur Er allein trennen«, erklärte er laut und feierlich. »Pack dein Bündel. Du kommst mit mir.«

21

Wie auch wir vergeben unseren Schuldigern…

Wenn Inveraray keine Campbell-Stadt gewesen wäre, hätte ich sie vielleicht bezaubernd gefunden. Es war tatsächlich die einzige richtige Stadt im Westen der Highlands und zugleich der Sitz der Krone in unseren Bergen. Am Fuß der düster aufragenden, massiven Burg von Inveraray erstreckte sich am Nordufer des Loch Fyne, am Zusammenfluss mit dem Aray-Fluss, der kleine Hafen, wo Schiffe ankerten, die von weit her kamen, sogar aus Frankreich und Spanien. Natürlich war das hier nicht Edinburgh, aber immerhin der Ort, der ihm in den gesamten Highlands am ähnlichsten war.

In der Stadt herrschte ein hektisches Gewimmel. Liam, Donald, Angus und Bryan waren sehr nervös. Allein und aus freiem Willen setzte ein Macdonald niemals seinen Fuß in diese Stadt. Wie verirrte Schafe in der Höhle des Löwen hielten wir Ausschau nach der kleinsten feindseligen Regung oder dem harmlosesten Blick, der uns zu durchdringend erschien. Es kam nicht in Frage, uns hier länger als notwendig aufzuhalten.

Vor meinen Augen breiteten sich der Reichtum und die Macht der Campbells aus. Hier befand sich auch der traurige Hügel, auf dem schon mehr als ein Macdonald sein Leben am Ende eines Stricks ausgehaucht hatte. Macdonald-Fleisch, das an den Ästen der alten Eiche hing, auf dass sich die Campbell-Raubvögel davon nährten… Doch leider hatten dieselben Macdonals Inveraray auch schon zweimal geplündert.

Wir stiegen in einer ruhigen kleinen Herberge am Rand des Fleckens ab. Liam schickte Donald aus, um Neuigkeiten einzuholen, und wir warteten bei einem Krug Bier auf ihn. Nicht weit von uns entfernt saßen zwei englische Soldaten an einem Tisch und warfen uns verstohlene Blicke zu. Liam trug eine künstliche Gelassenheit zur Schau, doch ich wusste, dass er angespannt war. Seine Finger trommelten auf der Bank herum, nur wenige Zoll von seiner geladenen Pistole entfernt.

Donald kehrte ausgerechnet in dem Moment zurück, als die Rotröcke aufbrachen. Einen langen Moment stand er ihnen in der Tür gegenüber, doch dann schluckte er seinen Stolz herunter und trat beiseite, um sie vorüberzulassen. Ich hörte, wie Liam den angehaltenen Atem ausstieß. Er leerte seinen Humpen mit einem Zug.

»Im Moment können wir nichts tun, um ihm zu helfen«, erklärte Donald. »Sie sind angeklagt, eine Kuh, drei Pferde und drei Ochsen gestohlen zu haben. Der Wert des Ganzen wird auf fast vierhundert schottische Pfund veranschlagt.«

Düster dreinblickend verzog Liam das Gesicht und schüttelte stirnrunzelnd den Kopf.

»Himmelherrgott! Was ist diesen verfluchten Dummköpfen nur in den Sinn gekommen?«, rief er und schlug mit der Faust auf den Tisch, was uns einige tadelnde Blicke eintrug.

»Beruhige dich, Liam«, sagte ich und strich ihm leicht über den Schenkel. Er zuckte zusammen.

»Der Graf von Argyle befindet sich in Edinburgh und nimmt einige Tage lang an den Sitzungen der Kammer der Lords teil; und der Sheriff von Ardkinglass hat noch nicht entschieden, was er mit ihnen anfangen soll. Das ist das erste Mal seit dem Massaker, dass sie einen unserer Männer ins Gefängnis geworfen haben, und sie müssen auf glühenden Kohlen sitzen. Sie wagen es nicht, unser Blut zu vergießen. Aber das Gesetz ist nun einmal das Gesetz, und die Strafe für Viehdiebstahl immer noch der Strang… Wir müssen ein, zwei Tage warten.«

Liam biss die Zähne zusammen und ging seinen zweiten Humpen an.

»So lange können wir hier nicht bleiben«, brummte er und wischte sich den Mund mit dem Handrücken.

»Was sollen wir denn tun? Wir können schließlich nicht einfach das Gefängnis stürmen!«, rief Angus aus.

Liam warf ihm einen gereizten Blick zu, ging aber nicht auf die Bemerkung ein.

Am Abend aßen wir in der Herberge. Der Gastraum war überfüllt mit Männern, die gekommen waren, um nach einem harten Arbeitstag ihren Durst zu stillen. Es waren Handwerker, Hafenarbeiter und Matrosen, eine bunte Mischung alkoholgeröteter Gesichter. Überall flogen schlüpfrige Bemerkungen, und manch einer schielte gefährlich.

In einer schlecht beleuchteten Ecke kicherte eine Frau. Sie saß auf den Knien eines Mannes, dessen Hände unter ihren Röcken steckten, während sein gut gelaunter Kumpan die Nase in ihr aufgeschnürtes Mieder steckte und sabbernd und schamlos ihre Brust knetete.

Donald beobachtete diese Szene amüsiert, während Bryan still seinen vierten Humpen trank und es sorgfältig vermied, mich anzusehen.

»Es ist Zeit«, erklärte Liam lakonisch und zog mich am Arm.

»Zeit wozu?«, fragte ich zerstreut, den Blick immer noch auf das obszöne Schauspiel gerichtet.

»Wir suchen uns einen Platz zum Schlafen.«

Er wandte sich an die drei Männer und warf einige Münzen auf den Tisch.

»Ihr könnt ruhig hier bleiben, aber wir beide werden uns an einen ruhigeren Ort begeben.«

Er folgte Donalds Blick. Lächelnd beäugte der Mann eine hübsche Rothaarige, die sich unter den unanständigen Bemerkungen der Gäste vom Nachbartisch in den Hüften wiegte.

»MacEanruigs!«, warnte er ihn. »Keinen Ärger, dies ist weder die Zeit noch der Ort dazu. Verstanden?«

»Gewiss, mach dir keine Sorgen«, brummte der Angesprochene.

Angus richtete sich auf und versetzte Donald einen Klaps auf den Rücken, so dass ihm das Bier über das Gesicht schwappte.

»Ich passe schon auf ihn auf, Liam. Heute Nacht schläft er bei mir«, erklärte er lachend.

»Versuch aber, nicht so laut zu schnarchen. Wenn du schläfst, möchte man meinen, dass die Luft aus einem Dudelsack entweicht«, murrte Donald, der sich das Kinn, von dem das Bier tropfte, abwischte.

»Meine Frau hat sich noch nie beklagt«, versetzte Angus und lachte noch lauter.

Liam schob mich zur Tür, bereit, jeden, der es wagte, mich allzu genau anzusehen, mit einem vernichtenden Blick zu bedenken.

Wir gingen die schlammbedeckte Straße entlang, wobei wir den mit Wasser vollgelaufenen Fahrrinnen auswichen. Die Luft war kalt und feucht, und ich zitterte unter meinem Plaid und beschimpfte mich lautlos, weil ich meinen Umhang in der Satteltasche vergessen hatte. Der Oktober war nicht mehr weit. Die Landschaft überzog sich mit warmen Farben, aber nachts kühlte es bereits empfindlich ab, und die Tage wurden merklich kürzer.

Liam legte einen Arm um meine Schulter, drückte mich an sich und spendete mir ein wenig von seiner Wärme. Wir schwiegen, denn jeder hing seinen Gedanken nach. Nach einer Weile verhielt er den Schritt. Ich spürte, wie er sich leicht anspannte, während seine Hand zu seinem Dolch glitt.

»Was …?«

»*Uist!* Still!«, flüsterte er und verstärkte seinen Griff.

Er schob mich in den Schatten eines Portals und zog seine Waffe. Ich drückte mich klopfenden Herzens hinter ihm an die Wand. Liam schien einem unsichtbaren Verfolger aufzulauern. Sein Herz pochte ebenso rasch wie meines. Plötzlich tat er einen Satz nach vorn und verschwand. Ich hörte ein Gurgeln, als würde jemandem die Kehle zugedrückt, gefolgt von einem leisen Fluch. Liam erschien wieder in dem Portal und stieß einen Mann vor sich her, der die rote Uniform der englischen Soldaten trug. Er hatte einen Arm um seinen Hals geschlungen und ihm den Dolch an die Kehle gesetzt.

Der Mann rollte entsetzt die Augen und zappelte im eisernen Griff Liams, der unterdrückt fluchte.

»Lasst mich los, Macdonald!«, stieß der junge Soldat mit erstickter Stimme hervor.

Verzweifelt rang er nach Atem und zerrte an dem Arm, der ihm die Luft abdrückte.

»Warum seid Ihr uns gefolgt?«, stieß Liam wütend hervor.

Der Engländer brachte nur ein schreckliches Krächzen heraus. Liam lockerte seinen Griff, so dass der Unglückliche mit einem schrillen Pfeifen Luft in die Lungen ziehen konnte.

»Ich wollte mit Euch sprechen… Ich kann Euch helfen«, erklärte der Mann mit erstickter Stimme.

»Mir helfen, wobei?«

»Euren Bruder aus dem Tolbooth-Gefängnis zu befreien…«

Liam riss den Soldaten herum und stieß ihn brutal gegen die Tür, wobei er ihm die schimmernde Klinge immer noch unter den Adamsapfel hielt, der auf- und abhüpfte, wenn der Mann schluckte.

»Wer seid Ihr?«

»MacIvor… David MacIvor…«

Liam verstummte einen Moment, dann schob er den Mann an eine Stelle, an der es heller war, um sein Gesicht anzusehen. Er erstarrte.

»Herrgott im Himmel!«, murmelte er ungläubig.

Ich glaubte schon, er wolle den jungen Mann loslassen, doch Liam ging nur noch heftiger auf ihn los. Sein Blick flackerte.

»Du bist wirklich verdammt dreist, MacIvor!«, brüllte er. »Ich weiß nicht, was mich davon abhält, dir die Kehle durchzuschneiden, du Schuft.«

»Ich weiß, was Ihr empfindet… Aber ich konnte nicht anders handeln… Ich hatte meine Befehle…«, stotterte der andere schreckensbleich.

»Befehle, Himmelherrgott! Und sag mir bloß nicht, dass du weißt, was ich empfinde! Du hast nicht die geringste Ahnung davon, was ich fühle, Hurensohn!«

»Es tut mir aufrichtig leid… Ich wollte nicht…«

Ich begriff nicht das Geringste von den Andeutungen, welche die beiden Männer austauschten. Offensichtlich kannten sie sich von früher und waren nicht im Guten auseinander gegangen. Mein Blick wanderte von Liam, der vor Wut schnaubte, zu dem armen Soldaten, der entsetzt unter dem scharfen Stahl, der sich immer fester gegen seine Kehle presste, zitterte.

»Du hast die heiligen Regeln verraten, MacIvor, du hast die Meinigen abgeschlachtet, und du wagst es, mir mit einem einfältigen ›tut mir leid‹ zu kommen!«

»Liam«, warf ich besorgt ein, denn ich fürchtete plötzlich, er könne eine unwiderrufliche Tat begehen, »er hat gesagt, er könne uns helfen …«

»Halte dich da heraus, Caitlin«, schrie er. »Dieser dreckige Hundesohn hat zum Regiment von Argyle gehört, das mein Tal mit Feuer und Blut überzogen hat. Wir hatten ihm Obdach gewährt, Anna und ich …«

Er war so aufgewühlt, dass ihm die Stimme versagte. MacIvor sah mich an, als bemerke er mich zum ersten Mal.

»Du hast unter meinem Dach genächtigt, MacIvor«, fuhr Liam fort, leiser jetzt, aber nicht weniger hasserfüllt. »Du hast mein Brot und mein Fleisch gegessen und meinen Whisky getrunken. Mein Sohn … hatte dich gern … er hat dich als seinen großen Bruder betrachtet …«

»Ich mochte Coll ebenfalls«, stotterte der Soldat. »Ich habe doch versucht, Euch zu warnen, Macdonald … Bevor ich hinausging, habe ich mich vergewissert, dass Ihr nicht mehr schlieft … Ich wollte das alles nicht … Außerdem wusste ich nicht, welche Befehle an diesem Morgen ausgegeben wurden. Ich hatte nur eine Vorahnung … Ihr müsst mir glauben, ich wollte nicht … Ich habe das nicht gewollt …«

Liam schloss die Augen, ließ MacIvor plötzlich los und stieß einen wutentbrannten Schrei aus, der in dem Portal widerhallte. Ich stand wie versteinert da. Dieser Soldat hatte an dem Massaker von Glencoe teilgenommen. Der junge Mann fiel auf die Knie und begann zu unseren Füßen wie ein Kind zu weinen. Das Bild war herzzerreißend. Liam lehnte an der Mauer und betrachtete den Dolch, den er immer noch so fest umklammerte, dass seine Fingerknöchel weiß waren. Im Mondlicht zitterte die Klinge leicht. Ich konnte erraten, dass er mit seinem Gewissen rang.

»Liam …«, sagte ich und berührte vorsichtig seinen Arm.

Er steckte die Waffe in den Gürtel, stützte den Kopf in beide

Hände und stöhnte wie ein verwundetes Tier. Der Mann im roten Rock hatte sich in eine Ecke geflüchtet und beruhigte sich langsam.

»Ich habe Euren Sohn geliebt, Macdonald«, murmelte MacIvor. »Er war genauso alt wie mein eigener Bruder. Ich schwöre beim Leben meiner Mutter, dass ich ihm kein Leid tun wollte, weder ihm noch Euch. Eure Gattin war sehr freundlich zu mir … Sie hat mich behandelt, als wäre ich einer der Euren.«

»Und sie hat mit dem Leben dafür bezahlt, dreckiger Bastard!«, stieß Liam mit zusammengebissenen Zähnen hervor.

»Wir kannten die Befehle nicht; es gingen viele Gerüchte um, aber … Deswegen habe ich ja versucht, Euch zu warnen. Ich war überzeugt, dass Ihr noch Zeit hättet, um zu fliehen …«

»Wir hatten genug Zeit. Danke für deine Fürsorge, MacIvor; Anna und Coll sind erfroren.«

Der Mann stieß einen klagenden Laut aus, halb ein Schluchzen und halb ein schmerzliches Stöhnen, und schloss die Augen.

»Ich habe niemanden getötet … Ich konnte nicht … auf Euch schießen, ich war außer Stande dazu. Trotz allem, was meine Familie verloren hat, als Ihr Arglye verwüstet habt. Damals war ich noch ein Kind, aber ich habe gesehen, wie mein Cousin bei diesem Raubzug getötet wurde, Macdonald. Meine Familie hat alles verloren. Ihr habt alles in Brand gesteckt, die Scheune und die Vorratsgebäude, das Haus. Das Vieh gestohlen. Ich habe Dinge gesehen, die man nie vergessen kann. Dann musste mein Vater sich verschulden, damit wir über den Winter kamen … Doch trotz allem, obwohl ich Euch hasste, konnte ich mich nicht dazu überwinden, kaltblütig auf Eure Leute zu schießen … Auf die Frauen, die Kinder! Mein Gott!«

»Wer hat den kleinen Robby getötet?«, schrie Liam und ballte die Fäuste. »Wer hat Maìri Macdonald und ihr Kind mit einem Schwerthieb getötet? Einen Säugling, Gott im Himmel! Von ihm hat man nur noch seine kleine Hand im Schnee gefunden, der rot vor Blut war, seinem Blut! Was ist mit meinem Vater? Meiner Schwester, die ein Kind erwartete? Sie haben ihr Gewalt angetan, MacIvor. Sie trug ein Kind unter dem Herzen, und sie haben sie geschändet! Verstehst du das? Und all die anderen!«

Er keuchte und beherrschte sich nur mit übermenschlicher Anstrengung.

»Ich weiß es nicht, Macdonald. In meiner Erinnerung verschwimmt alles. Ich habe über die Köpfe der Menschen hinweggeschossen und gehofft, dass sie es schaffen. Aber was hätte ich sonst tun können? Jeder hat nach seinem Gewissen gehandelt. Ich habe gesehen, wie Captain Drummond einem Mann, der kaum älter war als ich, eine Kugel durch den Kopf schoss. Sie hatten schon acht Männer niedergemacht, und Glenlyon hatte seinen Männern befohlen, ihn zu verschonen, nachdem sich herausstellte, dass sie Schutzbriefe bei sich trugen. Da hat Drummond selbst zur Waffe gegriffen. Zwei Tage zuvor hatte ich noch Karten mit dem Jungen gespielt, und jetzt sah ich ihn mit einem Mal im Schnee liegen, den Schädel weggesprengt. Dieses Bild verfolgt mich jede Nacht … Ihr könnt Euch nicht vorstellen …«

Er schlug die Hände vors Gesicht und stieß einen heiseren Schrei aus, der von dem feuchten Stein widerhallte. In meinem Magen breitete sich ein Gefühl der Leere aus. Ich konnte verstehen, dass Liam diesen Mann am liebsten umgebracht hätte, doch auch MacIvors Gewissensbisse waren sicherlich eine Strafe, die schwer zu tragen war. Im Vergleich dazu mochte der Tod ihm wie eine Erlösung erscheinen.

Vorsichtig trat ich zu Liam. Ich wagte nicht, ihn anzurühren, da ich fürchtete, er könnte mich brüsk zurückstoßen. Doch er bemerkte meine Bewegung und streckte mir eine zitternde Hand entgegen. Dann riss er mich in die Arme, die er wie einen Schraubstock um mich schloss, und vergrub das Gesicht an meinem Hals. Sein ganzer Körper wurde von Krämpfen geschüttelt, und trotz der Kälte war er schweißüberströmt.

Ich sah zu ihm auf. Ein Strahl Mondlicht erhellte sein Gesicht. Seine entsetzlichen Erinnerungen malten sich auf seinen tränennassen Zügen, die von seinem Schmerz und seinem verzehrenden Durst nach Rache verzerrt waren. MacIvor war verstummt. Lange Minuten standen wir so da und versuchten, so etwas wie Ordnung in unsere aufgewühlten Gedanken zu bringen. Nur unser Atem und fernes Hufgetrappel waren in der drückenden Stille zu hören. Liam löste sich schließlich von mir und wandte sich nachdenklich um. Dann pflanzte er sich vor dem reuigen Soldaten auf.

»Warum bist du zu mir gekommen?«, verlangte er mit belegter Stimme zu wissen.

»Weil ich Euch helfen wollte, Euren Bruder aus dem Tolbooth herauszuholen.«

»Warum tust du das? Meinst du, so könntest du dich freikaufen?«

»Ich weiß, dass ich Euch Eure Toten nicht zurückgeben kann. Aber wenn es mir gelingt, Colins Hinrichtung zu verhindern ...«

»Und wie gedenkst du, ihn dort herauszuholen? Wenn man dich erwischt, wirst du füsiliert. Bist du bereit, dieses Risiko für ihn einzugehen, für einen Macdonald?«, höhnte Liam.

»Ja«, flüsterte David MacIvor und richtete sich ein wenig auf. »Lieber lasse ich mich erschießen, als für den Rest meiner Tage mit dieser Last zu leben. Ich bin zur Nachtwache im Gefängnis eingeteilt, da habe ich gute Aussichten, es zu schaffen.«

»Er ist nicht allein; ein gewisser Finlay MacAllen ist mit ihm zusammen.«

»Ich weiß; für den anderen kann ich jedoch nichts garantieren.«

Liam schritt vor dem jungen Soldaten, der seine Antwort erwartete, nervös auf und ab. Dann blieb er abrupt stehen und richtete den Blick auf MacIvor.

»Wann?«

»Heute Nacht nicht, das ist zu früh. Ich muss mir einen Plan zurechtlegen. Wenn die Gefangenen nach Fort William verlegt werden, kompliziert sich die Angelegenheit. Morgen weiß ich mehr.«

Die beiden Männer schätzten einander ab.

»Ich weiß nicht, ob ich dir vertrauen kann, MacIvor. Das habe ich schon einmal getan ...«

»Ihr habt selbst zugegeben, dass ich dabei nichts zu gewinnen habe, außer vielleicht ... meinen Seelenfrieden.«

»Und wenn du mich in eine Falle lockst? Woher wusstest du überhaupt, dass ich hier bin? Du hast wahrlich nicht lange gebraucht, um mich ausfindig zu machen.«

»Beim Wachwechsel haben die Soldaten erzählt, sie hätten Macdonalds in der Stadt gesehen. Ich bin kein Idiot, ich wusste genau, dass Ihr das wart. Ich brauchte nur ein paar Fragen zu stellen, um herauszufinden, wo Ihr abgestiegen seid. Inveraray ist nicht besonders groß.«

Gelassen reckte MacIvor die Schultern und hielt Liams verächtlichem Blick stand.

»Wenn ich nicht wirklich die Absicht hätte, Euch zu helfen, wäre ich auch nicht so dumm gewesen, Euch aufzusuchen. Mir war klar, dass Ihr mich möglicherweise töten würdet.«

»Viel hätte nicht gefehlt. Dein Glück, dass meine Gattin mich begleitet; sonst würdest du in diesem Moment vielleicht schon mit durchgeschnittener Kehle am Grund des Loch liegen.«

Der Mann musterte mich ein wenig erstaunt.

»Eure Gattin?«

»Handelst du allein?«, fragte Liam, indem er MacIvors letzte Bemerkung ignorierte.

»Ja, ich konnte mich doch ganz offensichtlich niemandem anvertrauen. Da hätte man mich ganz schnell denunziert.«

»Sicher, schließlich steht der Kopf eines Macdonald auf dem Spiel.«

Liam stützte sich mit einer Hand an dem kalten Stein ab und rieb sich mit der anderen nachdenklich die Stirn.

»Wir müssen in Verbindung bleiben, aber man darf uns nicht zusammen sehen.«

»Ich könnte doch die Nachrichten überbringen«, warf ich vorsichtig ein.

Beide Männer wandten sich mir zu und musterten mich.

»Nie im Leben!«, rief Liam entsetzt aus.

»Ich würde unbemerkt bleiben. Ihr seid zu auffällig, du und deine Männer, eure Farben heben sich deutlich von denen der Campbells ab. Ich dagegen könnte mich unter die Menge der Marktbesucher oder der Kirchgänger mischen. Überleg doch.«

»Ich will nicht, dass du dich in Gefahr bringst, *a ghràidh.*«

»Er bräuchte doch nur eine Botschaft an einem Ort, den wir zuvor abgemacht haben, zu hinterlassen, und ich könnte sie dort abholen. Das ist überhaupt nicht gefährlich!«

»Sie hat Recht«, meinte der Soldat und sah mich prüfend an. »Das wäre die sicherste Methode.«

Liam wandte uns den Rücken und begann wieder im Kreis zu gehen. Er stützte die Hände in die Hüfte und sah sorgenvoll zu Boden. Dann hob er den Blick zu mir.

»Schön, einverstanden«, sagte er nervös.

Dann musterte er MacIvor kalt.

»Sollte meiner Frau etwas zustoßen, MacIvor, dann schwöre ich, dass ich dir bei lebendigem Leib das Fell abziehe, dir dann mit den Händen das Herz herausreiße und es dir in den Mund stopfe. Habe ich mich deutlich genug ausgedrückt?«

Der Mann nickte und schluckte heftig.

Ich ging schnell, mit klopfendem Herzen, und wich den Menschen aus, die mir entgegenkamen. Die wertvolle Nachricht steckte tief in meiner Tasche. *Die dicke Eiche hinter der Kapelle,* hatte MacIvor gesagt, *unter einem großen Stein zwischen den Wurzeln.* Das Briefchen war dort gewesen. Ich beschleunigte den Schritt, denn Liam machte sich Sorgen um mich. Er erwartete mich am Ufer des Loch, in der Nähe eines alten Bootswracks.

Liam faltete das Papier zusammen und steckte es in seinen *Sporran.*

»Und?«, fragte ich gespannt.

»Heute Nacht«, erklärte er knapp. »Wir sollen noch drei Pferde mitbringen. Ich werde den Herbergswirt fragen, was er ausrichten kann, ansonsten müssen wir sie eben stehlen. Wir sollen auf der Südseite des Tolbooth warten und uns fluchtbereit halten. Dort liegt ein kleiner Lieferanteneingang, durch den werden sie kommen.«

»Oh, heilige Muttergottes!«, seufzte ich und bekreuzigte mich. »Beschütze uns.«

Er legte einen Arm um meine Taille und zog mich an sich.

»Jetzt bin ich doch froh, dass du mitgekommen bist, *a ghràidh*«, gestand er, während er meine Hüften streichelte.

Seine Augen wirkten so dunkel wie das Wasser des Loch.

»Wegen MacIvor? Du hättest ihn getötet, stimmt's?«

Sein Blick richtete sich auf einen unsichtbaren Punkt in der

Ferne. Die Sonne schien durch sein Haar, das von der Brise bewegt wurde und mir die Haut kitzelte.

»Ich glaube schon.«

Seine Wange strich über meine, während seine Hände sich in tiefere Regionen vorwagten.

»Ich war nicht mehr ich selbst; ich konnte nicht klar denken. Als er mir seinen Namen sagte, war mir nicht klar, wer er war. Doch als ich sein Gesicht gesehen habe… Alles ist in mir explodiert, der Hass, der Kummer, die Wut und der Schmerz. Und dieser niemals gestillte Durst nach Rache, der mich umtrieb. Alles ist in mir aufgestiegen, hat mir den Atem verschlagen und mich blind gemacht. Ja, ich hätte ihn getötet. Ein Teil von mir glaubt ihm, wenn er behauptet, er hätte das alles nicht gewollt. Wahrscheinlich war er nicht der Einzige. Auch andere Soldaten haben den Bewohnern von Glencoe unauffällige Warnungen zukommen lassen. Sonst wären viel mehr von uns massakriert worden. Aber ich hätte ihn trotzdem umgebracht.«

»Warum?«

»Weil ich nicht mehr MacIvor gesehen habe, sondern all die anderen… Sergeant Barber, der meinen Vater getötet hat, dieses Schwein, das meine Schwester vergewaltigt hat, Glenlyon, Drummond, Lindsay, Lundie… All die anderen. Wenn ich ihn getötet hätte, hätte ich sie alle getötet, verstehst du?«

»Ja«, flüsterte ich und bettete meine Wange an seine Brust. »Warum hast du es also nicht getan?«

»Für dich, für unser Kind. Für Colin…«

Er hob mein Gesicht zu sich hoch.

»Was hätte ich denn von meiner Rache gehabt? Die Toten kehren nicht zurück, und ich habe dich. Mehr will ich nicht. Die Erinnerungen an jenen schrecklichen Morgen werden ohnehin nie verblassen und mich für den Rest meines Lebens verfolgen, komme, was da wolle. Ich muss mit ihnen leben und damit fertig werden.«

Mit der Fingerspitze zog er den Umriss meines Mundes nach und streifte ihn mit seinen sanften, warmen Lippen.

»Ich liebe dich, Caitlin, du bist mein Atem, meine Seele, mein Leben. Ich bin glücklich, so wie es ist.«

Er küsste mich leidenschaftlich und presste mich mit einer Hand an seinen Körper, während die andere zu meiner Brust hochglitt und sie ohne Umstände zu reiben begann.

»Wir haben das Zimmer noch bis heute Abend, *a ghràidh*«, flüsterte er, und seine heißen Lippen brannten auf meinem Hals.

»Hegst du etwa lüsterne Gedanken, mein teurer Gatte?«

Ich ließ die Hand unter seinen Kilt gleiten und riss die Augen auf.

»Oh, der kleine Schelm!«

Die Pferde, die eng zusammengedrängt in der stinkenden Gasse standen, wurden ungeduldig. Die Luft war dick, und ein ekelhafter Geruch nach verfaultem Fisch drehte mir den Magen um. Wir warteten schon seit über einer Stunde, und bis jetzt hatte sich noch nichts gerührt. Ich konnte nicht mehr, eine Woge der Übelkeit nach der anderen stieg in mir auf.

»Das dauert zu lange«, murrte Bryan, »da muss etwas schiefgelaufen sein.«

»Ja, viel zu lange«, fiel Angus ein. »Bist du dir sicher, dass der Junge genug Mumm in den Knochen hat, um das zu tun?«

»Ja«, murmelte Liam, der die Tür nicht aus den Augen ließ.

Mir brach kalter Schweiß aus, und mein Kopf drehte sich.

»Hast du eine Ahnung, warum er das macht?«, meldete Bryan sich erneut zu Wort. »Ist das nicht ein bisschen arg merkwürdig, dass ein Campbell seinen Kopf riskiert, um einem Macdonald die Haut zu retten? Vielleicht ist das Ganze ein Hinterhalt.«

»Er hat seine Gründe«, antwortete Liam. »Außerdem weiß MacIvor, dass ich ihn in Stücke schneiden werde, wenn er mir eine Falle gestellt hat.«

Plötzlich flog die Tür auf, und Colin kam in geduckter Haltung heraus. Liam gab Stoirm die Sporen und verließ die Gasse, gefolgt von den gesattelten Pferden. Colin zog Finlays reglosen Körper hinter sich über den Boden, und dann erschien MacIvor, der seine Muskete mit sich schleppte.

Bryan rannte zu seinem am Boden liegenden Bruder, dessen Hemd blutdurchtränkt war. Seine Wunden würden wir später verbinden. Sie warfen Finlay über den Sattel und banden ihn fest.

»Beeilt euch!«, schrie MacIvor. »Es ist nicht so gelaufen, wie ich erhofft hatte. Ich musste zwei Männer töten, und es wurde allgemeiner Alarm gegeben.«

Wir saßen alle auf und donnerten im Galopp an den verblüfften Wachen vorbei, die ihre Gewehre auf uns anlegten.

»Leg dich flach auf den Sattel!«, rief Liam mir zu.

Das ließ ich mir nicht zweimal sagen. Die erste Musketensalve pfiff über unsere Köpfe hinweg. Merkwürdig, meine Übelkeit war verschwunden. Die zweite Salve erscholl und hallte von den Steinmauern der Häuser hinter uns wider, aber da waren wir bereits weit fort.

»Die Dragoner!«, brüllte Donald plötzlich.

Ich wandte mich um und sah entsetzt die Silhouetten von Reitern, die hinter uns näher kamen.

»Sie werden uns einholen!«, schrie Angus. Mit dem bewusstlosen Finlay waren wir nicht schnell genug.

»Schlagt euch bis zum Wald durch und versteckt die Pferde!«, rief Liam. »Angus, Bryan und Donald, ihr wendet euch mit Finlay nach links. MacIvor, du kommst mit mir und Colin.«

Pistolenschüsse krachten. MacIvor fuhr zusammen und unterdrückte ein Stöhnen. Wir donnerten auf den Wald zu und drangen tief ins Unterholz ein. Liam wandte sich an MacIvor, der langsam von seinem Pferd stieg.

»Ich vertraue dir meine Frau an, MacIvor. Versteckt euch und wartet.«

Der junge Mann stammelte etwas, fasste mich dann am Arm und zog mich hinter sich her. Keuchend führte er mich in der Dunkelheit zwischen den Bäumen hindurch, von denen ich nur die Umrisse erkannte. Wir ließen uns ins Farnkraut fallen. Abgesehen von unseren Atemgeräuschen war alles still. Der junge Mann, der völlig außer Atem war, streckte eine Hand nach mir aus.

»Geht es Euch gut?«

»Ja, einigermaßen.«

»Habt Ihr eine Waffe?«

»Ja, macht Euch deswegen keine Gedanken.«

»Gut… haltet sie bereit.«

Seine Stimme klang nervös.

»Ich möchte Euch danken für das, was Ihr für uns tut«, flüsterte ich.

»Dankt mir nicht, Mrs. Macdonald. Was ich getan habe, das habe ich für mich selbst getan. Ich konnte mich nicht mehr im Spiegel ansehen, und jede Nacht fürchtete ich mich vor dem Einschlafen, weil ich Angst hatte, die Bilder dieses Gemetzels wieder vor mir zu sehen. Versteht Ihr, ich habe mich nach Frieden gesehnt. Nur habe ich schreckliche Furcht vor der Hölle… Ich musste eine Möglichkeit finden, Buße zu tun. Begreift Ihr? Nun wird Gott mir beim Jüngsten Gericht vielleicht gnädig sein.«

»Was habt Ihr jetzt vor?«

Er antwortete nicht gleich. Sein Atem pfiff und rasselte.

»Ich weiß es nicht, meine Haut ist nicht mehr allzu viel wert. Vielleicht heuere ich auf einem Handelsschiff an.«

Plötzlich donnerte ein Schuss, dann waren Schreie zu hören und das metallische Klirren von Klingen, die aufeinandertrafen.

»Daran werde ich mich wohl nie gewöhnen«, beklagte ich mich mit zusammengebissenen Zähnen.

Ein zweiter Musketenschuss erscholl in größerer Nähe, und ich fuhr zusammen. MacIvors Atem war nur noch ein schwaches Röcheln.

»Geht es Euch gut, MacIvor?«, fragte ich und berührte sein Bein.

Er regte sich schwach und stieß einen leisen Klagelaut aus.

»Wenn man so will…«

Er lachte kurz auf und seufzte dann.

»Ihr seid ja verwundet!«, rief ich aus und fuhr zu ihm herum.

»Es ist nichts, macht Euch um mich keine Gedanken…«

»Seid Ihr angeschossen worden? Warum habt Ihr nichts gesagt? Wo seid Ihr getroffen?«

»In den Rücken… ich glaube, die Kugel ist vorne wieder ausgetreten…«

Behutsam tastete ich seinen Rock ab, der in der Tat ganz klebrig war, und knöpfte ihn auf. MacIvor setzte mir keinen Widerstand entgegen. Behutsam zog ich sein Hemd hoch und strich über die warme und nasse Haut seines Unterleibs. Mein Finger traf auf eine kleine, feuchte Vertiefung. Der Druck ließ den jungen Mann vor Schmerz wimmern.

»Verflucht!«, stieß ich bestürzt hervor.

Ich wusste, dass die Verwundung tödlich war und er verbluten würde. Panisch wollte ich davonstürzen und Hilfe holen, doch er hielt mich am Arm fest.

»Wo wollt Ihr hin, Mrs. Macdonald? … Ich habe den Auftrag, Euch zu beschützen.«

»Wir brauchen Hilfe, MacIvor«, stotterte ich gereizt.

»Nein… das lohnt die Mühe nicht. Ich habe schon genug Männer mit solchen Verletzungen gesehen, um zu wissen, dass da nichts mehr zu machen ist… Außerdem werden die Dragoner Euch bemerken… Bleibt hier.«

Er stöhnte leise. Immer noch hörte ich, wie rund um uns Schwerter klirrten.

»Wenn ich es recht bedenke, werde ich wohl doch nicht gen Süden segeln…«

Er stieß ein gepresstes, raues Lachen aus. Ich nahm seine Hand und drückte sie fest.

»Das ist nicht komisch…«

Er erwiderte den Druck meiner Finger und wurde ruhiger.

»Es freut mich, dass Macdonald wieder geheiratet hat… Ihr seid sehr hübsch…«

»Hört auf zu sprechen, Ihr ermüdet Euch nutzlos.«

»Je schneller es vorüber ist, umso besser…«

»Was Euch zugestoßen ist, tut mir aufrichtig leid, MacIvor.«

»Es ist gut so.«

Ich stellte fest, dass das Sprechen ihm jetzt große Mühe bereitete.

»Ich hatte gehofft, Macdonald würde nach dem Ausbruch mit mir abrechnen.«

»Liam hätte so etwas nie getan«, gab ich zurück, schockiert über seine Worte.

»Das wollte ich damit nicht sagen… Ich wäre nur lieber von seiner Hand gestorben, als von meinen eigenen Leuten umgebracht zu werden, versteht Ihr? Das wäre eine Art ausgleichender Gerechtigkeit gewesen …«

»Ich weiß nicht, ob ich Euch folgen kann. Ihr habt geahnt, dass Ihr das nicht überleben würdet? Das ist Selbstmord!«, rief ich entrüstet aus.

»Das ist eine Art, die Dinge zu betrachten … Wir wollen es so ausdrücken, dass mir bewusst war, wie gering meine Aussichten waren, heil aus der Sache herauszukommen.«

Er stieß ein leises, sarkastisches Lachen aus, krümmte sich dann vor Schmerz und klammerte sich an meine Hand. Sein Atem ging schwach und unregelmäßig.

»Ich hatte nicht das Zeug zu einem richtigen Soldaten«, hauchte er. »Nach Glencoe bin ich krank geworden, und man hat mich hierher versetzt. Ich bin nie mit dem Argyle-Regiment nach Flandern gegangen. Dort wäre ich inzwischen wahrscheinlich schon gefallen. Nun ja … Das ist kein Leben bei der Armee. Man verlangt von uns, unser Leben zu opfern … aber was bekommen wir dafür? Die Ehre, für einen König zu sterben? Einen König, dem wir herzlich gleichgültig sind … Ich bin Highlander, Madam, genau wie Macdonald … Ich hasse die *Sassanachs* ebenso wie er, versteht Ihr … Doch da ich der jüngste Sohn meiner Familie war, hatte ich keine andere Wahl. Mein Bruder wird den Familienbesitz erben, und ich küsse den Hintern der Engländer … Sie schaffen es ja nicht einmal, uns anständig zu ernähren und uns die nötige Kleidung und Ausrüstung zu stellen … Der Graf von Argyle tut, was er kann, aber die Gelder werden in London einfach nicht freigegeben.«

Ein Hustenanfall schüttelte ihn. Ich legte die Hand auf seine feuchte Stirn.

»Woher stammt Ihr?«

»Narrachan, am Loch Avich. Dort sind die Hügel sehr fruchtbar und die Erde trägt reichlich …«

Ich hörte ein Rascheln in dem trockenen Laub, das den Boden bedeckte, und spürte, dass sich hinter mir jemand befand. Mir stellten sich die Nackenhaare auf. Ich sprang auf, fuhr herum und zielte mit dem Dolch auf die Gestalt, die sich in der Dunkelheit abzeichnete. Eine Faust packte meinen Arm und verdrehte ihn.

»Eines Tages wirst du mich wirklich noch umbringen, *a ghràidh*.«

»Du hättest mir ruhig sagen können, dass du es bist!«, schrie ich, immer noch unter den Nachwirkungen des Schrecks.

Liam reichte mir meine Waffe zurück und warf einen Blick hinter mich.

»Ihm geht es schlecht«, flüsterte ich. »Er hat einen Bauchschuss abbekommen.«

Wir hörten MacIvors stockendes Röcheln. Er schien das Bewusstsein verloren zu haben.

»Wir können ihn nicht hier lassen, er wird sterben…«, murmelte ich.

»In diesem Zustand kann er nicht reisen, Caitlin.«

Liam beugte sich über den Verletzten und ließ sich dann schwer neben ihm niedersinken.

»Wir bleiben hier«, erklärte er leise. »Die anderen sind mit Finlay vorangeritten. Seine Verletzung war nicht schwer, aber er hat Blut verloren.«

In der Dunkelheit tastete ich Liams Körper ab. Als ich über seinen linken Arm strich, zuckte er heftig zurück. Sein Ärmel war nass und klebte auf seiner Haut fest.

»Du bist verwundet!«, rief ich aus und versuchte, erneut nach seinem Arm zu greifen.

Er schob mich energisch weg.

»Das ist nur ein kleiner Kratzer«, widersprach er.

»Dafür blutet er aber ziemlich stark«, gab ich gekränkt zurück.

Liam wollte aufstehen, doch ich drückte ihn auf den Boden zurück.

»Lass nur, du bist erschöpft. Ich gehe.«

Als ich kurz darauf zurückkehrte, brachte ich Decken und Flaschen aus gekochtem Leder mit. Die Dunkelheit machte mir die Aufgabe nicht leichter. Ich würde seine Wunde blind reinigen müssen. Ich kauerte mich neben ihn und riss sein Hemd bis zum Ellbogen auf.

»Au!«, jammerte er.

»Ist ja gut, ganz brav, mein Kleiner«, spottete ich sanft. »Was sein muss, das muss sein.«

Ein langer, dunkler Einschnitt verlief über seinen ganzen Unterarm. Unmöglich einzuschätzen, wie tief er reichte. Ich reinigte die Wunde und verband sie so gut wie möglich mit einem Stück Stoff, das ich von meinem Rocksaum abgerissen hatte.

»Kannst du deine Hand bewegen?«

Ich spürte, wie er mir kräftig ins Hinterteil kniff, dann riss Liam mir die Flasche aus den Händen, um sich einen kräftig bemessenen Schluck Whisky in den Schlund zu kippen.

»Ist es so recht, *a ghràidh*?«, fragte er herausfordernd und lachte leise.

»Ich glaube, das beantwortet meine Frage«, antwortete ich und nahm ihm die Flasche ab.

Liam zog mich an sich, küsste mich heftig und drückte mich an sich. Er begann meine Röcke hochzuschieben.

»Das ist wirklich nicht der richtige Moment dazu, Liam!«

»Du ahnst gar nicht, wie ich dich begehre…«, sagte er und suchte begierig meinen Mund.

Ich stieß ihn brüsk zurück.

»Genug, Liam!«, schrie ich empört. »MacIvor…«

Vielleicht hatte mein Protestruf ihn aufgeschreckt; jedenfalls bewegte sich MacIvor und wimmerte, als wolle er auf seine Anwesenheit aufmerksam machen. Ich führte die Wasserflasche an seinen Mund und goss ein wenig Flüssigkeit hinein, an der er fast erstickte.

»… alles wird taub.«

Nur ein schwaches Murmeln kam über seine Lippen. Ich tränkte eine Ecke meines Plaids mit Wasser und tupfte ihm die Stirn ab.

»Die Dragoner sind fort.«

»Brecht auf… kommen bestimmt zurück… Ohnehin… habe ich nicht mehr lang.«

»Wir können warten, MacIvor«, sagte Liam. »Wir lassen Euch nicht allein.«

Er breitete eine Decke über den sterbenden jungen Soldaten, so dass die rote Uniform mit den goldenen Knöpfen, die im Dunkeln glitzerten, nicht mehr zu sehen war. Jetzt lag vor uns im Farnkraut einfach ein Mann in den letzten Atemzügen. Liam bot ihm die Flasche mit Whisky an.

»Möchtest du ein wenig *Usquebaugh?*«

»Danke… Ein Mann… sollte nicht ohne einen letzten Schluck *Usquebaugh* sterben.«

MacIvor nahm die Flasche und hob sie zitternd an die Lippen. Die Flüssigkeit lief ihm über das Kinn, doch Liam kam ihm zu Hilfe.

»Ich glaube, dass ich jetzt mit ein wenig Frieden in meiner Seele gehen kann«, röchelte er. »Die Namen, die wir tragen… machen uns zu Feinden, Macdonald. Aber ich… achte Euch als den, der Ihr seid. Während der zwei Wochen, in denen Ihr Euer Haus… mit mir geteilt habt, habe ich mir ein Bild von Euch machen können. Ihr seid ein guter Mensch… Seit mehr als zweihundert Jahren bringen unsere Familien sich gegenseitig um. Wie viele Generationen sollen noch leiden? Der Hass wird vom Vater auf den Sohn vererbt, Macdonald, vergesst das nicht…«

Liam blieb einige Minuten stumm, dann legte er dem jungen Mann die Hand auf die Schulter.

»*Gabh fois, MacIvor.*« Geht in Frieden.

»*Taing mhòr…*« Danke…

David MacIvor verstummte. Er sah Liam noch einen Moment lang durchdringend an, dann schloss er die Augen, um in eine Ohnmacht hinüberzudämmern, aus der er nie wieder erwachen sollte. Liam blieb eine Weile reglos sitzen, dann sprang er abrupt auf.

»Wohin gehst du?«, fragte ich und wischte mir eine Träne ab.

»Ich hebe ein Grab für ihn aus, das hat er verdient.«

Er wandte mir den Rücken und verschwand in der Dunkelheit.

22

Gift im Herzen

Eine Stunde vor Sonnenaufgang brachen wir wieder auf. Zwei Tage ritten wir kreuz und quer durch die Täler, und vor uns erstreckten sich die Hügel. Mein Herz war schwer, und ich wusste, dass Liam ebenfalls aufgewühlt war. Er sprach kaum und beschränkte sich darauf, auf meine Fragen mit einem Brummen oder einer Kopfbewegung zu antworten.

Am Fuß des Ben Chruachan, der über uns aufragte, tauchte aus den Nebelschwaden, die über dem Loch Awe waberten, die düstere Silhouette von Kilchurn Castle auf. Die Landschaft war so großartig, dass es mir Schauer über den Rücken jagte. Die von braunem Gras überzogenen Hänge, das von der Sonne verbrannte Farnkraut und die in herrlichen Farben prangenden Bäume verschwanden weiter oben in den Wolken, die wie eine undurchdringliche Masse über dem Berg hingen. Wie in einem Traum fühlte ich mich in das mythische Land von Camelot, Arthur und Guinivere versetzt, von Morgaine der Fee und Merlin. Wie von selbst fielen mir die Augen zu; meine Lider waren so schwer… Nach vier Stunden zu Pferd konnte ich nicht mehr.

Kurz darauf nahm Liam mich auf seinen Sattel. Ròs-Muire trabte zusammen mit MacIvors Pferd am Zügel hinter uns her. Wir überquerten den Pass von Brander und erreichten gegen Mittag die Fährstation Bonawe, wo Liam für den Rest des Tages und die Nacht ein Zimmer mietete. Wir waren so erschöpft, dass wir einschliefen, kaum dass unser Kopf das Kissen berührt hatte.

Ein warmes Licht erfüllte das Zimmer und übergoss die Wände mit Orange- und Goldtönen. Langsam versank die Sonne hinter den Inseln im Westen des Firth of Lorn. Ich hatte mich mit einem unbequemen, wackligen Stuhl vor das schmale Fenster des Zimmerchens gesetzt und beobachtete die Luftkunststücke der Möwen, die über den Fischerbooten, die voll mit zappelnden Fischen vom Meer zurückkehrten, auf ihr tägliches Festmahl warteten. Bei dem Gedanken an Nahrung meldete mein Magen sich laut zu Wort.

Ein Rascheln in den Laken hinter mir riss mich aus meinen Träumereien. Liam lag noch im Bett und wandte mir den Rücken zu; seine Beine verschwanden in den zerknüllten Laken. Ich betrachtete seinen von eisernen Muskeln wohlgeformten Körper und gestattete mir eine Art bescheidenen Besitzerstolz. *Du gehörst mir, Liam. Mir und niemand anderem … Ebenso, wie ich dir gehöre.* Ich hätte nicht übel Lust gehabt, meine Finger in die kupferfarbene Lockenmähne zu wühlen, die sich zerzaust über das Kissen breitete, hielt mich aber zurück.

Er drehte sich um und bot mir sein Profil mit dem kräftigen, kantigen Kiefer, den hohen Wangenknochen und der geraden Nase, die ihm diesen aristokratischen Anflug verliehen; und sein Mund … sinnlich und so sanft, eine Quelle der Lust. Heiß stieg mir das Blut in die Wangen, und ich rutschte auf meinem Stuhl herum, der unter mir gefährlich knarrte.

»Wenn ich *Badh Dubh* bin, dann bist du *Cuchulain*«, flüsterte ich.

Liam schlug die Augen auf und kniff sie gleich wieder zusammen, als er in das letzte orangefarbene Licht der untergehenden Sonne sah.

»Was machst du da, *a ghràidh*?«

»Ich schaue dich an.«

Er stützte sich auf einen Ellbogen und nahm absichtlich eine Stellung ein, die seine Brustmuskeln vorteilhaft hervorhob. Ein griechischer Gott, der für die Nachwelt posiert. Ich lächelte ihn an.

»Und?«

»Und mir gefällt, was ich sehe.«

Sein wohlgeformter Mund verzog sich langsam zu einem vergnügten Lächeln, und er streckte die Arme aus, als wolle er mich einladen, mich hineinzustürzen. Ich schmiegte mich mit dem Rücken an seine Brust, um ein wenig von seiner Wärme abzubekommen. Sein Atem streichelte meinen Nacken wie mit leichten, warmen Händen. Liebevoll strich er mit seiner großen Pranke besitzergreifend über meinen Bauch.

»Hast du ein wenig geschlafen?«, flüsterte er mir ins Ohr.

»Ja, und du?«

»Ein bisschen. Ich habe lange nachgedacht.«

»Worüber? MacIvor?«

»Unter anderem.«

Er ließ sich auf den Rücken fallen und zog mich mit. Ich drehte mich um, damit ich ihm ins Gesicht sehen konnte, und spielte mit den Fingern in dem weichen Vlies, das seine Brust bedeckte.

»David MacIvor hat sein Leben gegeben, um das von Colin und Finlay zu retten.«

Er unterbrach sich kurz, betrachtete die Risse in der Zimmerdecke und schüttelte zweifelnd den Kopf.

»Warum? Ich habe versucht, mich in ihn hineinzuversetzen, aber ich musste mir eingestehen, dass ich niemals das für einen Campbell hätte tun können, was er für einen Macdonald getan hat.«

»MacIvor war unglücklich, Liam. Du bist es nicht. Er hatte nichts und daher auch nichts zu verlieren. Du schon!«

»Ich fühle mich schuldig; ich hätte seine Hilfe nicht annehmen dürfen. Ich hätte allein zurechtkommen müssen.«

»Er hat selbst so entschieden, und er hat geahnt, dass er den Tod finden würde, Liam. MacIvor hat mir gesagt...«

Liam warf mir einen fragenden Blick zu.

»Es wäre ihm lieber gewesen, von deiner Hand zu fallen.«

»Warum?«

»Ausgleichende Gerechtigkeit, sagte er. Dieser Mann litt seelische Qualen und war sehr unglücklich. Er hat den Tod durch die Hand eines anderen gesucht. Und ich glaube, sein Herz war leichter, als er gegangen ist.«

Nachdenklich, den Blick in die Ferne gerichtet, lag Liam da.

»Möge Gott seiner Seele gnädig sein«, flüsterte er schließlich und schloss die Augen. Er fuhr sich mit der Linken durchs Haar.

»Du blutest ja, Liam!«

»Was?«

»Dein Arm, er blutet, die Wunde ist wieder aufgegangen. Wahrscheinlich muss ich sie nähen.«

Er untersuchte den langen Schnitt an seinem Unterarm, der in einer geraden Linie vom Ellbogen bis zum Handgelenk verlief. Er hatte großes Glück gehabt; ein Stück weiter, und die Sehnen wären durchtrennt worden.

»Sie ist nicht besonders tief«, murrte er.

»Wir müssen sie noch einmal reinigen, sonst entzündet sie sich.«

Er zog eine scheußliche Grimasse.

»Was? Guten Whisky auf einen winzigen Kratzer verschwenden?«

Er legte den Mund auf meine Lippen, um jeden Widerstand meinerseits zu ersticken. Dann rückte er ein Stückchen von mir ab, um mich aus seinen blauen Augen zu betrachten.

»Wie schön du bist!«, murmelte er.

Mit seiner heißen, feuchten Zungenspitze zog er den Umriss meiner Lippen nach und bahnte sich dann neugierig einen Weg in meinen Mund.

»*A ghràidh gile mo chridhe!* Ich bin verrückt nach dir, ohne dich kann ich nicht mehr atmen.«

Er richtete sich auf, glitt mit den Händen über meinen Körper und verweilte lange auf meiner Brust.

»Dein Körper beginnt sich zu verändern, und das gefällt mir sehr.«

Er umschloss eine Brustwarze mit den Lippen und biss sanft hinein. Er hatte Recht, meine Brüste waren voller geworden und die Warzenhöfe dunkler. Mein Körper verwandelte sich zu einem perfekten Nest, in dem unser Kind Gestalt annahm und heranwuchs.

»Wirst du mich noch genauso lieben, wenn ich dick und rund bin, weil ich deinen Sohn trage?«

Er legte seine großen Hände über meine Brüste, stützte sein Kinn darauf und sah mich aus halb geschlossenen Augen an.

»Ich werde dich noch genauso lieben, wenn du kugelrund bist, weil du mein Kind trägst«, sagte er zärtlich. »Ich werde dich lieben, nachdem du es auf die Welt gebracht hast, und auch, wenn du alt und schrumpelig bist wie ein vertrockneter Apfel.«

Ich schenkte ihm einen skeptischen Blick und verdrehte ihm die Nase.

»Wenn du wirklich Wert darauf legst, mit mir alt zu werden, solltest du gelegentlich daran denken, mir etwas zu essen zu besorgen. Ich bin hungrig, *mo rùin.*«

»Nicht so hungrig wie ich«, flüsterte er und umarmte mich. »Ich habe Appetit auf dich ...«

»Liam Macdonald!«, rief ich lachend, »du bist ein schrecklicher Vielfraß!«

Die Ernte war eingebracht, und das Getreide lagerte zum Trocknen in der Scheune, wo es darauf wartete, in die Mühle gebracht oder im kommenden Frühling zur Whiskyherstellung verwendet zu werden. Die Männer jagten, und wir salzten das Fleisch für den Winter ein. Die schönsten Tiere waren auf dem Markt in Crieff verkauft worden, und die Übrigen weideten in den Hügeln, die das Dorf umgaben. Das Tal war von Ocker- und Brauntönen überhaucht, die mit den purpurfarbenen Schatten der Berge verschmolzen. Der Herbst spiegelte den Gemütszustand der Natur, die sich anschickte, in einen tiefen Schlummer zu versinken.

Seit seinem Ausbruch aus dem Gefängnis von Inveraray vor einem Monat hatte Colin sich unauffällig verhalten. Er blieb selten länger als zwei oder drei Tage in Carnoch und ging mir demonstrativ aus dem Weg. Das betrübte mich, doch ich respektierte seine Entscheidung.

Colin hatte uns über die Einzelheiten seiner Flucht berichtet. Das ganze Unterfangen hatte eine ungünstige Wendung genommen, als der Gefängnisvorsteher früher als vorgesehen in seine Schreibstube zurückgekehrt war und MacIvor überrascht hatte, der eben dabei war, den Schlüssel zur Zelle der beiden Angeklagten zu entwenden. MacIvor hatte sich entschließen müssen, ihn zu töten; doch die Leiche wurde entdeckt, bevor die Gefangenen Zeit zur Flucht hatten. Bei dieser Gelegenheit hatte Finlay einen

Bajonetthieb in die Flanke eingesteckt und war bewusstlos auf den Steinboden gestürzt.

Eine Woche nach unserer Rückkehr war eine Abteilung aus Fort William aufgetaucht und hatte jede Hütte und jedes Nebengebäude durchsucht. Die Operation hatte kaum länger als eine Stunde gedauert. Merkwürdigerweise ließen sie keinen Auslieferungsbefehl für die flüchtigen Gefangenen zurück. Seitdem hatte sich kein Offizier der Krone mehr im Tal blicken lassen.

Ich beobachtete ein Eichhörnchen, das unter der alten Eiche herumhüpfte und sich unter den Blättern seine Wintervorräte suchte. Lachen und Gesang und das Spiel von Angus' Geige und Alexander Macdonalds Dudelsack drangen gedämpft wie aus weiter Ferne zu mir. Ich war ein Stück den Hügel hinaufgegangen, um mich auszuruhen.

Heute wurde Samhain gefeiert, der Tag des keltischen Totengotts. Das Fest beschloss die Erntezeit. In dieser Nacht öffnete der Fürst der Finsternis den Toten die Tore seines Reichs, auf dass sie die Welt der Lebenden aufsuchen konnten, und man begrub Belenus, den Gott der Sonne, bis zum Frühling und stürzte so die Erde in Kälte und Düsternis.

»Ich habe dich schon überall gesucht«, sagte eine tiefe Stimme hinter mir.

Liam hatte sich hinter mir niedergekauert, umarmte mich und legte sein Kinn auf meine Schulter. Ich schmiegte mich an ihn.

»Ich bin ja nicht weit gegangen.«

Wir sahen über den Loch Leven hinaus.

»Ich liebe dieses Tal, Liam. An diesen Bergen ist etwas, das ich nirgendwo anders finde.«

»Hmm… Wahrscheinlich bin ich deswegen nach dem Massaker nicht mit Alasdair nach Keppoch gegangen. Irgendetwas zog mich hierher… Ich weiß es nicht, Geister vielleicht…«

Ich erschauerte. In dieser Nacht würde sich der Schleier heben, der das Totenreich von der Welt der Lebenden trennte. Umherirrende Seelen würden zurückkehren und uns heimsuchen… Ich wusste, dass Liam seine eigenen Gespenster hatte. Auch ich fühlte mich von einer Erscheinung verfolgt, aber ich war nicht besonders begierig darauf, sie wiederzusehen. Seit Liam das Pergament mit dem Zauberspruch verbrannt hatte, fühlte ich mich ruhiger, und es hatte keine ungewöhnlichen Vorfälle mehr gegeben. Die Augen, die mir überallhin gefolgt waren, schienen sich endlich geschlossen zu haben.

Um den Fluch endgültig zu bannen, hatte ich mich an Effie gewandt. Ich hatte ihr den Inhalt der Flasche, die Liam gefunden hatte, gezeigt. Vorsichtig hatte sie die Gegenstände untersucht und mich gebeten, am nächsten Tag wiederzukommen. Sie hatte mir eine zweite Flasche zurechtgemacht, die ich an genau den selben Platz legen sollte, an dem die erste gesteckt hatte. Effie hatte keinerlei Erklärungen abgegeben, und ich hatte nicht gewagt, ihr Fragen zu stellen und erst recht nicht, die neue Mischung genauer anzusehen, denn ich hatte gefürchtet, sonst den Gegenzauber zu schwächen.

»Heute Nacht haben wir Samhain; also sprich nicht von Geistern, da bekomme ich Gänsehaut.«

»Wieso denn?«, entgegnete er. »Sie sind überall um uns herum, wir können sie nicht ignorieren.«

»Ich weiß«, meinte ich seufzend. »Das macht mir ja so Angst. Ich habe oft das Gefühl, ihre Anwesenheit zu spüren. Dann läuft es mir wie eine kalte Welle über den Rücken.«

»Die Geister sind nicht böse. Sie wollen uns nur mitteilen, dass sie immer da sind, auch wenn wir sie nicht sehen können.«

Ich war nicht wirklich überzeugt.

Er legte die Hand auf meinen Leib, der sich jetzt deutlich rundete. Unwillkürlich musste ich an Stephen denken. Wer ihn wohl an meiner Stelle umarmte und ihm die Liebe einer Mutter schenkte? Tief bedrückt stieß ich einen Seufzer aus. Liam zog mich fester an sich. Ich hätte mir so sehr gewünscht, ihm von diesem Kind erzählen zu können, das ich niemals kennen lernen würde, um diese schwere Last mit ihm zu teilen. Doch zugleich hatte ich furchtbare Angst davor, dass er es erfuhr. Würde er mich verurteilen? Würde er mir böse sein, weil ich ihm Stephens Existenz verschwiegen hatte? Mein Geheimnis nagte an mir und vergällte mir die Freude darüber, dass ich neues Leben in mir trug.

Und noch ein weiterer Gedanke lag mir auf der Seele und warf eine Unzahl von Fragen auf, die mir ständig im Kopf herumgingen, als wären meine unaufhörlichen Stimmungsschwankungen noch nicht genug. Immer wieder beobachtete ich Liam, um festzustellen, ob er andere Frauen ansah, worüber er allerdings nur lächelte. Und ganz anders als während meiner ersten Schwangerschaft machte ich mir Sorgen wegen meiner üppigeren Formen. Liam dagegen schien nicht besonders darauf zu achten, wenngleich er behauptete, es gefalle ihm, dass ich ein wenig mehr »Fleisch auf den Knochen« hatte.

Auch mit Gedanken über die Frauen, mit denen er früher zusammen gewesen war, machte ich mir das Leben schwer. Anna, Meghan und die, von denen er mir nie erzählt hatte. Das war albern, aber was konnte ich dagegen tun? Ich zögerte, bevor ich weitersprach.

»Denkst du oft an sie?«

»An wen?«

»Anna.«

»Manchmal.«

»Mit ihrem honigblonden Haar muss sie sehr schön gewesen sein …«

»Ja.«

Er drehte mich so, dass ich ihn anschauen musste, und sah mich verblüfft an.

»Warum fängst du jetzt davon an?«

»Ich weiß es nicht. Oder … doch.«

Unsicher unterbrach ich mich.

»Da ist etwas, das mir seit einiger Zeit nicht aus dem Kopf geht …«

»Und das wäre?«

»Ich frage mich, ob … ob es mit ihr anders für dich war.«

»Was meinst du?«

Er zog die Augen zusammen und betrachtete mich forschend.

»Du weißt genau, was ich meine, Liam … Wenn wir … zusammen liegen …«

An den letzten Worten erstickte ich fast und wandte mich

beschämt ab. Doch Liam legte die Hand unter mein Kinn und zwang mich, ihn anzusehen. Er lächelte verhalten.

»Du stellst aber wirklich komische Fragen, *a ghràidh.*«

»Ich hätte gar nicht davon anfangen sollen«, sagte ich und wich seinem Blick aus.

»Dazu ist es jetzt zu spät. Sag mir, Caitlin, glaubst du, dass ich dich mit Anna vergleiche?«

»Ja, manchmal…«, stammelte ich. »Ich kann mich nicht dagegen wehren. Ich weiß, dass es töricht ist, aber schließlich warst du mit ihr verheiratet. Sie hat dir einen Sohn geschenkt… Ich weiß genau, dass es einen Teil von dir gibt, der mir niemals gehören wird.«

Nervös drehte ich den Stoff seines Plaids zwischen den Fingern.

»Es ist zu schwierig, das zu erklären«, meinte ich gereizt.

»Du hast Angst, dass ich an sie denke, wenn ich im Bett mit dir zusammen bin? Ist es das?«

»Ein wenig, ja«, flüsterte ich mit glühenden Wangen.

»Sieh mich an, Caitlin.«

Ich schlug den Blick zu ihm auf. Seine Miene war ernst.

»Ich werde niemals leugnen, dass ich Anna geliebt habe. Das kannst du sicherlich verstehen. Aber wenn ich mit dir zusammen bin, dann sehe ich dich und niemanden sonst. Ich teile mein Leben mit dir, Caitlin Macdonald. Und mit dir, mit dir allein, liege ich zusammen, *a ghràidh*. Ich kann und ich will meine Vergangenheit nicht ungeschehen machen, aber mein früheres Leben ist eine Erinnerung, und du, du bist hier und bei mir. Verstehst du?«

Ich nickte, denn mir war die Kehle so eng geworden, dass ich kein Wort herausbrachte. Er strich mir sanft über die Wange, dann glitt seine Hand in meinen Nacken und zog mich an ihn. Er drückte mir einen zarten Kuss auf die Lippen. Ich schloss die Augen und schmiegte mich an seine Schulter.

Obwohl ich mir ein wenig töricht vorkam, spürte ich diesen merkwürdigen Drang, mich ständig seiner Liebe zu versichern. Vielleicht eine Marotte schwangerer Frauen, aber heute Abend fürchtete ich, Annas Geist könnte Liam ebenso heimsuchen wie mich.

Ein Wintergoldhähnchen setzte sich auf einen Stechginsterbusch und lenkte für einen Moment meine Aufmerksamkeit auf sich; dann zog eine Gruppe von Schwänen über uns hinweg zum Loch Achtriochtan. Lange sahen wir schweigend über das Tal hinaus, das sich gen Osten erstreckte, so weit das Auge reichte.

Das Flüstern des Winds im trockenen Laubwerk mischte sich mit dem gedämpften Klang der Musik. Liam rutschte ein wenig herum, nahm dann meine Hände und sah auf sie herunter.

»Heute Morgen kam ein Bote«, erklärte er zögernd. »Die Waffenladung wird in ungefähr sechs Tagen an der Küste eintreffen. Ich muss morgen mit Tom MacSorley nach Lang Craig aufbrechen.«

Er beobachtete mich aufmerksam und schien auf eine Reaktion von mir zu warten. Ich blieb gelassen. Nun, da wieder Frieden herrschte, bezweifelte ich, dass er mich zwingen würde, in Carnoch zu bleiben. Natürlich wusste ich genau, dass dies am klügsten gewesen wäre, aber ich konnte mich nicht durchringen, allein hierzubleiben und vor Langeweile zu versauern. Mein Entschluss war gefasst. Der größte Teil der Vorkehrungen für den Winter war erledigt, und ich konnte es mir erlauben, mit ihm zu reiten. Dem Kind ging es ausgezeichnet, und mein Umfang bereitete mir noch keine Probleme. Da zog ich es vor, ihn zu begleiten.

Liam musste in meinen Augen die Antwort, die er fürchtete, gelesen haben, denn er seufzte und schüttelte hilflos den Kopf.

»Genau das hatte ich geahnt«, erklärte er in resigniertem Ton. »Du weißt aber schon, dass dein Vorhaben wahnwitzig, unüberlegt und gefährlich ist, oder?«

Ich hob den Kopf und hielt seinem Blick stand, ohne mit der Wimper zu zucken.

»Du hast vergessen zu erwähnen, dass es außerdem unvernünftig, leichtsinnig und unbedacht ist.«

»Dein Dickkopf ist härter als Granit. Was soll ich nur mit dir anfangen?«, brummte er und legte die Hand auf meinen gerundeten Bauch.

Am Abend unseres vierten Reisetags nahmen wir Zimmer in der Herberge *Auld Red Kirk* in Guthrie. Nur noch sechs oder sieben Meilen trennten uns von der Steilküste von Lang Craig. Ungefähr ein Dutzend Männer begleitete uns, darunter auch einige aus Keppoch und Glen Nevis. Sie schienen meine Anwesenheit wohlwollend aufzunehmen, und ich konnte feststellen, dass mein Ruf als irische Kriegerin mir vorausgeeilt war. Einer der Männer aus Glen Nevis hatte mir eines Abends am Lagerfeuer ins Ohr geflüstert, die Macht der *Badh Dubh* werde gewiss zum guten Ausgang der geheimen Operation beitragen – was ich mir natürlich ebenfalls brennend wünschte. Ich hatte sogar den jungen Calum mehrmals dabei ertappt, wie er mir zulächelte.

Ich hatte nicht vergessen, was Ewen Campbell mir über einen gewissen Robert Barber gesagt hatte, und auch die Möglichkeit, dass sich ein Verräter unter uns befinden könnte, ließ mir, genau wie Liam, keine Ruhe. Da wir nicht wussten, um wen es sich handelte, beobachteten wir jeden Einzelnen genau. Bis jetzt hatten wir nichts Verdächtiges bemerkt, doch wir waren weiter auf der Hut. Bis auf Thomas MacSorley und Simon hatten wir niemanden eingeweiht. MacSorley, weil er so viel Geld in diese Operation gesteckt hatte, dass er nicht das geringste Interesse an ihrem Scheitern haben konnte, und Simon, weil er als Verräter auf keinen Fall in Frage kam. Zusammen mit den beiden hatte Liam die Loyalität der Männer auf die Probe gestellt, indem sie falsche Angaben über den Treffpunkt und über die geplante Taktik in Umlauf brachten. Anschließend hatten sie die Reaktionen und das Verhalten der Männer beobachtet und ihren Gesprächen aufmerksam gelauscht. Doch sie hatten nichts Ungewöhnliches bemerkt. Außer vielleicht, dass sich Isaak schweigsamer als sonst verhielt, sich oft von den anderen entfernte und Liams Blick auswich.

Liam hatte zwar einige Differenzen mit Isaak beilegen müssen, nachdem er Meghan »verlassen« hatte, doch er schätzte ihn wegen seiner Schnelligkeit im Kampf und seiner raschen Auffassungsgabe, die bei einer solchen Operation äußerst nützlich waren. Liam bedrückte es, dass er sich so verdächtig verhielt. Was mich anging, so war er mir von Anfang an suspekt gewesen.

Schon seit meiner Flucht aus Dunning Manor war er mir unsympathisch, und sein Versuch, mir Gewalt anzutun, hatte meinen Hass auf ihn weiter geschürt. Ich wartete nur auf den Moment, in dem er den unvermeidlichen Fehler begehen würde, der seinen Verrat bewies.

Der verräucherte Gastraum der Herberge war zum Bersten voll und von einer wilden Mischung von Gerüchen nach Schweiß, gebratenem Fleisch, billigem Parfüm und gekochtem Kohl erfüllt. Wir hatten uns die Zeit genommen, uns frisch zu machen und eine Stunde zu ruhen, bevor wir heruntergekommen waren, um uns mit Haggis* und herrlich frischem Bier zu stärken. Ich begann, mich an die überschäumende Munterkeit zu gewöhnen, welche die Männer angesichts eines möglichen Scharmützels an den Tag legten. Sie schienen wirklich ausgesprochen gern zu kämpfen und scheuten sich nicht, ihre Schwerter zu ziehen. Ich hätte sogar behaupten mögen, dass sie eine gewisse Streitlust hegten und gern Ärger vom Zaun brachen, wenn sich die Gelegenheit bot.

Es herrschte also allgemein gute Laune. Auf den Tischen sammelten sich leere Whisky- und Bierkrüge an. Ich hatte ein wenig entfernt von der Gruppe Platz genommen, ohne mich allerdings vollkommen unsichtbar zu machen, und beobachtete die Männer amüsiert. Da ich gerade über ihre Fähigkeit staunte, unglaubliche Mengen an Alkohol zu sich zu nehmen, ohne dass man ihnen etwas anmerkte, hatte ich nicht besonders auf die Wirtin geachtet, die Liam umschwärmte wie eine Fliege den Honigtopf. Doch mit einem Mal wurde mir ihre Koketterie zu viel. Als die hübsche Brünette, deren Formen für meinen Geschmack zu drall waren, sich meinem werten Gatten auf den Schoß setzte und dieser nicht die geringsten Einwände erhob, sondern sich auch noch darüber amüsierte, beschloss ich, die Dinge in die Hand zu nehmen. Ich sprang auf und marschierte schnellen Schritts auf die Szene zu, die gefährlich ins Obszöne abzugleiten drohte. Die Fäuste in die Hüften gestützt, bezog ich vor den beiden Stellung und durchbohrte Liam mit einem wütenden Blick.

* Spezialität der schottischen Küche: mit Innereien gefüllter Schafmagen. (Anmerkung der Übersetzerin)

Er sah aus geröteten Augen zu mir auf und schob die junge Frau, die mich verblüfft musterte, behutsam weg.

»Caitlin…, ich dachte, du wärest schon nach oben gegangen, um zu schlafen«, meinte er mit einer unschuldigen Miene, die mich in die Luft gehen ließ.

»Das sehe ich; und wie du deinerseits sehen kannst, schlafe ich noch nicht…«

Er warf mir ein einfältiges Lächeln zu, stand schwankend auf und hielt sich am Arm der jungen Frau fest, ließ sie jedoch angesichts meines wutentbrannten, drohenden Blicks sofort wieder los.

»Wer ist denn das?«, kreischte die Frau und wies mit dem Finger auf mich.

»Das ist Mrs. Macdonald«, erklärte ihr einer der Männer, der schon ganz glasige Augen hatte, gut gelaunt. »Wenn du weißt, was gut für dich ist, solltest du ihren Gatten nicht anrühren.«

Hochmütig musterte sie mich.

»Das ist deine Frau?«, rief sie aus und wandte sich zu Liam um, der sich den Bauch hielt und ganz offensichtlich versuchte, nicht vor Lachen herauszuplatzen. Er zuckte die Achseln, und auf seinem puterrot angelaufenen Gesicht stand immer noch dieses dümmliche Grinsen.

Seine aufgesetzte Unschuldsmiene brachte mich erst richtig in Rage. Die Frau drehte sich von neuem zu mir um, nahm mich eingehend in Augenschein und lächelte dann.

»Was für ein Glück Ihr habt, meine Hübsche!«, schrie sie dann ausgelassen. »Diesen Winter braucht Ihr nicht zu frieren. Ich kann Euch sagen, er wärmt Euch das Bett wie ein Feuerchen! Aber das habt Ihr gewiss schon festgestellt«, setzte sie kichernd hinzu.

Sie zupfte an Liams Hemdkragen, worauf er beinahe auf sie gestürzt wäre, und drückte ihm einen dicken Schmatzer auf den Mund, bevor sie ihn losließ. Das Gelächter wurde immer lauter.

»Du wirst mir fehlen, mein großer Hase! …Meinen Glückwunsch.«

»Heh, Maggie! Ich würde mich als Ersatz zur Verfügung stellen«, schrie jemand mit heiserer Stimme.

»Nichts da, ich brauche einen richtigen Mann, MacKean«, lachte die üppige Brünette und zog eine hochmütige Miene.

Kichernd stieß sie die vorwitzige Hand des unverbesserlichen Donald beiseite und drehte sich mit wehenden Röcken erneut zu uns um.

»Oh, ich hatte ganz vergessen, warum ich überhaupt zu dir gekommen war, Macdonald … Ein Gentleman erwartet dich im Alkoven.«

Sie zwinkerte ihm viel sagend zu, wandte sich ab und stolzierte hüftschwenkend davon. Ich starrte ihr mit offenem Mund nach, bis eine Stimme mich aus meiner Erstarrung riss.

»Gehen wir, Caitlin«, sagte Liam und fasste mich vorsichtig um die Taille.

Ich riss mich los, wich ein Stück zurück und starrte ihn drohend an.

»Du wirst mir sofort erklären, was du mit dieser … Dirne zu tun hattest!«, schrie ich völlig außer mir.

Die Trunkenbolde um uns herum ließen sich kein Wörtchen unseres Disputs entgehen. Da Liam es offensichtlich nicht für nötig befand, auf meine Frage zu antworten, schaltete sich einer seiner Männer ein.

»Das war Maggie MacHardy. Sie ist die Witwe von Hugh MacHardy, dem Besitzer der Herberge. Er ist bei …«

»Halt's Maul, Allan!«, stieß Liam mit zusammengebissenen Zähnen hervor.

»Aha, eine lustige Witwe!«, schrie ich weiter wutentbrannt.

Ich drehte mich zu Liam um, dessen Wangen rot angelaufen waren. Ob vor Scham oder Wut, das war mir vollständig gleich!

»Kommt mir vor, als ob sie dich sehr gut kennen würde, mein teurer Gatte! Vielleicht muss das Bett der armen *Dame* ja heute Nacht wieder gewärmt werden! Soll ich sie danach fragen, *mein großer Hase*?«

Meine Tirade wurde im ganzen Saal mit brüllendem Gelächter quittiert.

»Das reicht jetzt!«, zischte Liam gefährlich leise.

»Ich stelle fest, dass du deine Gespielinnen gern schön rund magst. Bei ihr hat man wahrlich genug zu sehen und alle Hände voll zu tun…«

Ich hatte keine Zeit, meinen Satz zu beenden, denn Liam hatte mich schon am Arm gepackt und zerrte mich unter allgemeiner Heiterkeit und einigen ziemlich groben Bemerkungen davon. Er ließ mich erst los, als wir draußen waren. Dann lehnte er sich mit vor der Brust verschränkten Armen an die Steinmauer des Stalls, während ich vor ihm auf und ab ging.

»Ich warte auf deine Erklärung!«

»Welche Erklärung?«, fragte er und sah mich unter halb geschlossenen Lidern an.

»Welche Erklärung?«, äffte ich ihn nach, die Fäuste in die Hüften gestemmt. »Machst du dich über mich lustig, Liam Macdonald, oder bist du vollkommen einfältig geworden? Wahrscheinlich ist dein Gehirn so mit Whisky vollgesogen, dass…«

Einer seiner Mundwinkel zuckte leicht.

»Machst du mir da gerade eine Eifersuchtsszene, *a ghràidh*?«

»Das ist keine Eifersuchtsszene!«, keifte ich. »Diese Frau hat mich vor allen Leuten gedemütigt… Findest du es komisch, dass eine Dirne mir vor all deinen Männern erzählt, was für ein guter Bettwärmer du bist? Wahrscheinlich hatte ich noch Glück, dass sie sich nicht in weiteren Einzelheiten erging!«

Er entflocht seine Arme und rieb sich das Kinn, um so gut wie möglich zu verbergen, dass er beinahe losgelacht hätte.

»Ja, diese Einzelheit hätte sie ruhig auslassen können…«

»*Einzelheit*? Du hast wirklich einen Sinn dafür, was wichtig ist«, gab ich höhnisch zurück. »Das wird ja klar, wenn man sie nur ansieht. Bei einer solchen Brust braucht ein Mann kein Kopfkissen mehr! Also, war sie deine kleine Zerstreuung, als du das letzte Mal in Arbroath warst?«

Liam vermochte sich nicht länger zu beherrschen und brach in brüllendes Gelächter aus, was mich endgültig die Fassung verlieren ließ. Ich trat ihn heftig vors Schienbein und stürzte dann in den Stall, wobei ich mir auf die Lippen biss, um nicht in Tränen auszubrechen.

Mit drei Schritten hatte er mich eingeholt und drehte mich herum.

»Meine Güte, du bist wirklich eifersüchtig!«, rief er und hielt mich an den Schultern fest. »Du hast doch nicht geglaubt, dass ich wie ein Mönch gelebt habe, bevor ich dir begegnet bin, oder?«

»Lass mich los!«, schrie ich. Mein Stolz war zutiefst verletzt.

»Nein, du wirst mir jetzt zuhören, Caitlin. Diese Frau hat mir nichts bedeutet. Nun ja … nicht mehr als eine kleine Zerstreuung, wenn du es so ausdrücken willst. Ein Mann hat manchmal seine Bedürfnisse, falls du verstehst, was ich meine. Maggie war da, sie war geneigt, und das war alles!«

»Das hättest du mir ruhig sagen können, bevor sie … also, ich hätte es lieber aus deinem Mund gehört als von ihr. Ich beginne zu verstehen, warum du unbedingt hier absteigen wolltest und nicht in *Rudy's Inn*.«

»Ich wollte hier absteigen, weil das Essen gut ist und die Zimmer weniger Ungeziefer beherbergen als bei *Rudy's*«, erklärte er. »Um dir die Wahrheit zu sagen, hatte ich überhaupt nicht mehr an sie gedacht, bis sie anfing, um mich herumzuscharwenzeln.«

»Offensichtlich ist es ihr ja gelungen, deinem Gedächtnis ein wenig nachzuhelfen!«

»Ich hatte nicht damit gerechnet, dass sie sich auf meinen Schoß setzt, und außerdem habe ich überhaupt nichts getan, Herrgott noch mal!«

»Neiiin«, sagte ich mit honigsüßer Stimme und ahmte den provozierenden Hüftschwung der fraglichen Dame nach. »Du hast ja praktisch auf ihr Mieder gesabbert, das, wie ich wohl nicht speziell erwähnen muss, nicht allzu viel von ihren mehr als großzügigen Formen verbarg.«

»Ich habe nur ein bisschen geschaut, *a ghràidh*. Hätte ich mir denn die Augen zuhalten sollen?«

»Und was hättest du getan, wenn ich wirklich schon zu Bett gegangen wäre, wie du glaubtest? Vielleicht hättest du dich ja überzeugt, ob …«

Abrupt stieß er mich in das leere Abteil hinter mir. Ich fand mich im Stroh liegend wieder, und Liam war über mir und presste die Lippen auf meinen Mund, um mich zum Schweigen zu bringen. Ich zappelte heftig, doch er drückte mich mit seinem Gewicht nieder und hielt meine Handgelenke fest.

»Tut mir leid, Caitlin, beim nächsten Mal schubse ich sie von meinen Knien…«

Er erstickte meine nächsten Vorhaltungen, indem er mich noch einmal heftig küsste. Mein Widerstand ließ ein wenig nach, doch wütend war ich immer noch auf ihn.

»*A ghràidh*, meine Süße… Du weißt genau, dass du die Einzige für mich bist…«

»Hast du ihr mehrere Male das Bett gewärmt?«, erkundigte ich mich bissig. »Und sag mir, wer erwartet dich in der nächsten Herberge?«

Im Halbdunkel des Stalls sah ich, dass er lächelte. Das Pferd im Nachbarabteil fühlte sich gestört und stampfte mit den Vorderhufen auf den Lehmboden.

»Willst du das wirklich wissen?«

Ich stöhnte, schüttelte den Kopf und wandte mich ab. Sein alkoholgeschwängerter Atem strich warm über meinen Hals. Mir gingen die Argumente aus, und meine nervöse Anspannung ließ nach. Seine Lippen strichen über meine Haut, so dass ich erzitterte, aber ich mochte meine Waffen noch nicht vollständig strecken. Ich hatte auch meinen Stolz.

»Ich glaube, dass dich im Alkoven ein *Gentleman* erwartet, Mr. Macdonald«, bemerkte ich sarkastisch. »Es wäre nicht höflich, ihn noch länger warten zu lassen.«

»Du kommst mit.«

»Nein, ich habe keine Lust… Ich werde zu Bett gehen.«

»Du möchtest dich nicht davon überzeugen, dass es sich wirklich um einen Mann handelt?«, fragte er spöttisch.

»Du bist so ein ungehobelter Klotz… Hör auf, dich über mich lustig zu machen. Jetzt bin ich bestimmt das Gespött deiner…«

Meine Vorwürfe wurden von einem weiteren, viel leidenschaftlicheren Kuss unterbrochen. Ich gab meinen letzten Widerstand auf… für den Moment jedenfalls, und außerdem beschloss ich, trotzdem mit ihm zu gehen, nur für den Fall der Fälle…

Der besagte Gentleman saß vor einer Flasche mit Wein und wartete geduldig auf Liam. Bei unserem Eintreten stand er auf, verbeugte sich und zog sein blaues, mit Adlerfedern geschmücktes

Barett. Er war ein Mann reiferen Alters, gut einen Kopf kleiner als Liam, und trug schmal geschnittene Hosen in einem Tartan in Blau, Grün und Weiß und dazu eine schwarze Weste und einen Rock aus feinem roten Wollstoff.

»Mr. Macdonald«, begann der Mann und bedeutete uns, dass wir Platz nehmen sollten. »Ich bedaure, wenn ich Eure Zeit über Gebühr in Anspruch nehme, doch ich muss Euch über eine dringende Angelegenheit unterrichten. Derselben, glaube ich, die Euch hergeführt hat.«

Stirnrunzelnd nahm er mich von Kopf bis Fuß in Augenschein, dann nahm er meine Hand und streifte sie mit den Lippen.

»Mit wem habe ich die Ehre?«, fragte er, ohne den Blick von mir zu wenden.

»Meine Gattin. Caitlin, das ist Sir Graham«, erklärte Liam und zog einen Strohhalm aus meinem zerzausten Haar.

Mir stieg heftig das Blut ins Gesicht.

»Ah, Ihr seid das also!«, rief er strahlend lächelnd aus. »Liam hat mir von Euch erzählt, als er in Frankreich war. Wenn ich mich nicht irre, seid Ihr die Schwester von Patrick Dunn, ja?«

»Allerdings«, antwortete ich. Dieser außergewöhnliche Mensch erweckte mein Interesse.

Sir Graham winkte der Herbergswirtin und bestellte Gläser für uns, dann sprach er mich von neuem an.

»Sir James Thomas Graham, Euch zu Diensten, Madam. Ich bin heute Morgen mit der *Barthelemy* angekommen«, setzte er, an Liam gerichtet, hinzu.

»Die *Barthelemy?*«, rief dieser verblüfft aus. »Die sollte doch erst in ein, zwei Tagen eintreffen!«

»Ich weiß, aber sie musste Calais einen Tag früher als geplant verlassen. Die Zöllner wurden zu neugierig, und Kapitän Courbet wurde nervös.«

»Wo befindet sich das Schiff derzeit?«

»Es ist einige Meilen vor Lang Craig vor Anker gegangen, wie vorgesehen. Eure kostbare Ladung befindet sich an Bord. Die Bestellung ist vollständig geliefert worden.«

Sichtlich erleichtert lehnte Liam sich auf seinem Stuhl zurück. Die üppige Wirtin kam mit den Gläsern zurück und stellte sie vor

Sir Graham auf den Tisch, wobei sie sich nicht die Gelegenheit entgehen ließ, ihre Vorzüge ins rechte Licht zu rücken. Sir Graham kam gefährlich ins Schielen.

Ich räusperte mich und warf ihr einen drohenden Blick zu, doch sie runzelte nur die Brauen, zuckte die Achseln und verließ dann mit wirbelnden Röcken den Raum. Liam beobachtete mich aus dem Augenwinkel und wirkte amüsiert, während Sir Graham den Wein einschenkte.

»Ein Moselwein, aus meiner Privatsammlung«, erklärte er und reichte uns die Gläser. »Ich habe ihn aus Frankreich mitgebracht.«

Er ließ die blasse, ins Grüne schillernde Flüssigkeit in seinem Glas kreisen, führte es an die Nase und schloss einen Moment lang die Augen.

»Blumig und zart… Ganz wie Ihr, Mrs. Macdonald«, setzte er hinzu und sah mich an.

Blumig und zart, ha! Wahrscheinlich stank ich nach der Reise wie ein Wiesel und hätte nicht übel Lust gehabt, entweder meinen Gatten oder die Herbergswirtin niederzuschlagen. Sir Graham nahm einen Schluck, stellte dann sein Glas ab und schnalzte zufrieden mit der Zunge.

»Ich bin auf der Suche nach Patrick«, sagte er ohne Umschweife. »Wenn ich mich nicht irre, könnte er sich irgendwo in Eurem Tal verkrochen haben, oder?«

»Was wollt Ihr von ihm?«, fragte Liam.

»Wir bedürfen seiner Talente.«

Sir Graham setzte sich gemütlich auf seinem Stuhl zurecht und sprach jetzt mich an.

»Euer Bruder ist ein außerordentlich begabter… Fälscher.«

Ich erstarrte, was ihm nicht entging.

»Selbstverständlich ein Anliegen, das der Sache der Stuarts dient. Ich komme soeben aus Saint-Germain-en-Laye, wo ich mit König James gesprochen habe.«

Rasch sah er sich um und dämpfte die Stimme.

»Wir wollen eine Armee für eine neue Erhebung aufstellen… Doch so etwas kostet natürlich Geld… Ich hatte letzten Monat eine Audienz beim König von Frankreich, aber Seine Majestät, der Sonnenkönig, ist viel zu sehr mit seinen Problemen auf dem Kontinent beschäftigt, um uns momentan irgendwie zu unterstützen. Wir haben vor, Gesandte nach Spanien zu schicken und hoffen, dort etwas Greifbareres zu erhalten als leere Versprechungen.«

Er unterbrach sich und zog die Augen zusammen, um die Farbe seines Weins zu würdigen, den er zerstreut vor der Kerzenflamme kreisen ließ.

»Ich nehme an, Ihr benötigt Passierscheine?«, erkundigte ich mich vorsichtig.

»In der Tat«, antwortete er und setzte sein Glas ab. »Die Engländer machen uns unsere Aufgabe schwer. Es ist praktisch unmöglich, das Land ohne offizielle Reisedokumente zu verlassen.«

Ich nahm einen Schluck Wein und sah Liam, der bis jetzt keinen Ton gesagt hatte, besorgt an. Mir gefiel die Aussicht, dass mein Bruder sich zum Berufsfälscher entwickelte, nicht besonders, und ich ahnte, dass Liam die gleichen Vorbehalte hegte, zumal Patrick mit seiner Schwester verheiratet war.

»Und wenn er sich weigert?«, fragte Liam und verschränkte die Arme vor der Brust.

Sir Graham zuckte die Achseln und verzog enttäuscht den Mund.

»Dann wäre ich sehr betrübt, aber auch überrascht. Mr. Dunn hat immer ein lebhaftes Interesse an unserer Sache bekundet. Er gehört zu den ›Wildgänsen‹, die sich verirrt haben.«

»In der Tat, er handhabt die Feder besser als das Schwert«, brummte Liam.

»Wahrlich, er hat nicht seinesgleichen, Liam. Wir wollen ihm in naher Zukunft bedeutsamere Aufgaben übertragen. Dieser Mann sprudelt wirklich vor Fantasie.«

Viel sagend zog er eine Augenbraue hoch und beugte sich dann zu uns herüber.

»Also, sprecht Ihr mit ihm?«

Liam trommelte mit den Fingern nervös auf dem Tisch herum.

»In Ordnung, ich werde mit ihm reden, James«, sagte er dann.

»Recht so!«, rief Sir Graham und erhob symbolisch sein Glas über dem Wasserkrug. »Auf den König jenseits des Meeres!«

»Auf die Stuarts, die Könige von Schottland!«, riefen wir alle im Chor.

Wir ließen unsere Gläser aneinanderklingen und tranken mit dem köstlichen Moselwein auf die Gesundheit des exilierten Königs.

»Ah«, erinnerte sich Sir Graham und hob theatralisch einen Finger. »Ich habe ein Geschenk für Euch, Liam. Ich wollte es Euch unbedingt in eigener Person übergeben.«

Er griff unter den Tisch und zog einen länglichen Kasten aus Mahagoniholz hervor, den er behutsam auf den Tisch stellte. Mit den Fingerspitzen strich er leicht über den Deckel und schob die Schachtel dann langsam vor Liam hin.

»Von Monsieur François Lafarge.«

»Wer ist denn das?«, fragte ich.

»Der Waffenhändler, mit dem ich zu tun hatte.«

Vorsichtig öffnete er die Schatulle, und ein Leuchten trat auf sein Gesicht.

»Herrlich!«, flüsterte er wie vom Donner gerührt.

Die Schatulle enthielt eine wunderschöne schwarze Pistole mit einem Beschlag aus vergoldetem Messing, in den das Bild eines eng umschlungenen Paares eingraviert war. Der mit Gold eingelegte Lauf aus bläulichem Stahl schimmerte im Licht der Kerze.

»Das ist eine Repetierpistole«, erklärte Sir Graham und betrachtete die Waffe mit unverhohlenem Neid.

»Er hat mir einmal ein ähnliches Stück gezeigt«, meinte Liam beeindruckt. »Aber dieses hier … das ist ein richtiges Juwel.«

Er nahm die Pistole heraus und betrachtete sie aus allen Blickwinkeln; dann erklärte er mir in groben Zügen, wie sie funktionierte.

»Schau mal, das hier ist das Pulvermagazin, und hier kommen die Kugeln hinein«, sagte er und zeigte mir den Mechanismus unter dem Kolben. »Das Pulver wird automatisch durch eine Dosiermechanik eingegeben. Um zu laden, braucht man die Waffe nur waagerecht zu halten und den Hebel zu drücken, wodurch eine Kugel in den Lauf geschoben wird. Zugleich wird der Hahn scharf gemacht. Damit kann man bis zu fünfzehn Schuss hintereinander abgeben.«

»Warum schickt er dir ein so wertvolles Geschenk?«

»Weil Euer Gatte ihm das Leben gerettet hat, Madam«, erklärte Sir Graham und schenkte uns Wein nach.

Verblüfft sah ich Liam an, der die Waffe in ihre mit rotem Samt ausgeschlagene Schatulle zurücklegte. Er wirkte verlegen.

»Du hast ihm das Leben gerettet? Wieso hast du mir nie davon erzählt?«

»Das war wirklich keine Heldentat, *a ghràidh*.«

»Ich möchte es trotzdem hören.«

»Ein andermal, ich möchte Sir James nicht mit meinen Geschichten langweilen.«

»Euer Gatte ist zu bescheiden, Madam«, sagte Letzterer lächelnd. »Monsieur Lafarge hat mir selbst von diesem Abenteuer erzählt. Wirklich komisch. Wenn Euer Gatte nicht hinzugekommen wäre, dann wäre der arme Mann heute tot.«

»Ach ja?«, rief ich aus. Ich wurde immer neugieriger.

»Der gute Lafarge hatte wahrhaftig zu viel getrunken«, begann Sir Graham. »Er ist ein Liebhaber schottischen Whiskys«, erläuterte er in vertraulichem Ton. »Ich muss daran denken, ihm eine Kiste davon zu schicken.«

»Aber was ist denn nun geschehen? Ihr spannt mich auf die Folter, Sir Graham.«

Liam schüttelte den Kopf, verbarg ihn in den Händen und murmelte etwas Unzusammenhängendes. Sir Graham nahm seine Geschichte wieder auf.

»Nun ja, der Unglückliche war in der Badewanne eingeschlafen und mit dem Kopf unter Wasser gerutscht. Er war sturzbetrunken, und seine hübsche junge Dame auf dem Bett stand ihm diesbezüglich in nichts nach.«

»Die junge Dame auf dem Bett?«, fragte ich zweifelnd.

»Mademoiselle Ernestine. Das Ganze begab sich nämlich im Freudenhaus von Madame Griffard…«

»In einem Freudenhaus!«, schrie ich und marschierte in dem winzigen Herbergszimmer auf und ab. »Das ist nicht wahr! Sag mir, dass ich träume, Liam Macdonald.«

Ich war vollständig außer mir. Endlich konnte ich die Wut loswerden, die sich seit Sir Grahams »wirklich komischer« Erzählung in mir aufgestaut hatte.

»Jetzt ist mir sonnenklar, warum du mir nichts davon gesagt hast! Natürlich bist du nicht so dumm, deiner Frau zu erzählen, dass du dich in Frankreich in Freudenhäusern herumgetrieben hast! Herrgott!«

»Caitlin, so lass dir doch erklären, was ich dort gemacht habe …«

»Willst du mir vielleicht eine Zeichnung machen? Stell dir vor, ich weiß ganz genau, was man in einem Freudenhaus so tut!«

»Das war alles ganz anders, als du denkst …«

Ich schnappte mir den gefüllten Wasserkrug und wollte ihm den Inhalt ins Gesicht schütten, doch er stürzte sich auf mich und riss ihn mir aus den Händen.

»Jetzt hör mich doch an, Caitlin, verflucht! Ich hatte mich vor der Tür von Madame Griffards Haus mit François Lafarge verabredet. Davor hatte ich noch nie einen Fuß hineingesetzt.«

»Eine Verabredung vor der Tür eines Freudenhauses«, spottete ich, und mein Gesicht glühte. »Sehr originell, aber du hättest sicher einen anderen Treffpunkt vorschlagen können.«

»Als ich merkte, dass Lafarge nicht kam, dachte ich, er hätte mich vergessen. Ich bin hineingegangen und habe gefragt, ob er dort sei. Madame Griffard hat mir sein Zimmer gezeigt, und dann …«

»Und dann«, unterbrach ich ihn, »bist du genau in dem Moment dazugekommen, als der arme Mann am Ertrinken war.«

»Ja, genauso war es«, sagte Liam und ließ mich los. »Das Mädchen lag auf dem Bett und schnarchte. Die beiden hatten eine ganze Flasche Whisky geleert. Lafarge war dermaßen betrunken, dass er bewusstlos geworden und nur wenige Augenblicke, bevor ich ins Zimmer kam, in der Badewanne unter Wasser gerutscht war.«

Wutentbrannt ließ ich mich auf das Bett fallen, das unter meinem Gewicht quietschte.

»Kannst du mir einmal erklären, warum er dich vor ein Freudenhaus zitiert?«

»Er traf sich dort jede Woche mit dieser Ernestine. Anschließend wollten wir uns eine Waffenlieferung in einem Lagerhaus am Hafen ansehen, zwei Straßen weiter. Er wollte nur Zeit sparen.«

»Und das soll ich dir glauben?«, versetzte ich gereizt.

»Es ist die Wahrheit, *a ghràidh*. Du selbst musst entscheiden, ob du mir glaubst oder nicht. Ich kann nichts weiter tun.«

Er sank schwer auf dem Stuhl zusammen. Ich sah ihn einen Moment lang an. Sein Blick war ins Leere gerichtet, und er rieb sich die Augen, legte den Kopf nach hinten und schloss sie. Ich musterte seine schönen, kräftigen Hände, diese Hände, die so oft meinen Körper liebkost hatten... Dann, plötzlich, sah ich dieselben Hände auf Maggies üppiger Brust, in Annas seidigem Haar und auf Meghans weißer Haut. Und wer wusste, mit wem er sonst noch gelegen hatte...

Ich begann vor Wut zu kreischen und schlug mit den Fäusten auf das Kopfkissen ein, weil ich ihn nicht verprügeln konnte.

»Das Gefühl ist stärker als ich«, schluchzte ich tief gekränkt. »Ich kann nicht anders, ich sehe dich zusammen mit all diesen Frauen... War es schön mit ihnen? Maggie muss doch Kniffe kennen, die ich mir nicht einmal im Traum ausdenken könnte. Und Meghan...«

»Du besitzt die gespaltene Zunge einer Viper, Caitlin«, brummte Liam und musterte mich kalt.

Er stand auf und wandte sich zum Gehen.

»Wohin willst du?«, schrie ich und sprang ebenfalls auf.

»An die frische Luft«, gab er bissig zurück. »Hier drinnen kann man ja nicht mehr atmen. Du solltest schlafen gehen. Morgen brechen wir nach Lang Craig auf. Warte nicht auf mich, ich habe noch etwas zu erledigen.«

Ich stellte mich ihm in den Weg und starrte ihn trotzig an.

»Bei Maggie?«

Liam erhob flehend die Hände zum Himmel.

»Um Himmels willen, Caitlin! So langsam habe ich genug von deinen albernen Kindereien. Was hast du denn bloß? Diese Frauen, das war schließlich, bevor... Während das mit dir und Winston...«

Er unterbrach sich. Seine Miene war zu einer Mischung aus

Wut und Bestürzung verzogen. Mein Zorn überwältigte mich, und ich stürzte mich auf ihn und zischte ihn mit zusammengebissenen Zähnen an.

»Wie kannst du es wagen? Wie kannst du das vergleichen? Bastard! Du hast gesagt, dass du es verstehst«, schrie ich erbost.

Er versuchte, meine Fäuste festzuhalten, mit denen ich wild auf ihn einschlug.

»Ich habe nicht gelogen, Caitlin. Aber glaubst du, dass ich deswegen schon alles vergessen kann? Dass ich dich nicht mehr mit ihm vor mir sehe? Herrgott!«

Er sah mich an. Sein Gesicht war blass, und in seinen Augen stand eine tiefe Trauer.

»Wenn ich noch einmal festgenommen werde, was wirst du dann aushecken, um mich herauszuholen?«

»Also, wenn du glaubst, dass ich ein ganzes Regiment aufstelle, dann irrst du dich!«, kreischte ich. »Ich werde nicht einmal mehr den kleinen Finger für dich krumm machen!«

Er schaffte es, mich zu packen, und zog mich an den Haaren, damit ich ihn ansehen musste.

»Wir müssen mit unseren Dämonen leben. Wenn wir sie nicht zähmen können, müssen wir uns eben Mühe geben, sie zu ertragen.«

Er atmete schwer, mit bebenden Nüstern, und sein Herz schlug genauso rasch wie meines. Ich wollte mich losmachen, aber er verstärkte seinen Griff und zog ein wenig fester an meinen Haaren, so dass ich den Kopf nach hinten biegen musste. All seine Muskeln waren angespannt. Ich stieß ein ersticktes Schluchzen aus.

Ich spürte, wie sein glühender Blick mich durchbohrte. Sein stoßweiser Atem strich über meine gespannte Kehle, auf die er die feuchten Lippen legte. Endlich ließ er meine Handgelenke los und beschäftigte sich stattdessen mit meinem Mieder.

»Liam …«

»Schweig still, Caitlin …«

»Ich will nicht, Liam …«

»Verflucht! Wirst du endlich still sein?«

Er bedeckte meinen Mund mit den Lippen, während er sich

der schwierigen Aufgabe stellte, mein Mieder mit einer einzigen Hand aufzuschnüren. Als seine Finger unter mein Hemd glitten, verhärteten sich die Spitzen meiner angeschwollenen Brüste, und ich seufzte, als er zart hineinkniff.

Unter seinen Liebkosungen verwandelte mein Zorn sich in Begehren. Hektisch machte ich mich an seiner Gürtelschnalle und an der Brosche, die sein Plaid hielt, zu schaffen. Rasch sammelten sich um uns herum die abgelegten Kleidungsstücke auf dem Boden an.

»Warum sollen wir uns streiten, *a ghràidh mo chridhe?*«, flüsterte er. »Ich liebe dich so sehr … Ich begehre dich so … Für dich würde ich mein Leben hergeben …«

Sanft biss ich in seine Brustwarzen, dann strichen meine Hände an seinen Flanken hinunter. Er erzitterte unter meiner zärtlichen Berührung, und als ich meine Nägel in seine Hinterbacken grub, spannten sich die Muskeln unter seiner Haut an. Mit der Zunge zog ich die feine Haarlinie nach, die über seinen Unterleib verlief. Liam stöhnte und nahm meinen Kopf zwischen die Hände, um mich dorthin zu führen, wo sich sein Begehren am offensichtlichsten kundtat.

»Herrgott, Caitlin …«, flüsterte er mit heiserer Stimme.

Er bebte vor Erregung.

»Oh ja, *a ghràidh*! Ich würde für dich sterben …«

Er wurde von heftigen Schauern erschüttert, und ein langer, rauer Schrei entrang sich seiner Kehle. Langsam entspannten sich seine Finger, die er in mein Haar gewühlt hatte. Bebend sank er vor mir auf die Knie, und unsere Blicke verschränkten sich.

»Ich gehöre dir ganz und gar«, flüsterte er. »Mein Herz ist dein, und du besitzt die Macht, es zu zerstören, wenn du willst, du kannst mich zerbrechen, und ich kann nichts mehr dagegen tun …«

»Liam, *mo rùin* … Ich liebe dich, und nie, nie, niemals will ich dich zerstören …«

Er hob mich hoch und trug mich zum Bett, wo er mich mit seinem Mund und seinen Händen liebte. Er enthob mich in eine Welt, in der allein die Sinne herrschten und mich vollkommen in ihren Bann schlugen, und führte mich bis an die Grenzen der

Trunkenheit. Keuchend sank ich dann in die Laken zurück und streichelte seine Locken. Sein Kopf ruhte auf meinem gerundeten Leib.

»Dé a bhios tu, mo leanaibh mhùirnich? Ar mac? Ar mighean?«, flüsterte er an meiner schweißfeuchten Haut. Was wirst du werden, mein geliebtes Kind? Ein Sohn? Eine Tochter?

»Glaubst du, das Kleine versteht dich?«

»Natürlich.«

Er schob sich an meinem Körper hinauf, bis unsere Gesichter sich ganz nah waren. Ich sah ihn an, kam mir mit einem Mal schrecklich töricht vor und schwor mir, nie wieder dieser schrecklichen Eifersucht zu erliegen. Nie mehr. Ich wusste doch, dass er mich mehr als alles andere auf der Welt liebte, ganz einfach, weil ich ebenfalls mein Leben für ihn hergeschenkt hätte. Allerdings fand ich nicht, dass wir uns allzu bald füreinander opfern sollten, daher machte ich mir Sorgen wegen der Übernahme der Waffenlieferung am folgenden Abend.

»Wie sind eure Pläne für morgen?«

»Wir werden bei Einbruch der Nacht an der Küste warten. Auf unser Signal wird das Schiff Boote zu Wasser lassen, die mit den Waffen beladen sind. Ich möchte, dass du zusammen mit Calum in einer verlassenen alten Kapelle wartest, die ganz in der Nähe liegt. Er soll auf dich Acht geben.«

»Da wird der Junge aber enttäuscht sein«, murmelte ich.

»Ich weiß, aber ich habe seiner Mutter versprochen, auf ihn aufzupassen. Er ist noch sehr jung und kann sich mit dem Kämpfen Zeit lassen.«

»Hast du in diesem Alter nicht mit deinem Clan schon Raubzüge nach Argyle unternommen?«

»Das wirst du ihm doch hoffentlich nicht sagen, oder?«, meinte er und kniff mich in den Schenkel.

»Damit ich zusehen kann, wie er die Beine in die Hand nimmt, hinter euch herrennt und mich allein zurücklässt, hilflos irgendwelchen Banditen ausgeliefert? Nie im Leben!«

Er runzelte die Stirn und räusperte sich.

»Wenn alles gut geht, hole ich dich noch vor dem Morgengrauen ab.«

Mein Magen zog sich zusammen, und ich stand mit einem Mal kurz davor, in Panik auszubrechen.

»Und wenn nicht?«

»Dann kehrst du mit Calum nach Glencoe zurück.«

Ich wandte das Gesicht ab, um die Tränen zu verbergen, die mir in die Augen traten.

»So leicht lasse ich mich schon nicht fangen, Caitlin. Ich will nicht wieder ins Gefängnis…«

»Noch ist es nicht zu spät, Liam. Deine Männer könnten doch allein gehen… ohne dich.«

»Auf keinen Fall!«, gab er heftig zurück und stützte sich auf einen Ellbogen auf. »Hast du auch nur die geringste Ahnung, was du da von mir verlangst, Caitlin? Ich soll meine Männer im Stich lassen?«

»Ich weiß…«, stimmte ich seufzend zu.

»Es wird schon alles gut gehen, du brauchst dir keine Sorgen um mich zu machen.«

»Das ist leichter gesagt als getan«, murrte ich. »Du könntest in einen Hinterhalt geraten. Wir haben immer noch nicht herausgefunden, wer der Verräter in unserer Mitte ist, und es ist gut möglich, dass dein Sergeant Barber auftaucht. Außerdem weise ich dich darauf hin, dass Isaak heute Abend nicht da war. Wohin könnte er gegangen sein?«

Als ich Isaak erwähnte, verdüsterte sich Liams Blick, und er schüttelte langsam den Kopf.

»Ich weiß. Ach, Caitlin! Ich kann mich einfach nicht an den Gedanken gewöhnen, dass er der Verräter sein könnte. Er ist immer einer meiner besten Männer gewesen. Aber ich muss zugeben, dass mir sein Verhalten seit Meghans Tod manchmal Rätsel aufgibt. Oft habe ich mitbekommen, dass er lange fort war, ohne eine Erklärung dafür abzugeben. Wo mag er dann gewesen sein? Außerdem weiß ich, dass er mir die ganze Geschichte furchtbar nachträgt. Es wäre ja zu verstehen, wenn er mich persönlich verraten würde, aber gegenüber dem Clan… Du hast Recht, ich muss mit mir selbst ins Reine darüber kommen. Ich werde morgen in aller Frühe mit Thomas sprechen.«

Er verstummte und sah mir tief in die Augen.

»Lächle einmal für mich, *a ghràidh.*«

Wider Willen lächelte ich. Zärtlich streichelte Liam meine Wange und küsste mein Grübchen.

»Du duftest gut nach Lavendel«, meinte er und roch an meinem Haar.

Er verschränkte die Finger mit meinen und hielt mir die Hände über meinem Kopf fest. Mit dem Knie bahnte er sich einen Weg zwischen meine Schenkel und legte sich auf mich. Seine goldbraune Haut schimmerte im Licht der Kerze.

»Schluss mit der Eifersucht«, flüsterte er. »Keine Frau erregt mich mehr als du…«

»Wie? Schon wieder?«

Mit einem Stoß seiner Hüften nahm er mich in Besitz. Ich stieß einen leisen Schrei aus und wölbte den Rücken. Liam verhielt sich unbeweglich, um mich aus halb geschlossenen Augen anzusehen.

»Ich sehe so gern zu, wie du dich unter mir vor Lust windest, das macht mir großen Spaß…«

Er begann, sich erneut in mir zu bewegen, ohne den Blick von mir zu wenden. Ich keuchte laut.

»Und wenn du diese kleinen Schreie ausstößt… Ah, Caitlin!«

»Hör nicht auf, Liam…«

Er beschleunigte seinen Rhythmus und stieß heftig in mich hinein. Ich schlang die Beine um seine Hüften. Und immer noch sah er mich mit glühenden Blicken an.

»Wie schön du bist, wenn du das tust…«

Seine letzten Worte gingen in einem rauen Stöhnen unter, und dann sank er auf mir zusammen.

»Weißt du… unter allem, was mich glücklich macht… stehst du ganz oben auf der Liste.«

»Ach ja?«, fragte ich verdutzt. »Und was kommt auf dem zweiten Platz?«

»Eine Flasche allerbester schottischer Whisky«, gab er zurück und blickte mich strahlend an.

Ich schlug mir mit der Handfläche an die Stirn.

»Na, da habe ich ja noch einmal Glück gehabt«, seufzte ich.

23

Die verdammten Seelen

Die belebende Seeluft füllte meine Lungen. Mit geschlossenen Augen sog ich den Duft des Seetangs ein, der zu mir aufstieg, und ließ mich von dem Rauschen der Wogen, die am Fuß der Klippe an die Felsen schlugen, einlullen.

In der verlassenen Kapelle war es dunkel. Nur ein paar Strahlen Mondlicht drangen schwach durch das zur Hälfte mit Brettern vernagelte Fenster. In der Tür zeichnete sich Calums Silhouette ab. Er wandte mir den Rücken zu und hielt nach der kleinsten Bewegung in unserer Umgebung Ausschau. Für einen jungen Mann von sechzehn Jahren war er ziemlich gut gebaut. Seine glatte Haut und sein dünner Bartflaum verrieten seine Jugend, doch die breiten Schultern und ausgeprägten Wadenmuskeln ließen erahnen, dass er zu einer imposanten Statur heranwachsen würde.

Während ich Calum ansah, stieg ein eigenartiges Gefühl in mir auf. Vielleicht würde ich ja doch eines Tages Stephen auf diese Weise ansehen können. Wie um diesen Gedanken zu unterstreichen, nahm ich plötzlich ein leises Flattern in meinem Leib wahr. Instinktiv legte ich die Hand darauf und stieß einen verblüfften Laut aus, der den jungen Mann aus seinen Überlegungen riss. Ehe ich mich versah, stand er mit gezücktem Schwert vor mir und ließ auf der Suche nach einem unsichtbaren Feind den Blick durch die dunklen Winkel schweifen. Enttäuscht darüber, dort nur Leere und Finsternis vorzufinden, setzte er die Spitze seines Schwerts auf den Boden aus gestampftem Lehm.

»Ist alles in Ordnung, Mrs. Macdonald?«

»Ja, Calum«, versicherte ich ihm. »Ich habe mich nur ein wenig erschreckt, als das Kind sich bewegt hat.«

»Ach so!«

Seine Schultern entspannten sich. Im silbrigen Mondlicht leuchtete sein glattes Haar auf. Er hatte es an den Schläfen geflochten, um sein Gesicht frei zu halten, so wie die keltischen Krieger vor Jahrhunderten. Anders als von mir befürchtet, hatte Calum sich nicht gesträubt, als Liam ihm aufgetragen hatte, in dieser Nacht bei mir zu wachen.

»Ihr könnt spüren, wie sich das Kind bewegt?«, fragte er schüchtern.

»Ja, das war jetzt das erste Mal.«

»Was ist das denn für ein Gefühl?«

»Schwer zu erklären… Ein bisschen so, als ob du einen zappelnden Fisch in der Faust hältst.«

»Wirklich?«, rief er aus. Offensichtlich versuchte er, es sich vorzustellen, denn er hatte unwillkürlich die geschlossene Hand vor sich ausgestreckt.

Er lehnte sich an die gekalkte Wand, von der in großen Fladen der Putz abbröckelte und schwarzen Stein enthüllte.

»Habt Ihr Angst vor der Geburt?«, fragte er plötzlich aus heiterem Himmel.

»Äh, nein… Um ehrlich zu sein, habe ich noch gar nicht richtig darüber nachgedacht«, sagte ich, nicht ganz der Wahrheit entsprechend.

»Ich weiß noch, wie mein Bruder Robin geboren wurde. Damals muss ich ungefähr neun gewesen sein. Ich hatte mich unter dem Fenster unserer Hütte versteckt…«

Er zögerte einen Moment.

»Ich glaube, das tut sehr weh«, fuhr er dann fort, »weil Mutter ganz laut gekreischt und Verwünschungen ausgestoßen hat, die ich vor Euch nicht zu wiederholen wage.«

»Ja, ich weiß…«

Plötzlich standen mir einige Erinnerungsfetzen an die Geburt meiner Schwester Myrna wieder vor Augen und damit der ganze Schrecken einer Geburt, bei der etwas Unvorhergesehenes geschieht. Das Neugeborene hatte sein erstes Wimmern ausgestoßen, und dann hatte Vater zu schreien und zu weinen begonnen. Mit dem kleinen Verstand einer Siebenjährigen hatte ich zuerst geglaubt, dass Vater weinte, weil er schon wieder ein Mädchen bekommen hatte. Doch als ich bemerkte, dass Mutter nicht wieder aufwachte, hatte ich begriffen, dass sie tot war. Danach hatte ich noch lange geglaubt, Mutter habe Myrna ihre Seele geschenkt, als sie sie auf die Welt brachte. Heute wusste ich, dass unser Schicksal in Gottes Hand liegt. Bei Stephens Geburt waren die schmerzlichen Erinnerungen zurückgekehrt und hatten mich gequält. Zu jeder qualvollen Wehe hatte sich noch die Angst gesellt.

»Ist das Leiden nicht unser aller Los auf Erden?«, seufzte ich.

»Ich habe einmal gehört, wie ein Priester sagte, dass die Frauen unter Schmerzen gebären, um für die Erbsünde zu büßen …«

Unwillkürlich lachte ich auf. Die Sünde… Die Sünde, dass man mir Gewalt angetan hatte? Hatte ich Dunnings Sünden gebüßt?

»Und was glaubst du?«

»Tja… ich weiß nicht«, stotterte er. »Der Priester hat gesagt, es sei eine Sünde, wenn eine Frau einen Mann verführt.«

»Ist es denn auch eine Sünde, wenn eine Frau den Mann liebt?«

»Wenn sie… nun ja, Ihr wisst schon, was ich meine…«

Unbehaglich trat er von einem Fuß auf den anderen.

»Sogar, wenn sie mit ihm verheiratet ist?«

»Nein, also das glaube ich nicht«, erklärte er ein wenig überzeugter.

»Warum sollte sie dann leiden?«, hakte ich nach.

Der arme Calum war verwirrt, und ich hatte meine Freude daran, den jungen Mann zum Nachdenken über die zahlreichen Widersprüchlichkeiten unserer Religion zu bringen, die uns ständig mit dem Fegefeuer oder, noch schlimmer, mit ewigen Höllenqualen drohte.

»Bist du schon einmal mit den Männern des Clans auf eine Unternehmung ausgezogen?«, fragte ich, um das Thema zu wechseln und das peinliche Schweigen zu durchbrechen, das sich über die Kapelle gesenkt hatte.

»Ich bin schon im Tal mit auf Patrouille geritten, aber dies ist das erste Mal, dass ich Glencoe verlassen habe.«

»Bist du ärgerlich, weil du auf mich Acht geben sollst?«

»Aber nein, Mrs. Macdonald!«, rief er aus. »Es ist mir eine Ehre, über die Sicherheit von Liams Gattin zu wachen.«

Im Mondlicht sah ich, dass seine Augen vor Stolz glänzten. Doch mit einem Mal erstarrte er, und seine Miene wurde ernster.

»Was ist?«

Er kauerte sich neben mich und legte einen Finger über meine Lippen, um mir zu bedeuten, dass ich schweigen sollte. Dann griff er nach seinem Schwert, das auf dem Boden lag, und beugte sich zu mir herüber.

»Bleibt hier, ich komme wieder …«

Calum ging hinaus, verschwand in der pechschwarzen Nacht und kehrte erst nach einer Weile zurück. Doch da brauchte er mir schon nichts mehr zu erklären, denn auch ich hörte, dass sich eine berittene Truppe näherte. Aus unserem Versteck im Dunkel heraus sahen wir einen Konvoi aus drei Karren und mindestens fünfzehn Reitern, der in schnellem Tempo vorüberzog. Mein Magen schnürte sich zusammen. Calums Hand, die auf meinem Arm lag, verkrampfte sich und zeigte mir, dass er dieselben Befürchtungen hegte wie ich: Das waren zweifellos Barbers Männer, und sie ritten direkt nach Ethie Haven.

»Mein Gott! Du musst sie warnen!«, schrie ich panisch. »Calum, renn los und sag Liam und den anderen Bescheid …«

Er sah mich an und schwankte sichtlich zwischen seiner Pflicht, mich zu schützen, und seinem Drang, die Männer zu warnen.

»Mach schnell, Calum, warte nicht, bis es zu spät ist!«, fuhr ich ihn an. »Ich komme schon zurecht … Mir werden sie nichts tun, sie wollen nur die Waffen.«

Und Liams Kopf … Ich verzichtete darauf, den Gedanken laut auszusprechen. Der junge Mann warf mir einen letzten unsicheren Blick zu und entfernte sich dann rasch.

Was war geschehen? Da war etwas Ungutes im Gange … Wenn ich mich recht erinnerte, hatte Liam seinen Männern mitgeteilt, die Ware würde in der Bucht von Bervie umgeladen, die fast einen Tagesritt weiter nördlich lag. Irgendwie musste der richtige Landungsort durchgesickert sein. Doch alle Männer hatten ohne Ausnahme diese Information erhalten und erst im letzten

Moment in der Bucht von Lunan, die knapp unterhalb von Lang Craig lag, die Wahrheit erfahren. Der Verräter hatte also unmöglich die Gruppe verlassen können, ohne dass man seine Abwesenheit bemerkt hätte, und Barber hätte gar nicht hier sein dürfen…

Mit einem Mal blieb mir fast das Herz stehen. Ich raffte meine Röcke und rannte aus der Kapelle. Ich musste zu Liam, bevor es zu spät war, ich musste ihn warnen… Nun war wirklich allergrößte Eile geboten.

Ich folgte dem Ufer und entdeckte ohne Schwierigkeiten die Stelle, an der das Schiff gelandet war. Der steile Abstieg dagegen fiel mir schwer. Hinter einem Busch verborgen sah ich zu, wie das Boot ausgeladen wurde. Die Arbeit ging rasch vonstatten, und das Rauschen der Brandung übertönte die Geräusche, unter denen die Kisten auf Fuhrwerke gestapelt wurden. Auf der Suche nach Liam spähte ich ins Dunkel und entdeckte ihn schließlich. Er gab seine Befehle, indem er in regelmäßigen Abständen das Licht einer Laterne, die er in der Hand hielt, verdeckte. Von Barbers Helfershelfern war im Moment nichts zu sehen. Wahrscheinlich würden sie warten, bis die Waren gelöscht waren, um sich dann der Beute zu bemächtigen. Ich ahnte, dass sie oben am Steilhang auf der Lauer lagen. Aber wo war Calum?

Rasch zählte ich die Männer am Strand ab und stellte fest, dass er nicht bei ihnen war. Meine Sorge wuchs: Also wusste Liam noch nichts von Barbers Anwesenheit. Ich verließ mein Versteck, riss meinen Rock los, der sich in den Stacheln des Ginsterbusches verfangen hatte, und stolperte den Rest des Abhangs hinunter, wobei ich im Dunkel immer wieder auf Steinen, die ich nicht sehen konnte, ausrutschte.

Ich strauchelte über ein Hindernis, fiel hin und rappelte mich wieder auf. Alarmiert vom Knirschen der Kieselsteine fuhr Liam herum. Ich befand mich in der Schusslinie seiner feuerbereiten Pistole und erstarrte.

»Liam…«

»Caitlin? Also nein… was in Gottes Namen hast du hier zu suchen?«

Ängstlich lief ich zu ihm.

»Du bist so etwas von leichtsinnig, Frau! Ich hatte dir doch befohlen …«

»Liam, du sitzt in der Falle …«

»Was meinst du?«

»Barber und seine Männer erwarten dich oben am Steilhang mit drei Fuhrwerken. Sie sind euch gegenüber in der Überzahl.«

Er löschte die Lampe, so dass wir plötzlich im Finstern standen. Ich konnte buchstäblich hören, wie er nachdachte, während sein Blick suchend über die Krone des Hanges glitt. Seine Männer hatten soeben das letzte Boot entladen und begannen jetzt, Whiskyfässer hineinzustapeln.

»Erzähl«, sagte er leise.

»Ich habe sie vorbeiziehen gesehen und Calum geschickt, um euch zu warnen …«

»Der Junge war nicht hier.«

»Liam, der Verräter … Bist du sicher, dass du mit niemandem außer Simon und Thomas gesprochen hast?«

Er verstummte kurz, und ich spürte, wie sich unter meiner Hand seine Muskeln anspannten.

»Dieser Bastard!«, stieß er gereizt zwischen den Zähnen hervor.

Ein Schuss krachte. Ich spürte, wie ich unter einen Karren gestoßen wurde, schlug mir dabei den Kopf an einem Rad an und spuckte Speichel und Sand aus. Die Männer schrien und liefen wild durcheinander, um hinter den Wagen Deckung zu suchen. Weitere Schüsse folgten. In unserer Gruppe brach Panik aus. Liam kam auf allen Vieren zu mir gerutscht.

»Dieser Mistkerl! Der kleine Drecksack! Wenn ich den in die Finger bekomme, schicke ich ihn gleich *ad Patres*.«

Wütend schlug er mit der Faust in den Sand, fluchte und stieß den Namen des Verräters hervor.

»Was sollen wir jetzt tun?«, fragte ich vorsichtig.

Er sah in die Richtung, aus der die Schüsse gekommen waren. Nichts rührte sich. Er gab mir keine Antwort, sondern dachte wahrscheinlich über unsere Aussichten nach, ungeschoren davonzukommen. Ich wusste, dass er versuchen würde, seine Ladung zu retten. Die Ware – Waffen und Munition – war mehr als tausend Pfund Sterling wert. Schlimmstenfalls würde er versuchen, sich einen Teil zurückzuholen.

Ich bewegte mich nicht. Nicht weit von uns entfernt rief ein Mann Liam an, doch dieser wies ihn an, im Moment nichts zu unternehmen. Wir mussten warten, bis wir die Position des Feindes kannten. In bedrückender Stille verstrich die Zeit. Ich sah, wie eines der Boote lautlos das Weite suchte. Die Seeleute hatten sich flach auf den Boden geworfen und ließen sich durch die Brandung vom Ufer wegtragen. Auf dem Strand zeichneten sich die Umrisse zweier Leichen ab. Etwas weiter weg stöhnte ein Verletzter. Liam zog eine seiner Pistolen aus dem Gürtel, spannte den Hahn und reichte sie mir.

»Ich hatte gehofft, das niemals tun zu müssen«, sagte er fast unhörbar, »aber jetzt habe ich keine andere Wahl. Nimm sie und benutze sie nur im äußersten Notfall. Auf weitere Entfernungen ist die Treffsicherheit nicht besonders groß. Du musst warten, bis du dein Ziel nahe vor dir hast. Und … ich flehe dich an, drück bitte nicht ab, wenn ich mich in deiner Schusslinie befinde.«

»Ich werde es versuchen«, murrte ich gekränkt.

Er sah mich einen Augenblick lang durchdringend an, dann beugte er sich zu mir herüber und küsste mich.

»Komm mit mir, *a ghràidh*, wir machen einen kleinen Spaziergang. Hier kannst du nicht bleiben, das ist zu gefährlich.«

Ich hatte keine Zeit für eine Antwort; er lief bereits auf den Steilhang zu. Ich rannte ihm nach, als über uns ein Schuss losging. Kurz wurde ein Gesicht vom Mündungsfeuer erhellt. Dann eine zweite Detonation, und wir wussten, wo sich der Feind befand. Ein schriller Pfiff erklang; Liam hatte das Signal zum Angriff gegeben. Am Strand setzten die Männer sich in Bewegung. Sie kamen aus ihren Schlupfwinkeln hervor, huschten flink durch das Dunkel und rückten auf den Steilhang zu, indem sie sich im Zickzack zwischen den Büschen hindurchschlugen. Vor uns tauchte ein Schatten auf, Stahl blitzte, und einen Moment lang verharrte ich wie gelähmt. Als Liam meinen Aufschrei hörte, stieß er mich in eine Baumgruppe. Ich wäre fast den Weg hinuntergekugelt und stieß mir schmerzhaft die Hüfte an einem Stein, so dass ich aufschrie. Der Schatten stieß ein merkwürdiges

Seufzen aus, fiel reglos zu Boden und rollte bis zum Fuß des Steilhangs, wobei er immer wieder heftig auf den Steinen aufschlug.

»Komm!«

Liams Stimme riss mich aus meiner düsteren Betrachtung, und ich nahm den Anstieg wieder auf. Ein Schuss empfing uns, verfehlte uns jedoch knapp. Immer noch hielt ich die Pistole fest umklammert. Keuchend ließ ich den Blick umherschweifen und versuchte die Schwärze zu durchdringen, auf der Suche nach der Gefahr, die ich ganz in der Nähe spürte.

Liam zog mich hinter sich. Ich folgte ihm so dichtauf, dass ich ihn riechen konnte. Zu unserer Rechten erscholl ein gellender Schrei, in den ich einfiel. Ich sah, wie eine Gestalt schwankte, sich um ihre eigene Achse drehte und stürzte. Der Mann, der den anderen niedergemacht hatte, drehte sich mit leuchtenden Augen zu uns um.

»Zwei hab' ich schon erwischt«, rief Simon hochgestimmt.

»Ich will sie alle, diese Bastarde«, gab Liam zurück.

»MacSorley hat uns verraten, der Dreckskerl. Er hat uns ganz schön zum Besten gehalten.«

»Wenn du ihn findest, bring ihn gut verschnürt zu mir. Meine Pistole und ich haben ein ernstes Wort mit ihm zu reden.«

Lachend verschwand Simon, und jetzt begriff ich. Ein Spiel! Sie spielten Katz und Maus. Diese Männer amüsierten sich, Herrgott! Angewidert trat ich um die Leiche herum, was mich an die Hütte im Leanachan-Wald erinnerte. Ein Schauer überlief mich von Kopf bis Fuß, und die Hand, in der ich die Pistole hielt, begann zu zittern.

Noch zwei Schüsse und weitere Schreie. Die erstickten Geräusche von Kämpfen Mann gegen Mann. Vollständige Verwirrung herrschte. Wer tötete wen? Die Raubtiere witterten ihre Beute und warteten darauf, dass der Gegner einen fatalen Fehler beging. Angst führte zu solchen Fehlern; und um sie zu beherrschen, betrachteten die Männer wahrscheinlich solche Scharmützel als simplen Zeitvertreib und sahen dem Tod mit einer verblüffenden Gelassenheit ins Auge. Das raue Leben, das sie führten, hatte sie abgestumpft. Jede ihrer Narben hatte eine Geschichte, die sie am Feuer erzählten. Sie zeigten ihre Blessuren vor wie Trophäen. Und so drehten sie dem Feind und dem Sensenmann eine lange Nase.

Doch eines Tages würde ihnen zwangsläufig der Tod in den Weg treten, und das wussten sie. Sie forderten ihn dreist heraus, in dem Bewusstsein, dass er sie mit einem Schlag niedermähen würde, denn er umschlich sie ständig und schlug ohne Vorwarnung zu. Und Liam spielte dieses Spiel ebenfalls. Nur dass es für mich keines war.

Wir hatten fast eine Stelle erreicht, an der mehrere Pferde zurückgelassen worden waren, als ein Mann in unserer Nähe Befehle brüllte. Liam erstarrte. Ich rannte mit voller Wucht in seinen Rücken hinein und hielt mich an seinem Hemd fest, das trotz der Kälte schweißnass war. Sein Herz schlug zum Zerspringen ... Die Stimme, die hinter einem Gebüsch hervordrang, forderte die Gefährten des Mannes auf, sich dieser »Macdonald-Bastarde« rasch zu entledigen und sich schleunigst der Ladung zu bemächtigen. Barber ... Liam hatte ihn erkannt. Ich wusste, dass er zwischen dem Wunsch, mich in Sicherheit zu bringen, und seinem Drang, diesem Gauner das Fell abzuziehen, schwankte. Zögernd wandte er sich zu mir um und sah wieder zu dem Dickicht. Einen Augenblick lang war er unaufmerksam.

Das war sein Fehler ... Er hatte gerade noch Zeit, mich zur Seite zu stoßen, und ich rollte unter die Büsche. Entsetzt sah ich einen Pistolenlauf aufblitzen, der sich an seine Schläfe presste, und dann stieß der Mann ihn vor sich her. Auf allen vieren kroch ich hinter ihnen her.

Ein Kerl, von dem ich vermutete, dass es sich um Barber handelte, wandte sich Liam zu. Drei seiner Kumpane begleiteten ihn und trugen Fackeln in den Händen. Ich fuhr zusammen, als ich sein entsetzlich verstümmeltes Gesicht erblickte. Unter einem alten, zerbeulten Dreispitz leuchtete ein einziges Auge. An der Stelle, wo das andere hätte sitzen sollen, gähnte in seinem Schädel eine dunkle Höhle. Eine lange Narbe, die wie eine Tränenspur über seine Wange führte, reichte bis zum Mund und spaltete die Lippe auf groteske Weise, als er sie jetzt beim Anblick seines Gefangenen zu einem grässlichen Lächeln verzog.

»Ah, endlich! So sehen wir uns wieder, Macdonald. Drei Jahre ... eine lange Zeit, wisst Ihr.«

Barber trat an ihn heran und musterte ihn verächtlich. Ein dumpfes Geräusch drang zu mir, gefolgt von einem Schlag. Liam keuchte, krümmte sich und fiel auf die Knie. Der andere presste ihm den Lauf noch fester an die Schläfe, von der jetzt ein Blutfaden herunterrann. Am liebsten wäre ich aus meinem Versteck gestürzt, aber ich war vollständig gelähmt.

»So, dann widmen wir uns jetzt dem Schmuggel, was?«

»Geht zum Teufel, Bastard ...«

Barber trat ihm mit dem Fuß in den Magen. Männer versammelten sich um die beiden, und ich hielt unter ihnen nach einem bekannten Gesicht Ausschau, besonders nach Thomas MacSorley.

»Heute Nacht kann ich endlich mein Werk beenden, Hurensohn. Drei lange Jahre habe ich darauf gewartet, drei lange Jahre, in denen ich mir vorgestellt habe, wie ich Euch die Spitze meines Dolchs ins Gesicht setze und zusehe, wie sie ganz langsam in Euer Auge eindringt ... bevor ich Euch die Kehle aufschneide.«

Er beugte sich zu Liam herunter, packte in sein Haar und zwang ihn, zu ihm aufzusehen.

»Seht Ihr das? Ihr erinnert Euch an mich, nicht wahr?«

»Ich hätte Euch an diesem Tag den Garaus machen sollen, Barber«, zischte Liam gehässig.

»Ja, das hättet Ihr wohl. Doch Ihr habt es nicht getan, und heute verlange ich Genugtuung.«

Eine Klinge blitzte auf. Auf dem Kamm des Abhangs war es still geworden, keine Schüsse, keine Schreie mehr. Weitere Männer kamen hinzu, einige davon verletzt. Man hatte einen Körper zu Boden geworfen, der in merkwürdig verrenkter Stellung dalag. Ein Toter. Seine Kehle war durchgeschnitten, die bevorzugte Tötungsmethode dieser Krieger, denn sie war schnell und verlangte keinen großen Kraftaufwand, und die Wirkung war garantiert.

Barber ließ seine Klinge über Liams Hals gleiten und zog sie über seine Wange, bis die Spitze unter seinem linken Auge anhielt. Liam rührte sich nicht und starrte Barber an, ohne mit der Wimper zu zucken. Mein Herz pochte zum Zerspringen.

»Kennt Ihr das Sprichwort ›Auge um Auge, Zahn um Zahn‹?«

Liam blieb stumm. Im Licht der Fackeln vermochte ich nur sein Profil zu erkennen. Seine Haut war wachsbleich, und der Schweiß ließ sie schimmern. Das Schnauben von Pferden und das Knarren von Wagenachsen, die unter dem Gewicht ihrer Last ächzten, zogen Barbers Aufmerksamkeit auf sich. Er trat an das Fuhrwerk und inspizierte mit entzückter Miene die Ladung. Liam hatte einen Aufschub bekommen. Ich sah, wie sein Kiefer sich anspannte und seine Schultern zuckten, und ich wusste, dass er sich gedemütigt fühlte, weil er sich so leicht hatte fangen lassen und dabei noch so viele Männer in eine tödliche Falle geführt hatte.

Immer noch sah ich mich nach MacSorley um. Dieser Verräter. Gewiss hatte er Fersengeld gegeben. Abgesehen von Simon war er der Einzige gewesen, der den Platz für die Landung kannte. Plötzlich fiel mir wieder ein, dass ich gesehen hatte, wie er noch heute Morgen einer Dienerin in der Herberge einen Zettel gegeben hatte, wahrscheinlich eine Nachricht an Barber. Zu dem Zeitpunkt hatte ich mir keine Gedanken gemacht, da er über jeden Verdacht erhaben schien. Außerdem hatte er einen guten Grund, sich an Liam rächen zu wollen. Anna. Herrje, wie dumm ich gewesen war! Liam musste darauf brennen, ihn zu töten, genau wie ich im Übrigen. In diesem Moment erinnerte ich mich an die Pistole, die ich immer noch in der verkrampften Hand hielt. Ich würde sie benutzen müssen.

Im Schutz der Büsche rutschte ich herum, um eine bessere Stellung zu finden. Liam musste meine Bewegung wahrgenommen haben, denn er drehte mir den Kopf zu … Wenn Liam mich gesehen hatte, dann vielleicht auch der Mann, der ihn bewachte. Doch Letzterer rührte sich nicht, sondern fuhr fort, seinen Herrn zu beobachten, der in einiger Entfernung mit seinen Leuten disputierte. Ich wagte mich ein wenig weiter an den Rand des Gebüsches heran. Liam runzelte die Stirn. Unsere Blicke trafen sich, doch ich konnte den Ausdruck in seinen Augen nicht deuten. Ich hob die Pistole, und er schluckte und nickte langsam. Die Bewegung zog die Aufmerksamkeit seines Wächters auf ihn, und

Liam wandte sich sofort ab. Er hatte mir sein Einverständnis gegeben.

Unentschlossen schaute ich mich um. Auf wen sollte ich schießen? Wertvolle Zeit verstrich. Nur das Rauschen der Brandung und die leisen Stimmen der Männer waren in der unheimlichen Stille zu hören. Wo sich wohl die Männer unserer Bande verstecken mochten? Ob sie geflohen waren? Oder tot? Ein Knirschen von Sand und Kies in meiner Nähe ließ mich zusammenfahren. Leuchtende Augen sahen mich durchdringend an und baten mich stumm, nicht zu schreien. Isaak robbte auf mich zu, streifte meine Schulter und hüllte mich in eine beißende Mischung aus Schweiß- und Branntweingestank.

Er nahm ebenfalls die Lage in Augenschein und kratzte sich mit dem Lauf seiner Pistole am Nasenflügel.

»Wir haben sie umzingelt«, flüsterte er mir zu, ohne den Blick von der Szene vor uns zu wenden. »Die Männer sind in Schussposition.«

Ich öffnete den Mund.

»Wir werden es ihnen ordentlich zeigen. Ich bin mir sicher, dass uns jemand verkauft hat.«

Er bemerkte meine Waffe.

»Wen wollt Ihr übernehmen?«

Ich zuckte unsicher die Schultern.

»Ihr könnt damit umgehen. Also?«

Er sah mich fest an. In seinen Augen stand ein amüsiertes Funkeln. Ich würde in ihrem Spiel mitspielen. Unsicher drehte ich mich zu den Männern um, die wieder in der Mitte des freien Platzes zusammenstanden. Einige sahen sich prüfend in der Umgebung um. Andere teilten sich lachend eine Flasche. Barber trat erneut auf Liam zu.

»Ich werde ihn nicht treffen, er ist zu weit weg.«

Die Entscheidung hatte sich geradezu aufgedrängt. Barber würde mein Ziel sein. Isaak nahm meine freie Hand und legte sie auf die Pistole. Dann drehte er sich, so dass sein Bein quer vor mich zu liegen kam. Verständnislos sah ich ihn an. Er lächelte mir zu, nahm meine Waffe beim Lauf und legte sie über seinen Schenkel.

»So ist es einfacher.«

Ich begriff und nickte. Als ich in Position ging, stieß er einen merkwürdigen Laut aus, der dem Zirpen einer Grille ähnelte. Niemand bemerkte es, bis auf Liam, der sich leicht in unsere Richtung drehte. Isaak wiederholte das Geräusch noch zweimal. Ein Zeichen, schloss ich.

»Ihr bringt die Pistole in Anschlag«, flüsterte er mir noch zu. »Zielt auf die Brust, denn sie ist größer als der Kopf. Dann ist die Aussicht größer, dass Ihr ihn trefft. Und wenn, dann wird die Verletzung ihn mit Sicherheit außer Gefecht setzen.«

Ich nickte und visierte mein Ziel an. Meine Hände zitterten leicht. Ich holte tief Luft. Vor Angst zog sich mir der Magen zusammen. Liam befand sich nahe an meinem Ziel, zu nahe.

»Wenn ich daneben schieße ...«

»Denkt daran, was dieser Mann Liam antun will. Ihr werdet nicht daneben treffen.«

Ich schloss die Augen, schluckte und schlug sie wieder auf. Barber befand sich in meiner Schusslinie.

»Wenn ich pfeife, drückt Ihr auf den Abzug«, fuhr Isaak fort. »Ist das klar?«

»Ja ...«

Langsam streckte er sich aus und nahm ebenfalls seine Position ein. Augenblicke verstrichen, die mir wie eine Ewigkeit vorkamen. Barber hatte sich vor Liam aufgepflanzt und bedrohte ihn mit der Spitze seines Dolchs. Ich hörte nicht mehr, was er zu ihm sagte, sondern nur noch das Pochen meines Herzens und dann den Pfiff. Mein Finger drückte den Abzug. Mit einem Mal schien alles schneller abzulaufen, als wäre eine Sanduhr zerschellt und hätte alle Zeitkörnchen auf einmal entlassen. Männer brachen schreiend zusammen. Die Salve, die über sie hereingebrochen war, hallte in meinem Kopf nach wie ein Echo. Überrascht rannten diejenigen, die nicht gefallen waren, in Deckung. Reglos, beinahe gleichgültig beobachtete ich die Szene.

Dann sah ich Liam zu Boden gehen; sein Wächter fiel auf den Rücken. Erschrocken sah ich mein Ziel an. Barber stand immer noch. Ich hatte daneben geschossen und Liam getroffen! Ich spürte, wie meine Knie weich wurden und mir der Atem stockte.

Ein Verzweiflungsschrei stieg aus meiner tiefsten Seele auf und bahnte sich seinen Weg bis in meine Kehle. Dann, völlig unerwartet, sah ich, wie Liam sich bewegte. Er trat Barber in die Kniekehlen. Der Mann schwankte und krachte schwer zu Boden. Im Fallen hatte er seinen Dolch verloren. Liam ergriff die Waffe und richtete sich über ihm auf. In einer Hand hielt er den Dolch, und mit der anderen riss er Barbers Kopf an den Haaren hoch. Eine knappe, präzise Bewegung; die Klinge drang erstaunlich leicht in das Fleisch des Halses ein. Ein Blutschwall sprudelte hervor. Mir wurde schlecht.

Eine Hand zog mich aus dem Gebüsch, weg von dem Gemetzel, und führte mich fort. Immer noch starr vor Schreck rannte ich hinter Isaak her und fragte mich, wohin er mich führte.

Ich hatte keine Zeit, über diese Frage nachzudenken, denn er zog mich auf den Abhang zu, den ich kurz zuvor hinuntergeklettert war. Wir liefen zurück zur Kapelle. Erst als wir dort ankamen, ließ er sich herab, mich freizugeben und Luft holen zu lassen. Ich flüchtete mich in die dunkelste Ecke des Gebäudes. Isaak ging vor mir in die Hocke.

»Geht nicht zurück. Liam wird Euch hier abholen. Ich beschwöre Euch, hierzubleiben, das ist sicherer.«

Sein Tonfall war trocken und schneidend. Ich wollte ihm danken, ihn fragen, warum er das getan hatte, mich entschuldigen, weil ich ihn zu Unrecht verdächtigt hatte, doch die Worte kamen mir einfach nicht über die Lippen.

»Ich werde wieder gehen, ich habe etwas zu erledigen …«

Ich schaute auf die Waffe hinunter, die auf meinen Röcken lag. Als ich wieder aufsah, war Isaak fort. Erst jetzt brach ich in Tränen aus.

Nach einer Weile beruhigte ich mich und wischte mir die Augen mit dem Ärmel ab. Da vernahm ich das Klirren von Zaumzeug und das Stampfen und Schnauben von Pferden, die sich näherten. Liam kehrte zurück. Ich stand auf, lief zur Tür und wartete darauf, dass der Trupp auftauchte. Eine ungute Vorahnung schnürte mir die Kehle zu. Die Gruppe nahte sich von Südwesten, obwohl sie von Norden hätte kommen müssen. Mir wich das Blut aus dem Gesicht. Das war nicht Liam …

Es waren gut zwanzig Männer, Dragoner. Sie hielten direkt auf die Kapelle zu, in der ich mich versteckte. Ich verbarg mich im Schatten und wartete darauf, dass sie hereinkamen.

»Im Namen Seiner Majestät, wer ist da?«, schrie jemand. »Kommt heraus, oder wir schießen!«

Die Schritte kreisten mich ein. Mein Herz raste, als wolle es aus meiner Brust springen. Musketen wurden geladen. Entweder ging ich nach draußen, oder ich ließ mich über den Haufen schießen. Daher zog ich meinen Umhang um die Schultern und trat in das Mondlicht, das durch die halb geöffnete Tür einfiel. Der Soldat musterte mich, und dann wich seine gelassene Miene der Verblüffung.

»Aber das ist ja eine Frau!«, rief jemand aus.

»Was kann denn eine Frau mitten in der Nacht an einem solchen Ort zu suchen haben?«, bemerkte eine andere Stimme.

»Überleg doch, Trottel! Sie ist nicht allein«, überschrie ihn ein Dritter.

»Ich bin allein«, erklärte ich. »Außer mir ist niemand hier.«

»Niemand außer Euch, ja?«, schrie der erste Soldat und stieß mich mit dem Lauf seines Gewehrs aus der Kapelle. »Harris, Burns!«, brüllte er. »Überprüft, ob die Dame die Wahrheit sagt.«

Kurz darauf kehrten die beiden Männer zurück.

»Niemand da, Lieutenant.«

Der Offizier wandte sich ab und fluchte. An seiner Stimme hörte ich, dass er angespannt und unruhig war.

»Wo ist er?«, fragte er mich kalt.

»Wer?«

»Haltet mich nicht für einen Idioten, Madam«, stieß er mit zusammengebissenen Zähnen hervor. »Hier stehen zwei Pferde. Also seid Ihr entweder zu zweit, oder Ihr seid eine Pferdediebin.«

Mit einem Mal wurde mir klar, dass mein Pferd und das von Calum noch an einen Baum angebunden waren, nur wenige Schritte von hier entfernt. Die Soldaten mussten sie bemerkt haben. Aus diesem Grund hatten sie wahrscheinlich auch die Umgebung überprüft.

»Und wenn ich Euch sagen würde, dass ich das andere Pferd gestohlen habe?«, entgegnete ich trotzig.

Er trat an mich heran und strich mir über die Haut, knapp unterhalb des Kinns.

»Es wäre schade, einen so hübschen Hals mit einer Schlinge zu brechen…«

Ich sah ihn ausdruckslos an und schluckte. Unter diesen Umständen kam es nicht in Frage, mich als Pferdediebin auszugeben. Die Wahrheit konnte ich ihm aber auch nicht eingestehen. Also beschloss ich, überhaupt nichts zu sagen.

Der Lieutenant musterte mich im Mondschein von Kopf bis Fuß und verhielt einen Moment bei der hell aufleuchtenden Klinge meines Messers, das an meinem Gürtel hing. Er nahm es mir fort. Meine geladene Pistole lag noch auf dem Boden der Kapelle.

»Ihr werdet Euch vor dem Captain verantworten müssen«, erklärte er und wandte sich dann an seine Männer. »Kämmt die Umgebung durch, er kann ja nicht weit sein. Und bringt ihn mir vorzugsweise lebend.«

Die Soldaten zerstreuten sich in der Dunkelheit.

»Wie ist Euer Name?«

»…Myrna«, stotterte ich.

Das war der erste Name, der mir in den Sinn gekommen war. In Zukunft sollte ich stets eine Auswahl falscher Namen auf Vorrat halten.

»Myrna…«, brummte er und ging um mich herum. »Was hattet Ihr hier zu suchen… Myrna?«

»Ich habe geschlafen, und Ihr habt mich geweckt.«

Er verhielt den Schritt, und ich hörte, wie er spöttisch lachte.

»Ihr habt geschlafen?«, rief er ungläubig aus. »Findet Ihr nicht, dass dies für eine Dame ohne Begleitung ein ziemlich merkwürdiger Ort zum Übernachten ist?«

»Ich bin eben unterwegs… und ich reise nicht gern bei Nacht…«

Er umkreiste mich immer noch wie ein hungriges Raubtier seine Beute. Wenn er so fortfuhr, würde mir noch schwindlig werden.

»Wirklich? Und Ihr reitet immer mit zwei gesattelten Pferden?«

»Ich rede nur mit Eurem Captain …«

Bis dahin hoffte ich, einen Ausweg aus meiner misslichen Lage gefunden zu haben. Er sah mich verblüfft an und kratzte sich am Kinn.

»Schön, wie Ihr wollt. Wir haben die Information erhalten, dass in dieser Gegend Schmuggler unterwegs sein sollen. Nicht weit von hier hat man vor der Küste ein Schiff gesehen. Wir werden jetzt ganz ruhig auf meine Soldaten warten, und dann unternehmen wir einen kleinen Spazierritt nach Dundee und besuchen die Garnison.«

»Nach Dundee? Aber ich habe nichts getan! Ihr könnt mich nicht …«

»Wir werden bei Sonnenaufgang dort sein«, unterbrach er mich. Dann grinste er tückisch.

»Bedaure, Ihr werdet doch bei Nacht reisen müssen, meine Schöne.«

Ich ließ mich auf die Steinbank sinken, die neben der Tür der Kapelle stand, und betete, dass die Soldaten Liam und die anderen nicht fanden. Doch leider war Gott offenbar mit der Erfüllung anderer Fürbitten beschäftigt, denn die Soldaten kehrten zurück und trieben Calum, Robert MacKean und einen anderen Mann, den ich noch nie gesehen hatte, mit ihren Bajonetten vor sich her.

»Zum Donnerwetter! Diese verfluchten Narren haben aufeinander geschossen, ein richtiges Gemetzel. Wir konnten nur diese drei hier festnehmen. Die Männer, die nicht schon tot waren, konnten mit einigen schwer beladenen Fuhrwerken fliehen, Sir«, meldete einer der Soldaten.

»Sie sind uns knapp durch die Lappen gegangen«, fiel ein anderer ein. »Es waren mehr als zwanzig. Der Großteil der Truppe hat sich gen Norden abgesetzt, die anderen haben sich zerstreut. Alles Highlander.«

Der Lieutenant warf mir einen Blick zu, der alles über seine Laune sagte, und spuckte vor den Gefangenen auf den Boden.

»Abführen«, schrie er und stieß mich brutal vor sich her.

Ich fing Calums aufgewühlten Blick auf. Er war sichtlich bedrückt über sein Versagen. Plötzlich erscholl hinter mir ein Wutschrei, gefolgt von Kampfgeräuschen. Ich erstarrte. Der Unbekannte – mit Sicherheit einer von Barbers Männern – hielt einen Soldaten mit seiner eigenen Muskete in Schach. Der Unglückliche lag stöhnend zu seinen Füßen, einen *Sgian dhu* im Rücken, und wand sich vor den entsetzten Augen seiner Kameraden in Schmerzen. Zwei Schüsse fielen, und der Unbekannte fiel zu Boden und blieb reglos liegen.

Meine Kehle war furchtbar trocken, und in meinen Schläfen pochte es so heftig, dass ich das Gefühl hatte, mein Schädel werde gleich zerspringen. Nur einige gebrüllte Wortfetzen des Lieutenants drangen bis in meinen Verstand, der Mühe hatte, den Ereignissen zu folgen. Calum war totenbleich und wich vor einem drohend auf seine Brust gerichteten Bajonett zurück. Zwei andere Soldaten packten MacKean an den Armen und zerrten ihn ohne weitere Umschweife auf die Pferde zu.

Alles ging viel zu schnell, ich begriff nicht mehr, was da vor sich ging. Die Männer holten Stricke aus ihren Satteltaschen und fesselten Calum an einen Baumstamm, während sie einen anderen Strick über den dicksten Ast eines allein stehenden Baums warfen. Der Lieutenant band mir die Handgelenke fest auf den Rücken und stieß mich grob auf die Steinbank, so dass mein Kopf hart gegen die Mauer hinter mir prallte. Die Dragoner hoben MacKean, dem sie die Arme auf dem Rücken gefesselt hatten, auf eines ihrer Pferde. Entsetzt riss ich die Augen auf, als ich endlich begriff, was sich da Grauenhaftes abspielte. Mir wurde übel.

»Neiiin!«, kreischte ich.

Man legte MacKean, der Beschimpfungen brüllte wie eine verdammte Seele, die Schlinge um den Hals. Alles Blut war aus Calums Gesicht gewichen, und sein entsetzter Blick huschte ständig zwischen MacKean und mir hin und her, um schließlich bei mir zu verhalten.

»Ihr Bastarde!«, schrie ich und sprang auf. »Ihr habt nicht das Recht, ihn zu hängen. Er hat doch nichts getan!«

Der Lieutenant legte einen Arm um meinen Hals und drückte mich mit dem Rücken an sich, so dass ich mich nicht rühren konnte.

»Halt's Maul, Weib!«, zischte er mir ins Ohr.

Er packte in mein Haar, riss meinen Kopf hoch und zwang mich, das grausige Schauspiel mit anzusehen.

»Er hat nichts getan…«, schluchzte ich.

»Er ist ein dreckiger Highlander-Bastard, das reicht mir, meine Schöne. So spart er sich den Prozess. Am Ende wäre er ohnehin aufgehängt worden.«

»Ihr seid nichts als ein englischer Dreckskerl«, kreischte ich und zappelte heftig.

Der Mann legte den Arm fester um meinen Hals und zog meinen Kopf so heftig nach hinten, dass ich einen Schmerzensschrei ausstieß.

»Und Ihr seid eine richtige schottische Hure.«

Ein Peitschenknall war zu vernehmen, gefolgt von einem Wiehern. Das Pferd sprengte im Galopp davon, und MacKean stürzte mit einem unheimlichen Knacken ins Leere. Er wand sich krampfhaft, und in seinem durch den Luftmangel blau angelaufenen Gesicht traten die Augen fast aus den Höhlen. Sein Hals war nicht gebrochen, und er würde einen langsamen Tod durch Ersticken erleiden. *Mein Gott, erbarme dich seiner…*

Ich vermochte den Blick nicht von dem Mann loszureißen, der sich am Ende des Stricks in einem makaberen Tanz drehte, die Füße nur einige Daumenbreit über dem Boden. Dann erschlaffte MacKeans Körper plötzlich. Mir stiegen die Tränen in die Augen, und ich wandte mich, von einer heftigen Übelkeit überwältigt, zur Seite.

Der Lieutenant spürte, dass mir nicht gut war, und ließ mich los. Ich sank vor seinen Füßen zu Boden und erbrach mich, wobei ich die Augen zukniff, um die grauenhafte Szene nicht sehen zu müssen. Doch das Knarren des Stricks auf dem Ast ließ erneut das Bild des zappelnden Körpers vor mir aufsteigen, und ich schluchzte lautlos.

Aber ich hatte kaum Zeit, mich zu fassen, denn der Lieutenant zwang mich grob zum Aufstehen und löste meine im Rücken gefesselten Hände.

»Und was machen wir mit dem da?«, fragte einer der Männer, der Calum immer noch mit seinem Bajonett in Schach hielt. »Sollen wir ihn auch aufhängen?«

»Nein, einen Gefangenen muss ich dem Captain wenigstens mitbringen«, antwortete der Lieutenant trocken und stieß mich mit dem Lauf seiner Muskete auf mein Pferd zu.

Etwas zupfte an meinem Schuh. Ich bewegte den Fuß, doch der Störenfried kehrte zurück. Mühsam öffnete ich die Augen und stieß einen verblüfften Schrei aus, als ich eine riesige Ratte erblickte. Mit einem kräftigen Fußtritt schleuderte ich sie gegen die rissige Mauer. Laut quietschend trollte sich das Tier und flüchtete sich unter einen Haufen schmutzigen Strohs. Ich sprang auf, schüttelte meine Röcke, um sie von eventuellem Ungeziefer zu befreien, und lehnte mich keuchend an die Wand. *Du befindest dich in einem Kerker, Caitlin, und nicht im Palast von Linlithgow.*

Ich ließ den Blick durch die Zelle schweifen, die von einem in die dicke Steinmauer eingelassenen Fensterchen nur schwach erhellt wurde. Als man mich in den frühen Morgenstunden eingeschlossen hatte, war es noch dunkel gewesen. Anscheinend hatte ich einige Stunden geschlafen.

Langsam kam ich zu mir, und die Erinnerung an die gestrigen Ereignisse kehrte zurück. Wo mochte Liam sein? War er tot? Und Calum? Der Junge befand sich gewiss in einer benachbarten Kerkerzelle. Ich hätte so gern mit ihm gesprochen. Aber mir blieb wohl nichts anderes übrig, als meine unvermeidliche Unterhaltung mit dem Captain abzuwarten. Mit dem Handrücken wischte ich mir eine Träne weg und ließ mich zu Boden sinken.

Die Zelle strahlte einen starken Geruch nach Urin und Exkrementen aus, der mir die Kehle zuschnürte. Die Wände waren mit den Spuren bedeckt, die frühere Insassen hinterlassen hatten. Namen, Daten und Skizzen, von den Verzweifelten mit einer Gürtelschnalle oder einem Metallknopf in den Stein geritzt.

Zögernd strich ich über die feuchten, abgeschliffenen Steine, die mit den Zeichen der Verurteilten, die sie vor mir berührt hatten, bedeckt waren. Zerschmetterte Hoffnungen, Enttäuschungen. Diese Steine beklagten lautlos den Schmerz dieser Männer und Frauen und bewahrten die Erinnerung an ihre Schreie und ihr Schluchzen. Ich zog die Nase hoch und strich mit der Hand über meine tränennasse Wange. *John Forbes – 1685.* Mit meinen feuchten Fingern verfolgte ich eine wahrscheinlich mit Tinte angebrachte, unleserlich gewordene Inschrift, Spur eines anonymen Lebens, das hier langsam aus einem Körper gewichen war. Ein verzweifelter Versuch, in die Nachwelt einzugehen, ein Name, ein Schicksal, niedergeschrieben mit zitternder Hand. Andere Namen waren grob in den Stein geritzt. *Malcolm MacKenzie. Ronald Macbride – 1671.* Was sie wohl gelitten hatten? Und wie viele Gefangene mochten diese Mauern wieder lebend verlassen haben?

Mit einem Mal wandten meine Gedanken sich Liam zu. Er war in einer Zelle wie dieser gefangen gewesen. Hatte er ebenfalls seinen Schmerz in den Stein geritzt, während er darauf wartete, das Datum seiner Hinrichtung zu erfahren? Gänsehaut überlief mich.

Auf dem Flur näherten sich Schritte, dann klirrte ein Schlüsselbund, und das Schloss drehte sich. Unheimliche metallische Geräusche, die von den Mauern, die so viel Leid gesehen hatten, widerhallten. Die Tür öffnete sich und enthüllte einen Soldaten in rotem Uniformrock, der sich in die enge Zelle drängte, gefolgt von einem zweiten, der eine Fackel trug und mir ins Gesicht leuchtete.

»Mitkommen«, sagte er und trat zurück, um mich vorbeizulassen.

Man führte mich in einen Raum mit holzgetäfelten Wänden, in dessen Mitte ein mit Bergen von Papieren und allen möglichen Gegenständen bedeckter Schreibtisch aus Nussbaumholz stand. Ich setzte mich auf den einzigen Stuhl, den es im Zimmer gab, abgesehen von dem Sitzmöbel, das dem Herrn dieses Ortes, der auf sich warten ließ, vorbehalten war.

Um die Zeit herumzubringen, überflog ich die Blätter, die vor mir ausgebreitet lagen. Anforderungslisten und Bestellscheine für Munition, Nahrungsmittel und Ausrüstung lagen in einer derartigen Unordnung durcheinander, dass einige hier wahrscheinlich mehrere Wochen lagerten, ehe sie endlich wiedergefunden und abgeschickt wurden. Der Captain war entweder ein Mann, der viel zu beschäftigt war, um diesen Teil seiner Aufgaben zu erfüllen, oder diese Verwaltungsarbeit war ihm im allerhöchsten Maße zuwider.

Wenn man vom Teufel spricht… Kurz darauf trat er ein, wobei er missmutig vor sich hingrummelte. Offenbar war er unausstehlich gelaunt. Er schloss die Tür hinter sich, trat um meinen Stuhl herum und nahm hinter seinem Schreibtisch Platz.

Als er mich erblickte, riss Captain Turner Mund und Augen auf. Mein Herz tat ebenfalls einen Satz.

»Also wirklich, Mrs. Macdonald, Ihr besteht hartnäckig darauf, mir immer wieder über den Weg zu laufen!«, erklärte er und schenkte mir ein breites Grinsen.

»Ich kann Euch versichern, dass das ganz und gar ohne meine Absicht geschieht«, stotterte ich aufgewühlt.

Er öffnete eine Schublade und nahm mehrere Gänsefedern heraus. Dann wählte er eine aus und räumte die anderen wieder fort.

»Lieutenant Kennedy hat mir versichert, Euer Name sei Myrna. Ich persönlich finde allerdings, dass Caitlin viel besser zu Euch passt«, meinte er und zog ein Messer aus der Tasche.

Ich rutschte unruhig auf meinem Stuhl herum und wartete schweigend darauf, was jetzt kommen würde. Turner begann seine Schreibfeder zu schärfen und beobachtete mich dabei. Er hob sie vor die Augen, tat so, als inspiziere er die Spitze und legte sie dann vorsichtig auf den Schreibtisch. Anschließend ging er dazu über, sich die Fingernägel zu reinigen.

»Was soll ich jetzt nur mit Euch anfangen?«

»Ihr habt nicht das Recht, uns hier zu behalten, wir haben nichts getan…«

»Das werden wir noch sehen. Euer Gatte jedenfalls hat keine besonders weiße Weste, da bin ich mir sicher. Der Schatten des Galgens scheint ihm nicht ausreichend Furcht eingeflößt zu haben, glaube ich. Widmet er sich noch immer dem Schmuggel?«

»Ihr habt keinerlei Beweise gegen ihn«, gab ich zurück.

»Das ist wahr«, räumte er knapp ein. »Doch zum Glück für mich hat Kennedy einen seiner Männer verschont, und den werden wir schon zum Reden bringen.«

»Er ist doch nur ein Junge, Ihr verfluchter…«

Du musst einen kühlen Kopf behalten, Caitlin…

»Wo ist er?«

»In einer der Zellen.«

»Lasst ihn laufen... Er ist erst sechzehn.«

Der Captain legte das Messer weg, verschränkte die Hände vor der Brust und lehnte sich auf seinem Stuhl zurück.

»Wollt Ihr vielleicht um seine Freilassung handeln?«, versetzte er dann abrupt in einem Ton, der keinen Zweifel über seine Hintergedanken ließ. »Lord Dunning hat mir nur das Beste über Euch berichtet... Ich könnte mir selbst ein Bild davon machen, ob er Recht hat.«

Mir schoss das Blut in die Wangen, und ich wich seinem unverschämten Blick aus.

»Doch zum Pech für Euren Freund gehöre ich nicht zu den Männern, die Damen solche Transaktionen antragen«, fuhr er fort und legte die Füße auf den Rand des Schreibtisches. »Gelegentlich weiß ich Lord Dunnings Gesellschaft zu schätzen, denn er besitzt einen ausgezeichneten Weinkeller, und man speist gut bei ihm. Allerdings muss ich gestehen, dass er ein ziemlich gieriger Mensch und bar jeder Moral ist. Ich würde sogar so weit gehen, ihn als pervers zu bezeichnen. Seine Methoden sind nicht die meinen.«

Davon würde er mich noch überzeugen müssen! Er musterte mich eine kleine Weile mit zusammengezogenen Brauen, legte dann den Kopf zur Seite und begann, mit den Fingern auf seine Armlehne zu trommeln. Ein bösartiges Lächeln umspielte seine Lippen.

»Er wäre gewiss sehr erfreut, Euch in meiner Obhut zu wissen.«

»Ihr werdet doch nicht...«, stotterte ich entsetzt.

»Momentan behalte ich mir meine Entscheidung vor. Ich will Macdonald, und solange ich Euch hier festhalte, wird er zu mir kommen. Wahrscheinlich dreht er in diesem Augenblick auf der Suche nach Euch jeden Stein um. Mit Sicherheit hat er bereits die Leichen seiner beiden unglücklichen Gefährten entdeckt. Kennedy kann ziemlich rabiat vorgehen, aber er ist ein guter Soldat, daher drücke ich ein Auge zu, wenn er wieder einmal über die Stränge schlägt.«

Er musterte mich aus seinen nussbraunen Augen und lauerte

auf die leiseste Reaktion von mir, doch ich stellte eine gleichmütige Miene zur Schau, was mich enorme Mühe kostete.

»Euer Gatte bestiehlt die Krone, indem er ihr einen Teil ihrer Steuereinkünfte vorenthält.«

»*Seinem* König stiehlt er gar nichts«, erklärte ich betont.

»Sein König ist Wilhelm von Oranien. Er würde es doch nicht wagen, gegen den von seinem Clan unterzeichneten Eid zu verstoßen, oder?«

Ich gab keine Antwort und beschränkte mich darauf, das Tintenfass aus Horn, das vor mir stand, zu betrachten.

»Diese dreckigen Jakobiten«, knurrte er. »Alle bereit, für einen abgesetzten Papistenkönig die Hure zu spielen.«

»Jedem König die Hure, die er verdient!«

Er hob den Kopf und sah mich kalt an. Die Worte waren einfach aus mir herausgesprudelt. Ich biss mir auf die Lippen.

»Hütet Eure Zunge, Madam. Sollten die Highlands Eure guten Manieren verdorben haben?«

»Nicht die Highlands verderben meine Manieren, Captain, wie Ihr sagt, sondern eher der Umgang mit Männern wie Euch.«

Er verzog den Mund zu einem schmeichlerischen Lächeln.

»Ihr besitzt nicht nur ein hübsches Schnäuzchen und ein schönes Hinterteil, sondern sogar noch Witz und Verstand. So langsam verstehe ich, warum Dunning so vernarrt in Euch ist. Also, lassen wir die Artigkeiten beiseite. Euch an Dunning zu verkaufen, wäre möglicherweise eine interessante Option. Ich würde dabei bestimmt ein gutes Geschäft machen. Dunning würde sehr teuer dafür bezahlen, Euch wieder in sein Bett zu bekommen, und wenn Euer Gatte Euch erneut in seinen Klauen wüsste, würde er augenblicklich erscheinen. Dann bräuchte ich nur ein weiteres Mal zuzugreifen.«

Meine Lippen zitterten. Ich konnte unmöglich noch einmal dorthin… Nein, ich wollte nicht…

»Wisst Ihr, Captain Turner, was euch Engländer von den Schotten unterscheidet, die ihr so gern als Barbaren und Wilde darstellt?«

»Nur zu, das könnte mich interessieren.«

»Der Unterschied ist, dass Ihr Euren Sadismus und Eure Grausamkeit hinter Eurem affektierten, hochgestochenen Getue verbergt, was Euch in meinen Augen absolut verabscheuungswürdig macht.«

»Nein, es macht uns zu zivilisierten Wesen, Caitlin Macdonald. Nur wer zur Verstellung in der Lage ist, vermag zu herrschen.«

Er trat zu mir, nahm eine meiner Haarsträhnen und zog einen Strohhalm heraus.

»Noch habe ich nicht endgültig entschieden, was ich mit Euch anfangen werde. Vielleicht behalte ich Euch ja doch für mich. Dunning hat mir da einiges verraten, das nachzuprüfen lohnenswert wäre.«

Ich musterte ihn voller Abscheu und riss ihm mein Haar aus der Hand.

»Merkwürdig«, sagte ich und tat, als röche ich an seiner Weste, »hier riecht es plötzlich ganz ekelhaft nach Stallmist, findet Ihr nicht?«

Sein Lächeln verschwand.

Am nächsten Tag gegen Mittag erfuhr ich endlich, welches Los mir zugedacht war. Man holte mich aus meiner dunklen, feuchten Zelle, um mich auf den Hof zu führen, wo mich Captain Turner, der auf seinem rotbraunen Hengst saß, zusammen mit drei seiner Männer erwartete. Ein furchtbarer Schrecken durchfuhr mich, und ich schlug dermaßen um mich, dass die Männer mich mit Gewalt auf Ròs-Muire heben mussten.

»Bastard! Ihr seid nur ein elender Dreckskerl, Turner«, kreischte ich und traktierte die Beine der Soldaten, die mir so gut wie möglich auswichen, mit Tritten.

»Ihr seid ein kleines Vermögen wert, Mrs. Macdonald. Dunning hat mir viel mehr für Euch geboten, als ich je für den Kopf Eures Mannes bekommen hätte«, höhnte er.

Ich biss einen der Männer, der versehentlich eine Hand an mein Mieder gelegt hatte, *Calum … was werden die Engländer mit ihm machen?* Ich musste ihn sehen, bevor sie mich wegbrachten. Ich musste wissen, was mit Liam war. Der Junge war meine letzte Hoffnung … Ich beruhigte mich ein wenig, ließ mir einen Moment Zeit und zwang mich dann, eine gelassenere Miene aufzusetzen.

»Was habt Ihr mit dem jungen Mann vor?«

»Er wird als Schmuggler vor Gericht gestellt. Wenn man seine Jugend berücksichtigt, entgeht er dem Galgen vielleicht. Im besten Fall wird er in die Kolonien deportiert.«

»Wenn das nicht zu viel verlangt ist, möchte ich mich von ihm verabschieden, bevor wir reiten«, sagte ich leise.

Kurz betrachtete mich Turner, den meine Bitte verblüfft hatte, dann zuckte er die Achseln.

»Nur ein paar Minuten.«

Länger würde ich auch nicht brauchen.

Calum lag im Stroh, sprang aber auf, als er mich eintreten sah. Sein niedergeschlagener Blick sagte alles über das schlechte Gewissen, das ihn plagte.

»Mrs. Macdonald, ich ...«

»*Tuch! Tuch! Nan can an còrr!*«, flüsterte ich ihm zu. Still! Still! Sag nichts mehr.

Ich drehte mich zu dem Sergeanten um, der an der Tür stand.

»Könntet Ihr uns kurz allein lassen?«

»Also, ich ...«

»Ich möchte mich richtig von ihm verabschieden. Bitte!«

»Hmm ... Daran kann wohl nichts Schlimmes sein, glaube ich ...«, stotterte er.

Er ging hinaus und schloss die Tür hinter sich.

»Sie hätten mich auch aufhängen sollen, ich konnte Euch nicht beschützen ...«, stöhnte Calum und barg den Kopf in den Händen. »Ich habe versucht, Liam zu warnen, aber diese verfluchten Schurken hätten mich entdeckt, wenn ich versucht hätte, den Abhang hinunterzuklettern. Ich habe ein wenig gewartet und gehofft, sie würden sich entfernen. Dann ging alles drunter und drüber. Einer von Barbers Männern hat mich gesehen und Jagd auf mich gemacht. Ich konnte ihn nicht abhängen und wollte ihn nicht zu Euch führen, daher bin ich in die entgegengesetzte Richtung gerannt. Schließlich konnte ich ihn abschütteln und bin zur Kapelle zurückgegangen. Und dabei haben zwei Dragoner mich überrascht.«

»Dann ist Liam am Leben?«

»Aber ja! Ach, Mrs. Macdonald ... Ich habe versagt ...«

Erleichtert schloss ich die Augen und stieß meinen angehaltenen Atem aus.

»Rede nicht solchen Unsinn, Calum. Liam hätte sich unter den Umständen auch nicht anders verhalten. Und jetzt hör mir gut zu«, sagte ich und schlug meinen Rocksaum hoch. »Es gibt noch eine Möglichkeit, heil davonzukommen …«

Der junge Mann sah aus vom Weinen geröteten Augen zu mir auf und schaute mich verblüfft an. Ich zog meinen Dolch hervor und hielt ihm die Waffe hin.

»Kannst du ihn irgendwo verstecken? Dir wird er nützlicher sein als mir.«

»Aber wie habt Ihr es geschafft, die Waffe hier zu behalten?«, fragte er erstaunt.

»Sie haben nicht daran gedacht, mich zu durchsuchen. Ich hatte den Dolch in meinen Strumpf gesteckt.«

Ich warf einen besorgten Blick zur Tür.

»Such Liam und sag ihm, dass man mich nach Dunning Manor gebracht hat.«

Calums Miene verriet sein Entsetzen.

»Der Captain hat mich an Lord Dunning verkauft … Flieh heute Nacht, wenn du kannst. Liam kann nicht weit sein.«

»Und wo soll ich nach ihm suchen?«

»Ich habe so ein Gefühl, dass er dich zuerst finden wird. Vertrau mir.«

Calum steckte den Dolch in das übel riechende Stroh, nahm dann meine Hand und führte sie an die Lippen.

»Ich werde ihn finden, das schwöre ich Euch, und wenn ich ganz Schottland nach ihm durchkämmen muss.«

»Ruf einen Wächter und spiel ihm den Streich mit den Bauchkrämpfen. Liam sagt, dass es fast immer klappt.«

Der junge Mann lächelte mir zu.

»*Bi faicealach!* Pass auf dich auf!«, flüsterte ich ihm zu.

Mit diesen Worten drehte ich mich um und setzte eine tief betrübte Miene auf, bevor ich die Zelle verließ.

Die Tür schloss sich hinter Becky. Sie trug die Teller ab, die ich kaum angerührt hatte. Aus dem Augenwinkel beobachtete ich

Winston und kaute auf den Lippen. Während des Essens war er nicht besonders gesprächig gewesen, und sein Gesicht wirkte ausdruckslos. Er schob seinen Stuhl zurück, erhob sich und ergriff die halb geleerte Bordeaux-Flasche. Es war seine zweite. *Gleich bricht er zusammen*, dachte ich und sah zu, wie er direkt aus der Flasche trank.

Er knallte die Flasche geräuschvoll auf den Tisch und torkelte auf mich zu. Mit den Fingern strich er über den gestärkten Spitzenkragen des grünen Seidenkleids. Er hatte mir befohlen, es zum Dinner anzulegen.

»Du bist noch schöner als in meinen Erinnerungen«, sagte er mit heiserer, belegter Stimme.

Gierig schielte er in mein Mieder, das mir am Bauch ein wenig zu eng saß. Ich betrachtete die Kerzenflamme, die im Luftzug flackerte.

»Was wollt Ihr von mir?«

»Was ich von Euch will? Alles, Caitlin, alles!«, rief er aus und legte die Hände auf meine Schultern. »Ich will Euch ganz und gar besitzen, meine Liebste …«

Seine Finger bohrten sich schmerzhaft in meine Haut, als wolle er mir drohen, dann ließ er wieder locker, streichelte meinen Nacken und meine Kehle und schob die Hand dann auf meine Brust zu. Seine Spitzenmanschetten streiften über meine Ohren und meine Wangen.

»Ihr wisst, dass Ihr meinen Körper mit Gewalt nehmen könnt, wenn Ihr wollt, Winston, denn ich kann mich nicht gegen Euch wehren. Aber das ist auch alles, was Ihr jemals von mir bekommen werdet. Was Ihr auch tut, mein Herz gehört Liam. Ganz werdet Ihr mich nie besitzen … niemals.«

Ich hatte mit ruhiger, aber schroffer Stimme gesprochen. Seine Hände verhielten zögernd auf meinen Brüsten, die er zu kneten begonnen hatte, und legten sich dann sanft um meinen Hals.

»Ich werde Euch zwingen, mich zu lieben, Caitlin …«, flüsterte er mir ins Ohr.

Mein lautes Lachen hallte durch den Raum, in dem es trotz der herrlichen Gobelin-Wandbehänge kalt war.

»Mich zwingen, Euch zu lieben?«

Ich stieß ihn heftig fort. Winston taumelte und hielt sich gerade noch am Tisch fest, der ins Wanken geriet. Die Bordeaux-Flasche stürzte um. Ich betrachtete den dunkelroten Fleck, der sich auf der kostbaren Damastdecke ausbreitete. Plötzlich wurde ein Messer mitten in den Weinfleck gestoßen, und ich fuhr zusammen und blinzelte.

»Ich werde ihn töten«, zischte er kalt. »Er wird kommen, und ich werde ihn töten. Das hätte ich schon beim ersten Mal tun sollen …«

»Ihr seid krank, Winston Dunning«, gab ich zurück. »Wenn Ihr ihn tötet, dann bringt Ihr auch mich um. Warum klammert Ihr Euch so an mich? Ich besitze nichts, keinen Titel, kein Vermögen … Am Hof finden sich viel hübschere Frauen als ich …«

Er packte mich brutal an den Schultern und zog mich an sich, um mich zu küssen. Von ihm ging ein starker Geruch nach Wein gemischt mit Eau de Toilette aus, der mir den Magen umdrehte. Er starrte mich aus seinen blassblauen Augen an. Ich entdeckte eine Spur von Trauer darin, aber ich konnte keinen Funken Mitgefühl für diesen Mann aufbringen.

»Ich liebe Euch, Caitlin …«, flüsterte er mit vom Alkohol heiserer Stimme. »Tag und Nacht bin ich wie besessen von Euch … Ich träume nur von dem Moment, in dem meine Hände sich von neuem auf Eure elfenbeinweiße Haut und Euer ebenholzschwarzes Haar legen …«

Schwankend zog er sich langsam den schwarzen Samtrock aus und knöpfte seine Weste auf. Er trug keine Perücke, und das aschblonde Haar fiel ihm offen auf die Schultern.

»Ihr könnt doch gar nicht lieben, Winston. Ihr nehmt, aber Ihr gebt nichts dafür. Ihr habt nichts und niemandem gegenüber Achtung. Zweimal habt Ihr für mich bezahlt … Aber Liebe kann man nicht kaufen, ganz gleich, welchen Preis Ihr dafür entrichtet.«

»Schweigt!«, brüllte er und starrte mich aus seinen kalten Augen an.

Brutal stieß er mich der Länge nach auf den Tisch. Hass verzerrte sein Gesicht, das im Licht der Kerzen wie eine furchterregende Fratze wirkte. Mit einer Art spöttischer Distanz betrachtete ich seinen schwankenden Schatten auf der mit scharlachrotem Brokat bespannten Wand.

Schroff packte er die Vorderseite meines Mieders, zog es heftig nach unten und riss es teilweise auf. Dann sank er, durch seine ruckartige Bewegung aus dem Gleichgewicht gebracht, keuchend auf mir zusammen.

»Ihr seid betrunken, Winston. So bezecht, dass Ihr es nicht einmal schaffen werdet…«

Mühsam stützte er sich auf den linken Arm und richtete sich auf; dann bemächtigte er sich brüsk meiner Hand und legte sie auf die harte Wölbung in seinem Schritt.

»Unterschätzt mich nicht, Caitlin«, höhnte er.

»Ihr seid nichts als ein Ungeheuer. Habt Ihr jemals eine Frau anders genommen als durch Gewalt? Vielleicht ist es ja nur das, was Euch erregt«, setzte ich mit einem sarkastischen Auflachen hinzu. »So ist es doch, oder? Ihr könnt nur Lust finden, wenn Ihr andere Menschen quält. Was für ein Mann seid Ihr eigentlich, Winston Dunning?«

Er war totenbleich geworden. Offensichtlich hatte er mich schlagen wollen, doch seine Hand blieb über mir in der Luft hängen. Ich stieß ihn heftig zurück. Winston torkelte rückwärts, stolperte über den Teppich und polterte gegen den Steinkamin.

»Ihr wollt mir Gewalt antun?«, schrie ich trotzig.

Ich riss das Mieder vollständig auf und enthüllte meine geschwollenen Brüste und meinen gewölbten Bauch, die unter meinem durchscheinenden Hemd deutlich zu erkennen waren.

»Nur zu, Ihr perverser Halunke! Nehmt doch meinen Körper und sättigt Euch daran. Aber das ist alles, was Ihr jemals von mir bekommen werdet! Ich liebe Liam Macdonald und… ich trage sein Kind… Mein Herz gehört ihm.«

Bestürzt riss er die Augen auf, als er meinen schwangeren Leib erblickte, dann machte sich Ekel auf seiner Miene breit. Unwillkürlich lächelte ich. Man hätte seine Züge mit den Wasserspeier-Köpfen verwechseln mögen, die den Kaminsims schmückten.

»Ihr tragt einen schottischen Bastard?«, stieß er mit zusammengebissenen Zähnen hervor.

»Dieses Kind werdet Ihr nie bekommen.«

Er trat einige Schritte auf das Büfett zu und stützte sich darauf. Auf seinem Gesicht konnte ich ein dem Lauf seiner Gedanken folgendes Mienenspiel beobachten, bis er schließlich erstarrte und zweifelnd dreinblickte.

»Es könnte von mir sein…«, erklärte er gelassen.

»An diesem Tag war ich bereits schwanger, Dunning. Glaubt Ihr etwa, dass ich das Kind behalten hätte, wenn ich auch nur den geringsten Zweifel daran hegte, wer der Vater ist?«

Ich hatte ihm die Worte entgegengeschleudert, obwohl ich genau wusste, dass ich nie in der Lage gewesen wäre, dieses Kind loszuwerden. Genauso wenig wie bei Stephen, der immer ein Teil von mir sein würde.

»Ja«, versetzte er selbstsicher.

Seine treffsichere Antwort verwirrte mich, und ich sagte nichts darauf.

»Ich bin seit über vier Monaten guter Hoffnung. Ihr braucht nur nachzurechnen.«

Offensichtlich tat er das, denn er verzog erneut angewidert den Mund. Dann stieß er ein wildes Gebrüll aus und fegte mit dem Arm alles, was sich auf dem Büfett befand, hinunter. Rupert stürzte in den Raum, alarmiert von dem Höllenlärm der Flaschen und der Gläser aus venezianischem Kristall, die auf dem Teppich in tausend Stücke zerschellten.

Keuchend, mit geschlossenen Augen, lehnte Winston an der Wand.

»Bringt sie auf ihr Zimmer und passt auf, dass sie es nicht wieder verlässt«, befahl er mit rauer Stimme.

Rupert, der die ganze Szene verblüfft in Augenschein genommen hatte, sah mich an und trat wartend zurück. Ich beeilte mich, mit einer verschämten Bewegung die Reste meines Kleides über meinem so gut wie nackten Körper zu schließen, und folgte ihm, ohne einen Blick zurückzuwerfen.

Der Geruch nach Farbe reizte meine Nase, und ich schlug die Augen auf. Helles Licht zwang mich, sie schützend zusammenzuziehen. Es war still. Wie spät mochte es sein? Ich drehte mich auf den Rücken und betrachtete die Deckentäfelung. Ich hatte tief und traumlos geschlafen. Erneut schloss ich die Augen und hörte mein Herz schlagen. Dann brachte mich ein Rascheln von Stoff ganz in meiner Nähe dazu, den Kopf zu wenden und die Augen zu öffnen. Winston saß am Fußende meines Betts in einem Sessel und wandte mir sein Profil zu. Karmesinrote, indischgelbe und sienabraune Farbspritzer bedeckten sein Kinn und seinen Wangenbogen, der gelegentlich hervortrat. Schweigend betrachtete er eine große Leinwand, die auf einer Staffelei stand.

Ich war wie vom Donner gerührt und vermochte den Blick nicht von dem Porträt loszureißen. Winstons Werk? Das Bild war unvollendet, aber dennoch erkannte ich in der perfekt umrissenen Gestalt die Hand eines Meisters. Meine Doppelgängerin, mein Spiegelbild! Die Nuancen des Lichts, das meinen Körper umfing, warfen einen goldenen Hauch über meine Haut, die sich weiß von den dunklen Schattierungen abhob, mit denen er meine Muskeln modelliert und meine Rundungen hervorgehoben hatte. Er hatte während der Nacht im Kerzenlicht gemalt, davon zeugten seine übermüdeten Züge. Das war ich und zugleich eine andere. Die Frau, die auf der Leinwand lag, war diejenige, mit der er einen Handel abgeschlossen und die er … eine Nacht lang besessen hatte. Die Erinnerung ekelte mich an, und ich zog die Laken hoch und wandte mich ab. Meine heftige Bewegung riss ihn aus seinen Träumereien.

»Zieht Euch an«, befahl er.

Ich zog eine Augenbraue hoch und sah ihn verblüfft an.

»Warum?«

»Wir brechen auf«, verkündete er.

»Aber wohin?«, verlangte ich, beunruhigt und erleichtert zugleich, zu wissen. »Bringt Ihr mich zurück ins Gefängnis von Dundee?«

»Stellt keine Fragen und tut, was ich Euch sage«, versetzte er schroff.

Ich glitt aus dem Bett und nahm meine Kleider, die jemand gereinigt und ordentlich gefaltet über einen Stuhl gelegt hatte. Winston rührte sich keinen Fußbreit und fuhr fort, mich kalten Blicks zu beobachten.

»Könntet Ihr mich nicht allein lassen?«

»Seid still und zieht Euch an!«, befahl er noch einmal.

Sein Ton war so schneidend, dass ich zusammenzuckte und mich schweigend ankleidete. Ich spürte seinen bohrenden Blick im Rücken. Das war nicht der richtige Moment, um Einwände zu erheben.

Wir ritten durch die Sidlaw Hills in Richtung Norden, bis wir unterhalb von Lundie Craigs eine kleine, verlassene Hütte am Ufer eines Loch erreichten. Winston stieg von seinem Pferd und half mir beim Hinunterklettern. Ich fing seinen Blick auf und erschauerte. Offensichtlich hatte er einen Plan, und ich hegte den Verdacht, dass es etwas mit Liam zu tun hatte.

»Warum sind wir hergekommen?«, fragte ich. Sein fortgesetztes Schweigen reizte mich.

»Wir warten«, erklärte er und nahm Ròs-Muire den Sattel ab.

Er legte das Geschirr unter den Baum, an dem mein Pferd angebunden war, und nahm ihm die Decke vom Rücken. Nachdem er meinem Reittier freundlich auf die Kruppe geklopft hatte, kümmerte er sich genauso um sein eigenes Pferd.

Eine schreckliche Vorahnung stieg in mir auf. Jetzt wurde mir alles klar, und ich bekam Gänsehaut. Er wartete auf Liam, und er hatte die Absicht, ihn zu töten. Ich merkte, wie mir das Blut aus dem Gesicht wich, und in diesem Moment wandte er sich zu mir um. Angesichts meiner niedergeschlagenen Miene setzte er ein Lächeln auf, das nichts Gutes verhieß.

»In die Hütte«, befahl er.

»Nein… ich mag nicht…«, stotterte ich verängstigt.

Vor mir stand Beelzebub, der Teufel in menschlicher Gestalt. Von angenehmem Äußeren, gewiss, doch ohne Herz und von einer kalten, grausamen Schönheit. Er zog einige Stricke aus seinen Satteltaschen und zwei Pistolen aus seinen Sattelhalftern, dann steckte er eine davon in seinen Gürtel.

Kurz ging mir der Gedanke an Flucht durch den Kopf, aber das würde nichts daran ändern, dass Liam irgendwann hierherkommen würde. Der Stallknecht wusste, wohin wir geritten waren, und hatte mit Sicherheit die Anweisung erhalten, ihm den Weg zu weisen, sobald er auf Dunning Manor auftauchte.

Sobald Winston seine Ausrüstung beisammen hatte, zerrte er

mich gewaltsam in die Hütte. Eine Staubwolke umgab uns, als er die Tür so heftig öffnete, dass sie in den Scharnieren ächzte. Ein Rabe landete auf dem Fenstersims und krächzte. Es lief mir kalt über den Rücken, und meine Haare standen zu Berge. Morrigaine auf dem Schlachtfeld, die darauf wartet, sich auf die Schulter des Besiegten zu setzen.

»Tsss!«, zischte ich, um die Angst einflößende Erscheinung zu verscheuchen. Der Vogel flog davon und stieß weiter seine rauen Schreie aus.

»Ein schlechts Omen«, meinte Winston und wies auf einen Stuhl, den er gegenüber der Tür aufgestellt hatte. »Setzt Euch her.«

Widerspruchslos gehorchte ich. Er band mir die Arme hinter der Lehne zusammen und schnitt mit seinem Dolch kurze Taustücke ab, mit denen er meine Fußgelenke an die Stuhlbeine fesselte.

»Tut mir leid wegen des Kindes«, bemerkte er und zog die Schnur fest, so dass sie mir in die Haut schnitt.

Dann legte er einen weiteren Strick um meinen Körper, um mich vollständig unbeweglich zu machen, und zurrte ihn mit einem Ruck fest. Vor Schmerz riss ich die Augen auf und stieß einen erstickten Schrei aus.

Winston richtete seinen eisigen Blick auf mich.

»Aber bald wird es ja nichts mehr spüren.«

»W… wie bitte?«, stotterte ich bestürzt.

»Ich fürchte, Ihr werdet die Sonne morgen nicht wieder aufgehen sehen.«

Er stellte einen weiteren Stuhl auf halbem Weg zwischen mir und der Tür hin und schnitt ein Stück von der zweiten, dünneren Schnur ab.

»Habt Ihr vor, mich zu töten?«

Meine Lippen begannen unkontrollierbar zu zittern.

»Nicht ich«, erklärte er und warf mir einen grausamen, kalten Seitenblick zu. »Macdonald wird das erledigen…«

Die Worte trafen mich mitten ins Herz. Entsetzt sah ich zu, wie Winston eine der Pistolen fest an der Rückenlehne des anderen Stuhls anband, genau in Höhe meiner Brust. Einen solchen

Wahnsinn hätte ich mir nie vorstellen können. Dieser Mann war wirklich von Sinnen. Eine tiefe Traurigkeit stieg in mir auf, und ich schluckte schmerzhaft, so trocken war meine Kehle. Ich schloss die Augen, um die hervorquellenden Tränen zu unterdrücken, doch vergebens.

Winston hatte sorgfältig ein Ende der Schnur um den Auslöser der Pistole geknotet, die auf mich wies, und war jetzt dabei, das andere Ende am Türgriff zu befestigen. Sobald die Tür sich öffnete, würde der Schuss sich lösen …

»Oh nein! Das könnt Ihr nicht tun, Winston!«, stöhnte ich. »Bringt mich um, wenn Ihr wollt, aber nicht so! Nicht durch Liams Hand! … Mein Gott, nein! Ihr seid ja noch schlimmer, als ich dachte. Verflucht sollt Ihr sein, Winston Dunning!«, kreischte ich. »Der Teufel wird Euch holen, und Ihr werdet für alle Ewigkeit in der Hölle schmoren! Bastard!«

Er warf mir einen triumphierenden Blick zu und machte sich dann schweigend wieder ans Werk. Er spannte die ungeladene Pistole und öffnete die Tür. Ein unheimliches Klicken hallte durch die Hütte, gefolgt von Totenstille. Mein Gesicht war feucht von Tränen und Schweiß, und Schweißtropfen liefen mir zwischen den Brüsten und über den Rücken hinunter. Das Entsetzen drang mir buchstäblich aus allen Poren. Ich warf mich auf dem Stuhl hin und her, und er fiel auf die Seite und riss mich mit. Winston betrachtete mich verstimmt.

»Sehr gut, Caitlin«, versetzte er sarkastisch. »Daran hatte ich gar nicht gedacht.« Er sah sich im Raum um und entdeckte ein altes Bettgestell, das er zu mir zog. Er band meinen Stuhl an einen der Pfosten und nahm mir damit jede Möglichkeit, mich aus der Schusslinie zu bringen.

»Warum tut Ihr das?«, fragte ich zitternd.

Er schob sein finsteres Gesicht an mich heran und sah mich aus seinen Augen, die doch so schön waren, durchdringend an. So blieb er eine Zeit, die mir wie eine Ewigkeit vorkam, reglos stehen, und dann küsste er mich heftig. Seine Zunge bahnte sich einen Weg zwischen meine Lippen und zwang mich, sie zu öffnen. Ich konnte nichts mehr gegen ihn ausrichten, war ihm vollständig ausgeliefert. Seine Hand glitt unter meine Röcke und zwischen meine Schenkel, die ich verzweifelt zusammenpresste. Dann verließen seine Lippen meinen Mund und arbeiteten sich an meinem Hals herunter bis zu meiner Brust vor, die er entblößte, indem er brutal an meinem Mieder riss.

»Caitlin…«, hauchte er und hob erneut sein Gesicht zu meinem. »Meine Aphrodite… Ich leide jetzt schon unter dem, was ich mich zu tun anschicke…«

Zärtlich strich seine Hand über meine Schenkel.

»Aber wenn ich Euch nicht für mich allein haben kann, dann soll Euch auch kein anderer bekommen. Und da ich mich nicht entschließen kann, Euch selbst zu töten…«

Er unterbrach sich. Mit einem Stöhnen, das wie ein unterdrücktes Schluchzen klang, vergrub er das Gesicht zwischen meinen vor Schweiß glänzenden Brüsten. Einige Zeit später richtete er sich langsam auf und rückte mein Mieder zurecht.

»Ganz gleich, was Ihr vielleicht darüber denkt«, begann er mit belegter Stimme, »ich liebe Euch, Caitlin… Seit dem ersten Tag, als Ihr in den Dienst meiner Mutter getreten seid. Ihr wart so schön, so rein und unschuldig… Eine Vision…«

Ihm versagte die Stimme, und er wandte sich aufgewühlt ab.

»Und dann hat mein Vater, dieser Dreckskerl, Euch beschmutzt… So, wie er es vor Euch schon mit Agnes getan hat. Am liebsten hätte ich Euch zur Frau genommen, Euch weit von ihm fortgebracht… Aber das hätte Vater nie zugelassen. Ich glaube, er hat geahnt, welche Gefühle ich für Euch hegte; und aus Furcht, ich könnte Euch ohne seine Zustimmung nehmen, hat er versucht, mich mit dieser Idiotin Emily Carlisle zu verheiraten. Ich wäre ja in die Kolonien gegangen, auch bis ans Ende der Welt, wenn er es von mir verlangt hätte. Aber nur mit Euch…«

Er unterbrach sich, um mir eine Träne abzuwischen, die über meine Wange lief.

»Mein Vater… ich habe ihn enttäuscht. Ich wollte das Familiengeschäft nicht weiterführen. Mich zog es zu Höherem. Ich wollte fortgehen, den Kontinent bereisen. Das kaiserliche Rom, das geheimnisvolle Venedig, Paris mit seinen Ausschweifungen. Ich wollte… das, was ich nicht bekommen konnte. *Amore mio*, mein Leben… Ihr könnt Euch nicht vorstellen, was es mich gekostet hat, Euch diese jämmerliche Komödie vorzuspielen. Euch glauben zu machen, dass ich Männer vorzog … während ich von Euch träumte … Herrgott, wie ich Euch begehrt habe …«

Winston schloss die Augen und schluckte.

»Diese verfluchte Nacht, als Ihr meinen Vater getötet habt … Ich konnte es Euch nicht verdenken, Caitlin. Ich wusste doch, was Ihr durch ihn ertragen musstet. Ihr habt eine Tat begangen, zu der ich selbst nicht den Mut aufgebracht hatte, und ich wollte nicht zulassen, dass Ihr den Preis dafür bezahltet. Ich wollte Euch schützen, Euch und Stephen zu mir nehmen. Ich hänge an ihm und betrachte ihn ein wenig als meinen eigenen Sohn. Wir drei wären glücklich geworden. Doch leider seid Ihr mit diesem dreckigen Highlander davongelaufen.«

Von neuem richtete er den Blick auf mich. In seinen feuchten Augen stand eine tiefempfundene Trauer, in die sich verhaltene Wut mischte.

»Warum habt Ihr bis heute gewartet, um mir das zu erzählen?«, murmelte ich, überwältigt von seinen unerwarteten Bekenntnissen.

»Ich wollte es tun, am Tag nach dem … Mord. Ich musste eine Möglichkeit finden, das Verbrechen jemand anderem in die Schuhe zu schieben und Euch in Sicherheit zu bringen, doch es war zu spät … Der Highlander wäre des Mordes angeklagt worden, ich hätte meinen Titel und den Besitz geerbt. Endlich hätte ich mich meiner Kunst widmen können, ohne mich in diesem verkommenen Atelier in Edinburgh verstecken zu müssen. Ich hätte Euch gemalt, Caitlin, im hellen Tageslicht. Ich hätte Euren Körper mit einer unendlichen Palette von Farben liebkost. Ihr wäret bei mir geblieben, unter meinem Schutz. Doch jetzt ist das alles vorüber. Als Ihr mir gesagt habt, dass Ihr ein Kind von ihm erwartet … Einen Moment lang habe ich geglaubt, es hätte von mir sein können, aber ich habe die Antwort in Euren Augen gelesen … Ich weiß, dass Ihr mich nicht liebt und niemals lieben werdet. Ich war dumm. Ihr habt Recht, Liebe kann man nicht kaufen. Mein ganzes Leben lang habe ich geglaubt, für Geld alles bekommen zu können, wie mein Vater mir das so schön vormachte. Versteht Ihr, Caitlin, ich bin nur ein Feigling … Ich kann nicht damit leben, Euch im Bett dieses Schotten zu wissen, und das hier ist die einzige Lösung, die ich gefunden habe. Macdonald wird alles an meiner Stelle tun. Danach wird er mich sicher zum Duell fordern und möglicherweise töten. Doch im Moment ist mir das egal. Er wird allein zurückbleiben, während Ihr mir in alle Ewigkeit gehören werdet…«

»Nein, Winston, nicht einmal im Jenseits werdet Ihr mich besitzen, denn Ihr, Ihr werdet direkt in die Flammen der Hölle fahren«, zischte ich sarkastisch.

»Die Hölle, die erlebe ich hier, meine Liebste… Nichts kann schlimmer sein.«

Er machte sich daran, mit zitternden Händen die Pistole zu laden. Ich saß sprachlos da, noch ganz erstarrt unter dem Eindruck seiner bedrückenden Erzählung. Ich sah in den Lauf der Waffe, die sich auf mich richtete, und dann ließ mich das Klicken des Hahns, mit dem Winston die Waffe scharf machte, zusammenfahren. Jetzt war mein Schicksal besiegelt.

»Ihr seid es, der mich töten wird, Winston«, schrie ich, angesichts der düsteren Mündung der tödlichen Waffe plötzlich von Panik ergriffen. »Selbst wenn Liam den Mechanismus der Pistole auslöst, wird Eure Hand den Schuss abgeben. Und falls er Euch nicht tötet, dann werdet Ihr für den Rest Eures elenden Lebens mit diesem Wissen zurechtkommen müssen. Wenn Ihr mich so liebt, wie Ihr behauptet, dann tut das nicht… Schon um Stephens willen…«

Er sah mich einen Moment lang an, dann küsste er mich zärtlich und knebelte mich anschließend mit einem Taschentuch.

»Ich liebe Euch, Caitlin… Aber das versteht Ihr nicht.«

24

Beelzebubs Sturz

Die Stunden verstrichen unendlich langsam. Bei jedem Knacken, das sich draußen vernehmen ließ, fuhr ich zusammen und glaubte, die letzten Augenblicke meines Lebens seien gekommen. Schon vor langer Zeit war es Nacht geworden. Ich hatte keine Ahnung, ob Winston sich davongemacht hatte oder ob dieser Feigling sich irgendwo in einer dunklen Ecke verkroch, um meiner Hinrichtung beizuwohnen. Immer wieder schlummerte ich kurz ein, doch wenn ich die Augen öffnete, stürzte erneut die grausige Realität auf mich ein und ließ mich vor Angst fast vergehen. Doch schließlich schlief ich vollständig erschöpft ein.

Durch das kleine, unverglaste Fenster fiel trüb das erste Licht des Morgengrauens in die Hütte. Ich war derart durchgefroren, dass ich nicht mehr klar denken konnte. Wie lange hatte ich mich schon nicht mehr bewegen können, nichts mehr gegessen? Ich wusste es nicht, es lag zu weit zurück. Mein Körper schien nur noch aus Schmerz zu bestehen und wartete darauf, durch den Tod erlöst zu werden.

Plötzlich spürte ich eine schwache Bewegung in meinem Leib. Tränen traten mir in die Augen, und in meiner Kehle stauten sich die Schreie, die ich vor Schwäche nicht mehr ausstoßen konnte. Ich schloss meine vor Fieber und Müdigkeit brennenden Augen und sagte lautlos das *Pater Noster* auf, zumindest das Wenige, an das ich mich noch erinnerte. *A Dhia, cuidich mi*… Gott, hilf mir…

Zwischen den Stäben des Bettgestells, an dem auch mein Schicksal hing, wob mit unendlicher Geduld eine Spinne ihr Netz. Natürlich ging ein nichts Böses ahnendes Insekt in die klebrige Falle, und sie stürzte sich darauf, um es auszusaugen und sich davon zu nähren. Genau wie Winston es mit mir vorhatte…

Ein Wiehern riss mich aus meinen düsteren Überlegungen. Langsam hob ich den Kopf, um zu lauschen, aber alles war still. Wahrscheinlich wartete die arme Ròs-Muire ungeduldig auf ihre Futterration. Schwer sank mein Kopf auf meine Brust zurück, doch dann drang ein Geräusch, das dieses Mal sehr deutlich war, von draußen zu mir. Das Blut pochte in meinen Schläfen, und ich riss erschrocken die Augen auf. Entsetzt starrte ich auf die Tür, doch zugleich fühlte ich mich erleichtert, weil mein Leidensweg endlich ein Ende nehmen würde.

Ein leiser Pfiff am Fenster zog meine Aufmerksamkeit auf sich. Als ich den Kopf in diese Richtung drehte, sah ich, dass sich vor dem mit roten und dunkelblauen Streifen überzogenen Himmel das Profil eines Mannes abhob. Jetzt war ich vollständig wach, die Kälte, die bis jetzt meine Glieder taub gemacht hatte, machte sich schneidend bemerkbar. Ich zappelte heftig auf meinem Stuhl und stöhnte, so laut ich konnte, doch der Knebel erstickte meine Stimme. Die Gestalt verharrte.

»Mrs. Macdonald? Seid Ihr das?«, flüsterte Calums Stimme.

Er steckte den Kopf durch die Fensteröffnung. In der Hütte war es dunkel, und ich war mir sicher, dass er nicht erkennen konnte, in welcher Lage ich mich befand, und zur Tür laufen würde. Aber da hatte ich die gute Nachtsicht der Highlander unterschätzt.

»Verflucht!«, schimpfte er und kletterte eilig durch das Fenster.

Er stürzte sich auf mich und befreite mich von dem Knebel.

»Die P… Pistole ist ge… geladen«, stotterte ich zähneklappernd. »Wenn Liam die T… Tür aufmacht… Schieb sie weg, Calum…«

Calum fuhr herum und streckte den Arm aus, um die Pistole wegzuschlagen. Von draußen drang Geschrei herein. Ich hörte Liams Stimme nach mir rufen. Plötzlich ging die Tür auf, und eine gewaltige Detonation krachte. Mein Herzschlag setzte aus. Calum wurde gegen mich geschleudert, fiel auf meine Knie und rutschte schließlich zu Boden, wo er zu meinen Füßen liegen blieb. Von überall drangen Stimmen auf mich ein, mein Kopf drehte sich, und mir verschwamm alles vor den Augen. Jemand schüttelte mich, oder vielleicht wiegte er mich auch… Ich wusste es nicht mehr… Alles war so verworren. Die Sonne schien auf-

und abzuschwanken, als würde ich auf Wogen davongetragen. Ich spürte nichts mehr … Alles war so … unzusammenhängend. Mein Bewusstsein umnebelte sich mehr und mehr …

»Wasser …«

Meine eigene Stimme klang mir in den Ohren wie ein fernes Flüstern. Unter mir bewegte sich etwas, und dann lief ein nasses Rinnsal in meine trockene Kehle. Das Schlucken fiel mir schwer, und ich wäre fast erstickt. Mein Kopf wurde zur Seite gedreht, und das überschüssige Wasser lief über meine Wange, die auf einem warmen, weichen Stoff lag. Ich bewegte mich ein wenig, um mich in die tröstliche Wärme zu schmiegen. Meine Lider waren so schwer … Eine große Hand streichelte mein Haar, und eine sanfte Stimme flüsterte mir zärtliche Worte zu. Langsam öffnete ich die Augen. *Ein Plaid mit dem Tartan der Macdonalds …*

»Liam …«, hauchte ich.

»*Gabh do shocair*«, flüsterte die Stimme in mein Haar hinein. »*Tha e ullamh …*« Ruh dich aus. Es ist vorüber …

Er rückte leicht herum, und ich bemerkte, dass meine Arme und Schultern, die so lange hinter meinem Rücken gefesselt gewesen waren, schmerzten. Ich stöhnte leise.

»Caitlin, *a ghràidh*, was hat er dir angetan, Herrgott!«, stöhnte er und wiegte mich.

Zärtlich küsste er mich auf die Stirn und legte dann seine raue, feuchte Wange dagegen.

»Ich werde diesen Hurensohn töten. Ich schwöre es dir beim Leben unseres ungeborenen Kindes. Er kann schon zu beten beginnen …«

Seine Gefühle überwältigten ihn, und er unterbrach sich, den Körper von stummem Schluchzen geschüttelt. Ich hob den Kopf, um in sein Gesicht zu sehen, und stellte entsetzt fest, wie sehr Angst und Schlafmangel seine Züge verwüstet hatten. Er sah mich aus feuchten Augen an, in denen eine solche Traurigkeit stand …

»Ich habe dich für tot gehalten, *a ghràidh* … Das Blut auf deinem Kleid … ich dachte, es wäre deines …«

Mit einem Mal stand mir alles wieder vor Augen.

»Calum… Mein Gott! Nein… Er ist tot«, stieß ich erstickt hervor.

»Calum geht es gut, Caitlin. Er wird es überstehen. Die Kugel hat ihn in den Arm getroffen und ihm den Knochen durchschlagen, aber es geht ihm gut…«

»Er hat mir das Leben gerettet, Liam. Wenn er nicht durch das Fenster eingestiegen wäre…«

»Ich weiß«, murmelte er mit entsetzter Stimme.

Von neuem schmiegte ich mich in seine Schulterbeuge. Er zog mir meinen Umhang über die Schultern. Die Sonne wärmte mich, und ich überließ mich matt den tröstenden Armen meines Liebsten.

»Es war kalt… so kalt.«

»Hast du Hunger?«, fragte er und wühlte in der Tasche, die neben ihm stand. Er zog einen Kanten Brot hervor, riss ein Stück ab und steckte es mir in den Mund. Ich verputzte das ganze Brot und noch ein großes Stück Käse.

»Ich glaube, wir beide waren ganz ausgehungert«, scherzte ich, nahm seine Hand und legte sie auf das Kind, das in mir heranwuchs.

»In Lang Craig… habe ich zum ersten Mal gespürt, wie es sich bewegt.«

Brutal drängten sich mir von neuem die Bilder dieser Nacht an der Klippe auf.

»Lang Craig… MacKean…«, stöhnte ich entsetzt.

»Ich weiß, *a ghràidh*, wir haben ihn gefunden.«

»Der Engländer hat mich gezwungen, dabei zuzusehen, Liam. Es war schrecklich. Er ist nicht gleich gestorben, sondern erstickt, und ich konnte nichts für ihn tun.«

Ich begann wieder zu schluchzen.

»Jetzt ist es ja vorbei.«

»Ebenso gut hättest du an seiner Stelle sein können…«

Er legte einen Finger auf meine von Austrocknung und Kälte aufgesprungenen Lippen.

»Sprich nicht mehr davon.«

MacSorley… Was war aus ihm geworden?

»Wo ist Thomas?«

Er verzog das Gesicht.

»Er ist entwischt. Der Bastard hat keine Zeit verloren. Sein Schicksal ist jetzt besiegelt.«

»Was ist geschehen? Wo sind die anderen?«

»Fort, sie haben die Ladung mitgenommen.«

Er spielte mit meinem Haar; seine Miene wirkte verlegen.

»Ich habe dich überall gesucht, ich dachte schon, du wärest… Dann ist Isaak gekommen und hat mir gesagt, dass du in Sicherheit wärest. Du hast große Gefahren auf dich genommen, *a ghràidh*. Er hat mir erzählt, was du getan hast. Ich… ich bin dir sehr dankbar. Anschließend bin ich zur Kapelle gegangen.«

Er unterbrach sich und sprach leiser weiter.

»Ich bin zu spät gekommen. Ihr wart schon fort.«

»Wie hast du mich gefunden?«, fragte ich.

»Die Spuren der Pferde. Deine Stute ist kleiner als die anderen und daher auch weniger schwer, und mit ihren kleineren Hufen wühlt sie den Boden weniger auf. Ich brauchte nur ihrer Spur bis nach Dundee zu folgen. Unterwegs bin ich wie durch ein Wunder Calum begegnet. Er trug deinen Dolch bei sich, der mit *Sassanach*-Blut bedeckt war. Calum hat mir erzählt, dass Turner dich an Dunning verkauft hat. Ich konnte ihm kaum glauben, aber da ich diesen dreckigen Schuft kannte, wusste ich, dass er durchaus zu einer derartigen Schandtat in der Lage war. Und noch zu viel mehr…«, setzte er mit gebrochener, hasserfüllter Stimme hinzu.

Ich spürte sein Unbehagen und wollte ihn beruhigen.

»Er hat mich nicht angerührt, Liam. So unwahrscheinlich sich das anhören mag, aber er hat es sich versagt…«

Mit einer Fingerspitze hob er mein Kinn und küsste mich, um die Worte, die er nicht hören wollte, zu ersticken.

Calum lag am Ufer des Loch unter einem Baum und jammerte laut, während Donald versuchte, seinen Armknochen zu verarzten. Ich bekam Gänsehaut davon und wandte den Blick ab. Simon schiente den Bruch, goss ihm ein paar ordentliche Schlucke Whisky in den Hals, und schon saß der Junge ganz fröhlich da und lehnte sich an den Baumstamm. Er war totenblass, lächelte aber trotzdem. *Verflixter männlicher Stolz!*, dachte ich und schmunzelte ebenfalls.

Ich machte mich so gut ich konnte am Ufer frisch, als ich auf der anderen Seite des Loch eine Bewegung wahrnahm. Ich zog die Augen zusammen und beschattete sie mit der Hand, um sie vor dem gleißenden Sonnenlicht zu schützen. Liam folgte meinem Blick. Ich erkannte die lange blonde Mähne, die schlanke Gestalt, und mir blieb fast das Herz stehen.

»Das ist er…«, flüsterte ich. »Er kommt allein.«

Liam erhob sich. Wut und Hass verzerrten sein Gesicht, und ich hörte ihn hinter mir schwer atmen.

»Er ist ein toter Mann«, zischte er mit zusammengebissenen Zähnen. »Bleib hier, *a ghràidh*, damit er dich nicht sieht. Er soll ruhig glauben, du wärest… du weißt schon. Ich schicke dir Donald und Calum, damit sie bei dir bleiben.«

Zwischen den Dornenbüschen hindurch stieg er den Weg, der zur Hütte führte, hinauf. Von meinem Platz aus konnte ich sehen, was dort oben vor sich ging, ohne selbst gesehen zu werden. Trotzdem hüllte ich mich in meinen Umhang, damit mein Hemd nicht als weißer Fleck hervorstach.

Liam ging vor der Tür auf und ab, Simon stand, an die Wand gelehnt, im Schatten, die Pistole schussbereit in der Hand. Es dauerte eine ganze Zeit, bis wir die Gestalt am Ende des Wegs auftauchen sahen. Winston beeilte sich nicht, er wusste, dass Liam auf ihn warten würde.

Etwa ein Dutzend Schritte vor ihm hielt er an. Liam stand jetzt breitbeinig und reglos da und hatte das Schwert zwischen den Beinen auf die Erde gesetzt. Die bläuliche Klinge blitzte in der Sonne. Winston stieg vom Pferd und zog ebenfalls sein Schwert aus der Scheide. Gelassen wandte er sich Liam zu, zog seinen Rock aus und warf ihn über den Sattel. Dann versetzte er seinem Reittier einen Klaps auf die Hinterhand, so dass es davontrabte.

Wortlos taxierten die beiden Männer einander. Dass sie einander im Duell gegenübertreten würden, bedurfte keiner Erwähnung. Schließlich brach Liam als Erster das Schweigen.

»Wo sind Eure Sekundanten?«

Zur Antwort lachte Winston laut auf. Er prüfte die Schärfe seiner Klinge mit der Handfläche, obwohl er das, wie ich vermutete, schon zahllose Male zuvor getan hatte. Sichtlich nervös, legte er dennoch eine große Distanz gegenüber seinem möglichen Los an den Tag. Ich wusste, dass er Liam fürchtete. Auf gewisse Weise konnte ich nicht umhin, den Mut zu bewundern, den er bewies, indem er ihn bis aufs Blut herausforderte. Warum hatte er sich nicht in aller Ruhe nach Dunning Manor zurückgezogen? Er hätte Liam ebenso gut Captain Turner auf die Fersen hetzen können. Aber nein, er hatte sich entschieden, ihm Auge in Auge gegenüberzutreten.

»Keine Sekundanten, Macdonald. Nur Ihr und ich.«

Winston warf einen Blick zur Hütte und bemerkte Simon.

»Er wird nicht eingreifen«, versicherte ihm Liam, »sofern der Kampf nach den Regeln abläuft. Er steht unter meinem Befehl.«

Winston stieß ein leises, unaufrichtig klingendes Lachen aus und zuckte die Achseln. Er hob den Kopf, sah Liam von der Seite an und verzog den Mund zu einem schmalen, arroganten Lächeln.

»Was habt Ihr meiner Frau angetan, Dunning?«, brüllte Liam plötzlich und trat auf seinen Rivalen zu.

»Und Ihr? Was habt Ihr mit ihr gemacht?«, höhnte der andere.

Sie umkreisten einander jetzt gemessenen Schritts, in respektvollem Abstand. Simon rührte sich nicht, hielt sich aber zum Eingreifen bereit, falls es nötig werden sollte.

»Ihr seid wirklich ein Dreckskerl, sie hat ein Kind erwartet, Bastard!«

»Und Ihr seid Euch ganz sicher, dass es von Euch war, Macdonald? Sie war ein aufregendes kleines Ding. Ah, aber ich glaube, das habe ich Euch schon einmal gesagt!«, spottete Winston sarkastisch.

Liam war bleich vor Zorn geworden und trat gefährlich nahe auf seinen Gegner zu.

»Ihre Haut … So weich … und ihre milchweißen Schenkel. Ihr wisst schon, dort wo sie sich so gern streicheln ließ … Aber all das wusstet Ihr schon, nicht wahr, Macdonald?«

Ich ließ Liam nicht aus den Augen. Sein ganzer Körper war zum Zerreißen angespannt, und die Venen an seinem Hals waren dick angeschwollen. Er stand kurz davor, auf Winston loszuspringen.

»Hurensohn!«, schrie er.

Winston bedachte ihn mit einem breiten, spöttischen Lächeln, das seine Zähne in der Sonne aufblitzen ließ. Liam hob sein Schwert und schwang es surrend über seinem Kopf. Er stieß einen markerschütternden Schrei aus und brachte es dann mit einem metallischen Laut auf Winstons Klinge nieder. Die Waffen beschrieben große Kreise in der Luft und trafen heftig aufeinander. Mir wurde der Mund trocken, und ich krallte die Finger nervös in den Rand meines Umhangs.

Nach einigen Minuten des Kampfes rasteten die Männer ein wenig, umkreisten einander jedoch weiter, wobei jeder seine verwundbare Flanke schützte.

»Ihr möchtet gern wissen, ob ich sie gut bedient habe, oder? Sie hatte einen so hübschen kleinen Hintern … Wirklich sehr erregend … vor allem, wenn sie diese kleinen Schreie ausstieß. Ihr wisst schon, dieses Wimmern kurz vor dem Höhepunkt der Lust? Ich höre es immer noch …«

»Schweigt still!«, donnerte Liam und schwang sein Schwert mit weit ausholenden Hieben.

Nun war der Kampf wieder heftig im Gange. Liam begann bereits zu ermüden. Wahrscheinlich hatte er während der letzten Tage nicht viel geschlafen, im Gegensatz zu Winston, der sich auf dieses Zusammentreffen gut vorbereitet hatte. Außerdem verwendete Winston ein Rapier, eine weit leichtere Waffe als Liams langes, doppelschneidiges Schwert. Die schimmernden Klingen glitten bis zum Heft aneinander entlang. Liam legte sein ganzes Gewicht in die Bewegung, doch sein Gegner wich ihm mit beunruhigender Behändigkeit aus. Er war wirklich ein ausgezeichneter Schwertkämpfer. Liam hatte sicherlich nicht damit gerechnet, sich einem solchen Gegner gegenüberzufinden.

Winston landete einen Hieb, der Liam aus dem Gleichgewicht brachte, und traf seine rechte Flanke. Sogleich färbte sein Hemd sich rot. Ich biss die Zähne zusammen, um nicht aufzuschreien. Simon zuckte zusammen, wahrte aber Abstand. Calum und Donald verfolgten den Kampf reglos.

»Was habt Ihr getan, Macdonald? Sollte Eure Gattin bereits auf dem Weg zur *Eilean Munde* sein? Denn wenn ich mich nicht irre, lässt sich Euer Clan doch auf dieser Insel bestatten, oder?«

Liam verlor Blut, und seine Bewegungen wurden langsamer.

»Wenn ich mit Euch fertig bin, wird von Euch nicht mehr genug für ein anständiges Begräbnis übrig sein!«, brüllte Liam.

Winston brach in lautes, schneidendes Gelächter aus; seine Schwertklinge wies auf Liams Brust.

»Falls Ihr überhaupt bis zum Ende durchhaltet, dreckiger Bastard von einem Schotten!«

Er kreuzte seine Klinge mit Liams Schwert und starrte ihn böse an.

»Anschließend werdet Ihr Euch wohl mit einem hübschen molligen Lämmchen bescheiden müssen, um Eure Begierden zu befriedigen. Ich habe übrigens gehört, dass die Schotten sich sehr zu Schafen hingezogen fühlen; stimmt das? Aber das stinkt doch!... Ganz anders als Caitlins zarter, süßer Duft... Meine Laken sind noch durchtränkt davon. Und ihr Geschmack; erinnert Ihr Euch noch, wie sie geschmeckt hat, Macdonald?«

Liams Brust hob und senkte sich rasch. Wenn das möglich gewesen wäre, hätte er Winston mit seinem mörderischen Blick getötet. Bestürzt erkannte ich, welche Taktik Winston verfolgte. Sein machtbesessener Verstand wurde zu seiner gefährlichsten Waffe. Sie war heimtückisch und würde eine entsetzliche Wirkung entfalten, falls es Liam nicht gelang, ein Schutzschild vor sein Herz zu halten, denn dort wollte Winston ihn treffen.

Die dritte Attacke begann. Liam hielt sein gewaltiges Schwert jetzt mit beiden Händen und führte mit der rasiermesserscharfen Klinge weit ausholende Hiebe, in die er seine ganze Wut legte. Doch Winston entzog sich seinen Schlägen mit der Behändigkeit einer Katze. Liam stolperte über einen Stein und parierte mit knapper Not einen Hieb, der ihm den linken Arm abgetrennt hätte.

Mein Magen zog sich zusammen. Winstons giftige Wortattacken taten ihr Werk. Liam konnte sich nicht mehr auf seine Bewegungen konzentrieren. Am liebsten hätte ich ihm zugeschrien, er solle es gut sein lassen und Simon zu Hilfe rufen, aber im

Grunde meines Herzens wusste ich, dass es sinnlos war. Er würde keine Ruhe geben, ehe er Dunning nicht besiegt hatte, falls er nicht vorher fiel…

Winston ging zur vierten Attacke über. Die Klingen, die in der Sonne leuchteten, fuhren durch die Luft wie funkelnde Blitze und klirrten so heftig aufeinander, dass ich bei jedem Hieb zusammenschreckte. Liam traf Winston an der linken Schulter, doch dieser drehte sich um die eigene Achse und vermied so das Schlimmste. Der Rabe krächzte, und mir standen die Haare zu Berge. Der Tod umschlich die Männer und lauerte auf seine Beute. Wie gebannt verfolgte ich den Kampf, der sich auf der Lichtung abspielte. Die beiden Gegner legten eine unerhörte Heftigkeit an den Tag, stürzten aufeinander los, wirbelten herum und attackierten einander erneut. Nur der Tod würde diesen unheimlichen Tanz beenden. Wieder ließ sich Winstons gehässige Stimme vernehmen.

»Hat sie Euch einmal von Stephen erzählt?«

Seine schneidenden Worte zerrissen mir das Herz. Der Tiefschlag saß. Liam verließ die Kraft, sein Schwert schleifte über den Boden. Winston verfolgte seine Reaktion genau und schien zufrieden. Angestachelt von der Wirkung seiner Worte fuhr er fort.

»Ich sehe, dass sie es nicht getan hat. Natürlich sollte auch niemand davon wissen. Ich stelle erfreut fest, dass sie ein Geheimnis bewahren konnte.«

»Wer ist Stephen?«

Langsam, immer ein Bein dem anderen nachziehend, bewegte Liam sich seitwärts. Winston vollzog seine Schritte in entgegengesetzter Richtung nach.

»Ihr Sohn, Herrgott! Der Arme, so jung zur Waise geworden…«

»Ihr… Sohn?«

Liam wandte mir den Rücken zu, doch ich sah trotzdem, wie er erstarrte. Winston musterte ihn verächtlich und schätzte die Wirkung seiner Enthüllung ab.

»Sie hat einen Sohn…?«

Seine Mähne flog, als er ungläubig den Kopf schüttelte. Er tat noch einige Schritte und wandte mir jetzt sein Profil zu.

»Wie gern wäre ich der Erzeuger gewesen! Doch, wie Ihr bereits wisst, hat sie meinem Vater gedient, und gut gedient, wenn Ihr meine Meinung hören wollt …«

Liams Schultern sackten herab, und kurz floh sein Blick seinen Gegner, der nur auf den richtigen Moment wartete, um ihm den entscheidenden Schlag zu versetzen.

»Der Kleine ist sehr hübsch und ganz reizend. Er ähnelt seiner Mutter stark, Gott sei's gedankt! Er hat ein kleines Grübchen in der Wange, genau wie sie.«

Liam rührte sich nicht mehr und sah verstört zu Boden. Winston drosch auf sein Schwert ein, und er verlor das Gleichgewicht und fiel auf die Knie. Ich hielt den Atem an. Über die Lichtung hatte sich eine lastende Stille gesenkt, in der selbst die Vögel nicht zu zwitschern wagten. Winston warf Liam mit einem Fußtritt zu Boden und stieß mit dem Schwert zu. Liam rollte sich zur Seite, doch die Klinge durchbohrte seinen Oberschenkel und heftete ihn am Boden fest.

Ein durchdringender Schrei erscholl, von dem ich nicht hätte sagen können, ob Liam oder ich ihn ausgestoßen hatten. Ich rannte den Weg zur Lichtung hinauf. Alles drehte sich um mich, und ich konnte nicht mehr klar sehen.

»Neiiin!«, schrie ich.

Winston, der soeben sein Schwert zurückziehen wollte, hob verblüfft den Kopf und starrte mich vollkommen ungläubig an. Das Blut wich ihm aus dem Gesicht, und seine Augen weiteten sich vor Entsetzen, als er sich meinem Geist gegenübersah, denn mit meiner bleichen Haut, den tief umschatteten Augen und meinen aufgesprungenen Lippen musste ich ihm wie ein Gespenst erscheinen.

Liam nutzte Winstons kurze Unaufmerksamkeit, um nach seinem Schwert zu greifen. Das bläuliche Aufblitzen des Stahls zog Winstons Blick auf sich, und er wandte sich zu seinem Gegner, der zu seinen Füßen lag, um. Ein heiserer Aufschrei, und dann durchbohrte die Klinge Winstons Körper. Er stieß einen verblüfften Laut aus und sah auf Liams schimmerndes Schwert hinunter, das bis zum Heft in seinem Leib steckte. Stirnrunzelnd umfasste er den Griff mit beiden Händen und verzog angewidert den Mund.

»Hölle und Verdammnis …«, murmelte er und zog die Klinge heraus.

Ein Blutschwall quoll hervor und tränkte sein Hemd und seine Weste, dann stürzte er auf die Knie. Seine Lippen verzerrten sich zu einem grausigen Ausdruck, und er stieß ein gurgelndes Geräusch aus. Wie versteinert stand ich da und vermochte den Blick nicht von Winston loszureißen, der mich jetzt mit einem eigenartigen Ausdruck ansah. Dann sackte er zusammen und wand sich, von Zuckungen geschüttelt, neben Liam am Boden.

Ich warf mich über ihn und drosch schluchzend mit den Fäusten auf ihn ein. Wenn er jetzt starb, würde er sein Geheimnis mitnehmen.

»Wo ist er, du Bastard? Wo ist Stephen?«, schrie ich verzweifelt.

Bis zur Erschöpfung schlug ich auf ihn ein und brach dann weinend über ihm zusammen. Mit seinem Tod nahm er mir meinen Sohn weg, für immer. Das tat so weh … so entsetzlich weh.

In meiner Nähe gingen die Männer umher. Ich war derart in meinen Kummer versunken, dass ich die anderen ganz vergessen hatte. Mit einer raschen Bewegung zog Simon das Schwert heraus, das immer noch in Liams Schenkel steckte, worauf dieser einen gellenden Schmerzensschrei ausstieß. Ich vermochte wieder klar zu denken und stürzte zu Liam, der sich in dem blutroten Gras vor Pein wand. Den Bruchteil eines Augenblicks lang fragte ich mich, welche Wunde ihn wohl am meisten schmerzte, die in seinem Körper oder die in seinem Herzen.

Ich schob mir den letzten Bissen gebratenen Fisch in den Mund. Liam schlummerte, den Kopf auf meine Schenkel gelegt. Ich strich über seine Stirn, die trocken und warm war.

»Was habt ihr mit der Leiche gemacht?«, fragte ich Simon, der ein paar trockene Zweige ins Feuer legte.

»Wollt Ihr das tatsächlich wissen?«, gab er mit einem spöttischen Lächeln auf den Lippen zurück.

»… Nein, lieber nicht.«

»Aber ich kann Euch zumindest versichern, dass man ihn nicht wiedererkennen wird, selbst wenn ihn jemand finden sollte.«

Ich verzog das Gesicht, um die Bilder von verstümmelten Körpern, die mir durch den Kopf gingen, zu verscheuchen.

»Warum habt Ihr Dunning nicht getötet, Simon?«

Er sah mich an und zuckte die Achseln.

»Liam hatte mir keinen Befehl dazu gegeben.«

Ich schaute ihn mit offenem Mund an.

»Warum solltet Ihr einen Befehl von ihm brauchen, um ihm das Leben zu retten?«

»Weil er es so wollte, Caitlin. Das hatte er mir vor dem Beginn des Duells ausdrücklich zu verstehen gegeben und mir versichert, er werde mich töten, wenn ich gegen seinen Befehl verstieße. Und ich habe seinen Wunsch respektiert.«

»Das begreife ich nicht! Dunning hätte ihn umgebracht, wenn ich nicht gekommen wäre. Hättet Ihr dabei zugeschaut, ohne mit der Wimper zu zucken? Ihr hättet keinen Finger gerührt aus dem einzigen Grund, dass Ihr ihm seinen Wunsch erfüllen wolltet? Weil er gedroht hatte, Euch zu töten? War Euch denn nicht klar, dass sein Rachedurst ihn blind gemacht hat und sein Geist in diesem Moment nicht besonders klar war?«

Er wandte den Blick ab und sah ins Feuer.

»Ich weiß es nicht«, sagte er nach einer Weile.

Sichtlich verlegen stand er auf und ging zum Seeufer. Donald, der unser Gespräch mitgehört hatte, schaute ihm verwirrt nach. Ich starrte ihn finster an.

»Und Ihr?«

Er zog die Schultern hoch, schlang sein Plaid um sich und rollte sich dann neben Calum, der bereits schlief, zusammen.

Liam bewegte sich und stieß einen erstickten Schmerzenslaut aus, der wie ein Schluchzen klang, was mich an seine Verwundungen erinnerte. Ich warf einen Blick auf seine blutdurchtränkten Verbände. Die Wunde in seiner Seite war oberflächlich und der halbmondförmige Schnitt nicht besonders tief. Sorgen bereitete mir dagegen die Verletzung in seinem Oberschenkel. Sie würde bestimmt lange brauchen, um zu heilen, denn die Klinge war auf einer Breite von mehreren Zoll in sein Bein eingedrungen. Immerhin bezweifelte ich, dass sie sich entzünden würde, denn Simon hatte fast eine ganze Flasche Whisky in die Wunde gekippt. Ich hörte Liams Schreie immer noch, und bei der Vorstellung, wie der Alkohol in dem zerfetzten Fleisch gebrannt haben musste, lief es mir kalt über den Rücken.

Im Grunde aber sorgte ich mich vor allem um die Wunde in seinem Herzen. Er würde es mir wahrscheinlich verübeln, dass ich ihm Stephens Existenz verschwiegen hatte, und er hätte damit sogar Recht. Ich hätte auf seine Liebe vertrauen sollen.

Bei Nacht kühlte es inzwischen empfindlich ab. Eingewickelt in meinen Umhang legte ich mich neben ihn und schmiegte meine eisige Nasenspitze an seinen Hals, um sie zu wärmen. Er drehte sich zu mir um.

»Du bist kälter als ein Eiszapfen, *a ghràidh.*«

Er rollte sich auf die Seite, wobei er das Gesicht verzog, und legte den Arm um meine Schultern.

»Du solltest dich nicht so viel bewegen, Liam.«

»Ach, das wird schon. Das Schlimmste ist vorüber. In ein paar Tagen bin ich wieder gesund, du wirst schon sehen«, sagte er, um mich zu beruhigen.

Das ferne Heulen eines Wolfs hallte von den Klippen von Lundie Craig wider. Der Mond, der im ersten Viertel stand, erhellte die Nacht mit seinem silbrigen Licht und überhauchte die Seeoberfläche mit Myriarden blitzender Sterne.

Liam sah mich eindringlich an.

»Liam«, begann ich. »Worte sind manchmal Waffen, die härter als Stahl und schärfer als ein Schwert sind.«

»Ich weiß«, räumte er ein.

»Ich kann deinen Körper verbinden, aber für deine Seele …«

»Ich weiß«, wiederholte er. »Ich habe begriffen, was Dunning vorhatte. Fast wäre es ihm sogar gelungen. Ich habe versucht, die Bilder zu verscheuchen, die mich verfolgten, aber seine Worte ließen alles wieder aufsteigen … Ich konnte mich nicht konzentrieren. Wenn du nicht aufgetaucht wärst, wäre ich gewiss …«

»Warum hast du Simon gebeten, auf einen Befehl von dir zu warten, um diesen Bastard zu töten?«

Sein Blick verdüsterte sich.

»Das war mein Kampf, Caitlin, mein Duell. Dunning hatte mich so weit geschwächt, dass es mir egal war, ob er mich töten würde.

Deswegen hatte ich Simon nicht den Befehl gegeben, ihn niederzumachen.«

Mir wich das Blut aus dem Gesicht.

»Du hättest dich von ihm umbringen lassen? Habe ich das richtig verstanden, Liam?«

Er zuckte nur mit den Achseln, ohne die Frage zu beantworten.

»Hättest du Simon wirklich getötet, wenn er deinen Befehl missachtet hätte?«

»Nein. Aber ich hätte ihm wahrscheinlich nie wieder vertraut.«

»Das ist vollkommen lächerlich, Liam!«, empörte ich mich.

»Es ist eine Frage der Ehre, Caitlin. Ich hatte ihn gebeten, meine Ehre zu achten, und er hat das verstanden.«

»Aber ich begreife das nicht…«

»Das brauchst du auch nicht. Auf jeden Fall hast du mir das Leben gerettet, *a ghràidh*«, murmelte er. »Als du so mit vor Angst verzerrtem Gesicht aufgetaucht bist, da hast du mir die Kraft geschenkt, die ich schon fast verloren hatte. Ich habe an den Kleinen gedacht… an unser Kind.«

Ganz kurz trafen sich unsere Blicke, dann wandte ich mich ab und sah in die Glut des Feuers, denn ich wollte nicht schon wieder Vorwürfe in seinen Augen sehen, die Verbitterung und den hartnäckigen Schmerz, der ihm die Seele zerfraß. Seine Finger strichen zart und warm über meine Wange. Ich schloss die Augen, doch eine dicke Träne quoll hervor. Er fing sie auf und wischte sie weg.

»Caitlin…«, sagte er so sanft wie ein Windhauch.

Ich biss die Zähne zusammen, zu aufgewühlt, um mich zu ihm umzuwenden, konnte ich nur den Kopf schütteln.

»Sieh mich an, *a ghràidh mo chridhe*.«

Zuerst begannen meine Lippen zu zittern, dann mein Kinn, das er zwischen die Finger genommen hatte. Ich konnte meinen Kummer nicht mehr zurückhalten. Verbissen hielt ich jedoch die Augen geschlossen. Er hievte seinen verwundeten Körper auf einen Ellbogen hoch und legte eine Hand in meinen Nacken, um mich an seine Schulter zu ziehen. Seine Finger streichelten mich ohne Unterlass. Statt mich mit Vorwürfen zu überhäufen, tröstete er mich. Statt Erklärungen von mir zu verlangen, schwieg er. Sein Schweigen sagte mehr als Worte. Er teilte meinen Schmerz.

Hemmungslos weinte ich um meinen kleinen Stephen, den ich jetzt für immer verloren hatte. Für den ich so viele Opfer gebracht hatte. Jetzt würde ich ihn nie mehr in den Armen halten und ihm sagen können, wie sehr ich ihn liebte. Mein eigen Fleisch und Blut… Bald würde er zehn Monate alt sein… Was würde nun, nach Winstons Tod, aus ihm werden? Die bevorstehende Ankunft meines zweiten Kindes ließ die Lücke, die das erste hinterlassen hatte, nur noch größer erscheinen. Würde Stephen jemals erfahren, wer seine Mutter war? Ob er mich hassen würde?

»Ich liebe dich.«

Mehr sagte Liam nicht, aber seine Worte überspülten mich sanft und wuschen mich von meiner Schuld rein. Er spendete mir die Absolution, die nur bedingungslose Liebe schenken kann.

Liam legte seine warme Handfläche an meine eisige Wange und sah mir liebevoll in die Augen.

»Morgen reiten wir nach Hause«, erklärte er mit seiner tiefen Stimme. »Du wirst langsam dick. Bald kann ich dich herumrollen wie ein Ei. Wir werden bis zum Frühling überwintern, schön im Warmen, und darauf warten, dass der Kleine seine Nasenspitze hervorsteckt. Jetzt brauchst du keine kalten Nächte auf der Heide mehr zu verbringen. Du musst dich dringend in einem richtigen Bett ausruhen.«

»Mit einem Ehemann, der mich wärmt?«

»Ja, mit einem Ehemann, der dich wärmt, *a ghràidh.*«

TEIL FÜNF

Ihr seid meine Liebe, fürchtet meinen Hass.

Corneille

25

Die nächste Generation

Liams Hand ruhte leicht auf meiner von der Milch angeschwollenen Brust. Nach und nach atmete er wieder regelmäßig. Zwischen seinen verwirrten Haarsträhnen hindurch, die ihm in das von unserem Liebesspiel gerötete Gesicht hingen, sah er mich an und lächelte dann.

»Weißt du, dass du fast so schwer bist wie ein Bierfass?«, spottete er zärtlich.

»Ein Walfisch«, verbesserte ich ihn. »Ich finde, dass ich eher wie ein Walfisch aussehe.«

Ich legte die Hände um meinen Bauch und verzog angewidert den Mund.

»Wie kannst du mich denn immer noch begehren?«

Er lachte leise und verschränkte die Hände im Nacken, um mich besser betrachten zu können.

»Weil du schön bist, *a ghràidh*. Wie sollte ich denn die Frau, die mein Kind trägt, nicht herrlich finden? Das ist das schönste Geschenk, das du mir machen kannst.«

»Ein Geschenk, das langsam ein wenig schwer wird«, schimpfte ich und setzte mich auf.

Ich wandte ihm den Rücken zu, den er zu massieren begann. Fest drückten seine Finger sich in meine Haut und schickten eine wohltuende Wärme in mein schmerzendes Kreuz. Mit geschlossenen Augen leerte ich meinen Geist und konzentrierte mich auf diese Zauberhände, die nach und nach den Schmerz vertrieben, der mir seit einigen Tagen fast keine Ruhe mehr ließ. Ich stieß einen zufriedenen Seufzer aus.

»Gehst du heute wieder auf die Felder?«, fragte ich nach einer Weile.

»Nein, ich muss nach Ballachulish reiten und eines von Stoirms Hufeisen richten lassen. Ohnehin ist die Aussaat abgeschlossen. Jetzt können wir nur noch hoffen, dass uns die Saat nicht in der Erde verfault. Seit einer Woche regnet es fast ohne Unterlass.«

Wirklich, das Wetter war trüb und kalt gewesen und schien auch so bleiben zu wollen. Seit fünf Tagen weinten die Wolken, die um die schneebedeckten Gipfel hingen, auf das Tal, und der Coe, der heftig durch sein Bett strudelte, war schon durch die Schneeschmelze angestiegen und drohte nun über die Ufer zu treten.

Die Aussaat hatte Liam fast zwei Wochen lang in Anspruch genommen. Immer zwei Männer bearbeiteten den Boden: Der Erste führte den Ochsen, der das *caschroim*, den schottischen Pflug, zog, und der Zweite ging hinter der Pflugschar und säte. Diese anstrengende Arbeit begann bei Sonnenaufgang und endete bei Sonnenuntergang. Durch den steinigen Boden nutzte der Holzpflug sich rasch ab, wenn er nicht einfach brach, und die Steine, welche der Boden ausspie, mussten aufgelesen und zum späteren Gebrauch anderswo aufgestapelt werden. Der Regen hatte die Arbeit noch schwieriger gemacht und ihren Abschluss verzögert.

Liams Hände verließen meinen Rücken und strichen über meine Schultern und meinen Nacken, den er zärtlich küsste. Dann tastete er sanft über meinen Leib. Das Kind regte sich und schien zu protestieren. Mit den Handflächen spürte er den Bewegungen des Kindes in seinem engen Nest unter meinem Herzen nach.

In letzter Zeit war ich ziemlich schlecht gelaunt gewesen. Patrick und Sàra waren noch nicht aus Edinburgh, wo sie den Winter verbracht hatten, zurückgekehrt. Der furchtbare Zustand der Straßen hatte ihre Heimreise verzögert. Wir wateten buchstäblich bis zu den Knien im Schlamm.

Effie – mochte Gott ihrer Seele gnädig sein – war vor vierzehn Tagen an einer schlimmen Erkältung gestorben; doch meiner Meinung nach hatte sie sich nie wirklich von Meghans frühem Hinscheiden erholt. Niedergedrückt von ihren Schuldgefühlen, hatte sie sich einfach in den Tod treiben lassen, ohne gegen die Krankheit zu kämpfen. Nun stand ich ohne Hebamme da. Und um dem Ganzen die Krone aufzusetzen, hatte Seamrag sich seit vier Tagen nicht blicken lassen. Im Moment ging alles schief, und mein hochschwangerer Zustand machte mich noch übellauniger.

»Was hast du heute vor?«, flüsterte Liam mir ins Ohr und strich mir noch einmal über den Bauch.

»Margaret kommt heute Morgen, um mir beim Kneten des Brotteigs zu helfen. Mein Rücken bringt mich noch um.«

Er hob meinen Körper leicht an, so dass mein Kreuz etwas entlastet wurde. In diesem Moment änderte das Kind seine Lage. Ich legte die Hand auf die gewaltige Rundung, die mit den Bewegungen des Kleinen ihre Form veränderte.

»Es ist kräftig, das wird ein Junge.«

»Nein, es ist ein Mädchen, und es sagt mir guten Tag«, neckte mich Liam und biss in mein Ohrläppchen.

»Hast du mit der Hebamme gesprochen?«

»Mit Mrs. MacLoy? Ja. Sie sagt, dass sie übermorgen kommt.«

»Übermorgen? Aber ist das nicht ein bisschen früh?«, fragte ich.

»Ein Mann disputiert nicht mit einer Hebamme. Was weiß ich schon davon?«, gab er zurück. »Und außerdem sind die Wege nach Ballachulish auch nicht besser passierbar als die anderen. Sie meint, dass es so besser sei, und ist bereit, solange in Effies Hütte zu wohnen.«

»Schön, dann hol Mrs. MacLoy«, murrte ich. »Wie ist sie denn so?«

»Bah! Darüber sollst du dir selbst ein Urteil bilden. Ich persönlich finde sie ja ein wenig steif, aber Maud hat mir versichert, sie sei sehr gut.«

Ich runzelte die Stirn und tat, als überlege ich.

»Wenn Patrick und Sàra nur rechtzeitig kämen…«

Liam lachte laut.

»Du solltest dich in solchen Dingen nicht allzu sehr auf meine Schwester verlassen…«

»Ich brauche sie aber, Liam…«, klagte ich. »Ich möchte unbedingt, dass sie dabei ist, wenn das Kind kommt.«

»Ich frage mich, wer von euch die andere nötiger brauchen würde. Du kennst Sàra doch …«

Ich lachte nun auch, denn ich sah wieder Sàras entsetzte Miene vor mir, als Margaret ihr in allen Einzelheiten über ihre letzte Geburt berichtet hatte.

Mein Bruder und sie waren kurz nach unserer Rückkehr aus Lundie Craig abgereist. Seitdem hatten wir zwei Briefe von ihnen erhalten. Sàra schien sich gut in das Stadtleben einzufinden, zu Patricks großer Erleichterung. Ich bezweifelte, dass wir sie in Zukunft allzu oft zu Gesicht bekommen würden, denn Sir James Graham hatte meinem Bruder eine Stelle als Buchhalter angeboten. Doch ich hätte es gern gesehen, dass sie einige Zeit bei uns verbrachten, um ihren kleinen Neffen kennen zu lernen.

Schüchtern fiel ein Sonnenstrahl durch das Fenster. Liam legte das Kinn auf meine Schulter, rieb seine raue Wange an meiner und verharrte dann reglos. Sein warmer Atem strich über meinen Hals. Ich verspannte mich ein wenig.

»Geht es dir nicht gut?«, fragte er.

»Doch, schon …«

»Ich merke doch, dass du lügst, *a ghràidh*«, flüsterte er. »Ich weiß genau, dass du etwas hast.«

»Ich mache mir ein wenig Sorgen.«

»Warum? Wegen des Kindes?«

»Nein, wegen der Geburt …«

Er sagte nichts.

»Meine Mutter ist gestorben, als sie meine Schwester auf die Welt gebracht hat.«

»Hast du Angst?«

Ich nahm einen besorgten Unterton in seiner Stimme wahr.

»Ein bisschen, ja … Du nicht?«

Er antwortete nicht, sondern zog mich fest an sich.

»Wahrscheinlich muss ich einfach auf Gott vertrauen«, meinte ich ergeben. »Und auf Mrs. MacLoy …«

»Ja, sie wird schon wissen, was zu tun ist«, murmelte Liam.

Ich schimpfte auf meinen enormen Umfang, der mich in meinen Bewegungen behinderte. Die Sonne schien jetzt hell in den Raum, und ein Duft nach Haferbrei drang mir verführerisch in die Nase. Mehr brauchte es nicht, um meinen Magen zu wecken, der jetzt laut sein Recht geltend machte. Ich band meine Strümpfe fest und fuhr in die Hausschuhe aus Schaffell, die Liam mir an unseren langen Winterabenden genäht hatte. Die Aussicht, heute ein wenig an die frische Luft gehen zu können, erfüllte mich mit Freude. Plötzlich erschien mir die Last meiner Schwangerschaft weniger schwer.

Ich beendete meine morgendliche Waschung und kleidete mich an. Liam war schon in die Küche gegangen und hatte zwei Schalen wunderbar heißen, mit etwas Honig gesüßten Haferbrei bereitet. Er bedeutete mir, mich zu setzen, und stellte mein Frühstück vor mich hin. Ein geheimnisvolles Lächeln umspielte seine Lippen.

Neugierig sah ich ihn an, doch dann stieg Besorgnis in mir auf. Würde er mir gleich verkünden, dass er wieder zu einer langen Reise auf den Kontinent aufbrechen musste?

»Hast du mir etwas zu sagen?«, fragte ich und versuchte, gelassen zu klingen.

»Etwas zu sagen? Vielleicht…«

Er kramte in seinem *Sporran* herum und zog ein kleines, gut verschnürtes Geschenkpäckchen heraus, das er mir in den Schoß legte. Dann beugte er sich zu mir herunter und küsste mich.

»Weißt du, welchen Tag wir heute haben?«

»Den zwölften März, glaube ich.«

Verblüfft riss ich die Augen auf.

»Woher wusstest du, wann ich Geburtstag habe?«, fragte ich. Die Rührung schnürte mir die Kehle zu.

»Von Patrick. Ich habe ihn danach gefragt, bevor er nach Edinburgh abgereist ist. Du hattest mir das Datum nie verraten, und ich wollte dich überraschen.«

Ich sah auf das Geschenk hinunter.

»Mach es auf, es ist für dich.«

Das Päckchen enthielt ein ovales Medaillon aus Ebenholz, in das in feiner Einlegearbeit ein keltisches Kreuz aus Elfenbein eingelassen war. Der Anhänger war auf ein feines Band aus schwarzer Seide gezogen.

»Oh!«, stieß ich angesichts der herrlichen Arbeit staunend hervor. »Das ist wunderschön…«

Liam nahm mir das Schmuckstück aus den Händen und band es mir um den Hals.

»Wo hast du es gekauft?«

»Malcolm hat es gefertigt. Verstehst du, er stellt nicht nur Möbel her. Es war ziemlich schwierig, das Stück Ebenholz aufzutreiben, aber ich hatte es mir in den Kopf gesetzt.«

Er kauerte sich vor mich hin und nahm meine Hände.

»Ich liebe dich, *a ghràidh*. Und das ist eine Art, es dir zu zeigen.«

»Oh, Liam! Das war doch nicht nötig, obwohl…«, sagte ich und lächelte schelmisch. »Ich freue mich sehr darüber.«

»Ihr seht mich entzückt, Mrs. Macdonald.«

Er küsste mich noch einmal, dieses Mal inniger, und stand dann auf.

»Ich bedaure zutiefst, dich heute schon wieder allein lassen zu müssen, aber Stoirms Hufeisen kann wirklich nicht warten. Ich werde versuchen, so früh wie möglich zurück zu sein. Vielleicht kann ich ja einen schönen Lachs oder ein paar Austern auftreiben, wenn du Appetit darauf hast.«

»Wunderbar! Ich werde das schöne Wetter ausnutzen und ein wenig spazieren gehen. Vielleicht finde ich ja sogar Seamrag, diesen dummen Hund.«

»Geh nicht zu weit, du ermüdest dich nur unnötig«, ermahnte er mich und aß seinen Haferbrei auf.

Ich folgte dem Lauf des Coe. Ein Duft nach frisch aufgebrochener Erde, Stallmist und Torf erfüllte die Luft, die ich begierig einsog. Eine Herde Rotwild, die gekommen war, um das zarte, frische Gras abzuweiden, witterte meine Anwesenheit und flüchtete. Ein Felsvorsprung war mit Moos bewachsen, das durch die Winterkälte ausgetrocknet war. Ich setzte mich darauf und beobachtete die Wildgänse, die über die schimmernden Wasser des Loch Achtriochtan glitten. Die ruhige Wasseroberfläche spiegelte die steilen Kämme des Aonach Eagach.

Der Schnee, der die felsigen Gipfel bis in den Juni hinein bedeckte, brachte das Licht im Tal zu einem ganz besonderen Leuchten. Ein Stück hangaufwärts weideten einige abgemagerte Kühe. Bald würden die stärksten Tiere wieder an Gewicht zulegen, und die anderen würde man schlachten müssen. Da es nicht genügend Futter für das Vieh gab, war hier, genau wie überall in den Highlands, der Winter sehr hart für die Herden.

Ich hatte meine erste kalte Jahreszeit im Tal überstanden. In Belfast war der Winter durch das Seeklima sehr milde gewesen. Doch der Winter hier unterschied sich von der kalten Jahreszeit in der Stadt. Eine tiefe Stille senkte sich dann über die Landschaft, und eine unendliche weiße Schneedecke schmiegte sich an die Kurven von Mutter Natur. Das Leben schien langsamer zu verlaufen, während wir darauf warteten, dass die Beltanefeuer die Rückkehr der wärmeren, von Aktivität erfüllten Tage ankündigten. Der Winter war eine Zeit, in der die Körper ausruhten und die Seelen Einkehr hielten.

Die Tage vergingen unter eintönigen Arbeiten wie Spinnen, Weben und der Reparatur von Fischernetzen, doch die Abende verliefen recht lebhaft. Die Dorfbewohner kamen reihum in ihren Häusern zusammen, um Karten, Schach oder Backgammon zu spielen. Wir erzählten uns Geschichten und Legenden und sangen, bei einigen *dram* Whisky vor dem Torffeuer sitzend, alte Balladen. Im Februar hatten wir anlässlich des vierten Jahrestags des Massakers Besuch von Iain Lom Macdonald erhalten, dem offiziellen Barden von Keppoch. Er war eine ganz besondere Persönlichkeit und in Lochaber hoch geachtet. Als ausgezeichneter Krieger und überzeugter Jakobit verstand er es, mit seinen Liedern, in denen er die Taten der Vorfahren rühmte, die Herzen höher schlagen zu lassen und so die Flamme für die Sache der Stuarts weiterzutragen.

Auch die Macdonalds von Glencoe hatten einst ihren Barden gehabt, so wie alle Highland-Clans, aber Ranald Macdonald von Achtriochtan hatte zu den Opfern des 13. Februar 1692 gezählt. Seitdem wartete der Clan darauf, dass ein sprühender, wortgewandter Geist die Feder von neuem aufnahm.

In den schottischen Highlands waren die Barden ein unverzichtbarer Teil der Gesellschaft, genau wie in meiner irischen Heimat. Auf ihnen ruhte die Aufgabe, die Geschichte der Clans in der Erinnerung der Menschen zu bewahren und weiterzuschreiben. Sie erzählten von Ereignissen, deren Zeugen sie gewesen waren, und vermischten dabei Realität und Mythos. So entstanden unsere Legenden. Wir waren von derselben keltischen Abstammung, und unsere Sitten und Gebräuche glichen einander stark. Das schottische Gälisch, ein Dialekt der irischen Sprache, war eine grobe Sprache mit rauem und gutturalem Tonfall.

Die Lowlander und die Engländer, die sie verachteten, hatten soeben ein Gesetz über die Errichtung von Schulen erlassen, in denen die Kinder die Sprache der *Sassanachs* lernen sollten. Verstohlen begann der Zwang zur Anpassung, doch so leicht starben die alten Traditionen nicht. Wir alle waren Abkömmlinge von Gaodhal*, der in der Nacht der Zeiten über dieses Land gewandert war. Noch heute zeugten die Steinkreise und die Cairns davon. Wir würden uns unsere Seele nicht so einfach von den Eindringlingen stehlen lassen, ohne zuvor zu kämpfen.

In diesem Jahr würde der Clan, der sich langsam von seiner fast völligen Auslöschung erholte, die langen Sommertage wieder in den Hütten aus Torf und Strohlehm auf dem Black Mount in der Nähe von Rannoch Moor verbringen. Am Tag nach Beltane würde man das Vieh dorthin treiben, auf dass es auf den saftigen Weiden, die sich am Fuß des »Großen Schäfers«, des Buachaille Etive Mor, erstreckten, fett wurde, und erst am Tag nach Samhain würden die Bewohner wieder in das Dorf zurückkehren.

Ich liebte dieses Leben und diese Menschen. Mein Platz war jetzt hier. Ich war eine Macdonald und trug einen Macdonald unter dem Herzen, den Sohn eines Macdonald und Abkömmling des großen Somerled, des Herrn der Inseln. Schotten durch ihre Abstammung und Blut, gehörten sie zu diesem Volk stolzer und unabhängiger Männer, nie unterworfen und rebellisch. Sie waren Kriegernaturen und zögerten nicht, für ihren Clan ihr Blut zu vergießen. Liam war so, und ich wusste, dass mein Sohn genauso werden würde.

Ich hob mein Gesicht der Sonne entgegen, um ihre Wärme zu genießen. Ein Steinadler glitt über mich hinweg und beschrieb auf

* Mythischer Vorfahre der Kelten (Anmerkung der Übersetzerin).

der Suche nach Beute große Kreise. Das Kind verhielt sich heute ziemlich ruhig. Ein wenig besorgt betastete ich meinen Bauch und spürte zufrieden, wie es sich bewegte.

»So langsam wird es dir zu eng, nicht wahr, *no muirnin*, mein Liebes?«, flüsterte ich ihm zu und wiegte es sanft.

Ich richtete mich auf, um den Rückweg anzutreten. Nach dem Stand der Sonne zu urteilen, mussten wir eine oder zwei Stunden nach Mittag haben. Liam war vielleicht schon aus Ballachulish zurück.

Auf dem Kieselstrand stehend, warf ich einen letzten Blick auf die ruhigen Wasser des Loch. Man hatte mir erzählt, dort lebe ein *Each Uisge*, ein Wasserpferd. Dieses Wesen aus der schottischen Sagenwelt erschien in Gestalt eines jungen, zahmen Pferdes, das sein Opfer in seinen Bann schlug, um es herumstrich und es einlud, auf seinen Rücken zu steigen. Doch dann vermochte die verzauberte Person nicht wieder abzusteigen und wurde in die Tiefen des Loch gezogen, wo sie ertrank und gefressen wurde. Es hieß, dass nur die Leber wieder an die Oberfläche kam und auf dem Wasser trieb. Liam glaubte nicht an diese Geschichten, aber ich… ging lieber nicht zu nahe ans Wasser.

Eine flüchtige Bewegung weiter oben am Hang zog meine Aufmerksamkeit auf sich. Ich war so in meine Gedanken vertieft gewesen, dass ich vollständig vergessen hatte, mich nach Seamrag umzusehen. Schnellen Schritts ging ich auf die Büsche zu. Offensichtlich entzog das Kind mir alle Kraft, denn ich musste mit brennenden Wangen und schwer atmend stehen bleiben. Mein Leib zog sich leicht zusammen, doch das war nichts Ungewohntes. Daher setzte ich meinen Weg etwas langsamer fort, um zu der Stelle zu gelangen, an die sich das kleine Tier geflüchtet hatte.

»Seamrag?«, rief ich leise und trat um den Busch herum.

Ein Kaninchen flitzte vor mir davon, und ich schrak zusammen. Ich stieß einen verblüfften Schrei aus und fuhr zurück. Dabei glitt ich auf einem halb im Boden steckenden Stein aus, mein Knöchel verdrehte sich, und ich plumpste auf mein Hinterteil.

Ich verzog das Gesicht vor Schmerzen und haderte mit mir selbst. In diesem Zustand würde ich es nicht schaffen, ins Dorf zurückzukehren, denn vor mir lag ein Fußmarsch von mehr als einer Stunde. Liam würde wütend sein, wenn er erfuhr, dass ich ganz allein so weit gewandert war.

Bei diesem düsteren Gedanken überraschte mich ein Krampf und raubte mir den Atem. Ich warf panische Blicke um mich. Weit und breit war keine lebende Seele zu sehen. Ich musste nach Hause, koste es, was es wolle, und war dabei auf mich selbst gestellt, und das, obwohl ich mich in keinem besonders guten Zustand befand. Ich versuchte, mich zu erheben, stellte aber bestürzt fest, dass ich mich nicht bewegen konnte.

Plötzlich erfasste ein merkwürdiges Gefühl meinen Leib, und dann ergoss sich eine heiße Flüssigkeit zwischen meine Beine und tränkte meine Röcke. Ich erstarrte und riss entsetzt die Augen auf.

»Mein Gott! Mein Wasser geht ab!«, schrie ich auf. »Das Kind ist unterwegs! Aber es kommt doch viel zu früh …«

Die Worte blieben mir im Hals stecken, und ich verzog schmerzlich den Mund. Eine neue Wehe, viel stärker als die erste, überrollte mich. Ich biss die Zähne zusammen und wartete, bis sie vorüber war und mich schweißnass und mit heftig pochendem Herzen zurückließ. Jetzt hatte die Panik mich vollständig ergriffen, und mir blieb nichts anderes übrig, als auf Hilfe zu warten. Auf allen vieren kroch ich zum nächsten Felsbrocken und lehnte mich dagegen, wobei ich darauf achtete, dass ich von der Straße aus, die am Fluss entlangführte, gut zu sehen war, und wartete.

Während der ersten Stunde kamen die Wehen regelmäßig und nicht allzu stark, doch danach verringerten sich die Abstände deutlich, und die Schmerzen wurden stärker.

»Wo bleibt denn Liam nur?«, brummte ich und biss mir auf die Lippen.

Irgendwann sank die Sonne. Ich hatte inzwischen jedes Zeitgefühl verloren. Der Schmerz beherrschte mich jetzt ohne Unterbrechungen und hatte sich fest in meinem Kreuz eingenistet.

Meine Finger waren taub von der Kälte, die in meine feuchten Röcke drang. Mit einem Mal begriff ich, dass ich meinem Kind hier auf der Heide das Leben schenken würde, selbst wenn Liam mich bald fand. Zumindest das geschah zu meiner großen Erleichterung, denn in dem Moment, als eine weitere Wehe mir die Eingeweide umdrehte, erblickte ich die Silhouette von zwei Reitern.

»Liam!«, schrie ich und grub die Fingernägel in meine Handflächen, bis Blut heraustrat.

Die Pferde fielen in Galopp. Liam ritt auf mich zu. Blass, mit offenem Mund, betrachtete er mich, während sein Verstand rasch den Ernst der Lage erfasste. Donald erbleichte ebenfalls.

»Das Kind, Liam«, keuchte ich, »es ist unterwegs, alles geht zu schnell… viel zu schnell…«

»Hol die Hebamme!«, schrie Liam an Donald gerichtet, der sich noch nicht von seiner Verblüffung erholt hatte. »Schick jemanden mit Wasser, dem Wagen und… und…«

Er sah mich ratlos an.

»Was braucht man denn bei einer Niederkunft, um Himmels willen?«, rief er panisch.

»Keine Ahnung… Ich kann mich nicht erinnern!«, schrie ich mit schmerzverzerrtem Gesicht.

Liam drehte sich zu Donald um, der sich wieder gefasst zu haben schien.

»Frag die Frauen, sie werden es schon wissen!«

Donald brach sofort auf, und Liam fiel neben mir auf die Knie.

»Kannst du mir einmal erklären, was du hier zu suchen hast?«, donnerte er. Sein Gesicht war bleich und vor Angst und Wut verzerrt. »Man braucht dich nur einen Moment allein zu lassen, und schon bringst du dich in eine missliche Lage!«

»Hör auf, mich anzuschreien, du Grobian! Mir ist kalt, und du könntest mich vielleicht ein bisschen wärmen, statt mir dumme Fragen zu stellen!«

Liam nahm meine Hände und rieb sie kräftig, während eine weitere Wehe mich aufstöhnen ließ. Er war leichenblass geworden, und in seinen Augen stand Entsetzen.

»Wann hat es angefangen?«

»Ich weiß es nicht mehr… Vielleicht vor drei oder vier Stunden… Das geht alles zu schnell, Liam… Beim ersten Mal hat es eine ganze Nacht gedauert… Aber ich glaube, jetzt ist es bald so weit. Es tut weh, mein Gott, tut das weh!«

»Warum bist du nicht gleich bei den ersten Wehen ins Dorf zurückgegangen?«

»Weil ich mir den Knöchel verstaucht hatte, du elender... Ach was, ich hatte einfach Lust, es auf die Heide fallen zu lassen!«

Er wischte sich den Schweiß von der Stirn und schloss die Augen.

»Nun gut«, meinte er und versuchte, sich zu beherrschen. »Was soll ich tun, *a ghràidh*?«

»Ich habe nicht die geringste Ahnung, Liam«, stieß ich mit zusammengebissenen Zähnen hervor. »Du hast doch schon ...!«

Ich wartete, bis die Wehe vorüber war.

»Du hast doch schon zugesehen, wie Tiere Junge geworfen haben!«, keuchte ich.

»Ja, schon, aber ... meine Güte, Caitlin! Das ist doch ganz etwas anderes!«

»Und was ist deiner Meinung nach der große Unterschied?«

»Nun ja, weil ... schließlich geht es um unser Kind und nicht um ein Kalb oder ein Füllen! Das kann doch nicht dasselbe sein!«

»Liam, wenn du bei der Geburt deines Kindes dabei sein willst, wirst du mir helfen müssen ...«

Verzweiflung malte sich auf seinen Zügen.

»Herrgott, hab Mitleid mit mir ...«

»Geh und hol aus deinen Satteltaschen alles, was nützlich sein könnte ... Du musst doch gewiss Whisky, Wasser und Decken dabei haben ...«

Rasch kehrte er mit dem Verlangten zurück und warf mir einen ratlosen Blick zu.

»Ich werde ein Feuer anzünden, *a ghráidh*. Rühr dich nicht von der Stelle.«

»Was glaubst du, wo ich hingehen werde?«, spottete ich und hielt mir mit beiden Händen den Bauch.

Aus dem Augenwinkel sah ich zu, wie er mit trockenem Reisig ein Feuer entzündete. Seine Hände zitterten, und er schimpfte vor sich hin, während er mit der Zunderbüchse hantierte. Alles in allem wirkte er ängstlicher als ich. Er hatte nicht damit gerechnet, die Hebamme spielen zu müssen, und dann auch noch bei seinem eigenen Kind. Wenn ich es recht bedachte, zog ich meine Lage der seinen vor… Eine weitere Wehe ergriff mich, und ich musste mich auf die Ellbogen hochstützen.

»Liam, das Kind… Es ist soweit, es kommt!«

Ich spreizte die Beine und begann stöhnend zu pressen. Liam kam mit verstörtem Blick zu mir.

»Was ist los?«

Keuchend und schweißüberströmt sank ich wieder auf den Rücken. Meine Haare, die trotz der Kühle schweißnass waren, klebten mir auf der Haut.

»Das Kind… es wird jede Minute geboren werden… Allein schaffe ich das nicht… Liam…«, flüsterte ich heiser und klammerte mich an seinen Arm.

Er hob meine Röcke, um die Lage in Augenschein zu nehmen, und ich fürchtete, er werde in Ohnmacht fallen. Seine Stimme versagte beinahe, und er schüttelte mühsam den Kopf.

»Caitlin… Ich kann das nicht.«

Entgeistert starrte ich ihn an und brach dann in ein lautes, angespanntes Gelächter aus. Dieser Mann war in der Lage, sich ohne mit der Wimper zu zucken einer feindlichen Armee zu stellen und einen kühlen Kopf zu bewahren, obwohl er wusste, dass er seine Haut riskierte. Aber angesichts des ganz natürlichen Vorgangs, ein Kind auf die Welt zu bringen, verlor er vollständig die Fassung und ähnelte einem Knaben, von dem man verlangt, den Mond vom Himmel zu holen.

»Du brauchst dir nur vorzustellen, ich wäre eine Kuh, Liam!«, rief ich und wand mich vor Lachen und Schmerz zugleich.

Zuerst war er entrüstet, dann wurde er ernst. Sein Kiefer mahlte. Er schüttete Alkohol über seinen *Sgian dhu* und rollte eine Decke unter meinen Beinen aus, nachdem er mir zunächst die Röcke bis zur Taille hochgeschoben hatte. Über meinen unförmigen Bauch hinweg sah ich zu, wie er die Ankunft seines Kindes im Tal vorbereitete.

»Du machst aber auch nie etwas wie alle anderen«, brummelte er. »Immer musst du einem alles erschweren. Mit dir wird es wirklich nicht langweilig.«

»Ich weiß, Liam«, kiekste ich in einem letzten Anflug von

überspanntem Gekicher. »Liebst du mich denn nicht gerade deswegen?«

Zur Antwort seufzte er.

»So ist es, aber für eine Geburt geht das hier ziemlich schnell«, brummte er.

»Oh! Meinst du, das habe ich mir so ausgesucht?«

Eine weitere Wehe ergriff mich. Wieder stützte ich mich auf die Ellbogen und presste, bis ich das Gefühl hatte, meine Eingeweide würden zerreißen. Schon seltsam, wie rasch man später diese schrecklichen Schmerzen vergaß, obwohl man in diesem Moment nicht übel Lust hätte, allen Kerlen ihre Manneskraft zu entreißen! Liam, der zwischen meinen Beinen kniete, öffnete plötzlich den Mund und schaute verblüfft drein. Seine Miene wandelte sich zu ungläubigem Staunen.

»Mein Gott, ich sehe es, Caitlin! Ich sehe es«, rief er mit wachsender Aufregung aus.

Seine Besorgnis schien verschwunden zu sein. Mit einem seligen Lächeln auf den Lippen sah er mich an.

»Bei der nächsten, *a ghràidh*«, sagte er und nahm meine Hand. »Bei der nächsten schaffst du es.«

Merkwürdigerweise zitterte er jetzt nicht mehr. *Da hat die Idee mit der Kuh ja gut gewirkt.* Ich verzog das Gesicht, um das erneut aufsteigende unkontrollierbare Kichern zu unterdrücken. Er goss ein wenig Wasser auf eine Falte seines Plaids und tupfte mir damit die Stirn ab.

»Jetzt tue ich schon die Arbeit einer Hebamme«, meinte er und löste eine Haarsträhne, die auf meiner feuchten Wange klebte. »Du bist schrecklich, Caitlin. Was soll ich nur mit dir anfangen?«

»Könntest du vielleicht morgen darüber nachdenken? Im Moment müssen wir beenden, was wir vor einigen Monaten begonnen haben. Ich habe dieses Kind schließlich nicht allein gezeugt. Da ist es vielleicht nur gerecht, wenn du mir hilfst, es auf die Welt zu bringen… Herrgott! Jetzt geht es wieder los!«, stieß ich hervor.

Ich stöhnte vor Anstrengung und biss mit aller Kraft die Zähne zusammen. Ein glühender Schmerz schoss durch meinen Unterleib, als stieße ich zusammen mit dem Kind meine Eingeweide aus. Und dann flutschte das glitschige, zappelnde Wesen in die großen, warmen Hände seines Vaters, der Tränen der Freude vergoss, während er mit seinem *Sgian dhu* die Nabelschnur durchtrennte. Leer, aber glücklich ließ ich mich zurücksinken und schloss die Augen. Das Wimmern des Kindes, das seinen ersten Atemzug tat, hallte durch das Tal.

Ausgerechnet diesen Moment wählten Margaret und Simon, um herbeizustürzen.

»Ja, also so etwas ...«, rief Simon wie vom Donner gerührt aus.

»Jetzt schon?«, setzte Margaret ungläubig hinzu.

Das Bild, das sich ihnen bot, muss ziemlich beeindruckend gewesen sein. Liam saß strahlend zwischen meinen Beinen und hielt unseren Sohn, den er in das Plaid der Macdonalds gewickelt hatte, in den Armen.

»Darf ich vorstellen, Duncan Coll Macdonald«, verkündete er triumphierend.

Dank einiger großzügig bemessener *dram* Whisky, die Simon ihm einschenkte, bekam Liams Gesicht bald wieder Farbe. In unserem gemütlichen Haus hatten wir es jetzt warm und trocken. Das Feuer brannte hell. Ich sah auf das winzige, von einem schwarzen, zotteligen Haarschopf gekrönte Köpfchen hinunter. Mein Sohn schlief, einen Milchrand um den Mund, friedlich in meiner Armbeuge.

»Wenn der Kleine mir nur die Hälfte der Sorgen bereitet, die ich in knapp einem Jahr um dich ausgestanden habe, *a ghràidh*, dann überlebe ich es vielleicht«, murmelte Liam und umschlang uns von hinten.

Sein Blick glitt über meine Schulter und verlor sich träumerisch in der Betrachtung seines Sohns. Er zuckte zusammen, als ich sprach.

»Ich glaube, wir brauchen alle Ruhe. Komm schlafen.«

Ich küsste Duncan auf den Kopf und legte ihn in die Wiege aus Eichen- und Weißdornholz. Ein rotes Band war daran gebunden, um das Kind vor Feen und dem bösen Blick zu schützen. Malcolm hatte uns das Möbelstück eine Woche zuvor geliefert, mit einem Huhn darin, das die Geburt eines Sohnes, unseres Sohnes, begünstigen sollte. Und der schlief jetzt darin, satt und mit geballten Fäustchen.

»Duncan sieht dir ähnlich«, meinte Liam und zog mich sanft an sich. »Er hat dein pechschwarzes Haar …«

Vor Rührung versagte ihm die Stimme, und er holte tief Luft.

»Danke, meine Gattin … Ich liebe dich.«

Er küsste mich zärtlich, und ich erbebte, als ich seine Handfläche auf meiner nackten Haut spürte.

»Mein Leben gehört dir; du machst aus mir, was du willst, ein Tier … oder sogar eine Hebamme, wenn du Lust dazu hast«, erklärte er und lachte an meinem Hals.

Er sah mich von neuem an, und ein spöttisches Lächeln trat auf seine Lippen, als hätte er meine Gedanken gelesen.

»Ich fühle, dass du lüsterne Gedanken hegst, a *ghràidh*. Du zitterst, und ich spüre, dass du ganz angespannt bist. Wäre es möglich, dass du schon bereit bist, jetzt ein Mädchen zu zeugen?«

»Findest du nicht, dass wir das noch ein wenig verschieben sollten?«, gab ich lachend zurück. »Und rechne vor allem nicht damit, dass ich dir ein Dutzend davon schenke!«

Unser fröhliches Lachen hallte durch den Raum. Erschöpft an Körper und Geist schmiegten wir uns aneinander, und dann trug uns der Schlummer auf einer Woge des Glücks davon.

26

Die Last der Sünde

Der Tag zog sich unerbittlich in die Länge und wollte um nichts in der Welt zu Ende gehen. Ich ließ mich auf die Bank sinken und betrachtete meine vom Waschen geröteten Hände. Sie waren ganz aufgesprungen und juckten fürchterlich. Ich dachte an Effie. Sie hätte mir eine ihrer Wunder wirkenden Salben gerührt, die meine Hände in weniger als zwei Tagen geheilt hätten. Ich seufzte vor Mattigkeit.

Duncan quengelte. Schon wieder! Ich wandte mich der Wiege zu, die von dem Gezappel meines misslaunigen Sohnes wackelte. Dieses Kind war wirklich ein Vielfraß! Immer hatte er einen leeren Magen und volle Windeln. Ein verdrossener Ausruf entfuhr mir und riss Liam aus seinen Berechnungen. Er hob den Kopf und legte seine Schreibfeder auf das Kontobuch.

»Hat er schon wieder Hunger?«

»Das konnte ja nicht lange auf sich warten lassen. Er hat deinen Appetit, meine Güte!«

Liam zuckte die Achseln und hob die offenen Hände zum Himmel. *Was kann ich dazu?* Langsam streckte er seine langen Gliedmaßen und reckte sich gähnend.

»Für heute habe ich genug. Ich werde einen Rundgang machen. Vielleicht finde ich ja diesen verflixten Hund. John meint, er hätte ihn heute Morgen in der Nähe des Loch gesehen.«

»Und du hast mir nichts davon gesagt?«

»Vielleicht war er es ja gar nicht. Er kommt ohnehin nach Hause, sobald er Hunger hat.«

»Wenn Duncan es genauso halten würde, dann könnte ich bei Nacht vielleicht länger als drei Stunden hintereinander schlafen.«

Liam lachte, schlug das Heft zu und verkorkte das Tintenfass. Er räumte seine Sachen in den Schrank und beugte sich dann über die Wiege seines Sohnes. Ich liebte den Ausdruck, der auf sein Gesicht trat, wenn er ihn ansah. Eine Miene, die ich früher noch nie an ihm gesehen hatte, auf halbem Weg zwischen Seligkeit und Selbstzufriedenheit. Liam streckte dem Kind seinen Zeigefinger hin und bemerkte dann, dass er mit Tinte befleckt war. Er entschied sich für den Mittelfinger und brummelte etwas Unzusammenhängendes, das nur Duncan verstehen konnte. Ein Sauggeräusch verriet mir, dass der Kleine gleich beginnen würde, seinen Hunger herauszuheulen. Liam zog seinen Finger zurück, grinste schief und wischte ihn an seinem Plaid ab.

»Bald wird er Whisky von mir verlangen. Vielleicht solltest du ein oder zwei *dram* trinken, bevor du ihn säugst, *a ghràidh*.«

»Wie bitte! Hinaus mit dir! Willst du etwa einen Säufer aus ihm machen? Komm erst wieder, wenn er getrunken hat, und erwarte vor allem nicht, dass er dir nur einen Tropfen übrig lässt!«

Liam brach in Gelächter aus und ging hinaus. Das Tuch, das ich nach ihm warf, verfehlte mit knapper Not seinen Kopf.

Ich legte den Kleinen in seine Wiege. Er schlief jetzt. Ich hätte nicht übel Lust gehabt, es ihm nachzutun, doch ich musste das Abendessen kochen. Ich schnürte mein Mieder zu. Duncans Windel musste warten, bis der Eintopf auf dem Feuer stand. Nach einem letzten Blick auf meinen kleinen Mann ging ich in die Küche. Ich hatte keine Rüben mehr, doch es mussten noch einige im Garten sein, die ich dort vor dem ersten Schnee vergraben hatte. Wenn die Ziegen sie nicht gefunden hatten, waren sie noch dort.

Mit dem Korb unter dem Arm trat ich an die Luft und erschauerte. Wir hatten Ende März, und draußen war es noch kühl. Einen Moment lang schloss ich die Augen und atmete tief durch, doch der Gestank, der vom Misthaufen heranzog, begrüßte mich ziemlich unfreundlich. Die Sonne beschien die kargen Hänge. Ich wandte mich zum Kirschbaum. Mit den sauberen Windeln, die auf seinen Ästen hingen, erinnerte er mich an ein voll beflaggtes Schiff, dessen weiße Segel im Wind knatterten.

Ich nahm mir einen abgebrochenen Ast und begann im festen Boden des Küchengartens zu graben. Doch das improvisierte Werkzeug erwies sich als nutzlos, daher steckte ich die Finger in die kalte Erde. Sie drang unter meine Nägel und in meine rissige Haut ein, so dass ich das Gesicht verzog. Nach über zehn Minuten hatte ich gerade einmal drei Rüben ausgegraben. Ich beschloss, auch einige Karotten zu holen, doch dort, wo sie hätten sein müssen, stieß ich nur auf Steine.

Mit erdbeschmierten Händen schob ich eine Haarsträhne zurück, die mich störte, und verschnaufte ein wenig. Ich hätte besser daran getan, mir den Spaten zu holen. Wo blieb überhaupt Liam? Er hätte das ruhig für mich erledigen können. Ich war am Ende meiner Kräfte und kroch auf allen vieren im Schlamm herum, während der Herr spazieren ging! Oft fragte ich mich, ob die Männer eigentlich noch anderes vermochten, als Krieg zu führen, zu trinken, zu stehlen und … Kinder zu zeugen! *Fuich!*

Nach den langen Monaten, die wir alle größtenteils in der stickigen Luft der Hütten verbracht hatten, erwachte das Tal wieder zum Leben. Rufe und laute Stimmen waren zu hören. Alicia trommelte mit dem Löffel laut auf ihrem alten, verbeulten Kochtopf und rief so ihre Kinder zum Essen. Ihre furchtbaren Bälger rannten gerade einem Mann nach, der eine halb verhungerte Kuh hinter sich herzerrte. Ich vernahm einen vertrauten Laut und hob den Kopf. Ein Bellen. Ich richtete mich auf die Knie auf, beschattete die Augen mit der Hand und sah zu den Hügeln. Seamrag! Mein Herz hüpfte vor Freude. Ich raffte die Röcke und rannte ihm entgegen. Der Hund lief auf mich zu und hüpfte um mich herum, genauso glücklich wie ich.

»Also, so etwas … du hast bestimmt Hunger, du bist ja ganz abgemagert!«

Ich kauerte mich vor das Hündchen hin, das mir stürmisch das Gesicht ableckte. Sein Fell war mit Kiefernharz und stellenweise mit getrocknetem Schlamm verklebt, und ich bemerkte außerdem eine Schnittwunde an einer seiner Flanken. Nichts richtig Schlimmes, aber er befand sich in einem recht jämmerlichen Zustand.

»Kannst du mir verraten, wo du gesteckt hast, du kleiner Ausreißer? Komm, wir gehen nach Hause.«

Ich beschloss, die Karotten für heute in Ruhe zu lassen, nahm meinen Korb und trat in das warme Innere des Hauses. Seamrag blieb hechelnd stehen. *Die Windeln auf dem Kirschbaum!*, dachte ich, als ich den Gestank bemerkte, der den Raum erfüllte. Pah, sollte Liam die doch abnehmen. Die Windel, die Duncan trug, konnte nun doch nicht warten, bis das Essen auf dem Feuer stand. Der Geruch hätte mir rasch den Appetit verdorben. Ich stellte meinen Korb auf den Boden und hängte mein Umschlagtuch auf. Unterdessen trat Liam ein.

»Nanu, dich gibt es ja auch noch!«, rief er aus, als er den Hund sah.

»Er muss gebadet und gefüttert werden. Ich weiß nicht, wo er gewesen ist, aber er ist in keinem guten Zustand …«

Liam sog die Luft ein und verzog das Gesicht.

»Puh! Ist das der Hund, der so stinkt?«

»Nein, Duncan.«

Liam sah mich mit einem verschmitzten Lächeln auf den Lippen an und drückte mich an die Wand.

»Und …«, begann er und legte die Hände auf mein Mieder, »hat er mir nun ein wenig übrig gelassen, oder …«

»Was machst du denn, Liam? Das ist jetzt wirklich nicht der richtige Zeitpunkt. Ich muss Duncans Windel wechseln.«

Doch er stellte sich taub und begann mein Mieder aufzuschnüren.

»Liam …«

Über seine Schulter hinweg sah ich, wie Seamrag auf die Wiege zulief. Leicht beunruhigt runzelte ich die Stirn. Der Hund kannte Duncan noch nicht, und ich fragte mich, wie er auf das neue Familienmitglied reagieren würde. Liams Mund machte sich gierig über meinen Hals und meine Brust her, die er halb entblößt hatte. Ich versuchte, ihn wegzuschieben, doch als er sich einer Brustwarze bemächtigte, überlief mich ein leiser, verzückter Schauer.

»Meine Güte, du bist ja eifersüchtig!«

Er lachte. Ich setzte ihm jetzt weniger Widerstand entgegen, hielt aber dennoch ein wachsames Auge auf Seamrag gerichtet, der immer noch schwanzwedelnd herumsprang.

»Was hast du Duncan bloß gegeben, dass er so stinkt?«, brummte Liam in mein Mieder hinein.

Seamrag steckte die Nase in die Wiege und knurrte ebenfalls. Beunruhigt verspannte ich mich.

»Liam… ich glaube, der Hund…«

»Lass doch den Hund. Bei dem Geruch, den dein Sohn ausströmt, wird er ihn nicht anrühren.«

Ich war mir da nicht so sicher. Seamrag stellte sich auf die Hinterbeine und legte die Vorderpfoten auf den Rand der Wiege, die gefährlich ins Wanken geriet. Er bellte.

»Liam…«, schimpfte ich und grub ihm die Fingernägel in die Schultern.

Der Hund schlug die Zähne in die Zudecke und riss daran, so dass die Wiege auf die Seite kippte. Ich stieß einen Schrei aus und rannte hin. Seamrag kläffte immer noch und wühlte knurrend in dem Bettzeug, das auf dem Boden verstreut lag. Ich erstarrte und hatte das Gefühl, das mir das Blut nicht nur aus dem Gesicht, sondern aus dem ganzen Körper wich. Liam fing mich in dem Moment auf, als ich zu Boden sank. Seine Finger gruben sich tief in meine Haut, aber ich spürte keinen Schmerz, so groß war mein Entsetzen. Er hatte dasselbe gesehen wie ich.

»Liam… Liam… Duncan… Er… er… Mein Gott, nein! Die Feen sind gekommen! Sie haben ihn ausgetauscht! Ein Wechselbalg*! Das ist nicht Duncan, sondern ein Wechselbalg!«

Ich fand mich auf einem Stuhl sitzend wieder. Das musste ein Albtraum sein; das konnte nicht wirklich geschehen. Nicht Duncan… Nein! Ich hatte doch alle Vorsichtsmaßnahmen getroffen, um ihn zu beschützen. Jeden Morgen und jeden Abend vergewisserte ich mich, dass die kleine Bibel und Liams Dolch sich noch gut versteckt im Inneren der Wiege befanden. Das Messer war dabei besonders wichtig. Eisen war ein Metall, das gegen den bösen Blick schützte. Die Waffe selbst stand für den Schutz

* In der schottischen Überlieferung bezeichnet man so ein Feenkind, das gegen ein menschliches ausgetauscht wird.

durch den Vater und erinnerte in ihrer Form an ein Kruzifix. Die aufgeschlagene Bibel lag halb verdeckt unter einem Laken, aber das Messer war zusammen mit Duncan verschwunden.

Liam hielt die Luft an, nahm den gräulichen, mit blauen und schwarzen Flecken überzogenen Körper, der mit dem Gesicht zum Boden lag, und hielt ihn, eingewickelt in seine Decke, mit ausgestreckten Armen vor sich hin. Ich stieß einen Schreckensschrei aus, als ich das kleine, verschrumpelte Gesicht sah, die grünlichen Augen, die mich anstarrten.

»Das ist kein Wechselbalg, Caitlin«, sagte Liam gefährlich langsam. »Dieses Kind ist schon seit mehreren Tagen tot. Jemand muss Duncan entführt und dafür die Leiche hineingelegt haben…«

Seine Stimme versagte, und dann schlug seine ungläubige Miene plötzlich in Zorn um. Er brüllte vor Wut. Nachdem er den kleinen Körper eingewickelt hatte, rannte er damit nach draußen und ließ die Tür hinter sich offen stehen. Von Seamrags unaufhörlichem Gekläff platzten mir fast die Ohren. Ich hielt sie mir mit beiden Händen zu und schrie meinen Kummer heraus.

Margaret hatte die leere Wiege gereinigt. Sàra, deren Augen gerötet waren, drückte mir schweigend die Hand und bot mir eine Tasse Kräutertee an. Um mich herum hörte ich nichts als Flüstern und leises Murmeln. Worte hingen in der übel riechenden Luft wie ein unaufhörliches Brummen, aber ich verstand sie nicht mehr. Sàras Finger schlossen sich fest um meine Hand. Ich sah, dass sie auf mich einredete, begriff aber nicht, was sie sagte. Ich schloss die Augen.

Jemand fasste meine Schultern und schüttelte mich. Ich seufzte. *Lasst mich in Ruhe.* Doch die Hände, die auf meinem Körper lagen, ließen mich nicht los. *Ich werde es nicht überleben, ein zweites Kind zu verlieren, lasst mich sterben…* Dann riss ich plötzlich die Augen auf, denn jemand hatte mir eine Ohrfeige versetzt, die mir den Atem raubte. Liam stand mit verzerrter Miene vor mir. Endlich drang seine Stimme zu mir.

»Ich breche auf, um Duncan zu suchen. Sàra und Margaret bleiben bei dir…«

»Nein … Lass mich nicht allein, Liam.«

»Du musst dich ausruhen, Caitlin. Ich schwöre dir, dass ich ihn finden werde. Weit kann er noch nicht sein. Und derjenige, der gewagt hat, Hand an ihn zu legen, wird teuer dafür bezahlen.«

»Ich will nicht hierbleiben …«

Ich sah die leere Wiege an, die blassen, verängstigten Gesichter der beiden Frauen. Nein, ich wollte nicht zurückbleiben und voller Ungewissheit warten.

»Ich muss seine Windel wechseln …«

»Herrgott, Caitlin!«

»Liam … Ich flehe dich an, ich muss ihm doch die Windel wechseln.«

Schweigend nickte er. Er konnte es mir nicht verwehren, die Männer zu begleiten. Es ging schließlich um meinen Sohn, unseren Sohn, der mich brauchte.

Vor dem Haus wartete ein Dutzend gesattelte Pferde. Patrick verabschiedete sich von Sàra. Er fieberte und litt seit über einer Woche an einem bösen Schnupfen, aber er hatte trotzdem darauf bestanden, an der Suche nach seinem einzigen Neffen teilzunehmen. Auch andere sagten ihren Frauen und Familien Lebewohl, denn die Suche mochte durchaus einige Tage dauern. Sogar Colin war gekommen. Seit seiner Rückkehr hatte er peinlich genau darauf geachtet, nicht mehr allein mit mir zu sein. Doch glücklicherweise hatte die Beziehung zwischen Liam und ihm sich sehr verbessert. Liam, der soeben die Satteltaschen an Ròs-Muires Kruppe befestigt hatte, wandte sich mir zu.

»Bist du dir sicher, dass du körperlich in der Lage bist, mit uns mitzuhalten? Es könnte sehr kalt und regnerisch werden.«

»Duncan ist irgendwo da draußen. Ich kann nicht einfach hier herumsitzen … Alles ist meine Schuld …«

Ich schluchzte und konnte nicht weitersprechen. Ich war zumindest teilweise verantwortlich für Duncans Entführung, denn ich war nicht wachsam genug gewesen, ich war nach draußen gegangen.

»Du hast dir gar nichts vorzuwerfen, *a ghràidh*. Überhaupt nichts …«

Liam zog mich fest an seine Brust und drückte mich an sein Herz, das ich ebenso rasch wie das meine schlagen hörte. Seamrag war ganz aufgeregt über den Tumult, den die Nachricht von Duncans Verschwinden ausgelöst hatte, und rannte von einem Pferd zum anderen und kläffte und knurrte ohne Unterlass. Die gereizten Pferde traten mit ihren Hufen nach ihm und verfehlten ihn oft nur knapp. Wütend schrie Liam auf den Hund ein, doch ohne Erfolg. Weitere Hunde hatten sich dazu gesellt, die alle ebenso zappelig waren, weil sie glaubten, es gehe auf die Jagd.

Ich kletterte auf mein Pferd. Liam reichte mir die Zügel und überprüfte die Sattelgurte. Er legte die Hand auf meinen Schenkel und streichelte darüber. Ich spürte, wie seine Wärme durch meine dicken Röcke drang und direkt bis in mein Herz stieg. Er sprach kein Wort, aber seine angespannten Züge und sein düsterer Blick verrieten seinen Schmerz.

Bald würde die Sonne untergehen. Die kühle Luft wurde schneidend kalt. Ich hoffte von ganzem Herzen, dass der Entführer meinen kleinen Jungen wenigstens warm eingepackt hatte. Er konnte sich den Tod holen … Und wenn … Düstere Vorahnungen bemächtigten sich meiner, und ein dumpfer Schmerz wühlte in meiner Magengrube. Wer konnte nur so bösartig sein, ein unschuldiges Kind zu entführen und es durch die Leiche eines Säuglings zu ersetzen?

Ein entsetzlicher Albtraum quälte mich. Das Weinen meines Kindes gellte mir unablässig in den Ohren. Panisch lief ich durch den dunklen Wald und rief nach ihm. Aus dem Nichts tauchten Hindernisse auf und versperrten mir den Weg. Ich strauchelte und fiel in einen klebrigen Schlamm, der mich nicht losließ. Weiß leuchtende Windeln schwebten durch die Luft und umkreisten mich. Ich streckte den Arm aus und ergriff eine davon. Sie war schwer; etwas war darin eingewickelt. Ich schlug den Stoff auf und fuhr entsetzt zurück. Ein stark verwester Säugling sah mich an und streckte suchend die schwärzlichen Hände nach mir aus. Er hatte zu schreien begonnen.

Von Grauen geschüttelt setzte ich mich auf dem von Zweigen bedeckten Untergrund. Sobald ich mich beruhigt hatte, erleichterte ich meine geschwollenen, schmerzenden Brüste. Mir traten die Tränen in die Augen, als ich zusah, wie die kostbare Milch davonspritzte und im Boden versickerte. Ob Duncan wenigstens zu trinken bekam? Ich hörte auf und sagte mir, dass er großen Hunger haben würde, falls wir ihn morgen früh fänden. Nachdem ich mein Kleid wieder gerichtet hatte, legte ich mich erneut hin und rollte mich zusammen, um wenigstens einen Teil meiner Körperwärme zu bewahren.

Wir hatten ein provisorisches Lager am Fuß der Mamore-Bergkette aufgeschlagen, die das Nordufer des Loch Leven beschattete. Kurz nach unserem Aufbruch hatten die Männer des Clans eine Spur entdeckt. Einige schlammige, formlose Fußabdrücke, die nichts Genaues erkennen ließen, aber sie hatten zum Loch Leven geführt.

Wir waren am Wasser entlanggeritten, in der Hoffnung, dass der Entführer auf den Gedanken gekommen war, diesen Weg einzuschlagen. Es wäre zu gewagt gewesen, mit einem Säugling den Pap von Glencoe zu ersteigen. Wenn man rasch flüchten wollte, war der Wasserweg über den Loch die beste Lösung, selbst wenn man Gefahr lief, gesehen zu werden. Wir hatten Spuren am Ufer gefunden. Offensichtlich war ein Boot zu Wasser gelassen worden, und wir sahen auch frische Fußspuren, aber nichts, das eindeutig gewesen wäre. So kamen wir bis Kinlochleven, wo wir Halt gemacht und einen Imbiss eingenommen hatten. Liam hatte beschlossen, die Gruppe aufzuteilen. Ein Teil der Männer würde Richtung Osten gehen, und der andere sollte die Mamores durchkämmen.

Dann war es über den Bergen und in den Wäldern pechschwarze Nacht geworden, und wir hatten unsere Suche unterbrechen müssen. Wir hatten ein Lager aufgeschlagen, primitive Unterstände aus Ästen errichtet und Feuer darunter angezündet, an denen wir geräuchert wurden wie Schinken. Heute Abend hatten wir keine Lieder gesungen oder lustige Geschichten erzählt. Ich hatte mich früh zurückgezogen, um im Schlaf Vergessen zu finden – eine Hoffnung, die sich als vergeblich erwiesen hatte.

Jetzt schickten wir uns an, erneut aufzubrechen. Die Feuer

waren gelöscht und das Gepäck war auf den Pferden verstaut. Durch den Schlafmangel und die Angst war ich äußerst dünnhäutig. Ständig suchten meine leeren Arme nach dem Kind, das dort hineingehörte. Liam war viel später in der Nacht zu mir gekommen, nachdem er mit den Männern besprochen hatte, welche Plätze sie überprüfen wollten. Lange hatte ich an seiner Brust geweint und dann völlig entkräftet gegen Morgen endlich ein wenig Ruhe gefunden.

Wir würden auf Cameron-Gebiet vordringen und mussten daher gewisse Vorkehrungen treffen. Die Männer hielten die geladenen Waffen in Reichweite und waren jederzeit bereit, sie abzufeuern. Seit Laing Craig war MacSorley unauffindbar geblieben. Liam hatte sich geschworen, ihn zu jagen, bis er ihn in die Hände bekam. Der Clan hatte sogar Expeditionen auf das Territorium der Camerons organisiert, um ihn aufzuspüren, doch ohne jedes Ergebnis. Jetzt fürchtete Liam, er könne seinerseits versuchen, sich an uns schadlos zu halten.

Einige hatten sogar gemeint, er könne der Entführer sein, aber Liam war skeptisch. Er glaubte nicht, dass Thomas so verwegen sein würde, sich auf unser Gebiet zu wagen, da er wusste, was ihn dort erwartete, indes … Wer konnte sich da vollständig sicher sein? Im Moment war er jedenfalls der Einzige, bei dem wir einen Grund für einen Verdacht hatten.

»Also, dieser Hund macht mich wahnsinnig!«, beklagte sich Patrick, dessen Stimme durch seine verstopfte Nase ganz dumpf klang.

Von meinem Pferd aus beobachtete ich Seamrag, der einen Baum ankläffte, und schüttelte enttäuscht den Kopf. Dieser Hund schien wirklich leicht schwachsinnig zu sein. Liam konnte ihn anbrüllen, so viel er wollte, er hörte nicht auf zu bellen und sprang an dem Stamm der alten, verzogenen Kiefer hoch. Wahrscheinlich hatte er ein Eichhörnchen gesehen. Er jagte nur allzu gern solchen Kleintieren hinterher. Liam verlor die Geduld, zog eine Schnur aus seiner Satteltasche und ging brummend auf Seamrag zu, um ihm die Schnauze zuzubinden. Das Tier konnte nicht mehr kläffen, jaulte aber weiter.

»Los, Seamrag, komm mit!«

Doch der Hund setzte sich am Fuß des Baums hin und wollte nicht gehorchen.

»Mach schon, kleiner Dummkopf! Kommst du jetzt oder nicht?«

Liam zog an der Schnur, aber das Tier weigerte sich immer noch, ihm zu folgen, und winselte erst recht.

»Blödes Tier ...«

Der Rest seines Tadels blieb in der Luft hängen. Er starrte auf eine Stelle im Baum und rüttelte dann an einem Ast. Ein weißes Stück Stoff wurde sichtbar. Es war von den Nadelbüscheln verborgen worden und unseren Blicken entgangen. Liam griff danach und machte es los. Der Stoff war beschmutzt. Eine Windel! Mein Herz begann heftig zu pochen, und ich schöpfte neue Hoffnung. Kein Zweifel, diese Windel gehörte Duncan. Aber durch welchen Zufall waren wir darauf gestoßen? Dann, mit einem Mal, begriff ich. Seit dem Beginn unserer Suche rannten die Hunde voraus und nahmen Witterung auf. Seamrag musste die Spur gerochen und die anderen mitgezogen haben, und wir waren ihm gefolgt, ohne darüber nachzudenken. Ich war mir sicher, dass wir auf dem richtigen Weg waren.

Ich zog eine von Duncans Decken aus meiner Satteltasche, rief den Hund und ließ ihn daran riechen. Er wurde ganz aufgeregt. Liam erlöste ihn von der Schnur, so dass er sich wieder frei bewegen konnte.

»Such, Seamrag!«

Er schnüffelte in der Umgebung herum, kehrte dann an den Fuß des Baums zurück und bellte erneut. Unruhig lehnte Liam sich an meinen Schenkel und hielt mir die Hand. Unter seinen Bartstoppeln arbeitete sein Kiefer. Plötzlich schlug Seamrag eine Richtung ein, während einer der anderen Hunde auf einem Weg verschwand, der durch eine Gruppe junger Kiefern führte. Colin hatte alle Hunde Duncans Geruch aufnehmen lassen, und sie hatten gleich gehorsam begonnen, Witterung aufzunehmen. An einigen Stellen war das Unterholz noch mit einer weißen Schneeschicht bedeckt. Einer dieser Flecken wurde von schlammigen Abdrücken durchquert. Liam nahm sie genau in Augenschein.

»Ein Pony«, schlussfolgerte er. »Unter diesen Bedingungen, mit einem Säugling, kann er nicht weit gekommen sein.«

Die Spur führte zu einer offenbar seit Ewigkeiten verlassenen alten Kate oder Jagdhütte, die an einer Bergflanke lag. Ein wenig tiefer sprudelten die wild bewegten Wasser des Kiachnish-Flusses. Zu Pferd war die Hütte nicht erreichbar, daher ließen wir unsere Reittiere am Wasser weiden, während ein Mann zurückblieb, um sie zu bewachen.

Das zerklüftete Gelände war durch die Schneeschmelze schlammig, und der Aufstieg würde schwierig werden. In dem klebrigen Morast, der mich von meinem Sohn trennte, glitt ich aus und blieb stecken. Liam fasste mich an der Hand, hielt sich an den Ästen fest und stützte sich an den Felsvorsprüngen ab. Vom Dach der Hütte stieg ein dünner Rauchfaden auf; jemand wohnte in diesem Schweinestall. Doch die Hütte schien verlassen zu sein. Als ich den ekelhaften Gestank wahrnahm, der uns entgegenschlug, wuchs meine Sorge. Ich warf Liam einen Blick zu, um meine Furcht mit ihm zu teilen.

Wir gingen um die Hütte herum und blieben erschrocken vor dem makaberen Bild stehen, das sich uns bot. Tierkadaver im fortgeschrittenen Zustand der Verwesung lagen auf einem Haufen. Aufgeschlitzte Hühner, Kaninchen und andere Kleintiere.

»Herrgott!«, hauchte Liam.

»Teufelswerk«, murmelte jemand.

Liam warf dem Mann einen wütenden Blick zu, und dieser zog ein mürrisches Gesicht, bekreuzigte sich aber dennoch.

Die Hunde hatten das Fleisch bereits gerochen und machten sich die gut abgelagerten Bissen streitig. Bei dem Anblick drehte sich mir der Magen um. Ich wandte mich ab, lief davon und legte die Stirn an einen Baum, um zu warten, bis die Übelkeit verging.

»Caitlin, du hättest nicht mitkommen sollen.«

Patrick rieb mir den Rücken und strich mir die widerspenstigen Haarsträhnen aus dem Gesicht.

»Patrick …«

Er massierte mir leicht die Schultern, schniefte kräftig in seinen Ärmel und unterbrach sich mit einem Mal.

»Ach, verflucht! Wir finden ihn, kleine Schwester.«

Ein völlig unangebrachtes Lachen stieg in mir auf. Ich versuchte es zu unterdrücken, war aber nicht dazu in der Lage. Das Geschnaufe und Geniese meines Bruders wirkte unter diesen Umständen so beruhigend normal. Patrick sah mich verblüfft an, fühlte dann meine Stirn und runzelte die Brauen. Wahrscheinlich glaubte er, dass ich kurz davor war, den Verstand zu verlieren, und vielleicht hatte er sogar Recht. Aber genau seinetwegen hatte ich diese Schwelle nicht überschritten.

»Patrick«, stieß ich erstickt hervor, »ich liebe dich.«

»Bist du dir… schnief… sicher, dass du nicht krank bist?«

Ich sah ihn durch einen Tränenschleier hindurch an. Krank? Und ob! Ich war krank vor Sorge.

Sogleich brach ich in Tränen aus. Da er nichts weiter tun konnte, hielt er mich in seinen Armen, bis ich mich beruhigt hatte.

Duncan befand sich nicht in der Hütte. Dort herrschte eine unbeschreibliche Unordnung. Ich fühlte mich der Verzweiflung nahe. Und wenn wir uns geirrt hatten? Wenn die Windel gar nichts mit Duncan zu tun gehabt hatte und Seamrag nur einmal wieder der Spur eines Tieres gefolgt war? Vielleicht hatte ja der Entführer, geplagt von Gewissensbissen, mein Kind schon lange zurückgebracht…

Ich setzte mich auf das durchgelegene Bett. Liam und die anderen durchsuchten das Durcheinander nach Hinweisen. Frauenkleidung, ein Paar völlig abgelaufene Stiefel, wenige magere, von Ungeziefer befallene Nahrungsvorräte… Ich betrachtete die Lichtpunkte, die von einer Spiegelscherbe ausgingen. Die Sterne tanzten auf meinem Rock, huschten auseinander und wurden zu verschwommenen Funken. Ich wischte mir die Augen. Am Rande meines Blickfeldes nahm ich kleine, huschende Bewegungen wahr und stieß einen Schrei aus. Wanzen flüchteten zurück in das Stroh der geplatzten Matratze. Auf dem Boden einer Schale klebte ein Rest gezuckerter Schafsmilch, auf deren Oberfläche eine tote Fliege trieb. Ich steckte einen Finger hinein und leckte ihn ab. *Viel zu süß für Duncan*, dachte ich widersinnigerweise.

Was sollten wir jetzt anfangen? Warten? Die Suche hatte sich auf die Ränder des Waldes, der die Hütte umgab, beschränkt. Colin schlug vor, dass wir uns erneut aufteilen sollten. Einige Männer könnten hier Stellung beziehen, und die anderen sollten den Wald durchkämmen. Liam fand die Idee gut und schlug mir vor, hierzubleiben, doch das lehnte ich sofort ab, und er versuchte nicht einmal, mit mir zu diskutieren. Also ging ich mit Liam, Colin und Patrick.

Ein Bach stürzte den Berghang hinunter und sprang zwischen den Felsbrocken dahin. Instinktiv folgten wir seinem Lauf. Das leise Plätschern, das üblicherweise beruhigend auf mich wirkte, reizte mich heute merkwürdigerweise. Liam ging voran, und Colin und Patrick folgten dicht hinter mir. Angesichts der düsteren Umgebung waren sie in Schweigen verfallen. Die Wälder waren dunkel und winddurchtost. Unter einem grauen Himmel klammerten sich Nebelfetzen an die Äste der Bäume, unheimliche Gespenster mit Klauenhänden. Ich zitterte in der kalten Atmosphäre, die uns umgab.

Ich glitt auf einem mit trockenem Laub bedeckten Eisflecken aus und unterdrückte einen Schrei. Colin fing mich mit fester Hand auf und verhinderte, dass ich in das strudelnde Wasser stürzte, das durch eine tiefe Felsrinne floss. Leise dankte ich ihm und schüttelte meine Röcke aus, um die Kiefernnadeln, die daran hingen, zu entfernen. Als ich den Kopf hob, bemerkte ich, dass Liam wie zur Salzsäule erstarrt dastand, eine Hand vorangestreckt und einen Fuß angehoben, als wolle er gerade den Boden verlassen. Zunächst glaubte ich, er habe einen Hirsch erblickt, doch dann folgte ich seinem verblüfften Blick und sah gerade noch einen Wirbel aus feuerrotem Haar und Tartan-Stoff, der auf der anderen Seite einer Anhöhe im Nebel verschwand. Ich stand wie gelähmt da. Mein Gespenst… Auch Colin hatte es gesehen und stieß einen merkwürdigen heiseren Laut aus.

Meghans Geist? *Sei nicht töricht, Caitlin!* Dann lebte Meghan noch? Liam hatte sich offenbar nicht in solchen unnützen Überlegungen ergangen, sondern bereits mehrere Schritte getan, ehe ich aus meiner Erstarrung erwachte. Patrick und Colin hatten sich getrennt und liefen, die Pistolen im Anschlag, zwischen den

Bäumen hindurch. In meinem Kopf überstürzte sich plötzlich alles.

»Meghan!«

Liams Schrei warf ein Echo und drang mir brutal in die Ohren. Endlich sah ich sie, ganz am Fuß der Anhöhe. Sie war es wirklich. Die junge Frau war reglos stehen geblieben und wandte uns den Rücken zu.

»Meghan«, rief Liam noch einmal.

Die schmale Gestalt, die in einem alten, zerrissenen Plaid fast versank, drehte sich langsam um ihre Achse. Ich hatte Liam erreicht und klammerte mich an seinen Arm. Diese Erscheinung musste direkt aus der Hölle kommen. Das Gespenst aus meinen Albträumen sah uns aus seinen smaragdgrünen Augen an und hielt ein kleines Bündel in den Armen. Sie wiegte es sanft, klopfte ihm auf den Rücken und summte ihm eine gälische Ballade vor. Duncan… Sie betrachtete uns mit einer derart unerklärlichen Gleichmut, dass ich mich einen Moment lang fragte, ob sie uns überhaupt erkannt hatte. Dann hob sie das Kinn und verzog den schönen Mund zu einem Lächeln. Ihr Blick richtete sich auf mich und verspottete mich wortlos.

Von einer fürchterlichen Wut getrieben, stürzte ich voran und wäre beinahe der Länge nach hingeschlagen, aber Liam legte den Arm um meinen Körper und hielt mich fest. Zappelnd und schreiend versuchte ich mich loszumachen.

»Ich will mein Kind… Lass mich los, damit ich Duncan holen kann.«

»Nicht so, Caitlin, sie… Oh, verflucht!«

Meghan flüchtete. Colin und Patrick rannten wieder los und holten nach und nach auf. Meghan kletterte auf einen Felsbrocken, der über den Bach hinausragte, drehte sich um und schwenkte Duncan über dem wild strudelnden Wasser, bereit, ihn hineinzuwerfen, falls sich ihr jemand näherte. Ihr grausames Lachen ließ mir das Blut bis auf die Knochen gefrieren. Ich hatte das Gefühl zu sterben.

»Neiiin!«

Liam hielt mich am Arm fest. Meghan trat einen Schritt näher an den Rand heran. Ich sah mein fest in Decken gewickeltes Kind und wünschte mir nur noch, ich könnte es in die Arme schließen, ihm sagen, dass alles vorüber war und mit ihm nach Hause zurückkehren.

»Tu das nicht, Meg.«

Ihr Lachen verstummte so abrupt, wie es erklungen war. Sie durchbohrte uns mit ihren irren Blicken. Die Luft, die uns umgab, wurde dick und schwer, schien alle Laute aufzusaugen und ließ nur eine entsetzliche Stille zurück. Die Nebelschwaden zogen heran und schlossen uns von der Realität ab. Ich hatte mit einem Mal den Eindruck, mich in einer anderen Welt zu befinden, in einem Traum vielleicht.

»Er gehört mir, ihr könnt ihn mir nicht wegnehmen, er ist mein Kind!«

»Gib ihn mir, Meg, und nachher können wir in Ruhe über alles reden.«

»Reden? Ha! Was sollten wir uns wohl zu sagen haben, Liam?«

Sie schwieg einen Moment lang. Ihr Blick, der Liam nicht für einen Lidschlag losließ, nahm einen aufreizenden und provozierenden Ausdruck an.

»Oh Liam, mein Geliebter! Hast du nicht verstanden, dass ich für dich bestimmt war? Dieses Weib ist doch nur eine Hochstaplerin, eine Fremde. Du musst sie verstoßen und mich zur Frau nehmen. Zwischen uns bestehen Bande, von denen du nicht einmal etwas ahnst. Schon von Geburt an …«

»Gib mir das Kind … Ich flehe dich an, Meg. Es gehört dir nicht.«

Sie beugte sich über das Kind und sprach dann wieder zu Liam gewandt.

»Aber natürlich ist es meines. Es ist unseres, Liam. Unser Kind, das weißt du ganz genau. Du erinnerst dich gewiss an jene Nacht, als du von einem ziemlich erfolgreichen Überfall in Glenlyon zurückgekehrt bist. Wir haben ein wenig auf deinen Erfolg angestoßen …«

»Dieses Kind ist tot, es ist das Kind, das du in Duncans Wiege gelegt hast.«

»Duncan? Nein …«

Ihr wahnsinniger Blick huschte über uns hinweg und verhielt

wieder auf Liam. Ihre feinen Knochen standen unter der durchscheinenden Haut ihres Gesichts hervor; sie war entsetzlich abgemagert. Aber trotzdem war sie noch genauso schön wie früher.

»Der Name, den ich ihm gegeben habe, lautet…«

Sie runzelte die Stirn und zögerte, dann sprach sie so leise weiter, dass wir sie nur noch mit Mühe verstehen konnten.

»Ich kann es nicht laut sagen, denn er ist noch nicht getauft. Das ist schlecht, wisst ihr. Vor seiner Taufe darf man den Namen eines Kindes nicht laut aussprechen, das zieht den bösen Blick an.«

Liam tat einen Schritt nach vorn, sie wich zurück. Der weiße, undurchdringliche Nebel kroch auf uns zu und schloss uns noch enger ein. Einige Augenblicke lang hatte ich den Eindruck, dass mich die Leere verschlingen würde, wenn ich versuchte, diesen milchigen Vorhang zu durchschreiten. Die Vorstellung ließ mich erzittern. Stattdessen konzentrierte ich mich auf Meghan, die auf ihrem Felsbrocken stand und einer Gruselgeschichte entsprungen zu sein schien. Ich verfolgte jede ihrer Bewegungen. Colin bewegte sich langsam und näherte sich ihr von hinten. Er war so blass geworden, dass er mit dem Nebel hätte verschmelzen können. Dann durchschnitt plötzlich seine Stimme das Schweigen.

»Meghan, dieses Kind ist nicht Liams Sohn.«

Er klang merkwürdig. Liam blickte mit fragender Miene in seine Richtung.

»Es ist von mir…«

Ungläubiges Erstaunen breitete sich auf allen Gesichtern aus. Nervös wich Colin dem Blick seines Bruders aus. Kurz sah er mich an, bevor er erneut Meghan anstarrte. Sie betrachtete das Kind jetzt mit einer eigenartigen Miene. Am liebsten hätte ich mich selbst geohrfeigt, um aufzuwachen, so sicher war ich mir, dass ich in einem Traum gefangen war.

»Rede«, befahl Liam.

Colin war ein Stück zurückgewichen, als fürchte er eine heftige Reaktion auf das, was er nun sagen würde.

»In dieser Nacht warst du sturzbetrunken, Liam, und Meg… war auch ziemlich bezecht. Als ihr zu Bett gegangen seid, da seid

Ihr sofort eingeschlafen. Aber später, in der Nacht, bist du aufgestanden und hinausgegangen.«

Niemand wagte sich zu rühren. Sogar Meghan sah Colin an, als verstehe sie nicht, was er sagte. Mit leiser Stimme fuhr er fort, so leise, dass die Natur zu schweigen schien, damit wir ihn verstehen konnten.

»Als ich sah, dass du nicht zurückkamst, habe ich mir Sorgen gemacht. Ich bin aufgestanden und nach draußen gegangen. Du warst auf der Bank neben der Tür wieder eingeschlafen. Ich habe versucht, dich zu wecken, aber du hast mich fortgestoßen und geflucht wie ein Fuhrknecht. Also habe ich dich dort liegen gelassen und mir gesagt, wenn dir in der Kälte das Gemächt abfröre, würdest du schon nach drinnen kommen. Als ich ins Haus kam, hörte ich, wie Meg sich im Bett herumwarf und nach dir rief. Ich bin auf die andere Seite des Wandschirms getreten, um ihr zu sagen, dass du ein wenig frische Luft schnappst…«

Er gab sich sichtlich Mühe, in ruhigem Ton zu sprechen. Liam regte sich immer noch nicht, aber unter seiner Haut spielten seine Muskeln.

»Du hast es ausgenutzt, dass ich… Mein Gott!«

»Nein, das war nicht so, wie du glaubst…«

»Hältst du mich vielleicht für einen Dummkopf?«, gab Liam kalt zurück.

Colin schüttelte den Kopf. Meghan bewegte die Lippen, dann ließ sie den Kopf sinken, weil sie mit einem Mal begriff, was Colin zu erklären versuchte. Ihre Wangen liefen rot an.

»Das warst… du? Wie ist das möglich? Du warst das, Colin? Aber ich war mir ganz sicher… Heiliger Jesus!«

Die überraschende Erklärung hatte ihr einen kurzen Moment geistiger Klarheit geschenkt. Colin allerdings wusste nicht, wo er sich lassen sollte, und trat von einem Fuß auf den anderen. Einen Augenblick lang dachte ich schon, er würde die Beine in die Hand nehmen und ohne anzuhalten bis nach Carnoch rennen. Doch er blieb stehen und sah Meghan mit hochrotem Kopf an. War es Scham, oder vielleicht die lüsterne Erinnerung an ihr Liebesspiel? Er sprach sie erneut an.

»Du hast da gestanden, nackt. Herrgott, ich bin auch nur ein

Mann, und ... Ich weiß, du hast mich für Liam gehalten, aber du hast mich umarmt, mich zum Bett gezogen und geküsst. Ich habe ja versucht, dich zurückzustoßen, dir zu sagen, wer ich war ... aber du hast ja nicht auf mich gehört.«

Er richtete den Blick wieder auf seinen Bruder.

»Was hättest du denn an meiner Stelle getan?«, rief er mit unsicherer Stimme.

Ich sah Meghan an. Eine Abfolge unterschiedlicher Gefühle spiegelte sich in ihren Zügen. Dann brach sie in ein hektisches Gelächter aus.

»Armer Colin ...«, spottete sie bösartig. »Bedaure, aber das Kind ist auch nicht von dir. In jener Nacht wusste ich bereits, dass ich guter Hoffnung war. Ich brauchte einen Vater für das Kind, das ich trug. Der wahre Vater ... konnte nicht ...«

Ein Keulenschlag hätte die gleiche Wirkung auf die Brüder gehabt. Meghan hatte sie beide ganz gewaltig hinters Licht geführt. Mit einem Mal fiel mir ein, dass Ewen Campbell mir gestanden hatte, bei ihr gelegen zu haben. Das war es also! Sie hatte das Kind eines Campbell getragen, was in den Augen der Macdonalds völlig unverzeihlich gewesen war. Ein Verräter zeugt immer einen Verräter ... Sie wäre verstoßen und aus dem Clan verbannt worden. Und da hatte sie eine Möglichkeit gefunden, alle geschickt zu ihrem Nutzen zu lenken, indem sie Liam verführt hatte, was wahrscheinlich nicht allzu schwer gewesen war. Danach wäre ihm nichts anderes übrig geblieben, als sie zu heiraten. Doch dann war ich aufgetaucht und hatte den Ereignissen eine unvorhersehbare Wendung verliehen. Zu ihrem größten Unglück. Und nun verlangte sie nach Rache.

»Wer ist denn nun der Vater dieses Kindes, Meghan?«, verlangte Liam zu wissen.

Colins und Meghans Enthüllungen schienen ihn völlig ungerührt zu lassen. Doch seine monotone, schleppende Sprechweise verriet mir, dass sich seine Gedanken überschlugen. Für diese Umstände legte er eine außerordentliche Kaltblütigkeit an den Tag. Er musste sich auf seinen Sohn konzentrieren, der jeden Moment Gefahr lief, von den eisigen Strudeln davongetragen zu werden. Meghan bewegte sich und warf ständig panische Blicke hinter sich. Liam beobachtete sie und versuchte, ihre Gedanken zu erraten, bevor sie sie in die Tat umsetzte.

Er hatte einige Schritte auf sie zu getan, was Meghan nicht entgangen war. Sie war jetzt an den Rand des Abgrunds zurückgewichen. Zu den Füßen der jungen Frau bröselte der Stein gefährlich, und einige Bruchstücke fielen in den Bach hinab.

Sie drückte das Kind an sich, das ihr fast aus den Händen geglitten wäre. Mein Brustkorb zog sich zusammen und ließ keine Luft eindringen. In diesem Moment wurde mir bewusst, dass da etwas nicht stimmte. Das Kind zappelte nicht, weinte nicht. Meine vor Milch angeschwollenen Brüste warteten darauf, Erleichterung zu finden, aber das Kind weinte nicht. Dabei war Duncan so pünktlich… Ein furchtbares Gefühl stieg in mir auf und ließ meinen Geist in einem dichten Nebel versinken. Ich taumelte und stieß ein schwaches Stöhnen aus.

»Dieses Kind gehört mir, Liam, du bekommst es nicht…«

Sie fuhr herum. Meine Sinne schienen plötzlich bis aufs Äußerste geschärft zu sein. Ich hörte die leisesten Geräusche des Waldes, ich nahm die schwächsten Gerüche wahr. Ich sah…

»Meg… Neiiin!«

Liams Schrei zerriss die Luft, meine Ohren, mein Herz. Ich sah, wie er dem weißen Bündel hinterherstürzte, das durch die Luft flog. Die Decke schien zwischen Himmel und Wasser im Leeren zu schweben. Die Zeit stand still. Dann verschlangen die wütenden Wasser das weiße Päckchen.

Der Boden schwankte unter meinen Füßen, ich fiel auf die Knie, und dann gruben meine Finger sich in den nassen Humus. Der strenge Geruch der Kiefern und der Erde vermischte sich mit dem der Baumsäfte, der bereits in der feuchten Luft hing. Die Bäume drehten sich um mich… Und immer noch sah ich… Liam im Wasser, Colin und Patrick, die herbeiliefen und sich ebenfalls in das schäumende Nass stürzten. Mein Blick umwölkte sich, und alles verschwamm. Aber ich weigerte mich, die Augen vor dem Entsetzlichen zu verschließen.

Das kleine Bündel wurde tropfend aus dem Bach gezogen. Liam kämpfte mit der Decke, die am Körper des Kindes klebte. Dann schaffte er es, sie zu lösen, und erst da schloss ich die Augen aus Angst vor dem, was ich sehen würde. Ein entsetzlicher Schrei hallte durch den Wald.

Überall wurde jetzt gerufen, eilige Schritte huschten an mir vorbei, entfernten sich. Hände schüttelten mich sanft. Ich wollte es nicht sehen…

»Caitlin, es war nicht Duncan.«

Die Nachricht brauchte einen Moment, um in meinen vom Schmerz betäubten Kopf vorzudringen. Nicht Duncan? Der schniefende Patrick zog mich vom Boden hoch und zwang mich, ihn anzusehen.

»Caitlin! Hör mich an. Das war nicht Duncan!«

Ich hob den Kopf. Wir waren allein. Liam und Colin waren verschwunden, Meghan ebenfalls. Mein Herz begann wieder zu schlagen. Nicht Duncan? Patrick zog mich an der Hand, und ich richtete mich auf und rannte hinter ihm her. Zwei Worte schenkten mir neue Hoffnung. *Nicht Duncan.*

Die düstere Grotte schwitzte vor Nässe. Ein Kind weinte. Meine schmerzenden Brüste liefen vor Erleichterung über, und meine Augen ebenfalls. Ich näherte mich der Stelle, an der ich mein Kind nach mir rufen hörte, und erstarrte angesichts der metallisch aufblitzenden Klinge, die über Duncans Bäuchlein schwebte. Liam stand mit totenbleichem Gesicht einige Schritte von mir entfernt und zielte mit der Pistole auf Meghan. Seine kräftige, befehlsgewohnte Stimme durchbrach das Schweigen.

»Leg das Messer weg, sofort. Ich werde keinen Moment zögern, dich zu töten, Meghan.«

Sie brach in ein teuflisches Gelächter aus, bei dem es mir kalt über den Rücken lief. Diese Frau war wahnsinnig.

»Dann töte mich doch, Liam. Leg dir keine Zurückhaltung auf. Ich bin doch schon tot. Ihr habt mich begraben, stimmt's? All das Blut… Anders konnte es nicht sein. Die arme Meghan, grausam ermordet. Ziemlich gut gemacht. Eines Shakespeares würdig, findet Ihr nicht, Caitlin? Ihr liebt den Barden doch so.«

Meine Augen, die sich langsam an das Dunkel in der Höhle gewöhnten, vergrößerten sich vor Entsetzen angesichts des Bildes, das sich mir bot. Duncan lag auf einem flachen Stein, nur mit einer Windel bekleidet, inmitten eines mit Ruß gemalten Pentagramms, das genauso aussah wie das, mit dem das Pergament unterzeichnet gewesen war. Ich vermochte ein angeekeltes Schaudern nicht zu unterdrücken.

Eine Lampe erhellte den Hintergrund der Höhle mit schwachem Licht. Die drohende Silhouette der Hexe zeichnete sich riesig groß auf der Felswand ab. Der Boden war mit weiteren verfaulenden Tierleichen übersät. Der Gestank, der von ihnen ausging, war so Abscheu erregend, dass ich kaum atmen konnte, ohne dass mir übel wurde. Mein Sohn befand sich in den Klauen einer abscheulichen Kreatur der Finsternis, schlimmer als Hekate.

»Dieses Kind muss sterben«, flüsterte sie mit schauerlicher Stimme. »Es hätte gar nicht auf die Welt kommen dürfen; ich hatte alles getan, damit es nicht geboren wurde, aber ihr habt mit einem Gegenzauber all meine Flüche unwirksam gemacht. Mir bleibt nichts anderes übrig, als ihn zu töten.«

»Er ist unschuldig, Meg«, sagte Liam mit leiser Stimme. »Töte mich, aber lass ihm sein Leben.«

Verständnislos sah sie zu ihm auf. Ihr Mund stand offen, und ich erwartete beinahe, Kröten und Schlangen herausspringen zu sehen, doch nichts dergleichen geschah. Langsam schüttelte sie den Kopf.

»Zu spät ...«

Liam hatte seine Pistole gesenkt und ließ sie jetzt schwer zu Boden fallen. Ich vernahm nur noch Duncans Weinen, das sich inzwischen zu gellendem Geschrei gesteigert hatte. Colin und Patrick spürte ich hinter mir, doch ich hörte sie nicht mehr atmen.

»Warum, Meghan?«, fragte Liam.

Das Messer, in dem ich Liams Dolch erkannte, schwebte zitternd über dem Kind. Liam fiel vor Meghan auf die Knie und erhob die Hände zum Himmel.

»Warum, Herrgott?«

Seine Pein schien zu ihr durchzudringen. Ratlos sah sie ihn an. Ein spöttisches Lächeln huschte über ihren Mund, verschwand aber sofort wieder.

»Weil es sein muss ... Meine Kinder ... Meine Zwillinge ... Der

Fluch hat sich gegen mich selbst gewandt… Meine Kinder sind tot… Dabei sollte er sterben, nicht sie. Dafür muss er büßen.«

»Er ist mein Sohn, und er ist unschuldig. Nimm mich dafür, denn ich bin es, dem du die Schuld gibst. Meghan…«

Er hatte ihren Namen mit solcher Zärtlichkeit ausgesprochen, dass ich unwillkürlich das Gesicht verzog. Der Blick der jungen Frau flackerte, wurde ein wenig unsicher. Wenn das eine List von Liam war, dann zeigte sie Wirkung, denn ihre Züge wurden weicher und ließen ein gewisses Mitgefühl durchscheinen.

»Aber nein, es ist nicht deine Schuld, Liam. Ich vergebe dir deine Fehler. Du bist verhext worden… Aber du musst zu mir zurückkehren, du musst, so steht es geschrieben… Dann werden wir ein Kind haben, das uns beiden gehört…«

Ihre smaragdgrünen Augen schlugen mich wie mit Blitzen.

»Ich bekämpfe das Böse durch das Böse. Sie ist es, diese Frau… Sie ist der Grund für all mein Unglück. Sie ist gekommen, um dich mir wegzunehmen…«

»Meghan!«

Der Schrei erklang hinter meinem Rücken und ließ mich herumfahren. Isaak stand im Eingang der Höhle. Wir starrten ihn alle verblüfft an. Wo kam er mit einem Mal her? Seit Winteranfang hatte man ihn im Tal nicht mehr gesehen. Man hatte nach ihm gesucht, doch er war unauffindbar geblieben. Wir hatten MacSorley die Schuld an seinem Verschwinden gegeben und geglaubt, er sei möglicherweise einem Hinterhalt zum Opfer gefallen.

Isaak sah seine Schwester mit einem kalten Blick an. Liam wollte aufstehen, aber Isaak bedeutete ihm, zu bleiben, wo er war, und richtete seine Pistole auf ihn.

»Wer auch nur die kleinste Bewegung macht, ist für seinen Tod selbst verantwortlich.«

Meghan war unruhig geworden und sah ihren Bruder ängstlich an. Der Dolch zeigte nicht mehr direkt auf sein Ziel. Verstohlen schob ich mich vorwärts und wartete auf den richtigen Moment, um zur Tat zu schreiten.

»Tu das nicht, Isaak. Das kannst du nicht machen… Ich liebe ihn. Du hattest es mir versprochen.«

»Schweig still, Meg. Du hast kein Recht, ihn zu lieben, und das weißt du genau. Warum flehst du immer noch um sein Leben?«

»Ich kann doch nichts dagegen tun, dass ich ihn liebe!«, schrie sie. »Ich kann nichts dazu…«

Ungehalten brüllte Isaak auf.

»Verflucht! In Lang Craig habe ich dir den Gefallen getan, aber heute…«

»Lang Craig?«, flüsterte Liam wie vom Donner gerührt.

Isaak setzte ihm die Pistole an die Schläfe, und Liam senkte den Kopf.

»Glaubst du vielleicht, ich hätte dir rein aus Heldentum das Leben gerettet? Nichts hätte mir mehr Vergnügen bereitet, als dich tot zu sehen. Aber leider blieb mir nichts anderes übrig. Ich hatte es Meghan versprochen…«

»Dann… war es gar nicht Tom? Du warst der Verräter? Du hast dein eigen Fleisch und Blut verkauft, Isaak! Was hast du mit Tom gemacht, du Bastard?«

Sein plötzlich aufwallender Zorn machte Liam kühn, und er versuchte aufzustehen, doch Isaak stieß ihn grob auf den Boden zurück. Meghan wollte auf ihn zustürzen und ließ meinen Sohn kurz aus den Augen. Jetzt oder nie! Ich warf mich über Duncan, nahm ihn hoch und drückte ihn an mich. Erleichtert schloss Liam die Augen. Die kleinen, eisigen Händchen krallten sich in mein Mieder, das augenblicklich von Milch durchtränkt wurde. Ich wärmte seinen kalten, wachsbleichen Körper, der ganz steif vor Empörung darüber war, dass er nichts in den Magen bekam. Mein Finger glitt in seinen Mund, um ihn zu beruhigen und ihm die Illusion zu geben, dass sein Hunger gestillt wurde.

Wütend und enttäuscht schrie Meghan auf und bedrohte mich mit dem Dolch. Ich wich zurück, um das Kind in meinen Armen zu schützen.

»Das reicht jetzt, Meghan!«, schrie Isaak. »Lass das Kind zufrieden.«

»Nein, ich will nicht! Es muss bezahlen.«

»Meg! Ich habe über deine gotteslästerlichen Taten hinweggesehen, aber jetzt gehst du zu weit. Man tötet keine Kinder. Wenn du den Kleinen anrührst, dann erschieße ich Liam im nächsten Augenblick, das schwöre ich dir.«

Die junge Frau starrte mich feindselig an und zischte so gehässig, wie es Medusa gegenüber Perseus getan haben mochte. Ich schluchzte vor Angst. In meinem Kopf dröhnte es. Die Fragen ohne Antwort, die ungelösten Rätsel. Mit einem Mal ergab alles einen Sinn. Die auf geheimnisvolle Weise verschwundenen Gegenstände, die Unheil bringenden Zauber, die *Banshee*, die Augen, die mich ohne Unterlass ausspähten… das alles war Meghan gewesen. Aber was mochte diese Frau nur zu solchen Handlungen getrieben haben? Ich weigerte mich zu glauben, dass sie nur deswegen dem Wahnsinn verfallen war, weil Liam sie verlassen hatte.

»So leicht kommst du mir nicht davon, Caitlin«, stieß sie mit zusammengebissenen Zähnen hervor. »Dein Kind soll verflucht sein! Du hast mir meinen Mann gestohlen, meine Liebe… Du hast alles um mich herum zerstört, einschließlich meiner Aussicht, der Hölle zu entrinnen!«

Sie fuhr herum, so dass ihr Haar aufwirbelte wie Feuerzungen und Schlangenköpfe, und sah Liam betrübt an. Für ihren Bruder jedoch hatte sie nur unverhohlenen Hass übrig.

»Und du, Isaak! Du bist ebenso schuldig wie sie. Sieh dir doch an, was du aus mir gemacht hast! Du bist ein Dämon aus der Hölle, der gekommen ist, um mich zu quälen.«

»Nein, Meg… ich liebe dich! Ich wollte immer nur dein Bestes. Ich musste dich doch daran hindern, eine schreckliche Dummheit zu begehen.«

»Du liebst mich? Ha! Wenn du mich wirklich lieben würdest wie ein wahrer Bruder, dann hättest du mich dieses Weibsstück vernichten lassen!«

»Das ist Gotteslästerung, Meghan!«

»Und was ist mit deinen eigenen Sünden, Isaak? Was sagst du dazu? Du selbst lästerst Gott!«

Ihr Aufschrei gellte durch die Höhle. Wie besessen starrte sie den Dolch an, den sie immer noch in der Hand hielt. Sie hielt das Heft so fest umklammert, dass ihre Knöchel weiß hervortraten. Dann holte sie tief Luft, schloss die Augen und hob die Klinge, bis sie vor ihrem bleichen, abgemagerten Gesicht schwebte. Aller Blicke hingen bestürzt an ihr. Einige unzusammenhängende Worte drangen aus ihrem Mund, der zu einer scheußlichen Grimasse verzerrt war. Dann folgten teuflische Beschwörungsgesänge. Sie rief das Böse, den Tod, die schwarzen Engel vom Rand der Hölle herbei. Eiseskälte kroch mir in den Nacken und lief mir dann das Rückgrat hinunter. Nun richteten sich die smaragdgrünen Augen auf mich, kalt und mordlustig. Schrill und hart erhob sie die Stimme.

»Bei der Hölle und bei meinem Blut verfluche ich deinen ältesten Sohn, Caitlin Dunn. Er wird als Verräter leben und als Verräter sterben!«

Langsam drangen die Worte in meinen angsterfüllten Verstand ein. Sie brachte einen Fluch aus … Ein dämonisches Lachen hallte durch die Höhle. Ich drückte Duncan, der weinte und zappelte, an meine Brust.

Ihre Tat kam so rasch und unerwartet, dass wir zusammenfuhren. Die Klinge huschte durch die Luft. Meghan riss die kalten, tränenlosen Augen auf, und aus ihrem Mund drang ein langgezogenes, schauerliches Röcheln. Erst da begriff ich, was geschah. Ein dunkler Fleck breitete sich auf dem Mieder der jungen Frau aus. Ihre langen, knochigen Finger ließen den Griff des Dolchs los, der in ihrer Magengrube steckte. Isaak stieß einen Verzweiflungsschrei aus, stürzte zu ihr und fing sie auf, bevor sie zu Boden sank. Er rief ihren Namen, er schüttelte sie, er überschüttete sie mit Beschimpfungen. Der üble Gestank der Opfertiere, der Geruch aus Duncans schmutziger Windel, die Schatten, die auf dem nassen Fels tanzten, der Nachhall der überraschenden Enthüllungen, alles stürzte in meinem gelähmten Verstand übereinander. Dann holten das Weinen meines Kindes und das heftige Pochen meines Herzens mich in die Wirklichkeit zurück, und ich sah das Blut, das sich über blauen Stoff ergoss. Meine verwirrten Sinne kämpften darum, ein wenig Ordnung in diese verworrenen Eindrücke zu bringen.

»Ich musste es tun … Isaak … Die einzige Möglichkeit, mich zu befreien …«

»Warum, Meg? Warum? Ich liebe dich … Ich habe dich immer

geliebt… Mein Gott! Kein Mann hätte dich mehr lieben können als ich. Ich habe mich jeder deiner Launen gebeugt. Was habe ich nicht alles für dich ertragen, für dich getan! Oh Gott! Unsere Kinder… wir hätten andere haben können…«

Schluchzend drückte er sie an seine Brust. Die smaragdgrünen Augen schlossen sich langsam.

»Deine Wahrheit hat mich getötet. Meine Seele ist verdammt… seit dem Tag, an dem… du mich… nicht mehr wie ein Bruder geliebt hast… sondern… wie ein Mann… Die Hölle erwartet uns… Isaak… Zu viele Sünden…«

Ihre Augen verdrehten sich, und ihre Finger krallten sich in einer letzten Zuckung in das Hemd ihres Bruders. Isaaks Schluchzen hallte von den Felswänden wider. Erstarrt sah ich zu, wie der Bruder den Körper seiner Schwester wiegte. Patrick war zu mir getreten und hielt mit zitternden Händen meine Schultern umfasst. Ich drückte Duncan noch ein wenig fester an mich. Seine Fäustchen schlugen mich, auf der Suche nach der Brust, die ihm zustand. Sein Weinen lenkte meine Aufmerksamkeit wieder auf ihn, und ich zog mich in den Hintergrund der Höhle zurück, um uns beiden Linderung zu verschaffen.

Duncan verstummte und saugte gierig. Tränen der Erleichterung stiegen mir in die Augen. Der Schmerz in meinen Brüsten ließ nach. Liam stand wie gelähmt da. Er hielt den Atem an, als hätte er einen Fausthieb in den Magen erhalten, und betrachtete mit leerem Blick das Bild, das sich ihm bot. Offenbar begriff er noch nicht ganz, was da gesagt worden war. Mit dem Ärmel wischte er sich die Stirn, und ich sah, dass seine Hand, die über sein Gesicht fuhr, zitterte. Seine Haut war grau und schweißnass. Langsam schien er die furchtbare Situation zu erfassen.

Schweigend und bestürzt suchte er meinen Blick. Worte waren überflüssig, ich wusste, was er empfinden musste. Isaaks Schluchzen holte ihn in die Gegenwart der stinkenden Grotte zurück. Er schaute Colin an, der ebenfalls dabei war, sich von seinem Schrecken zu erholen, und nickte ihm zu. Isaak war so in seinen Schmerz versunken, dass er die beiden nicht kommen sah. Ehe er es sich versah, fand er sich an die Wand gedrückt wieder. Ein Dolch saß an seiner Kehle.

»Henderson! Du dreckiger Bastard! Du … du hast deine eigene Schwester entehrt!«, zischte Liam. Er wagte die Worte nicht laut auszusprechen, aus Furcht, selbst von dieser Sünde, die in die Flammen der Hölle führte, beschmutzt zu werden.

»Nein, ich habe Meghan geliebt, ich habe ihr nie etwas Böses getan.«

»Du niederträchtiger Schuft! Sieh sie doch an! Schau sie an und sag dann, falls du es wagst, noch einmal, dass du ihr niemals etwas Böses angetan hast! Was für ein Mann bist du eigentlich? Deine Schwester! Sie war deine Schwester, Bastard!«

Die Reue schnürte Isaak die Kehle zu und verzerrte seine Züge. Trotzdem versuchte er verzweifelt, die Schuld von sich abzuwälzen und weigerte sich stur, seinen Taten ins Gesicht zu sehen.

»Sie hat sich mir niemals verweigert …«

Er krümmte sich unter einem heftigen Fausthieb. Zischend stieß er den Atem aus und rang dann röchelnd nach Luft. Liam packte ihn am Schopf und riss ihn brutal hoch. Isaaks Schädel knallte gegen den Fels. Er stöhnte und schluckte schwer. Liams Halsmuskeln standen hervor. Offensichtlich brannte er darauf, ihn zu töten, hielt sich jedoch mit großer Mühe zurück.

»Du hast … Herrgott noch mal! Du warst ihr Bruder, alles, was ihr von ihrer Familie geblieben war. Wie konntest du nur?«

»Ich bin nicht ihr … leiblicher Bruder.«

Liam sah ihn verständnislos an. Isaaks Gesicht war hochrot angelaufen, und er holte tief Luft, obwohl Colins stählerne Klinge über seinem Hals schwebte.

»Wir hatten … nicht denselben Vater … Ich bin mir nicht sicher … ob du den Rest wirklich hören willst.«

»Lass mich darüber urteilen«, zischte Liam. »Komm schon, erzähl mir deine kleine Geschichte.«

»Meghans Mutter war Barbers Schwester …«

Liam sah ihn noch einige Herzschläge lang an und runzelte verständnislos die Stirn. Dann klärten sich seine Züge, und das Blut wich ihm aus dem Gesicht.

»Robert Barbers Schwester? Aber die hieß Helena Macnab!«

Isaak nickte.

»Ja. Sie hatte den Namen ihrer Mutter angenommen. Ich weiß nicht, warum, Effie hat mir den Grund nie verraten wollen.«

»Effie? Sie hat es gewusst? Und wer noch? Bin ich eigentlich der Letzte, der davon erfährt, Herrgott?«

»Der alte MacIain wusste es. Seine Söhne nicht. Niemand sonst. Das Geheimnis wurde gut gehütet.«

Liam stieß Isaak noch einmal gegen den Felsen und starrte ihn böse an.

»Und ... Meghans Vater ...?«, fragte er, unsicherer geworden.

Trotz der Wut, die ihn umtrieb, hatte er die Frage fast gegen seinen Willen gestellt, so, als fürchte er die Antwort, die er bereits zu kennen schien. Isaak schloss die Augen, bevor er weitersprach.

»Liam ... Meghan war ... deine Schwester.«

Auf diese unglaubliche Erklärung hin senkte sich Grabesstille herab. Erschrocken nahm Colin den Dolch von Isaaks Kehle, so dass dieser freier atmete. Liam ließ ihn los und wich einen Schritt zurück. Ungläubig schüttelte er den Kopf und richtete den Blick auf das Reisig am Boden, um sich die Wahrheit nicht eingestehen zu müssen.

»Du lügst«, murmelte er leise.

»Nein.«

Er hob seinen Kopf, und ich sah, dass seine Züge vor Groll verzerrt waren.

»Du lügst!«, schrie er.

Isaak würdigte ihn keiner Antwort.

»Rede«, fuhr Colin, der die Sprache wiedergefunden hatte, ihn an.

»Euer Vater ... hatte ein Abenteuer mit Helena. Es hat nur kurz gewährt, aber sie ist trotzdem schwanger geworden. Mein Vater wusste davon, doch er hat lieber die Augen verschlossen, als sie zu verlieren. Er liebte Helena und hat Meghan als seine eigene Tochter großgezogen. Euer Vater hat nie davon erfahren. MacIain hat nichts unternommen.«

»Verflucht und verdammt!«

Colin fuhr sich mit der Hand übers Gesicht und sah seinen Bruder an.

»Liam, weißt du noch… bevor Barber Vater getötet hat. Du hast mir erzählt, er habe eine Rechnung mit ihm begleichen wollen. Angeblich hatte er…«

»Vater hat Helena keine Gewalt angetan«, zischte Liam kalt und fuhr herum, um ihn anzusehen. »Er… hat… ihr… keine… Gewalt… angetan!«

»Das wollte ich auch nicht behaupten«, hob Colin, sichtlich verlegen, von neuem an. »Ich wollte mich nur vergewissern, ob das möglich sein kann…«

»Das Geburtsregister«, schaltete sich Isaak ein. »Das bei MacIain lag. Es enthält den Beweis.«

Liam wandte seine Aufmerksamkeit wieder ihm zu.

»Die Register sind zusammen mit Carnoch in Flammen aufgegangen, am Morgen des 13. Februar 1692, du armer Tor!«

»Nein… nicht dieser Teil. Die Seite war herausgerissen worden. Effie wollte sichergehen, dass niemand davon erfuhr. Sie hat das Papier immer bei sich getragen und jetzt… habe ich es bei mir versteckt.«

Liam stieß Isaak an die Felswand zurück.

»Warum hast du uns das nicht früher gesagt, Isaak? Du hast zugesehen, wie ich sie umworben habe und…«

Er wurde totenbleich, als ihn die Erkenntnis dessen, was er getan hatte, traf. Alles, was er Isaak vor wenigen Augenblicken vorgeworfen hatte, fiel mit voller Wucht auf ihn selbst zurück.

»Herrgott! Warum hast du mich nicht daran gehindert…«

Er stöhnte auf und barg den Kopf in den Händen.

»Ihr seid ziemlich diskret gewesen. Als ich davon erfuhr, war es schon zu spät.«

Colin ging auf und ab, in düstere Mutmaßungen versunken.

»Und Meghan, hat sie es gewusst?«, fragte er.

Isaak sah auf seine Schwester hinunter, unterdrückte ein Schluchzen und schniefte laut. Er räusperte sich und sprach dann weiter.

»Nein. Damals nicht.«

»Wann hast du es ihr gesagt?«, wollte Liam wissen.

»Am Tag ihres Verschwindens. Auf andere Weise konnte ich

sie nicht überreden, das Tal zu verlassen. Sie hatte sich in die Idee verrannt, trotz allem deine Frau zu werden.«

Patrick und ich wechselten einen Blick. Mein Bruder wirkte betroffen. Dann sah ich zu der jungen Frau, die ein wenig links von Isaak auf dem Boden lag, und suchte in ihren starren Zügen nach Ähnlichkeiten. Die Rundung der Wange vielleicht, die schmale Nase… Wie Isaak ihr wohl gesagt hatte, dass Liam ihr Halbbruder war? Ein Teil von mir empfand Mitleid mit dieser Frau, aber der Rest von mir hatte zu sehr gelitten, um irgendetwas für sie zu fühlen.

Isaak rutschte an der Felswand hinunter, doch Liam, den die Bewegung aus seiner Starre gerissen hatte, packte ihn erneut am Kragen und zog ihn zu sich hoch.

»Und Barber… Du hast mit diesem Hund paktiert, mit einem der Henker unseres Clans! Demselben Mann, der meinen Vater und wer weiß wie viele andere getötet hat! Ich sollte dir die Kehle durchschneiden! Was hast du dieses Mal zu deiner Rechtfertigung zu sagen?«

»Ich hatte keine andere Wahl…«

»Erzähl diesen Unsinn jemand anderem, Bastard! Man hat immer eine Wahl!«

»Nein… er hatte Meghan in der Hand. Ewen Campbell. Er wusste von Meghan und mir. Er hatte uns… ertappt. Und das hat er ausgenutzt… Außerdem drohte Barber, er werde alles erzählen. Das konnte ich nicht zulassen. Meghan hätte es nicht ertragen. Dann wäre die ganze Wahrheit ans Licht gezerrt worden.«

Liam ließ Isaaks Kopf los, der matt auf seine Brust herabsank.

Sein ganzer Körper schien zu erschlaffen. Auch Liam entspannte sich, als hätte seine ganze Wut ihn mit einem Mal verlassen. Ich wagte kaum zu atmen. Gewiss, Isaak und Meghan waren nicht blutsverwandt gewesen, aber sie hatten trotzdem als Bruder und Schwester gelebt. Die Liebe, die er ihr entgegengebracht hatte, war darum nicht weniger unziemlich gewesen. Colin steckte seinen Dolch weg, und Liam wandte sich ab. Isaak war, von Schluchzern geschüttelt, zu Boden gesackt und kroch auf allen vieren zu Meghans Leiche. Er hob sie auf, legte sie in seinen Schoß, küsste sie und streichelte sie zärtlich.

»Meg!«, stieß er hervor. »Kleine Meg... *Mo leannan*, meine Liebste... Oh, allmächtiger Gott! Was habe ich getan? Ich habe dich so geliebt. Es tut mir so schrecklich leid... Meine Schwester, meine Geliebte...«

Liam sprach ihn an.

»Ich überlasse es Gott«, erklärte er langsam, »über dich zu urteilen und dich so zu strafen, wie du es verdienst.«

Er trat zu Meghan und beugte sich über sie. Dann murmelte er einige Worte, strich ihr über eine Locke und erhob sich wieder. Obwohl ich jetzt wusste, dass die beiden Bruder und Schwester gewesen waren, verdross mich seine Geste zutiefst, denn sie waren auch Liebende gewesen. Einen Moment kreuzten sich unsere Blicke, zu kurz, als dass ich seine Gedanken hätte erraten können, aber lange genug, um die Trauer in seinen tiefblauen Augen zu sehen... Er kam auf mich zu. Seine Finger zitterten, als er sie auf das runde Köpfchen unseres Kindes legte.

»Es ist vorüber«, flüsterte er einfach.

Duncans Gebrabbel hüllte mich ein, und ich konzentrierte mich darauf, um Isaaks Schluchzen nicht mehr hören zu müssen.

Zwei Tage waren seit Meghans Tod vergangen. Da der Clan sie bereits einmal begraben hatte, hielt man die ganze Sache geheim. Unnötig, diese anstößige Geschichte wieder aufzurühren, die möglicherweise den guten Ruf der betroffenen Parteien, in diesem Fall Liam und Colin, hätte beschädigen können. Sie trugen schon schwer genug an der Erkenntnis, dass ihr Vater untreu gewesen war, und dann war da noch die Erinnerung an die strahlend schöne junge Frau in ihrem Bett. In der Hoffnung, die Tatsachen widerlegen zu können, hatte Liam die gerettete Seite aus dem Geburtsregister studiert, hatte sich aber den Beweisen geschlagen geben müssen. Unter dem Namen des Vaters waren nur die Initialen eingetragen, was ungewöhnlich war. Doch die Buchstaben standen vollständig da. D. L. M. Duncan Liam Macdonald. Das war der unwiderlegbare Beweis. Meghan war seine illegitime Schwester gewesen. Außer Isaac wussten im Clan nur John MacIain, Colin und er selbst davon, und so sollte es auch bleiben.

Oh schöne Meghan! Nicht der Wahnsinn und nicht einmal der Tod hatten ihre engelsgleiche Schönheit zerstören können. Das Gesicht mit den feinen, blassen Zügen, die jetzt heiter wirkten. Sie war so schön… und so kalt. Mit ihrer Tat hatte sie sich dazu verurteilt, in alle Ewigkeit durch das Fegefeuer zu irren. Der Himmel war ihr für immer verwehrt.

Sie ruhte nun irgendwo in den Mamores. Nachdem die Männer mit Isaak weggeritten waren, hatten Colin und Liam sich Meghans Leiche angenommen. Patrick war zusammen mit mir in der alten Hütte zurückgeblieben, wo Duncan friedlich in meiner Armbeuge geschlafen hatte. Die Brüder hatten Meghan in der Nähe einer Steinmauer begraben und dann einen jungen Weißdornbusch darüber gepflanzt. Ob Liam doch abergläubisch war? Denn verlorene Seelen, die keinen Platz auf einem christlichen Friedhof finden konnten, wurden traditionell in der Nähe eines Hindernisses oder unter einem solchen bestattet, damit niemand zufällig den Fuß auf ihr Grab setzte. Das hätte Unglück gebracht. Doch ich fragte Liam nicht, das hätte wenig Sinn gehabt.

Was aus Isaak geworden war, erfuhr ich nicht so genau. Man hatte ihn ins Tal zurückgebracht und vor John MacIain geführt. Er hatte gestanden, warum er der Erpressung durch Campbell und Barber nachgegeben hatte und zum Verräter geworden war. Seine widernatürliche Liebe zu seiner Schwester ging über jedes Verständnis hinaus und wurde durch die Heilige Schrift verurteilt. Um Fragen nach Meghans irgendwann offensichtlich werdendem Zustand zu vermeiden, hatte er sie gedrängt, einen Mann aus dem Clan zu verführen. Doch das Unglück hatte gewollt, dass sie sich Liam zuwandte, ihrem leiblichen Halbbruder. Nachdem Isaaks Plan gescheitert war und er fürchten musste, ihr schreckliches Geheimnis könnte enthüllt werden, hatte er peinlich genau Meghans »Verschwinden« inszeniert, um sie in den Bergen versteckt zu halten. Sorgfältig hatte er hier und da Spuren gelegt: Das Gerücht, dass man Campbells in der Gegend gesehen hätte, und eine »verlorene« Brosche hatten ausgereicht, um den Verdacht auf den feindlichen Clan zu lenken. Perfekt hatte er die Rolle des untröstlichen Bruders gespielt. Und dort, in der Hütte, geschützt vor indiskreten Blicken, hatte er seiner widernatürlichen Leidenschaft freien Lauf lassen können. Damit seine Schwester ihm vergab, hatte er ihr erlaubt, ihre finsteren Pläne zu verfolgen.

Niedergeschmettert von der furchtbaren Wahrheit hatte Meghan beschlossen, ihren Groll gegen Duncan und mich zu richten. Schwarze Magie, Hexerei, und Isaak hatte über alles hinweggesehen. Doch waren in den Augen Gottes diese Handlungen nicht ebenso lästerlich?

Zu Isaaks Pech hatte Ewen Campbell die beiden ertappt, und seitdem hatte dieses Damoklesschwert über seinem Haupt gehangen. So hatte Isaak Informationen gesammelt und sie an Ewen weitergegeben, der sie seinerseits Barber übermittelt hatte. Dieses kleine Spiel hatte einige Tage vor meiner überstürzten Flucht aus dem Tal begonnen und erklärte auch Meghans übersteigert wirkende Furcht, als wir dem Übeltäter vor jener Taverne in Ballachulish begegnet waren.

Isaak hatte über seinen Verrat aussagen müssen. Von der Stelle in Lang Craig, wo die Waffenladung anlanden sollte, hatte er rein zufällig erfahren. Thomas, der ziemlich von sich selbst eingenommen war, führte bei den Damen eine etwas zu lockere Zunge und hatte jede Umsicht fahren lassen. Er hatte einer der Dienerinnen in der Herberge in Guthrie, einer gewissen Gracie, eine Nachricht hinterlassen, in der er ihr mitteilte, er wolle sich nach seiner Rückkehr von Lang Craig mit ihr treffen … Und Isaak hatte den Papierfetzen, der versehentlich auf einer Theke liegen geblieben war, gefunden. Der arme Thomas hatte bereits für seinen Fehler bezahlt. Isaak hatte sichergehen wollen, dass er seine Version der Geschichte nicht erzählen konnte, und ihn von der Klippe gestoßen. Thomas MacSorley war tot, er hatte sich den Hals gebrochen.

Einzig der Umstand, dass er sich daran beteiligt hatte, Liams Leben zu retten, hätte für Isaak sprechen können, doch leider hatte er nicht aus reiner Selbstlosigkeit gehandelt. Er hatte genau gewusst, dass Liam sich, sobald er frei war, eine Freude daraus machen würde, Barber zu töten, wie es ja auch geschehen war, und ihn damit von seinem Erpresser befreien würde. Als er mich in Sicherheit brachte, hatte er zudem dafür gesorgt, jeden vielleicht aufkommenden Verdacht zu zerstreuen.

Die Verhandlung hatte hinter verschlossenen Türen stattgefunden und war just heute Morgen zu Ende gegangen. Nun war es an MacIain, über Leben oder Tod zu entscheiden. Isaaks Taten waren äußerst schwerwiegend gewesen. Doch ich fragte Liam nicht, wie das Urteil gelautet hatte. Das Schicksal dieses Mannes ging mich nichts mehr an. Aber ich hatte eine dunkle Ahnung, was aus ihm geworden war. Man hatte Isaak aus dem Tal fortgeführt, gefesselt auf einem Pferd sitzend und von vier Männern eskortiert, zu denen auch Liam und Colin gehört hatten. Weniger als eine Stunde später waren sie wieder da gewesen. Das Pferd, auf dem der Verurteilte gesessen hatte, war ohne seinen Reiter zurückgekehrt.

Das Licht der Kerze spielte auf der Haut meines Mannes, ließ einen kantigen Hüftknochen hervortreten und betonte die Grübchen über seinen Pobacken. Er stand vor dem Fenster und wiegte sich, seinen Sohn an die Schulter gelegt, hin und her. Gedankenverloren sah er nach draußen.

Lautlos trat ich an die beiden heran, doch er spürte, dass ich hinter ihm stand, und wandte den Kopf. Seine Züge wirkten abgespannt. Der Prozess gegen Isaak hatte ihn sehr angestrengt, doch jetzt war sein Blick heiter. Er nahm die Hand von Duncans Kopf, um mir über das Haar zu streichen, griff in meine Frisur und hob sie an, um sie zu lösen. Das Haar fiel mir offen auf die Schultern, und er schob eine Strähne beiseite, um mein Gesicht sehen zu können.

»Weißt du, dass ich dich wegen deiner Augen geheiratet habe?«

»Meiner Augen?«

Verblüfft sah ich ihn an. Sein schön geschwungener Mund wurde weicher.

»Unter anderem natürlich«, setzte er lachend hinzu.

Ohne nachzudenken, klopfte er Duncan auf den Rücken und sah mich eindringlich an.

»Im Moment haben deine Augen die Farbe eines ruhig daliegenden Meers. Aber sie verändern sich ständig, sind manchmal grün und dann wieder blaugrau. Ein einfacher Blick verrät mir, was du fühlst. Und jetzt bist du glücklich.«

»Natürlich, weil meine beiden Männer bei mir sind«, sagte ich leise lachend.

Kurz fiel er ein und verstummte dann. Auch seine Augen spiegelten seine wechselnden Stimmungen. Manchmal wirkten sie so blau, dass ich Lust bekam, mich hineinzustürzen. Dann wieder waren sie düster und unermesslich tief, oft unergründbar. Um seinen Gemütszustand zu erkennen, musste ich die Sprache seines Körpers lernen. Ein Teil dieses Mannes war mir immer noch ein Rätsel ... Doch ich sagte mir, dass ich mein ganzes Leben lang Zeit hatte, um es zu lösen. Ein nachdenkliches Schweigen hatte sich über uns gesenkt. Mit dem Zeigefinger zog er den Umriss meiner Lippen nach, und dann drang mir erneut sein Flüstern ins Ohr.

»Ich habe für dich getötet, *a ghràidh*, und ich würde es ohne Zögern wieder tun, wenn es nötig ist. Für den Kleinen würde ich dasselbe tun. Ich werde nicht mehr zulassen, dass mir jemand die Menschen, die ich liebe, entreißt ... Nie wieder ...«

Ein gehauchtes Geständnis, und doch bedeutungsschwer ... Er nahm meine Hand, verschränkte seine Finger mit meinen und legte sie an seine Wange. Ich spürte seine warme Haut und seine spitzen, kräftigen Bartstoppeln. Duncan suchte sich diesen Moment aus, um ungehörig laut zu rülpsen und sich hektisch zu winden wie eine Larve, die versucht, aus ihrem Kokon zu schlüpfen. Liam sah aus dem Augenwinkel zu ihm herunter, doch als er sah, dass sein Sohn nicht die Absicht hegte, das, was ihm bei seiner letzten Mahlzeit zu viel gewesen war, auf seine Schulter zu speien, wandte er seine Aufmerksamkeit wieder mir zu. Leise sprach er weiter.

»Ich hätte sie umbringen können, Caitlin. Meghan meine ich. Ich habe sie nicht geliebt, ich habe sie nur benutzt, um ... du weißt schon ...«

»Das konntest du doch nicht ahnen.«

Er brummte und rieb seine Nase in Duncans Haarschopf, der ihn am Kinn kitzelte.

»Die Liebe kann die Liebe töten.«

Fragend sah ich zu ihm hoch.

»Isaaks Liebe zu Meghan zum Beispiel«, erklärte er.

»Das kann keine Liebe gewesen sein, Liam.«

Er zuckte die Achseln. Duncan fühlte sich durch die Bewegung gestört, quengelte und steckte sich die Faust in den Mund, um laut daran zu saugen.

»Was ist Liebe überhaupt? Ein Drang des Herzens, eine Leidenschaft gegenüber einem anderen Menschen? Wenn sie übersteigert und unvernünftig wird, kann sie einen zu unüberlegten Handlungen treiben, die den anderen verletzen, manchmal sehr tief. Meghan hat doch furchtbar gelitten. Und Isaak...«

Kurz glomm Trauer in seinem Blick auf. Er würde es nicht fertig bringen, von Isaak zu sprechen. Eines Tages vielleicht.

Er führte meine Hand an seine Lippen und küsste sie sanft. Mondlicht übergoss Duncans dunkles Haar. Mit der Daumenspitze strich ich über eine Strähne, die sich widerspenstig aufrichtete, und schloss die Augen. Das zarte Aroma der Kräuter, die an den Dachbalken hingen, der schärfere Geruch des brennenden Torfs und der Duft nach Moschus und Harz, den Liams Haut ausströmte... Ich betete zu Gott, er möge diesen vollkommenen Moment für immer in meinem Gedächtnis bewahren...

»*A ghràidh...*«

»Hmmm...«, murmelte ich leise.

»Wenn meine Liebe zu dir jemals alles vernünftige Maß übersteigt... dann töte mich.«

Erstaunt schlug ich die Augen auf. Er sah mich tiefernst an.

»Ich würde es nicht ertragen, dich zu vernichten.«

»Liam...«

»Versprich es mir.«

»Solch ein Versprechen vermag ich nicht zu geben.«

Er sagte nichts und wandte sich leicht ab. Von neuem verlor sich sein Blick in dem dunklen, samtigen Himmelsgewölbe, das über uns schwebte. Da fiel mir ein Satz ein, den er gesagt hatte, als ich ihm ein Versprechen gab, das ich niemals hatte halten können.

»Liam, versprich mir, dass deine Liebe zu mir niemals maßlos und zerstörerisch wird.«

Sein Mund verzog sich zu einem wissenden Lächeln. Er drehte sich zu mir um, und in seinen Augen blitzte es amüsiert.

»Du durchtriebene Person. Einverstanden, ich verspreche es.«

»Vergiss nie, dass man in den Highlands ein Versprechen niemals bricht.«

Ein leises Lachen stieg rau und tief aus seiner Kehle auf und liebkoste mein Ohr. Sanft löste Liam sich von mir. Er küsste Duncan auf den Kopf und legte ihn dann in seine Wiege. Der Kleine wimmerte und zappelte ein wenig. Er gab einen merkwürdigen Laut von sich, der wie ein Schnurren klang und die kleinen Milchbläschen, die sich um seinen Mund gesammelt hatten, zerplatzen ließ. Liam beugte sich über seinen Sohn und legte die Hand auf sein Köpfchen. Seine Stimme klang so feierlich, als spreche er ein Gebet.

»Gesegnet seist du, mein Sohn; möge Gott dich vor Unglück behüten. Ich wünsche dir, dass du das Glück kennen lernst und ebenso selig bist wie ich in diesem Moment. Verleugne nie dein schottisches Highlander-Blut und ...«

Er zögerte, richtete sich auf und legte die Hände um mein Gesicht, um mich aus seinen tiefblauen Augen anzusehen.

»... und du sollst wissen, dass ...«

Er sah mir tief in die Augen. Eine seiner Hände verließ die Rundung meiner Wangen und wanderte in mein Kreuz. Ich legte die flachen Hände auf seine feuchte Brust, an die Stelle, wo er kurz zuvor noch Duncan gehalten hatte. Der süßliche Duft des Kindes mischte sich mit seinem Körpergeruch. Ich schloss die Augen. Begehren stieg langsam in mir auf und breitete sich in meinem ganzen Körper aus.

»Nein, schau mich an ... Ich möchte deine Augen sehen.«

Der Druck seiner Hand in meinem Rücken verstärkte sich. Ich tat, wie er mir geheißen hatte. Hinter dem schmalen Spalt, den seine halb geschlossenen Lider frei ließen, erahnte ich das Feuer, das ihn verzehrte. Er erforschte meinen Blick und suchte nach meiner Seele, um sich ihrer zu bemächtigen und sie in Ketten zu schlagen, und ich überließ sie ihm gern.

»... und du sollst wissen«, fuhr er an den Kleinen gerichtet fort, »dass deine Mutter ein irischer Wind ist, der gekommen ist, um über meine Berge und meine Heide zu wehen. Caitlin, du hast die Flamme in meinem Herzen neu entfacht, die bereits erloschen war. Ich werde dich lieben, *ad vitam aeternam*, von jetzt bis in alle Ewigkeit.«

Das war sein Versprechen. Er trat ein Stück zurück, um mich besser ansehen zu können. Die blasse, halbmondförmige Narbe an seiner rechten Seite schimmerte, die Erinnerung an ein Duell auf einer sonnenüberfluteten Lichtung. Ich strich mit dem Finger darüber. Er schlug die Augen nieder, und ich fühlte, wie seine Muskeln sich anspannten. Seine Wunden waren verheilt, zumindest diejenigen, die man sehen konnte… Er stieß einen tiefen Seufzer aus, wie einen dumpfen Klagelaut, mit dem er alle Dämonen, die in ihm wohnen mochten, ausstieß. Heftig zog er mich an sich.

»Herrgott…! Ich liebe dich so sehr!«

Der Mond schien auf die Laken, die sich um unsere nackten Beine knüllten. Auf meiner schweißnassen Haut fühlte ich die nächtliche Kühle. Zärtlich legten Liams Lippen sich auf die Narbe an meiner Schulter. Mit unseren noch vor Leidenschaft glühenden Körpern schmiegten wir uns in unserem Bett aneinander und verschmolzen zu einem einzigen Wesen.

Ich liebte diesen Mann, der mir seine Wärme schenkte. Weniger als ein Jahr zuvor war er mir noch völlig unbekannt gewesen; und heute waren er und unser Sohn der Sinn meines Lebens, meine Heimat und mein sicherer Hafen. In seinem Tal hatte ich mein schmales Bündel abgestellt. In seinem Haus hatte meine verletzte Seele Zuflucht gefunden.

Ich kostete diesen Moment des Glücks voll und ganz aus, denn ich wusste nur zu gut, dass er vergänglich war. Unser Leben würde alles andere als friedlich verlaufen.

Die Anwesenheit der *Sassanachs* war eine ständige Mahnung an die schreckliche Bedrohung, die über den Clans schwebte. England würde gnadenlos gegenüber allen vorgehen, die sich seiner Autorität nicht unterwarfen, und der Hass, den sie den Highlandern gegenüber ganz offen zum Ausdruck brachten, war nur eine schwache Ahnung dessen, was sie den Clans in den kommenden Jahren noch antun würden.

Ich betrachtete das kleine schwarze Köpfchen des Kindes, das schon wie sein Vater brummte. *Duncan Coll Macdonald, was mag dir vom Schicksal bestimmt sein? Du wirst Blut fließen sehen, mein Sohn, aber du wirst auch die Liebe kennen lernen … den Rettungsanker, der verhindert, dass wir im Sturm untergehen. Schlaf,* mo mhach mùirneach …

Nun wandten meine Gedanken sich Stephen zu. Er war mein erstgeborener Sohn, derjenige, den Meghans furchtbarer Fluch wirklich treffen würde. Doch ich war überzeugt davon, dass Gott seine unschuldige Seele schützen würde. Und wenn das Schicksal mir gütig war, würde er eines Tages meinen Weg kreuzen.

Das Nachtgestirn erfüllte den Raum mit seinem silbrigen Licht. Liams sanfter, regelmäßiger Atem strich mir über den Hals und wärmte meinen Nacken. Eng an meinen Liebsten geschmiegt, spürte ich sein Herz, das mit kräftigen Schlägen sein Kriegerblut durch die Adern trieb. Jetzt hörte ich den Wind nicht mehr, der die Klagen eines aufgewühlten Schottlands, das seine Söhne zu den Waffen rief, herantrug. Mein Herz schwoll vor Seligkeit. Ich wusste, dass ich an Liams Seite immer meinen Teil am Glück finden würde, trotz allem … und für immer.

Inhalt

TEIL EINS

TEIL ZWEI

TEIL DREI

TEIL VIER

TEIL FÜNF

Danksagungen

Ich möchte den folgenden Menschen aus tiefstem Herzen danken:

meiner Familie für ihre unendliche und unschätzbare Geduld, mit der sie sich damit abfand, dass ich oft körperlich und geistig abwesend war, meiner Mutter, die meine erste Leserin gewesen ist, außerdem Isabelle, Suzanne, Micheline, Jacinthe und meiner Schwester Judy für ihre Unterstützung und Ermunterung. Ein ganz besonderer Dank geht an Judith, die sich trotz ihres prall gefüllten Terminkalenders immer wieder die Zeit genommen hat, meine Texte ein ums andere Mal zu lesen und zu korrigieren und mich energisch aufzumuntern. Dank auch an Angus Macleod aus Cap-Breton für die Korrektur der gälischen Dialoge – wahrhaftig eine äußerst komplexe Sprache! Meinem Verlag danke ich, weil er Vertrauen in mich gesetzt und es mir ermöglicht hat, einen lange gehegten Traum zu verwirklichen, und schließlich ein spezieller Dank an alle Autoren der zahlreichen Werke, die mir beim Verfassen dieses Romans eine wertvolle Hilfe waren. Ohne sie hätte das Buch nicht in dieser Form entstehen können.

S.M.